Eduard Mörike
Werke in einem Band

# Eduard Mörike
# Werke in einem Band

Herausgegeben von
Herbert G. Göpfert

dtv

Deutscher Taschenbuch Verlag

Von Eduard Mörike
ist im Deutschen Taschenbuch Verlag erschienen:
Gedichte und Erzählungen (24033)

Dezember 1995
Deutscher Taschenbuch Verlag GmbH & Co. KG,
München

4., durchgesehene Auflage
Umschlaggestaltung: Dieter Brumshagen
Umschlagbild: Gerd Messerschmidt
Gesamtherstellung: C. H. Beck'sche Buchdruckerei,
Nördlingen
Printed in Germany · ISBN 3-423-02381-3

# INHALT

# GEDICHTE

## *An einem Wintermorgen, vor Sonnenaufgang*

O flaumenleichte Zeit der dunkeln Frühe!
Welch neue Welt bewegest du in mir?
Was ists, daß ich auf einmal nun in dir
Von sanfter Wollust meines Daseins glühe?

Einem Kristall gleicht meine Seele nun,
Den noch kein falscher Strahl des Lichts getroffen;
Zu fluten scheint mein Geist, er scheint zu ruhn,
Dem Eindruck naher Wunderkräfte offen,
Die aus dem klaren Gürtel blauer Luft
Zuletzt ein Zauberwort vor meine Sinne ruft.

Bei hellen Augen glaub ich doch zu schwanken;
Ich schließe sie, daß nicht der Traum entweiche.
Seh ich hinab in lichte Feenreiche?
Wer hat den bunten Schwarm von Bildern und Gedanken
Zur Pforte meines Herzens hergeladen,
Die glänzend sich in diesem Busen baden,
Goldfarbgen Fischlein gleich im Gartenteiche?

Ich höre bald der Hirtenflöten Klänge,
Wie um die Krippe jener Wundernacht,
Bald weinbekränzter Jugend Lustgesänge;
Wer hat das friedenselige Gedränge
In meine traurigen Wände hergebracht?

Und welch Gefühl entzückter Stärke,
Indem mein Sinn sich frisch zur Ferne lenkt!
Vom ersten Mark des heutgen Tags getränkt,
Fühl ich mir Mut zu jedem frommen Werke.

Die Seele fliegt, so weit der Himmel reicht,
Der Genius jauchzt in mir! Doch sage,
Warum wird jetzt der Blick von Wehmut feucht?
Ists ein verloren Glück, was mich erweicht?
Ist es ein werdendes, was ich im Herzen trage?
– Hinweg, mein Geist! hier gilt kein Stillestehn:
Es ist ein Augenblick, und Alles wird verwehn!

Dort, sieh, am Horizont lüpft sich der Vorhang schon!
Es träumt der Tag, nun sei die Nacht entflohn;
Die Purpurlippe, die geschlossen lag,
Haucht, halbgeöffnet, süße Atemzüge:
Auf einmal blitzt das Aug, und, wie ein Gott, der Tag
Beginnt im Sprung die königlichen Flüge!

### *Erinnerung*

An C. N.

Jenes war zum letztenmale,
Daß ich mit dir ging, o Clärchen!
Ja, das war das letztemal,
Daß wir uns wie Kinder freuten.

Als wir eines Tages eilig
Durch die breiten, sonnenhellen,
Regnerischen Straßen, unter
*Einem* Schirm geborgen, liefen;
Beide heimlich eingeschlossen
Wie in einem Feenstübchen,
Endlich einmal Arm in Arme!

Wenig wagten wir zu reden,
Denn das Herz schlug zu gewaltig,
Beide merkten wir es schweigend,
Und ein jedes schob im stillen
Des Gesichtes glühnde Röte

Auf den Widerschein des Schirmes.
Ach, ein Engel warst du da!
Wie du auf den Boden immer
Blicktest, und die blonden Locken
Um den hellen Nacken fielen.

»Jetzt ist wohl ein Regenbogen
Hinter uns am Himmel«, sagt ich,
»Und die Wachtel dort im Fenster,
Deucht mir, schlägt noch eins so froh!«

Und im Weitergehen dacht ich
Unsrer ersten Jugendspiele,
Dachte an dein heimatliches
Dorf und seine tausend Freuden.
– »Weißt du auch noch«, frug ich dich,
»Nachbar Büttnermeisters Höfchen,
Wo die großen Kufen lagen,
Drin wir sonntags nach Mittag uns
Immer häuslich niederließen,
Plauderten, Geschichten lasen,
Während drüben in der Kirche
Kinderlehre war – (ich höre
Heute noch den Ton der Orgel
Durch die Stille ringsumher):
Sage, lesen wir nicht einmal
Wieder wie zu jenen Zeiten
– Just nicht in der Kufe, mein ich –
Den beliebten Robinson?«

Und du lächeltest und bogest
Mit mir um die letzte Ecke.
Und ich bat dich um ein Röschen,
Das du an der Brust getragen,
Und mit scheuen Augen schnelle
Reichtest du mirs hin im Gehen:
Zitternd hob ichs an die Lippen,
Küßt es brünstig zwei- und dreimal;

Niemand konnte dessen spotten,
Keine Seele hats gesehen,
Und du selber sahst es nicht.

An dem fremden Haus, wohin
Ich dich zu begleiten hatte,
Standen wir nun, weißt, ich drückte
Dir die Hand und –

Dieses war zum letztenmale,
Daß ich mit dir ging, o Clärchen!
Ja, das war das letztemal,
Daß wir uns wie Kinder freuten.

### *Nächtliche Fahrt*

Jüngst im Traum ward ich getragen
Über fremdes Heideland;
Vor den halbverschloßnen Wagen
Schien ein Trauerzug gespannt.

Dann durch mondbeglänzte Wälder
Ging die sonderbare Fahrt,
Bis der Anblick offner Felder
Endlich mir bekannter ward.

Wie im lustigen Gewimmel
Tanzt nun Busch und Baum vorbei!
Und ein Dorf nun – guter Himmel!
O mir ahnet, was es sei.

Sah ich doch vor Zeiten gerne
Diese Häuser oft und viel,
Die am Wagen die Laterne
Streift im stummen Schattenspiel.

Ja, dort unterm Giebeldache
Schlummerst du, vergeßlich Herz!
Und daß dein Getreuer wache,
Sagt dir kein geheimer Schmerz.

– Ferne waren schon die Hütten;
Sieh, da flatterts durch den Wind!
Eine Gabe zu erbitten
Schien ein armes, holdes Kind.

Wie vom bösen Geist getrieben,
Werf ich rasch der Bettlerin
Ein Geschenk von meiner Lieben,
Jene goldne Kette, hin.

Plötzlich scheint ein Rad gebunden,
Und der Wagen steht gebannt,
Und das schöne Mädchen unten
Hält mich schelmisch bei der Hand.

»Denkt man so damit zu schalten?
So entdeck ich den Betrug?
Doch den Wagen festzuhalten,
War die Kette stark genug.

Willst du, daß ich dir verzeihe,
Sei erst selber wieder gut!
Oder wo ist deine Treue,
Böser Junge, falsches Blut?«

Und sie streichelt mir die Wange,
Küßt mir das erfrorne Kinn,
Steht und lächelt, weinet lange
Als die schönste Büßerin.

Doch mir bleibt der Mund verschlossen,
Und kaum weiß ich, was geschehn;
Ganz in ihren Arm gegossen
Schien ich selig zu vergehn.

Und nun fliegt mit uns, ihr Pferde,
In die graue Welt hinein!
Unter uns vergeh die Erde,
Und kein Morgen soll mehr sein!

## *Der junge Dichter*

Wenn der Schönheit sonst, der Anmut
Immer flüchtige Erscheinung,
Wie ein heller Glanz der Sonne,
Mir zu staunendem Entzücken
Wieder vor die Sinne trat;
Wenn Natur mir oft und alles
Erdenlebens liebe Fülle
Fast zu schwer am Busen wurde,
Daß nur kaum ein trunknes Jauchzen
Noch der Ausdruck lautern Dankes
Für solch süßes Dasein war:
O wie drang es da mich armen,
Mich unmündgen Sohn Apollens,
Dieses alles, schön gestaltet
Unter goldnen Leierklängen,
Fest, auf ewig festzuhalten!

Doch, wenn mir das tief Empfundne
Nicht alsbald so rein und völlig,
Wie es in der Seele lebte,
In des Dichters zweite Seele,
Den Gesang, hinüberspielte,
Wenn ich nur mit stumpfem Finger
Ungelenk die Saiten rührte –
Ach, wie oft wollt ich verzweifeln,
Daß ich stets ein Schüler bleibe!

Aber, Liebchen, sieh, bei dir
Bin ich plötzlich wie verwandelt:

Im erwärmten Winterstübchen,
Bei dem Schimmer dieser Lampe,
Wo ich deinen Worten lausche,
Hold bescheidnen Liebesworten!
Wie du dann geruhig deine
Braunen Lockenhaare schlichtest,
Also legt sich mir geglättet
All dies wirre Bilderwesen,
All des Herzens eitle Sorge,
Vielzerteiltes Tun und Denken.
Froh begeistert, leicht gefiedert,
Flieg ich aus der Dichtung engen
Rosenbanden, daß ich nur
Noch in ihrem reinen Dufte,
Als im Elemente, lebe.

O du Liebliche, du lächelst,
Schüttelst, küssend mich, das Köpfchen,
Und begreifst nicht, was ich meine.
Möcht ich selber es nicht wissen,
Wissen nur, daß du mich liebest,
Daß ich in dem Flug der Zeit
Deine kleinen Hände halte!

### *Der Knabe und das Immlein*

Im Weinberg auf der Höhe
Ein Häuslein steht so windebang;
Hat weder Tür noch Fenster,
Die Weile wird ihm lang.

Und ist der Tag so schwüle,
Sind all verstummt die Vögelein,
Summt an der Sonnenblume
Ein Immlein ganz allein.

Mein Lieb hat einen Garten,
Da steht ein hübsches Immenhaus:
Kommst du daher geflogen?
Schickt sie dich nach mir aus?

»O nein, du feiner Knabe,
Es hieß mich niemand Boten gehn;
Dies Kind weiß nichts von Lieben,
Hat dich noch kaum gesehn.

Was wüßten auch die Mädchen,
Wenn sie kaum aus der Schule sind!
Dein herzallerliebstes Schätzchen
Ist noch ein Mutterkind.

Ich bring ihm Wachs und Honig;
Ade! – ich hab ein ganzes Pfund;
Wie wird das Schätzchen lachen,
Ihm wässert schon der Mund.«

Ach, wolltest du ihr sagen,
Ich wüßte, was viel süßer ist:
Nichts Lieblichers auf Erden
Als wenn man herzt und küßt!

### *Rat einer Alten*

Bin jung gewesen,
Kann auch mitreden,
Und alt geworden,
Drum gilt mein Wort.

Schön reife Beeren
Am Bäumchen hangen:
Nachbar, da hilft kein
Zaun um den Garten;
Lustige Vögel
Wissen den Weg.

Aber, mein Dirnchen,
Du laß dir raten:
Halte dein Schätzchen
Wohl in der Liebe,
Wohl im Respekt!

Mit den zwei Fädlein
In eins gedrehet,
Ziehst du am kleinen
Finger ihn nach.

Aufrichtig Herze,
Doch schweigen können,
Früh mit der Sonne
Mutig zur Arbeit,
Gesunde Glieder,
Saubere Linnen,
Das machet Mädchen
Und Weibchen wert.

Bin jung gewesen,
Kann auch mitreden,
Und alt geworden,
Drum gilt mein Wort.

### *Begegnung*

Was doch heut nacht ein Sturm gewesen,
Bis erst der Morgen sich geregt!
Wie hat der ungebetne Besen
Kamin und Gassen ausgefegt!

Da kommt ein Mädchen schon die Straßen,
Das halb verschüchtert um sich sieht;
Wie Rosen, die der Wind zerblasen,
So unstet ihr Gesichtchen glüht.

Ein schöner Bursch tritt ihr entgegen,
Er will ihr voll Entzücken nahn:
Wie sehn sich freudig und verlegen
Die ungewohnten Schelme an!

Er scheint zu fragen, ob das Liebchen
Die Zöpfe schon zurecht gemacht,
Die heute Nacht im offnen Stübchen
Ein Sturm in Unordnung gebracht.

Der Bursche träumt noch von den Küssen,
Die ihm das süße Kind getauscht,
Er steht, von Anmut hingerissen,
Derweil sie um die Ecke rauscht.

## *Der Jäger*

Drei Tage Regen fort und fort,
Kein Sonnenschein zur Stunde;
Drei Tage lang kein gutes Wort
Aus meiner Liebsten Munde!

Sie trutzt mit mir und ich mit ihr,
So hat sie's haben wollen;
Mir aber nagts am Herzen hier,
Das Schmollen und das Grollen.

Willkommen denn, des Jägers Lust,
Gewittersturm und Regen!
Fest zugeknöpft die heiße Brust,
Und jauchzend euch entgegen!

Nun sitzt sie wohl daheim und lacht
Und scherzt mit den Geschwistern;
Ich höre in des Waldes Nacht
Die alten Blätter flüstern.

Nun sitzt sie wohl und weinet laut
Im Kämmerlein, in Sorgen;
Mir ist es wie dem Wilde traut,
In Finsternis geborgen.

Kein Hirsch und Rehlein überall!
Ein Schuß zum Zeitvertreibe!
Gesunder Knall und Widerhall
Erfrischt das Mark im Leibe. –

Doch wie der Donner nun verhallt
In Tälern, durch die Runde,
Ein plötzlich Weh mich überwallt,
Mir sinkt das Herz zu Grunde.

Sie trutzt mit mir und ich mit ihr,
So hat sie's haben wollen,
Mir aber frißts am Herzen hier,
Das Schmollen und das Grollen.

Und auf! und nach der Liebsten Haus!
Und sie gefaßt ums Mieder!
»Drück mir die nassen Locken aus,
Und küß und hab mich wieder!«

## *Jägerlied*

Zierlich ist des Vogels Tritt im Schnee,
Wenn er wandelt auf des Berges Höh:
Zierlicher schreibt Liebchens liebe Hand,
Schreibt ein Brieflein mir in ferne Land'.

In die Lüfte hoch ein Reiher steigt,
Dahin weder Pfeil noch Kugel fleugt:
Tausendmal so hoch und so geschwind
Die Gedanken treuer Liebe sind.

### *Ein Stündlein wohl vor Tag*

Derweil ich schlafend lag,
Ein Stündlein wohl vor Tag,
Sang vor dem Fenster auf dem Baum
Ein Schwälblein mir, ich hört es kaum,
Ein Stündlein wohl vor Tag:

»Hör an, was ich dir sag!
Dein Schätzlein ich verklag:
Derweil ich dieses singen tu,
Herzt er ein Lieb in guter Ruh,
Ein Stündlein wohl vor Tag.«

O weh, nicht weiter sag!
O still, nichts hören mag!
Flieg ab, flieg ab von meinem Baum!
– Ach, Lieb und Treu ist wie ein Traum
Ein Stündlein wohl vor Tag.

### *Storchenbotschaft*

Des Schäfers sein Haus und das steht auf zwei Rad,
Steht hoch auf der Heiden, so frühe, wie spat;
Und wenn nur ein mancher so'n Nachtquartier hätt!
Ein Schäfer tauscht nicht mit dem König sein Bett.

Und käm ihm zu Nacht auch was Seltsames vor,
Er betet sein Sprüchel und legt sich aufs Ohr;
Ein Geistlein, ein Hexlein, so lustige Wicht,
Sie klopfen ihm wohl, doch er antwortet nicht.

Einmal doch, da ward es ihm wirklich zu bunt:
Es knopert am Laden, es winselt der Hund;
Nun ziehet mein Schäfer den Riegel – ei schau!
Da stehen zwei Störche, der Mann und die Frau.

Das Pärchen, es machet ein schön Kompliment,
Es möchte gern reden, ach, wenn es nur könnt!
Was will mir das Ziefer? – ist so was erhört?
Doch ist mir wohl fröhliche Botschaft beschert.

Ihr seid wohl dahinten zu Hause am Rhein?
Ihr habt wohl mein Mädel gebissen ins Bein?
Nun weinet das Kind und die Mutter noch mehr,
Sie wünschet den Herzallerliebsten sich her?

Und wünschet daneben die Taufe bestellt:
Ein Lämmlein, ein Würstlein, ein Beutelein Geld?
So sagt nur, ich käm in zwei Tag' oder drei,
Und grüßt mir mein Bübel und rührt ihm den Brei!

Doch halt! warum stellt ihr zu zweien euch ein?
Es werden doch, hoff ich, nicht Zwillinge sein? –
Da klappern die Störche im lustigsten Ton,
Sie nicken und knicksen und fliegen davon.

### *Die schlimme Greth und der Königssohn*

Gott grüß dich, junge Müllerin!
Heut wehen die Lüfte wohl schön?
»Laßt sie wehen von Morgen und Abend,
Meine leere Mühle zu drehn!«

Die stangenlangen Flügel
Sie haspeln dir eitel Wind?
»Der Herr ist tot, die Frau ist tot,
Da feiert das Gesind.«

So tröste sich Leid mit Leide!
Wir wären wohl gesellt:
Ich irr, ein armer Königssohn,
Landflüchtig durch die Welt.

Und drunten an dem Berge
die Hütte dort ist mein;
Da liegt auch meine Krone,
Geschmuck und Edelstein.

Willt meine Liebste heißen,
So sage, wie und wann,
An Tagen und in Nächten,
Ich zu dir kommen kann? –

»Ich bind eine güldne Pfeife
Wohl an den Flügel hin,
Daß sie sich helle hören läßt,
Wann ich daheime bin.

Doch wollt Ihr bei mir wohnen,
Sollt mir willkommen sein:
Mein Haus ist groß und weit mein Hof,
Da wohn ich ganz allein.« –

Der Königssohn mit Freuden
Ihr folget in ihr Haus;
Sie tischt ihm auf, kein Edelhof
Vermöchte so stattlichen Schmaus:

Schwarzwild und Rebhuhn, Fisch und Met;
Er fragt nicht lang woher.
Sie zeigt so stolze Sitten,
Des wundert er sich sehr.

Die erste Nacht, da er kos't mit ihr,
In das Ohr ihm sagte sie: »Wißt,
Eine Jungfrau muß ich bleiben,
So lieb Euer Leben Euch ist!« –

Einsmals da kam der Königssohn
Zu Mittag von der Jagd,
Unfrohgemut, doch barg er sich,
Sprach lachend zu seiner Magd:

Die Leute sagten mir neue Mär
Von dir, und böse dazu;
Sankt Jörgens Drach war minder schlimm,
Wenn man sie hört, denn du.

»Sie sagen, daß ich ein falsches Ding,
Daß ich eine Hexe sei?«
Nun ja, mein Schatz, so sprechen sie!
Eine Hexe, meiner Treu!

Ich dachte: wohl, ihr Narren,
Ihr lüget nicht daran;
Mit den schwarzen Augen, aufs erstemal,
Hat sie mirs angetan.

Und länger ruh ich keinen Tag,
Bis daß ich König bin,
Und morgen zieh ich auf die Fahrt:
Aufs Jahr bist du Königin! –

Sie blitzt ihn an wie Wetterstrahl,
Sie blickt ihn an so schlau:
»Du lügst in deinen Hals hinein!
Du willt keine Hex' zur Frau.

Du willt dich von mir scheiden;
Das mag ja wohl geschehn:
Sollt aber von der schlimmen Greth
Noch erst ein Probstück sehn.« –

Ach, Liebchen, ach, wie hebet sich,
Wie wallet dein schwarzes Haar!
Und rühret sich kein Lüftchen doch;
O sage, was es war?

Schon wieder, ach, und wieder!
Du lachest und mir graut:
Es singen deine Zöpfe... Weh!
Du bist die Windesbraut!

»Nicht seine Braut, doch ihm vertraut;
Meine Sippschaft ist gar groß.
Komm, küsse mich! ich halte dich
Und lasse dich nimmer los!

O pfui, das ist ein schief Gesicht!
Du wirst ja kreideweiß!
Frisch, munter, Prinz! ich gebe dir
Mein bestes Stücklein preis.« –

Rührlöffel in der Küch sie holt,
Rührlöffel ihrer zwei,
War jeder eine Elle lang,
Waren beide nagelneu.

»Was guckst du so erschrocken?
Denkst wohl, es gäbe Streich?
Nicht doch, Herzliebster, warte nur,
Dein Wunder siehst du gleich.«

Auf den obern Boden führt sie ihn:
»Schau, was ein weiter Platz!
Wie ausgeblasen, hübsch und rein!
Hie tanzen wir, mein Schatz.

Schau, was ein Nebel zieht am Berg!
Gib acht, ich tu ihn ein!«
Sie beugt sich aus dem Laden weit,
Die Geister zu bedräun;

Sie wirbelt übereinander
Ihre Löffel so wunderlich,
Sie wickelt den Nebel und wickelt,
Und wirft ihn hinter sich.

Sie langt hervor ein Saitenspiel,
Sah wie ein Hackbrett aus,
Sie rühret es nur leise,
Es zittert das ganze Haus.

»Teil dich, teil dich, du Wolkendunst!
Ihr Geister, geht herfür!
Lange Männer, lange Weiber, seid
Hurtig zu Dienste mir!«

Da fangt es an zu kreisen,
Da wallet es hervor,
Lange Arme, lange Schleppen,
Und wieget sich im Chor.

»Faßt mir den dummen Jungen da!
Geschwinde wickelt ihn ein!
Er hat mein Herz gekränket,
Das soll er mir bereun.«

Den Jüngling von dem Boden hebts,
Es dreht ihn um und um,
Es trägt ihn als ein Wickelkind
Dreimal im Saal herum.

Margreth ein Wörtlein murmelt,
Klatscht in die Hand dazu:
Da fegt es wie ein Wirbelwind
Durchs Fenster fort im Nu.

Und fähret über die Berge,
Den Jüngling mitten inn',
Und fort bis wo der Pfeffer wächst –
O Knabe, wie ist dir zu Sinn?

Und als er sich besonnen,
Lag er im grünen Gras,
Hoch oben auf dem Seegestad;
Die Liebste bei ihm saß.

Ein Teppich war gebreitet,
Köstlich gewirket, bunt,
Darauf ein lustig Essen
In blankem Silber stund.

Und als er sich die Augen reibt
Und schaut sich um und an,
Ist sie wie eine Prinzessin schön,
Wie ein Prinz er angetan.

Sie lacht ihn an wie Maienschein,
Da sie ihm den Becher beut,
Sie legt den Arm um seinen Hals;
Vergessen war all sein Leid.

Da ging es an ein Küssen,
Er kriegt nicht satt an ihr;
Fürwahr ihr güldner Gürtel wär
Zu Schaden kommen schier.

– Ach Liebchen, ach, wie wallet hoch
Dein schwarzes Ringelhaar!
Warum mich so erschrecken jetzt?
Nun ist meine Freude gar.

»Rück her, rück her, sei nicht so bang!
Nun sollt du erst noch sehn,
Wie lieblich meine Arme tun;
Komm, es ist gleich geschehn!« –

Sie drückt ihn an die Brüste,
Der Atem wird ihm schwer;
Sie heult ein grausiges Totenlied,
Und wirft ihn in das Meer.

## *Liebesvorzeichen*

Ich stand am Morgen jüngst im Garten
Vor dem Granatbaum sinnend still;
Mir war, als müßt ich gleich erwarten,
Ob er die Knospe sprengen will.

Sie aber schien es nicht zu wissen,
Wie mächtig ihr die Fülle schwoll,
Und daß sie in den Feuerküssen
Des goldnen Tages brennen soll.

Und dort am Rasen lag Jorinde;
Wie schnell bin ich zum Gruß bereit,
Indes sie sich nur erst geschwinde
Den Schlummer aus den Augen streut!

Dann leuchtet dieser Augen Schwärze
Mich an in lieb- und guter Ruh,
Sie hört dem Mutwill meiner Scherze
Mit kindischem Verwundern zu.

Dazwischen dacht ich wohl im stillen:
Was hast du vor? sie ist ein Kind!
Die Lippen, die von Reife quillen,
Wie blöde noch und fromm gesinnt!

Fürwahr, sie schien es nicht zu wissen,
Wie mächtig ihr die Fülle schwoll,
Und daß sie in den Feuerküssen
Des kecksten Knaben brennen soll.

Still überlegt ich auf und nieder,
Und ging so meiner Wege fort;
Doch fand der nächste Morgen wieder
Mich zeitig bei dem Bäumchen dort.

Mein! wer hat ihm in wenig Stunden
Ein solches Wunder angetan?
Die Flammenkrone aufgebunden?
Und was sagt mir dies Zeichen an?

Ich eile rasch den Gang hinunter,
Dort geht sie schon im Morgenstrahl;
Und bald, o Wunder über Wunder!
Wir küßten uns zum erstenmal.

Nun trieb der Baum wohl Blüt auf Blüte
Frisch in die blaue Luft hinaus,
Und noch, seitdem er lang verglühte,
Ging uns das Küssen nimmer aus.

## *Suschens Vogel*

Ich hatt ein Vöglein, ach wie fein!
Kein schöners mag wohl nimmer sein:

Hätt auf der Brust ein Herzlein rot,
Und sung und sung sich schier zu Tod.

Herzvogel mein, du Vogel schön,
Nun sollt du mit zu Markte gehn! –

Und als ich in das Städtlein kam,
Er saß auf meiner Achsel zahm;

Und als ich ging am Haus vorbei
Des Knaben, dem ich brach die Treu,

Der Knab just aus dem Fenster sah,
Mit seinem Finger schnalzt er da:

Wie horchet gleich mein Vogel auf!
Zum Knaben fliegt er husch! hinauf;

Der koset ihn so lieb und hold,
Ich wußt nicht, was ich machen sollt,

Und stund, im Herzen so erschreckt,
Mit Händen mein Gesichte deckt',

Und schlich davon und weinet' sehr,
Ich hört ihn rufen hinterher:

»Du falsche Maid, behüt dich Gott,
Ich hab doch wieder mein Herzlein rot!«

## *In der Frühe*

Kein Schlaf noch kühlt das Auge mir,
Dort gehet schon der Tag herfür
An meinem Kammerfenster.
Es wühlet mein verstörter Sinn
Noch zwischen Zweifeln her und hin
Und schaffet Nachtgespenster.
– Ängste, quäle
Dich nicht länger, meine Seele!
Freu dich! schon sind da und dorten
Morgenglocken wach geworden.

## *Er ists*

Frühling läßt sein blaues Band
Wieder flattern durch die Lüfte;
Süße, wohlbekannte Düfte
Streifen ahnungsvoll das Land.
Veilchen träumen schon,
Wollen balde kommen.
– Horch, von fern ein leiser Harfenton!
Frühling, ja du bists!
Dich hab ich vernommen!

## *Im Frühling*

Hier lieg ich auf dem Frühlingshügel:
Die Wolke wird mein Flügel,
Ein Vogel fliegt mir voraus.
Ach, sag mir, all-einzige Liebe,
Wo *du* bleibst, daß ich bei dir bliebe!
Doch du und die Lüfte, ihr habt kein Haus.

Der Sonnenblume gleich steht mein Gemüte offen,
Sehnend,
Sich dehnend
In Lieben und Hoffen.
Frühling, was bist du gewillt?
Wann werd ich gestillt?

Die Wolke seh ich wandeln und den Fluß,
Es dringt der Sonne goldner Kuß
Mir tief bis ins Geblüt hinein;
Die Augen, wunderbar berauschet,
Tun, als schliefen sie ein,
Nur noch das Ohr dem Ton der Biene lauschet.
Ich denke dies und denke das,
Ich sehne mich, und weiß nicht recht, nach was:
Halb ist es Lust, halb ist es Klage;
Mein Herz, o sage,
Was webst du für Erinnerung
In golden grüner Zweige Dämmerung?
– Alte unnennbare Tage!

### *Erstes Liebeslied eines Mädchens*

Was im Netze? Schau einmal!
Aber ich bin bange;
Greif ich einen süßen Aal?
Greif ich eine Schlange?

Lieb ist blinde
Fischerin;
Sagt dem Kinde,
Wo greifts hin?

Schon schnellt mirs in Händen!
Ach Jammer! o Lust!
Mit Schmiegen und Wenden
Mir schlüpfts an die Brust.

Es beißt sich, o Wunder!
Mir keck durch die Haut,
Schießt 's Herze hinunter!
O Liebe, mir graut!

Was tun, was beginnen?
Das schaurige Ding,
Es schnalzet da drinnen,
Es legt sich im Ring.

Gift muß ich haben!
Hier schleicht es herum,
Tut wonniglich graben
Und bringt mich noch um!

### *Fußreise*

Am frischgeschnittnen Wanderstab
Wenn ich in der Frühe
So durch Wälder ziehe,
Hügel auf und ab:
Dann, wie's Vögelein im Laube
Singet und sich rührt,
Oder wie die goldne Traube
Wonnegeister spürt
In der ersten Morgensonne:
So fühlt auch mein alter, lieber
Adam Herbst- und Frühlingsfieber,
Gottbeherzte,
Nie verscherzte
Erstlings-Paradieseswonne.

Also bist du nicht so schlimm, o alter
Adam, wie die strengen Lehrer sagen;
Liebst und lobst du immer doch,

Singst und preisest immer noch,
Wie an ewig neuen Schöpfungstagen,
Deinen lieben Schöpfer und Erhalter.

Möcht es dieser geben,
Und mein ganzes Leben
Wär im leichten Wanderschweiße
Eine solche Morgenreise!

### *Besuch in Urach*

Nur fast so wie im Traum ist mirs geschehen,
Daß ich in dies geliebte Tal verirrt.
Kein Wunder ist, was meine Augen sehen,
Doch schwankt der Boden, Luft und Staude schwirrt,
Aus tausend grünen Spiegeln scheint zu gehen
Vergangne Zeit, die lächelnd mich verwirrt;
Die Wahrheit selber wird hier zum Gedichte,
Mein eigen Bild ein fremd und hold Gesichte!

Da seid ihr alle wieder aufgerichtet,
Besonnte Felsen, alte Wolkenstühle!
Auf Wäldern schwer, wo kaum der Mittag lichtet
Und Schatten mischt mit balsamreicher Schwüle.
Kennt ihr mich noch, der sonst hieher geflüchtet,
Im Moose, bei süß-schläferndem Gefühle,
Der Mücke Sumsen hier ein Ohr geliehen,
Ach, kennt ihr mich, und wollt nicht vor mir fliehen?

Hier wird ein Strauch, ein jeder Halm zur Schlinge,
Die mich in liebliche Betrachtung fängt;
Kein Mäuerchen, kein Holz ist so geringe,
Daß nicht mein Blick voll Wehmut an ihm hängt:
Ein jedes spricht mir halbvergeßne Dinge;
Ich fühle, wie von Schmerz und Lust gedrängt
Die Träne stockt, indes ich ohne Weile,
Unschlüssig, satt und durstig, weiter eile.

Hinweg! und leite mich, du Schar von Quellen,
Die ihr durchspielt der Matten grünes Gold!
Zeigt mir die ur-bemoosten Wasserzellen,
Aus denen euer ewigs Leben rollt,
Im kühnsten Walde die verwachsnen Schwellen,
Wo eurer Mutter Kraft im Berge grollt,
Bis sie im breiten Schwung an Felsenwänden
Herabstürzt, euch im Tale zu versenden.

O hier ists, wo Natur den Schleier reißt!
Sie bricht einmal ihr übermenschlich Schweigen;
Laut mit sich selber redend will ihr Geist,
Sich selbst vernehmend, sich ihm selber zeigen.
– Doch ach, sie bleibt, mehr als der Mensch, verwaist,
Darf nicht aus ihrem eignen Rätsel steigen!
Dir biet ich denn, begierge Wassersäule,
Die nackte Brust, ach, ob sie dir sich teile!

Vergebens! und dein kühles Element
Tropft an mir ab, im Grase zu versinken.
Was ists, das deine Seele von mir trennt?
Sie flieht, und möcht ich auch in dir ertrinken!
Dich kränkts nicht, wie mein Herz um dich entbrennt,
Küssest im Sturz nur diese schroffen Zinken;
Du bleibest, was du warst seit Tag und Jahren,
Ohn ein'gen Schmerz der Zeiten zu erfahren.

Hinweg aus diesem üppgen Schattengrund
Voll großer Pracht, die drückend mich erschüttert!
Bald grüßt beruhigt mein verstummter Mund
Den schlichten Winkel, wo sonst halb verwittert
Die kleine Bank und wo das Hüttchen stund;
Erinnrung reicht mit Lächeln die verbittert
Bis zur Betäubung süßen Zauberschalen;
So trink ich gierig die entzückten Qualen.

Hier schlang sich tausendmal ein junger Arm
Um meinen Hals mit inngem Wohlgefallen.

O säh ich mich, als Knaben sonder Harm,
Wie einst, mit Necken durch die Haine wallen!
Ihr Hügel, von der *alten* Sonne warm,
Erscheint mir denn auf keinem von euch allen
Mein Ebenbild, in jugendlicher Frische
Hervorgesprungen aus dem Waldgebüsche?

O komm, enthülle dich! dann sollst du mir
Mit Freundlichkeit ins dunkle Auge schauen!
Noch immer, guter Knabe, gleich ich dir,
Uns beiden wird nicht voreinander grauen!
So komm und laß mich unaufhaltsam hier
Mich deinem reinen Busen anvertrauen! –
Umsonst, daß ich die Arme nach dir strecke,
Den Boden, wo du gingst, mit Küssen decke!

Hier will ich denn laut schluchzend liegen bleiben,
Fühllos, und alles habe seinen Lauf! –
Mein Finger, matt, ins Gras beginnt zu schreiben:
Hin ist die Lust! hab alles seinen Lauf!
Da, plötzlich, hör ichs durch die Lüfte treiben,
Und ein entfernter Donner schreckt mich auf;
Elastisch angespannt mein ganzes Wesen
Ist von Gewitterluft wie neu genesen.

Sieh! wie die Wolken finstre Ballen schließen
Um den ehrwürdgen Trotz der Burgruine!
Von weitem schon hört man den alten Riesen,
Stumm harrt das Tal mit ungewisser Miene,
Der Kuckuck nur ruft sein einförmig Grüßen
Versteckt aus unerforschter Wildnis Grüne, –
Jetzt kracht die Wölbung, und verhallet lange,
Das wundervolle Schauspiel ist im Gange!

Ja nun, indes mit hoher Feuerhelle
Der Blitz die Stirn und Wange mir verklärt,
Ruf ich den lauten Segen in die grelle
Musik des Donners, die mein Wort bewährt:

O Tal! du meines Lebens andre Schwelle!
Du meiner tiefsten Kräfte stiller Herd!
Du meiner Liebe Wundernest! ich scheide,
Leb wohl! – und sei dein Engel mein Geleite!

## *An eine Äolsharfe*

Tu semper urges flebilibus modis
Mysten ademptum: nec tibi Vespero
Surgente decedunt amores,
Nec rapidum fugiente Solem.
*Horaz*

Angelehnt an die Efeuwand
Dieser alten Terrasse,
Du, einer luftgebornen Muse
Geheimnisvolles Saitenspiel,
Fang an,
Fange wieder an
Deine melodische Klage!

Ihr kommet, Winde, fern herüber,
Ach! von des Knaben,
Der mir so lieb war,
Frisch grünendem Hügel.
Und Frühlingsblüten unterweges streifend,
Übersättigt mit Wohlgerüchen,
Wie süß bedrängt ihr dies Herz!
Und säuselt her in die Saiten,
Angezogen von wohllautender Wehmut,
Wachsend im Zug meiner Sehnsucht,
Und hinsterbend wieder.
Aber auf einmal,
Wie der Wind heftiger herstößt,
Ein holder Schrei der Harfe
Wiederholt, mir zu süßem Erschrecken,
Meiner Seele plötzliche Regung;
Und hier – die volle Rose streut, geschüttelt,
All ihre Blätter vor meine Füße!

## *Hochzeitlied*

Mit einem blauen Kornblumenkranze

Nicht weit vom Dorf zwei Linden stehen,
Einsam, der Felder stille Hut,
Wo in der Sommernächte Wehen
Ein Hirte gern, ein Dichter, ruht.

Hell schwamm auf Duft und Nebelhülle
Des Mondes leiser Zaubertag,
Kaum unterbrach die süße Stille
Von fern bescheidner Wachtelschlag.

Und wie ich ruhig so in Mitten
All dieser Schönheit lag und sann,
Da kam mit leicht gehobnen Schritten
Ein göttlich Frauenbild heran.

Gewiß, es war der Musen eine,
Erschrocken merkt ichs, lustbewegt;
Sie setzt sich zu mir an dem Raine,
Die Hand auf meinen Arm gelegt.

Und schüttelt lächelnd aus dem Kleide
Blaue Cyanen, Stern an Stern:
»Dich störts nicht, wenn an deiner Seite
Ich heut ein Kränzlein bände gern.

Nicht wahr, mit Schwärmen und mit Plaudern
Verbrächte gern mein Freund die Nacht?
Doch flecht ich still, und ohne Zaudern
Sei du mir auf ein Lied bedacht!

Sieh, wo das Dörflein mit der Spitze
Des gelben Turms herüberschaut,
Dort schlummert auf dem Elternsitze
Noch wenig Nächte eine Braut.

Sie schläft; der Wange Rosen beben,
Wir beide ahnen wohl, wovon;
Um die halb offne Lippe schweben
Die Träume glühnder Küsse schon.

Ach nein! mit lauten Herzensschlägen
Hört sie vielleicht der Glocken Klang,
Hört am Altar den Vatersegen
Und eines Engels Brautgesang;

Sieht unter Weinen sich umschlungen
Von Mutter-Lieb, von Schwester-Treu,
Das Herz, von Lust und Schmerz gedrungen,
Macht sich mit tausend Tränen frei.

Und alle diese selgen Träume,
Der nächste Morgen macht sie wahr;
Es stehen schon des Hauses Räume
Geschmückt für froher Gäste Schar.

Hier aber, wo mit den Gespielen
Das Mädchen oft sich Veilchen las,
Vielleicht alleine mit Gefühlen
Der sehnsuchtsvollen Ahnung saß,

Hier, unterm Blick prophetscher Sterne,
Weih ich mit dir dies Fest voraus:
Tief schaut die Muse in die Ferne
Des bräutlichen Geschicks hinaus.

Wie golden winkt die neue Schwelle
Des Lebens jedem jungen Paar!
Doch weiß man, daß nicht stets so helle
Der Mittag wie der Morgen war.

Bei manchem lauten Hochzeitsfeste
Schlich mit weissagendem Gemüt
Ich aus dem Kreis entzückter Gäste,
Und sang ein heimlich Trauerlied.

Heut aber seh ich schöne Tage
Blühn in gedrängter Sternensaat,
Entschieden liegt schon auf der Waage,
Was dieses Paar vom Schicksal bat.

Hast, Liebchen, du der Jugend Blüte,
Anmut und Liebenswürdigkeit,
All deines Herzens lautre Güte
Kühn deinem Einzigen geweiht;

Läßt du der Heimat Friedensauen,
So manch ein lang gewohntes Glück,
Um dir den eignen Herd zu bauen,
Halb wehmutsvoll, halb froh zurück:

Getrost! so darf ich laut es zeugen,
Ein würdig Herz hast du gewählt;
Selbst böser Neid bekennt mit Schweigen,
Daß nichts zu deinem Glücke fehlt.

Denn Heiterkeit und holde Sitte,
Wie Sommerluft, durchwehn dein Haus,
Und, goldbeschuht, mit leisem Tritte
Gehn Segensengel ein und aus.«

Die Muse schwieg, und ohne Säumen
Flocht sie nun mit geschäftger Hand,
Indes zu anspruchlosen Reimen
Ich ihre Worte still verband.

Auf einmal hielt sie mir entgegen
Den fertigen Cyanenkranz,
Und sprach: »Brings ihr mit meinem Segen!«
Und schwand dahin im Nebelglanz.

Ich aber blieb noch lange lauschen,
Von Liedestrunkenheit bewegt,
Das Ährenfeld begann zu rauschen,
Von Morgenschauern angeregt.

Und lichter wards und immer lichter,
In mir und außer mir; da ging
Die Sonne auf, von der der Dichter
Den ersten Strahl für euch empfing.

## *Mein Fluß*

O Fluß, mein Fluß im Morgenstrahl!
Empfange nun, empfange
Den sehnsuchtsvollen Leib einmal,
Und küsse Brust und Wange!
– Er fühlt mir schon herauf die Brust,
Er kühlt mit Liebesschauerlust
Und jauchzendem Gesange.

Es schlüpft der goldne Sonnenschein
In Tropfen an mir nieder,
Die Woge wieget aus und ein
Die hingegebnen Glieder;
Die Arme hab ich ausgespannt,
Sie kommt auf mich herzu gerannt,
Sie faßt und läßt mich wieder.

Du murmelst so, mein Fluß, warum?
Du trägst seit alten Tagen
Ein seltsam Märchen mit dir um,
Und mühst dich, es zu sagen;
Du eilst so sehr und läufst so sehr,
Als müßtest du im Land umher,
Man weiß nicht wen, drum fragen.

Der Himmel, blau und kinderrein,
Worin die Wellen singen,
Der Himmel ist die Seele dein:
O laß mich ihn durchdringen!

Ich tauche mich mit Geist und Sinn
Durch die vertiefte Bläue hin,
Und kann sie nicht erschwingen!

Was ist so tief, so tief wie sie?
Die Liebe nur alleine.
Sie wird nicht satt und sättigt nie
Mit ihrem Wechselscheine.
– Schwill an, mein Fluß, und hebe dich!
Mit Grausen übergieße mich!
Mein Leben um das deine!

Du weisest schmeichelnd mich zurück
Zu deiner Blumenschwelle.
So trage denn allein dein Glück,
Und wieg auf deiner Welle
Der Sonne Pracht, des Mondes Ruh:
Nach tausend Irren kehrest du
Zur ewgen Mutterquelle!

## *Josephine*

Das Hochamt war. Der Morgensonne Blick
Glomm wunderbar im süßen Weihrauchscheine;
Der Priester schwieg; nun brauste die Musik
Vom Chor herab zur Tiefe der Gemeine.
So stürzt ein sonnetrunkner Aar
Vom Himmel sich mit herrlichem Gefieder,
So läßt Jehovens Mantel unsichtbar
Sich stürmend aus den Wolken nieder.

Dazwischen hört ich eine Stimme wehen,
Die sanft den Sturm der Chöre unterbrach;
Sie schmiegte sich mit schwesterlichem Flehen
Dem süß verwandten Ton der Flöte nach.

Wer ists, der diese Himmelsklänge schickt?
Das Mädchen dort, das so bescheiden blickt.
Ich eile sachte auf die Galerie;
Zwar klopft mein Herz, doch tret ich hinter sie.

Hier konnt ich denn in unschuldsvoller Lust
Mit leiser Hand ihr festlich Kleid berühren,
Ich konnte still, ihr selber unbewußt,
Die nahe Regung ihres Wesens spüren.

Doch, welch ein Blick und welche Miene,
Als ich das Wort nun endlich nahm,
Und nun der Name Josephine
Mir herzlich auf die Lippen kam!
Welch zages Spiel die braunen Augen hatten!
Wie barg sich unterm tiefgesenkten Schatten
Der Wimper gern die ros'ge Scham!

Und wie der Mund, der eben im Gesang
Die Gottheit noch auf seiner Schwelle hegte,
Sich von der Töne heilgem Überschwang
Zu mir mit schlichter Rede herbewegte!

O dieser Ton – ich fühlt es nur zu bald,
Schlich sich ins Herz und macht' es tief erkranken;
Ich stehe wie ein Träumer in Gedanken,
Indes die Orgel nun verhallt,
Die Sängerin vorüberwallt,
Die Kirche aufbricht und die Kerzen wanken.

## *Auf der Reise*

Zwischen süßem Schmerz,
Zwischen dumpfem Wohlbehagen
Sitz ich nächtlich in dem Reisewagen,
Lasse mich so weit von dir, mein Herz,
Weit und immer weiter tragen.

Schweigend sitz ich und allein,
Ich wiege mich in bunten Träumen,
Das muntre Posthorn klingt darein,
Es tanzt der liebe Mondenschein
Nach diesem Ton auf Quellen und auf Bäumen,
Sogar zu mir durchs enge Fensterlein.

Ich wünsche mir nun dies und das.
O könnt ich jetzo durch ein Zauberglas
Ins Goldgewebe deines Traumes blicken!
Vielleicht dann säh ich wieder mit Entzücken
Dich in der Laube wohlbekannt,
Ich sähe Genovefens Hand
Auf deiner Schulter traulich liegen,
Am Ende säh ich selber mich,
Halb keck und halb bescheidentlich,
An deine holde Wange schmiegen.

Doch nein! wie dürft ich auch nur hoffen,
Daß jetzt mein Schatten bei dir sei!
Ach, stünden deine Träume für mich offen,
Du winktest wohl auch wachend mich herbei!

## *Frage und Antwort*

Fragst du mich, woher die bange
Liebe mir zum Herzen kam,
Und warum ich ihr nicht lange
Schon den bittern Stachel nahm?

Sprich, warum mit Geisterschnelle
Wohl der Wind die Flügel rührt,
Und woher die süße Quelle
Die verborgnen Wasser führt?

Banne du auf seiner Fährte
Mir den Wind in vollem Lauf!
Halte mit der Zaubergerte
Du die süßen Quellen auf!

*Lebe wohl*

»Lebe wohl« – Du fühlest nicht,
Was es heißt, dies Wort der Schmerzen;
Mit getrostem Angesicht
Sagtest du's und leichtem Herzen.

Lebe wohl! – Ach tausendmal
Hab ich mir es vorgesprochen,
Und in nimmersatter Qual
Mir das Herz damit gebrochen!

*Heimweh*

Anders wird die Welt mit jedem Schritt,
Den ich weiter von der Liebsten mache;
Mein Herz, das will nicht weiter mit.
Hier scheint die Sonne kalt ins Land,
Hier deucht mir alles unbekannt,
Sogar die Blumen am Bache!
Hat jede Sache
So fremd eine Miene, so falsch ein Gesicht.
Das Bächlein murmelt wohl und spricht:
Armer Knabe, komm bei mir vorüber,
Siehst auch hier Vergißmeinnicht!
– Ja, die sind schön an jedem Ort,
Aber nicht wie dort.
Fort, nur fort!
Die Augen gehn mir über!

### *Gesang zu Zweien in der Nacht*

*Sie:* Wie süß der Nachtwind nun die Wiese streift,
Und klingend jetzt den jungen Hain durchläuft!
Da noch der freche Tag verstummt,
Hört man der Erdenkräfte flüsterndes Gedränge,
Das aufwärts in die zärtlichen Gesänge
Der reingestimmten Lüfte summt.

*Er:* Vernehm ich doch die wunderbarsten Stimmen,
Vom lauen Wind wollüstig hingeschleift,
Indes, mit ungewissem Licht gestreift,
Der Himmel selber scheinet hinzuschwimmen.

*Sie:* Wie ein Gewebe zuckt die Luft manchmal,
Durchsichtiger und heller aufzuwehen;
Dazwischen hört man weiche Töne gehen
Von selgen Feen, die im blauen Saal
Zum Sphärenklang,
Und fleißig mit Gesang,
Silberne Spindeln hin und wieder drehen.

*Er:* O holde Nacht, du gehst mit leisem Tritt
Auf schwarzem Samt, der nur am Tage grünet,
Und luftig schwirrender Musik bedienet
Sich nun dein Fuß zum leichten Schritt,
Womit du Stund um Stunde missest,
Dich lieblich in dir selbst vergissest –
Du schwärmst, es schwärmt der Schöpfung Seele mit!

### *Die traurige Krönung*

Es war ein König Milesint,
Von dem will ich euch sagen:
Der meuchelte sein Bruderskind,

Wollte selbst die Krone tragen.
Die Krönung ward mit Prangen
Auf Liffey-Schloß begangen.
O Irland! Irland! warest du so blind?

Der König sitzt um Mitternacht
Im leeren Marmorsaale,
Sieht irr in all die neue Pracht,
Wie trunken von dem Mahle;
Er spricht zu seinem Sohne:
»Noch einmal bring die Krone!
Doch schau, wer hat die Pforten aufgemacht?«

Da kommt ein seltsam Totenspiel,
Ein Zug mit leisen Tritten,
Vermummte Gäste groß und viel,
Eine Krone schwankt in Mitten;
Es drängt sich durch die Pforte
Mit Flüstern ohne Worte;
Dem Könige, dem wird so geisterschwül.

Und aus der schwarzen Menge blickt
Ein Kind mit frischer Wunde;
Es lächelt sterbensweh und nickt,
Es macht im Saal die Runde,
Es trippelt zu dem Throne,
Es reichet eine Krone
Dem Könige, des Herze tief erschrickt.

Darauf der Zug von dannen strich,
Von Morgenluft berauschet,
Die Kerzen flackern wunderlich,
Der Mond am Fenster lauschet;
Der Sohn mit Angst und Schweigen
Zum Vater tät sich neigen, –
Er neiget über eine Leiche sich.

## *Jung Volker*

### Gesang der Räuber

Jung Volker, das ist unser Räuberhauptmann,
Mit Fiedel und mit Flinte,
Damit er geigen und schießen kann,
Nach dem just Wetter und Winde.
Fiedel und dic Flint,
Fiedel und die Flint!
Volker spielt auf.

Ich sah ihn hoch im Sonnenschein
Auf einem Hügel sitzen:
Da spielt er die Geig und schluckt roten Wein,
Seine blauen Augen ihm blitzen.
Fiedel und die Flint,
Fiedel und die Flint!
Volker spielt auf.

Auf einmal, er schleudert die Geig in die Luft,
Auf einmal, er wirft sich zu Pferde:
Der Feind kommt! Da stößt er ins Pfeifchen und ruft:
Brecht ein, wie der Wolf in die Herde!
Fiedel und die Flint,
Fiedel und die Flint!
Volker spielt auf.

## *Jung Volkers Lied*

Und die mich trug in Mutterleib,
Und die mich schwang im Kissen,
Die war ein schön frech braunes Weib,
Wollte nichts vom Mannsvolk wissen.

Sie scherzte nur und lachte laut,
Und ließ die Freier stehen:
Möcht lieber sein des Windes Braut,
Denn in die Ehe gehen!

Da kam der Wind, da nahm der Wind
Als Buhle sie gefangen:
Von dem hat sie ein lustig Kind
In ihren Schoß empfangen.

### *Nimmersatte Liebe*

So ist die Lieb! So ist die Lieb!
Mit Küssen nicht zu stillen:
Wer ist der Tor und will ein Sieb
Mit eitel Wasser füllen?
Und schöpfst du an die tausend Jahr,
Und küssest ewig, ewig gar,
Du tust ihr nie zu Willen.

Die Lieb, die Lieb hat alle Stund
Neu wunderlich Gelüsten;
Wir bissen uns die Lippen wund,
Da wir uns heute küßten.
Das Mädchen hielt in guter Ruh,
Wie 's Lämmlein unterm Messer;
Ihr Auge bat: nur immer zu,
Je weher, desto besser!

So ist die Lieb, und war auch so,
Wie lang es Liebe gibt,
Und anders war Herr Salomo,
Der Weise, nicht verliebt.

### *Der Gärtner*

Auf ihrem Leibrößlein,
So weiß wie der Schnee,
Die schönste Prinzessin
Reit't durch die Allee.

Der Weg, den das Rößlein
Hintanzet so hold,
Der Sand, den ich streute,
Er blinket wie Gold.

Du rosenfarbs Hütlein,
Wohl auf und wohl ab,
O wirf eine Feder
Verstohlen herab!

Und willst du dagegen
Eine Blüte von mir,
Nimm tausend für *eine*,
Nimm alle dafür!

### *Schön-Rohtraut*

Wie heißt König Ringangs Töchterlein?
  Rohtraut, Schön-Rohtraut.
Was tut sie denn den ganzen Tag,
Da sie wohl nicht spinnen und nähen mag?
  Tut fischen und jagen.
O daß ich doch ihr Jäger wär!
Fischen und jagen freute mich sehr.
  – Schweig stille, mein Herze!

Und über eine kleine Weil,
  Rohtraut, Schön-Rohtraut,
So dient der Knab auf Ringangs Schloß
In Jägertracht und hat ein Roß,
  Mit Rohtraut zu jagen.
O daß ich doch ein Königssohn wär!
Rohtraut, Schön-Rohtraut lieb ich so sehr.
  – Schweig stille, mein Herze!

Einsmals sie ruhten am Eichenbaum,
  Da lacht Schön-Rohtraut:

Was siehst mich an so wunniglich?
Wenn du das Herz hast, küsse mich!
　Ach! erschrak der Knabe!
Doch denket er: mir ists vergunnt,
Und küsset Schön-Rohtraut auf den Mund.
　– Schweig stille, mein Herze!

Darauf sie ritten schweigend heim,
　Rohtraut, Schön-Rohtraut;
Es jauchzt der Knab in seinem Sinn:
Und würdst du heute Kaiserin,
　Mich sollts nicht kränken:
Ihr tausend Blätter im Walde wißt,
Ich hab Schön-Rohtrauts Mund geküßt!
　– Schweig stille, mein Herze!

## *Lied vom Winde*

Sausewind, Brausewind!
Dort und hier!
Deine Heimat sage mir!

»Kindlein, wir fahren
Seit viel vielen Jahren
Durch die weit weite Welt,
Und möchtens erfragen,
Die Antwort erjagen,
Bei den Bergen, den Meeren,
Bei des Himmels klingenden Heeren,
Die wissen es nie.
Bist du klüger als sie,
Magst du es sagen.
– Fort, wohlauf!
Halt uns nicht auf!
Kommen andre nach, unsre Brüder,
Da frag wieder.«

Halt an! Gemach,
Eine kleine Frist!
Sagt, wo der Liebe Heimat ist,
Ihr Anfang, ihr Ende?

»Wers nennen könnte!
Schelmisches Kind,
Lieb ist wie Wind,
Rasch und lebendig,
Ruhet nie,
Ewig ist sie,
Aber nicht immer beständig.
– Fort! Wohlauf! auf!
Halt uns nicht auf!
Fort über Stoppel, und Wälder, und Wiesen!
Wenn ich dein Schätzchen seh,
Will ich es grüßen.
Kindlein, ade!«

### *Das verlassene Mägdlein*

Früh, wann die Hähne krähn,
Eh die Sternlein verschwinden,
Muß ich am Herde stehn,
Muß Feuer zünden.

Schön ist der Flammen Schein,
Es springen die Funken;
Ich schaue so drein,
In Leid versunken.

Plötzlich, da kommt es mir,
Treuloser Knabe,
Daß ich die Nacht von dir
Geträumet habe.

Träne auf Träne dann
Stürzet hernieder;
So kommt der Tag heran –
O ging er wieder!

### *Agnes*

Rosenzeit! Wie schnell vorbei,
Schnell vorbei
Bist du doch gegangen!
Wär mein Lieb nur blieben treu,
Blieben treu,
Sollte mir nicht bangen.

Um die Ernte wohlgemut,
Wohlgemut
Schnitterinnen singen.
Aber, ach! mir kranken Blut,
Mir kranken Blut
Will nichts mehr gelingen.

Schleiche so durchs Wiesental,
So durchs Tal,
Als im Traum verloren,
Nach dem Berg, da tausendmal,
Tausendmal
Er mir Treu geschworen.

Oben auf des Hügels Rand,
Abgewandt,
Wein ich bei der Linde;
An dem Hut mein Rosenband,
Von seiner Hand,
Spielet in dem Winde.

## *Elfenlied*

Bei Nacht im Dorf der Wächter rief:
Elfe!
Ein ganz kleines Elfchen im Walde schlief –
Wohl um die Elfe! –
Und meint, es rief ihm aus dem Tal
Bei seinem Namen die Nachtigall,
Oder Silpelit hätt ihm gerufen.
Reibt sich der Elf die Augen aus,
Begibt sich vor sein Schneckenhaus,
Und ist als wie ein trunken Mann,
Sein Schläflein war nicht voll getan,
Und humpelt also tippe tapp
Durchs Haselholz ins Tal hinab,
Schlupft an der Mauer hin so dicht,
Da sitzt der Glühwurm, Licht an Licht.
»Was sind das helle Fensterlein?
Da drin wird eine Hochzeit sein:
Die Kleinen sitzen beim Mahle,
Und treibens in dem Saale.
Da guck ich wohl ein wenig 'nein!«
– Pfui, stößt den Kopf an harten Stein!
Elfe, gelt, du hast genug?
Gukuk! Gukuk!

## *Die Schwestern*

Wir Schwestern zwei, wir schönen,
So gleich von Angesicht,
So gleicht kein Ei dem andern,
Kein Stern dem andern nicht.

Wir Schwestern zwei, wir schönen,
Wir haben lichtbraune Haar,

Und flichtst du sie in *einen* Zopf,
Man kennt sie nicht fürwahr.

Wir Schwestern zwei, wir schönen,
Wir tragen gleich Gewand,
Spazieren auf dem Wiesenplan
Und singen Hand in Hand.

Wir Schwestern zwei, wir schönen,
Wir spinnen in die Wett,
Wir sitzen an *einer* Kunkel,
Und schlafen in *einem* Bett.

O Schwestern zwei, ihr schönen,
Wie hat sich das Blättchen gewendt!
Ihr liebet einerlei Liebchen –
Und jetzt hat das Liedel ein End.

### *Die Soldatenbraut*

Ach, wenns nur der König auch wüßt,
Wie wacker mein Schätzelein ist!
Für den König, da ließ' er sein Blut,
Für mich aber eben so gut.

Mein Schatz hat kein Band und kein' Stern,
Kein Kreuz wie die vornehmen Herrn,
Mein Schatz wird auch kein General;
Hätt er nur seinen Abschied einmal!

Es scheinen drei Sterne so hell
Dort über Marien-Kapell;
Da knüpft uns ein rosenrot Band,
Und ein Hauskreuz ist auch bei der Hand.

*Jedem das Seine*

Aninka tanzte
Vor uns im Grase
Die raschen Weisen.
Wie schön war sie!

Mit den gesenkten,
Bescheidnen Augen
Das stille Mädchen –
Mich macht' es toll!

Da sprang ein Knöpfchen
Ihr von der Jacke,
Ein goldnes Knöpfchen,
Ich fing es auf –

Und dachte Wunder
Was mirs bedeute,
Doch hämisch lächelt'
Jegór dazu,

Als wollt er sagen:
Mein ist das Jäckchen
Und was es decket,
Mein ist das Mädchen,
Und dein – der Knopf!

*Ritterliche Werbung*

Englisch

Wo gehst du hin, du schönes Kind?
Zu melken, Herr! – sprach Gotelind.

Wer ist dein Vater, du schönes Kind?
Der Müller im Tal – sprach Gotelind.

Wie, wenn ich dich freite, schönes Kind?
Zu viel der Ehre! – sprach Gotelind.

Was hast du zur Mitgift, schönes Kind?
Herr, mein Gesicht! – sprach Gotelind.

So kann ich dich nicht wohl frein, mein Kind.
Wer hats Euch geheißen? – sprach Gotelind.

### *Der Feuerreiter*

Sehet ihr am Fensterlein
Dort die rote Mütze wieder?
Nicht geheuer muß es sein,
Denn er geht schon auf und nieder.
Und auf einmal welch Gewühle
Bei der Brücke, nach dem Feld!
Horch! das Feuerglöcklein gellt:
  Hinterm Berg,
  Hinterm Berg
Brennt es in der Mühle!

Schaut! da sprengt er wütend schier
Durch das Tor, der Feuerreiter,
Auf dem rippendürren Tier,
Als auf einer Feuerleiter!
Querfeldein! Durch Qualm und Schwüle
Rennt er schon, und ist am Ort!
Drüben schallt es fort und fort:
  Hinterm Berg,
  Hinterm Berg
Brennt es in der Mühle!

Der so oft den roten Hahn
Meilenweit von fern gerochen,
Mit des heilgen Kreuzes Span
Freventlich die Glut besprochen –

Weh! dir grinst vom Dachgestühle
Dort der Feind im Höllenschein.
Gnade Gott der Seele dein!
  Hinterm Berg,
  Hinterm Berg
Ras't er in der Mühle!

Keine Stunde hielt es an,
Bis die Mühle borst in Trümmer;
Doch den kecken Reitersmann
Sah man von der Stunde nimmer.
Volk und Wagen im Gewühle
Kehren heim von all dem Graus;
Auch das Glöcklein klinget aus:
  Hinterm Berg,
  Hinterm Berg
Brennts! –

Nach der Zeit ein Müller fand
Ein Gerippe samt der Mützen
Aufrecht an der Kellerwand
Auf der beinern Mähre sitzen:
Feuerreiter, wie so kühle
Reitest du in deinem Grab!
Husch! da fällts in Asche ab.
  Ruhe wohl,
  Ruhe wohl
Drunten in der Mühle!

## *Die Tochter der Heide*

Wasch dich, mein Schwesterchen, wasch dich!
Zu Robins Hochzeit gehn wir heut:
Er hat die stolze Ruth gefreit.
  Wir kommen ungebeten;
Wir schmausen nicht, wir tanzen nicht

Und nicht mit lachendem Gesicht
  Komm ich vor ihn zu treten.

Strähl dich, mein Schwesterchen, strähl dich!
Wir wollen ihm singen ein Rätsel-Lied,
Wir wollen ihm klingen ein böses Lied;
  Die Ohren sollen ihm gellen.
Ich will ihr schenken einen Kranz
Von Nesseln und von Dornen ganz:
  Damit fährt sie zur Hölle!

  Schick dich, mein Schwesterchen, schmück dich!
Derweil sie alle sind am Schmaus,
Soll rot in Flammen stehn das Haus,
  Die Gäste schreien und rennen.
Zwei sollen sitzen unverwandt,
Zwei hat ein Sprüchlein festgebannt;
  Zu Kohle müssen sie brennen.

  Lustig, mein Schwesterchen, lustig!
Das war ein alter Ammensang.
Den falschen Rob vergaß ich lang.
  Er soll mich sehen lachen!
Hab ich doch einen andern Schatz,
Der mit mir tanzet auf dem Platz –
  Sie werden Augen machen!

### *Des Schloßküpers Geister zu Tübingen*

Ballade, beim Weine zu singen

Ins alten Schloßwirts Garten
Da klingt schon viele Jahr kein Glas;
Kein Kegel fällt, keine Karten,
Wächst aber schön lang Gras.

Ich mutterseelalleine
Setzt mich an einen langen Tisch;

Der Schloßwirt regt die Beine,
Vom Roten bringt er frisch.

Und läßt sich zu mir nieder;
Von alten Zeiten redt man viel,
Man seufzet hin und wieder;
Der Schöpplein wird kein Ziel.

Da nun der Tag gegangen,
Der Schloßwirt sagt kein Wörtlein mehr;
Neun Lichter tät er langen,
Neun Stühle setzt er her.

Als wie zum größten Feste
Auftischt er, daß die Tafel kracht:
Was kämen noch für Gäste?
Ist doch schier Mitternacht!

Der Narr, was kann er wollen?
Er macht sich an die Kugelbahn,
Läßt eine Kugel rollen,
Ein Höllenlärm geht an.

Es fahren gar behende
Acht Kegel hinterm Brett herauf,
Schrein: »Hagel und kein Ende!
Wer Teufel weckt uns auf?«

Und waren acht Studiosen,
Wohl aus der Zopf- und Puderzeit:
Rote Röcklein, kurze Hosen,
Und ganz charmante Leut.

Die sehen mit Ergetzen
Den edelen Karfunkelwein;
Gleich täten sie sich letzen
Und zechen und juchhein.

Den Wirt erbaut das wenig;
Er sprach: ihr Herren, wollt verzeihn:
Wo ist der Schoppenkönig?
Wann seid ihr denn zu neun?

»Ach Küper, lieber Küper,
Wie machest uns das Herze schwer!
Wohl funfzig Jahr und drüber
Begraben lieget er.

Gott hab den Herren selig
Mit seiner roten Habichtsnas!
Regierete so fröhlich,
Kam tags auf sieben Maß.

Einst tät er uns bescheiden,
Sprach: Männiglich kennt mein Gebot,
Den Gerstensaft zu meiden;
Man büßets mit dem Tod.

Mit ein paar lausigen Dichtern
Traf man beim sauren Bier euch an,
Versteht sich, nudelnüchtern,
Wohl auf der Kugelbahn.

Kommt also her, ihr Lümmel!
– Er zog sein' Zauberstab herfür –
Wir stürzten wie vom Himmel –
Acht Kegel waren wir!

Jetzt ging es an ein Hudeln,
Ein' hölzern' König man uns gab,
Doch schoß man nichts wie Pudel,
Da schafften sie uns ab.

Nun dauert es nicht lange,
So zieht das Burschenvolk einmal
Aufs Schloß, mit wildem Sange,
Zum König in den Saal:

Wir wolln dich Lands verweisen,
So du nicht schwörest ab den Wein;
Bierkönig sollt du heißen!
– Er aber saget: Nein;

Da habt ihr meine Krone!
An mir ist Hopfen und Malz verlorn. –
So stieg er von dem Throne
In seinem edlen Zorn.

Für Kummer und für Grämen
Der Herre wurde krank und alt,
Zerfiele wie ein Schemen
Und holt der Tod ihn bald.

Mit Purpur ward gezieret
Sein Leichnam als ein König groß;
Ein tief Gewölb man führet
Zu Tübingen im Schloß.

Vier schwarze Edelknaben
Sein' Becher trugen vor der Bahr;
Der ist mit ihm begraben,
War doch von Golde gar.

Damals ward prophezeiet,
Wenn nur erst hundert Jahr herum,
Da würde der Thron erneuet
Vom alten Königtum.

So müssen wir halt warten,
Bis daß die Zeit erfüllet was;
Und in des Schloßwirts Garten
Derweil wächst langes Gras.

Ach Küper, lieber Küper,
Jetzt geige du uns wieder heim!
Die Nacht ist schier vorüber:
Acht Kegel müssen wir sein.

Der Schloßwirt nimmt die Geigen
Und streicht ein Deo Gloria,
Sie tanzen einen Reigen –
Und keiner ist mehr da.

*Die Geister am Mummelsee*

Vom Berge was kommt dort um Mitternacht spät
Mit Fackeln so prächtig herunter?
Ob das wohl zum Tanze, zum Feste noch geht?
Mir klingen die Lieder so munter.
O nein!
So sage, was mag es wohl sein?

Das, was du da siehest, ist Totengeleit,
Und was du da hörest, sind Klagen.
Dem König, dem Zauberer, gilt es zu Leid,
Sie bringen ihn wieder getragen.
O weh!
So sind es die Geister vom See!

Sie schweben herunter ins Mummelseetal –
Sie haben den See schon betreten –
Sie rühren und netzen den Fuß nicht einmal –
Sie schwirren in leisen Gebeten –
O schau,
Am Sarge die glänzende Frau!

Jetzt öffnet der See das grünspiegelnde Tor;
Gib acht, nun tauchen sie nieder!
Es schwankt eine lebende Treppe hervor,
Und – drunten schon summen die Lieder.
Hörst du?
Sie singen ihn unten zur Ruh.

Die Wasser, wie lieblich sie brennen und glühn!
Sie spielen in grünendem Feuer;

Es geisten die Nebel am Ufer dahin,
Zum Meere verzieht sich der Weiher –
Nur still!
Ob dort sich nichts rühren will?

Es zuckt in der Mitten – o Himmel! ach hilf!
Nun kommen sie wieder, sie kommen!
Es orgelt im Rohr und es klirret im Schilf;
Nur hurtig, die Flucht nur genommen!
Davon!
Sie wittern, sie haschen mich schon!

## *Der Schatten*

Von Dienern wimmelts früh vor Tag,
Von Lichtern, in des Grafen Schloß.
Die Reiter warten sein am Tor,
Es wiehert morgendlich sein Roß.

Doch er bei seiner Frauen steht
Alleine noch im hohen Saal:
Mit Augen gramvoll prüft er sie,
Er spricht sie an zum letztenmal.

»Wirst du, derweil ich ferne bin
Bei des Erlösers Grab, o Weib,
In Züchten leben und getreu
Mir sparen deinen jungen Leib?

Wirst du verschließen Tür und Tor
Dem Manne, der uns lang entzweit,
Wirst meines Hauses Ehre sein,
Wie du nicht warest jederzeit?«

Sie nickt; da spricht er: »Schwöre denn!«
Und zögernd hebt sie auf die Hand.

Da sieht er bei der Lampe Schein
Des Weibes Schatten an der Wand.

Ein Schauer ihn befällt – er sinnt,
Er seufzt und wendet sich zumal.
Er winkt ihr einen Scheidegruß,
Und lässet sie allein im Saal.

Elf Tage war er auf der Fahrt,
Ritt krank ins welsche Land hinein:
Frau Hilde gab den Tod ihm mit
In einem giftigen Becher Wein.

Es liegt eine Herberg an der Straß,
Im wilden Tal, heißt Mutintal,
Da fiel er hin in Todesnot,
Und seine Seele Gott befahl.

Dieselbe Nacht Frau Hilde lauscht,
Frau Hilde luget vom Altan:
Nach ihrem Buhlen schaut sie aus,
Das Pförtlein war ihm aufgetan.

Es tut einen Schlag am vordern Tor,
Und aber einen Schlag, daß es dröhnt und hallt:
Im Burghof mitten steht der Graf –
Vom Turm der Wächter kennt ihn bald.

Und Vogt und Zofen auf dem Gang
Den toten Herrn mit Grausen sehn,
Sehn ihn die Stiegen stracks herauf
Nach seiner Frauen Kammer gehn.

Man hört sie schreien und stürzen hin,
Und eine jähe Stille war.
Das Gesinde, das flieht, auf die Zinnen es flieht:
Da scheinen am Himmel die Sterne so klar.

Und als vergangen war die Nacht,
Und stand am Wald das Morgenrot,

Sie fanden das Weib in dem Gemach
Am Bettfuß unten liegen tot.

Und als sie treten in den Saal,
O Wunder! steht an weißer Wand
Frau Hildes Schatten, hebet steif
Drei Finger an der rechten Hand.

Und da man ihren Leib begrub,
Der Schatten blieb am selben Ort,
Und blieb, bis daß die Burg zerfiel;
Wohl stünd er sonst noch heute dort.

### *Märchen vom sichern Mann*

Soll ich vom sicheren Mann ein Märchen erzählen, so höret!
– Etliche sagen, ihn habe die steinerne Kröte geboren.
Also heißet ein mächtiger Fels in den Bergen des Schwarzwalds,
Stumpf und breit, voll Warzen, der häßlichen Kröte vergleichbar.
Darin lag er und schlief bis nach den Tagen der Sündflut.
Nämlich es war sein Vater ein Waldmensch, tückisch und grausam,
Allen Göttern ein Greul und allen Nymphen gefürchtet.
Ihm nicht durchaus gleich ist der Sohn, doch immer ein Unhold;
Riesenhaft an Gestalt, von breitem Rücken und Schultern.
Ehmals ging er fast nackt, unehrbarlich; aber seit Menschen-
Denken im rauh grauhärenen Rock, mit schrecklichen Stiefeln.
Grauliche Borsten bedecken sein Haupt und es starret der Bart ihm.
(Heimlich besucht ihn, heißt es, der Igelslocher Balbierer
In der Höhle, woselbst er ihm dient wie der sorgsame Gärtner,
Wenn er die Hecken stutzt mit der unermeßlichen Schere.)
Lauter Nichts ist sein Tun und voll von törichten Grillen:
Wenn er herniedersteigt vom Gebirg bei nächtlicher Weile,
Laut im Gespräch mit sich selbst, und oft ingrimmigen Herzens
Weg- und Meilenzeiger mit *einem* gemessenen Tritt knickt
(Denn die hasset er bis auf den Tod, unbilligerweise);

Oder auch wenn er zur Winterzeit ins beschneiete Blachfeld
Oft sich der Länge nach streckt und, aufgestanden, an seinem
Konterfei sich ergötzt, mit bergerschütterndem Lachen.

Aber nun lag er einmal mittags in seiner Behausung,
Seinen geliebtesten Fraß zu verdaun, saftstrotzende Rüben,
Zu dem geräucherten Speck, den die Bauern ihm bringen vertrags-
Plötzlich erfüllete wonniger Glanz die Wände der Höhle: [weis;
Lolegrin stand vor ihm: der liebliche Götterjüngling,
Welcher ein Lustigmacher bestellt ist seligen Göttern,
(Sonst nur auf Orplid* gesehn, denn andere Lande vermied er)
Weylas schalkischer Sohn, mit dem Narrenkranz um die Schläfe,
Zierlich aus blauen Glocken und Küchenschelle geflochten.
Er nun red'te den Ruhenden an mit trüglichem Ernste:
»Suckelborst, sicherer Mann, sei gegrüßt! und höre vertraulich
Was die Himmlischen dir durch meine Sendung entbieten.
– Sämtlich ehren sie deinen Verstand und gute Gemütsart,
Sowie deine Geburt: es war dein Vater ein Halbgott,
Und desgleichen auch hielten sie dich stets; aber in *einem*
Bist du ihnen nicht recht; das sollt du jetzo vernehmen.
Bleibe nur, Lieber, getrost so liegen – ich setze bescheiden
Mich auf den Absatzrand hier deines würdigen Stiefels,
Der wie ein Felsblock ragt, und unschwer bin ich zu tragen.

Siehe, Serachadan zeugete dich mit der Riesenkröte,
Seine unsterbliche Kraft in ihrem Leibe verschließend,
Da sie noch lebend war; doch gleich nach ihrer Empfängnis
Ward sie verwandelt in Stein und hauchte dein Vater den Geist aus.
Aber du schliefest im Mutterleib neun Monde und drüber,
Denn im zehnten kamen die großen Wasser auf Erden;
Vierzig Tage lang strömte der Regen und vierzig Nächte
Auf die sündige Welt, so Tiere wie Menschen ersäufend;
Eine einzige See war über die Lande ergossen,
Über Gebirg und Tal, und deckte die wolkigen Gipfel.
Doch du lagest zufrieden in deinem Felsen verborgen,

* *Orplid*, eine fabelhafte Insel, deren Beschützerin die Göttin *Weyla* ist. Man vergleiche hiezu: Maler Nolten, 1. T.

So wie die Auster ruht in festverschlossenen Schalen,
Oder des Meeres Preis, die unbezahlbare Perle.
Götter segneten deinen Schlaf mit hohen Gesichten,
Zeigten der Schöpfung Heimliches dir, wie alles geworden:
Erst, wie der Erdball, ganz mit wirkenden Kräften geschwängert,
Einst dem dunkelen Nichts entschwebte, zusamt den Gestirnen;
Wie mit Gras und Kraut sich zuerst der Boden begrünte,
Wie aus der Erde Milch, so sie hegt im inneren Herzen,
Wurde des Fleisches Gebild, das zarte, darinnen der Geist wohnt,
Tier- und Menschengeschlecht, denn erdgeboren sind beide.
Zudem sang dir dein Traum der Völker späteste Zukunft,
So wie der Throne Wechselgeschick und der Könige Taten,
Ja, du sahst den verborgenen Rat der ewigen Götter.
Solches vergönnten sie dir, auf daß du, ein herrlicher Lehrer
Oder ein Seher, die Wahrheit wiederum andern verkündest;
Nicht den Menschen sowohl, die da leben und wandeln auf Erden–
Ihnen ja dient nur wenig zu wissen, – ich meine die Geister
Unten im Schattengefild, die alten Weisen und Helden,
Welche da traurig sitzen und forschen das hohe Verhängnis,
Schweigsam immerdar, des erquicklichen Wortes entbehrend.
Aber vergebens harren sie dein, dieweil du ja gänzlich
Deines erhabnen Berufs nicht denkst. Laß, Alter, mich offen
Dir gestehen, so, wie du es bisher getrieben, erscheinst du
Weder ein Halbgott, noch ein Begeisteter, sondern ein Schweinpelz.
Greulichem Fraß nachtrachtest du nur und sinnest auf Unheil;
Steigest des Nachts in den Fluß, bis über die Kniee gestiefelt,
Trennest die Bänder los an den Flößen und schleuderst die Balken
Weit hinein in das Land, den ehrlichen Flößern zum Torten.
Taglang trollest du müßig umher im wilden Gebirge,
Ahmest das Grunzen des Keulers nach und lockest sein Weibchen,
Greifest, wenn sie nun rennt durch den Busch, die Sau bei den Ohren,
Zwickst die wütende, grausam an ihrem Geschreie dich weidend.
Siehe, dies wissen wir wohl, denn jegliches sehen die Götter.
Aber du reize sie länger nicht mehr! es möchte dich reuen.
Schmeidige doch ein weniges deine borstige Seele!
Suche zusammen dein Wissen und lichte die rußigen Kammern

Deines Gehirns und besinne dich wohl auf alles und jedes,
Was dir geoffenbart; dann nimm den Griffel und zeichn es
Fein mit Fleiß in ein Buch, damit es daure und bleibe;
Leg den Toten es aus in der Unterwelt! Sicherlich weißt du
Wohl die Pfade dahin und den Eingang, welcher dich nicht schreckt,
Denn du bist ja der sichere Mann mit den wackeren Stiefeln.
Lieber, und also scheid ich. Ade! wir sehen uns wieder.«

Sprach es, der schelmische Gott, und ließ den Alten alleine.
Der nun war wie verstürzt und stand ihm fast der Verstand still.
Halblaut hebt er zu brummen erst an und endlich zu fluchen,
Schandbare Worte zumal, gottloseste, nicht zu beschreiben.
Aber nachdem die Galle verraucht war und die Empörung,
Hielt er inne und schwieg; denn jetzo gemahnte der Geist ihn,
Nicht zu trotzen den Himmlischen, deren doch immer die Macht ist,
Sondern zu folgen vielmehr. Und alsbald wühlt sein Gedanke
Rückwärts durch der Jahrtausende Wust, bis tief wo er selber
Noch ein Ungeborener träumte die Wehen der Schöpfung,
(Denn so sagte der Gott und Götter werden nicht lügen).
Aber da deucht es ihm Nacht, dickfinstere; wo er umhertappt,
Nirgend ist noch ein Halt und noch kein Nagel geschlagen,
Anzuhängen die Wucht der wundersamen Gedanken,
Welche der Gott ihm erregt in seiner erhabenen Seele;
Und so kam er zu nichts und schwitzete wie ein Magister.
Endlich ward ihm geschenkt, daß er flugs dahin sich bedachte:
Erst ein Buch sich zu schaffen, ein unbeschriebenes, großes,
Seinen Fäusten gerecht und wert des künftigen Inhalts.
Wie er solches erreicht, o Muse, dies hilf mir verkünden!

Längst war die Sonne hinab, und Nacht beherrschte den Erdkreis
Seit vier Stunden, da hebt der sichere Mann sich vom Lager,
Setzet den runden Hut auf das Haupt und fasset den Wander-
Stab und verlässet die Höhle. Gemächlich steigt er bergaufwärts,
Red't mit sich selber dabei und brummt nach seiner Gewohnheit.

Aber nun hub sich der Mond auch schon in leuchtender Schöne
Rein am Forchenwalde herauf und erhellte die Gegend,

Samt der Höhe von Igelsloch, wo nun Suckelborst anlangt.
Kaum erst hatte der Wächter die zwölfte Stunde gerufen,
Alles ist ruhig im Dorf und nirgend ein Licht mehr zu sehen,
Nicht in den Kunkelstuben gesellig spinnender Mägdlein,
Nicht am einsamen Stuhle des Webers oder im Wirtshaus,
Mann und Weib im Bette, die Last des Tages verschlafend.

Suckelborst tritt nun sacht vor die nächstgelegene Scheuer,
Misset die zween Torflügel, die Höhe sowohl wie die Breite,
Still mit zufriedenem Blick (auch waren sie nicht von den kleinsten,
Aber er selbst war größer denn sie, dieweil er ein Riese).
Schloß und Riegel betrachtet er wohl, kneipt dann mit dem Finger
Ab den Kloben und öffnet das Tor und hebet die Flügel
Leicht aus den Angeln und lehnt an die Wand sie übereinander.
Alsbald schaut er sich um nach des Nachbars Scheuer und schreitet
Zu demselben Geschäft und raubet die mächtigen Tore,
Stellt zu den vorigen sie an die Wand und also fort macht er
Weiter im Gäßchen hinauf, bis er dem fünften und sechsten
Bauern auf gleiche Weise die Tenne gelüftet. Am Ende
Überzählt er die Stücke: es waren gerade ein Dutzend
Blätter, und fehlte nur noch, daß er mit sauberen Stricken
Hinten die Öhre der Angeln verband, da war es ein Schreibbuch,
Gar ein stattliches; doch dies blieb ein Geschäft für daheime.
Also nimmt er es unter den Arm, das Werk, und trollt sich.

Unterdes war aufschauernd vom Schlaf der schnarchenden Bauern
Einer erwacht und hörte des schwer Entwandelnden Fußtritt.
Hastig entrauscht er dem Lager und stößt am niedrigen Fenster
Rasch den Schieber zurück und horcht und sieht mit Entsetzen
Rings im mondlichen Dorf der Scheuern finstere Rachen
Offen stehn; da fährt er voll Angst in die lederne Hose
(Beide Füße verkehrt, den linken macht er zum rechten),
Rüttelt sein Weib und redet zu ihr die eifrigen Worte:
»Käthe! steh auf! Der sichere Mann – ich hab ihn vernommen –
Hat wie der Feind im Flecken hantiert und die Scheuern geplündert!
Schau im Hause mir nach und im Stall! ich laufe zum Schulzen.«

Also stürmt er hinaus. Doch tut er selber im Hof erst
Noch einen Blick in die Ställe, ob auch sein Vieh noch vorhanden;
Aber da fehlte kein Schweif, und es muht ihm entgegen die Schecke,
Meint, es wär Fütternszeit; er aber enteilt in die Gasse,
Klopft unterwegs dem Büttel am Laden und ruft ihm das Wort zu:
»Michel, heraus! mach Lärm! Der sichere Mann hat den Flecken
Heimgesucht und die Scheuern erbrochen und übel gewirtschaft't!«
Solches noch redend hinweg schon lief er und weckte den Schultheiß,
Weckte den Bürgermeister und andere seiner Gefreund'te.
Alsbald wurden die Straßen lebendig, es staunten die Männer,
Stießen Verwünschungen aus, im Chor lamentierten die Weiber,
Jeder durchmusterte seinen Besitz, und wenig getröstet,
Als kein größerer Schaden herauskam, fielen mit Unrecht
Über den Wächter die grimmigsten her und schrien: »Du Schlafratz!
Du keinnütziger Tropf!« und ballten die bäurischen Fäuste,
Ihn zu bläuen, und nahmen auch nur mit Mühe Vernunft an.
Endlich zerstreuten sie sich zur Ruhe; doch stellte der Schultheiß
Wachen noch aus für den Fall, daß der Unhold noch einmal käme.

Suckelborst hatte derweil schon wieder die Höhle gewonnen,
Welche von vorn gar weit und hoch in den Felsen sich wölbte.
Duftende Kiefern umschatteten, riesige, dunkel den Eingang.
Hier denn leget er nieder die ungeheueren Tore,
Und sich selber dazu, des goldenen Schlafes genießend.

Aber sobald die Sonne nur zwischen den Bäumen hereinschien,
Gleich an die Arbeit machet er sich, die Tore zu heften.
Saubere Stricke schon lagen bereit, gestohlene freilich;
Und er ordnet die Blätter mit sinnigen Blicken und füget
Vorn und hinten zur Decke die schönsten (sie waren des Schulzen,
Künstlich über das Kreuz mit roten Leisten beschlagen).
Aber auf einmal jetzt, in des stattlichen Werkes Betrachtung,
Wächst ihm der Geist, und er nimmt die mächtige Kohle vom Boden,
Legt vor das offene Buch sich nieder und schreibet aus Kräften,
Striche, so grad wie krumm, in unnachsagbaren Sprachen,
Kratzt und schreibt und brummelt dabei mit zufriedenem Nachdruck.

Anderthalb Tag arbeitet er so, kaum gönnet er Zeit sich,
Speise zu nehmen und Trank, bis die letzte Seite gefüllt ist,
Endlich am Schluß denn folget das Punktum, groß wie ein Kinds-
kopf.
Tief aufschnaufend erhebet er sich, sein Buch zuschmetternd.

Jetzo, nachdem er das Herz sich gestärkt mit reichlicher Mahlzeit,
Nimmt er den Hut und den Stock und reiset. Auf einsamen Pfaden
Stets gen Mitternacht läuft er, denn dies ist der Weg zu den Toten.
Schon mit dem siebenten Morgen erreicht er die finstere Pforte.
Purpurn streifte soeben die Morgenröte den Himmel,
Welche den lebenden Menschen das Licht des Tages verkündet,
Als er hinabwärts stieg, furchtlos, die felsigen Hallen.
Aber er hatte der Stunden noch zweimal zwölfe zu wandeln
Durch der Erde gewundenes Ohr, wo ihn Lolegrin heimlich
Führete, bis er die Schatten ersah, die, luftig und schwebend,
Dämmernde Räume bewohnen, die Bösen sowohl wie die Guten.

Vorn bei dem Eingang sammelte sich unliebsames Kehricht
Niederen Volks: trugsinnende Krämer und Kuppler und Metzen,
Lausige Dichter dabei und unzählbares Gesindel.
Diese, zu schwatzen gewohnt, zu Possen geneigt und zu Händeln,
Mühten vergebens sich ab, zu erheben die lispelnde Stimme, –
Denn hellklingendes Wort ist nicht den Toten verliehen –
Und so winkten sie nur mit heftig bewegter Gebärde,
Stießen und zerrten einander als wie im Gewühle des Jahrmarkts.
Weiter dagegen hinein sah man ruhmwürdige Geister,
Könige, Helden und Sänger, geschmückt mit ewigem Lorbeer;
Ruhig ergingen sie sich und saßen, die einen zusammen,
Andre für sich, und es trennte die weit zerstreueten Gruppen
Hügel und Fels und Gebüsch und die finstere Wand der Zypressen.

Kaum nun war der sichere Mann in der Pforte erschienen,
Aufrecht die hohe Gestalt, mit dem Weltbuch unter dem Arme,
Sieh, da betraf die Schatten am Eingang tödliches Schrecken.
Auseinander stoben sie all, wie Kinder vom Spielplatz,

Wenn es im Dorfe nun heißt: »Der Hummel* ist los!« und »da
kommt er!«
Doch der sichere Mann, vorschreitend, winkete gnädig
Ringsumher, da kamen sie näher und standen und gafften.

Suckelborst lehnet nunmehr sein mächtiges Manuskriptum
Gegen den niedrigen Hügel, den rundlichen, welchem genüber
Er selbst Platz zu nehmen gedenkt auf moosigem Felsstück.
Doch erst leget er Hut und Stock zur Seite bedächtig,
Streicht mit der breiten Hand sich den beißenden Schweiß von der
Stirne,
Räuspert sich, daß die Hallen ein prasselndes Echo versenden,
Sitzet nieder sodann und beginnt den erhabenen Vortrag.
Erst, wie der Erdball, ganz mit wirkenden Kräften geschwängert,
Einst dem dunkelen Nichts entschwebte zusamt den Gestirnen,
Wie mit Gras und Kraut sich zuerst der Boden begrünte,
Wie aus der Erde Milch, so sie hegt im inneren Herzen,
Wurde des Fleisches Gebild, das zarte, darinnen der Geist wohnt,
Tier- und Menschengeschlecht, denn erdgeboren sind beide.

Solches, nach bestem Verstand und soweit ihn der Dämon er-
leuchtet,
Lehrte der Alte getrost, und still aufhorchten die Schatten.
Aber es hatte der Teufel, das schwarze, gehörnete Scheusal,
Sich aus fremdem Gebiet des unterirdischen Reiches
Unberufen hier eingedrängt, neugierig und boshaft,
Wie er wohl manchmal pflegt, wenn er Kundschaft suchet und
Kurzweil.
Und er stellte sich hinter den Sprechenden, ihn zu verhöhnen,
Schnitt Gesichter und reckte die Zung und machete Purzel-
Bäum, als ein Aff, und reizte die Seelen beständig zu lachen.
Wohl bemerkt' es der sichere Mann, doch tat er nicht also,
Sondern er redete fort, in würdiger Ruhe beharrend.
Indes trieb es der andere nur um desto verwegner,
Schob am Ende den Schwanz, den gewichtigen, langen, dem Alten

* Schwäbisch, für *Bulle*.

Sacht in die Hintertasche des Rocks, als wenn es ihn fröre:
Plötzlich da greifet der sichere Mann nach hinten, gewaltig
Mit der Rechten erfaßt er den Schweif und reißet ihn schnellend
Bei der Wurzel heraus, daß es kracht – ein gräßlicher Anblick.
Laut aufbrüllet der Böse, die Tatzen gedeckt auf die Wunde,
Dreht im rasenden Schmerz wie ein Kreisel sich, schreiend und winselnd,
Und schwarz quoll ihm das Blut wie rauchendes Pech aus der Wunde;
Dann, wie ein Pfeil zur Seite gewandt, mit Schanden entrinnt er
Durch die geschwind eröffnete Gasse der staunenden Seelen,
Denn nach der eigenen Hölle verlangt ihn, wo er zu Haus war;
Und man hörte noch weit aus der Ferne des Flüchtigen Wehlaut.

Aber es standen die Scharen umher von Grausen gefesselt,
Ehrfurchtsvoll zum sicheren Mann die Augen erhoben.
Dieser hielt noch und wog den wuchtigen Schweif in den Händen,
Den bisweilen ein zuckender Schmerz noch leise bewegte.
Sinnend schaut' er ihn an und sprach die prophetischen Worte:

»Wie oft tut der sichere Mann dem Teufel ein Leides?
Erstlich heute, wie eben geschehn, ihr saht es mit Augen;
Dann ein zweites, ein drittes Mal in der Zeiten Vollendung:
Dreimal rauft der sichere Mann dem Teufel den Schweif aus.
Neu zwar sprosset hervor ihm derselbige, aber nicht ganz mehr;
Kürzer gerät er, je um ein Dritteil, bis daß er welket.
Gleichermaßen vergeht dem Bösen der Mut und die Stärke,
Kindisch wird er und alt, ein Bettler, von allen verachtet.
Dann wird ein Festtag sein in der Unterwelt und auf der Erde;
Aber der sichere Mann wird ein lieber Genosse den Göttern.«

Sprach es, und jetzo legt' er den Schweif in das Buch als ein Zeichen,
Sorgsam, daß oben noch just der haarige Büschel heraussah,
Denn er gedachte für jetzt nicht weiter zu lehren, und basta
Schmettert er zu den Deckel des ungeheueren Werkes,
Faßt es unter den Arm, nimmt Hut und Stock und empfiehlt sich.

Unermeßliches Beifallklatschen des sämtlichen Pöbels
Folgte dem Trefflichen nach, bis er ganz in der Pforte verschwunden,
Und es rauschte noch lang und tosete freudiger Aufruhr.

Aber Lolegrin hatte, der Gott, das ganze Spektakel
Heimlich mit angesehn und gehört, in Gestalt der Zikade
Auf dem hangenden Zweig der schwarzen Weide sich wiegend.
Jetzo verließ er den Ort und schwang sich empor zu den Göttern,
Ihnen treulich zu melden die Taten des sicheren Mannes
Und das himmlische Mahl mit süßem Gelächter zu würzen.

## *Gesang Weylas*

Du bist Orplid, mein Land!
Das ferne leuchtet;
Vom Meere dampfet dein besonnter Strand
Den Nebel, so der Götter Wange feuchtet.

Uralte Wasser steigen
Verjüngt um deine Hüften, Kind!
Vor deiner Gottheit beugen
Sich Könige, die deine Wärter sind.

## *Chor jüdischer Mädchen*

Aus einer unvollendeten Oper

Wir fürchten uns nicht in des Königes Saale;
Er lud uns zum Mahle,
So sind wir nun da.
Eia la la! Eia la la!
Ist doch auch des Königs sein Töchterlein da!

Duftende Quellen
Springen im Saal,
Und wie Gazellen
Wir hüpfen ums Mahl.

Keine soll stocken im Tanz!
Schüttelt nur Locken und Kranz!
Lustig! Im Taumel mutwilliger Tänze
Fliegen die Kränze,
Fliegt es mit Rosen und Bändern im Saal.
Eia la la! Eia la la! usw.

### *Ideale Wahrheit*

Gestern entschlief ich im Wald, da sah ich im Traume das kleine
Mädchen, mit dem ich als Kind immer am liebsten verkehrt.
Und sie zeigte mir hoch im Gipfel der Eiche den Kuckuck,
Wie ihn die Kindheit denkt, prächtig gefiedert und groß.
Drum! dies ist der wahrhaftige Kuckuck! – rief ich. – Wer sagte
Mir doch neulich, er sei klein nur, unscheinbar und grau?

### *Gefunden*

Zeus, um die Mitte zu finden vom Erdkreis, den er beherrschte,
Wußte den sinnigsten Rat; kindliche Dichtung erzählts:
Adler, ein Paar, von Morgen den einen, den andern von Abend,
Ließ er fliegen, zugleich, gegeneinander gekehrt.
Wo sie alsdann, gleichmäßiger Kraft mit den Fittigen strebend,
Trafen zusammen, da fand, was er verlangte, der Gott.
So, wo die Weisheit sich und die Schönheit werden begegnen,
Stellet den Dreifuß keck, bauet den Tempel nur auf!

### *Die schöne Buche*

Ganz verborgen im Wald kenn ich ein Plätzchen, da stehet
Eine Buche, man sieht schöner im Bilde sie nicht.
Rein und glatt, in gediegenem Wuchs erhebt sie sich einzeln,
Keiner der Nachbarn rührt ihr an den seidenen Schmuck.

Rings, soweit sein Gezweig der stattliche Baum ausbreitet,
Grünet der Rasen, das Aug still zu erquicken, umher;
Gleich nach allen Seiten umzirkt er den Stamm in der Mitte;
Kunstlos schuf die Natur selber dies liebliche Rund.
Zartes Gebüsch umkränzet es erst; hochstämmige Bäume,
Folgend in dichtem Gedräng, wehren dem himmlischen Blau.
Neben der dunkleren Fülle des Eichbaums wieget die Birke
Ihr jungfräuliches Haupt schüchtern im goldenen Licht.
Nur wo, verdeckt vom Felsen, der Fußsteig jäh sich hinabschlingt,
Lässet die Hellung mich ahnen das offene Feld.
– Als ich unlängst einsam, von neuen Gestalten des Sommers
Ab dem Pfade gelockt, dort im Gebüsch mich verlor,
Führt' ein freundlicher Geist, des Hains auflauschende Gottheit,
Hier mich zum erstenmal, plötzlich, den Staunenden, ein.
Welch Entzücken! Es war um die hohe Stunde des Mittags,
Lautlos alles, es schwieg selber der Vogel im Laub.
Und ich zauderte noch, auf den zierlichen Teppich zu treten;
Festlich empfing er den Fuß, leise beschritt ich ihn nur.
Jetzo gelehnt an den Stamm (er trägt sein breites Gewölbe
Nicht zu hoch), ließ ich rundum die Augen ergehn,
Wo den beschatteten Kreis die feurig strahlende Sonne,
Fast gleich messend umher, säumte mit blendendem Rand.
Aber ich stand und rührte mich nicht; dämonischer Stille,
Unergründlicher Ruh lauschte mein innerer Sinn.
Eingeschlossen mit dir in diesem sonnigen Zauber-
Gürtel, o Einsamkeit, fühlt ich und dachte nur dich!

### *Johann Kepler*

Gestern, als ich vom nächtlichen Lager den Stern mir in Osten
Lang betrachtete, den dort mit dem rötlichen Licht,
Und des Mannes gedachte, der seine Bahnen zu messen,
Von dem Gotte gereizt, himmlischer Pflicht sich ergab,
Durch beharrlichen Fleiß der Armut grimmigen Stachel
Zu versöhnen, umsonst, und zu verachten bemüht:

Mir entbrannte mein Herz von Wehmut bitter; ach! dacht ich,
Wußten die Himmlischen dir, Meister, kein besseres Los?
Wie ein Dichter den Helden sich wählt, wie Homer von Achilles'
Göttlichem Adel gerührt, schön im Gesang ihn erhob,
Also wandtest du ganz nach jenem Gestirne die Kräfte,
Sein gewaltiger Gang war dir ein ewiges Lied.
Doch so bewegt sich kein Gott von seinem goldenen Sitze,
Holdem Gesange geneigt, den zu erretten, herab,
Dem die höhere Macht die dunkeln Tage bestimmt hat,
Und euch Sterne berührt nimmer ein Menschengeschick;
Ihr geht über dem Haupte des Weisen oder des Toren
Euren seligen Weg ewig gelassen dahin!

### *Auf das Grab von Schillers Mutter*

Cleversulzbach, im Mai

Nach der Seite des Dorfs, wo jener alternde Zaun dort
Ländliche Gräber umschließt, wall ich in Einsamkeit oft.
Sieh den gesunkenen Hügel; es kennen die ältesten Greise
Kaum ihn noch, und es ahnt niemand ein Heiligtum hier.
Jegliche Zierde gebricht und jedes deutende Zeichen;
Dürftig breitet ein Baum schützende Arme umher.
Wilde Rose! dich find ich allein statt anderer Blumen;
Ja, beschäme sie nur, brich als ein Wunder hervor!
Tausendblättrig eröffne dein Herz! entzünde dich herrlich
Am begeisternden Duft, den aus der Tiefe du ziehst!
Eines Unsterblichen Mutter liegt hier bestattet; es richten
Deutschlands Männer und Fraun eben den Marmor ihm auf.

### *An eine Lieblingsbuche meines Gartens*

in deren Stamm ich *Höltys* Namen schnitt

Holdeste Dryas, halte mir still! es schmerzet nur wenig:
Mit wollüstigem Reiz schließt sich die Wunde geschwind.

Eines Dichters Namen zu tragen bist du gewürdigt,
Keinen lieberen hat Wiese noch Wald mir genannt.
Sei du künftig von allen deinen Geschwistern die erste,
Welche der kommende Lenz wecket und reichlich belaubt!
Und ein liebendes Mädchen, von deinem Dunkel umduftet,
Sehe den Namen, der, halb nur verborgen, ihr winkt.
Leise drückt sie, gedankenvoll, die Lippen auf diese
Lettern, es dringet ihr Kuß dir an das innerste Mark.
Wehe der Hand, die dich zu schädigen waget! Ihr glücke
Nimmer, in Feld und Haus, nimmer ein friedliches Werk!

## *Theokrit*

Sei, o Theokritos, mir, du Anmutsvollster, gepriesen!
Lieblich bist du zuerst, aber auch herrlich fürwahr.
Wenn du die Chariten schickst in die Goldpaläste der Reichen,
Unbeschenkt kehren sie dir, nackenden Fußes, zurück.
Müßig sitzen sie wieder im ärmlichen Hause des Dichters,
Auf die frierenden Knie traurig die Stirne gesenkt.
Oder die Jungfrau führe mir vor, die, rasend in Liebe,
Da ihr der Jüngling entfloh, Hekates Künste versucht.
Oder besinge den jungen Herakles, welchem zur Wiege
Dienet der eherne Schild, wo er die Schlangen erwürgt:
Klangvoll fährst du dahin! dich kränzte Kalliope selber,
Aber bescheiden, ein Hirt, kehrst du zur Flöte zurück.

## *Tibullus*

Wie der wechselnde Wind nach allen Seiten die hohen
Saaten im weichen Schwung niedergebogen durchwühlt:
Liebekranker Tibull! so unstet fluten, so reizend,
Deine Gesänge dahin, während der Gott dich bestürmt.

### *Einer geistreichen Frau*

Wem in das rein empfindende Herz holdselige Musen
  Anmut hauchten und ihm liehn das bezaubernde Wort, –
Alles glauben wir ihm; doch diesen schmeichelnden Lippen
  Glaubt ich alles, bevor ich nur ein Wörtchen vernahm.

### *An Hermann*

Unter Tränen rissest du dich von meinem Halse!
  In die Finsternis lang sah ich verworren dir nach.
Wie? auf ewig? sagtest du so? Dann lässet auf ewig
  Meine Jugend von mir, lässet mein Genius mich!
Und warum? bei allem, was heilig, weißt du es selber,
  Wenn es der Übermut schwärmender Jugend nicht ist?
O verwegenes Spiel! Komm! nimm dein Wort noch zurücke!
  – Aber du hörtest nicht, ließest mich staunend allein.
Monde vergingen und Jahre; die heimliche Sehnsucht im Herzen,
  Standen wir fremd, es fand keiner ein mutiges Wort,
Um den kindischen Bann, den luftgewebten, zu brechen,
  Und der gemeine Tag löschte bald jeglichen Wunsch.
Aber heutige Nacht erschien mir wieder im Traume
  Deine Knabengestalt – Wehe! wo rett ich mich hin
Vor dem lieblichen Bild? Ich sah dich unter den hohen
  Maulbeerbäumen im Hof, wo wir zusammen gespielt.
Und du wandtest dich ab, wie beschämt, ich strich dir die Locken
  Aus der Stirne: O du, rief ich, was kannst du dafür!
Weinend erwacht ich zuletzt, trüb schien der Mond auf mein Lager,
  Aufgerichtet im Bett saß ich und dachte dir nach.
O wie tobte mein Herz! Du fülltest wieder den Busen
  Mir, wie kein Bruder vermag, wie die Geliebte nicht kann!

### *Muse und Dichter*

»Krank nun vollends und matt! Und du, o Himmlische, willst mir
Auch schon verstummen – o was deutet dies Schweigen mir an?
Gib die Leier!« – Nicht doch, dir ist die Ruhe geboten.
Schlafe! träume nur! still ruf ich dir Hülfe herab.
Deinem Haupte noch blühet ein Kranz; und sei es zum Leben,
Sei's zum Tode, getrost! meine Hand windet ihn dir.
»Keinen Lorbeer will ich, die kalte Stirne zu schmücken:
Laß mich leben, und gib fröhliche Blumen zum Strauß!«

### *Auf dem Krankenbette*

Gleichwie ein Vogel am Fenster vorbei mit sonnebeglänztem
Flügel den blitzenden Schein wirft in ein schattig Gemach,
Also, mitten im Gram um verlorene Jahre des Siechbetts,
Überraschet und weckt leuchtende Hoffnung mich oft.

### *Bei Tagesanbruch*

»Sage doch, wird es denn heute nicht Tag? es dämmert so lange,
Und schon zu Hunderten, horch! singen die Lerchen im Feld.«

Immer ja saugt ihr lichtbegieriges Auge die ersten
Strahlen hinweg, und so wächset nur langsam der Tag.

### *An meinen Arzt, Herrn Dr. Elsäßer*

Siehe! da stünd ich wieder auf meinen Füßen, und blicke
Froh erstaunt in die Welt, die mir im Rücken schon lag!
Aber ich spreche von Dank dir nicht: du liesest ihn besser
Mir im Auge, du fühlst hier ihn im Drucke der Hand.
Ich glückseliger Tor, der ich meine, du solltest verwundert
Über dich selber mit uns sein, ja gerührt, so wie ich!

Doch daran erkennen wir dich – Den schwindelnden Nachen
  Herrlich meisternd fährt ruhig der Schiffer ans Land,
Wirft in den Kahn das Ruder, das, ach! so viele gerettet,
  Laut umjauchzen sie ihn, aber er achtet es kaum,
Kettet das Schiff an den Pflock, und am Abend sitzt er beim Kruge
  Wie ein anderer Mann, füllet sein Pfeifchen und ruht.

## *Maschinka*

Dieser schwellende Mund, den Reiz der Heimat noch atmend,
  Kennt die Sprache nicht mehr, die ihn so lieblich geformt:
Nach der Grammatik greifet die müßige Schöne verdrießlich,
  Stammelt russischen Laut, weil es der Vater befiehlt.
Euer Stammeln ist süß, doch pflegt ihr, trutzige Lippen,
  Heimlich ein ander Geschäft, das euch vor allem verschönt!

## *Versuchung*

Wenn sie in silberner Schale mit Wein uns würzet die Erdbeern,
  Dicht mit Zucker noch erst streuet die Kinder des Walds:
O wie schmacht ich hinauf zu den duftigern Lippen, wie dürstet
  Nach des gebogenen Arms schimmernder Weiße mein Mund!

## *Lose Ware*

»Tinte! Tinte, wer braucht? Schön schwarze Tinte verkauf ich!«
  Rief ein Büblein gar hell Straßen hinauf und hinab.
Lachend traf sein feuriger Blick mich oben im Fenster,
  Eh ich michs irgend versah, huscht er ins Zimmer herein.
Knabe, dich rief niemand! – »Herr, meine Ware versucht nur!«
  Und sein Fäßchen behend schwang er vom Rücken herum.
Da verschob sich das halbzerrissene Jäckchen ein wenig
  An der Schulter und hell schimmert ein Flügel hervor.

Ei, laß sehen, mein Sohn, du führst auch Federn im Handel?
  Amor, verkleideter Schelm! soll ich dich rupfen sogleich?
Und er lächelt, entlarvt, und legt auf die Lippen den Finger:
  »Stille! sie sind nicht verzollt – stört die Geschäfte mir nicht!
Gebt das Gefäß, ich füll es umsonst, und bleiben wir Freunde!«
  Dies gesagt und getan, schlüpft er zur Türe hinaus. –
Angeführt hat er mich doch: denn will ich was Nützliches schreiben,
  Gleich wird ein Liebesbrief, gleich ein Erotikon draus.

### *Im Park*

Sieh, der Kastanie kindliches Laub hängt noch wie der feuchte
  Flügel des Papillons, wenn er die Hülle verließ;
Aber in laulicher Nacht der kürzeste Regen entfaltet
  Leise die Fächer und deckt schnelle den luftigen Gang.
– Du magst eilen, o himmlischer Frühling, oder verweilen,
  Immer dem trunkenen Sinn fliehst du, ein Wunder, vorbei.

### *Leichte Beute*

Hat der Dichter im Geist ein köstliches Liedchen empfangen,
  Ruht und rastet er nicht, bis es vollendet ihn grüßt.
Neulich so sah ich, o Schönste, dich erstmals flüchtig am Fenster,
  Und ich brannte: nun liegst heute du schon mir im Arm!

### *Nachts am Schreibepult*

Primel und Stern und Syringe, von einsamer Kerze beleuchtet,
  Hier im Glase, wie fremd blickt ihr, wie feenhaft, her!
Sonne schien, als die Liebste euch trug, da wart ihr so freudig:
  Mitternacht summt nun um euch, ach! und kein Liebchen ist hier.

### *Mit einem Anakreonskopf und einem Fläschchen Rosenöl*

Als der Winter die Rosen geraubt, die Anakreons Scheitel
Kränzten am fröhlichen Mahl, wo er die Saiten gerührt,
Träufelt' ihr köstliches Öl in das Haar ihm Aphrogeneia,
Und ein rosiger Hauch haftet an jeglichem Lied.
Doch nur wo ein *Liebender* singt die Töne des Greisen,
Füllet Hallen und Saal wieder der herrliche Duft.

### *Götterwink*

Nachts auf einsamer Bank saß ich im tauenden Garten,
Nah dem erleuchteten Saal, der mir die Liebste verbarg.
Rund umblüheten ihn die Akazien, duftaushauchend,
Weiß wie der fallende Schnee deckten die Blüten den Weg.
Mädchengelächter erscholl und Tanz und Musik in dem Innern,
Doch aus dem fröhlichen Chor hört ich nur andre heraus.
Trat sie einmal ans Fenster, ich hätte den dunkelsten Umriß
Ihrer lieben Gestalt gleich unter allen erkannt.
Warum zeigt sie sich nicht, und weiß, es ist der Geliebte
Niemals ferne von ihr, wo sie auch immer verweilt?
Ihr umgebt sie nun dort, o feine Gesellen! Ihr findet,
Schön ist die Blume, noch rein atmend die Würze des Hains.
Dünkt euch dies Kind wohl eben gereift für das erste Verständnis
Zärtlicher Winke? Ihr seid schnelle, doch kommt ihr zu spät.
Stirne, Augen und Mund, von Unschuld strahlend, umdämmert
Schon des gekosteten Glücks seliger Nebel geheim.
Blickt sie nicht wie abwesend in euren Lärmen? Ihr Lächeln
Zeigt nur gezwungen die Zahnperlen, die köstlichen, euch.
Wüßtet ihr was die Schleife verschweigt im doppelten Kranze
Ihrer Flechten! Ich selbst steckte sie küssend ihr an,
Während mein Arm den Nacken umschlang, den eueren Blicken
Glücklich der seidene Flor, lüsterne Knaben, verhüllt.
– Also sprach ich und schwellte mir so Verlangen und Sehnsucht;
Kleinliche Sorge bereits mischte sich leise darein.

Aber ein Zeichen erschien, ein göttliches: nicht die Geliebte
Schickt' es, doch Amor selbst, welchen mein Kummer gerührt.
Denn an dem Altan, hinter dem nächtlichen Fenster, bewegt sich
Plötzlich, wie Fackelschein, eilig vorüber ein Licht,
Stark herstrahlend zu mir, und hebt aus dem dunkeln Gebüsche,
Dicht mir zur Seite, die hoch glühende Rose hervor.
Heil! o Blume, du willst mir verkünden, o götterberührte,
Welche Wonne, noch heut, mein, des Verwegenen, harrt
Im verschloßnen Gemach. Wie schlägt mein Busen! –
Erschütternd
Ist der Dämonien Ruf, auch der den Sieg dir verspricht.

*Das Bildnis der Geliebten*

Maler, du zweifelst mit Recht, indem du den seltenen Umriß
Meiner Geliebten bedenkst, wie du beginnest dein Werk.
Ob von vorn das Gesichtchen, ob dus von der Seite mir zeigest?
Viel hat beides für sich und mich beklemmet die Wahl.
»Nun, dreiviertel?« Ich möchte das reine Profil nicht entbehren,
Wo sie, so eigen, so neu, kaum nur sich wieder erkennt.
Sinnen wir lang? Schon weiß ich, vernimm, die natürlichste Auskunft:
Male die doppelte mir kühn auf dasselbige Tuch.
Denn was wagst du dabei? Man wird zwei Schwestern erblicken,
Ähnlich einander, doch hat jede das Ihre voraus.
Und mich stell in die Mitte! Den Arm auf die Achsel der einen
Leg ich, aber den Blick feßle die andere mir,
Die mit hängenden Flechten im häuslichen Kleide dabeisteht,
Nieder zum Boden die lang schattende Wimper gesenkt,
Indes jene, geschmückt, und die fleißig geordneten Zöpfe
Unter dem griechischen Netz, offenen Auges mir lacht.
– Eifersucht quälte dich öfter umsonst: wie gefällt dir, Helene,
Dein zweideutiger Freund zwischen dies Pärchen gestellt?

### *Datura suaveolens*

Ich sah eben ein jugendlich Paar, o Blume Dianas,
Vor dir stehen; es war Wange an Wange gelegt.
Beide sie schlürften zugleich den unnennbaren Duft aus dem weiten,
Schneeigen Becher und leis hört ich ein doppeltes Ach!
»Küsse mich!« sagte sie jetzt, und mitten im Strome des Nektars
Atmend wechselten sie Küsse, begeisterten Blicks.
– Zürn, o Himmlische, nicht! Du hast fürwahr zu den Gaben
Irdischer Liebe den Hauch göttlicher Schöne gemischt.

### *Weihgeschenk*

Von kunstfertigen Händen geschält, drei Äpfelchen, zierlich,
Hängend an *einem* Zweig, den noch ein Blättchen umgrünt;
Weiß wie das Wachs ihr Fleisch, von lieblicher Röte durch-
schimmert;
Dicht aneinander geschmiegt, bärgen die nackten sich gern.
Schämet euch nicht, ihr Schwestern! euch hat ein Mädchen
entkleidet,
Und den Chariten fromm bringet ein Sänger euch dar.

### *An eine Sängerin*

Soll auf der Jungfrau Mund die begeisterte Rede verpönt sein,
Ist euch des tiefern Gefühls volles Bekenntnis versagt:
O wie preis ich die Sängerin drum, die, unter der Muse
Schutz, mir den lieblichen Grund ihres Gemütes enthüllt!
Niemand ärgert sich mehr, ja entzückt steht selbst der Philister,
Fühlt, in des Schönen Gestalt, ewige Mächte sich nah.

*Inschrift auf eine Uhr mit den drei Horen*

Βάρδισται μακάρων Ὧραι φίλαι –
*Theokrit*

Am langsamsten von allen Göttern wandeln wir,
Mit Blätterkronen schön geschmückte, schweigsame.
Doch wer uns ehrt und wem wir selber günstig sind,
Weil er die Anmut liebet und das heilge Maß,
Vor dessen Augen schweben wir im leichten Tanz
Und machen mannigfaltig ihm den langen Tag.

*Auf eine Lampe*

Noch unverrückt, o schöne Lampe, schmückest du,
An leichten Ketten zierlich aufgehangen hier,
Die Decke des nun fast vergeßnen Lustgemachs.
Auf deiner weißen Marmorschale, deren Rand
Der Efeukranz von goldengrünem Erz umflicht,
Schlingt fröhlich eine Kinderschar den Ringelreihn.
Wie reizend alles! lachend, und ein sanfter Geist
Des Ernstes doch ergossen um die ganze Form –
Ein Kunstgebild der echten Art. Wer achtet sein?
Was aber schön ist, selig scheint es in ihm selbst.

*Erinna an Sappho*

Erinna, eine hochgepriesene junge Dichterin des griechischen Altertums, um 600 v. Chr., Freundin und Schülerin Sapphos zu Mitylene auf Lesbos. Sie starb als Mädchen mit neunzehn Jahren. Ihr berühmtestes Werk war ein episches Gedicht, »Die Spindel«, von dem man jedoch nichts Näheres weiß. Überhaupt haben sich von ihren Poesien nur einige Bruchstücke von wenigen Zeilen und drei Epigramme erhalten. Es wurden ihr zwei Statuen errichtet, und die Anthologie hat mehrere Epigramme zu ihrem Ruhme von verschiedenen Verfassern.

»Vielfach sind zum Hades die Pfade«, heißt ein
Altes Liedchen – »und einen gehst du selber,
Zweifle nicht!« Wer, süßeste Sappho, zweifelt?
Sagt es nicht jeglicher Tag?
Doch den Lebenden haftet nur leicht im Busen

Solch ein Wort, und dem Meer anwohnend ein Fischer von Kind auf
Hört im stumpferen Ohr der Wogen Geräusch nicht mehr.
– Wundersam aber erschrak mir heute das Herz. Vernimm!

Sonniger Morgenglanz im Garten,
Ergossen um der Bäume Wipfel,
Lockte die Langschläferin (denn so schaltest du jüngst Erinna!)
Früh vom schwüligen Lager hinweg.
Stille war mein Gemüt; in den Adern aber
Unstet klopfte das Blut bei der Wangen Blässe.

Als ich am Putztisch jetzo die Flechten lös'te,
Dann mit nardeduftendem Kamm vor der Stirn den Haar-
Schleier teilte, – seltsam betraf mich im Spiegel Blick in Blick.
Augen, sagt ich, ihr Augen, was wollt ihr?
Du, mein Geist, heute noch sicher behaus't da drinne,
Lebendigen Sinnen traulich vermählt,
Wie mit fremdendem Ernst, lächelnd halb, ein Dämon,
Nickst du mich an, Tod weissagend!
– Ha, da mit eins durchzuckt' es mich
Wie Wetterschein! wie wenn schwarzgefiedert ein tödlicher Pfeil
Streifte die Schläfe hart vorbei,
Daß ich, die Hände gedeckt aufs Antlitz, lange
Staunend blieb, in die nachtschaurige Kluft schwindelnd hinab.

Und das eigene Todesgeschick erwog ich;
Trockenen Augs noch erst,
Bis da ich dein, o Sappho, dachte,
Und der Freundinnen all,
Und anmutiger Musenkunst,
Gleich da quollen die Tränen mir.

Und dort blinkte vom Tisch das schöne Kopfnetz, dein Geschenk,
Köstliches Byssosgeweb, von goldnen Bienlein schwärmend.
Dieses, wenn wir demnächst das blumige Fest
Feiern der herrlichen Tochter Demeters,
Möcht ich *ihr* weihn, für meinen Teil und deinen;

Daß sie hold uns bleibe (denn viel vermag sie),
Daß du zu früh dir nicht die braune Locke mögest
Für Erinna vom lieben Haupte trennen.

### *Die Herbstfeier*

Auf! im traubenschwersten Tale
Stellt ein Fest des Bacchus an!
Becher her und Opferschale!
Und des Gottes Bild voran!
Flöte mit Gesang verkünde
Gleich des Tages letzten Rest,
Mit dem Abendstern entzünde
Sich auch unser Freudenfest!

Braune Männer, schöne Frauen
Soll man hier versammelt sehn;
Greise auch, die ehrengrauen,
Dürfen nicht von ferne stehn;
Knaben, so die Krüge füllen,
Und, daß er vollkommen sei,
Treten zögernd auch die stillen
Mädchen unserm Kranze bei.

Noch ist vor der nahen Feier
Süß beklommen manche Brust,
Aber weiter bald und freier
Übergibt sie sich der Lust.
Taut euch nicht wie Frühlingsregen
Lieblicher Gedankenschwarm?
Erdenleben, laß dich hegen,
Uns ist wohl in deinem Arm!

Wahrlich und schon mit Entzücken
Ist der Gott im vollen Lauf,
Schließt vor den erwärmten Blicken
Seine goldnen Himmel auf.

Amor auch hat nichts dawider,
Wenn sich Wang an Wange neigt,
Und der Mund, im Takt der Lieder,
Sich dem Mund entgegen beugt.

Mädchen! schlingt die wildsten Tänze!
Reißt nur euren Kranz entzwei!
Ohne Furcht, denn solche Kränze
Flicht man immer wieder neu;
Doch den andern, den ich meine,
Nehmt, ihr Zärtlichen, in acht!
Und zumal im Mondenscheine,
Und zumal in solcher Nacht.

Laßt mir doch den Alten machen,
Der sich dort zum Korbe bückt
Und den Krug mit hellem Lachen
Kindisch an die Wange drückt!
Wie sein kleiner Sohn geschäftig
Sorge um den Zecher trägt
Und ihm mit der Fackel kräftig
Den gekrümmten Rücken schlägt!

Aber schaut nach dem Gebüsche,
Wo gedrungner Efeu webt,
Wie sich dort das träumerische
Marmorbild des Gottes hebt!
Lasset uns ihm näher treten,
Schließt mit Fackeln einen Kreis!
Flehet zu ihm in Gebeten,
Doch geheimnisvoll und leis!

Wie er lächelnd abwärts blicket!
Er besinnet sich nur kaum.
Herrlicher! dein Auge nicket,
Doch dies alles ist kein Traum;
Luna sucht mit frommer Leuchte

Dich, o schöner Jüngling, hier,
Schöpfet zärtlich ihre feuchte
Klarheit auf die Stirne dir.

Wie der Menschen, so der Götter
Liebster Liebling heißest du:
Selber Zeus rief seinem Retter
Herzliches Willkommen zu;
Dumpf ist des Olympus Dröhnen,
Aber wie melodisch Gold
Muß sein starres Erz ertönen,
Wenn dein Thyrsus auf ihm rollt.

Und eh Mars im Kriegerschwarme
Sich zur Ebne niederläßt,
Schließet er in seine Arme
Dich, wie die Geliebte, fest,
Fühlet nun an Göttermarke
Sich gedoppelt einen Gott,
Und es brüllt der Himmlisch-Arge
Todeslust und Siegerspott.

Wie dir alle dienen müssen,
Schmiegt auch Eros' hohe Macht
Leise tot sich dir zu Füßen,
Oder schauert auf und wacht.
Und Apollo mit der Leier
Rufet Welt und Sternenbahn
Gern aus dem verklärten Feuer
Deines holden Wahnes an.

Vater! soll, zur Wut erhoben,
Jetzo mit zerschlagner Brust
Die Mänade um dich toben?
Fluchst du unsrer keuschen Lust?
Gib, o Fürst, gib uns ein Zeichen,
Daß wir deine Kinder sei'n!

Wundertäter ohnegleichen,
Laß ein Wunder uns erfreun!

Tritt in unsre bunte Mitte,
Oder winke mit der Hand,
Wandle drei gemeßne Schritte
Längs der hohen Rebenwand!
– Ach, er läßt sich nicht bewegen …
Aber, horcht, es bebt das Tal!
Ja, das ist von Donnerschlägen:
Horch, und schon zum drittenmal!

Selber Zeus hat nun geschworen,
Daß sein Sohn uns günstig sei.
So ist kein Gebet verloren,
So ist der Olymp getreu.
– Doch nach solcher Götterfülle
Ungestümen Überschwang
Werden alle Herzen stille,
Alle Gäste zauberbang.

Stimmet an die letzten Lieder!
Und so, Paar an Paar gereiht,
Steiget nun zum Fluß hernieder,
Wo ein festlich Schiff bereit.
Auf dem vordern Rand erhebe
Sich der Gott und führ uns an,
Und der Kiel, mit Flüstern, schwebe
Durch die mondbeglänzte Bahn!

### *Lied eines Verliebten*

In aller Früh, ach, lang vor Tag,
Weckt mich mein Herz, an dich zu denken,
Da doch gesunde Jugend schlafen mag.

Hell ist mein Aug um Mitternacht,
Heller als frühe Morgenglocken:
Wann hättst du je am Tage mein gedacht?

Wär ich ein Fischer, stünd ich auf,
Trüge mein Netz hinab zum Flusse,
Trüg herzlich froh die Fische zum Verkauf.

In der Mühle, bei Licht, der Müllerknecht
Tummelt sich, alle Gänge klappern;
So rüstig Treiben wär mir eben recht!

Weh, aber ich! o armer Tropf!
Muß auf dem Lager mich müßig grämen,
Ein ungebärdig Mutterkind im Kopf.

### *Akme und Septimius*

Nach Catull

Akme, seine Geliebte, auf dem Schoße
Haltend, sagte Septimius: »Meine Akme!
Übermäßig hab ich dich lieb und will auch
Jahr für Jahr dich beständig also lieben,
So arg wie nur ein Mensch jemals imstand ist;
Sieh, sonst mag mirs geschehn, daß ich, ganz einsam,
Sei's in Libyen, sei's im heißen Inder-
Land, dem tödlichen Blick des Leun begegne!«
Wie er dieses gesagt, nies't Amor, herzlich
Es bekräftigend (sonst war er ihm abhold).
Akme, rückwärts ihr Köpfchen leicht gebogen,
Und die trunkenen Augen ihres süßen
Knaben küssend mit jenem Purpurmunde
Sprach: »Mein Leben! o goldenes Septimchen!
Künftig dienen wir *diesem* Herrn alleine,
Ich, wie du, – so gewiß als mir noch weit ein
Heißer Feuer im zarten Marke glühet!«
Wie sie dieses gesagt, niest Amor, herzlich

Es bekräftigend (sonst war er ihr abhold).
Auf so günstige Zeichen nunmehr bauend
Tauschen beide von Herzen Lieb um Liebe.
Nur in Akme allein noch lebt Septimius,
Die ihm teurer als Syrien und Britannien,
Nur Septimius widmet Akme treulich
All ihr Süßes und alle Liebeswonnen.
Kein glückseliger Paar hat man gesehen,
Keine Liebe, so schön vom Gott besiegelt!

## *Scherz*

Einen Morgengruß ihr früh zu bringen,
Und mein Morgenbrot bei ihr zu holen,
Geh ich sachte an des Mädchens Türe,
Öffne rasch, da steht mein schlankes Bäumchen
Vor dem Spiegel schon und wascht sich emsig.
O wie lieblich träuft die weiße Stirne,
Träuft die Rosenwange Silbernässe!
Hangen aufgelöst die süßen Haare!
Locker spielen Tücher und Gewänder.
Aber wie sie zagt und scheucht und abwehrt!
Gleich, sogleich soll ich den Rückzug nehmen!
Närrchen, rief ich, sei mir so kein Närrchen:
Das ist Brautrecht, ist Verlobtensitte.
Laß mich nur, ich will ja blind und lahm sein,
Will den Kopf und alle beiden Augen
In die Fülle deiner Locken stecken,
Will die Hände mit den Flechten binden –
»Nein, du gehst!« Im Winkel laß mich stehen,
Dir bescheidentlich den Rücken kehren!
»Ei, so mags, damit ich Ruhe habe!«

Und ich stand gehorsam in der Ecke,
Lächerlich, wie ein gestrafter Junge,

Der die Lektion nicht wohl bestanden,
Muckste nicht und kühlte mir die Lippen
An der weißen Wand mit leisem Kusse,
Eine volle, eine lange Stunde;
Ja, so wahr ich lebe. Doch, wer etwa
Einen kleinen Zweifel möchte haben
(Was ich ihm just nicht verargen dürfte),
Nun, der frage nur das Mädchen selber:
Die wird ihn – noch zierlicher belügen.

## *Abreise*

Fertig schon zur Abfahrt steht der Wagen,
Und das Posthorn bläst zum letztenmale.
Sagt, wo bleibt der vierte Mann so lange?
Ruft ihn, soll er nicht dahinten bleiben!
– Indes fällt ein rascher Sommerregen;
Eh man hundert zählt, ist er vorüber;
Fast zu kurz, den heißen Staub zu löschen;
Doch auch diese Letzung ist willkommen.
Kühlung füllt und Wohlgeruch den weiten
Platz und an den Häusern ringsum öffnet
Sich ein Blumenfenster um das andre.
Endlich kommt der junge Mann. Geschwinde!
Eingestiegen! – Und fort rollt der Wagen.
Aber sehet, auf dem nassen Pflaster
Vor dem Posthaus, wo er stillgehalten,
Läßt er einen trocknen Fleck zurücke,
Lang und breit, sogar die Räder sieht man
Angezeigt und wo die Pferde standen.
Aber dort in jenem hübschen Hause,
Drin der Jüngling sich so lang verweilte,
Steht ein Mädchen hinterm Fensterladen,
Blicket auf die weiß gelassne Stelle,
Hält ihr Tüchlein vors Gesicht und weinet.

Mag es ihr so ernst sein? Ohne Zweifel;
Doch der Jammer wird nicht lange währen:
Mädchenaugen, wißt ihr, trocknen hurtig,
Und eh auf dem Markt die Steine wieder
Alle hell geworden von der Sonne,
Könnet ihr den Wildfang lachen hören.

### *Septembermorgen*

Im Nebel ruhet noch die Welt,
Noch träumen Wald und Wiesen:
Bald siehst du, wenn der Schleier fällt,
Den blauen Himmel unverstellt,
Herbstkräftig die gedämpfte Welt
In warmem Golde fließen.

### *Verborgenheit*

Laß, o Welt, o laß mich sein!
Locket nicht mit Liebesgaben,
Laßt dies Herz alleine haben
Seine Wonne, seine Pein!

Was ich traure weiß ich nicht,
Es ist unbekanntes Wehe;
Immerdar durch Tränen sehe
Ich der Sonne liebes Licht.

Oft bin ich mir kaum bewußt,
Und die helle Freude zücket
Durch die Schwere, so mich drücket
Wonniglich in meiner Brust.

Laß, o Welt, o laß mich sein!
Locket nicht mit Liebesgaben,
Laßt dies Herz alleine haben
Seine Wonne, seine Pein!

### *Früh im Wagen*

Es graut vom Morgenreif
In Dämmerung das Feld,
Da schon ein blasser Streif
Den fernen Ost erhellt;

Man sieht im Lichte bald
Den Morgenstern vergehn,
Und doch am Fichtenwald
Den vollen Mond noch stehn:

So ist mein scheuer Blick,
Den schon die Ferne drängt,
Noch in das Schmerzensglück
Der Abschiedsnacht versenkt.

Dein blaues Auge steht
Ein dunkler See vor mir,
Dein Kuß, dein Hauch umweht,
Dein Flüstern mich noch hier.

An deinem Hals begräbt
Sich weinend mein Gesicht,
Und Purpurschwärze webt
Mir vor dem Auge dicht.

Die Sonne kommt; – sie scheucht
Den Traum hinweg im Nu,
Und von den Bergen streicht
Ein Schauer auf mich zu.

### *Karwoche*

O Woche, Zeugin heiliger Beschwerde!
Du stimmst so ernst zu dieser Frühlingswonne,
Du breitest im verjüngten Strahl der Sonne
Des Kreuzes Schatten auf die lichte Erde,

Und senkest schweigend deine Flöre nieder;
Der Frühling darf indessen immer keimen,
Das Veilchen duftet unter Blütenbäumen
Und alle Vöglein singen Jubellieder.

O schweigt, ihr Vöglein auf den grünen Auen!
Es hallen rings die dumpfen Glockenklänge,
Die Engel singen leise Grabgesänge;
O still, ihr Vöglein hoch im Himmelblauen!

Ihr Veilchen, kränzt heut keine Lockenhaare!
Euch pflückt mein frommes Kind zum dunkeln Strauße,
Ihr wandert mit zum Muttergotteshause,
Da sollt ihr welken auf des Herrn Altare.

Ach dort, von Trauermelodien trunken,
Und süß betäubt von schweren Weihrauchdüften,
Sucht sie den Bräutigam in Todesgrüften,
Und Lieb und Frühling, alles ist versunken!

### *Denk es, o Seele!*

Ein Tännlein grünet wo,
Wer weiß, im Walde,
Ein Rosenstrauch, wer sagt,
In welchem Garten?
Sie sind erlesen schon,
Denk es, o Seele,
Auf deinem Grab zu wurzeln
Und zu wachsen.

Zwei schwarze Rößlein weiden
Auf der Wiese,
Sie kehren heim zur Stadt
In muntern Sprüngen.

Sie werden schrittweis gehn
Mit deiner Leiche;
Vielleicht, vielleicht noch eh
An ihren Hufen
Das Eisen los wird,
Das ich blitzen sehe!

## *Peregrina*

Aus: Maler Nolten

### I

Der Spiegel dieser treuen, braunen Augen
Ist wie von innerm Gold ein Widerschein;
Tief aus dem Busen scheint ers anzusaugen,
Dort mag solch Gold in heilgem Gram gedeihn.
In diese Nacht des Blickes mich zu tauchen,
Unwissend Kind, du selber lädst mich ein –
Willst, ich soll kecklich mich und dich entzünden,
Reichst lächelnd mir den Tod im Kelch der Sünden!

### II

Aufgeschmückt ist der Freudensaal.
Lichterhell, bunt, in laulicher Sommernacht
Stehet das offene Gartengezelte.
Säulengleich steigen, gepaart,
Grün-umranket, eherne Schlangen,
Zwölf, mit verschlungenen Hälsen,
Tragend und stützend das
Leicht gegitterte Dach.

Aber die Braut noch wartet verborgen
In dem Kämmerlein ihres Hauses.
Endlich bewegt sich der Zug der Hochzeit,
Fackeln tragend,

Feierlich stumm.
Und in der Mitte,
Mich an der rechten Hand,
Schwarz gekleidet, geht einfach die Braut;
Schön gefaltet ein Scharlachtuch
Liegt um den zierlichen Kopf geschlagen.
Lächelnd geht sie dahin; das Mahl schon duftet.

Später im Lärmen des Fests
Stahlen wir seitwärts uns beide
Weg, nach den Schatten des Gartens wandelnd,
Wo im Gebüsche die Rosen brannten,
Wo der Mondstrahl um Lilien zuckte,
Wo die Weymouthsfichte mit schwarzem Haar
Den Spiegel des Teiches halb verhängt.

Auf seidnem Rasen dort, ach, Herz am Herzen,
Wie verschlangen, erstickten meine Küsse den scheueren Kuß!
Indes der Springquell, unteilnehmend
An überschwänglicher Liebe Geflüster,
Sich ewig des eigenen Plätscherns freute;
Uns aber neckten von fern und lockten
Freundliche Stimmen,
Flöten und Saiten umsonst.

Ermüdet lag, zu bald für mein Verlangen,
Das leichte, liebe Haupt auf meinem Schoß.
Spielender Weise mein Aug auf ihres drückend
Fühlt ich ein Weilchen die langen Wimpern,
Bis der Schlaf sie stellte,
Wie Schmetterlingsgefieder auf und nieder gehn.

Eh das Frührot schien,
Eh das Lämpchen erlosch im Brautgemache,
Weckt ich die Schläferin,
Führte das seltsame Kind in mein Haus ein.

III

Ein Irrsal kam in die Mondscheingärten
Einer einst heiligen Liebe.
Schaudernd entdeckt ich verjährten Betrug.
Und mit weinendem Blick, doch grausam,
Hieß ich das schlanke,
Zauberhafte Mädchen
Ferne gehen von mir.
Ach, ihre hohe Stirn,
War gesenkt, denn sie liebte mich;
Aber sie zog mit Schweigen
Fort in die graue
Welt hinaus.

Krank seitdem,
Wund ist und wehe mein Herz.
Nimmer wird es genesen!

Als ginge, luftgesponnen, ein Zauberfaden
Von ihr zu mir, ein ängstig Band,
So zieht es, zieht mich schmachtend ihr nach!
– Wie? wenn ich eines Tags auf meiner Schwelle
Sie sitzen fände, wie einst, im Morgen-Zwielicht,
Das Wanderbündel neben ihr,
Und ihr Auge, treuherzig zu mir aufschauend,
Sagte, da bin ich wieder
Hergekommen aus weiter Welt!

IV

Warum, Geliebte, denk ich dein
Auf einmal nun mit tausend Tränen,
Und kann gar nicht zufrieden sein,
Und will die Brust in alle Weite dehnen?

Ach, gestern in den hellen Kindersaal,
Beim Flimmer zierlich aufgesteckter Kerzen,
Wo ich mein selbst vergaß in Lärm und Scherzen,
Tratst du, o Bildnis mitleid-schöner Qual;
Es war dein Geist, er setzte sich ans Mahl,
Fremd saßen wir mit stumm verhaltnen Schmerzen;
Zuletzt brach ich in lautes Schluchzen aus,
Und Hand in Hand verließen wir das Haus.

V

Die Liebe, sagt man, steht am Pfahl gebunden,
Geht endlich arm, zerrüttet, unbeschuht;
Dies edle Haupt hat nicht mehr, wo es ruht,
Mit Tränen netzet sie der Füße Wunden.

Ach, Peregrinen hab ich so gefunden!
Schön war ihr Wahnsinn, ihrer Wange Glut,
Noch scherzend in der Frühlingsstürme Wut,
Und wilde Kränze in das Haar gewunden.

Wars möglich, solche Schönheit zu verlassen?
– So kehrt nur reizender das alte Glück!
O komm, in diese Arme dich zu fassen!

Doch weh! o weh! was soll mir dieser Blick?
Sie küßt mich zwischen Lieben noch und Hassen,
Sie kehrt sich ab, und kehrt mir nie zurück.

*Um Mitternacht*

Gelassen stieg die Nacht ans Land,
Lehnt träumend an der Berge Wand,
Ihr Auge sieht die goldne Waage nun
Der Zeit in gleichen Schalen stille ruhn;

Und kecker rauschen die Quellen hervor,
Sie singen der Mutter, der Nacht, ins Ohr
Vom Tage,
Vom heute gewesenen Tage.

Das uralt alte Schlummerlied,
Sie achtets nicht, sie ist es müd;
Ihr klingt des Himmels Bläue süßer noch,
Der flüchtgen Stunden gleichgeschwungnes Joch.
Doch immer behalten die Quellen das Wort,
Es singen die Wasser im Schlafe noch fort
Vom Tage,
Vom heute gewesenen Tage.

### *Trost*

Ja, mein Glück, das lang gewohnte,
Endlich hat es mich verlassen!
– Ja, die liebsten Freunde seh ich
Achselzuckend von mir weichen,
Und die gnadenreichen Götter,
Die am besten Hülfe wüßten,
Kehren höhnisch mir den Rücken.
Was beginnen? Werd ich etwa,
Meinen Lebenstag verwünschend,
Rasch nach Gift und Messer greifen?
Das sei ferne! Vielmehr muß man
Stille sich im Herzen fassen.

Und ich sprach zu meinem Herzen:
Laß uns fest zusammenhalten!
Denn wir kennen uns einander,
Wie ihr Nest die Schwalbe kennet,
Wie die Zither kennt den Sänger,
Wie sich Schwert und Schild erkennen,
Schild und Schwert einander lieben.
Solch ein Paar, wer scheidet es?

Als ich dieses Wort gesprochen,
Hüpfte mir das Herz im Busen,
Das noch erst geweinet hatte.

### *Auf einer Wanderung*

In ein freundliches Städtchen tret ich ein,
In den Straßen liegt roter Abendschein.
Aus einem offnen Fenster eben,
Über den reichsten Blumenflor
Hinweg, hört man Goldglockentöne schweben,
Und *eine* Stimme scheint ein Nachtigallenchor,
Daß die Blüten beben,
Daß die Lüfte leben,
Daß in höherem Rot die Rosen leuchten vor.

Lang hielt ich staunend, lustbeklommen.
Wie ich hinaus vors Tor gekommen,
Ich weiß es wahrlich selber nicht.
Ach hier, wie liegt die Welt so licht!
Der Himmel wogt in purpurnem Gewühle,
Rückwärts die Stadt in goldnem Rauch;
Wie rauscht der Erlenbach, wie rauscht im Grund die
Ich bin wie trunken, irrgeführt – [Mühle!
O Muse, du hast mein Herz berührt
Mit einem Liebeshauch!

### *Der Genesene an die Hoffnung*

Tödlich graute mir der Morgen:
Doch schon lag mein Haupt, wie süß!
Hoffnung, dir im Schoß verborgen,
Bis der Sieg gewonnen hieß.
Opfer bracht ich allen Göttern,
Doch vergessen warest du;

Seitwärts von den ewgen Rettern
Sahest du dem Feste zu.

O vergib, du Vielgetreue!
Tritt aus deinem Dämmerlicht,
Daß ich dir ins ewig neue,
Mondenhelle Angesicht
*Einmal* schaue, recht von Herzen,
Wie ein Kind und sonder Harm;
Ach, nur *einmal* ohne Schmerzen
Schließe mich in deinen Arm!

## *Wald-Idylle*

An J. M.

Unter die Eiche gestreckt, im jung belaubten Gehölze
  Lag ich, ein Büchlein vor mir, das mir das lieblichste bleibt.
Alle die Märchen erzählts, von der Gänsemagd und vom Machandel-
  Baum und des Fischers Frau; wahrlich man wird sie nicht satt.
Grünlicher Maienschein warf mir die geringelten Lichter
  Auf das beschattete Buch, neckische Bilder zum Text.
Schläge der Holzaxt hört ich von fern, ich hörte den Kukuk,
  Und das Gelispel des Bachs wenige Schritte vor mir.
Märchenhaft fühlt ich mich selbst, mit aufgeschlossenen Sinnen
  Sah ich, wie helle! den Wald, rief mir der Kukuk, wie fremd!
Plötzlich da rauscht es im Laub, – wird doch Sneewittchen nicht kommen,
  Oder, bezaubert, ein Reh? Nicht doch, kein Wunder geschieht.
Siehe, mein Nachbarskind aus dem Dorf, mein artiges Schätzchen!
  Müßig lief es in Wald, weil es den Vater dort weiß.
Ehrbar setzet es sich an meine Seite, vertraulich
  Plaudern wir dieses und das, und ich erzähle sofort
Gar ausführlich die Leiden des unvergleichlichen Mädchens,
  Welchem der Tod dreimal, ach, durch die Mutter gedroht.
Denn die eitle, die Königin, haßte sie, weil sie so schön war,
  Grimmig, da mußte sie fliehn, wohnte bei Zwergen sich ein.

Aber die Königin findet sie bald; sie klopfet am Hause,
  Bietet, als Krämerin, schlau, lockende Ware zu Kauf.
Arglos öffnet das Kind, den Rat der Zwerge vergessend,
  Und das Liebchen empfängt, weh! den vergifteten Kamm.
Welch ein Jammer, da nun die Kleinen nach Hause gekehrt sind!
  Welcher Künste bedarfs, bis die Erstarrte erwacht!
Doch zum zweitenmal kommt, zum dritten Male, verkleidet,
  Kommt die Verderberin, leicht hat sie das Mädchen beschwatzt,
Schnürt in das zierliche Leibchen sie ein, den Atem erstickend
  In dem Busen; zuletzt bringt sie die tödliche Frucht.
Nun ist alle Hilfe umsonst; wie weinen die Zwerge!
  Ein kristallener Sarg schließet die Ärmste nun ein,
Frei gestellt auf den Berg, ein Anblick allen Gestirnen;
  Unverwelklich ruht innen die süße Gestalt.
– So weit war ich gekommen, da drang aus dem nächsten Gebüsche
  Hinter mir Nachtigallschlag herrlich auf einmal hervor,
Troff wie Honig durch das Gezweig und sprühte wie Feuer
  Zackige Töne; mir traf freudig ein Schauer das Herz,
Wie wenn der Göttinnen eine, vorüberfliehend, dem Dichter
  Durch ambrosischen Duft ihre Begegnung verrät.
Leider verstummte die Sängerin bald, ich horchte noch lange,
  Doch vergeblich, und so bracht ich mein Märchen zum Schluß. –
Jetzo deutet das Kind und ruft: »Margrete! da kommt sie
  Schon! In dem Korb, siehst du, bringt sie dem Vater die Milch!«
Und durch die Lücke sogleich erkenn ich die ältere Schwester;
  Von der Wiese herauf beugt nach dem Walde sie ein,
Rüstig, die bräunliche Dirne; ihr brennt auf der Wange der Mittag;
  Gern erschreckten wir sie, aber sie grüßet bereits.
»Haltets mit, wenn Ihr mögt! es ist heiß, da mißt man die Suppe
  Und den Braten zur Not, fett ist und kühle mein Mahl.«
Und ich sträubte mich nicht, wir folgten dem Schalle der Holzaxt;
  Statt des Kindes wie gern hätt ich die Schwester geführt!

Freund! du ehrest die Muse, die jene Märchen vor alters
  Wohl zu Tausenden sang; aber nun schweiget sie längst,

Die am Winterkamin, bei der Schnitzbank, oder am Webstuhl
  Dichtendem Volkswitz oft köstliche Nahrung gereicht.
Ihr Feld ist das Unmögliche; keck, leichtfertig verknüpft sie
  Jedes Entfernteste, reicht lustig dem Blöden den Preis.
Sind drei Wünsche erlaubt, ihr Held wird das Albernste wählen;
  Ihr zu Ehren sei dir nun das Geständnis getan,
Wie an der Seite der Dirne, der vielgesprächigen, leise
  Im bewegten Gemüt brünstig der Wunsch mich beschlich:
Wär ich ein Jäger, ein Hirt, wär ich ein Bauer geboren,
  Trüg ich Knüttel und Beil, wärst, Margarete, mein Weib!
Nie da beklagt ich die Hitze des Tags, ich wollte mich herzlich
  Auch der rauheren Kost, wenn *du* sie brächtest, erfreun.
O wie herrlich begegnete jeglichen Morgen die Sonne
  Mir, und das Abendrot über dem reifenden Feld!
Balsam würde mein Blut im frischen Kusse des Weibes,
  Kraftvoll blühte mein Haus, doppelt, in Kindern empor.
Aber im Winter, zu Nacht, wenn es schneit und stöbert, am Ofen,
  Rief' ich, o Muse, dich auch, märchenerfindende, an!

## *Im Weinberg*

Droben im Weinberg, unter dem blühenden Kirschbaum saß ich
Heut, einsam in Gedanken vertieft; es ruhte das Neue
Testament halboffen mir zwischen den Fingern im Schoße,
Klein und zierlich gebunden: (es kam vom treuesten Herzen –
Ach! du ruhest nun auch, mir unvergessen, im Grabe!)
Lang so saß ich und blickte nicht auf; mit einem da läßt sich
Mir ein Schmetterling nieder aufs Buch, er hebet und senket
Dunkele Flügel mit schillerndem Blau, er dreht sich und wandelt
Hin und her auf dem Rande. Was suchst du, reizender Sylphe?
Lockte die purpurne Decke dich an, der glänzende Goldschnitt?
Sahst du, getäuscht, im Büchlein die herrlichste Wunderblume?
Oder zogen geheim dich himmlische Kräfte hernieder
Des lebendigen Worts? Ich muß so glauben, denn immer
Weilest du noch, wie gebannt, und scheinst wie trunken, ich staune!

Aber von nun an bist du auf alle Tage gesegnet!
Unverletzlich dein Leib, und es altern dir nimmer die Schwingen;
Ja, wohin du künftig die zarten Füße wirst setzen,
Tauet Segen von dir. Jetzt eile hinunter zum Garten,
Welchen das beste der Mädchen besucht am frühesten Morgen,
Eile zur Lilie du – alsbald wird die Knospe sich öffnen
Unter dir; dann küsse sie tief in den Busen: von Stund an
Göttlich befruchtet, atmet sie Geist und himmlisches Leben.
Wenn die Gute nun kommt, vor den hohen Stengel getreten,
Steht sie befangen, entzückt von paradiesischer Nähe,
Ahnungsvoll in den Kelch die liebliche Seele versenkend.

## *Am Rheinfall*

Halte dein Herz, o Wanderer, fest in gewaltigen Händen!
Mir entstürzte vor Lust zitternd das meinige fast.
Rastlos donnernde Massen auf donnernde Massen geworfen,
Ohr und Auge wohin retten sie sich im Tumult?
Wahrlich, den eigenen Wutschrei hörete nicht der Gigant hier,
Läg er, vom Himmel gestürzt, unten am Felsen gekrümmt!
Rosse der Götter, im Schwung, eins über dem Rücken des andern,
Stürmen herunter und streun silberne Mähnen umher;
Herrliche Leiber, unzählbare, folgen sich, nimmer dieselben,
Ewig dieselbigen – wer wartet das Ende wohl aus?
Angst umzieht dir den Busen mit eins, und, *wie* du es denkest,
Über das Haupt stürzt dir krachend das Himmelsgewölb!

## *Einer Reisenden*

Bald an die Ufer des Sees, der uns von ferne die Herzen
Lockt in jeglichem Jahr, Glückliche! kehrst du zurück.
Tag und Nacht ist er dein, mit Sonn und Mond, mit der Alpen
Glut und dem trauten Verkehr schwebender Schiffe dazu.

Denk ich an ihn, gleich wird mir die Seele so weit wie sein lichter
Spiegel; und bist *du* dort – ach wie ertrag ich es hier?

### *Vicia faba minor*

Fort mit diesem Geruch, dem zauberhaften: Er mahnt mich
An die Haare, die mir einst alle Sinne bestrickt.
Weg mit dieser Blüte, der schwarz und weißen! Sie sagt mir,
Daß die Verführerin, ach! schwer mit dem Tode gebüßt.

### *Zwiespalt*

Nach Catull

Hassen und lieben zugleich muß ich. – Wie das? – Wenn ichs wüßte!
Aber ich fühls, und das Herz möchte zerreißen in mir.

### *Der Häßliche*

Häßlich genug, wie er ist, noch Fratzen zu schneiden, und welche!
Dicht vor dem Spiegel! Es springt – Himmel! mit nächstem das
Glas.

### *Auf dem Grabe eines Künstlers*

Tausende, die hier liegen, sie wußten von keinem Homerus;
Selig sind sie gleichwohl, aber nicht eben wie du.

### *An meine Mutter*

Siehe, von allen den Liedern nicht *eines* gilt dir, o Mutter!
Dich zu preisen, o glaubs, bin ich zu arm und zu reich.

Ein noch ungesungenes Lied ruhst du mir im Busen,
  Keinem vernehmbar sonst, mich nur zu trösten bestimmt,
Wenn sich das Herz unmutig der Welt abwendet und einsam
  Seines himmlischen Teils bleibenden Frieden bedenkt.

### *An dieselbe*

Ach wie liebreich warst du der Welt und dienetest allen!
  Und wie klein doch, wie plump hat sie dich endlich verkannt!
Da entsagtest du ihr; doch lächelnd wehren die Deinen
  Heute wie gestern der Hand, die sich in Liebe vergißt.

### *An H. Kurtz*

Sei mir, Dichter, willkommen! denn dir hat wahrlich die Muse
Heiter Lippen und Stirn und beide die glänzenden Augen
Mit unsprödem Kusse berührt, so küsse mich wieder!

### *Brockes*

Führe mich, Alter, nur immer in deinen geschnörkelten Frühlings-
  Garten! noch duftet und taut frisch und gewürzig sein Flor.

### *Joseph Haydn*

Manchmal ist sein Humor altfränkisch, ein zierliches Zöpflein,
  Das, wie der Zauberer spielt, schalkhaft im Rücken ihm tanzt.

### *Epistel*

Wie sich dein neuer Poet in unserem Kreise gefalle?
Nicht zum besten. Er meint, man verstünd ihn eben auch hier nicht.

Jetzo hat er ein griechisches Epos, hör ich, die Argo-
nauten, heroische Form, auf dem Amboß. Segn es der Gott ihm,
Aber zu lesen begehr ich es nicht. Glaub mir, das ist auch so
Eins von den sauren Genies, dergleichen wir mehrere kennen.
Wortkarg streicht er den Schnurrbart sich, wie verstimmt und befangen,
Wenn man des Trefflichsten irgend gedenkt von den Alten und Neuen,
Oder er mäkelt daran mit kleinlichem Tadel, von fern erst,
Bis er, hitziger werdend im Streit, Maßloses daherschwatzt
Und wie ein stätischer Esel hinausschlägt, wo es auch hintrifft.
Das sind schlimme Symptome. – Vernimm ein homerisches Gleichnis
(Pflegten wir doch vormals in parodischer Laune zuweilen
Stundenlang nach der Weise des göttlichen Alten zu reden):
Gleichwie die gelbliche Birne zur Herbstzeit, wenn sie gereifet
Fiel vom Ast und, im Fall von der dornigen Hecke verwundet
Liegt am Boden, alsbald mit schwärmenden Wespen bedeckt ist,
Welche sie rings aushöhlen, die gierigen Kiefer bewegend:
Also strotzet sein Herz von wilden Gedanken der Ehrsucht
Und des verzehrenden Neids. Ihn blendete völlig ein Dämon.

## *An Karl Mayer*

Dem gefangenen, betrübten Manne
Hinter seinen dichten Eisenstäben,
Wenn ihm jemand deine holden Lieder
Aufs Gesimse seines Fensters legte,
Wo die liebe Sonne sich ein Stündlein
Täglich einstellt, handbreit nur ein Streifchen:
O wie schimmerten ihm Wald und Auen
Sommerlich, die stillen Wiesengründe!
O wie hastig irrten seine Schritte
Durch die tausend Lieblichkeiten alle,
Ohne Wahl, was er zuerst begrüße:
Ob das Dörflein in der Sonntagfrühe,
Wo die frische Dirne sich im Gärtchen
Einen Busenstrauß zur Kirche holet;

Ob die Trümmer, wo das Laub der Birke
Herbstlich rieselt aufs Gestein hernieder,
Drüberhin der Weih im Fluge schreiend;
Und den See dort einsam in der Wildnis,
Übergrünt von lichten Wasserlinsen.

Wär ich, wär ich selber der Gefangne!
Sperrten sie mich ein auf sieben Monde!
Herzlich wollt ich dann des Schließers lachen,
Wenn er dreifach meine Tür verschlösse,
Mich allein mit meinem Büchlein lassend.

Aber wenn doch endlich insgeheime
Eine tiefe Sehnsucht mich beschliche,
Daß ich trauerte um Wald und Wiesen?
Ha! wie sehn ich mich, mich so zu sehnen!
Reizend wärs, den Jäger zu beneiden,
Der in Freiheit atmet Waldesatem,
Und den Hirten, wenn er nach Mittage
Ruhig am besonnten Hügel lehnet!

Sieh, so seltsam sind des Herzens Wünsche,
Das sich müßig fühlt im Überflusse.

## *Die Anti-Sympathetiker*

An Justin Kerner

Von lauter Geiste die Natur durchdrungen,
Wie würde sie nicht durch den Geist bezwungen?
Wenn sich getrennte Kräfte wiederkennen,
Auf ein Erinnrungswort entbrennen,
Die Krankheit weicht, das Blut sich plötzlich stillt:
Sie leugnens, ob es gleich, du weißt, kein Wunder gilt.
Laß die Schwachmatiker nur immer räsonnieren,
Und rechn' es ihnen allzu hoch nicht an!
Denn, wenn sie Gott und die Natur bornieren –
Es streckt sich keiner länger als er kann.

## *An Friedr. Vischer, Professor der Ästhetik etc.*

Mit meinen Gedichten

Oft hat mich der Freund verteidigt,
Oft sogar gelobt; doch nun?
Der Professor ist beeidigt,
Und da hilft kein Traulich-tun.

Also geht, ihr braven Lieder,
Daß man euch die Köpfe wascht!
Seht auch, daß ihr hin und wieder
Einen guten Blick erhascht.

Er ist Vater: um so minder
Denk ich ihn euch abgeneigt;
Sind doch seine eignen Kinder
Auf der Schulbank nicht gezeugt!

## *Apostrophe*

Als der Verfasser unter ein paar alten Eichen verschiedene Gedichte las, worin *Rückerts* geniale Formen auf eine geistlose Weise nachgeahmt und überboten waren

Ihr mehr als tausendjährigen,
Eichbäum, ihr rauh-moos-härigen!
Ihr, fröhlichen, spitzöhrigen
Waldteufeln angehörigen!
Ihr lang von wutbeflissenen
Nordstürmen wild zerrissenen!
Nun angeweht von weichlichen
Mailüftchen, unvergleichlichen;
Und euer Fuß, der tüchtige,
Den grimmig der bergschlüchtige,
Von Felsen überpurzelte
Waldstrom so gern entwurzelte,
Beglänzt von Bächleins Schimmer nun,
Dessen Gesprächlein nimmer ruhn:

Von Grund des Herzens preis ich euch,
Und überglücklich heiß ich euch,
Daß ihr so hoch euch beide streckt
Und in so dicken Häuten steckt,
Daß, was ich euch in künstlichen,
So äußerst sprachverdienstlichen
Reimweisen eben vorgesungen,
Euch gar nicht an das Ohr gedrungen.

### *An einen kritischen Freund,*

der unzufrieden war, da der Verfasser neue Märchen schreiben wollte

Die Märchen sind halt Nürnberger War',
Wenn der Mond nachts in die Boutiquen scheint:
Drum nicht so strenge, lieber Freund,
Weihnachten ist nur einmal im Jahr.

### *Einem kunstliebenden Kaufmann*

Hermes, der handelbeschützende Gott, der klug mit dem Beutel
Schaltet, nachdem er dem Sohn Letos die Leier geschenkt,
Wahrlich er sieht dir nicht scheel um die täglichen Opfer, womit du,
Fern von seinem Altar, singende Musen berufst.
Ohne das Schöne, was soll der Gewinn? Dem feineren Sinn nur
Duftet die Blüte des Glücks. Heil dir, du kennst sie, o Freund!

### *P. K.*

Täglich verletzt euch sein Witz, doch könnt ihr den Alten nicht missen;
Flucht ihr ihm heute, gewiß schmeichelt ihr morgen ihn her.
Trocken erst sitzt er im fröhlichen Kreis; bald wagt es ein Schlaukopf,
Reizt ihn leise von fern, scheinbar bemerkt er es nicht.

Jetzo faßt er den Mann sich ins Aug mit Schweigen und wieget
  Sachte, sachte das Haupt, und – nun, ihr kennt ja das Spiel
Wohl mit dem Vogel von Holz? Erst zielet der eiserne Schnabel,
  Trifft ins Schwarze – herauf rauschet mit Lachen Hanswurst.

## *Meines Vetters Brautfahrt*

Freut er sich denn auch ein wenig, die künftige Braut zu begrüßen?
  Aber wo bleibt er so lang? Sagt ihm, die Kutsche sei da! –
Droben im Bett noch liegt er, verdrießlich, und lieset in Schellers
  Lexikon! Als ich ihn schalt, rief er halb grimmig: »Nun ja,
Gebt mir andere Strümpf! die haben Löcher – ach freilich
  Eine Frau muß ins Haus, die mich von Fuß auf kuriert!«

## *Der Kanonier*

Mit einer Zeichnung

Feindlich begegneten sich auf der Erde die Scharen des Himmels
  Und der Höllen; es kommt eben zur förmlichen Schlacht.
Vorn auf dem Hügelchen steht so ein Bocksfuß bei der Kanone;
  Sein stets rauchender Schwanz dient ihm als Lunte dabei.
(Etwas phantastisch geformt ist das Feldstück, Flügel des Drachen,
  Statt der Räder, stehn hüben und drüben empor:
Denn man braucht dies Geschütz oft über den Wolken mit Vorteil
  Bei Blockaden, da fliegts mittelst der höllischen Kunst.)
Aber der Kerl ist feige; denn während langsam der Schweif sich
  Nach dem Zündloch bewegt, hält er die Ohren sich zu,
Über die Achsel nur schielend; doch jetzo drückt er die Augen
  Fest zu, krümmt sich, und – Tupf! folgt der entsetzliche Knall.

## *Zu Eröffnung eines Albums*

Auf einen Geburtstag

Ein Album! Schneeweiß Pergamentpapier,
Und Schnitt und Decke schön verziert mit Golde!
Nicht wahr, wenn sichs nur nicht so langsam füllen sollte,
Mit Sprüchen, Bildern, hundertfacher Zier?
Zur Hälfte wenigstens säh man es gar zu gern
Schon ausstaffiert, geistreich, von Damenhänden,
Und, hätten sie was Kluges drein zu spenden,
Zur Not wohl auch von dem und jenem Herrn?

Geduld, mein Kind! Es blicken diese Blätter
Dich heut wie deine künftgen Jahre an;
Die Muse weiht den ausgeworfnen Plan –
Wie er sich fülle, wissen nur die Götter!
Auch wird dies Buch von einem vollen Leben
Zuletzt doch nur ein schöner Auszug eben,
Und wie viel Holdes auf den Seiten steht,
Von Lieb und Freundschaft, sonnenhellen Tagen:
Was unsichtbar dazwischen geht,
Ist köstlicher als was die Blätter sagen.

## *Auf einen Klavierspieler*

Hört ihn und seht sein dürftig Instrument!
Die alte, klepperdürre Mähre,
An der ihr jede Rippe zählen könnt,
Verwandelt sich im Griffe dieses Knaben
Zu einem Pferd von wilder, edler Art,
Das in Arabiens Glut geboren ward!
Es will nicht Zeug, noch Zügel haben,
Es bäumt den Leib, zeigt wiehernd seine Zähne,
Dann schüttelt sich die weiße Mähne,
Wie Schaum des Meers zum Himmel spritzt,

Bis ihm, besiegt von dem gelaßnen Reiter,
Im Aug die bittre Träne blitzt –
O horch! nun tanzt es sanft auf goldner Töne Leiter!

## *Antike Poesie*

Ich sah den Helikon in Wolkendunst,
Nur kaum berührt vom ersten Sonnenstrahle:
Schau! jetzo stehen hoch mit *einem* Male
Die Gipfel dort in Morgenrötebrunst.

Hier unten spricht von keuscher Musen Gunst
Der heilge Quell im dunkelgrünen Tale;
Wer aber schöpft mit reiner Opferschale,
Wie einst, den echten Tau der alten Kunst?

Wie? soll ich endlich keinen Meister sehn?
Will keiner mehr den alten Lorbeer pflücken?
– Da sah ich Iphigeniens Dichter stehn:

Er ists, an dessen Blick sich diese Höhn
So zauberhaft, so sonnewarm erquicken.
Er geht, und frostig rauhe Lüfte wehn.

## *Eberhard Wächter*

In seine hohen Wände eingeschlossen,
Mit traurig schönen Geistern im Verkehr,
Gestärkt am reinen Atem des Homer,
Von Goldgewölken Attikas umflossen:

Also vor seinen Tüchern unverdrossen,
Fern von dem Markt der Künste, sitzet er;
Kein Neid verletzt, kein Ruhm berauscht ihn mehr.
Ihm blüht ein Kranz bei herrlichern Genossen.

O kommt und schaut ein selig Künstlerleben!
Besuchet ihn am abendlichen Herd,
Wenn diese Stirne, sich der Wunderschwingen

Des Genius erwehrend, sich nur eben
Erheitert zu dem Alltagskreise kehrt,
Den Weib und Kinder scherzend um ihn schlingen.

## *Seltsamer Traum*

Als Nachbild eines glücklichen Theaterabends bei und nach Aufführung
von Mozarts Figaro,
Marien und Paulinen, Rudolph und Friedrich
gewidmet von dem Lustigsten aus der Gesellschaft.
Stuttgart, 1828

Ich sahe nächtlich hinter Traumgardinen
Viel Frühlingsgärten blühn und immer ändern;
Es tanzten, klein, auf zierlichen Geländern
An hundert Figaros mit Cherubinen.

Wie alle Dinge hundertfach erschienen,
So sah ich zwischen Masken, Blumen, Bändern,
Und zwischen all den seidenen Gewändern
Einfach die einzigen, *Marien, Paulinen.*

Und aus dem samtnen Frühlingsboden stiegen,
Gehoben von melodischen Gewalten,
Die Leidenschaften auf als ernste Schatten;

Da sah ich, still mit tief gefurchten Zügen,
Einfach *zwei* edle bärtige Gestalten,
Und *ich* sang, als Hanswurst, auf Blumenmatten.

## *Zum neuen Jahr*

Kirchengesang

Melodie aus Axur: Wie dort auf den Auen

Wie heimlicher Weise
Ein Engelein leise
Mit rosigen Füßen
Die Erde betritt,
So nahte der Morgen.
Jauchzt ihm, ihr Frommen,
Ein heilig Willkommen,
Ein heilig Willkommen!
Herz, jauchze du mit!

In Ihm sei's begonnen,
Der Monde und Sonnen
An blauen Gezelten
Des Himmels bewegt.
Du, Vater, du rate!
Lenke du und wende!
Herr, dir in die Hände
Sei Anfang und Ende,
Sei alles gelegt!

## *Der König bei der Krönung*

Dir angetrauet am Altare,
O Vaterland, wie bin ich dein!
Laß für das Rechte mich und Wahre
Nun Priester oder Opfer sein!

Geuß auf mein Haupt, Herr! deine Schale,
Ein köstlich Öl des Friedens, aus,
Daß ich wie eine Sonne strahle
Dem Vaterland und meinem Haus!

## *Kantate bei Enthüllung der Statue Schillers*

Stuttgart, am 8. Mai 1839

Dem heitern Himmel ewger Kunst entstiegen,
Dein Heimatland begrüßest du,
Und aller Augen, alle Herzen fliegen,
O Herrlicher, dir zu!

Frauen

Des Lenzes frischen Segen,
O Meister, bringen wir,
Betränte Kränze legen
Wir fromm zu Füßen dir.

Männer

Der in die deutsche Leier
Mit Engelstimmen sang,
Ein überirdisch Feuer
In alle Seelen schwang;

Der aus der Muse Blicken
Selige Wahrheit las,
In ewgen Weltgeschicken
Das eigne Weh vergaß;

Frauen

Ach, der an Herz und Sitte
Ein Sohn der Heimat war,
Stellt sich in unsrer Mitte
Ein hoher Fremdling dar.

*

Doch stille! Horch! – Zu feierlichem Lauschen
Verstummt mit eins der Festgesang: – –
Wir hörten deines Adlerfittigs Rauschen
Und deines Bogens starken Klang!

## *Auf ein altes Bild*

In grüner Landschaft Sommerflor,
Bei kühlem Wasser, Schilf und Rohr,
Schau, wie das Knäblein Sündelos
Frei spielet auf der Jungfrau Schoß!
Und dort im Walde wonnesam,
Ach, grünet schon des Kreuzes Stamm!

## *Schlafendes Jesuskind*

gemalt von Franc. Albani

Sohn der Jungfrau, Himmelskind! am Boden
Auf dem Holz der Schmerzen eingeschlafen,
Das der fromme Meister sinnvoll spielend
Deinen leichten Träumen unterlegte;
Blume du, noch in der Knospe dämmernd
Eingehüllt die Herrlichkeit des Vaters!
O wer sehen könnte, welche Bilder
Hinter dieser Stirne, diesen schwarzen
Wimpern, sich in sanftem Wechsel malen!

## *Auf eine Christblume*

I

Tochter des Walds, du Lilienverwandte,
So lang von mir gesuchte, unbekannte,
Im fremden Kirchhof, öd und winterlich,
Zum erstenmal, o schöne, find ich dich!

Von welcher Hand gepflegt du hier erblühtest,
Ich weiß es nicht, noch wessen Grab du hütest;
Ist es ein Jüngling, so geschah ihm Heil,
Ists eine Jungfrau, lieblich fiel ihr Teil.

Im nächtgen Hain, von Schneelicht überbreitet,
Wo fromm das Reh an dir vorüberweidet,
Bei der Kapelle, am kristallnen Teich,
Dort sucht ich deiner Heimat Zauberreich.

Schön bist du, Kind des Mondes, nicht der Sonne;
Dir wäre tödlich andrer Blumen Wonne,
Dich nährt, den keuschen Leib voll Reif und Duft,
Himmlischer Kälte balsamsüße Luft.

In deines Busens goldner Fülle gründet
Ein Wohlgeruch, der sich nur kaum verkündet;
So duftete, berührt von Engelshand,
Der benedeiten Mutter Brautgewand.

Dich würden, mahnend an das heilge Leiden,
Fünf Purpurtropfen schön und einzig kleiden:
Doch kindlich zierst du, um die Weihnachtszeit,
Lichtgrün mit einem Hauch dein weißes Kleid.

Der Elfe, der in mitternächtger Stunde
Zum Tanze geht im lichterhellen Grunde,
Vor deiner mystischen Glorie steht er scheu
Neugierig still von fern und huscht vorbei.

II

Im Winterboden schläft, ein Blumenkeim,
Der Schmetterling, der einst um Busch und Hügel
In Frühlingsnächten wiegt den samtnen Flügel;
Nie soll er kosten deinen Honigseim.

Wer aber weiß, ob nicht sein zarter Geist,
Wenn jede Zier des Sommers hingesunken,
Dereinst, von deinem leisen Dufte trunken,
Mir unsichtbar, dich blühende umkreist?

## *Sehnsucht*

In dieser Winterfrühe
Wie ist mir doch zumut!
O Morgenrot, ich glühe
Von deinem Jugendblut.

Es glüht der alte Felsen,
Und Wald und Burg zumal,
Berauschte Nebel wälzen
Sich jäh hinab das Tal.

Mit tatenfroher Eile
Erhebt sich Geist und Sinn,
Und flügelt goldne Pfeile
Durch alle Ferne hin.

Auf Zinnen möcht ich springen,
In alter Fürsten Schloß,
Möcht hohe Lieder singen,
Mich schwingen auf das Roß!

Und stolzen Siegeswagen
Stürzt ich mich brausend nach,
Die Harfe wird zerschlagen,
Die nur von Liebe sprach.

– Wie? schwärmst du so vermessen,
Herz, hast du nicht bedacht,
Hast du mit eins vergessen,
Was dich so trunken macht?

Ach, wohl! was aus mir singet,
Ist nur der Liebe Glück!
Die wirren Töne schlinget
Sie sanft in sich zurück.

Was hilft, was hilft mein Sehnen?
Geliebte, wärst du hier!
In tausend Freudetränen
Verging' die Erde mir.

### *Am Walde*

Am Waldsaum kann ich lange Nachmittage,
Dem Kukuk horchend, in dem Grase liegen;
Er scheint das Tal gemächlich einzuwiegen
Im friedevollen Gleichklang seiner Klage.

Da ist mir wohl, und meine schlimmste Plage,
Den Fratzen der Gesellschaft mich zu fügen,
Hier wird sie mich doch endlich nicht bekriegen,
Wo ich auf eigne Weise mich behage.

Und wenn die feinen Leute nur erst dächten,
Wie schön Poeten ihre Zeit verschwenden,
Sie würden mich zuletzt noch gar beneiden.

Denn des Sonetts gedrängte Kränze flechten
Sich wie von selber unter meinen Händen,
Indes die Augen in der Ferne weiden.

### *Liebesglück*

Wenn Dichter oft in warmen Phantasien,
Von Liebesglück und schmerzlichem Vergnügen,
Sich oder uns, nach ihrer Art, belügen,
So sei dies Spielwerk ihnen gern verziehen.

Mir aber hat ein gütger Gott verliehen,
Den Himmel, den sie träumen, zu durchfliegen,
Ich sah die Anmut mir im Arm sich schmiegen,
Der Unschuld Blick von raschem Feuer glühen.

Auch ich trug einst der Liebe Müh und Lasten,
Verschmähte nicht den herben Kelch zu trinken,
Damit ich seine Lust nun ganz empfinde.

Und dennoch gleich ich jenen Erzphantasten:
Mir will mein Glück so unermeßlich dünken,
Daß ich mir oft im wachen Traum verschwinde.

### *Zu viel*

Der Himmel glänzt vom reinsten Frühlingslichte,
Ihm schwillt der Hügel sehnsuchtsvoll entgegen,
Die starre Welt zerfließt in Liebessegen,
Und schmiegt sich rund zum zärtlichsten Gedichte.

Am Dorfeshang, dort bei der luftgen Fichte,
Ist meiner Liebsten kleines Haus gelegen –
O Herz, was hilft dein Wiegen und dein Wägen,
Daß all der Wonnestreit in dir sich schlichte!

Du, Liebe, hilf den süßen Zauber lösen,
Womit Natur in meinem Innern wühlet!
Und du, o Frühling, hilf die Liebe beugen!

Lisch aus, o Tag! Laß mich in Nacht genesen!
Indes ihr sanften Sterne göttlich kühlet,
Will ich zum Abgrund der Betrachtung steigen.

### *Nur zu!*

Schön prangt im Silbertau die junge Rose,
Den ihr der Morgen in den Busen rollte,
Sie blüht, als ob sie nie verblühen wollte,
Sie ahnet nichts vom letzten Blumenlose.

Der Adler strebt hinan ins Grenzenlose,
Sein Auge trinkt sich voll von sprühndem Golde;
Er ist der Tor nicht, daß er fragen sollte,
Ob er das Haupt nicht an die Wölbung stoße.

Mag denn der Jugend Blume uns verbleichen,
Noch glänzet sie und reizt unwiderstehlich;
Wer will zu früh so süßem Trug entsagen?

Und Liebe, darf sie nicht dem Adler gleichen?
Doch fürchtet sie; auch fürchten ist ihr selig,
Denn all ihr Glück, was ists? – ein endlos Wagen!

### *An die Geliebte*

Wenn ich, von deinem Anschaun tief gestillt,
Mich stumm an deinem heilgen Wert vergnüge,
Dann hör ich recht die leisen Atemzüge
Des Engels, welcher sich in dir verhüllt.

Und ein erstaunt, ein fragend Lächeln quillt
Auf meinem Mund, ob mich kein Traum betrüge,
Daß nun in dir, zu ewiger Genüge,
Mein kühnster Wunsch, mein einzger, sich erfüllt?

Von Tiefe dann zu Tiefen stürzt mein Sinn,
Ich höre aus der Gottheit nächtger Ferne
Die Quellen des Geschicks melodisch rauschen.

Betäubt kehr ich den Blick nach oben hin,
Zum Himmel auf – da lächeln alle Sterne;
Ich kniee, ihrem Lichtgesang zu lauschen.

### *Neue Liebe*

Kann auch ein Mensch des andern auf der Erde
Ganz, wie er möchte, sein?
– In langer Nacht bedacht ich mirs, und mußte sagen, nein!

So kann ich niemands heißen auf der Erde,
Und niemand wäre mein?
– Aus Finsternissen hell in mir aufzückt ein Freudenschein:

Sollt ich mit Gott nicht können sein,
So wie ich möchte, Mein und Dein?
Was hielte mich, daß ichs nicht heute werde?

Ein süßes Schrecken geht durch mein Gebein!
Mich wundert, daß es mir ein Wunder wollte sein,
Gott selbst zu eigen haben auf der Erde!

### *An den Schlaf*

Somne levis! quanquam certissima mortis imago,
  Consortem cupio te tamen esse tori.
Alma quies, optata, veni! nam sic sine vita
  Vivere, quam suave est, sic sine morte mori!

*Meibom*

Schlaf! süßer Schlaf! obwohl dem Tod wie du nichts gleicht,
Auf diesem Lager doch willkommen heiß ich dich!
Denn ohne Leben so, wie lieblich lebt es sich!
So weit vom Sterben, ach, wie stirbt es sich so leicht!

### *Seufzer*

Jesu benigne!
A cujus igne
Opto flagrare
Et Te amare:
Cur non flagravi?
Cur non amavi
Te, Jesu Christe?
– O frigus triste!

(Altes Lied)

Dein Liebesfeuer,
Ach Herr! wie teuer
Wollt ich es hegen,
Wollt ich es pflegen!
Habs nicht geheget
Und nicht gepfleget,
Bin tot im Herzen –
O Höllenschmerzen!

## *Wo find ich Trost?*

Eine Liebe kenn ich, die ist treu,
War getreu, solang ich sie gefunden,
Hat mit tiefem Seufzen immer neu,
Stets versöhnlich, sich mit mir verbunden.

Welcher einst mit himmlischem Gedulden
Bitter bittern Todestropfen trank,
Hing am Kreuz und büßte mein Verschulden,
Bis es in ein Meer von Gnade sank.

Und was ists nun, daß ich traurig bin,
Daß ich angstvoll mich am Boden winde?
Frage: Hüter, ist die Nacht bald hin?
Und: was rettet mich von Tod und Sünde?

Arges Herze! ja gesteh es nur,
Du hast wieder böse Lust empfangen;
Frommer Liebe, frommer Treue Spur,
Ach, das ist auf lange nun vergangen.

Ja, das ists auch, daß ich traurig bin,
Daß ich angstvoll mich am Boden winde!
Hüter, Hüter, ist die Nacht bald hin?
Und was rettet mich von Tod und Sünde?

## *Gebet*

Herr! schicke, was du willt,
Ein Liebes oder Leides;
Ich bin vergnügt, daß beides
Aus Deinen Händen quillt.

Wollest mit Freuden
Und wollest mit Leiden
Mich nicht überschütten!
Doch in der Mitten
Liegt holdes Bescheiden.

## *Tag und Nacht*

Schlank und schön ein Mohrenknabe
Bringt in himmelblauer Schürze
Manche wundersame Gabe,
Kühlen Duft und süße Würze.
Wenn die Abendlüfte wehen,
Naht er sachte, kaum gesehen,
Hat ein Harfenspiel zur Hand.

Auch der Saiten sanftes Tönen
Kann man nächtlich lauschend hören;
Doch scheint alles seiner Schönen,
Ungetreuen, zu gehören;
Und er wandelt, bis am Haine,
Bis am See und Wiesenraine
Er die Spur der Liebsten fand.

Wohl ein Lächeln mag sich leise
Dann ins ernste Antlitz neigen,
Weiße Zähne, glänzend weiße,
Sich wie Sternenlichter zeigen.

Doch ihn faßt ein reizend Bangen,
Kommt von ferne Sie gegangen,
Und er sucht sein dunkles Haus.

Liebchen tritt von Bergeshöhen
In das Tal: da wird es Freude!
Wald und Flur wie neu erstehen
Vor dem Kind im Rosenkleide;
Alles drängt sich nach der Süßen,
Alt und jung will sie begrüßen,
Nur der Knabe bleibet aus.

Und doch ist ein tiefes Ahnen
Von dem Fremdling ihr geblieben;
Wie ein Traum will sie's gemahnen
An ein früh gehegtes Lieben.
Glänzen dann auf allen Wegen
Schmuck und Perlen ihr entgegen,
Denkt sie wohl, wer es gebracht.

Schnell den Schleier vorgezogen,
Steht das Töchterchen in Tränen,
Und der Mutter Friedensbogen
Neigt sich tauend ihrem Sehnen;
Erd und Himmel haben Frieden,
Aber ach, *sie* sind geschieden,
Sind getrennt wie *Tag* und *Nacht*.

## *Die Elemente*

῾Η γὰρ ἀποκαραδοκία τῆς
κτίσεως τὴν ἀποκάλυψιν τῶν
υἱῶν τοῦ θεοῦ ἀπεκδέχεται.

*Paulus a. d. Röm. 8,19*

Am schwarzen Berg da steht der Riese,
Steht hoch der Mond darüber her;
Die weißen Nebel auf der Wiese

Sind Wassergeister aus dem Meer:
Ihrem Gebieter nachgezogen
Vergiften sie die reine Nacht,
Aus deren hoch geschwungnem Bogen
Das volle Heer der Sterne lacht.

Still schaut der Herr auf seine Geister,
Die Faust am Herzen fest geballt;
Er heißt der Elemente Meister,
Heißt Herr der tödlichen Gewalt;
Ein Gott hat sie ihm übergeben,
Ach, ihm die schmerzenreichste Lust!
Und namenlose Seufzer heben
Die ehrne, göttergleiche Brust.

Die Keule schwingt er jetzt, die alte,
Vom Schlage dröhnt der Erde Rund,
Dann springt durch die gewaltge Spalte
Der Riesenkörper in den Grund.
Die fest verschloßnen Feuer tauchen
Hoch aus uraltem Schlund herauf,
Da fangen Wälder an zu rauchen,
Und prasseln wild im Sturme auf.

Er aber darf nicht still sich fühlen,
Beschaulich im verborgnen Schacht,
Wo Gold und Edelsteine kühlen,
Und hellen Augs der Elfe wacht:
Brünstig verfolgt er, rastlos wütend,
Der Gottheit grauenvolle Spur,
Des Busens Angst nicht überbietend
Mit allen Schrecken der Natur.

Soll er den Flug von hundert Wettern
Laut donnernd durcheinander ziehn,
Des Menschen Hütte niederschmettern,
Aufs Meerschiff sein Verderben sprühn,

Da will das edle Herz zerreißen,
Da sieht er schrecklich sich allein;
Und doch kann er nicht würdig heißen,
Mit Göttern ganz ein Gott zu sein.

Noch aber blieb ihm *eine* Freude,
Nachdem er Land und Meer bewegt,
Wenn er bei Nacht auf öder Heide
Die Sehnsucht seiner Seele pflegt.
Da hängen ungeheure Ketten
Aus finstrem Wolkenraum herab,
Dran er, als müßten sie ihn retten,
Sich schwingt zum Himmel auf und ab.

Dort weilen rosige Gestalten
In heitern Höhen, himmlisch klar,
Und fest am goldnen Ringe halten
Sie schwesterlich das Kettenpaar;
Sie liegen ängstlich auf den Knieen
Und sehen sanft zum wilden Spiel,
Und wie sie im Gebete glühen,
Löst, wie ein Traum, sich sein Gefühl.

Denn ihr Gesang tönt mild und leise,
Er rührt beruhigend sein Ohr:
O folge harmlos deiner Weise,
Dazu Allvater dich erkor!
Dem Wort von Anfang mußt du trauen,
In ihm laß deinen Willen ruhn!
Das Tiefste wirst du endlich schauen,
Begreifen lernen all dein Tun.

Und wirst nicht länger menschlich hadern,
Wirst schaun der Dinge heilge Zahl,
Wie in der Erde warmen Adern,
Wie in dem Frühlingssonnenstrahl,
Wie in des Sturmes dunkeln Falten
Des Vaters göttlich Wesen schwebt,

Den Faden freundlicher Gewalten,
Das Band geheimer Eintracht webt.

Einst wird es kommen, daß auf Erden
Sich höhere Geschlechter freun,
Und heitre Angesichter werden
Des Ewigschönen Spiegel sein,
Wo aller Engelsweisheit Fülle
Der Menschengeist in sich gewahrt,
In neuer Sprachen Kinderhülle
Sich alles Wesen offenbart.

Und auch die Elemente mögen,
Die gottversöhnten, jede Kraft
In Frieden auf und nieder regen,
Die nimmermehr Entsetzen schafft;
Dann, wie aus Nacht und Duft gewoben,
Vergeht dein Leben unter dir,
Mit lichtem Blick steigst du nach oben,
Denn in der Klarheit wandeln wir.

### *Schiffer- und Nixen-Märchen*

#### I. Vom Sieben-Nixen-Chor

Manche Nacht im Mondenscheine
Sitzt ein Mann von ernster Schöne,
Sitzt der Magier Drakone,
Auf dem Gartenhausbalkone,
Mit Prinzessin Liligi;
Lehrt sie allda seine Lehre
Von der Erde, von dem Himmel,
Von dem Traum der Elemente,
Vom Geschick im Sternenkreise.

Laß es aber nun genug sein!
Mitternacht ist lang vorüber –

Spricht Prinzessin Liligi –
Und nach solchen Wunderdingen,
Mächtigen und ungewohnten,
Lüstet mich nach Kindermärchen,
Lieber Mann, ich weiß nicht wie! –

»Hörst du gern das Lied vom Winde,
Das nicht End noch Anfang hat,
Oder gern vom Königskinde,
Gerne von der Muschelstadt?«

Singe du so heut wie gestern
Von des Meeres Lustrevier,
Von dem Haus der sieben Schwestern
Und vom Königssohne mir.

»Zwischen grünen Wasserwänden
Sitzt der Sieben-Nixen-Chor;
Wasserrosen in den Händen,
Lauschen sie zum Licht empor.

Und wenn oftmals auf der Höhe
Schiffe fahren, schattengleich,
Steigt ein siebenfaches Wehe
Aus dem stillen Wasserreich.

Dann, zum Spiel kristallner Glocken,
Drehn die Schwestern sich im Tanz,
Schütteln ihre grünen Locken
Und verlieren Gurt und Kranz.

Und das Meer beginnt zu schwanken,
Well auf Welle steigt und springt,
Alle Elemente zanken
Um das Schiff, bis es versinkt.«

Also sang in Zaubertönen
Süß der Magier Drakone

Zu der lieblichen Prinzessin;
Und zuweilen, im Gesange,
Neiget er der Lippen Milde
Zu dem feuchten Rosenmunde,
Zu den hyazintheblauen,
Schon in Schlaf gesenkten Augen
Der betörten Jungfrau hin.
Diese meint im leichten Schlummer,
Immer höre sie die Lehre
Von der Erde, von dem Himmel,
Vom Geschick im Sternenkreise,
Doch zuletzt erwachet sie:

Laß es aber nun genug sein!
Mitternacht ist lang vorüber,
Und nach solchen Wunderdingen,
Mächtigen und ungewohnten,
Lüstet mich nach Kindermärchen,
Lieber Mann, ich weiß nicht wie!

»Wohl! – Schon auf des Meeres Grunde
Sitzt das Schiff mit Mann und Maus,
Und die Sieben in die Runde
Rufen: Schönster, tritt heraus!

Rufen freundlich mit Verneigen:
Komm! es soll dich nicht gereun;
Woll'n dir unsre Kammer zeigen,
Wollen deine Mägde sein.

– Sieh, da tritt vom goldnen Borde
Der betörte Königssohn,
Und zu der korallnen Pforte
Rennen sie mit ihm davon.

Doch man sah nach wenig Stunden,
Wie der Nixenbräutigam,

Tot, mit sieben roten Wunden,
Hoch am Strand des Meeres schwamm.«

Also sang in Zaubertönen
Süß der Magier Drakone;
Und zuweilen, im Gesange,
Neiget er der Lippen Milde
Zu dem feuchten Rosenmunde,
Zu den hyazintheblauen,
Schon in Schlaf gesenkten Augen
Der betörten Jungfrau hin.

Sie erwacht zum andernmale,
Sie verlanget immer wieder:
Lieber Mann, ein Kindermärchen
Singe mir zu guter Letzt!

Und er singt das letzte Märchen,
Und er küßt die letzten Küsse;
Lied und Kuß hat ausgeklungen,
Aber sie erwacht nicht mehr.
Denn schon war die dritte Woche,
Seit der Magier Drakone
Bei dem edeln Königskinde
Seinen falschen Dienst genommen;
Wohlberechnet, wohlbereitet
Kam der letzte Tag heran.

Jetzo fasset er die Leiche,
Schwingt sich hoch im Zaubermantel
Durch die Lüfte zu dem Meere,
Rauschet nieder in die Wogen,
Klopft an dem Korallentor,
Führet so die junge Fürstin,
Daß auch sie zur Nixe werde,
Als willkommene Genossin
In den Sieben-Nixen-Chor.

### II. Nixe Binsefuß

Des Wassermanns sein Töchterlein
Tanzt auf dem Eis im Vollmondschein,
Sie singt und lachet sonder Scheu
Wohl an des Fischers Haus vorbei.

»Ich bin die Jungfer Binsefuß,
Und meine Fisch wohl hüten muß,
Meine Fisch die sind im Kasten,
Sie haben kalte Fasten;
Von Böhmerglas mein Kasten ist,
Da zähl ich sie zu jeder Frist.

Gelt, Fischermatz? gelt, alter Tropf,
Dir will der Winter nicht in Kopf?
Komm mir mit deinen Netzen!
Die will ich schön zerfetzen!
Dein Mägdlein zwar ist fromm und gut,
Ihr Schatz ein braves Jägerblut.

Drum häng ich ihr, zum Hochzeitstrauß,
Ein schilfen Kränzlein vor das Haus,
Und einen Hecht, von Silber schwer,
Er stammt von König Artus her,
Ein Zwergen-Goldschmieds-Meisterstück,
Wers hat, dem bringt es eitel Glück:
Er läßt sich schuppen Jahr für Jahr,
Da sinds fünfhundert Gröschlein bar.

Ade, mein Kind! Ade fur heut!
Der Morgenhahn im Dorfe schreit.«

### III. Zwei Liebchen

Ein Schifflein auf der Donau schwamm,
Drin saßen Braut und Bräutigam,
Er hüben und sie drüben.

Sie sprach, Herzliebster, sage mir,
Zum Angebind was geb ich dir?

Sie streift zurück ihr Ärmelein,
Sie greift ins Wasser frisch hinein.

Der Knabe, der tät gleich also,
Und scherzt mit ihr und lacht so froh.

Ach, schöne Frau Done, geb sie mir
Für meinen Schatz eine hübsche Zier!

Sie zog heraus ein schönes Schwert,
Der Knab hätt lang so eins begehrt.

Der Knab, was hält er in der Hand?
Milchweiß ein köstlich Perlenband.

Er legts ihr um ihr schwarzes Haar,
Sie sah wie eine Fürstin gar.

Ach, schöne Frau Done, geb sie mir
Für meinen Schatz eine hübsche Zier!

Sie langt hinein zum andernmal,
Faßt einen Helm von lichtem Stahl.

Der Knab vor Freud entsetzt sich schier,
Fischt ihr einen goldnen Kamm dafür..

Zum dritten sie ins Wasser griff:
Ach weh! da fällt sie aus dem Schiff.

Er springt ihr nach, er faßt sie keck,
Frau Done reißt sie beide weg:

Frau Done hat ihr Schmuck gereut,
Das büßt der Jüngling und die Maid.

Das Schifflein leer hinunterwallt;
Die Sonne sinkt hinter die Berge bald.

Und als der Mond am Himmel stand,
Die Liebchen schwimmen tot ans Land,
Er hüben und sie drüben.

### IV. Der Zauberleuchtturm

Des Zauberers sein Mägdlein saß
In ihrem Saale rund von Glas;
Sie spann beim hellen Kerzenschein,
Und sang so glockenhell darein.
Der Saal, als eine Kugel klar,
In Lüften aufgehangen war
An einem Turm auf Felsenhöh,
Bei Nacht hoch ob der wilden See,
Und hing in Sturm und Wettergraus
An einem langen Arm hinaus.
Wenn nun ein Schiff in Nächten schwer
Sah weder Rat noch Rettung mehr,
Der Lotse zog die Achsel schief,
Der Hauptmann alle Teufel rief,
Auch der Matrose wollt verzagen:
O weh mir armen Schwartenmagen!
Auf einmal scheint ein Licht von fern
Als wie ein heller Morgenstern;
Die Mannschaft jauchzet überlaut:
Heida! jetzt gilt es trockne Haut!
Aus allen Kräften steuert man
Jetzt nach dem teuren Licht hinan,
Das wächst und wächst und leuchtet fast
Wie einer Zaubersonne Glast,
Darin ein Mägdlein sitzt und spinnt,
Sich beuget ihr Gesang im Wind;
Die Männer stehen wie verzückt,
Ein jeder nach dem Wunder blickt
Und horcht und staunet unverwandt,
Dem Steuermann entsinkt die Hand,

Hat keiner Acht mehr auf das Schiff;
Das kracht mit eins am Felsenriff,
Die Luft zerreißt ein Jammerschrei:
Herr Gott im Himmel, steh uns bei!
Da löscht die Zauberin ihr Licht;
Noch einmal aus der Tiefe bricht
Verhallend Weh aus *einem* Mund;
Da zuckt das Schiff und sinkt zu Grund.

## *Das lustige Wirtshaus*

Akademischer Scherz

Die Burschen

Man lebet doch wie im Schlaraffenland hier,
Da schmauset man frühe wie spat;
Schon dreht sich der Boden vor Wonne mit mir,
Kaum daß ich die Schwelle betrat!

Der Becher, ihr Herrn, wird nur gratis gefüllt:
Der Wirt ist kein knausiger Tropf,
Er führt den Hanswurst nicht vergeblich im Schild,
Man wirft euch das Geld an den Kopf.

Der Alte soll, wißt ihr, ein Zauberer sein,
Er lächelt auch immer so schlau;
– Und seht nur, was treten für Kerl' da herein?
Die Eule, der Storch und der Pfau!

Wie sittig, kratzfüßig und blöd sie sich drehn!
Pedanten vom köstlichsten Schlag!
Sie nehmen sich Stühle – das muß ich gestehn,
So was sieht man nicht alle Tag!

Mein Alter am Fäßchen, er zapfet den Wein
Und hält sich vor Lachen den Bauch;
Rebekke schenkt ihnen vom feurigsten ein
Und zierlich kredenzt sie ihn auch.

Nun sitzen sie steif wie Professorsleut da,
Und lassen das Glas unberührt,
Wir Herren vom Humpen sind ihnen zu nah:
Man hat sich leicht kompromittiert.

Nur ruhig, und kehrt euch noch gar nicht an sie!
Die führen ihr Mütlein im Sack;
Es ist nur erlogene Pedanterie,
Sie sind das versoffenste Pack.

Inzwischen, mein schönes, schwarzaugiges Kind,
Komm, sing uns was Lustiges vor!

Das Mädchen

Das kann ja geschehen; die Herren dann sind
So gütig und machen den Chor.

Dieselbe fährt fort mit der Zither:

– Mein Vater, der hatte drei Krebse zum Schild,
Da sprachen die Leute nicht ein:
Nun führt er den scheckigen Narren im Bild,
Er selber trinkt aber den Wein.

Chor

Heida! sa sa!
Er selber trinkt aber den Wein.

Mädchen

Auch seht ihr ja wohl, wie so herrlich das lauft,
Man denkt, es wär Kirmes im Haus;
Und wenn man uns Betten und Stühle verkauft,
Wir lachen die Leute noch aus.

Chor

Heida! sa sa!
Ihr lachet die Leute noch aus.

Mädchen

Mein Vater, heißts, hab ein klein Männlein im Sold,
Ein Männlein, so fein und so klug,
Und wenn er nur möchte und wenn er nur wollt,
Wir hätten Dukaten genug.

Chor

Heida! sa sa!
Ihr hättet Dukaten genug.

Mädchen

Das laß ich nun gerne dahingestellt sein;
Was kümmert mich Silber und Gold!
Und zög ich auf Bettel Land aus und Land ein,
Mein Schätzchen, das bliebe mir hold.

Chor

Heida! sa sa!
Dein Schätzchen, das bliebe dir hold.

Mädchen

Denn ich und des Schäfers sein lustiger Franz,
Wir ziehn wie die Vögel so frei,
Ich spiele die Zither, das Hackbrett zum Tanz,
Mein Liebster, der spielt die Schalmei.

Chor

Heida! sa sa!
Dein Liebster, der spielt die Schalmei.

Mädchen

Und wenn meine Mutter Frau Kaiserin wär,
Hätt ich Kleider und seidene Schuh,
Ich gäb doch den herzigen Jungen nicht her,
Gäb ihm Kron und Zepter dazu.

Chor

Heida! sa sa!
Gäbst ihm Kron und Zepter dazu.

Einer

Doch seht mir nur dort das Professorsvolk an!
Das jauchzet und tanzet und hopft!
Der Storch und der Pfau und die Eule voran –
Mein Seel, sie sind alle bezopft!

Chor

Heida! sa sa!
Mein Seel, sie sind alle bezopft!

## *Der alte Turmhahn*

Idylle

Zu Cleversulzbach im Unterland
Hundertunddreizehn Jahr ich stand,
Auf dem Kirchenturn ein guter Hahn,
Als ein Zierat und Wetterfahn.
In Sturm und Wind und Regennacht
Hab ich allzeit das Dorf bewacht.
Manch falber Blitz hat mich gestreift,
Der Frost mein' roten Kamm bereift,
Auch manchen lieben Sommertag,
Da man gern Schatten haben mag,
Hat mir die Sonne unverwandt
Auf meinen goldigen Leib gebrannt.
So ward ich schwarz für Alter ganz,
Und weg ist aller Glitz und Glanz.
Da haben sie mich denn zuletzt
Veracht't und schmählich abgesetzt.
Meinthalb! so ist der Welt ihr Lauf,

Jetzt tun sie einen andern 'nauf.
Stolzier, prachtier und dreh dich nur!
Dir macht der Wind noch andre Cour.

Ade, o Tal, du Berg und Tal!
Rebhügel, Wälder allzumal!
Herzlieber Turn und Kirchendach,
Kirchhof und Steglein übern Bach!
Du Brunnen, dahin spat und früh
Öchslein springen, Schaf' und Küh,
Hans hinterdrein kommt mit dem Stecken,
Und Bastes Evlein auf dem Schecken!
– Ihr Störch und Schwalben, grobe Spatzen,
Euch soll ich nimmer hören schwatzen!
Lieb deucht mir jedes Drecklein itzt,
Damit ihr ehrlich mich beschmitzt.
Ade, Hochwürden, Ihr Herr Pfarr,
Schulmeister auch, du armer Narr!
Aus ist, was mich gefreut so lang,
Geläut und Orgel, Sang und Klang.

Von meiner Höh so sang ich dort,
Und hätt noch lang gesungen fort,
Da kam so ein krummer Teufelshöcker,
Ich schätz, es war der Schieferdecker,
Packt mich, kriegt nach manch hartem Stoß
Mich richtig von der Stange los.
Mein alt preßhafter Leib schier brach,
Da er mit mir fuhr ab dem Dach
Und bei den Glocken schnurrt hinein;
Die glotzten sehr verwundert drein,
Regt' ihnen doch weiter nicht den Mut,
Dachten eben, wir hangen gut.

Jetzt tät man mich mit altem Eisen
Dem Meister Hufschmied überweisen;
Der zahlt zween Batzen und meint Wunder,

Wieviel es wär für solchen Plunder.
Und also ich selben Mittag
Betrübt vor seiner Hütte lag.
Ein Bäumlein – es war Maienzeit –
Schneeweiße Blüten auf mich streut,
Hühner gackeln um mich her,
Unachtend, was das für ein Vetter wär.
Da geht mein Pfarrherr nun vorbei,
Grüßt den Meister und lächelt: Ei,
Wärs so weit mit uns, armer Hahn?
Andrees, was fangt Ihr mit ihm an?
Ihr könnt ihn weder sieden noch braten,
Mir aber müßt es schlimm geraten,
Einen alten Kirchendiener gut
Nicht zu nehmen in Schutz und Hut.
Kommt! tragt ihn mir gleich vor ins Haus,
Trinket ein kühl Glas Wein mit aus.

Der rußig Lümmel, schnell bedacht,
Nimmt mich vom Boden auf und lacht.
Es fehlt' nicht viel, so tat ich frei
Gen Himmel einen Freudenschrei.
Im Pfarrhaus ob dem fremden Gast
War groß und klein erschrocken fast;
Bald aber in jedem Angesicht
Ging auf ein rechtes Freudenlicht.
Frau, Magd und Knecht, Mägdlein und Buben,
Den großen Göckel in der Stuben
Mit siebenfacher Stimmen Schall
Begrüßen, begucken, betasten all.
Der Gottesmann drauf mildiglich
Mit eignen Händen trägt er mich
Nach seinem Zimmer, Stiegen auf,
Nachpolteret der ganze Hauf.

Hier wohnt der Frieden auf der Schwell!
In den geweißten Wänden hell

Sogleich empfing mich sondre Luft,
Bücher- und Gelahrtenduft,
Gerani- und Resedaschmack,
Auch ein Rüchlein Rauchtabak.
(Dies war mir all noch unbekannt.)
Ein alter Ofen aber stand
In der Ecke linkerhand.
Recht als ein Turn tät er sich strecken
Mit seinem Gipfel bis zur Decken,
Mit Säulwerk, Blumwerk, kraus und spitz –
O anmutsvoller Ruhesitz!
Zu öberst auf dem kleinen Kranz
Der Schmied mich auf ein Stänglein pflanzt'.

Betrachtet mir das Werk genau!
Mir deuchts ein ganzer Münsterbau;
Mit Schildereien wohl geziert,
Mit Reimen christlich ausstaffiert.
Davon vernahm ich manches Wort,
Dieweil der Ofen ein guter Hort
Für Kind und Kegel und alte Leut,
Zu plaudern, wann es wind't und schneit.

Hier seht ihr seitwärts auf der Platten
Eines Bischofs Krieg mit Mäus und Ratten,
Mitten im Rheinstrom sein Kastell.
Das Ziefer kommt geschwommen schnell,
Die Knecht nichts richten mit Waffen und Wehr,
Der Schwänze werden immer mehr.
Viel Tausend gleich in dicken Haufen
Frech an der Mauer auf sie laufen,
Fallen dem Pfaffen in sein Gemach;
Sterben muß er mit Weh und Ach,
Von den Tieren aufgefressen,
Denn er mit Meineid sich vermessen.
– Sodann König Belsazers seinen Schmaus,

Weiber und Spielleut, Saus und Braus;
Zu großem Schrecken an der Wand
Rätsel schreibt eines Geistes Hand.
– Zuletzt da vorne stellt sich für
Sara lauschend an der Tür,
Als der Herr mit Abraham
Vor seiner Hütte zu reden kam,
Und ihme einen Sohn versprach.
Sara sich Lachens nicht entbrach,
Weil beide schon sehr hoch betaget.
Der Herr vernimmt es wohl und fraget:
Wie, lachet Sara? glaubt sie nicht,
Was der Herr will, leicht geschicht?
Das Weib hinwieder Flausen machet,
Spricht: Ich habe nicht gelachet.
Das war nun wohl gelogen fast,
Der Herr es doch passieren laßt,
Weil sie nicht leugt aus arger List,
Auch eine Patriarchin ist.

Seit daß ich hier bin dünket mir
Die Winterszeit die schönste schier.
Wie sanft ist aller Tage Fluß
Bis zum geliebten Wochenschluß!
– Freitag zu Nacht, noch um die Neune,
Bei seiner Lampen Trost alleine,
Mein Herr fangt an sein Predigtlein
Studieren; anderst mags nicht sein;
Eine Weil am Ofen brütend steht,
Unruhig hin und dannen geht:
Sein Text ihm schon die Adern reget;
Drauf er sein Werk zu Faden schläget.
Inmittelst einmal auch etwan
Hat er ein Fenster aufgetan –
Ah, Sternenlüfteschwall wie rein
Mit Haufen dringet zu mir ein!

Den Verrenberg ich schimmern seh,
Den Schäferbühel dick mit Schnee!

Zu schreiben endlich er sich setzet,
Ein Blättlein nimmt, die Feder netzet,
Zeichnet sein Alpha und sein O
Über dem Exordio.
Und ich von meinem Postament
Kein Aug ab meinem Herrlein wend;
Seh, wie er, mit Blicken steif ins Licht,
Sinnt, prüfet jedes Worts Gewicht,
Einmal sacht eine Prise greifet,
Vom Docht den roten Butzen streifet;
Auch dann und wann zieht er vor sich
Ein Sprüchlein an vernehmentlich,
So ich mit vorgerecktem Kopf
Begierlich bringe gleich zu Kropf.
Gemachsam kämen wir also
Bis Anfang Applicatio.

Indes der Wächter Elfe schreit.
Mein Herr denkt: es ist Schlafenszeit;
Ruckt seinen Stuhl und nimmt das Licht;
Gut Nacht, Herr Pfarr! – Er hört es nicht.

Im Finstern wär ich denn allein.
Das ist mir eben keine Pein.
Ich hör in der Registratur
Erst eine Weil die Totenuhr,
Lache den Marder heimlich aus,
Der scharrt sich müd am Hühnerhaus;
Windweben um das Dächlein stieben;
Ich höre, wie im Wald da drüben –
Man heißet es im Vogeltrost –
Der grimmig Winter sich erbost,
Ein Eichlein spalt't jähling mit Knallen,
Eine Buche, daß die Täler schallen.

– Du meine Güt, da lobt man sich
So frommen Ofen dankbarlich!
Er wärmelt halt die Nacht so hin,
Es ist ein wahrer Segen drin.
– Jetzt, denk ich, sind wohl hie und dort
Spitzbuben aus auf Raub und Mord;
Denk, was eine schöne Sach es ist,
Brave Schloß und Riegel zu jeder Frist!
Was ich wollt machen herentgegen,
Wenn ich eine Leiter hört anlegen;
Und sonst was so Gedanken sind;
Ein warmes Schweißlein mir entrinnt.
Um zwei, gottlob, und um die drei
Glänzet empor ein Hahnenschrei,
Um fünfe, mit der Morgenglocken,
Mein Herz sich hebet unerschrocken,
Ja voller Freuden auf es springt,
Als der Wächter endlich singt:
Wohlauf, im Namen Jesu Christ!
Der helle Tag erschienen ist!

Ein Stündlein drauf, wenn mir die Sporen
Bereits ein wenig steif gefroren,
Rasselt die Lis' im Ofen, brummt,
Bis 's Feuer angeht, saust und summt.
Dann von der Küch 'rauf, gar nicht übel,
Die Supp ich wittre, Schmalz und Zwiebel.
Endlich, gewaschen und geklärt,
Mein Herr sich frisch zur Arbeit kehrt.

Am Samstag muß ein Pfarrer fein
Daheim in seiner Klause sein,
Nicht visiteln, herumkutschieren,
Seine Faß einbrennen, sonst hantieren.
Meiner hat selten solch Gelust.
Einmal – Ihr sagts nicht weiter just –

Zimmert' er den ganzen Nachmittag
Dem Fritz an einem Meisenschlag,
Dort an dem Tisch, und schwatzt' und schmaucht',
Mich alten Tropf kurzweilt' es auch.

Jetzt ist der liebe Sonntag da.
Es läut't zur Kirchen fern und nah.
Man orgelt schon; mir wird dabei,
Als säß ich in der Sakristei.
Es ist kein Mensch im ganzen Haus;
Ein Mücklein hör ich, eine Maus.
Die Sonne sich ins Fenster schleicht,
Zwischen die Kaktusstöck hinstreicht
Zum kleinen Pult von Nußbaumholz,
Eines alten Schreinermeisters Stolz;
Beschaut sich was da liegt umher,
Konkordanz und Kinderlehr,
Oblatenschachtel, Amtssigill,
Im Tintenfaß sich spiegeln will,
Zuteuerst Sand und Grus besicht,
Sich an dem Federmesser sticht
Und gleitet übern Armstuhl frank
Hinüber an den Bücherschrank.
Da stehn in Pergament und Leder
Vornan die frommen Schwabenväter:
*Andreä*, *Bengel*, *Rieger* zween,
Samt *Ötinger* sind da zu sehn.
Wie sie die goldnen Namen liest,
Noch goldener ihr Mund sie küßt,
Wie sie rührt an *Hillers* Harfenspiel –
Horch! klingt es nicht? so fehlt nicht viel.

Inmittelst läuft ein Spinnlein zart
An mir hinauf nach seiner Art,
Und hängt sein Netz, ohn erst zu fragen,
Mir zwischen Schnabel auf und Kragen.
Ich rühr mich nicht aus meiner Ruh,

Schau ihm eine ganze Weile zu,
Darüber ist es wohl geglückt,
Daß ich ein wenig eingenickt. –
Nun sagt, ob es in Dorf und Stadt
Ein alter Kirchhahn besser hat?

Ein Wunsch im stillen dann und wann
Kommt einen freilich wohl noch an.
Im Sommer stünd ich gern da draus
Bisweilen auf dem Taubenhaus,
Wo dicht dabei der Garten blüht,
Man auch ein Stück vom Flecken sieht.
Dann in der schönen Winterzeit,
Als zum Exempel eben heut:
Ich sag es grad – da haben wir
Gar einen wackern Schlitten hier,
Grün, gelb und schwarz; – er ward verwichen
Erst wieder sauber angestrichen:
Vorn auf dem Bogen brüstet sich
Ein fremder Vogel hoffärtig –
Wenn man mich etwas putzen wollt,
Nicht, daß es drum viel kosten sollt,
Ich stünd so gut dort als wie der
Und machet niemand nicht Unehr!
– Narr! denk ich wieder, du hast dein Teil!
Willst du noch jetzo werden geil?
Mich wundert, ob dir nicht gefiel',
Daß man, der Welt zum Spott und Ziel,
Deinen warmen Ofen gar zuletzt
Mitsamt dir auf die Läufe setzt',
Daß auf dem Gsims da um dich säß
Mann, Weib und Kind, der ganze Käs!
Du alter Scherb, schämst du dich nicht,
Auf Eitelkeit zu sein erpicht?
Geh in dich, nimm dein Ende wahr!
Wirst nicht noch einmal hundert Jahr.

## *An Wilhelm Hartlaub*

Durchs Fenster schien der helle Mond herein;
Du saßest am Klavier im Dämmerschein,
Versankst im Traumgewühl der Melodien,
Ich folgte dir an schwarzen Gründen hin,
Wo der Gesang versteckter Quellen klang,
Gleich Kinderstimmen, die der Wind verschlang.

Doch plötzlich war dein Spiel wie umgewandt,
Nur blauer Himmel schien noch ausgespannt,
Ein jeder Ton ein lang gehaltnes Schweigen.
Da fing das Firmament sich an zu neigen,
Und jäh daran herab der Sterne selig Heer
Glitt rieselnd in ein goldig Nebelmeer,
Bis Tropf' um Tropfen hell darin zerging,
Die alte Nacht den öden Raum umfing.

Und als du neu ein fröhlich Leben wecktest,
Die Finsternis mit jungem Lichte schrecktest,
War ich schon weit hinweg mit Sinn und Ohr,
Zuletzt warst du es selbst, in den ich mich verlor;
Mein Herz durchzückt' mit eins ein Freudenstrahl:
Dein ganzer Wert erschien mir auf einmal.
So wunderbar empfand ich es, so neu,
Daß noch bestehe Freundeslieb und Treu!
Daß uns so sichrer Gegenwart Genuß
Zusammenhält in Lebensüberfluß!

Ich sah dein hingesenktes Angesicht
Im Schatten halb und halb im klaren Licht;
Du ahntest nicht, wie mir der Busen schwoll,
Wie mir das Auge brennend überquoll.
Du endigtest; ich schwieg – Ach warum ist doch eben
Dem höchsten Glück kein Laut des Danks gegeben?

Da tritt dein Töchterchen mit Licht herein,
Ein ländlich Mahl versammelt Groß und Klein,

Vom nahen Kirchturm schallt das Nachtgeläut',
Verklingend so des Tages Lieblichkeit.

### *Ländliche Kurzweil*

An Constanze Hartlaub

Um die Herbstzeit, wenn man abends
Feld und Garten gerne wieder
Tauschet mit dem wärmern Zimmer,
Bald auch schon den lang verschmähten
Ofen sieht mit andern Augen,
Jetzo noch zweideutigen:
Haben wir hier auf dem Lande
Noch die allerschönsten Stunden
Müßig halb und halb geschäftig
Plaudernder Geselligkeit.

Jüngst so waren wir am runden
Tisch versammelt um die Lampe.
Eine Freundin, aus der Ferne
Neulich bei uns angekommen,
Saß, ein holder Gast, im Kreise.
Abgetragen war das Essen,
Nur das Tischtuch mußte bleiben.
Reinliche Gefäße vor sich
Eiferten die guten Frauen,
Wer des vielkörnigen Mohnes
Größern Haufen vor sich bringe;
– Weißen hatten wir und blauen –
Emsig klopften, unbeschadet
Des Gespräches, ihre Messer,
Während ich, zunächst dem Lichte,
In den Haller Jahresheften
Blätterte und hin und wieder
Einen Brocken gab zum besten.

Doch nach einer kleinen Stille,
Plötzlich wie vom Zaun gebrochen,
Sagte meine Schwester Clärchen,
Schadenfrohen Blicks nach mir:
»Geld auf Zinsen auszulehnen
Ist wohl keine üble Sache,
Wenn man es nur christlich treibt;
Denn vom Hundert zieht man immer,
Wo nicht fünfe, doch fünfthalbe,
Das ist einem wie geschenkt;
Aber wer in müßger Weile
An dem Mohnfeld einst vorüber
Schlenderte, der grünen Häupter
Eines an der Seite spaltend,
Kleine Münze drin verbarg,
Hoffend, daß es groß und größer,
Eine Wunderfrucht, erwachse,
Und so viel es Körner trüge
So viel nagelneue Kreuzer
Künftig in der dürren Hülse
(Eine feine Kinderklapper,
Eine seltne Vogelscheuche!)
Klingend in dem Winde schüttle,
Der ist übel angeführt.
Nicht nur, daß die Interessen
Fehlen, auch die schönen Samen
Sind vergiftet, schwarz gemodert,
Und der unfruchtbare Mammon
Lauter Grünspan, ganz unkenntlich,
Garstig, wie dies Beispiel zeigt!«
Und hiermit warf sie den Kreuzer
Auf den Tisch, da lachte alles.

»Lassen Sie sich das erklären!«
Sagt ich, zu dem Gast gewendet:
»Wer in Schwaben einen neuen

Rock an hat zum ersten Male,
Muß von Freunden und Bekannten
In das neue Taschenfutter
Einen blanken Kreuzer haben;
Und so ward mir, ländlich sittlich,
Auch der meine vorgen Sommer
Für den hübschen Schlafrock, eben
Den man gegenwärtig sieht.
Jenen Morgen nun erging ich
Guten Mutes mich im Garten,
Tat auch wirklich wie sie sagt,
Doch was ich dabei mir dachte,
Muß ich wohl am besten wissen.
Ein Orakel sollt es sein,
Das der Herbst erproben würde:
Bringt die Kolbe blauen Samen,
Ist der liebe Gast nicht kommen;
Bringt sie weißen, wird er da sein
Eben wenn man sie eröffnet;
Und um sie genau zu zeichnen
Legt ich jene Münze ein.
Aber bald war dieses alles
Bis den Augenblick vergessen.
Und nun seht –«

»Nichts!« rief die Schwester:
»Nein, ich lasse mirs nicht nehmen,
Spekulieren wolltest du!
Und der Fall beweist nur wieder,
Was oft, dich in Schutz zu nehmen,
Andere mit mir bezeugten:
Daß mein teuerster Herr Bruder
Bei dem allerbesten Willen
Zum Kapitalisten eben
Einmal nicht geboren ist.«

## *Bei der Marien-Bergkirche*

Am Geburtstag des Freundes

O liebste Kirche sondergleichen,
Auf deinem Berge ganz allein,
Im Wald, wo Linden zwischen Eichen
Ums Chor den Maienschatten streun!

Aus deinem grünen Rasen steigen
Die alten Pfeiler prächtig auf,
An Drachen, Greifen, Laubgezweigen
Reich bis zum letzten Blumenknauf.

Und Nachtigall und Kukuk freuen
Sich dein- und ihrer Einsamkeit,
Sie kommen jährlich und erneuen
Dir deine erste Frühlingszeit.

Der Wohllaut deiner Orgeltöne
Schläft, ach, manch lieben langen Tag,
Bis einmal sich dein Tal der Schöne
Deines Geläutes freuen mag.

Dort, wo aus gelbem Stein gewunden
Die Treppe hängt, *ein* Blumenkranz,
Vertieft sich heut in Abendstunden
Mein Sinn in ihre Zierde ganz.

Sieh! ihre leicht geschlungnen Glieder
Verklären sich in rotes Gold!
Und horch, die Spindel auf und nieder
Gehn Melodien wunderhold!

Musik der hundertfachen Flöte,
Die mit dem letzten Strahl verschwebt,
Und schweigt, – bis sie die Morgenröte
Des gleichen Tages neu belebt.

## *Meiner Schwester*

Nach dem Tode der Mutter,
mit einem Blatt von der Birke zwischen dem Pfarrhaus
und dem Kirchhof zu Cleversulzbach

Sommer 1841

»Blättchen, das im losen Spiel
Winde durch die Lüfte tragen,
Blättchen, kannst du mir nicht sagen,
Wo ist deiner Wandrung Ziel?«

Ach ich weiß ein frommes Kind,
Dem möcht ich mich gern verbinden,
Und kann doch den Weg nicht finden,
So verstürmte mich der Wind.

Als ich aus der Knospe mich
Vor den Veilchen, früh, gerungen,
Kam das Liebchen oft gesungen
Durch den Garten morgendlich.

Aber da sich, glatt und schön,
Tät mein grünes Herzlein dehnen,
Sah ich sie in bittern Tränen
Unter unsern Zweigen stehn.

Und dort drüben überm Hag,
Steht das Röslein, steht die Weide,
Dahin wallte sie in Leide
Mir vorüber jeden Tag.

Freut' auch mich nichts weiter mehr,
Nicht die süße Maiensonne,
Bienenton und Schaukelwonne,
Keine kühle Mondnacht mehr.

Also welkt ich vor der Zeit,
Bin, bevor der Herbst gekommen,
Aus der Mutter Hut genommen
Und von der Geliebten weit.

Dürft ich zu ihr, ach wie viel
Sagt ich ihr von Lust und Schmerzen!
Und an dem getreusten Herzen
Fänd ich meiner Wandrung Ziel.

### *Zum zehnten Dezember*

»Sie ist mündig!« Sagt mir, Leute,
Wie versteh ich dieses Wort?
Ach ein Kind war sie bis heute,
Bleibt sie das nicht immerfort?

Hingen denn vor einem Jahre
Um dies Morgenangesicht
Kindlicher die blonden Haare
Und in goldenerem Licht?

Zögen heut zu diesem Herzen,
Fromm geartet, hold und rein,
Andre Freuden, andre Schmerzen,
Ganz ein neues Wesen ein?

Und zu glänzen allerorten,
Würde sie der großen Welt,
An Gebärde, Sitt und Worten
Ihren Schwestern gleichgestellt?

Nein! ein Engel dieser Erden
Ohne Wandel bleibet sie.
Eine Fürstin kann sie werden,
Eine Dame wird sie nie!

## *An O. H. Schönhuth,*

Herausgeber des Nibelungenliedes und verschiedener Volksbücher.

Bei der Geburt seines ersten Töchterchens

Das Neugeborne spricht:

Herr Vater, gebt Euch nur zufrieden!
Ich kann ja wahrlich nichts dafür;
Ein Mädchen hat Euch Gott beschieden,
Jedoch ein hübsches, sagt man mir.

Viermal war Euch der Himmel willig
Und hat den kühnern Wunsch erfüllt,
So gönnt er jetzt einmal, wie billig,
Der Welt ein Mutterebenbild.

Ihr rühmt Euch Eurer *Haimonskinder*;
Doch seht Ihr, einen sanften Stern
Zur Milderung der Kraft, nicht minder
Auch eine *Melusine* gern.

Ihr mögt aus mir ein Mägdlein bilden
Nach Eurem Sinn, von deutscher Art:
Nennt mich *Chriemhilden* und *Chlothilden*,
*Gertrudis* oder *Irmengard*.

Zur Harfe künftig sei gesungen
Manch Lied aus Eurem *Rosenflor*,
Ich lese selbst die *Nibelungen*
Euch im Originale vor.

Ich spinn Euch selbstgezogne Seide,
Will allen Fleiß den Bienen weihn;
Ich hoffe Eure Augenweide
Noch spät und Euer Stolz zu sein.

Mein Prahlen scheint Euch zu erbauen,
Ihr lächelt, und ich fasse Mut,

Noch etwas mehr Euch zu vertrauen;
Gewiß Ihr haltet mirs zugut.

Ich komme frisch vom Paradiese,
Wo man von künftgen Dingen sprach;
Man meint, wenn ich willkommen hieße,
So kämen noch drei Mädchen nach!

Ihr starrt mich an – um Gottes willen,
Hört mich, Papa, zähmt den Verdruß!
Es macht, die Neunzahl schön zu füllen,
Ein hörnen *Siegfried* den Beschluß.

## *An Pauline*

Die Neune, die zu ewgen Tänzen
Sich schwesterlich die Stirne kränzen,
Sie sollen, heißts, im Dämmerscheine
Der dichterischen Wunderhaine
Gar manches Mal dir gern begegnen
Und dich mit ihren Gaben segnen;
Nur daß du, was sie dir vertrauten,
Mit keiner Silbe läßt verlauten.
– Ob etwa *sie*, wie sie wohl pflegen,
Dir dieses Schweigen auferlegen?
Ich weiß, ein solcher Schatz, verschlossen,
Wird doppelt wonnig erst genossen,
Unendlich scheint er sich zu füllen,
Indem wir ihn der Welt verhüllen.
Drum, was die Freunde sagen möchten,
Es ziemt sich kaum mit dir zu rechten;
Wünscht mancher doch ein gleiches Glück
Unmutig oft sich selbst zurück!

## *An Marie Mörike, geb. Seyffer*

Deines Tages reiche Fülle
Ganz empfindest du sie erst,
Wenn du in der nächtgen Stille
Einsam dich zur Muse kehrst,

Die zu vollen Himmelstönen
Deine Lippen hat geweiht,
Jede Freude zu verschönen
Und zu klagen jedes Leid.

Doch wie du den Freund entzücket,
Perlend in der Töne Licht,
Himmlischer fürwahr beglücket
Dich die Muse selber nicht.

## *An Clärchen*

Die Freundin immer neu zu schmücken,
Ich seh es wohl, ist deine Lust;
Darfst du ins Haar den Kranz *ihr* drücken,
Des eignen bist du kaum bewußt.

Und deinen Augen zu gefallen
Erlaubt sie gern das müßge Spiel.
Ach täglich mehr gefällt sie allen,
Die allen schon zu sehr gefiel!

Du machst sie, *wie* dir's auch gelungen,
Kaum lieblicher als je sie war,
Doch jede dieser Neuerungen
Bringt neue Sorge und Gefahr.

Heut ringeltest du Kinderlocken
Wie schön um Hals und Nacken ihr!
Ein Mädchen sieht das unerschrocken,
Allein bedenk, bedenke, *wir!*

Zwar muß vom Reiz ein Dichter leben,
Er heischt zurück, was du versteckt,
Ihm bleibt der Pfeil ins Herz gegeben
Des Schönen, das ihn ewig neckt;

Nur höre auf, der Welt zu zeigen
Den Schatz, den sie uns schon mißgönnt!
Wer gern ein Kleinod hat zu eigen,
Es ist genug daß *er* es kennt.

### *Auf den Tod eines Vogels*

O Vogel, ist es aus mit dir?
Krank übergab ich dich Barmherzgen-Schwester-
Händen,
Ob sie vielleicht noch dein Verhängnis wenden;
So war denn keine Hilfe hier?
Zwei Augen, schwarz als wie die deinen,
Sah ich mit deinem Blick sich einen,
Und gleich erlosch sein schönes Licht.
Hast du von ihnen Leids erfahren?
Wohlan, wenn *sie* dir tödlich waren,
So war dein Tod so bitter nicht!

### *Margareta*

Ach, muß der Gram mit dunkelm Kranz
Noch erst unschuldge Schläfe schmücken?
So hoher Sinn in ungetrübtem Glanz,
Er würde minder uns entzücken?
Ich weiß es nicht, nur dies weiß ich allein:
*So* gleichst du *dir*, und also sind wir dein.

Könnt ich, o Seele, wie du bist,
Dich in den reinsten Spiegel fassen,

Was all dir einzig eigen ist,
Als Fremdes dir begegnen lassen!
Ja, fiele nur aus diesem Aug ein Blick,
Wie er uns traf, ins eigne Herz zurück:

Von selgen Schauern angeweht,
Scheu nahtest du dem namenlosen Bilde,
Wie einem Rätsel, das um Lösung fleht,
Daß eins im andern sich auf ewig stillte;
Doch ach, kaum hast du halb dich selbst erkannt,
Verkennst du dich, und hast dich abgewandt!

## *Aus der Ferne*

Weht, o wehet, liebe Morgenwinde!
Tragt ein Wort der Liebe hin und wieder!

*Er:* Vor der Stadt, wo du hinausgeritten,
Auf dem Maultier, du mit den Begleitern, –
Stund um Stunde sitz ich dort in Trauer,
Wie ein scheuer Geist am hellen Tage.

*Sie:* Weder Freude hab ich, die mich freute,
Weder Kummer, der mir nahe ginge,
Als nur jene, daß du mein gedenkest,
Als nur diesen, daß ich dich nicht habe.

*Er:* Ist ein Stein, darauf dein Fuß getreten,
Fliegt ein Vogel, der vielleicht dich kennte,
Jedem Höckenweibe möcht ichs sagen,
Laut am offnen Markte könnt ich weinen.

Weht, o wehet, liebe Morgenwinde!
Tragt ein Wort der Liebe hin und wieder!

*Er:* Sollt ich Trost bei den Genossen suchen?
Noch kein Fröhlicher hat wahr getröstet.

*Sie:* Kann ich Meinesgleichen mich vertrauen?
Halb mit Neid beklagten sie mich Arme.

*Er:* In der Halle, wo sie abends trinken,
Sang ein hübsches Mädchen zu der Harfe;
Ich kam nicht zur Halle, saß alleine,
Wie ein kranker Sperber auf der Stange.

*Sie:* Auf den Altan zogen mich die Mädchen:
»Komm, die schönen Jünglinge zu sehen,
Die vorüberziehn im Waffenschmucke.«
Ungern folgt ich, mit verdroßnen Augen.

Weht, o wehet, liebe Morgenwinde!
Tragt ein Wort der Liebe hin und wieder!

*Er:* Die Korallenschnur von deinem Halse,
Die du noch zum Abschied mir gegeben,
Tausendmal am langen Tage drück ich,
Tausendmal bei Nacht sie an den Busen.

*Sie:* Dieses Balsamfläschchen an der Kette,
Weg muß ichs von meinem Herzen nehmen,
Mich befängt ein Liebeszauberschwindel,
Wohlgeruch der Liebe will mich töten.

*Er:* Eine Nacht, ach, hielt ich dich im Arme,
Unter Küssen dich auf meinem Schoße;
Ein Jasminzweig blühte dir im Haare,
Kühle Lüfte kamen durch das Fenster.

*Sie:* Heut im Bette, früh, es dämmert' eben,
Lag ich in Gedanken an den Liebsten:
Unwillkürlich küßt ich, wie du küssest,
Meinen Arm, und mußte bitter weinen.

Still, o stille nun, ihr Morgenwinde!
Wehet morgen in der Frühe wieder!

*Ach nur einmal noch im Leben!*

Im Fenster jenes alt verblichnen Gartensaals
Die Harfe, die, vom leisen Windhauch angeregt,
Lang ausgezogne Töne traurig wechseln läßt
In ungepflegter Spätherbst-Blumen-Einsamkeit,
Ist schön zu hören einen langen Nachmittag.
Nicht völlig unwert ihrer holden Nachbarschaft
Stöhnt auf dem grauen Zwingerturm die Fahne dort,
Wenn stürmischer oft die Wolken ziehen überhin.

In meinem Garten aber (hieß' er nur noch mein!)
Ging so ein Hinterpförtchen frei ins Feld hinaus,
Abseits vom Dorf. Wie manches liebe Mal stieß ich
Den Riegel auf an der geschwärzten Gattertür
Und bog das überhängende Gesträuch zurück,
Indem sie sich auf rostgen Angeln schwer gedreht! –
Die Tür nun, musikalisch mannigfach begabt,
Für ihre Jahre noch ein ganz annehmlicher
Sopran (wenn sie nicht eben wetterlaunisch war),
Verriet mir eines Tages – plötzlich, wie es schien,
Erweckt aus einer lieblichen Erinnerung –
Ein schöneres Empfinden, höhere Fähigkeit.
Ich öffne sie gewohnter Weise, da beginnt
Sie zärtlich eine Arie, die mein Ohr sogleich
Bekannt ansprach. Wie? rief ich staunend: träum ich denn?
War das nicht »Ach nur einmal noch im Leben« ganz?
Aus Titus, wenn mir recht ist? – Alsbald ließ ich sie
Die Stelle wiederholen; und ich irrte nicht!
Denn langsamer, bestimmter, seelenvoller nun
Da capo sang die Alte: »Ach nur einmal noch!«
Die fünf, sechs ersten Noten nämlich, weiter kaum,

Hingegen war auch dieser Anfang tadellos.
– Und was, frug ich nach einer kurzen Stille sie,
Was denn noch einmal? Sprich, woher, Elegische,
Hast du das Lied? Ging etwa denn zu deiner Zeit
(Die neunziger Jahre meint ich) hier ein schönes Kind,
Des Pfarrers Enkeltochter, sittsam aus und ein,
Und hörtest du sie durch das offne Fenster oft
Am grünlackierten, goldbeblümten Pantalon
Hellstimmig singen? Des gestrengen Mütterchens
Gedenkst du auch, der Hausfrau, die so reinlich stets
Den Garten hielt, gleichwie sie selber war, wann sie
Nach schwülem Tag am Abend ihren Kohl begoß,
Derweil der Pfarrherr ein paar Freunden aus der Stadt,
Die eben weggegangen, das Geleite gab;
Er hatte sie bewirtet in der Laube dort,
Ein lieber Mann, redseliger Weitschweifigkeit.
Vorbei ist nun das alles und kehrt nimmer so!
Wir Jüngern heutzutage treibens ungefähr
Zwar gleichermaßen, wackre Leute ebenfalls;
Doch besser dünkt ja allen was vergangen ist.
Es kommt die Zeit, da werden wir auch ferne weg
Gezogen sein, den Garten lassend und das Haus.
Dann wünschest du nächst jenen Alten uns zurück,
Und schmückt vielleicht ein treues Herz vom Dorf einmal,
Mein denkend und der Meinen, im Vorübergehn
Dein morsches Holz mit hellem Ackerblumenkranz.

### *Göttliche Reminiszenz*

Πάντα δι᾽ αὐτοῦ ἐγένετο.
*Ev. Joh. 1,3*

Vorlängst sah ich ein wundersames Bild gemalt,
Im Kloster der Kartäuser, das ich oft besucht.
Heut, da ich im Gebirge droben einsam ging,
Umstarrt von wild zerstreuter Felsentrümmersaat,
Trat es mit frischen Farben vor die Seele mir.

An jäher Steinkluft, deren dünn begraster Saum,
Von zweien Palmen überschattet, magre Kost
Den Ziegen beut, den steilauf weidenden am Hang,
Sieht man den Knaben Jesus sitzend auf Gestein;
Ein weißes Vlies als Polster ist ihm unterlegt.
Nicht allzu kindlich deuchte mir das schöne Kind;
Der heiße Sommer, sicherlich sein fünfter schon,
Hat seine Glieder, welche bis zum Knie herab
Das gelbe Röckchen decket mit dem Purpursaum,
Hat die gesunden, zarten Wangen sanft gebräunt;
Aus schwarzen Augen leuchtet stille Feuerkraft,
Den Mund jedoch umfremdet unnennbarer Reiz.
Ein alter Hirte, freundlich zu dem Kind gebeugt,
Gab ihm soeben ein versteinert Meergewächs,
Seltsam gestaltet, in die Hand zum Zeitvertreib.
Der Knabe hat das Wunderding beschaut, und jetzt,
Gleichsam betroffen, spannet sich der weite Blick,
Entgegen dir, doch wirklich ohne Gegenstand,
Durchdringend ewge Zeiten-Fernen, grenzenlos:
Als wittre durch die überwölkte Stirn ein Blitz
Der Gottheit, ein Erinnern, das im gleichen Nu
Erloschen sein wird; und das welterschaffende,
Das Wort von Anfang, als ein spielend Erdenkind
Mit Lächeln zeigts unwissend dir sein eigen Werk.

## *Erbauliche Betrachtung*

Als wie im Forst ein Jäger, der, am heißen Tag
Im Eichenschatten ruhend, mit zufriednem Blick
Auf seine Hunde niederschaut, das treue Paar,
Das, Hals um Hals geschlungen, brüderlich den Schlaf,
Und schlafend noch des Jagens Lust und Mühe teilt:
So schau ich hier an des Gehölzes Schattenrand
Bei kurzer Rast auf meiner eignen Füße Paar
Hinab, nicht ohne Rührung; in gewissem Sinn

Zum ersten Mal, so alt ich bin, betracht ich sie,
Und bin fürwahr von ihrem Dasein überrascht,
Wie sie, in Schuhn bis überm Knöchel eingeschnürt,
Bestäubt da vor mir liegen im verlechzten Gras.

Wie manches Lustrum, ehrliche Gesellen, schleppt
Ihr mich auf dieser buckeligen Welt umher,
Gehorsam eurem Herren jeden Augenblick,
Tag oder Nacht, wohin er nur mit euch begehrt.
Sein Wandel mochte töricht oder weislich sein,
Den besten Herrn, wenn man euch hörte, trugt ihr stets.
Ihr seid bereit, den Unglimpf, der ihm widerfuhr,
– Und wäre sein Beleidiger ein Reichsbaron –
Alsbald zu strafen mit ergrimmtem Hundetritt
(Doch hiefür hat er selber zu viel Lebensart).
Wo war ein Berg zu steil für euch, zu jäh ein Fels?
Und glücklich immer habt ihr mich nach Haus gebracht;
Gleichwohl noch nie mit einem Wörtchen dankt ich euch,
Vom Schönsten was mein Herz genoß erfuhrt ihr nichts!

Wenn, von der blausten Frühlingsmitternacht entzückt,
Oft aus der Gartenlaube weg vom Zechgelag
Mein hochgestimmter Freund mich noch hinausgelockt,
Die offne Straße hinzuschwärmen raschen Gangs,
Wir Jünglinge, des Jugendglückes Übermaß
Als baren Schmerz empfindend, ins Unendliche
Die Geister hetzten, und die Rede wie Feuer troff,
Bis wir zuletzt an Kühnheit mit dem sichern Mann
Wetteiferten, da dieser Urwelts-Göttersohn
In Flößerstiefeln vom Gebirg zum Himmel sich
Verstieg und mit der breiten Hand der Sterne Heer
Zusammenstrich in einen Habersack und den
Mit großem Schnaufen bis zum Rand der Schöpfung trug
Den Plunder auszuschütteln vor das Weltentor –
Ach, gute Bursche, damals wart ihr auch dabei,
Und wo nicht sonst, davon ich jetzo schweigen will!

Bleibt mir getreu, und altert schneller nicht als ich!
Wir haben, hoff ich, noch ein schön Stück Wegs vor uns;
Zwar weiß ichs nicht, den Göttern sei es heimgestellt.
Doch wie es falle, laßt euch nichts mit mir gereun.
Auf meinem Grabstein soll man ein Paar Schuhe sehn,
Den Stab darüber und den Reisehut gelegt,
Das beste Sinnbild eines ruhenden Wandersmanns.
Wer dann mich segnet, der vergißt auch eurer nicht.
Genug für jetzt! denn dort seh ichs gewitterschwer
Von Mittag kommen, und mich deucht, es donnert schon.
Eh uns der Regen übereilt, ihr Knaben, auf!
Die Steig hinab! zum Städtchen langt sichs eben noch.

## *An Longus*

Von Widerwarten eine Sorte kennen wir
Genau und haben ärgerlich sie oft belacht,
Ja einen eignen Namen ihr erschufest du,
Und heute noch beneid ich dir den kühnen Fund.

Zur Kurzweil gestern in der alten Handelsstadt,
Die mich herbergend einen Tag langweilete,
Ging ich vor Tisch, der Schiffe Ankunft mit zu sehn,
Nach dem Kanal, wo im Getümmel und Geschrei
Von tausendhändig aufgeregter Packmannschaft,
Faßwälzender, um Kist und Ballen fluchender,
Der tätige Faktor sich zeigt und, Gaffens halb,
Der Straßenjunge, beide Händ im Latze, steht.
Doch auf dem reinen Quaderdamme ab und zu
Spaziert' ein Pärchen; dieses faßt ich mir ins Aug.
Im grünen, goldbeknöpften Frack ein junger Herr
Mit einer hübschen Dame, modisch aufgepfauscht.
Schnurrbartsbewußtsein trug und hob den ganzen Mann
Und glattgespannter Hosen Sicherheitsgefühl,
Kurz, von dem Hütchen bis hinab zum kleinen Sporn
Belebet' ihn vollendete Persönlichkeit.

Sie aber lachte pünktlich jedem dürftgen Scherz.
Der treue Pudel, an des Herren Knie gelockt,
Wird, ihr zum Spaße, schmerzlich in das Ohr gekneipt,
Bis er im hohen Fistelton gehorsam heult,
Zu Nachahmung ich weiß nicht welcher Sängerin.

Nun, dieser Liebenswerte, dächt ich, ist doch schon
Beinahe was mein Longus einen *Sehrmann* nennt;
Und auch die Dame war in hohem Grade *sehr*.
Doch nicht die affektierte Fratze, nicht allein
Den Gecken zeichnet dieses einzge Wort, vielmehr,
Was sich mit Selbstgefälligkeit Bedeutung gibt,
Amtliches Air, vornehm ablehnende Manier,
Dies und noch manches andere begreifet es.

Der Principal vom Comptoir und der Canzellei
Empfängt den Assistenten oder Commis – denkt,
Er kam nach elfe gestern nacht zu Hause erst –
Den andern Tag mit einem langen Sehrgesicht.
Die Kammerzofe, die kokette Kellnerin,
Nachdem sie erst den Schäker kühn gemacht, tut bös,
Da er nun vom geraubten Kusse weitergeht:
»Ich muß recht, recht sehr bitten!« sagt sie wiederholt
Mit seriösem Nachdruck zum Verlegenen.

Die Tugend selber zeiget sich in Sehrheit gern.
O hättest du den jungen Geistlichen gesehn,
Dem ich nur neulich an der Kirchtür hospitiert!
Wie Milch und Blut ein Männchen, durchaus musterhaft;
Er wußt es auch: im wohlgezognen Backenbart,
Im blonden, war kein Härchen, wett ich, ungezählt.
Die Predigt roch mir seltsamlich nach Leier und Schwert,
Er kam nicht weg vom schönen Tod fürs Vaterland;
Ein paarmal gar riskiert' er liberal zu sein,
Höchst liberal, – nun, halsgefährlich macht' ers nicht,
Doch wurden ihm die Ohren sichtlich warm dabei.

Zuletzt, herabgestiegen von der Kanzel, rauscht
Er strahlend, Kopf und Schultern wiegend, rasch vorbei
Dem duftgen Reihen tiefbewegter Jungfräulein,
Und richtig macht er ihnen ein Sehrkompliment.

Besonders ist die Großmut ungemein sehrhaft.
Denn der Student, von edlem Burschentum erglüht,
Der hochgesinnte Leutnant, schreibet seinem Feind
(Ach *eine* Träne Juliens vermochte das!)
Nach schon erklärtem Ehrenkampfe, schnell versöhnt,
Lakonisch schön ein Sehr-Billett – es rührt ihn selbst.
So ein Herr X, so ein Herr Z, als Rezensent,
Ist großer Sehrmann, Sehr-Sehrmann, just wenn er dir
Den Lorbeer reicht, beinahe mehr noch, als wenn er
Sein höhnisch Sic! und Sapienti sat! hintrumpft.

Hiernächst versteht sich allerdings, daß viele auch
Nur teilweis und gelegentlich Sehrleute sind.
So haben wir an manchem herzlich lieben Freund
Ein unzweideutig Äderchen der Art bemerkt,
Und freilich immer eine Faust im Sack gemacht.
Doch wenn es nun vollendet erst erscheint, es sei
Mann oder Weib, der Menschheit Afterbild – o wer,
Dem sich im Busen ein gesundes Herz bewegt,
Erträgt es wohl? wem krümmte sich im Innern nicht
Das Eingeweide? Gift und Operment ist mirs!
Denn wären sie nur lächerlich! sie sind zumeist
Verrucht, abscheulich, wenn du sie beim Licht besiehst.
Kein Mensch beleidigt wie der Sehrmann und verletzt
Empfindlicher; wärs auch nur durch die Art wie er
Dich im Gespräch am Rockknopf faßt. Du schnöde Brut!
Wo einer auftritt, jedes Edle ist sogleich
Gelähmt, vernichtet neben ihnen, nichts behält
Den eignen, unbedingten Wert. Geht dir einmal
Der Mund in seiner Gegenwart begeistert auf,
Und was es sei – der Mann besitzt ein bleiernes,

Grausames Schweigen; völlig bringt dichs auf den Hund.
– Was hieße gottlos, wenn es dies Geschlecht nicht ist?
Und nicht im Schlaf auch fiel es ihnen ein, daß sie
Mit Haut und Haar des Teufels sind. Ich scherze nicht.
Durch Buße kommt ein Arger wohl zum Himmelreich:
Doch kann der Sehrmann Buße tun? O nimmermehr!
Drum fürcht ich, wenn sein abgeschiedner Geist dereinst
Sich, frech genug, des Paradieses Pforte naht,
Der rosigen, wo, Wache haltend, hellgelockt
Ein Engel lehnet, hingesenkt ein träumend Ohr
Den ewgen Melodien, die im Innern sind:
Aufschaut der Wächter, misset ruhig die Gestalt
Von Kopf zu Fuß, die fragende, und schüttelt jetzt
Mit sanftem Ernst, mitleidig fast, das schöne Haupt,
Links deutend, ungern, mit der Hand, abwärts den Pfad.
Befremdet, ja beleidigt stellt mein Mann sich an,
Und zaudert noch; doch da er sieht, hier sei es Ernst,
Schwenkt er in höchster Sehrheit trotziglich, getrost
Sich ab und schwänzelt ungesäumt der Hölle zu.

### *An den Vater meines Patchens*

Der Knabe, der zehn Jahre später dir ein Freund
Und lange Zeit ein täglicher Genosse war,
Daheim noch lebt' er in des lieben Vaters Haus,
Mit blühenden Geschwistern selbst ein blühender:
Sieh, diesen Säbel zur Husarenuniform
Trug er durch Hof und Garten und Alleen der Stadt.
Das schöne Kleid (du sahst wohl noch ein Stück davon,
Scharlachen, fein, mit Silberschnörkelwerk besetzt),
Ist längst dahin samt alle seinem Zubehör,
Bis auf dies Eisen, dem getreu die Scheide blieb.
Wem laß ich nun die Waffe? Billig spart ich sie
Dem eignen Sohn; er bleibt nur gar zu lange aus!
Am Ende, fürcht ich ernstlich, kommt er nimmermehr;

Sah ich doch selbst die Mutter bis zur Stunde nicht!
Kurzum denn, Alter, deinem Erstgeborenen,
Dem deine Bruderliebe meinen Namen lieh,
Häng ich den Säbel, bis er ihn gebrauchen kann,
Am Nagel übers Bettchen, ihm zu Häupten, auf,
Unblutig Spielzeug, das von schöner Jugend weiß
Und deinem Knaben keine bösen Träume schafft.

### *Waldplage*

Im Walde deucht mir alles miteinander schön,
Und nichts Mißliebiges darin, so vielerlei
Er hegen mag; es krieche zwischen Gras und Moos
Am Boden, oder jage reißend durchs Gebüsch,
Es singe oder kreische von den Gipfeln hoch,
Und hacke mit dem Schnabel in der Fichte Stamm,
Daß lieblich sie ertönet durch den ganzen Saal.
Ja machte je sich irgend etwas unbequem,
Verdrießt es nicht, zu suchen einen andern Sitz,
Der schöner bald, der allerschönste, dich bedünkt.
Ein einzig Übel aber hat der Wald für mich,
Ein grausames und unausweichliches beinah.
Sogleich beschreib ich dieses Scheusal, daß ihrs kennt;
Noch kennt ihrs kaum, und merkt es nicht, bis unversehns
Die Hand euch und, noch schrecklicher, die Wange
Geflügelt kommt es, säuselnd, fast unhörbarlich; [schmerzt.
Auf Füßen, zweimal dreien, ist es hoch gestellt
(Deswegen ich in Versen es zu schmähen auch
Den klassischen Senarium mit Fug erwählt);
Und wie es anfliegt, augenblicklich lässet es
Den langen Rüssel senkrecht in die zarte Haut;
Erschrocken schlagt ihr schnell darnach, jedoch umsonst,
Denn, graziöser Wendung, schon entschwebet es.
Und alsobald, entzündet von dem raschen Gift,
Schwillt euch die Hand zum ungestalten Kissen auf,

Und juckt und spannt und brennet zum Verzweifeln euch
Viel Stunden, ja zuweilen noch den dritten Tag.
So unter meiner Lieblingsfichte saß ich jüngst –
Zur Lehne wie gedrechselt für den Rücken, steigt
Zwiestämmig, nah dem Boden, sie als Gabel auf –
Den Dichter lesend, den ich jahrelang vergaß:
An Fanny singt er, Cidly und den Züricher See,
Die frühen Gräber und des Rheines goldnen Wein
(O sein Gestade brütet jenes Greuels auch
Ein größeres Geschlechte noch und schlimmres aus,
Ich kenn es wohl, doch höflicher dem Gaste wars.) –
Nun aber hatte geigend schon ein kleiner Trupp
Mich ausgewittert, den geruhig Sitzenden;
Mir um die Schläfe tanzet er in Lüsternheit.
Ein Stich! der erste! er empört die Galle schon.
Zerstreuten Sinnes immer schiel ich übers Blatt.
Ein zweiter macht, ein dritter, mich zum Rasenden.
Das holde Zwillings-Nymphenpaar des Fichtenbaums
Vernahm da Worte, die es nicht bei mir gesucht;
Zuletzt geboten sie mir flüsternd Mäßigung:
Wo nicht, so sollt ich meiden ihren Ruhbezirk.
Beschämt gehorcht ich, sinnend still auf Grausamtat.
Ich hielt geöffnet auf der flachen Hand das Buch,
Das schwebende Geziefer, wie sich eines naht',
Mit raschem Klapp zu töten. Ha! da kommt schon eins!
»Du fliehst! o bleibe, eile nicht, Gedankenfreund!«
(Dem hohen Mond rief jener Dichter zu dies Wort.)
Patsch! Hab ich dich, Canaille, oder hab ich nicht?
Und hastig – denn schon hatte meine Mordbegier
Zum stillen Wahnsinn sich verirrt, zum kleinlichen –
Begierig blättr' ich: ja, da liegst du plattgedrückt,
Bevor du stachst, nun aber stichst du nimmermehr,
Du zierlich Langgebeinetes, Jungfräuliches!
– Also, nicht achtend eines schönen Buchs Verderb,
Trieb ich erheitert lange noch die schnöde Jagd,
Unglücklich oft, doch öfter glücklichen Erfolgs.

So mag es kommen, daß ein künftger Leser wohl
Einmal in Klopstocks Oden, nicht ohn einiges
Verwundern, auch etwelcher Schnaken sich erfreut.

### *Dem Herrn Prior der Kartause I.*

Sie haben goldne Verse mir, phaläkische,
Das zierlichste Latein, geschickt. Ich möchte wohl
Sie gleicherweis erwidern; doch mit gutem Grund
Enthalt ich mich des Wagestücks, Vortrefflicher!
Kein Wunder, wenn ein grundgelehrter Freund Sie nur
Den zweiten Pater elegantiarum nennt.
Etwas bedenklich scheint es zwar, ich muß gestehn,
Daß ein Herr Prior, Prior des Kartäuserstifts,
Mit unserm Veroneser wettzueifern sich
Inallewege als berufnen Meister zeigt.
Wenn Ihr Herr Bischof das erführe! – doch es soll,
was über allen Türen Ihres Klosters steht,
An Pfosten, Gängen, selbst am heimlichen Gemach,
Silentium! – das strenge Wort, mir heilig sein.

In wenig Tagen komm ich selbst; schon lange lockt
Die neue Märzensonne mich. Dann find ich wohl
Im Garten frühe meinen stattlich muntern Greis,
Beschäftigt, wilder Rosenstämmchen jungem Blut
Durch fürstlichen Gezüchtes eingepflanzten Keim
Holdselge Kinder zu vertraun; von weitem schon
Ruft er sein Salve, und behend entgegen mir
Den breiten Sandweg, weichen Trittes, schreitet er,
Im langen Ordenskleide, wollig, weiß wie Schnee.

Inzwischen hier ein Hundert Schnecken, wenns beliebt!
Ich fügte gern ein Stückchen Rotwild noch hinzu,
Das mir der Förster heut geschenkt, doch fällt mir ein,

Daß man nicht Pater elegantiarum nur,
Vielmehr auch Pater esuritionum* ist.

### *Besuch in der Kartause*

Epistel an *Paul Heyse*

Als Junggesell, du weißt ja, lag ich lang einmal
In jenem luftigen Dörflein an der Kindelsteig
Gesundheitshalber müßig auf der Bärenhaut.
Der dicke Förster, stets auf mein Pläsier bedacht,
Wies mir die Gegend kreuz und quer und führte mich
Bei den Kartäusern gleich die ersten Tage ein.
Nun hätt ich dir von Seiner Dignität zunächst,
Dem Prior, manches zu erzählen: wie wir uns
In Scherz und Ernst, trotz meines schwäbischen Ketzertums,
Gar bald verstanden; von dem kleinen Gartenhaus,
Wo ein bescheidnes Bücherbrett die Lieblinge
Des würdigen Herrn, die edlen alten Schwarten trug,
Aus denen uns bei einem Glase Wein, wie oft!
Pränestes Haine, Tiburs Wasser zugerauscht.
Hievon jedoch ein andermal. Er schläft nun auch
In seiner Ecke dort im Chor. Die Mönche sind,
Ein kleiner Rest der Brüderschaft, in die Welt zerstreut;
Im Kreuzgang lärmt der Küfer, aus der Kirche dampft
Das Malz, den Garten aber deckt ein Hopfenwald,
Kaum daß das Häuschen in der Mitte frei noch blieb,
Von dessen Dach, verwittert und entfärbt, der Storch
Auf *einem* Beine traurig in die Ranken schaut.

So, als ich jüngst, nach vierzehn Jahren, wiederkam,
Fand ich die ganze Herrlichkeit dahin. Sei's drum!
Ein jedes Ding währt seine Zeit. Der alte Herr
Sah alles lang so kommen, und ganz andres noch,
Darüber er sich eben nicht zu Tod gegrämt.

* Catullischer Ausdruck

Bei dünnem Weißbier und versalzenem Pökelfleisch
Saß ich im Gasthaus der gewesnen Prälatur,
Im gleichen Sälchen, wo ich jenes erstemal
Mit andern Fremden mich am ausgesuchten Tisch
Des Priors freute klösterlicher Gastfreiheit.
Ein großer Aal ward aufgetragen, Laberdan,
Und Artischocken aus dem Treibhaus »fleischiger«,
So schwur, die Lippen häufig wischend, ein Kaplan,
»Sieht sie Fürst Taxis selber auf der Tafel nicht!«
Des höchsten Preises würdig aber deuchte mir
Ein gelber, weihrauchblumiger Vierunddreißiger,
Den sich das Kloster auf der sonnigsten Halde zog.
Nach dem Kaffee schloß unser wohlgelaunter Wirt
Sein Raritätenkästchen auf, Bildschnitzereien
Enthaltend, alte Münzen, Gemmen und so fort,
Geweihtes und Profanes ohne Unterschied;
Ein heiliger Sebastian in Elfenbein,
Desgleichen Sankt Laurentius mit seinem Rost,
Verschmähten nicht als Nachbarin Andromeda,
Nackt an den Fels geschmiedet, trefflich schön in Buchs.
Nächst alledem zog eine altertumliche
Stutzuhr, die oben auf dem Schranke ging, mich an;
Das Zifferblatt von grauem Zinn, vor welchem sich
Das Pendelchen nur in allzu peinlicher Eile schwang,
Und bei den Ziffern, groß genug, in schwarzer Schrift
Las man das Wort: Una ex illis ultima.
»Derselben eine ist die letzt« – verdeutschte flugs
Der Pater Schaffner, der bei Tisch mich unterhielt
Und gern von seinem Schulsack einen Zipfel wies;
Ein Mann wie Stahl und Eisen; die Gelehrsamkeit
Schien ihn nicht schwer zu drücken und der Küraß stand
Ihm ohne Zweifel besser als die Kutte an.

Dem dacht ich nun so nach für mich, da streift mein Aug
Von ungefähr die Wand entlang und stutzt mit eins:
Denn dort, was seh ich? Wäre das die alte Uhr?

Wahrhaftig ja, sie war es! – Und vergnügt wie sonst,
Laufst nicht, so gilts nicht, schwang ihr Scheibchen sich auf
und ab.

Betrachtend stand ich eine Weile still vor ihr
Und seufzte wohl dazwischen leichthin einmal auf.
Darüber plötzlich wandte sich ein stummer Gast,
Der einzige, der außer mir im Zimmer war,
Ein älterer Herr, mit freundlichem Gesicht zu mir:
»Wir sollten uns fast kennen, mein ich – hätten wir
Nicht schon vorlängst in diesen Wänden uns gesehn?«
Und alsbald auch erkannt ich ihn: der Doktor wars
Vom Nachbarstädtchen und weiland der Klosterarzt,
Ein Erzschelm damals, wie ich mich noch wohl entsann,
Vor dessen derben Neckerein die Mönche sich
Mehr als vor seinem schlimmsten Tranke fürchteten.
Nun hatt ich hundert Fragen an den Mann, und kam
Beiher auch auf das Ührchen: »Ei, jawohl, das ist«,
Erwidert' er, »vom seligen Herrn ein Erbstück noch,
Im Testament dem Pater Schaffner zugeteilt,
Der es zuletzt dem Brauer, seinem Wirt, vermacht.«
– So starb der Pater hier am Ort? – »Es litt ihn nicht
Auswärts; ein Jahr, da stellte sich unser Enaksohn,
Unkenntlich fast in Rock und Stiefeln, wieder ein:
Hier bleib ich, rief er, bis man mich mit Prügeln jagt!
Für Geld und gute Worte gab man ihm denn auch
Ein Zimmer auf der Sommerseite, Hausmannskost
Und einen Streifen Gartenland. An Beschäftigung
Fehlt' es ihm nicht; er brannte seinen Kartäusergeist
Wie ehedem, die vielbeliebte Panazee,
Die sonst dem Kloster manches Tausend eingebracht.
Am Abend, wo es unten schwarz mit Bauern sitzt,
Behagt' er sich beim Deckelglas, die Dose und
Das blaue Sacktuch neben sich, im Dunst und Schwul
Der Zechgesellschaft, plauderte, las die Zeitung vor,
Sprach Politik und Landwirtschaft – mit *einem* Wort,

Es war ihm wohl, wie in den schönsten Tagen kaum.
Man sagt, er sei bisweilen mit verwegenen
Heiratsgedanken umgegangen – es war damals
So ein lachendes Pumpelchen hier, für den Stalldienst, wie
mir deucht –
Doch das sind Possen. Eines Morgens rief man mich
In Eile zum Herrn Pater: er sei schwer erkrankt.
Ein Schläglein hatte höflich bei ihm angeklopft
Und ihn in größern Schrecken als Gefahr gesetzt.
Auch fand ich ihn am fünften oder sechsten Tag
Schon wieder auf den Strümpfen und getrosten Muts.
Doch fiel mir auf, die kleine Stutzuhr, welche sonst
Dem Bette gegenüber stand und allezeit
Sehr viel bei ihm gegolten, nirgend mehr zu sehn.
Verlegen, als ich darnach frage, fackelt' er:
Sie sei kaputt gegangen, leider, so und so.
Der Fuchs! dacht ich, in seinem Kasten hat er sie
Zu unterst, völlig wohlbehalten, eingesperrt,
Wenn er ihr nicht den Garaus etwa selbst gemacht.
Das unliebsame Sprüchelchen! Mein Pater fand,
Die alte Hexe fange nachgerade an
Zu sticheln, und das war verdrießlich.« – Exzellent!
Doch setzten Sie den armen Narren hoffentlich
Nicht noch auf Kohlen durch ein grausames Verhör?
– »Je nun, ein wenig stak er allerdings am Spieß,
Was er mir auch im Leben, glaub ich, nicht vergab.«
– So hielt er sich noch eine Zeit? – »Gesund und rot
Wie eine Rose sah man Seine Reverenz
Vier Jahre noch und drüber, da denn endlich doch
Das leidige Stündlein ganz unangemeldet kam.
Wenn Sie im Tal die Straße gehn dem Flecken zu,
Liegt rechts ein kleiner Kirchhof, wo der Edle ruht.
Ein weißer Stein, mit seinem Klosternamen nur,
Spricht Sie bescheiden um ein Vaterunser an.
Das Ührchen aber – um zum Schlusse kurz zu sein –
War rein verschwunden. Wie das kam, begriff kein Mensch.

Doch frug ihm weiter niemand nach, und längst war es
Vergessen, als von ungefähr die Wirtin einst
In einer abgelegnen Kammer hinterm Schlot
Eine alte Schachtel, wohl verschnürt und zehenfach
Versiegelt, fand, aus der man den gefährlichen
Zeitweisel an das Tageslicht zog mit Eklat.
Die Zuschrift aber lautete: Meinem werten Freund
Bräumeister Ignaz Raußenberger auf Kartaus.«

Also erzählte mir der Schalk mit innigem
Vergnügen, und wer hätte nicht mit ihm gelacht?

## *Herrn Bibliothekar Adelb. v. Keller*

bei verspäteter Zurücksendung einer Ausgabe des Catullus

Das Buch:

Da bin ich endlich! – Blicke nicht so streng, o Herr!
Wie? oder wäre was verlautet wirklich wahr,
Du wärst uns ernstlich böse? Nun, so höre mich:
Zwar nahezu zwei Jährchen blieb ich aus; jedoch
Nicht schmutziger, bei meiner Ehre, komm ich heim,
Als ich, dem Zeugnis aller Grazien gemäß,
(Die mir gleichwohl bei jeder Zeile lächelten)
Von jeher war. Auch hattest du mich eben nicht
So groß vonnöten, wenn ichs redlich sagen darf,
Denn über eine ganze Welt von Büchern ja
Bist du Gebieter, der mit jeglichem vertraut
In seiner eignen Sprache zu verkehren weiß.
Dort in der Reihe steh ich dutzendfach bereit;
Bald nackt, bald mit preiswürdgen Kommentarien,
Worin sich meine Schlankheit wie im Reifrock bläht;
Nur bin ich nirgend wie mich einst die Muse schuf.
– Du warst die Zeit in meinem Vaterlande, heißts;
Hätt ich denn etwa mit gedurft? Ich zweifle fast.
Du hast, Beneidenswerter, kaum einmal an mich

Im schönen Rom und am Benacus-See gedacht,
Wo jedes Wellchen, blinkend in des Morgens Hauch,
Noch von den Scherzen meines Vaters fröhlich lebt.
Darum vergib dem Manne, der so lang mich hielt,
Und, hoch dich achtend, ungern dich beleidigt weiß.
Indem er herzlich danken möchte und der Schein
Des Undanks ihm das beste Wort verkümmern will,
Hat er, o glaubs, den Fehler schon genug gebüßt.

## *Herrn Hofrat Dr. Krauß*

Bad Mergentheim, Sommer 1847

Der jüngsten in dem weit gepriesnen Schwesternchor
Heilkräftger Nymphen unsres lieben Vaterlands,
Die wundertätig im bescheidnen Tempel wohnt,
Sich selber still weissagend einen herrlichern;
In deren schon verlorne Gunst du leise mich
An deiner priesterlichen Hand zurückgeführt:
Heut in der frühsten Morgenstunde goß ich ihr
Die Opfermilch, die reine, an der Schwelle aus,
Und schenkte dankbar ein kristallen Weihgefäß.
Sie aber, rauschend in der Tiefe, sprach dies Wort:
Bring meinem Diener, deinem Freunde, den Pokal,
Mit jenes Gottes Feuergabe voll gefüllt,
Der meinen Berg mit seinen heiligen Ranken schmückt,
Obwohl er meine Lippen zu berühren scheut.

## *An Eberhard Lempp*

Nach angenommener Einladung zu einer Abendgesellschaft

Kennst du der Furien schlimmste, Freund? Ich hoffe, nein!
Kein Dichter, nicht der alten, noch der neuen Zeit,
Kein Mythograph hat sie zu nennen je gewagt;
Ich selber, bange vor der leise hörenden,
Tu es nur heimlich: Agrypnia heißet sie.

Ach, als ich jung war, deuchte sie mir schön zu sein,
Piërische Jungfrau, oder ihnen nah verwandt;
Vielleicht auch ist sie's, aber weh dem, der sie ruft!
Denn der Gesundheit Farbe saugt ihr heißer Blick
Dem Jüngling von den Wangen, und verzehrt den Mann.
An meinem Bette sitzt sie manche Mitternacht,
Gleich einer Buhlerin, der man überdrüssig ist.
Den Rücken ihr zukehrend blinz ich seufzend nur,
Sooft die Glocke wieder schlägt, nach dem Gespenst,
Ob es noch sitzt – es sitzet bis der Morgen graut!

Seit Wochen hatt ich Ruh vor ihr, bis gestern nacht;
Da trat sie schadenfroher Miene vor mich hin,
Unheilverkündend, und wohl weiß ich, was sie meint:
Es ist das Wort, das ich dir auf der Straße jüngst
Am lichten Tag gegeben, nicht entging es ihr –
Gib eilig, Bester, mirs zurück, wenn du mich liebst!

## *L. Richters Kinder-Symphonie*

als Hochzeitsgeschenk für Marie Hocheisen, geb. v. Breitschwert

Ein nicht genug bekanntes Kunstblatt des vortrefflichen Meisters; Lithographie mit leichter Färbung, Querfolio. – Eine Anzahl Kinder, mehr ländlich als städtisch, in Werktagskleidung, hat sich dicht bei der Stadt am halbverfallenen Zwinger versammelt, wo sie, ganz unter sich, Musik machen. Mit Ausnahme eines ältern Knaben, der eine wirkliche Geige spielt, hat jedes nur ein Kinderspielzeug, oder ein zufällig gefundenes Surrogat für das betreffende Instrument, einen Trichter, eine Gießkanne und dergleichen in Händen. Der Violinist und ein zweiter Knabe, sowie das älteste Mädchen, welches mit letzterem zusammen singt, haben den edelsten musikalischen Ausdruck auf dem Gesicht. Unmittelbar hinter der Versammlung ist Wäsche zum Trocknen aufgehängt und bildet eine Art von künstlerischer Draperie. – Die nicht genannte Stadt ist Biberach, woselbst der Vater des Bräutigams als erster Geistlicher lebt.

Hier, Liebwerteste, seht ihr einen kleinen
Dilettantenverein, ungleich an Kräften,
Und teilweise versehn mit Tonwerkzeugen,
Die dem Hörenden bange machen könnten.
Ein symphonisches Stück mit Singpartien
Gilts, und zwar noch der ersten Proben eine.

Vom andächtigen Klarinett herunter
Bis zum Rätschchen und Vater Haydns Kukuk
Tut ein jedes nach seinem Kunstvermögen.
Baßposaune, Trompete lasten sichtlich
Auf der schmelzenden Bratsche; offenbar auch
Kommt die Sängerin schon nicht mehr zum Worte;
Doch nichts bringt den Direktor aus der Fassung.

Sagt, und wären euch denn die guten Kinder
Völlig fremd? es entdeckte wirklich niemand
Ein bekanntes Gesichtchen hier? – Nun also
Wißt: Landsleute sinds unsres viel geehrten
Bräutigams! – wie ich näher gleich erkläre.

Denn ich selber, mit einem Dresdner Freunde,
Der verwichenen Herbst sich gern, als Maler,
Unser Schwaben einmal beschauen wollte,
War zufälliger Zeuge dieser Szene,
Als wir beide, von Friedrichshafen kommend,
Vor dem Städtchen im Rißtal, das ihr kennet,
In Erwartung des Vier-Uhr-Zuges müßig
Hin und her um die alten Mauern strichen.
Leider waren des Herrn Dekans Hochwürden
Damals eben verreis't, er hätte sonst wohl
Uns im kühligen Haus bei sich ein Fäßlein
Angestochen des edlen Kraftgebräudes,
Das sein heimatlich Ulm ihm zollt alljährlich.

Nun, beim äußersten Häuschen an der hintern
Grabenmauer ist gar ein stiller Winkel.
Eine Witwe, des Kantors selig, wohnt dort
Mit drei Kindern. Der eine Sohn ererbte
Seines Vaters geliebte Geige, aber
Alle dreie von seinen Gaben etwas.

Unvollständig noch, als wir kamen, lärmte,
Sang und pfiff das Orchester durcheinander:

Für die Fehlenden spielte die gesamte
Junge Nachbarschaft mit, und nicht nach Noten.
Doch verstummend auf unsern Wink mit einmal
Wich das wirre Getös dem hellen Goldklang
Einer himmlischen Mädchenstimme, wie wenn
Nachts aus krausem Gewölk des Mondes Klarheit
Tritt, ein Weilchen die reine Bahn behauptend.
Aber nimmer beschreib ich dieser Kehle
Herzgewinnenden Ton, noch jenes Lächeln,
Das verschämt um die frischen Lippen schwebte,
Noch den wonnigen Ernst, mit dem der Geiger
Ihr zunächst sie begleitete, der Bruder;
Neigend beide das Haupt nach *einer* Seite,
Wie zwei Wipfel, geneigt von *einem* Hauche,
Seelenvoll dem beseelten Zuge folgend.
– Und was sang sie? Die Worte ließen unschwer
Einen bräutlichen Festgesang erkennen.
Doch mir fiel nicht von weitem ein zu fragen,
Ob dergleichen denn wirklich wo im Werk sei?
Und wir hatten auch nicht lang Zeit: denn während
Wir in herzlicher Rührung horchend standen –
Ludwig Richter und ich und ein vergnügter
Ulmer Spatz, mit noch andern wackern Tierchen –
Scholl die höllische Pfeife her vom Bahnhof.
Rasch nur küßt' ich das süße Kind (Freund Richter,
Immer praktischer, zog den Beutel, das ich
Traun im Taumel beinah vergessen hätte) –
Und so rannten wir fort, und Stuttgart zu gings.

Kaum nach Hause gelangt vernahm ich staunend,
O Marie, was sich mit dir begeben.
Holde, liebliche Botschaft, deren Wohllaut
Mir weissagend das Ohr voraus berührte!
»Heil!« so klingt es aus Kindermund noch helle
Mir im Sinn, und in ihrem Namen ruf ich
Heil, o Freundliche, dir und deinem Liebsten!

– Zwar sie hofften, so hör ich, hier im Saale
Heut, sonntäglich geputzt, mit Bändern und mit
Blumensträußen, geführt vom Herrn Provisor,
Ihre Sache vor euch zu produzieren.
Doch das sollte nicht sein; man fand den Einfall
Doch am Ende zu kühn, die Fahrt kostspielig.

Laßt euch denn, als Ersatz aus Richters Mappe,
Diese stille Musik hier auch gefallen –
Eine Probe nur freilich, aber war nicht
Stets den Liebenden selber ihres Glückes
Vorbereitung so süß wie die Erfüllung?

### *Erzengel Michaels Feder*

I

Weil schon vor vielen hundert Jahren,
Da unsre Väter noch Heiden waren,
Unser geliebtes Schwabenland
So lustig wie ein Garten stand,
So sah der Teufel auch einmal
Vom Michelsberg ins Maiental
Und auf das weit bebaute Feld.
Er sprach: das ist ja wohlbestellt;
Hier blüht, wie einst im Paradies,
Der Apfelbaum und schmeckt so süß.
Wir wollen dieses Gartens pflegen,
Und soll sich erst kein Pfaff drein legen!
– Solch Frevelwort des Satans hört
Der Herr im Himmel ungestört,
War aber gar nicht sehr ergetzt,
Daß sich der Bock zum Gärtner setzt.
Er sandte Bonifazium
Damals im deutschen Reich herum,
Daß er, des heiligen Geistes voll,
Den himmlischen Weinstock pflanzen soll;

So rückt' er nun auch zum Michelsberg.
Das kam dem Satan überzwerch,
Tät ihm sogleich den Weg verrennen,
Ließ den Boden wie Schwefel brennen,
Hüllet' mit Dampf und Wetterschein
Das ganze Revier höchst grausam ein,
Ging selber auf den Heiligen los,
Der stand aller irdischen Waffen bloß,
Die Hände sein zum Himmel kehrt',
Rief: Starker Gott! leih mir ein Schwert!
Da zückt herab wie ein Donnerstreich
Erzengel Michael sogleich.
Sein Flügel und sein Fußtritt dämpft
Das Feuer schnell, er ficht und kämpft,
Und würgt den Schwarzen blau und grün,
Der hätte schier nach Gott geschrien;
Schmeißt ihn der Engel auch alsbald
Kopfunter in den Höllenspalt;
Schließt sich der Boden eilig zu,
Da wars auf Erden wieder Ruh,
Die Lüfte flossen leicht und rein,
Der Engel sah wie Sonnenschein.
Unser Heiliger bedankt sich sehr,
Möcht aber noch ein Wörtlein mehr
Mit dem Patronen gern verkehren;
Des wollte jener sich erwehren,
Sprach: Jetzo hab ich keine Zeit.
Da ging Herr Bonifaz so weit,
Daß er ihn faßt' an seiner Schwingen,
Der Engel ließ sich doch nicht zwingen,
War wie ein Morgenrauch entschlüpft.
Der Mann Gottes stund sehr verblüfft.
Ihm war, wie er mit dem Erzengel rang,
Eine Feder, gülden, schön und lang,
Aus dem Fittig in der Hand geblieben.
Flugs tät er sie in Mantel schieben,

Ging eine Strecke fort und sann:
Was fang ich mit der Feder an?

Nun aber auf des Berges Rand
Ein kleiner Heidentempel stand,
Noch in der letzten Römerzeit
Luna, der Mondsgöttin, geweiht,
Von Trephon, dem Feldhauptmann.
Da nahm Bonifaz ein Ärgernis dran,
Ließ also das Bethaus gleich fegen und lichten,
Zur christlichen Kapell herrichten,
Und weihte sie auch auf der Stell
Dem teuren Erzengel Michael.
Sein Bild, übern Altar gestellt,
Mit der rechten Hand die Feder hält,
Die dann bei mancher Pilgerfahrt,
Noch bis heute, hoch verehret ward.

Zu guter Letzt ich melden will:
Da bei dem Berg liegt auch Tripstrill,
Wo, wie ihr ohne Zweifel wißt,
Die berühmte Pelzmühl ist.

II

Es war ein Kaufherr zu Heilbronn,
Fürwahr ein halber Salomon;
Mit seinen Talern hätt man mögen
Den Markt wohl zweifach pflästern und legen;
Zwar seines Glaubens nur ein Jüd,
Jedoch ein echt und fromm Gemüt,
Machte manchen Christenbettler satt.
Er hatte drei Häuser in der Stadt,
Indes er selbst das ganze Jahr,
Oft über Meer, verreiset war.
Weil aber in guter Christen Mitte,
Sein Volk damals viel Tort erlitte,

Ließ Herr Aaron seiner Frauen
Auf dem Land ein Schlößlein bauen,
Ringsum mit Wiesen, See und Wald,
Zur Sommerzeit ein Aufenthalt.
Zu all dem sah sein jung Gemahl
Nur wie das Klagweib im Hochzeitsaal,
Ging weder fischen, weder jagen,
Ließ sich auch nicht vom Maultier tragen
Durch Berg und Wald, das Dorf entlang,
Wollte kein Saitenspiel, noch Gesang:
Denn ihr einzig Kind, ein Mägdlein zart,
Wie ein Fürstenblut so schön von Art,
War leider taub und stumm geboren,
Auch Kunst und Hoffnung ganz verloren.

Als nun das Mägdlein endlich groß,
Einer Lilie gleich aufschoß,
Ging es und ritte manches Mal
Ohne Diener durchs Wiesental.
Dann sprachen die Leute insgemein:
»Seht da, des Sultans Töchterlein!«
War weiß von Haut und schwarz von Haar,
Mit Ringeln deckts den Nacken gar.
Ihr Auge, hell und lauter ganz,
Sah munter drein beim Schäfertanz;
Ihr roter Mund zwar red'te nicht,
Konnt aber lachen inniglich.

Einsmals schön Rahel saß allein
Beim Birkenwald am grünen Rain,
Dacht einem Traumgesichte nach,
Darin ihr Gott der Herr versprach,
Treu und wahrhaft, durch Engelsmund:
Sie sollte werden ganz gesund,
Wenn sie ihm täte dies und das –
Sie wußte leider nicht mehr was.
Hätt sie's gewußt, sie könnts nicht sagen,

Müßt es ewig bei sich selber tragen.
Das fiel ihr nun aufs Herz so schwer,
Daß sie seufzet laut und weinet sehr.

Nun kam den Pfad ein Büblein her,
Dem war die Rahel wohlgesinnt,
Es war des Juden Pächters Kind,
Kam von der Synagoge warm,
Hatt Buch und Täflein unterm Arm.
Sie macht ihm Platz an ihrer Rechten,
Lehrt ihm ein lustig Kränzlein flechten,
Am Bach da hatts der Blumen viel.
Der Tag war aber gar zu schwül:
Der Knabe nickt, dann schläft er ein,
Schön Rahel sitzt für sich allein.

Sie kriegt des Knaben Buch zur Hand,
Davon sie leider nichts verstand,
Sie nimmt das Täflein auf den Schoß,
Da wurden ihr die Tränen los.
Mit Händen deckt sie ihr Gesicht,
Sie bet't im stillen und weiß es nicht.

Und wie sie wieder aufgeblickt,
Ein frisches Aug ins Blaue schickt, –
Vom Michelsberg was blinkt so hell,
Als wie das Kreuz auf der Kapell?
Streicht es nicht durch die Luft daher?
Kommt es nicht nah und immer mehr?
Ein Vogel, ei! ein Schwälblein hold!
Im Schnabel hats ein klares Gold.
Der Jungfrau legts, o Wunder, sieh!
Eine güldene Feder auf ihr Knie,
Fliegt auf den nächsten Erlenbaum:
Der Jungfrau ist es als ein Traum.
Wie wird es ihr im Geist so licht!
Sie weiß ihr ganzes Traumgesicht!

Ihr klinget, was der Engel sprach,
Hell, wie Gesang, im Herzen nach.
Im Taumelsinn, in seliger Hast,
Hat sie den güldnen Kiel gefaßt:
Er lebt und schreibt, kaum hält sie ihn,
So rasch gehts übers Täflein hin,
Mit goldiger Hebräerschrift
(Wohl feiner denn mit Schieferstift!):
»Schön Rahel! Friede sei mit dir!
Der ewig Vater grüßt dich hier,
Will lösen deiner Zunge Band,
Auftun dein Ohr mit seiner Hand,
So du mit Vater und Mutter dein
Dem Heiland willt zu eigen sein.«

Die Feder ruht; das Schwälblein keck
Fliegt ab dem Baum und nimmt sie weg,
Und auf und fort in einem Nu,
Dem Michelsberg da wieder zu.

Indessen war der Knab erwacht,
Nahm auch das Wunder wohl in acht.
Die Jungfrau winket ihm aufzustehn,
Alle beide still nach Hause gehn.
Wie sie noch wenig Schritt vom Hofe,
Entgegen rennet schon die Zofe,
Bedeutend, daß der Vater kommen.
Von tausend Freuden übernommen
Jetzt eilet das glückselig Kind
Ins Haus noch zehnmal so geschwind.
Herr Aaron stund just in der Tür,
Faßt sie in Arm, sie zittert schier,
Sie dringet ihm das Täflein auf,
Dann eilet sie in *einem* Lauf,
Holt ihre Mutter in den Saal,
Herzet und küßt sie tausendmal,
Winket des Pächters Kind herbei,

Das sagt, was all geschehen, frei.
Der Alte liest und staunt und schweigt,
Seiner Frauen dar das Wunder reicht,
Und murmelt für sich unbewußt;
Schlägt dann laut an seine Brust,
Und ruft: »Dein Knecht, Herr, ist nicht wert,
Daß ihm so Großes widerfährt!
Ich seufzet' oft in Nächten tief
Nach deines Sohnes Heil und rief;
Doch Zweifels Angst und Spott der Welt
Hat mir so teures Licht verstellt;
Ich war verstocket, taub und blind:
Muß mich noch retten mein armes Kind!
Dafür sei Preis und Ehre dein!
Laß mich jetzt auch der erste sein,
So brünstig dir, Herr Jesu Christ,
Weh! die durchgrabnen Füße küßt!
Und wie, zu deinem Stern gewandt,
Drei Könige aus Morgenland
Dir brachten Myrrhen, Weihrauch, Gold:
Vergönne, daß dein Knecht dir zollt,
Was alles du seit so viel Jahren
Durch ihn der Kirche wollen sparen!
– O du, an deines Sohnes Seite,
Vertritt uns, Mutter, benedeite!«

So sprach Herr Aaron jenen Tag;
Hört an, was weiter werden mag.
Zu Pfingsten, früh vor Tage schon,
Zieht, groß und lang, eine Prozession
Mit hellen Kerzen ohne Zahl
Langsam dahin durchs grüne Tal,
Söhne und Töchter Israel,
Zum Berg des Engels Michael.

Zuvorderst tät Herr Aaron gehn
Mit seiner Frauen und Rahel schön;

Kam hierauf seine Dienerschaft,
Lobpreisend Gottes Wunderkraft,
Aber zuletzt, in langen Reihn,
An die zweihundert seiner Gemein:
Die kamen nicht, zu sehn und zu gaffen,
Sondern geschlagen von Gottes Waffen,
Wollten sich alle taufen lassen.
Das Kirchlein nicht ein Drittel faßt
Der Meng, so an den Pforten paßt.

Jetzo die Orgel hell erklingt,
Man freudig Halleluja singt.
Dann, voller Demut, holder Sitte,
Schön Rahel vor den Taufstein schritte.
Ihr Haupt gebeuget und ihr Knie,
Empfänget Bad und Segen sie.
Und als der Priester feierlich
Sprach: »Gotteskind, ich taufe dich,
So jetzo *Dorothea* heißt,
Auf Vater, Sohn und Heiligen Geist –
Glaubst du an des Dreieinigen Namen?«
Schön Dorothe' sprach: Ja und Amen.

### *An Gretchen*

Jüngst, als unsere Mädchen, zur Fastnacht beide verkleidet,
Im Halbdunkel sich scheu erst an der Türe gezeigt,
Dann sich die Blonde als Schäferin dir, mir aber die kleine
Mohrin mit Lachen zumal warf in den offenen Arm,
Und du, Liebste, von fern mein Gefühl nicht ahnend, ins Ohr mir
(Der ich verblüfft dasaß) flüstertest »lobe sie doch« –:
O wie gedacht ich der Zeit, da *diese* nicht waren, und *wir* uns
Beide noch fremd, ja du selber noch hießest ein Kind.
Einst und Jetzt im Wechsel – ein fliegender Blitz der Gedanken
Machte mich stumm, und hoch wallte vor Freuden mein Herz.

## *Hermippus*

An *Karl Wolff*, Rektor des Katharinenstifts

Stuttgart 1860

Seltsames wird von Hermippus, dem römischen Weisen, dem Pfleger
Weiblicher Jugend, erzählt, Glaubliches doch, wie mir deucht.
Hundertundfünfzehn Jahre, so liest man, vom stärkenden Anhauch
Kindlicher Lippen genährt, lebte der treffliche Greis.
Dort in geschlossener Halle, die er zur Schule den Mädchen
Selber gegründet, auch wohl öfter im Gärtchen am Haus
Sah man ihn Tag für Tag, vom Morgen zum Abende tätig,
Bei dem bescheidenen Brot seiner Minerva vergnügt.
Rundum zu Füßen ihm saß, in pergamentenen Rollen
Lesend ein Teil, ein Teil still mit dem Griffel bemüht.
Aber der kleineren eins hielt er in holder Umarmung
Allzeit selbst auf dem Schoß (immer das ärmste zuerst).
Goldene Sprüche der Alten und liebliche Rhythmen der Dichter,
Die es gelernt, hört' er leis ihm der Reihe nach ab.
Und vom Munde des Mädchens den Hauch, wie Frühlingsatem
Herzerfrischend, empfing er in die welkende Brust.
Also fristet' Asklepios ihm die gesegneten Tage.
Aber der Parze zuletzt weicht auch der Himmlischen Rat.
– Als er nun tot im Portikus saß in dem steinernen Sessel,
Noch vom Mantel, den er gestern getragen, umhüllt,
Kamen aus jedem Quartiere der Stadt unmündige Kinder,
Jungfraun, Mütter, in Eil, edle Matronen, herbei,
Ihren Hermippus noch einmal zu sehn, den Geweihten der Götter,
Kamen und standen von fern, sonder Entsetzen, um ihn,
Ehrend so heiligen Schlaf mit Schweigen. Und einige kränzten
Mit Hyazinthen sein Haupt, Veilchen auch deckten den Schoß.
Lieblicher war nicht Homerus geschmückt von den Fingern der Musen,
Milderes Have war keinem hinunter gefolgt.

Aber wozu *dir* dies, mein Lykos? – Bester, versteh mich:
Lang ist die Kunst, und lang messe dein Leben der Gott!
Zwar noch ist es nicht eben an dem gar, daß du der Künste
Unseres Römers bedarfst, aber sie kommt dir, die Zeit,

Laß michs hoffen! – gewiß. Dann, wenn die Locke dir schneeweiß
　Hängt und der Bart, wer ist besser geborgen als du?
Doch ich seh es im Geist, du wirst an Würden und Ehren
　Reich, vor den Neunzigen schon heiterer Ruhe dich freun.
Still im eigenen Haus hast du, im eigenen Gärtlein
　Sitzend, ein blühendes, lernlustiges Häufchen zur Hand.
Zwar längst nimmer den Enkel, doch Söhne und Töchter des Enkels
　Auf den Knien, trinkst du Fülle des Lebens in dich.

*Anmerkung.* Thomas *Reinesius*, ein Gelehrter des 17. Jahrhunderts, gibt in seiner Sammlung römischer Altertümer von einem interessanten Monumente Nachricht, dessen Echtheit er übrigens nicht verbürgen will. Dasselbe hat folgende Inschrift:

AESCULAPIO · ET · SANITATI
L · CLODIUS · HERMIPPUS
QUI · VIXIT · ANNOS · CXV · DIES · V
PUELLARUM · ANHELITU
QUOD · ETIAM · POST · MORTEM
EIUS
NON · PARUM · MIRANTUR · PHYSICI
IAM · POSTERI · SIC · VITAM · DUCITE

Vgl. hiezu: »Der wiederauflebende Hermippus oder kuriose physikalisch-medizinische Abhandlung etc., von *J. H. Cohausen*, 1752.«

## *Bilder aus Bebenhausen**

### 1. Kunst und Natur

Heute dein einsames Tal durchstreifend, o trautestes Kloster,
　Fand ich im Walde zunächst jenen verödeten Grund,
Dem du die mächtigen Quader verdankst und was dir zum Schmucke
　Deines gegliederten Turms alles der Meister verliehn.
Ganz ein Gebild des fühlenden Geistes verleugnest du dennoch
　Nimmer den Mutterschoß drüben am felsigen Hang.
Spielend ahmst du den schlanken Kristall und die rankende Pflanze
　Nach und so manches Getier, das in den Klüften sich birgt.

* Zisterzienser-Abtei mit einem Weiler, eine Stunde von Tübingen, gegenwärtig Sitz eines Forstamts. Das ehemalige Gasthaus des Klosters, wo der Verfasser einige Wochen zubrachte, ist das Geburtshaus des Naturforschers *C. F. v. Kielmeyer*, Eigentum und Sommeraufenthalt der Familie desselben.

2. Brunnen-Kapelle am Kreuzgang

Hier einst sah man die Scheiben gemalt, und Fenster an Fenster
Strahlte der dämmernde Raum, welcher ein Brünnlein umschloß,
Daß auf der tauenden Fläche die farbigen Lichter sich wiegten,
Zauberisch, wenn du wie heut, herbstliche Sonne, geglänzt.
Jetzo schattest du nur gleichgültig das steinerne Schmuckwerk
Ab am Boden, und längst füllt sich die Schale nicht mehr.
Aber du zeigst mir tröstlich im Garten ein blühendes Leben,
Das dein wonniger Strahl locket aus Moder und Schutt.

3. Ebendaselbst

Eulenspiegel am Kreuzgang, was? der verrufne Geselle
Als Gurtträger? Und wem hält er sein Spiegelchen vor?
Einem entrüsteten Mönch, der ganz umsonst sich ereifert;
Immer nur lachet der Schalk, weis't ihm die Eule und lacht.

4. Kapitelsaal

Wieder und wieder bestaun ich die Pracht der romanischen Halle,
Herrliche Bogen, auf kurzstämmige Säulen gestellt.
Rauh von Korn ist der Stein, doch nahm er willig die Zierde
Auch zu der Großheit auf, welche die Massen beseelt.
Nur ein düsteres Halblicht sendet der Tag durch die schmalen
Fenster herein und streift dort ein vergessenes Grab.
Rudolf dem Stifter, und ihr, Mechtildis, der frommen, vergönnte
Dankbar das Kloster, im Port seiner Geweihten zu ruhn.

5. Sommer-Refektorium

Sommerlich hell empfängt dich ein Saal; man glaubt sich in einem
Dom; doch ein heiterer Geist spricht im Erhabnen dich an.
Ha, wie entzückt aufsteiget das Aug im Flug mit den schlanken
Pfeilern! Der Palme vergleicht fast sich ihr luftiger Bau.
Denn vielstrahlig umher aus dem Büschel verlaufen die Rippen
Oben und knüpfen, geschweift, jenes unendliche Netz,

Dessen Felder phantastisch mit grünenden Ranken der Maler
Leicht ausfüllte; da lebt was nur im Walde sich nährt:
Frei in der Luft ein springender Eber, der Hirsch und das Eichhorn;
Habicht und Kauz und Fasan schaukeln sich auf dem Gezweig.
– Wenn von der Jagd herkommend als Gast hier speiste der
Sah er beim Becher mit Lust über sich sein Paradies. [Pfalzgraf,

6. Gang zwischen den Schlafzellen

Hundertfach wechseln die Formen des zierlich gemodelten Estrichs
Auf dem Flur des Dorments, rötlich in Würfeln gebrannt:
Rebengewinde mit grüner Glasur und bläulichen Trauben,
Täubchen dabei, paarweis, rings in die Ecken verteilt;
Auch dein gotisches Blatt, Chelidonium, dessen lebendig
Wucherndes Muster noch heut draußen die Pfeiler begrünt;
Auch, in heraldischer Zeichnung, erscheint vielfältig die Lilie,
Blume der Jungfrau, weiß schimmernd auf rötlichem Grund.
Alles mit Sinn und Geschmack, zur Bewunderung! aber auch alles
Fast in Trümmern, und nur seufzend verließ ich den Ort.

7. Stimme aus dem Glockenturm

Ich von den Schwestern allein bin gut katholisch geblieben;
Dies bezeugt euch mein Ton, hoff ich, mein goldener, noch.
Zwar ich klinge so mit, weil ich muß, sooft man uns läutet,
Aber ich denke mein Teil, wißt es, im stillen dabei.

8. Am Kirnberg

Hinter dem Bandhaus* lang hin dehnt sich die Wiese nach Mittag,
Längs dem hügligen Saum dieser bewaldeten Höhn,
Bis querüber ein mächtiger Damm sich wirft wie mit grünem
Sammet gedeckt: ehdem faßte das Becken den See,
Welcher die Schwelle noch netzte des Pförtleins dort in der Mauer,
Wo am eisernen Ring spielte der wartende Kahn.

* Küferei und Speicher.

Sah ich doch jüngst in der Kirche das Heiligenbild mit dem Kloster
Hinten im Grund: tiefblau spiegelt der Weiher es ab.
Und auf dem Schifflein fahren in Ruh zwei Zisterzienser,
Weiß die Gewänder und schwarz, Angel und Reuse zur Hand.
Als wie ein Schattenspiel, so hell von Farben, so kindlich
Lachte die Landschaft mich gleich und die Gruppe mich an.

### 9. Aus dem Leben

Mädchen am Waschtrog, du blondhaariges, zeige die Arme
Nicht und die Schultern so bloß unter dem Fenster des Abts!
Der zwar sieht dich zum Glück nicht mehr, doch dem artigen Forst-
Dort bei den Akten bereits störst du sein stilles Konzept. [mann

### 10. Nachmittags

Drei Uhr schlägt es im Kloster. Wie klar durch die schwülige Stille
Gleitet herüber zum Waldrande mit Beben der Schall,
Wo er lieblich zerfließt, in der Biene Gesumm sich mischend,
Das mich Ruhenden hier unter den Tannen umgibt.

### 11. Verzicht

Bleistift nahmen wir mit und Zeichenpapier und das Reißbrett;
Aber wie schön ist der Tag! und wir verdürben ihn so?
Beinah dächt ich, wir ließen es gar, wir schaun und genießen!
Wenig verliert ihr, und nichts wahrlich verlieret die Kunst.
Hätt ich auch endlich mein Blatt vom Gasthaus an und der Kirche
Bis zur Mühle herab fertig gekritzelt – was ists?
Hinter den licht durchbrochenen Turm, wer malt mir dies süße,
Schimmernde Blau, und wer rundum das warme Gebirg? –
– Nein! wo ich künftig auch sei, fürwahr mit geschlossenen Augen
Seh ich dies Ganze vor mir, wie es kein Bildchen uns gibt.

## *»Lang, lang ists her!«**

An *Auguste Stark*, geb. *Mährlen*, zu ihrer Hochzeit

Es gibt ein altes Liebeslied, vom Norden kommts,
Wie ferne Glockenlaute, oder wie am Strand
Eintönig sanfter Wellenschlag sich wiederholt,
Dem man so gern, vergangner Zeiten denkend lauscht;
Denn endlos, süßer Wehmut unersättigt, kehrt
Das immer gleiche Wort zurück: Lang, lang ists her.
– Du kennst es wohl, und nie vielleicht so lieblich mehr
Als jenen Tag aus deinem Munde hören wirs.

Wie kommt es doch, daß mitten hier im lauten Schwarm
Entzückter Gäste, die dein Fest versammelt hat,
Mir insgeheim die schlichte Weise immerdar
Im Ohre flüsternd liegen muß: Lang, lang ists her –?
– Nachdenklich auch und wie der Gegenwart entrückt
Auf Augenblicke seh ich deinen Vater dort,
Den Freund, mit dem ich jung gewesen und bei dem
Das Herz mir immer jung aufgeht, so alt es sei.
Was wir erstrebt, genossen beide und verschmerzt,
In tausend Bildern drängt sichs vor die Seele mir:
Des Scherzes Fülle, dicht am Ernst, und Lieb und Haß,
Bei vielem Irrtum vieles doch, das nicht getäuscht.
– Ihm selber aber, wie muß ihm zu Sinne sein,
Die Tochter heut an eines edlen Mannes Hand
Zu sehn, dein liebes Haupt, o Kind, bekränzt von ihr,
Die lächelnd uns in deiner bräutlichen Gestalt
Der eignen Jugend Blüte wieder schauen läßt!

Nun wendet sich dein Lebensweg; du gehst von uns,
Fernhin, wo dir ein trauter Herd bereitet ist,
Und manches Auge sieht dir schwer von Tränen nach.
– Noch steht die Sonne dieses Tags am Himmel und
Noch heißt es Heute; wenn dies Heute Gestern heißt,

* Irisches Volkslied: Long, Long ago.

Wie anders liegt die Welt bereits vor deinem Blick!
– Und Jahr um Jahr vergeht gemach mit Eile so.
Ihr Inhalt ist zur Hälfte kaum des Menschen Wahl,
Die andre ruht in ewiger Mächte Liebesrat.

Wenn du an des Geliebten Seite künftighin
Des heutigen Fests Gedächtnis ohne uns begehst,
Wenn ihr in diesen gästereichen, heitern Saal
Euch einmal wieder ganz versetzt im Geist, und all
Die freundlichen Gesichter hier sich neu vor euch
Beleben zwischen Blumenschmuck und Gläserklang:
Dann laß zur stillen Abendstunde kerzenhell
Dein Zimmer sein und hell erleuchtet dein Klavier.
Sing ihm das alte Liedchen, das sich nie verlernt:
Lang, lang ists her. – Was dir sein Kuß, sein Händedruck
Drauf sagen wird mit Schweigen – brauchts der Worte noch?
Daß unveraltet Liebe doch und Treue bleibt,
Was auch der Zeiten Wandel sonst hinnehmen mag.

## *Charis und Penia*

A.

Seht doch den Schläfer dort ins Gras gestreckt!
Es ist des Gauklers Sohn, der schöne Knabe,
Den gestern wir so lieblich tanzen sahn.
Für jetzt das seidne Jäckchen abgeworfen,
Des Schatten suchend vor der Mittagssonne,
Warf er sich in den Wirtes Garten, faul,
Hier unter den Syringenbusch.

B.

Frei, losgebunden ruht ein jedes Glied;
Nur bei den Knöcheln schmiegen sich die Füße,
Das rote Paar der Stiefeln, umeinander,

Dem Blütenknopfe des Granatbaums gleich,
Der eben aufzubrechen willens ist;
Es scheinen seine Füße wie zum Tanz
In jedem Augenblicke sich zu öffnen.

C.

Es ist, als atmen sie im Schlafe selbst
Den holden Geist des Tanzes! Ja gewiß,
Er träumt Musik zu hören.

A.

Aber seht,
Wie rührend spricht aus diesen fremden Zügen
Jetzt offne, reine Menschlichkeit sich aus!
Bajazzos rohe Stimme ist entfernt,
Die Peitsche, die zum Scherze, doch empfindlich
Den Kleinen traf, der sich zum Lachen zwang.

B.

Ich weck ihn auf! und stürzt er auch im Traum
Von seinem Seil, er fällt ins weiche Gras.

Knabe (im Schlaf)

No! No! per Dio santo! Mein ist die Wurst,
Du Immeldonnerwetter!

Die Freunde

Ach so! Das wars!
Nun, das ist lustig!

C.

Er erwacht und hebt
Den Kopf; verstört, beschämt schaut er uns an.

B.

Komm, guter Junge, dort an unsern Tisch!
So recht – nur munter!
Magst du denn Wurst?

Knabe

Wurst? Si, cari Signori!
Gern das ik freß.

A.

O Charis! o Penia!
Wie seid ihr einzig, wenn ihr euch umarmt!

### *Zwei dichterischen Schwestern*

von ihrem Oheim

Mit einer Randzeichnung, auf welcher an der Stelle der Endsilben ein Band herunterlief, durch dessen abwechselnde Farben das Reim-Schema angedeutet war

Heut lehr ich euch die Regel der Son – –.
Versucht gleich eins! Gewiß, es wird ge – –,
Vier Reime hübsch mit vieren zu versch – –,
Dann noch drei Paare, daß man vierzehn h – –.

Laßt demnach an der vielgeteilten K – –
Als Glied in Glied so einen Schlußring sp – –:
Das muß alsdann wie pures Gold erk – –;
Gewisse Herrn zwar hängen Klett an K – –.

Ein solcher findet meine schönen N – –
Bei diesem Muster. »Ah, Fräulein, Sie st – – !«
»O nein, Herr Graf, hier gilt es Silben z – –.«

»Wirklich! Doch wenn die Lauren selber d – –,
Was soll Petrarca?« – »Der mag Strümpfe str – –.
Eins wie das andre ist für schöne S – –.«

### *An Frau Pauline v. Phull-Rieppur auf Ober-Mönsheim*

Nacht für Nacht, mit dem Zwölf-Uhr-Schlag, auf gespenstigem Rosse,
War der geharnischte Mann sonst vor dem Schlosse zu sehn;
Grollend dem fremden Geschlecht, das hier statt seiner gebietet,
Sucht' er die Brücke umsonst, welche zur Pforte geführt.
– Wunder! seitdem *du* waltest im Haus, erblickt man ihn nimmer.
Hätte dein liebliches Bild endlich den Alten versöhnt?

### *An X und Y*

Geistreich seid ihr, glänzend, wahrlich, daß ich euch bewundern müßte,
Wenn sich nur bei euch nicht jede Zeile selber geistreich wüßte!

### *An J. G. Fischer*

Mit Übersendung einer alabasternen Blumenvase, als er zum Ehrenmitglied und Meister des freien deutschen Hochstifts in Frankfurt a. M. ernannt wurde

Künftig, sooft man dem »Meister« den wohlerworbenen Lorbeer
Neu um die Schläfe, den zwiefältig gewundenen, legt,
Oder im Lenz auch, wenn er die frühesten Rosen zum Opfer
Seinen Chariten weiht, denk er des Freundes dabei.

### *Auf die Nürtinger Schule*

Herrn Rektor *Köstlin*

Einen Genius hast du der Welt in Schelling erzogen;
Dessen berühmtest du dich, wackere Schule, mit Recht.
Hätte dir Schwaben nur mehr von solcherlei Samen zu senden,
Nicht am Gärtner fürwahr, daß er dir blühte, gebrichts.

## *An Fräulein Luise v. Breitschwert*

Auf ein Bilderbuch mit Illustrationen zu dem *Stuttgarter Hutzelmännlein*, von ihr in Schwarz ausgeschnitten

O eine kleine Welt voll Leben! Kenn ich sie?
Den schwachen Umriß jener Träume, wie?
So konntest du ihn fassen, halten, schärfen?
– Sie müssen leibhaft sein! nun zweifl ich selber nicht,
Da sie, bestrahlt von deinem Licht,
Entschiedne, holde Schatten werfen.

Freund Kerner legte sich, im Reiseschattensinn,
Ein Album an, da quetscht er Tintendolken drin,
Und zeichnet jeden Klecks nach seiner Phantasei
Mit wen'gem aus und freut sich wie ein Kind dabei:
Wird der nicht Augen machen, wenn er sieht,
Wie anders dir der Spaß geriet!

Doch ach, was biet ich nun der Künstlerin dagegen,
Wenn nicht etwa die *Lau* sich wird ins Mittel legen?
Der gute *Curt* möcht ich mit seinem Schatze sein:
Die Hälfte wenigstens, die goldne, wäre dein!*

## *An Frau Luise Walther, geb. v. Breitschwert*

Zu ihrem Hochzeittage

Wie manchen Morgen, frisch und wohlgemut,
Im lichten Sommerkleid, Feldblumen auf dem Hut,
Trat sie bei uns, die edle Freundin, ein,
Und wie sie kam, da war es Sonnenschein!

Als ob sie weiter gar nicht wollte oder wüßte,
Nur daß sie jedermann zur Freude da sein müßte,
So lebte sie in klarer Gegenwart,

* *Curt*, ein alter ehrlicher Diener in dem Märchen, der von der Wasserfrau einen Perlenschmuck und eine goldene Schere bekam.

Neidlos bei andrer Glück, die Lachende, die Feine;
Doch heimlich sah ichs oft in ahnungsvollem Scheine
Hoch über dieses Scheitels Reine
Wie einen selgen Stern, der seiner Stunde harrt.

Nun ists geschehn! und mit verklärtem Blicke
Von ihres Lebens Gipfel lächelt sie;
Es war geschehn, kaum weiß sie selber wie,
Denn jäh erfüllen sich die himmlischen Geschicke.

## *Der Frau Generalin v. Varnbüler,*

Vorsteherin des Katharinenstifts

Nach ihrer Rückkehr von der Kaltwasser-Heilanstalt zu Herrenalb bei Überreichung der Photographien sämtlicher Pensionärinnen gesprochen von einer derselben.
Stuttgart 1853

Das edle, das geliebte Angesicht
Nun wiedersehend, ach, wie fang ichs an,
In Worte würdig unseren Willkomm
Zu fassen, bei des Herzens Ungestüm?

Dieselbige, wie wir dich immer kannten,
Kamst du zurück; dein gütig Auge sagts,
Der Liebe aber ists, der Ehrfurcht eigen,
Daß sie, nach kurzem Fernesein, befangen,
Verwirrt vor ihrem Gegenstande steht,
Gleich als vor einem ungewohnten Gast,
Wenn uns sein stiller Blick mit Lächeln prüft.

Dieselbe, ja, du bist es, teure Mutter!
Nur trägt dein Antlitz, o wie hell, die Spur
Der Heiligen, die dich berührt! Umsonst
Nicht fleht man ihr; sie wirft dem Wagenden
Aus eisiger Nacht die tauende Rose zu.

Wir waren oft bei dir, du glaubst es kaum,
Leibhaftig eben nicht; doch wenn du pflegtest,
Im Tannenschatten auf das Moos gebettet,

Balsamische Luft zu atmen, zweimal täglich,
Elise dir zur Seite mit viel andern,
Da kamen wir, zu leichten Traumgestalten
Verkleinert, schlüpften durch die hohen Äste
Mit jenen runden Lichtern leis herab,
Die deines Kleides Saum und Hand und Schultern
Zudringlich küßten. Kanntest du sie nicht?
– Wenn nun die ganze Schar in einen Rahmen
Gefangen, eins am andern, dicht gedrängt,
Sich wieder zeigte – ob du sie wohl kennst?

### *An Fräulein Elise v. Grävenitz*

Aus Anlaß einer Maskerade, bei der sie in Gestalt einer Distel erschien, zugleich mit ihr die Maske des verwandelten Zettel, Webers, im »Sommernachtstraum«.

Der jungen Rose fiel es ein,
Auf einem Blumen-Maskenballe
In jener Feengartenhalle
Bescheiden eine Distel zu sein.

Getauscht von der Metamorphose,
Macht sich ein Herrchen gleich herbei,
Im grünen Frack und gelber Hose,
Ein ganzer Esel, meiner Treu!
Seht nur die wunderbaren Gesten,
Wie ihm das Herz im Leibe lacht!
Die Schöne denkt, den hab ich nun zum besten!
Und hätte sich beinah zu grün gemacht.
– Auf einmal stutzt er, schnüffelt in die Luft:
Er wittert wahrlich Rosenduft.
Gebt acht! nun schleicht er traurig sich beiseite,
Für seinesgleichen ist das schlechte Weide.
– Doch nein, er weilt entzückt, seht her!
Der hat Verstand, trotz seiner langen Ohren!
Und hat er morgen keinen mehr,
Begreif ichs, wie er ihn verloren.

## *An Eduard Weigelin,*

bisher Professor am Katharinenstift.

Bei seinem Austritt aus der Anstalt

Freund! dein heiterer Blick und deine gelassene Miene
Heißt uns die Klage des Abschieds sparen; doch tief in der Brust dir
Selber bewegt sich das männliche Herz. Wer möcht es ihm wehren?
Denn du verlässest das Haus, das dir wie dein eigenes lieb war,
Dem du die Blüte der Jahre geweiht im redlichen Tagwerk.
Aber glücklich genug, der still sich dessen bewußt ist!
Siehe, die Zeit kommt auch, da *wir* weggehn nacheinander,
Ungern jeder fürwahr, doch keiner mit besserem Ruhme,
Noch von treueren Wünschen der dankbaren Liebe begleitet.

## *An Lottchen Krehl*

Zum Geburtstag im Anfang Mai's

Ich hätte wohl, dein Haar zu zieren,
Ein Kränzchen, auch ein klein Gedicht;
Wie aber? ich will gratulieren,
Und weiß den Tag des Festes nicht!

Wenn ich es gleichwohl nun probierte,
Ich meint es drum nicht minder treu:
Ists nicht der erste, dritte, vierte,
So feir ich dir den ganzen Mai.

Doch ach, was ist vom Mai zu singen?
*Hier* ists noch winterlich bestellt;
Komm, Lottchen, uns den Mai zu bringen,
Dann blühen Garten, Haus und Feld!

## *Wanderlied*

Melodie aus Aubers Stummen von Portici

Entflohn sind wir der Stadt Gedränge:
Wie anders leuchtet hier der Tag!

Wie klingt in unsre Lustgesänge
Lerchensang
hier und Wachtelschlag!
Nun wandern wir und lassen gerne
Herrn Griesgram zu Haus;
Ein frischer Blick dringt in die Ferne
Nur immer hinaus!
Wir wandern bis der späte Abend taut,
Wir rasten bis der Morgen wieder graut.

Man lagert sich am Schattenquelle,
Wo erst das muntre Reh geruht;
Aus hohler Hand trinkt sich der helle
Kühle Trank
wohl noch eins so gut,
Nun wandern wir usw.

## *Zitronenfalter im April*

Grausame Frühlingssonne,
Du weckst mich vor der Zeit,
Dem nur in Maienwonne
Die zarte Kost gedeiht!
Ist nicht ein liebes Mädchen hier,
Das auf der Rosenlippe mir
Ein Tröpfchen Honig beut,
So muß ich jämmerlich vergehn
Und wird der Mai mich nimmer sehn
In meinem gelben Kleid.

## *Auf einem Kirchturm*

Ein Glockentonmeer wallet
Zu Füßen uns und hallet
Weit über Stadt und Land.

So laut die Wellen schlagen,
Wir fühlen mit Behagen
Uns hoch zu Schiff getragen
Und blicken schwindelnd von dem Rand.

## *Zum Neujahr*

Mit einem Taschenkalender

An tausend Wünsche, federleicht,
Wird sich kein Gott noch Engel kehren,
Ja, wenn es soviel Flüche wären,
Dem Teufel wären sie zu seicht.
Doch wenn ein Freund in Lieb und Treu
Dem andern den Kalender segnet,
So steht ein guter Geist dabei.
Du denkst an mich, was Liebes dir begegnet,
Ob dirs auch ohne das beschieden sei.

## *An meinen Vetter*

Juni 1837

Lieber Vetter! Er ist eine
Von den freundlichen Naturen,
Die ich *Sommerwesten* nenne.
Denn sie haben wirklich etwas
Sonniges in ihrem Wesen.
Es sind weltliche Beamte,
Rechnungsräte, Revisoren,
Oder Cameralverwalter,
Auch wohl manchmal Herrn vom Handel,
Aber meist vom ältern Schlage,
Keineswegs Petitmaitres,
Haben manchmal hübsche Bäuche,
Und ihr Vaterland ist Schwaben.

Neulich auf der Reise traf ich
Auch mit einer Sommerweste
In der Post zu Besigheim
Eben zu Mittag zusammen.
Und wir speisten eine Suppe,
Darin rote Krebse schwammen,
Rindfleisch mit französ'schem Senfe,
Dazu liebliche Radieschen,
Dann Gemüse, und so weiter:
Schwatzten von der neusten Zeitung,
Und daß es an manchen Orten
Gestern stark gewittert habe.
Drüber zieht der wackre Herr ein
Silbern Büchslein aus der Tasche,
Sich die Zähne auszustochern;
Endlich stopft er sich zum schwarzen
Kaffee seine Meerschaumpfeife,
Dampft und diskurriert und schaut in-
mittelst einmal nach den Pferden.

Und ich sah ihm so von hinten
Nach und dachte: Ach, daß diese
Lieben, hellen Sommerwesten,
Die bequemen, angenehmen,
Endlich doch auch sterben müssen!

### *An denselben,*

als er sich leidenschaftlich mit Verfertigung von Sonnenuhren beschäftigte.

Mai 1840

Hör Er nur einmal, Herr Vetter,
Was mir diese Nacht geträumet!
Sonntag war es, nach Mittage,
Und ich sah vom Fenster Seines
Alten gelben Gartenhäuschens,
Wie die Bürgersleute ruhig

Vor der Stadt spazieren gingen.
Und ich wandte mich und sah Ihn,
Der im Anfang nicht zugegen,
Ernsthaft vor dem Spiegel stehen,
In der Stellung eines Mannes,
Der sich zu balbieren trachtet.
Doch indem ich näher trete
Muß ich voll Erstaunen sehen,
Wie Er sich mit schwarzer Farbe
Auf Sein rundes Vollmondantlitz
Einen saubern Halbkreis malte;
Von der linken Schläfe abwärts,
Zwischen Mund und Kinn hindurch, und
So hinauf die rechte Backe.
Jetzo mit geübtem Pinsel
Zeichnet' Er entlang dem Zirkel
Schöngeformte römsche Ziffern,
Kunstgerecht, von eins bis zwölfe.
Und ich dachte: ach, mein lieber
Vetter ist ein Narr geworden! –
Denn Er sah mich an mit Augen,
Die mich nicht zu kennen schienen.
Überdem stellt' Er sich förmlich
An das Fenster in die Sonne,
Und der Schatten Seiner Nase
Sollte nun die Stunde weisen.
Ach, die Leute auf der Straße
Wollten fast sich Kröpfe lachen!

Was nun dieser Traum bedeute?
Ich will Ihn just nicht erschrecken:
Aber laß Er sein verdammtes
Sonnenuhrenmachen bleiben!

## *Der Petrefaktensammler*

An zwei Freundinnen

Einmal noch an eurer Seite,
Meinen Hammer im Geleite,
Jene Frickenhauser Pfade,
Links und rechts und krumm und grade,
An dem Bächlein hin zu scherzen,
Dies verlangte mich von Herzen.
Aber dann mit tausend Freuden
Gleich den Hügel auf zu weiden;
Drin die goldnen Ammoniten,
Lias-Terebratulithen,
Pentakrinen auch, die zarten,
Alle sich zusammenscharten, –
Den uns gar nicht ungelegen
Just ein warmer Sommerregen
Ausgefurcht und abgewaschen,
Denn so füllt man sich die Taschen.
Auf dem Boden Hand und Knie,
Kriecht man fort, o süße Müh!
Und dazwischen mit Entzücken
Nach der Alb hinauf zu blicken,
Deren burggekrönte Wände
Unser sonnig Talgelände,
Rebengrün und Wald und Wiesen
Streng mit dunkeln Schatten schließen!
Welche liebliche Magie,
Uns im Rücken, übten sie!
Eben noch in Sonne glimmend
Und in leichtem Dufte schwimmend,
Sieht man schwarz empor sie steigen,
Wie die blaue Nacht am Tag!
Blau, wie nur ein Traum es zeigen,
Doch kein Maler tuschen mag.
Seht, sie scheinen nah zu rücken,

Immer näher, immer dichter,
Und die gelben Regenlichter
All in unser Tal zu drücken!
Wahrlich, Schönres sah ich nie.

Wenn man nur an solcher Stätte
Zeit genug zum Schauen hätte!
Wißt ihr was? Genießt ihr beiden
Gründlich diese Herrlichkeiten,
Auch für mich genießet sie!
Denn mich fickt' es allerdinge,
Wenn das rein verloren ginge.
Doch, den Zweck nicht zu verlieren,
Will ich jetzt auf allen Vieren
Nach besagten Terebrateln
Noch ein Stückchen weiter kratteln;
Das ist auch wohl Poesie.

### *Auf ein Kind*

das mir eine ausgerissene Haarlocke vorwies

Mein Kind, in welchem Krieg hast du
Die gelben Haare lassen müssen?
Ein Rosenzweig hat sie im Sprunge dir entrissen!
Du weißt es kaum und lachst dazu.
Gott gebe, daß in künftiger Zeit
Nie kein Verlust, noch ander Leid
Dich bitterer im jungen Herzen
Als dieser leichte Raub mag schmerzen!

### *An Philomele*

Tonleiterähnlich steiget dein Klaggesang
Vollschwellend auf, wie wenn man Bouteillen füllt:
  Es steigt und steigt im Hals der Flasche –
    Sieh, und das liebliche Naß schäumt über.

O Sängerin, dir möcht ich ein Liedchen weihn,
Voll Lieb und Sehnsucht! aber ich stocke schon;
Ach, mein unselig Gleichnis regt mir
Plötzlich den Durst und mein Gaumen lechzet.

Verzeih! im Jägerschlößchen ist frisches Bier
Und Kegelabend heut: ich versprach es halb
Dem Oberamtsgerichtsverweser,
Auch dem Notar und dem Oberförster.

## *An einen Liebenden*

Du klagst mir, Freund, daß immer die Mutter noch
Des schönen Kindes gleich unerbittlich sei.
Geduld! noch leben wir im Jänner,
Aber nicht stets wird der Eiswind schnauben.

Im Winkel, wo sich einsam des Daches Trauf
In morscher Rinne sickernd vereiniget,
Hängt mannsdick, zuckerkandelartig
Schimmernd ein sechsfach verwachsnes Monstrum.

Bald wehen laue Lüfte den Frühling her,
Dein Gartenbeet vergoldet der Krokus schon;
Eidechslein sonnen ihr smaragdnes
Kleidchen am bröckelnden Felsen wieder.

Grün wird das Wiesental, und der lichte Wald
Vertieft in Schatten schon sich geheimnisvoll,
Die wilde Taube gurrt, der Jäger
Schmückt sich den Hut mit dem jungen Zweige.

Blieb dann von jenem eisigen Ungetüm
Auch wohl die Spur noch? – Warte den Sommer ab.
Im schlimmsten Fall, o Bester, denke,
Daß noch des Wildes im Forste mehr lebt!

### *Auf einen Redner*

Zwar acht Zolle nur mißt der virginische Frosch, doch es ward ihm
Eine Stimme zuteil, schrecklich, wie Ochsengebrüll.

### *Schul-Schmäcklein*

Ei ja! es ist ein vortrefflicher Mann,
Wir lassen ihn billig ungerupft;
Aber seinen Versen merkt man an,
Daß der Verfasser lateinisch kann
Und schnupft.

### *An –*

Laß doch dein Dichten! hast ja Geld;
Tropf! brauchs, die Poesie lebendig zu betreiben!
Was gilts, dich freut das Schönste in der Welt
Nur halb, vor lauter Angst, du müssest es beschreiben!

### *Auf den Arrius*

Nach Catull

*Ordnunk* sagte mein trefflicher Arrius, wenn sichs um Ordnung
Handelte; *Hefeu*, wo Efeu ein anderer sagt.
Und er glaubte dir schön ganz über die Maßen zu reden,
Wenn er sein *Hefeu* so recht grundaus der Lunge geholt.
Sicherlich hatten Mama, Oheim, Groß-Mutter und -Vater
(Diese von Mutter Seit) eben die Sprache beliebt.
Wie er nach Syrien ging, da wünschten wir unseren Ohren
Glück, und natürlich, wie sonst, hörte man jegliches Wort.
Ja wir glaubten uns los und ledig der Plage für immer,
Als man, o Schreckenspost! plötzlich die Kunde vernahm:
Seit Herr Arrius über das Meer ging, gibt es in aller
Welt kein Jonisches mehr, aber ein *Hionisches*.

## *Lammwirts Klagelied*

Da droben auf dem Markte
Spazier ich auf und ab,
Den ganzen lieben langen Tag,
Und schaue die Straße hinab.

Es steht ein Regenbogen
Wohl über jenem Haus,
Mein Schild ist eingezogen,
Ein andrer hangt heraus.

Heraus hangt über der Türe
Ein Hahn mit rotem Kamm;
Als ich die Wirtschaft führte,
Da war es ein goldenes Lamm.

Mein Schäflein wohl zu scheren,
Ich sparte keine Müh,
Ich bin heruntergekommen,
Und weiß doch selber nicht wie.

Nun läuft es mit Köchen und Kellnern
Im ganzen Hause so voll,
Ich weiß nicht, wem ich von allen
Zuerst den Hals brechen soll.

Da kommen drei Chaisen gefahren!
Der Hausknecht springt in die Höh.
Vorüber, ihr Rößlein, vorüber,
Dem Lammwirt ist gar so weh!

## *Auftrag*

In poetischer Epistel
Ruft ein desperater Wicht:
Lieber Vetter! Vetter Christel!
Warum schreibt Er aber nicht?

Weiß Er doch, es lassen Herzen,
Die die Liebe angeweht,
Ganz und gar nicht mit sich scherzen,
Und nun vollends ein Poet!

Denn ich bin von dem Gelichter,
Dem der Kopf beständig voll;
Bin ich auch nur halb ein Dichter,
Bin ich doch zur Hälfte toll.

Amor hat Ihn mir verpflichtet,
Seinen Lohn weiß Er voraus,
Und der Mund, der Ihm berichtet,
Geht dabei auch leer nicht aus.

Pass Er denn zur guten Stunde,
Wenn Sein Schatz durchs Lädchen schaut,
Lock ihr jedes Wort vom Munde,
Das mein Schätzchen ihr vertraut.

Schreib Er mir dann von dem Mädchen
Ein halb Dutzend Bogen voll,
Und daneben ein Traktätchen,
Wie ich mich verhalten soll.

### *Der Tambour*

Wenn meine Mutter hexen könnt,
Da müßt sie mit dem Regiment,
Nach Frankreich, überall mit hin,
Und wär die Marketenderin.
Im Lager, wohl um Mitternacht,
Wenn niemand auf ist als die Wacht,
Und alles schnarchet, Roß und Mann,
Vor meiner Trommel säß ich dann:
Die Trommel müßt eine Schüssel sein,
Ein warmes Sauerkraut darein,

Die Schlegel Messer und Gabel,
Ein lange Wurst mein Sabel,
Mein Tschako wär ein Humpen gut,
Den füll ich mit Burgunderblut.
Und weil es mir an Lichte fehlt,
Da scheint der Mond in mein Gezelt;
Scheint er auch auf franzö'sch herein,
Mir fällt doch meine Liebste ein:
Ach weh! Jetzt hat der Spaß ein End!
– Wenn nur meine Mutter hexen könnt!

### *Vogellied*

Mit einem leeren Vogelnest, welches dem Distelfinken meiner Schwester zum Scherz in den Käfig gelegt wurde

Es ist zwar sonsten nicht der Brauch,
  Daß man s' Nestchen baut,
Bevor man erst ein Weiblein auch
  Sich angetraut:
    Zirri Zirrli!
  Erst ein Schätzchen,
  Dann ein Plätzchen,
    Zirri!
Am Birnbaum oder am Haselstrauch.

Allein ich dacht, du baust einmal
  Auf gut Glück.
Schaden kann es auf keinen Fall;
    Zirrwick Zirrliwick!
Gefällts Ihr nicht, meine Jungfer Braut,
Es ist gleich wieder umgebaut.

## *Mausfallen-Sprüchlein*

Das Kind geht dreimal um die Falle und spricht:

Kleine Gäste, kleines Haus.
Liebe Mäusin oder Maus,
Stell dich nur kecklich ein
Heut nacht bei Mondenschein!
Mach aber die Tür fein hinter dir zu,
Hörst du?
Dabei hüte dein Schwänzchen!
Nach Tische singen wir,
Nach Tische springen wir
Und machen ein Tänzchen:
Witt witt!
Meine alte Katze tanzt wahrscheinlich mit.

## *Unser Fritz*

Unser Fritz richt't seinen Schlag,
Wollt ein Meislein fangen,
Doch weil ihm denselben Tag
Keines drein gegangen,
Wird dem Fritz zu lang die Zeit,
Denkt: ich hab umsonst gestreut,
Will ja keine kommen.

Nach acht Tagen fällt ihm ein,
Im Garten zu spazieren:
Es ist schöner Sonnenschein,
Man kann nicht erfrieren;
Und am alten Apfelbaum
Kommts ihm plötzlich wie im Traum:
Ob der Schlag gefallen?

»Ja, es sitzt ein Vogel drin!
Aber, weh! o wehe!

Das ist trauriger Gewinn:
Tot, soviel ich sehe!
– Aber was kann ich dafür?
Sicher hat das dumme Tier
Sich zutotgefressen!«

So tröst't sich dein Mörder wohl,
Der dich hungern lassen,
Aber ich vor Leid und Groll
Weiß mich nicht zu fassen!
Hast alle Körnlein aufgepickt,
Hast dann vergebens umgeblickt,
Wo noch ein Bröslein wäre!

Ihr andern Vöglein allesamt
Wohl unterm blauen Himmel,
Ihr habt mit Wehgesang verdammt
Den Vogelstellerlümmel.
Ach, *eines* starb so balde, bald!
Eben da in Feld und Wald
Der Frühling wollte kommen.

## *Häusliche Szene*

Schlafzimmer. Präzeptor *Ziborius* und seine *junge Frau*. Das Licht ist gelöscht.

Schläfst du schon, Rike? – »Noch nicht.« – Sag! hast du denn heut die Kukumern
Eingemacht? – »Ja.« – Und wieviel nahmst du mir Essig dazu? –
»Nicht zwei völlige Maß.« – Wie? fast zwei Maß? Und von welchem Krug? von dem kleinern doch nicht, links vor dem Fenster am Hof?
»Freilich.« – Verwünscht! So darf ich die Probe nun noch einmal machen,
Eben indem ich gehofft schon das Ergebnis zu sehn!
Konntest du mich nicht fragen? – »Du warst in der Schule.« – Nicht warten? –
»Lieber, zu lange bereits lagen die Gurken mir da.«

Unlängst sagt ich dir: Nimm von Numero 7 zum Hausbrauch –
    »Ach wer behielte denn stets alle die Zahlen im Kopf!« –
Sieben behält sich doch wohl! nichts leichter behalten als sieben!
    Groß, mit arabischer Schrift, hält es der Zettel dir vor. –
»Aber du wechselst den Ort nach der Sonne von Fenster zu Fenster
    Täglich, die Küche pressiert oft und ich suche mich blind.
Bester, dein Essiggebräu, fast will es mich endlich verdrießen.
    Ruhig, obgleich mit Not, trug ich so manches bis jetzt.
Daß du im Waschhaus dich einrichtetest, wo es an Raum fehlt,
    Destillierest und brennst, schien mir das Äußerste schon.
Nicht gern sah ich vom Stockbrett erst durch Kolben und Krüge
    Meine Reseden verdrängt, Rosen und Sommerlevkoin,
Aber nun stehen ums Haus her rings vor jeglichem Fenster,
    Halb gekleidet in Stroh, gläserne Bäuche gereiht;
Mir auf dem Herd stehn viere zum Hindernis, selber im Rauchfang
    Hängt so ein Untier jetzt, wieder ein neuer Versuch!
Lächerlich machen wir uns – nimm mirs nicht übel!« – Was sagst du?
    Lächerlich? – »Hättest du nur heut die Dekanin gehört.
Und in jeglichem Wort ihn selber vernahm ich, den Spötter;
    Boshaft ist er, dazu Schwager zum Pädagogarch.« –
Nun? – »Einer Festung verglich sie das Haus des Präzeptors, ein Bollwerk
    Hieß mein Erker, es sei alles gespickt mit Geschütz!« –
Schnödes Gerede, der lautere Neid! Ich hoffe mein Stecken-
    Pferd zu behaupten, so gut als ihr Gemahl, der Dekan.
Freuts ihn Kanarienvögel und Einwerfkäfige dutzend-
    Weise zu haben, mich freuts, tüchtigen Essig zu ziehn. –

Pause. Er scheint nachdenklich. Sie spricht für sich:

»Wahrlich, er dauert mich schon; ihn ängstet ein wenig die Drohung
    Mit dem Studienrat, dem er schon lange nicht traut.« –

Er fährt fort:

Als Präzeptor tat ich von je meine Pflicht; ein geschätzter
    Gradus neuerlich gibt einiges Zeugnis davon.
Was ich auf materiellem Gebiet, in müßigen Stunden,
    Manchem Gewerbe, dem Staat denke zu leisten dereinst,

Ob ich meiner Familie nicht ansehnlichen Vorteil
  Sichere noch mit der Zeit, dessen geschweig ich vorerst:
Aber – *den* will ich sehn, der einem geschundenen Schulmann
  Ein Vergnügen wie das, Essig zu machen, verbeut!
Der von Allotrien spricht, von Lächerlichkeiten – er sei nun
  Oberinspektor, er sei Rektor und Pädagogarch!
Greife nur einer mich an, ich will ihm dienen! Gewappnet
  Findet ihr mich! Dreifach liegt mir das Erz um die Brust!
– Rike, du lachst! ... du verbirgst es umsonst! ich fühle die Stöße ...
  Nun, was wandelt dich an? Närrst du mich, törichtes Weib? –
»Lieber, närrischer, goldener Mann! wer bliebe hier ernsthaft?
  Nein, dies Feuer hätt ich nimmer im Essig gesucht!« –
Gnug mit den Possen! Ich sage dir, mir ist die Sache nicht spaßhaft. –
  »Ruhig! Unseren Streit, Alter, vergleichen wir schon.
Gar nicht fällt es mir ein, dir die einzige Freude zu rauben;
  Zuviel hänget daran, und ich verstehe dich ganz.
Siehst du von deinem Katheder im Schulhaus so durch das Fenster
  Über das Höfchen den Schatz deiner Gefäße dir an,
Alle vom Mittagsstrahl der herrlichen Sonne beschienen,
  Die dir den gärenden Wein heimlich zu zeitigen glüht,
Nun, es erquicket dir Herz und Aug in sparsamen Pausen,
  Wie das bunteste Brett meiner Levkoin es nicht tat;
Und ein Pfeifchen Tabak in diesem gemütlichen Anblick
  Nimmt dir des Amtes Verdruß reiner als alles hinweg;
Ja, seitdem du schon selbst mit eigenem Essig die rote
  Tinte dir kochst, die sonst manchen Dreibätzner verschlang,
Ist dir, mein ich, der Wust der Exerzitienhefte
  Minder verhaßt; dich labt still der bekannte Geruch.
Dies, wie mißgönnt' ich es dir? Nur gehst du ein bißchen ins Weite.
  Alles – so heißt dein Spruch – habe sein Maß und sein Ziel.« –
Laß mich! Wenn mein Produkt dich einst zur vermöglichen Frau macht –
  »Bester, das sagtest du just auch bei der Seidenkultur.« –
Kann ich dafür, daß das Futter mißriet, daß die Tiere krepierten? –
  »Seine Gefahr hat auch sicher das neue Geschäft.« –

Namen und Ehre des Manns, die bringst du wohl gar nicht in An-
  »Ehre genug blieb uns, ehe wir Essig gebraut.« – [schlag? –
Korrespondierendes Mitglied heiß ich dreier Vereine. –
  »Nähme nur *einer* im Jahr etliche Krüge dir ab!« –
Dir fehlt jeder Begriff von rationellem Bestreben. –
  »Seit du ihn hast, fehlt dir abends ein guter Salat.« –
Undank!. mein Fabrikat durch sämtliche Sorten ist trefflich. –
  »Numero 7 und 9 kenn ich, und – lobe sie nicht.« –
Heut, wie ich merke, gefällst du dir sehr, mir in Versen zu
trumpfen. –
  »Waren es Verse denn nicht, was du gesprochen bisher?« –
Eine Schwäche des Mannes vom Fach, darfst du sie mißbrauchen?–
  »Unwillkürlich, wie du, red ich elegisches Maß.« –
Mühsam übt ich dirs ein, harmlose Gespräche zu würzen. –
  »Freilich im bitteren Ernst nimmt es sich wunderlich aus.« –
Also verbitt ich es jetzt; sprich, wie dir der Schnabel gewachsen. –
  »Gut; laß sehen, wie sich Prose mit Distichen mischt.« –
Unsinn! Brechen wir ab. Mit Weibern sich streiten ist fruchtlos. –
  »Fruchtlos nenn ich, im Schlot Essig bereiten, mein Schatz.« –
Daß noch zum Schlusse mir dein Pentameter tritt auf die Ferse! –
  »Dein Hexameter zieht unwiderstehlich ihn nach.« –
Ei, dir scheint es bequem, nur das Wort noch, das letzte zu haben:
  Habs! Ich schwöre, von mir hast du das letzte gehört. –
»Meinetwegen; so mag ein Hexameter einmal allein stehn.« –

Pause. Der Mann wird unruhig, es peinigt ihn offenbar, das Distichon nicht geschlossen zu hören oder es nicht selber schließen zu dürfen. Nach einiger Zeit kommt ihm die Frau mit Lachen zu Hülfe und sagt:

  »Alter! ich tat dir zu viel; wirklich, dein Essig passiert;
Wenn er dir künftig noch besser gerät, wohlan, so ist einzig
  Dein das Verdienst, denn du hast, wahrlich, kein zänkisches Weib!« –

Er gleichfalls herzlich lachend und sie küssend:

Rike! morgenden Tags räum ich dir die vorderen Fenster
  Sämtlich! und im Kamin prangen die Schinken allein!

### *Der Liebhaber an die heiße Quelle zu B.*

Du heilest den und tröstest jenen,
O Quell, so hör auch meinen Schmerz!
Ich klage dir mit bittern Tränen
Ein hartes, kaltes Mädchenherz.

Es zu erweichen, zu durchglühen,
Dir ist es eine leichte Pflicht;
Man kann ja Hühner in dir brühen,
Warum ein junges Gänschen nicht?

### *Bei einer Trauung*

Vor lauter hochadligen Zeugen
Kopuliert man ihrer zwei;
Die Orgel hängt voll Geigen,
Der Himmel nicht, mein Treu!
Seht doch! *sie* weint ja greulich,
*Er* macht ein Gesicht abscheulich!
Denn leider freilich, freilich
Keine Lieb ist nicht dabei.

### *Zwei Brüdern ins Album*

I

Kastor und Pollux heißen ein Paar Ammoniten (der Vater
Kann sie dir zeigen im Schrank); füglich vergleich ich sie euch
Emil und Theodor. Denn brüderlich sieht man die schönen
Immer gesellt. Freut euch! heute noch habt ihr euch so.

II

Fällt dir vielleicht in späten Tagen
Wieder ein, dies Stammbuch aufzuschlagen,
Und schaust dann auch dies Blättlein an,
Mit einem lieben Freund etwan,
Da sagst du von mir wohl dies und jenes,
Nicht allzu Schlimmes noch allzu Schönes:
Er war im ganzen ein guter Mann,
Und uns besonders zugetan.
Ich hoffe denn auch insofern,
Er sitzt in einem guten Stern.
Meine Mutter schickt' ihm einmal durch mich
Einen Gänsebraten säuberlich
Mit einem feinen Salat ins Haus,
Das schmeckte ihm ganz überaus.
Er meinte, das Gänsestopfen hienieden
Sei drum nicht absolut zu verbieten,
Es sei halt für ein Prälaten-Essen –
Kurz, rühmte den Imbiß ungemessen.
Deswegen ich gern glauben mag,
Es habe sein Herz bis diesen Tag
Weder den Braten, noch mich vergessen.

## *Die Visite*

Philister kommen angezogen:
Man sucht im Garten mich und Haus;
Doch war der Vogel ausgeflogen,
Zu dem geliebten Wald hinaus.
Sie kommen, mich auch da zu stören;
Es ruft, und ruft im Widerhall –
Gleich laß ich mich als Kukuk hören,
Bin nirgends und bin überall.

So führt ich sie, nur wie im Traume,
Als Puck im ganzen Wald herum;
Ich pfiff und sang von jedem Baume,
Sie sahn sich fast die Hälse krumm.
Nun schalten sie: Verfluchte Possen!
Der Sonderling! der Grobian!
Da komm ich grunzend angeschossen,
Ein Eber, mit gefletschtem Zahn.

Mit Schrein, als wenn der Boden brennte,
Zerstob ein Teil im wilden Lauf,
Die andern kletterten behende
Den nächsten besten Baum hinauf;
Sie krochen weislich bis zum Gipfel,
Und sahen nicht einmal zurück,
Doch ich als Eichhorn saß im Wipfel,
Ich grüße sie und wünsche Glück.

»Ei, welch ein allerliebstes Späßchen!
Gott grüß Sie, schöne Fraun und Herrn!
Sie kommen, hoff ich, auf ein Täßchen
Eichelkaffee? Von Herzen gern!«
– Allein sie fandens nicht gemütlich
In dieser ungewohnten Höh.
So schieden wir für heute gütlich;
Doch wehe meiner Renommée!

### *Auf ein Ei geschrieben*

Ostern ist zwar schon vorbei,
Also dies kein Osterei;
Doch wer sagt, es sei kein Segen,
Wenn im Mai die Hasen legen?
Aus der Pfanne, aus dem Schmalz
Schmeckt ein Eilein jedenfalls,

Und kurzum, mich täts gaudieren,
Dir dies Ei zu präsentieren,
Und zugleich tät es mich kitzeln,
Dir ein Rätsel draufzukritzeln.

Die Sophisten und die Pfaffen
Stritten sich mit viel Geschrei:
Was hat Gott zuerst erschaffen,
Wohl die Henne? wohl das Ei?

Wäre das so schwer zu lösen?
Erstlich ward ein Ei erdacht:
Doch weil noch kein Huhn gewesen,
Schatz, so hats der Has gebracht.

### *Gute Lehre*

In unsers Pfarrers Garten,
Es fällt ein warmes Regelein,
Wie duften da die Blumen,
Die Apfelblüt so fein!

Im Häuselein da drüben
Ein Bauer vespert wohlgemut,
Hats Fensterlein halb offen,
Das Lüftlein tät ihm gut.

Ei, spricht er bei sich selbsten,
Ein Sonntagssträußchen hätt ich gern,
Auf morgen in die Predigt,
Tulipanen oder Stern.

Ein Vöglein hats vernommen,
Das denkt: dir soll geholfen sein;
Tät gleich ein Blümlein holen,
Und bringts im Schnäbelein.

Ei, lachte da mein Peter!
Hat flugs sein Fenster zugemacht,
Hats Vögelein gefangen
Und in den Käfig bracht.

Ach, muß das Vöglein trauern!
Und war auch von der Stunde krank.
Sind wüste Kerl die Bauern,
Die geben Stank für Dank!

## *Selbstgeständnis*

Ich bin meiner Mutter einzig Kind,
Und weil die andern ausblieben sind,
Was weiß ich wie viel, die sechs oder sieben,
Ist eben alles an mir hängen blieben;
Ich hab müssen die Liebe, die Treue, die Güte
Für ein ganz halb Dutzend allein aufessen,
Ich wills mein Lebtag nicht vergessen.
Es hätte mir aber noch wohl mögen frommen,
Hätt ich nur auch Schläg für Sechse bekommen.

## *Restauration*

nach Durchlesung eines Manuskripts mit Gedichten

Das süße Zeug ohne Saft und Kraft!
Es hat mir all mein Gedärm erschlafft.
Es roch, ich will des Henkers sein,
Wie lauter welke Rosen und Camilleblümlein.
Mir ward ganz übel, mauserig, dumm,
Ich sah mich schnell nach was Tüchtigem um,
Lief in den Garten hinterm Haus,
Zog einen herzhaften Rettich aus,
Fraß ihn auch auf bis auf den Schwanz,
Da war ich wieder frisch und genesen ganz.

## *Zur Warnung*

Einmal nach einer lustigen Nacht
War ich am Morgen seltsam aufgewacht:
Durst, Wasserscheu, ungleich Geblüt;
Dabei gerührt und weichlich im Gemüt,
Beinah poetisch, ja, ich bat die Muse um ein Lied.
Sie, mit verstelltem Pathos, spottet' mein,
Gab mir den schnöden Bafel ein:

*»Es schlagt eine Nachtigall*
*Am Wasserfall;*
*Und ein Vogel ebenfalls,*
*Der schreibt sich Wendehals,*
*Johann Jakob Wendehals;*
*Der tut tanzen*
*Bei den Pflanzen*
*Obbemeld'ten Wasserfalls –«*

So ging es fort; mir wurde immer bänger.
Jetzt sprang ich auf: zum Wein! Der war denn auch mein Retter.
– Merkts euch, ihr tränenreichen Sänger,
Im Katzenjammer ruft man keine Götter!

## *Alles mit Maß*

Mancherlei sind es der Gaben, die gütige Götter den Menschen
Zum Genusse verliehn, sowie für die tägliche Notdurft.
Aber vor jeglichem Ding begehr ich gebratenen Schweinsfuß.
Meine Frau Wirtin, die merkts, nun hab ich alle Tag Schweinsfüß.
Öfters im Geist ahnt mir: jetzt ist kein einziger Schweinsfuß
Mehr in der Stadt zu erspähn: was hab ich am Abende? Schweinsfüß!
Spräche der König nun gleich zum Hofkoch: Schaffe mir Schweinsfüß!
Gnade der Himmel dem Mann, denn nirgend mehr wandelt ein Schweinsfuß.

Und ich sagte zur Wirtin zuletzt: Nun laßt mir die Schweinsfüß!
Denn er schmeckt mir nicht mehr wie sonst, der bräunliche Schweinsfuß.
Aber sie denkt, aus Zartgefühl nur verbät ich die Schweinsfüß,
Lächelnd bringet sie mir auch heute gebratenen Schweinsfuß –
Ei so hole der Teufel auf ewig die höllischen Schweinsfüß!

### *[Scherz]*

Nächtlich erschien mir im Traum mein alter hebräischer Lehrer,
  Nicht in Menschengestalt, sondern – o schreckliches Bild!
Als ein Kamez geformt (wenn es nicht ein Komez Chatuf war:
  Sah ich doch wahrlich so recht niemals den Unterschied ein;
Doch dies stell ich dahin). Ein grammatikalisches Scheusal
  Trat er zur Türe herein, mich zu ermorden gewillt.
Halt! so rief ich: erbarme dich mein! in *Dettingers** Namen! –
  Siehe, da ließ er mich los, und ich erwachte zugleich.
Aber noch lang fort kämpfte die Brust mit fliegendem Atem.
  Und von der Stirne mir troff examinalisches Naß.

### *Bei Gelegenheit eines Kinderspielzeugs,*
vorstellend:
*Hanswurst an der Sandmühle*

Hanswurst

Schauens gefälligst, meine Lieben,
Ein hübsch Geschäft wird hier betrieben.
Geht wohl einem Müller im ganzen Land
Sein Metier so lustig aus der Hand?
Zwar das bekenn ich frank und frei,

* Primus der Klasse.

Besonderer Segen ist nicht dabei:
Sand gießt man ein, Sand kommt heraus,
Man dächte fast, hier wär ein Narr zu Haus.
Sobald ich übrigens insoweit fertig bin,
Hab ich etwas wirklich Gemeinnütziges im Sinn.

Ein Bürger

Was denn, Hans?

Hanswurst

Ein neues Augenpulver.

Zweiter Bürger

Aus Streusand, Kerl? o weh!

Hanswurst

Ein herrliches Volksmittel.

Erster Bürger

Ich versteh,
Spitzbub! Schlagt ihm den Schädel ein!

Hanswurst

Ihr Herrn, da muß ein Irrtum sein.

Beide Bürger

Hundsfott! dich hat die Regierung im Sold!

Hanswurst

Ich will des Teufels sein, ich weiß nicht, was ihr wollt.
Hülfe! zu Hülfe!

Andere

Was gibts?

Erster und Zweiter

Da! Sand will man uns in die Augen streun!
Der Polignac steckt dahinter!

Andere

Seid gescheit,
Der Narr hielt euch zum besten, gute Leut!
Ihr kennt ihn ja, es ist der Alte.

Hanswurst

Gleich beißen und kratzen! Gott verdamms!
Hab doch alle Farben an Hosen und Wams,
Zum Zeichen, daß ichs mit keiner halte!
Wenn ich meinen Purzelbaum machen kann,
Was ficht die Politik mich an?

Ein Bürger

Ich glaubs ihm gern; der Sand ist nur so nebenher.

Hanswurst

Mein Seel! treibt ihr mein Rad, ich mahl euch lotterleer!

Erster Bürger

Der Tagdieb!

Hanswurst

Was, du Schuft?
Gott der Herr schlägt am lustigen Sommertage
Seinen bunten Reifen in die Luft,
Was guckst du scheel, wenn ich den meinen schlage?
Der eine nutzt so wenig wie der ander,
Aber Kinder und Narren sehens gern.
Ich bin nicht Bonapart und bin nicht Alexander,
Und hab doch meinen Sparrn so gut wie diese Herrn.
– Was führt ihr überhaupt so einen hohen Ton
Und schämt euch schier, nur noch zu lachen?
Ich sah, beim Blitz, die ganze Nation
Schon viel possierlichere Sprünge machen!

Aus jetzt – wem sein Kopf lieb ist!

## *Grabschrift des Pietro Aretino*

Nach dem Italienischen

Böses nur sagte der Schelm von jedermann, außer von Gott nicht.
Aber wieso? Er sprach: Selbigen kenne ich nicht.

## *Auf die Prosa eines Beamten*

A.

Welch ein Gedankendrang in den Perioden! ein wahrer
Stilus infarctus, von dem Quintilian nichts gewußt!

B.

Ganz wurstartig, auf Ehre! Die Schrift ist ein einzig farcimen,
Und der Zipfel, er guckt hinten und vorne heraus.

## *Pastoral-Erfahrung*

Meine guten Bauern freuen mich sehr;
Eine »scharfe Predigt« ist ihr Begehr.
Und wenn man mir es nicht verdenkt,
Sag ich, wie das zusammenhängt.
Sonnabend, wohl nach elfe spat,
Im Garten stehlen sie mir den Salat;
In der Morgenkirch mit guter Ruh
Erwarten sie den Essig dazu;
Der Predigt Schluß fein linde sei:
Sie wollen gern auch Öl dabei.

## *Hülfe in der Not*

Ein rechter Freund erscheint uns in der Not
Zu rechter Zeit und sicher wie der Tod.
Doch offen, Bester, sag ich dir,
Du hast eine ganz verwünschte Manier!
Du trocknest mir den Jammerschweiß,
Und machst mir doch die Hölle heiß,
Du bringst das ganze Jüngste Gericht
Mit dir – bei Gott, so meint ichs nicht!

### *Herr Dr. B. und der Dichter*

»Recht hübsche Poesie; nein, ohne Schmeichelei!
Aber *eins* vermiss ich an Ihren Sachen.«
Nämlich? – »Eine Tendenz.« – Tendenz! Ei, meiner Treu! –
»Die kriegen Sie sich *ja*, mein Bester!« – Bleibs dabei!
Will mir gleich einen Knopf an mein Sacktuch machen!

### *Auskunft*

Närrische Tadler und Lober auf beiden Seiten! Doch darum
Hat mir mein Schöpfer den Kopf zwischen die Ohren gesetzt.

### *Abschied*

Unangeklopft ein Herr tritt abends bei mir ein:
»Ich habe die Ehr, Ihr Rezensent zu sein.«
Sofort nimmt er das Licht in die Hand,
Besieht lang meinen Schatten an der Wand,
Rückt nah und fern: »Nun, lieber junger Mann,
Sehn Sie doch gefälligst mal Ihre Nas so von der Seite an!
Sie geben zu, daß das ein Auswuchs is.«
– Das? Alle Wetter – gewiß!
Ei Hasen! ich dachte nicht,
All mein Lebtage nicht,
Daß ich so eine Weltsnase führt' im Gesicht!!

Der Mann sprach noch verschiednes hin und her,
Ich weiß, auf meine Ehre, nicht mehr;
Meinte vielleicht, ich sollt ihm beichten.
Zuletzt stand er auf; ich tat ihm leuchten.
Wie wir nun an der Treppe sind,
Da geb ich ihm, ganz froh gesinnt,

Einen kleinen Tritt,
Nur so von hinten aufs Gesäße, mit –
Alle Hagel! ward das ein Gerumpel,
Ein Gepurzel, ein Gehumpel!
Dergleichen hab ich nie gesehn,
All mein Lebtage nicht gesehn
Einen Menschen so rasch die Trepp hinabgehn!

## VON MÖRIKE VERSTREUT VERÖFFENTLICHTE GEDICHTE

### *An einen Freund*

Mit Übersendung eines alten Buchs

Jüngst ich in eines Kaufherrn Kram
Ein Pfund Tabak zu holen kam.
Die Ladendirne, jung und frisch,
Bescheidentlich stund hinterm Tisch
Und wog mir in bedächtiger Ruh
Mein braun, süß duftend Kräutlein zu;
Derweilen schaut ich gähnend stumm
Mich rings so im Gewölbel um;
Da lag am Boden nächst zur Hand,
Wurmstichig, alt, ein Foliant,
Dergleichen gern zum Packen und Wickeln
Die Krämer blätterweis zerstückeln.
Mit Andacht grüßt' ich alsogleich
Hans Sachsens holde Musenstreich'.
O schad um so viel edle Reim'!
So güldner Weisheit Honigseim
In Staub verschütt't! Wer mag es sehn,
Dem es nicht sollt zu Herzen gehn!

»Schöns Mägdlein«, rief ich, »ach und ei!
Verkauft mir die Schnurrpfeiferei!«
Sie lächelt spöttisch vor sich hin,
Ob ich auch wohl bei Sinnen bin?
»Das ist ja Schund, Herr, mit Vergunst,
Doch, stehts Euch an, habt Ihrs umsunst!«

Ich sagt ihr Dankes Überfluß:
Hätt gern gedankt mit einem Kuß;
Schleppt meinen Schatz heim unterm Arm,
Und gleich drauf los, weil ich noch warm.

Da war denn viel und allerlei:
Im gotschen Schnitt, Mythologei,
Komedi, Tragedi dazu,
Wacker versohlt nach'm Baurenschuh.
Mit Wundern las ich, was er red't
Von einem Dänenprinz Amlet.

Nun ich mich sattsam durchgewühlt,
Sinnend das Werk in Händen hielt,
Gedacht ich dein zumal und meint,
Der Fund wär just für solchen Freund.
Ein fromm Gemüt oft liebt und ehrt,
Was vor der Welt nicht Hellers wert.

### *Das Mädchen an den Mai*

Es ist doch im April fürwahr
Der Frühling weder halb noch gar;
Komm, Rosenbringer, süßer Mai,
Komm du herbei,
So weiß ich, was der Frühling sei!

– Wie aber? soll die erste Gartenpracht,
Narzissen, Primeln, Hyazinthen,
Die kaum die hellen Augen aufgemacht,
Schon welken und verschwinden?
Und mit euch besonders, holde Veilchen,
Wär es dann fürs ganze Jahr vorbei?
Lieber, lieber Mai,
Ach, so warte noch ein kleines Weilchen!

## *Emma Kerner*

Zum Eingang ihres Stammbuchs, das die Form eines Kreuzes hatte
Weinsberg 1837

Vor Geist und Hexe nicht allein: –
Vor falscher Freunde Heuchelschein,
Vor süßer Herren Schmeichelein
Mach ich das Kreuz und hüte mich fein,
Denn ich bin ein kluges Jungfräulein.

## *An Clara*

Cleversulzbach 1837. Als sie ein wenig kurz angebunden gegen mich war

Da dein Bruder
Das Ruder
Des Hauswesens führt
Und kein Narr ist,
Sondern Pfarr' ist,
Der ganz Sulzbach regiert,
Der zwar, genötigt,
Auf Predigt
Und manches verzicht't,
Auch im Kranze*
Keine Lanze
Für Steudel mehr bricht;
Da man ihn ferner
Trotz Justin Kerner
Als Dichter begrüßt,
Und, obgleich Dichter,
Er doch die Lichter
Für die Haushaltung gießt;
Da er dir endlich
Unendlich
Viel Gutes erweist,

* Eine theologische Gesellschaft, worin man über Steudels »Dogmatik« sprach.

Wie er noch gestern
Seine Schwestern
Mit Zimtstern gespeist:
So sollt ich schließen
Aus allem diesen –
Doch ists gescheiter,
Ich sag nicht weiter
Und mach' ohne Zirkel
Einen schönen .

### *[Einer Schönen*

Im Spiegel zu lesen]

Ein artig Lob, du wirst es nicht verwehren,
Obwohl gewohnt, es jeden Tag zu hören,
Gern möcht ich denn das platte »Du bist schön«
In lauter feinen Wendungen gestehn;
Doch wenn es mir an Worten nun gebricht,
Verschmäh ich auch ein listig Mittel nicht:
Ich weiß mit wundersamer Schrift zu necken
Und meine Meinung zierlich zu verstecken.
Damit ich aber gleich die Ungeduld versöhne,
Führ ich mit meinem Blatt vors Spiegelglas die Schöne,
Und was kein Schmeichler ungestraft gewagt –
Ihr eigen Bild hat es ihr nun gesagt.

### *Gutenbergs Erfindung*

»Ein großer Fund, gewiß! – Und doch,
Wenn man die Sache so bedenkt, sie lag
Verdammt nah, mein ich.«
O sehr wahr! Item:
Als sich der liebe Gott damals besann,
Wie er die Welt erschaffen möcht',
War nichts natürlicher, deucht mir,

Als grünes Gras und Bäume allerhand
Hervor aus der Erde wachsen zu lassen,
Auch oberhalb das blaue Firmament
Hübsch auszustaffieren mit goldnen Gestirnen,
Damit sie leuchten auf ewige Jahr
Schafsköpfen und gescheiten Leuten.

*Rätsel*

Ich bin eine dürre Königin,
Trag auf dem Haupt eine zierliche Kron,
Und die mir dienen mit treuem Sinn,
Die haben großen Lohn.

Meine Frauen müssen mich schön frisiern,
Erzählen mir Märlein ohne Zahl,
Sie lassen kein einzig Haar an mir,
Doch siehst du mich nimmer kahl.

Spazieren fahr ich frank und frei,
Das geht so rasch, das geht so fein;
Nur komm ich nicht vom Platz dabei –
Sagt, Leute, was mag das sein?

*Frankfurter Brenten*

Mandeln erstlich, rat ich dir,
Nimm drei Pfunde, besser vier
(Im Verhältnis nach Belieben);
Diese werden nun gestoßen
Und mit ordinärem Rosen-
Wasser feinstens abgerieben.
Je aufs Pfund Mandeln akkurat
Drei Vierling Zucker ohne Gnad.

Denselben in den Mörsel bring,
Hierauf ihn durch ein Haarsieb schwing!
Von deinen irdenen Gefäßen
Sollst du mir dann ein Ding erlesen, –
Was man sonst eine Kachel nennt;
Doch sei sie neu zu diesem End!
Drein füllen wir den ganzen Plunder
Und legen frische Kohlen unter.
Jetzt rühr und rühr ohn Unterlaß,
Bis sich verdicken will die Mass',
Und rührst du eine Stunde voll:
Am eingetauchten Finger soll
Das Kleinste nicht mehr hängen bleiben;
So lange müssen wir es treiben.
Nun aber bringe das Gebrodel
In eine Schüssel (der Poet,
Weil ihm der Reim vor allem geht,
Will schlechterdings hier einen Model,
Indes der Koch auf ersterer besteht)!
Darinne drücks zusammen gut;
Und hat es über Nacht geruht,
Sollst dus durchkneten Stück für Stück,
Auswellen messerrückendick
(Je weniger Mehl du streuest ein,
Um desto besser wird es sein).
Alsdann in Formen seis geprägt,
Wie man bei Weingebacknem pflegt;
Zuletzt, – das wird der Sache frommen,
Den Bäcker scharf in Pflicht genommen,
Daß sie schön gelb vom Ofen kommen!

*Keine Rettung*

Kunst! o in deine Arme wie gern entflöh ich dem Eros!
Doch du Himmlische hegst selbst den Verräter im Schoß.

### *Nach einer schläfrigen Vorlesung von »Romeo und Julia«*

»Guten Morgen, Romeo;
Wie geschlafen?«
»Ach – so so.
Und du, süße Julia?«
»Ebenfalls so so la la!«

### *Auf einer Wanderung*

»Ich habe Kreuz und Leiden,
Das schreib ich mit der Kreiden;
Und wer kein Kreuz und Leiden hat,
Der wische meinen Reimen ab.«

Wer hat dies bittre Wort, zu herb für einen Scherz,
Mit ungeübter Hand der Ruhbank angeschrieben?
Ein müßger Hirt vielleicht, der hier vorbeigetrieben;
Ein fremder Wandersmann; gewiß kein fröhlich Herz.

Die Schrift ist nicht von gestern erst und heut,
Schon mancher ging durch diese Einsamkeit,
Der sich die Zeilen buchstabierend las
Und überrascht sein Teil mit *einem* Blick durchmaß;

Er trug gedankenvoll nach einer kurzen Rast
Des Weges weiter seine eigne Last
Und ließ dem Kommenden zu seinem Mißgeschick
Den gleichen Stachel ohne Trost zurück.

### *Lieb' in den Tod*

Uffem Kirchhof, am Chor
Blüeht e Blo-Holder-Strauß,
Do fliegt e weiß Täuble,
Vor's tage tuet, 'raus.

Es streicht wohl e Gässele
Nieder und zwue,
Es fliegt mer ins Fenster
Es kommt uf mi zue.

Jetzt siehni mein Schatz
Und sei linneweiß G'wand
Und sei silberes Ringle
Von mir an der Hand.

Es nickt mer en Grueß,
Setzt se nieder am Bett,
Frei luegt mer's ins G'sicht,
Aber a rüehrt me's net.

Drei Woche noch Ostern,
Wenn's Nachthüele schreit,
Do mache mer Hochzig,
Mei Schatz hot mer's g'seit.

Fei still ist mei Hochzig,
Mer halte kein Tanz.
Wer goht mit zur Kirchen?
Wer flicht mer de Kranz?

## *Zum Geburtstag*

Mit einer goldverzierten Feder

Weil, wenn ich Freunden sonst an solchem Tage schrieb,
Das beste Wort durchaus mir in der Feder blieb,
So wag ich heut (wird mirs zu Danke glücken?),
Nur eben gleich die Feder selbst zu schicken.

## *An Moriz von Schwind*

Ich sah mir deine Bilder einmal wieder an
Von jener treuen Schwester, die im hohlen Baum,

Den schönen Leib mit ihrem Goldhaar deckend, saß
Und spann und sieben lange Jahre schwieg und spann,
Die Brüder zu erlösen, die der Mutter Fluch
Als Raben, sieben Raben, hungrig trieb vom Haus.
Ein Kindermärchen, darin du die Blume doch
Erkanntest alles menschlich Schönen auf der Welt.

Von Blatt zu Blatt, nicht rascher als ein weiser Mann
Wonnige Becher, einen nach dem andern, schlürft,
Sog ich die Fülle deines Geistes ein und kam,
Aus sonnenheller Tage Glanz und Lieblichkeit
In Kerkernacht hinabgeführt von dir, zuletzt
Beim Holzstoß an, wo die Verschwiegne voller Schmach
Die Fürstin, ach, gebunden steht am Feuerpfahl:
Da jagt's einher, da stürmt es durch den Eichenwald:
Milchweiße Rosse, lang die Hälse vorgestreckt,
Und, gleich wie sie, die Reiter selber atemlos –
Sie sinds! Die schönen Knaben all und Jünglinge!
Ah, welch ein Schauspiel !– Doch was red ich *dir* davon?
»Hier«, sagte lachend neulich ein entzückter Freund,
Ein Musiker, »zieht Meister Schwind zum Schlusse noch
Alle Register auf einmal, daß einem das Herz
Im Leibe schüttert, jauchzt und bangt vor solcher Pracht!«
– Wenn dort, ein rosig Zwillingspaar auf ihrem Schoß,
Die Retterin auftaucht und der Ärmsten Jammerblick
Sich himmlisch lichtet, während hier der König, sich
Auf das Scheitergerüste stürzend, hingeschmiegt das Haupt,
Die nackten Füße seines Weibes hold umfängt.
Wer fühlt den Krampf der Freuden und der Schmerzen nicht
In aller Busen staunend mit? Und doch zugleich
Wer lächelt nicht, wenn seitwärts dort im Hintergrund,
Vom Jubelruf des Volks erstickt, ein Stimmchen hell
Sich hören läßt, des Jüngsten von den sieben, der
Als letzter kommt geritten, mit dem einen Arm
Noch fest im Rabenflügel, auf die Schwester zu!
– Genug und schon zu viel der Worte, Teuerster!

Ich knüpfte seufzend endlich meine Mappe zu,
Saß da und hing den Kopf. – Warum? Gesteh' ich dir
Die große Torheit? Jene alte Grille war's,
Die lebenslang mir mit der Klage liegt im Ohr,
Daß ich nicht Maler werden durfte. Maler, ja!
Und freilich keinen gar viel schlechteren als dich,
Dacht' ich dabei. Du lachst mit Recht. Doch wisse nun:
Aus solchem Traumwahn freundlich mich zu schütteln, traf,
O Wunder! deine zweite Sendung* unversehns
Am gleichen Morgen bei mir ein! – Du lässest mich,
O Freund, was mir für mein bescheiden Teil an Kunst
Gegeben ward, in deinem reinen Spiegel sehn:
Und wie! – Davon schweig ich für heut. Nur dieses noch:
Den alten Sparren bin ich los für alle Zeit,
So dünkt es mich, – es wäre denn, daß mir sofort
Der böse Geist einflüsterte, dies Neuste hier
Sei *meine* Arbeit lediglich: die Knospe brach
Mit einemmal zur vollen Rose auf – man ist
Der großen Künstler einer worden über Nacht.

* Jene zweite Sendung bestand in drei Sepiazeichnungen zu des Verfassers Gedichten: »Ach nur einmal noch im Leben«; – »Märchen vom sichern Mann«; – »Erzengels Michaels Feder«.

## AUS DEM NACHLASS

—

### Aus den Jahren bis 1833

### *Im Freien*

An euch noch glaubt ich
Mich trösten zu können,
Meine Sehnsucht – an euch!
Ihr Lüfte, webend über den Wiesen!
Und ich eilte zu euch
Unter die Weiden;
Aber nun wehet ihr,
Und, ich sehe, das stillet mich nicht!

Da ich ohne euch war,
Unter dem Druck der Stadt,
Mahnts mich mit einmal an euch,
Wunder-Hoffnung durchzückt' mich,
Tränen der Wonne schossen vor's Auge mir
Bei deinem langvergessenen Namen,
Ruhige, gute Natur!
Und wie ein Knabe, heftig schluchzend,
Zur verzeihenden Mutter hinläuft,
Also lief ich entgegen euch,
Und nun seid ihr mir Lüfte nur!
Jetzt verlässet mich alles!

Oder bin ich dir gestorben,
Du unsterblicher Geist der Natur?
Konnte die weichliche Pein
Jener unseligen Liebe
Dich mir auf ewig entfremden?
Und so verzweifl' ich jetzt,

Weil ich mein Herzblut gab
Für einen Schatten?

Wühlt durch die Locken mir,
Ihr Winde!
Verbirg dein Antlitz, freundlicher Himmel,
Mit dieser Wolken beruhigendem Grau!
Laß dichter deine großen Tropfen fallen
Auf diese Gräser, diese Bäum, diesen schwellenden Fluß!
Ach! Dumpfer, schöner Donner,
Wie erquickest du mich!
Laß dichter deine großen Tropfen fallen!
Rolle donnernder durch die Wölbung!
Daß es mich aufregt
Aus dem unerquicklichen
Matten Tod!
Nur daß ich fühl: ich lebe!
Und seh einen Wandel, ein Geschäft der Natur!
Die tot mir lag,
Mir Einsamen.

Wie die beneidenswerten
Käfer und Würmchen der Erde,
Die im Gewitter
In ihre heimlichen Wohnungen ducken,
Will ich dann auch in
Meines Herzens Wohnung
Zu kehren meinen,
Mit gleicher ahnungsvoller Freude,
Als fänd ich einen Tropfen Nahrung,
Einen Lebensgedanken;
Dein mahnend Schauspiel schaut ich dann,
Gott, aus ruhigem Winkel,
Und Kräfte, brütend, saugt ich
Zu eignem Tun!

Heile mich, Mutter Natur, ach, an deinem
Lautschlagenden Busen!
Oder gefällt es dir, ja, so sende,
Send aus den Höhen auf meine Stirn
Reine Blitze,
Mein Leben zu scheiden!

### *Nachklang*

An L.

Wenn ich dich, du schöne Schwester, sehe
Und betrachte deinen Ernst so gerne,
In den Augen diese klaren Sterne,
Ists, als wollte weichen all mein Wehe.

Denn da kann ich mir so plötzlich denken,
Dürft ich wohl in ihre reine Seele
Das Geheimnis, das ich stets verhehle,
Dieses unverdienten Kummers senken?

Daß er wie ein Leichnam sei im Grabe,
Drin sie ihn zurechte wurde legen,
Und sie spräche über ihn den Segen,
Ach! auf daß ich fortan Ruhe habe.

Denn so lang ich mag die Hoffnung hegen,
Jenes Bild, das längst für mich verschieden,
Könnte mir noch holden Gruß entbieten,
Will mich nichts zur Freude mehr bewegen.

### *Lied eines Mädchens*

Bist du, goldner Frühling,
Wieder auf dem Wege,
Wirst du wieder rege,
Warme Lebensluft?

Daß du, holder Knabe,
Vor der Türe stehest,
Linde mich umwehest,
  Spür ich lange schon.

Willst du erst mich necken,
Dann mit schnellen Schwingen
Mir entgegenspringen,
  Wie der Braut in Arm?

Deine grüne Jacke
Sah ich lange blitzen,
Und aus allen Ritzen
  Flimmert sie hervor.

Nur den alten Winter
Laß sich nimmer regen!
Laß dich nimmer legen
  In das Leichentuch!

Sonst folg ich dem Sieger
Fort in alle Weite,
Und im Flockenkleide
  Kehr ich nur zurück,

Daß du beim Erwachen
Kalt und starr mich findest
Und beinah erblindest
  Vor dem Flockenmann!

Magst mit Rosen schmeicheln
Und mit Blumenschmelze, –
Ei, am weißen Pelze
  Steht die Blüte wohl!

Glaubst mich zu erwärmen,
Mir das Kleid zu rauben? –
Wollts ja gern erlauben, –
  Ach, so komme nur!

## *Der Base Lottchen Neuffer, die durch einen Sturz vom Schlitten den Geruch verloren hatte*

Mit einem Vergißmeinnicht

Man sagt, und freilich muß ichs glauben,
Die Blumen, welche duften, liebst du nicht;
Das Veilchen selber darf sich kaum erlauben,
Von fern zu blicken in dein Angesicht.

Was taten dir die armen Kinder?
Ach wohl, ich hab es gleich gedacht:
Ihr alter Feind, der schlimme Winter,
Hat sie um deine Gunst gebracht.

Doch denkt das Veilchen:
Ich wart ein Weilchen;
Es wird sich geben,
Man wird erleben
Vor Sommers Ende,
Daß liebe Hände
Dem spröden Kinde
Zum Angebinde
Die Rosen bringen;
Dann wirds gelingen,
Dann kriegt das Bäschen
Ein ander Näschen,
Denn Rosen deuten
Besondre Freuden
Und tun mitunter
Die größten Wunder.
Ich bin bescheiden
Und wart ein Weilchen –
So denkt das Veilchen.

Indessen bis mit seiner vollen Rose
Der Herr aus X bei dir einspricht,
Nimm dieses duft- und anspruchlose,
Doch herzliche Vergißmeinnicht!

## *Ärztlicher Rat*

Was hilft das Schimpfen und das Fluchen,
Sie ziehen sich zu viel zurück!
Sie sollten brav Gesellschaft suchen,
Und Tanz und lärmende Musik.

Hypochondrist:

Ach! wollt ich nicht schon manche liebe Stunde
So bei Gesang und Geige mich ergötzen?
Jedoch da hör ich tief im Hintergrunde
An einemfort den Tod die Sense wetzen!

## *Der Beleidigte**

Da ist ein langer Herr gewesen,
Er schien ein Offizier zu sein,
Ich roch so was wie Eisenfressen,
Ich roch so was wie vielen Wein.

Ein seltsamer Begriff von Ehre
Ließ gleich den tollsten Streit entstehn,
Das Wort, mit dessen Rätselschwere
Sich manche Bärte schrecklich blähn.

Zwar immer sind es wichtge Dinge;
Zum Beispiel: was fliegt dort vorbei?
Man streitet, nun beweist die Klinge,
Ob Sperling oder Spatz es sei.

Auch ist, so viel ich kürzlich höre,
Bei ihnen ernstlich ausgemacht,
Zu sagen: Guten Tach auf Ehre,
Und auch: Auf Ehre gute Nacht.

* Bezieht sich auf einen unangenehmen Vorfall, wo ich beinahe Prügel bekommen hätte.

## *[An Luise Rau]*

Der Liebsten zum Heiligen Christ 1829

Hat jemand ein liebes feines Mädchen,
Denkt er wohl zu jeder Zeit und Stunde,
Wie er ihr durch eine hübsche Gabe
Seine Liebe, sein Gedächtnis zeige.

Hat jemand nun Schätze dieser Erde,
Ist man König, Graf und sonst ein Reicher,
Müssen Gold und Perlen und Juwelen
Einzig schön die Vielgeliebte schmücken;
Ist man aber nur ein schlichter Knabe,
So begnügt man sich, dem süßen Kinde
Ein bescheiden Kleidchen auszuwählen,
Das den schlanken Leib gefällig zeige.

Auch ein Kistchen wird sie nicht verschmähen,
Dem natürliche Magie verliehen,
Jeden Schatz, den man ihm anvertrauet,
Freundlich und geschwinde zu verdoppeln.
Dann ein Buch, worein das neue Jahr nur
Lauter frohe Tage Dir diktiere,
Aber, daß dabei – dies, Herzchen, bitt ich –
Treue Liebe Dir die Feder führe!

## *An Luise*

Ists möglich, ferne von der Süßen
So fort zu leben, so verbannt?
Nur über Berg und Tal zu grüßen,
Und nicht ein Blick, nicht eine Hand?

Da ist es wahrlich oft ein Jammer
So manchen lieben, langen Tag,
Bis mir bei Nacht auf meiner Kammer
Einmal ihr Geist erscheinen mag.

Sie setzt sich lächelnd zu mir nieder,
Es brennt ein ruhig Licht dabei,
Sie sagt mir alte, gute Worte wieder
Und sagt mir, daß sie meine sei.

### *Nachts*

Horch! auf der Erde feuchtem Grund gelegen,
Arbeitet schwer die Nacht der Dämmerung entgegen,
Indessen dort, in blauer Luft gezogen,
Die Fäden leicht, unhörbar fließen
Und hin und wieder mit gestähltem Bogen
Die lustgen Sterne goldne Pfeile schießen.
Im Erdenschoß, im Hain und auf der Flur,
Wie wühlt es jetzo rings in der Natur
Von nimmersatter Kräfte Gärung!
Und welche Ruhe doch und welch ein Wohlbedacht!
Mir aber in geheimer Brust erwacht
Ein peinlich Widerspiel von Fülle und Entbehrung
Vor diesem Bild, so schweigend und so groß.
Mein Herz, wie gerne machtest du dich los!
Du schwankendes, dem jeder Halt gebricht,
Willst, kaum entflohn, zurück zu deinesgleichen.
Trägst du der Schönheit Götterstille nicht,
So beuge dich! denn hier ist kein Entweichen.

## Aus den Jahren in Cleversulzbach

## 1834–1843

### *Die sechs oder sieben Weisen im Unterland*

»Meine werten Herrn Kollegen,
Sind wir allesamt zugegen?« –
    »Bis auf *den* –
    Wißt schon wen,
Den Herrn Bruder ›Regen‹.«

»Ja, mit dem ists doch ein Handel!
Er besitzt ja einen Mantel;
    Für den Hals
    Allenfalls
Gäbs ja Zuckerkandel.« –

»Ganz gewiß, der Pfarrer Vetter
Käm im Sturm und Hagelwetter;
    Wär der Kranz
    Rund und ganz,
Wär es doch viel netter!« –

»Wenig kost't es unsern Beutel:
Unsre Fraun sind nicht so eitel;
    Kein Gefräß,
    Etwas Käs',
Wein, Kaffee und Steudel!« –

»Hört ihr's Clevners Spottgebelfer?
–Unser Wein ist zwar kein Elfer,
    Er ist fromm,
    Gott willkomm!
Fang Er an, Herr Helfer!« –

»Nun, an welchem Paragraphen
Sind wir neulich eingeschlafen? – –

Horch! was scholl?
Donnerts wohl??« –
»Fritz sitzt auf dem Hafen« – –

Verlegenheitspause und Staunen. Hierauf großes vielstimmiges Gelächter, welches rhythmisch als Chorus mit Hahaha, Hähähä usw. durch alle Vokale hindurch gesungen werden kann.

»Doch im Ernst, was wollt ich sagen?
Seit dem Wetter vor acht Tagen –
's ist ein Kreuz –
Hat bereits
Alles aufgeschlagen.« –

»Ich für mich war nicht erschrocken,
Denn ich hab noch einzubrocken;
Ich verkauf
(Und versauf)
Noch sechs Malter Roggen.

Da ich eben deshalb morgen
Nach Heilbronn will und nach Horken,
Gibt es heut
Noch beizeit
Manches zu besorgen.« –

»Und wo wolln wir's nächstmal boxen?« –
»Sulzbach?« – »Wärn wir rechte Ochsen.« –
»Unser Stern,
Liebe Herrn,
Steht also gen Gochsen.«

*[Auf einen fanatischen Priester,*

der Lärm schlug, weil Mörike vor einem Leichenkondukt in Mergentheim den Hut abzunehmen vergaß]

Armseligster Repräsentant
Der stockkatholischen Priesterwürde,
Sieh da! es kommt ein Wolf gerannt
In deiner toten Schäflein Hürde.

Auf schwing dein Fähnlein! Schwere Not!
Wirf deinen Bannstrahl! sei kein Hase!
Weh! des Vollstreckers rote Nase,
Sie schnaubt mich an: schon bin ich tot!

Doch halt! so schlimm ists nicht. Behend'
Versöhn' ich dich, o hitzig Pfäffchen:
Ich mache dir und deinen Äffchen
Hiemit zum zweitenmal – mein Kompliment.

### *Impromptu an Joli*

Die ganz' Welt ist in dich verliebt
Und läßt dir keine Ruh,
Und wenns im Himmel Hundle gibt,
So sind sie grad wie du.

### *Ein junger Pfarrer und ein alter Bauer*

Pfarrer:

Wie mögt Ihr nur so bang um Eure Nahrung sorgen!
Da seht die Vögel unterm Himmel an!
Fragt einer auch: »Was eß ich heut' und morgen?«
Keiner verhungert, seht! dafür ist Gott der Mann.
Wenn nun der Herr des Sperlings Schrei erhört,
Seid Ihr nicht mehr denn alle wert?

Bauer:

Ganz gut, Herr Pfarr! Doch, wenns Euch nicht erbost:
Beim Licht besehn, ist das ein Vogeltrost.

### *[Sagt, was wäre die Blüte . . .]*

Sagt, was wäre die Blüte, die Frucht und die Krone von allem?
Heiterkeit; denn sie bleibt Leben der Götter zuletzt.
Aber auch Götter weiden sich gern an erhabenen Schmerzen,
Und sie suchen sich stets wieder ein Ilium aus.

### *[Auf Cleversulzbacher Pfarrvikare]*

Der Herr Vikare
Red't immer das Gute und Wahre,
Es ist ein Staat,
Wie der Herr ....
Prediget
Und gleichsam die Leute nötiget
Zu dem Wahren und Guten;
Er bekehrt Heiden und Juden. –
Nein, auf Ehre!
Wenn nur ich so wäre!

*

Der Vikar itzunder
Und sein Starenplunder
Ist nun – Gott sei Dank! –
Freilich mit Gestank,
Weil er sich noch sehr blamieret,
Aber wirklich abmarschieret
Und auch keine Laus
Mehr von ihm im Haus.

## Aus der Zeit nach Cleversulzbach

1843–1875

### *Einer Freundin*

auf eine Versteinerung geschrieben

Meiner Freundin stets aufs neue
Zu versichern Lieb und Treue,
Muß ihr endlich mißbehagen;
Oder wirds nicht angeschlagen,

Da doch, wes das Herze voll,
Stets der Mund auch überquoll?
Will sies denn von mir nicht wissen,
Werden Steine reden müssen.

*Marie [von] Hügel,*

mit einer holzgeschnitzten Figur als Nadelbüchschen

Vergib die Anmaßung dem jungen Herrn!
Er wollte eben gar zu gern
Zum Sechsten dir sich präsentieren.
Er tat sein Bestes, sich zu schnüren,
Zu wichsen und zu parfümieren,
Und war mir selber rührend insofern.
»Ists ein Student?« fragst du. – Ich weiß es nicht. – »Ein Schneider?« –
Auf jeden Fall gefällt er sich nicht schlecht,
Und wär er auch der ärgste Bärenhäuter,
Zum Nadelhüter ist er eben recht.

*Auf ein Bildchen mit Gnomen, die schmieden*

Host Gold-Erz g'nug, den Helm zu zieren?
»Hob eine Tracht,
Daß kracht!
Kein Esel trüg's auf allen Vieren.
Wird' die Haub'n so schwer,
Der König kriegt's Kopfweh –«
Holt's Maul! Schmeiß her!

*Pastorale*

Jetzt kein Wort von der Kirche! Den Keller gilt es zu retten!
Jupiter Pluvius lud heute bei Bacchus sich ein.

*

Droht der sichere Mann in Flößerstiefeln dem Grandfaß?
Bäbeleinchen! geschwind! meine Sudeten heraus.

*

Nun, wie geht der Verkauf, Herr Pfarrer? Ihr Vierund-
dreißiger
Noch auf dem Lager? Er steht jetzt doch so ziemlich im
»Hätt ich nur meinen 45 er (jenen vom Frühjahr) [Preis.
Einmal hinaus; es eilt mir mit den andern noch nicht.«

*

Wer nicht liebt Haber, Wein und baren Geldes Klang,
Der bleibt ein Narr sein Lebenlang.

*

Weniges Wasser nur schluckte das Faß, doch geb ich wohl etwa
Um einen Freundespreis diese 4 Eimer Dir ab.

### *Einleitungen zu fremden Gedichten*

1

Mein eigenes Fäßchen läuft heut' nicht;
Was soll ich mich nun zieren?
Ich will zu einem Herrn Nachbar gehn:
Du kannst dabei nur profitieren.

2

Hab' ich aus dem eignen Garten
Nichts von Früchten aufzuwarten:
Hinter meines Nachbars Hecken
Gibt es, die noch besser schmecken.

## *In C. Künzels Album*

Die Welt wär ein Sumpf, stinkfaul und matt,
Ohne die Enthusiasten:
Die lassen den Geist nicht rasten.
Die besten Narrn, die Gott selbst lieb hat,
Mit ihrem Treiben und Hasten!
Ihr eigen Ich vergessen sie,
Himmel und Erde fressen sie
Und fressen sich nie satt.

## *Fanny an Fräulein von Breitschwert mit einem illustrierten Turmhahn,*

zunächst als Erwiderung eines Korbs mit feinem Obst aus Wolffens Garten

Schon längst sinn ich für dich auf eine schöne Gabe
Und sinne mich beinah zu Tod,
Allein, du weißt ja wohl, das Beste, was ich habe*,
Hab ich von dir, geliebte Dot.

Jetzt freut es mich, aus meines Vaters Garten
Mit einer Kleinigkeit dir aufzuwarten:
Ich bat mir diese Blätter von ihm aus.
»Von Herzen gern«, rief er, »geh, brings ihr selbst ins Haus!«

Nur *eines* will mich dabei kränken,
Sag selber, ob das billig ist,
Daß er dafür nun ganz ohne Bedenken
Mir deine Rosenäpfel fr...!

* Exceptis excipiendis natürlich.

## *Quittung [über Versteinerungen,*

Fräulein Marie Bauer ausgestellt]

Unterzeichneter bezeugt hiermit pflichtlich,
Aus Herrn *Behringers* Kabinett ganz richtig
Drei Stück Petrefakta: den Tausendfuß,
Den Palaeoniscus dubius,
Wie auch ein sehr rar, seltsam Objekt,
Des Art und Natur noch nicht entdeckt
(Etwan Kropf und Bürzel von Noä Raben),
Durch Fräulein Bauer mit Ach und Krach
Vom Herrn Kurator erhalten zu haben.
Wofür von gedachtem schönen Kind
Drei Küsse bezahlt worden sind,
Die ich mit Zinsen verbindlich
Mündlich
Ohn alle Gefährde
Wiedererstatten werde.

## *Wämmesle*

Wämmesle, Wämmesle, Wämmesle kaufet
Vom berühmten Veitingär!
Er gibts Stück um 30 Kreuzer,
Au um 24 her.

Morgens früh um halber Sechse
Schallt die Glock durchs ganze Haus,
Denn es müssen alle Wochen
150 Wämmesle naus.

48 Mädchen schnurren
An dem Webstuhl früh und spat;
Gäle, rote, violette,
Ist das nicht ein wahrer Staat?

Dutzendweis in meinem Höfchen
Sind sie ärmlings aufgestellt:

Seid umschlungen, Millionen!
Diesen Kuß der ganzen Welt!

– – –

Wämmesle, Wämmesle, Wämmesle kaufet,
Wämmesle sind so gar gesund.

### *Kinderszene*

(wonach Scherer eine Zeichnung machen läßt). Ein kleines Mädchen hat seines Vaters Rock angezogen, dessen Hut auf dem Kopf und den Stock in der Hand, um einen Doktor vorzustellen. Ein älteres Mädchen sitzt am Bett einer Docke, welcher soeben der Puls gefüllt wurde.

»Wie finden Sie das liebe Kind?« –
»Sie hat eben immer noch stark Fieber;
Das ist der böse Nordostwind.
Doch scheint die größte Gefahr vorüber.
Wie war der Appetit indessen?« –
»Seit gestern hat sie nichts gegessen.
Mein Bruder bracht' ihr heute früh
Dies Törtchen mit, das möchte sie,
Ich wollte es aber doch nicht wagen,
Ohne Herrn Hofrat erst zu fragen.« –
»Es ist nur immer bei dem Zeug
Zu viel Gewürz und Butterteig.
Mit Erlaubnis – ich will es doch versuchen.
Hm – eine Art von Mandelkuchen!« –
»Herr Hofrat! Sie vergessen sich,
Sie essen ja ganz fürchterlich!
Alle Achtung vor Ihrem großen Hut!
Aber Sie haben besondre Manieren.« –
»Pardon! das Törtchen war gar zu gut.

Nachdem er sich geräuspert und der Patientin nochmals den Puls gefühlt

Lassen Sie nun eben das Mixtürchen repetieren;
Wir sehen ein paar Tage zu.
Ihr Diener!« – »Gute Nacht!« – »Recht angenehme
Ruh!«

## *An Carl Künzel in Heilbronn*

Mit einer Sammlung Faksimiles, Handschriften lebender Dichter (vor etwa zwei Jahren in Hamburg erschienen, wovon mir der Verleger ein Exemplar überschickte)

Ein ganzes Heft Autographa!
Poeten, von verschiedner Sorte;
Darunter mancher denkt, die schöne Ehrenpforte
Sei eigentlich bloß seinetwegen da.
Nur einer greift an seinen grauen Scheitel
Und seufzt: »es ist doch alles eitel
Mit der gepriesenen Poeterei!«
– Indes so viel sei ihm zum Ruhme gutgeschrieben,
Daß ihn ein Dutzend wackre Freunde lieben,
Und daß Carl Künzel nicht der letzte ist dabei.

## *[Zur Verlobung des Photographen Hermann Kayser mit Helene Morgenstern]*

Amor führte das schönste Gestirn dir herauf an dem Himmel.
Heil! Zur Photographie leuchtet nun Phosphorus selbst.

## *An Otto Rothacker und Clara Schmid*

Daß wahrsagende Träume von je mich öfter besuchen,
Wisset ihr wohl; und jetzt höret den neuesten Fall!
Wenn es von *Eis* mir träumt, da wird in meiner Verwandtschaft
Irgendwo immer ein Band zärtlicher Liebe geknüpft:
(Seltsam spielt ja der Traum manchmal mit den äußersten Gegensätzen, er spricht und malt aller Symbolik zum Trotz –)
Und so sah ich unlängst anmutig ein Mädchen Gefrornes
Essen; mit Lächeln pries sie die ambrosische Kost.
Gar wohl kannt ich die Gute, sogleich auch kannt ich den jungen
Mann, der gedankenvoll unter den Schmausenden saß.
Dies, einfach, wie es war, erzählt ich den Meinen am Frühstück
Und prophezeite ein Paar. Ei da, wie schauten sie auf!

Schöner hätte der Himmel, so hieß es, und glücklicher keine
Liebe gesehn! – Also harrte man gläubig des Tags,
Der uns die Botschaft brächte. Sie kam! Mit freudigem Staunen
Ward sie empfangen, und still segnet ich euer Geschick.

### *Zu einem ausgeschnittenen Röschen*

Ich hatt ein Röslein wunderzart
Auf diesen Tag für dich gespart:
Allein es welkte vor der Zeit,
Ihm selbst wie mir zu großem Leid.
Es welkt' und starb. – Vielleicht jedoch,
Sein bitter Los ihm zu versüßen,
Vergönnst du seinem Schatten noch,
An deinem Feste dich zu grüßen.

### *In Gedanken an unsre deutschen Krieger*

Bei euren Taten, euren Siegen
Wortlos, beschämt hat mein Gesang geschwiegen,
Und manche, die mich darum schalten,
Hätten auch besser den Mund gehalten.

### *[In Autographenalben]*

Mein Wappen ist nicht adelig,
Mein Leben nicht untadelig,
Und was da wert sei mein Gedicht,
Fürwahr, das weiß ich selber nicht.

### *Epistel an Ludwig Mezger*

Ephorus des Seminars Schönthal

Den besten Dank für deinen dichterischen Gruß,
Der mich von Herzen freute! Zwar die Bringerin
Bekam ich noch bis heute leider nicht zu sehn,
Doch werd ich sie schon finden. Ihre Zeit – weiß ich –
Ist kostbar: eifersüchtig reißen Wissenschaft
Und Künste sich um eine solche Schülerin,
Geschichte, Sprachen, vaterländische Literatur
Und was nicht sonst noch alles, wovon unsere
Großmütter selig nichts gewußt. Sie liest Corneille
Und Montesquieu. Vielleicht erleben wir es bald,
Daß sie die Briefe Ciceros – wie sich versteht,
Nach ihres Vaters musterhaftem deutschem Text –
In klassisches Französisch übersetzt. Glück zu! –
Du fragst, wie sich dein Goldgelocktes übrigens
Befinde in der Residenz, ob sie noch gerne
Bis in das Frühjahr bleibe. Nun – demnächst wirst du
Ein Pröbchen ihres Pinsels sehn, das alles sagt.
Dein freundschaftlicher Vorschlag machte sichtlichen
Eindruck auf meine Große; ja, wenn du erlaubst,
Bring ich sie selber einmal bei Gelegenheit
Der längst besprochenen Wallfahrt in das Kochertal
Nach meinem heimischen Dörflein. – Lebe wohl für jetzt
Mit deinen Lieben! Grüße auch den alten Götz!
(Ob diesem nicht bei Weißenburg und Wörth im Geist
Die Eisenfaust vor Lust erzittert haben mag?)

### *Herrn Obertribunalrat v. Walther*

mit einer Dose, auf deren Deckel sich ein geschnitzter Rosenzweig befindet

Eine Rose
Auf der Dose –
Welch ein Abgeschmack!

Soll *sie* wohl den *Schnupftabak*
Oder *er* die *Rose* höhnen?
– Schiller selig – welcher zwar
Selbst ein starker Schnupfer war –
Unser Schiller sagte: »Krieg
Führt der Witz auf ewig mit dem Schönen« –
Hannes, Hannes! Wem gibst du den Sieg?

### *An Luise Walther zum 10. Januar 1874*

Mit einem Bund Schreibfedern

»Hole der Henker die Federn von Stahl!«
Rief der alte Schwind einmal:
»Und wären s' von Silber und Gold – gleichviel
Ich bleibe bei dem Gänsekiel.«

So denken wir eben auch, liebe Luise.
Nun probier einmal diese!
Sie sind nicht zu hart und nicht zu weich,
Sie sind dir gleich,
Das heißt, nach deinem Charakter geschnitten.

(Fehlt je noch etwas, helf ich zur Not,
Aber kein andrer, will ich bitten!)
Die eine tunk ich gleich selbst in Rot
Auf *den* Tag in meinen Kalender zu schreiben:
Gesegnet soll er mir sein und bleiben!

## Gelegenheitsgedichte und Hausverse für die Familien Mörike und Hartlaub

### AN DIE SCHWESTER CLARA

*Zu Geburtstagen: 10. Dezember*

1837

Ach, muß unsre süße Cläre
Diesmal unterm Krankenhäubchen
Diesen liebsten Tag begrüßen!

Doch auch so sei er willkommen,
Eines neugebornen Lebens,
Das die Himmlischen verheißen
Winterlicher, schönbereifter,
Wangenroter Freudenbote!

Unter seinem grauen Mantel,
Sagt! was hält er wohl verborgen? –
Einen schönen, einen vollen,
Den Hygeas Rosenfinger
Selbst mit holdem Tau besprengte,
Frischer Jugendfülle Zeichen,
Knospenreichen Blütenkranz.

1839

Agnes [Hartlaub]

Heut ist fürwahr ein sondrer Tag,
Er deucht mir ganz von Golde!
  Ein fremder Vogel singt im Hag
Gesänge wunderholde;
  Und jedes Auge ist entzückt,
  Und was ich sehe, ist geschmückt,
  Und was ich denk in meinem Sinn,
  Das reimt sich! – Sagt, woran ich bin!

Heut ist gewiß ein frommes Kind,
Ein seltnes Kind geboren;
Ich merk, woher er bläst, der Wind,
Und kühnlich seis geschworen:
Daß heut, wo nicht der erste Mai,
So doch der zehnt Dezember sei!
Sie haben nebeneinander feil,
Sie bringen beide gleiches Heil!

1840

Der Haushund Joli gratuliert:

Soll ich lang nach Wünschen suchen?
Kurz und gut sei meine Wahl:
Alle Jahre solch ein Kuchen,
Und zwar wohl noch sechzigmal!
Nämlich mit gesundem Leibe,
Daß kein Elsaß und kein Krauß
Dir das mindste mehr verschreibe;
Denn mit diesen ist es aus.
Dies mein carmen. Spar dein Lob,
Mache nicht, daß ich erröte!
»Ik bin dwar ein Ilodop,
Aber ik bin kein Oëte.«

1843

Mit einer großen Zeichnung, einen Harlekin vorstellend, welcher, mit einem Wickelkind auf den Armen, lacht und tanzt

Ein Mägdelein zur Welt war kommen,
Die Lieb hats an ihr Herz genommen,
Sittsamkeit wickelts in gülden Band,
Klugheit wiegts mit linder Hand,
Und segneten es nach der Reih
Und gingen wieder alle drei.

Drauf guckt der Narr zur Tür herein,
Ob itzt das Feld mag reine sein,
Beschaut das Kind, nimmts auf den Arm
Und spricht für sich: »Daß Gott erbarm!
Sieht mich der Tropf erbärmlich an!
Was han die Weibsbild dir getan?
Han sie mit Weisheit dich beschenket?
Ihr schnöde Langweil' dir eintränket?
Komm, Schatz! wir machen Affensprüng':
Da wirst du wieder guter Ding'.
Ich will dich sapientias lehren,
Die tragst du sonder groß Beschweren:
    ,Quibus, Quabus,
    Die Enten gehn barfuß,
    Die Gäns haben gar keine Schuh,
    Was sagen denn die lieben Hühner dazu?'
Und als ich nun kam an das Kanaljeische Meer,
Da fand ich drei Männer und noch viel mehr,
Der eine hatte niemals was,
Der andre nicht das
Und der dritte gar nichts.
Die kauften sich eine Semmel
Und einen Zentner holländischen Käse
Und fuhren damit an das Kanaljeische Meer.
Und als sie kamen in das Kanaljeische Meer,
Da kamen sie in ein Land, und das war leer,
Und sie kamen in eine Kirche von Papier,
Darin war eine Kanzel von Korduan
Und ein Pfaffe von Rotstein,
Der schrie: ,Heute haben wir Sünde getan,
Verleiht uns Gott das Leben,
    so wollen wir morgen wieder dran!'
Und die drei Schwestern Lazari,
Katharina, Sibylla, Schweigstilla,
Weinten bitterlich,
Und der Hahn krähete. Amen!« –

So sang der Narr mit viel Geschrei,
Als wie ein Pfaff die Litanei.
Das Kindlein hatte groß Ergötzen
An seinen Possen und hohen Sätzen.
Am Ende hatt ers Überdruß,
Warfs Kind in die Kissen und lief in *einem* Schuß.

Als unser Tochter nun kam zu Jahren,
Tät sich der Segen bald offenbaren,
Damit die Feien es gefeit
Zu Klugheit, Lieb und Sittsamkeit. –
Nach Wahrheit hab ich das bericht't,
Doch hehl ich auch das ander' nicht:
So oft sie einen Narren sieht,
So weiß sie nicht, wie ihr geschieht,
Es heimelt sie im Herzen an,
Sie lacht, als seis ihr angetan.

1844

### *[Jungfernkanaster]*

Was doch das Rauchen die Lektür versüßt,
Wenn man so in »Wilhelm Meister« liest!
Diesen Kanaster hier bezieh
Ich von Neudörfer und Kompanie.
Es ist ein einziger Tabak,
Sehr leicht und lieblich von Geschmack,
Der gar nicht auf der Zunge beißt,
Deswegen er Jungfernkanaster heißt.
Zwar ist er nicht ohne Rippen und Stiel,
Doch schmeckt das wie Mandeln nach meinem Gefühl.
Die Dampfmaschinen, nach meiner Empfindung,
Sind eine herrliche Erfindung,
Und in diesem Stück lob ich mir schon
Der Frauen Emanzipation.

## 1866

Die Katzen »Weißling« und »Sauberschwarz« heben an:

Heut in der Frühe weckten
Wir zweie uns und leckten
Die Pelze um und um,
Mit schönen Reverenzen
Dich freudlich zu umschwänzen;
Das ganze Haus weiß ja, warum.

Du halfest uns vom Tode
Zu einem sichern Brode,
Du gabst uns Dach und Fach.
Wieviel hast du berichtigt,
Wie treulich stets beschwichtigt
Der strengen Hausfrau Weh und Ach!

Du lehrtest selbst die Jugend
Die erste Christentugend,
Daß man ein Tierlein pflegt,
Und wie man, o du Gute,
Sie beinah ohne Rute
Möglichst zur Reinlichkeit bewegt.

Was uns an Lieblichkeiten
Der Schöpfer lieh bescheiden,
Wer würdigt es wie du?
Wer fühlt sich so gemütlich,
Gedankenvoll und friedlich
Hinein in unsre Seelenruh?

Jetzt wünschen wir dir eben
Gesundheit, langes Leben,
Ein Stübchen obendrein;
Da wollen wir zu dreien
Uns ganz der Ruhe weihen,
Da wird es wie im Himmel sein.

### *Gespräch zwischen Clärchen und ihrer Freundin Rike am Bügeltisch, von Eduard belauscht*

*C.* Es ist im Grund ein guter Mensch.
*R.* O ja, es geht schon an.
*C.* Doch Eigenheiten hat er viel.
*R.* Sonst wär er ja kein Mann.
*C.* Zum Beispiel, wenn ich Spatzen bring –
*R.* Berührt er sie dir nicht.
*C.* Und wenn ich keine Spatzen bring –
*R.* So macht er ein Gesicht.

### *Zu Claras Namenstage*

Nach der ich früh und spät die Augen gläubig richte,
Als meinem lieben Stern und holden Trostgesichte,
Mit dem mein Leben steigt und fällt:
Nur klarer noch, in frischbetauter Reine,
Erscheinst du mir, dieselbige, die Meine,
Seit sich ein Schwesterlicht zu dir gesellt.
– Kein Wunder ists, wenn sich in solchem Doppelscheine
Mein Herz verjüngt und klärt, mein Tag sich neu erhellt!

### *[Mit einem Teller wilder Kastanien]*

Mir ein liebes Schaugerichte
Sind die unschmackhaften Früchte;
Zeigen mir die Prachtgehänge
Heimatlicher Schattengänge,
Da wir in den Knabenzeiten
Sie auf lange Schnüre reihten,
Um den ganzen Leib sie hingen
Und als wilde Menschen gingen,

Oder sie auch wohl im scharfen
Krieg uns an die Köpfe warfen. –
Trüg ich, ach, nur eine Weile
Noch am Schädel solche Beule,
Aber mit der ganzen Wonne
Jener Ludwigsburger Sonne!

## AN GRETCHEN

*Zu Geburtstagen: 10. Juni*

1852

Morgens um 3 Uhr

»Wohlauf im Namen Jesu Christ!
Der helle Tag erschienen ist.« –
So hört ich um die Dämmerzeit
Den Wächter unten singen heut.
Dies holde Wort, wie freudiglich
Im tiefsten Herzen traf es mich!
Gesegnet sei mit Ja und Amen
Der Tag in jedem heilgen Namen,
Der meines Lebens Licht und Leben,
Dich, Margarete, mir gegeben!

1867

1

Zu fünfzigen fehlt nur noch eins:
In Gottes Namen immer weiter!
Nur mutig, nur gesund und heiter!
Dein Glück, dein Leben ist auch meins.

2

Das Weib im Evangelio,
Nach manchem Ach und manchem O,
Ward ihres Groschens wieder froh. –

Sieh, lieber Schatz! so etwas macht sich
Zuweilen, eh man sichs versah:
Dir fehlten heut auf einmal achtzig,
Gleich waren fünfzig wieder da.
Laß nun getrost die andern dreißig
Verhext, verklopft, gestohlen sein!
Dein Mann, von heut an doppelt fleißig,
Bringt sie dir zehnfach wieder ein.

1868

[Mit der Abbildung eines sogenannten ewigen Kalenders]

Dieses ist mein permanenter
Oder ewiger Kalender,
Den ich heute lang beschaut
Und mich sehr daran erbaut.
Kunstreich ausgedachter Weise
Zeiget er der Monden Kreise,
Sonnenauf- und Untergänge,
Dazu Nacht- und Tageslänge.
Und bei jener goldnen Zehn
Blieb ich lang mit hundert Fragen
An die Zukunft stille stehn;
Doch am Ende konnt ich mir
Selber nur dies *eine* sagen:
Wie ein Pfeil entfleucht die Zeit,
Immer wechselt Lust und Leid,
Liebe währt in Ewigkeit.

1868

[Die Tiere gratulieren:]

Verehrteste! Du wirst verzeihn,
Wenn sich mit andern Gratulanten,
Die sich des schönen Festes freun,

Zuteuerst auch die Abgesandten
Der fast verächtlich so genannten
Tierwelt um dich zusammenfanden.
Hinter dem Weißling und dem Mohr
Und einem grauen Kunigundle
Mit ihrem süßen Jugendflor
Drängt feurig das Rhabarberhundle
Schwanzwedelnd sich zum Gruß hervor.

Dann ist ein alter Hase hier,
Der kommt, dich freundlich einzuladen,
Im weiten Lorcher Waldrevier,
In unsern reinen Tannenlüften,
Auf Kirnecks Höhn, an Brucker Klüften
Den allzulang getragnen Schaden
Der Residenzluft wegzubaden.
Und hiemit – gratulieren wir!

## *An Gretchen und Clärchen*

Aus dem Garten

Beiden liebsten Patienten
Einen Blumengruß zu senden,
Könnt ich mir es wohl versagen?
Dennoch tu ich es mit Klagen:
Fühlten sie auf Augenblicke
Etwas nur von meinem Glücke,
Etwas nur von dieser Stille
Herbstlich warmer Gartenfülle,
Wo mir holde Geister deuten
Liebliche Vergangenheiten
Und dem eingewiegten Herzen
Schmeicheln mit willkommnen Schmerzen!

## *An Gretchen und Clärchen*

Martinstag 1845

Müssen Sinne und Gedanken
Denn sogleich, wie ich erwache,
Nach dem grünen Zelte lenken,
Wo die ganze Nacht zwei Wächter-
Engel stehn mit klaren Augen,
Silberstäbe in den Händen,
Bis zum letzten Hahnenschreie,
Wo ich gute Nacht mir holte
Gestern und zufrieden ging?

Kann ich nicht ein wenig denken
Auf die nächste Tagesarbeit,
Sei es dieses, sei es jenes,
Was ein Mann besonnen treibet –
Denn kein Tag ist ja gering?
Fehlt mir denn der rechte Segen,
Eh ich guten Morgen sagte,
Guten Morgen dort empfing?

Ja, so ists! In diesen Zirkel
Bin ich nun schon eingewiesen.
Möcht ich es nur immer bleiben,
Tage, Wochen, Mond' und Jahre
Immer so mich fortbewegen
In demselben gar zu lieben,
Goldnen Stunden-Zauberring!

## FÜR FANNY MÖRIKE

### *Der Spiegel an seinen Besitzer*

Im Unwillen über eines der Kinder (die Fanny war verdrießlich, ihre Übungen am Klavier zu machen) hatte ich meinen kleinen Spiegel durch einen heftigen Stoß beschädigt. Der Treff ging gerade auf den untern Teil beim Rahmen, und zwar genau auf die Mitte, so daß von diesem Punkt aus sieben Sprünge radienförmig nach allen Seiten liefen. Um das Glas zusammenzuhalten, klebte ich unten, hart am Rand, ein halbiertes Scheibchen Papier darauf, von dessen Peripherie nunmehr die schönen Strahlen ausgehen.

Hier sieht man eine Sonn mit wunderbaren Strahlen,
Doch steht es dir nicht an, mit diesem Werk zu prahlen.
Mein ganz unschuldig Glas, das du im Zorn zerschellt,
Weist dir nun dein Gesicht zum Lasterbild entstellt.
Darum bedenk, o Mensch, so oft du dich rasierst,
Wie du mit Sanftmut dich im Lauf des Tages zierst!

### *Väterliche Ermahnung an Fanny*

mit einem Groschen

Sparsamkeit ist eine Tugend,
Während Geiz ein Laster ist.
Ach, daß doch die heutge Jugend
Dieses gar zu leicht vergißt!
Lieber Franz, ich bitt dich drum,
Eh du einen Kreuzer ausgibst,
Dreh ihn zweimal, einen Groschen
Sechsmal in der Hand herum!
Solches rät dir dein Berater,
Freund und stets getreuer Vater.

## AN DIE FREUNDE HARTLAUB

### *[W. Hartlaub ins Stammbuch]*

Wie sollten wir der frühen Zeit vergessen,
Die, unbewußt, uns mehr und mehr verbunden,
Uns manchen stillen, lieben Kranz gewunden,
Und wo wir anspruchlos uns ganz besessen?

Wohl hat die Zeit, doch nicht ihr Geist geendet,
Und mochte viel auch anders sich gestalten, –
Die Neigung konnt uns nimmermehr veralten, –
Drum bleibe stets mir freundlich zugewendet!

*Urach*, am 24. Mai 1822

### *Zu einer wichtigen Postsendung*

Weil, was einen Freund gedrückt,
Billig auch den andern zwickt
Und, was jenen hat ergötzet,
Diesen auch in Freude setzet,
Schlag' ich flugs in dies Papier,
Was vor zwei Minuten mir
Der bestäubte Rumpelkasten,
Den wir jüngst auf der Chaussee
Wachbach zu ins Auge faßten,
Mitgebracht. O Kyrie!

### *Epistel an Hartlaub*

Eine hübsche Ostrea,
Die Er selbst mit Freuden sah,
(Andere hab ich von Aalen,
Und sogar mit Doppelschalen)

Geb' ich *Ihm* demnächst zu eigen,
Meinen Dank Ihm zu bezeugen,
Daß Er bei dem Herrn Pastor
Gern Sein Wörtlein brachte vor.

Dieser scheint in wenig Schnörkel
Seltsame Gedankenwergel,
Allerlei Weitschichtiges
Und durchaus ein Tüchtiges
Eingeheimnisset zu haben;
Denn er ist ein Mann von Gaben.

Dieser hat sein Schäflein ganz,
Wenn auch etwan nur am Schwanz,
Aus betrübten Zweifelswogen
Auf das Trockene gezogen,
Und zwar durch Philosophie;
»So weit,« meint er, »bringst du's nie.«

Wegen jener Judenmatzen,
Daran wir uns nicht verschmatzen,
Wegen jener Wallfahrtswecken,
Die schon etwas besser schmecken,
Seid nur gänzlich ohne Sorgen!
Denn wir bleiben doch geborgen,
Lassen uns vom wahren Glauben
Auch gewiß kein Jota rauben.

### *Constanze Hartlaub*

mit Salatsamen

Bis diese Samen grün aufgehn,
Was kann nicht alles da geschehn!
Gleich wie das Blättchen, fein gefügt,
Unsichtbar schon im Keime liegt,

Steht auch schon wo im Rat geschrieben,
Was Seine Majestät belieben.
Nicht fern mehr denk ich den Entscheid.
Ich hoffe mit Bescheidenheit.
Schafft er den Braten mildiglich,
So nehm ich den Salat auf mich.

## AN AGNES HARTLAUB

### *Im Garten*

vor der Morgenkirche der Bagnes Verse gemacht, z.B.

Dein Vater muß studieren
Die Predigt memorieren
Die Predigt, meiner Treu.
Ob er sie seinen Bayvern,
Tscherkessen oder Kaffern
Hält, dieses ist ganz einerlei.

### *[An Agnes Hartlaub]*

Nächstens wird auf grünen Wiesen
An der Bäche Frühlingslicht
Neu das Pfaffenröhrlein sprießen,
Da man Freundschaftsketten flicht.
Unsere bleibt unzerrissen,
Wenn wir uns der Treu beflissen;
Drum geb ich dir aufs Gewissen:
Liebes Wölfchen, beiß mich nicht!

### *An meine Base Gnes*

Was mag wohl dein Traum bedeuten,
Und was weissagt dir dein Herz?
Freude oder Leid – uns beiden
Gleiches bringt der erste März.

Sollt ich jenen Tag versterben,
Ach, wie fleußt dein Tränenborn!
Gneschen, du sollst mich beerben
Bis aufs letzte Ammonshorn.

Doch mir ahnet auch ein wenig,
Daß uns etwas Gutes naht:
Macht vielleicht der Preußenkönig
Mich zum Oberhofbartrat?

Dann sollst du Frau Rätin heißen
Oder Frau Direktorin,
Und wir wohnen wechselweise
In Potsdam und in Berlin.

### *Rührgedicht*

an meine Base Agnes

Sollt' ich, was ich zwar noch nicht glaube,
Das erste Veilchen nimmer sehn,
Geliebtes Gneschen, so erlaube
Den letzten Wunsch dir zu gestehn!

Was lebend hoch entzückt mich hätte,
Es wird mich noch im Tode freu'n:
Gib mir an einer Freundschaftskette
Die Muschel mit ins Grab hinein!

# IDYLLE VOM BODENSEE

## ODER

## FISCHER MARTIN

In sieben Gesängen

### *Erster Gesang*

Dicht am Gestade des Sees, im Kleefeld, steht ein verlaßnes
Kirchlein, unter den Höhn, die, mit Obst und Reben bewachsen,
Halb das benachbarte Kloster und völlig das Dörfchen verstecken,
Jenes gewerbsame, das weitfahrende Schiffe beherbergt.
Uralt ist die Kapelle; durch ihre gebrochenen Fenster
Streichet der Wind und die Distel gedeiht auf der Schwelle des Pförtleins;
Kaum noch hält sich das Dach mit gekrümmtem First, ein willkommner
Schutz vor plötzlichem Regen dem Landmann oder dem Wandrer.
Aber noch freut sich das Türmchen in schlanker Höhe den weiten
See zu beschauen den ganzen Tag und segelnde Schiffe,
Und jenseits, am Ufer gestreckt, so Städte wie Dörfer,
Fern, doch deutlich dem Aug, im Glanz durchsichtiger Lüfte.
Aber im Grund wie schimmern die Berge! wie hebet der Säntis
Silberklar in himmlischer Ruh die gewaltigen Schultern!

Hoch noch weilte die Sonn' in Westen und wärmte des Kirchleins
Mauern; es schattete zierlich im Fenster die steinerne Rose
Innen sich ab an der Wand, an welche gelehnt auf den kühlen
Platten die Mähder vom Dorfe den Trunk einnahmen, der Schneider
Wendel und seines Weibes Verwandter, ein lediger Bursche,
Steffen genannt; die zwei. Zu ihnen gesellte sich grüßend
Martin, der Fischer, ein Siebziger schon, noch munter und rüstig;
Nicht wie seines Gewerbes die anderen, denen der Geist sich
Stumpft im gemächlichen Tun des gleich hinschleichenden Tages,

Denen die Zunge sogar in stummer Fische Gemeinschaft
Auch erstarrt, ein freundliches Wort nur mürrisch erwidernd.
Er nun stand in der Türe. Den Mostkrug reichte der Schneider
Ihm zum Bescheid und fragte, nachdem er getrunken, den Alten:
Fischer, wie lang ists her, seit daß die Kapelle den Meßner
Nimmer gesehn, und daß sie kein Vaterunser gehört hat?
Doch wohl ein sechzig Jahre, so schätz ich, oder darüber?
Aber der andere sagte darauf: Mitnichten! Es denkt mir,
Als ich ein Bursche mit achtzehn war, da pflegten die jungen
Ehfraun noch hierher am dritten Tag nach der Hochzeit
Beten zu gehn, nach altem Gebrauch, wann eben der Morgen
Grauete über dem See. Mit einer Gefreundtin alleine
Ging sie, die Neuvermählte, verhüllten Hauptes, und brachte
Eine wächserne Kerz und ließ den Küster die Glocke
Für sich läuten da droben, als welches besonderen Segen
Bringen sollte den Fraun, da mit ihr sich ein Wunder begeben.
Hievon habt Ihr gehört, doch wissen es wenige gründlich.
Dies die Worte des Alten; darauf der Schneider ihm zurief:
Setzet Euch her, und trinkt! wir haben noch Weile zu plaudern.
Kommt, und erzählt aus dem Grund, so wie Ihr sie wißt, die Geschichte!
Jener nun ließ auf den Estrich zu ihnen sich nieder, die Pfeife
Holt' er, die täglich gebrauchte, hervor, mit dürftigem Rohre,
Zog dann listigen Blicks dem Schneidergesellen den Knaster
Aus dem Wamse, das neben dem Krug und Brode gelegen
(Ein Dragoner zu Pferd auf dem Päcklein rühmte die Sorte
Als der Gesundheit dienlich und von preiswürdiger Güte):
Jetzo brannte das Kraut und der Fischer begann die Erzählung.

Anna hatte, die Gräfin, von ihren Gütern das beste,
Weinberg, Felder und Wald, dem Kloster geschenkt auf dem Todbett;
Denn sie verstarb als Witib und ohne Kinder auf ihrem
Schlößchen, davon auf dem Bühl noch stehen die wenigen Mauern.
Aber es war ihr Bruder der Abt bei den Benediktinern
Im Stammkloster, er hieß Ernfried. Alljährlich im Sommer,

Wenn der Fischer aufs neue das Netz auswirft und den Barsch fängt
Und den Felchen zumal, den Leibtrost geistlicher Herren,
Kam er einmal an den See, um der Mönche Wirtschaft zu mustern,
Wie sein Amt ihm befahl, und die leibliche Schwester zu sehen.
Dieser gedachte nunmehr, zu ihrer Seele Gedächtnis,
Eine Kapelle zu baun, unfern dem Kloster. (Man sah dort
Aus den Fenstern hierher auf den Platz.) Und sie hoben das Werk an,
Steckten das Viereck aus und den schmäleren Chor nach der Morgen-
Seit und gruben den Grund. Nicht lang, so stockte der Spaten
Kreischend an hartem Metall, und es kam ein eherner Dreifuß
Bald an das Licht – so heißet das fremde Gerät in der Chronik –,
Hoch und schwer, mit mancherlei Zierat, Schlangen und Laubwerk;
Messer sodann und Beil' und Opfergefäße von Kupfer,
Heidnische: denn es hauseten hier vorzeiten die Römer;
Auch ein gegossenes Bild ward vor aus der Erde gezogen,
Armslang nur, mit Schild und mit Schwert, ein gerüsteter Kriegsgott.
Als nun die Mönche verwundert den Fund auf dem Platze beschauten, –
Sieh! sprach einer, das ist von ungefähr nicht, und der Anfang
Kündiget Segen dem Haus und Kloster! Bevor wir den ersten
Stein zum Grunde gelegt, ist, mein' ich, die Glocke dem Kirchlein
Gnädig geschenkt, und es mußte das Erz ihm reichen der Heide.
Sagt, wo rühmte sich sonst noch eine Kapelle desgleichen?
Wo wird eine wie sie mit gläubigen Gaben geehrt sein,
Wenn sie nun steht an dem Ufer und bald ihr Ruf sich verbreitet?
– Alsbald fielen die andern ihm bei; doch einer bestritt ihn.
Pater Eusebius war er genannt, vor allen den Vätern
Fromm und gelehrt, kunstreich und in alten Geschichten bewandert,
Welcher mit lieblichen Farben und Gold ausmalte die Bücher.
Dieser vernahm ungern, daß jene die seltsamen Stücke
Einzuschmelzen beschlossen, wofern es gefiele dem Prior.
Der nun gab den Bescheid, ein Teil, was künstliches Werk sei,
Soll nach dem Kloster gebracht, im Saal bei den Büchern verwahrt sein,
Aber den Kessel, die Schüsseln und mächtigen Schalen, die schmucklos
Wären und glatt, die möge man ohne Bedenken dem Gießer

Lassen zum Guß und was an Gewicht noch fehle darauf tun.
Also schien es gerecht und waren es alle zufrieden.

Jetzo wuchsen gemach von Tag zu Tage die Mauern
Längs dem Gerüst in die Höh, und zunächst in der Hütte der Steinmetz
Eilte die Bogen und Fenster zu haun aus dem gelblichen Sandstein.
Kommenden Frühling, so war es bestimmt, den Tag vor des Herren
Auffahrt, wollten sie weihen das Haus. – Und es nahte die Zeit nun.
Blank in der Werkstatt hing beim Meister im Städtlein die Glocke,
Sauber von Ansehn, glatt und kraus, auch stattlich an Umfang.
Aber nicht jenem zur Lust und keiner christlichen Seele,
Sondern zum Schrecken vielmehr und großen Entsetzen gedieh sie
Jeglichem. Denn als der Gießer sie anschlug, sanft mit dem Hammer
Prüfend am äußeren Rand, und stärker und wie er nur wollte,
Seht! da verweigert' sie stracks den Ton und war es nur eben
Als man klopfe zum Spott an die lederne Haube des Kriegsmanns
Oder an klotziges Blei. Da stand nun der Meister und kratzte
Hinter dem Ohr, ratlos und schwieg, Unsauberes merkend,
Vor den Gesellen. Er hätte vielleicht sie gerne verheimlicht,
Wie man ein Scheuel verbirgt vor den Augen der Menschen, ein Mondkalb
Oder zauberisch Ding, unrichtiges, welches verflucht ist.
Aber es drängten die Leute sich zu in Scharen, und einer
Sprach, aus dem Hause getreten, nachher zu dem andern im Heimweg:
Sagt! wann ist solches erhört in der Welt? Wohl glaub' ich dem Alten,
Daß er den Guß fehllos nach der Regel gemacht und die Speise
Pünktlich gemischt nach der Kunst; ich wett' Euch, sein ist die Schuld nicht.
Wisset, sie hat den Satan im Leib, von wegen des Erzes,
Drin sein blutiges Opfer empfing vor alters der Abgott.
So denn befand es sich auch, und die Mönche bezeugten es selber.
Einige rieten, sogleich in den See die Glocke zu stürzen,
Jählings hinab in die Tiefe, bevor ausbräche das Unheil,

Doch unweislich erfand man den Rat: leicht konnte der Geist ja
Zornig im Grund aufwühlen die Wasser und über die Ufer
Treiben in Sud und Dampf den gewaltigen See, zum Verderben
Stadt und Land. Nun kam von dem Prior gesendet ein Pater,
Nicht von den Seinen, versteht, ein Franziskaner vom Thurgau,
Der sich auf die Beschwörung verstand und die Geister in Zwang nahm.
Diesen, sobald nur die Sonne hinab war, führte der Meister,
Wo das Unheimliche hing, in die Kammer dort neben der Werkstatt,
Drin er allein ihn ließ (ihn stach nicht mächtig der Fürwitz –
Wendel, was dünkt Euch, bliebt Ihr dabei? Euch könnt' ich es zutraun,
Denn das Sprichwort lügt wohl an Euch: es hätten die Schneider
Mut vor dem Feind ein Quentlein und wo es sicher ein Pfündlein).
Bald auch spürte der Pater, er hab es mit einem der Schlimmen.
Denn hart griff er ihn an, neun Stunden, eh' daß er sich einmal
Rührte der Fuchs voll List, als wär er nicht in dem Neste.
Aber es tat nicht gut und der Tanz fing an mit dem Morgen,
Heftig. Da haben den Geist in der vierten Gasse die Nachbarn
Lachen gehört aus dem Erz und schrein mit erzener Stimme,
Gleichwie im Wald den brünstigen Hirsch, und hätte die Glocke
Krümmen sich mögen, bekannte der Mönch, und winden, da nun er
Aus der gequälten sich riß als ein Windbraus und in die öde
Luft mit Seufzen entwich. Und also war es gewonnen.
Gott dann lobte der Mönch und rief in Eile den Meister,
Dieser zugleich die Gesellen, auch andere kamen von selber,
Viele, zu sehn wie es ward und wie er nun weihe die Glocke,
Die noch empört nachdröhnte mit weinenden Tönen den Aufruhr.
Dreimal sprengt' er das Wasser und gab ihr den Segen, der Priester.
Aber zum Schluß, nachdem sie gestillt war, sprach er gelinde,
Nah hinneigend zum Rande den Mund, die bedeutsamen Worte:
Lieblich sei, wie dein Name, nun auch deine Stimme, Maria! –
  Wie wenn zur Frühlingszeit im Gärtlein hinter dem Hause,
An der rebenumzogenen Wand, der sonnigen, etwan
Seine Bienen der Bauer behorcht im Korbe, zu wissen,
Ob sich bereite der Schwarm, und schon in der summenden Menge

Hell mit feinem Getön stoßweise die Königin dutet,
Werbend um Anhang unter dem Volk, und lauter und lauter
Unablässig sie ruft, so sang von selber die Glocke,
Vom holdseligen Klange berührt des liebsten der Namen,
So auch horchten die Männer und horchten mit Lächeln die Frauen.

Als am gesetzten Tage sofort allhier bei dem Kirchlein,
Auf dem geebneten Feld und dort vom Gestade hinaufwärts
An dem Hügel, schon viel Andächtige standen versammelt,
Und, das neue Gebäude zu schenken der heiligen Jungfrau,
Wegen Anna, der Gräfin, nunmehr im Namen des Abtes,
Von den Vätern umgeben, im schönen Ornate der Prior
Selber erschien und den Raum einnahm vor der größeren Pforte,
Sah man auch schon von der anderen Seite den ländlichen Aufzug
Kommen des Weges daher vom Dorf, wo zuvor schon die Unsern,
Alt' und Junge, den Gießer bewillkommt und die Gesellen
Samt dem gesäuberten Werk. Nun bogen sie hinter dem Weinberg
Eben hervor und der Küster voran (zu eigenen Diensten
War er dem Kirchlein bestellt); ihm folgete billig der Meister;
Aber mit stetigem Schritt dann zwei Maultiere des Klosters,
Dicht aneinander geschirrt und geschmückt mit hängenden Kränzen,
Trugen ein Polster, darüber bequem das scharlachgedeckte
Blatt mit der zierlichen Glocke. Sie stand aufrecht in der Mitte,
Schön mit Rosen bekränzt, und zum Schutz ihr hüben und drüben
Saß ein Knabe vom Dorf und ein Mädchen, erlesene Kinder,
Vierzehnjährig, und saßen gelehnt an die glänzende Glocke
Auf dem Teppich, der tief an beiden Seiten herabhing.
Jener auch hatte, der Knabe, den rings mit farbigen Bändern
Prangenden Klöppel vor sich, den schweren, aus Eisen geschmiedet,
Sie das genestelte Seil als ein Bündlein neben sich liegen.
Paar und Paar dann folgten in Feierkleidern die Jungfraun
Unseres Dorfes, zu Ehren der gottesfürchtigen Gräfin.

Aber der Kommenden freuete sich und des herrlichen Anblicks
Alle das Volk; da gingen sogleich entgegen der Brüder
Drei, durch die weichende Menge herein die Glocke geleitend

Bis in den offenen Kreis, wo hart am vorderen Eingang,
Unter das Türmchen geführt, Halt machten die Tiere. Sie waren
Bald entledigt der Last, als hoch aus dem obersten Fenster
Niedergelassen das doppelte Seil mit dem Haken den Henkel
Faßte, den starken, und frei die glänzende Glocke nun schwebte,
Jedem, die rosenbekränzte, zur Schau. Und es machte der Meister
Fest inwendig den Schwengel mit Riemwerk; dann zu dem Prior
Sprach er den Spruch, wie der Brauch ist, laut, daß ihn alle vernahmen:
Diese, des Gießers Tochter, die Glocke, begehret und wünschet
Dienst am gesegneten Haus; Euch übergeb ich sie fehllos.
– Hierauf nahm er die Kränze herab und gab sie dem Mädchen
Nächst zur Hand, auch die flatternden Bänder, und stieß er die Glocke
An mit dem Eisen von innen, zur Probe; da schwang sich ein heller
Ton aus ihr, weitkreisend umher, inkräftig und lauter,
Daß unverwundert ihn keiner vernahm, laut priesen ihn alle.
Doch jetzt winkten die Väter und alsbald ward sie von oben
Auf am Seile gewunden und währt' es nicht lange, so hing sie
Läutend mit Macht im Stuhl; es ergötzte sich selber der weite
See, soviel er auch andre gewohnt war täglich zu hören,
Schöne, das Ufer hinauf und hinab, so große wie kleine.
Nach dem verrichtet' der Prior sein Amt und weihte die Schwelle,
Wände, den kleinen Altar und las er die Messe der Toten.
  Also war es bewandt mit dem Ursprung dieser Kapelle
Nach Wahrheit. Nun mehrete sich der Gläubigen Zulauf
Jährlich, der Frauen zumal, die jüngst in die Ehe getreten.
Denn die Verheißung bestand, daß die hier knieten und hörten
Singen die Glocke das Lob der hochgepriesenen Jungfrau,
Denen würde geschenkt, daß sie kein Stummes noch Taubes
Sollten gebären dem Mann. Da kamen sie häufig mit Gaben
Weither. Aber die Zeiten sind anders geworden hernachmals.
Seht nur rings um den See die verödeten Stifter! Was ehdem
Heilig erschien und für selig erkannt war unter den Menschen
Allen, es galt kaum noch; und den Betgang taten die Unsern
Selbst auf die Letzte mit Not und Scham, weil die ledigen Bursche
Ihnen am Weg aufpaßten vor Tag und neckten die Weiblein –

Dieser Sünde, soviel wir auch sonst Unziemliches übten,
Zeihe mich keiner! – Auch war das allein nicht Ursach'; die Glocke,
Hieß es, wäre gestohlen und eine andere hinge
Droben im Stuhl, von keinerlei Kraft und nüchternen Klanges.
Ehdem hörten sie drüben in Rheinegg läuten und Arbon
Oft, wenn helle das Wetter und nicht entgegen der Wind war,
Aber hernach nicht mehr. So verkam der Gebrauch, dem der Pfarrer
Kaum nachfrug, doch wünschten ihn viele zurück von den Alten.
Aber das Kirchlein zerfiel von Jahr zu Jahr; was die Zeit nicht
Tat mit Regen und Wind, zerstört' und raubte der Mutwill.

*Zweiter Gesang*

Also erzählte der Fischer und endigte seine Geschichte.
Ruhig am Boden die Pfeif ausklopfend, empfing er des Schneiders
Dank, der höchlich ihn pries, vorab sein gutes Gedächtnis.
Aber, so fuhr der Wendel nun fort, wo kam denn die Glocke
Selber am Ende noch hin, die zuletzt für die rechte gedient hat?
Wurde sie etwa verkauft im Aufstreich, oder, ich will nicht
Hoffen, geraubt, wie die erste, von gottvergessenen Händen?
  Ernstlicher Miene versetzte darauf der Befragte mit Schalkheit:
Besser verborgen ist manches dem Menschen, denn daß er es wisse,
– Sagt ein vortrefflicher Lehrer, Ambrosius, wenn es mir recht ist.
Denn wovon einer nicht weiß, und läg' es ihm auch vor der Nase,
Dessen begehret er schon selbst nicht, daß er solches entwendend
Sein Gewissen beschwere, mit Gott so vermied er den Fallstrick.
Doch euch darf ich vertraun, was ich nur in voriger Woche
Erst zufällig entdeckt; auch sagt ihr es beide nicht weiter.
Hört denn: weder verkauft im Aufstreich wurde die Glocke,
Noch kam sonst sie abhanden, durch Gaudieb' oder zur Kriegszeit,
Wo ja, zerstückt und zum groben Geschütze gegossen, schon manche
Lernte den schrecklichen Dienst: vielmehr zur Stunde noch hängt sie
Droben in ihrem Gebälk. Kein Mensch denkt dran und ich selber
Wunderte mich; doch zweifelt ihr etwa, so geht nur ein dreißig
Schritte zunächst da hinauf im Neubruch, neben des Schusters

Weinberg, bis zu dem Nußbaum links, da könnt ihr sie sehen,
Durch den zerrissenen Laden! Sie tritt mit der unteren Schweifung
Halb ins Licht; dem schärferen Aug entgeht sie nicht leichtlich.
Niemand weiß es bis jetzt, durch mich zum wenigsten niemand,
Außer dem Schultheiß, dem ich sogleich pflichtschuldige Meldung
Tat. Er salviere sie nur, eh es ruchbar wird in der Gegend!
Wohl bald fänden sich da Liebhaber; ich stünde nicht gut für.
Denn an Gewicht drei Zentner, ich setze das Mindeste, hat sie:
Kommt auf das Pfund ein Gulden, so macht sich die Rechnung von selber.

Mein! rief Wendel erstaunt: was sagt Ihr! wäre die Glocke
Noch im Stuhl? Sankt Velten und alle Heiligen! Hätte
Das auch einem geträumt? Ja, Fischer Märte, da habt Ihr
Weislich gehandelt und schön, daß Ihrs gleich anzeigtet dem Schulzen!
So was nur gleich vors Amt und vor die Behörde, so ist man
Quitt und außer Verantwortung, es falle was will vor.
Ei so sag doch ein Mensch den Streich! Die Glocke seit fünfzig
Jahren vergessen im Turm! Natürlicherweise, die Stiegen
Fehlen solang es mir denkt, wer sollte sich dahin versteigen!

Also ereiferte sich mit fliegenden Worten der Schneider.
Aber der Alte erhub sich gelassen und sagte: Die Sonne
Macht sich hinunter, und ich will heim, sonst hab' ich vom Weibe
Zank ins Essen. Ihr mäht wohl noch Euer Restchen? Der Abend
Ist schön kühl und morgen am Sonntag ruhet die Sense.

Grüßend verließ er die zwei, die nimmer gedachten der Arbeit.
Doch nur etliche Schritte zum Schein fort lief er und schlich dann
Sacht' an die Mauer zurück und horcht', ob etwa nicht Wendel
Irgend sich ließe verlauten mit bösem Gelüsten, nachdem er
Ihn durch betörende Reden versucht von wegen der Glocke.
Denn sie war nimmer vorhanden in Wahrheit. Aber dem Schneider
Keimte geschwind im Busen der sündige Samen und sproßte
Stracks auch die Blume, die glänzende, schon des beschlossenen Frevels;
Ja schon waren ihm weit die Gedanken entführt, nach dem Ziele
Schwärmend die Kreuz und Quer, unschlüssig nur, wie er es angriff'.

Kurz noch schwieg er und sprach zum Vetter die prüfenden Worte:
Will man warten, bis unsere Herren vom Rate die Glocke
Holen – ja, helf' ihr Gott! was gilts, sie hat Füße bekommen?
Daß auch kein Nagel von ihr im Holz bleibt, das will ich schwören!
Mir ein wackerer Mann ist der Schultheiß, aber pressieren
Tut ihm nichts und wenn ihm das Stroh im eigenen Bett brennt.
So der Heiligenpfleger, der Bürgermeister, sie lassen
Fünfe nur auch grad sein: ich könnte Geschichten erzählen.
Sicherlich ist die Sache bereits verträtscht und im halben
Flecken herum, nun kriege nur morgenden Tags so ein Jude
Wind, so ein Kesselflicker vom Allgäu oder Zigeuner –
Wutsch! hat der Henker sie fort. Dann werden sie kommen die Herren,
Werden beaugenscheinigen langs und breits, und mein Schultheiß
Hält die Dose sich über dem Bauch und streichet den Deckel:
Hier ist, sagt er, das Loch, da kam er herein der Halunke!
So und so. Das nennt man den Tatbestand, mußt du verstehen,
Gar eine schöne Sache: das Ei zwar holte der Marder,
Aber man weiß doch ehender wie man's ohne geworden.
Mord! das soll nun ein Bürger, ein denkender, alles voraussehn,
Und ihm sollt' es nicht wurmen ins Herz, wenn der Kirche Besitztum
Und der Gemeinde verliederlicht wird, von Ketzergesindel
Heimlich verschachert in Eil, wohl unter der Hälfte des Wertes,
Aber das Geld in der Zeche vertan, in Würfel und Karten,
Welches mit ringerer Sünde daheim den hungernden Kindlein
Käme zugut, da ein Segen die Untat würde vergüten?
Nein! mich kränkt es, mich fickts und – Bursch, das müssen wir hindern!
Ein Weg leuchtet mir ein. Er ist nicht ganz in der Ordnung,
Sag ich frei, doch ist es einmal ein leidiger Notfall.
Nehm ich des Wesens mich an, ich tu es mit Zittern und Zagen!
Doch kein Mensch erfahre davon. Wir bringen selbander
Morgen den Schatz beiseit, veräußern ihn wie er den Wert hat,
Keinen Heller zu viel und keinen Heller zu wenig.
Aber der Kirche verbleibt der Gewinst. Man wartet ein Weilchen,
Zeit und Gelegenheit kommt, wir stiften ein schönes Gewandstück
Oder Gerät – ich habe das noch so genau nicht erwogen,

Wie oder was – nur daß wir die Kirche bedenken vor allem!
Fällt dann für uns was ab, wir nehmens mit gutem Gewissen.
Eine Kappe mit Bräm und güldener Zottel, du hättst sie
Lang für den Winter am Sonntag gern; eine maserne Pfeife,
Silberbeschlagen, ein Ulmer Kopf auch stünde dir gut an.
Das sind meine Gedanken, ich handle mit dir wie ein Vater.
So weit ließ sich der Schneider heraus und steckte den Burschen
An, der vor Schmunzeln das Maul schon nicht mehr brachte zusammen,
Wegen der Kappe mit Bräm und wegen der stattlichen Pfeife.
Minder nicht freute sich jener geheim des wackeren Helfers
Bei dem bedenklichen Fall; denn stark von Gliedern und handfest
War der Gesell, er selber jedoch war schwächer am Leibe.
Ja, so fuhr er nun fort, mir könnte gelegener selbst nicht
Kommen ein kleiner Profit, es ist ein gnädiges Wunder.
Auf Kiliani hab ich den Rest zu bezahlen dem Maurer,
Der mir das Häuschen geflickt aus dem Grund, bevor es zusammen
Über dem Kopf mir brach; dann wäre dem Michel das Fleckchen
Wiese noch feil bei der meinen, – wenns Tuch wär, nicht mit der Schere
Schnitt' mans gätlicher zu; seis um zehn Taler, so hab ichs!
Hinten, der Länge nach, fließet der Bach: da wird mir das Krebsrecht
Obendarein: nichts lieber von Kind auf tu ich wie krebsen!
Dann schwatzt täglich mein Weib mir vor um ein sauberes Halstuch,
Nur leicht seiden, geflammt; zwar auf so ein Ding wie ein Kunstherd
Red'te sie auch schon hin; das wär ihr einziges Leben.
Kunstherd! – ei ja freilich! warum nicht gar eine Baßgeig!
Steffen, wir sagen ihr nichts. Siehst du, gleich fallen die Weiber
Ins Marktfieber, wenn unverhofft so ein Geldchen ins Haus schaut.
Werd ich ja selbst schon sorgen und tun was billig und recht heißt.
Ist für die Kirch was übrig, inallweg' solls ihr gegönnt sein,
Ob sie es schon nicht braucht; ich ziehe mein Wort nicht zurücke.
Solchergestalt verdrehte der listige Mann sich die Rede
Frei im eigenen Mund, ihn kümmerte wenig die Stiftung;
Selbst dem Gesellen zu schmälern den Anteil hofft' er im stillen.
Aber der Fischer von außen vernahm mit innigem Lachen

Jegliches Wort. Er war auf den Gurt an der Mauer gestiegen,
Dicht am Fenster das Ohr, und biß sich die Lippen, der Alte.
Und sie besprachen sofort, wie sie wollten die andere Nacht schon,
Die auf den Sonntag käme, heraus mit Leitern und Stricken,
Auch mit Feilen und Zangen und was sonst wäre vonnöten,
Statt der Laterne das Blendlicht führend, zu mehrerer Vorsicht.

Haben die Glocke wir los, sprach Wendel, aus Klammer und Banden,
Wälzen wir leicht auf Hölzern sie vor bis zum größeren Schalloch,
Vorn nach dem Feld, wo hoch wir das Kleeheu schochen zu Haufen,
Daß sie gelind auffalle. Denn ob man am Seil sie hinunter
Bringe, bezweifl' ich dir stark: hiezu schon braucht es der Winde.
Aber vor Tag noch führen wir sie, verborgen im Kleeheu,
Auf dem Wägelchen heim und bergen sie wohl in der Scheuer.
Drüben am See da wohnt mir ein guter Bekannter, in Steinach,
Ein Rotgießer von Profession; er handelt mit allem
Was nur klingt, es sei alt oder neu; der mag sie verkaufen
Unter der Hand für mich, so hab ich den mindesten Schaden.
– Komm, wir steigen einmal auf die Höh, ob man heute noch etwas
Sieht; zwar glaub ich es nicht, zu dunkel schon will es mich dünken.
Morgen spazieren wir wieder heraus, wenn die Kirche vorüber,
Vormittags, und visieren vom Weinberg, wie es bestellt ist.
– Hätt ich den Märte nicht selber gehört, beim Wetter, ich glaubte
Jeden zum besten gehalten von ihm! doch sprach ers im Ernste,
Sah man wohl, und der Schalksnarr ist ihm endlich vergangen,
Den er wohl ehe gespielt, da er jung war, wie sie erzählen.
Jetzund brechen wir auf, und das Gras mag wachsen derweile.
Bis Montag, ich sage dir, wirst du vieles erleben!

Sprachs, weissagend, der Schneider, und schleunig erhoben sich beide.
Aber hinweg schon hatte sich leise der Horcher mit langen,
Weit ausgreifenden Beinen gemacht, bis wo das Gebüsch ihn
Deckte. Gemächlich so fort nun schlendert' er neben den Erlen
Hin, auf dem Fußpfad längs dem Berg, und es blühten dem Greise
Von scherzliebender Jugend die rötelnden Wangen noch einmal.

Ländliche Muse! nun hemme den Schritt und eile so rasch nicht
Fort an das Ziel! Du liebest ja stets nach der Seite zu schweifen,
Und ruhst wo dir's gefällt. So wende dein offenes Antlitz
Hinter dich, fern in die Zeit, wo dein Liebling, jung noch mit andern,
Kühnerer Taten sich freute. Vergönn uns einen der Schwänke,
Deren er jetzo gedenkt auf dem Heimweg dort nach dem Dorfe.
Niemals-Alternde, du hast alles gesehen mit Augen!
Selbst auch hast du ihn manches gelehrt, mithelfend am Werke,
Und die roheren Kräfte mit deinem Geiste gemildert.
Sing! und reich', die wir lang nicht übten, die Flöte dem Dichter!

## *Dritter Gesang*

Tone, des Schiffmanns Sohn, da er dienete noch bei dem Vater,
Hatte die Gertrud lieb, einer Witfrau einzige Tochter.
War sie so fromm und so brav, wie sie tüchtig und schön von Gestalt war,
Durften die Bursche vom Dorf ihm alle das Mädchen beneiden:
Doch hart war ihr Gemüt, nicht offen den Freuden der Jugend;
Ja, vom Vater – er starb auf der Wirtschaft in Argen, ein rechter
Küß-den-Pfennig, – vererbt' ihr ein Äderchen. Noch in der Schulzeit
Schwitzte der Kreuzer ihr naß im Fäustlein, eh sie ihn hingab
Für die Bretzel an Ostern; so rühmte die Mutter ihr öfters
Nach vor den Freiern. Doch mußte sie fein sich halten in Kleidern,
Städtisch beinah, die Mutter verlangts, und die Geizige selber
War dem eigenen Leib nicht feind, sie sah, daß er schön sei.
Jetzo war es ein Jahr, seitdem der Gesell sie besuchte,
Und schon hatten sie manchen Verdruß und manche Versöhnung.
Aber nun fuhren sie fröhlich einmal mit andern zu Markte
Nach Lindau, der vergnüglichen Stadt, die schön auf der Insel
Liegt im See, durch die Brücke nur breit mit dem Lande verbunden.
Doch sie kamen zu Schiff: mit drei Kameraden der Tone
Und fünf Mädchen, im ganzen zu neunt'; darunter der junge
Märte, zu welchem der Schiffer sich hielt wie ein jüngerer Bruder
Sich zu dem älteren hält. Und die stattlichen Bursche traktierten

Drüben im Wirtshaus über Mittag ein jeder sein Schätzchen,
Kauften Geschenke für sie, nicht schlechte: der einen zum roten
Mieder den Zeug, auch ein Band; der andern die starrende Haube,
Schwarz, mit Flittern gestickt, ein Spiegelchen oder ein Pater-
Noster von dunkelfarbigem Glas, mit zinnerner Fassung.
Lang vor den Buden verweileten sie, nach ländlichem Brauch erst
Hart um den äußersten Preis den geduldigen Krämer bedrängend,
Bis er die Ware zuletzt nach Wunsch abließ, – wie er sagte,
Einzig der schönen Jungfer zulieb, die den Handel mit ansah.
Und so tauschten die Buben auch selbst wohl schmucke Geschenke.
Dann zur fröhlichen Heimfahrt wandten sich alle befriedigt.
Andere noch, die zu Fuß am Morgen herübergekommen,
Nahmen sie auf in das Schiff, bunt sitzend umher auf den Bänken
Oder gelehnt am Bord. So plauderte jedes und scherzte,
Während der Wind von Bregenz her, in stetigem Zuge
Sanft andringend, mit Macht auftrieb das gewaltige Segel.
Martin, der Klarinett wie ein Meister zu spielen gelernt war,
Machte Musik, frischauf, daß zur Rechten die blühenden Ufer
Drüben, im letzten Gefunkel des Tags, die verschobenen Buchten,
Reben- und Obstbaumhügel, die Schlösser, die Höfe, die Flecken,
Schneller sich drängten herbei, entgegen dem lieblichen Schalle.
Fels und Turm, gleichwie sie mit Lust ihr eigenes Abbild
Sahn in flüssigen Farben gemalt auf der glänzenden Fläche,
So nun vergnügt' es sie jetzt, die begierig empfangenen Töne
Wiederzugeben alsbald in melodischer Folge mit Necken.
Da ward vieles gelacht und gekos't, da schlang sich ein mancher
Arm um einen geschmeidigen Leib und rauscht' es von Küssen.
Aber die Gertrud saß am vorderen Ende des Schiffes
Auf Schilfblättern am Boden, wo dieser gelind sich emporhob,
Gegen die Sonne den Rücken gekehrt, damit sie nicht blende.
Und für die Kurzweil nahm sie der langen grünenden Blätter
Einige, schön zur Schleife sie biegend, und schmückte das neue
Ruder, das künstlich geschnitzte, das zwischen den Knieen sie festhielt:
Heut erst war es dem Tone geschenkt vom Fischer, ein Marktstück,
Nicht zu gemeinem Gebrauch, nur am Festtag wollt' er es führen.

Oben am Handgriff war ein Meerfräulein, das die Arme
Stemmt' in die schuppigen Hüften; es flossen die Haare natürlich
Ihr, wie naß, auf die Brust, die sich vorstreckt', und auf die Schultern;
Gelblicher Ahorn wars, auf eichener Stange befestigt.
Dessen erfreuete jetzo das Paar sich. Aber am meisten
Freut' er des Mädchens sich selbst, das ihm holder als je sich erzeigte.
Innig tat ihm ihr Anblick wohl, wie sie saß und die Sonne,
Schon zur Hälfte versenkt dort hinter die Türme von Konstanz,
Ihr den Nacken erhellt' und die rosige Wange noch streifte.
Und schon wallt', ein lebendiges Meer, rotglühend in ganzer
Länge, hinunter der See, mit unendlichen Wellen erzitternd,
Bis wo die feurige Flut er gestadlos breit ausgießet
In das Gewoge des tief entzündeten Abendhimmels.
Leider verdarb es der Tone mit seinem Part auf die Letzte.
Denn im Frohsinn ermuntert' er noch die Gesellschaft, zu singen,
Etliche Dirnen zumal, die auch gleich mit geläufigen Kehlen
Herzhaft begannen ein Lied, zu welchem er selber den Kehrreim
Sang mit des Schäfers Tochter, der lieblichen Margarete,
Da denn zwischenhinein Klarinettspiel immer den neuen
Vers einleitete, schicklich und fein, nach Märtes Erfindung.
Trude jedoch sang nicht; sie ermangelte völlig der Gabe,
Ja wenn sie auch nur sprach, anmutete keinen die Stimme.
Also grollte sie ihm, weil zuerst er das Zeichen gegeben
Und im Gesange sich gar dem bescheidenen Mädchen gesellte,
Das für die schönere galt bei der Mehrzahl (wahrlich mit Recht auch)
Und, von vielen gewünscht, derzeit noch keinem gehörte.
Als man das Dorf nun endlich erreicht und zur Stunde der Dämmrung
Stieß an das Land vor dem offenen Platz, wo umher aus den Häusern
Blinkten schon einzelne Lichter, da sprang Gertrud als die erste
Vorn, von einer Gespielin empfangen, hinaus auf den Kiesgrund;
Nicht erwartete sie den Geleitsmann, welcher noch hinten
Stand, wo dem Schiffe die Wendung er gab, rechtsher, mit dem Steuer:
Sondern sie lief, die Begleiterin heimlich nur zupfend am Ärmel,
Weg, indem sie ihm kurz Gut Nacht zurief von dem Ufer.

Selber ihr Marktstück ließ sie zurück; bei den übrigen Gaben
Hing es im bunten Gemische zur Schau am Mast auf der Herfahrt;
Käthchen nahm es indes, die Verlobte des Fischers, zuhanden.
So stand Tone beschämt, obgleich mit erzwungenem Lachen,
Unter den Paaren. Es führte nach Haus ein jeder die Seine,
Übrig allein blieb er, der allen am fröhlichen Tage
Hatte zum Führer gedient. Ihn bedauerte jedes im stillen,
Als er zum Scheine noch dort sich am Tauwerk machte zu schaffen.
Dann saß lang er allein auf der Bank im verlassenen Schiffe,
Heftig entrüstet im Innern und wie er sich räche bedenkend,
Weil sie die Schmach ihm tat um so kleines Vergehn (er erriet es).
Still war alles umher, und, im Sternenscheine verbreitet,
Rührte der See sich kaum; nur daß am Bauche des Schiffes
In vielfältigen Tönen die glucksende Welle sich übte.
Jenseits aber die Berge, die ewig schimmern im Schneelicht,
Schon empfingen sie höheren Glanz und leise des Mondes
Aufgang zeigten sie an, eh die lieblichen Ufer ihn schauten;
Hoch vor andern im Nachtblau glänzte die Stirne des Alpsteins,
Einer himmlischen Wolke vergleichbar. Aber der Jüngling
Sah und hörete nichts, in trauriges Brüten versunken.
Erst als oben am Himmel der Mond in völligem Scheine
Stand, auf rafft' er sich auch, und heim durch die schweigenden Gassen
Lief er, entschlossen, den Trotz mit doppeltem Trotze zu strafen,
Wie er sich oft vornahm, doch nie es zu halten vermochte:
Wenn sie quälerisch war, stets kam er am ersten von selber.
Diesmal setzt' er es durch. Er suchte die Schwelle des Mädchens
In fünf Tagen nicht heim. So fuhr er am sechsten auf Bregenz
Ohne Adieu, mit den Knechten, – ihm konnte sein Vater das Steuer
Sicher vertraun mit der Fracht; sie hatten Getreide geladen
In das Tirol; – und so kam er zurück auch ohne Willkommen.
Aber die bittere Reu und die nagenden Schmerzen verhehlend
Ging er Gesellschaft suchen denselbigen Abend im Zwielicht
Noch auf die Straßen; er dachte: vielleicht daß ich finde das Mädchen
Unter der Haustür stehn und sie gibt mir hustend ein Zeichen,

Daß ich komme; so hofft' er; da stieß an dem offenen Platze
Gegen den See, wo die Schiff' anlanden, unferne dem Kornhaus,
Märte zu ihm; der zog ihn hinein in die steinerne Halle,
Die, auf Bogen erbaut, von vorn das alte Gebäu' schmückt.
  Hast du gehört, mit der Gertrud –? was sie für Sprünge gemacht hat?
Redete jener ihn an mit blitzenden Augen, den Tone,
Welcher verblaßt'; ihm ahnete gleichwohl nimmer das Ärgste.
Aber behutsamer sprach nach kurzem Bedenken der andre:
  Tone! wenn ich nun spräche: du hast einem Narren von Weibe
Trauben geschenkt, da läuft sie dir hin, sich Schlehen zu pflücken:
Zögst du dir das zu Gemüt wie ein Unglück über die Maßen?
Wahrlich auch mir vorhin, da die Käthe mir alles berichtet,
Hat sich das Blut empört um der Falschheit willen der Dirne,
Die dich verkauft und verrät dem leidigen Mammon zuliebe;
Aber um dich und was du verlorst, da säng ich ein Klaglied
Ohne Lachen dir schwerlich zu End; meins geht nach der Weise:
Halleluja! oder: Herein ihr Schnurranten, ihr Pfeifer!
– Wiss: sie hat kurzweg sich an den Müller, den jungen, von Bärnau,
Lassen verkuppeln, den Erzdümmling mit flächsenen Haaren,
Dem ja von je, du klagtest es immer, die Alte flattiert hat.
Ihr kam euer Verdruß wie bestellt und sie schürte das Feuer
Weidlich. Nun wurde dem Peter die Zunge gelös't und er stellte
Keck am vergangenen Sonntag schon durch die Base den Antrag.
Nimm ihn! sagte die Mutter, und: friß ihn! sagte die Base:
Bei dem säßest du warm, der machte dich wahrlich zur Herrnfrau!
Steht ihm die Mühle nicht drüben im Tal wie ein Schloß, mit dem neuen
Müllerblauen Altan! rings eigene Gärten und Güter?
Und auf den Händen, er schwur's ja, wollt' er dich tragen aus Liebe,
Und zum Brautgruß denkt er dir schon auf ein kostbares Taftkleid,
Coclicorot, deine Leibfarb, Trude, was sagst du nur dazu?
Der gutherzige Mensch! dem's auch gar nicht an Verstand fehlt:
Still nur ist er, zu blöd und fährt nicht wohl mit der Sprache,
Doch schön geht das Geschäft und der Mühlstein dreht sich von selber.
Laß mir den Fischerkittel, den trutzigen! Macht sich noch rar der!

Hat noch kein eigen Gewerb und fronet dem Alten im Handwerk!
Bleib von dem Hungerleider! Was bist du ihm schuldig? Kein Treupfand
Gabt ihr einander. So ging ja wohl eh ein Handel zurück schon.
Spruchweis sagte mein Mann: voll Röselein hänget der Kirschbaum;
Neune gehören dem Wind, das zehente glücket zur Frucht nur. –
Aber die Trude darauf? Fürwahr, da braucht' es wohl großer
Arbeit, bis sie sich gab! Mit der Axt ja spalt't man die Butter!
Kurz, schon haben sie richtig gemacht insgeheim und den Handschlag
Holte der Peter sich heut mit zwei Goldfuchsen am Wäglein.
Tone, nun hängst du den Kopf! und jetzt mit langsamen Schritten
Wirst du von dannen und heim auf deine Kammer dich stehlen.
Aber – dort nimm die Kreide vom Sims und, hörst du, zu Häupten
Über dem Bett, wo das Ruder dir hängt, noch im grünenden Schilfkranz,
An der getäfelten Wand, da zeichne dir pünktlich den Tag auf,
Diesen heutigen! Künftig mit Dank noch gedenkst du der Stunde,
Da der Märte gesagt: dir ist er ein zweiter Geburtstag!
Denn, bei Gott, du bist wie der Mann, der drinnen gemalt ist
In der Kirche, der Kanzel zunächst, den der scheußliche Meerfisch
Zwischen den Zähnen hervor aus triefendem Rachen ans Land spie.
Jetzo liegt er für tot, doch er wird mit Freuden des Tages
Licht neu sehen und sehn frohlockender Freunde Gesichter.
Solches zum Trost ihm sagt' er und anderes. Aber der Arme
Glich vielmehr dem verwundeten Lachs, wenn plötzlich die Angel
Steckt im begierigen Schlund, und die Schnur abriß an der Rute,
Daß er vor Schmerz aufspringt aus der Flut und weiset der Sonne
Noch den glänzenden Leib und im offenen Munde den Blutstrom,
Mitleid heischend und Hilfe von ihr, die den wimmelnden Scharen
Ihre Wohnung erhellt und wärmt, und im lieblichen Schimmer
Ihnen die Speise, die tödliche, zeigt, so wie die gesunde.
Stumm so kämpfte der Bursch in sich; um den steinernen Pfeiler
Warf er den nervigen Arm und ihm stürzt' aus den Augen die Träne.
Doch schon rückte von fern hörbar aus der oberen Straße
Müßiger Burschen ein Trupp mit Gesang an und mit Gepfeife,

Wie sie pflegen zu tun in sommernächtlicher Kühle,
Arm in Arm nach dem Platze gewandt, wo sie gern in der Halle
Ausruhn auf der geräumigen Bank und schmauchen und schwatzen.
Schnell da schickte sich Tone zum Abschied, denn der Genossen
Anblick wollt' er entgehn, der jetzt unerträglich ihm deuchte.
Links in das Gäßchen begleitet' ihn Märte und sagte zuletzt noch:
Mach' dir auch keine Gedanken der Leut halb, was sie nun werden
Sagen, und meine nicht gar dich vor uns und den Mädchen zu schämen.
Dich hat alles in Ehren und hängt dir an, und ein jedes
Preis't dich selig dazu; ich wollte, du hörtest die Käthe!
Aber der Gertrud will ich und ihrem Kauz einen Maien
Stecken – er soll sie nicht freun! Nur so viel sag ich: wenn diesmal
Nicht ein Fastnachtspossen gespielt wird, daß man in achtzig
Jahren sich noch die Haut voll lacht ob dem Bärnauer Ehpaar,
Will ich mein Lebtag nimmer der Eulenspiegel euch heißen.
 Dies die Rede des Fischers. Hierauf denn schieden sie beide.
Nur noch folgte dem Tone von fern sein Freund bis zur Ecke,
Ob er auch sicher ins Haus, nicht etwa hinab dem Gestad zu
Liefe, ein Leid sich zu tun; denn es geht jähschlüssige Liebe
Gern auf das Äußerste gleich, und besorgt ist herzliche Freundschaft.
Aber so weh es ihm war, nicht solches gedachte der Jüngling.

## *Vierter Gesang*

Nicht zwölf Wochen fürwahr, nachdem sich dies alles begeben,
Sah man, im Sonntagsrock, mit dem Blumenstrauß in dem Knopfloch,
Eifrig den Hochzeitbitter im Dorf umher und der Gegend
Laden die Gäste zu Ehren der Gertrud und dem Gesponsen.
Und schon hatte geheim sich die männliche Jugend verschworen,
Alle, was hiesige sei'n, nicht teil am Tage zu nehmen;
Weder zur Kirche zu gehn noch im Hirschen zu Tanz und Gelage,
Auch, wenn am Morgen der Zug mit Musik von der Kirche geholt wird,
Nicht wie sonst mit Pistolen und Stutzen im Winkel zu passen
Und mit verdoppeltem Knall die errötende Braut zu begrüßen.

Selber die Mädchen, so viel rechtschaffener Dirnen im Dorfe
Waren zu selbiger Zeit, die auf Ehre noch hielt und auf Treue,
Standen ihr ab insgesamt, durch die kühnere Käthe begeistert,
Märtes Verlobte; sie gab den übrigen immer das Beispiel.

Käthchen, o treffliches Kind, mit beredsamen Lippen, und Augen
Hell und wahr wie der Tag! noch seh ich dich dort auf der Wiese
Hand in Hand mit den andern im Reihn lustwandeln am Sonntag.
Euerer achte begegnetet ihr Gertrud an der Mutter
Sommergarten – es hatte noch kaum die Geschichte verlautet –
Alsbald fingt ihr sie ein im geschlossenen Ring, die Bestürzte.
Scherzweis noch, und als glaubtet ihrs nicht, sprach ein' und die
Du! was ist es mit dir? Es geht ja die Rede, du hättest [andre:
Neues Werg an der Kunkel, man rüste dir eilend die Mitgift:
Aber wir glauben es nicht, wir hörten es denn von dir selber.
Darum gib nur Bescheid auf der Stelle, nicht eher entkommst du.
– Und sie verleugnet' es kaum. Da schauten die Mädchen einander
An, halb lächelnd und schadenfroh: doch nicht so die Käthe,
Sondern das Wort nahm diese, und dicht vor die Stirn ihr tretend,
Las sie der Falschen den Text: das ging risch rasch wie ein Wetter-
Regen, der schräg' ins Gesicht dem reisenden Manne daherfährt,
Spitzige Schlossen dazu, feindselige, nicht zu ertragen,
Daß er verdummt dasteht und sich duckt und blinzelt; es macht' ihn
Aber der Wind barhäuptig und rollet den Hut auf dem Acker
Weit, und gebrochenen Laut von den Lippen nur raufet der Sturmwind.
Endlich, der Weinenden, wie sie hinwegstrebt', rief sie das Wort nach:
Geh nur hin! und miß dir in schefflige Säcke die Batzen!
Möchten wir dich nur bald aus dem Ort gehn sehn und der Markung!
Gar nichts wollen wir künftig von dir! ja mich ärgert der Bach schon,
Welcher das Rad dir treibt an deiner geizigen Mühle,
Daß er uns fällt in den See! Doch will's Gott steckt er ihn nicht an:
Weit gnug ist er und breit, – ich mein, so ein Tropfen verliert sich,
Und der Tone verschmerzet noch wohl ein Mädchen wie du bist!
So, mit zornigen Tränen im Blick, ausschaltst du sie tapfer,
Weil sie den Freund des Geliebten, den treuesten Jungen, betrübte.
– Damals glaubtest du nicht, bald selber den Liebsten zu kränken,

Bitterer weit als jene vermocht, in eiligem Siechtum
Scheidend vom lieblichen Leben hinweg, aufs Jahr, wenn der See blüht,
Eh du den eigenen Tag der Vermählung erblicktest, o Jungfrau!
Deiner gedenket die Muse mit Leid so oft als der Frühling
Über den See neu wieder die schwimmenden Teppiche lässet
Gleiten aus goldenem Staub und dem Fischer die Garne vergoldet.
Jetzo verweile mit Lust mein Blick im Kreise der Jugend
Und bei dem lustigen Rat, den Märte, der Schelm, sich ersonnen,
Daß er räche den Freund, ein großes Gelächter bereitend,
Wider den Willen desselbigen zwar, doch es ließ ihn nicht ruhen;
Und frei war ihm das Feld. Denn früh' am Tage der Hochzeit
Ging der Beleidigte weg nach der Stadt, in Geschäften des Vaters,
Zu der versammelten Schiffherrn-Zunft, und gedachte noch weiter
Um ein Stündchen zu wandern am See hinunter, nach Manzell,
Wo ein Vetter ihm saß, ein Seiler, sein herzlicher Pate;
Denn er wollte daheim nicht den Tag, den verhaßten, mit ansehn.
Als nun die Stunde der Trauung herankam und schon zum andern
Mal das Geläute erscholl, da fuhren auf rasselnden Wagen
Von zwei Seiten zum Dorfe herein die Verwandten des Brautpaars,
Männer und Fraun, auch vom Ort nicht wenige richteten hurtig
Sich zur Kirche; jedoch der blühenden Dirnen kein halbes
Dutzend sah man im Zug, und diese gehorchten den Eltern.
Indes spähte vom Fenster daheim auf die sonnigen Straßen
In Hemdärmeln der Märte hinaus durch das grünende Weinlaub,
Welches, gedrängt an die Scheiben umher, der getäfelten Stube
Kühligen Schatten verlieh; denn heiß kam frühe der Tag schon.
Still war alles im Haus, und Vater und Mutter zur Kirche.
Hinten im Lehnstuhl schlummert' der Ehni, es lag in der Wiege
Neben das Kleinste, sein Enkel, und schlief; schwach regte der Wedel
Noch in der Hand sich des Alten, sein Haupt umsummte die Fliege,
Und ihm war das Gestrick von den Knieen gesunken des Netzes,
Das er zur Hälfte bereits mit hölzernen Nadeln vollendet.
Dies ja war sein Geschäft, des Erblindeten, seit er die Garne
Nimmer geschleppt auf das Boot und den freundlichen See nicht gesehen.

Märte nun aber, indem er am Fenster den Hans und den Frieder,
Zwei Kameraden, ersah, ging eilig und trat in die Haustür,
Winkte die beiden herein und sie folgten ihm über die enge,
Höckrige Stiege hinauf nach dem oberen Boden des Hauses,
Wo viel altes Gerümpel umherstand und am Gebälke
Hing unbrauchbares Fischergerät voll Spinnengewebe.
Vorn in der Hellung jedoch des geöffneten Ladens am Schornstein
Sah man gelehnt – fürwahr dem Beschauer ein Schrecken im Anfang –
Grinsende Puppen, ein seltenes Paar, in menschlicher Größe,
Welche der Schalk aus Werg und aus Heu kunstreich und mit alten
Haderlumpen zusammengestoppt; auch Pfähle umwand er
Dick mit Stroh: so begabt' er mit Armen und Beinen die Leiber.
Doch die Gesichter zu malen auf Leinwand mußte des Nachbar
Schreiners Gesell Bleiweiß und Mennige leihen und Kienruß;
Flachs hing aber dem Manne vom Haupt, an der Stirne mit gradem
Schnitte gekürzt, wie der Müller sich trug; und Haare vom Roß-schweif
Deckten die Scheitel der Braut, zum ärmlichen Zopfe geflochten.
Also waren sie strack und steif, nur die Kniee gebogen,
Nebeneinander gesetzt auf die eisenbeschlagene Truhe,
Welche den nächtlichen Fleiß so manches vergangenen Winters,
Köstliche Ballen gesponnenen Tuchs, verwahrte der Hausfrau.
Hell aufjauchzten die Bursch' und lachten unbändig, sobald sie,
Wer die wären, erkannt. Da sagtest du, sinniger Fischer:
Jetzo sind sie noch nackend, ihr seht es, gleichwie im Garten
Eden die Menschen gewesen im Anfang, unsere Eltern;
Doch ihr sollet im Feiergewand sie schauen, ein jedes
In der Farbe, so ihm vor andern geliebt und vertraut ist.
*Diese* begehrt ausbündigen Staat, ein gleißendes Taftkleid,
Coclicorot, und es ist ihr gewährt, so viel es mich kostet;
Leibchen und Rock (ich habe den Zeug erst heute bekommen)
Ganz aus Ackerschnallen gemacht, wie sie eben im Kornfeld
Blühn und die reifende Saat im Wechsel erheitern mit blauen
Nelken. Zu Wams und Hosen erwählte sich diese der Peter,
Blume an Blume gesetzt, mit Zwirn und Baste verbunden –

Kein Kramladen noch Warengewölb', ihr möget in Konstanz,
In Sankt Gallen und fort bis Paris nachfragen, verkauft euch
Feinere Stück' wie die und das rote zumal für die Trude!
Trudelchen hieß sie bis heut, nun soll sie die Trudelmadam sein!
Wären sie selbst nur hübscher von Antlitz, besser gebaut auch!
Dafür kann ich halt nicht, so wurden sie einmal erschaffen.
–Wißt, auf die Nacht ergötzen sie sich mit uns auf dem Tanzplatz!
Diesen erratet ihr nicht, wo er ist; denn weder im Hirschen,
Weder im Adler bestellten wir Hochzeit; nicht in der Stube,
Nicht im Saal, auf der Straße nicht ists, noch Wiese, noch Wald ists,
Auch nicht der See: nein, alles zumal – nun ratet das Rätsel!
Sprach es der Fischer, und jene zerbrachen umsonst sich die Köpfe.
Also eröffnet' er ihnen, sie wollten hinaus in die grüne
Herberg ziehn insgeheim miteinander, die sämtlichen Buben.
Dies ist dort im Gehölz ein vermooseter trockener Weidplatz,
Fast viereckig, mit Eichen besetzt und luftigen Birken,
Einem geräumigen Saale nicht ungleich; aber vor alters
War es ein Sumpf. Unferne dem Dorf, an der Ecke des Waldes,
Führet ein Holzweg hin; nur selten befährt ihn ein Fuhrwerk.
Drossel und Mönch singt dort ungestört und die Amsel dazwischen
Orgelt von früh bis zum Abend ihr Lied, die zufriedene Weise.
Du auch, wenn dirs gefiele, um unsere Ufer zu wohnen,
Fändest da was dich erfreut, o Nachtigall; doch du verschmähst uns.
Weiter nun sprach zu den zween, die begierig ihn hörten, der Fischer:
Sagt, wo ihr Ort und Gelegenheit mögt pläsierlicher finden,
Sei es im Dorf, in der Stadt, und seis in den Gärten der Städter?
Aber den Platz fein auszustaffieren, daß jedes ihn lobe,
Soll uns die Trude (wir fragen sie nicht) von dem Ihrigen borgen.
Höret! Zu Mitten der Nacht, wenn drunten im Hirschen der Lebtag
Und das Gewühl erst recht angeht, doch ruhig die Straßen
Wurden im übrigen Dorf, da schleichen wir uns an des Jörgen
Tenne – sie liegt uns eben gerecht am Ende des Fleckens –;
Drin herberget für heut, ich weiß, ein geladener Wagen,
Über und über bepackt mit unendlicher Habe der jungen
Müllerin, unserer schönen, die stets froh war des Besitztums.

Zwar es gedachte derselbe nur erst bei lieblicher Tagszeit
Morgen gemach mit Rossen die sichere Straße zu fahren,
Bärnau zu; doch anders ihm schmierte die Räder das Schicksal.
Du sollst, ächzender, nachts irrtümliche Wege durchs Brachfeld
Schwanken, dem Holz dort zu die unwillige Deichsel gewendet!
Alldort laden wir ab in Ruh, und ein sämtlicher Hausrat
Wird an den grünenden Wänden umher beim Scheine der Fackeln
Sorgsam verteilt und ganz die erfreuliche Wohnung gegründet.
Ohne Verwunderung nicht, wie mir ahnet, ja sicher mit großen
Freuden begrüßt sich das Paar in der sonst unwohnbaren Wildnis
Als wie daheim, sieht aufgeschlagen sein mächtiges Ehbett
Selbst, das gesegnete, dort und schmauset am eigenen Tische.
  So sprach, trockener Miene, mein Freund; da schnalzt' mit dem Finger,
Hoch aufspringend, der Hans und rief voll Jubels der Frieder:
Spitzbub du! o durchtriebene Haut, vom Galgen gestohlen!
Schöneres hast du nimmer erdacht, es ist wahrlich dein Hauptstreich!
Mag sie doch bersten, sie hat es verdient, vor Scham und Erbosung,
Sie und ihr Schöps und die Mutter zugleich mit der kuppelnden Base!
Aber wie fangen wirs an, unbeschrie'n zu vollbringen das Wagstück?
Nicht leicht ist es, bei Gott! Auch die Nacht hat Augen und Ohren.
  Dies, entgegnete Märte, bereden wir alles am Kornhaus
Mit den übrigen zeitig genug um Ave Maria.
Jetzund, wie wir in *einem* es halten, vernehmet und gebt mir
Beifall. Euerer Hilfe bedarf's, ich rief euch umsonst nicht.
Eine Zechkompanie, wie im Ort noch keine erlebt ist,
Stellen wir an, – verstehet mich wohl, dem Tone zu Ehren,
Weil er dem Meerkrokodil durch göttliche Fügung entronnen.
Wär er selber dabei, was gäb ich! Aber die Ohren
Sollen ihm klingen die Nacht vom Vivatrufen und Heisa!
Unserer Zwanzig wir legen zusammen; ein preußischer Taler
Auf den Mann sei das mindeste: zwei zahl ich, und da sind sie!
Gleich nun geht ihr herum bei den andern – die mehresten wissen
Schon was es gilt –; dann kaufet ihr ein was teuer und gut ist.
Wein fürs erste, vom besten ein Fäßchen; ich rechne ein Imi
Zwei; Weißbrot und Käse verhältnismäßig; der Müller,

Unser Bräutigam, ist als ein wackerer Esser berufen –
Hieran denket mir ja; dann am Kaffee sollt ihr nicht sparen:
Trudelchens Herzbalsam ist der Kaffee, wenn ihr's noch nicht wißt.
Braten sodann und Salat; ich hieß den Metzger ein Säulein
Rüsten. Das Fleisch tragt nur und die Würst in den Adler: die Sephe
Macht es im Kessel uns gar, sie will mirs gerne zulieb tun.
Fisch' bring ich; Blaufelchen und Stichling'; auch mit den roten
Tupfen die Grundforelle: von achtzehn Pfund ein Gewaltstier
Hab ich – wüßte mein Alter darum, die stünde zu Mittag
Heut' vor den Hochzeitgästen im Hirsch, so gewiß wir den Essig
Auch wohl finden dazu! Dann Lichter zu schaffen vergeßt nicht!
Lichter genug daß helle der Saal und die köstliche Tafel
Glänze! Auch fichtene Fackeln insonderheit etliche Dutzend
Haltet bereit; wir haben sie nötig. Dies alles bestellt denn
Ohne Verzug. Und schickt mir des Lorenz Jungen, den Klumpfuß,
Der so saubere Flechtarbeit in Weiden und Rohr macht.
Sagt ihm, es gebe Verdienst. Er muß mir helfen das Brautpaar
Kleiden. Schon liegen die Blumen bereit; zwei Körbe gehäuft voll
Schleppten die Kinder mir heim; ich halte sie frisch mir im Waschhaus;
Und nun läßt mich im Stiche die Käth, auf die ich gerechnet!
Ja, sie macht alle mir scheu, daß keine der Närrinnen hergeht!
Sprach es, der Fischer, und schalt auf die Dirnen, unbilligerweise;
Denn ihm hatte sein Mädchen sogleich, wohlmeinend, mit Eifer
Ihre Gesinnung erklärt und gesagt: uns stünd es nicht fein an,
Mutwill zu üben an ihr und Unglimpf ihr zu erweisen,
Die doch eine der Unseren hieß und groß mit uns wurde.
Schau, wie glaubte sie wohl und nähm es nur irgend zu Herzen,
Daß es ein Ernst uns sei und daß sie sich habe versündigt?
Drum nichts Liebes von uns und auch nichts Böses erfährt sie.
Ihr seid Buben und tut was ihr wollt, doch sollst du gewarnt sein:
Treibst du es wieder zu arg und mußt wie neulich vor Amt stehn
(Denn dich nimmt man zuerst), ich gönne die Buße dir wahrlich!
Dies, aufrichtigen Sinns und voll Klugheit, sagt' ihm die Käthe.
Aber der Hans und der Frieder sofort mit lachendem Munde
Liefen alsbald, zu vollziehn was der sinnige Fischer sie anwies.

## *Fünfter Gesang*

Schwebe nunmehr, o mein Lied, feldwärts auf beweglichen Schwingen!
Erst am hellen Gestade hinab, dann über das Fruchtfeld
Schräge den Wasen hinauf, der gemach ansteiget zum Waldsaum.
Dort, in der Frühe des Hochzeittags, da noch auf den Gräsern
Blinkte der Tau und stärkenden Duft noch hauchte die Erde,
Stand bei den Eichen die holdeste Schäferin, hütend alleine,
Wie sie wohl manchmal tat an der Stelle des älteren Bruders.
Denn längst war sie geübt in den sämtlichen Künsten des Handwerks:
Wußte geschickt den unfolgsamen Stör mit der Schippe zu treffen,
Stieß in das Pfeifchen und schickte mit flüchtigen Worten den Schafhund
Hinter den irrenden Haufen herum und sie stoben zusammen.
Auch wenn der Bruder den Pferch aufschlug für die Nacht auf dem Felde,
Trieb sie die Pflöck' in den Grund mit kräftig geschwungenem Schlägel.
Doch jetzt haftete ruhigen Blicks ihr Aug auf der Berge
Morgendlich strahlenden Reihn, die mit schneeigen Häuptern zum hohen
Himmel sich drängen; und jetzo die fruchtbaren Ufergelände
Flog sie entlang, und den herrlich besonnten Spiegel durchlief sie,
Welcher, vom Dunste befreit, schon wärmender Strahlen sich freute.
Hier arbeiteten Fischer im Kahn, dort schwand in die Ferne
Winzig ein Segel, indes schnell wachsend ein anderes nahte,
Und noch andre begegneten sich und kreuzten die Wege.
Rauch stieg auf von den Dächern des Dorfs, und irres Getöse
Kam undeutlich herauf von Menschen und Tieren; die Peitsche
Knallt', und es krähte der Hahn. Doch weit in den blauenden Himmel,
Über dem See und über dem wilden Geflügel des Ufers,
Kreis'te der Reiher empor, dem Säntisgipfel sich gleichend;
Aber im Walde, zunächst bei der Schäferin, sangen die Vögel.
Jetzt, indem nach dem Dorfe sie sah, kam hinter den Gärten
Tone, der Schiffer, hervor und trat in die offene Straße.

Da sprach jene verwundert für sich: Ja wahrlich, er ist es!
Sagten die Mädchen doch jüngst, er würde verreisen auf heute.
Trotzig geht er einher und getrost, doch, *wie* ihm zumut sei,
Dauert er mich auf ein Neu's und muß ich denken, er ziehet
Weit in die Welt und kommt nicht mehr. Das aber ist Torheit,
Weiß ich wohl. Wie schön dem wandernden Buben der breite
Strohhut läßt mit dem hängenden Band – er hat ihn das erste
Mal heut auf – und mit silbernen Knöpfen die Jacke von Sammet!
Trude, was hast du gemacht, so wackeren Jungen verlassen!
Also sprach Margrete, die Schäferin, mit sich alleine,
Während er nah und näher herankam unten im Fahrweg.
Aber o welches von euch, ihr wehenden Lüfte des Morgens,
Führt' ihm das Wort zu Gehör? Denn mit einmal schaut' er herüber,
Stand und schaute nach ihr: da schien er sich erst zu bedenken,
Sprang dann über den Graben und stieg in der Furche des Kornfelds
Grade den Hügel herauf. Von Schrecken gelähmet, das Mädchen
Duckte sich nieder am Stamm der gewaltigen Eiche, sich bergend,
Saß und zog ihr kurzes Gewand auf die Knöchel der Füße
Hastig hinab, denn barfuß war in den Schuhen die Hirtin.
Gleich dann stand er vor ihr und bot ihr die Zeit, und sie gab's ihm
Mit schamlachelndem Munde zurück, unsicher die braunen
Augen erhebend; sie glänzten ihr hell im Schatten des Baumes.
Und er sagte sogleich: Nach Buchhorn muß ich dem Vater;
Gibst du mir nichts in der Stadt zu bestellen? Es sei, was es wolle. –
Dasmal nicht, erwiderte sie: dankswert ist der Antrag. –
Hierauf wechselten sie gleichgültige Reden; doch abseits
Waren die stillen Gedanken gekehrt und auf anderen Pfaden
Hin und wieder betrafen sie sich und flohen sich alsbald
Scheu. Nun schwiegen sie gar, und er, an die Eiche sich schmiegend,
Blickte von oben auf ihre Gestalt. Da quoll ihm der Busen
Bang und wallete ganz vor sehnender Liebe das Herz ihm,
Welche zuvor ihm schon mit Verheißung leise genaht war,
Wenn dem Einsamen oft das liebliche Bild Margaretens
Sich vor die Seele gestellt mit Trost und Schwestergebärde.
Ach wie drang es ihn jetzt in überfließender Rührung
Auf einmal sein ganzes Gemüt vor ihr zu entdecken!

Aber ihm fehlte der Mut, und er fand nicht wie er beginne.
Endlich mit Not, nur daß er nicht blöd und seltsam erscheine,
Frug er, sich zwingend zum Scherz, mit erheiterter Miene das Mädchen:
 Margret', singen wir nicht bald wieder zusammen den Kehrreim,
Wie dort, wo ich im Schiff euch fuhr und das Kälbchen ins Aug traf?
Traun, hier säng es sich schön, und niemand nähm es in übel. –
Doch das errötende Kind am Boden mit spielendem Finger
Rupfte das Moos und sagte die ungeheuchelten Worte:
 Nicht gern, Tone, das glaub, und heut am wenigsten denk ich
Gern an den leidigen Tag. Ich bin nicht schuld, es ist wohl wahr:
Aber, hat es mit euch auf ein End gehn sollen, – ich sagt es
Gleich und sage noch jetzt – ich hätt doch können davon sein.
 Rede mir nicht so! versetzte der Jüngling rasch mit bewegter
Stimme: dein Wort kränkt mich; denn so Gott will, warest du damals
Mir zum glücklichen Zeichen dabei, und wahrlich umsonst nicht
Muß ich zuerst dir wieder am heutigen Morgen begegnen,
Der zu Schmerzen mir nur, zu Verdruß und Beschämung gemacht schien.
Diesen, ich lüge dir nicht, ich sah seit Wochen ihn kommen,
Eben als sei es ein Tag wie ein anderer; siehe, so ist mir
Völlig gewendet der Sinn! Noch kaum zwei Monate bin ich
Los von der Gertrud und – schon so viel Jahre mir deucht es.
Ja ich denke zurück und kann mich in dem Vergangnen
Selbst nicht wieder und kann nicht wieder das Mädchen erkennen,
Das mich betört, um das verzweifelte Liebe zuletzt noch
Dreizehn Tag' und Nächte mit Fäusten mich schlug und würgte
(Wahrhaft sei es dir alles bekannt)! Doch mitten im Jammer
War ich entlassen der Pein; mich stieß ein plötzlicher Mut an,
Hoffnung kam in mein Herz, ich weiß nicht, wieso noch von wannen,
Denn nichts war mir bewußt, darnach ich irgend begehrte.
Nein, vielmehr, nur wie oft noch im Angesichte des Winters
Hell aus nacktem Gezweig ein Frühlingsvogel die Stimme
Hebt und zumal im Busen die staunende Freude dir wecket,

Also war ich erfreut und gewiß glückbringender Zukunft.
Meinem Geschäft nach ging ich getrost, und gesellte mich bald auch
Zur Kameradschaft wieder, wie vordem. Einmal, am Sonntag,
Hieß mich der Fischer mit ihm die Käthe besuchen in ihrer
Stube; da plauderten wir, und er, wie er immer zu tun pflegt,
Nahm vom Schranke herunter das Buch mit alten Geschichten,
Las ein Stück und das andere laut und plauderte wieder
Zwischen hinein. Indem so sah ich im Fenster ein braunes
Näglein stehen im Glas, und ich lobt' es, weil es so schön roch.
Sagte die Käth': Dir sei es geschenkt! ich hab es von einer,
Die verdrießet es nicht, weil *du's* bist, Tone; die Schäf'rin
Gab mirs gestern, sie hat sie von allen Farben im Garten. –
Sagts, und redete noch, da kamst du just mit der Walburg
Langsam die Gasse herab im Gespräch und am Hause vorüber.
Alle wir sahen dir nach mit wohlgefälligen Blicken.
Sieh, und im Hinschaun kam mir ein Wort des herzlichen Lobes
Und dein Name mir über den Mund – so rührte dein Bild mich
In der Seele! so schön warst du! ja recht wie der Friede
Selber erschienest du mir! – Ich war wohl etwan ein wenig
Stille geworden; da blickten die zwei sich mit heimlichem Lachen
An, doch taten sie nicht so fort, noch sagten sie etwas,
Und bald ging ich hinweg. Von Stund an aber, o Schäf'rin,
Kamst du mir nicht aus dem Sinn, und war mein erstes Gedenken
Früh im Erwachen an dich, und mein letztes an dich, wenn ich einschlief,
Müd von sauerer Tagsarbeit. Schau, jegliche Nacht fast
Leert ich im Traum vor dir mit tausend Tränen mein Herz aus!
Aber am Tag, wie sollt ich zu dir mich finden? Ich sah dich
Kaum in der Kirche einmal und kaum auf der Straße von weitem.
Und mein Unglück machte mich blöd, ich wollte dich meiden
Eher als dir nachgehn. Doch heut, da ich dort von der Straße
Dich auf dem Hügel allein bei deinen Schafen erblickte,
Dacht' ich: du willst nur hinauf, sie sehen und grüßen, und mehr nicht!
Denn so sprach ich bei mir in zweifelnder Seele noch gestern:
Hüte dich wohl, ihr so bald und mit *einem* Mal zu verraten
Was dich im Innern bewegt! Nur seltsam gewiß und unglaublich

Müßte so plötzlicher Wandel das ehrbare Mädchen bedünken,
Ja sie scheute vielleicht und bliebe dir stutzig für immer.
Unfreiwillig jedoch, und trotz dem beschworenen Vorsatz,
Margret', sagt' ich dir alles heraus, ich konnte nicht anders.
Aber so denke von mir darum nicht schlimmer als vordem!
Kennst du mich doch, und weißt, wie alles gekommen von Anfang.
Sprich mir ein freundliches Wort! nur soviel, daß du nicht unhold
Von mir denkst! ich lasse dich dann und gehe zufrieden.
Sprach es, der Schiffer, und hielt sich nicht mehr: an die Seite der Hirtin
Sank er danieder ins Moos; sie aber bedeckte mit ihren
Händen das schöne Gesicht voll Glut und die strömenden Augen.
Himmlische Freude durchdrang, unfaßbare, welche dem Schmerz gleicht,
Ihr wie betäubendes Glockengeläut' den erschütterten Busen.
Staunend blickte der Jüngling auf sie und rührete schüchtern
Ihr an die Achsel: Was ist dir? frug er, in steigender Ahnung,
Nahm ihr die Hände hinweg vom Gesicht, und es lachten die klaren
Augen ihn an, mit Tränen gefüllt unsäglicher Liebe.
Aber der Jüngling umschlang mit brünstigen Armen das Mädchen
Fest, und sie küßten einander und hingen ein Weilchen sich also
Schweigend am Hals und fühlten die stärkeren Schläge des Herzens,
Sahen aufs neue sich an und herzten einander und lachten
Hell vor unschuldiger Lust, und schienen sich selber ein Wunder.
Tausendfältig sofort mit Worten bekräftigten beide
Sich, was wieder und wieder zu hören die Liebenden freuet.
Ruhig indessen am Abhang weideten nieder die Schafe,
Vom aufmerksamen Wächter bewacht; auch schaute die Hirtin,
Oft vorbeugend ihr Haupt, nach der Schar, ob keins sich verlaufe.
Hoch stand aber die Sonne, schon sechs Uhr schlug es im Dorfe,
Und es gemahnte die Zeit jetzt, ach, den Schiffer zum Abschied.
Zehnmal sagt' er bereits Lebwohl, und immer von neuem
Hielt er die Hand, die bescheidene, fest und hub er von vorn an.
Endlich erhoben sie sich, und, gelehnt an das Mädchen, der Jüngling
Sah in die Gegend hinaus. Ach, wie viel anders erglänzten

Jetzo die Berge vor ihm! und der See und der herrliche Morgen!
Ihn durchzuckte sein Glück, ein inneres Jauchzen versetzte
Jäh in der Brust ihm den Odem, er seufzete tief und küßte
Margareten die Stirn noch einmal, ging dann und kehrte
Nach drei Schritten sich um, und sagte die bittenden Worte:
  Gib ein Zeichen mir mit auf den Weg, ein Blatt von der Eiche,
Oder was immer es sei von dir, zum tröstlichen Zeugnis
Dieser Stunde, damit ich im stillen daran mich bestärke!
  Sprachs und lös'te zugleich die silberne Schnalle von seinem
Hemde, die breit, herzförmig, er vorn am Halse getragen;
Reichte sie ihr, und das willige Mädchen, geschwinde besonnen,
Sah am Boden zunächst, am knorrigen Fuße des Eichbaums
Liegen die Tasche, darin ihr Morgenbrot und ihr Betkranz
War, aus Bein, in Messing gefaßt, ein teueres Erbstück
Noch von der Ahne: den nahm sie heraus und drückte die Lippen
Innig darauf, gab dann in die Hand dem Liebsten das Kleinod,
Der es begierig empfing und sogleich am Herzen verwahrte,
Wie sie die silberne Schließe verwahrt am wärmenden Busen.
Jetzo mit lang aushaltendem Kuß erst trennte das Paar sich.

  So denn hatte sein besseres Glück dem redlichen Jungen
Alle die Schmerzen zumal der vergangenen Tage vergütet.
Eh noch am Traualtar dem gekuppelten Mann sich die Falsche
Unwiderruflich verband, o Jüngling, umfingst du mit Freuden
Jene, die längst, in der Wiege, dir schon zudachte dein Schicksal.

## *Sechster Gesang*

Aber der Fischer zu Hause betrieb die begonnene Arbeit
Nach Mittag ungestört und nahm sich der Weile zu allem.
Still nach dem hinteren Höfchen hinab die Schauergestalten
Trug er ins Waschhaus jetzt, wo die Mittagshitze nicht hindrang.
Allda schloß er sich ein mit dem gar anstelligen Jungen,
Ruht' und rastete nicht, bis er, erst mit sinkendem Abend,
Reinlich und schön in die blumige Tracht nun beide gehüllt sah.

Ungern weg vom vollendeten Werk dann folgt' er der Mutter
Stärkerem Ruf an den Tisch zu den andern, so viele das Haus nährt,
Die, um die Schüssel voll sauerer Milch her sitzend, in Ruhe
Speiseten, ohne den Vater (er zehrt' um sein Geld mit den Gästen):
Alle die stark herwachsenden Knaben und Töchter und jener
Blinde, der teilnahmlos, halbtaub, von dem Tagesereignis
Nichts vernahm im Gespräch; nur als mit erhobener Stimme
Ihm in das Ohr gutherzig die Hausfrau sprach von der Hochzeit,
Und von den leckeren Bissen zuerst ihm legt' auf den Teller,
Welche der Mann herschickte vom Gasthof, Kuchen und Rehfleisch,
Nickt' er zum halbverstandenen Wort, doch frug er nicht weiter.
Märte, nachdem er den Löffel gewischt, nahm leise die Kappe
Hinter dem Ofen vom Nagel herab und ging aus dem Hause,
Nach dem Versammlungsort. Ihn führte sein Weg an der Liebsten
Wohnung vorbei. Sie stand in der Scheuer und winkte; da lief er
Hurtig ihr zu, die strahlenden Blicks mit den Worten ihn ansprach:
Denke, der Tone macht Ernst mit der Schäferin! Heut in der Frühe
Sah ihn die Kordel, die alte – sie ging Holz suchen im Eichschlag –
Sah sie ihn bei ihr stehn, denn sie hütete dort, und zum Abschied
Hätten sich beide geküßt! Was willst du weiter? Er machte
Sicher den Antrag ihr, und fürwahr, sie bedachte sich nicht lang!
Sprach es, die Käth, und der feurige Bursch, sein Mädchen ergriff er
Unter den Armen und, Schmatz auf Schmatz, noch bevor sie geendet,
Schloß er die freundlichen Lippen ihr zu; dann Lirum tralarum
Schwang er, wie närrisch geworden, im Tanz sie umher auf der Tenne.
Bei Gott! rief er zuletzt – nun hab ich Respekt vor dem Jungen!
Siehst du: daß er am richtigen Fleck noch käme zu landen,
Das war gut prophezein, nachdem sich der Wind einmal drehte;
Aber so frischweg und wie zum Trutz dem garstigen Wärwolf
Sich just heut resolvieren – ich hielt ihn selber nicht Manns gnug.
Wetter! ich wollt, sie erführs noch am Hochzeittisch, und zum Kehraus
Säng ihr einer, verkleidet als Hackbrettschläger, die Märe.
Ach, und warum ist der Tone nicht hier! Ich hoffe, er kommt noch.
Denn, im Vertrauen gesagt, heut schmausen wir droben im Walde,

Ihm zu Ehren; es geht hoch her, und wäret ihr Mädchen
Etwas nütz im geringsten, wir nähmen euch alle zum Tanz mit;
Aber man braucht euch nicht. Und also sag ich für heute,
Schatz, gut Nacht! und nimm es nicht übel, ich habe Geschäfte.
Hiermit lief er hinweg, und die dämmernde Gasse hinunter
Eilt' er und kam zur Halle, woselbst er die andern schon antraf.
Lachend empfingen sie ihn, schon kundig des Planes, und standen
Dicht um ihn her; da begann ungesäumt lebhaft die Beratung,
Doch vorsichtig die Stimmen gedämpft, auch wann durcheinander
Alle sich mischten und hin und wieder die Meinung geteilt war.
Vorweg hatte, schon gestern, der Fischer mit Mühe des Jörgen
Niklas bered't, er wolle zur Zeit aufschließen die Tenne,
Und so gelobt' er auch jetzt, da ihn alle bestürmten, aufs neue,
Ungern freilich: er konnte des Vaters Entrüstung voraussehn.
Doch er gedachte vor Tag, noch ehe der Alte vom Gasthaus
Wäre zurück, im nüchternen Bett sich finden zu lassen.
Weiter: sie wollten mit Stroh dem Wagen die Räder umwickeln,
Daß sie ohne Geräusch ihn förderten über das Pflaster,
Bis vor das Dorf ihn zwingend allein aus menschlichen Kräften;
Doch dort sollten die Pferde bereitstehn, viere zum mindsten:
Frieders Gespann und Dieterichs Scheck und Damians Einaug.
Vorher mußten die Speisen indes nach dem Walde geschafft sein,
Sowie das Fäßchen mit Wein auf dem Schubkarrn; ferner besonders,
Sorglich getragen von zwein auf der Achsel, das blumige Brautpaar.
Etlichen gab man noch auf, für den Notfall eine der langen
Tafeln, auch ein und die andere Bank aus dem Garten der Wirtschaft
Hinten am Adler zu holen, wo leicht von der Wiese man beikam.
Glas und Besteck war aber zu bringen ein jeder verbunden.
Dies nun alles genau so wie sie es hatten beschlossen
Führten sie herzhaft aus; ja sie kamen zum fröhlichen Ziele
Unentdeckt, so nah noch zuletzt die Gefahr sie bedrohte.

Zwölf Uhr wars in der Nacht, nur spärlich der Himmel erleuchtet,
Und schon hatten sie glücklich heraus den belasteten Wagen;
Hinter ihm schlossen die Flügel der Tür sich leise zusammen,
Und dumpf rollt' er dahin; selb fünfzehn keuchten die Bursche

Vorn und hinten, die stärksten jedoch an den Speichen der Räder
Schiebend. Und jetzo bereits vor den Ort und nahe dem Schafhaus
War er gebracht, es kam schon der Hans mit den Pferden entgegen:
Plötzlich da rief es von hinten und stolpert' heran auf der Straße –
Sime-Barthel, ein Ratsherr, wars, er kam von der Hochzeit
Hinter dem Flecken herum, es war ihm der nähere Heimweg –:
Höll-Schwernot! was wird da geschafft? Ihr Mannen, wer seid ihr? –
Alle erschraken ins Herz, doch es sagte der Märte mit Fassung:
Der ist voll bis zum Hals – man hört es am Gang und der Sprache –
Mit dem werden wir fertig! – nur flink, spannt ein! ich beschwätz ihn.
– Hiermit lief er entgegen dem Trunkenen, welcher auf schwanken
Füßen daher sich in unfreiwilligen Kreisen bewegte,
Dem auch die Sinne zumeist und das Urteil gänzlich entflohn war.
Gern sah solches der Freund und sprach mit erlogener Stimme:
Kommt Ihr vom Rathaus heim, Herr Gevatter? Ihr bringet ein kluges
Protokoll mit nach Haus, da unter dem Hut, wie ich merke!
Hier ist ein Fuhrmann, seht, aus dem Galler Kanton, will gegerbte
Rindshäut führen auf Ulm, wo sie jetzt – wir hörten es eben –
Über den Münster ein groß Futteral her machen mit vielen
Kosten, ein Wunder der Welt: er sagt, man könne nicht Sattler
Gnug auftreiben im Land zu der Arbeit. Nun, und der Fuhrmann
Hatte gefüttert im Dorf; kaum ist er heraus und am Bildstock,
Bringt ihn der Teufel dem Graben zu nah – da lag ihm der Plunder!
Schrie er nicht Zeter und Weh, als führet er Glas auf dem Wagen!
Wir dann sprangen ihm bei und halfen ihm wiederum laden.
Seht, just fährt er hinweg! wir geben ihm noch das Geleite.
  – Auch gut! – stammelte jener zur Antwort – irren ist menschlich.
Bringt ihn bis zur Chaussee, dann meinthalb fahr er nach Belgrad!
  Sprachs, und redete noch, als Märte schon lange hinweg war.
Vorwärts ging schon der Wagen und bog jetzt ein in den Feldweg,
Wo er gelind anstieg, und es schwitzten im Ziehen die Pferde,
Rechts und links von den eifrigen Burschen zur Eile getrieben,
Während der Fischer in Atem den Jux erzählte vom Ratsherrn.
Hinten am Dorf noch hörten sie laut des Betrunkenen Stimme
Singen; ihn führte der Rausch abwegs in der Gärten Umfriedung,
Nimmer den Eingang ihm in die vordere Gasse gestattend.

Als sie den nächtlichen Wald nun erreicht, und der türmende
Sanft auf grasigem Weg noch wenige Schritte hineinwärts [Wagen,
Fahrend mit breitem Geleis und oft am Gezweig anstreifend,
Auf dem geräumigen Platz ankam, der zum Feste bestimmt war,
Machten sie Halt und verschnauften ein weniges. Aber der Fischer
Sagte sodann: jetzt spannen wir aus! Du, Frieder, und ihr zwei,
Reitet die Pferde vor allem zurück! sie taten das ihre.
Braucht Vorsicht mir im Dorf! Doch betrifft euch einer, so lügt ihr
Was ihr vermögt; je nachdem es ein Mann ist, schleppt ihn lieber
Mit, eh man etwa befährt, daß er wider uns zeuge am Morgen.
Auch spioniert nach dem Schiffer gelegentlich, ob er nicht heimkam.
Hört – ja brächtet ihr den mit herauf, ihr solltet gelobt sein!
Sprachs, und die rüstigen Bursche, nachdem das Gespann sie gelöset,
Schwangen sich auf und ritten hinweg, ihr Bestes versprechend.
Rasch dann gingen die andern ans Werk. Vorn, links in der Ecke,
Wo im Gebüsche der Mundvorrat mit dem Weine versteckt lag,
Machten ein lustiges Feuer sie an, und flammende Brände
Leuchteten hell um den Wagen herum, von dem sie die Decke
Zogen. Es stiegen der Jünglinge drei auf denselben. Die Stricke
Machten sie los und warfen zuoberst die Bretter herunter,
Reichten die sauberen Stühle herab und die leichteren Tische
(Alles mit strohernen Bäuschen geschützt, von wegen der Reibung);
Rocken und Spinnrad auch, und im länglichen Kasten die Standuhr;
Hoben die Wiege heraus und das hohe Gestelle des Ehbetts,
Welches vom Urgroßvater noch da war: oben am Deckel
Sah man den Traum Jakobs mit der himmlischen Leiter in hellen
Farben gemalt, die geflügelten Engel hinauf und hinunter.
Nächst dem Küchenbehälter erschien ein altes Klavierchen,
Gar dünnleibig und schwach von Ton; ihm bangete jetzo
Schon vor dem roheren Griff der spielunkundigen Jugend;
Dann die Kommode von Nußbaum und zwei kleinere Schränke.
Endlich erhoben sie noch den verschlossenen Kasten mit Weißzeug,
Den acht stämmige Arme zugleich von unten empfingen.
Stück für Stück ward alles so wie es vom Wagen herabkam,
Gleich an die schickliche Stelle gesetzt, und die grünenden Wände
Schmückten sich wohnbarlich aus. Ein paar hellstrahlende Spiegel

Hingen an zwei dickstämmigen Birken vom Nagel herunter,
Gegeneinander gekehrt, an den längeren Seiten des Saales.
Quer hingegen, zurück nach dem Grund, sah man die gestreckte
Tafel bereits mit der sauberen Leinwanddecke des Wagens
Reinlich gedeckt und hüben und drüben geordnet die Bänke.
Gleich ward auch das vortreffliche Brautpaar, welches im Schatten
Schon seit Stunden gekoset, hervor aus den Büschen gezogen,
Und, an die Tafel gesetzt auf den Ehrenplatz in der Mitte,
Grinseten sie bei dem einzigen Licht, das ihnen einstweilen,
Bis die Stunde des Schmauses erschien, auf den Leuchter gesteckt war.
Scherz und Witz, nicht immer des feinsten, belebte der Burschen
Emsiges Tun. In die riesige Bettstatt wurden die vollen
Pfauschigen Betten gebracht, und der rötlich gewürfelte Vorhang,
Welcher dabei lag, fiel in Falten herab von dem Himmel.
Doch in der Wiege – befremdlicher Anblick! schreckenerregend
Jeder gesitteten Jungfrau, wenn sie es sollte gewahren –
Lag ein gebackenes Kind, mit Augen und Mund und Nase,
Gelb, schön glänzender Kruste, vom Sohne des Bäckers gestiftet.
Einige hatten das Feuer geschürt, um die Speisen zu wärmen:
Denn es gebrach nicht Tiegel noch Topf, noch fehlte der Dreifuß.
Solches Gerätes enthielt der übelverwahrte Behälter
Mehr als genug, in Heu sorgfältig gepackt von der Mutter.
Alles entwickelten sie mit Bewunderung neben der Flamme;
Stellten die Teller zurück und was zur Tafel sie brauchten,
Hingen der Reih nach auf am Gesträuch messingene Pfannen,
Sonniger Pracht, und mit doppeltem Handgriff zinnerne Schüsseln,
Welche mit Blitzen zurück den gewaltigen Lichtglanz warfen.
Jegliches ordneten sie mit Sinn und Geschick, wie die Magd tut,
Wenn sie die Küche am Samstag schmückt auf den lieblichen Sonntag,
Hin und her mit Gesang sich bewegt und die lange bekannten
Stücke nun blank und rein den gewohnten Plätzen zurückgibt.
Indes kam auch der Frieder vergnügt von dem Dorf mit den andern
Wieder. Sie hatten, von keiner lebendigen Seele betreten,
Glücklich die Pferde versorgt und vom Hirschen herüber die hellen
Pfeifen im Lärmen der Tänzer gehört und den heftigen Brummbaß.
Aber vom Tone erspähten sie nichts; umsonst auf den Nußbaum

Hinten im Hof stieg einer und klopft' ihm, wie sie auch sonst wohl
Taten, ans Fenster: sein Bett war leer. – Auf! zündet die Lichter
An auf dem Tisch! – rief Märte – das Essen herbei und die Kannen
Hurtig gefüllt! es dürsten die Gäste, es hungert das Brautpaar!

Also nahmen sie Platz, wie es kam. Ein paar von den Jüngsten
Warteten auf, ein Dritter jedoch am Fäßchen (es ruhte
Auf zwei Stühlen, gesichert) zunächst an der festlichen Tafel
Zapfte den funkelnden Wein. Wie gut, nach der handigen Arbeit
Schmeckte der Trunk im kühlen, im herrlich erleuchteten Raum! wie
Schmeckte zum Braten der frische Salat! Sie kaueten wahrlich
Auf zwei Backen zumal, die Gesundheit-strahlenden Zecher,
Plauderten, strichen sich selber heraus und priesen ihr hohes
Glück bei so großer Gefahr und erwogen mit Lachen die Folgen.
Lustig ertönte der Gukukruf aus der Uhr, die der Fischer
Aufgezogen, jedoch auf die Stunde zu richten vergessen:
Neunmal rief sie, den herzerfreuenden Sänger des Frühlings
Schlecht nachahmend im Walde, bei Nacht und wider die Jahrszeit.
Nur erst zwei Uhr war es vorbei und ferne der Tag noch.

Nicht lang saßen die Schmausenden so, als in dem Gehölze
Plötzlich Musik zu erschallen begann, die näher und näher
Rückte: da sprangen die meisten erschreckt empor von den Sitzen,
Schauten verwundert sich an, bis Märtes gelassene Miene,
Was es bedeute, verriet. Er hatte den Geiger von Argen
Auf die Stunde beschieden hierher mit seinen Gesellen.
Und schon traten sie ein, vier Mann hoch in den erhellten
Saal marschierend im Takt, und ein Bürschlein trug die Laterne.
Aber auf einmal hielten sie inne, verblüfft absetzend,
Da sie den seltsam verwandelten Schauplatz sahn und das Pärchen
In hoffärtiger Pracht am Tische. Sie lachten und schwuren:
Solches erlebten wir nicht, fürwahr, soweit wir herum schon
Kamen, wir durstigen Spieler, im Land und außer den Grenzen!
Dann, nachdem sie mit Essen sich erst und mit Trinken geletzet,
Spielten sie auf zur Tafel, die mannigfaltigen Weisen,
Wohl eine Stunde. Man stieß auf der Neuvermähleten Wohlsein
An, mit ledigen Gläsern, verkehrt sie haltend am Fuße,
Füllte sie neu und ließ den beleidigten Freund hochleben;

Neckte mit kitzlichen Fragen die Braut und erteilte dem blöden
Bräutigam allerlei Rat; doch zur Antwort borgte der Fischer
Beiden die täuschende Stimme zum großen Ergötzen der andern;
Darin tat es ihm keiner zugleich, dem bei der Geburt schon
Jegliche Kunst und Gabe der scherzenden Muse geschenkt war.
Aber sie hatten des Sitzens genug und begehrten zu tanzen.
Paar und Paar erst drehten sie sich im melodischen Ländler,
Der halb traurig ein Herz, halb fröhlich zu stimmen gemacht war
Und das Verlangen die Liebste zu sehn in jedem erregte,
Weil er zuletzt bei diesem Getön sie gewiegt in den Armen,
Welche daheim nun lag in dumpfiger Kammer; die Stirne
Netzt unschuldiger Schlaftau ihr und die brennenden Glieder
Drängen die lästige Decke zurück im stöhnenden Schlummer,
Während der Hahn auf der Stange den Tag schon wittert und ankräht.
Doch zu des Festes Beschluß nun schritten sie, fichtene Fackeln
Schwingend in düsterer Glut, durcheinander sich schlingend im Tanze;
Nur daß etliche, rasch vom Geiste des Weines bewältigt,
Schwankten, so mächtig ihr Juhschrei noch durchhallte die Waldung.
Schon verblaßte die Nacht, und im Laub ein schüchternes Vöglein
Regte sich hier und dort: da ermahnte der Fischer zum Aufbruch.
Weggeworfen die Fackeln verglommen im feuchtigen Grase,
Und man eilte nur noch, dem Magen zur Sühne, den heißen
Kaffee hinunterzuschlürfen; dann raffte zusammen ein jeder
Was ihm gehörte. Die Musiker leerten die Reste des Weines
Noch in den Kannen; das ledige Faß ward tief ins Gebüsche
Seitab getragen und sorgsam versteckt, um es später zu holen,
Aber das übrige blieb wie es lag und stand. Eh die Sonne
Noch, aufgehend, die Wipfel beschien des beschatteten Haines,
War schon verlassen der Platz, nur das Ehpaar saß noch alleine
Schweigsam hinter dem Tisch; kein Laut als der singenden Vögel
Wurde gehört, und die Wanduhr hielt den gemessenen Takt ein.
Aber indem sich der wacker bezechte, der lachende Haufen
Nun auf dem Umweg durch das Gehölz fortmachte, damit sie
Heimlich gelangten ins Dorf, ein jeder in seine Behausung,
Blieb mit Bedacht Freund Märte zurück in der Nähe des Platzes,
Daß nicht am einsamen Ort unbeschützt der Müllerin Hausrat

Sei, zufälligen Dieben ein Fund, ihm aber vor allen
Schwere Verantwortung des geringsten Verlustes erwachse.
Dort an der Spitze des Waldes, gedeckt von den äußersten Büschen,
Saß er, sein Pfeiflein stopfend, allein auf dem liegenden Eichstamm,
Spähte mit Blicken des Falken umher im offenen Felde,
Rund um das Dorf, wo der Hochzeittumult schon lange verstummt war
Und der geschäftige Tag erst wenige Schläfer erweckte.
Hier denn war er entschlossen, die Ortspolizei zu erwarten,
Und nicht eher zu fliehn, als bis sich Richter und Schultheiß,
Auch Waldmeister und Büttel, besonders der Müllerin Sippschaft,
Ja wie er hoffte, sie selber mit ihm, voll stürmischer Eile
Naheten, lang nachziehend den Schweif neugierigen Volkes.
Er dann wollte geschickt auf verborgenen Wegen dem See zu-
Eilen, und von dort aus, mit triefendem Netz auf der Schulter,
Kommen gemächlichen Schritts in das Dorf, als wüßt er von gar nichts.

Niklas (welcher, von Märte gewarnt, nach desselbigen Beispiel,
Mäßiger war bei dem Trunk und sich bei guter Besinnung
Weislich erhielt) war kaum auf die eigene Kammer geschlichen,
Als er mit großem Geschrei, daß der Brautschatzwagen hinweg sei,
Allen verkündet' im Haus. Sogleich wie ein laufendes Feuer
Kam es im Dorfe herum, und zuerst vor die Müllerin selber.
Grausamer ward wohl nimmer ein Weibchen geweckt auf die Braut-
Als im stillen Gemach die nur erst entschlummerte Schöne! [nacht,
Und ein Rennen und Laufen begann und ein Fragen und Rufen
Allenthalben, als läutete Sturm, als brennt' es im Orte.
– Wundersames berichtete Sime-Barthel, der Ratsherr,
Was ihm einer gesagt von dem Frachtfuhrmann auf der Straße,
Unglaubwürdiges, eher dem Scherz gleich weder dem Ernste,
Wie es ihm selber nun deucht'; auch sagte der Mann, der die Wache
Tat in der Nacht, er hätte vom Wald her öfters wie Geigen
Oder wie Pfeifen gehört, und andere, so ihm begegnet,
Hätten es mit ihm gehört, doch geschworen, es halle die Musik
Wider vom Tanz im Hirschen, obwohl er es lange bezweifelt.
Hiernach denn, sowie andern untrüglichen Zeichen zufolge,

Zog man hinaus, und entdeckte gar bald den unglaublichen Frevel.
Da war des Staunens umher und der aufgehobenen Hände,
Lachens und Jammerns kein End! In stets sich vermehrenden Scharen
Strömten des Dorfes Bewohner herbei; mit unmäßigem Schelten
Heulte die Mutter voran, ihr folgte die ganze Verwandtschaft.
Trude jedoch, von Scham und von Schmerz auf dem Wege be-
zwungen,
Als sie vernahm, was alles im Wald leichtfertige Hände
Stellten zur Schau, blieb weinend zurück: O das hat der Bösewicht,
Rief sie, der Märte getan! – und lief und verbarg sich im Hause.
Peter inzwischen, er wußte nicht wie, stand schon auf dem Platze,
Schaute mit dummlicher Miene sich um und erblickte sein Abbild
Neben der Liebsten, das doppelte Kunstwerk, farbigen Glanzes,
Eh es, den Augen der Lacher entrückt, nun schmählich dahinsank.
Während entschlossene Männer nun, hülfreich, aus dem verengten
Raum wegtrieben die Menge, das Fuhrwerk eilig zurechte
Stellten und gleich anfingen die Fahrnis wieder zu laden,
Sah man der Müllerin Mann untätig, in blöder Verwirrung
Stehen, bald hier, bald dort, und erneuerten Spott sich erwecken.
Denn, nicht wissend so recht, was er tat, auch weil ihn des Essens
Stete Begier antrieb, und das kuchengebackene Kindlein
Vor ihm lag auf dem Tisch, unberührt noch, brach er dasselbe
An und kostete, weniges erst, dann aber zu immer
Völligern Bissen geführt, verzehrt' er es nahe zur Hälfte.
Deshalb sagt man noch heut: er ißt wie der Müller von Bärnau,
Welcher sein eigenes Kind, das unmündige, so ihm geschenkt war,
Gleich am Tag nach der Hochzeit fraß, ein grausames Frühstück.
Als nun die Ladung endlich zurück auf den Wagen gebracht war,
Führten befreundete Rosse hinweg ihn stracks nach der Mühle,
Wo die Besitzerin schon sein harrete unter dem Hoftor.

Also rächte der Fischer die Kränkung seines Geliebten;
Ungestraft: denn der Schultheiß riet zur Güte dem Ehpaar,
Daß nicht vielleicht gar Schlimmeres noch der vermessene Haufen
Ihnen an Gut und Ehre, zur Wiedervergeltung, erweise.
Aber noch selbigen Tag kam froh, in des Vetters Begleitung,

Tone von Manzell heim. Er hatte dem ehrlichen Paten
Seine Geschichte vertraut und wie er die Schäferin liebe.
Jener nun brachte des Sohns Absicht (so verlangt' es der Jüngling)
Erst an Vater und Mutter, darnach an die Eltern des Mädchens,
Und den Morgen darauf lud Tone – wie staunten die Leute! –
Seinen trautesten Freund zum fröhlichen Fest der Verlobung.

## *Siebenter Gesang*

O glückselige Zeit, da der Jüngling blüht und die Jungfrau!
Unaufhaltsam gehst du dahin, nie wiederzukehren!
Gleichwie ein weitaussehendes Lied anhebet und freundlich
Jedem das Herz einnimmt (dies hoffet ein Sänger bescheiden),
Daß man der fliehenden Stunde nicht wahrnimmt und sich das Ende
Gerne verhüllt, doch kommt es zuletzt und die Töne verstummen:
Also verrinnt die gemessene Frist anmutiger Jugend.
Zwar auch der Mann, der dem Haus vorsteht und neben dem Weibe
Blühende Kinder ernährt, noch über die Mitte des Lebens
Grünet er neidenswert: dann aber empfängt ihn das Alter
Schon mit unwillkommenem Gruß, und dringet ihm Freundschaft
Auf, die jeden beschämt und welcher doch alle sich fügen,
Ehe das Bitterste naht; denn lieb ist das Leben auch so noch.

Solche Gedanken, o munterer Greis, betrübten die Seele
Dir nicht am Abende dort auf dem Heimweg von der Kapelle,
Wo du den Schneider betrogst und früherer Jahre gedachtest.
– Aber ich singe die Strafe nunmehr, die du jenem bereitet.
Sonntag war es gewesen, und schweigende, finstere Nacht wars,
Als mit seinem Gesellen der Schneider den Gang nach dem Kirchlein
Antrat, bestens mit allem versehn, was die Absicht erheischte.
Ihn durchjästete ganz, wie ein giftiges Fieber, die Habgier,
Seit er die Glocke gesehn, die vermeintliche, drüben vom Hügel.
Denn am hellen Mittag dort standen sie, spähten und blinzten,
Öfter den Standpunkt wechselnd, hinauf; und die Hand vor die Sonne
Über dem Auge gedeckt, rief, schluckend in freudigem Schrecken,

Wendel zumal: da ist sie, bei Gott! Mit der unteren Schweifung
Sticht sie finster ins Licht, wie der Alte gesagt! und ein Weltsding,
Ein allmächtiges, wie mich bedünkt – die macht uns zu schaffen!
– Gleichfalls sah der Geselle sie dann und bekräftigt' es lebhaft.
Trug hingegen war alles und Gaukelwerk des durchtriebnen
Greisen. Er war mit dem frühesten Tage bereits in dem Türmchen
Oben gewesen, indem er den Chor von außen erklettert
– Siebenzigjährig ein Jüngling noch – in die Lücke des Kirchdachs
Stieg und über das Deckengewölb weglaufend zur Schnecken-
Treppe gelangte, von welcher hinabwärts hohl das Gemäuer
Hallte, der Stiegen beraubt. Dort aber ins Glockengehäuse
Hatte der Alte den Speck, um die diebischen Ratzen zu fangen,
Heimlich gebracht, und war, wie er kam, bald wieder gegangen.
Jetzt, in der Nacht, schon lange bevor ankamen die Diebe,
Wartet' er ihrer am Felsengestad, dicht unter dem Kirchlein.
  Weit noch waren die Schneider entfernt, die beschwerliche Leiter
Zwischen sich tragend; der Meister voran und hinten der Bube.
Während sie nun so gingen und keiner ein Wort mit dem andern
Redete, häufig die Ohren gespitzt, anhielten und horchten,
Kamen dem Wendel Gedanken der Furcht. Ihm fiel nacheinander
Ein was er früh in der Schule gehört von Wundergeschichten.
Bald wie ein Heiligenschänder gestraft ward, bald wie ein Räuber
Sein ruchloses Beginnen gebüßt, noch eh' es vollbracht war;
Jener zumal, von welchem erzählt wird, daß er die Mutter
Gottes bestohlen im Dom, ihr strahlendes Bild am Altare,
Und wie die Himmlische seiner geschont anfänglich und stille
Hielt, da er frech aus der Hand ihr die goldene Kugel gebrochen,
Ja noch geduldig es litt, die Erbarmende, daß er den Mantel
Ihr von der Schulter geraubt, aus gediegenem Silber getrieben;
Aber indem er die Hand ausstreckte zuletzt, ihr die Krone
Selber zu nehmen vom Haupt – urplötzlich die mächtigen Arme
Warf sie um ihn und hielt so gefangen ihn bis an den Morgen,
Wo die erstaunende Menge den schon Entseelten befreite.
Noch auf den heutigen Tag steht sie mit gebogenen Armen,
Zum Wahrzeichen, die Heilige, dort und zur ewigen Warnung.
Aber, – so tröstete Wendel sich bald – hab ich doch im Leben

Nichts dergleichen geglaubt! Und dächt ich, es wäre die Wahrheit,
Scheut ich die lumpige Glocke doch nicht. Ja wenn es die echte
Wär, und man führte sie über den See, ich wollte noch eher
Denken, es hätte Gefahr; daß sie etwa, schwerer und immer
Schwerer von selbst sich machend, das Schifflein brächte zum Sinken.
Aber so ist es ein Wechselbalg, ein elendiger. Diebe
Haben hierher sie gebracht, drum holen auch Diebe sie wieder.

Dies und anderes sprach er bei sich. Und sie standen am Kirchlein,
Traten hinein und rasteten nicht erst, sondern der Bube
Schlug gleich Feuer und steckte das Blendlicht an (das der Schneider
Eigenhändig gemacht), es wurde die Leiter gerichtet
Und sie stiegen hinauf, nacheinander, mit Feilen und Zangen,
Bis an die steinernen Stufen und weiter so fort; der Geselle
Diesmal voran. Doch unhörbaren Tritts, in geringer Entfernung
Folgte der Fischer und blieb in der obersten Wendung der Treppe
Unter dem Schlupfloch stehn, so, daß er nur halb mit dem Kopfe
Ragt' aus dem Boden hervor, den jene soeben betraten.
Doch kaum hatte der Schneider beim streifenden Scheine des Lichtes
Flüchtig erblickt was im Stuhl dort Zweifelhaftes herabhing,
Als ihm der Mut einsank, und jetzo, näher getreten,
Starreten beide mit offenem Mund. Denn, ach, statt der Glocke
Schwebt' ein Ungeheuer von Hut, dreieckig, am Stricklein!
Nicht ein solcher fürwahr, wie er Sonntags während der Predigt
Hinter dem Sitze des Schultheiß hängt, andächtiger Stille;
Noch wie der Schäfer ihn hat am festlichen Tage des Wettlaufs
Auf dem Gröninger Markte, geziert mit farbigen Nesteln;
Nein, wie im Acker der Landmann ihn aus der werdenden Furche
Unter der Pflugschar ziehet hervor und ihn wirft in den Graben:
Gelb vom Regen gewaschen der Filz und gedörrt an der Sonne,
Löcherig, ohne Gestalt, ein Auswurf seines Geschlechtes.

Sprachlos waren die zwei, unfähig ein Glied zu bewegen.
Schnöden Verrats Ahnung und die Angst unauslöschbarer Schande
Trieb dem unseligen Schneider den Schweiß aus. Selber das tiefe
Schweigen des Orts – nur der Nachtwind blies durch die lockeren Laden –

Ward ihm ängstlich und schien noch größere Schrecken zu bergen.
Und so kam es auch jetzt; denn die nächtliche Stille zerrissen
Gellende, schreiende Töne der Dorfklarinette mit einmal,
Fröhlich genug, doch verzweiflungbringend dem Ohre der Frevler,
Und es entstürzte dem Nest jählings, vor Entsetzen, der Eule
Noch schwach flatternde Brut, daß der Flaum an den Balken umherflog.
Gar wohl kannten die Weise des schelmischen Liedes die beiden,
Welches begann: Was gleichet uns Schneidern an Witzen und Listen!
Ebenso schnelle errieten sie auch den unsichtbaren Spielmann,
Welcher zu spielen so lang fortfuhr in beschleunigtem Zeitmaß,
Bis ihm das Lachen den Blast abstieß, ihm die Pfeife vom Mund sank
Und er sich jetzo nach Lust ausschüttete, Tränen vergießend.
Vor aus dem Dunkel nun trat er und stand von der Leuchte beschienen.
Wendel gelangte zum Wort und ruhigen Tones begann er:
Alter! Ihr habt zwei Schneider im Garn – was hülfe das Leugnen!
Lacht nur, ich lache vielleicht noch mit: doch, seid Ihrs zufrieden,
Bleibe der Spaß unter uns! Wie meint Ihr, könntet Ihr schweigen?
Drei Maß Wein, Bärnauer Gewächs, sind Euer noch heute.
Seis drum – sagte der Fischer: es gilt! Hier nehmet die Hand drauf.

# ANMERKUNGEN

Der Schauplatz der Idylle ist an der württembergischen Landesgrenze gegen Bayern, südöstlich von Friedrichshafen zu denken.

V. 7: *Der First*, schwäbisch, sonst: die Firste; im Altdeutschen bei den Minnesingern: der Virst.

V. 13: Der *hohe Säntis*, bildet, nebst dem Altmann und dem Gyrenspitz, die Krone der Appenzeller-Berge.

V. 56: *Im Stammkloster*, Mutterkloster; etwa die Abtei Weingarten.

V. 141: *Windbraus*, heftiger Wind. Joh. *Matthesius*.

V. 299: *Das Algäu*, Algau, der Landstrich an der Iller von Memmingen und Kempten bis zum Bodensee herüber.

V. 306: *ehender*, eher. – Etwas *ohne werden*, einer Sache los oder verlustig werden.

V. 312: *ring*, gering, leicht.

V. 342: *gätlich*, bequem.

V. 366: *schochen*, bedeutet eigentlich schon an und für sich: Haufen aus etwas machen.

V. 508: *Der Alpstein*, die ganze Säntiskette.

V. 541: *Schnurranten*, herumziehende Spielleute.

V. 602f.: Jemanden *einen Maien stecken*, (als figürliche Redensart immer ironisch), einem etwas antun, das ihm nicht zur Ehre gereicht. Ein Mai heißt ein grüner Baumzweig oder Büschel von Zweigen, besonders von frisch ausgeschlagenen Birken, sofern sie bei festlichen Gelegenheiten zu Ausschmückung der Häuser u. dgl. gebraucht werden. s. *Adelung*, Wörterb.

V. 659: *Der See blüht*, stehender Volksausdruck für ein natürliches Vorkommen, welches der Bodensee vermutlich mit andern Landseen gemein hat. Im Frühling sind nämlich oft ganze Strecken seines Wassers mit einem gelben Staub bedeckt, der sich bald schleimig zusammenhängt und nach tagelangem Umherschwimmen verschwindet. Diese Erscheinung kann nicht vom Blühen der Wasserpflanzen herrühren, da der See deren nur wenige hat; es ist vielmehr nichts anderes, als der männliche Samenstaub der an den Ufern wachsenden Sträucher und Waldbäume. s. *Schwab*, der Bodensee.

V. 747: Unter den gewöhnlichen Singvögeln, die sich alle am See finden, soll nur die *Nachtigall* fehlen. s. *Memminger*, Beschreibung des Oberamts Tettnang.

V. 882: *Buchhorn* hieß die vormalige kleine Reichsstadt, welche von König Friedrich, dem Gründer des dortigen Hafens, den Namen Friedrichshafen erhielt.

V. 900: *Das Kälbchen ins Aug schlagen*, bei jemand anstoßen, besonders durch Reden.

V. 1303: *weder*, beim Komparativ – als.

V. 1399f.: Die hier angeführte *Wundergeschichte* wird irgendwo von einer deutschen Kirche, und zwar, wenn der Verf. sich nicht irrt, in den Rheinprovinzen, erzählt.

V. 1436: *Gröningen*, Markgröningen, ein altes Städtchen unweit Ludwigsburg. Am Bartholomäus-Feiertage wird daselbst ein Fest unter dem Namen Schäfermarkt, das Überbleibsel eines ehemaligen Wollmarkts, begangen. Die meisten Schäfer des Unterlands versammeln sich hier, teils um ihre Geschäftsangelegenheiten in Ordnung zu bringen, teils um sich mit Tanz und Spiel zu vergnügen. Schaulustige Gäste kommen in Menge aus Städten und Dörfern herbei. Nach einem feierlichen Aufzug mit Musik, wobei eine gemalte Fahne aus weißem Taffet vorgetragen wird, halten einige junge Schäfer und Schäferinnen einen Wettlauf mit bloßen Füßen auf dem Ackerfelde. Die Preise bestehen in einem bunt geschmückten Lamm, Halstüchern, Bändern und bemalten Blech-Kronen. Ein allgemeines Abzeichen für diesen Tag sind die Nestel, schmale farbige Streifen Schafleder, die in einen Metallstift auslaufen. Sie werden auch unter die Zuschauer verteilt, am Arm und im Knopfloch getragen.

V. 1455: *Blast*, Hauch, Wind. » – wie ein Sackpfeiffenzipffel, dem der Plast entgangen«. *Grimmelshausen*, Simplicissimus.

# MALER NOLTEN

Novelle in zwei Teilen

## ERSTER TEIL

Ein heiterer Juniusnachmittag besonnte die Straßen der Residenzstadt. Der ältliche Baron Jaßfeld machte nach längerer Zeit wieder einen Besuch bei dem Maler Tillsen, und nach seinen eilfertigen Schritten zu urteilen, führte ihn diesmal ein ganz besonderes Anliegen zu ihm. Er traf den Maler, wie gewöhnlich nach Tische, mit seiner jungen Frau in dem kleinen, ebenso geschmackvollen als einfachen Saale, dessen antike Dekoration sich gar harmonisch mit den gewöhnlichen Gegenständen des Gebrauchs und der Mode ausnahm. Man sprach zuerst in heiterm Tone über verschiedene Dinge, bis die Frau sich in Angelegenheiten der Haushaltung entfernte und die beiden Herren allein ließ.

Der Baron saß bequemlich mit übereinander geschlagenen Beinen im weichen Fauteuil, und indes die Wange in der rechten Hand ruhte, schien er während der eingetretenen Pause den Maler in freundlichem Nachsinnen mit der neuen Ansicht zu vergleichen, die sich ihm seit gestern über dessen Werke aufgedrungen. »Mein Lieber!« fing er jetzt an, »daß ich Ihnen nur sage, warum ich vornehmlich hieher komme. Ich bin kürzlich bei dem Grafen von Zarlin gewesen und habe dort ein Gemälde gesehen, wieder und wieder gesehen und des Sehens kaum genug gekriegt. Ich fragte nach dem Meister, der Graf ließ mich raten, ich riet und sagte: Tillsen! – schüttelte aber unwillkürlich den Kopf dabei, weil mir zugleich war, es könne doch nicht wohl sein; ich sagte abermals: Tillsen, und sagte zum zweitenmal: Nein!«

Bei diesen Worten zeigte sich eine Spur von Verdruß und Verlegenheit auf des Malers Gesicht; er wußte sie jedoch schnell zu verbergen und fragte mit guter Laune: »Nun! das schöne Wunderwerk, das meinen armen Pinsel bereits zweimal verleugnet hat – was ist es denn eigentlich?«

»Stellen Sie sich nicht, Bester«, erwiderte der Alte aufstehend, mit herzlicher Fröhlichkeit und glänzenden Augen, »Ihnen ist wohl bekannt, wovon ich rede. Der von Zarlin hat Ihnen das Bild abgekauft und Sie sind nach seiner Versicherung der Mann, der es gemacht. Hören Sie, Tillsen«, hier ergriff er seine Hand, »hören Sie! ich bin nun einmal eben ein aufrichtiger Bursche und mag, wo ich meine Leute zu kennen glaube, nicht übertrieben viel Vorsicht brauchen, also platzte ich Ihnen gleich damit heraus, wie mirs mit Ihrem Bilde ergangen; es enthält unverkennbar so manches Ihrer Kunst, besonders was Farbe, was Schönheit im einzelnen, was namentlich auch die Landschaft betrifft, aber es enthält – nein, es *ist* sogar durchaus wieder etwas anderes, als was Sie bisher waren, und indem ich zugebe, daß die überraschende Entdeckung gewisser Ihnen in minderem Grade eigenen Vorzüge mich irre gemacht, so liegt hierin ein Vorwurf gegen Ihre früheren Arbeiten, den Sie immer von mir gehört haben, ohne darum zu zweifeln, daß ich Sie für einen in seiner Art trefflichen Künstler halte. Ich fand jetzt aber eine Keckheit und Größe der Komposition von Figuren, eine Freiheit überall, wie Sie meines Wissens der Welt niemals gezeigt hatten; und was mir schlechterdings als ein Rätsel erschien, ist die auffallende Abweichung in der poetischen Denkungsart, in der Wahl der Gegenstände. Dies gilt insbesondere von zwei Skizzen, deren ich noch gar nicht erwähnte und die Sie dem Grafen in Öl auszuführen versprochen haben.

Hier ist eine durchaus seltene Richtung der Phantasie; wunderbar, phantastisch, zum Teil verwegen und in einem angenehmen Sinne bizarr. Ich denke dabei an die Gespenstermusik im Walde und Mondschein, an den Traum des verliebten Riesen. Tillsen! um Gottes willen, sagen Sie, wann ist diese ungeheure Veränderung vorgegangen? wie erklären Sie mir sie? Man weiß und hat es bedauert, daß Tillsen in anderthalb Jahren keine Farbe angerührt; warum sagten Sie mir während der letzten zwei Monate nicht eine Silbe vom Wiederanfange Ihrer Arbeiten? Sie haben heimlich gemalt, Sie wollten uns überraschen, und wahrlich, teuerster, unbegreiflicher Freund, das ist Ihnen gelungen.« Hier schüttelte der feurige Redner den stummen Hörer kräftig bei den Schultern, schmunzelte und sah ihm nahezu unter die Augen.

»Ich bin wahrhaftig«, begann der andere ganz ruhig, aber lächelnd, »um den Ausdruck verlegen, Ihnen meine Verwunderung über Ihre Worte zu bezeugen, wovon ich das mindeste nicht verstehe. Weder kann ich mich zu jenem Gemälde, zu jenen Zeichnungen bekennen, noch überhaupt faß ich Ihre Worte. Das Ganze scheint ein Streich von Zarlin zu sein, den er uns wohl hätte ersparen mögen. Wie stehen wir einander nun seltsam beschämt gegenüber! Sie sind gezwungen, ein mir nicht gebührendes Lob zurückzunehmen, und der Tadel, den Sie vergnügt schon auf die alte Rechnung setzten, bleibt, wo er hingehört. Das muß uns aber ja nicht genieren, Baron, wir bleiben, hoff ich, die besten Freunde. Geben Sie mir aber doch, ich bitte Sie, einen deutlichen Begriff von den bewußten Stücken. Setzen Sie sich!«

Jaßfeld hatte diese Rede bis zur Hälfte mit offen stehendem Munde, beinahe ohne Atemzug angehört, während der andern Hälfte trippelte er im Zickzack durch den Saal, stand nun plötzlich still und sagte: »Der Teufelskerl von Zarlin! Wenn ja der – aber es ist impossibel, ich behaupte trotz allen himmlischen Heerscharen, Sie sind der Maler, kein anderer; auch läßt sich nicht annehmen, daß es etwa nur zum Teil Ihre Produktion wäre; Sie haben sich in Ihrem Leben nie auf Fremdes verlegt.« Der Maler bat wiederholt um die Schilderung der befragten Stücke.

»Ich beschreibe Ihnen also, weil Sie es verlangen, Ihr eigen Werk«, hub der alte Herr, sich niedersetzend, an, »aber kurz, und korrigieren Sie mich gleich, wenn ich wo fehle. – Das ausgeführte Ölgemälde zeigt uns, wie einer Wassernymphe ein schöner Knabe auf dem Kahn von einem Satyr zugeführt wird. Jene bildet neben einigen Meerfelsen linker Hand die vorderste Figur. Sie drückt sich, vorgeneigt und bis an die Hüften im Wasser, fest an den Rand des Nachens, indem sie mit erhobenen Armen den reizenden Gegenstand ihrer Wünsche zu empfangen sucht. Der schlanke Knabe beugt sich angstvoll zurück und streckt, doch unwillkürlich, *einen* Arm entgegen; hauptsächlich mag es der Zauber ihrer Stimme sein, was ihn unwiderstehlich anzieht, denn ihr freundlicher Mund ist halb geöffnet und stimmt rührend zu dem Verlangen des warmen Blicks. Hier erkannte ich Ihren Pinsel, Ihr Kolorit, Ihren unnachahmlichen Hauch, o Tillsen, hier rief ich Ihren Namen aus. Das Gesicht der Nymphe ist fast nur Profil, der schiefe Rücken und eine Brust ist sichtbar; unvergleichlich das nasse, blonde Haar. Bei der Senkung einer Welle zeigt sich wenig der Ansatz des geschuppten Fischkörpers, in der Nähe schlägt der tierische Schwanz aus dem grünen Wasser, aber man vergißt das Ungeheuer über der Schönheit des menschlichen Teils, und der Knabe vergeht in dem Liebreiz dieses Angesichts; er versäumt das leichte, nur noch über die Schulter geschlungene Tuch, das der Wind als schmalen Streif in die Höhe flattern läßt. Eine Figur von großer Bedeutung ist der Satyr als Zuschauer. Die muskulose Figur steht, auf das Ruder gelehnt, etwas seitwärts im Schiffe, und überragt, obgleich nicht ganz aufrecht, die übrigen. Eine stumme Leidenschaft spricht aus seinen Zügen, denn obgleich er der Nymphe durch den Raub und die Herbeischaffung des herrlichen Lieblings einen Dienst erweisen wollte, so straft ihn jetzt seine heftige Liebe zu ihr mit unverhoffter Eifersucht. Er möchte sich lieber mit Wut von dieser Szene abkehren, allein er zwingt sich zu ruhiger Betrachtung, er sucht einen bittern Genuß darin. Das Ganze rundet sich vortrefflich ab, und mit Klugheit wußte der Maler das eine leere Ende des Nachens rechter Hand hinter hohe Seegewächse zu verstecken. Übrigens ist vollkommene Meeraussicht, und man befindet sich mit den Personen einsam und ziemlich unheimlich auf dem hülflosen Bereiche. Ich sage Ihnen nichts weiter, mein Freund. Ihre gelassene Miene verrät mir eine hinlängliche Bekanntschaft mit der Sache; Sie dürften übrigens, wenn keine Verwunderung, doch wahrlich ein wenig gerechten Stolz auf Ihr Werk blicken lassen, wofern nicht eben in diesem Anscheine von Gleichgültigkeit schon der höchste Stolz liegt.«

»Die Skizzen, wenn ich bitten darf!« erwiderte der andere; »wie verhält es sich damit? Sie haben mich sehr neugierig gemacht.«

Der Baron holte frisch Atem, lächelte und begann doch bald ernsthaft: »Federzeichnung, mit Wasserfarbe ziemlich ausgeführt, nach Ihrer gewöhnlichen Weise. Das Blatt, wovon jetzt die Rede ist, hat einen tiefen, und besonders als ich es zum zweitenmal bei Lichte sah, einen fast schauderhaften Eindruck auf mich gemacht. Es ist nichts weiter als eine nächtliche Versammlung musikliebender Gespenster. Man sieht einen grasigen, etwas hüglichten Waldplatz, ringsum, bis auf *eine* Seite, eingeschlossen. Jene offene Seite rechts läßt einen Teil der tiefliegenden, in Nebel glänzenden Ebene übersehen; dagegen erhebt sich zur Linken im Vorgrunde eine nasse Felswand, unter der sich ein lebhafter Quell bildet und in deren Vertiefung eine gotisch verzierte Orgel von mäßiger Größe gestellt ist; vor ihr auf einem bemoosten Blocke sitzt im Spiele begriffen gleich eine Hauptfigur, während die übrigen teils ruhig mit ihren Instrumenten beschäftigt, teils im Ringel tanzend oder sonst in Gruppen umher zerstreut sind. Die wunderlichen Wesen sind meist in schleppende, zur Not aufgeschürzte Gewande von grauer oder sonst einer bescheidenen Farbe gehüllt, blasse, mitunter sehr angenehme Totengesichter, selten etwas Grasses, noch seltener das geschälte häßliche Totenbein. Sie haben sich, um nach ihrer Weise sich gütlich zu tun, ohne Zweifel aus einem unfernen Kirchhof hieher gemacht. Dies ist schon durch die Kapelle rechts angedeutet, welche man unten in einiger Nähe, jedoch nur halb, erblickt, denn sie wird durch den vordersten Grabhügel abgeschnitten, an dessen eingesunkenem Kreuze von Stein ein Flötenspieler mit bemerkenswerter Haltung und trefflich drapiertem Gewande sich hingelagert hat. Ich wende mich aber jetzt wieder auf die entgegengesetzte Seite zu der anziehenden Organistin. Sie ist eine edle Jungfrau mit gesenktem Haupte; sie scheint mehr auf den Gesang der zu ihren Füßen strömenden Quelle, als auf das eigene Spiel zu horchen. Das schwarze, seelenvolle Auge taucht nur träumerisch aus der Tiefe des inneren Geisterlebens, ergreift keinen Gegenstand mit Aufmerksamkeit, ruht nicht auf den Tasten, nicht auf der schönen runden Hand, ein wehmütig Lächeln schwimmt kaum sichtbar um den Mundwinkel, und es ist, als sinne dieser Geist im jetzigen Augenblicke auf die Möglichkeit einer Scheidung von seinem zweiten leiblichen Leben. An der Orgel lehnt ein schlummertrunkener Jüngling mit geschlossenen Augen und leidenden Zügen, eine brennende Fakkel haltend; ein großer goldenbrauner Nachtfalter sitzt ihm in den Seitenlocken. Zwischen der Wand und dem Kasten scheint sich der Tod als Kalkant zu befinden, denn eine knöcherne Hand und ein vorstehender Fuß des Gerippes wird bemerkt. Unter den Gestalten im Mittelgrunde zeichnet sich namentlich eine Gruppe von Tanzenden aus, zwei kräftige Männer und ebensoviel Frauen in anmutigen und kunstvollen Bewegungen, mit hochgehaltener Handreichung, wobei zuweilen nackte Körperteile edel und schön zum Vorschein kommen. Indessen, der Tanz scheint langsam und den ernsten, ja traurigen Mienen derjenigen zu entsprechen, welche ihn aufführen. Diesen zu beiden Seiten und dann mehr gegen den Hintergrund entfaltet sich ein vergnügteres Leben; man gewahrt muntere Stellungen, endlich possenhafte und neckische Spiele. Etwas fiel mir besonders auf. Ein Knabengerippe im leichten Scharlachmäntelchen sitzt da und wollte sich gern von einem andern den Schuh ausziehen lassen, aber das Bein bis zum Knie ging mit, und der ungeschickte Bursche will sich zu Tode lachen. Hingegen ein anderer Zug ist folgender: Vorn bei dem Flötenspieler befindet sich ein Gesträuche, woraus eine magere Hand ein Nestchen bietet, während ein hingekauerter Greis sein Söhnchen bei der hingehaltenen Kerze bereits einem Vogel in die verwundert unschuldigen Äuglein blicken läßt; der Bursche hat übrigens schon eine zappelnde Fledermaus am Fittich. Es gibt mehrere Züge der Art; es gäbe überhaupt noch gar vieles anzuführen. Die Beleuchtung, der wundervolle Wechsel zwischen Mond- und Kerzenlicht, wie dies einst beim Ölgemälde, besonders in der Wirkung aufs Grün, sich zauberisch darstellen wird, ist überall bereits effektvoll angedeutet und mit großer Kenntnis behandelt. Doch genug! der Henker mag so was beschreiben.«

Tillsen hatte schon seit einer Weile zerstreut und brütend gesessen. Jetzt, da das Schweigen des Barons ihn zu sich selbst gebracht, erhob er sich rasch mit glühender Stirn vom Sessel und sprach entschlossen: »Ja, mein Herr, ich darf es sagen, von meiner Hand ist, was Sie gesehen haben, doch« – hier brach er in ein gezwungenes Gelächter aus. »Gott sei Dank!« unterbrach ihn der Baron, entzückt aufspringend, »nun hab ich genug; lassen Sie sich küssen, umarmen, Charmantester! die anderthalb Jahre Fastenzeit, worin Sie die Palette vertrocknen ließen, haben Wunder an Ihnen gereift, eine Periode entwickelt, über deren Früchte die Welt staunen wird. Nun geht es Schlag auf Schlag, geben Sie acht, seitdem der neue, starke Frühling für Ihre Kunst durchbrochen hat, und in dieser Stunde prophezei ich Ihnen die Fülle eines Ruhmes, der vielleicht Hunderte begeistern wird, das ganze Mark der Kräfte an die edelste Kunst zu wenden, aber auch Tausende zwingen muß, in mutlosem Neide sie abzuschwören. Ach lieber, bescheidener Mann, Sie sind bewegt, ich bin es nicht weniger von herzlicher Freude. Lassen Sie uns in diesem glücklichen Moment mit einem warmen Händedruck auseinander gehen, und kein Wort weiter. Ich gehe zum Grafen. Leben Sie wohl! auf Wiedersehen.« Damit war er zur Türe hinaus.

Der Maler, unbeweglich, sah ihm nach. Es wollte ihn jetzt fortreißen, dem Baron zu folgen, ihm eine plötzliche Aufklärung zu geben, aber ein unwillkürlicher trockener Entschluß hielt ihn wie an den Boden gefesselt. Erst nach einer langen Stille brach er, beinahe schmerzlich lächelnd, in die Worte aus: »O betrogener redlicher Mann! wie hast du dich unnötig über mich verjubelt, mir arglos meine ganze Blöße gezeigt! Ich mußte ein Lob anhören, das nicht mir, sondern einem andern gehört und das just alles das heraushob, was mir zum rechten Maler abgeht, ewig abgehen wird! Es ist wahr, fuhr er in Gedanken fort, die Ausführung jener Kompositionen ist mein und ist nicht das Schlechteste am Ganzen; sie dient, jenen Erfindungen die rechte Bedeutung zu geben; ohne mein Zutun wären vielleicht die Skizzen des armen Zeichners gleichgültig übersehen worden. Aber nur auf der Spur *seines* Geistes stärkte, belebte sich der meinige, und nur von jenem ermutigt, konnte ich sogar auf eine Höhe des Ausdrucks kommen, bis zu welcher ich mich nie erhoben hatte. Wie arm, wie nichts erschein ich mir diesem unbekannten Zeichner gegenüber! Wie würf ich mit Freuden alles hin, was sonst an mir gerühmt wird, für die Gabe, solche Umrisse, solche Linien, solche Anordnung zu schaffen! Ein Crayon, ein dürftig Papier ist ihm genug, damit er mich über den Haufen stürze. Wüßten nur erst die Herren, daß es die Werke eines Wahnsinnigen sind, welche sie bewundern, eines unscheinbaren, verdorbenen Menschen, ihr Staunen würde noch größer sein, als da sie in mir den Meister gefunden zu haben glauben. Noch kennt außer mir niemand den wahren Erfinder, aber gesetzt, ich wollte auf die Gefahr, daß dieser sein eigensinniges Inkognito brechen kann, mir dennoch den Ruhm seiner Schöpfungen erhalten, ich fände einen weit stärkeren Grund dagegen in dem eigenen innern Bewußtsein. Darum muß es an den Tag, lieber heute als morgen, ich sei keineswegs der Rechte.«

Das waren ungefähr die Gedanken des lebhaft aufgeregten Mannes.

Indessen war er, was den letzten Punkt betrifft, noch nicht so ganz entschieden. Hatte er bisher die Meinung der Freunde so hinhängen lassen, ohne sie eben zu bestärken, ohne zu widerlegen, indem er sich mit zweideutigem Scherz in der Mitte hielt, so dachte er jetzt, er könne unbeschadet seines Gewissens noch eine Zeitlang zuwarten mit der Enthüllung, und er wolle sein Benehmen nachher, wenn es nötig sei, schon auf ehrenvolle Art rechtfertigen.

Soeben trat die junge Frau wieder ins Zimmer: sie bemerkte die auffallende Bewegung an ihrem Manne, sie fragte erschrocken, er leugnete und herzte sie mit einer ungewohnten Inbrunst. Dann ging er auf sein Zimmer.

Es verstrichen mehrere Wochen, ohne daß unser Maler gegen irgend jemanden sich über den wahren Zusammenhang der Sache erklärte, seinen Schwager, den Major v. R., ausgenommen, dem er folgende auffallende Eröffnung machte. »Es mag nun bald ein Jahr sein, als mich eines Abends ein verwahrloster Mensch von schwächlicher Gestalt und kränklichem Aussehen, eine spindeldünne Schneiderfigur, in meiner Werkstätte besuchte. Er gab sich für einen eifrigen Dilettanten in der Malerei aus. Aber die windige Art seines Benehmens, das Verworrene seines Gesprächs über Kunstgegenstände war ebenso verdächtig, als mir überhaupt der ganze Besuch fatal und rätselhaft sein mußte. Ich hielt ihn zum wenigsten für einen aufdringlichen Schwätzer, wo nicht gar für einen Schelmen, wie sie gewöhnlich in fremden Häusern umherschleichen, die Leute zu bestehlen und zu betrügen. Hingegen wie groß war meine Verwunderung, als er einige Blätter hervorzog, die er mit vieler Bescheidenheit für leichte Proben von seiner Hand ausgab. Es waren reinliche Entwürfe mit Bleistift und Kreide voll Geist und Leben, wenn auch manche Mängel an der Zeichnung sogleich ins Auge fielen. Ich verbarg meinen Beifall absichtlich, um meinen Mann erst auszuforschen, mich zu überzeugen, ob das alles nicht etwa fremdes Gut wäre. Er schien mein Mißtrauen zu bemerken und lächelte beleidigt, während er die Papiere wieder zusammenrollte. Sein Blick fiel inzwischen auf eine von mir angefangene Tafel, die an der Wand lehnte, und wenn kurz vorher einige seiner Urteile so abgeschmackt und lächerlich als möglich klangen, so ward ich jetzt durch einige bedeutungsvolle Worte aus seinem Munde überrascht, welche mir ewig unvergeßlich bleiben werden, denn sie bezeichneten auf die treffendste Weise das Charakteristische meiner Manier und lösten mir das Geheimnis eines Fehlers, den ich bisher nur dunkel empfunden hatte. Der wunderliche Mensch wollte mein Erstaunen nicht bemerken, er griff eben nach dem Hute, als ich ihn lebhaft zu mir auf einen Sitz niederzog und zu einer weiteren Erörterung aufforderte. Es übersteigt jedoch alle Beschreibung, in welch sonderbarem Gemische des fadesten und unsinnigsten Gallimathias mit einzelnen äußerst pikanten Streiflichtern von Scharfsinn sich der Mensch in einer süßlich wispernden Sprache nun gegen mich vernehmen ließ. Dies alles zusammengenommen und das unpassende Kichern, womit er sich selber und mich gleichsam zu verhöhnen schien, ließ keinen Zweifel übrig, daß ich hier das seltenste Beispiel von Verrücktheit vor mir habe, welches mir je begegnet war. Ich brach ab, lenkte das Gespräch auf gewöhnliche Dinge, und er schien sich in seinem stutzerhaft affektierten Betragen nur immer mehr zu gefallen. Dies elegante Vornehmtun machte mit seinem notdürftigen Äußern, einem abgetragenen, hellgrünen Fräckchen und schlechten Nankingbeinkleidern einen höchst komischen, affreusen Kontrast. Bald zupfte er mit zierlichem Finger an seinem ziemlich ungewaschenen Hemdstrich, bald ließ er sein Bambusröhrchen auf dem schmalen Rücken tänzeln, indem er zugleich bemüht war, durch Einziehung der Arme mir die schmähliche Kürze des grünen Fräckchens zu verbergen. Mit alle diesem erregte er meine aufrichtige Teilnahme. Mußt ich mir nicht einen Menschen denken, der mit seinem außerordentlichen Talente, vielleicht durch gekränkte Eitelkeit, vielleicht durch Liederlichkeit, dergestalt in Zerfall geraten war, daß zuletzt nur dieser jämmerliche Schatten übrig blieb? Auch waren jene Zeichnungen, wie er selbst bekannte, aus einer längst vergangenen, bessern Zeit seines Lebens. Auf die Frage, womit er sich denn gegenwärtig beschäftige, antwortete er hastig und kurz: er privatisiere; und als ich von weitem die Absicht blicken ließ, jene Blätter von ihm zu erstehen, schien er trotz eines pretiösen Lächelns nicht wenig erleichtert und vergnügt. Ich bot ihm drei Dukaten, die er mit dem Versprechen zu sich steckte, mich bald wieder zu sehen. Nach vier Wochen erschien er abermals, und zwar schon in merklich besserem Aufzuge. Er brachte mehrere Skizzen mit: sie waren womöglich noch interessanter, noch geistreicher. Indessen hatt ich beschlossen, ihm vorderhand nichts weiter abzunehmen, bis ich über die Rechtmäßigkeit eines solchen Erwerbs völlig ins reine gekommen wäre, etwa dadurch, daß er veranlaßt würde, gleichsam unter meinen Augen eine Aufgabe zu lösen, die ich ihm unter einem unverfänglichen Vorwande zuschieben wollte. Ich hatte meine Gedanken hiezu schriftlich angedeutet, erklärte mich ihm auch mündlich darüber, und er eilte sogleich mit der Hoffnung weg, mir seinen Versuch in einigen Tagen zu zeigen. Aber wer schildert meine Freude, als schon am Abende des folgenden Tages die edelsten Umrisse zu der angegebenen Gruppe aus dem Statius vor mir lagen, in der ganzen Auffassung des Gedankens weit kühner und sinnreicher als der Umfang meiner Imagination jemals reichte. Manche flüchtige Bemerkung des närrischen Menschen bewies überdies unwidersprechlich, daß er mit Leib und Seele bei der Zeichnung gewesen. Auch dieser Entwurf und in der Folge noch der eine und andere ward mein Eigentum; allein plötzlich blieb der Fremde aus und eigensinnigerweise hatte er mir weder Namen noch sonstige Adresse zurückgelassen. Nach und nach fühlte ich unwiderstehliche Lust, drei bis vier der vorhandenen Blätter vergrößert in Wasserfarbe aufs neue zu skizzieren und sofort in Öl darzustellen, wobei denn bald die liebevollste wechselseitige Durchdringung meiner Manier und jenes fremden Genius stattfand, so daß die Entscheidung so leicht nicht sein möchte, wenn nunmehr bei den völlig ausgemalten Tableaus ein zwiefaches und getrenntes Verdienst gegeneinander abgewogen werden sollte. Vor einem Freunde und Schwager darf ich dieses selbstgefällige Bekenntnis gar wohl tun, und vielleicht wird das Publikum mir nicht mindere Gerechtigkeit widerfahren lassen, wenn ich ihm demnächst bei der öffentlichen Ausstellung jene Bilder vorführen werde, ohne ihren doppelten Ursprung im mindesten zu verleugnen; denn dies war längst mein fester Entschluß.«

»Das sieht dir ähnlich«, erwiderte hierauf der Major, welcher bisher mit gespannter Aufmerksamkeit zugehört hatte; »es bedarf, dünkt mich, bei einem Künstler von deinem Rufe nicht einmal großer Resignation zu einer solchen Aufrichtigkeit, ja man wird in dem ganzen

Unternehmen eine Art Herablassung finden, wodurch du jenes unbekannte Talent zu würdigen und zu ehren dachtest. Aber, um wieder auf den armen Tropfen zu kommen, hast du ihn denn auf keine Weise ausfindig machen können«?

»Auf keine Weise. Einmal glaubte mein Bedienter seine Spur zu haben, allein sie verschwand ihm wieder.«

»Es wäre doch des Teufels«, rief der Major aus, »wenn *meine* Spürhunde mich hier im Stiche ließen! Schwager, laß mich nur machen. Die Sache ist zu merkwürdig, um sie ganz hängen zu lassen. Du magst mich vor aller Welt nur selbst für den geheimnisvollen Narren ausgeben, wenn ich dir ihn nicht binnen vierundzwanzig Tagen aus irgendeiner Spelunke, Dachstube oder dem Narrenhause selbst hervorziehe!«

Diese vierundzwanzig Tage waren noch nicht um, so geschah es, daß Tillsen über die wahre Bewandtnis der Sache auf einem ganz anderen Wege aufgeklärt wurde, als er je vermuten konnte.

In seiner Abwesenheit meldete sich eines Morgens ein wohlgekleideter junger Mann im Tillsenschen Hause an, und die Frau führte ihn indes in ein Seitenzimmer, wo er ihren Gemahl erwarten möchte. Sie selbst, obgleich durch seine sehr vielversprechende und auffallend angenehme Gesichtsbildung nicht wenig interessiert, entfernte sich sogleich wieder, weil die zerstreute Unruhe seiner Miene ihr hinlänglich sagte, daß eine weitere Ansprache hier nicht am Platze sein würde. Nach einer Viertelstunde erst trat der Maler in das bezeichnete Kabinett. Er fand den jungen Mann nachdenkend, den Kopf in beide Hände gestützt, auf einem Stuhle sitzen, den Rücken ihm zugewandt und dem großen Gemälde gegenüber, das, bis auf die breit goldene Rahme, verhüllt an der Wand dahing. Der Maler, einigermaßen verwundert, trat stillschweigend näher, worauf dann der andere erschrocken auffuhr, indem er zugleich hinter einer angenehmen, verlegenen Freundlichkeit die Tränen zu verstecken suchte, worin er sichtbar überrascht worden war. »Ich komme«, fing er jetzt mit heiterm Freimute an, »ich komme in der wunderlichsten und zugleich in der erfreulichsten Angelegenheit vor Ihr Angesicht, verehrter Mann! Meine Person ist Ihnen unbekannt, dennoch haben Sie, wie ich weiß, mein eigentliches Selbst bereits dergestalt kennen gelernt und bis auf einen gewissen Grad sogar liebgewonnen, daß ich mich nun mit unabweislichem Vertrauen unter Ihre Stirne dränge. Doch, lassen Sie mich deutlich reden. Ich heiße Theobald Nolten und studiere in hiesiger Stadt ziemlich unbekannt die Malerei. Nun fand ich gestern in der aufgestellten Galerie unter anderem ein Gemälde, das Opfer der Polyxena vorstellend, das mir auf den ersten Blick als eine innig vertraute Erscheinung entgegentrat. Es war, als stünde durch Zauberwerk hier ein früher Traum lebendig verkörpert vor meinem schwindelnden Auge. Diese schmerzvolle Königstochter schien mich so schwesterlich bekannt zu grüßen, ihre ganze Umgebung deuchte mir so gar nicht fremd, und doch, über das Ganze war ein Licht, ein Reiz gegossen, der nicht aus meinem Innern, der von einer höhern Macht, von den Olympischen selbst herabgestrahlt schien; ich zitterte, bei Gott! ich –«

»Was?« unterbrach ihn Tillsen, »Sie wären – ja Sie sind der wunderbare Künstler, dem ich so vieles abzubitten – «

»Nicht doch«, entgegnete jener feurig, »nein! der *Ihnen* Unendliches zu danken hat. O edelster Mann! Sie haben mich mir selbst enthüllt, indem Sie mich hoch über mich hinausgerückt und getragen. Sie weckten mich mit Freundeshand aus einem Zustande der dunkeln Ohnmacht, rissen mich auf die Sonnenhöhe der Kunst, da ich im Begriffe war, an meinen Kräften zu verzweifeln. Ein Elender mußte mich bestehlen, damit Sie Gelegenheit hätten, mir in Ihrem klaren Spiegel meine wahre, meine künftige Gestalt zu zeigen. So empfangen Sie denn Ihren Schüler an das väterliche Herz! Lassen Sie mich sie küssen, die gelassene Hand, welche auf ewig die verworrenen Fäden meines Wesens ordnete – mein Meister! mein Erretter!«

So lagen sich beide Männer einige Sekunden lang fest in den Armen und von diesem Augenblicke an war eine lebhafte Freundschaft geschlossen, wie sie wohl in so kurzer Zeit zwischen zwei Menschen, die sich eigentlich zum ersten Male im Leben begegnen, selten möglich sein wird.

»Erlauben Sie, mein Lieber«, sagte Tillsen, »daß ich erst zur Besinnung komme. Noch weiß ich nicht, bin ich mehr beschämt oder mehr erfreut durch Ihre herzlichen Worte. Ich werde Sie in der Folge noch besser verstehen. So sagen Sie fürs erste nur, wie verhält sichs denn mit dem diebischen Schufte, dem wenigstens das Verdienst bleiben muß, uns zusammengeführt zu haben?«

»Wohl! Hören Sie! Nach meiner Rückkehr aus Italien, es ist nun über ein Jahr, traf ich auf der Reise hieher, wo ich völlig fremd war, einen Hasenfuß, Barbier seiner Profession – er nannte sich Wispel –, der mir seine Dienste als Bedienter antrug, und ich nahm ihn aus einem humoristischen Interesse an seiner Seltsamkeit um so lieber auf, da er neben einem, daß ich so sage, universal-enthusiastischen Hieb, neben einem badermäßigen Hochmut, immer eine gewisse Gutmütigkeit zeigte, die in der Folge nur der borniertesten Eitelkeit weichen konnte; denn so wollt ich darauf schwören, er hatte mit jenen entwendeten Konzepten anfangs keine andere Absicht, als vor Ihnen den Mann zu machen.«

»Allein er nahm doch Geld dagegen an?«

»Und wenn auch; diese Spekulation ward sicherlich erst durch Ihr Anerbieten bei ihm erweckt.«

»Aber er stellte sich völlig närrisch!«

»Ich zweifle sehr, daß er es darauf anlegte, oder gesetzt, er legte es darauf an, so geschah es nur, nachdem er Ihnen bereits den interessanten Verdacht abgelauscht. Seiner Dummheit kam übrigens die List beinahe gleich; so wußte er mich unter einem ausgesuchten Vorwande zu einer Zeichnung aus dem Stegreife zu bewegen, die ohne Zweifel auch für Sie bestimmt war, und wozu ich mich selbst durch den angenehm proponierten Gegenstand angereizt fühlte. Wenn er Sie ferner durch den Schein eigener Bildung irregeführt hat, so begreif ich nur um so besser, warum er sich bei den Unterhaltungen, welche gelegentlich zwischen mir und einem Freunde vorkamen, immer viel im Zimmer zu schaffen machte. Er mag Ihnen auf diese Art manchen schlecht verdauten Brocken hingeworfen haben.«

»Ach«, sagte Tillsen nicht ohne einige Beschämung, »freilich, dergleichen Äußerungen sahen mir dann immer verdächtig genug aus, wie Hieroglyphen auf einem Marktbrunnenstein, ich wußte nicht, woher sie kamen. Aber ein abgefeimter Bursche ist es doch! Und wo steckt denn der Schurke jetzt?«

»Das weiß Gott. Seit einem halben Jahre hat er sich ohne Abschied von mir beurlaubt; etliche Wochen später entdeckt ich die große Lücke in meinem Portefeuille.«

»Ich will sie wieder ausfüllen!« erwiderte Tillsen mit Heiterkeit, indem er den Freund vor das verhängte Bild führte. »Ich wollte es diesen Morgen noch zur öffentlichen Ausstellung wegtragen lassen; doch, es ist nun Ihr Eigentum. Lassen Sie sehen, ob Sie auch hinter diesem Tuche Ihre Bekannten erkennen.«

Nolten hielt die Hand des Malers an, während er das Geständnis ablegte, daß er vorhin der Versuchung nicht widerstanden, den Vorhang um einige Spannen zurückzustreifen, daß er ihn aber, wie von dem Gespenste eines Doppelgängers erschreckt, sogleich wieder habe fallen lassen, ohne die Überblickung des Ganzen zu wagen.

Jetzt schlug Tillsen mit *einem* Male die Hülle zurück und trat seitwärts, um den Eindruck des Stückes auf den Maler zu beobachten. Wir sagen nichts von der unbeschreiblichen Empfindung des letztern und erinnern den Leser an das wunderliche Geisterkonzert, wovon ihm der alte Baron früher einen Begriff gegeben. Bewegt und feierlich gingen die Freunde auseinander.

Die umständlichere Erzählung dieser Begebenheit mußte vorangeschickt werden, um die rasche und erfreuliche Entwicklung desto begreiflicher zu machen, welche es von nun an mit der ganzen Existenz des jungen Künstlers nahm. War es ein gewisser Kleinmut oder Eigensinn, grillenhafter Grundsatz, was ihn bisher bewegen mochte, mit seinem Talente unbeschrieen hinter dem Berge zu halten, bis er dereinst mit einem höhern Grade von Vollendung hervortreten könnte: so viel ist gewiß, daß die Behandlung der Ölfarbe ihm bisher große Schwierigkeiten entgegensetzte, jedoch, wie Tillsen fand, nicht so große, als unser bescheidener Freund sich gleichsam selbst gemacht hatte. Vielmehr entdeckte jener auch diesfalls an den Versuchen des letztern die überraschendsten Fortschritte, und gerne faßte er den Entschluß zur förderlichen Mitteilung einzelner Vorteile. In kurzem stand Nolten, was Geschicklichkeit betrifft, jedem braven Künstler gleich, und in Absicht auf großartigen Geist hoch über allen. Seine Werke sowie seine Empfehlung durch Tillsen verschafften ihm sehr schätzbare Verbindungen, und namentlich erwies der Herzog Adolph, Bruder des Königs, sich gar bald als einen freundschaftlichen Gönner gegen ihn.

War Theobald auf diese Weise durch die rasche und glänzende Veränderung seines bisherigen Zustandes gewissermaßen selbst überrascht und anfänglich sogar verlegen, so verwunderte er sich in der Folge beinahe noch mehr über die Leichtigkeit, womit er sich in seine jetzige Stellung gewöhnte und darin behauptete. Allerdings brauchte er die Achtung, durch die er sich vor andern ausgezeichnet sah, nur als etwas Verdientes hinzunehmen, so kam sie ihm auch ganz natürlich zu.

Durch die Vermittlung des Herzogs erhielt er Zutritt im Hause des Grafen von Zarlin, der sich ohne eigene Einsichten und, wie mehrere behaupteten, aus bloßer Eitelkeit als einen leidenschaftlichen Freund jeder Gattung von Kunst hervortat, und dem es wirklich gelang, einen Zirkel edler Männer und Frauen um sich zu versammeln, worin geistige Unterhaltung aller Art, namentlich Lektüre guter Dichterwerke vorkam. Die lebendig machende Seele des Ganzen jedoch war, ohne es zu wollen, die schöne Schwester des Grafen, Constanze von Armond, die junge Witwe eines vor wenigen Jahren gestorbenen Generals. Ihre Liebenswürdigkeit wäre mächtig genug gewesen, den Kreis der Männer zu beherrschen und Gesetze vorzuschreiben, aber die angenehme Frau blieb mit der sanften Wirkung zufrieden, welche von ihrer Person auf alle übrigen Gemüter ausging und sich allgemein in der erwärmteren Teilnahme an den Unterhaltungsgegenständen offenbarte; ja, Constanze schien ihrer natürlichen Lebendigkeit öfters einige Gewalt anzutun, um die Huldigung von sich abzuleiten, womit die Herren sie nicht undeutlich für die Königin der Gesellschaft erklärten. Auch Theobald fühlte sich insgeheim zu ihr hingezogen, und während der anderthalb Monate, worin er jede Woche drei Abende in ihrer Nähe zubringen durfte, entwickelte sich dies heitere Wohlgefallen zu einem stärkeren Grade von Zuneigung, als er sich selbst eingestehen durfte. Die Reize ihrer Person, die Feinheit ihres gebildeten Geistes, verbunden mit einem lebhaften, selbst ausübenden Interesse für seine Kunst, hatten ihn zu ihrem leidenschaftlichen Bewunderer gemacht, und wenn sein Verstand, wenn die oberflächlichste Betrachtung der äußern Verhältnisse ihm jeden entfernten Wunsch niederschlugen, so wiederholte er sich auf der andern Seite doch so manche leise Spur ihrer besondern Gunst mit unermüdeter Selbstüberredung, wobei er freilich nicht vergessen durfte, daß er in dem Herzog einen sehr geistreichen Nebenbuhler zu fürchten habe, der ihm überdies, was Gewandtheit und schmeichelhaften Ton des Umgangs betrifft, bei weitem überlegen war. Die Leidenschaft des Herzogs war Theobalden desto drückender, je inniger sonst ihr beiderseitiges Verhältnis hätte sein können, dagegen nun der letztere seinem arglosen fürstlichen Freunde gegenüber eine heimliche Spannung nur mit Mühe verleugnete.

Übrigens hatte er wohl Grund, sich über seine wachsende Neigung so gut wie möglich zu mystifizieren, denn eine früher geknüpfte Verbindung machte noch immer ihre stillen Rechte an sein Herz geltend, obwohl er dieselben mit einiger Überredung des Gewissens bereits entschieden zu verwerfen angefangen hatte. Das reine Glück, welches der unverdorbene Jüngling erstmals in der Liebe zu einem höchst unschuldigen Geschöpfe gefunden, war ihm seit kurzem durch einen unglückseligen Umstand gestört worden, der für das reizbare Gemüt alsbald die Ursache zu ebenso verzeihlichem als hartnäckigem Mißtrauen ward. Die Sache hatte wirklich so vielen Schein, daß er das entfernt wohnende Mädchen keines Wortes, keines Zeichens mehr würdigte, ihr selbst nicht im geringsten den Grund dieser Veränderung zu erkennen gab. Mit unversöhnlichem Schmerz verhärtete er sich schnell in dem Wahne, daß der edle Boden dieses schönen Verhältnisses für immerdar erschüttert sei, und daß er sich noch glücklich schätzen müsse, wenn es ihm gelänge, mit der Bitterkeit seines gekränkten Bewußtseins jeden Rest von Sehnsucht in sich zu ertöten und zu vergiften. In der Tat blieb aber dieser traurige Verlust nicht ohne gute Folgen für sein ganzes Wesen; denn offenbar half diese Erfahrung nicht wenig seinen Eifer für die Kunst beleben, welche ihm nunmehr Ein und Alles, das höchste Ziel seiner Wünsche sein sollte. Vermochte er nun aber nach und nach über eine schmerzliche Empfindung, die ihn zu verzehren drohte, Herr zu werden, so war auf der andern Seite das Mädchen indessen nicht schlimmer daran. Agnes glaubte sich noch immer geliebt, und dieser glückliche Glaube ward, wie wir später erfahren werden, auf eine wunderliche Art, ganz ohne Zutun Theobalds, unterhalten, während *er* schon eine freiwillige Auflösung des Bündnisses von ihrer Seite zu hoffen begann, denn das Ausbleiben ihrer Briefe nahm er ohne weiteres für ein Zeichen ihres eigenen Schuldbewußtseins. In dieser halbfreien, noch immer etwas wunden Stimmung fand er die Bekanntschaft mit der Gräfin Constanze, und nun läßt sich die Innigkeit um so leichter begreifen, womit die gereizten Organe seiner Seele sich nach diesem neuen Lichte hinzuwenden strebten.

Im Spanischen Hofe, so hieß das bedeutendste Hotel der Stadt, war es am Abende des letzten Dezembers, wo die vornehme Welt sich bereits eifrig zur Maskerade zu rüsten hatte, ungewöhnlich stille. In dem hintersten grünen Eckzimmer leuchteten die beiden hellbrennenden Hängelampen nur zweien Gästen, wovon der eine, wie es schien, ein regelmäßiger, mit Welt und feinerer Gasthofsitte wohlvertrauter Besuch, ein pensionierter Staatsdiener von Range, der andere ein junger Bildhauer war, der erst vor wenig Stunden in der Stadt anlangte. Sie unterhielten sich, in ziemlicher Entfernung auseinander sitzend, über alltägliche Dinge, wobei sich Leopold, so nennen wir den Reisenden, bald über die zerstreute Einsilbigkeit des Alten heimlich ärgerte, bald mit einem gewissen Mitleiden auf die krankhaften Verzerrungen seines Gesichts, auf die rastlose Geschäftigkeit seiner Hände blicken mußte, die jetzt ein Fältchen am fein schwarzen Kleide auszuglätten, jetzt eine Partie Whistkarten zu mischen oder eine Prise Spaniol aus der achatnen Dose zu greifen hatten. Das Gespräch war auf diese Weise ganz ins Stocken geraten, und um ihm wieder einigermaßen aufzuhelfen, fing der Bildhauer an: »Unter den Künstlern dieser Stadt und des Vaterlandes soll, wie ich mit Vergnügen höre, der junge Maler Nolten gegenwärtig große Aufmerksamkeit erregen?«

Diese Worte schienen den alten Herrn gleichsam zu sich selber zu bringen. Seine Augen funkelten lebhaft unter ihrer grauen Bedeckung hervor. Da er jedoch noch wie gespannt stille schwieg und eine Antwort nur erst unter den schlaffen Lippen zurechtkaute, fuhr der andere fort: »Ich habe seit drei Jahren nichts von seiner Hand gesehen und bin nun äußerst begierig, mich zu überzeugen, was an diesem ausschweifenden Lobe, wie an den heftigen Urteilen der Kritiker Wahres sein mag.«

»Befehlen Sie«, sagte der Alte fast höhnisch, »daß ich nun mit einem hübschen Sätzchen antworte, wie etwa: vielleicht in der Mitte liegt das fürtreffliche Talent, das seine bestimmte Richtung erst sucht – oder: es ist das Größte von ihm zu hoffen, wie das Schlimmste zu fürchten – und was dergleichen dünnen Windes mehr ist? Nein! ich sage Ihnen vielmehr geradezu, dieser Nolten ist der verdorbenste und gefährlichste Ketzer unter den Malern, einer von den halsbrecherischen Seiltänzern, welche die Kunst auf den Kopf stellen, weil das ordinäre Gehen auf zwei Beinen anfängt langweilig zu werden; der widerwärtigste Phantasie-Renommiste! Was malt er denn? eine trübe Welt von Gespenstern, Zauberern, Elfen und dergleichen Fratzen, das ists, was er kultiviert! Er ist recht verliebt in das Abgeschmackte, in Dinge, bei denen keinem Menschen wohl wird. Die gesunde, lautere Milch des Einfach-Schönen verschmäht er und braut einen Schwindeltrank auf Kreuzwegen und unterm Galgen; à propos, mein Herr! (hier lächelte er ganz geheimnisvoll) haben Sie schon Gelegenheit gehabt, eine der köstlichen Anstalten zu sehen, worein man die armen Teufel logiert, die so, verstehn mich schon, einen krummen Docht im Lichte brennen – nun? Kam Ihnen da nicht auch schon der Gedanke, wie es wäre, wenn sich etwa der Ideendunst, der von diesen Köpfen aufsteigen muß, oben an der Decke ansetzte, welche Figuren da in Fresko zum Vorschein kommen müßten? Was sagen Sie? Nolten hat sie alle kopiert, hä hä hä, hat sie sämtlich kopiert!«

»Sie scheinen«, erwiderte Leopold gelassen, »wenn ich Sie anders recht fasse, mehr die Gegenstände zu tadeln, unter denen sich dieser Künstler, nur vielleicht etwas zu vorliebig, bewegt, als daß Sie sein Talent angreifen wollten; nun läßt sich aber ohne Zweifel auf dem angedeuteten Felde so gut als auf irgendeinem das Charakteristische und das Rein-Schöne mit großem Glücke zeigen, abgeschmackte und häßliche Formen jedoch, geflissentliches Aufsuchen sinnwidriger Zusammenstellungen kann man von Nolten nicht erwarten; ich kenne sein Wesen von früher und kam in der Absicht hieher, ihn mit einem gemeinschaftlichen Freunde, der auch Maler ist, zu besuchen und uns an seiner bisherigen Ausbildung zu erfreuen.«

Der alte Herr hatte diese Worte wahrscheinlich ganz überhört, denn er ging mit lautem Kichern nur wieder in den Refrain seines vorhin

Gesagten über: »Hat sie sämtlich kopiert, ja, ja, zum Totlachen! Ei, das muß er täglich von mir selber hören.«

In diesem Augenblicke trat Ferdinand, der Reisegefährte des Bildhauers, ein und rief diesem mit einem glänzenden Blicke voll Freude zu: »Er kommt! er folgt mir auf dem Fuße nach! Er ist der gute Nolten noch, sag ich dir! o gar nicht der achselblickende junge Glückspilz, wie man ihn schildern wollte. Stelle dir vor, er vergaß vorhin im Jubel über unsre Ankunft eine Einladung zum Herzog, mit dem er trefflich stehen muß, und eilte nur von der Straße weg, sich zu entschuldigen.«

Nach einiger Zeit erschien, in Begleitung eines andern, der Erwartete wirklich. Es war ein herzerfreuendes Wiedersehen, ein immer neu erstauntes trunkenes Begrüßen und Frohlocken unter den dreien. Wie ergötzten sich die Freunde an dem stattlichen Ansehen Theobalds, an dem reinen Anstande, den ihm das Leben in höherer Gesellschaft unvermerkt angehaucht hatte, nur verbargen sie ihm nicht, daß die kräftige Röte seiner Wangen in Zeit von wenigen Jahren um ein Merkliches verschwunden sei. Er sah jedoch immer noch gesund und frisch genug neben seinem hageren Begleiter, dem Schauspieler Larkens, aus, den er soeben freundschaftlich produzieren wollte, als dieser sofort in der angenehmsten Art sich selber empfahl und mit den Worten schloß: »Nun setz dich, liebes Kleeblatt! Ich werde mich mit eurer Erlaubnis bald auch zu euch gesellen, aber den ersten Perl und Brauseschwamm des Wiederfindens müßt ihr durchaus miteinander wegschlürfen! Ich sehe dort ein paar Spielerhände konvulsivisch fingern, das ist auf *mich* abgesehen.«

Damit setzte er sich zu dem alten Herrn in der Ecke, den unser Nolten erst jetzt gewahr wurde und nicht ohne Achtung begrüßte. »Sag mir doch«, fragte Leopold heimlich, »was für eine Art von Kenner das ist? Er hat die wunderlichsten Begriffe von dir.«

»Ach«, lächelte der Freund, »da kann ich dir wenig dienen. Das ist ein sehr kurioser Kauz, voll griesgrämischer Eigenheiten, übrigens von viel Verstand, und mir immer ein lieber Mann. Er besitzt gute Kenntnisse von Gemälden, ist aber auf diesen Punkt von den einseitigsten Theorien eingenommen. Aus einigen meiner Stücke soll er eine eigene Vorliebe und zugleich den unverhohlensten Widerwillen gegen mich gefaßt haben, den ich mir kaum zu enträtseln weiß. Denn daß ich es bloß als Künstler mit ihm verdorben habe, ist nicht wohl möglich, wenigstens täte er mir sehr unrecht, indem der Vorwurf des Phantastischen, den er mir zu machen scheint, nur den kleinsten Teil meiner Erfindungen träfe, wenn es je ein Vorwurf heißen soll. Die meisten meiner Arbeiten bezeichnen in der Tat eine ganz andere Gattung. Ich vermute, der Mann hat irgendein geheimes Aber an meiner Person entdeckt, und ich muß ihn, ohne mir das geringste bewußt zu sein, mit irgend etwas beleidigt haben, das er mir nicht vergessen kann, so gern er möchte, denn es ist auffallend, so oft er mich ansieht, sträubt sichs auf seinem Gesicht wie Sauer und Süß.«

Auf diese Weise waren jene leidenschaftlichen Äußerungen einigermaßen erklärt, und es gab nun Veranlassung genug, sich gegenseitig über Geschäfte, Schicksale und mancherlei Erfahrungen auszutauschen. Sie durchliefen die Vergangenheit, erinnerten sich des Aufenthalts in Italien, wo sich vor drei Jahren ihre Bekanntschaft entsponnen hatte. Endlich fing Ferdinand an: »Du errätst wohl kaum, wo wir heute vor sechs Tagen um diese Stunde zu Gaste gesessen sind; in welchem Dörfchen, in welchem Stübchen, und wer uns bewirtete?« »Nein!« sagte Nolten; aber ein aufmerksamer Beobachter würde in dieser kleinlauten Verneinung ein sehr schnell erratendes Ja gewittert haben. »Neuburg«, flüsterte Leopold freudig zuvorkommend und von der andern Seite flog der Name »Agnes« über Ferdinands Mund. »Ich dank euch«, sagte Nolten, wie abbrechend, und verbarg eine unangenehme Empfindung.

»Was danken? du hast ja den Gruß noch nicht einmal in der Hand, den wir dir zu bringen haben!« – und hiemit sah er sich einen Brief entgegengehalten, den er mit erzwungenem Wohlgefallen zu sich steckte, indem er die beiden durch einen Vorsicht gebietenden Blick auf die Spieler für jetzt zum Stillschweigen zu vermögen suchte.

»So laß mich«, fuhr Ferdinand fort, »wenigstens des anmutigen Örtchens, laß mich des Försterhauses gedenken, wo du deine Knabenjahre bei einem zweiten Vater verlebtest, bis der benachbarte Baron auf dem Schlosse, der gute lebendige Mann, für die Förderung deines Talentes sorgte. Er lebt noch in frischem Marke, der ehrliche Veteran, er und der fromme Förster erinnerten sich mit Herzlichkeit jenes glücklichen Tages, da du mich, es sind nun drei Jahre her, nach unserer

Rückkunft von der italienischen Reise, bei ihnen einführtest. Wahrlich, es hätte wenig gefehlt, so hätten die Alten geweint wie die Kinder bei deinem Namen, ein Paar anderer Augen nicht zu gedenken, die auch dabei standen, und von denen es schien, als wollten sie sich im voraus recht satt sehen an mir und meinem Gefährten, an unsern Kleidern und Bündeln, weil das alles in fünf Tagen mit dem Geliebten in Berührung kommen sollte. Du pflegtest das Mädchen sonst immer dein blondes Reh zu nennen; wie treffend fand ich diesen Ausdruck wieder! ja, und das ist sie noch im lieblichsten rührendsten Sinne des Worts. Wie hätte ich gewünscht, den Umriß ihrer niedlichen Figur mit dem Bleistift in mein Portefeuille für dich wegzustehlen, wie ich sie so durch die halboffene Tür des Nebenzimmers am Tischchen sitzen und den Brief schreiben sah, den Rücken gegen uns gewendet, von der Seite kaum ein wenig sichtbar, allein der Baron war allzu gesprächig.«

»Du bist es auch«, erwiderte Nolten freundlich-böse, indem er aufstand und sich gegen den soeben herbeitretenden Larkens wandte. Dieser sagte: »Nun, wirst du die Herren nicht bewegen, sich diesen Abend in Dominos zu stecken und ein paar Stunden mit närrischen Leuten närrisch zu sein? oder machen wirs wie dort der Herr Hofrat, der an solchen Abenden hier im Gasthofe zu Nacht speist und sich dann ein Zimmer vom Kellner anweisen läßt, um fünf Straßen weit vom Lärm des Redoutenhauses zu schlafen, das zum Unglücke seiner Wohnung gegenüber liegt? Ich dächte, ihr Herren, bevor Sie in den nächsten Tagen mit den hübschen Realitäten unserer Stadt Bekanntschaft machen, müßte es unterhaltend für Sie sein, heute im Maskensaale sozusagen die Fata morgana der hiesigen Menschheit zu sehen. – Verzeihen Sie mein hinkendes Gleichnis und folgen Sie meinem Vorschlage.« Es kostete Überredung, aber man entschloß sich und wünschte dem seltsamen Hofrate gute Nacht.

Nachdenklich, unbehaglich, ja traurig war Nolten mit den andern vor den Türen des großen hellerleuchteten Gebäudes angekommen, worin schon das mannigfaltigste Leben wogte und wühlte. Alle möglichen Gestalten, zum Teil in auffallendem Kontraste, drehten sich stumm, feierlich, fremde oder leise summend, kopfnickend und tanzend durcheinander. Unser trübe gestimmter Freund, schneller als er vermutete, von seinen Begleitern verloren, fühlte nach und nach in seiner Vermummung eine Art von dumpfem Troste, und wie mit seiner Umgebung, so spielte er gewissermaßen mit dem eigenen Herzen Versteckens, wobei er sich kaum bekannte, welche besondere Hoffnung ihn zwang, die Reihen der weiblichen Masken sorgfältiger zu mustern, als er sonst wohl getan haben würde. Das bescheidene Bild Agnesens, das ihn aus weiter Ferne sehnsüchtig und bittend anzulocken schien, trat mehr und mehr in den Hintergrund seiner Seele zurück, um einem ganz anderen Platz zu machen, das mit jeder neuen Entfaltung der glänzenden Gruppen leibhaftig aus der Menge hervortreten sollte. Constanze! sprach er für sich, wer entdeckt mir sie? Und doch, wie wäre es möglich, daß ich aus tausend Drahtpuppen das einzige Wesen nicht sollte herausfinden können, das in der einfachsten, unwillkürlichsten Bewegung jene angeborene Grazie, jenen stets lächelnden Zauber verrät, den nur die ewig wahrhaftige Natur, den nur die Unschuld selber zu geben und so reizend und leicht mit der anerzogenen Sitte zu verschmelzen vermag! Ist nicht alles, was an ihr sich regt und bewegt, der unbewußte Ausdruck des Engels, der in ihr atmet? ist nicht alles nur Hauch, nur Geist an ihr? Und heute, eben heute, wie wohl täte mir ihr Anblick! wie wollte ich mich drei Sekunden mit allen Sinnen und Gedanken an dieser tröstlichen Erscheinung festklammern und davoneilen und mir zufrieden sagen, daß mein Auge sie sah, daß ihr Fuß einen und denselben Boden mit mir betrat, daß eine gemeinschaftliche Luft meine und ihre Lippen berührte!

Unter diesen und ähnlichen Gedanken hatte er sich endlich ermüdet auf einen Sitz in einem Fenster geworfen, als der Glockenschlag zehn Uhr ihn mahnte, sich mit den drei Freunden in einem zuvor abgeredeten leeren Zimmer des Hauses zusammenzufinden. Sie erschienen fast alle zu gleicher Zeit, und Larkens mit einer guten Ladung warmen Getränkes. Man freute sich aufs neue des Wiedersehens; jeder brachte seine eigenen Bemerkungen aus dem Saale mit, nur Nolten schien wenig oder nichts gesehen zu haben. Es war beinahe komisch, wie er auf die Fragen über eine oder die andere interessante Erscheinung immer mit einem kleinlauten »ich weiß nicht« antwortete und zuletzt, um sich nicht gar auslachen zu lassen, nur so tat, als erinnerte er sich.

»Wie gefiel dir der König Richard und der Herzog von Friedland?«

»Recht gut«, war die Antwort, »sehr artig, bei meiner Seele! der bucklichte König hätte können besser sein.« – Larkens, indem er den andern mit den Augen winkte, machte den Schalk und sagte:

»Ein Stückchen ist aber doch wohl allen entgangen. Ein Riese in altdeutscher Tracht, ohne Zweifel einen Studenten vorstellend, geht mit langen Sporen und der Tabakspfeife schwerfällig auf und ab; endlich, da er in einer Ecke stehen bleibt, eilt ein winziges Kerlchen herbei, ein kleiner Schornsteinfeger in einer Art von Hanswursttracht, schwarz und weiß gewürfelten Beinkleidern und Wämschen, bindet den Riesen, legt das schwarze Leiterchen an den breiten Rücken des Mannes an, klettert flink mit Scharreisen und Besen hinauf, hebt ihm vorsichtig den Scheitel wie einen Deckel ab, und fängt nach allerlei bedenklichen Grimassen an, den Kopf recht wacker auszufegen, indem er einen ganzen Plunder symbolischer Ingredienzien herauszieht, zum Beispiel einen täuschend nachgemachten Wurm von erstaunlicher Länge, ein seltsam gezeichnetes Kärtchen von Deutschland, eine ganze und dann mehrere zerbrochene Kronen, kleine Dolche, Biergläser, Bänder und dergleichen. Dagegen wurden andere Sächelchen hineingelegt, worunter man ein griechisches Abc-Buch zu erkennen glaubte; der Kopf wurde geschlossen, dann bekam der ganze Mann ein wenig Streiche und nach einer Weile kroch ein ganz vergnügtes, bescheidenes, rundes Pfäfflein aus der prahlerischen Hülle hervor.«

Die Freunde lachten im stillen über die echt Larkenssche Lüge (die eigentlich nur ein versteckter Hieb auf den Übermut burschikoser Studenten überhaupt war, deren einer vorhin im Saale sich durch Streitsucht prostituiert hatte), und man genoß heimlich den Triumph, daß Nolten ganz die Miene annahm, als hätte er die Farce gar wohl gesehen, obgleich nicht von weitem etwas Ähnliches vorgekommen war.

Indessen wurde die Aufmerksamkeit der Freunde durch eine wirkliche Maske angezogen, welche sich unversehens im Zimmer befand. Es war eine hohe Gestalt, einfach in ein grob braunes schweres Gewand gehüllt, eine Laterne und einen Stock in der Hand, den Kopf bedeckte eine Kapuze, Haltung, Anstand und der tief herabfallende weiße Bart, alles gab der Person etwas Ehrwürdiges, Staunenerweckendes. Wie sie so eine Zeitlang gestanden, ohne daß von beiden Seiten ein Wort fiel, begann die Maske mit angenehmer Stimme, worin man jedoch trotz einer gewissen Dumpfheit gar bald das Frauenzimmer unterscheiden konnte, folgendermaßen:

»Ihr kennet mich nicht, meine Herren, aber euer Aussehen sagt mir, ich sei in keiner frivolen Gesellschaft. Schwerlich seid ihr gesonnen, diese ernste Nacht, die Geburtsstunde eines neuen Jahres, in gedankenlosem Rausche hinzubringen. Wollte es euch gefallen, ein Stündchen mit mir in frommer Unterhaltung zusammen zu sitzen, so bezeichne ich euch einen traulichen Ort. In meiner Kleidung erkennet ihr den Wächter der Nacht. Es stoße sich niemand an dem sonst verachteten Titel. Ich bin der *Geist* dieser Zunft, ich nenne mich den König der Wächter dieses Landes. Mancher fromme Angehörige meines nächtlichen Staats wird euch von meinem Dasein, meinem Tun und Treiben erzählt haben. Heute mit dem zwölften Glockenschlage wird es hundert Jahre, seit ich die Dörfer und Städte des Reiches besuche, unter heiterem Sternenhimmel, wie im wilden Wintersturme. Vor Mitternacht werd ich im Wächterstübchen auf dem Turme der Albanikirche sein.«

Hiermit neigte er sich und ging mit kaum vernehmlichem Tritte hinweg.

Einstimmig war man geneigt, der sonderbaren Einladung zu folgen, was ihr auch immer zugrunde liegen möge; an einen bösartigen Scherz oder ein gemeines Abenteuer sei hier auf keinen Fall zu denken, und auf einen vergeblichen Gang könne man sich ja gefaßt halten. Ohne die treuherzige Miene und die große Neugierde, womit auch Larkens die Sache aufnahm, hätte leicht der Verdacht einer Mystifikation auf ihn fallen können, denn sein Humor war bekannt genug, er hatte ihn mit Unrecht in den Ruf eines bösartigen Spötters und Intriganten gebracht, wozu mitunter auch sein Äußeres beitrug, so wenig eben eine gelbe Hautfarbe und ein Paar schwarze blitzende Augen häßlich, oder das lauernde Lächeln um den Mund gefährlich war. Es war einer von den Menschen, die man auf den Grund kennen muß, um sie nicht zu fürchten. Als Schauspieler und Sänger schätzte man ihn sehr, er wäre des Liebling der Publikums gewesen, hätte er nicht die rätselhafte und hartnäckige Grille gehabt, das Fach des Komischen, wozu er durchaus geboren war, mit ernsten Rollen zu vertauschen, die er, ohne es selbst zu fühlen, nur mittelmäßig ausfüllte. Zuweilen schien sich die unterdrückte Neigung seiner Natur durch eine unwiderstehliche Sehnsucht nach dem Lustspiele rächen zu wollen, und es war immer eine Festtagsbeute für die Kasse, wenn der Name Larkens bei einer Holbergschen oder Shakespeareschen Komödie auf dem Zettel stand. Dann hatte es aber auch das Ansehen, als wäre der Gott des Scherzes selbst in den entzückten Mann gefahren. Der Beifall der Verständigen und zuletzt auch des gemeinen Volks war ihm um so gewisser, je bescheidener die strotzende Ader der komischen Kraft innerhalb der feinen Schönheitslinie blieb, die nur der echte Künstler, vom richtigsten Takte geleitet, zwischen Begeisterung und Weisheit hin zu ziehen weiß. Statt, wie so mancher an seinem Platze, immer gleichsam auf erhitztem Boden zu gehen, schien Meister Larkens nur von einer sanften Wärme belebt, die ihm die Grazien angehaucht, und die Funken des Genies, welche er auswarf, entzündeten keineswegs ihn selber. Maßhaltung blieb immer die Seele seines Spiels, aber sie verdiente um so mehr Bewunderung wenn es wahr ist, was genauere Freunde behaupteten, daß seine humoristische Stimmung jederzeit nur die günstige Krise eines schmerzhaft bewegten und gedrückten Gemütes war. Wie dem auch sein mag, die Direktion besoldete ihn eigentlich nur um dieser außergewöhnlichen Darstellungen willen und ließ ihn im übrigen, weil er nicht gezwungen werden konnte, gewähren.

Die viere waren schon nach eilf Uhr auf dem Albaniturme angekommen. Außer dem Türmer, seiner Frau und Kindern saßen in dem Stübchen um die einzige Lampe her noch einige junge Stadtmusiker, die nach althergebrachter Sitte um Mitternacht ein Lied auf der Galerie abzublasen hatten. Die neuen Gäste wurden gar freundlich aufgenommen, zumal sie für eine Kollation mit Wein gesorgt hatten. Nach einem allgemeinen Gespräche fanden die Freunde durch einige beiläufige Fragen zu ihrer nicht geringen Verwunderung, daß die Sage von einem gespensterhaften Nachtwächter dem Aberglauben dieser Leute längst nichts Fremdes war, wiewohl sie die Versicherung, man habe heute einen Besuch der Art zu erwarten, bloß für einen angelegten

Spaß der Herren nehmen wollten. Indessen kam die Unterhaltung auf ähnliche Märchen und Geschichten, wahre Leckerbissen für Larkens, und selbst Nolten konnte sich seine Musterkarte phantastischer Stoffe mit manchem neuen Zuge bereichern, wäre er weniger stumpf gegen alles gewesen, was seiner gegenwärtigen Laune keine Nahrung gab. Desto aufmerksamer waren die übrigen, die in solchen Erzählungen gleichsam einen abenteuerlichen Widerschein jener bunten Gaukelbilder des Maskensaals zu finden glaubten. Ein solches Geschichtchen aus dem Munde eines jungen hübschen Burschen aus der Gesellschaft war auch folgendes:

»In der Lohgasse, wenn sie den Herren bekannt ist, wo noch zwei Reihen der urältesten Gebäude unserer Stadt stehen, sieht man ein kleines Haus, schmal und spitz und neuerdings ganz baufällig; es ist die Werkstatt eines Schlossers. Im obersten Teile desselben soll aber ehmals ein junger Mann, nur allein, gewohnt haben, dessen Lebensweise niemanden näher bekannt gewesen, der sich auch niemals blicken lassen, außer jedesmal vor dem Ausbruche einer Feuersbrunst. Da sah man ihn in einer scharlachroten, netzartigen Mütze, welche ihm gar wundersam zu seinem todbleichen Gesichte stand, unruhig am kleinen Fenster auf und ab schreiten, zum sichersten Vorzeichen, daß das Unglück nahe bevorstehe. Eh noch der erste Feuerlärm entstand, eh ein Mensch wußte, daß es wo brenne, kam er auf seinem mageren Klepper unten aus dem Stalle hervorgesprengt und wie der Satan davongejagt, unfehlbar nach dem Orte des Brandes hin, als hätt ers im Geist gefühlt. Nun geschahs« –

»Ei, so laß dein langweilig Geschwätz!« fiel dem Erzähler ein Kamerade in die Rede, »und sing das Stückchen lieber in dem Liede, das du davon hast, laut't ja viel besser so und hat gar eine schöne schauerliche Weise. Sing, Christoph!«

Der Bursche sah die Gäste verlegen an, und da sie ihm begierig zusprachen, begann er alsbald mit einer klangreichen, kraftvollen Stimme:

»Sehet ihr am Fensterlein
Dort die rote Mütze wieder?
Muß nicht ganz geheuer sein,
Denn er geht schon auf und nieder.

Und was für ein toll Gewühle
Plötzlich auf den Gassen schwillt –
Horch! das Jammerglöcklein grillt:
Hinterm Berg, hinterm Berg
Brennts in einer Mühle!

Schaut, da sprengt er, wütend schier,
Durch das Tor, der Feuerreiter,
Auf dem rippendürren Tier,
Als auf einer Feuerleiter;
Durch den Qualm und durch die Schwüle
Rennt er schon wie Windesbraut,
Aus der Stadt da ruft es laut:
Hinterm Berg, hinterm Berg
Brennts in einer Mühle!

Keine Stunde hielt es an,
Bis die Mühle borst in Trümmer,
Und den wilden Reitersmann
Sah man von der Stunde nimmer;
Darauf stille das Gewühle
Kehret wiederum nach Haus,
Auch das Glöcklein klinget aus:
Hinterm Berg, hinterm Berg
Brennts! –

Nach der Zeit ein Müller fand
Ein Gerippe samt der Mützen,
Ruhig an der Kellerwand
Auf der beinern' Mähre sitzen.
Feuerreiter, wie so kühle
Reitest du in deinem Grab!
Husch! da fällts in Asche ab –
Ruhe wohl, ruhe wohl,
Drunten in der Mühle!«

Schon vor dem Schlusse des Gesanges öffnete sich die Tür und leise trat die Gestalt des Nachtwächters herein. Er blieb unbeweglich an der Wand hingepflanzt stehen, während der erschrockene Sänger, im Begriffe abzubrechen, auf einen Wink des Larkens mit der letzten Strophe fortfuhr, deren Eindruck durch die Gegenwart dieses fremden Wesens entweder nur um so mehr erhöht wurde oder ganz verloren ging.

Jetzt begrüßte der sonderbare Gast mit Würde die Anwesenden, und wenn sich auch anfangs einige Verlegenheit von seiten der Freunde bemerken ließ, so war doch bald eine ebenso natürliche als eigentümliche Unterhaltung eingeleitet. Man sprach vom geheimnisvollen Reize des Wohnens auf Türmen, von dem frommen und großen Sinn des Mittelalters, wie er sich in den Formen der Baukunst, der heiligen besonders, offenbarte, und dergleichen mehr. Die Gegenwart des Unbekannten, so sparsam bis jetzt seine Worte waren, übte dennoch den größten Einfluß auf die Bedeutung und die steigende Wärme des Gesprächs. Die hohl aus der Maske tönende Sprache und der ruhige Ernst der durchblickenden, dunkel feurigen Augen konnte sogar ein vorübergehendes Grauen erregen und einen momentanen Glauben an etwas Übermenschliches aufkommen lassen.

Auf einmal erhob sich der Unbekannte, öffnete ein Fenster und sah in die klare Winterluft hinaus, indem er sagte: »Noch eine kurze Weile, so ist der Sand verlaufen, hoch emporgehalten schwebt der Faden der Zeit. Kommt hieher und fühlet, wie es schon frisch herüberduftet aus der nahen Zukunft!«

Jetzt schlug das letzte Viertel vor zwölf Uhr. Die Zinkenisten schlichen mit ihren Instrumenten auf die Galerie, und schon ließen sich von der entfernten Paulskirche herüber einige sanfte, fast klagende Töne vernehmen, die von unserer Seite anfänglich in schwachen, dann in immer stärkeren Akkorden erwidert wurden; jene bezeichneten das scheidende, diese das erwachende Jahr, und beide begegneten sich in einer Art von Wechselgesang, der am lebhaftesten wurde, als endlich die Glocken von verschiedenen Seiten her die Stunde ausschlugen; die diesseitige Partie ging in freudige Melodien über, während es von drüben immer schmerzlicher und wehmütiger klang, bis mit dem fernsten Glöckchen, das wie silbern durch die reine Luft erzitterte, die traurigen Klarinetten den letzten sterbenden Hauch versandten. Nun erfolgte eine Pause, und jetzt erst trat das vorhandene Jahr im siegreichsten Triumphe hervor.

Nachdem alles still geworden und die Gesellschaft wieder traulich um den Tisch versammelt war, ergriff man das freundliche Anerbieten des idealischen Wächters, etwas aus seinem Tag- oder Nachtbuch vom vorigen Jahre mitzuteilen, mit allgemeinem Beifalle. Er zog ein mit sonderbaren Charakteren geschriebenes Heft hervor, welches unter regelmäßigen Daten abgerissene Bemerkungen und Gedanken zu enthalten schien, wie sie ihm auf seinen nächtlichen Wanderungen, auf den Straßen der Städte und Dörfer sich dargeboten haben mochten; charakteristische Bilder aus den verschiedensten Verhältnissen und Zuständen der Menschen. Wir übergehen den größten Teil seiner Vorlesung und führen bloß *eine* Stelle an, die auf Nolten um so tiefern Eindruck machte, je vielsagender der Blick war, womit Larkens ihn darauf aufmerksam zu machen suchte.

*

»Nacht vom 7. auf den 8. Januar im Dorfe *.

– – Ich trete vor ein reinlich gebautes Haus; ich kenne es wohl; es wohnen glückliche Menschen darin. In harmloser Stille blühet hier eine Braut, deren Verlobter ferne lebt. Vergönne mir, Haus des Friedens, einen Blick in deine Gemächer. Mein Auge ist geheiligt wie das eines Priesters; hundert Jahre schon belauscht es die Nächte der Könige dieses Landes und die Schlummerstätten der Armen im Volk, und meine Gebete erzählen dem Himmel, was ich gesehen. Sieh da! was zeigt mir mein magischer Spiegel? Es ist die Kammer des Mädchens. Wie ruhig atmet die Schlafende dort! Ihr liebliches Haupt ist hinabgesunken nach der Seite des Lagers. Der Mond schaut durch das kleine Fenster; mit *einem* Strahle berührt er eben das unschuldige Kinn der Schläferin. Eine Hyazinthe neigt ihre blauen Glocken gegen das Kissen her und mischt ihren Duft in die Frühlingsträume der Braut, indes der Winter diese Scheiben mit Eise beblümt. Wo mögen ihre Gedanken jetzo sein? Auf diesem Teppiche sind seltsame Figuren eingewoben, hundert segelnde Schiffe. Vielleicht auf diesen Bildern ruhte ihr sinnendes Auge noch kurz, eh sie die Lampe löschte, nun träumt sie den Geliebten in die wilde See hinaus verschlagen und ihre Stimme kann ihn nicht erreichen. O besser, daß er in die Tiefe des Meeres versänke, als daß du ihn treulos fändest, gutes Kind! Aber du lächelst ja auf einmal so selig, träumst ihn im Arme zu halten, seinen Kuß zu fühlen. Vielleicht in dem Augenblicke, da du mit seinem Schatten spielest, sucht er wachend ein verbotenes Glück und treibt schändlichen Verrat mit deiner Liebe. Aber immer noch seh ich dich freundlich; du arglose Seele, ach wohl, es ist auch unerhört und fast unglaublich; was sucht er denn, das er bei *dir* nicht fände? Schönheit und Jugendreiz? ich weiß nicht, was die Sterblichen so nennen, aber hier darf selbst der Himmel wohlgefällig über seine Schöpfung lächeln. Verstand und Geist? O schlüge sich dies Auge auf! aus seiner dunkelblauen Tiefe leuchtet mit Kindesblick die Ahnung jedes höchsten Gedankens. Wie, oder Frömmigkeit? die Frage klingt wie Spott auf *ihn*. Ihr bescheidnen Wände zeuget, wie oft ihr sie habt knieen sehn im brünstigen Gebet, wenn alles rundum schlief! – – Bist ernst geworden, mein Töchterchen; wie seltsam wechselt dein Traum! Ach, nur zu bald wirst du weinen. Gott helfe dir. Gute Nacht.«

*

Dies war die auffallende Stelle, die Nolten mit heimlichem Unmute gegen Larkens anhörte, denn nun zweifelte er nicht mehr, daß dieser das Ganze veranstaltet hatte. Was noch weiter aus dem Hefte vorgetragen wurde, war ohne besondere Beziehung, und der Vorleser hörte eben zur rechten Zeit auf, als die Ungeduld Noltens am höchsten war. Der letztere konnte kaum erwarten, bis man auseinander ging und er Gelegenheit fand, dem Larkens einige Worte zuzuflüstern, die ihm wenigstens andeuten sollten, wie wenig jener Wink am Platze gewesen. »Ich danke dir«, sagte er mit beleidigtem Tone, indem sie die Treppen des Turmes hinabstiegen, »ich danke dir für deine wohlgemeinte Zurechtweisung in einer Sache, worin ich übrigens füglich mein eigener Richter sein könnte. Ich habe mich dir schon früher im allgemeinen darüber erklärt, du scheinst mich aber nicht verstanden zu haben. Verlang es, und ich will mich weitläuftiger vor dir rechtfertigen.«

»Fürs erste«, antwortete der Freund halb lächelnd, »berg ich dir meine Freude darüber keineswegs, daß du meinen versteckten Ausfall auf dein Gewissen nicht spaßhaft aufgenommen, so seltsam auch die Komödie war; aber es täte mir auf der andern Seite ebenso leid, wenn du einen Popanz oder selbstgefälligen Sittenrichter in mir erblicken wolltest. Niemand würde sich mit weniger Recht hiezu aufwerfen, als ich, der ich selber erst vor kurzem dem Teufel entlaufen bin und Dreiviertel meines Seelenheils an ihn verloren habe; aber ich schwör ihm auch das letzte teure Restchen vollends zu, wenn ich daran lügen sollte, daß ein uneigennützig Mitleid mit jenem liebenswürdigen Geschöpfe, ja mit euch beiden, mich zwinge, alles aufzubieten, was deine unselige Entfremdung von dem Mädchen hintertreiben kann.«

»Gut, wir sprechen uns bald mehr darüber«, sagte Nolten, und wollte ihm freundlich die Hand drücken, was jedoch Larkens nach seiner Art schnell abtat, weil ihn der geringste Anschein von Sentiment zwischen Freunden immer verlegen und ärgerlich machte.

Nachdem man die beiden auswärtigen Freunde bis zu ihrem Quartiere begleitet und die nächste Zusammenkunft abgeredet hatte, gingen die andern, welche in einem Hause und auf demselben Boden wohnten, ziemlich einsilbig ihre gemeinschaftliche Straße.

Unser Maler fand zwischen den eigenen Wänden jene Wohltat ungestörter Einsamkeit, nach welcher er sich vor wenigen Minuten so ungeduldig hingedrängt hatte, keineswegs. Die Eindrücke dieser letzten Stunden waren zu mannigfaltig, zu mächtig, zu entgegengesetzt, als daß er hoffen konnte, sie zu ordnen, sich ihrer mit Vernunft zu bemeistern. Er schickte den Bedienten, der ihn auskleiden sollte, zu Bette, und saß eine Weile unschlüssig, den Kopf in die Hand gestützt, den Blick auf die ruhige Flamme der vor ihm brennenden Kerze geheftet. Erst der Anblick jenes unwillkommenen Briefs (er lag noch uneröffnet auf dem Tische) schien seinem Unmut, seinem Grame eine entschiedene Gestalt zu geben. »O!« brach er aus, »muß heute sich alles herzudrängen, mich zu peinigen? soll ich nicht zu mir selbst kommen? Was kann sie wollen mit dem Briefe? muß sie nicht fühlen, wir sind getrennt auf immer, muß sies nicht? Ja, wenn dies wirklich der Inhalt dieses Blattes wäre! Könnt ichs nur ahnen aus den Zügen dieser Aufschrift! Doch, die sind treu und gut, und blicken schmeichelhaft wie in den glücklichen Tagen – Nein, nein, ich wag es nicht, dies Siegel zu erbrechen.«

Er stand plötzlich auf und suchte die Gesellschaft des Freundes. Zu seinem Troste traf er ihn noch wach am Kamine sitzend und nicht minder geneigt, die wenigen Stunden bis zum Tagesanbruch vollends in vertrautem Gespräche zuzubringen. »Recht, daß du kommst!« hieß es, »du triffst mich mit ernsthaften Betrachtungen über *dich* beschäftigt. Es wäre gar schön von dir, wolltest du mich jetzt ein wenig tiefer in deine Karten schauen lassen, denn nach dem, was du heute gemunkelt, sollte man ja beinahe glauben, daß deine Erkältung gegen Agnes noch ihre absonderlichen Ursachen habe, wiewohl ich immer bloß die Symptome eines ganz ordinären Liebesfrosts an dir zu bemerken meinte, der sich selten anders erklären läßt, als im allgemeinen aus einem gewissen Defizit von Wärme. In der Folge mag denn auch Gräfin Constanze einigen Einfluß gehabt haben; was? oder hätte sie wirklich schon alles wie mit Besemen gekehrt in deinem Herzschrank angetroffen?«

»Laß uns nicht leichtsinnig von einer ernsthaften Sache reden!« versetzte Nolten, »nein, glaub es, Alter, mein Verhältnis zu Agnes fand den Grund seiner Zerstörung nicht ebenda, wo ihn dein Scharfsinn mit so viel Zuversicht entdecken will. Du hättest mir die Ursache längst abmerken können; eine ausführliche Entwicklung der verhaßten Geschichte war mir zu verdrießlich, und zudem mag mich eine dumme Scham abgehalten haben, über die ich nicht gebieten konnte. Mich von einem kindischen Geschöpfe so genarrt, so gekränkt zu wissen! mich selber so zu narren, so zu täuschen! Höre nun; du weißt, was mich an das Mädchen gefesselt hatte, was ich alles in ihr suchte, tausendfach fand; aber dir ist nicht bekannt, wie sehr mich meine Rechnung zuletzt betrog. Siehst du, wenn äußerste Reinheit der Gesinnung, wenn kindliche Bescheidenheit und eine unbegrenzte Ergebung von jeher in meinen Augen für die Summe desjenigen galt, was ich von einem weiblichen Wesen verlangen müsse, das ich für immer sollte lieben können, so ist der Eigensinn begreiflich und verzeihlich, womit sich mein Herz verschloß, sobald jene Eigenschaften anfingen, sich im geringsten zu verleugnen; denn je gemäßigter meine Ansprüche in jedem andern Sinne waren, desto beharrlicher durften sie sein in dieser einzigen Rücksicht, mit welcher nach meinem Gefühle der schönste und bleibendste Reiz aller Weiblichkeit wegfällt.«

»Ha ha ha!« lachte der Freund, »deine Forderungen sind bescheiden, und doch auch impertinent groß von Weibern der jetzigen Welt!«

»O«, fuhr der andere fort, »o Larkens! ja verlache mich, denn ich verdiens! daß ich der Tor sein konnte, zu glauben an die Unwandelbarkeit jener ursprünglichen Einfalt, die mir unendlichen Ersatz für jeden glänzenden Vorzug der Erziehung gab! Wo blieb doch jener fromm genügsame Sinn, den auch die leise Ahnung nie beschlich, daß es außer dem Geliebten noch etwas Wünschenswertes geben könne? jene ungefärbte Wahrheit, welche auch den kleinsten Rückhalt nicht in sich duldet, jene Demut, die sich selbst Geheimnis ist? Das alles lag einst in dem Mädchen! Wie heimlich und entzückt belauscht ich nicht zu tausend Malen das reine Aderspiel ihres verborgensten Lebens! Durchsichtig wie Kristall schien der ganze Umfang ihres Daseins vor mir aufgeschlossen und auch nicht *ein* unebener Zug ließ sich entdecken. Sprich! mußte darum nicht der erste Schatten weiblicher Falschheit mich auf ewig von ihr schrecken? Mein Paradies, gesteh es, Larkens! war vergiftet von diesem Augenblicke. Kann ich es ändern? kann *sie* es ändern? Sie selbst mag zu entschuldigen sein, auch ich entschuldige sie, aber die Bedeutung des Ganzen ist mir verloren, ist weg, unwiederbringlich. Und wenn ihre Liebe, göttlich neugeboren, mir entgegen weinte, ich müßte die Hände sinken lassen, sie fände ihre alte Wohnung nicht mehr.«

Larkens schwieg einige Zeit nachdenklich. »Aber«, fing er nun an, »was verbrach denn das Mädchen eigentlich? wo streckte denn der Satan, der in sie gefahren sein soll, zuerst sein Horn heraus? wo sind die Indizia?«

»Meinst du«, fuhr Nolten fort, »es sei mir nicht schon fatal gewesen, da es bereits vor einem Jahre bei meinem letzten Besuch in Neuburg sehr deutlich das Ansehen hatte, als ob dem Närrchen bange würde um eine genügende Versorgung durch mich? und wenn mir der Vater mit kritischem Gesichte zu verstehen gab, es wolle nirgends recht fort mit meiner Kunst, mit meinem Erwerbe, er selber könne uns nur wenig unter die Arme greifen, ich möge mich doch wohl bedenken, ob ich mir eine Familie zu nähren getraue, und was des Geschwätzes mehr war, so nahm das Töchterchen mich zwar zärtlich genug in eine Ecke, küßte mir die Runzeln von der Stirn, lächelte und verbarg doch nur mit Müh und Not ihre Sorgen, ihre Tränen. Das ließ ich denn so gehen und hielts ihnen zugute. Aber bald nachher, verflucht! die garstige Niederträchtigkeit!«

»Nun?«

»Ein zierlicher Laffe kam ins Haus, Geometer, oder was er ist, ein weitläuftiger Vetter aus der benachbarten Stadt. Mir ward von freundschaftlicher Hand ein Wink gegeben, daß man sich in dem Burschen, nur auf gewisse Fälle, ein Schwiegersöhnchen reservieren wolle.«

»Ist nicht möglich das!« rief Larkens erschrocken aufspringend.

»Und ist gewiß. Zwar Agnes wußt anfangs nicht um den saubern Plan, man wollt abwarten, ob ihr's Mäulchen nicht selber überliefe, man steckte die Leutchen recht geflissentlich zusammen, daß dem Mädel zuletzt wirklich schwindlig ward, denn mein Rival trug ohne Zweifel eine brillante Vorstecknadel, wußte treffliche Dinge von Bällen und dergleichen zu erzählen, wunderte sich recht mitleidig, daß Fräulein Agnes an solchen Herrlichkeiten keinen Teil nehme, worauf denn das gute Schäfchen sich ebenfalls im stillen verwunderte, sich ganz tiefsinnig in die neue prächtige Welt verguckte, von welcher sie auf ihrem stillen Waldhäuschen bisher das mindeste nicht geahnt. Mir entdeckten jedoch ihre sehr liebreichen, wiewohl etwas sparsamen Briefe nichts von diesen Visionen, die Wischchen waren lieb und simpel und treuherzig wie sonst auch, rochen weder nach Eau de Portugal noch de mille fleurs, sondern es war genau der alte echte Maiblumen- und Erdbeerenduft, – aber den höllischen Gestank brachten mir die Briefe sehr ehrenwerter Personen unter die Nase; dort ist von musikalischen und andern Notturnis, von Rendezvous im Gärtchen, kurz von allerliebsten Sachen die Rede, die ich zuerst unglaublich und bis zur Desperation abscheulich, dann aber ganz natürlich und zum Totlachen plausibel fand.«

»Die Briefe, von wem denn?«

»Sie sind – gleichviel.«

»Das nun eben nicht, mein Bester!«

»Nun ja, ich bin den Personen eine gewisse Diskretion schuldig.«

»Nur ungefähr; männlich? *weiblich?* oho! nun rat ich den Pfeffer; die Episteln hat der Neid diktiert.«

»Unwürdiger Verdacht! Und ich hab außerdem Beweise, die – o

laß mich schweigen, laß mich vergessen! nur jetzt verschone mich, du siehst ja, wie michs martert!«

»Aber was sagte Agnes zur Entschuldigung?«

»Nichts, und ich macht' ihr keinen Vorhalt.«

»Alle Teufel! bist du verrückt? du stelltest sie nicht zur Rede?«

»Mit keiner Silbe. Der Herr Papa, in Furcht, ich habe Wind erhalten von dem Spaß, kam mir mit Rechtfertigungen zuvor, vielleicht weil ihm der Reukauf angekommen. Da versteigt er sich nun in den rührendsten psychologischen Subtilitäten, als gälte es eine Preisaufgabe, den Leichtsinn einer läppischen Dirne wieder zu Ehren zu bringen. Er ruft sogar die Medizin zu Hülfe; es ist wahr, das Mädchen war kurz vorher krank, aber was, zum Henker! hatten die Nerven meiner Braut mit dem Geometer zu schaffen? Kurzum, ich weiß nun, was ich von allem zu glauben habe. Ich schrieb ihr, wie du weißt, seit sechs Monaten nicht mehr, und hoffte zuletzt, auch sie habe stillschweigend resigniert, allein der Alte mag von Verbesserung meiner Umstände gehört haben: nun erhalt ich gestern unerwartet einen Wisch durch Ferdinand – da!«

Larkens griff hastig nach dem Briefe, und zwar mit einer Bestürzung, die nur in *diesem* Augenblicke dem Freunde entgehen konnte. Nolten drang ihm das Papier beinahe bittend auf, indem er wiederholt sagte: »behalt es, vergrab es bei dir, bester einziger Larkens! und wenn es möglich ist, verschone mich mit seinem Inhalt, antworte statt meiner, nicht wahr, du tust mir die Liebe? O wie mir nun wieder leicht ist, seit ich des Quarks los bin! – Alter, komm, laß Wein bringen! Wollen uns einmal wieder lustig machen. Der Tag schläft noch fest. Laß diese trübe Lampe mit unsern verdüsterten Geistern sich im Karfunkel des Burgunders spiegeln!«

In kurzem stand eine kühle Flasche auf dem Tische. Man suchte einige Lieblingsmaterien der Kunst auf und war bald im Feuer des Gesprächs. Mit der Morgendämmerung trennte man sich, um noch eine kurze Ruhe nachzuholen.

»Noch eins!« rief Theobald unter der Tür, »wer war denn der Vermummte auf dem Albaniturm?«

»Frag mich jetzt nicht; es ist gleichgültig; du sollsts ein andermal erfahren. Schlaf wohl.«

Nolten war auf seinem, vom Frühlichte blaß erhellten Schlafzimmer angekommen. Er will sich soeben aufs Bette werfen, als ihm an dem spanischen Hute, welchen er gestern auf dem Balle gebraucht, eine Zierde auffällt, die ihm völlig fremd ist; die rote Blüte einer Granate, der Natur täuschend nachgemacht. Das Blut steigt ihm in die Wange, eine plötzliche Ahnung schießt ihm durch den Kopf – »von *ihr!* von ihr! o sicherlich von dir, Constanze!« rief er aus. »Die Liebe deutet mir das rätselhafte Wort, das du vor wenig Tagen, halb Scherz, halb Ernst, gegen mich hast fallen lassen. Die Blüte der Granate – wars nicht so? Ja, so wars! Und nun heute nacht – stutzte mein Auge nicht mehr als *ein* Mal an der Blumen austeilenden Gärtnerin und ihrem kleinen Diener? So ist sies doch gewesen! gewiß, der Junge hat mirs angesteckt, wie ich verdrießlich in jenem Fenster saß. Sie muß ihm den Wink gegeben haben. So erkannte sie mich doch. Du Engel! Engel! Und du, mein seliges Herz! ja hoffe nur und hoffe kühn! das ist ein teures, unschätzbares Merkzeichen. Mir beginnt ein neues Leben! Herauf, du schläfriger Morgen! O warum stürzt die Sonne sich nicht prächtig und entzückt mit *einem* Mal über den schattenden Berg, da mich ein Wunder glücklich macht? Du grauer Tag, wie blickst du seltsam in die glühende Blätterkrone dieses geborstenen Kelchs! Lieber, grauer Tag, wahrsage mir nicht Schlimmes mit dieser gelassenen Miene! und willst du neidisch sein, so wiss es nur und ärgre dich – sie liebt mich! Mich! Ja, *sie* – mich!«

Indessen hatte Larkens das ihm übergebene Briefchen Agnesens geöffnet und gelesen; es war ein einfacher Gruß, wobei sie Theobalden aufs lebhafteste dankt für *sein letztes Schreiben,* welches jedoch, die Wahrheit zu sagen, von ganz anderer Hand, und, wie so manche frühere Sendung, bloß unterschoben war.

»Du bittest mich«, sagte Larkens nach einer Pause gerührten Nachdenkens vor sich hin, »du bittest mich, armer Freund, ich soll das Blättchen bei mir vergraben, soll den Knoten zerhauen, soll deine ganze verleidete Sache über Hals und Kopf der Vergessenheit überliefern und so alles mit einem Male gutmachen. Ich will gutmachen, aber auf ganz andere Art als du denkst, und Gott sei Dank, daß mir nicht jetzt erst einfällt, diese Sorge auf mich zu nehmen. Wie preis ich den Genius, der mir gleich anfangs das Mittel eingab, dem guten Kinde deinen Wankelmut zu verbergen, ihm durch eine leichte Täuschung allen Schmerz, alle Angst zu ersparen, und, wenigstens solange sich noch Heilung für den Verblendeten hoffen läßt, das holde Geschöpf im schönen Traum seiner Liebe zu lassen. Aus einem Verhältnisse zu der Gräfin kann offenbar nichts werden, tausend Umstände sind dagegen; Constanze selber, wie ich sie kenne, hat nicht den entferntesten Gedanken an so etwas, kann ihn gar nicht haben. Theobald wird müssen seiner Leidenschaft entsagen lernen, ich seh alles voraus, es wird tief bei ihm einschneiden, – schad't nichts, das soll mir ihn zu sich selbst bringen, soll mir ihn weich machen für Agnes; er wird dem Himmel danken, wenn ihm das weggeworfene Kleinod erhalten blieb. Für jetzt wärs Unsinn, ihm die Gräfin gewaltsam vom Herzen reißen zu wollen; ich hoffe, es ist nur ein Übergang, und ich müßt ihn schlecht kennen, oder es kann ihm in die Länge selbst nicht schmecken. Auf jeden Fall läßt er mich ja an allem teilnehmen, was etwa mit ihm und Constanzen vorgeht, und Larkens ist bei der Hand, wenn Feuer im Dach auskommen sollte; überdies will ich meinen Leuten so genau aufpassen, daß mir nichts in die Quere laufen soll. Das erste ist nun, ich muß wissen, was an dem Märchen mit Agnes ist; gewiß irgendeine verleumderische Teufelei, und mein vortrefflichster Nolten hat in der blinden Hitze einmal wieder daneben geschossen; ich lasse mich rädern, das ists. – Hm! freilich, hätt ich nur ein einzigmal das Mädel mit diesen meinen Augen gesehen! aber so, was bürgt mir für sie? Man hat Beispiele, daß so ein Engelchen auch einmal einen schlechten Streich macht, oder, was bei ihnen gerade so viel ist, einen dummen. Nein, zum Henker, ich kanns wieder nicht denken! Sind mir ihre Briefe nicht Zeugnis genug? So schreibt doch wahrlich keine Galgenfeder! Und gesetzt, sie hätt einmal ein paar Tage einen Wurm im Kopf gehabt und ein bissel nebenaus geschielt, etwas Gift mag so was immer ansetzen beim Liebhaber, doch im ganzen was tuts? Ein verdammter Egoismus, daß wir Männer uns alles lieber verzeihen als so einem lieben Närrchen; eben als hätten wir allein das Privilegium, uns zuweilen vom Leibhaftigen den Pelz ein wenig streicheln zu lassen, ohne ihn just zu verbrennen. Wetter! diese frommen Hexchen haben so gut Fleisch und Blut wie unsereiner, und der nächste Blick auf die Person des Alleinzigen wirft den Hundertstel-Gedanken von Untreue und das gewagteste Luftschloß wieder übern Haufen; dann gibt es nichts pikanter Wollüstiges für so eine süße Krabbe als die Tränchen, womit sie gleich drauf die Verirrung ihrer Phantasie am bärtigen Halse des Liebsten unter tausend Küssen stillschweigend abbüßet. Aber auch nicht einmal dieser leichten Seitensprünge halt ich Agnesen fähig; wenigstens wär mir leid um das goldreine Christengelsbild, das ich mir so nach und nach von dem Mädchen konstruierte. Mord und Tod! daß man doch gar, gar nichts in der Welt soll denken können, wobei einem der alte Verderber nicht wieder ein Eselsrohr drehte! Ich möcht mich in Stücke reißen vor Wut! nicht um meinetwillen, – für mich ist nichts mehr zu verlieren: nein, nur um Noltens willen, der so ehrlich, gut knabenartig sein Ideal in einer Dorflaube salviert glaubte und nun eben auch in faule Äpfel beißen soll. So gehts, – ei, und am Ende haben wirs all' nicht besser verdient. Aber laß sehn, es fragt sich ja immer noch – Verflucht! was doch das Mißtrauen ansteckt! Stand nicht bis den Augenblick mein Glaube an das Mädchen fest wie ein Fels? und, sachte beim Licht besehn, steht er noch wie vor. So laß mich denn meine Maschinen getrost fortspielen! meine Maskenkorrespondenz mit dem Liebchen mag dauern so lang sichs tut. Bin ich durch diese sechs Monat lange Übung im Stil der Liebe, im Ausdruck und individueller Gedankenweise nicht so ganz und gar zum andern Nolten geworden, daß ich fast fürchten muß, das Mädchen, wenn heut oder morgen der Spuk an Tag käme, könnte sich in *mich* verlieben? was denn ceteris paribus auch so übel nicht wäre. Doch, soviel ist gewiß, ich glaube für hundert galante Schurkereien, wozu ich ehedem meine gewandte Handschrift mißbrauchte, mir hinlängliche Absolution dadurch erworben zu haben, daß ich die Kunst, ehrlichen Leuten ihre Züge abzustehlen, endlich einmal für einen guten Zweck nütze. Du liebes betrogenes Kind! und hast du denn niemals beim innigen vertieften Anschaun meiner Lügenschrift etwas Unheimliches verspürt, wenn du das Blatt mit dankbarem Entzücken an deine Lippen drücktest? hat nicht der Engel deiner Liebe dir zugeflüstert: halt, eine fremde Hand schiebt der des Geliebten sich unter? Nein doch! dein Schutzengel wird sich ja eher mit mir verschwören, als daß er dich mit der unzeitigen Wahrheit betrüben sollte, die dir zugleich den Geliebten raubt! Immerhin also laß mich gewähren. Und hat es mir zeither an Vorwänden nicht gefehlt, dich über das immer verschobene Wiedersehn deines Theobalds und die langentbehrte Umarmung zu trösten, so wird es mir, denk ich, noch gelingen, dir ihn bald als einen völlig Neuen entgegenzuführen, und du wirst nicht einmal wissen, daß es ein strafwürdiger, aber bekehrter Flüchtling ist, der zu deinen Füßen weint.«

Dies war so ziemlich das bald leise, bald laute Selbstgespräch Larkens'. Indem wir es wiederzugeben suchten, weihten wir den Leser in das Geheimnis ein, das ihm gegenwärtig vor allem am Herzen lag. Es versteht sich von selbst, daß er gleich beim Beginn seines wunderlichen Briefwechsels mit Agnes alle Vorsicht gebrauchte und jene namentlich unter irgendeinem Vorwand aufforderte, ihre Briefe immer unter der Larkensschen Adresse laufen zu lassen. Dies geschah indessen auch pflichtlich, nur das letzte Billett machte eine Ausnahme, weil Agnes die Gelegenheit durch die Freunde ohne Umschweif nützen zu können meinte, und so war das Papier wirklich zu anfangs nicht geringem Schrecken des heimlichen Korrespondenten in die Hände desjenigen gelangt, für den es am wenigsten gehörte, und dem sein Inhalt das ganze hübsche Gewebe hätte verraten müssen. Eine geschärfte Instruktion für die Briefstellerin war die einzige Folge dieser glücklich abgeleiteten Gefahr, aber einen weit wichtigern Grund, ungesäumt an Agnes, sowie auch an den Förster, zu schreiben, fand Larkens in der Ungewißheit über die bewußte Ehrensache. Er setzte sich noch in dieser Stunde nieder, doch mit dem Vorsatze, seine Sorge nur so gelinde als möglich reden zu lassen, und seine Erkundigungen ganz im allgemeinen zu halten, damit nicht etwa ein Vorstoß gegen frühere Verhandlungen, die ihm unbekannt waren, zum Vorschein komme.

Um aber die Stellung Noltens gegen die Braut ganz anschaulich zu machen, müssen wir in der Zeit etwas zurückschreiten und folgendes erzählen.

Das Verhältnis der Verlobten stand in der wünschenswertesten Blüte, als Agnes durch eine heftige Nervenkrankheit dem Tode nahe gebracht ward. Der kritische Zeitpunkt ging indessen gegen Erwartung glücklich vorüber, und mehrere Wochen verstrichen, ohne daß es mit der allmählichen Genesung des Mädchens irgendeinen auffallenden Anstoß gegeben hätte. Jetzt aber konnte es dem Vater, und wer ihn sonst besuchen mochte, nimmer entgehen, daß mit der Tochter eine Veränderung, und zwar eine sehr bedeutende, vorgegangen sei. Offenbar war sie tief am Gemüte angegriffen, auch körperlich bemerkte man die sonderbarste Reizbarkeit an ihr; im ganzen war sie sanft, meist niedergeschlagen, zuweilen ungewöhnlich heiter und gegen ihr sonstiges Wesen zu allerlei Possen geneigt. Oft machte sie ihrem Herzen durch heftige Tränen Luft, brach in Klagen aus um den entfernten Geliebten, den sie mit Sehnsucht zu sich wünschte. Zugleich äußerte sie eine leidenschaftliche Liebe zur Musik, verlangte nichts so sehr als irgendein Instrument spielen zu können, und setzte jedesmal hinzu, sie wünsche dies nur um Noltens willen, damit er künftig doch wenigstens *ein* Vergnügen von ihr haben möge. »Ich bin ein gar zu bäurisches, einfältiges Geschöpf, und solch ein Mann! O werden wir denn auch jemals füreinander taugen?« Und wollte man sie nun beruhigen, setzte der Vater den schlichten, treuen Sinn des Bräutigams recht faßlich auseinander, so konnte sie nur um desto heftiger ausrufen: »das ist ja eben der Jammer, daß er sich selber so betrügt! ihr alle betrügt euch, und ich mich selbst in mancher törichten Viertelstunde. Meint ihr denn, wie er im vorigen Herbste da war, ich hätte nicht gemerkt, daß er oft Langeweile bei mir hatte, daß ihn etwas beengte, stocken machte? Seht, wenn er bei mir saß, mir seine Hand hinlieh und ich verstummte, nichts in der Welt begehrte, als ihm nur immer in die Augen zu sehn, dann lächelt' er wohl, – ach, und wie lieb, wie treulich! nein, das macht ihm kein anderer nach! Und hab ich dann nicht oft, mitten in der hellen Freude, bestürzt mich weggewandt und das Gesicht mit beiden Händen zugedeckt, geweint und ihm verhehlt, was eben an mich kam? – ach, denn ich fürchtete, er könnte mir im stillen recht geben, ich wollt ihm nicht selber drauf helfen, wie ungleich wir uns seien, wie übel er im Grunde mit mir beraten sei.« So fuhr sie eine Zeitlang fort und endete zuletzt mit bittern Tränen; dann konnte es geschehn, daß sie sich schnell zusammennahm, gleichsam gegen den Strom ihres Gefühls zu schwimmen strebte, und mit dem Ton des liebenswürdigsten Stolzes fing das schöne Kind nun an, sich zu rechtfertigen, sich zu vergleichen; die blasse Wange färbte sich ein wenig, ihr Auge leuchtete, es war der rührendste Streit von leidender Demut und edlem Selbstbewußtsein.

Diese sonderbare Unzufriedenheit, ja dies Verzweifeln an allem eigenen Werte fiel desto stärker auf, da Theobald in der Tat nicht die geringste Ursache zu dergleichen gegeben, man auch früher kaum die Spur von einer solchen Ängstlichkeit an ihr entdeckte. Jetzt ward es freilich aus manchen ihrer Äußerungen klar, daß sie schon in gesunden Tagen diese Sorge heimlich genährt und wieder unterdrückt hatte, daß ein krankes Gefühl, das von jenem Nervenübel bei ihr zurückgeblieben war, sich mit Gewalt auf den verletzbarsten Teil des zarten Gemütes geworfen haben müsse.

Damit wir jedoch sogleich über das ganze ein hinreichendes Licht verbreiten, sind wir die Erzählung einer Tatsache schuldig, welche jenen Symptomen von Schwermut vorausging, und wodurch das, was vielleicht nur vorübergehende Grille war, eine weit schwierigere Gestalt annahm.

Zwei Wochen, nachdem Agnes vom Krankenlager freigesprochen war, hatte sie vom Arzte die Erlaubnis erhalten, zum erstenmal wieder die freie Luft zu kosten. Es war an jenem Tage eben ein weitläufitiger Verwandter, dessen eigentliche Bekanntschaft man jetzt erst machte, im Hause gegenwärtig; der junge Mann war seit kurzem in der benachbarten Stadt bei der Landesvermessung angestellt und bei dem Förster ein um so willkommenerer Gast, als er neben einem angenehmen Äußern manches schöne gesellige Talent bewies. Man speiste fröhlich zu Mittag, und Agnes durfte den Vetter Otto nach Tisch beim wärmsten Sonnenschein eine Strecke gegen die Stadt hin begleiten. Das Mädchen, wie neugeboren unterm offenen Himmel, genoß ganz das erhebende Vergnügen neugeschenkter Gesundheit, das sich mit nichts vergleichen läßt; sie sprach wenig, eine stille, gegen Gott gewendete Freude schien ihr den Mund zu verschließen und ihren Fuß im leichten Gang vom Boden aufzuheben; ihr war, als sei ihr Inneres nur Licht und Sonne; ein deutliches Gefühl von körperlicher Kraft schien sich mit einem kleinen Rest von Schwäche angenehm bei ihr zu mischen; sie kehrte früher um und nahm Abschied von Otto, damit sie völlig ungestört sich dem Überflusse des Entzückens und des Danks hingeben könne.

Ihr Weg führte sie durch ein Birkenwäldchen, bei dessen letzten Büschen sie eine Zigeunerin allein am Rasen sitzen fand, eine Person von ansprechendem und trotz ihres gesetzten Alters noch immer von jungfräulichem Aussehen. Man grüßt sich, Agnes geht weiter, und hat kaum fünfzehn Schritte zurückgelegt, als sie bereuet, die Unbekannte nicht angeredet zu haben, deren ganzes Wesen und freundlich bedeutender Blick doch sogleich den größten Eindruck auf sie gemacht hatte. Sie besinnt sich, sie lenkt um, und eine Unterredung wird angeknüpft. Nach einer Weile, während der man gleichgültige Dinge gesprochen, pflückt das braune Mädchen gleichsam spielend einige Gräser, knüpft sie in eine regelmäßige Figur zusammen, löst sodann kopfschüttelnd den einen oder andern Knoten wieder auf und sagt: »Setzt Euch zu mir. – Der Herr, den Ihr da vorhin ausgefolgt, ist Euer Schatz zwar nicht, doch denkt an mich, er wird es werden.«

Agnes, obgleich etwas betreten, scherzt anfangs über eine so unglaubliche Prophezeiung, verwickelt sich aber immer angelegentlicher und hastiger ins Gespräch, und da die Äußerungen und Fragen der Fremden eine ganz unbegreifliche Bekanntschaft mit den eigentlichen Verhältnissen der Braut vorauszusetzen scheinen, so kommt sie den Worten der Zigeunerin unvermerkt entgegen. Das gutmütige Benehmen derselben entfernt zugleich fast jedes Mißtrauen bei Agnesen. Wie schmerzhaft aber und wie unvermutet wird ihr geheimstes Herz mit *einem* Male aufgedeckt, da sie aus jenem ahnungsvollen Munde unter andern die Worte vernimmt: »Was Euern jetzigen Verlobten anbelangt, so wär es grausam Unrecht, Euch zu verbergen, daß Ihr auch allerdings nicht geboren seid füreinander. Seht hier die schiefe Linie! das ist verwünscht; stimmt doch das Ganze sonst gar hübsch zusammen! Aber die Geister necken sich und machen Krieg mit den Herzen, die freilich jetzt noch fest zusammenhalten. Ei närrisch, närrisch! mir kam so was noch wenig vor.«

Agnes fand Sinn in diesen dunkeln Reden, denn sie erklärten ihr nur ihre eigene Furcht. »Wie?« sagte sie leise und starrte lange denkend in den Schoß, »so ists – so ists! ja Ihr habt recht.«

»Nicht ich, mein Töchterchen, nur Stern und Gras behalten recht.

Vergib, daß ich die Wahrheit sagte; aber Wermut kann auch Arznei sein, und sei versichert, Zeit bringt Rosen.«

Hier stand die Fremde auf. Agnes, im Innern wie gelähmt und an den Gliedern wie gebunden, vermochte kaum sich zu erheben, sie hatte nicht den Mut, die Augen aufzuschlagen, es war ihr leid, daß sie verriet, wie sehr sie sich getroffen fühlte. Und doch, indem sie aufs neue in das Gesicht der Unbekannten sah, glaubte sie etwas unbeschreiblich Hohes, Vertrauenerweckendes, ja Längstbekanntes zu entdecken, in dessen seelenvollem Anblicke der Geist sich von der Last des gegenwärtigen Schmerzens befreie, ja selbst die Angst der Zukunft überwinde.

»Behüt dich Gott, mein Täubchen! und hab immerhin guten Mut. Läßt dich die Liebe mit *einer* Hand los, so faßt sie dich gleich wieder mit der anderen. Und stoße nur dein neues Glück nicht eigensinnig von dir; es ist gefährlich, dem Gestirn Trotz bieten. Nun noch das letzte: bevor ein Jahr um ist, wirst du niemand verraten, was ich dir gesagt; es möchte schlimm ausfallen, hörst du wohl?«

Dies letztere hatte die Zigeunerin mit besonderem Nachdrucke gesprochen. Aufs äußerste ergriffen dankte das Mädchen beim Abschiede und reichte der Fremden ein feines Tuch zum Angedenken hin.

Agnes war allein und vermochte kaum sich selber wieder zu erkennen; sie glaubte einer fremden, entsetzlichen Macht anzugehören, sie hatte etwas erfahren, was sie nicht wissen sollte, sie hatte eine Frucht gekostet, die unreif von dem Baume des Schicksals abgerissen, nur Unheil und Verzweiflung bringen müsse. Ihr Busen stritt mit hundertfältigen Entschlüssen, und ihre Phantasie stand im Begriffe, den Rand zu übersteigen. Sie hätte sterben mögen, oder sollte Gott ihrer Neugierde verzeihen und schnell das fürchterliche Bewußtsein jener Worte von ihr nehmen, die sich wie Feuer immer tiefer in ihre Seele gruben und deren Wahrheit sie nicht umstoßen konnte.

Erschöpft kam sie nach Hause und legte sich sogleich mit einem starken Froste; der Alte befürchtete einen Rückfall in das kürzlich erst besiegte Übel, allein vom wahren Grunde ihres Zustandes kam keine Silbe über ihre Lippen. Sie ließ sich ältere und neuere Briefe Theobalds aufs Bette bringen, aber statt des gehofften Trostes fand sie beinahe das Gegenteil; das liebevollste Wort, die zärtlichsten Versicherungen, schon gleichsam angeweht vom vergiftenden Hauche der Zukunft, betrachtete sie mit Wehmut, wie man getrocknete Blumen betrachtet, die wir als Zeichen vergangener schöner Augenblicke aufbewahrten: ihr Wohlgeruch ist weg und bald wird jede Farbenspur daran verbleichen.

Dergleichen traurige Ahnungen erfüllten sie mit desto ungeduldigerem Schmerz, je mehr sie Theobalden noch in dem vollen Irrtum seiner Liebe befangen denken mußte, – in einem Irrtum, den sie nicht länger mit ihm teilen durfte noch wollte, der ihr abscheulich und beneidenswert zugleich vorkam.

Jener Fieberanfall ging indes vorüber, und außer einer gewissen Überspannung hielt man das Mädchen für gesund. Die Ungewißheit ihres Schicksals beschäftigte sie Tag und Nacht. Suchte sie auch einen Augenblick jene drohenden Aussprüche mit ruhigem Verstande zu bestreiten, schalt sie sich abergläubisch, töricht, schwach, sie fand doch immer zwanzig Gründe gegen *einen*, und selbst im Fall die unerhörteste Täuschung des Weibes mit im Spiele war, so schien dieser seltsame Zufall ihr wenigstens eine früher gefühlte Wahrheit aufs wunderbarste zu bestätigen. Denn freilich hatte sie bei dem Gespräch im Walde nicht bemerkt, wieviel ihr die Zigeunerin, nachdem das erste aufs ungefähr keck hingeworfene Wort einmal gezündet, mit leisem Tasten abzulauschen wußte, noch weniger ließ sie sich träumen, daß eben diese Person auf sehr natürlichem Wege von der äußeren Lage der Dinge im allgemeinen unterrichtet, mit Theobald nicht unbekannt, und, wie sich späterhin entdecken wird, überhaupt gar sehr bei der Sache interessiert war. Was aber immer die geheime Absicht dabei sein mochte, genug, das arme Kind war schon geneigt, einen höheren Wink in jenem Auftritte zu erblicken.

Indessen, es gehen zuweilen Veränderungen in unserer Seele vor, von welchen wir uns eigentlich keine Rechenschaft geben und denen wir nicht widerstehen können, wir machen den Übergang vom Wachen zum Schlaf ohne Bewußtsein und sind nachher ihn zu bezeichnen nicht imstande: so ward in Agnes nach und nach die Überzeugung von der Unvereinbarkeit ihres Schicksals und Noltens befestigt, ohne daß sie genau wußte, wann und wodurch dieser Gedanke eine unwiderstehliche Gewalt bei ihr gewonnen. Ihre Grundempfindung war Mitleid mit einem geliebten und verehrten Manne, hinter dessen Geist sie sich weit zurückstellte, den sie durch ihre Hand nur unglücklich zu machen fürchtete, weil es in der Folge doch auch ihm selbst nicht mehr verborgen bleiben könne, wie wenig sie ihm als Gattin genüge. Allein wenn dies Gefühl, das unstreitig aus dem reinsten Grunde uneigennütziger Liebe hervorging, das gute Geschöpf allmählich einer frommen und in sich selber trostvollen Resignation entgegendrängte, so wurde der Entschluß freiwilliger Trennung auf der andern Seite wieder durch eine Idee verkümmert, welche sich sehr natürlich aufdrang: ein künftiges Mißverhältnis war ja nur in dem Falle gedenkbar, wenn Nolten überhaupt seine ursprüngliche Gesinnung verleugnete, wenn er dem ersten reinen Zuge seines Herzens untreu würde; und so betrachtete sich nun Agnes schon zum voraus aufs tiefste gekränkt von dem Verlobten, sie war versucht, ihm dasjenige bereits als Schuld anzurechnen, wovon er selbst noch keine Ahnung hatte, was aber unvermeidlich kommen müsse. So sonderbar es klingen mag, so ist es doch gewiß, es traten Augenblicke ein, wo ihre Empfindung gegen Theobald nicht fern von Widerwillen, ja von Abscheu war, allein dergleichen feindliche Regungen widerstrebten dergestalt ihrer innersten Natur, sie selbst kam sich dabei als ein so hassenswürdiges, entstelltes Wesen vor, daß sie mit Absicht alles und jedes vorkehrte, was den Bräutigam, auch im äußersten Falle, rechtfertigen könnte. Es kam eine tödliche Angst über sie, wenn ihr zuweilen die Möglichkeit erschien, daß sie von dem, der ihr noch jüngst das Teuerste der Welt gewesen, jemals geringer denken oder daß er ihr gar sollte gleichgültig werden können, es war ihr, wenn es dahin kommen sollte, als zerstöre sie ihr eigen Selbst, als sei die innerste Wurzel ihres Lebens angegriffen, als müßte sie jedem schönen Glauben, allem, was würdig, hoch und heilig sei, für immerdar entsagen. Sie nahm in dieser äußersten Not ihre Zuflucht zum Gebet, und flehte mit Inbrunst, Gott möge die Liebe zu Nolten stets frisch bei ihr erhalten, er möge ihr nur helfen, alles, was leidenschaftlich an dieser Neigung sei, aus ihrem Herzen wegzuschneiden.

Bemerkenswert ist es, daß das treffliche Mädchen, von einem richtigen Takte geleitet, sich mitunter alle Gewalt antat, ganz unabhängig von jener verdächtigen Prophetenstimme zu denken und zu handeln, so wie sie sich auch leicht beredete, die Verzichtleistung auf den Verlobten sei in Betracht der ersten Gründe doch immer aus ihr selbst hervorgegangen. Vielleicht sie unterschied hierin nicht scharf genug, und jene dunkle Stimme behielt auf Agnesens Tun und Lassen den mächtigsten Einfluß; nur verscheuchte sie jede Erinnerung an den verhaßten Fingerzeig des Weibes, der so entschieden auf ein neues Bündnis hindeutete; nicht ohne heimliches Schaudern konnte sie in diesem Sinne an den Vetter denken, ja sie vermied seinen Anblick eine Zeitlang geflissentlich, nur um dieser unerträglichen Vorstellung los zu werden.

Wie sehr das Mädchen unter solchen Umständen litt, von wieviel Seiten ihr Gemüt im stillen zerrissen und gepeinigt war, läßt sich wohl besser fühlen als beschreiben. Unglaublich erscheint bei diesem allen der Wechsel ihrer Stimmung; denn während sie jede Hoffnung auf Theobald verbannte und in den nüchternsten Stunden sogar die Fähigkeit bei sich entdeckte, ihn seinem bessern Schicksale freizugeben, fehlte es mitunter nicht an Augenblicken, wo alle jene düstern Bilder gleich Gespenstern vor der aufgehenden Sonne zurückflohen, wo ihre Liebe mit *einem* Mal wieder in dem heitersten Lichte vor ihr stand und eine Vereinigung mit Nolten ihr, allen Orakeln der Welt zum Trotze, notwendiger, natürlicher, harmloser deuchte als jemals. Mit Entzücken ergriff sie dann eilig die Feder, dem teuren Freund ein liebevolles Wort zu senden und sich im Schreiben gleichsam selbst des überglücklichen Bewußtseins zu versichern, daß sie und Nolten ewig unzertrennlich seien.

In solchen Stimmungen mochte sie auch Ottos Gegenwart nicht ungern leiden, sie behandelte ihn noch immer mit einiger Zurückhaltung und hatte auch diese schon halb überwunden; nur als der Vater gelegentlich dem Vetter, der die Mandoline fertig spielte, den Vorschlag machte, das Bäschen in die Lehre zu nehmen, ward sie einigermaßen verlegen und zauderte, wiewohl sie den Wunsch früher selbst geäußert hatte und noch jetzt in gewisser Hinsicht Lust dazu empfand. Auf das freundlichste Zureden Ottos entschloß sie sich wirklich, und sogleich wurde die Probe gemacht, die denn auch ganz munter vonstatten ging; Agnes bewies den größten Eifer, denn es galt, den Geliebten später mit diesem neuen Talent zu überraschen, und das kleine Geheimnis machte sie glückselig.

Aber dergleichen lichte Zwischenräume waren vorübergehend; jene schwermütigen Zweifel kehrten nur um desto angstvoller zurück, und ein solcher alle Kraft der Seele anspannender Wechsel diente nur, eine Epoche vorzubereiten, worin die geistige Natur der Armen unter der Last einer schrecklichen Einbildung und eines unseligen Geheimnisses unterlag.

Noch immer beobachtete Agnes das tiefste Stillschweigen über die Begebenheit im Walde, bloß im allgemeinen gab sich ihr Gram in lauten Klagen zu erkennen, wovon wir gleich anfangs ein Beispiel gegeben.

Die musikalischen Lektionen wurden ausgesetzt und fingen wieder an, weil es der Vater verlangte, der in solchen Unterhaltungen eine willkommene Zerstreuung für seine Tochter sah. Diese zeigte nunmehr eine sonderbare stille Gleichgültigkeit, ließ mit sich anfangen, was man wollte, oder ging ihr lebloses, träumerisches Wesen sprungweise in jene zweideutige Munterheit über, wovon wir oben gesprochen. Der Alte sah es gern, wenn sie mit Otto sich lustig machte, nur stutzte er oft über die Ausgelassenheit, ja Keckheit seines Mädchens, wenn es nach beendeter Lektion an ein Spaßen, Lachen und Necken zwischen den jungen Leuten ging, wenn die Schülerin dem Lehrmeister blitzschnell in die Locken fuhr und auch wohl einen lebhaften Kuß auf die Stirne drückte, so daß Freund Otto selbst etwas verlegen ward und mit all seiner sonstigen Gewandtheit sich zum erstenmal ein wenig linkisch der reizenden Cousine gegenüber ausnahm. »Bist doch mein lieber Vetter«, lachte sie dann, »was zierst du dich so närrisch? Aber fürwahr, ich wollte, wir wären Brautleute! mit dir könnt ich leben, du bist ganz darnach gemacht, daß man dich nicht zu viel und nicht zu wenig lieben kann!«

Diese und ähnliche Reden, so arglos sie auch hingeworfen waren, klangen dem Alten bedenklich, und vollends finden wir sein Erstaunen gerecht, als er einmal beim Weggehen Ottos, welcher Agnesen wie sonst auf der Schwelle die Hand gab, eine Träne in ihrem klaren Auge bemerkte. »Was soll doch das, mein Kind?« fragte der Vater, nachdem sie allein waren, betroffen. »Nichts«, erwiderte sie mit einigem Erröten und drehte sich zur Seite; »sein Anblick rührt mich oft, er gefällt mir nun einmal.« Dann ging sie sorglos, wie es schien, und singend in der Stube auf und nieder.

Vorübergehende Auftritte der Art brachten den Förster auf mancherlei Gedanken, und es ist zu begreifen, wenn er es endlich mehr als wahrscheinlich fand, daß hinter diesem unnatürlichen Zustande eine aufkeimende Leidenschaft für Otto sich versteckte, die er nur einer krankhaften Reizbarkeit des Mädchens schuld geben konnte. Der Zeit nach, worein die ersten Besuche des Vetters und jene ersten grillenhaften Äußerungen Agnesens fielen, widersprach jener Vermutung nichts. Der Leser aber kann über den wahren Zusammenhang des wunderlichen Gewebes wohl nimmer im Zweifel sein.

Der Verstand des guten Wesens hatte das Gleichgewicht verloren, und der traurige Riß war kaum geschehen, als die Schatten des Aberglaubens mit verstärkter Wut aus ihrem Hinterhalte brachen, um sich der wehrlosen Seele völlig zu bemächtigen. Jene Idee von Otto fixierte sich gleichsam künstlich im Gemüte der Armen, und die eingebildete Notwendigkeit fing an, den Widerwillen gegen ihn zu überbieten.

Die Art jedoch, wie sich Agnes äußerlich betrug, ließ in der Tat nicht auf eine so bedeutende Störung ihres Innern schließen, und der Vater glaubte nicht an eigentlichen Wahnsinn. Der sonderbare Hang zur Lustigkeit verlor sich ganz und machte einer gesetzten Ruhe, einem liebenswürdigen Gleichmute Platz, der dem Gespräche sowie dem ordentlichen Gange der häuslichen Geschäfte gleich günstig war, man bemerkte nichts Verkehrtes in ihrem Tun und Reden, nichts Schwärmerisches in Miene und Gebärde; aber an Theobald wollte sie nicht erinnert sein, selbst Ottos Namen berührte sie kaum, solange er abwesend war, nur wenn er kam, sah man sie ihre ganze Aufmerksamkeit, alle Anmut und Freundlichkeit an ihn verschwenden.

Wenn nun der Alte, durch ein so unerhörtes Benehmen zur Verzweiflung gebracht, sie zur Rede stellte, sie bald mit Sanftmut, bald mit drohenden Vorwürfen an ihre Pflicht, an ihr Gewissen mahnte, so zeigte sie entweder eine stumme Gelassenheit, oder sie lief weinend aus dem Zimmer und schloß sich ein.

Der Vater hatte indessen auf die Entfernung des jungen Menschen gedacht und ihm bereits einige leise Winke gegeben, die aber bis jetzt ganz ohne Wirkung blieben; er war in der peinlichsten Not, zumal er Ursache hatte, zu befürchten, daß die Reize des Mädchens auch nicht ohne Eindruck auf Otto geblieben sein möchten. Und wirklich, wie erstaunte nicht der gute Mann, als er eines Tages dem Vetter unter vier Augen seine Bitte so schonend als möglich vortrug, und dieser mit dem unumwundenen Geständnisse hervortrat: er sei von der Neigung Agnesens für ihn vollkommen überzeugt und nichts halte ihn ab, sie offen zu erwidern, wenn er vom Vater die Zustimmung erhalten würde, die er ohnehin in diesen Tagen zu erbitten entschlossen gewesen sei; es komme nun freilich auf ihn an, ob er dem innigsten Wunsche seiner Tochter Gehör schenken oder auf Kosten ihrer Ruhe und ihrer Gesundheit eine Verbindung erzwingen wolle, welche man, alle Vorzüge Noltens in Ehren gehalten, nun einmal durchaus für den gröbsten Mißgriff halten müsse.

Der Förster, über eine so kühne Sprache wie billig empört, unterdrückte dennoch seinen Unmut und wies den vorschnellen Freier mit Mäßigung zurecht, indem er ihn vorderhand zur Geduld ermahnte und wenigstens für die nächste Zeit das Haus zu meiden bat, worauf denn jener willig zusagte und nicht ohne geheime Hoffnung wegging.

Nun überlegte der Alte, was zu tun sei. Bald ward er mit sich einig, daß unter so mißlichen Umständen Veränderung des Orts, eine starke Distraktion, das Rätlichste sein dürfte. Zwar dachte er anfangs daran, ob nicht gerade eine Reise zu dem Bräutigam das kürzeste Mittel zur Ausgleichung des Ganzen wäre, allein die geringste Erwähnung des Planes bei Agnesen versetzte diese in den größten Jammer, sie beschwor den Vater auf den Knien, von dem Vorhaben abzustehen, das ihr gewiß den Tod bringen würde. Da nun überhaupt von einer Reise, gleichviel wohin, die Rede war, schien sie viel mehr erfreut als abgeneigt, und gerne ließ der Förster sichs gefallen, bei dieser Gelegenheit einen ziemlich entfernten Freund, den er seit vielen Jahren nicht gesehen, heimzusuchen.

In kurzem befanden Vater und Tochter sich unterwegs in einem wohlgepackten Gefährt. Das Wetter war das schönste, nach wenig Stationen sah man schon völlig neue Gegenden. Das Mädchen war zufrieden, ohne gerade lebhafter zu sein.

Mit dem Aufenthalte in dem kleinen Städtchen Wiedecke, wo der vieljährige Bekannte des Försters, ein jovialer, behaglicher Sechziger, als Verwalter eines edelmännischen Guts wohlhabend wie ein kleiner Fürst lebte, begann für Agnes bald eine ganz andere Art, den Tag hinzubringen, als sie es bisher gewohnt war. Der lebensfrohe Mann machte sichs zur Pflicht, seine Gäste auf die mannigfaltigste Weise zu vergnügen und im eigentlichen Sinne des Worts keine Stunde ruhen zu lassen. Sie mußten die Güter der gräflichen Herrschaft, Gärten, Waldungen, Parks und Fischplätze mustern, gelegentlich die Ordnung des Verwalters und seine Einsichten bewundern, man durfte mit keinem seiner Freunde im Städtchen und der Umgegend unbekannt bleiben, eine ländliche Partie verdrängte die andere, kurz der Förster sah seine Wünsche, die im stillen hauptsächlich nur auf Zerstreuung der Tochter gingen, beinahe über alles Maß und mehr, als sie ertragen konnte, erfüllt; eigentlich gab sie sich mehr nur aus Gutmütigkeit zu all der geräuschvollen Lustbarkeit her, als daß sie mit ganzem Herzen teilgenommen hätte.

Großen und schönen Eindruck machte bei ihr eines Abends der erstmalige Anblick eines Theaters, wozu eine wandernde Truppe das Wiedecker Publikum lud. Das Stück war von der leichten, heitern Gattung und wurde überdies sehr brav gespielt. Agnes lachte zum erstenmal wieder recht herzlich und ging ganz aufgeräumt zu Bette. Doch in der Nacht kam sie in das Schlafzimmer des Vaters geschlichen, weckte ihn und wollte anfangs auf die Frage, was ihr zugestoßen sei, lange mit der Sprache nicht heraus. Sie habe, gestand sie endlich, von Theobalden so lebhaft, so deutlich geträumt; er sei trostlos gewesen und habe sie um Gottes willen gebeten, ihn nicht zu verlassen, zuletzt sei sie aufgewacht, erstickt von seinen Küssen. »Nun seht, Vater«, fuhr sie unter heißen Tränen fort, »Euch darf ich wohl bekennen, daß er mich unbeschreiblich dauert, ob ich ihn gleich nicht mehr liebe; er wird sein Glück gewiß bei einer andern finden, aber das sieht er jetzt nicht ein, und es wäre vergeblich, ihn überreden zu wollen; man muß nur abwarten, bis er von selbst zur Überzeugung kommt. Aber (hier brach sie in lautes Schluchzen aus) wenn er während der Zeit verzweifelte! wenn er sich ein Leid antäte – nein! nein! das wird er nicht, das kann er nicht! Nicht wahr, Vater, soweit kann es unmöglich kommen? Ach, könnt ich ihn über diese Zwischenzeit nur schnell wegheben, ihn mit irgendwas beruhigen, ihm einen Trost zusenden!«

Der Alte vernahm diese Worte mit heimlicher Zufriedenheit, denn sie waren ihm nichts anders als das Zeichen der wiedererwachten Neigung für den Bräutigam. »Wenn du es über dich vermöchtest«, sagte er, »ihm deine volle Liebe wiederzuschenken, da wäre freilich am besten geholfen. Siehst du, noch ist im Grunde nichts verloren, noch verdorben; ja, prüfe dich, mein Kind! sei mein verständiges Mädchen wieder! nimm aufs neue meinen Segen mit Theobald hin; schreib ihm gleich morgen einen unbefangenen heitern Brief, so wie dein letzter vor drei Wochen war, das wird ihn freuen.«

Nach einigem Nachdenken antwortete Agnes; »Ihr wißt nicht, Vater, wie es um die Zukunft steht, drum mögt Ihr wohl so sprechen. Aber seht, ich denke nun, Theobald muß ja mein Mann nicht eben sein, und ich darf ihn dennoch lieb behalten. Ists ja doch ohnehin noch nicht an der Zeit, daß wir uns die Brautschaft förmlich aufsagen, und warum soll ich ihn eher, als nötig ist, aus seinem guten Glauben reißen, da er die Wahrheit jetzt noch nicht begriffe, warum nicht immerfort so an ihn schreiben, wie ers bisher an mir gewohnt war? Ach, ganz gewiß, ich sündige daran nicht, mein Herz sagt mirs; er soll, er darf noch nicht erfahren, was ihm blüht, und, Vater, wenn Ihr ihn lieb habt, wenn Euch an seinem Frieden etwas liegt, sagt Ihr ihm auch nichts! Dagegen aber kann ich Euch versprechen, ich will vorderhand mit Otto nichts mehr gemein haben. Die Zeit wird ja das übrige schon lehren.«

Der Förster wußte nicht so recht, was er aus diesen Reden machen sollte, er schüttelte den Kopf, nahm sich aber vor, das Beste zu hoffen, und entließ Agnesen, die sich ruhig wieder niederlegte.

Wie groß war seine Freude, als er sie des andern Morgens in aller Frühe mit einem Brief an Theobald beschäftigt fand, den sie ihm auch nachher zur Durchsicht reichte, wiewohl mit Widerstreben und ohne gegenwärtig zu bleiben, solange der Alte las. Aber welch köstliche, hinreißende und doch wohlbedachte Worte waren das! So kann bloß ein Mädchen schreiben, das völlig ungeteilt in dem Geliebten lebt und webt. Nur die absichtliche Leichtigkeit, womit jene ernsten und tiefen Bewegungen in Agnesens innerm Leben hier gänzlich übergangen waren, frappierte den Vater an dem sonst so redlichen Kinde. Er selber hatte noch geschwankt, ob die Pflicht von ihm fordere, Theobalden von diesen Dingen in Kenntnis zu setzen, oder ob es nicht vielmehr geraten sei, jenem die Sorge und der Braut die Beschämung über eine Sache zu ersparen, die am Ende doch nur unwillkürliche und vorübergehende Folge eines sonderbaren Krankheitszustandes sei. Und nun, da offenbare Hoffnung war, daß alles sich von selbst ausgleiche, bereute er um so weniger, in seinem letzten Schreiben bloß im allgemeinen von wiederholten Gesundheitsstörungen gesprochen zu haben. Er sah bereits die schöne Zeit voraus, wo er dem Schwiegersohne den ganzen Verlauf der seltsamen Begebenheiten in einer traulichen Abendstunde ruhig und wohlgemut wie ein glücklich überstandenes Abenteuer würde erzählen können.

Die Rückreise nach Neuburg wurde endlich angetreten. Man begrüßte die Heimat nach längerer Abwesenheit mit doppelter Liebe. Agnes ward allgemein blühender, ansprechender, geselliger gefunden, als man sie vor vier Wochen hatte abreisen sehen; was aber der Vater mit besonderem Wohlgefallen bemerkte, war, daß ihr die alte Nähe des Vetters gar nicht einzufallen schien. Dieser wurde indessen durch seine Geschäfte ganz außerhalb der Gegend festgehalten, und der Förster durfte einen Überfall, worauf er sich bereits gefaßt gemacht, so bald noch nicht befürchten.

Übrigens mußte es nach und nach befremden, daß Nolten seit einem vollen Monat und darüber nichts von sich hören ließ. Der Alte fand es unerklärlich, denn eine Irrung, welche etwa durch die fatale Geschichte entstanden sein möchte, war kaum gedenkbar, da weiter niemand darum wissen konnte; möglicher schien es, daß Nolten krank, daß Briefe verloren gegangen seien. Agnes hatte dabei ihre besonderen Gedanken und schwieg nur immer, indem sie auf etwas Entscheidendes zu spannen schien.

Wirklich hatte sich inzwischen nicht wenig Bedeutendes in der Ferne zugetragen.

Es waren, bald nachdem der Vetter die Bekanntschaft des Försterhauses gemacht, von zwei verschiedenen Seiten und von sehr wohlmeinenden Personen Briefe an Nolten gelangt, worin er auf ein sehr zweideutiges Benehmen des Alten und seiner Tochter in betreff des jungen Menschen aufmerksam gemacht wurde. Eine dieser Warnungen kam sogar von dem guten Baron auf dem Schlosse Neuburg, welcher sonst mit dem Förster in freundlichem Vernehmen stand, und von dessen Rechtlichkeit und vorsichtigem Urteil sich weder Übereilung noch Parteilichkeit erwarten ließ. Schon diese ersten Laute des Verdachts, obgleich sie unsern Maler noch keineswegs zu überzeugen vermochten, erschütterten und lähmten, ja vernichteten ihn doch dergestalt, daß er sich lange nicht entschließen konnte, auch nur eine Zeile nach Neuburg zu richten, seinen väterlichen Freund, den Baron ausgenommen, dem er eine nochmalige genaue Nachforschung dringendst empfahl. Allein nach mehreren Wochen erhielt er auf eine höchst unerwartete Weise die vollkommenste Bestätigung seines Argwohns, und zwar durch das ausführliche Schreiben Otto Lienharts – ein Name, den er früher einmal gelegentlich von Agnes gehört zu haben sich sogleich erinnerte. Daß dies eine und dieselbe Person mit dem mehrerwähnten Vetter sei, brauchen wir kaum anzumerken.

Der Eingang des Briefes nimmt auf eine ebenso bescheidene als verständige Art das Vertrauen Theobalds in Anspruch; der Unbekannte bittet um ruhiges und männliches Gehör für dasjenige, was er vorzutragen habe; es sei, versichert er, so sonderbar und so feindselig gar nicht, als es wohl in dem ersten Augenblicke erscheinen könnte. Nun geht er auf das innere Mißverhältnis der Verlobten über, wie die Natur der Charaktere ein solches wesentlich und notwendig begründe, ohne daß einem der beiden Teile das Geringste dabei zur Schuld falle. Sodann wird die Neigung des Mädchens zu ihm, dem Vetter, entwickelt, gerechtfertigt, und endlich wird ohne Anmaßung erklärt, in welchem Sinne er Agnesen ihren ersten Freund, dessen eigentümlichen Wert sie noch immer verehre, zu ersetzen hoffen dürfe. Wenn nun die angeführten Gründe hinreichen würden, um Nolten zu freiwilliger Abtretung seiner Ansprüche zu bewegen, so hänge am Ende alles nur vom Vater ab. Es scheine, daß dieser im stillen einen solchen Wechsel gutheiße und sich nur vor Nolten scheue, deswegen halte er die Sache mit schwankendem Entschlusse hin und sorge in der Tat für keinen Teil sehr vorteilhaft, wenn er Theobalden noch immer in einer Hoffnung lasse, auf welche er selber insgeheim verzichte; er tue unrecht, daß er die Tochter stets aufs neue irre zu machen suche und sie nötige, in ihren Briefen unredlich gegen Theobald zu sein. Ihr Herz habe für immer entschieden. Einige Briefe von Agnesens eigener Hand an den Cousin werden ihre Gesinnung hinreichend beweisen. (Die Blätter lagen bei, und man hat sich Briefe zu denken, welche die Unglückliche ohne Vorwissen des Försters an Otto gesandt.) Er habe diese Eröffnungen für Pflicht gehalten, und Nolten möge seine Maßregeln darnach ergreifen. Sollte der Förster, was jedoch wenig Wahrscheinlichkeit habe, zuletzt eigensinnig und grausam die Rechte des Vaters geltend machen oder Theobald die des Verlobten, so könne nur ein vollendetes Unglück für alle daraus entspringen, während im andern Falle Nolten wenigstens den Trost für sich behalte, den der Mann im Bewußtsein einer ungemein und großherzig erfüllten Pflicht von jeher gefunden.

Ein schallendes, verzweiflungsvolles Gelächter war das erste Lebenszeichen, das unser Maler, nachdem er einige Sekunden wie besinnungslos gestanden, von sich gab. Wir schildern nicht, in welchem Kreislauf von Zerknirschung, Wut, Verachtung und Wehmut er sich nun wechselnd umgetrieben sah. Was blieb hier zu denken, was zu unternehmen übrig? Haß, Liebe, Eifersucht zerrissen seine Brust, er faßte und verwarf Entschluß auf Entschluß, und hatte er die wirbelnden Gedanken bis ins Unmögliche und Ungeheure matt gehetzt, so ließ er plötzlich mutlos jeden Vorsatz wieder fallen und blickte nur in eine grenzenlose Leere.

Nach Verfluß einiger Tage war er soweit mit sich im reinen, daß er stillschweigend allem und jedem seinen Lauf lassen und etwa zusehen wollte, wie man in Neuburg sich weiter gebärden würde. Seinem Larkens, der indessen von einer kleinen Reise zurückgekommen war, und dem sein Kummer bald auffiel, entdeckte er sich keineswegs; denn einmal wollte er sich in seinem Benehmen in der Sache durch fremdes Urteil nicht geirrt wissen, er fürchtete die Geschäftigkeit, welche sein lebhafter und unternehmender Freund in solchem Falle sicherlich nicht würde verleugnen können, und dann hielt ihn ein sonderbares Gefühl von Scham zurück, wie es denn seinem Charakter eigen war, fremdes Mitleid, und käme es auch vom geliebtesten Freunde, soviel als möglich zu verschmähen.

Gewisse weggeworfene Äußerungen des Malers sowie eine Menge kleiner Umstände ließen jedoch dem Schauspieler keinen Zweifel mehr übrig, wen die Verstimmung betreffe; aber weit entfernt, den Fehler auf seiten Agnesens zu suchen, sah er an seinem Freunde im stillen nur den seichten Überdruß, die undankbare Laune eines Liebhabers, und es mußte ihn die kleinlaute Verlegenheit Theobalds, wenn darauf die Rede kam, in der Meinung bestärken, dieser fühle sein Unrecht. Dem Maler war ein solcher Irrtum gewissermaßen nicht zuwider, er mochte lieber den Schein der Untreue haben, als sein wahres Elend täglich in den Augen des Schauspielers lesen.

Dem letztern konnte es nicht entgehen, daß die gewöhnlichen Briefe nach Neuburg seit einiger Zeit stockten, obwohl von dorther immer welche einliefen, und so entstand denn in dem sonderbaren Manne der Entschluß, Noltens Pflicht in diesem Punkte zu versehen. Allerdings nahm er sogleich das Unsichere und Zufällige mit in Rechnung, doch zu befürchten war ja eigentlich nichts, auch wenn das kecke Spiel früher oder später an den Tag käme.

In der Zwischenzeit aber, d. h. vor der heimlichen Einrichtung, in deren Folge nachher alles vom Försterhause an den Bräutigam Geschriebene in die Hände des unechten Korrespondenten gelangte, waren mehrere Briefe teils von seiten des Alten, teils von Agnesen selbst an Nolten gekommen, und sie waren von der Art, daß Theobalds Urteil, insofern es bis jetzt unbedingt verwerfend gewesen, sich gewissermaßen modifizieren mußte. Der Alte ersucht nämlich seinen Schwiegersohn in einem ebenso herzlichen als wahrhaftigen Ton, er möchte von gewissen Gerüchten, welche sich zu Neuburg durch die Zudringlichkeit eines eingebildeten jungen Menschen verbreitet hätten und die vielleicht auch – was wohl der Grund seines langen Stillschweigens sei – bis zu ihm gedrungen sein könnten, auf keine Weise Notiz nehmen. Der Alte setzt die Verirrung des Mädchens nach *seinen* Begriffen auseinander, macht, ohne das Rechte zu treffen, eine nicht eben unwahrscheinliche Erklärung davon, wobei alles am Ende auf eine seltsame Skrupulosität, melancholische Überspannung und zuletzt auf alberne Kinderei reduziert wird. Nolten möchte der Jugend, der Unerfahrenheit des Mädchens vergeben; er als Vater beteure, daß der Vorgang in keinem Sinne störende Folgen nach sich ziehen werde,

Agnes habe sich gefaßt, ihr Herz sei rein und hänge mit doppelter Innigkeit an ihm. Indessen, fährt der Vater von sich fort, sei er so unbillig nicht, es dem Bräutigam zu verdenken, wenn die Sache ihn erschreckt habe, wenn er der Zeit die Probe überlasse, ob die Braut seiner nicht unwert geworden, nur wäre zu wünschen, daß er sich persönlich überzeugte, und er sei deshalb aufs freundlichste nach Neuburg eingeladen. Übrigens möchte er, wenn er Agnesen schreibe, ihr tief gebeugtes Gemüt soviel wie möglich schonen, sie wisse nichts von diesen Mitteilungen und scheine sich vorzubehalten, ihm bald mündlich die treueste Rechenschaft zu geben. Schließlich möge er sich doch wohl bedenken, ehe er ein Geschöpf, dessen ganzes Glück an ihn gebunden sei, um eines immerhin rätselhaften und darum schwer zu richtenden Vergehens willen ohne weitere Prüfung verstoße.

Diese Nachricht versetzte den Maler in die sonderbarste Unruhe. Er war während des Lesens weich geworden, er mußte wider Willen seinen entschiedenen Haß mit einem tiefen Verdruß und ärgerlichen Mitleid vertauschen, und er fühlte sich dabei fast unglücklicher als zuvor.

Wenn er freilich Agnesens ursprüngliche, so äußerst reine Natur mit ihrem neuesten Betragen verglich, so schien ihm der Absprung so gräßlich widersinnig, daß er sich jetzt wunderte, wie er eine Weile an die Möglichkeit einer Untreue im gewöhnlichen Sinne des Worts hatte glauben können: der Fall stritt dergestalt gegen alle Erfahrung, daß eben das Außerordentliche des Vergehens zugleich dessen Entschuldigung sein mußte. »Aber was auch immer die Ursache sei«, – rief Theobald aufs neue verzweifelnd aus, – »wie tief der Grund auch liegen mag, die Tatsache bleibt, – um den ersten heiligen Begriff von Reinheit, Demut, ungefärbter Neigung bin ich für immer bestohlen! Was soll mir eine verschraubte, kindische Kreatur? Werd ich nun meine schönsten Hoffnungen zerbrochen als kümmerliche Trümmer, halb knirschend, halb weinend, am Boden aufsammeln und mir einbilden, was ich zusammenstückle, sei mein altes köstliches Kleinod wieder? O hätt ich den bübischen Fratzen zur Stelle, der mir an meine süße Lilie rührte! könnt ich die Augen ausreißen, die mir das treuste Herz verlockt! dürft ich den heillosen Schwätzer zertreten, der in die stille Dämmerung meiner Blume den frechen Sonnenschein des eiteln, breiten Tages fallen ließ! – Unmündig, unerfahren, noch ganz ein Kind, ach wohl, das war sie freilich, das könnte sie entschuldigen bei dem und jenem, vielleicht auch bei mir, aber bin ich darum weniger betrogen, hilft mir das ihr entstelltes Bild herstellen, hilft es meiner verbluteten Liebe das Leben wieder einhauchen? Ich fühls, hier ist an kein Ausgleichen mehr zu denken. Vergessen, was ich einst besaß, das bleibt das Einzige, was ich versuchen kann.«

Dies waren die Empfindungen des Malers, und sie blieben noch immer dieselben, während im Försterhause zu Neuburg durch Larkens' Vermittlung längst alles wieder einen friedlichen Gang angenommen hatte. Zwar wunderte es den Alten, daß jene vertrauten Eröffnungen ganz mit Stillschweigen übergangen wurden, doch hielt er zuletzt dafür, es geschehe mit Absicht und der Schwiegersohn wolle den gehässigen Gegenstand für jetzt nicht berührt wissen. Was Agnesens inneres Leben betrifft, so verhüllte sich jener hoffnungslose Wahn, der die Unglückliche noch immer beherrschte, vor dem Vater und gewissermaßen vor ihr selbst unter dem Eifer, womit sie Noltens Liebe durch schriftlichen Verkehr noch eine Zeitlang nähren zu müssen glaubte, und während sie einzig nur auf seine Ruhe bedacht schien, wollte sie keineswegs gewahr werden, wie begierig das eigene Herz bei diesem süßen Geschäfte sein Teil für sich wegnahm, wie gerne es, den Willen des Schicksals gleichsam hintergehend, den holden Tönen lauschte, welche Larkens täuschend genug dem wirklichen Geliebten nachzuspielen wußte. Übrigens blieb Vetter Otto immer das gefürchtete Augenmerk ihrer kranken Einbildung; er selbst hatte sich, nachdem ihn der Förster in aller Stille ernstlich abgewiesen, beschämt und ärgerlich zurückgezogen.

Die Zigeunerin war inzwischen auch wieder zum Vorschein gekommen; Agnes offenbarte ihr bei einer heimlichen Zusammenkunft den Plan ihrer Entsagung, womit die Betrügerin sehr zufrieden schien und sogar einen Brief an Nolten zu besorgen versprach.

Auf diese Weise standen die Personen eine geraume Zeit in der wunderlichsten Situation gegeneinander, indem eines das andere mit mehr oder weniger Falschheit, mit mehr oder weniger Leidenschaft zu hintergehen bemüht war.

Nolten kam um so weniger in Versuchung, dem Schauspieler den wahren Grund seiner Entfremdung von der Braut zu entdecken, da dieser nicht weiter in ihn drang, indem er, vielleicht von eigenen Erfahrungen in der Liebe ausgehend, alles nur einer ekeln Lauheit zuschrieb, wogegen kein anderes Heilmittel sei als die Zeit, von der er denn auch mit größter Zuversicht das Beste hoffte, wenn nur sein Freund, erst anderwärts durch leichten Schaden klug geworden, die Ansicht mit ihm teilen gelernt hätte, daß die verfeinertsten Reize der weiblichen Welt keinen Ersatz für ein so seltenes Gut gewähren, als jenes einfache Mädchen nach der Überzeugung des Schauspielers war.

Wenn also zwischen beiden Freunden die Sache nur sehr wenig berührt wurde, so fehlte es gleichwohl nicht an Auftritten wie der, dessen sich der Leser vielleicht noch von jener Neujahrsnacht erinnert, wo übrigens unser Maler von einer offenen Darlegung der Umstände nur noch durch die Furcht abgehalten ward, der Schauspieler möchte ihm ins Gewissen reden, und das zur höchsten Unzeit, da ihm in Constanzen ein neues herrliches Gestirn aufging.

Länger als gewöhnlich entbehrte Theobald die Gelegenheit, das Zarlinsche Haus zu besuchen. Der Graf und Constanze hatten eine längst vorgehabte Reise zu einer Verwandten ausgeführt. Zwölf Tage verstrichen ihm unter leeren Zerstreuungen, unter der peinlichsten Unruhe, denn frühe genug hatten sich verschiedene Zweifel über das hohe Glück bei ihm eingestellt, das er sich vielleicht zu voreilig aus dem sonderbaren Vorfall in jener Ballnacht gedeutet haben konnte. Daß Constanze unlängst in seiner und anderer Freunde Gegenwart, als eben von der Blumensprache die Rede war, aus Gelegenheit eines blühenden Granatbaums das feurige Rot desselben für das Symbol lebhafter Neigung erklärt hatte, indem sie sich dabei schalkhaft geheimnisvoll auf das Urteil Noltens als »besonders passionierten Kenners« vorzugsweise berief, und daß ihm eine Woche später von unbekannter Hand ein solcher Strauß war angeheftet worden, konnte sehr leicht bloße Neckerei des Zufalls sein oder wohl gar – und dieser Meinung sind wir selbst – der Schelmstreich einer lustigen Person, welche nicht nur jenen Ausdruck der Gräfin mit angehört, sondern auch dem Maler seine schwache Seite längst mochte abgelauscht haben. Er befand sich deshalb in der größten Ungewißheit; nur soviel schien ihm bisher ausgemacht, daß die Gräfin damals auf dem Balle gewesen, und jetzt erst fiel ihm ein, sich näher zu erkundigen. Aber auch wenn er manchmal sich selbst geflissentlich die vielverheißende Bedeutung jenes Zeichens ausredete, wenn er alles verwarf, was er sich sonst zu seinem Vorteil ausgelegt, so konnte er am Ende bei jedem Blick in sein Inneres bemerken, daß ein unerklärlicher Glaube, eine stille Zuversicht in ihm zurückgeblieben war, und er nahm sodann diese wundersame Hoffnung gleichsam wieder als ein neues Orakel, dem er unbedingt zu vertrauen habe. So eigen pflegt der Geist mit sich selber zu spielen, wenn jene träumerische Leidenschaft uns beherrscht.

Endlich kam der Abend, der den auserlesenen Zirkel wieder in das Haus des Grafen lud. Mit bangen Empfindungen schritt Nolten, gegen die kalte Winterluft dicht in den Mantel gehüllt, an der Seite seines Freundes Larkens nach der geliebten Straße zu. Aber sie sahen die Jalousiefenster, deren sanft durchscheinendes Licht den kommenden Gästen sonst schon von weitem ein wohl erwärmtes, fröhlich belebtes Zimmer versprach, diesmal nicht erhellt, und schon besorgten sie eine widrige Täuschung, als der Bediente, der im untern Hausflur die Mäntel, Degen und Stöcke der Herren abzunehemen hatte, sie hinten durch den Garten nach dem Pavillon wies, dessen erleuchtete Glastüren auch wirklich schon von ferne die glänzende Gesellschaft zeigten.

Sie traten in einen angenehmen, geräumigen, halbrunden Saal, dessen Wände rings mit Spiegellampen versehen waren. Maler Tillsen und der wunderliche Herr Hofrat sind die ersten, von welchen unser Freund sogleich ins Gespräch gezogen wird. Die schöne Hauswirtin, von einer Menge Damen umringt, schien sein Eintreten anfangs nicht zu bemerken, aber während Theobald zuweilen mit rechter Ungeduld hinüberschielte nach den freundlich beredten Lippen, nach dem stets gefällig mitnickenden Köpfchen, glitt zufällig ihr Blick über die versammelten Gruppen hin, und eine gütige Verbeugung gegen Nolten setzte dessen Lebensgeister auf einmal in eine muntere, mit aller Welt ausgesöhnte Bewegung. Der Graf kam indessen mit einer Rolle Papier herbei und flüsterte: »Hier, meine Herren – wir könnten später nicht mehr so leicht dazu kommen – eine neue Zeichnung in Tusch von unserer eigensinnigen Künstlerin, die uns gerne alles versteckte und verschöbe – aber diesmal hab ich selbst einigen Anteil an dem Lobe, das Sie ihr gönnen werden; die Idee ist, sozusagen, hälftig mein.« Er wollte eben das Blatt entrollen, als ihm von hinten eine zarte Hand in die Finger griff – »Erlauben, meine Herren!« sagte die herbeigeeilte Schwester, merklich errötend, »es ist billig, daß ich die Sache selbst vorzeige: – zu seiner Zeit, heißt das!« setzte sie lachend hinzu und eilte mit dem Blatte nach dem Schrank, wo sie es trotz aller Einsprache der Anwesenden rasch verschloß. Sie verschwand in einem Kabinett, nach dem Tee zu sehen.

Wenn sie so auf Augenblicke abwesend war, so mochte Theobald gerne im ruhigsten Anschauen ihres geistigen Bildes das Auge auf irgendeinen der leblosen Gegenstände heften, mit dem ihre Person noch soeben in Berührung gekommen war. So stand auf einem schmalen Mahagonipfeiler an der Wand eine offene Calla in buntgemaltem Topfe, der den goldenen Buchstaben C. im blauen Schilde trug. Diese Pflanze, dachte er bei sich, nimmt sie nicht in meiner Einbildung einen Teil von Constanzens eigenem Wesen an? Ja, dieser herrliche Kelch, der aus seiner schneeigen Tiefe die mildesten Geister entläßt, diese dunkeln Blätter, die sich schützend und geschützt unter das stille Heiligtum der Blume breiten, wie schön wird durch das alles die Geliebte bezeichnet und was sie umgibt! wie vertritt die Pflanze mir durch ihre ahnungsvolle Gegenwart die himmlische Gestalt!

Unversehens war Constanze wieder da, die Gesellschaft diesmal allein bedienend. Sie brachte endlich Theobalden die Tasse, und indes Larkens eine neue Anekdote zu allgemeiner Belustigung preisgab, nahm jener Anlaß, sich scherzhaft gegen Constanze wegen der vorenthaltenen Tuscharbeit zu beschweren.

»Ei«, war die Antwort, »Sie habens nicht um mich verdient, Sie haben mir neulich einen übeln Schrecken zugefügt, der mir wohl das Leben hätte kosten können, zwar bloß im Traume.«

»Wie? meine Gnädige, ich wäre so unglücklich gewesen? und so glücklich doch, daß mein Bild im kleinsten Ihrer Träume –?«

»Das eben nicht – doch ja, Ihr Bild, ein Bild aus Ihrer Phantasie.«

»Wieso, wenn ich fragen darf?«

»So hören Sie und lachen mich aus! Vorige Nacht beliebte es Ihrer gespensterhaften Orgelspielerin, ungebührlicherweise aus dem Rahmen des schauerlichen Gemäldes herauszuschreiten und leibhaftig vor mich hinzutreten.«

Nolten war bestürzt, ohne eigentlich zu wissen, warum.

»Ja, ja, mein Herr! Mit recht kuriosen, hämischen Augen starrte sie mir tief ins Gesicht und sagte – nein! das sollen Sie jetzt nicht hören.«

»Ich bitte!«

»Nehmen Sie sich in acht –«

»Sagte sie?«

»Nicht doch, das sag *ich;* eben gleitet Ihnen ja die Tasse aus der Hand!«

»Wirklich fast – Aber was sprach der Geist?« fragte Nolten dringend aufs neue, und nach einer Pause brachte die schöne Frau mit kaum unterdrückter Verwirrung die Worte hervor: *Constanze Josephine Armond wird auch bald die Orgel mit uns spielen.«* –

»Aber, mein Gott«, erwiderte Nolten, »doch hat der Traum Sie nicht erschrecken können?«

»Bis zum Erwachen doch; übrigens dank ich ihm, daß er mir Anlaß gibt, meinem etwaigen Berufe zu dieser Gattung von Musik, sowie meiner Aufnahme in so ernste Gesellschaft auch ein wenig nachzudenken.«

Theobald, wie er nun wieder allein stand, wußte nicht, was er aus den letzten Worten machen sollte; dem Tone nach konnten sie nur für Scherz gelten, aber das Ganze hatte einen störenden Eindruck bei ihm zurückgelassen. Warum denn just *diese* Figur? Er wußte zu gut, daß er gerade in *ihr* das getreue Porträt eines Zigeunermädchens, einer Person dargestellt hatte, welche einst verhängnisvoll genug in sein eigenes Leben eingegriffen hatte. Auf der andern Seite ließ sich alles und jedes ganz natürlich aus dem starken Eindruck erklären, welchen das Gemälde auf eine sehr empfängliche Einbildungskraft machen mußte.

Was übrigens den Mut unsers Freundes noch weit mehr niederschlug, das war die aus dem Verfolg des allgemeinen Gesprächs für ihn hervorgegangene Gewißheit, daß Constanze damals wirklich nicht an der Maskerade teilgenommen, sondern bereits auf der Reise begriffen gewesen.

Die nicht mehr erwartete Ankunft des Herzogs verursachte eine plötzliche Bewegung. Nolten aber, statt durch die Gegenwart seines

Rivals nur immer trüber und unmächtiger in sich selbst zu versinken, fühlte sich dadurch zu einem gewissen Kraftaufwande genötigt, der, obgleich anfangs nur erkünstelt, doch bald, von Larkens' ehrlicher Munterkeit unterstützt, eine wohltätige Wirkung auf das Ganze ausübte. Vorzüglich willkommen war es Theobalden, als man endlich auf den Wunsch des Herzogs selbst Anstalt machte, ein gewisses Spiel vorzunehmen, das auf eine sinnreiche Art drei verschiedene Künste in Verbindung brachte, den Tanz, die Malerei oder Zeichnung, und untergeordneterweise die Musik. Dies setzt jedoch folgende Bemerkung voraus. Constanze, bekannt als fertige und geistreiche Zeichnerin, war zugleich eine große Freundin des schönen künstlerischen Tanzes und entwickelte namentlich bei Solopartien eine hohe Grazie. Nun hatte Nolten einmal gelegentlich den Einfall geäußert, es müßte eine artige Unterhaltung abgeben, wenn einige Personen in Zeit von einer kleinen Stunde zusammen ein Tableau, irgendeine Szene zeichneten, indem sie, den Kreidenstift von Hand zu Hand gebend, nach einer langsamen Melodie tanzend, abwechslungsweise vor eine aufgerichtete Tafel träten und den darzustellenden Gegenstand immer nur um einige Striche weiter förderten, bis zuletzt eine harmonische Komposition zum Vorschein käme, über die man sich zuvor im allgemeinen verständigt, deren Einzelheiten aber der augenblicklichen Eingebung eines jeden überlassen waren. Der Gedanke fand Beifall, und nach einigem Besprechen zeigte sich die Möglichkeit seiner Ausführung vollkommen, obwohl man anfangs verlegen war, die gehörige Anzahl von Tänzern, die auch zugleich gute Zeichner wären, und umgekehrt, zu finden. Doch hiezu wußte man Rat. Nolten selbst, obgleich ein abgesagter Feind alles des Schlendrians, um den sich unsere Ballbelustigungen gewöhnlich zu drehen pflegen, besaß doch Leichtigkeit der Glieder und reinen Sinn genug für eine edle rhythmische Bewegung. Die dritte Rolle mußte notwendig Herrn Tillsen übergeben werden, denn wenn vielleicht auch der ungeübteste Tänzer immer noch besser gewesen wäre als er, so blieb doch die andere Eigenschaft die wichtigere. »Und«, sagte er verbindlich zu der Gräfin, »neben Ihnen würde ein Vestris übersehen werden, glücklicherweise also auch Tillsen, der ich in diesem Stück zum voraus allem Neid und jedem Ruhm entsage.«

Seitdem hatte man diese Unterhaltung schon etliche Abende mit Glück versucht. So ließ man denn auch jetzt die eigens hiezu bestimmte große Tafel aufstellen, deren angenehm grau lackierte Fläche recht eigentlich einladend sich dem schwarzen Stifte darbot. Ein schöner Fußteppich lag unmittelbar davor auf dem Boden gebreitet, für eine stärkere Beleuchtung war ebenfalls gesorgt. Die drei Virtuosen kamen heimlich in der Wahl eines anziehenden Sujets überein. Larkens nahm die Violine zur Hand und eröffnete das Spiel mit einer gewissen Feierlichkeit, dadurch die Erwartung nur noch mehr gespannt wurde. Jetzt trat Constanze, im weißen Atlaskleide, mit ernstem Schritt hervor, stellte sich einige Momente sinnend der Tafel gegenüber, allmählich fing ihre Gestalt an, mit der Musik sich zu heben, in mäßiger Bewegung bald nach beiden Seiten schwebend, bald der Tafel entgegen. Sie schien dabei noch immer den ersten entscheidenden Strich zu überlegen, jetzt hielt sie vor dem Brette still, indem sie leicht vorgebeugt auf dem rechten Fuße feststehend, den linken rückwärts auf die Zehe gestützt, die Kreide ansetzte. Das begleitende Adagio der Violine schien die Hand gefällig auf der glatten Fläche hinzuführen. Bald erkannte man die Umrisse eines lieblichen Knabenkopfs, welcher mit dringenden Blicken bittend an etwas hinaufsieht. Dieser Ausdruck des Affekts war von der Art, daß er in der vorgreifenden Phantasie des Zuschauers beinahe jetzt schon ein paar flehend ausgestreckte Arme und Hände hervorrufen mußte. Doch die Zeichnerin hielt inne, und unter einem Allegro zurücktretend, beobachtete sie, während ihr reizender Leib sich hin und her wiegte, das angefangene Werk noch eine kleine Weile. Mit einer Verbeugung empfing Tillsen die Kreide aus ihrer Hand und ohne viel Umstände stellte dieser Meister mit raschen Zügen den oberen kraftvollen Körper eines Mannes in drohender Gebärde dem Mitleid fordernden Gesichtchen gegenüber. Die Begierde der Gesellschaft wuchs mit jeder Linie; es ließen sich schon einige Beifall rufende Stimmen vernehmen, es hieß: der junge Prinz Arthur ists, wie er vor seinem Mörder steht! Aber der freudigste Applaus entstand, als Constanze, nachdem Tillsen für Theobald den Platz geräumt, vom Eifer ihres Gedankens hingerissen, dem letztern in den Weg sprang und nun die beiden großen Gestalten mit trefflich mimischer Heftigkeit um das Vorrecht der Kreide rangen, die denn zuletzt in zwei geschickte Teile brach, worauf das Paar bei lebhafter Musik ein verschlungenes Duo tanzte, um dann vereinigt vor die Tafel zu schreiten. Die Hauptsache war in kurzer Zeit getan, die Versammlung drängte sich herbei, inzwischen Tillsen noch mit einigen derben Strichen nachhalf. Man lobte, tadelte, lachte, bewunderte, wie es auch bei einer solchen Stegreifproduktion nicht fehlen konnte, daß neben den glücklichsten Spuren eines umfassenden, gleichartigen Geistes doch immer etwas Inkorrektes oder Halbes hervorsprang. Im ganzen war die Szene so wohl geraten, daß Tillsen der Aufforderung gerne nachgab, sie gelegentlich für das kleine Gesellschaftsarchiv zu kopieren.

In der Hitze des Hin- und Widerredens war indessen kaum jemanden aufgefallen, wie Constanze mit jedem Augenblicke blaß und blässer wurde. Sie entfernt sich in ein Seitenzimmer, man flüstert, die Damen eilen nach, alles wird aufmerksam, der Herzog läßt sich nicht halten, sie selbst zu sehen, er klagt sich an, daß er den anstrengenden Tanz verlangt, am meisten ist Nolten bestürzt. Es kann ihm nicht entgehen, daß unter der Türe noch Constanzens letzter Blick mit einem matten sonderbaren Lächeln auf ihm ruht. Endlich geht man auseinander, nachdem der Graf, aus dem Kabinette tretend, die Versicherung gegeben, man habe von dem Anfall keine Folgen zu befürchten.

In den folgenden Tagen erging vom Grafen eine Einladung an Theobald, gemeinschaftlich das unfern der Stadt gelegene Lustschloß des Königs, Wetterswyl, zu besuchen, wo man eben im Begriff war, mehrere kürzlich vom Ausland angekommene Statuen aufzustellen. Der italienische Künstler mußte selbst dabei zugegen sein, und sowohl die Persönlichkeit des letztern als jene Werke lockten manchen Gebildeten und manchen Neugierigen heraus. Unserem Freunde war die Gelegenheit nicht minder erwünscht, doch zog er es vor, den angenehmen, auch zur Winterszeit immer noch gar mannigfaltigen Weg dahin allein zu Pferde zu machen, während der Graf im Schlitten fuhr. Der heiterste Januarmorgen begünstigte den Ausflug; die Sonne war kaum aufgegangen, als Theobald schon, in lebhaftem Trabe sich erwärmend, von der Straße ab, den schönen einsamen Gründen zustrich, welche, größtenteils von Fichten und Niederwald besetzt, allmählich der Höhe des königlichen Parks zuführten. Rings gewährte die Landschaft, in dichter Schneehülle und nur von dunkeln Waldstrecken durchbrochen, ein vollständiges Wintergemälde, und die Gemütsstimmung Noltens nahm diese stillen Eindrücke heute ganz besonders willig auf. Eine unbestimmte Mischung von Lebenslust und Wehmut lag allen seinen Betrachtungen zugrunde, wobei er anfangs deutlich zu fühlen glaubte, daß die Neigung zu Constanzen keinen oder doch nur einen sehr entfernten Anteil daran habe, bis ihm mitten unter seinen Träumereien ein längst vergessenes Lied von Larkens wieder vor der Seele aufging, welches ihm seinen gegenwärtigen Zustand wunderbar zu erklären schien. Er wiederholte sich die Verse seines Freundes und konnte zuletzt nicht umhin, sie laut für sich zu singen.

In dieser Winterfrühe,
Wie ist mir doch zumut?
O Morgenrot! ich glühe
Von deinem Jugendblut.

Es glüht der alte Felsen,
Die Wälder Funken sprühn;
Berauschte Nebel wälzen
Sich in dem Tale hin.

Wie von der Höhe nieder
Der reinste Himmel flimmt,
Der nun um Rosenglieder
Entzückter Engel schwimmt!

Und Wunderkräfte spielen
Mir fröhlich durch die Brust,
In taumelnden Gefühlen
Kaum bin ich mir bewußt.

Mit tatenlustger Eile
Erhebt sich Geist und Sinn,
Und flügelt goldne Pfeile
Durch alle Ferne hin.

Wo denk ich hinzuschweifen?
Faßt mich ein Zauberschwarm?
Will ich die Welt ergreifen
Mit diesem jungen Arm?

Auf Zinnen möcht ich springen,
In alter Fürsten Schloß,
Möcht hohe Lieder singen,
Mich schwingen auf das Roß;

Und stolzen Siegeswagen
Stürzt ich mich brausend nach,
Die Harfe wird zerschlagen,
Die nur von Liebe sprach.

– Wie? schwärmst du so vermessen,
Herz! hast du nicht bedacht,
Hast, Närrchen, ganz vergessen,
Was dich so trunken macht?

Ach wohl, was aus mir singet
Ist nur der Liebe Glück;
Die wirren Töne schlinget
Sie sanft in sich zurück.

Was hilft, was hilft mein Sehnen!
Geliebte, wärst du hier!
In tausend Freudetränen
Verging' die Erde mir.

Bei seiner Ankunft im Schlosse fand er den Italiener, einen lebhaften Mann von mittleren Jahren, in komisch leidenschaftlichem Kommando mit den Leuten begriffen, welche die marmornen Kunstwerke in dem Hauptsaale aufzustellen hatten. Zwischen Zorn und Spaß schrie und lachte der Strudelkopf auf das grellste und brauchte zuweilen auch wohl den Stock gegen einen der Arbeiter, wovon keiner seine Sprache verstand. Theobald, nach einer sorgfältigen Beachtung der in ihrer Art einzigen Skulpturen, redete den Fremden italienisch an und würde sich bei seiner Unterhaltung hinlänglich interessiert gefunden haben, wäre das Bestreben des Fremden, immer nur recht paradox zu sein und das Ernsthafte ins Lächerliche zu ziehen, nicht allzu widrig aufgefallen. Ja, am Ende, als der künstlerische Charakter Theobalds zur Sprache kam, konnte der Mann eine gewisse tückische Neckerei nicht lassen. Halb gekränkt und unwillig entzog sich unser Freund, um auf die spätere Ankunft des Grafen ein frugales Mittagsmahl in der Meierei zu bestellen. Müßig wie er war, besah er sich sodann die Umgebungen und die innere Einrichtung des fürstlichen Aufenthalts. Mehrere Zimmer gewährten eine reiche und belehrende Unterhaltung an ausgesuchten Malereien; es war leicht, sich in diesen geschmackvollen Räumen auf einige Zeit selber zu vergessen, und so stand er eben betrachtend mit sich allein, als ihm der entfernte Spiegel eines dritten Zimmers zwei von der entgegengesetzten Seite herbeikommende Personen zeigte, in denen er bei genauerem Hinblicken endlich den Grafen, und gegen alle seine Erwartung, Constanzen selbst erkennen konnte. Ganz außer Fassung gebracht schaute er unverrückt mit klopfendem Herzen noch immer auf die nah und näher im Spiegel herbeischwebenden Gestalten, bis die Tritte hinter ihm rauschten, und seinerseits ein ziemlich verwirrtes, andererseits ein durchaus unbefangenes und fröhliches Willkommen stattfand. Nie war ihm die Gräfin so reizend, so anmutig vorgekommen, sie trug ein mild graues Kleid mit roten Schnüren, Gürtel und Schleifen, deren Faltung und Farbe ihm flüchtig die Granatblüte wieder in das Gedächtnis rief; an die zarte Wange, von der frischen Luft mit einem leisen Karmin überhaucht, legte sich ein weißer Pelz, und der zurückgeschlagene Schleier ließ dem Beschauer den Anblick des holdesten Gesichtes frei. Man kehrte fürs erste zu den neuen Sehenswürdigkeiten und ihrem tollen Meister zurück, an dessen Art und Weise der Graf sich dergestalt erbaute, daß die Schwester, sich mit einiger Ungeduld nach anderem umsehend, den Vorschlag Noltens, in den mannigfaltigen Sälen hin und wieder zu wandeln, nicht ungerne annahm. Gar bald ging ihre Unterhaltung auf eigene Verhältnisse und Persönlichkeiten über, denn Noltens leidenschaftlich beengte und zurückhaltende Stimmung gab Constanzen Anlaß, einen leichten Vorwurf gegen ihn auszusprechen, den er sogleich ergriff und ins Allgemeine über sich ausdehnte.

»Sie haben recht!« sagte er, »und nicht heute, nicht in gewissen Augenblicken bloß bemächtigt sich meiner dieser lästige, mir selbst verhaßte Mißmut; es ist keine Laune, die nur kommt und geht, es ist ein stetes unruhiges Gefühl, daß es anders mit mir sein sollte und könnte, als es ist.«

»Wie meinen Sie das? Sollte Ihnen Ihre Lage nicht genügen? Das wäre mir doch kaum gedenkbar.«

»Sprechen Sies geradezu aus, gnädige Frau: Es wäre unbillig. Wohl, es ist wahr, ich könnte glücklich sein, aber ich weiß nicht eigentlich zu sagen, warum ich es nicht bin. Ich wäre undankbar, wollte ich nicht gerne bekennen, daß während meines ganzen Lebens sich alle Umstände vereinigten, mich endlich bis zu dem Punkte zu führen, auf dem ich jetzt stehe, in eine Lage, die mancher andere und würdigere Mann vergebens suchte. Ein günstiges Schicksal, so grillenhaft und mißwollend es mitunter scheinen mochte, trug nur dazu bei, ein Talent in mir zu fördern, in dessen freier Ausübung ich von jeher das einzige Ziel meiner Wünsche erblickt hatte. Manche Arbeit ist mir gelungen, ich habe, wenn ich meinen Freunden glauben darf, den höheren Forderungen der Kunst einiges Genüge getan, und, was mir fast ebenso lieb sein sollte, man hat von der Zukunft größere Erwartungen, ohne daß mir vor ihrer Erfüllung bange wäre. Ein unendliches Feld dehnt sich vor mir aus, und wenn ich sonst an der Möglichkeit verzweifelte, die Welt, welche sich in mir drängte, jemals in heiterer Gestaltung an das Licht hervorzuführen, so seh ich, daß sie jetzt, sobald ich recht will, von selber leicht und zwanglos unter meinem Pinsel sich befreit. Aber wie kommt es, daß eben jetzt mein Fleiß und meine Lust nachläßt? Warum so manche Arbeit angefangen, ohne sie zu vollenden? Woher die Ungeduld, sich auswärts umzutun, überall, nur nicht in meinen vier Pfählen, vor meiner Staffelei mich zu befriedigen? Was den Künstler sonst wohl reizt und treibt und ermuntert, das ist die Hoffnung auf die ruhmvolle Anerkennung der Verständigen, die rege Teilnahme zunächst seiner Freunde; auch mir war dies Gefühl nicht fremd, jetzt vermag es nichts mehr auf mich. Ungenützt und trocken und verdrießlich gehn mir die Wochen dahin, und nur *die* Stunden glaub ich wirklich gelebt zu haben, die mir in Ihrem Hause vergönnt sind. Aber nun, für einen Mann, welcher seine Pflicht so gut fühlt als ein jeder andere, sagen Sie mir, ist so ein Leben nicht ein unerträgliches? Und sehen Sie ein Mittel, es zu ändern? Könnten Sie auch nur den kranken Fleck entdecken, wovon mir all dies Unheil kommt, das mich so gänzlich von mir selber trennt und scheidet?«

»Mit Verwunderung, Nolten, hör ich Sie an«, erwiderte die Gräfin, »und Ihre Klagen, ich gestehe es, mißfallen mir mehr, als daß mein Mitleid dadurch rege würde. Ich verstehe Sie nicht ganz, nur glaub ich fast zu sehen, die Schuld liegt meist an Ihnen. Gern dacht ich Sie mir diese ganze Zeit her tätig, frisch und aller Hoffnung voll. Ließen nicht Ihre Gespräche nur den wärmsten Eifer blicken für Ihren Beruf und alles, was dahin gehört? War Ihr Benehmen denn nicht weit mehr heiter als zerstreut und unbefriedigt? Wie angenehm für unsern kleinen Kreis, wenn Sie des Abends als ein mehr und mehr unentbehrlich werdender Gast bei uns erschienen, munter, gefällig, teilnehmend an allem, erfinderisch für jede Art von Unterhaltung, dabei bescheiden und ohne viel Worte. Dann, was soll ichs Ihnen bergen, so wie auf diese Weise wir Ihnen manches schuldig wurden, so mochten wir uns gerne überreden, daß eben in unserem Hause eine Zuflucht für Nolten gefunden sei, wo der Künstler das vielfach bewegte Leben seines Innern harmlos und ruhig mit der Gesellschaft zu vermitteln imstande wäre, um immer wieder mit freigeklärter Stirne in den Ernst seiner Werkstätte zurückzukehren und sich mit mehr Gelassenheit alles desjenigen zu bemeistern, was sonst mit verworrener Übermacht betäubend und niederschlagend auf ihn eindrang. Ja, mein Freund, Sie mögen im stillen meiner spotten, ich leugne nicht, so weit gingen meine Hoffnungen.«

»Verhüte Gott es, edle vortreffliche Frau, daß ich verkennen sollte, was Sie mit unverdienter Güte für mich dachten! Mehr, weit mehr als Sie soeben angedeutet haben, könnte der herrliche Kreis mir gewähren, wofern ich den Segen zu nutzen verstünde, den er mir bietet. Aber, meine Gnädige, wenn gerade der neue Reiz dieser schönen Sphäre einen Zwiespalt in mir hervorbrächte, wenn der innige Anteil, den das *Herz* hier nehmen muß, dem weit allgemeineren Interesse des *Geistes* im Wege stünde, wenn ich, statt beruhigt und gestärkt zu mir selbst zurückzukehren, immer das leidenschaftliche Verlangen fühlte, in den Mittelpunkt eines so lieblichen Vereins alle Strahlen meines menschlichen und künstlerischen Daseins zu versammeln, sie ewig dort festzuhalten, und so meinem Bestreben einen um so wärmeren Schwung, einen unmittelbarern Lohn zu verschaffen, als der zerstreute Beifall der Welt jemals gewähren kann?«

»Es liegt«, antwortete die Gräfin nach einigem Nachsinnen mit Heiterkeit, »es liegt in der Natur von Männern Ihresgleichen, alles nur einseitig zu nehmen, von *einer* Seite her alles zu erwarten, und zwar je unmöglicher, je schädlicher es wäre. Indessen, mein lieber Maler, ich bin für jetzt nicht gefaßt, noch geneigt, in Ihren gegenwärtigen Zustand, in Ihr Wünschen und Wollen augenblicklich ratend und helfend einzugehen. Die erhabenen Grillen dieses Geschlechts von Künstlern sind schwer zu fassen, und wir scharfsinnigen Frauen haben jedesmal Mühe, um bei dergleichen subtilen Erörterungen, wo wir nur lauschen, nur tasten und halb erwidern können, nicht unsern Blödsinn, unsre Einfalt zu verraten. Am Ende möchten wir bei einem Menschen, welchem wir doch einmal herzlich wohlwollen, alles gerne mit *einem* Schlage gutmachen, und, dem Unnatürlichen zum Trotz, mit der natürlichsten Auskunft dazwischen fahren. Gar oft sind wir aber selbst um eine solche Zauberformel verlegen, ja wenn wir sie gefunden zu haben glauben, will es uns manchmal gefährlich dünken, davon Gebrauch zu machen, und so können wir zuletzt nichts Besseres tun, als – mit Bedeutung schweigen und die Herren an ihren Genius verweisen.«

Theobald machten diese Worte nachdenklich; sie schienen ein Verständnis der Absicht, welche er vorhin halb versteckt Constanzen nahegelegt, ebenso zweideutig zu verhüllen, und obgleich sich bereits ein guter Schluß auf die Gesinnungen der liebenswürdigen Frau daraus machen ließ, so hatte der muntere ablehnende Ton ihn doch etwas erschreckt, sogar verletzt.

Die Gräfin sah sich im Vorbeigehen nach den beiden Herren um; da jedoch der Italiener soeben in einer lustigen und langen Erzählung begriffen war, welche für ein weibliches Ohr nicht eben von der delikatesten Art sein mochte, so zog sich Constanze wieder zurück, und Theobald verfehlte keineswegs, ihr Gesellschaft zu leisten.

Sie stiegen die breiten Stufen zur Gartenanlage hinab, und die Gräfin bezeugte auf eine drollige und neckische Art ihre Freude über die Leichtigkeit, womit sie auf der gefrorenen Schneedecke hinschlüpfen konnte, indes ihr Begleiter zuweilen unversehens mit dem Fuße einsank. Aber all ihr munteres Wesen vermochte kaum etwas gegen den sinnenden Ernst des Malers. Sie kamen vor eine dunkle Gruppe hoher Forchen, welche den Eingang zu der sogenannten *schönen Grotte* vorbereiteten. Diese zog sich eine beträchtliche Länge unter einem reichbewachsenen Felsen fort und führte unmittelbar in den großen Saal der Orangerie. Nicht ohne vielen Sinn war die Sache so angelegt worden, um dem Spaziergänger eine höchst überraschende Szene zu bereiten, wenn man, besonders zu dieser Jahreszeit, aus dem toten Wintergarten in eine schauerliche Nacht eingetreten, nach etlichen hundert Schritten mit *einem* Male einen hellgrünen, warmen Frühling zauberhaft aus breiten Glastüren sich entgegenleuchten sah.

Theobald forderte zu einem Gang durch die Höhle auf, und die Gräfin, die den Ort noch nicht kannte, nahm nach kurzem Zaudern den Arm ihres Begleiters an. Ein eisernes Geländer, woran man fortlief, leitete sicher an den Wänden hin, und so waren beide mit vorsichtigen Tritten eine Strecke weit gewandert, als Constanze, das Ende des dunkeln Ganges vergeblich erwartend, bereits ängstlich die Umkehr verlangte. Nolten bat dringend, vollends auszuhalten, und überredete sie endlich. Aber in steter Furcht, einen Mißgriff zu tun oder gegen einen Vorsprung des Felsens zu stoßen, hielt sich die zarte Frau fester und fester an ihren Führer, und indes beide schweigend und sachte nebeneinander gingen, wie seltsam war es unserem Freunde, so viel Schönheit und Jugend in voller und doch unsichtbarer Gegenwart leis atmend an seiner Seite! Sein Herz pochte gewaltsamer, und wie schon das Wunderbare und Großartige eines solchen Ortes erhöhend auf die Sinne wirkt, so steigerte sich jetzt seine Phantasie bis zu einer gewissen Feierlichkeit, alles schien ihm etwas Außerordentliches, etwas Entscheidendes ankündigen zu wollen.

Dies trat auch nur zu bald und auf ganz andere Weise ein, als er sich hätte je vermuten können; denn in dem Augenblick, wo ihm vorne ein dämmernd hereinfallendes Licht den nahen Ausgang verheißt, glaubt er von derselben Seite her eine Stimme zu vernehmen, deren wohlbekannter Ton ihn plötzlich starr wie eingewurzelt stehen bleiben macht. Constanze fühlt, wie er zusammenschrickt, wie sein

Atem ungestüm sich hebt, wie er mit der Faust gegen die Brust fährt. »Was ist das? um Gottes willen, Nolten, was haben Sie?« Er schweigt. »Wird Ihnen nicht wohl? Ich beschwöre, reden Sie doch!«

»Keine Furcht, edle Frau! Besorgen Sie nichts – aber ich gehe nicht weiter, – keinen Schritt – denken Sie, was Sie wollen, nur fragen Sie mich nicht!«

»Nolten!« entgegnete die Gräfin mit Heftigkeit, »was soll der unsinnige Auftritt? kommen Sie! Soll ich mich etwa krank hier frieren? Was haben Sie vor? Den Augenblick verlaß ich diesen Ort – werden Sie mir folgen oder geh ich alleine? Lassen Sie mich los! ich befehl es Ihnen.« – Er hält sie fester. »Nolten! ich rufe laut, wenn Sie beharren!«

»Ja, rufen Sie! rufen Sie ihn herbei – er ist nicht weit von uns – ich habe seine Stimme gehört, meines schlimmsten, meines tödlichsten Feindes, – Herzog Adolph ist in der Nähe!«

Nun erst schien Constanze zu begreifen; sie stand sprachlos, ohne Bewegung.

»Der Augenblick ist da!« rief Theobald, »ich fühl es, jetzt, jetzt oder niemals muß es heraus, das Geheimnis, das seit Monaten an meinem Leben zehrt und frißt, das mich zugrunde richten wird, wenn ichs nicht endlich darf aus der Brust stoßen – Constanze! ahnest du es nicht! O daß ich dir ins Auge blicken, dirs von der Stirne lesen könnte, du habest längst erraten!«

»Still, Nolten! schweigen Sie – um meiner Ruhe willen, kein Wort weiter! Kommen Sie vorwärts, dort an das Licht –«

»Dorthin? nein, nimmermehr! sein Sie barmherzig – Nicht, daß ich mich fürchtete vor ihm, dem Übermütigen – sein Anblick nur ist mir unerträglich – Jetzt, eben jetzt, als hätte die Hölle ihn bestellt, mir jede meiner kurzen Seligkeiten zu vergiften! Ich haß ihn, haß ihn, weil er um deine Liebe schleicht, Constanze! Ists nicht so? kannst dus leugnen? und dürft er hoffen? Er? Gib einen Laut! Laß michs erfahren! Alles weißt du, weißt, was ich leide, mein Herz, mein Verlangen kann dir nicht unbekannt sein; Engel! o himmlischer, gib mir ein Zeichen! Laß mir ein Lispeln, mir einen schwachen Händedruck bekennen, was du im stillen mir zudenkst, was deine Güte schüchtern mir gewähren möchte! Glaub mir, ein Gott hat uns hieher geführt, mein Innerstes erst bitter aufgeregt und alles, alles, – Haß, Verzweiflung, Angst, die unbegrenzte Wonne deiner Nähe zusammengedrängt hier in diesen verborgenen Winkel, um endlich mein Herz hervorzurufen, mir das Bekenntnis zu entreißen, und auch deine Lippen aufzuschließen – So sprich denn, o sprich! die Minuten sind kostbar!« Er zog die Zitternde, Verstummte an sich. Ihr Haupt sinkt unwillkürlich an seine Brust, indes ihre Tränen fließen und sein Kuß auf ihrem Halse brennt. Den Mund in die dichte Lockenfülle drückend, hätte er ersticken mögen vom süß betäubenden Dufte dieser üppigen Haare – der Boden schien sich zu teilen unter den Füßen Constanzens – Erd und Himmel zu taumeln vor ihrem geschlossenen Auge – in eine unendliche Nacht voll seliger Qualen stürzt ihr Gedanke hinab – liebliche Bilder in flammendem Rosenschein, wechselnd mit drohenden, grünaugigen Larven, dringen auf sie ein – aber noch immer halten ihre Knie sich aufrecht, noch immer entfährt ihr kein Laut, kein Seufzer, nur von einem flüchtigen Schauder zuckt augenblicklich ihr Körper zusammen. Mächtiger, kecker fühlt das herrliche Weib sich umschlungen; da rauscht auf einmal der Tritt eines Menschen unfern von ihnen, jäher Schrecken faßt Theobald an, und eh er noch seitwärts ausbeugen kann, streift schon das Kleid des Vorübergehenden an ihnen hin. Glücklich war die Gefahr überstanden. Niemand als der Herzog kann es gewesen sein. Theobald schöpft wieder Atem. Constanze, regungslos in seinen Armen, scheint von allem nichts bemerkt zu haben. Nach einer Weile fährt sie wie aus einem Traume empor und – »Fort! fort!« ruft sie mit durchdringender Stimme – »Wo bin ich? was soll ich hier? Hinweg, hinweg!« Sie riß sich heftig los und eilte voran, so daß Theobald kaum mehr folgen konnte. Ein blendendes Meer von Sonnenschein empfängt die Eilenden an der Schwelle des blühenden Saales. Nolten will soeben die Gräfin erreichen, aber die große Glastüre schlägt klirrend hinter ihr zu, ohne daß er sie wieder öffnen könnte. Er sieht die geliebte Gestalt zwischen dem Laub der Orangen verschwinden. Trunken an allen Sinnen, ratlos, verwirrt, in schmerzlicher Furcht steht er allein. Noch einmal versucht er das verwünschte Schloß – umsonst, er sieht sich gezwungen, rückwärts zu gehen. Wütend rennt er eine Strecke fort bis in die Gegend der verhängnisvollen Stelle, wo er stehen bleibt, sich fragt, ob es Blendwerk, ob es Wirklichkeit gewesen, was hier vorgegangen? Unmöglich schien es, daß noch soeben Constanze hier zwischen diesen Felsen gestanden, daß er *sie*, sie selber in seinen Armen gehalten, ihren Busen an dem seinigen klopfen gehört. Wie kalt und teilnahmslos lag jetzt diese Finsternis um ihn her, wie so gar nichts schienen diese rohen Massen von jener holden Gegenwart zu wissen, deren Gottheit noch soeben rings die Nacht purpurisch glühen machte! Hier klang das Rufen der Geliebten, hier fiel der Tropfe aus dem schönen Auge! O läßt kein leiser Geisterton sich hören, der mir versichere: ja, hier war es, hier geschahs! Begreif denn dein Glück, ungläubig Herz! umfaß, umspanne den vollen Gedanken, wenn du es kannst, denn ohne Grenzen ist dein Glück, auch dann, wenn du sie nimmer sehen solltest, wenn dich ihr Zorn, ihr Stolz auch auf immer verbannte! War sie nicht *dein*, dir hingegeben einen vollen, unerschöpflichen Moment? O dieser Augenblick sollte eine bettelarme, leere Ewigkeit reich machen können!

Glühend aufgeregt verließ der Freund den Ort, und um sich, so gut es gehen mochte, noch zu sammeln, nahm er absichtlich einen weiten Umweg nach dem Saale, wo die Gesellschaft beieinander war.

»Sie bleiben lange aus!« rief ihm der Graf entgegen, »und haben dadurch den Herzog versäumt, welcher diesen Morgen auf eine Stunde hier gewesen, aber bereits wieder weg ist.«

Die Unbefangenheit dieses Empfangs, den er mit einer leichten Entschuldigung erwiderte, und die Ruhe, welche sich in Constanzens Benehmen aussprach, überzeugte Theobald hinlänglich, daß ihre und seine Abwesenheit nicht aufgefallen war. Dennoch wollte ihn die Art, wie die schöne Frau sich anließ, befremden: sie kam ihm beinahe wie ein anderes Wesen vor, ernst, ohne niedergeschlagen, zurückhaltend und höflich, ohne abstoßend zu sein; eine gleichgültige Frage, die er an sie richtete, beantwortete sie mit mehr Natürlichkeit und Geistesgegenwart, als der Frager in diesem Augenblicke selbst besaß. Bei alledem schien ihre Miene das, was vorgefallen war, eher stillschweigend zu verzeihen als zu billigen, ja es hatte das Ansehen, als verleugnete sie die Erinnerung daran ganz und gar.

Nicht mehr lange, so wurde das Mittagessen angesagt, wozu der Graf ohne weiteres auch den Italiener geladen hatte, zu nicht geringem Verdrusse Noltens, der es denn auch geduldig geschehen lassen mußte, als jener sich die Gnade erbat, Exzelenza der Frau Gräfin seinen Arm zum Gange nach dem Meierhause leihen zu dürfen.

Die kleine Tafel fiel reichlicher aus, als man erwartet hatte, denn außer dem fremden Weine, der im Schlitten des Grafen mitgekommen war, fand sich ein schmackhafter und seltener Bissen Geflügel ein, bei dessen Auftischung der Graf zu bemerken nicht unterließ, daß man den trefflichen Seevogel der Galanterie seiner Hoheit verdanke, der Herr Herzog haben ihn vorhin am großen Teiche geschossen.

Der Italiener hielt sich besonders an den feinen Roussillon und schwatzte kunterbuntes Zeug durcheinander, was indessen für Theobald zu jeder andern Zeit ärgerlicher gewesen wäre als jetzt, wo er seine Zerstreuung gerne hinter diesen Lärm verbarg. Man redete dem Ausländer zuliebe, der kein Deutsch verstand, und Constanzen, der das Italienische nicht geläufig war, französisch, und unser Freund fand in dieser fremden Sprache eine willkommene Art von Scheidewand zwischen sich selber und seinem gegenwärtigen Gefühl; aber sonderbarerweise rückte sich ihm auch die lebhafte Szene von heute morgen nur um desto mehr in das Unglaubliche, ja Constanze selbst verschwand ihm in eine zweifelhafte Ferne, so nahe ihm ihre äußere Gestalt auch war. Er sah die jetzt verflossenen Stunden, wenn er je sie wirklich verlebt haben sollte, wie eine längst entflohene Vergangenheit an, aber die Gegenwart deuchte ihm deshalb um nichts wahrhafter und gegenwärtiger und die Zukunft völlig ein Unding.

So leidlich auf diese Art die Stimmung Theobalds war, so bitter sollte sie bald gestört werden. Der fremde Künstler nahm nach und nach Anlaß, seine gute Laune an dem Manne zu üben, welchen er doch in keinem Betracht als Nebenbuhler ansehen konnte. Erst waren es leichte Spötteleien, dann höchst indiskrete Fragen, worauf Nolten anfangs mit gutmütigem Spaße, zuletzt mit einiger Schärfe antwortete, ohne jedoch seinen Gegner zu dem Grade von Wut reizen zu wollen, welcher sich alsbald sehr ungesittet hervortat, so daß Nolten schnelle aufstand und dem Schreier den Vorschlag machte, den Streit außerhalb des Zimmers mit ihm abzutun, damit wenigstens das Ohr der übrigen nicht beleidigt würde. Constanze hatte bereits den Tisch verlassen.

»Sie sind Zeuge!« rief der jähzornige Mann dem Grafen zu, »Sie gestehen, daß Signor meinen Scherz absichtlich böse mißverstand, um mich beleidigen zu können! Aber es soll ihm nicht hingehen, so wahr ich lebe, Signor wird mir Genugtuung verschaffen!«

»Sehr gern!« erwiderte Theobald, »doch dünkt mich, wer dies am ersten fordern könnte, das wäre *ich;* indessen hätte ich für meine Person darauf verzichtet, weil Sie durch Ihre Reden meine Ehre nicht zu kränken vermochten, weder in meinen noch in den Augen der Anwesenden. Sollten Sie aber die Rettung der Ihrigen noch auf irgendeine Art versuchen wollen, so will ich alles dazu beitragen, wiewohl ich mir fast lächerlich dabei vorkomme.«

»Lächerlich, Signor?« triumphierte der Italiener, das Wort falsch deutend, mit entsetzlichem Lachen, »lächerlich? ja, ja, nun ja, da haben Sie recht! ich kann beinahe zufrieden sein mit diesem Geständnis, hi, hi, hi!«

Nolten wollte sich dem Unverschämten mit derber Wahrheit erklären, aber ein Wink des Grafen bat ihn um Zurückhaltung, und er folgte um so williger, je mehr er dabei an Constanzen und ihre entschiedene Abneigung gegen dergleichen Ehrenerörterungen dachte. Doch der Italiener wollte sich seines Siegs noch weiter freuen, er wandte sich gegen seinen Mann mit den Worten: »Gratulieren Sie sich, daß Sie so weggekommen, mein Herr Maler! Künftig etwas bescheidener, will ich geraten haben! Sie dürften sonst eine deutsche Klinge mit einer welschen messen, oder daß ich es recht sage, ich möchte mir leicht einmal den Spaß machen, und mein scarpello aufheben gegen einen deutschen – Pinsel; verstanden?«

»Wohl, mein Herr«, versetzte Nolten ruhig, »ich bin der Meinung, Sie machten die Probe je eher je lieber; ich werde mich diesfalls heute noch in bester Form eines Nähern bei Ihnen vernehmen lassen. Was inzwischen den deutschen Pinsel betrifft, so mögen Sie immerhin den Maler in mir verachten, und zwar noch ehe Sie ihn kennen gelernt haben, ich bin gegen den Bildhauer gerecht, dessen Werke ich vorhin gesehen habe; sie sind vortrefflich und sind es so sehr, daß es der frechsten Lüge gleich sieht, wenn Sie, mein Herr, sich den Schöpfer derselben nennen.«

Dieser letzte Ausfall machte den Fremden offenbar ein wenig betroffen, obgleich er getan, als hörte er nichts; aber er wurde noch verlegener, da Nolten ihm tiefer ins Gesicht schaute, den Kopf schüttelte und mit einem zweifelnden Lächeln dem Grafen zuwinkte; – noch einen prüfenden Blick auf die seltsame Physiognomie des Italieners, noch einen, und wieder einen und – »Gemach, mein Freund!« rief Theobald, den Burschen am Schnurrbart packend, da er eben aus der Tür schlüpfen wollte, »ich glaube, wir kennen uns!« – Wunder! der falsche Schnurrbart blieb Nolten in den Fingern, der arme Teufel selber fiel zitternd auf seine Knie, es war kein andrer Mensch als – Barbier Wispel, der entlaufene Bediente Noltens.

Der Graf traute seinen Augen kaum bei dieser Szene, und unser Freund, ungewiß, sollte er lachen oder zürnen, rief: »Du unterstehst dich, Elender, nachdem du mich einmal schändlich bestohlen, aufs neue deinen Betrug, deine Narrheit an mir und in dieser Gegend auszuüben, wo dich das Zuchthaus erwartet? Wie kommst du nur zu diesen Kleidern, wie kommst du überhaupt dazu, diese apokryphische Rolle zu spielen?«

In der Tat konnte Nolten trotz aller angenommenen und wirklichen Indignation ein herzliches Lachen kaum zurückdrängen. Es nahm ihn nun gar nicht mehr Wunder, wie er sich eine Zeitlang wirklich in der Person dieses Menschen täuschen konnte; denn es war bei weitem nicht der magere, splitterdürre Wispel mehr, es mußte ihm auf seinen neuen Reisen ganz besonders wohl ergangen sein, auch von seinen früheren Manieren hatte sich vieles verwischt, oder er legte sie auf einige Stunden ab, und dann die künstlich braun gefärbte Haut, veränderte Stimme, verstellte Frisur, Bart und sonstige Ausstattung, alles half zu diesem närrischen Quiproquo. Aus seinen Bekenntnissen ergab sich nach und nach, daß er in die Dienste des fremden Künstlers ungefähr auf dieselbe Weise gekommen war wie einst in Theobalds; es ging dies um so leichter an, da ihm von seinen früheren Landstreichereien noch einige Kenntnis der Sprache seines Herrn geblieben war, und er diesem als Dolmetscher auf seiner Reise nach Deutschland, an dessen Grenze sie sich kennen gelernt, gar oft nützlich sein konnte. Die guten Kleider, die er am Leibe trug, waren teils Geschenk seines Herrn, teils hatte er sich zur Ausführung des gegenwärtigen Prunkstückchens die Garderobe des Künstlers heimlich zunutze gemacht. Der Italiener, erst vorgestern angelangt, hielt sich in der Stadt auf und sollte erst diesen Abend zu Anordnung der Bildwerke herauskommen, weil aber durch ein Mißverständnis die Handlanger schon in der Frühe vergeblich hieher gesprengt worden, so empfand Wispel einen unüberwindlichen Reiz, vor diesen Leuten und den etwa sich einfindenden Fremden jenen berühmten Mann vorzustellen, dessen bizarres Wesen er zwar mit Übertreibung, doch nicht ganz unglücklich, nachzuahmen wußte. Es sei ihm selber, gestand er nun, sehr leid gewesen, als ihm Nolten, sein ehemaliger Gebieter, so unerwartet in den Wurf gekommen, und noch jetzt wisse er nicht recht, was ihn verführt habe, augenblicklich eine offensive Stellung gegen ihn anzunehmen.

»Aber Mensch, wie konntest du so unbegreiflich grob, so frech gegen mich sein? Weißt du, was du noch im Rest bei mir sitzen hast?«

»Ach, mein charmantester, mein göttlicher Herr, wie sollt ichs nicht wissen? aber das steht ja in guter Hand – es mag etwa eine halbe Carolin sein, was Sie mir an meinem Lohn noch schulden – Bagatell – wenn Sie gelegentlich, aber wohl verstanden, nur ganz gelegentlich, das Pöstchen –«

Hier bekam Wispel unversehens einen Backenstreich von Theobalds Hand, daß ihm die Haut feuerte. »Schandbube! eine Anweisung ins Spinnhaus bin ich dir schuldig! Aber gib Rechenschaft über das, was ich eben frage: wie warst du fähig, gegen deinen ehemaligen Wohltäter dich so zu vergessen!«

»Ach«, antwortete er, ganz wieder mit seiner gewohnten Affektation, mit jenem Hüsteln und Blinzeln, »dem Himmel is es bewußt, wie das zuging, ich wollte mich durch solch ein Betragen gleichsam unkenntlich machen, mich gegen meine eigene Rührung verschanzen, daher meine Wut, meine Malice, auch leugne ich nicht, es war vielleicht ein – ein – vielleicht ein Kitzel, das heiße Blut des Südens an mir selbst zu bewundern, und so – und dann – aber gewiß werden Sie mir zugeben, Monsieur, ich habe den höhern Ton der Schikane und den eigentlichen vornehmen Takt, womit das point d'honneur behandelt werden muß, mir so ziemlich angeeignet. Wie? ich bitte, sagen Sie, was denken Sie?«

Mit diesem letzten Zusatz war es seiner Eitelkeit so völlig Ernst, er war so gespannt auf ein schmeichelhaftes Urteil Noltens, daß dieser und der Graf nur staunten über die unsinnigste Art von Ehrgeiz, womit dieses Subjekt wie mit einer Krankheit gestraft war. Erinnerte man sich vollends der einzelnen Momente, in denen der Mensch seit heute früh sich stufenweise, zuerst bei der Ankunft Theobalds, dann beim Grafen, endlich als Weltmann bei der Gräfin geltend gemacht, so hätte man sich beinahe schämen müssen, wäre die Sache weniger lustig und neu gewesen. Sogar Constanze, welche vom Bruder herbeigerufen ward, konnte, nachdem sie den unglaublichen Betrug eingesehen, sich des Lächelns nicht enthalten, obgleich sie den Entlarvten, dessen Beschämung sie sich schmerzlicher als billig vorstellte, mit einem fast peinlichen Gefühl, wie einen armen Verrückten, betrachtete. Die Fragen, welche sie etwa an ihn tat, bildeten durch ihre wahrhaft naive Delikatesse einen fast komisch rührenden Kontrast zwischen der edlen Frau und der verächtlichen Kreatur. Theobald fand sich hiedurch auch wirklich zu einem gewissen Grad von Mitleid mit dem ärmlichen Sünder bewogen, und als Wispel auf das beredteste ihn um Wiederaufnahme in sein Haus ersuchte, konnte er sich zwar hiezu nicht verstehen, aber er versprach, ihm außer einer Warnung, die man dem Italiener schuldig sei, keineswegs schaden zu wollen. Hierauf verabschiedete sich Wispel mit gehörigem Anstand, er wollte Constanzen die Hand küssen, was jedoch höflich verbeten wurde.

Die Gesellschaft verhehlte sich den im ganzen versöhnenden Eindruck nicht, welchen der letzte Auftritt bei ihr zurückgelassen hatte. Bei der Gräfin selbst war der Rückblick auf den heutigen Morgen leichter, weil seine Wirkung wenigstens äußerlich durch so manches andre in etwas war verdrängt worden; nur sobald Nolten ihr näher kommen wollte, wich sie schüchtern und unbehaglich aus. Im allgemeinen, dies durfte er sich mit Recht sagen, ließ ihr Benehmen sich gar nicht zu seinen Ungunsten auslegen, ja er konnte den tiefgegründeten Keim wirklicher Liebe nicht mehr an ihr verkennen, er hoffte eine zwar langsame, aber unaufhaltsame Entwicklung. Nur jede Voreiligkeit, alles dringend Heftige, so sehr dies in seinem Temperamente lag, beschloß er zu vermeiden, und wir selber sind der Meinung, daß er dabei seinen Vorteil und die Sinnesart der Frauen von Constanzens Werte fein genug zu schätzen gewußt.

Man hätte gerne noch den echten Italiener gesehen, allein der Abend nahte stark heran, es war unwahrscheinlich, daß der Künstler noch käme, überdies verlangte Constanze nach Haus, und so schickte man sich denn zum Aufbruch an.

Nolten, der den Schlitten des Grafen eine Weile rasch verfolgte, blieb mit seinem Pferde doch bald zurück. Er hatte Zeit, seinen Gedanken über den heutigen Tag, seinen Besorgnissen und Hoffnungen stille nachzuhängen, indes der Mond mit immer hellerem Lichte die dämmernde Schneelandschaft überschien. Was hatte sich doch verändert in den wenigen Stunden, seit er diese Wege hergeritten! um wieviel näher war er gegen alles Denken und Vermuten seinem ersehntesten Ziele gekommen, ja, das er wirklich schon erreicht, das er schon mit kühnen Armen umschlungen und auf alle Zukunft für sich geweiht hatte! Je verwunderter er diese rasche Wendung bei sich überlegte, desto stärker drang sich ihm der alte Glaube auf, daß es Augenblicke gebe, wo ein innerer Gott den Menschen unwiderstehlich besinnungslos vorwärts stoße, einer großen Entscheidung entgegen, so daß er, daß sein Schicksal und sein Glück sich selber gleichsam übertreffen müssen. Er schauderte im Innersten, er drang mit weit offenem Aug in das tiefe Blau des nächtlichen Himmels und forderte die Gestirne heraus, seine Seligkeit mitzuempfinden. Was doch jetzt in Constanzen vorgehen mag! – er hätte die Welt verschenken mögen, um dieses Einzige zu wissen, und doch pries er wieder seine Ungewißheit, weil sie ihm vergönnte, alles zu glauben, was er wünschte. Sollte jetzt nicht auch in *ihrem* Busen der wonnevollste Tumult von Freude, Furcht und Hoffnung laut sein? und ist nicht der Grund ihrer Seele, wie die Tiefe eines stillen Meeres, jetzt von jener unendlichen Ruhe beherrscht, welche im Bewußtsein hoher Liebe liegt? – So dachte er, so durchlief er noch manches, was ihn mächtig emporhob; kräftig gab er seinem Pferde die Sporen, als gälte es, noch heute allen seinen Wünschen die Krone aufzusetzen.

In derselben Woche kamen Briefe aus Neuburg an Theobald, wie gewöhnlich unter der Aufschrift an Larkens. Voll Begierde nach dem Inhalte, welcher ihm, wie er zuverlässig hoffte, jeden Zweifel über Agnes benehmen sollte, riß er das Couvert auf. Jedesmal ergriff ihn die eigenste Rührung, wenn er solche treuherzige Linien ansah, die nach des Mädchens Meinung der *Geliebte* lesen sollte und die unser Schauspieler doch wiederum nur sich selber zueignen konnte, da es nur Antworten auf dasjenige waren, was er zwar ganz im früheren Sinne Noltens geschrieben, aber doch gleichsam durch alle Fasern des eigenen innigsten Gefühls übertragend, empfunden hatte. In der Tat, er kam sich dann immer wie ein gedoppeltes Wesen vor, und nicht selten kostete es ihn Mühe, sein Ich von der Teilnahme an diesem zärtlichen Verhältnis auszuschließen.

Was Agnesens gegenwärtigen Brief betrifft, so klangen ihm die Worte anfangs einigermaßen rätselhaft, bis ihm ein größeres Schreiben vom Vater in die Hände fiel, das er auch zugleich von Blatt zu Blatt mit immer steigendem Erstaunen hastig durchlas. Der Alte beruft sich auf seinen frühern Brief an Theobald, worin die sonderbare Verirrung des Mädchens, soweit es damals möglich gewesen, bereits entwickelt worden sei; er wolle aber, da einige erst neuerdings entdeckte Umstände die Ansicht des Ganzen bedeutend verändert hätten, alles von vornherein erzählen, und so setzt er denn dasjenige weitläufig auseinander, was wir dem Leser schon mitgeteilt haben. Mehrere auffallende Vorgänge hatten dem Förster zuletzt über das Dasein eines stillen Wahnsinns keinen Zweifel mehr übriggelassen. Es ward ein Arzt zu Rate gezogen, und mit Hülfe dieses einsichtsvollen Mannes gelang es gar bald, den eigentlichen Grund des Unheils aus dem Mädchen hervorzulocken. Hiebei mußte es für den aufmerksamen Beobachter solcher abnormen Zustände von dem größten Interesse sein, zu bemerken, daß schon das Aussprechen des Geheimnisses an und für sich entscheidend für die Heilung war. Denn von dem Augenblicke, da der Auftritt mit der Zigeunerin über Agnesens Lippen kam, schien der Dämon, der die Seele des armen Geschöpfs umstrickt hielt, seine Beute fahren zu lassen, und ein herzzerschneidender Strom der heftigsten Tränen schien die Rückkehr der Vernunft anzukündigen. Die Entdeckung jener geheimen Ursache fand aber um so weniger Schwierigkeit, da das Mädchen selbst seit der zweiten Unterredung mit der Zigeunerin ein gewisses Mißtrauen gegen dieselbe nährte, worin sie sich nun eben nicht ungerne bestärken ließ. Wirklich rührend war es anzusehen, mit welcher Begierde sie jedes Wort einschluckte, das man zum Beweis eines offenbaren Betrugs vorbringen mochte. Auf ihrem zwischen Angst und dankbarer Freude wechselnden Gesichte malten sich die letzten Zuckungen des abergläubischen Gewissens, dem die vernünftige Beredsamkeit des Vaters nun den Todesstoß gab. Dennoch fühlte sie noch immer eine Art von Zwiespalt im Innern, sie fand sich schwer zurecht, und wie der Blindgewesene sich nur langsam wieder an das Licht gewöhnt, das alle Welt erfreut, so dauerte es einige Zeit, bis Agnes ihr Glück zu fassen vermochte, bis sie es wagte, sich den andern Menschen wieder gleichzustellen. Oft kam es ihr noch vor, als ob irgendein finsterer Zeuge ihres Schicksals hinter ihrem Rücken lauschte und auf Rache denke, weil sie seinen Banden entsprungen. Aber der Verbrecher, der durch eine feierliche Absolution aus dem Munde des Heiligen Vaters mit *einem* Mal sich einer ganzen Hölle entbunden fühlt, kann nicht leichter atmen als Agnes, nachdem endlich das düstere Phantom für immer verabschiedet war. Wie ganz anders konnte sie nun an Nolten denken! Wie herzhaft prüfte ihre Liebe wieder die alte Freiheit ihrer Flügel! Wie ungewohnt erschien ihr alles, was in bezug auf ihn gesagt oder getan ward! Sprach jemand seinen Namen aus, so konnte sie den Namen mit seligem Befremden vor sich wiederholen, und mit Entzücken rief sie ihn dann laut aus, so daß man sie kaum begreifen wollte. Kam ihr zufällig seine Handschrift vors Auge, so deuchten ihr die Züge wie sprechend, sie betrachtete sie mit einem völlig neuen Sinn – kurz, es schien, als sei er ihr erst heute geschenkt, als heiße sie jetzt zum ersten Male Noltens Braut.

Dieselbe unschuldige Trunkenheit atmete aus ihrem Briefe, den Larkens jetzt in der Hand hielt. Sie vermied soviel möglich jede Berührung jener störenden Ereignisse, und ihre Worte verrieten nicht die geringste Unruhe darüber, wie Theobald die Geschichte ihrer Krankheit aufnehmen werde, welche der Vater mit ihrem Vorwissen, jedoch ohne der Tochter sie lesen zu lassen, ihm aufrichtig mitteilte.

Mit Staunen und Rührung legte Larkens die Blätter auf den Tisch, nachdem er sie zwei- und dreimal mit der größten Sorgfalt durchlesen hatte. Er hatte Mühe, sich die Fäden dieser unerhörten Verwirrung klarzumachen, sich zu sammeln und ein ruhiges Bild vom Ganzen zu gewinnen, um hierauf seine Entschließung zu fassen. An der getreuen Darstellung der Begebenheiten zweifelte er keinen Augenblick, alles trug zu sehr das Gepräge der inneren Wahrheit. Aber was ihn bei der Sache besonders nachdenklich machte, das war die Einmischung der Zigeunerin. Denn auf der Stelle war es wie ein Blitz in ihn geschlagen, daß er die Person kenne, daß ihm ihr sonderbarer Bezug zu Nolten nicht unbekannt sei. Nach dem sehr bestimmten Bilde, das er von ihrem Charakter hatte, befremdete ihn einigermaßen ihr falsches Spiel gegen Agnes; dennoch hatte er guten Grund, sie deshalb keineswegs mit den gemeinen Betrügerinnen ihrer Nation zu verwechseln, ja ihn ergriff das tiefste Mitleid, wenn er bedachte, daß eben dieses unbegreifliche Wesen, das an Agnesens Verrückung schuld war, selbst ein trauriges Opfer des Wahnsinns sei. So verhielt es sich wirklich; und in diesen Zustand mischte sich eine Leidenschaft für Theobald, von deren wunderbarer Entstehung wir dem Leser in der Folge Rechenschaft geben werden. Die Unglückliche glaubte sich in Agnes von einer Nebenbuhlerin befreien zu müssen, und leider kam der Zufall, wie wir gesehen haben, ihrer Absicht gar sehr zu Hülfe. Ihre List mochte übrigens leicht von der Art sein, wie sie sich bei Verrückten häufig mit der höchsten Gutmütigkeit gepaart findet, und Larkens entschuldigte sie um so mehr, da er Elisabeth ( so hieß das Mädchen) immer von einer äußerst arglosen, ja kindlichen Seite kennengelernt hatte. Wie viel eigentliche Lüge und wie viel Selbstbetrug an jener verhängnisvollen Prophezeiung Anteil gehabt, wäre daher nicht wohl zu entscheiden, nur wird es jetzt um so begreiflicher, daß die Erscheinung und der ganze Ausdruck der Prophetin eine so gewaltsame und hinreißende Wirkung auf das kränklich reizbare Gemüt Agnesens machen konnte.

Einige Augenblicke war der Schauspieler entschlossen, sogleich mit dem ganzen Paket zu seinem Freunde zu eilen. Aber die Sache näher betrachtet, verbot solches die Klugheit. Nolten wäre im gegenwärtigen Zeitpunkt zu einer unbefangenen Ansicht der Dinge nicht fähig gewesen, und es war zu befürchten, daß ihm die Überzeugung von der Tadellosigkeit des Mädchens jetzt eben nicht willkommen wäre, daß er, von zweien Seiten aufs äußerste gedrängt, an einen Abgrund widersprechender Leidenschaften gezerrt, nichts übrig hätte, als an allem zu verzweifeln. Larkens sah dies deutlich ein und stand wirklich eine Zeitlang ratlos, was zu tun sei. »Ich muß auf einen Kapitalstreich sinnen«, rief er aus, »das Zögern wird mir gefährlich, es ist Zeit, daß man dem Teufel ein Bein breche!«

Vor allem wollte er suchen, es gelte, was es wolle, einen Bruch mit der Gräfin vorzubereiten. Aus einzelnen Spuren hatte er neuerdings von der Neigung Noltens doch ernstlichere Begriffe bekommen, und er fing an, mehr und mehr an der Offenheit seines Freundes in diesem Punkte zu zweifeln, wie denn auch wirklich der Vorfall im Parke bisher ganz und gar ein Geheimnis für Larkens geblieben war. Für jetzt dachte dieser nur auf schleunige Beruhigung des Mädchens durch einen abermaligen Brief, den er auch sogleich, und mit ungewöhnlicher Wärme und Heiterkeit des Ausdrucks, niederschrieb.

Es gingen, bis Nolten wieder eine Einladung zu Zarlins erhielt, zwei volle Wochen auf, und wenn diese lange Zwischenzeit unserem Freunde desto unausstehlicher vorkam, je bedeutender seine gegenwärtige Stellung zu Constanzen war, so stand er nun doch betroffen und unentschieden, ob Furcht oder Freude mächtiger in ihm sei. Aber als er sich nun an dem bestimmten Abende mit Larkens wieder in jenen geliebten Wänden, in jener edlen Umgebung fühlte, als die Gräfin nun die Versammlung bewillkommte und auch ihn mit einer Fröhlichkeit begrüßte, wie man sie sonst kaum an ihr wahrnahm, da schien sich um ihn und über sein ganzes Dasein ein Lichtglanz herzugießen, in welchem sich alle Vergangenheit und Zukunft seines Lebens wie durch Magie verklärte; und doch war es nur die Sorglosigkeit ihrer Miene, es war die edle Freiheit ihres Benehmens, was ihn so tief erquickte und was ihm, auch abgesehen von jeder andern Vorbedeutung, die uneigennützigste Rührung hätte abgewinnen müssen, indem es ihm die Wiederherstellung des schönen Friedens ihrer Seele verbürgte, welchen gestört zu haben er sich zum Verbrechen rechnete.

Von ähnlicher Munterkeit wurde denn auch die übrige Gesellschaft belebt, und die letzte beengende Rücksicht bei Nolten fiel vollends weg mit der Nachricht, Herzog Adolph werde heute nicht gegenwärtig sein.

Herren und Damen saßen bereits in bunter Ordnung, als die Gräfin sich mit den Worten an Larkens wandte: »Sie sagten ja von etwas ganz Besonderem, das Sie uns diesmal zum besten geben wollten; machen Sie doch die Gesellschaft mit Ihrem Vorhaben bekannt, ich zweifle nicht, wir dürfen uns etwas recht Hübsches, zum mindesten etwas Ungewöhnliches versprechen.«

»Es liegt«, antwortete Larkens mit guter Laune, »in diesem Komplimente etwas so verzweifelt Bedingtes, daß ich nun erst schüchtern werde, mit meinem Schatz hervorzutreten. Wirklich, es ist immer gewagt, wenn ein einzelner oder wenn zwei Mitglieder eines gebildeten Kreises die Unterhaltung ausschließlich über sich nehmen wollen, und obendrein ist mein Gegenstand von der Beschaffenheit, daß ihm ein allgemeines Interesse sehr schwerlich zukommen möchte, wenigstens insoweit *ich* dabei betätigt bin. Aber was mich tröstet, ist einzig die Unterstützung durch meinen Freund Nolten, der Ihnen bei dieser Gelegenheit ein ganz neues Genre seiner Kunst vorführen wird.«

»Ich meinesteils«, erwiderte der Maler, »muß die Gesellschaft untertänigst bitten, auf diese Bedingung hin von ihren Forderungen an Larkens nicht nagelsgroß nachzulassen, da mein Beitrag als bloße Verzierung und Erläuterung der Hauptsache an und für sich nicht in Betracht kommen kann.« –

»Kurz, meine Gnädigsten«, fiel der Schauspieler ihm ins Wort, »was wir Ihnen diesmal zeigen, ist nichts anderes als ein Schattenspiel.«

»Ein Schattenspiel!« riefen die Damen, in die Hände klatschend, »ach, das ist ja ganz unvergleichlich! wirklich ein ordentliches, chinesisches werden wir sehen?«

»Allerdings«, sagte der Graf, »und zwar ein ganz neu eingerichtetes, wozu Herr Nolten die Bilder auf Glas gemalt und dieser Herr, der als Dichter noch allzu wenig von sich hören ließ, den Text geliefert hat. Soviel ich weiß, besteht der letztere durchaus in einer dramatisierten Fabel, rein von der Erfindung des Herrn Larkens.«

»Diese Fabel«, bemerkte der Schauspieler, »und der Ort, wo sie vorgeht, ist freilich närrisch genug, und es bedarf einer kleinen Vorerinnerung, wenn man den Poeten nicht über alle Häuser wegwerfen soll.

Ich hatte in der Zeit, da ich noch auf der Schule studierte, einen Freund, dessen Denkart und ästhetisches Bestreben mit dem meinigen Hand in Hand ging; wir trieben in den Freistunden unser Wesen miteinander, wir bildeten uns bald eine eigene Sphäre von Poesie, und noch jetzt kann ich nur mit Rührung daran zurückdenken. Was man auch zu dem Nachfolgenden sagen mag, ich bekenne gern, damals die schönste Zeit meines Lebens genossen zu haben. Lebendig, ernst und wahrhaft stehen sie noch alle vor meinem Geiste, die Gestalten unserer Einbildung, und wem ich nur *einen* Strahl der dichterischen Sonne, die uns damals erwärmte, so recht gülden, wie sie war, in die Seele spielen könnte, der würde mir wenigstens ein heiteres Wohlgefallen nicht versagen, er würde selbst dem reiferen Manne es verzeihen, wenn er noch einen müßigen Spaziergang in die duftige Landschaft jener Poesie machte und sogar ein Stückchen alten Gesteins von der geliebten Ruine mitbrachte. Doch zur Sache. Wir erfanden für unsere Dichtung einen außerhalb der bekannten Welt gelegenen Boden, eine abgeschlossene Insel, worauf ein kräftiges Heldenvolk, doch in verschiedene Stämme, Grenzen und Charakterabstufungen geteilt, aber mit so ziemlich gleichförmiger Religion, gewohnt haben soll. Die Insel hieß *Orplid*, und ihre Lage dachte man sich in dem Stillen Ozean zwischen Neuseeland und Südamerika. Orplid hieß vorzugsweise die Stadt des bedeutendsten Königreichs: sie soll von göttlicher Gründung gewesen sein, und die Göttin *Weyla*, von welcher auch der Hauptfluß des Eilands den Namen hatte, war ihre besondere Beschützerin. Stückweise und nach den wichtigsten Zeiträumen erzählten wir uns die Geschichte dieser Völker. An merkwürdigen Kriegen und Abenteuern fehlte es nicht. Unsere Götterlehre streifte hie und da an die griechische, behielt aber im ganzen ihr Eigentümliches; auch die untergeordnete Welt von Elfen, Feen und Kobolden war nicht ausgeschlossen.

Orplid, einst der Augapfel der Himmlischen, mußte endlich ihrem Zorne erliegen, als die alte Einfalt nach und nach einer verderblichen Verfeinerung der Denkweise und der Sitten zu weichen begann. Ein schreckliches Verhängnis raffte die lebende Menschheit dahin, selbst ihre Wohnungen sanken, nur das Lieblingskind Weylas, nämlich Burg und Stadt Orplid, durfte, obgleich ausgestorben und öde, als ein traurig schönes Denkmal vergangener Hoheit stehenbleiben. Die Götter wandten sich auf ewig ab von diesem Schauplatz, kaum daß jene erhabene Herrscherin zuweilen ihm noch einen Blick vergönnte, und auch diesen nur um eines einzigen Sterblichen willen, der, einem höheren Willen zufolge, die allgemeine Zerstörung weit überleben sollte.

Neuerer Zeiten, immerhin nach einem Zwischenraum von beinahe tausend Jahren, geschah es, daß eine Anzahl europäischer Leute, meist aus der niedern Volksklasse, durch Zufall die Insel entdeckte und sich darauf ansiedelte. Wir Freunde durchstöberten mit ihnen die herrlichen Reste des Altertums, ein gelehrter Archäologe, ein Engländer mit Namen Harry, war zum Glück auf dem Schiffe mitgekommen, seine kleine Bibliothek und sonst Materialien verschiedenen Gebrauchs waren gerettet worden; Nahrung aller Art zollte die Natur im Überfluß, die neue Kolonie gestaltete sich mit jedem Tage besser, und bereits blüht eine zweite Generation in dem Zeitpunkte, wo unser heutiges Schauspiel sich eröffnet.

Was nun diese dramatische oder vielmehr sehr undramatische Kleinigkeit betrifft, so sind meine Wünsche erfüllt, wenn die verehrten Zuschauer sich mit einiger Teilnahme in die geistige Temperatur meiner Insel sollten finden können, wenn sie für die willkürliche Ökonomie meines Stückes einen freundschaftlichen Maßstab mitbringen und sich mehr nur an den Charakter, an das Pathologische der Sache halten. Das ganze Ding machte sich, ich weiß nicht wie, vor kurzem erst, nachdem mir seit langer Zeit wieder einmal eines Abends die alten Erinnerungen in den Ohren summten. Eine längst gehegte tragische Lieblingsvorstellung drang sich vorzüglich in dem Charakter des letzten Königs von Orplid auf; dagegen gab es Veranlassung, zwei moderne, aus dem Leben gegriffene Nebenfiguren lustig einzuflechten, wovon die eine in der Laufbahn meines Freundes Nolten dergestalt Epoche gemacht, daß diese Person – und sie soll ja neuerdings wieder in unserer Stadt spuken – sogar einigen der Anwesenden als eine nicht ganz unbekannte Fratze wieder begegnen wird.«

Hier steckten sich einige begierige Köpfe zusammen, und als es hieß, daß jener diebische Bediente Noltens im Schattenspiel seine Aufwartung machen werde, verlautete allgemein ein herzliches Vergnügen; man machte sich überhaupt auf eine ergötzliche Unterhaltung gefaßt, nur Tillsen fühlte sich im stillen durch jene komische Berührung verletzt, wiewohl niemand an etwas Beleidigendes dachte.

»In einem anderen Subjekt«, fuhr der Schauspieler fort, »in dem Kameraden des vorigen, zeig ich Ihnen meinen eigenen ehemaligen Sancho; es machte mir Freude, diese beiden Tröpfe einmal treulich zu kopieren, Nolten verfehlte keinen Zug, und die Gesellschaft muß uns schon vergeben, wenn wir sie auf einen Augenblick in das Dachstübchen dieser Schmutzbärte zu schauen zwingen.«

Indessen hatte Larkens den erforderlichen Apparat aus seinem Hause holen lassen; der Diener brachte ein braunes Kästchen, worin das Zaubergeräte verschlossen war; zugleich zog der Schauspieler ein Manuskript hervor, blätterte und sagte: »In Absicht auf die Art und Weise, wie die Tableaus den Text begleiten, versteht sich von selbst, daß der Schauplatz zuweilen, wiewohl nur selten, leer bleiben wird, daß für den Maler nicht jede Szene gleich brauchbar sein konnte, daß er von einer Szene meist nur *einen* Moment, *eine* hervorstechende Gruppe darstellen konnte, daß jedoch soviel Varietät als nur immer möglich in die Bilder gebracht wurde. Nun hab ich nur noch *eine* Bitte, den Vortrag des Dialogs betreffend. Ich werde zwar sämtliche männliche Personen aus meinem Munde mit abwechselnder Stimme unter sich sprechen lassen, für die weiblichen aber und für die Kinderkehlen sollte mir doch eins und das andere der Fräulein zur Seite stehen und mit mir aus der Rolle lesen. Welche von den Damen würde wohl die Gefälligkeit haben? Sie, Fräulein von R. und von G., erfreuten uns schon auf dem Liebhabertheater, an Sie richt ich meine Bitte im Namen aller.«

Die Schönen mußten sichs gefallen lassen; sie traten mit dem dargereichten Hefte beiseit, es vorläufig zu durchsehen, während Larkens sich von der Gräfin einen geheizten Saal mit weißen Wänden ausbat und seine Einrichtung traf.

Nach kurzer Zeit ertönte sein Glöckchen, das die Gesellschaft hinüber lud in den verdunkelten Saal. Hinter einer spanischen Wand, die nach einer Seite offen war, befanden sich Larkens und seine Gehülfinnen neben der magischen Laterne, welche inzwischen nur einen runden hellen Schein an die Zimmerdecke warf. Man nahm im Halbkreise Platz, und Nolten hatte sich so gesetzt, daß er Constanzen ins Auge fassen konnte.

Nachdem alles stille geworden, begann hinter der Gardine eine einleitende Symphonie auf dem Klavier von einem Mitgliede der Gesellschaft gespielt und von Larkens mit dem Violoncello begleitet. Unter den letzten Akkorden erschien an der breitesten, völlig freien Wandseite des Saales in bedeutender Größe die Ansicht einer fremdartigen Stadt und Burg, im Mondschein, vom See bespült, links im Vorgrund drei sitzende Personen, und der Dialog nahm seinen Anfang.

Wir bedenken uns nicht, den Leser an dem Spiele teilnehmen zu lassen, da es nachher in den Gang unserer Geschichte einschlägt und die wichtigsten Folgen hat. Zugleich mag es einen lebhaften Begriff von dem inneren Leben jenes Schauspielers geben, welcher bereits unsere Aufmerksamkeit erregte und noch mehr künftig unsere Teilnahme gewinnen wird.

## DER LETZTE KÖNIG VON ORPLID

Ein phantasmagorisches Zwischenspiel

### ERSTE SZENE

Anblick der Stadt Orplid mit dem Schlosse; vorn noch ein Teil vom See. Es wird eben Nacht. Drei Einwohner sitzen vor einem Haus der unteren Stadt auf einer Bank im Gespräch.

SUNTRARD, der Fischer, mit seinem KNABEN, und LÖWENER, der Schmied.

SUNTRARD. Lasset uns hieher sitzen, so werden wir nach einer kleinen Weile den Mond dort zwischen den zwei Dächern heraufkommen sehen.

KNABE. Vater, haben denn vor alters in all den vielen Häusern dort hinauf auch Menschen gewohnt?

SUNTRARD. Jawohl. Als unsere Väter, vom Meersturm verschlagen, vor sechszig Jahren zufälligerweise an dem Ufer dieser Insel, was das Einhorn heißt, anlangten und tiefer landeinwärts dringend sich rings umschauten, da trafen sie nur eine leere steinerne Stadt an; das Volk und das Menschengeschlecht, welches diese Wohnungen und Keller für sich gebauet, ist wohl schon bald tausend Jahr ausgestorben, durch ein besonderes Gerichte der Götter, meint man, denn weder Hungersnot noch allzu schwere Krankheit entsteht auf dieser Insel.

LÖWENER. Tausend Jahr, sagst du, Suntrard? Gedenk ich so an diese alten Einwohner, so wird mirs, mein Seel, nicht anders, als wie wenn man das Klingen kriegt im linken Ohr.

SUNTRARD. Mein Vater erzählt, wie er, ein Knabe damals noch, mit wenigen Leuten, fünfundsiebenzig an der Zahl, auf einem zerbrochenen Schiffe angelangt und wie er sich mit den Genossen verwunderte über eine solche Schönheit von Gebirgen, Tälern, Flüssen und Wachstum, wie sie darauf fünf, sechs Tage herumgezogen, bis von ferne sich auf einem blanken, spiegelklaren See etwas Dunkles gezeigt, welches etwan ausgesehen wie ein steinernes Wundergewächs oder auch wie die Krone der grauen Zackenblume. Als sie aber mit zweien Kähnen darauf zugefahren, war es eine felsige Stadt von fremder und großer Bauart.

KNABE. Eine Stadt, Vater?

SUNTRARD. Wie fragst du, Kind? Eben diese, in der du wohnest. – Des erschraken sie nicht wenig, vermeinend, man käme übel an; lagen auch die ganze Nacht, wo es in einem fort regnete, vor den Mauern ruhig, denn sie getrauten sich nicht. Nun es aber gegen Morgen dämmerte, kam sie beinahe noch ein ärger Grauen an; es kräheten keine Hähne, kein Wagen ließ sich hören, kein Bäcker schlug den Laden auf, es stieg kein Rauch aus dem Schornstein. Es brauchte dazumal jemand das Gleichnis, der Himmel habe über der Stadt gelegen, wie eine graue Augenbraun über einem erstarrten und toten Auge. Endlich traten sie alle durch die Wölbung der offenen Tore; man vernahm keinen Sterbenslaut als den des eigenen Fußtritts und den Regen, der von den Dächern niederstrollte, obgleich nunmehr die Sonne schon hell und goldig in den Straßen lag. Nichts regte sich auch im Innern der Häuser.

KNABE. Nicht einmal Mäuse?

SUNTRARD. Nun, Mäuse wohl vielleicht, mein Kind. *Er küßt den Knaben.*

LÖWENER. Ja, aber Nachbar, ich bin zwar, wie du, geboren hier und groß geworden, allein es wird einem doch alleweil noch sonderlich zumut, wenn man so des Nachts noch durch eine von den leeren Gassen geht und es tut, als klopfte man an hohle Fässer an.

KNABE. Aber warum doch wohnen wir neuen Leute fast alle wie ein

Häuflein so am Ende der Stadt und nicht oben in den weitläuftigen schönen Gebäuden?

SUNTRARD. Weiß selber nicht so recht; ist so herkommen von unsern Eltern. Auch wäre dort nicht so vertraut zusammennisten.

LÖWENER. Wo wir wohnen, das heißt die untere Stadt, hier waren vor alters wahrscheinlich die Buden der Krämer und Handwerker. Die ganze Stadt aber beträgt wohl sechs Stunden im Ring.

SUNTRARD. Wenn der Mond vollends oben ist, laßt uns noch eine Strecke aufwärts gehen, bis wo die Sonnenkeile* ist. Nachbar, als ein kleiner Junge, wenn wir Buben noch abends spät durch die unheimlichen Plätze streiften bis zur Sonnenkeile, so trieb und plagte michs immer, den Stein mit dem Finger zu berühren, weil ein Glauben in mir war, daß er den warmen Strahl der Sonne angeschluckt, wie ein Schwamm, und Funken fahren lasse, welches im Mondschein so wunderlich aussehen müsse.

LÖWENER. Hört, was weiß man denn auch neuerdings von dem Königsgespenst, das an der Nordküste umgeht?

SUNTRARD. Kein Gespenst! wie ich dir schon oft versicherte. Es ist der tausendjährige König, welcher dieser Insel einst Gesetze gab. Der Tod ging ihn vorbei; man sagt, die Götter wollten ihn in dieser langen Probezeit und Einsamkeit geschickt machen, daß er nach ihrer einer würde, wegen seiner sonstigen großen Tugend und Tapferkeit. Ich weiß das nicht; doch er ist Fleisch und Bein wie wir.

LÖWENER. Glaub das nicht, Fischer.

SUNTRARD. Ich hab es sicher und gewiß, daß ihn der Kollmer, der Richter ist in Elnedorf, jeweilig insgeheim besucht; sonst sieht ihn kein sterblicher Mensch.

KNABE. Gelt, Vater, er trägt einen Mantel und trägt ein eisern spitzig Krönlein in den Haaren?

SUNTRARD. Ganz recht, und seine Locken sind noch braun, sie welken nicht.

* *Sonnenkeile* – so nannte man drei eigentümlich gegeneinander gestellte steinerne Spitzsäulen, welche durch den Schatten, den sie werfen, den Ureinwohnern als eine Art von Sonnenuhr gedient haben sollen.

LÖWENER. Laßts gut sein! ist schon spät. Das Licht dort in der äußersten Ecke vom Schloß ist auch schon aus. Dort wohnt Herr Harry, der bleibt am längsten auf. Will noch eine Weile in die Schenke. Gut Nacht!

SUNTRARD. Schlaf wohl, Freund Löwener. Komm Knabe, gehen zur Mutter.

## ZWEITE SZENE

Öder Strand. Im Norden.

KOLLMER *allein.*

Hier pflegt er umzugehn, dies ist der Strand,
Den er einförmig mit den Schritten mißt.
 Mich wundert, wo er bleiben mag. Vielleicht
Trieb ihn sein irrer Sinn auf andre Pfade,
Denn oft konnt ich gewahren, daß sein Geist
Und Körper auf verschiedner Fährte gehn.
 O wunderbar! mich jammert sein Geschick,
Denk ich daran, was doch kaum glaublich scheint,
Daß die Natur in einem Sterblichen
Sich um Jahrhunderte selbst überlebt –
Wie? tausend Jahre? – tausend – ja nun wird mir
Zum ersten Male plötzlich angst und enge,
Als müßt ichs zählen auf der Stell, durchleben
In *einem* Atemzug – Hinweg! man wird zum Narren!
 Hm, tausend Jahr; ein König einst! – o eine Zeit
So langsam, als man sagt, daß Steine wachsen.
Vergangenheit und Gegenwart und Zukunft –
Gäb es für die Vernunft ein Drittes noch,
So müßt er dort verweilen in Gedanken.
 Sinds aber einmal tausend, ja, so können
Unzählige noch kommen; sagt man nicht,
Daß auch ein Ball, geworfen über die Grenze
Der Luft, bis wo der Erde Atem nicht mehr hinreicht,
Nicht wieder rückwärts fallen könne, nein,

Er müsse kreisen, ewig, wie ein Stern;
So, fürcht ich, ist es hier.
Auch spricht man von der Inselgöttin Weyla,
Daß sie ein Blümlein liebgewann von seltner
Und nie gesehner Art, ein einzig Wunder,
Dies schloß die Göttin in das klare Wasser
Des härtsten Diamants ein, daß es daure
Mit Farben und Gestalt; wahrhaftig nein,
Ich möchte so geliebt nicht sein von Weyla,
Doch diesem König hat sies angetan.
Oft ahnte mir, er selber sei ein Gott,
So anmutsvoll ist sein verfinstert Antlitz;
Das ist sein größtes Unglück, darum ward,
Wie ich wohl deutlich merke, eine Fee
Von heißer Liebe gegen ihn entzündet,
Und er kann ihrem Dienste nicht entgehn,
Sie hat die Macht schon über ihn, daß er,
Sooft sich ihr Gedanke nach ihm sehnt,
Tag oder Nacht, und aus der fernsten Gegend,
Nach ihrem Wohnsitz plötzlich eilen muß.
Wenn dieser Ruf an ihn ergeht, so reißt
Der Faden seines jetzigen Gedankens
Auf *einmal* voneinander, ganz verändert
Erscheint sein Wesen, hellres Licht durchwittert
Des Geistes Nacht, der längst verschüttete Brunn
Der rauhen und gedämpften Rede klingt
Mit *ein'* Mal hell und sanft, sogar die Miene
Scheint jugendlicher, doch auch schmerzlicher:
Denn greulich ist verhaßter Liebe Qual.
Drum sinnt er sicherlich in schwerem Gram,
Wie er sich ledig mache dieser Pein;
Dahin auch deut ich jene Worte mir,
Die er einst fallen lassen gegen mich:
»Willt du mir dienstbar sein, so gehe hin
Zur Stadt, dort liegt in einem unerforschten Winkel
Ein längst verloren Buch von seltner Schrift,

Das ist geschrieben auf die breiten Blätter
Der Thranuspflanze, so man göttlich nennt,
Das suche du ohn Unterlaß, und bring es.«
Drauf lächelt' er mitleidig, gleich als hätt er
Unmögliches verlangt, und redete
Zeither auch weiter nicht davon. Nun aber
Kam mir zufällig jüngst etwas zu Ohren
Von ein paar schmutzigen, unwissenden Burschen,
Die hätten der Art einen alten Schatz
Bestäubt und ungebraucht im Hause liegen.
Vielleicht, es träfe sich; so will ich denn
Vom König nähere Bezeichnung hören;
Doch aber zweifl ich, zweifle sehr – Horch! ja, dort kommt er
Den Hügel vor. O trauervoller Anblick!
Sein Gang ist müde. Horch, er spricht mit sich.

KÖNIG. O Meer! Du der Sonne
Grüner Palast mit goldenen Zinnen!
Wohinab zu deiner kühlen Treppe?

KOLLMER. (Ob ich es wagen darf, ihn anzurufen?)
Mein teurer König!

KÖNIG. Wer warf meinen Schlüssel in die See?

KOLLMER. Mein hoher Herr, vergönnt –

KÖNIG *ihn erblickend.* Was willst du hier? Wer bist du? Fort! Hinweg!
Fort! willst du nicht fort? Fluch auf dich!

KOLLMER. Kennst du mich nicht mehr? dem du manches Mal
Dein gnädig Antlitz zugewendet hast?

KÖNIG. Du bists; ich kenne dich. So sag mir an,
Wovon die Rede zwischen uns gewesen
Das letztemal. Mein Kopf ist alt und krank.

KOLLMER. Nach jenem Buche hießest du mich suchen.

KÖNIG. Wohl, wohl, mein Knecht. Doch suchet man umsonst,
Was Weyla hat verscharrt, die kluge Jungfrau,
Nicht wahr?

KOLLMER. Gewiß, wenn nicht ihr Finger selbst
Mich führt; wir aber hoffen das, mein König.
Für jetzt entdeck mir mehr vom heilgen Buche.

KÖNIG. Mehr noch, mein Knecht? das kann schon sein, kann sein,
Will mich bedenken; wart, ich weiß sehr gut –
– Wär vor der Stirn die Wolke nicht! merkst du?
Elend! Elend! hier, hier, merkst du? die Zeit
Hat mein Gehirn mit zäher Haut bezogen.
Manchmal doch hab ich gutes Licht...
KOLLMER. Ach Armer!
Laß, laß es nur, sei ruhig! Herr, was seh ich?
Was wirfst du deine Arme so gen Himmel,
Ballst ihm die Fäust ins Angesicht? Mir graut.
KÖNIG. Ha! mein Gebet! meine Morgenandacht! Was?
Willst einen König lehren, er soll knien?
Seit hundert Jahren sind ihm wund die Kniee –
Was hundert –? o ich bin ein Kind! Komm her,
Und lehr mich zählen – Alte Finger! Pfui!
Auf, Sklave, auf! Ruf deine Brüder all!
Sag an, wie man der Götter Wohnung stürmt!
Sei mir was nütze, feiger Schurke du!
Die Hölle laß uns stürmen, und den Tod,
Das faule Scheusal, das die Zeit verschläft,
Herauf zur Erde zerren ans Geschäft!
Es leben noch viel Menschen; Narre du,
Mir ist es auch um dich! willst doch nicht ewig
Am schalen Lichte saugen?
KOLLMER. Weh! er raset.
KÖNIG. Still, still! Ich sinne was. Es tut nicht gut,
Daß man die Götter schmähe. Sag, mein Bursch,
Ist dir bekannt, was, wie die Weisen meinen,
Am meisten ist verhaßt den selgen Göttern?
KOLLMER. Lehr michs, o König.
KÖNIG. Das verhüte Weyla,
Daß meine Zunge nennt, was auch zu denken
Schon Fluch kann bringen. – Hast du wohl ein Schwert?
KOLLMER. Ich habe eins.
KÖNIG. So schone deines Lebens,
Und laß uns allezeit die Götter fürchten!

– Was hülf es auch, zu trotzen? Das Geschick
Liegt fest gebunden in der Weissagung,
So deins wie meines. Nun – wohlan, wie lautet
Der alte Götterspruch? ein Priester sang
Ihn an der Wiege mir, und drauf am Tag
Der Krönung wieder.

KOLLMER. Gleich sollst du ihn hören;
Du selber hast ihn neulich mir vertraut.

Ein Mensch lebt seiner Jahre Zahl:
Ulmon allein wird sehen
Den Sommer kommen und gehen
Zehnhundertmal.

Einst eine schwarze Weide blüht,
Ein Kindlein muß sie fällen,
Dann rauschen die Todeswellen,
Drin Ulmons Herz verglüht.

Auf Weylas Mondenstrahl
Sich Ulmon soll erheben,
Sein Götterleib dann schweben
Zum blauen Saal.

KÖNIG. Du sagst es recht, mein Mann; ein süßer Spruch!
Mich dünkt, die wengen Worte sättigen rings
Die irdische Luft mit Weylas Veilchenhauch.

KOLLMER. Ergründest du der Worte Sinn, o Herr?

KÖNIG. Ein König, ist er nicht ein Priester auch?
Still, meine heilge Seele kräuselt sich,
Dem Meere gleich, bevor der Sturm erscheint,
Und wie ein Seher möcht ich Wunder künden,
So rege wird der Geist in mir.
– Freilich, zu trüb, zu trüb ist noch mein Aug –
Ha, Sklave, schaff das Buch! mein lieber Sklave!

KOLLMER. Beschreib es mir erst besser.

KÖNIG. Nur Geduld.
Ich sah es nie und kein gemeiner Mensch.
Von Priesterhand verzeichnet steht darin,

Was Götter einst Geweihten offenbarten,
Zukünftger Dinge Wachstum und Verknüpfung;
Auch wie der Knoten meines armen Daseins
Dereinst entwirrt soll werden, deutet es.
(Laß mich vollenden, weil die Rede fließt) –
Im Tempel Nidru-Haddin hütete
Die weise Schlange solches Heiligtum,
Bis daß die große Zeit erfüllet war,
Und alle Menschen starben; sieh, da nahm
Die Göttin jenes Buch und trug es weg
An andern Ort, wer wollte den erkunden?
Auch meinen Schlüssel nahmen sie hinweg,
Die Himmlischen, und warfen ihn ins Meer.

KOLLMER. Herr, welchen Schlüssel?

KÖNIG. Der zum Grabe führt
Der Könige.

KOLLMER. Was zitterst du? erbleichst?

KÖNIG. Die Zaubrin lockt – Thereile reißt an mir –
Leb wohl! Ich muß –

*Beide nach verschiedenen Seiten ab.*

## DRITTE SZENE

Nacht. Ein offener, grüner Platz an einem sanften Waldabhang beim Schmettenberg, ohnweit des Flusses Weyla.
THEREILE, eine junge Feenfürstin. KLEINE FEEN um sie her.
KÖNIG an der Seite, mehr im Vordergrund.

THEREILE. Seid ihr alle da?

MORRY. Zähl nur, Schwester, ja!

THEREILE. Ein, zwei, drei, vier, fünf, sechs, sieben.
Silpelitt ist ausgeblieben!
Hat doch stets besondre Nester!
Nun, so sucht, ihr faulen Dinger!
Steckt euch Lichtlein an die Finger!

*Kinder eilen davon.*

MORRY, *die heimlich zurückbleibt, leise.* Weithe!
WEITHE. Was?
MORRY. Siehst du nicht dort
Ihren Buhlen bei der Schwester?
Darum schickt sie uns nun fort,
Dieses hat was zu bedeuten.
WEITHE. Ei, sie mag ihn gar nicht leiden.
MORRY. Bleibe doch! und laß uns lauschen,
Wie sie wieder Küsse tauschen.
Guck, wie spröd sie tut zum Scheine,
Trutzig ihre Zöpfe flicht!
Sie nur immer ist die Feine,
Unsereins besieht man nicht.
WEITHE. Aber sie sind auch noch kleine.
MORRY. Nun, so sag, ist dieses Paar
Nicht so dumm wie *eines* war?
Darf sich süße Feenbrut
Einem Sterblichen wohl gatten?
Beide zwar sind Fleisch und Blut,
Doch die Braut wirft keinen Schatten.
WEITHE. Ja, das ist doch unanständig.
MORRY. Aber stets war sie unbändig.
WEITHE. Morry, laß uns lieber fort!
Mir wird angst an diesem Ort.
MORRY. Wie sich wohl dies Spiel noch endet!
Beide stehen abgewendet;
Wahrlich, wie im tiefsten Schlummer
Steht der König, unbeweglich.
WEITHE. Ach, wie traurig scheint der Mann!
Liebe Schwester, ist nur möglich,
Daß man so betrübt sein kann?
MORRY. Seine Stirne, voller Kummer,
Seine Arme sind gesenkt!
WEITHE. Was nur unsre Schwester denkt!
MORRY. Wär er mir wie ihr so gut,
Ich ließ' mich küssen wohlgemut.

WEITHE. Bitte, komm und laß uns gehn!
Wollen nach dem Walde sehn,
Ob die holden Nachtigallen
Bald in unsre Netze fallen. *Beide ab.*

## VIERTE SZENE

KÖNIG und THEREILE allein.

KÖNIG *für sich.* Still, sachte nur, mein Geist; gib dich zur Ruhe!
Lagst mir so lang in ungestörter Dumpfheit,
Hinträumend allgemach ins Nichts dahin,
Was weckt dich wieder aus so gutem Schlummer?
Lieg stille nur ein Weilchen noch!
Umsonst! umsonst! es schwingt das alte Rad
Der glühenden Gedanken unerbittlich
Sich vor dem armen Haupte mir!
Will das nicht enden? mußt du staunend immer
Aufs neue dich erkennen? mußt dich fragen,
Was leb ich noch? was bin ich? und was war
Vor dieser Zeit mit mir? – Ein König einst,
Ulmon mein Name; Orplid hieß die Insel;
Wohl, wohl, mein Geist, das hast du schlau behalten;
Und doch mißtrau ich dir; Ulmon – Orplid –
Ich kenne diese Worte kaum, ich staune
Dem Klange dieser Worte – Unergründlich
Klaffts dahinab – O wehe, schwindle nicht!
Ein Fürst war ich? So sei getrost und glaub es.
Die edle Kraft der Rückerinnerung
Ermattete nur in dem tiefen Sand
Des langen Weges, den ich hab durchmessen;
Kaum daß manchmal durch seltne Wolkenrisse
Ein flüchtges Blitzen mir den alten Schauplatz
Versunkner Tage wundersam erleuchtet.
Dann seh ich auf dem Throne einen Mann
Von meinem Ansehn, doch er ist mir fremd,

Ein glänzend Weib bei ihm, es ist *mein* Weib.
Halt an, o mein Gedächtnis, halt ein wenig!
Es tut mir wohl, das schöne Bild begleitet
Den König durch die Stadt und zu den Schiffen.
Ja, ja, so wars; doch jetzt wird wieder Nacht. –
Seltsam! durch diese schwanken Luftgestalten
Winkt stets der Turm von einem alten Schlosse,
Ganz so, wie jener, der sich wirklich dort
Gen Himmel hebt. – – Vielleicht ist alles Trug
Und Einbildung und ich bin selber Schein.

*Er sinkt in Nachdenken; blickt dann wieder auf.*

Horch! auf der Erde feuchtem Bauch gelegen,
Arbeitet schwer die Nacht der Dämmerung entgegen,
Indessen dort, in blauer Luft gezogen,
Die Fäden leicht, kaum hörbar fließen,
Und hin und wieder mit gestähltem Bogen
Die lustgen Sterne goldne Pfeile schießen.

THEREILE *noch immer in einiger Entfernung.*
Wie süß der Nachtwind nun die Wiese streift,
Und klingend jetzt den jungen Hain durchläuft!
Da noch der freche Tag verstummt,
Hört man der Erdenkräfte flüsterndes Gedränge,
Das aufwärts in die zärtlichen Gesänge
Der reingestimmten Lüfte summt.

KÖNIG. Vernehm ich doch die wunderbarsten Stimmen
Vom lauen Wind wollüstig hingeschleift,
Indes mit ungewissem Licht gestreift
Der Himmel selber scheinet hinzuschwimmen.

THEREILE. Wie ein Gewebe zuckt die Luft manchmal,
Durchsichtiger und heller aufzuwehen,
Dazwischen hört man weiche Töne gehen
Von selgen Elfen, die im blauen Saal
Zum Sphärenklang,
Und fleißig mit Gesang,
Silberne Spindeln hin und wieder drehen.

KÖNIG. O holde Nacht, du gehst mit leisem Tritt
Auf schwarzem Samt, der nur am Tage grünet,
Und luftig schwirrender Musik bedienet
Sich nun dein Fuß zum leichten Schritt,
Womit du Stund um Stunde missest,
Dich lieblich in dir selbst vergissest –
Du schwärmst, es schwärmt der Schöpfung Seele mit!

*Thereile legt sich auf einen Rasen, das Auge sehnsüchtig nach dem Könige gerichtet. Er fährt fort, mit sich selbst zu reden.*

Im Schoß der Erd, im Hain und auf der Flur,
Wie wühlt es jetzo rings in der Natur
Von nimmersatter Kräfte Gärung!
Und welche Ruhe doch, und welch ein Wohlbedacht!
Dadurch in unsrer eignen Brust erwacht
Ein gleiches Widerspiel von Fülle und Entbehrung.
In meiner Brust, die kämpft und ruht,
Welch eine Ebbe, welche Flut!

*Pause.*

*Almissa* – –! Wie? Wer flüstert mir den Namen,
Den langvergeßnen, zu? Hieß nicht mein Weib
*Almissa?* Warum kommt mirs jetzt in Sinn?
Die heilge Nacht, gebückt auf ihre Harfe,
Stieß träumend mit dem Finger an die Saiten,
Da gab es diesen Ton. Vielleicht genoß ich
In solcher Stunde einst der Liebe Glück – –

*Langes Schweigen. Aufschauend endlich gewahrt er Thereilen, die sich ihm liebevoll genähert hat.*

Ha! bin ich *noch* hier? Stehst *du* immer da?
So tief versank ich in die stummen Täler,
Die mir Erinnrung grub in mein Gehirn,
Daß mir jetzt ist, ich säh zum erstenmal
Dich, die verhaßte Zeugin meiner Qual.
O warf ein Gott mich aus der Menschheit Schranken,
Damit mich deine fluchenswerte Gunst

Gefesselt hält in seligem Erkranken,
Mich sättigend mit schwülem Zauberdunst,
Mir zeigend aller Liebesreize Kunst,
Indes du dich im stillen Gram verzehrst
Um den Genuß, den du dir selbst verwehrst?
Denn dieser Leib, trotz deinen Mitteln allen,
Ist noch dem Blut, das ihn gezeugt, verfallen;
Umsonst, daß ich den deinen an mich drücke,
Vergebens diese durstig schöne Brust,
So bleiben unsre Küsse, unsre Blicke
Fruchtlose Boten unbegrenzter Lust!

*Für sich.*

Weh! muß ich eitle Liebesklage heucheln,
Mir Mitleid und Erlösung zu erschmeicheln? –
Darum, unsterblich Weib, ich bitte sehr,
Verkenne dich und mich nicht länger mehr!
Verbanne mich aus deinem Angesicht,
So endigst du dies jammervolle Schwanken,
Mein unwert Bildnis trage länger nicht
Im goldnen Netze liebender Gedanken!

THEREILE. Ganz recht! was ungleich ist, wer kann es paaren?
Wann wäre Hochzeit zwischen Hund und Katze?
Und doch, sie sind sich gleich bis auf die Tatze.
Wie soll, obwohl er Flossen hat, der Pfeil
Alsbald, dem Fische gleich, den See befahren?
Hat ja ein jedes Ding sein zugemessen Teil;
Doch weiß ich nichts, das wie des Menschen Mund
So viel verschiedne Dienste je bestund:
Ei, der kann alles trennen und vereinen,
Kann essen, küssen, lachen oder weinen,
Nicht selten spricht er, wenn er küssen soll;
Muß aber einmal doch gesprochen sein,
So ist es Wahrheit, sollt ich meinen,
Schön Dank! da ist er aller Lügen voll.
Denn sieh, mit welcher Stirn' wirfst du mir ein,
Wir glichen uns nur halb, und nur zum Schein?

Kann der von Bitter sagen oder Süß,
Den ich den Rand noch nicht des Bechers kosten ließ?
Still, still! ich will nichts hören, nicht ein Wort!
So wenig lohnt es sich mit dir zu rechten,
Als wollt ich einem Bären Zöpfe flechten.
Tu, was du magst. Geh, trolle dich nur fort!
Ich bin des Schnickeschnackens müde.

KÖNIG. Ist es dein Ernst?

THEREILE. Ernst? o behüte!
Jetzt überfällt mich erst die wahre Lust,
Dir zum Verdruß dich recht zu lieben.
Komm, laß uns tanzen! Komm, mein Freund, du mußt!

*Sie fängt an zu tanzen.*

KÖNIG *für sich:* Wie hass' ich sie, und doch, wie schön ist sie!
Hinweg! mir wird auf einmal angst und bange
Bei dieser kleinen golden-grünen Schlange.
Von ihren roten Lippen träuft
Ein Lächeln, wie drei Tropfen süßes Gift,
Das in dem Kuß mit halbem Tode trifft.
Ha! wie sie Kreise zieht, Anmut auf Anmut häuft!
Doch stößts mich ab von ihr, ich weiß nicht wie.

*Es ruft etwas entfernt: »Thereile! Ach Thereile!«*

KÖNIG. Horch!

THEREILE. Die Kinder kommen; welch Geschrei!

## FÜNFTE SZENE

Die VORIGEN und die KINDER mit SILPELITT.

THEREILE. Was habt ihr denn? was ist geschehn? sprich, Malwy! Talpe, oder du!

MALWY. Ach Schwester!

THEREILE. Nun! Der Atem steht euch still. Wo habt ihr Silpelitt?

SILPELITT *hervortretend.* Hie bin ich.

MALWY. Als wir Silpelitt suchten, konnten wir sie gar nicht finden. Wir rannten wohl neun Elfenmeilen, darfst glauben, und stöberten in dem Schilf herum, wo sie zu sitzen pflegt, wenn sie sich verlaufen hat. Auf einmal an dem Fels, wo das Gras aus den mauligen Löchern wächst, steht Talpe still und sagt: hört ihr nicht Silpelitts Stimme, sie redet mit jemand und lacht. Da löschten wir die Laternlein aus und liefen zu. Ach du mein! Thereile, da ist ein großer, grausam starker Mann gewesen, dem saß Silpelitt auf dem Stiefel und ließ sich schaukeln. Er *lachte* auch dazu, aber mit einem so tückischen Gesicht –

TALPE. Schwester, ich weiß wohl, das ist der Riese, er heißt der *sichere Mann.*

THEREILE. Über das verwegene, ungeratene Kind! Warte nur, du böses, duckmäuseriges Ding! Weißt du nicht, daß dieses Ungeheuer die Kinder alle umbringt?

TALPE. Bewahre, er spielt nur mit ihnen, er knetet sie unter seiner Sohle auf dem Boden herum und lacht und grunzt so artig dabei und schmunzelt so gütig.

THEREILE *zum König.* Mir tötete er einst den schönsten Elfen durch diese heillose Beschäftigung. Er ist ein wahrer Sumpf an langer Weile.

TALPE *zu einem andern Kind.* Gelt? ich und du, wir haben ihn einmal belauscht, wie er bis über die Brust im Brulla-Sumpf gestanden, samt den Kleidern; da sang er so laut und brummelte dazwischen: ich bin eine Wasserorgel, ich bin die allerschönste Wassernachtigall!

THEREILE. Hast du dieses Ungetüm schon öfter besucht, Silpelitt? Ich will nicht hoffen.

SILPELITT. Er tut mir nichts zuleide.

KÖNIG *für sich.* Wer ist das Kind? Es gleicht den andern nicht.
Mit sonderbarem Anstand trägt es sich,
Und ernsthaft ist sein Blick. Nein dieses ist
Kein Feenkind, vielleicht die Fürstin hat
Es grausam aus der Wiege einst entführt.

*Man hört in der Ferne eine gewaltige Stimme:*

Trallirra–a–aa–aü–ü
Pfuldararaddada– –!–!

*Die Anwesenden erschrecken heftig. Die Kinder hängen sich schreiend an Thereile.*

THEREILE. Seid stille! seid doch ruhig! Er kommt gar nicht daher, es geht gar nicht auf uns. *Zum König.* Es ist die Stimme dessen, von dem wir vorhin sprachen.

KÖNIG. Horch!

THEREILE. Horcht!...

KÖNIG. Dies ist der Widerhall davon; das Echo, das durch die Krümmen des Bergs herumläuft.

THEREILE. Habt gute Ruhe, Kinder. Jetzt muß er schon um die Ecke des Gebirgs gewendet haben.

Nun auf und fort ihr närrischen Dinger alle!
Und sammelt tausend wilde Rosen ein;
In jeder soll mit grünem Dämmerschein
Ein Glühwurm, wie ein Licht, gebettet sein,
Und damit schmückt, noch eh der Morgen wach,
Mein unterirdisch Schlafgemach
Im kühlen Bergkristalle!

*Die Kinder hüpfen davon.*
*Thereile wendet sich wieder an den König.*

Du bist heut nicht gelaunt zum Tanz,
Den alten Trotzkopf seh ich wieder ganz.
Was möcht ich doch nicht alles tun,
Dir nur die kleinste Freude zu bereiten!
Laß uns in sanfter Wechselrede ruhn,
Zwei Kähnen gleich, die aneinander gleiten.

Sieh, wie die Weide ihre grünen Locken
Tief in die feuchte Nacht der Wasser hängt,
Indessen dort der erste Morgenwind
Ihr ihre keuschen Blütenflocken
Mutwillig zu entführen schon beginnt.

KÖNIG. Und siehst du nicht dies hohe Feenkind,
Vom Atemzug der lauen Nacht beglückt,
Nicht ahnend, welche schmeichelnde Gefahr
Auf ihre Tugend nah und näher rückt?

THEREILE. Du bist ein Schalk! Dies ist nicht wahr!

KÖNIG. Gestatte wenigstens, daß wir nun scheiden,
Und, möcht es sein, für immerdar;
Ich sehe keine Rettung sonst uns beiden,
Wenn nicht dein Herz, verbotner Liebe voll,
So wie das meine, ganz verzweifeln soll.
THEREILE. O Gimpel! ich muß lachen über dich.
Leb wohl für heute. Morgen siehst du mich.
*Sie stößt ihn fort.*

## SECHSTE SZENE

THEREILE *allein, nach einer Pause auffahrend.*

O Lügner, Lügner! schau mir ins Gesicht!
Sprich frei und frech, du liebst Thereile nicht!
Dies nur zu denken zitterte mein Herz,
Und hinterlegte sichs mit kümmerlichem Scherz.
Nun steh mir, Rache, bei...! Doch dies ist so:
Von nun an wird Thereile nimmer froh.
Hätt ich den Hunger eines Tigers nur,
Dein falsches Blut auf einmal auszusaugen!
Ha, triumphiere nur, du Scheusal der Natur,
Ich sah es wohl, – allein mit blinden Augen.
Doch, bleibt mir nicht die Macht, ihn festzuhalten?
Ist er gefesselt nicht durch ein geheimes Wort?
Ich bann ihn jeden Augenblick,
Wenn ich nur will, zu mir zurück.
So fliehe denn, ja stiehl dich immer fort,
Ich martre dich in tausend Spukgestalten!
*Sie sinnt wieder nach.*

Oft in der Miene seines Angesichts
Ahnt ich schon halb mein jetziges Verderben;
Ich hatte Wunden, doch sie taten nichts:
Da ich sie *sehe*, muß ich daran sterben! *Ab.*

## SIEBENTE SZENE

Wirtsstube in der Stadt Orplid. KOLLMER aus Elne und einige BÜRGER sitzen an den Tischen umher, trinkend und schwatzend.

EIN WEBER. Hört, Kollmer! Ihr habt ja neulich wieder nach den beiden Lumpenhunden gefragt, von denen ich Euch sagte, daß sie gern die alte Chronik an Euch loswären, die kein Mensch lesen kann. Wenn Ihr noch Lust habt, so mögt Ihr dazu tun, sie wollens aufs Schloß dem gelehrten Herrn bringen, dem Harry; der ist Euch wie besessen auf dergleichen Schnurrpfeifereien aus.

KOLLMER. Seid außer Sorgen, ich hab den Schatz schon in Händen, und wir sind bereits halb handelseinig. Diesen Abend wird es vollends abgemacht.

GLASBRENNER. Wenn ich Euch raten darf, laßt Euch nicht zu tief mit den saubern Kameraden ein; Ihr habt sie sonst immer aufm Hals.

MÜLLER. Mir denkts kaum, daß ich sie einmal sah.

WEBER. O, sie liegen ganze Nachmittage im lieben Sonnenschein aufm Markt, haben Maulaffen feil, schlagen Fliegen und Bremsen tot und erdenken allerlei Pfiffe, wie sie mit Stehlen und Betrügen ihr täglich Brot gewinnen. Es sind die einzigen Taugenichtse, die wir auf der Insel haben; Schmach genug, daß man sie nur duldet. Wenns nicht den Anschein hätte, als ob die Götter selbst sie aus irgendeiner spaßhaften Grille ordentlich durch ein Wunder an unsern Strand geworfen, so sollte man sie lange ersäuft haben. Nehmt nur einmal: Unsere Kolonie besteht schon sechszig Jahre hier, ohne daß außer den Störchen und Wachteln auch nur *ein* lebend Wesen aus einem fremden Weltteil sich übers Meer hieher verirrt hätte. Die ganze übrige Menschheit ist, sozusagen, eine Fabel für unsereinen; wenn wirs von unsern Vätern her nicht wüßten, wir glaubten kaum, daß es sonst noch Kreaturen gäbe, die uns gleichen. Da muß nun von ungefähr einem tollen Nordwind einfallen, die paar Tröpfe, den Unrat fremder Völker, an diese Küsten zu schmeißen. Ists nicht unerhört?

SCHMID. Wohl, wohl! Ich weiß noch als wärs von gestern, wie eines Morgens ein Johlen und Zusammenrennen war, es seien Landsleute da aus Deutschland. All das Fragen und Verwundern hätt kaum ärger sein können, wenn einer warm vom Mond gefallen wär.

Die armen Teufel standen keuchend und schwitzend vor der gaffenden Menge, sie hielten uns für Menschenfresser, die zufällig auch deutsch redeten. Mit Not bracht man aus ihnen heraus, wie sie mit einer Ausrüstung von Dingsda, von – wie heißt das große Land? nun, von Amerika aus, beinah zugrund gegangen, wie sie, auf Booten weiter und weiter getrieben, endlich von den andern verloren, sich noch zuletzt auf einigen Planken hieher gerettet sahen.

GLASBRENNER. Hätt doch ein Walfisch sie gefressen! Der eine ist ohnehin ein Häring, der winddürre, lange Flederwisch, der sich immer für einen gewesenen Informator ausgibt, oder, wie er sagt, Professer. – Der Henker behalt alle die ausländischen Wörter, welche die Kerls mitbrachten. Ein Barbier mag er gewesen sein. Sein Gesicht ist wie Seife, und er blinzelt immer aus triefigen Augen.

SCHMID. Ja, und er trägt jahraus, jahrein ein knappes Fräcklein aus Nanking, wie ers nennt, und grasgrüne Beinkleider, die ihm nicht bis an die Knöchel reichen, aber er tut euch doch so zierlich und schnicklich, wie von Zucker, und bläst sich jedes Stäubchen vom Ärmel weg.

WEBER. Ich hab ihn nie gesehen, wo er nicht ängstliche, halbfreundliche Gesichter gemacht hätte, wie wenn er bei jedem Atemzug besorgte, daß ihm sein Freund, der Buchdrucker, eins hinters Ohr schlüge. Ich war Zeuge, als ihm dieser von hinten eine Tabakspfeife mit dem Saft auf seine Häupten ausleerte, um einen Anlaß zu Händeln zu haben.

GLASBRENNER. Richtig, der mit dem roten schwammigten Aussehen, das ist erst der rechte; so keinen Säufer sah ich in meinem Leben. Sein Verstand ist ganz verschlammt, er red't langsam und gebrochen, auf zehn Schritte riecht er nach Branntwein.

WEBER. So haltet nur die Nase zu, denn dort seh ich beide edle Männer an der Tür.

KOLLMER. Sie werden mich suchen wegen des Kaufs. Auf Wiedersehn, ihr Herren! *Ab.*

SCHMID. Was will denn der Kollmer mit dem unnützen Zeug, dem Buch, oder was es ist?

WEBER. Er sagt, er lege vielleicht eine Sammlung an von dergleichen alten Stücken.

SCHMID. Ein sonderbarer Kauz. Es heißt auch, er gehe mit Gespenstern um.

WEBER. Man red't nicht gern davon. Was gehts mich an!

## ACHTE SZENE

Eine kleine schlechte Stube.

BUCHDRUCKER *allein; er steht an die Wand gelehnt mit geschlossenen Augen.* Den Fund hab *ich* getan, nicht du! So ist die Sache. Du hast keinen Teil an der Sache, miserable Kreatur! Ich hab die Rarität entdeckt, ich hab im alten Keller im Schloß, hab ich das eiserne Kistel – alle Wetter! hab ichs nicht aufgebrochen? Willst gleich mein Stemmeisen an Kopf, Nickel verfluchter? *Er schaut auf und kommt zu sich.* Wieder einmal geschlafen. Ah! – Der Musje Kollmer wird jetzt bald da sein. Muß ihn der Teufel just herführen, wenn ich besoffen bin? Nimm dich zusammen, Buchdrucker, halt die Augen offen, lieber Drucker. – Und der Tropf, der Wispel, muß weg, wenn mein Besuch kommt, er scheniert mich nur; der Affe würde tun, als gehörte der Profit ihm und die Ehre.

WISPEL *kommt hastig herein. Durchaus mit Affektation.* Bruder, geschwind! Wir wollen aufräumen, wir wollen uns ankleiden. Der Herr wird gleich kommen, er will Bunkt ein Uhr kommen. Jetzt haben wir gerade zwölf.

BUCHDRUCKER. Ja, man muß sich ein wenig einrichten. Ich will mich etwas putzen. Wenn ich mich heut mit lauem Wasser wasche, kann er zufrieden sein; er wird es zu rühmen wissen.

WISPEL *geschäftig hin und her.* Es kömmt darauf an, daß ich in größter Eile meine Toilette rangiere oder embelliere.

BUCHDRUCKER. Wo wirst du dich indessen aufhalten, während mich der Fremde spricht?

WISPEL *schnell.* Ich bleibe, Guter, ich bleibe. Wo ist das Zähnebürstchen, das Zäh – – die Schuhbürste wollt ich sagen. – Aber meine Zähne sind ebenfalls häßlich und teilweise ausgefallen – Ei, was tuts aber? Ich bekomme dadurch eine sehr weiche Aussprache, eine Diktion, die mich besonders bei den Damen sehr empfehlen muß, denn, verstehst du, weil der Buchstabe R in seiner ganzen Roheit gar nicht ohne die Zähne ausgesprochen werden kann, so darf ich von meinen ausgefallenen Zähnen füglich sagen, es seien lauter elidierte Erre. Durch dergleichen Elisionen gewinnt aber eine Sprache unendlich an süßem italienischem Charakter. Aber, mein Gott, dieses Hemd ist gar zu schmutzig – Nun!

BUCHDRUCKER *stellt sich dicht neben ihn.* Wo willst du denn hingehen, solang der Herr mich abfertigt, mich honoriert?

WISPEL. – und meine Kamaschen ebenfalls etwas abgetragen. Wie? Ich bleibe, ich bleibe, Bester.

BUCHDRUCKER. Vielleicht machst du in dieser Zeit einen Gang um die Stadt, Bruder? Geh, führ dich ab!

WISPEL. Freilich, wir sollten ihn eher an einem dritten Ort empfangen, du hast recht. Es is doch gar zu unreinlich in unserm Zimmerchen, in unserm kleinen Appartementchen. Eine unsäuberliche Mansarde präsentiert sich nicht gut, – malpropre.

BUCHDRUCKER *für sich.* Er muß fort – er muß fort. Wie er sich putzt! Ich würde wie ein Schwein aussehen neben ihm; neben seiner geläufigen Zunge müßte ich wie ein einfältiger unwissender Weinzapf dastehn. Ich kann es nicht ertragen, daß er zusehen soll, wie ich meinen Profit einstreiche; er würde gleich auch seine knöcherne Tatze dazwischenstrecken, mein Seel, er wär imstand und bedankte sich mit allerhand Ausdrücken für die Bezahlung. *Laut.* Was hast du denn in dem großen Hafen da?

WISPEL. Es ist nur ein Schmalznäpfchen, Bruder. Ich habe das Näpfchen unterwegs – ä – ä – entlehnt, um meine Haare ein wenig zu befetten, weil wir keine Pomade haben für unsere beiderseitigen Kapillen. Es ist nur – e – nemlich, daß man nicht ohne Elegance erscheint vor dem Manne; mein Gott!

BUCHDRUCKER. Das ischt ja aber eine wahre Schweinerei!

WISPEL. Nämlich – ä – nein, es is –

BUCHDRUCKER *für sich.* Aber er wird sich doch gut damit herausstaffieren, er wird für einen Prinzen neben mir gelten. Herr Gott! was sich diese Spitzmaus einreibt! was sich dieser unscheinbare weiße Ferkel auf einmal herausstriegelt!

*Der Buchdrucker taucht jetzt die Hand auch in den Topf und streicht sichs auf. Es stehen beide um den Tisch; in der Mitte der Topf.*

WISPEL. Hör mal, Bruder, es soll gar ein kurioser Mann sein, auf Ehre; ganz eichen, welcher seine Liebhaberei an abenteuerlichen, seltsamen, dunkeln Redensarten und Ideen hat. Ich denke recht in ihn einzugehen, recht mit ihm zu konservieren. Ich freue mich sehr, wahrhaftig.

BUCHDRUCKER. Nein, nein, nein! bitt dich! just das Gegenteil! Je weniger man red't, je stummer und verstockter man ist, desto mehr nimmt man an Achtung bei diesem eigenen, allerdings raren Manne zu.

WISPEL. Gottlob, daß mich mein beseligter Vater in der Erziehung nicht vernachlässigte. Ich werde ihm zum Beispiel von dem eigentlichen sinnigen Wesen der unterirdischen Quellen oder Fontainen, von den Kristallen unterhalten.

BUCHDRUCKER *für sich.* So wahr ich lebe, Kristallknöpfe trägt er wirklich an seinem Rock. Ich werde ihm auch von Korallen und Steinen allerhand sagen.

WISPEL *im Ankleiden.* Seit meiner berühmten Seefahrt hab ich gewiß allen Anspruch auf Distinktion; ich werde mich erbieten, ein praktisches Kollegium über Nautik und höhere Schwimmkunst vorzutragen; ich werde dem guten Kollmer überhaupt dieses und jenes Phantom kommunizieren. Und was das seltene Buch betrifft, so überlaß nur mir, zu handeln. Man muß etwa folgendergestalt auftreten: Mein Herr! Es is'n Band, der, wie er einmal vor uns liegt, ohne Eigendünkel zu reden, in der Tat ein antiquarisches Interesse, eine antiquarische Gestalt annimmt. Wenn Sie zu dem bereits festgesetzten Kaufpreis, nämlich zu den drei Butten Mehl, dem Fäßchen Honig und dem goldenen Kettlein, etwa noch eine Kleinigkeit, eine Hemdkrause, eine Busennadel oder dergleichen – ä – hinzufügen wollten, so möcht es gehen. Nun macht er entweder Basta oder macht nicht Basta; ich werde jedoch auf jeden Fall delikat genug sein, um schnell abzubrechen; es wäre gemein, werd ich sagen, zu wuchern um etwas ganz Triwiales; transilieren wir auf andere Materie. Ich habe oft eigene Gedanken und Ideen, mein Herr, auch weiß ich, daß Sie nicht minder Liebhaber sind. So zum Beispiel fällt mir hier ein, es wäre eichen, wenn sich ä – wart, ich hab es sogleich – ja, nun eben stößt mirs auf, ich hab es: – nemlich in der Natur, wie sie einmal vor uns liegt, scheint mir alles belebt, rein alles, obgleich in scheinbarer Ruhe schlummernd und phantasierend; so par exemple, wenn sich einmal die Straßensteine zu einem Aufruhr gegen die stolzen Gebäude verschwüren, sich zusammenrotteten, die Häuser stürzten, um selbst Häuser zu bilden? Wie? heißt das nicht eine geniale Fantaisie? Comment?

BUCHDRUCKER. Esel! So? Wenn sich die Finger meiner Hand auch zusammenrottieren und machen eine Faust und schlagen dir deinen Schafskopf entzwei? Comment?

WISPEL *lächelt.* Ä hä hä hä! ja das wäre meine Idee etwas zu weit ausgeführt, Bester. – Aber was treibst du –? Ciel! Deine Haare werden ja so starr wie ein Seil! Dein Haupt ist ja wie eine Blechhaube! Du leertest ja die Hälfte des Topfes aus!

BUCHDRUCKER. Alle Milliarden Hagel Donnerwetter! Warum sagst dus nicht gleich! du hundsföttischer, neidischer Blitz! *Mißhandelt ihn.*

WISPEL. Himmel! wie konnt ich es früher äußern, da ich es in diesem Moment erst gewahre? so wahr ich lebe, Bruder – Himmel! du beschmutzest ja mein Fräckchen völlig, – schlag auf die Wange, lieber auf die Wange! um deiner Freundschaft willen –

BUCHDRUCKER. Daß dich das höllische Pech! Du Krötenlaich! Du Stinktier! Schwerenot! die Brüh läuft mir den Hals nunter! Ein' Kamm her! Ein' Kamm!

WISPEL *trocknet ihn mit einem Tuch.* So. So. Es ist ja alles wieder gut und hübsch – Ich habe dich nie so glänzend gesehen, auf Ehre. So. Jetzt sind wir ja fix und fertig. *Geht vor ein kleines Spiegelchen und hüpft freudig empor.* Ach, alle Engel! Ich sehe aus wie gemalt. *Singt.*

Das Bräutchen schön zu grüßen,
Stürz ich vor ihre Füßen –

Sieh her, du hättest eben freilich auch solche kleine Löckchen zwirbeln sollen – Schau – ich hab hier mehrere Dutzende auf der Stirn; allein du siehst, wie gesagt, nicht so übel aus, gar nicht so übel aus – Horch! Es klopft doch nicht?

BUCHDRUCKER. Laß es klopfen!

WISPEL. Schön gesagt! das erinnert treffend an Don Giovanni, wo der Geist auftreten muß – Eine treffliche Oper.

BUCHDRUCKER *gibt ihm eine Ohrfeige.* Da hast du einen Schiowanni und eine Ooper. Und jetzt gehst du auf der Stell, weil mich jemand sprechen will, weil ich einen Wert von drei Louisd'or einnehmen will – Geh spazieren! *Man hört anklopfen.*

WISPEL. Er kömmt! – Bruder – Was stößt mir auf – wir sind noch nicht balbiert!

BUCHDRUCKER. Laß dich vom Henker einseifen, Chinese!

WISPEL. Soll ich durch den Spalt wispern und sagen: er soll in einer halben Stunde wiederkommen; wir seien zwar schon rasiert, aber wir hätten – ä – noch einen Brief zu schreiben?

BUCHDRUCKER. Dummer Hund! – Herein!

EIN MÄDCHEN DES WIRTS *tritt herein.* Drunten hat ein Knecht von Elne einige Sachen gebracht, und einen Gruß von Herrn Kollmer.

WISPEL. Mein! Will denn der Herr nicht selbst kommen?

MÄDCHEN. Scheint nicht.

WISPEL. Ich bin des Todes! Mich so um nichts und wieder nichts präpariert – mich bei zwei Stunden – o himmelschreiend! Denke nur, gutes Kind, ich hatte ihm die wichtigsten Eröffnungen zu machen!

MÄDCHEN. Mein Vater, der Wirt, läßt die Herren ersuchen, Sie möchten bei dieser Gelegenheit auch an die halbjährige Rechnung denken.

WISPEL. Ja, Mädchen, ich wollte Herrn Kollmern sogar den Plan zur Grundlegung einer gelehrten Gesellschaft mitteilen. So was wie die Académie française.

MÄDCHEN. Der Vater läßt fragen, ob er Ihre Schuldigkeit nicht lieber gleich von den bei uns niedergelegten Sachen abziehen soll, die der Knecht gebracht hat.

WISPEL. So manche Erfindungen der gebildeten Europa dachte ich auch auf unserer armen Insel einzuführen! z.B. die Buchdruckerkunst, welch ein herrlicher Wirkungskreis gleich für dich, mein Bruder! – sodann die Fabrikation des Schießpulvers – das Münzwesen – ein Nationaltheater – ein hôtel d'amour – ich wollte der Schöpfer eines neuen Paris werden!

MÄDCHEN. Was sag ich denn meinem Vater als Antwort?

WISPEL. Und dieser Monsieur Kollmer wäre offenbar der einzige Mann, den ich mir associieren könnte.

MÄDCHEN. Ade, ihr Herrn!

BUCHDRUCKER. Bleibe Sie ein wenig bei uns, lieber Schatz. Vertreibe Sie uns ein wenig die Zeit!

WISPEL. Ja, lassen Sie uns einiger Zärtlichkeit frönen!

*Mädchen macht sich schnell davon.*

BUCHDRUCKER *nach einem Stillschweigen.* Jetzt muß eine ganz besondere Maßregel ergriffen werden, und ergib dich nur gutwillig drein.

WISPEL. Was soll dieser Strick, Bruder?

BUCHDRUCKER. Bei meiner armen Seele, und so wahr ich selig werden will, ich drehe dir den Kragen um, wenn du nicht alles stillschweigend mit dir anfangen läßt, was ich mit diesem Strick vorhabe.

WISPEL. Grand Dieu! o Himmel! nur schon mein bißchen Leben, nur juguliere mich nicht! bedenke, was ein Brudermord besagt!

BUCHDRUCKER. Schweig, sag ich! *Er bindet ihm beide Füße an einen Pfosten und knebelt ihn fest.* So. Ich will nur nicht haben, daß du beim Auspacken meines Profits die Nase überall voraus habest, Racker! Adio indessen.

*Ab. Wispel wimmert und seufzt, dann fängt er in der langen Weile an, mit dem Saft seines Mundes künstliche Blasen nach Art der Seifenblasen zu bilden. Der Buchdrucker sieht ihm eine Zeitlang durchs Schlüsselloch zu. Endlich schläft Wispel ein.*

## NEUNTE SZENE

Nacht. Mondschein. Waldiges Tal. Mummelsee. Im Hintergrunde den Berg herab gegen den See schwebt ein Leichenzug von beweglichen Nebelgestalten. Vorne auf einem Hügel der KÖNIG, starr nach dem Zuge blickend. Auf der andern Seite, unten, den König nicht bemerkend, ZWEI FEENKINDER.

DIE FEENKINDER *im Zwiegespräch.*

Vom Berge, was kommt dort um Mitternacht spät
Mit Fackeln so prächtig herunter?
Ob das wohl zum Tanze, zum Feste noch geht?
Mir klingen die Lieder so munter.
Ach nein!
So sage, was mag es wohl sein?

Das, was du da siehest, ist Totengeleit,
Und was du da hörest, sind Klagen;
Gewiß einem König gilt es zu Leid,
Doch Geister nur sinds, die ihn tragen.
Ach wohl!
Sie singen so traurig und hohl.

Sie schweben hernieder ins Mummelseetal,
Sie haben den See schon betreten,
Sie rühren und netzen den Fuß nicht einmal,
Sie schwirren in leisen Gebeten.
O schau!
Am Sarge die glänzende Frau!

Nun öffnet der See das grünspiegelnde Tor,
Gib acht, nun tauchen sie nieder!
Es schwankt eine lebende Treppe hervor,
Und – drunten schon summen die Lieder.
Hörst du?
Sie singen ihn unten zur Ruh.

Die Wasser, wie lieblich sie brennen und glühn!
Sie spielen in grünendem Feuer,
Es geisten die Nebel am Ufer dahin,
Zum Meere verzieht sich der Weiher.
Nur still,
Ob dort sich nichts rühren will? –

Es zuckt in der Mitte! O Himmel, ach hilf!
Ich glaube, sie nahen, sie kommen!
Es orgelt im Rohr und es klirret im Schilf;
Nur hurtig, die Flucht nur genommen!
Davon!
Sie wittern, sie haschen mich schon!

*Die Kinder entfliehen. Der Zug streicht wieder den Berg hinan. Während er verschwindet, ruft der König mit ausgestreckten Armen nach.*

KÖNIG. Halt! Haltet! Steht! Hier ist der König Ulmon!
Ihr habt den leeren Sarg versenkt, o kommt!
Ich, der ihn füllen sollte, bin noch hier.
Almissa, Königin! hier ist dein Gatte!
Hörst du nicht meine Stimme? kennst sie nimmer?
Nein, kennst sie nimmer. Weh, o weh mir, weh!
Könnt ich zur Leiche werden, sie vergönnten
Mir auch so kühles Grab. Leb ich denn noch?
Wach ich denn stets?
Mir deucht, ich lag in dem kristallnen Sarge,
Mein Weib, die göttliche Gestalt, sie beugte
Sich über mich mit Lächeln; wohl erkannt ich
Sie wieder und ihr liebes Angesicht.
Fluch! wenn sie einen anderen begraben,
Wenn einem Fremden sie so freundlich tat!
Wie? so starb Lieb und Treue vor mir hin?
Freilich, zu lange säumt ich hier im Leben –
O Weyla, hilf, laß schnell den Tod mich haben!
Auf kurze Weile nur führ mich hinab
Ins Reich der Abgeschiednen, daß ich eilig
Mein Weib befragen mag, ob sie mir Treue
Bewahrt, bis daß ich komme.

Und wenn dem nicht so wäre, wenn ich ganz
Vergessen wäre bei den selgen Toten?
O Weyla, hilf! Laß dieses Ärgste mich
Nicht schauen, dies nur nicht! Denn eher fleh ich,
Wenn deine Gottheit keinen Ausweg weiß:
Laß lieber hier mich an der irdschen Sonne,
Die traurgen Tage durch die Ewigkeit
Fortspinnend, leben, fern gebannt von jenen,
Die meine königliche Seele so
Gekränkt. O schändlich, schändlich! unbegreiflich!
Almissa, du mein Kind? Sollt ich das glauben?

*Man hört eine besänftigende Musik.*

*Pause.*

Das Nachtgesichte, das ich vorhin sah,
Ich wag es nun zu deuten. – Ja, mir sagts
Der tiefe Geist.
Die Götter zeigten wohlgesinnt und gütig
Im Schattenbilde mir das baldge Ende
All meiner Not. Es war das holde Vorspiel
Des Todes, der mir zubereitet ist.
Vor Freude stürmt mein Herz!
Und schwärmt schon an des Sees Ufern hin,
Wo endlich mir die dunkle Blume duftet.
O, eilet, Götter, jetzt mit mir! Laßt bald
Mich euren Kuß empfangen! sei es nun
Im Wetterstrahl, der schlängelnd mich verzehre,
Sei es im Windhauch, der die stillen Gräser
Vorüberwandelnd neigt und weht die Seele
Ulmons dahin. *Ab.*

## ZEHNTE SZENE

Mittag. In der Nähe des Meeres.

KOLLMER *allein.*
Welch Wunder wird geschehen durch dies Buch!
Ja, welch ein Wunder hat sich schon ereignet
In meiner Gegenwart! Denn als ich ihm,
Dem König, jene Blätter übergab,
Warf er sein Haupt empor mit solchem Blick,
Als sollt es kommen, daß vom Himmel ein Stern
Herniederschießend rückwärts würde prallen
Vorm Sterne dieses siegestrunknen Auges.
Dann, alsbald meiner Gegenwart vergessend,
Lief er mit schnellem Schritt davon. Gewiß
Ist jenes dunkle Buch die Weissagung
Und Lösung seines Lebens, es enthüllet
Das Rätsel der Befreiung – Horch,
Es donnert! Horch! Die Insel zittert rings,

Sie hüpfet wie ein neugebornes Kind
In den Windeln des Meers!
Neugierige Delphine fahren rauschend
Am Strand herauf, zu Scharen kommen sie!
Ha! welch ein lieblich Sommerungewitter
Flammt rosenhell in kühlungsvoller Luft
Und färbt dies grüne Eiland morgenfrisch!
Ihr Götter, was ist dies? Mich wundert' nicht,
Wenn nun, am hellen Tag, aus ihren Gräbern
Gespenster stiegen, wenn um alle Ufer
In grauen Wolken sich die Vorzeit lagerte!

*Ein heftiger Donnerschlag. Kollmer flieht.*

## EILFTE SZENE

Mondnacht. Wald. KÖNIG tritt herein. SILPELITT springt voraus.

SILPELITT. Hier ist der Baum, o König den du meinst,
Den meine Schwester manche Nacht besucht;
Das Haupt anlehnend, pflegt sie dann zu schlummern.
KÖNIG. Von gelber Farbe ist der glatte Stamm,
Sehr schlank erhebt er sich, und, sonderbar,
Die schwarzen Zweige senken sich zur Erde,
Wie schwere Seide anzufühlen. Kind,
Wir sind am Ziel. Sei mir bedankt, du hast
Mich mühsam den versteckten Pfad geleitet,
Die zarten Füße hat der Dorn geritzt,
Doch sind wir noch zu Ende nicht. Sag mir –
SILPELITT. Ich will dir alles sagen, nichts verschweigen –
KÖNIG. Was hast du? Warum fängst du an zu zittern?
Nicht dich zu ängstigen kam ich hieher.
SILPELITT. Nein, du mußt alles wissen, aber nur
Der Schwester sage nichts –
KÖNIG. Gewißlich nicht.
SILPELITT. Schon seit der Zeit, als ich mich kann besinnen,
War ich Thereilen untertan, der Fürstin;

Doch nur bei Nacht (dies ist der Feen Zeit)
War ich gehorsam, gleich den andern Kindern;
Allein am Morgen, wenn sie schlafen gingen,
Band ich die Sohlen wieder heimlich unter,
Nach Elnedorf zu wandern, und im Nebel
Schlüpft ich dahin, von allen unbemerkt.
Dort wohnt ein Mann, heißt Kollmer, dieser nennt
Mich seine Tochter, warum? weiß ich nicht.
Er meint, ich wäre gar kein Feenkind.
Er ist gar gütig gegen mich. Bei Tag
Sitz ich an seinem Tisch, geh aus und ein
Mit andern Hausgenossen, spiele
Mit Nachbarkindern in dem Hofe, oder
Wenn ich nicht mag, so zerren sie mich her
Und schelten mich ein stolzes Ding; ei! aber
Sie sind zuweilen auch einfältig gar.
Zur Nachtzeit geh ich wieder fort und tue,
Als lief ich nach der obern Kammertür,
So glaubt der Vater auch, denn droben steht
Mein Bettlein, wo ich schlafen soll. Allein
Ich eile hinten übern Gartenzaun
Durch Wald und Wiesen flugs zum Schmettenberg,
Damit Thereile meiner nicht entbehre;
Auch hat sies nie gemerkt, doch einmal fast.

KÖNIG. Besorge nichts; vertraue mir; bald hörst du weiter.

*Silpelitt verliert sich während des folgenden etwas im Walde.*

KÖNIG. Dies ist die Frucht von einem seltnen Bund,
Den vor eilf Jahren eine schöne Fee
Mit einem Sterblichen geschlossen hat;
Nachher verließ sie ihn, ja sie benahm
Ihm das Gedächtnis dessen, was geschah,
Vermittels einer langen Krankenzeit;
Nur dieses Kind sollt ihm als wie ein eignes
Lieb werden und vertraut. Ja, sonder Zweifel
Ist es der Mann, der, wenn mein Geist nicht irrt,

Mich oft besucht und mir das Buch verschaffte.
So also ward der Vater Silpelitts
Zum ersten Werkzeug meiner Rettung weislich
Erlesen von den Göttern; doch das Kind
Soll noch das Werk vollenden; aber beide
Erwartet gleicher Lohn. Dies liebliche Geschöpf
Wird eine Handlung feierlicher Art
Nach Ordnung dieses Buchs mit mir begehen,
Und in dem Augenblicke, wo der Zauber
Thereilens von mir weicht durch dieses Kinds
Unschuldge Hand, ist auch das Kind befreit;
Ein süß Vergessen kommt auf seine Sinne,
Und der geliebte Vater wird in ihm
Die eigne Tochter freudevoll umarmen.
Zum ersten Male morgen, Silpelitt,
Wirst du den Fuß ins kleine Bettlein setzen,
Das noch bis jetzt dein reiner Leib nicht hat
Berühren dürfen; dennoch sollst du glauben,
Du wärst es so gewohnt, Thereile aber
Wird dir ein fabelhafter Name sein.
– Wo bleibst du, Mädchen?

SILPELITT *kommend.* Sieh, hier bin ich schon.
Ich war den Felsen dort hinangeklettert,
Mein' Schwester Morry hat einmal auf ihm
'nen roten Schuh verloren.

KÖNIG. Sei bereit,
Hier rechter Hand die Schlucht hinabzusteigen.
Dort wirst du eine Grotte finden –

SILPELITT. Wohl.
Ich kenne sie. Noch gestern hat der Riese,
Der starke Mann, den Felsen weggeschoben.
Jetzt ist der Eingang frei. Ich sah ihm zu
Bei seiner Arbeit. Herr, die Erde krachte,
Da er den Block umwarf, ihm stund der Schweiß
Auf seiner Stirn, doch sang er Trallira!
Und sagte: dies wär nur ein Kinderspiel.

Dann nahm er mich und setzt' mich auf den Gipfel;
Ich bat und weint, er aber ließ mich zappeln,
Bis ich ihm oben ein hübsch Liedchen sang.
Nun trollt er weg und brummt: ich soll dich grüßen,
Wenn du ihn wieder brauchest, sollsts nur sagen.
Verzeih, daß ichs vergaß.

KÖNIG. Schon gut; nun höre!
Durch jene schmale Öffnung dringest du
Zu einer Höhle, deren Innerstes
Ein Schießgerät mit einem Pfeil verwahrt.
Dies beides hole mir. *Sie geht.*
So lehret mich
Das Buch des Schicksals, so heißt mich ein Gott.
Dort lehnt ein uralt schwer Geschoß, zeither
Von keines Menschen Hand berührt, nur heute
Soll dieser Bogen an das Tageslicht,
Den Pfeil zu schleudern in den giftgen Auswuchs
Reizvoller Liebe, die nach kurzem Schmerz
Zur Heilung sich erholet. O Thereile,
Ich nehme bittern Abschied, denn es fährt
Die feige Schneide, die uns trennen soll,
Bald rücklings in dein treues Herz; hier steht
Der träumerische Baum, in dessen Saft
Du unser beider Blut vor wenig Monden
Hast eingeimpft.
Jetzt kreiset es in süßer Gärung noch
Im Innern dieses Stammes auf und nieder.
Wie sehr die Nacht auch stille sei, mein Ohr
Bestrebet sich vergeblich, zu vernehmen
Den leisen Takt in diesem Webestuhl
Der Liebe, die mit holden Träumen oft
Dein angelehnet Haupt betöret hat.
Bald aber rinnet von dem goldnen Pfeil
Der Liebe Purpur aus des Baumes Adern,
Und alsbald aus der Ferne spürt dein Herz
Die Qual der schrecklichen Veränderung,

Doch nach vertobtem Wahnsinn wird im Schlummer
Sich Ruhe senken auf dein Augenlid.

O Himmel! wie verlangt mich nach Erlösung!
Die Senne jenes göttlichen Geschosses
Zu spannen, fordert tausendjährge Stärke,
Ich habe sie; doch wahrlich, o wahrhaftig,
Auch ohnedem fühlt ich die Kraft in mir,
Gleich einem Gott, der den demantnen Pfeil
Zum höchsten Himmel schnellte, daß er knirschend
Der Sonne Kern durchschnitt und weiter flog,
Bis wo des Lichtes letzter Strahl verlöschte.

*Das Kind kommt zurück mit einer Art von Armbrust. Er spannt sie mit leichter Mühe, legt auf, und reicht sie dem Mädchen in der Richtung nach dem Baume. Silpelitt drückt ab, und in dem Augenblicke wird es ganz finster. Man hört ein Seufzen von der getroffenen Stelle her. Beide schnell ab.*

## ZWÖLFTE SZENE

Vor Tagesanbruch. Tal. Die FEENKINDER treten auf.

MORRY. Hurtig! nur schnelle!
Entspringt und versteckt euch
Da hier ins Gebüsche!
Laß keine sich blicken!
Los bricht schon das Wetter.

TALPE. Was hast du? Was schnakst du?

MORRY. Gift speit die Schwester!
Sie raset, sie heulet
Mit Wahnsinnsgebärde
Dort hinter dem Felsen
Durchs Wäldchen daher.

WEITHE. Was ist ihr begegnet?
Ach laßt uns ihr helfen!
Hat Dorn sie gestochen?
Eidechslein gebissen?

MORRY. Dummköpfige Ratte,
Halts Maul und versteck dich!
Das ist ihre Stimme –
Die Kniee mir zittern.

*Alle ducken sich zur Seite ins Gesträuch.*

THEREILE *tritt auf.*
Sieh her! Sieh her, o Himmel!
Seht an, seht an, ihr Bäume,
Thereile, die Fürstin,
Die Jammergestalt!

Die Freud hin auf immer!
Verraten die Treue!
Und weh! nicht erreichen,
Und weh! nicht bestrafen
Kann ich den Verräter,
Entflohen ist er.

O armer Zorn!
Noch ärmere Liebe!
Zornwut und Liebe
Verzweifelnd aneinander gehetzt,
Beiden das Auge voll Tränen,
Und Mitleid dazwischen,
Ein flehendes Kind.

Hinweg! kein Erbarmen!
Ich muß ihn verderben!
Ha! möcht ich sein Blut sehn,
Ihn sterben sehen,
Gemartert sterben
Von diesen Händen,
Die einst ihn gekoset,
Die Stirn ihm gestreichelt –
Wie zuckt mir die Faust!

Vergebliche Rachlust!
So reiß ich zerfleischend

Hier, hier mit den Nägeln
Die eigenen Wangen,
Die seidenen Haare –
Du hast sie geküsset,
O garstiger Heuchler!

Weh! Schönheit und Anmut –
Was frag ich nach diesen!
Ist Freud hin auf immer,
Ist brochen die Liebe,
Was hilft mir die Schönheit,
Was frag ich darnach!

Und bleibt nichts zu hoffen?
Ach leider, ach nimmer!
Der Riß ist geschehen,
Er traf aus der Ferne
Mir jählings das Leben,
Mein Zauber ist aus.

WEITHE *hervorstürzend*. Ich halt mich nicht – O liebe süße Schwester!
THEREILE. Du hier? und ihr? Was ists, verdammte Fratzen?
WEITHE. Gewiß nicht lauschen wollten wir; sie fürchten
Sich nur vor deiner argen Miene so,
Da steckten wir uns neben ins Gebüsch.
THEREILE. Was glotzt ihr so, gefällt euch mein Gesicht?
Könnts auch so haben, wenn ihr wollt.
Wo habt ihr Silpelitt? Antwort! ich wills!
WEITHE. Sei gütig, Schwester, wir verschuldens nicht;
Sie fehlt uns schon seit gestern.
THEREILE. Wirklich? So?
Ihr falschen Kröten! Ungeziefer! Was?
Ich will euch lehren, eure Augen brauchen.

*Mißhandelt sie.*

Daß euch die schwarze Pest! Ja, wimmert nur!
Ich brech euch Arm und Bein, ihr sollts noch büßen!

*Alle ab.*

## DREIZEHNTE SZENE

Nacht. Wald. Bezauberte Stelle. FEENKINDER.

TALPE. Dies ist der Platz; dort steht die schwarze Weide.
Was nun? sagt, wie befahl die Fürstin uns?
WINDIGAL. Was kümmerts mich? Ich rühre keine Hand.
TALPE. Hast du die Püffe schon versaust von gestern?
WINDIGAL. Pfui! Bückel und Beulen übern ganzen Leib!
Ich lege mich ins weiche Moos; kommt nur,
Wir ruhen noch ein Stündchen aus und plaudern;
Zur Arbeit ist noch Zeit; die andern sind
Auch noch nicht da. – Seht, eine feine Nacht!
MALWY. Vollmond fast gar.
WINDIGAL. Wir singen eins; paßt auf!

*Sie singen.*

Bei Nacht im Dorf der Wächter rief:
Elfe!
Ein ganz kleines Elfchen im Walde schlief;
Elfe!
Und meint, es rief' ihm aus dem Tal
Bei seinem Namen die Nachtigall,
Oder Silpelitt hatt ihm gerufen.

Drauf schlüpfts an einer Mauer hin,
Daran viel Feuerwürmchen glühn:
»Was sind das helle Fensterlein!
Da drin wird eine Hochzeit sein,
Die Kleinen sitzen beim Mahle
Und treibens in dem Saale;
Da guck ich wohl ein wenig 'nein –«
Ei, stößt den Kopf an harten Stein!
Elfe, gelt, du hast genug?
Gukuk! Gukuk!

MORRY *kommt mit den andern.*
Ei brav. So? tut sichs? Nun, das ist ein Fleiß;
Wollt ihr nicht lieber schnarchen gar? Thereile
Wird euch fein wecken. Das vertrackte Volk,

Noch bluten Maul und Nasen ihm, und doch
Um nichts gebessert.
TALPE *leise.* Schaut, wie sie sich spreizt!
Sie äfft der Schwester nach, als wenn sie nicht
So gut wie wir voll blauer Mäler wäre.
MORRY. Den Baum sollt ihr umgraben, rings ein Loch,
Bis tief zur Wurzel, dann wird er gefällt.
Dies alles muß geschehen sein, bevor
Die erste Lerche noch den Tag verkündet.
Rasch, sputet euch, faßt Hacken an und Schaufel!
WINDIGAL. Hört ihr nicht donnern dort?
TALPE. Beim Käuzchen, ja,
Es wetterleuchtet blau vom Häupfelberg,
Der Mond packt eilig ein; gleich wird es regnen.
MORRY. Dann habt ihr leidlich graben. Frisch daran!
THEREILE *tritt auf in Trauerkleidern, für sich.*
Zum letztenmal betritt mein scheuer Fuß
Den Ort der Liebe, den ich hassen muß.
Vor diesem Abschied wehret sich mein Herz
Und krümmt sich wimmernd im verwaisten Schmerz!
Verblutet hast du, vielgeliebter Baum,
Vom goldnen Pfeil, zerronnen ist dein Traum.
Wie grausam du es auch mit mir geschickt,
Seist du zu guter Letzte doch geschmückt!
Ach, mit dem Schönsten, was Thereile hat,
Bekränzet sie der Liebe Leichenstatt:
Ihr süßen Haargeflechte, glänzend reich,
Mit dieser Schärfe langsam lös ich euch;
Umwickelt sanft die Wunde dort am Stamm!
Noch quillt die Sehnsucht nach dem Bräutigam.
Mit euch verwese Liebeslust und Leiden,
Auf solche will ich keine neuen Freuden!
Und du, verwünschtes, mördrisches Geschoß,
Um das die Träne schon zu häufig floß,
Mein Liebling hat dich noch zuletzt berührt,
So nimm den Kuß, ach, der dir nicht gebührt!

Und nun, ihr kleinen Schwestern, macht ein Grab,
Und berget Stamm und Zweige tief hinab.
Seid ohne Furcht, und wenn ich sonsten gar
Zu hart und ungestüm und mürrisch war –
Von heute an, geliebte Kinder mein,
Wird euch Thereile hold und freundlich sein. *Ab.*

## VIERZEHNTE SZENE

Morgen. Mummelsee. KÖNIG steht auf einem Felsen überm See.

KÖNIG. »Ein Mensch lebt seiner Jahre Zahl,
Ulmon allein wird sehen
Den Sommer kommen und gehen
Zehnhundertmal.

Einst eine schwarze Weide blüht,
Ein Kindlein muß sie fällen,
Dann rauschen die Todeswellen,
Drin Ulmons Herz verglüht.

Auf Weylas Mondenstrahl
Sich Ulmon soll erheben,
Sein Götterleib dann schweben
Zum blauen Saal.«

So kam es und so wird es kommen. Rasch
Vollendet sich der Götter Wille nun.
Noch einmal tiefaufatmend in der Luft,
Die mich so lang genährt, ruf ich mein Letztes
Der Erde zu, der Sonne und euch Wassern,
Die ihr dies Land umgebet und erfüllt.
Doch du, verschwiegner See, empfängst den Leib,
Und wie du grundlos, unterirdisch, dich
Dem weiten Meer verbindest, so wirst du
Mich flutend führen ins Unendliche,
Mein Geist wird bei den Göttern sein; ich darf
Mit Weyla teilen bald das rosge Licht.

Gehab dich wohl, du wunderbare Insel!
Von diesem Tage lieb ich dich; so laß
Mich kindlich deinen Boden küssen; zwar
Kenn ich dich wenig als mein Vaterland,
So stumpf, so blind gemacht durch lange Jahre
Kenn ich nicht meine Wiege mehr; gleichviel,
Du warst zum wenigsten Stiefmutter mir,
Ich bin dein treustes Kind – Leb wohl, Orplid!
Wie wird mir frei und leicht! wie gleitet mir
Die alte Last der Jahre von dem Rücken!
O Zeit, blutsaugendes Gespenst!
Hast du mich endlich satt? so ekel satt
Wie ich *dich* habe? Ist es möglich? ist
Das Ende nun vorhanden? Freudeschauer
Zuckt durch die Brust! Und soll ichs fassen das?
Und schwindelt nicht das Auge meines Geistes
Noch stets hinunter in den jähen Trichter
Der Zeit? – *Zeit*, was heißt dieses Wort?
Ein hohles Wort, das ich um nichts gehaßt;
Unschuldig ist die Zeit; sie tat mir nichts.
Sie wirft die Larve ab und steht auf einmal
Als Ewigkeit vor mir, dem Staunenden.

Wie neugeboren sieht der müde Wandrer
Am Ziele sich.
Er blickt noch rückwärts auf die leidenvoll
Durchlaufne Bahn; er sieht die hohen Berge
Fern hinter sich, voll Wehmut läßt er sie,
Die stummen Zeugen seines bittern Gangs:
Und so hat meine Seele jetzo Schmerz
Und Heiterkeit zugleich. Ha! fühl ich mir
Nicht plötzlich Kräfte gnug, aufs neu den Kreis
Des schwülen Daseins zu durchtrennen – Wie?
Was sagt ich da? Nein! Nein! o gütge Götter,
Hört nimmer, was ich nur im Wahnsinn sprach!
Laßt sterben mich! O sterben, sterben! Nehmt,

Reißt mich dahin! Du Gott der Nacht, kommst du?
Was rauscht der See? was locken mich die Wellen –
Was für ein Bild? Ulmon, erkennst du dich?
Fahr hin! Du bist ein Gott!...

*Bei den letzten Worten stieg Silpelitt in der Mitte des Sees mit einem großen Spiegel hervor, den sie ihm entgegenhielt. Wie der König sich im Bildnis als Knaben und dann als gekrönten Fürsten erblickt, stürzt er unmächtig vom Felsen und versinkt im See.*

*

Das Spiel war beendigt. Das Pianoforte machte nach einigen erhebenden Triumph-Passagen zuletzt einen wehmütig beruhigenden Schluß, der den übriggebliebenen Eindruck vom Grame Thereilens mild verklingen lassen sollte. Die Gesellschaft erhob sich unter sehr geteilten Empfindungen. Einige, besonders die Männer, klatschten den herzlichsten Beifall, drei oder vier Gesichter sahen zweifelhaft aus und erwartungsvoll, was andere urteilen würden. Schon während der Vorstellung war hin und wieder ein befremdetes, deutelndes Flüstern entstanden, jetzt schienen ein paar hochweise unglückverkündende Frauennasen nur auf Constanzens Miene und Äußerung gespannt, aber sie zogen sich eilig wieder ein, als die liebenswürdige Frau ganz munter und arglos bald dem Schauspieler, bald Theobalden das ungeheucheltste Lob erteilte, wobei die Mehrzahl der Männer und Damen fröhlich mit einstimmte. Endlich konnten die Bedenklichen sich doch der bescheidenen Frage nicht enthalten, ob nicht irgend etwas Politisches, Satirisches, Persönliches dem Stücke zu Grund liege? irgendein versteckter Sinn? denn für das, was es nur obenhin an Poesie prätendiere, könne man es doch nicht einzig nehmen.

»Und warum denn nicht, meine Gnädigste?« fragte Larkens die Hofdame, indem er jenes schneidend scharfe Gesicht zeigte, das einem durch die Seele ging.

»Weil – weil – ich meinte nur – «

»Aber wie? wenn ich Sie alles Meinens und Vermutens überhebe, wenn ich Sie versichere, es ist ein reines Kindermärchen, womit ich Sie zu unterhalten wagte? Doch Sie vermissen die Pointe dabei – ja, so ist der Dichter eben ein ruinierter Mann!«

»Er mag nur sorgen, daß er kein solcher wird, wenn man die Pointe wirklich herausgefunden haben sollte«, raunte der Baron von Vesten einem Geheimrat ins Ohr und zog ihn beiseite, »merken Sie denn nicht, daß das Ganze ein Pasquill auf unsern verewigten König und seine Geschichte mit der Fürstin Viktorie ist?«

»Was sagen Sie? Ja, wahrlich, jetzt geht mir ein Licht auf! Mir deucht sogar, die Figur im Schauspiel hatte Ähnlichkeit mit den Zügen des Höchstseligen –«

»Allerdings! allerdings! nun? ist das aber nicht ein ungeziemender Spaß? ist es nicht impertinent von diesem Larkens? aber ich hielt ihn von jeher für einen maliziösen Menschen.«

»Fein und edel wärs auf keinen Fall, ich muß sagen, wenn es sich wirklich so verhielte. Denn, was man auch behaupten mag, der Verewigte war doch ein geistreicher, vortrefflicher Mann. Es ist seine Schuld nicht, daß er in der Folge krank und elend wurde, daß er zum Verdruß gewisser Patrioten ein übermäßiges Alter erreichte, daß ihn die Fürstin – nun! könnten wir uns aber nicht etwa täuschen, wenn wir diese Beziehungen –«

»Täuschen? täuschen? Gerechter Gott! Sind Sie blind, Exzellenz? Stieß ich denn nicht nach dem zweiten Auftritt gleich meine Frau an? und fiel es ihr nicht auch plötzlich auf? Treffen nicht die meisten Umstände zu? Daß der Vogel sich dann wieder hinter andere unwesentliche Züge versteckte, das hat er schlau genug gemacht, aber er mag sich wahren; es gibt Leute, die die Lunte riechen, und ich tue mir in der Tat etwas darauf zugute, daß ich die Bemerkung zuerst gemacht.«

»Jedoch, nur das noch, Baron! mir deuchte doch, der alte Narr in der Piece da, er benimmt sich, wenigstens der Absicht des Poeten nach, immer recht nobel, besonders vis-à-vis der Hexe oder was es ist, und es widerfährt ihm, wie mirs vorkam, zuletzt noch gleichsam göttliche Ehre.«

»Spott! Spott! lauter infame Ironie! ich will mich lebendig verbrennen lassen, wenn es was anders ist.« – »Und wie gemein mitunter«, lispelte die bleichsüchtige Tochter Vestens, hinzutretend, »wie pöbelhaft!«

Die übrigen hatten sich inzwischen wieder in das vordere Zimmer begeben. Man unterhielt sich noch eine Weile über das sonderbare

Stück, allein bald stockte das Gespräch; ein vorsichtiges Ansichhalten, eine gewisse Verlegenheit teilte sich auch dem Unbefangensten mit, es glaubten endlich mehrere, es müsse jemand aus der Gesellschaft beleidigt worden sein, und man sah einander lauschend an. Wer sich allein nicht irremachen ließ, das war die schöne Wirtin des Hauses, und dann Larkens selbst, welcher nur desto mehr schwatzte, lachte, dem Wein zusprach, je kälter das Benehmen der übrigen war, das er im stillen gutmütig mehr nur als eine verzeihliche Gleichgültigkeit gegen sein fremdartiges Produkt denn als Spannung auslegte.

Da es übrigens schon spät war, ging man in kurzem auseinander. Constanze beehrte den verkannten Schauspieler noch auf der Schwelle mit der Bitte, sein Manuskript zu nochmaliger Erbauung dabehalten zu dürfen, und Freund Nolten bekam eine, wie ihm schien, ungewöhnlich freundliche »Gute Nacht« mit auf den Weg.

Im Heimgehen machte Theobald seinen Begleiter auf jene Störung aufmerksam. »Gott weiß«, antwortete Larkens, »was die Fratzen im Kopfe hatten! Am Ende wars nur Unbeholfenheit, was sie zu dem exotischen Ding sagen sollten; wären wir doch lieber damit zu Hause geblieben oder hätten ihnen eine gut bürgerliche Komödie gegeben – Ei, aber ein verdammter Streich müßt es doch sein, wenn sie eine Neckerei mit der alten Majestät darunter suchten!«

»Das fürcht ich«, erwiderte Nolten, »und riet ich dir nicht damals schon, wie du mich mit der Sache bekannt machtest, es lieber bei dir zu behalten, weil für keine Mißdeutung zu stehen sei? Es war vorauszusehen. Denn daß dir der alte Nikolaus und die Mätresse bei der ganzen Komposition vorgeschwebt, gestehst du selber und hat sich heute nur zu sehr gerechtfertigt –«

»Zumal«, unterbrach der andere ihn mit Gelächter, »zumal, wenn es wahr sein sollte, daß dir selbst der Teufel auch einige Male in den Pinsel gefahren ist, weil du, wie du sagtest, den herrlichen Kopf des Alten auf dem Porträt über meinen Schreibtisch länger als rätlich war, ins Auge gefaßt!«

»Leid genug auf alle Fälle sollte mirs sein«, gestand Nolten nach einigem Besinnen, »man weiß nicht, wie so was umkommt und sich in der Leute Mund verunstaltet.«

»Was da!« rief der andere, »wer wird so abgeschmackt sein und etwas Böses da heraus kombinieren wollen? weißt du mir was Tolleres? Gar zu klein fänd ich es schon, wenn diese Kreaturen, die sich Gebildete nennen, überhaupt einem fremden Gedanken dabei Raum geben und über das Poetische der schlichten Fabel hinausgehen könnten. Aber das ist ganz in der Art eines schöngeistigen Klubs, das weiß man ja lange. Lassen wirs halt gut sein; werden uns den Prozeß nicht machen.«

So kamen die beiden in ihrer Wohnung an. Theobald, ganz nur in der heimlich entzückten Erinnerung an die Güte der Geliebten schwelgend, ließ sich den ärgerlichen Gegenstand wenig anfechten, er freute sich auf die Stille seines Zimmers, wo er ungestört mit seinem Herzen weiterreden konnte. Larkens pfiff wie gewöhnlich, wenn er bei der Nachhausekunft den Schlüssel in die Türe steckte, seine fröhliche Arie, und so überließ sich denn jeder sich selber.

Dem Leser aber mag zum Verständnisse des Obigen folgendes dienen.

Der seit etwa zwei Jahren mit Tod abgegangene König Nikolaus, Vater und Vorfahrer des regierenden, galt bis in sein späteres Alter für einen ausnehmend schönen und auch sonst sehr begabten Mann. Er hatte mit einer ungleich jüngeren Dame aus einem verwandten Fürstenhause ein zärtliches Verhältnis, das die letztere mit einiger Aufdringlichkeit und – so glaubte man – aus eigennützigen, politischen Absichten auch dann noch fortzusetzen wußte, als der Monarch für die Reize der Jugend bereits abgestorben sein sollte, oder ihnen auch wirklich schon entsagt hatte. Aber Schwäche des Charakters oder eine Verbindlichkeit, der er nicht ausweichen konnte, machten ihn gegen die Zauberin nachgiebiger, als wohl seinem Rufe dienlich war. Eine beschwerliche Nervenkrankheit, aber mehr noch die Sorge, er genüge als Regent seinem Volke nimmer, verbitterte ihm vollends das Leben, er sehnte sich mit einer Ungeduld, deren Ausbrüche oft schauerlich gewesen sein sollen, dem Tode entgegen, und man wollte wissen, daß er einen mißlungenen Versuch zum Selbstmorde gemacht. Bekannt genug war die Anekdote, wonach er einst in einem Anfall von Verzweiflung bitter scherzend ausgerufen: »der Himmel will einen neuen Methusalah aus mir haben, und Viktorie zerrt mich mit Gewalt in die Jünglingsjahre zurück.« Diese Worte klangen um so komischer, je mehr man der boshaften Meinung einiger Spötter trauen wollte, daß die schneeweißen Locken Seiner Majestät sich noch immer nicht ungerne von den Rosen der jungen Fürstin schmeicheln ließen. Wie dem auch gewesen sein mag – unter denjenigen, welchen das Gedächtnis dieses merkwürdigen, früher sehr wohltätigen Regenten höchst ehrwürdig, ja heilig blieb, war auch unser Larkens, und zwar abgesehen von der persönlichen Gunst des Königs gegen ihn als Schauspieler, war Nikolaus in seinen Augen ein großartiges tragisches Rätsel der Menschennatur, eine mächtige graue Trümmer an dem uralten Königspalast. Geschmäht von dem Geschmacke einer frivolen Zeit, angestaunt von wenigen edleren Geistern, hätte sich die herrliche Säule, wie sie bereits mit halbem Leibe schon in die Erde eingesunken war, gramvoll lieber vollends unter den Boden verborgen mit ihren für dieses Geschlecht unlesbar gewordenen Chiffern, aber es war anders mit ihr beschlossen, und so konnte oder wollte sie auch den Trost nicht von sich abwehren, daß ein jugendlicher Efeu sich liebevoll an ihr hinanschlinge.

Zu entschuldigen ist es nun, wenn der Freund einen Teil jener Idee mit frommem Sinne auf ein Gebilde seiner Phantasie übertrug und gewissermaßen eine Apotheose jenes unglücklichen Fürsten liefern wollte, ohne weder zu hoffen noch zu fürchten, daß andere, denen er seinen Versuch vorgeführt, auch nur entfernterweise geneigt sein könnten, irgendeine – würdige oder unwürdige – Deutung zu machen.

Es war eine überaus klare und schöne Winternacht. Die Glocke schlug soeben eilf. Im Zarlinschen Hause war alles schon stille geworden, nur das Schlafzimmer der Gräfin finden wir noch erhellt. Constanze, im weißen Nachtgewande, allein vor einem Tischchen bei dem Bette sitzend, ist beschäftigt, die schönen Haare loszuwickeln, das Ohrgehänge und die schmale Perlschnur abzulegen, die ihrem Halse immer so einfach reizend gestanden. Sie hob die Schnur nachdenklich spielend am kleinen Finger gegen das Licht, und wenn wir recht auf ihrer Stirne lesen, so ist es Theobald, an den sie gegenwärtig denkt. Scheint es doch, als wüßte sie, daß sie *ihm* diese Gabe verdanke, daß das Geschenk nur vermittels eines künstlichen Umwegs aus seiner

Hand durch eine dritte in die ihrige gelangt war! – aber, in der Tat, sie wußte es nicht; und doch wiederholte sie sich heute nicht zum erstenmal jene Worte, die er einst, im Anschaun ihrer Gestalt verloren, gegen sie hatte fallen lassen. »Perlen«, sagte er, »haben von jeher etwas eigen Sinn- und Gedankenvolles in ihrem Wesen für mich gehabt, und wahrlich, *diese* hier hängen um diesen Hals wie eine Reihe verkörperter Gedanken, aus einer trüben Seele hervorgequollen. Ich wollte, daß *ich* es hätte sein dürfen, der das Glück hatte, Ihnen das Andenken umzuknüpfen. Es liegt ein natürliches, unschuldiges Vergnügen darin, zu wissen, daß eine Person, die wir verehren, der wir stets nahe sein möchten, irgendeine Kleinigkeit von uns bei sich trage, wodurch unser Bild sich ihr vergegenwärtigen muß. Warum dürfen doch Freunde, warum dürfen entferntere Bekannte sich einander nicht allemal in diesem Sinne beschenken? muß das edlere Gefühl überall der Konvenienz weichen?«

Constanze erinnerte sich gar wohl, wie sie damals errötete, und was sie scherzhaft zur Antwort gab. »Ach«, seufzte sie jetzt vor sich hin, »wüßte er, wie tief ich sein Bild im Innersten des Herzens bewahre, er würde den Geber dieser armen Zierde nicht beneiden.«

Unruhig stand sie auf, unruhig trat sie ans Fenster und ließ den herrlich erleuchteten Himmel mit aller seiner Ahnung, mit all seiner Hoheit auf ihre Seele wirken. Die Liebe zu jenem Manne, von ihren ersten unmerklichen Pulsen bis zu dem bestürzten Zustande des völligen Bewußtseins, von der Zeit an, wo ihr Gefühl bereits zur Sehnsucht, zum Verlangen ward, bis zu dem Gipfel der mächtigsten Leidenschaft – alles durchlief sie in Gedanken wieder, und alles schien ihr unbegreiflich. Sie sah unter leisem Kopfschütteln, mit schauderndem Lächeln in die reizende Kluft des Schicksals hinab. Die Augen traten ihr über wie damals in der Grotte, wo die noch getrennten Elemente ihrer Liebe, durch Noltens unwiderstehliche Glut aufgereizt, zum *ersten* Mal in volle süße Gärung überschlugen und alle Sinne umhüllten. Sie hatte nichts zu beweinen, nichts zu bereuen, es waren die Tränen, die dem Menschen so willig kommen, wenn er, sich selbst anschauend, das Haupt geduldig in den Mutterschoß eines allwaltenden Geschicks verbirgt, das die Waage über ihm schweben läßt; er betrachtet sich in solchen Momenten mit einer Art gerührter Selbstachtung, die höhere Bedeutsamkeit einer Lebensepoche macht ihn in seinen eigenen Augen gleichsam zu einem seltenen Pflegekinde der Gottheit, es ist, als fühlte er sich hoch an die Seite seines Genius gehoben.

Lange, lange noch starrte Constanze, stillversunken, einer Bildsäule gleich, an die Fensterpfoste angelehnt, hinaus in die schöne Nacht. Jetzt überwältigte sie der Drang ihrer Gefühle; sie sank unwillkürlich auf die Kniee nieder, und indem sie die Hände faltete, wußte sie kaum, was alles in ihrem Innern durcheinanderflutete; und doch, ihr Mund bewegte sich leise zu Worten des brünstigen Dankes, der innigsten Bitten.

Nachdem sie sich wieder erhoben, glaubte sie, der Himmel wolle ihr in der ruhigen Heiterkeit, wovon ihre Seele jetzt wie getragen war, Erhörung ihres Gebets ankündigen. In der Tat, jetzt war sie auch beherzt genug, um endlich nicht länger die Frage abzuweisen: was denn zuletzt von dieser Liebe zu hoffen oder zu fürchten sei? was es mit *Theobald*, was es mit *ihr* werden solle? Sie stellte sich aufrichtig alle Verhältnisse vor, sie verschwieg sich kein Bedenken, keine Schwierigkeit, sie wog jegliches gegeneinander ab, und mehr und mehr vertraute sie der Möglichkeit einer ehrenvollen und glücklichen Vereinigung, ja, wenn sie sich genauer prüfte, so fand sie diese Hoffnung längst vorbereitet im Hintergrund ihrer Seele gelegen. Aber nicht allzu kühn durfte sie sich ihr überlassen, denn schon der nächste Augenblick wies ihr so manches Hindernis, worunter der Adelstolz der Familie keineswegs das geringste war, in einem strengeren Lichte, als es ihr noch kaum vorher erschien. Es bemächtigte sich ihrer eine nie empfundene Angst; sie wollte sich für heute der Sache ganz entschlagen, sie griff nach einem Buche: umsonst, kein Gedanke wollte haften; Mitternacht war vorüber; sollte sie sich niederlegen, schlafen? Es wäre unmöglich gewesen, so bang, so heiß und unbehaglich wie ihr war.

»Ich will Emilien wecken«, fiel ihr endlich ein, »das Mädchen soll mit mir plaudern.« Sie bedachte sich um so weniger, die Gesellschaft des Kammermädchens zu suchen, da zu ihrer Verwunderung wirklich noch der Schein eines Lichtes in dem Erker zu sehen war, wo jene schlief. Sie ging leise über den Gang, öffnete das Kabinett und fand das Mädchen fest eingeschlafen im Bette, daneben das Licht, ausflammend in den Leuchter hinabgesunken. Eine offene Brieftasche und eine Anzahl zerstreuter Blätter lag unter den Händen der Schlafenden. Auf einen Anruf erwachte diese, heftig erschrocken, und ihre erste Bewegung war, schnell Tasche und Papiere zu verbergen, so daß Constanze, dadurch aufmerksam gemacht, gelassen fragte: was sie hier gelesen?

»Ach!« war die bebende Antwort, »zürnen Sie nicht, gnädige Frau! es sind alte Briefe, die ich nach langer Zeit einmal wieder vornahm, und darüber muß der Schlaf mich überrascht haben – wieviel Uhr ist es doch?«

»Wieviel?« sagte Constanze, sie scharf ansehend, »ich denke, es ist halb – *gelogen*, was du da sprichst. Laß doch sehen!«

»O bitte, liebste, süße gnädige Frau! ich habe ja gewiß nichts Unrechtes – aber – erlassen Sies mir!«

»Nicht weiter, mein Kind, verlang ich, als einen Blick, mich zu überzeugen.«

So reichte denn Emilie mit Zittern alles hin, indem sie in lautes Weinen ausbrach. Aber Constanze, wie mußte sie erschrecken, als der Anblick der Tasche, als die goldgedruckten Lettern T. N. auf der dunkelblauen Saffiandecke zur Genüge den Eigentümer bezeichneten.

»Wie kommst du zu diesem?« fragte sie, mit Mühe ihre Verlegenheit verbergend.

»Drüben«, schluchzte das Mädchen, »wo die Herren heute das Spiel machten, lag die Tasche hinter dem Schattenspielkästchen, ich wollte mir nur die bunten Gläser ein wenig besehen, und da – nun da nahm ich –«

»Hinter dem Kästchen, sagst du?«

»Ja, ja, gnädige Frau – ich sage nun die reine Wahrheit; es hälfe mir ja doch nichts mehr, und aufgeschlagen lag sie da, ganz nachlässig, als hätte man sie eben erst gebraucht und dann vergessen; – richtig! die Bleifeder war auch herausgenommen, sie muß noch auf dem Tischchen zu finden sein. Wahrhaftig, wäre nicht alles so offen dagelegen, ich hätte mich nicht unterstanden.«

»Eine Entschuldigung ist das in keinem Falle. Indessen – blieb nichts mehr zurück? Sieh im Bette nach!«

»Sie haben das letzte Papierchen.«

»Ich werde das zu mir nehmen bis morgen. Lösche dein Licht. Gute Nacht.« – Unwillig und ängstlich eilte sie auf ihr Zimmer. Daß das, was sie in Händen hielt, Nolten zugehöre, zweifelte sie keinen Augenblick; auch wie es zu dem Larkensschen Apparate gekommen, erklärte sie sich leicht daher, daß Theobald einmal hinter die Gardine getreten war, um mit irgend etwas auszuhelfen, wobei er vielleicht der Tasche bedurfte. Aber die Möglichkeit, es könnte außer dem Mädchen sonst noch jemand neugierig auf den Inhalt derselben gewesen sein, beunruhigte sie um so stärker, je mehr sie Ursache hatte zu der Vermutung, daß auch *ihr* Name und damit ein gefährliches Geheimnis darin berührt sein könnte. Diese Rücksicht und vielleicht mitunter ein verzeihliches Interesse des eigenen Herzens bewog sie, zwar mit beklommenem Atem, erst nur einen halben Blick, dann einen ganzen, endlich mehrere und immer gierigere Blicke in die Blätter zu werfen. Aber mitten im wärmsten Zuge riß ihr das Gefühl von etwas Unerlaubtem, Verächtlichem die Tasche wieder aus der Hand. Vor lauter ängstlicher Hast hatte sie bis jetzt nichts Zusammenhängendes lesen können, und sie sagte das ihrem Gewissen zum Troste, während sie, dennoch mit einiger Überwindung, den Schatz beiseite legte. Allein plötzlich steigt ihr eine Besorgnis auf, die alles Blut in ihre Wangen jagt. Sie hatte vorhin nur oberflächlich einige Briefe von zarter, unbekannter Schrift gesehen und, ohne zu wissen warum, an eine Schwester Theobalds dabei gedacht; jetzt meldete sich noch ein ganz anderer Gedanke. Entschlossen kehrte sie zu dem Gegenstande ihres Verdachts zurück und griff einiges Geschriebene heraus, sie las und las, errötend, erblassend; ihr Busen kämpfte mit lauten Schlägen; jetzt entfällt das Papier ihren Fingern, sie sinkt auf das Lager, einer Leiche gleich, keines Lautes, keiner Träne mächtig.

Ein Pochen an der Tür bringt sie endlich zu sich, sie fährt auf, und indem sie verworren umherblickt, lächelt die Arme, wie fragend, ob jenes Entsetzliche ihr bloß im Schlummer begegnet sei, und lächelt wieder, aber wie eine Verzweifelte, da das Blatt auf dem Boden ihr die traurige Wahrheit bezeugt.

Es klopfte von neuem an, und eine klägliche Mädchenstimme ließ sich hören: »Nein! ich kann nicht ruhen, ich will erfrieren hier, bis ich sie gesprochen habe, bis sie mir vergeben hat! – Gnädige Frau! Liebe! Gute!«

Da keine Antwort erfolgte, bat es wiederholt im flehentlichsten Tone: »Um Gottes willen, lassen Sie Emilien ein, nur auf zwei Minuten, nur auf zwei Worte! Vergeben Sie mir!«

»Ja, ja doch! geh nur, mein Kind!« erwiderte Constanze kaum hörbar, und das Mädchen schlich getröstet hinweg, ohne alle Ahnung, welchen Schmerz sie ihrer Herrin bereitet. Wir wagen es nicht, diesen Schmerz zu schildern. Aber wie alles zum Äußersten und Unnatürlichen Gesteigerte sich nicht lange auf dieser Höhe erhält, so fiel alsbald ein unwiderstehlicher tiefer Schlaf über die Erschöpfte her und versenkte sie in ein wohltätiges Vergessen ihres mitleidswerten Zustandes.

Ebenso ruhig und gelassen wie vor einer Stunde, da der Blick der Sterne das Gebet einer Glücklichen zu segnen schien, funkelten sie jetzt auf das Lager des unglücklichsten Weibes herab. So rasch kann sich an die höchste irdische Wonne das Dasein unübersehbaren Jammers drängen.

Noch ehe es vollkommen Tag geworden, erwachte Constanze, und leider schnell genug besann sie sich auf den betäubenden Schlag. Sie bat Gott um Stärkung und Fassung, stand ermattet auf und ordnete mit trockenem Aug die Brieftasche, woraus ihr zum Überflusse noch eine Haarlocke, ohne Zweifel von der unbekannten Briefstellerin, entgegenfiel.

Sie erschien sich selber im Spiegel wie ein verändertes Wesen, das, seitdem etwas Ungeheures mit ihm vorgegangen, gar nicht mehr in die bisherigen Umgebungen, in diese Wände, unter diese Geräte passen wollte; es schien sie alles umher wie einen lange entfernten Gast, ja als eine Abgeschiedene anzublicken, und sie selbst kam sich mit ihrem schwanken Tritt, mit ihrem schmerzverklärten, stillen Gefühl beinahe wie ein erst kurz aus dem Grabe Entlassenes vor, das noch nicht festen Fuß gefaßt und den Eindruck des letzten Todeskrampfs nur nach und nach loswerden kann.

Indessen sie sich langsam ankleidete, wunderte sie selbst ihre Ruhe, die freilich mehr Stumpfheit zu nennen war. Sie eilte aus dem traurigen Gemach und hinüber in die vorderen Zimmer, wo noch niemand war. Bald erschien die Morgensonne in den Fenstern und lud zu Heiterkeit und Leben ein. Gedankenlos schaute Constanze durch die Scheiben, und um nur etwas zu tun, rieb sie die Meubles mit dem Staubtuch ab, wobei sie manchmal zerstreut innehielt. – Emilie trat herein, voll Erstaunen, ihre Gebieterin schon hier zu treffen. »Ich habe dir dein Geschäft abgenommen!« sagte die Gräfin freundlich, »siehst du, zum Zeichen, daß ich wieder gut bin. Aber den Gefallen tu mir und rede kein Wort weiter darüber.« Ein warmer Handkuß dankte der Gütigen.

Sehr willkommen war es der sonderbar gestimmten Frau, als jetzt auch ihr Bruder erschien. »Guten Tag, mein Schwesterchen! So früh wie der Vogel schon auf? Die Sorge um das Gewächshaus trieb mich aus den Federn; das war eine grimmkalte Nacht, mein Thermometer zeigt fast fünfundzwanzig; ich muß nur nachsehen, ob unten nichts gelitten hat.« – »Ich darf dich begleiten!« sagte die Gräfin und warf die Saloppe um. Ihr Wesen, erzwungen munter und verstört, machte den Bruder einen Augenblick stutzig, aber er hatte fast keine Augen vor lauter Erwartung, wie es im Garten stehe.

Die streng frische Luft tat Constanzen wohl. In gereizten Stimmungen, wie die ihrige jetzt war, hat der Mensch auf einige Sekunden vielleicht die höchste Empfänglichkeit für die Natur, in welcher Gestalt sie ihm auch entgegentreten mag; er möchte mit *einem* Sprung sich ganz nur *ihrer* Freundschaft, ihres göttlich stillen Lebens bemächtigen, um auf einmal eine Last von alten Zuständen abzuwerfen und zu vergessen. Aber dieses schnell aufflackernde Gefühl ist nur der Sonnenblick, dem alsbald wieder die vorige Wolkentrübe folgt. Constanze erwehrte sich so gut wie möglich. Doch als der Graf zu seiner größten Freude die Gewächse meist unverletzt fand und bei jedem neuen Stocke bemüht war, die Schwester von seinem Glück zu überzeugen, da konnte sie den wehmütigen Gedanken nicht bei sich unterdrücken: wie war *mir* zumute in der Stunde, als diesen Pflanzen, diesen edlen Stämmchen der Frost das Verderben drohte? Sie grünen noch und blühen, wie auch ich noch aufrecht stehe, mir selber zum Wunder; aber vielleicht der innerste Lebenskeim dieser zarten Staude ist doch angegriffen, es wird sich zeigen, ob sie uns nicht mit dem bloßen

Scheine von Gesundheit täuscht, ob nicht heute abend schon diese Knospe erstorben dahängt, und – –

Constanzens künstliche Fassung war weg, sie eilte, ihr Gesicht bedeckend, mit schnellen Schritten nach dem Hause zu. Bei dem Wiedersehen ihres Zimmers, dessen Türe sie sogleich hinter sich zuriegelte, brach aller verhaltene Schmerz mit doppelter und dreifacher Gewalt hervor, und sie überließ sich ihm ohne Schonung. Nun erst überdachte sie, was geschehen war, nun erst wagte sie ganz in den Abgrund ihres Elends hinabzutauchen. Wie begierig auch ihr Verstand mitunter nach einer Auskunft, nach einem Troste umhertastete, wie scharfsinnig auch selbst die Verzweiflung noch war, um einen erträglichen Zusammenhang der Sache zu entdecken, um den ungeheuren Widerspruch, worin Nolten in dem Doppelverhältnis zu ihr und einer Unbekannten erschien, beruhigend zu lösen oder doch zu erklären, sie fand keinen Ausweg, keinen Schimmer von Licht. Verglich sie alles dasjenige, wodurch er ihr die unzweideutigste Leidenschaft an den Tag gelegt, mit den fremden Briefen, deren ganzer Ausdruck ein längst begründetes und sehr blühendes Verlobtenverhältnis verriet, so blieb nichts übrig, als Theobalden für den ruchlosesten Heuchler zu erkennen, der zwei Geschöpfe zugleich betrog, oder für einen Wahnsinnigen, Charakterlosen, welcher mit sich selber in unerhörtem Zwiespalte lebt. Beides aber ist mit der ganzen Art und Weise, wie Nolten sonst sich gab, schlechterdings nicht zu reimen. Denn selbst die Spuren exzentrischen Wesens an ihm waren bei weitem gemäßigter, als sie zuweilen sogar an geachteten Männern von verwandtem Talente und Bestreben hervorzutreten pflegen. Am wenigsten konnte Constanze die Güte seines Herzens aufgeben. Jeder einzelne Moment, den sie sich zurückrief und worin sie in die Falten seines eigensten Denkens und Empfindens geblickt zu haben glaubte, so mancher Anlaß, wo in wenigen treffend ausgesprochenen Worten über Leben, über Kunst ein gedrungener Strahl seines Gemüts aufgestiegen war und auf eine ganze Versammlung anregend wirkte, endlich der ganze erschöpfende Begriff, den sie sich nach so langem Umgange von ihm abgezogen hatte – alles stritt mit dem finstern, unheimlichen Zerrbilde, das vielleicht ein blinder Zufall ihr aufdringen wollte, sie zu schrecken, zu ängstigen, und worüber der Geliebte, der wahre unverfälschte, wohl selbst verwundert lächeln würde. Ein Funke von Hoffnung beschleicht sie, sie schaut aufs neue nach dem Datum der Briefe, sie rechnet schnell Monate, Wochen, Tage, aber das Resultat ist immer nicht tröstlich, immerhin fällt ein Teil der zärtlichen Korrespondenz in die Zeit, wo Theobald Constanzen bereits unverkennbare Zeichen seiner Absichten gegeben. Und gesetzt auch, die Neigung, wovon jene Briefe zeugen, wäre bloß eine einseitige, – was jedoch den Anschein gar nicht hat, – gesetzt, Nolten hätte, den Glauben des Mädchens hinhaltend, sich indessen heimlich einer unglaublichen Veränderung schuldig gemacht, was würde das Constanzen helfen? was hätte sie von einem solchen Manne zu gewarten? wie möchte sie ein anderes Geschöpf um seine teuersten Hoffnungen bestehlen? und ein Geschöpf, das sie wirklich nicht hassen konnte, das allem nach das rührendste Bild der Unschuld, der hingebenden Liebe ist? ja, wie konnte ihr die heißeste Liebe Theobalds nur im entfernten noch schmeicheln, wenn diese der sündige Raub an einem fremden guten Wesen wäre?

Aber noch immer war ja die Frage nicht überwunden, wie nur Nolten eines so beispiellosen Betrugs fähig sein konnte?

Constanzens Auge stand weit, groß, nachdenkend in einen Winkel des Zimmers gerichtet, während ihr Geist sich nach und nach den unglückseligen Gedanken zurechtarbeitete: es konne denn doch wohl einen Menschen geben, der aus Schwäche, frevelhafter Selbstsucht und gelegentlich aus einem Rest ursprünglicher Gutmütigkeit zusammengesetzt, vor andern, wie zum Teil auch vor sich selber, einen Schein von Vortrefflichkeit zu erhalten und vor dem eigenen Gewissen jede Untat zu rechtfertigen wisse, es lasse sich ein Grad von Verstellung denken, der alle gewöhnlichen Begriffe übersteige. Der genaue Umgang Theobalds mit Larkens, so wenig sie dem letztern bis jetzt mißtraut hatte, konnte sie nun, wenn sie sich der Meinungen anderer erinnerte, in ihrem Urteile nur bestärken, und sie glaubte in ihm den Verführer entdeckt zu haben.

Teilnehmend blickte sie aufs neue nach den Briefen Agnesens; sie enthielt sich nicht, den reinen harmonischen Sinn zu bewundern, welcher sich in jedem Worte des Mädchens aussprach. »Arme Agnes!« sagte sie, »armes, betrogenes Kind! Ist es möglich? sollte er sich nicht der Sünde gefürchtet haben, diese Seele zu hintergehen, wenn er sie auch nur so weit kennen gelernt hatte, als ich sie aus diesen Blättern kennen lernte? Gütiger Gott! solch ein Lamm und solch eine Schlange, wie kommen *sie* zusammen! Mich hat Gottes Finger noch zu rechter Zeit gewarnt, aber *sie* – tue ich recht, wenn ich sie ihrem Schicksal überlasse? ists nun nicht an *mir*, zu warnen? Ja, wahrlich, das kommt mir zu – – Und doch, es könnte übereilt sein; wer weiß, ob ich Schlimmes nicht schlimmer machte, ob der Verräter, wenn der Himmel ihn noch retten will, nicht einzig durch die Liebe dieses Engels zu retten ist?«

Der letzte Zweifel über die Gesinnungen Noltens verschwand vollends, als ein Dokument von seiner eigenen Hand zum Vorschein kam – das Konzept eines Schreibens an die Braut, das erst gestern entworfen worden war. Mit einem tiefen Gefühle von Unwillen, von Wehmut, von Verachtung, ja von Schauder vernahm sie hier die Sprache der beredtesten Liebe und einen sehr redlichen, männlich klingenden Ton. Eine Stelle aber war ihr besonders merkwürdig. »Ich befand mich«, hieß es, »diese letzte Zeit her in einem vielleicht nicht ganz löblichen Rausche von Zerstreuungen aller Art, wobei denn die geistige Gestalt meiner Agnes doch immer aufs lebendigste durchblickte. Ja, ich darf Dir wohl gestehen, daß ich seit der glücklichen Beilegung jenes argwöhnischen Skrupels mit doppelter Innigkeit in Dir lebe.«

Die Äußerung sah fast aus wie ein verstecktes Geständnis seiner Herzensverirrung, das ihm vielleicht sein Gewissen notdürftig abgedrungen. Diese Verirrung selbst konnte nunmehr in Constanzens Augen, wenn auch keinen Entschuldigungsgrund, doch eine Art Erklärung für Noltens Betragen abgeben, wenn sie annahm, daß das Mißverständnis, wovon sie auch in einem Briefe Agnesens eine Spur gefunden, der Anlaß zu einer heftigen und nachhaltigen Verstimmung für Theobald geworden, daß er, seinem extremen Charakter nicht ungemäß, sich in einen desparaten Wechsel gestürzt habe, und daß *sie* als das Opfer dienen müssen. Seine Bekehrung war natürlich in die Zeit zwischen gestern und jener Lustpartie gefallen, und allem nach unterzog er sich ihr sehr willig.

So viel Wahrscheinliches diese Schlüsse hatten und sosehr sie auch geeignet schienen, ein wenigstens erträgliches Licht auf Noltens Benehmen zu werfen, so wenig Trost gaben sie der schönen Frau. Denn von dem Augenblicke an, wo ihre Achtung für ihn sich einigermaßen erholte, begann auch ihre Liebe wieder zu atmen, und nun war sie fast übler daran, als solange sie ihn getrost verabscheuen konnte. Also Noltens Glück war wieder hergestellt, das Mädchen selig in seinem Besitz und – *sie selbst* hatte nur auf eine kurze Zeit die Lücke gebüßt, um jetzt wieder allein, verlassen, vergessen dazustehen, den bittern Stachel im Herzen. Eine Regung von Zorn flammte in ihr auf, sie fühlte ihre weibliche Würde beleidigt, mit Füßen getreten, sie fühlte alle Qual verschmähter Liebe. Und hatte sie vorhin einen reinen Zug schwesterlicher Neigung zu Agnes empfunden, so konnte sie nun einer Anwandlung von schmerzlicher Mißgunst nicht widerstehen, so lebhaft sie sich auch darüber anklagte. Aber auch indem es ihr gelang, allen Groll von der Unschuldigen ab und auf den geliebten Überläufer zu werfen – es blieb nur das Bewußtsein ihrer Unmacht, ihrer Kränkung übrig. Jede Erinnerung an das Vergangene, das kleinste Zeichen, womit sie ihm ihre Gunst verraten haben mochte, versetzte jetzt ihrem Stolze, ihrem Ehrgefühle Stich auf Stich. Noch gestern beim Abschied unter der Türe hatte sie ihn mit bedeutungsvoller Freundlichkeit entlassen, und – so kam es ihr jetzt vor – ihm beliebte kaum ein kalter Dank darauf. Am meisten demütigte und beschämte sie der Auftritt in der Grotte, sie bedeckte bei diesem Gedanken ihr glühendes Gesicht mit dem Tuche, weinend und schluchzend.

Kein Wunder, wenn ihr jetzt die kläglichen Worte Thereilens aus dem gestrigen Schauspiele einkamen, das gleichsam weissagend von ihr gesprochen; kein Wunder, gab sie auf einen Augenblick dem widersinnigen Gedanken Raum, als hätte Larkens einigemal eine boshafte Anspielung auf *sie* im Sinne gehabt. Aber ganz ist ihr gegenwärtiger Zustand durch die leidenschaftlichen Zeilen bezeichnet:

O armer Zorn!
Noch ärmere Liebe!
Zornwut und Liebe
Verzweifelnd aneinander gehetzt,

Beiden das Auge voll Tränen
Und Mitleid dazwischen,
Ein flehendes Kind!

Desselben Morgens gegen zehn Uhr, als Larkens eben von einem Ausgange nach Hause kam, übergab sein Bedienter ihm das braune Kästchen, das die Laterna magica verwahrte; man habe es vor einer Viertelstunde aus dem Zarlinschen Hause hieher gebracht nebst dem Danke der gnädigen Frau. Unser Schauspieler öffnete den Deckel, zog begierig die zuoberst liegende Brieftasche heraus, untersuchte sie von allen Seiten, und sein Mund verzog sich zu einem vergnügten, doch gewissermaßen befremdeten Lächeln, indem er ausrief: »Beim Himmel! die Falle hat gelockt, der Speck ist angebissen, und das wacker! kein Zettelchen blieb unverrückt. Ich sorge nur, der Spaß ist in plumpere Hände geraten, als ich gewollt hatte. Seis drum; durch die Finger von Madame ist die Tasche auf jeden Fall auch gekommen, und ich müßte mich übel auf Evas Geschlecht verstehen, wenn diese Finger mehr Diskretion gehabt hätten, als mir für den Kasus lieb wäre. Genug; es wird sich zeigen, die Wirkung kann nicht ausbleiben. Diesmal hättest du fürwahr meisterlich kalkuliert, Bruder Larkens, der Herr gebe seinen Segen dazu.«

Wirklich war es die Absicht des Freundes gewesen, daß Constanze die Tasche finden und sich ihrer Geheimnisse nicht enthalten möge; er konnte darauf zählen, daß man sie für das Eigentum Noltens erkennen würde, in der Tat aber war sie nur ein Geschenk, das dieser dem Freunde zu der Zeit gemacht hatte, wo er alles, was ihn an Agnes erinnern konnte, Briefe, Haare und hundert andere Kleinigkeiten, auf immer loswerden wollte.

Larkens hoffte durch jenen ausgedachten, wohlgemeinten Streich teils bei der Gräfin jeder möglichen Neigung gegen Theobald vorzubeugen, teils glaubte er, sie müßte von nun an, eingedenk des Verhältnisses mit Agnes, durch ihr Betragen unzugänglich für Nolten selber werden. Nun hatte zwar Larkens, zufolge der mißtrauischen Verschlossenheit seines Freundes mit der wahren Lage der Dinge unbekannt, sich in seinem Plane etwas geirrt; er hätte, wäre er besser unterrichtet gewesen, vielleicht einen ganz andern Weg eingeschlagen, aber auch auf diesem erreichte er, wie wir gesehen haben, seinen Hauptzweck vollständig, nur freilich auf eine grausamere Art, als er sich vorgestellt hatte. Sehr übereilt und tadelnswert würden wir seine eigenmächtige Handlungsweise nennen müssen, wenn er eine Ahnung von den großen Fortschritten gehabt hätte, welche Theobalds neue Liebe bereits gemacht hatte, weil Larkens jene Rechte der Braut nur auf große Kosten der Ehrlichkeit seines Freundes aufdecken konnte; übereilt und unsicher müßten wir sein einseitiges Verfahren auch insofern schelten, als er ja nicht wissen konnte, ob Nolten, wenn er sich auch bis jetzt noch gegen Constanze zurückgehalten, doch in kurzem nicht vielleicht ihr sein Herz anbieten werde, da er dann notwendig im zweideutigsten Lichte vor ihr erscheinen müßte; allein fürs erste hatte Larkens nicht die mindeste Vermutung davon, wie weit bereits das Verständnis der beiden gediehen war, und fürs zweite, was die Zukunft betrifft, ging er neuerdings ernstlich mit dem Gedanken um, Theobalden die Zeugnisse für Agnesens Unschuld vorzulegen, ihn zu näherer Prüfung der Sache zu vermögen, ihn im Notfall damit zu bedrohen, daß er die Gräfin selbst zur freundschaftlichen Schiedsrichterin darüber aufrufen werde.

Vor allen Dingen widmete er der Frage, inwiefern es geraten sei, Theobalden schon jetzt seine Pflichten für die Verlobte aufzudringen, eine reifliche Überlegung. – Wir überlassen ihn jetzt seinen Gedanken und kehren in das Zarlinsche Haus zurück.

Dort meldete sich des andern Tages gegen Abend ein vornehmer Besuch. Herzog Adolph erschien, und Constanze, in Abwesenheit ihres Bruders, empfing ihn allein. Das ungewöhnlich blasse und verstörte Aussehen der schönen Frau mochte ihm sogleich auffallen, er erkundigte sich auf das angelegentlichste nach ihrem Befinden, ging dann mit einer leichten Wendung auf sein eigenes Anliegen über und erzählte mit sichtbarem Verdrusse, was ihm gestern von einer höchst ärgerlichen Sache bekannt geworden, wobei er bedaure, daß sie gerade in *diesem*, ihm so höchst schätzbaren Hause habe vorfallen müssen. Der König, sein Bruder, dessen Ehre dabei beteiligt wäre, sei auf das genaueste davon unterrichtet, und aus dessen eigenem Munde habe er es gehört.

Constanze erschrak, erklärte, wie sie zwar an jenem Abende die allgemeine Bewegung der Gesellschaft wahrgenommen, wie auch sie nachher den Grund davon erfahren, wie sie aber an einen solchen Frevel von solchen Männern nicht sogleich habe glauben können. Sie bat, man möge doch wenigstens *sie* aller Stimme dabei überheben, da Leute von besserer Einsicht, von bedeutenderem Urteil zugegen gewesen. Aber der Herzog gestand, daß der König die vorläufige Ausmittelung der Sache ihm anbefohlen, daß er das Manuskript und was dazu gehöre, bereits in Beschlag genommen, daß er aber nach wiederholtem Lesen und genauer Prüfung alles einzelnen noch nicht ganz habe mit sich einig werden können. Er sei zuletzt auf den Einfall geraten, alles von der Entscheidung einer »ebenso scharfsinnigen, als unbefangenen Dame« abhängen zu lassen, und er werde diesfalls auf seiner Bitte beharren, *ihrem* Ausspruch werde er unbedingt vertrauen. »Freilich«, setzte er mit einem pikanten Akzente hinzu, »freilich, wenn meine getroste Voraussetzung von der gänzlichen Unbefangenheit meiner geliebten Freundin mich denn doch etwas trügte, wenn ihr einer oder der andere von den Beklagten mehr als billig am Herzen läge, dann, meine Gnädige, wäre es wirklich höchst undelikat, trotz Ihrer Weigerung einen gerechten Spruch aus Ihrem Munde zu verlangen.«

Gelassen schaute die Gräfin ihn an und erwiderte: »Beide Männer waren mir sehr viel wert; Sie selbst haben diesen Nolten begünstigt, und schon um Ihretwillen, Adolph, sollte es mir leid sein, wenn Ihnen ein Freund unschuldig gekränkt würde. Was aber jenen Fehler, ich sagte füglich, jenes Verbrechen, betrifft, das man diesen Leuten schuld gibt, so will ich keineswegs der Gerechtigkeit im Wege stehen, nur sie zu befördern bin ich außerstande. Sie selbst können, dünkt mich, doch wohl am besten wissen, was Ihrem Freunde allenfalls zuzutrauen wäre, Sie dürfen von *ihm* aus dann getrost auf die Gesinnungen des Schauspielers schließen, denn beide sind ja *ein* Sinn und *ein* Gedanke. Richten Sie also. Sie waren zwar nicht Zeuge jenes Abends, aber die Dokumente liegen in Ihren Händen, was hätt ich demnach vor Ihnen voraus, das mich zu einem Urteil geschickter machte?«

Der Herzog stand auf, machte einige Schritte und sagte dann im freundlichsten Tone: »Ich tat Ihnen unrecht, meine Liebe! vergeben Sies. Ich sehe, wir sind beide in einer und derselben Verlegenheit, und wären so ziemlich gleich geneigt, das Ganze zu entschuldigen, wenigstens zum Guten zu wenden. Ich finde nun erst, wie unbillig es von meinem Bruder war, mich in diesen schlimmen Fall zu setzen, wie töricht von mir, den Auftrag anzunehmen. Zwar auch *meine* Ehre mußte dabei interessiert sein, aber je leidenschaftlicher ich die Sache aufnahm, um so weniger konnt ich hoffen, klar darin zu sehen, und meinem Unwillen hielt auf der andern Seite die Neigung für Nolten kaum das Gleichgewicht, da diese, in der letzten Zeit gar zu lässig von ihm gepflegt, so gut wie eingeschlafen war; um so schlimmer für Noltens Recht, wenn ich ohnehin Ursache hatte, ihm böse zu sein. Bei Ihnen, Beste, spricht ein reines menschliches Gefühl zugunsten des übrigens so braven Künstlerpaares, und ich gestehe Ihnen, auch mich will in Ihrer Nähe die alte Vorliebe für diesen Maler wieder einnehmen, ohne daß Sie noch ein Wort zu seiner Verteidigung vorgebracht – aber vielleicht gerade *darum* könnt ich ihm verzeihen, *weil* Sie ihn nicht verteidigen. Könnte ich bei dem Lärm, bei der Erbitterung, die der tolle Vorfall schon bei Hofe veranlaßt hat, ganz ruhig sein, mich vor dem Verdachte der Parteilichkeit bei meinem Bruder sichern, ich möchte die Herren wohl freisprechen und alles zu vertuschen suchen; so aber bin ich der Sorge doch nicht los, und meiner Stellung zu dem guten Maler erwächst aus der dummen Geschichte auf alle Fälle eine bleibende Schwierigkeit. Doch, was beschwere ich Sie mit diesen Unbilden – Lassen Sie uns davon schweigen. Am artigsten wärs«, setzte er scherzend hinzu, »man setzte ein Gericht nieder, bestehend aus einem Archäologen, einem Professor der Ästhetik und einem Advokaten, die sich über das Manuskript und die Bilder hermachen sollten. Nicht wahr, meine Schönste?«

Die wahre Gesinnung des Herzogs und seine schwierige Lage läßt sich übrigens leicht aus folgenden Bemerkungen erkennen.

Weit entfernt von der Torheit, in der fabelhaften Figur jenes tausendjährigen Königs eine ehrenrührige Beziehung zu entdecken, fand er diese Beziehung eher schön und wohlgemeint; dagegen ihm die Ähnlichkeit jener Feenfürstin mit Viktorien um so bedenklicher vorkam. Denn wenn gleich das wahre Verhältnis dieser Person zum verstorbenen Regenten nicht ganz getroffen sein mochte, so war die scheinbarste Seite davon doch so charakteristisch herausgehoben, daß man nicht leugnen konnte, ein sehr frappantes Bild von Viktoriens Erscheinung vor sich zu haben. Die Zeichnung des selbstsüchtigen, schalkhaften und doch wieder so innigen Wesens ahmte wirklich die leisesten Nuancen nach. Das alles hätte noch hingehen mögen. Aber diese Dame glänzte noch am Hofe, das Vertrauen, das Nikolaus ihr geschenkt hatte, ward noch vom Sohne geehrt. Insoferne müssen wir jenes Spiel höchst unbedachtsam nennen. Dennoch hätte es vielleicht dem Herzog nicht schwer sein müssen, den möglichen Schaden abzulenken, wäre nicht der König selbst in einer müßigen Stunde auf das verschrieene Manuskript neugierig gewesen. Hier entging ihm denn so manche Verwandtschaft keineswegs, er äußerte sich mit großer Unzufriedenheit über eine so unschickliche Anspielung, namentlich die leichtfertige oder ernste Einführung der bewußten wertgeschätzten Frau empörte ihn als eine unverzeihliche Vermessenheit. Der Herzog besänftigte ihn vorläufig, indem er dieses und jenes noch problematisch darstellte, versprach, das Ganze nochmals genau zu durchgehen, sowie auch nähere Erkundigungen einzuziehen; weil er aber doch ein gerechtes Gefühl des Bruders nicht schlechterdings umgehen und das Zutrauen nicht mißbrauchen wollte, womit dieser ihm die Entscheidung des keineswegs gleichgültigen Gegenstandes überließ, so kam er wirklich mit einer doppelten Pflicht ins Gedränge, er hätte ebenso gerne den Maler geschont als dem Bruder Genüge getan; daher denn auch jene Anfrage bei Constanze nichts weniger als bloße Pantomime war; er dachte sie bei dieser Gelegenheit ein wenig zu schrauben, fand aber ein solches Frauen-Orakel wirklich bequem für seine Unschlüssigkeit, nur glaubte er auf den Fall, daß die Geschichte Rumor machen könnte, aus Diskretion gegen Viktorie den eigentlichen Grund des Ärgernisses verstecken und mehr das Allgemeine vorkehren zu müssen.

Constanze blickte noch immer ernst vor sich nieder, ohne eine Miene zu ändern. Den Herzog rührte ihr Anblick, worin er von jetzt an wirklich nur die edelste Teilnahme an dem Schicksale zweier Hausfreunde zu lesen glaubte; ihr ganzes Wesen, von diesem Kummer leicht beschattet, deuchte ihm nie so reizend, so weich gewesen zu sein. Er setzte sich an ihre Seite und gab dem Gespräch eine andere Richtung, sie ging so viel möglich darauf ein, und der Zwang, den sie sich mitunter dabei antat, machte sie nur immer liebenswürdiger, kindlicher, unwiderstehlicher. Dazu kam die einladende Ruhe dieser Stunde, von zweien auf dem Tische brennenden Kerzen traulich verklärt. Der Herzog ergriff in der Unterhaltung die Hand seiner schweigsamen Nebensitzerin, er ließ die schmeichelhaftesten Vorwürfe gegen sie spielen über die karge Art, womit sie seiner Zärtlichkeit immer entgegne, auch jetzt erfuhr diese noch einigen Widerstand, doch – so schien es dem schlauen Manne – mehr einen anständigen als strenge zurückweisenden Widerstand.

Aber als ihr gepreßter Schmerz, ihre Unruhe, ihr Mißbehagen sich immer weniger verbarg, als der wärmer gewordene Liebhaber aufs neue mißtrauisch werden wollte, bald mit dringenden Worten, bald mit den lebhaftesten Liebkosungen zu einer Erklärung nötigte, da war es seltsam, jammervoll anzusehen, wie die arme Frau ganz außer sich geriet, in dem Augenblick, wo sie von ihrem unseligen Geheimnis aufs höchste bewegt, an die verlorene Liebe doppelt schmerzlich erinnert werden mußte, indem eine andere, bisher verhaßte, sich hülfreich stürmisch aufdrang. Jetzt stößt sie den Herzog heftig weg, jetzt gibt sie sich seiner Kühnheit unerhört willig hin, dem bängsten Seufzer, dem heißesten Gusse von Tränen folgt plötzlich ein Lachen, dessen kindische Lieblichkeit, dessen herzlicher Klang unter jeden andern Umständen hätte bezaubernd sein müssen. Der Herzog sah in alle diesem nur den unbeschreiblich rührenden Ausdruck einer bis jetzt verhüllten Leidenschaft für ihn, welche sich endlich verraten und noch im entzückten Momente der ersten Umarmung mit holder Scham und süßer Reue kämpfe, ihn selber jedoch zum seligsten der Menschen mache. Wie ganz anders sah es im Busen Constanzens aus! Oft war es ihr, als säße sie, von einem Dämon, von einem höllischen Wesen umschlungen, in entsetzlicher Unmacht festgebannt; Lust und Unlust empörten sich wechselseitig in ihrem Innern, sie überließ sich seinem Kusse mit einem schneidenden Gefühle von Widerwillen, ja von Ekel, sie empfand es unerträglich, wie elend sie sich verirrt, wie töricht rasend ihre Einbildung sei, als ob sie auf diese Art an jenem Verräter heimlich Rache üben könnte! Er – (so rief, so wimmerte es in ihrer Seele) ja *er* allein hat es verschuldet, daß Constanze so sich verleugnet, daß ich tue, was ich sonst verabscheut hätte, und doch –

wie wird alles werden? wie soll das enden? wohl, wohl – mag es, wie es kann! – Sie rang sich los, drückte den Kopf in die Purpurkissen des Sofa, ihr Schluchzen zerriß dem Herzog das Herz, er berührte sie schüchtern, er bat, er beschwor sie um Fassung; sie möge sich doch besinnen, warum sie denn eigentlich verzweifle, ob das unfreiwillige Bekenntnis einer Neigung, die ihn auf ewig zu einem guten, mit Welt und Himmel glücklich ausgesöhnten Menschen zu machen bestimmt sei, ob die Furcht, daß dieses schöne Verständnis jemals dem rohen Urteil der Menschen bloßgestellt werden könne, ob ein Zweifel an seiner Verschwiegenheit, an seiner Treue, ein Zweifel an seiner Ehrfurcht vor ihrer Tugend sie quäle? »Constanze! Teure! Geliebte! blicken Sie auf! sagen Sie, daß ich für heute, für jetzt mich entfernen soll, fordern Sie, daß ich Sie mein Leben lang durch nichts, durch kein halbes Wort, mit keiner Miene, keinem leisen Wunsche mehr an diesen Abend mahne! *Mir* aber darf er unvergeßlich bleiben; so wie jetzt wird auf ewig dieses Zimmer, wird das Licht dieser Kerze und wovon es Zeuge gewesen, vor meiner Erinnerung stehen – o Gott! und *so*, in dieser traurig abgewendeten Lage muß die Gestalt der edelsten Frau vor mir erscheinen, um allen himmlischen Reiz des vorigen Augenblicks wieder auszulöschen! ich werde vergehen, verzweifeln, wenn Sie sich nicht aufrichten, wenn ich Sie so verlassen muß.«

Er faßte sie schonend an beiden Schultern, und sanft rückwärts gebeugt lehnte sie den Kopf an ihn, so daß die offenen schwimmenden Augen unter seinem Kinne aufblickten. Freundlich gedankenlos schaut sie hinan, freundlich senkt er die Lippen auf die klare Stirne nieder.

Lang unterbrach die atmende Stille nichts. Endlich sagt er heiter: »Ists nicht ein artig Sprüchwort, wenn man bei der eingetretenen Pause eines lange gemütlich fortgesetzten Gesprächs zu sagen pflegt: es geht ein Engel durch die Stube?«

Constanze schüttelte, als wollte sie sagen: der vorige, der gegenwärtige Auftritt habe doch wohl einen so friedsamen Geist nicht herbei locken können.

Abermals versagt ihm ein weiteres Wort; er sinnt über den Zustand der Gräfin nach, der ihm aufs neue verschiedenes zu bedenken gibt. Nicht ohne Absicht kommt er daher spielend wieder auf Nolten und Larkens zurück. »Nein«, sagt er zuletzt, »es würde mir sehr angenehm sein, wenn Sie, meine Liebe, mir über den bösen Punkt Ihre Ansicht offenbaren wollten. Ganz gewiß sind Sie längst darüber im reinen, zum wenigsten haben Sie eine Meinung. Reden Sie mir, ich bitte recht ernstlich – Halten Sie die beiden für schuldig?«

Die Befragte bedenkt sich eine Weile und sagt mit einer sonderbar zuckenden Bewegung: »Schuldig? – er ists!«

»Wer doch?«

»Nun, der Nolten – «

»Ich erstaune! – und Larkens?«

»Wohl ebensogut. Ja, mein Herr, darauf verlassen Sie sich.«

»Und sind strafbar?«

»So denk ich.«

»Nun, auf mein Wort! so sollen sies bereuen.«

Der Herzog stand auf; Constanze blieb wie angefesselt. Er hatte dies strenge Urteil aus Constanzens Munde am wenigsten erwartet, um so gegründeter mußte es sein. Er fragte einiges, was ihre Ansicht näher bestimmen sollte, sie versicherte, nichts weiter zu wissen: er möge sich damit begnügen und auf keinen Fall sie verraten. Nun erst, da er Gewißheit zu haben glaubte, da selbst diese billig denkende Frau von solcher Ungebühr bewegt, entrüstet schien, erwachte Ärger und Verdruß in ihm, er enthielt sich der empfindlichsten Ausdrücke nicht, wiederholt dankte er der Geliebten ihre Aufrichtigkeit, die er als natürliche Folge einer zärtlich aufgeschlossenen Stimmung auslegte. Ihm ahnete nicht, von welchem Aufruhr widersprechender Gefühle die Gräfin innerlich zerrissen war, seitdem sie das Entscheidende ausgesprochen. Wie versteinert vor sich hinstarrend, blieb sie auf *einer* Stelle sitzen, war mehr als *einmal* versucht zu Milderung, zu völliger Widerrufung des Gesagten, aber ein unbegreiflich Etwas band ihr die Zunge. Plötzlich hört man den Wagen des Grafen vor dem Haus anrollen, ein eiliger Kuß, ein schmeichelhaft Wort versiegelt von seiten des Herzogs das Geheimnis dieser Stunde.

Ehe wir noch auf die Folgen zu reden kommen, welche diese Vorgänge rasch genug nach sich gezogen, enthalten wir uns nicht, einen allgemeinen Blick auf die Gemüter zu werfen, zwischen denen sich durch die fatalste Verschränkung der Umstände, durch ein doppeltes und dreifaches Mißverständnis eine so ungeheure Kluft gebildet hatte.

Indem unser Maler sich den Aussichten eines unbegrenzten Glückes überläßt, mit jedem Tage der völligen Entscheidung desselben entgegenblickt und soeben beschäftigt ist, der Gräfin seine Wünsche, seine Anerbietungen in einem ruhig besonnenen Briefe frei und edel hinzulegen, spinnt ihm die Liebe selbst durch Constanze ein verräterisches Netz. Der redliche Wille eines Freundes, der im Dunkeln seinen Zweck hartnäckig verfolgte, ward zum Spiel eines schlimmer oder besser gesinnten Schicksals: die sorgsam, aber grillenhaft angelegte Mine, womit Larkens einen gefährlichen Standpunkt der Personen nur leicht auseinander zu sprengen dachte, hat sich tückisch entladen und ist im Begriff, ihrer viere, und darunter ihn selber, mit bitterm Unheil zu treffen, so daß man kaum wüßte, wer von allen am meisten zu bedauern sei, wenn es nicht jenes unschuldige Mädchen ist, um dessen gerechtes Wohl es sich von Anfang an handelte. Aber, scheint Constanze unser Mitleid verscherzt zu haben, seitdem sie sich zu einer heftigen Rache hinreißen ließ und derselben einen falschen Grund unterzuschieben wußte, ja seitdem es den Anschein hat, als wolle sie sich an einen zweideutigen Verehrer wegwerfen, so werden wir doch billig genug sein, uns den Zustand eines weiblichen Herzens zu vergegenwärtigen, das, aufs grausamste getäuscht, von der Höhe eines herrlichen Gefühls herabgestürzt, an sich selber, wie an der Menschheit, auf einen Augenblick irre werden mußte. Was Theobalden selbst betrifft, so sehen wir schon jetzt, wie sich ein zwar sehr verzeihliches, aber dennoch übereiltes Mißtrauen in der Liebe durch ein ganz ähnliches an ihm bestraft, und wir wollen erwarten, ob diese harte Züchtigung mehr zu seinem Unglück oder zu seinem Heile ausschlagen soll.

Die auf Befehl des Herzogs geschehene Konfiskation des verdächtigen Spielkästchens war den Freunden schon kein gutes Zeichen. Larkens geriet in Wut über diesen abgeschmackten Gewaltstreich, wie ers nannte. »Mögen sie sich doch«, rief er dem Maler zu, »die Zähne ausbeißen an diesen armseligen verkleckten Gläsern! und dem ersten Schöpsen, der die Nase in mein argloses Machwerk stecken wird, schlage der Geist des alten Nikolaus nur tüchtig hinters Ohr, zur Erleichterung des kritischen Verständnisses!«

Theobald wollte den Herzog selbst belehren, der Schauspieler gab es nicht zu, indem er behauptete, man müsse dem Pack den Gefallen nicht tun, man müsse abwarten, bis die Maus selbst aus dem unheilschwangern Berg hervorspringe und die Dummheit sich prostituiere. Da demungeachtet der Maler in seiner gütlichen Absicht den fürstlichen Gönner aufsuchte, ward er zu seiner größten Bestürzung und Verdruß nicht vorgelassen. Ganz trostlos aber machte es ihn, als er sich seine letzte Zuflucht zu Zarlins auf gleiche unerhörte Weise abgeschnitten sah. Er wußte sich nicht zu helfen, nicht zu raten, er hätte mit Freuden den Haß des ganzen Hofes auf sich geladen, wenn er nur über Constanze hätte ruhig sein können.

Inzwischen ward jene mißliche Sache durch einen neu hinzugetretenen Umstand gar sehr verschlimmert, ja sie bekam eine völlig veränderte Gestalt. Wie immer ein Übel das andere erzeugt und in solchen Fällen des Unheils kein Ende ist, so hatten einige Stimmen nicht ermangelt, bei dieser Gelegenheit an gewisse vor längerer Zeit anhängig gemachte und zum Teil wirklich erhobene Kriminalfälle, geheime Umtriebe betreffend, zu erinnern, und obgleich diese Dinge bereits für abgetan galten, so glaubte man doch keinen unbedeutenden Nachtrag hinter dem Schauspieler suchen zu müssen.

Der unruhige Geist, welcher, von gewissen politischen Freiheitsideen ausgehend, eine Zeitlang die Jugend Deutschlands, der Universitäten besonders, ergriffen hatte, ist bekannt. Die Regierung, von welcher hier die Rede ist, behandelte dergleichen Gegenstände mit um so größerer Aufmerksamkeit, als sich entdeckte, daß immer auch einige durch reiferes Alter, Geist und übrigens unbescholtenen Charakter ausgezeichnete Männer nicht verschmäht hatten, an solchen Geheimverbindungen, im weiteren oder engeren Sinne, teilzunehmen. So hegten denn namentlich zwei genaue Bekannte unseres Schauspielers diese gefährliche Tendenz mit vieler Vorliebe, und der letztere, weit entfernt von jedem ernstlichen Interesse an der Sache, verbarg diesen Leuten gegenüber seine Gleichgültigkeit und Geringschätzung hinter der Maske des feurigsten Enthusiasten, indem er sich das Vergnügen nicht versagen konnte, seine Genossen auf eine jedenfalls unverantwortliche Weise zum besten zu haben. Er schrieb ihnen Briefe voll schwärmerischen Schwungs, machte die absurdesten Vorschläge und wußte den Verdacht einer bloßen Äfferei durch eine kunstvolle ironische Einkleidung, durch abwechselnd vernünftige Gedanken sowie durch die höchste Konsequenz in der persönlichen und mündlichen Darstellung zu entfernen, so daß ihn die Gesellschaft zwar für ein seltsam überspanntes, doch aber höchst talentvolles Mitglied ansprach, wenn es gleich an einzelnen klugen Köpfen nicht fehlte, die ihm heimlich mißtrauten und scharf auf die Finger sahen; er bemerkte dies, spielte den Gekränkten, zog sich noch eben zu rechter Zeit zurück und erhielt gegen das Versprechen der tiefsten Verschwiegenheit seine schriftlichen Aufsätze sämtlich zurück. Als es zwei Jahre nachher von Staats wegen zur Untersuchung und Aufhebung der Verbrüderten kam und entfernterweise auch seiner erwähnt ward, konnte es ihm bei der Diskretion der Bundesgenossenschaft wirklich gelingen, sich wie ein Aal aus der Klemme zu winden, während andere, zum Teil schon in öffentlichen Ämtern stehende Männer zu nachdrücklicher Bestrafung gezogen wurden. So erfreute er sich geraume Zeit einer guten Sicherheit, aber sein frevelhafter Mutwille sollte nicht ungerächt bleiben. Das berüchtigte Schauspiel rief die alten Erinnerungen wieder hervor, übelwollende, wichtigtuende Aufklauber übten sogleich ihre ganze Geschäftigkeit, und der König sah sich gewogen, einen so verhaßten Gegenstand abermals in öffentliche Anregung zu bringen. Der Herzog seinerseits an die Erheblichkeit dieses neuen Verdachtes keineswegs glaubend, bedauerte diese höchst verdrießliche Wendung der ohnehin so schief gedrehten Geschichte um so aufrichtiger, je weniger Freund Nolten ungefährdet dabei bleiben konnte, und je weniger er selbst sich verhehlte, daß vielleicht einige glücklich angebrachte Winke von ihm hingereicht haben würden, den ersten schwierigen Eindruck des bewußten Gedichtes zu vernichten und so jedem weitern Nachhalle vorzubeugen. Er sah nur zu deutlich ein, wie es am Ende doch jenes einzige Wort aus Constanzens Munde gewesen, was seine Schritte geirrt und seine versöhnliche Gesinnung mit einem geheimen Aber angesteckt habe. Jetzt konnte an eine Vertuschung nicht mehr gedacht werden, und alles nahm seinen strengen, gesetzlichen Gang.

Wie ein Donnerschlag traf es die Freunde, als ihre Verhaftung nun wirklich erfolgte. Eine Kommission ward beauftragt, ihre Papiere zu durchsuchen, und zum Unglück kam dies alles so rasch, so unvermutet, beide hatten so gar keine Ahnung von den neuesten Gerüchten, daß Larkens nicht von weitem daran dachte, jene verfänglichen Briefe auf die Seite zu schaffen; denn leider waren sie noch vorhanden, er hatte die Vertilgung so merkwürdiger Aktenstücke nicht über sich vermocht, vielmehr lagen sie über die Zeit der ersten Untersuchungen als geheimes Depositum in dem Hause eines unverdächtigen Bekannten, später nahm sie der Verfasser wieder zu sich, und ein versiegeltes Portefeuille in seinem Pult verwahrte den verräterischen Schatz. Wie sehr der Umstand unsern Schauspieler beunruhigen mußte in dem Augenblick, als ihm die Festnehmung seiner eigenen Person das Ernstliche der Absicht genugsam bewies, läßt sich denken; denn daß man die Briefe finden würde, daß der Inhalt, obwohl höchst komischer Natur, gar sehr gegen ihn zeugen müsse, war zu erwarten.

Die beiden wußten kaum, wie ihnen geschah, als sie sich eines Morgens in zwei abgesonderte Zimmer des sogenannten alten Schlosses zu trauriger Einsamkeit verwiesen sahen. Leopold und Ferdinand waren teilnehmende Begleiter auf dem verhaßten Gange. Beim Abschied konnte Nolten kein Wort hervorbringen, kaum fand er Gelegenheit, dem Bildhauer ein kurzes Billett an den Grafen nochmals zu empfehlen. Larkens' Benehmen drückte einen knirschenden Schmerz aus, er kehrte das Gesicht ab, während er Noltens Hand zum letztenmal faßte.

Wenn der Mensch von einem unerwarteten Streiche des ungerechtesten Geschickes betäubt stille steht und sich allein betrachtet, abgeschlossen von allen äußeren mitwirkenden Ursachen, wenn das verworrene Geschrei so vieler Stimmen immer leiser und matter im Ohre summt, so geschieht es wohl, daß plötzlich ein zuversichtliches, fröhliches Licht in unserm Innern aufsteigt, und mit Heiterkeit sagen wir uns, es ist ja nicht möglich, daß dies alles wirklich mit mir geschieht, ungeheurer Schein und Lüge ist es! Wir fühlen uns mit Händen an, wir erwarten, daß jeden Augenblick der Nebel zerreiße, der uns umwickelt. Aber diese Mauern, diese sorgsam verriegelte Tür wiesen dem armen Maler mit frecher Miene ihr festes unbezwingliches Dasein. Erschüttert, mit lautem Seufzen ließ er sich auf den nächsten Stuhl nieder, ohne einmal an das Fenster zu treten, das ihm eine weite Aussicht ins Freie und seitwärts einen kleinen Teil der Stadt freundlich und tröstlich hätte zeigen können. In der Tat hatte das Zimmer eine angenehme Lage, in dem obersten Teil des ohnehin hochgelegenen, altertümlichen, hie und da noch befestigten Gebäudes. Dieser eine Flügel war, die Wohnung des Kommandanten und des Wärters ausgenommen, ganz unbewohnt, von einer andern Seite, wo Garnison lag, tönte zuweilen ein munterer militärischer Klang, Trommel und Musik nicht allzu geräuschvoll. Auch die nächsten Umgebungen Theobalds nahmen sich eben nicht sehr düster aus, die Wände rein geweißt und trocken, die Eisenstäbe vor den Fenstern weit genug, um nichts zu verdunkeln, die Heizung regelmäßig, soweit die herankommende Frühlingszeit sie nicht gar entbehrlich machte. Aber an der notdürftigsten Unterhaltung mit Büchern, Schreibzeug und dergleichen fehlte es, und jede Art von Material für den Künstler insbesondere schien ausdrücklich verwehrt. Auch dachte unser Gefangener für jetzt noch an alle das keineswegs; vielmehr liefen seine Gedanken mit der Geliebten, mit dem ganzen zerrissenen und verhüllten Bilde seiner Zukunft beschäftigt, immer in demselben Schwindelkreise, wie an einem unübersteiglichen, von keiner Seite zugänglichen Walle, verzweifelnd hin und her. Und wenn er sich das Ärgste, das Äußerste vorgehalten, so kam ihm doch stets wieder der Glaube an Constanzens richtiges Gefühl, an ihre Klarheit, ihre treue Gesinnung mutig entgegen. Sie mochte ihn damals abgewiesen haben, weil ihre Stellung zum Hofe ihr diesen Zwang auflegte, sie mochte selbst, auf kurze Zeit vom allgemeinen Irrtum angesteckt, einigen Unwillen hegen, aber ihr Herz werde ihn freisprechen, werde mit ihm leiden, sie selbst werde eine Milderung des gegenwärtigen Übels zu befördern wissen. Diese seine Hoffnung gewann nach und nach so viel Stärke, daß ihm die Gestalt der schönen Frau nicht anders als mit dem Ausdruck mitleidiger Liebe wie ein Friedensbote vorschwebte, ja zuletzt mit dem reizenden Ungestüm einer angstvollen Braut, welche die Befreiung des Verlobten fordert. Aber furchtbar lastete die Zeit der Ungewißheit auf ihm, bis er den ersten gütigen Laut von ihr vernehmen könnte! Jenes Billett an den Grafen – kaum erinnerte er sich der hastig hingeworfenen

Worte – drückte eigentlich nur eine lebhafte Beteurung seiner Unschuld, einen schmerzlichen Klageton aus, der hauptsächlich auf das Gemüt Constanzens berechnet sein mochte. Ein früher entworfenes Schreiben an die letztere, wovon wir oben etwas gesagt, hatte er mit sich hiehergebracht; er las jetzt diese gemäßigten, freudig hoffenden, kühn versprechenden Linien aufs neue; er glaubte die Teure vor Augen zu haben, ihre zarte Hand zu ergreifen, ihre Zusage zu hören, den Hauch ihres Mundes zu fühlen, und ach! wie stumpfte dann wieder der Anblick dieser Zelle gegen den lebendigsten Traum!

Larkens an seinem Orte quälte sich nicht weniger mit Zweifeln und Sorgen auf und nieder. Es entbehrte seine Phantasie der immer noch lieblichen Hintergründe, womit jener Leidensbruder sich seinen Zustand aufschmeichelte. Überdies mußte er nach einer Äußerung, die ihm privatim zugekommen war, und die er schonungsvoll für sich allein behalten, die Aussicht auf baldige Lossprechung viel weiter hinausdenken, als man sonst geneigt war; und er empfand dies um so peinlicher, je mehr er alle Schuld dieses doppelten Mißgeschicks auf sich zurückführte. Für die auswärtigen Angelegenheiten seines Freundes glaubte er indessen vorläufig dadurch gesorgt zu haben, daß er, auf den Fall eines längeren Stillstandes im schriftlichen Verkehr mit Agnes, diese unter Vorschützung einer Geschäftsreise beruhigte. Einigen Vorteil für seinen geheimen Plan fand er in der Entfernung Noltens von der Person Constanzens. Aber dieser kleine Gewinn, wie teuer erkauft! Und bedachte er vollends, was er selbst entbehre durch die Trennung von Theobald, was in solcher Widerwärtigkeit der Trost eines gemeinsamen Gespräches wäre, erwog er die Unmöglichkeit, sich auch nur durch einen Buchstaben von Zeit zu Zeit wechselsweise mitzuteilen und anzufrischen, so hätte er laut toben, er hätte aufschreien mögen über die Einförmigkeit eines Daseins, wovon er, der ungebundene, keck verwöhnte und reizbare Mensch nie einen Begriff gehabt. Die einzige Hoffnung setzte er auf ein Verhör.

Schon waren einige Tage verstrichen, als die Lage der beiden durch die zugestandene Erholung mit Lektüre bereits erträglicher zu werden versprach, doch Larkens wies dergleichen starrsinnig von sich, und während Nolten bei allem erdenklichen Leidwesen doch den Vorzug genoß, daß ihm teils die Liebe, teils ein zu Hülfe gerufener Künstlersinn immer neuen Stoff zu innerlicher Belebung zuführte, so versank der Schauspieler gar bald in die Finsternis seines eigenen Selbst, er wurde die freiwillige Beute eines feindseligen Geistes, den wir bisher nur wenig an ihm kennengelernt, weil er ihn selber bis auf einen gewissen Grad glücklich genug bekämpft hatte. Um uns übrigens hierin ganz verständlich zu machen, wird folgender Aufschluß hinreichen.

Von vermögenden Eltern herkommend, ohne sorgfältige Erziehung von Hause aus, bezog er sehr jung die Akademie, wo er, keinen festen Plan im Auge, neben einem lustigen kameradschaftlichen Treiben dennoch schöne philosophische und ästhetische Studien machte. Eine Reise nach England und die Höhe des dortigen Schauspielwesens bekräftigte den Entschluß, sich mit höchstem Ernste dieser Kunst zu weihen. Seine erste theatralische Schule begleiteten bereits öffentliche Proben auf einem der angesehensten Schauplätze, und die Aufmerksamkeit des Publikums wurde zur Bewunderung, als er, obwohl ungerne, dem Rate eines erfahrnen Mannes folgend, sich eine Zeitlang in durchaus komischen Repräsentationen erging. In dem Maße, wie er, einem sonderbaren Naturzwang zufolge, wieder zum Ernsthaften einlenkte, nahm der allgemeine Beifall ab, und so schwankte er unbefriedigt, mißlaunisch ein volles Jahr hin und her, ohne einsehen zu wollen, welchen von beiden Fächern er sein Talent zuwenden müsse. Dazu kam der Übelstand, daß dem praktischen Künstler seine poetische Produktivität vielmehr hinderlich als förderlich war; er wollte im Reiche seiner eigenen Dichtung leben und empfand es übel, wenn ihn mitten in der schaffenden Lust das Handwerk störte, was um so unvermeidlicher war, da seine Arbeiten ganz außer der allgemeinen Bühnensphäre lagen und nur von einem engen Freundeskreise gefaßt und geschätzt werden konnten. Dieser widrige Konflikt des Dichters und des Brotmenschen brachte die ersten Stockungen und Unordnungen in seinem Leben hervor; aus Verdruß über die Unausführbarkeit seiner höhern Geisteswelt warf er sich in den Strudel der gemeinen, und die Leidenschaften, welche er durch kunstmäßige Darstellung im schönen Gleichgewichte mit seinem bessern Selbst zu erhalten gedacht hatte, ließ er jetzt in zügelloser Wirklichkeit rasen.

Um jene Zeit hatte sich unter seinen Freunden die eigene Sucht hervorgetan, sich durch Erfindung und Durchführung fein angelegter

Intrigen zu zeigen. Larkens spielte in einem gutartigen Sinne hierin gerne den Meister, aber leider verwickelte ihn dies Unwesen bald mit einer als schön und witzig gleich bekannten Schauspielerin, ein Umgang, der ihn bald in einen Wirbel der verderblichsten Genüsse niederzog. Sein Beruf ward ihm leidige Nebensache, und, mehr als einmal im Begriffe, verabschiedet zu werden, erhielt er sich nur dadurch, daß er von Zeit zu Zeit durch eine Vorstellung, worin er allem Genie aufbot, die Gunst seiner Leute gewaltsam an sich riß. Mit Schmerzen blickte man ihm nach, als er freiwillig den Ort verließ, welcher Zeuge seiner traurigen Versunkenheit gewesen. Er entsagte dem unwürdigen Leben, raffte sich zu neuer Tätigkeit auf, und ward ein erfreulicher Gewinn für die Stadt, worin wir ihn später als Noltens Freund kennen lernten. Aber jene fleckenvolle Zeit seines Lebens hinterließ auch dann noch eine unüberwindliche Unruhe, eine Leere bei ihm, als er seine sittliche und physische Natur längst mit den besten Hoffnungen aus dem Schiffbruch gerettet hatte. Des heiteren geistreichen Mannes bemächtigte sich eine tiefe Hypochondrie, er glaubte seinen Körper zerrüttet, er glaubte die ursprüngliche Stärke seines Geistes für immer eingebüßt zu haben, obgleich er den zwiefachen Irrtum durch tägliche Proben widerlegte. Wie oft hielt er Theobalden, wenn dieser bemüht war, seine Grillen zu verjagen, mit wehmütigem Lachen das traurige Argument entgegen: »Das bißchen, was noch aus mir glänzt und flimmt, ist nur ein desperates Vexier-Lichtchen, durch optischen Betrug in euren Augen vergrößert und verschönert, weil sichs im trüben Hexendunste meiner Katzen-Melancholien bricht.« Mit solchen Ausdrücken konnte er sich ganze Stunden gegen Theobald erhitzen, und erst nachdem er sich gleichsam völlig zerfetzt und vernichtet hatte, gewann er einige Ruhe, eine natürliche Heiterkeit wieder, wobei er, nach dem Zeugnis aller, die ihn umgaben, unglaublich sanft und liebenswürdig gewesen sein soll. Außer Theobald und etwa einem andern früheren Vertrauten kannte ihn jedoch keine Seele von dieser schwermütigen Seite, er wußte sie trefflich zu verbergen, und sein Betragen auf diesen Punkt gab selbst dem Menschenkenner niemals eine Blöße. Inzwischen war der gute Einfluß nicht zu mißkennen, den Noltens Umgang, sein kräftiger Sinn auf jenes verdunkelte Temperament ausübte, denn wenngleich unser Maler selbst an einer gewissen Einseitigkeit leiden mochte, so war doch sein sittlicher Grundcharakter unerschütterlich, und ein Streben nach voller geistiger Gesundung beurkundete sich zeitig in der mehr und mehr zum Allgemeinen aufsteigenden Richtung seiner Kunst, mit Bereinigung alles dessen, was ihm von einer phantastischen Entwicklungsperiode noch anklebte. Larkens schöpfte mit Lust aus dieser Quelle ein reines Wasser auf sein dürres Land, er hielt sich leidenschaftlich an den neuerworbenen Freund, ohne doch diese Inbrunst stürmisch im Worte zu verraten; vielmehr geriet er unwillkürlich in die gemäßigte Rolle eines Mentors hinein, eines Meisters, welcher durch eigenen unsäglichen Schaden klug geworden, dem Jüngern gar wohl gelegentlich auf die rechte Spur helfen zu können glaubt. Und indem er so am raschen Strom eines in jugendlicher Fülle strebenden Geistes teilnahm, erwuchs ihm ein neues Zutrauen zu sich selber, die Schuppen seines veralteten Wesens fielen ab, eine frische Bildung erschien darunter. Immer seltener wurden jene selbstquälerischen Ausbrüche, ja sie verschwanden zuletzt völlig; was Wunder, daß nun ein Gefühl von Dankbarkeit ihn unserem Freunde auf ewig verband, daß er sichs zur Pflicht machte, mit aller Kraft für das Wohl des Geliebten zu arbeiten? Mögen wir auch an einem auffallenden Beispiele, das er von diesem warmen Eifer gab, einen Hang zum Seltsamen keineswegs verkennen, so war die Intention dennoch die lauterste, brüderlichste, und wer wollte ihm verargen, wenn er bei der zarten Pflege, die er einem gebrochenen Liebesverhältnis widmete, zugleich seinem Herzen den Triumph bereitete, welcher in dem Zeugnis lag, daß er als ein vielversuchter Abenteurer sich dennoch mit unschuldiger Innigkeit an der eingebildeten Liebe eines engelreinen Wesens erfreuen konnte, eines Mädchens, das er nie mit Augen gesehen und an dessen Besitz er niemals gedacht hatte, so wünschenswert er auch erscheinen mochte. Gerne begnügte er sich mit der Fähigkeit, ein schönes Ideal noch in sich aufnehmen und außer sich fortbilden zu können; er fing an, mit sich selber, mit der Welt sich zu versöhnen. So weit war alles in gutem Geleise: nun aber herausgerissen aus aller Tätigkeit, aus einem gesellig zerstreuenden Leben, dem Elemente seines Daseins, gefoltert überdies von dem Gedanken, einem teuren Freunde Veranlassung zu denklichem Unfalle geworden zu sein, erwehrte er sich eines allgemeinen Trübsinnes nicht mehr, die alten Wunden brachen wieder auf, geschäftig wühlte er darin, Vergangenheit und Gegenwart flossen in ein grinzendes Bild vor ihn zusammen, er betrachtete sich als den Elendesten der Menschen, er verlor sich mit Wollust in der Vorstellung, daß dem Manne, durch Schuld und Jammer überreif, die Macht gegeben sei, das Leben eigenwillig abzuschütteln. Je gewisser er im äußersten Falle auf diese letzte Freistatt rechnen konnte, und je ruhiger er nach und nach den entsetzlichen Gedanken beherrschen lernte, desto mehr gewann sein Gemüt auf der andern Seite an Freiheit und an Mut, die nächste Zukunft duldend abzuwarten; sein Zustand wurde milder, sogar heiterer.

Eine unerwartete Unterbrechung dieses brütenden Stillesitzens, so angenehm sie erschien, wollte ihn doch beinahe störend überraschen, da er die ersten Fäden einer allmählichen Verpuppung durch den Zudrang frischen Lebenshauches wieder zerrissen und sich selbst zu neuer Hoffnung aufgemuntert sah. Denn eines Morgens, in der vierten Woche der Gefangenschaft, trat der Kommandant ins Zimmer mit der Nachricht: es solle beiden Herren erlaubt sein, zuweilen einen und den andern Freund bei sich zu sehen, doch jeder nur auf seinem eigenen Zimmer und ohne daß die Gefangenen selbst zusammengeführt würden. Larkens dankte so gut er konnte, besonders verdroß ihn die letzte Bedingung; auch hatte der Offizier einem weiteren guten Vorurteil, das man aus dieser Vergünstigung ziehen mochte, nicht undeutlich vorgebeugt, und überdies vermutete Larkens, daß man diese Gunst nur der besonderen Attention des Herzogs gegen Nolten zu verdanken habe.

Den ersten Abend brachten Ferdinand und Leopold bei Theobald zu, den folgenden bei dem Schauspieler, wozu sich noch ein dritter Freund anschloß. So lebhaft ein solches Wiedersehen sein mußte, so freundlich die lieben Gäste mit Neuigkeiten aller Art und mit dem besten Weine zu Belebung der Gemüter das ihrige taten, so war es doch nur eine erzwungene Freude, und Theobald wußte sich um so weniger zu lassen, da er gleich anfangs hören mußte, daß sein Billett an Zarlin zwar angenommen worden, daß jedoch bei einem Besuche, welchen Leopold im Hause gemacht, der Graf bloß ein allgemeines, ziemlich kühles Bedauern geäußert habe. Insofern Leopold nichts von der wahren Beziehung wissen sollte, welche Noltens Interesse für jene

Familie hatte, so konnte dieser nur durch entfernte Fragen herauslauschen, daß Constanze gar nicht sichtbar, auch keine Rede von ihr gewesen sei.

Diese Lage der Dinge drückte nun freilich schwer auf das Herz des geängstigten Liebhabers, aber wie ward ihm vollends zumute, als der Bildhauer sein vor einigen Wochen schon gemachtes Anerbieten wiederholte, einen Brief an Agnes zu besorgen, ja als er gutmütig äußerte, wie er die ganze Zeit her im Zweifel gewesen, ob er nicht selbst diese Pflicht übernehmen und dem Vater des Mädchens die leidigen Begebenheiten schonungsvoll beibringen solle, wie ihn aber ein Wort, das Larkens gleich anfangs hierüber fallen lassen, dennoch beruhigt habe. »Jawohl«, sagte Nolten, »dafür ist schon Rat geschafft!« und verdrängte diese Materie, während er im stillen aus der ablehnenden Äußerung, welche der Schauspieler getan haben sollte, nicht ganz klug werden konnte und überhaupt auf die traurigsten Kombinationen verfiel.

Die Art, wie Larkens die Besuche aufnahm, war im Grunde ansprechender, denn er setzte von jeher einen Vorzug darein, sich vor Menschen zusammenzunehmen und eine wohlwollende Annäherung, auch wenn sie zur Unzeit kam, gutmütig, zart und gefällig zu erwidern. Die Nachricht aber, womit man ihn besonders zu erfreuen dachte, daß das Theater und dessen Liebhaber herzlich und laut um ihren besten Liebling trauern, nahm er gleichgültig auf und er wollte nichts davon hören. Die Urteile der Stadt im allgemeinen betreffend, hieß es, man trage sich mit allerlei übertriebenen Meinungen von dem Vergehen der Verhafteten; die Vernünftigen zucken die Achsel, niemand wolle an eine gänzliche Unschuld der beiden glauben. Auch hatten indessen drei Verhöre stattgefunden, ohne daß man dadurch einer glücklichen Entscheidung um vieles nähergerückt wäre.

War der Zustand unseres Paares unter diesen Umständen beklagenswert genug, so sollte noch die schwerste Prüfung über den Maler ergehen, indem sich auf alle die heftigen Erschütterungen ein Fieber bei ihm ankündigte, das der Arzt sogleich für bedeutend erkannte. Der Kranke verließ seit drei Tagen das Bett nicht mehr, häufig lag er ohne Bewußtsein da und in freieren Stunden war das Gefühl seines Elends nur um so stärker; die Phantasien der Fieberhitze setzten ihr grelles

Spiel auch im Wachen fort und schleuderten den Gequälten in unbarmherzigem Wechsel hin und her. Bald nahte sich Constanze seinem Lager, und wenn sein inniger Klageton ihr Mitleid, ihre Liebe ansprach, wenn sich die edle Gestalt soeben über den Leidenden herzusenken schien, floh sie entsetzt und zürnend wieder weg; bald zeigte sich die verstoßene Agnes an der Tür, den stillen Blick betrübt auf ihn gerichtet, bis sie sich nicht mehr hielt und laut weinend neben ihm auf die Knie stürzte, seine Hand mit tausend Küssen bedeckte und er die arme Reuevolle gleichfalls liebreich an sich herzuziehen genötigt war.

Dergleichen Vorstellungen, worin sich der Rest seiner Neigung zu jenem verkannten liebenswürdigen Kinde nun auf dem durch Krankheit und Schwäche erweichten Grunde seines Gemütes sonderbar und lebhaft abspiegelte, wiederholten sich immer häufiger und waren um so weniger abzuweisen, da sie ihm zunächst durch einen seltsamen Zufall von außen aufgedrungen worden waren. Denn eines Morgens erwachte er vor Tag aus einem unruhigen Halbschlafe an einem weiblichen Gesang, der aus der Küche des Wärters unter seinem Fenster zu kommen schien. Der Inhalt des Lieds, so wenig es ihm selber gelten konnte, traf ihn im Innersten der Seele, und die Melodie klang unendlich rührend durch das Schweigen der dunkeln Frühe, ja die Töne selber nahmen in seiner Einbildung eine wunderbare Ähnlichkeit mit der Stimme Agnesens an.

Früh, wenn die Hähne krähn,
Eh die Sternlein verschwinden,
Muß ich am Herde stehn,
Muß Feuer zünden.

Schön ist der Flammen Schein,
Es springen die Funken,
Ich schaue so drein,
In Leid versunken.

Plötzlich da kommt es mir,
Treuloser Knabe!
Daß ich die Nacht von dir
Geträumet habe.

Träne auf Träne dann
Stürzet hernieder,
So kommt der Tag heran –
O ging' er wieder!

Zum ersten Male seit undenklicher Zeit fühlte Theobald wieder die Wohltat unaufhaltsamer Tränen. Die Stimme schwieg, nichts unterbrach die Ruhe des langsam andämmernden Morgens. Der Kranke barg das Gesicht in die Kissen, ganz der Süßigkeit eines – dennoch so bittern! Schmerzens genießend.

An demselben Morgen bekam Larkens, da er kaum das Bett verlassen hatte, von Leopold, dem Bildhauer, einen Besuch, der eigentlich Theobalden bestimmt war; auf die Nachricht vom Pförtner jedoch, daß der Kranke nach einer erträglichen Nacht soeben noch ruhig schlummere, wagte der Freund keine Störung und ließ sich das Zimmer des Schauspielers aufschließen. Er fand den letztern in der traurigsten Stimmung, worein ihn die Sorge um Nolten versetzte, und Leopold, gleichfalls heftig bewegt, hatte Mühe, ihn zu trösten.

Nach einiger Zeit fing der Bildhauer an: »Nun muß ich Ihnen eine Eröffnung machen, die freilich zunächst für Nolten gehörte, sie betrifft einen Vorfall, womit ich mich schon drei Tage herumtrage, ohne daß ich Gelegenheit erhalten konnte, ihn einem oder dem andern von Ihnen mitzuteilen; denn der Obrist schlug mir die Bitte zweimal ab, zumal da der Arzt den Kranken so wenig als möglich durch Gesellschaft beunruhigt wissen will; gestern bekam ich mit Not auf eine Stunde Erlaubnis; die Angst um Nolten und, ich darf wohl sagen, auch meine Neuigkeit ließ mir nicht Rast noch Ruhe mehr. Das, was ich mitzuteilen habe, ist unerhört, ist ganz unbegreiflich, für Nolten taugt es unter gegenwärtigen Umständen auf keinen Fall.«

»Nun, nur um Gottes willen kein Unglück!« sagte der Schauspieler verdrießlich lächelnd über den langen Eingang; »ich meine schon von einer neuen Resolution hören zu müssen, daß wir armen Tropfen am Ende noch Karren schieben werden bei Wasser und Brot?«

»Nichts! Setzen wir uns, und hören Sie. Es war an dem Abend unserer neulichen Zusammenkunft; ich und Ferdinand hatten Sie kaum verlassen, das Schloß lag hinter uns, ich wollte soeben in die Prinzenstraße einlenken, so zeigt mir ein zufälliger Seitenblick in die leere Kastanienallee, wo wir vorüber mußten, ein weibliches Wesen ganz ruhig an einen der Bäume gelehnt. Das Auge der Unbekannten begegnete dem meinigen. Ich kam fast von Sinnen beim Anblick dieser Physiognomie, denn – doch zuvor muß ich fragen – Sie erinnern sich wohl des tollen Gemäldes von Nolten?«

»Welches?«

»Der Organistin.«

»Ganz wohl.«

»Und wenn ich Ihnen nun sage, *diese wars*, werden Sie mir glauben?«

»Nicht, bis ich erst ausgerechnet, wieviel Bouteillen wir damals getrunken.«

»Spaßen Sie; es war heller Mondschein, ich sah das Gesicht deutlich wie am Tage, und was meine Nüchternheit betrifft –«

»Schon gut!« unterbrach ihn Larkens aufstehend und ging einigemal nachdenklich auf und ab, indessen Leopold fortfuhr. »Noch muß ich Ihnen gleich eine Schwachheit bekennen, lieber Larkens, und Sie mögen mich immerhin darüber ausschelten, aber wer in aller Welt ist ganz vorm Aberglauben sicher, sonderlich unter solchen Umständen? Kaum war mir vorgestern gesagt worden, Theobald habe sich gefährlich krank gelegt, so deutete ich mein Begegnis mit der gespenstigen Orgelspielerin urplötzlich als ein Omen aus, denn mir fiel ein, was man von Trauerfällen sagt, welche auf ähnliche Weise angekündigt worden. Und dieser dummen Furcht bin ich noch heute nicht ganz los, obwohl ich recht gut weiß, daß die Erscheinung keine Vision, noch Gespenst oder dergleichen, sondern ein ordentliches Menschenkind gewesen.«

»Aufrichtig gesprochen, mein Bester«, sagte Larkens, »ich zweifle an dieser Apparition so gar nicht im mindesten, daß ich Ihnen vielleicht selber den Schlüssel zu dem Rätsel geben kann. Doch, schweigen Sie darüber gegen unsern Freund, versprechen Sie mir reinen Mund zu halten.«

»Gewiß, wenn Sies für nötig finden.«

»Nun denn – aber zuvor wär ich begierig, wie Ihr Abenteuer abgelaufen. Sie sprachen die Person?«

»Mein Gott, nicht doch! denn (beinahe schäme ich mich, es zu bekennen) die Erscheinung bestürzte mich dergestalt, daß ich mich wohl drei-, viermal im Ring herum wirbelte, und während ich nach meinem zurückgebliebenen Begleiter umsah, war das Nachtbild schon verschwunden, auch mit aller Mühe nicht mehr aufzufinden. Das einzige erfuhren wir des andern Tages zufällig von Theobalds Bedienten, daß eine Bettlerin, deren Beschreibung mit jener Person vollkommen zusammenstimmte, sich tags vorher in Noltens Hause eingefunden und auf die Versicherung, er sei auf längere Zeit abwesend, sich wieder fortgeschlichen. Alles mein Fragen und Forschen blieb fruchtlos.«

»Also« – fing Larkens an – »merken Sie auf. Zwei Tage vor der letzten Neujahrsnacht, die Ihnen hoffentlich noch im Gedächtnis ist, traf ich auf meinem Hausflur ein Mädchen an, dessen Äußeres mich gleich frappierte, und zwar eben auch in der von Ihnen angegebenen Beziehung. Es war eine Zigeunerin, hoch, schlank gewachsen, nicht mehr ganz jung, aber immer noch eine wirkliche Schönheit, kurz die Ähnlichkeit mit jenem Bilde bis auf wenig zwischenliegende Jahre vollkommen. Ein Korb mit hölzerner Schnitzware hing ihr am Arme, allein meine erste Ahnung, daß sie wohl in anderer Absicht als des Verkaufs wegen hiehergekommen, bestätigte mir bald ihre Frage nach einem Maler, der hier wohnen sollte; sie zog einen Brief hervor, es war die Handschrift von Noltens Braut, doch lautete die Adresse, ich weiß nicht mehr warum, an *mich*, die Sendung selbst gehörte für Nolten. Es hatte nämlich die Zigeunerin auf ihren Streifzügen auch Neuburg berührt und einen Gruß mit hieher genommen. Mir war die Person nach mehrfältigen Erzählungen Theobalds nichts weniger als fremd, aber je genauer ich um ihre frühere Berührung mit unserm Freunde wußte, desto bedenklicher fand ichs, so ohne weiteres zur Erfüllung ihres Wunsches beizutragen, welcher dahin ging, den ›schönen herrlichen Jungen‹, wie sie ihn nannte, einmal wiederzusehen. Wenigstens, dacht ich, müßte der herrliche Junge vorbereitet werden, und bei näherer Betrachtung schien mir die Hintertreibung einer solchen Zusammenkunft das Sicherste und Zweckmäßigste. Ich gebrauchte allerlei Finten, sie ein für allemal von jedem Versuche abzuschrecken; da indessen das närrische Ding darauf bestand und ihr Verlangen ebenso gerecht als arglos und treuherzig erschien, so sann ich auf Mittel, wie Nolten ihr gezeigt werden könnte, ohne daß jedoch *er* sie gewahr würde. Das ließ sich nun wohl auf verschiedene Weise machen. Mir gefiel aber, wie ich gern gestehen will, ein etwas romantisch seltsamer Weg besser als etwa ein simples Gucken durch Spalt und Schlüsselloch, kurz, die Neujahrsmaskerade kam mir eben recht zu statten und –«

»Was?« rief Leopold verwundert, »am Ende wird noch der Nachtwächter vom Albaniturm aus der Geschichte hervorspringen!«

»Das errät sich nun leicht; so hören Sie kurz noch den Hergang. Nachdem ich das Mädchen mit meinem Plane bekannt gemacht, den sie anfangs freilich gar nicht fassen wollte; nachdem sie mir ferner auf eine mir unvergeßlich rührende Weise das Versprechen gegeben, mit Willen schlechterdings nichts gegen meine genaue Instruktion zu tun oder merken zu lassen, so diktiert' ich ihr einige Seiten, welche sie zu meiner größten Freude mit fremden Zeichen schrieb, da sie unsere Buchstaben nur sehr schlecht zu machen wußte. Aber es kostete immer noch Mühe genug, bis ich ihr meine Worte geschickt in die Feder gegeben und noch mehr, bis sie sich die Rolle einigermaßen angeeignet hatte. Sodann schafft ich die nötige Kleidung, und wahres Vergnügen gewährte mir die naive Miene, womit sie sich selbst in ihrer idealischen Vermummung betrachtete. Sie behandelte das Ganze mit einer gewissen Feierlichkeit und gefiel sich gar wohl dabei; ihre Rezitation freilich war hart und trocken, allein ihr Begriff von dieser poetischen Figur so ziemlich richtig. Sämtliche Vorbereitungen geschahen in einem abgelegenen Zimmer außer dem Hause, wo ich Schauspielern beiderlei Geschlechts zuweilen Unterricht erteilte, so daß mein jetziges Geschäft niemanden auffiel. Wie anständig das Mädchen seine Sache machte, haben Sie ja gesehen, und ich selbst verwunderte mich im stillen über die glückliche Ausführung.«

Leopold ward kaum fertig, sein Erstaunen auszudrücken, indem er sich die Einzelheiten der Neujahrsfeier auf dem Turme zurückrief. Da er nun um so mehr Verlangen bezeugte, über die sonderbare Person der Zigeunerin und ihr früheres Verhältnis zu Theobald eines Näheren belehrt zu werden, zeigte sich der Schauspieler nicht ungerne bereit; er wollte soeben seine Erzählung beginnen, als er sich bedenkend innehielt und endlich sagte: »Wissen Sie was, mein Lieber? Sie erfahren die kurze Geschichte am besten aus einigen Blättern, worin ich dasjenige, was mir Nolten im Anfange unserer Bekanntschaft vertraute, treulich darzustellen gesucht habe, da mir die Begebenheit gar wohl der Aufbewahrung wert geschienen; besonders merkwürdig ist das mit dem Ganzen verflochtene Schicksal eines gewissen längst gestorbenen Verwandten der Noltenschen Familie, in dessen Leben überhaupt ich die prototypische Erklärung zur Geschichte unseres Freundes zu finden glaube. Vor mehreren Wochen entlehnte ein Bekannter das Heft von mir, ich gebe Ihnen einige Zeilen an ihn mit und er wird es Ihnen einhändigen. Durchläuft man dies Bruchstück aus unsers Noltens Leben mit Bedacht, und vergleicht man damit seine spätere Entwicklung bis auf die Gegenwart, so erwehrt man sich kaum, den wunderlichen Bahnen tiefer nachzusinnen, worin oft eine unbekannte höhere Macht den Gang des Menschen planvoll zu leiten scheint. Der meist unergründlich verhüllte, innere Schicksalskern, aus welchem sich ein ganzes Menschenleben herauswickelt, das geheime Band, das sich durch eine Reihe von Wahlverwandtschaften hindurchschlingt, jene eigensinnigen Kreise, worin sich gewisse Erscheinungen wiederholen, die auffallenden Ähnlichkeiten, welche sich aus einer genauen Vergleichung zwischen früheren und späteren Familienmitgliedern in ihren Charakteren, Erlebnissen, Physiognomien hie und da ergeben (so wie man zuweilen unvermutet eine und dieselbe Melodie, nur mit veränderter Tonart, in demselben Stücke wieder klingen hört), sodann das seltsame Verhängnis, daß oft ein Nachkomme die unvollendete Rolle eines längst modernden Vorfahren ausspielen muß – dies alles springt uns offener, überraschender als bei hundert andern Individuen hier am Beispiele unseres Freundes in das Auge. Dennoch werden Sie bei diesen Verhältnissen nichts Unbegreifliches, Grobfatalistisches, vielmehr nur die natürlichste Entfaltung des Notwendigen entdecken. Die Spitze des Ganzen besteht aber in der Art und Weise, wie unser Freund als Knabe zur innigsten Vermählung mit der Kunst geleitet worden, deren ursprünglicher Charakter sich noch heute in einem großen Teil seiner Gemälde erkennen läßt. Genug, Sie mögen selbst urteilen. Aber ach! was werden Sie bei dieser Lektüre fühlen, wenn Sie denken, daß eben derjenige, dessen ahnungsvolle Knabengestalt Ihnen in den Blättern begegnet, nunmehr als Mann von der sinnlosen

Faust eines fremdartigen Geschickes aus seiner eigenen Sphäre herausgestoßen, und noch ehe er die Hälfte seiner Rechnung abgeschlossen, hier in diesen Mauern eilig verwelken und vergehen soll! Denn, o mein Freund! ich fürchte alles, und dieser Kummer wird mich aufreiben, wird mich noch vor ihm töten – und möchte er nur! Sehen Sie mich an; ich glaube zu fühlen und mein Spiegel sagt es mir, daß der Gram dieser drei Tage mich um doppelt so viel Jahre älter gemacht hat. Still; ich muß abbrechen, wenn ich nicht von Sinnen kommen will. Gehen Sie hinüber zu dem Armen und drücken ihm die Hand im Namen des Larkens. Ach, möcht ich ihn wenigstens *einmal* wieder von Angesicht sehen! und doch – ich fürchtete mich davor.«

Leopold griff nach dem Hute und erbat sich noch die Anweisung zu dem merkwürdigen Heft; da eben der Schließer eintrat, säumte er nicht länger, um vor allem den geliebten Patienten zu besuchen. Mit heißen Blicken sah ihm der Schauspieler nach, eine unbegrenzte Sehnsucht nach Theobald übermannte ihn, aber umsonst, die Türe zog sich zu, und drüben hörte er das Schloß zum Zimmer des Geliebten rauschen.

So stand nun der Bildhauer vor dem Bette Noltens, und heimlich entsetzt über das äußerst elende Aussehen des Kranken mußte er alle Fassung aufbieten, um seine Bewegung nicht zu verraten. Den Gemütszustand Noltens konnte er im ganzen nicht gewahr werden, er sprach wenig und nur angestrengt mit matter Stimme. Einmal fragte er den Wärter, wer doch des Morgens in aller Frühe unten in der Küche so hübsch zu singen pflege? Etwas kleinlaut erwiderte der Alte: »Meine Tochter. Ich wills ihr aber untersagen, es schickt sich nicht; und ach! das Gesinge ist noch ihr einzig Leben.« Theobald bat sehr, man möge das Mädchen ja nicht irremachen in diesen Unterhaltungen; er fragte, wie es komme, daß sie nur ernste, traurige Lieder zu kennen scheine? »Der Henker weiß«, war die Antwort, »woher sie all das Zeug herkriegt; sie war von Kindheit auf ein närrisches Ding, nicht auch lustig und rasch wie die andere Jugend, aber fleißig und verständig, und besorgt mir alles in der Haushaltung seit ihrer Mutter Tod.« Da der Alte sofort über den Verlust seiner Frau, deren Tugend er nicht genug rühmen konnte, in die beweglichsten Klagen ausbrach, auch zuletzt immer wärmer und aufrichtiger werdend eine unglückliche Liebschaft seines Kindes auseinanderzusetzen anfing, konnte man leicht bemerken, wie angreifend solche Dinge auf Nolten wirkten, daher Leopold dem Erzähler einen Wink gab. Endlich schied der Bildhauer mit ungewissem beklommenen Herzen. Er eilte, nachdem er sich zuvor das bewußte Manuskript verschafft, allein aus dem Geräusche der Stadt, einen selten betretenen Weg verfolgend. Ein warmer, sonnenheller Tag schmolz vollends die letzten Reste Schnee und Eis hinweg, eine erquikkende Luft schmeichelte bereits mit Vorgefühlen des Frühlings. So gelangt unser ernster Fußgänger, eh er sichs versah, in die ländlichste Umgebung, ein freundliches Dorf lacht ihm entgegen. Dort sucht er nach einem stillen Garten hinter dem nächsten besten Wirtshause und findet auch bald ein hübsches erhöhtes Plätzchen zwischen Weinbergen mit Tisch und Bank, von wo man die angenehmste Aussicht hat. Er bestellt eine Flasche Wein, setzt sich und holt jene Schrift hervor, deren Inhalt wir dem Leser nicht vorenthalten können.

## *Ein Tag aus Noltens Jugendleben*

Die Zeit war wieder erschienen, wo der sechszehnjährige Theobald von der Schule der Hauptstadt aus die Seinigen auf zwei Wochen besuchen durfte. In dem Pfarrhause zu Wolfsbühl war daher gegenwärtig große Freude, denn Vater und Schwestern (die Mutter lebte nicht mehr) hingen an dem jungen blühenden Menschen mit ganzem Herzen. Ein besonders inniges Verhältnis fand aber zwischen Adelheid und dem nur wenig jüngern Bruder statt. Sie hatten ihre eigenen Gegenstände der Unterhaltung, worein sonst niemand eingeweiht werden konnte; sie hatten hundert kleine Geheimnisse, ja zuweilen ihre eigene Sprache. Es beruhte dies zarte Einverständnis vornehmlich auf einer gleichartigen Phantasie, welche in den Tagen der Kindheit unter dem Einfluß eines märchenreichen, fast abergläubischen Dorfes und einer merkwürdigen Gegend die erste Nahrung empfangen und sich nach und nach auf eine eigentümliche und sehr gereinigte Weise ihren bestimmten Kreis gezogen hatte. Von der Richtung, welche die beiden jugendlichen Gemüter genommen, war also, wie es schien, nichts zu befürchten, und selbst äußerlich wurde das Verhältnis keineswegs einseitig auf Kosten der übrigen drei minder empfänglichen Schwestern unterhalten. Es herrschte eine gutmütige, heitere Verträglichkeit; nur die ältere Tochter, Ernestine, deren Sorge vorzüglich das Hauswesen überlassen blieb, zeigte mitunter ein finsteres, gebieterisches Wesen, und sie hatte den Vater bereits mehr, als billig war, auf ihre Seite gebracht.

An einem trüben Morgen in der letzten Zeit des Oktobers spazierten Theobald und seine Vertraute zusammen im Gärtchen hinter dem Hause. Er erzählte soeben seinen Traum von heute nacht, und die Schwester schien ernsthaft zuzuhören, indes sie unverwandt nach der Seite hinüberblickte, wo die alte Ruine, der Rehstock genannt, tief in Nebel gesteckt liegen mußte.

»Aber du gibst nicht acht, Adelheid! Ich habe vorhin, um dich zu prüfen, absichtlich den tollen Unsinn in meinen sonst vernünftigen Traum hineingebracht, und du nahmst es so natürlich wie zweimal zwei vier.«

Das Mädchen erschrak ein wenig über die Ertappung, lachte sich jedoch sogleich herzlich selber aus und sagte: »Ja, richtig! ich hab nur mit halbem Ohr gehört, wie du unaufhörlich von einer großen, großen unterirdischen Kellertür schwatztest, welche endlich mit beiden Hinterfüßen nach dem armen Mann ausgeschlagen habe. Indessen, was ist im Traum nicht alles möglich? Gib mir aber keck eine Ohrfeige! ich hatte fürwahr ganz andere Gedanken. Höre! und daß du es nur weißt, wir gehen heute auf den Rehstock. Noch nie hab ich ihn an einem Tag gesehen, wie der heutige ist, und mich deucht, da muß sich das alte Gemäuer, die herbstliche Waldung ganz absonderlich ausnehmen; mir ist, als könnten wir heut einmal die Freude haben, so ein paar stille heimliche Wolken zu belauschen und zu überraschen, wenn sie sich eben recht breit in die hohlen Fenster lagern wollen. Wie meinst du? Schlag ein. Wir werdens vom Papa schon erhalten, daß mir Johann das Pferd satteln darf, und du selbst bist ja rüstig auf den Füßen. Wir gehen gleich nach dem Frühstück, womöglich ganz allein, und kommen erst mit dem Abend wieder.«

Dem Bruder war der Vorschlag recht; es wurde verabredet, man wolle alles Erdenkliche von Gefälligkeit tun, um die übrigen günstig zu stimmen. Adelheid flocht der ältern Schwester, der eiteln Ernestine, diesmal den Zopf mit ungewöhnlichem Fleiße, verlangte nicht einmal den Gegendienst, und der Kuß, den sie dafür erhielt, war für die beiden ungefähr dasselbe gute Zeichen, was für andere, wenn sie ein gleiches Vorhaben gehabt hätten, der erste Sonnenblick gewesen wäre. Ehe man es dachte, hat Theobald die Sache bereits beim Vater vermittelt, und bald stand der Braune mit dem bequemen Frauensattel ausgerüstet im Hofe. Man ließ das Pärchen ungehindert ziehen. Der Alte brummte unter dem Fenster mit einem geschmeichelten Blick auf die schlanke Reiterfigur seines Mädchens bloß vor sich hin: »Narrheiten!« Ernestine kreischte nur etwas Weniges zur Empfehlung der zerbrechlichen, mit Mundvorrat gefüllten Gefäße nach, welche der Knecht in einer Ledertasche nebst den Schirmen hinten nachtrug, und die ehrlichen Wolfsbühler, an das berittene Frauenzimmer längst gewöhnt, grüßten durchs ganze Dorf auf das freundlichste.

Die Sonne hielt sich brav hinter ihrem Versteck, und der Tag behielt zu Adelheids größter Zufriedenheit »sein mockiges Gesicht« bei.

»Indem ich«, hob sie nach einer Weile an, »wohl gute Lust hätte, recht wehmütig zu sein, wie dieser graue Tag es selber ist, so rührt sich doch fast wider meinen Willen ein wunderlicher Jubel in einem kleinen feinen Winkel meines Innersten, eine Freudigkeit, deren Grund mir nicht einfällt. Es ist am Ende doch nur die verkehrte Wirkung dieses melancholischen Herbstanblicks, welche sich von Kindheit an gar oft bei mir gezeigt hat. Mir kommt es vor, an solchen trauerfarbnen Tagen werde die Seele am meisten ihrer selbst bewußt; es wandelt sie ein Heimweh an, sie weiß nicht wornach, und sie bekommt plötzlich wieder einen Schwung zur Fröhlichkeit, sie kann nicht sagen woher. Ich freue mich der Freiheit auf meinem guten Pferde, ich wickle mich mit kindischem Vergnügen in mein Mäntelchen gegen die rauhe Luft, die da auf uns zustreicht, und halte mir das sichre Herz warm und wiege mich in meinen Gedanken. Aber nicht wahr, als wir noch in Rißthal wohnten, da war es ein anderes, auszureiten? Enges Tal, dichter Wald, wohin man immer sah. Hier das platte Feld und lauter Fruchtbaum. Wir haben anderthalb gute Stunden, bis es ein wenig krauser hergeht. Glücklich, daß wir wenigstens die Landstraße nicht brauchen.«

Beide Geschwister durchliefen jetzt in unerschöpflichen Gesprächen die Lichtpunkte ihres früheren Lebens in Rißthal, einem dürftigen Orte, wo der Vater zwölf Jahre lang Pfarrer gewesen. Sie begegneten sich mit der innigsten Freude bei so mancher angenehmen, kaum noch in schwachen Anklängen vorhandenen Erinnerung, es wagten sich nach und nach gegenseitige Worte der Rührung und Frömmigkeit über die Lippen, wie sie sonst, von einer Art falscher Scham bewacht, zwischen jungen Leuten nicht gewechselt werden.

Endlich sagte der Bruder: »Indem wir da so offenherzig plaudern, läßt michs nicht ruhen, dir zu gestehen, daß ich doch *ein* Geheimnis auch vor dir habe, Adelheid! Es ist nichts Verdächtiges, nichts, was ich verheimlichen müßte, eine Grille hat mich bisher abgehalten, dir es mitzuteilen. Aber heute sollst du es hören, und zwar unter den Mauern des alten Rehstocks, damit du künftig daran denken magst, wenn du hinaufsiehst.«

»Gut!« erwiderte die Schwester, »ich freue mich, und für jetzt kein Wörtchen weiter davon!«

Unter hundert Wendungen des Gesprächs war man in weniger als zwei Stunden unvermerkt dem erwünschten Ziele ziemlich nahe gekommen. Deutlich und deutlicher traten die Umrisse der hohen Trümmer hervor; in kurzer Zeit stand man am Fuße des wenig bewachsenen Bergs, an dessen Rückseite sich jedoch die lange Fortsetzung eines waldreichen Gebirgs anschloß. Hier ward gerastet und die fast vergessene Provianttasche mit weniger Gleichgültigkeit geöffnet, als man sie am Morgen hatte füllen sehen. Dann ging es langsam die Krümmung des Weges hinan, nachdem das Pferd an Johann abgegeben war, um es in einem nahe gelegenen Meierhof unterzubringen und zur bestimmten Zeit wieder mit ihm hier einzutreffen. Auf der Höhe angelangt, schweiften die Glücklichen zuerst Hand in Hand, dann zerstreut durch die weitläuftigen Räume über Wälle und Graben, durch zerfallene Gemächer, feuchte Gänge, verworrenes Gesträuch. Man verlor sich freiwillig und traf sich wieder unvermutet an verschiedenen Seiten. So geschah es, daß Adelheid eben allein mit der Entzifferung einer unverständlichen Inschrift beschäftigt war, als auf einmal sich die verlorenen Töne eines, wie es schien, weiblichen Gesanges vernehmen ließen. Das Mädchen erschrak, ohne zu wissen warum.

Ein besorgter Gedanke an ihren Bruder, an Hülferufen, an ein Unglück hatte sie flüchtig ergriffen. Sie horchte mit geschärftem Ohr, sie glaubte schon, sich getäuscht zu haben, aber in diesem Augenblick hörte sie dieselbe Stimme deutlicher und allem Anscheine nach innerhalb des Mauerwerks aufs neue sich erheben, den schwermütigen Klängen einer Äolsharfe nicht unähnlich. In einem gemischten Gefühle von feierlicher Rührung und einer unbestimmten Furcht, als wären Geisterlaute hier wach geworden, wagte die Überraschte kaum einige Schritte vorwärts und stand wieder still bei jedem neuen Anschwellen des immer reizendern Gesanges, und während unwillkürlich ihre Lippen sich zu dem Lächeln einer angenehmen Verwunderung bewegten, fühlte sie doch fast zu gleicher Zeit ihren Körper von leisem Schauder überlaufen. Jetzt verstummte die rätselhafte Stimme; nur das Rauschen des Windes in dem dürren Laube, der leise Fall eines da und dort losbröckelnden Gesteins oder der Flug eines Vogels unterbrach die totenhafte Stille des Orts. Das Mädchen stand eine geraume Zeit nachdenklich, unentschlossen, stets in bänglicher Erwartung, daß die unsichtbare Sängerin jeden Augenblick an einer Ecke hervorkommen werde, ja sie machte sich bereits auf eine kecke Anrede gefaßt, wenn die Erscheinung sich blicken lassen sollte. Da rauschten plötzlich starke, hastige, aber wohlbekannte Tritte. Theobald kam atemlos einen Schutthügel heraufgeklommen, war froh, die Schwester wiedergefunden zu haben, und sagte: »Höre nur! mir ist etwas Sonderbares begegnet –«

»Mir auch; hast du den wunderlichen Gesang gehört?«

»Nein, welchen? – aber bei dem Eingang in die Kasematte, wo der verschüttete Brunnen ist, sitzt eine Gestalt in brauner Frauenkleidung und mit verhülltem Haupt. Sie hatte mir den Rücken zugekehrt, ich konnte nichts weiter erkennen und lief bald, dich zu suchen.«

Die Schwester erzählte ihrerseits auch, was vorgegangen, und beide kamen bald dahin überein, man müsse sich die Person genauer besehen, man müsse sie anreden, sei es auch wer es wolle. »Ein ähnliches Gelüsten, wie das unsrige, hat diesen Besuch wohl schwerlich veranlaßt«, meinte Adelheid; »das heutige Wetter findet außer mir und dir gewiß jedermann gar unlustig zu solchen Partien; ich vermute eine Unglückliche, Verirrte, Vertriebene, welche zu trösten vielleicht eben wir bestimmt sind.« – »Und laß es ein Gespenst sein!« rief Theobald, »wir gehen darauf zu!«

So eilte man nach der bezeichneten Stelle hin. Sie fanden eine Jungfrau, deren fremdartiges, aber keineswegs unangenehmes Aussehen auf den ersten Blick eine Zigeunerin zu verraten schien. Bildung des Gesichts, Miene und Anstand hatte ein auffälliges Gepräge von Schönheit und Kraft, alles war geeignet, Ehrfurcht, ja selbst Vertrauen einzuflößen, wenn man einem gewissen kummervollen Ausdruck des Gesichts nachging. Bis zu dem Gruße Adelheids hatte die Unbekannte die Annäherung der beiden nicht bemerkt oder nicht beachten wollen; jetzt aber hielt sie die schwarzen Augen groß und ruhig auf die jungen Leute gespannt und erst nach einer Pause erwiderte sie in wohlklingendem Deutsch: »Guten Abend!« wobei ein Schimmer von Freundlichkeit ihren gelassenen Ernst beschlich. Adelheid, hiedurch schnell ermutigt, war soeben im Begriff, ein Wörtchen weiter zu sprechen, als ein erschrockener Blick der Zigeunerin auf Theobald sie mitten in der Rede unterbrach. Sie sah, wie er zitterte, erbleichte, wie ihm die Knie wankten. »Der junge Herr ist unwohl! Lassen Sie ihn niedersitzen!« sagte die Fremde, und war selbst beschäftigt, ihn in eine erträgliche Lage zu bringen und ihr Bündel unter seinen Kopf zu legen. »Gewiß eine Erkältung in den ungesunden Gewölben?« setzte sie fragend gegen das Mädchen hinzu, das sprachlos in zagender Unruhe über den ohnmächtig Gewordenen hing und nun in lautes Jammern ausbrach. »Kind! Kind! was machst du? Der Unfall hat ja, will ich hoffen, wenig zu bedeuten; wart ein Weilchen, ich will schon helfen!« tröstete die Fremde, indem sie in ihrer Tasche suchte und ein Fläschchen mit starkriechender Essenz hervorholte, das sich gar bald recht kräftig erweisen sollte an dem »hübschen guten Jungen«, wie sie sich ausdrückte. Als aber nach wiederholten Versuchen die Augen des Bruders geschlossen blieben und Adelheid untröstlich davongehen wollte, verwies ihr die Zigeunerin das Benehmen durch einen unwiderstehlich Ruhe gebietenden Wink, so daß das Mädchen unbeweglich und gleichsam gelähmt nur von der Seite zusah, wie die seltsame Tochter des Waldes ihre flache Hand auf die Stirne des Kranken legte und ihr Haupt mit leisem Flüstern gegen sein Gesicht heruntersenkte. Dieser stumme Akt dauerte mehrere Minuten, ohne daß eines von den dreien sich rührte. Siehe, da erhub sich weit und helle der Blick des Knaben und blieb lange fest, aber wie bewußtlos, an den zwei dunkeln Sternen geheftet, welche ihm in dichter Nähe begegneten. Und als er sich wieder geschlossen, um bald sich aufs neue zu öffnen und nun er klar erwachte, da begegnete ihm ein blaues Auge statt des schwarzen; er sah die Freudetränen der Schwester. Die Unbekannte stand seitwärts, er konnte sie nicht sogleich bemerken, aber er richtete sich auf und lächelte befriedigt, da er sie gefunden. Es trat nun einige Heiterkeit überhaupt auf die Gesichter, und Theobald erholte sich mehr mit jedem Atemzug.

Indes Adelheid nach dem innersten Hofraum der Burg eilte, wo die Reisetasche lag, um Wein für den Bruder herbeizuholen, entspann sich zwischen den Zurückgebliebenen ein sonderbares Gespräch. Theobald nämlich begann nach einigem Stillschweigen mit bewegter Stimme: »Sagt mir doch, ich bitte Euch sehr, wißt Ihr, warum das mit mir geschehen ist, was Ihr vorhin mit angesehen habt?«

»Nein!« war die Antwort.

»Wie? Ihr habt nicht in meiner Seele gelesen?«

»Ich verstehe Euch nicht, lieber Herr!«

»Seht nur«, fuhr jener fort, »als ich Euch ansah, da war es, als versänk ich tief in mich selbst, wie in einen Abgrund, als schwindelte ich, von Tiefe zu Tiefe stürzend, durch alle die Nächte hindurch, wo ich Euch in hundert Träumen gesehen habe, so, wie Ihr da vor mir stehet; ich flog im Wirbel herunter durch alle die Zeiträume meines Lebens und sah mich als Knaben und sah mich als Kind neben Eurer Gestalt, so wie sie jetzt wieder vor mir aufgerichtet ist; ja ich kam bis an die Dunkelheit, wo meine Wiege stand, und sah Euch den Schleier halten, welcher mich bedeckte: da verging das Bewußtsein mir, ich habe vielleicht lange geschlafen, aber wie sich meine Augen aufhoben von selber, schaut ich in die Eurigen, als in einen unendlichen Brunnen, darin das Rätsel meines Lebens lag.«

Er schwieg und ruhte in ihrer Betrachtung, dann sagte er lebhaft: »Laßt mich Eure Rechte einmal fassen!« Die Fremde gab es zu, und eine schöngebildete braune Hand wog er mit seligem Nachdenken in der seinigen, als hielte er ein Wunder gefaßt; nur wie endlich ein warmer Tropfen nach dem andern auf die hingeliehenen Finger zu fallen begann, zogen diese sich schnell zurück, die Jungfrau selber entfernte sich mit auffallender Gebärde nach der andern Seite, wo sie hinter den Mauern verschwand. In diesem Augenblick kam Adelheid rüstig den Wall heruntergesprungen, allein sie hielt mit einemmal betroffen an, denn der alte Gesang schwang sich mächtig, durchdringend, anders als vorhin, wild wie ein flatternd schwarzes Tuch, in die Luft. Die Worte konnte man nicht unterscheiden. Ein leidenschaftlicher, ein düsterer Geist beseelte diese unregelmäßig auf und ab steigenden Melodien, so fromm und lieblich auch zuweilen einige Töne waren. Erstaunt erhob sich Theobald von seinem Sitz, mit Entsetzen trat ihm die Schwester nahe. »Wir haben eine Wahnsinnige gefunden«, sagte sie, »mache, daß wir fortkommen.« – »Um Gottes willen bleib!« rief Theobald, durch das Ungewöhnliche des Auftritts zu einer außerordentlichen Kraft gesteigert: »Liebe Schwester, du warst doch sonst keine von denen, die für das Seltene, was sie nicht begreifen, gleich einen verpönenden Namen wissen. Ja, und wär es auch eine Wahnsinnige, sie wird uns nicht schaden. Ich kenne sie und sie kennt mich. Du sollst noch vieles hören.« Damit ging er nach dem Orte hin, von wo der Gesang gekommen war, welcher indessen wieder aufgehört hatte. Die Schwester, ihren Ohren kaum trauend, sah ihm nach, unter verworrenen Ahnungen, in äußerster Besorgnis. So blieb sie eine geraume Weile, dann rief sie, von unerträglicher Angst ergriffen, mehrmals und laut den Namen ihres Bruders.

Er kam, und zwar Hand in Hand mit der Fremden, traulich und langsam heran. Es schien, daß unter der Zeit eine entschiedene Verständigung zwischen den beiden stattgefunden haben müsse. Wenn die Miene Theobalds nur eine tief befriedigte, entzückte Hingebung ausdrückte, so brach zwar aus der Jungfrau noch ein matter Rest des vorigen Aufruhrs ihrer Sinne wie Wetterleuchten hervor, aber um so reizender und rührender war der Übergang ihres Blickes zur sanften, gefälligen Ruhe, wozu sie sich gleichsam Gewalt antat. Adelheid begriff nichts von allem; doch milderte der jetzige Anblick der Unbekannten ihre Furcht um vieles, erweckte ihre Teilnahme, ihr Mitleid. »Sie geht mit uns nach Hause, Schwester, damit du es nur weißt!« fing Theobald an, »ich habe schon meinen Plan ausgedacht. Nicht wahr, Elisabeth, du gehst?« Ihr Kopfschütteln auf diese Frage schien bloß das schüchterne Verneinen von jemand, der bereits im stillen zugesagt hat. »Laßt uns aber gleich aufbrechen, es will schon Abend werden!« setzte jener hinzu, und so rüstete man sich, packte zusammen und ging.

»Ich sehe nicht«, flüsterte Adelheid in einem günstigen Augenblick, während Elisabeth weit vorauslief, dem Bruder zu, »ich begreife nicht, was daraus werden kann! Hast du denn überlegt, wie der Vater dies Abenteuer aufnehmen wird? Wenn du die Absicht hast, daß diese Person heute nacht eine Unterkunft bei uns finde, was kann ihr dieses viel nützen? oder was trägst du sonst im Sinne? Um des Himmels willen, gib mir nur erst Aufschluß über dein rätselhaftes Benehmen! Welche Bewegung! welche Leidenschaft! Wie hängt denn alles zusammen? du handelst wie ein Träumender vor mir!«

»Da magst du wohl recht haben«, war die Antwort, »ja, wie ein Träumender! weiß ich doch kaum, wie alles kam. Ich zweifle zuweilen an der Wirklichkeit dessen, was da vorging. Aber doppelt wunderbar ist es, daß dasjenige, was ich dir heute auf dem Rehstock offenbaren wollte und was nirgends als in meiner Einbildung lebte, uns beiden in leibhafter Gestalt hat erscheinen müssen.«

Nach und nach erklärte er, daß ihm das Mädchen über sich selbst nichts weiter zu sagen gewußt, als: sie habe sich vor vier Tagen heimlich von ihrer Gesellschaft, einer übrigens öffentlich geduldeten Zigeunerhorde, getrennt, weil sie ihre Heimat habe wiedersuchen wollen, der man sie in jungen Jahren entrissen, deren sie sich auch nur schwach mehr erinnere. Diese Nachricht diente keineswegs, die Teilnahme Adelheids sehr zu vermehren, vielmehr erregte der angegebene Grund der Entweichung ihren Verdacht in hohem Grade als unwahrscheinlich. Indessen war das vernünftige Mädchen in der Voraussicht, daß eine Zurechtweisung des Bruders für jetzt schlechterdings vergeblich wäre, nur darauf bedacht, unter mißlichen Umständen wenigstens größeres Unheil zu verhüten. Theobalds körperlicher Zustand, der nach einer unnatürlichen Anspannung eine gefährliche Schwäche befürchten ließ, war das nächste, was sie beunruhigte, und ihr Vorschlag, man wolle den benachbarten Rittmeister um sein Gefährt ansprechen, fand bei dem Bruder nur insoferne Widerspruch, als Elisabeth ihrerseits darauf beharrte, den Weg zu Fuße zu machen. Johann, welcher inzwischen treulich gewartet hatte, ward jedoch mit den geeigneten Aufträgen nach dem nächsten Hofe zu dem alten Herrn Rittmeister, einem guten Bekannten des Pfarrers, abgeschickt. Während einer peinlichen halben Stunde des Wartens fand Adelheid Veranlassung, den Gegenstand ihres Unmuts und ihres Mißtrauens von einer wenigstens unschuldigen Seite kennen zu lernen. Elisabeth äußerte auf die unzweideutigste Weise eine fast kindliche Reue darüber, daß sie sich von ihrer Bande weggestohlen, wo man sie nun recht mit Sorgen vermisse, wo ihr nie ein Leid geschehen sei, wo sie, sooft sie krank gewesen, immer guten Trost und geschickte Pflege bei gar muntern und redlichen Leuten gefunden habe. Bei dem Wörtchen »krank« legte sie mit einer traurig lächerlichen Grimasse den Zeigefinger an die Stirn und gab auf diese Art ganz unverhohlen ein freiwilliges Bekenntnis dessen, was Adelheid anfangs gefürchtet hatte. Aber sie fügte sogar noch den naiven Trost hinzu: »Seid nur nicht bang, ihr guten Kinder, daß ich jemand Übels zufüge, wenn mein Leid mich übernimmt. Da sorgt nur nicht. Ich gehe dann immer allein beiseite und singe das Lied, welches Frau Faggatin, die Großmutter, mich gelehrt, da wird mir wieder gut. Du, armer Junge, du sollst auch das Lied noch lernen, du hast gar viel zu leiden; ich habe das wohl bald bemerkt, darum geh ich mit dir, bis du zu Hause bist, doch behalten könnt ihr mich nicht. Auch schlaf ich heute nicht bei euch. Diese Nacht noch zieht Elisabeth weiter, woher sie gekommen, denn die Heimat ist nicht mehr zu finden. Man hat mir sie verstellt; die Berge, das Haus und den grünen See, mir alles verstellt! Wie das nur möglich ist! Ich muß lachen!«

Der Knecht kam jetzt mit der verlangten Aushülfe; nicht mehr zu frühe, denn schon war es dunkel geworden. Um so weniger wollte Theobald und selbst Adelheid es geschehen lassen, daß Elisabeth neben dem Gefährt herging. Allein sie war nicht zu überreden, und so rückte man immerhin rasch genug vorwärts.

Indes die Geschwister nun unter sehr verschiedenen Empfindungen, jedoch einverstanden über die nächsten Maßregeln, sich auf diese Weise dem väterlichen Orte nähern und Theobald endlich der Schwester die ganze wundersame Bedeutung des heutigen Tags entdeckt, ist man zu Hause schon in großer Erwartung der beiden, und der Vater machte seine Verstimmung wegen des längern Ausbleibens der jungen Leute bereits auf seine Art fühlbar. Um übrigens einen richtigen Begriff von der gegenwärtigen Stimmung im Pfarrhause zu geben, müssen wir, so ungerne es geschieht, schlechterdings eine gewisse Gewohnheit des Hausvaters anführen, welche soeben jetzt wieder in Ausübung gebracht wurde. Der Pfarrer nämlich, ein Mann von den widersprechendsten Launen, wohlwollend und tückisch, menschenscheu, hypochondrisch, und dabei oft ein beliebter Gesellschafter, hatte neben manchen höchst widrigen Eigenheiten den Fehler der Trägheit in einem fast abscheulichen Grade, und sie verleitete ihn zu den abgeschmacktesten Liebhabereien. Konnte es ihm gefallen, mit gesundem Leibe ganze Tage im Bette zuzubringen und über ein und dasselbe Zeitungsblatt hinzugähnen, so machte dieses wenigstens niemanden unglücklich. Nun aber fand er, der in früheren Tagen gelegentlich ein Jagdfreund gewesen war, eine Art von Zeitvertreib darin, vom Bette aus nach allen Seiten des Zimmers hin mit dem Vogelrohr zu schießen. Zu diesem Behuf knetete er mit eigenen Fingern kleine Kugeln aus einem Stücke Lehm, das stets auf seinem Nachttisch liegen mußte. Er selbst war so gelegen, daß er von seinem Schlafgemach aus fast das ganze Wohnzimmer mit seinem Rohr beherrschen konnte. Das Ziel seiner Übungen blieb jedoch nicht immer der große Essigkrug auf dem Ofen, oder das Türchen des Vogelkäfigs, oder das alte Porträt Friedrichs von Preußen, sondern der Pfarrherr betrachtete es mitunter als den angenehmsten Teil seiner Kinderzucht, gewisse Unarten, die er an den Töchtern bemerken wollte, durch dergleichen Schüsse zu verweisen. Jungfer Nantchen, bei Licht am Nähtische beschäftigt, brauchte z. B. vorhin etwas längere Zeit, als dem Vater billig vorkam, um ihren Faden durch das Nadelöhr zu schleifen, und unerwartet klebte eine Kugel an ihrem bloßen Arm, die denn auch so derb gewesen sein muß, daß das gute Kind recht schmerzhaft aufseufzte. Es kamen diesen Abend noch einige Fälle der Art vor, wobei doch Jungfer Ernestine verschont blieb, ein Vorzug, welchen gewöhnlich auch Adelheid, Theobald ohnehin, mit ihr teilen durfte. Allein welchen Empfang können wir den letztern unter solchen Umständen versprechen? Es wurde acht Uhr, bis sie gegen das Dorf herfuhren. Sie waren inzwischen übereingekommen, man wolle Elisabeth, welche jedes Nachtquartier fortwährend mit Hartnäckigkeit ausschlug, zum wenigsten über Tisch behalten, wozu sie sich zuletzt auch verstand.

Die endliche Ankunft der Vermißten war indessen im Pfarrhause schon durch einen Burschen hinterbracht, den man entgegengesandt und welchem der ehrliche Johann im Vertrauen das Merkwürdigste zugeraunt hatte. Dies veranlaßte denn ein groß Verwundern, ein gewaltig Geschrei im Haus. Dem Pfarrer sank das Spielzeug aus der Hand, da von einer Zigeunerin, von der Chaise des Rittmeisters, von Unpäßlichkeiten seines Sohns verlautete. Er stand vom Bette auf und warf den Schlafrock um unter den Worten: »Was? eine Kartenschlägerin? eine Landfährerin? alle Satan! eine Hexe? und deswegen mein Sohn plötzlich unwohl geworden? – und ein Fuhrwerk – eine Heidin, was? Ich will sie bekehren, ich will ihr die Nativität stellen! gebt mir mein Rohr her! nicht das – mein spanisches! Wie hat Johann gesagt? Die Pferde seien scheu geworden, wenn die Zigeunerin neben ihnen hergelaufen?«

Die Tür ging auf. Adelheid und Theobald standen im Zimmer; jene mit stockender Stimme, an ihrer Angst schluckend, dieser mehr beschämt und vor bitterem Unwillen glühend über das unwürdige Benehmen seines Vaters. Umsonst stellte er sich dem hitzigen Manne beschwörend in den Weg, als er mit dem Licht in den Hausflur treten wollte, wo Elisabeth in einer Ecke unbeweglich hingepflanzt stand und ihm nun groß und unerschrocken entgegenschaute. Jetzt aber folgte eine den gespannten Erwartungen aller Umstehenden völlig entgegengesetzte Szene. Dem Pfarrer erstickt die rauhe Anrede auf der Zunge, wie er die Gesichtszüge der Fremden ins Auge faßt, und mit dem Ausdruck des höchsten Erstaunens tritt er einige Schritte zurück. Auf der Schwelle des Zimmers wirft er noch einen Blick auf die Gestalt, und in lächerlicher Verwirrung läuft er nun durch alle Stuben. »Wie kommt sie denn zu euch? was wißt ihr von dem Weibsbild?« fragt er Adelheiden, während Theobald sich auf den Gang hinausschleicht. Das Mädchen berichtete, was es wußte, und setzte zuletzt noch hinzu, daß der Bruder von einem Bilde gesagt, welches er schon als Kind öfters in einer Dachkammer gesehen und das die wunderbarste Ähnlichkeit mit dem Mädchen habe. Der Pfarrer winkte verdrießlich mit der Hand und seufzte laut. Er schien in der Tat über die Person der Fremden mehr im reinen zu sein, als ihm selber lieb sein mochte, und der letzte Zweifel verschwand vollends während einer Unterredung, welche er, so gut es gehen mochte, mit Elisabeth unter vier Augen auf seiner Studierstube vornahm. Er ward überzeut, daß er hier die traurige Frucht eines längst mit Stillschweigen zugedeckten Verhältnisses vor sich habe, das einst unabsehbares Ärgernis und unsäglichen Jammer in seiner Familie angerichtet hatte. Was jedoch Elisabeth jetzt über ihr bisheriges Schicksal vorbrachte, war nicht viel mehr, als was die andern bereits von ihr wußten, und der Pfarrer fand nicht für gut, sie über das Geheimnis ihrer Geburt und somit über die nahe Beziehung aufzuklären, worin sie dadurch zu seinem Hause stand. Den auffallenden Umstand aber, daß die Flüchtige just in diese Gegend geriet, machten einige Äußerungen des Mädchens klar, aus welchen hervorging, daß ein unzufriedenes Mitglied jener Bande sich an dem Anführer durch die Entfernung Elisabeths rächen wollte, wozu ihm die letztere selbst durch die häufige Bitte Gelegenheit gegeben haben mußte, er möchte sie doch einmal in ihre Heimat zu Besuche führen, und allerdings war der Mensch, wie sich später ergab, von der eigentlichen Herkunft des Mädchens sowie von dem Dasein einiger Verwandten ihres Vaters vollkommen unterrichtet; er beabsichtigte, sie nach Wolfsbühl zu bringen, wo er sich nicht geringen Dank versprach, aber wenige Stunden von dem Orte traf er auf die Spur von Zigeunern, welche ohne Zweifel ihm nachzusetzen kamen. Er ließ das Mädchen im Stiche und setzte seine Flucht allein fort.

Jungfer Ernestine mahnte bereits zum dritten Male an das ohnehin verspätete Nachtessen; man schickte sich also an, und wohl selten mag eine Mahlzeit einen sonderbarern Anblick dargeboten haben. Sie ging ziemlich einsilbig vonstatten. Der fremde Gast war natürlich unausgesetzt von neugierigen, zweifelhaften Blicken verfolgt, die nur, wenn zuweilen ein Strahl aus jenen dunkeln Wimpern auf sie traf, pfeilschnell und schüchtern auf den Teller zurückfuhren.

Elisabeth ersah sich nach Tische den schicklichsten Zeitpunkt, um aus der Tür und sofort geschwinde aus dem Hause zu entschlüpfen, ohne auch nachher, als man sie vermißte, wieder aufgefunden werden zu können. Der Vater schien dadurch eher erleichtert als bekümmert. Sie hatte jedoch, wie man jetzt erst bemerkte, ihr Bündel zurückgelassen; sie mußte also wahrscheinlich wieder erscheinen, und Theobald tröstete sich mit dieser Hoffnung.

Eine mächtige und tiefgegründete Leidenschaft, so viel sehen wir wohl schon jetzt, hat sich dieses reizbaren Gemüts bemeistert, eine Leidenschaft, deren Ursprung vielleicht ohne Beispiel ist, und deren Gefahr dadurch um nichts geringer wird, daß eine *reine* Glut in ihr zu liegen scheint. Der junge Mensch befand sich, seit das rätselhafte Wesen verschwunden war, in dem Zustand eines stillen, dumpfen Schmerzens, wobei er, so oft Adelheid ihn mitleidig ansah, Mühe hatte, die Tränen zurückzuhalten. Sie nötigte ihn auf seine Schlafkammer, wo sie ihm bald gute Nacht sagte. Der Pfarrer war durch das unerwartete Ereignis des heutigen Abends in seinem gewohnten Gleichmute dergestalt gestört, daß er jetzt noch an keine Ruhe denken konnte. Die Erinnerung an eine bedeutende Vergangenheit, an das unglückliche Schicksal eines leiblichen Bruders wurde nach langer Zeit wieder zum ersten Male heftig in ihm aufgeregt, er fühlte ein Bedürfnis, sich seiner ältesten Tochter mitzuteilen, und Ernestine, von jeher nur wenig unterrichtet über jenes merkwürdige Familienverhältnis, sah jetzt mit neugieriger Miene den Vater ein bestäubtes Manuskript hervorholen, worin die Geschichte ihres Oheims größtenteils von dessen eigener Hand verzeichnet stand. Alle übrigen im Hause hatten sich zu Bette begeben, nur Adelheid saß nachdenklich in einem Winkel des Zimmers und hörte bescheiden zu, indes der Vater aus dem Gedächtnis erzählte, nachdem er die vor ihr liegende Handschrift mit Wehmut, ja mit Grauen, bald wieder auf die Seite geschoben hatte.

»Mein jüngerer Bruder Friedrich«, fing er an, »dein seliger Oheim, war ein Genie, wie man zu sagen pflegt, und leider bei aller Herzensgüte ein überspannter Kopf, welcher schon in der frühesten Jugend nichts wollte und nichts vornahm, was in der Ordnung gewesen wäre. Er bewies ein außerordentliches Geschick zur Malerkunst, und mit der Zeit unterstützte ihn der Fürst auf das großmütigste. Er ließ ihn auf sechs Jahre nach Italien reisen, gab ihm auch nach seiner Zurückkunft ungemeine Zeichen seiner Gnade. Anfänglich nahm er seinen Aufenthalt in der Hauptstadt, später kaufte er sich das etwa fünf Stunden von Rißthal und drei von hier entfernte Gütchen F., wo er, noch immer unverheiratet, bloß für sein Geschäft lebte. In dieser Zeit hab ich ihn gar oft gesehen. Es war ein großer schöner Mann und gar munter, wenn es an ihn kam. Er hätte glücklich sein können, aber eine Reise hatte ihn in sein Verderben geführt. Er entschloß sich nämlich im Frühjahr 17** auf den Rat der Ärzte, seiner Erholung wegen, einen Freund in Böhmen zu besuchen, mit dem er zu gleicher Zeit in Rom gewesen war. Ach, er ahnete nicht, welchem Verhängnis er entgegenging!«

So sprach der Pfarrer, und nun folgte die Erzählung einer Geschichte, welche der Leser besser aus dem Tagebuche des Malers selbst erfährt.

In der Gegend von H**, den 22. Mai.

Schon seit Wochen fühle ich meine Gesundheit kräftiger als jemals; aber seit wenigen Tagen streckt auch der Geist seine erschlafft gewesenen Organe so begierig und arbeitsdurstig wieder aus, daß ich ordentlich über mich selbst erstaune. Ich spüre, es will sich ein neues Leben hervordrängen, es will ein Wunder in mir werden. Ich wüßte niemanden, dem ich die Ursache dieser mächtigen Revolution, die Geschichte der letzten vier Tage, so vertraulich mitteilen könnte, als diesen verschwiegenen Blättern. Aber fürwahr, ich tue es beinahe bloß in der grillenhaften Besorgnis, daß mein gegenwärtiges Glück, ja daß mir selbst die Erinnerung an diese außerordentliche Zeit entrissen werden könne.

Am 17. Mai trat ich von G. aus eine kleine Exkursion an, und zwar allein, weil mein Freund verhindert war. Ich fand etwas Reizendes in dem Gedanken, so wie zuweilen im Vaterland, jetzt auch auf böhmischem Boden einmal ohne bestimmtes Ziel und besondere Absicht auszufliegen, nur dachte ich an das schöne Gebirge gegen *** zu, das ich vom Fenster aus als dunkelblauen Streif gesehen hatte. Ich schlug also ungefähr diese Richtung ein und ließ mich nach Bequemlichkeit vom nächsten besten Wege fortziehen, verweilte bei allem, was mir neu und merkwürdig war, machte meine Beobachtungen an Menschen und Natur, zog mein Skizzenbuch hervor, zeichnete oder las wie mirs einkam, und ließ es mir mitunter in den dürftigsten Dorfschenken aufs beste gefallen. Am zweiten Abend meiner Wanderung befand ich mich bereits in einer anziehenden Gebirgsgegend, und der darauffolgende Mittag sah mich schon tief in den herrlichsten Waldungen herumschwärmen, wo ich nach Herzenslust den wilden Atem der Natur kostete, die Schauer der Einsamkeit empfand, mich hundert Zerstreuungen überließ. Unvermerkt sank die Dämmerung herein, da es mir denn erst einfiel, den Fußsteig wieder aufzusuchen, der, wie man mir gesagt hatte, nach einer guten, mitten im Walde gelegenen Herberge führen mußte. Das ging aber nicht so leicht; eine volle halbe Stunde quälte ich mich ab, ohne eine Spur zu entdecken. Jetzt war es fast Nacht. Meine Wahl ging nahe zusammen. Auf gut Glück lief ich noch eine Zeitlang vorwärts, bis das dicker werdende Gesträuch und eine große Müdigkeit mich verdrossen stillestehen machte. Ungeduld und Ärger über meine Unvorsichtigkeit waren aufs äußerste gestiegen, da überraschte mich mit einemmal der Gedanke, daß ich mir ehedem oft eine solche Situation gewünscht, und daß dieser scheinbar widerwärtige Zufall recht eigentlich im Charakter meiner Reise sei. Hiemit gab ich mich denn auch wirklich zufrieden. Unbequem genug lagerte ich mich unter einer hohen Eiche, murmelte etwas von der Lieblichkeit der warmen Sommernacht, vom baldigen Aufgang des Mondes und konnte doch nicht verhüten, daß meine Gedanken einigemal in dem verfehlten Wirtshaus einkehrten, wo ein ordentliches Abendbrot und ein leidlicheres Bette auf mich gewartet haben würden. Mit solchen Bildern beschäftigt, bemerkte ich jetzt in einiger Entfernung durch das Gezweige hindurch den Glanz eines Feuers. Meine ganze Einbildungskraft entzündete sich in diesem Anblicke unter tausend mehr oder weniger angenehmen Vermutungen; aber bald entschloß ich mich zu einer genaueren Untersuchung. Nach einer mühsam zurückgelegten Strecke von etwa fünfzehn Schritten unterschied ich eine bunte Gesellschaft von Männern, Weibern und Kindern auf einem etwas freien Platz um ein Feuer herumsitzend und zum Teil von einer Art unordentlichen Gezeltes bedeckt; sie führten, soviel ich hörte, ein zufriedenes, aber lebhaftes Gespräch.

Das Herz hüpfte mir vor Freuden, hier einen Trupp von Zigeunern anzutreffen, denn ein altes Vorurteil für dies eigentümliche Volk wurde selbst durch das Bewußtsein meiner gänzlichen Schutzlosigkeit nicht eingeschreckt. Ich weiß nicht, welches rasche zuversichtliche Gefühl mich überredete, daß wenigstens bei dieser Versammlung durch eine offene Ansprache nichts zu wagen sei. Mein kleiner Tubus trug in keinem Fall etwas dazu bei, denn bei einer physiognomischen Untersuchung der vom roten Schein der Flamme beleuchteten Köpfe hätte mein Urteil unentschieden bleiben müssen, trotz der frappantesten Deutlichkeit, womit jeder Zug sich vor mein Auge stellte. Ich trat hervor, ich grüßte treuherzig und erfuhr ganz die gehoffte Aufnahme, nachdem ich mich durch das erste barsche Wort des Häuptlings nicht hatte irre machen lassen. Meine unbefangene Keckheit schien ihm plötzlich zu gefallen, auch meinen Anzug musterte er jetzt mit sichtbarem Respekt. Man lud mich ein, auf einem Teppich niederzusitzen, und bot mir zu essen an. Ich gab mir ein mehr und mehr treuherziges und redseliges Wesen, dessen gute Wirkung sich gar bald an meinen Leuten zeigte, die mit Aufmerksamkeit meinen Schilderungen aus fremden Ländern zuhörten, während ich mich nebenher an den merkwürdigen Gesichtern und köstlichen Gruppen in die Runde erquicken konnte.

Dies dauerte ungestört eine ganze Zeit. Jetzt ließ sich ein ferner Donner vernehmen, und man machte sich auf ein Gewitter gefaßt, das auch wirklich unvermutet schnell herbeikam. Jedes schützte sich so gut wie möglich.

Bei dieser allgemeinen Bewegung, indes der Regen unter heftigen Donnerschlägen stromweise niedergoß und eines der seitwärts stehenden Pferde scheu wurde, war mir mein Portefeuille entfallen. Ich suchte es in der dicksten Finsternis am Boden und hatte es soeben glücklich aufgehoben, als ich plötzlich beim jähen Licht eines starken Blitzes hart an meiner Seite ein weibliches Gesicht erblickte, das freilich derselbe Moment, welcher es mir gezeigt, wieder in die vorige Nacht verschlang. Aber noch stand ich geblendet wie in einem Meere von Feuer, und vor meinem innern Sinne blieb jenes Gesicht mit bestimmter Zeichnung wie eine feste Maske hingebannt, in grünflammender Umgebung des nassen glänzenden Gezweigs. Nichts in meinem Leben hat einen solchen Eindruck auf mich gemacht, als die Erscheinung dieses Nu. Unwillkürlich streckte sich mein Arm aus, um mich zu überzeugen, aber es rauschte schon an mir vorüber, und eine längere Zeit, als meine Ungeduld wollte, verging, bis ich ins klare kommen sollte. Doch das blieb nicht aus.

Ein Mädchen, das anfangs in dem Zelt verborgen gewesen sein mochte und das man mit dem Namen Loskine rief, zeigte sich jetzt auch unter den Andern, als man bei nachlassendem Regen wieder Feuer anmachte und sich unter wechselnden Scherz- und Scheltworten auf den störenden Überfall wieder in Ordnung brachte. Das Mädchen ist die Nichte des Hauptmanns. – Loskine – wie soll ich sie beschreiben? Sind doch seit jener Nacht vier volle Tage hingegangen, in denen ich dies Gebilde der eigensten Schönheit stündlich Aug in Auge vor mir hatte, ohne daß dem Maler in mir eingefallen wäre, sich ihrer durch das elende Medium von Linien und Strichen zu bemächtigen! O diese wenigen Tage, wie reich an Entdeckungen, wie unermeßlich in ihren Folgen für meine ganze Art zu existieren!

Ich bin seither der freiwillige Begleiter dieser streifenden Gesellschaft. Ja, das bin ich, und ich erröte keineswegs über diesen Einfall, den mir auch kein Professor ordinarius der schönen Künste beachselzucken soll, weil ich ihn einem Professori ordinario sicherlich nicht erzählen werde. Oder schändet es in der Tat einen vernünftigen Mann, den sein Beruf selber auf Entdeckung originaler Formen hinweiset, eine Zeitlang der Beobachter von wilden Leuten zu sein, wenn er unter ihnen unerschöpflichen Stoff, die überraschendsten Züge, den Menschen in seiner gesundesten physischen Entwicklung findet, und dabei die übrige Natur wie mit neuen Augen, mit doppelter Empfänglichkeit anschaut? Ich lerne mit jeder Stunde, und die Leute sind die Gefälligkeit selbst gegen mich. Einiger Eigennutz ist freilich immer dabei; meine Freigebigkeit behagt ihnen, aber mich wird sie nie gereuen.

Einen Tag später.

Ich muß lächeln, wenn ich mein gestriges Räsonnement von Malerstudium und Kunstgewinn wieder lese. Es mag seine Richtigkeit damit haben, aber wie käme diese hochtrabende Selbstrechtfertigung hieher, wenn nicht noch etwas anderes dahinterstäke, um was ich mir mit guter Art einen Lappen hängen wollte? Doch ich gestehe ja, daß Loskine schon an und für sich allein die Mühe verlohnen könnte, sich eine Woche lang mit dem Zug herumzutreiben. Ich kann dies Geschöpf nicht ansehen ohne die Bewunderung immer neuer geistiger, wie körperlicher Reize. Sie fesselt mich unwiderstehlich, und wäre es auch nur durch das Interesse an der ungewöhnlichen Mischung dieses Charakters.

Äußerungen eines feinen Verstandes und einer kindischen Unschuld, trockner Ernst und plötzliche Anwandlung ausgelassener Munterkeit wechseln in einem durchaus ungesuchten und höchst anmutigen Kontraste miteinander ab und machen das bezauberndste Farbenspiel. Das Unbegreifliche dieser Komposition und dieser Übergänge ist auch bloß scheinbar; für mich hat das alles bereits die notwendige Ordnung einer schönen Harmonie angenommen. Erstaunlich ist zuweilen die Behendigkeit ihrer äußern Bewegungen und herrlich das Lächeln der Überlegenheit, wenn es ihr mitunter gefällt, die Gefahr gleichsam zu necken. Mit Zittern seh ich zu, wie sie einen jähen Abhang hinunterrennt und so von Baum zu Baum stürzend sich nur einen kurzen Anhalt gibt; oder wenn sie sich auf den Rücken eines am Boden ruhenden Pferdes wirft und es durch Schläge zum plötzlichen Aufstehen zwingt. Unter den übrigen bildet sie indessen eine ziemlich isolierte Figur; man läßt sie auch gehen, weil man ihre Art schon kennt, und doch hängen alle mit einer gewissen Vorliebe an ihr. Besonders scheint der Sohn des Anführers, ein gescheiter, männlich schöner Kerl, größere Aufmerksamkeit für sie zu haben, als ich leiden mag, wobei mich zwar einesteils ihre Kälte freut, auf der andern Seite aber sein heimlicher Verdruß doch wieder herzlich rührt. Mich mag sie gerne um sich dulden, allein ich scheue mich fast vor Marwin, so heißt jener Mensch, und bin schon daran gewöhnt, vorzüglich nur die Gelegenheit zu benützen, wann er eben auf Rekognoszierung oder sonst in einem Geschäft ausgeschickt wird, was häufig vorkommt. Ich habe ihr schon manche kleine Geschenke gekauft, deren Absichtlichkeit ich durch ähnliche Gaben an die andern zu bemänteln weiß. – Aber, mein Gott! was will ich denn eigentlich? Noch treffe ich nicht die Spur eines Gedankens an die Umkehr bei mir an. Vorgestern schrieb ich, unter einem nicht sehr wahrscheinlichen Vorwand und ohne das geringste von meinem jetzigen Leben verlauten zu lassen, an Freund S., er möchte mir meine ganze Barschaft nach dem Städtchen G*** senden, wo wir, wie der Hauptmann sagt, in vier Tagen zur Marktzeit eintreffen werden. Dieser Marsch bringt mich dem Orte, von dem ich ausgegangen, wieder um fünf Meilen näher. Aber doch welche Entfernung immer noch! Gut, daß ich in diesen Gegenden nicht fürchten muß, auf irgendein bekanntes Gesicht zu stoßen, wofern ich anders in meinem gegenwärtigen Zustand noch kenntlich wäre. Ich habe meinem Anzug durch einige geborgte Kleidungsstücke ein etwas freieres Wesen gegeben, um mich meinen Gesellen einigermaßen zu konformieren. Eine violett und rote Zipfelmütze auf dem Kopf, ein breiter Gürtel um den Leib tut wahrlich schon viel.

26. Mai.

Einen artigen Auftritt hat es gegeben. Wir rasteten nach einem ermüdenden Strich mittags in einem Tannengehölze. Marwin war abwesend und sonst überließ sich fast alles dem Schlafe. Loskine suchte ihre Lieblingsspeise, das durstlöschende, angenehme Blatt des Sauerklees, der dort in großer Menge wächst. Ich begleitete sie und wir setzten uns endlich hinter einem Hügel an einer schattigen Stelle auf den von abgefallenen Nadeln ganz übersäeten Moosboden. Ich weiß nicht, wie wir auf allerlei Märchen und wunderbare Dinge zu sprechen kamen, woran sie bei weitem reicher war als ich. Unter anderem wußte sie von der spinnenden Waldfrau zu sagen, die im Frühen, wenn der herbstliche Wald von der Morgenröte glühet, unter den Bäumen hergehe und das Laub, wie vom Rocken, in grün und goldnen Fäden abspinne, indes die Spindel neben ihr hertanze. Auch vertraute sie mir vieles von der heimlichen Kraft der Kräuter und Wurzeln, was nicht wiederholt werden kann, ohne zugleich ihre eigenen Worte zu haben. Dazwischen arbeitete sie mit dem Schnitzmesser sehr fertig an einem niedlichen Geräte, dergleichen die Zigeuner aus einem gelben Holze zum Verkauf machen. Ich hatte zuletzt beinahe kein Ohr mehr für ihre Erzählungen ob der Aufmerksamkeit auf die Bewegung der Lippen, auf das Spiel ihrer Miene, und endlich von stille glühenden Wünschen innerlich bestürmt und aufgeregt, wandte ich mich von ihr ab, so daß ich etwas tiefer sitzend ihr Gesicht im Rücken und ihren nackten Fuß – denn so geht sie gar häufig – dicht vor meinem Auge hatte. Wie trunken an allen Sinnen und meiner nicht mehr mächtig ergriff ich den Fuß und drückte meinen Mund fest auf die feine braune Haut. In diesem Augenblick gab Loskine mir lachend einen derben Stoß, wir standen beide auf und ich bemerkte eine hohe

Röte auf ihrer Wange, eine Verwirrung, die ich schnell zu deuten wußte. Dadurch kühn gemacht, schlang ich ohne Besinnen die Arme um die treffliche Gestalt, und sie widerstand mir nicht. Heiß brannten ihre Lippen, und ihr Blick sprühte in den meinigen sein schwarzes Feuer. Aber kurz nur, denn jetzt kehrte er sich verworren ab, und der nächste Gegenstand, auf den er zugleich mit dem meinigen fällt, ist – Marwin, welcher ruhig an einen unfernen Baum gelehnt ein Zeuge dieser Szene war. Loskine stand wie vom Schlage gerührt. Ich suchte, ohne Marwin bemerken zu wollen, ihn über den Vorfall zu täuschen, indem ich laut und scherzhaft mich über Sprödigkeit beklagte und daß sie mir das Gesicht schändlich zerkratzt hätte. Bei dieser Komödie leistete mir das Mädchen nicht die geringste Unterstützung. Sie starrte schweigend vor sich hin und unter stille hervorstürzenden Tränen entfernte sie sich langsam. Nun erst grüßte ich ganz verwundert meinen Nebenbuhler, ging auf ihn zu und wollte in meiner Rolle fortfahren, allein er sah mich ein paar Sekunden lang verächtlich an, dann ließ er mich stehen und ging.

Es sind seitdem sechzehn Stunden verflossen, ohne daß sich bisher die mindeste Folge gezeigt hätte, außer daß Loskine mir überall ausweicht.

In einer Bauernhütte zu ***

Ich bin getrennt von meiner Bande, aber um welchen Preis getrennt!

An demselben Morgen, da ich das Letzte schrieb, nahm der Hauptmann mich beiseite und erklärte mir mit Mäßigung, aber mit finsterm Unmut, daß ich ihn verlassen müßte oder mich ganz so verhalten, als ob Loskine gar nicht vorhanden wäre. Sein Sohn wünsche sie als Weib zu besitzen, er selber habe sie ihm versprochen, sie werde sich auch jetzt nicht länger weigern. Ich möchte überhaupt auf meiner Hut sein, Marwin wolle mir sehr übel, nur die Furcht vor ihm, seinem Vater, habe ihn im Zaum gehalten, daß er sich nicht an mir vergriffen. Ich erwiderte, wenn mein argloses Wohlgefallen an dem Mädchen Verdruß errege, so wäre es mir ein leichtes, künftig behutsam zu sein; wenn aber Marwin überhaupt durch meine Gegenwart beunruhigt werde, so würde ich auch diese aufheben. Der Hauptmann, im Bewußtsein der nicht unbeträchtlichen Vorteile, die ihm meine Gesellschaft brachte, lenkte ein. Ich antwortete darauf wieder in unbestimmten Ausdrücken, und so beruhte die Sache auf sich. Aber bald kam ich zu einer herzzerschneidenden Szene, woran ich sogleich selber teilnehmen sollte. Loskine, mit dem Strickzeug auf dem Schoße, saß an der Erde, das Gesicht mit beiden Händen bedeckend, indes ihr Liebhaber unter gräßlichen Verwünschungen und im heftigsten Schmerz ihr ein offenes Geständnis über jenen Vorfall auszupressen suchte. Wie er mich gewahr wurde, sprang er gleich einem Wütenden auf mich los, faßte mich an der Brust und forderte von mir; was jene ihm vorenthalte. Er zog das Messer und drohte mir noch immer, als wir schon von fünf bis sechs Personen, die herbeieilten, umringt waren. Der Vater entwaffnete ihn auf der Stelle. Aber erst Loskine, welche sich jetzt mit einem mir unvergeßlichen Ausdruck von würdevoller Ruhe aufhob, machte dem Lärmen ein Ende; sie faßte, ohne ein Wort zu sprechen, Marwin mit einem vielsagenden Blicke bei der Hand, und er, der von der Bedeutung ihrer feierlichen Gebärde so mächtig ergriffen zu sein schien wie ich, folgte wie ein Lamm, als sie ihn tief mit sich in das Gebüsch führte.

Nach einer Weile kehrte sie allein zurück, ging mit entschiedenem Schritt auf *mich* zu, den sie gleichfalls aus der Mitte der übrigen hinwegwinkte.

»Ich habe ihm versprochen«, fing sie, da wir weit genug entfernt waren und stillestanden, in ernstem Tone an, »ich hab ihm versprochen, dir zu sagen, daß ich dich hasse wie meinen ärgsten Feind und bis in den Tod. Ich sage dir also dieses. Doch du weißt es anders. Ich sage dir für mich, daß ich dich viel mehr liebe wie meinen liebsten Freund, und das, solange ein Atem in mir sein wird. Aber du mußt fort von uns, auch das hab ich ihm zugesagt. Mach es kurz, ich darf nicht lange ausbleiben. Küsse mich!«

»Muß ich fort«, antwortete ich, durch das Großartige dieses Augenblicks fast über allen Affekt hinausgehoben, »muß ich fort, und ist es wahr, daß du mich mehr liebst als alles, so laß uns zusammengehen.«

Sie sah mich staunend an, dann schüttelte sie gedankenvoll das schöne Haupt.

»Loskine!« rief ich, »wolle nur, und was dir unmöglich scheint, soll gewiß möglich gemacht werden. Aber noch eins zuvor beantworte mir: Kannst du Marwins Verlangen nicht gutwillig erfüllen? Kannst du nicht die Seinige werden?«

Sie schwieg. Ich tat dieselbe Frage wieder, worauf sie ein bestimmtes: Nein! ausstieß. Mir fiel ein Berg vom Herzen, und zugleich war mein Entschluß gefaßt. Mit Blitzesschnelle ordnete sich ein Plan in meinem Kopfe, dessen Unsicherheit ich freilich sogleich fühlte. Er lief darauf hinaus, daß ich nach meiner unverzüglichen Trennung von ihren Leuten allein bis G*** vorausreisen wolle, dem Städtchen, wo sie, wie ich ja wußte, nächstens auch eintreffen würden. Dort solle sie sich alsdann von den Ihrigen verlieren, sich unter der Hand und mit kluger Art nach dem angesehensten Gasthaus erkundigen, wo ich mich unfehlbar bereits befinden und alle Anstalten zur schnellen Flucht getroffen haben würde. Loskine hatte meinen Vorschlag kaum vernommen, so entriß sie sich mir eilig, denn wir hörten Geräusch. In einem Gewirre von ängstlich sich durchkreuzenden Gedanken über die Ungewißheit, in welcher ich in mehr als einer Hinsicht mit meinem Plane stand, blieb ich mir selber überlassen. Hat das Mädchen mich verstanden? Werde ich Gelegenheit finden, sie noch einmal darüber zu vernehmen? oder, wenn sie mich gefaßt hat, wird sie sich zu dem Schritte entschließen? ist der letztere überhaupt ausführbar? Diese Zweifel beunruhigten mich nicht wenig, bis mir der glückliche Einfall kam, alles dem Willen des Schicksals anheimzustellen und zuletzt das Glücken oder Mißlingen meiner Absichten als Probe ihrer Güte oder Verwerflichkeit anzusehen. Mit dieser Idee schmeichelte ich mir ordentlich, sowie durch den strengen Vorsatz, Loskinen für jetzt nicht mehr aufzusuchen, mich wenigstens nicht näher mit ihr darüber zu verständigen. Um wie viel bedeutender – dies schwebte im Hintergrund meiner Seele –, um wie viel glänzender wird nachher die Erfüllung deiner Erwartungen sein! Aber auch selbst in ihrem Fehlschlagen sah ich einen für mich reizenden Schmerz und eine schöne Entsagung voraus.

Jetzt begab ich mich zu meiner Gesellschaft, zog den Hauptmann beiseite und erklärte ihm die Notwendigkeit meiner Entfernung, die ich ihm durch einen letzten Beweis meiner Erkenntlichkeit um so leichter verschmerzen machte. Er empfing mein immer ansehnliches Geschenk mit einer Miene von Stolz und Freundlichkeit, erbot sich zu einem Ehrengeleite, was ich aber ausschlug, und er versprach, meiner Bitte gemäß, die andern in meinem Namen zu grüßen, da ich aus Schonung für Marwin einen allgemeinen Abschied vermeiden wolle. Im Grunde aber unterließ ich den Abschied aus Schonung für mich selber, aus einem eigenen Schamgefühl, das mich nicht vor den Menschen treten ließ, den ich um seine schönste Hoffnung zu betrügen gedachte. Ich suchte mich damit zu trösten, daß ich mir sagte, er werde um nichts beraubt, das er je besessen hätte oder jemals besitzen könnte, denn Loskinens Herz war weit von ihm entfernt.

In kurzer Zeit befand ich mich wieder allein und in meinen ordentlichen Kleidern. Ich verfolgte zu Pferde mit einem gleichfalls berittenen Begleiter aus dem nächsten Dorfe einen Umweg nach G***, welchen, wie zu vermuten war, der Hauptmann nicht einschlug. Diese Vorsicht gebrauchte ich auf alle Fälle, so wie ich ihm auch die Richtung meiner Reise falsch angab.

In G. langt ich beizeiten an und nahm mein Absteigequartier gemäß dem Loskinen gegebenen Worte. Was meine Absicht weiter fördern konnte, ward unverzüglich eingeleitet. Einige neue Kleidungsstücke, vor allem ein anständiger Mantel lag für die Geliebte bereit. Es fand sich ein bequemer verschlossener Wagen, dessen Anblick mich mit abwechselnd glücklichen und bekümmerten Ahnungen erfüllte; doch erhielt sich meine Hoffnung um so aufrechter, je weiter ich die Zeit hinaussetzte, wo meiner Berechnung nach die Ankunft des Trupps erfolgen konnte. Dies war auf den folgenden Morgen, als den eigentlichen Markttag. Ganz gelassen schaute ich soeben von meinem Zimmer auf die Straße hinab und überlegte, nicht ohne einige bedenkliche Rücksicht auf den sehr herabgesunkenen Zustand meiner Börse, die Art und Weise, wie ich das in den nächsten Tagen unfehlbar hier auf der Post einlaufende Paket von S. wollte am zweckmäßigsten heimwärts mir nachschicken lassen. Ich sah unter diesen Betrachtungen ruhig zu, wie unter meinem Fenster ein Junge vom Haus mit einer neuen hölzernen Armbrust spielte, wobei ein dunkles, gleichgültiges Gefühl in mir war, als wäre mir ein gleiches Instrument während der letzten Zeit irgendwo vorgekommen. Wie ein Blitz durchzückt mich plötzlich der Gedanke, daß ich noch vor zwei Tagen dergleichen Schnitzarbeit in den Händen Loskinens gesehen, daß sie bereits in der Nähe sein müsse, daß sie jeden Augenblick in das Haus treten könne. Ich war außer mir vor Freude, vor Erwartung und Angst. Aber dieser peinvolle Zustand sollte nicht lange dauern. O Gott! wer schildert den Augenblick, da die herrliche Gestalt in mein Zimmer schlüpfte, diese Arme sie empfingen und sie mit ersticktem Atem rief: »Da bin ich! da bin ich Unglückliche! beginne mit mir was du willst!«

In kurzem saßen wir im Wagen; erst fuhr ich allein eine Strecke weit vor die Stadt und erwartete sie dort. Wir reisten den Tag und die Nacht hindurch und sind vorderhand weit genug, um nichts mehr zu fürchten. Aber welche Not, welche süße Not hatt ich, den Jammer des holden Geschöpfs zu mäßigen. Sie schien jetzt erst den ungeheuren Schritt zu überdenken, den sie für mich gewagt, sie quälte sich mit den bittersten Vorwürfen, und dann wieder lachte sie mitten durch Tränen, mit Leidenschaft mich an sich pressend. So kamen wir gegen Tagesanbruch im Grenzorte B. ermüdet an. Ich schreibe dies in einem elenden Gasthof, indessen Loskine nicht weit von mir auf schlechtem Lager eines kurzen Schlafs genießt. Getrost, gutes Herz, in wenig Tagen zeig ich dir meine Heimat. Du sollst die Fürstin meines Hauses sein, wir wollen zusammen ein Himmelreich gründen, und die Meinung der Welt soll mich nicht hindern, der Seligste unter den Menschen zu sein.

*

Hier brach das Tagebuch des Malers ab. Der Pfarrer machte eine Pause, und Jungfer Ernestine sagte: »Er brachte sie also ins Vaterland und nahm sie förmlich zum Weibe?« – »Ja, leider, daß Gott erbarm! er setzt' es durch. Er verleugnete die abscheuliche Herkunft der Person, doch man merkte sogleich Unrat, und wer von der Familie hätte sich nicht davor bekreuzen sollen, so eine wildfremde Verwandtschaft einzugehen? Alles riet dem Bruder ab, alles verschwor sich gegen eine Verbindung, ich selbst, Gott vergebe mirs, habe mich verfeindet mit ihm, so lieb ich ihn hatte. Umsonst, der Fürst war auf seiner Seite, er ward in der Stille getraut und lebte mit dem Weibsbild einsam genug auf seinem kleinen Gute. Seine Kunst nährte ihn vollauf, aber es konnte kein Segen dabei sein; beide Eheleute, sagt man, hätten sich geliebt, abgöttisch geliebt, und doch, heißt es, sei sie in den ersten

Monaten krank geworden vor Heimweh nach ihren Wäldern, nach ihren Freunden. Man sage mir, was man will, ich behaupte, so ein Gesindel kann das Vagieren nicht lassen, und mein armer Bruder muß tausendfachen Jammer erduldet haben. Es dauerte kein Jahr, so schlug der Tod sich ins Mittel, die Frau starb in dem ersten Kindbett. Euer Onkel, statt, wie man hoffte, dem Himmel auf den Knien zu danken, tat über den Verlust wie ein Verzweifelnder; er lebte eine Zeitlang nicht viel besser als ein Einsiedler; sein einziger Trost war noch das Kind, das am Leben erhalten war und in der Folge eine unglaubliche Ähnlichkeit mit der Mutter zeigte. Er ließ das Mädchen sorgfältig bei sich erziehen bis in sein siebentes Jahr. Da strafte Gott den hart Gezüchtigten mit einem neuen Unglück. Das Kind ward eines Tages vermißt, niemand begriff, wohin es geraten sein konnte. Später fand man Ursache, zu glauben, daß die verruchte Bande den Aufenthalt meines Bruders entdeckt, und weil die Frau nicht mehr zu stehlen war, sich durch den Raub des Mädchens an dem Vater gerächt habe. Sein halb Vermögen ließ dieser es sich kosten, seinen Augapfel wieder an sich zu bekommen; vergebens, er mußte die Tochter verloren geben, und nie vernahm man weiter etwas von ihr. Und heute nun – es ist ja unfaßlich, es ist rein zum Tollwerden, mir wirbelt der Verstand, wenn ichs denke, heute muß ich es erleben, daß der Bastard mir durch meine eigenen Kinder über die Schwelle gebracht wird. Mir ist nur wohl, seit sie wieder aus dem Haus ist! Wenn sie sich nur nicht irgendwo versteckt! dort liegt ja ihr Bündel noch; wenn nur nicht der ganze Trupp hier in der Nähe herumschleicht! Heiliger Gott! wenn sie mir das Haus anzündeten, die Mordbrenner – Auf, Kinder! mir läuft es siedend über den Rücken, mir ahnet ein Unglück! Durchsucht jeden Winkel – der Knecht soll den Schultheiß wecken – man soll Lärm machen im Dorfe –«

»Um Gottes willen, Vater, was denken Sie?« riefen die Mädchen, »besinnen Sie sich doch! die Zigeuner sind ja meilenweit von uns entfernt und das Mädchen wird uns nicht schaden.«

»Was? nicht schaden? wißt ihr das? Ist sie nicht von Sinnen? Was ist von einer Närrin nicht alles zu fürchten!«

»So kann ja Johann die Nacht wachen, wir alle wollen wachen.«

»Keinen Augenblick hab ich Ruh, bis ich mich überzeugt, daß

nicht irgendwo Feuer eingelegt ist. Kommt! ich habe nun einmal die Grille; begleitet mich.«

So tappte man denn zu dreien ohne Licht durch das ganze Haus; die Gänge, die Ställe, die Bühne, alles wurde sorgfältig untersucht. Als man in die Dachkammer kam, wo sich das merkwürdige Bild befand, empfanden die Mädchen einen heimlichen, jedoch reizenden Schauder; es war so aufgehängt, daß soeben der Mond sein starkes Licht darauf fallen ließ, und selbst der Pfarrer ward wider Willen von der dämonischen Schönheit des Gesichtes festgehalten; man hätte es wirklich für ein Porträt Elisabeths halten können; von ganz eigenem, nicht weiter zu beschreibenden Ausdruck waren besonders die braunen durchdringenden Augen. Keins von den dreien wollte ein lautes Wort sprechen, nur Adelheid fragte den Vater, ob der Onkel es gemalt? ob es seine Frau vorstelle? Der Pfarrer nickte, nahm das Bild seufzend von der Wand und versteckte es in die hinterste Ecke.

Im Vorbeigehen traten sie in Theobalds Schlafkammer, er schlief ruhig, die Hände lagen gefaltet über der Decke.

Mitternacht war vorüber. Der Alte hatte wenig Lust, sich zur Ruhe zu begeben, die Töchter sollten ihm Gesellschaft leisten, und um sie wach zu erhalten, mußte er den Rest der traurigen Geschichte erzählen. »Dieser geht nahe zusammen«, sagte er. »Der Unfall mit dem Kinde vernichtete den Oheim ganz; der Aufenthalt im Vaterlande ward ihm unerträglich, er ging auf Reisen, nach Frankreich und England, soll aber in steter Verbindung mit seinem Fürsten geblieben sein und fortwährend für ihn gearbeitet haben, bis er aus unbekannten Gründen mit dem Hofe zerfiel. Auf einmal verscholl er, und man weiß bloß, daß er mit einem Schiffe zwischen England und Norwegen umgekommen. Den größten Teil seines Vermögens hatte er bei sich, aber aus dem, was er zurückließ, zu schließen, schien er eine Heimkehr nicht aufgegeben zu haben. Seine Güter fielen der Herrschaft zu, welche Anspruch darauf machte. Außer einem kleinen Vorrat von Effekten, worunter auch jenes Gemälde und das Diarium sich befand, kam nichts an uns. – So endete der Bruder eures Vaters. Ich sage, Friede sei mit ihm! Ich werde ihn aufrichtig beweinen bis an meinen Tod, ob ich gleich was er tat nicht billigen kann und jeden warnen muß, dem Gott ein so gefährlich Temperament verlieh, daß er den

Fallstrick des Versuchers vermeide und nie die Bahn heilsamer Ordnung verlasse. Ich denke hier an meinen eigenen Sohn, an Theobald. Der Junge hat, so fromm und sanft er ist, mich manchmal schon erschreckt. So ganz das Gegenteil von mir! So manches Übertriebene, Unnatürliche! So heute wieder – mir läuft die Galle über, wenn ichs denke – was soll die dumme Neugierde auf die Fremde? nichts, als daß seine Phantasie toll wird! Und du, Adelheid, machst oft gemeinschaftliche Sache mit ihm, statt ihn zu leiten. – Er läßt sich nicht wie andere Knaben seines Alters an. Da – stundenlang oben im Glockenstuhl sitzen, wie ein Träumer, Spinnen ätzen und aufziehen, einfältige Geheimnisse, Zettel, Münzen unter die Erde vergraben – was sind mir das für Bizarrerien? Und daß ich einen Maler aus ihm mache, soll er sich nur nicht einbilden. Das ist das ewige Zeichnen und Pinseln! wo man hinsieht, ärgert man sich über so ein Fratzengesicht, das er gekritzelt hat, und wärs auch nur auf dem Zinnteller. Wenn er einmal sonntags nachmittag zur Erholung sich eine Stunde hinsetzte und machte einen ordentlichen Baum, ein Haus und dergleichen nach einem braven Original, so hätt ich nichts dagegen, aber da sind es nur immer seine eigenen Grillen, hexenhafte Karikaturen und was weiß ich. Bei Gott! gerade solche Possen hat Onkel Friedrich in seiner Jugend gehabt. Nein, bei meiner armen Seele, mein Sohn soll mir kein Maler werden! Solang *ich* lebe und gebiete, soll ers nicht!«

Die Mädchen machten große Augen zu diesen Worten, denn es war beinahe das erstemal, daß der Vater über seinen Liebling entrüstet schien, und doch war auch dies nur der ängstliche Ausdruck seiner grenzenlosen Vorliebe für ihn. Endlich brach er auf, und noch während des Auskleidens redete er nach seiner heftigen Gewohnheit laut mit sich selber über den störenden Vorfall des Abends.

Am folgenden Morgen meldete der Knecht, daß, als er mit Tagesanbruch aufgestanden und in den Hof getreten, um Wasser zu schöpfen, das Zigeunermädchen ihm dort in die Hände gelaufen sei; sie hätte sich nur ihr Kleiderbündel von ihm bringen lassen, um sogleich weiterzugehen. Sie habe ihm einen freundlichen Gruß an Adelheid, besonders aber an den jungen Herrn befohlen. Ein Medaillon, das sie vom Halse losgeknüpft, solle man ihm als Angebinde von ihr einhändigen.

Der Vater nahm das Kleinod sogleich in Empfang; es war von feinem Golde, blau emailliert, mit einer unverständlichen orientalischen Inschrift; er verschloß es und verbot jedermann aufs strengste, seinem Sohn etwas von diesem Auftrage kundzutun.

Der junge Mensch hatte außer Adelheiden keine Seele, der er sein Inneres hätte offenbaren mögen. Er wandelte, seitdem er Elisabethen gesehen, eine Zeitlang wie im Traume.

Wenn er seit seinen Kinderjahren, in Rißthal schon, so manchen verstohlenen Augenblick mit der Betrachtung jenes unwiderstehlichen Bildes zugebracht hatte, wenn sich hieraus allmählich ein schwärmerisch religiöser Umgang wie mit dem geliebten Idol eines Schutzgeists entspann, wenn die Treue, womit der Knabe sein Geheimnis verschwieg, den Reiz desselben unglaublich erhöhte, so mußte der Moment, worin das Wunderbild ihm lebendig entgegentrat, ein ungeheurer und unauslöschlicher sein. Es war, als erleuchtete ein zauberhaftes Licht die hintersten Schachten seiner inneren Welt, als bräche der unterirdische Strom seines Daseins plötzlich lautrauschend zu seinen Füßen hervor aus der Tiefe, als wäre das Siegel vom Evangelium seines Schicksals gesprungen.

Niemand war Zeuge von dem seltsamen Bündnis, welches der Knabe in einer Art von Verzückung mit seiner angebeteten Freundin dort unter den Ruinen schloß, aber nach dem, was er Adelheiden darüber zu verstehen gab, sollte man glauben, daß ein gegenseitiges Gelübde der geistigsten Liebe stattgefunden, deren geheimnisvolles Band, an eine wunderbare Naturnotwendigkeit geknüpft, beide Gemüter, aller Entfernung zum Trotze, auf immer vereinigen sollte.

Doch dauerte es lang, bis Theobald die tiefe Sehnsucht nach der Entfernten überwand. Sein ganzes Wesen war in Wehmut aufgelöst, mit doppelter Inbrunst hielt er sich an jenes teure Bild; der Trieb zu bilden und zu malen ward jetzt unwiderstehlich, und sein Beruf zum Künstler war entschieden.

In kurzem starb der Vater am Schlagflusse. Die Kinder wurden zerstreut. Theobald ward einem wackern Manne (dem Förster zu Neuburg) in die Kost gegeben, von dessen Hause aus er die benachbarte Malerschule zu *** besuchte. Nach fünfthalb Jahren fleißiger Studien fand ein reicher Gönner sich bewogen, dem jungen Manne die Mittel zu seiner weiteren Bildung im Auslande zu reichen. In hohem Grade fruchtbar ward ihm der Aufenthalt zu Rom und Florenz, aber selbst die mannigfaltigen Anschauungen dieser herrlichen Kunstwelt vermochten den Grundton jener früheren Eindrücke nie völlig zu verdrängen, deren mysteriöser Charakter zunächst in der Idee des Christlichen eine analoge Befriedigung fand.

Elisabethen hat er nie wiedergesehen.

# ZWEITER TEIL

Leopold ging unter tiefen Betrachtungen nach der Stadt zurück. Er kommt an dem Garten des wunderlichen Hofrats vorbei. Der Liebling des letztern, ein zahmer Star, sitzt auf dem Spitzdache eines Pumpbrunnens, über den sich eine Trauerweide neigt. Der Vogel stimmt, eben wie Leopold vorüber will, sein Stückchen an, mit einem spöttischen Zwischenruf, der offenbar ihm gilt: »Es reiten drei – Spitzbub – zum Tore hinaus«; zugleich wird das gepuderte Haupt des Hofrats sichtbar; derselbe ersucht den Bildhauer, einen Augenblick hereinzutreten. »Ich habe eine Neuigkeit«, sagt er, »über deren angenehmen Inhalt Sie wohl dem Flegel da droben seine Unart vergessen werden. Monsieur Larkens wurde den Morgen schnell zu einem Verhöre berufen. Man darf sich auf ein erwünschtes Resultat gefaßt halten; mir ward nur en passant und ganz im allgemeinen, jedoch von sicherer Hand ein Wink gegeben. Bringen Sie den Leutchen diesen Trost, sagen es aber nicht weiter.« Voll Freuden dankte der Bildhauer und wollte eilends gehen, als der Hofrat, der heute seinen schönen Tag hatte, ihn noch am Rockknopf festhielt und sagte: »Widmen Sie doch dem Burschen da droben noch einen Blick! Bemerken Sie die philosophische Klarheit, den feinen Sarkasmus, womit dieser Schnabel in die Welt hinaussticht! Stellen wir uns nun etwa unter der Brunnen-Pyramide ein Monument, ein Grabmal vor, so wäre es dem elegischen Geschmack ohne Zweifel gemäßer, in den hängenden Weidenzweigen sich Philomelen, die süße Sängerin der Wehmut und der Liebe, zu denken, als den gebildetsten Staren, dessen bloße Figur schon viel zu viel vom Weltmann hat. Indessen, dünkt mich, wäre ein Hanswurst, gedankenvoll auf einem Sarkophagen sitzend, eine so üble Vorstellung auch nicht, vielleicht ein Gegenstand für einen Hogarth. Man gäbe dem Kujon etwa ein schlafendes Kind auf den Schoß, und hinter seinem Rücken würde, halb zürnend, halb lächelnd, ein eisgrauer

Alter am Stabe das sonderbare Selbstgespräch belauschen. Des Narren Gesicht müßte zeigen, wie er sich Mühe gibt, recht tiefsinnig und ernsthaft zu sein; aber es geht nicht, und das bedeutendste Kopfschütteln wird jedesmal von der Schellenkappe begleitet. Was meinen Sie nun? der geflügelte Schlingel dort, welcher gestern das Unglück gehabt, ich weiß weder wo noch wie, in einen Topf mit gelber Ölfarbe zu fallen, davon er die Spuren noch trägt – gleicht er denn nicht aufs Haar so einem buntscheckigen Allerweltsspötter? Ist es nicht ein unvergleichlicher Junge?«

Der Bildhauer mußte dem Vogel eine Lobrede halten, war aber endlich nur froh, loszukommen und sich bei den Freunden seiner glücklichen Zeitung zu entledigen.

Wirklich gingen nicht vier Tage hin, als den Gefangenen bereits ihre Lossprechung eröffnet ward. Man hatte bei keinem von beiden eine bösliche Absicht, wohl aber eine strafbare Unziemlichkeit in ihrer Handlungsweise entdeckt, wofür ihnen die Gnade des Königs Verzeihung zuerkannte.

Sämtliche Freunde fanden dies ganz in der Regel, nur den Schauspieler schien die schnelle Wendung der Sache zu befremden, er schüttelte den Kopf, indem er nicht undeutlich zu verstehen gab, daß dahinter irgend etwas stecken müsse; übrigens äußerte er weiter keine Vermutung und teilte von Herzen den allgemeinen Jubel.

Der Augenblick, in dem er Nolten zum ersten Male wieder, obgleich am Krankenbett begrüßte, riß jeden, der zugegen war, zu Rührung und Freude hin. Nie hatte man eine leidenschaftlichere Freundschaft gesehen, und wenn sonst Larkens die Vermeidung jedes Anscheins von Empfindsamkeit beinahe bis zur Härte trieb, so ward er jetzt nicht satt, den Kranken zu umarmen und zu küssen, ihm aufs beweglichste den Unfall abzubitten, dessen er sich allein anklagte. Zum Glück versprach der Arzt, daß Nolten in kurzer Zeit völligen Gebrauch von seiner Freiheit würde machen können, ja der Kranke selber schwur, es fehle gar nicht viel, so hätte er wohl Lust, sich heute schon auf die Füße zu richten; zum wenigsten wollte er aus dem traurigen Arrestzimmer erlöst sein, und müßte man ihn auch samt dem Bette wegtragen. Larkens nahm gleich den Schließer auf die Seite, ließ sich die nächstgelegenen Zimmer weisen und kam bald mit der lustigen Botschaft wieder, er habe nur wenige Schritte von Theobalds Zelle ein Lokal entdeckt, darüber in der Welt nichts gehe: einen kleinen getäfelten Rittersaal mit einem Erker, der die schönste Aussicht im ganzen Schloß darbiete. Sodann beschrieb er den altertümlichen Reiz der vielfach verzierten eichenen Wände, eine Reihe von lebensgroß in Holz geschnitzten Grafen und Herzogen mit ihren Wappenschildern und Sinnsprüchen, die hölzerne Decke, auf welcher, in gleiche Quadrate geteilt, die halbe biblische Historie in rührender Geschmacklosigkeit gemalt zu schauen, zwei riesenhafte Ofen, die man im Notfall beide heizen würde; daneben in einer Ecke lehne ein Haufen rostiger Waffen, an deren Schwere der Patient von Tag zu Tage seine zunehmenden Kräfte prüfen müsse; auch stünden ein paar kleine Feuerspritzen bereit, und er behalte sich vor, dieselben an dem Tage, wo man Befreiung und Genesung festlich begehen würde, mit Tokaier füllen zu lassen, denn da müsse der Wein recht eigentlich in Strömen fließen. Sprach er das letztere im Scherz, so war es ihm mit der Verlegung Noltens in den bezeichneten Saal so vollkommen Ernst, daß er noch jenen Morgen die Erlaubnis hiezu von seiten des Verwalters einholte und Anstalt machte, alles recht sauber und reinlich herzustellen. Der Umzug ging des andern Tages vor sich, und Nolten mußte gestehen, er fühle sich wahrhaft erleichtert und erhoben durch eine so heitere als eindrucksvolle Umgebung. Fenster an Fenster reihten sich die langen Wände entlang, und die ehmalige Pracht erstreckte sich selbst bis auf die kleinen runden Scheiben, deren Blei noch überall die Spuren guter Vergoldung zeigte. Es soll der Saal vor Zeiten seiner Kostbarkeit und außerordentlichen Helle wegen »die goldene Laterne« geheißen haben.

Einer der ersten Besuche, deren unser Freund in seiner neuen Wohnung eine große Anzahl erhielt, war Tillsen und der alte Baron von Jaßfeld. Beide hatten während der Gefangenschaft, vermutlich aus Rücksicht gegen den Hof, Anstand genommen, diese Pflicht zu erfüllen. Der Schauspieler konnte eine spöttische Bemerkung deshalb nicht unterdrücken, für Theobald aber war wenigstens der gegenwärtige Beweis von Aufmerksamkeit um so wichtiger, als er eine günstige Folgerung auf die Gesinnungen der Zarlinschen daraus zog. Allein hierin irrte er sich, denn gar bald ließ man ihn merken, daß in jenem Hause noch immer eine auffallende Verstimmung herrsche, daß er wohltun würde, sich vorderhand durchaus entfernt zu halten. Hiezu war er nun wirklich fest entschlossen, besonders da auch in den folgenden Tagen von seiten des Grafen nicht einmal ein trockener Glückwunsch, geschweige denn, wie doch zu erwarten gewesen wäre, ein freundlich Wort an ihn erging.

Unter andern Umständen vielleicht hätten diese Aussichten ihn trostlos gemacht, aber so ward sein Stolz empfindlich gereizt, er sah sich unfreundlich, schnöde zurückgestoßen, und da er wußte, wie wenig von jeher die Gräfin gewohnt gewesen, sich ihre Gefühle und Handlungen durch den Bruder oder sonst jemanden vorschreiben zu lassen, so konnte er auch ihr jetziges Benehmen keineswegs auf fremde Rechnung setzen. Er glaubte sich in seinen Vorstellungen von der ungemeinen Denkart dieses Weibes entschieden getäuscht, zum erstenmal fand er an Constanzen die Kleinlichkeit ihres Geschlechts, die engherzige Pretiosität ihres Standes, ja was noch mehr als dies, er überzeugte sich, daß sie ihn niemals eigentlich geliebt haben könne. Er war traurig, allein er wunderte sich, daß er es nicht in höherem Grade sei.

Auf diese Art hatte nun freilich der Schauspieler, dem sehr darum zu tun sein mußte, die Eindrücke dieser Leidenschaft bei Nolten von Grund aus zu vertilgen, bei weitem leichtere Arbeit, als er immer gefürchtet. Er wunderte sich im stillen höchlich über die vernünftige Gelassenheit seines Freundes und gab dem Wunsche desselben gerne nach, daß von der Sache nicht weiter die Rede sein solle.

Übrigens gab es für Larkens gar mancherlei zu bedenken und auszumitteln. Gleich nach der Haftentlassung war es eine seiner ersten Sorgen gewesen, ob jene seltsame Elisabeth, welche vor wenig Tagen von Leopold war auf der Straße gesehen worden, nicht etwa noch in der Nähe sich befinde: mehrere Gründe setzten es jedoch außer Zweifel, daß sie die Stadt bereits wieder verlassen. Jetzt wünschte er sich über den Zustand der Gemüter im Zarlinschen Hause, sowie über den wahren Grund der eilfertigen Erledigung jener anfänglich so ernsthaft behandelten Rechtssache genauer zu unterrichten. Er war um so begieriger, als einige heimliche Stimmen sich verlauten ließen, Herzog Adolph habe sich mit seinem fürstlichen Worte für die Gefangenen verbürgt und so den Knoten mit *einem* Mal zerschnitten. Dies fand der

Schauspieler so unwahrscheinlich nicht, obgleich der Herzog, wie es schien, seine Großmut öffentlich nicht Wort haben wollte und sich übrigens jeder Berührung mit seinen Schützlingen entzog. Höchst peinlich empfand daher Larkens seine Ungewißheit über diesen Punkt, sowie die Unmöglichkeit, dem Wohltäter ausdrücklich zu danken, wenn dieser sich wirklich in der Person des Herzogs versteckt haben sollte. Letzteres ward er je länger je mehr überzeugt, und bald gesellte sich hiezu noch eine weitere, obgleich noch sehr entfernte Mutmaßung, welche er jedenfalls vor Nolten auf das sorgfältigste zu verbergen guten Grund haben mochte. Der Gedanke stieg nämlich bei ihm auf, ob nicht Gräfin Constanze selbst als geheime Triebfeder, zunächst zugunsten Theobalds, durch den Herzog könnte gewirkt haben? Er wußte nicht eigentlich, was ihn auf diese Vorstellung führte, im allgemeinen aber setzte er bei Constanzen noch immer eine stille, sehr nachhaltige Neigung für Theobald voraus, und es war ihm unmöglich, sie anders als in einem leidenden Zustande zu denken.

Eines Morgens findet er seinen Freund außer dem Bette unter dem halboffnen Fenster sitzen und sich im kräftigen Strahl der Frühlingssonne wärmen. Der Schauspieler drückte laut seine Freude über die glücklichen Fortschritte des Rekonvaleszenten aus, während Theobald ihm lächelnd mit der Hand Stillschweigen zuwinkte, denn der lieblichste Gesang tönte soeben aus dem Zwinger herauf, wo die Tochter des Wärters mit den ersten Gartenarbeiten beschäftigt war. Sie selbst konnte wegen eines Vorsprungs am Gebäude nicht gesehen werden, desto vernehmlicher war ihr Liedchen, wovon wir wenigstens einen Vers anführen wollen.

Frühling läßt sein blaues Band
Wieder flattern durch die Lüfte,
Süße wohlbekannte Düfte
Streifen ahnungsvoll das Land;
Veilchen träumen schon,
Wollen balde kommen;
Horch, von fern ein leiser Harfenton! – –
    Frühling, ja du bists!
    Frühling, ja du bists!
Dich hab ich vernommen!

Die Strophen bezeichneten ganz jene zärtlich aufgeregte Stimmung, womit die neue Jahreszeit den Menschen, und den Genesenden weit inniger als den Gesunden, heimzusuchen pflegt. Eine seltene Heiterkeit belebte das Gespräch der beiden Männer, während ihre Blicke sich fern auf der keimenden Landschaft ergingen. Nie war Nolten so beredt wie heute, nie der Schauspieler so menschlich und liebenswürdig gewesen. Auf einmal stand der Maler auf, sah dem Freunde lang und ernst, wie mit abwesenden Gedanken, ins Gesicht und sagte dann, indem er seine Hände auf die Schultern des andern legte, im ruhigsten Tone: »Soll ich dir gestehen, Alter, daß dies der glücklichste Tag meines Lebens ist, ja daß mir vorkommt, erst heute fang ich eigentlich zu leben an? Begreife mich aber. Nicht diese erquickende Sonne ist es allein, nicht dieser junge Hauch der Welt und nicht deine belebende Gegenwart. Sieh, das Gefühl, wovon ich rede, lag in der letzten Zeit schon beinahe reif in mir; ich kann nicht sagen, daß es die Folge langer Überlegung sei, doch ruht es auf dem klarsten und nüchternsten Bewußtsein und ist so wahr, als ich nur selber wirklich bin. Es hat sich mir in diesen Tagen die Gestalt meiner Vergangenheit, mein inneres und äußeres Geschick, von selber wie im Spiegel aufgedrungen, und es war das erstemal, daß mir die Bedeutung meines Lebens, von seinen ersten Anfängen an, so unzweideutig vor Augen lag. Auch konnte das und durfte nicht wohl früher sein. Ich mußte gewisse Zeiträume wie blindlings durchleben, vielleicht geht es mit den folgenden nicht anders und vielleicht ist das bei den meisten Menschen so; aber auf den kurzen Moment, wo die Richtung meiner Bahn sich verändert, wurde mir die Binde abgenommen, ich darf mich frei umschauen, als wie zu eigner Wahl, und freue mich, daß, indem eine Gottheit mich führt, ich doch eigentlich nur *meines* Willens, *meines* Gedankens mir bewußt bin. Die Macht, welche mich nötigt, steht nicht als eigensinniger Treiber unsichtbar hinter mir, sie schwebt *vor* mir, *in* mir ist sie, mir deucht, als hätt ich von Ewigkeit her mich mit ihr darüber verständigt, wohin wir zusammen gehen wollen, als wäre mir dieser Plan nur durch die endliche Beschränkung meines Daseins weit aus dem Gedächtnis gerückt worden, und nur zuweilen käme mir mit tiefem Staunen die dunkle wunderbare Erinnerung daran zurück. Der Mensch rollt seinen Wagen, wohin es ihm beliebt, aber unter den

Rädern dreht sich unmerklich die Kugel, die er befährt. So sehe ich mich jetzt an einem Ziele, wonach ich nie gestrebt hatte, und das ich mir niemals hatte träumen lassen. Vor wenig Wochen noch schien ich so weit davon entfernt! Manches, was mir so lang als notwendige Bedingung meines Glücks, meines vollendeten Wesens erschienen war, was ich mit unglaublicher Leidenschaft genährt und gepflegt hatte, liegt nun wie tote Schale von mir abgefallen; so ist Constanze mir nicht viel mehr als noch ein bloßer Name, so ist mir schon früher jene Agnes untergesunken.

Große Verluste sind es hauptsächlich, welche dem Menschen die höhere Aufgabe seines Daseins unwiderstehlich nahebringen, durch sie lernt er dasjenige kennen und schätzen, was wesentlich zu seinem Frieden dient. Ich habe viel verloren, ich fühle mich unsäglich arm, und eben in dieser Armut fühle ich mir einen unendlichen Reichtum. Nichts bleibt mir übrig als die Kunst, aber ganz erfahr ich nun auch ihren heiligen Wert. Nachdem so lange ein fremdes Feuer mein Inneres durchtobt und mich von Grund aus gereinigt hat, ist es tief still in mir geworden, und langsam spannen alle meine Kräfte sich an, in feierlicher Erwartung der Dinge, die nun kommen sollen. Eine neue Epoche ist für mich angebrochen, und, so Gott will, wird die Welt die Früchte bald erleben. Siehst du, ich könnte dir die hellen Freudentränen weinen, wenn ich dran denke, wie ich mit nächstem zum erstenmale wieder den Pinsel ergreifen werde. Viel hundert neue, nie gesehene Gestalten entwickeln sich in mir, ein seliges Gewühle, und wecken die Sehnsucht nach tüchtiger Arbeit. Befreit von der Herzensnot jeder ängstlichen Leidenschaft, besitzt mich nur ein einziger gewaltiger Affekt. Fast glaub ich wieder der Knabe zu sein, der auf des Vaters Bühne vor jenem wunderbaren Gemälde wie vor dem Genius der Kunst gekniet, so jung und fromm und ungeteilt ist jetzt meine Inbrunst für diesen göttlichen Beruf. Es bleibt mir nicht zu wünschen übrig, da ich das Allgenügende der Kunst und jene hohe Einsamkeit empfunden, worin ihr Jünger sich für immerdar versenken muß. Ich habe der Welt entsagt, das heißt, sie darf mir mehr nicht angehören, als mir die Wolke angehört, deren Anblick mir eine alte Sehnsucht immer neu erzeugt. Ich sage nicht, daß jeder Künstler ebenso empfinden müsse, ich sage nur, daß mir nichts anderes gemäß sein kann.

Auf diese Resignation hat jede meiner Prüfungen hingedeutet, dies war der Fingerzeig meines ganzen bisherigen Lebens; es wird mich von nun an nichts mehr irremachen.«

Der Maler schwieg, seine blassen Wangen waren von einer leichten Röte überzogen, er war aufs äußerste bewegt und bemerkte mit Unwillen die Befremdung seines Freundes, sowie sein zweifelhaftes Lächeln, das jedoch weniger Spott als die Verlegenheit ausdrückte, was er auf Theobalds höchst unerwartete Erklärung erwidern sollte.

»Darf ich«, fing Larkens an, »darf ich aufrichtig sein, so leugne ich nicht, mir kommt es vor, mein Nolten habe sich zu keiner andern Zeit weniger auf sich selber verstanden als gerade jetzt, da er plötzlich wie durch Inspiration zum einzig wahren Begriff seines Selbst gelangt zu sein glaubt. Weiß ich es doch aus eigener Erfahrung, wie gerne sich der Mensch, der alte Taschenspieler, eine falsche Idee, das Schoßkind seines Egoismus, die Grille seiner Feigheit oder seines Trotzes, durch ein willkürlich System sanktioniert, und wie leicht es ihm wird, einen schiefen oder halbwahren Gedanken durch das Wort komplett zu machen. Denn du gibst mir doch zu –«

»Hör auf! ich bitte dich«, rief Theobald lebhaft, »hör auf mit diesem Ton! du machst, daß ich bereue, dir mein Innerstes aufgeschlossen, dir das heiligste Gefühl bloßgestellt zu haben, das mir kein Mensch unter der Sonne von den Lippen gelockt hätte, wenn es der Freund nicht wäre, von dem ich eine liebevolle Teilnahme an meiner Sinnesart erwarten durfte, selbst wenn sie der seinigen zuwider liefe. Höre, ich kenne dich als einen verständigen und klugen Mann, nur was gewisse Dinge anbelangt, gewisse Eigenheiten eines treuen Gemüts, so hätt ich nicht vergessen sollen, daß wir von jeher vergeblich drüber disputierten. Laß uns von diesem Punkte lieber gleich abgehn und tun, als wäre von nichts die Rede gewesen; es brauchts auch nicht, da ich meinen Weg verfolgen kann, unbeschadet unseres bisherigen Verhältnisses.«

»Doch wirst du mir nicht zumuten«, antwortete Larkens, »ich soll dich stillschweigend einer Grille überlassen, die dir nur schädlich werden kann. – Vorderhand finde ich deinen Irrtum verzeihlich; das Unglück macht den Menschen einsam und hypochondrisch, er zieht den Zaun dann gern so knapp wie möglich um sein Häuschen. Ich selber könnte wohl einmal in diesen Fall geraten, nur wär es dann ein Kasus – wahrhaftig ganz verschieden von dem deinen. Der Herr führt seine Heiligen wunderlich. Unstreitig hat dein Leben viel Bedeutung, allein du nimmst seine Lehren in einem viel zu engen Sinn: du legst ihm eine Art dämonischen Charakter bei, oder, ich weiß nicht was? – glaubst dich gegängelt von einem wunderlichen Spiritus familiaris, der in deines Vaters Rumpelkammer spukt. Ich will mich in diese Mysterien nicht mischen; was Vernünftiges dran ist, leuchtet mir ein, so gut wie dir: nur sage mir, mein Lieber, du hast vorhin von Einsamkeit, von Unabhängigkeit gesprochen: je nachdem du das Wort nimmst, bin ich ganz einverstanden. In allem Ernst, ich glaube, daß deine künstlerische Natur, um ihren ungeschwächten Nerv zu bewahren, ein sehr bewegtes gesellschaftliches Leben nicht verträgt. Eben die edelsten Keime deiner Originalität erforderten von jeher eine gewisse stete Temperatur, deren Wechsel so viel möglich nur von dir abhängen mußte, eine heimlich melancholische Beschränkung, als graue Folie jener unerklärbar tiefen Herzensfreudigkeit, die so recht aus dem innigen Gefühl unseres Selbst hervorquillt. Im ganzen ist das so bei jedem Künstler von Genie, ich meine bei jedem Künstler deines Faches, nur weiß der eine mehr als der andre seine Stimmung in die Welt zu teilen. Was aber namentlich die Berührung mit der sogenannten großen Welt anbelangt, so war es mir gleich anfangs eine ausgemachte Sache, daß du dich nie dorthin verlieren würdest. Der plötzliche Anlauf, den du mit der Bekanntschaft des Herzogs genommen, schien mir deshalb der größte Widerspruch mit dir selber. Gewohnt, dich als einen seltnen Knaben zu betrachten, der, ausgerüstet mit erhabnen Kräften, sich auf einmal ungeschickt und fast unmächtig fühlen müsse, sobald man ihn in jene blendenden Zirkel hineinzöge, war mir die Geschmeidigkeit, womit du dich in kurzem assimiliertest, beinah, wie soll ich sagen? nicht verdächtig, doch höchst auffallend, und mir ahnete, es würde in die Länge nicht wohl dauern. Wie leicht, so meint ich, wär es möglich, daß unter solchen Influenzen sich dies und jenes von seiner ursprünglichen Farbe verwischte, daß sein Ehrgeiz eine falsche Richtung nähme, daß er an der Treue gegen seinen Genius etwas aufopferte! Kurzum, mich peinigte etwas, und wärs auch nur das törichte Mitleid, das einen anwandeln kann, wenn der Kristall, losgerissen aus seiner mütterlichen Nacht, die sein Wachstum förderte, in die unkeuschen Hände der Menschen fällt. Doch das sind Possen. Aber du siehst nur daraus, ich bin weder borniert, noch anmaßend, noch leichtsinnig genug, dir dein eigentliches *Esse* zu bestreiten und den stillen Boden aufzulockern, worin dein Wesen seit frühester Zeit so liebevoll Wurzel geschlagen. Gewiß, ich habe die herrlichsten Früchte daraus hervorgehn sehen; und – Nolten! siehst du, es hat dich nicht befremdet noch verdrossen, wenn du seit der ganzen Zeit, als wir uns kennen, nichts von überschwenglichem Lobe, von enthusiastischen Diskursen über den Gang deines Geistes und dergleichen aus meinem Munde vernahmst; ich bin nun einmal wie ich bin. Aber in diesem Augenblick, wo sich so viel ernste Betrachtung von selbst aufdringt, du deine Sache gleichsam auf die Spitze stellst, jetzt möcht ich wohl, daß die Zunge sich mir löste, daß ich dir sagen könnte, wie ich von Anfang an mit einer stillen Rührung, mit einer bewundernden Freude deiner Entwicklung zugeschaut, ja gewiß mit mehr Pietät und Sorgfalt, als du mir zuzutrauen scheinst.«

Nolten hörte mit zunehmendem Staunen die Bekenntnisse seines Freundes, wodurch er sich wirklich höher geehrt und herzlicher gestärkt fühlte, als durch das ruhmvollste Lob, das ihm irgendein mächtiger Gönner hätte spenden mögen. Er wollte soeben etwas erwidern, als der Schauspieler fortfuhr:

»Laß mich dir *eins* anführen. Du erinnerst dich des Gesprächs, das wir bei einem Spazierritt nach L. zusammen hatten. Es war der köstlichste Abend mitten im Juli, die untergehende Sonne warf ihren roten Schein auf unsere Gesichter, wir schwatzten ein Weites und Breites über die Kunst. Mit jedem Worte schlossest du, ohne es zu wollen, mir die Bildung deiner Natur vollständiger auf, zum erstenmal durft ich mich freudig in den innern Kelch deines Wesens vertiefen. Es frug sich, weißt du, über das Verhältnis des tief religiosen und namentlich des christlichen Künstlergemüts zum Geist der Antike und der poetischen Empfindungsweise des Altertums, über die Möglichkeit einer beinahe gleich liebevollen Ausbildung beider Richtungen in einem und demselben Subjekte. Ich gestand dir eine hohe und seltne Universalität zu, wie denn hierüber auch nur *eine* Stimme sein kann. Ich überzeugte mich, es sei für deine Kunst von seiten deines christlichen Gefühlslebens, das immerhin doch überwiegend bleibt, nichts zu befürchten, selbst wenn zuletzt der Argwohn gewisser Zeloten sich noch rechtfertigen sollte, die einen heimlichen Anhänger der katholischen Kirche und den künftigen Apostaten in dir wittern. Du hast, so dacht ich, ein für allemal die Blume der Alten rein vom schön schlanken Stengel abgepflückt, sie blüht dir unverwelklich am Busen und mischt ihren stärkenden Geruch in deine Phantasie, du magst nun malen, was du willst; nichts Enges, nichts Verzwicktes wird jemals von dir ausgehn. Siehst du, das war mir längst so klar geworden! und sah ich nun all den glücklichen Zusammenklang deiner Kräfte, und wie willig sich deine Natur finden ließ, jeden herben Gegensatz in dir zu schmelzen, denk ich das unschätzbare einzige Glück, daß dir die Kunst so frühe, fast ohne dein Zutun, als reife Frucht aus den Händen gütiger Götter zufiel, die sich es vorgesetzt zu haben scheinen, in dir ein Beispiel des glücklichsten Menschen aufzustellen – sag mir, soll michs nicht kränken, toller Junge, soll mirs die Galle nicht schütteln, wenn du, vom seltsamsten Wahne getrieben, mit Gewalt Einseitigkeit erzwingen willst, wo keine ist, keine sein darf! Ich rede nicht von deiner Stellung zur allgemeinen Welt, darüber kann ja, wie gesagt, kein Streit mehr sein, aber daß du der freundlichsten Seite des Lebens absterben und einem Glück entsagen willst, das dir doch so natürlich wäre als irgendeinem braven Kerl, das ists, was mich empört. Zwar geb ich gerne zu, dir hat die Liebe nicht ganz zum besten mitgespielt, ich leugne nicht, daß du seit Agnes –«

»Ach so?« rief Nolten auf einmal, wie aus den Wolken gefallen, »dahinaus? das war die Absicht, die du bisher mit so viel schmeichelhafter Beredsamkeit glaubtest vorbereiten zu müssen?«

»Sei nicht unbillig, guter Freund! Was ich bisher zu deinem Ruhm gesprochen haben mag, war mein aufrichtiger, barer Ernst, und es bedarf wohl der Beteurung nicht erst zwischen uns. Übrigens magst du immerhin den Kuppler in mir sehen, ich halte dies Geschäft im gegenwärtigen Falle für ein sehr löbliches und ehrenwertes. – Wo dich eigentlich der Schuh drückt, ist mir ganz wohl bekannt. Deine Liebeskalamitäten haben dich auf den Punkt ein wenig revoltiert, nun ziehst du dich schmerzhaft und gekränkt ins Schneckenhaus zurück und sagst dir unterwegs zum Troste: du bringest deiner Kunst ein Opfer. Du fürchtest den Schmerz der Leidenschaft, sowie das Überschwengliche in ihren Freuden. Zum Teufel aber! was soll man von dem Künstler halten, der zu feige ist, dies beides in seinem höchsten Maß auf sich zu laden? Wie? du, ein Maler, willst eine Welt hinstellen mit all ihrer tausendfachen Wonne und Pein, und steckst dir vorsichtig die Grenzen aus, wie weit du wolltest dich mitfreun und leiden? Ich sage dir, das heißt die See befahren und sein Schiff nicht wollen vom Wasser netzen lassen!«

»Wie du dich übertreibst!« rief Nolten, »wie du mir unrecht tust! eben als ob ich mir eine Diätetik des Enthusiasmus erfunden hätte, als ob ich den Künstler und den Menschen in zwei Stücke schnitte! Der letztere, glaub mir, er mag sich drehen, wie er will, wird immerhin entbehren müssen, und ohne das – wer triebe da die Kunst? Ist sie denn was anders als ein Versuch, das zu ersetzen, zu ergänzen, was uns die Wirklichkeit versagt, zum wenigsten dasjenige doppelt und gereinigt zu genießen, was jene in der Tat gewährt? Muß demnach Sehnsucht nun einmal das Element des Künstlers sein, warum bin ich zu tadeln, wenn ich drauf denke, mir dies Gefühl so ungetrübt und jung als möglich zu bewahren, indem ich *freiwillig* verzichte, eh ich verliere, eh ichs zum zweiten und zum dritten Male dahin kommen lasse, daß die gemeine Erfahrung mir mein blühend Ideal zerpflückt, daß ich, ersättigt und enttäuscht am Gegenstande meiner Liebe, zuletzt dastehe – arm – mit welkem Herzen? Du merkst, ich rede hier zunächst von dem gepriesenen Glück der Ehe: denn dies ists doch, um was deine ganze Demonstration sich dreht.«

»Und was gilt es, ich bringe dich noch zurechte, wenn ich nur erst deine tollen Prätensionen herabgestimmt habe! Wer heißt dich, Ideale im Kopf tragen, wo von Liebe die Rede ist? Bei allen Grazien und Musen! ein gutes, natürliches Geschöpf, das dir einen Himmel voll Zärtlichkeit, voll aufopfernder Treu entgegenbringt, dir den gesunden Mut erhält, den frischen Blick in die Welt, dich freundlich losspannt von der wühlenden Begier einer geschäftigen Einbildung und dich zur rechten Zeit herauslockt in die helle Alltagssonne, die doch dem Weisen wie dem Toren gleich unentbehrlich ist – was willst du weiter?«

Nolten sah schweigend vor sich nieder und sagte: »Es gab eine Zeit, wo ich ebenso dachte.« Er wandte sich erschüttert auf die Seite, ging mit lebhaften Schritten durch den Saal und ließ sich dann erschöpft auf einen entfernten Stuhl nieder.

Der Schauspieler, nachdem er die Erörterung des ihm über alles wichtigen Gegenstands nicht ohne Klugheit und Nachdruck bis hieher geführt, war voll Begierde, den Augenblick zu nutzen, und jetzt mit dem Gedanken an Agnes entschiedener hervorzutreten, mußte jedoch von diesem Wagnis ganz abstehen, da er bemerkte, wie heftig Nolten angegriffen war; er suchte deshalb das Gespräch zu wenden, allein es wollte nichts mehr weiterrücken, man war verstimmt, man mußte zuletzt höchst unbefriedigt scheiden.

Seit seiner Haftentlassung hatte Larkens einen Entschluß gefaßt, wovon er bis jetzt noch gegen Nolten nichts laut werden ließ. Er wollte auf unbestimmte Zeit die Stadt verlassen und ins Ausland gehen. In mehr als *einer* Hinsicht schien dies wünschenswert und notwendig. Sein Schauspielkontrakt war seit kurzem zu Ende, der hiesige Aufenthalt war ihm durch die öffentlichen Vorfälle verbittert, der Hof selber schien seine Entfernung, auf eine Zeit wenigstens, nicht ungerne zu sehen. Aber dringender als dieses alles empfand er das eigene Bedürfnis, durch Zerstreuung, ja durch völlige Entäußerung von seiner bisherigen Lebensweise sich innerlich auszubessern und auszuheilen. Er entdeckte Theobalden seine Absicht, soweit er vorderhand für rätlich fand, und dieser, obgleich höchst unangenehm dadurch überrascht und fast gekränkt, konnte bei genauerer Betrachtung nichts dagegen sagen.

Wie man aber, ehe an die Zukunft gedacht wird, vor allen Dingen der Gegenwart und der Vergangenheit ihr Recht erzeigen muß, so hatte Larkens im stillen einen Abend ausersehen, an dem man die Erlösung von so mancherlei Unlust und Fährlichkeit recht fröhlich miteinander feiern wollte. Er besorgte ein ausgewähltes Abendessen und machte sichs besonders zum Vergnügen, die kleine, für ein Dutzend Gäste berechnete Tafel auf alle Art mit den frühesten Blumen und Treibhauspflanzen sowie mit den verschiedenen Geschenken aufzuputzen, deren sich eine ziemlich bunte Sammlung von teilnehmenden Freunden und Gratulanten eingefunden. Was unter diesen hübschen und zum Teil kostbaren Dingen am meisten figurierte, war eine große

Alabaster-Vase von höchst zierlicher Arbeit, welche, für Nolten bestimmt, in der Mitte des Tisches mit üppigen Gewächsen prangte. Sie war eine Gabe des Malers Tillsen, der sich heute überhaupt als einen der herzlichsten und redseligsten erwies. Der wunderliche Hofrat hatte nach seiner Weise die Einladung nicht angenommen und sich entschuldigt, doch zum Beweis, daß er an andrer Wohlsein Anteil nehme, einen Korb mit frischen Austern eingeschickt. Die übrige Gesellschaft bestand meist aus Künstlern.

Unser Maler, von so viel ehrenden Beweisen der Freundschaft gleich anfangs überrascht und bewegt, hatte gegen eine wehmütige Empfindung anzukämpfen, die er, eingedenk der heitern Forderung des Augenblicks, für jetzt abweisen mußte. Die Unterhaltung im ganzen war mehr munter und scherzhaft abspringend als ernst und bedeutend; ja es nahmen die Späße eines gewissen Akteurs und Sängers dergestalt überhand, daß jeder eine Weile lang vergaß, selbst etwas Weiteres zur allgemeinen Ergötzlichkeit beizutragen, als daß er aus voller Brust mitlachte. Larkens, der Laune seines theatralischen Kollegen zuerst nur von weitem die Hand bietend, wiegte sich lächelnd auf seinem Stuhle, während er zuweilen ein Wort als neuen Zündstoff zuwarf; bald aber kam auch er in den Zug, und indem er nach seiner Gewohnheit einen paradoxen Satz aufstellte, der jedermann zum Angriff reizte, wußte er durch den lustigen Scharfsinn, womit er ihn verfocht, die lebendigste Bewegung unter den sämtlichen Gästen zu bewirken, und immer das Beste, was in der Natur des einzelnen verborgen lag, war es Gemüt, Erfahrung oder Witz, mit Leichtigkeit hervorzulocken, wodurch denn unvermerkt das Interesse des Gesprächs sich auf das höchste vermannigfaltigen mußte. Zuletzt als man dem Frohsinn ein äußerstes Genüge geleistet, ward Larkens zusehends stiller und trüber; er nahm, da man ihn damit aufzog, keinen Anstand zu erklären, daß er der glücklichen Bedeutung dieses Abends im stillen noch eine andere für sich gegeben habe, und daß er sich die Bitte vorbehalten, es möge nun auch die Gesellschaft in eben dem besondern Sinne die letzten Gläser mit ihm leeren; er werde auf längere oder kürzere Zeit aus der Gegend scheiden, um einige lang nicht gesehene Verwandte aufzusuchen. – Der Vorsatz, so natürlich er unter den bekannten Umständen war, erregte gleichwohl großes, beinahe stürmisches Bedauern, und um so mehr, als einige vermuteten, man werde den geschätzten Künstler, den sich die ganze Stadt seit kurzem erst gleichsam aufs neue wiedergeschenkt glaubte, bei dieser Gelegenheit wohl gar für immerdar verlieren, aber Nolten verbürgte sich für die treuen Gesinnungen des Flüchtlings. So wurden denn die Kelche nochmals angefüllt, und unter mancherlei glückwünschenden Toasten beschloß man endlich spät in der Nacht das muntere Fest.

Die Ungeduld, mit welcher von jetzt an Larkens seinen Abgang betrieb, verhinderte ihn nicht, das fernere Schicksal seines Freundes zu bedenken, vielmehr wenn er sich bisher zur ernstlichsten Aufgabe gemacht hatte, die Neigung Noltens wieder auf die Braut zurückzulenken, wenn er sich vermittelst jenes fromm täuschenden Verkehrs mit Agnesen fortwährend von der Liebenswürdigkeit des Mädchens, von ihrem reinen und schönen Verstande, aber auch von dem natürlichen Verlangen überzeugte, womit, wie billig, ein zärtliches Kind sich den Geliebten bald für immer in die Arme wünscht, wenn er Theobalds ganze Verfassung, die noch immer drohende Nähe Constanzens bedachte, so konnte ihm nichts angelegener sein, als diesem zweifelhaften Schwanken einen raschen und kräftigen Ausschlag zu geben. Sein Plan deshalb stand fest, aber er wollte erst nach seiner Abreise in Wirkung treten, ja es war der günstige Erfolg, dessen er sich vollkommen versichert hielt, gewissermaßen auf seine Entfernung berechnet.

Nun schrieb er an Agnesen, und wirklich, er dachte nur ungerne daran, daß es zum letzten Male sei. Was für ein Tor man doch ist! rief er aus, indem er nachdenklich die Feder weglegte. Mitunter hat es mich ergötzt, von der innersten Seele dieses lieblichen Wesens gleichsam Besitz zu nehmen, und um so größer war mein Glück, je mehr ichs unerkannt und wie ein Dieb genießen konnte. Ich bilde mir ein, das Mädchen wolle mir wohl, während ich ihr in der Tat so viel wie nichts bedeute; ich schütte unter angenommener Firma die ganze Glut, die letzte, mühsam angefachte Kohle meines abgelebten Herzens auf dies Papier und schmeichle mir was Rechts bei dem Gedanken, daß dieses Blatt sie wiederum für *mich* erwärme. O närrischer Teufel du! kannst du nicht morgen verschollen, gestorben, begraben sein, und wächst der Schönen drum auch nur ein Härchen anders? Bei alledem hat mir die

Täuschung wohlgetan, sie half mir in hundert schwülen Augenblicken den Glauben an mich selbst aufrecht erhalten. Es fragt sich, ob es nicht ähnliche Täuschungen gibt, eben in bezug auf unsre herrlichsten Gefühle? Und doch, es scheint in allen etwas zu liegen, das ihnen einen ewigen Wert verleiht. Gesetzt, ich werde diesem wackern Kinde an keinem Orte der Welt von Angesicht zu Angesicht begegnen, gesetzt, es bliebe ihr all meine warme Teilnahme für immerdar verborgen, soll das der Höhe meines glücklichen Gefühls das mindeste benehmen können? Wird denn die Freude reiner Zuneigung, wird das Bewußtsein einer braven Tat nicht dann erst ein wahrhaft Unendliches und Unveräußerliches, wenn du damit ganz auf dich selbst zurückgewiesen bist?

Er nahm jetzt in Gedanken den herzlichsten Abschied von dem Mädchen, und weil nach seiner Berechnung schon ihr nächster Brief wieder unmittelbar an Nolten kommen sollte, so gab er ihr deshalb die nötige Weisung, jedoch so, daß sie dabei nichts weiter denken konnte.

Verriet nun das Benehmen des Schauspielers in diesen letzten Tagen überhaupt eine gewisse Unruhe und Beklommenheit, so war er beim Abschied von Theobald noch weniger imstande, eine heftige Bewegung zu verbergen, welche, zusammengehalten mit einigen seiner Äußerungen, auf ein geheimes Vorhaben hinzudeuten schien und unserm Maler wirklich auf Augenblicke ein unheimliches Gefühl gab, das denn Larkens nach seiner Art, wobei man oft nicht sagen konnte, ob es Ernst oder Spaß sei, schnell wieder zu zerstreuen wußte.

Übrigens fühlte Nolten die große Lücke, welche durch des Schauspielers Entfernung notwendig nach innen und außen bei ihm entstehen mußte, nur allzu bald, und die vielfachen Nachfragen der Leute zeigten ihm genugsam, daß er nicht als der einzige bei dieser Veränderung entbehre. Die beiden Freunde Leopold und Ferdinand reisten indessen auch ab, und doppelt und dreifach ward jetzt des Malers Verlangen geschärft, das Gleichgewicht seines Wesens vollkommen herzustellen. Der Entwurf eines neuen Werkes, wozu die erste Idee während der Gefangenschaft bei ihm entstanden war, lag auf dem Papier, und nun ging es an die Ausführung mit einer Lust, mit einem Selbstvertrauen, dergleichen er nur in den glücklichsten Jahren seines ersten Strebens gehabt zu haben sich erinnerte. Dennoch mußte er nach und nach bemerken, daß ihm zu einer völligen Freiheit der Seele noch vieles fehlte; er ward verdrießlich, er stellte die Arbeit unwillig zurück, er wußte nicht, was ihn hindere.

Eines Morgens bringt man ihm die Schlüssel zu den Zimmern des Schauspielers. Dieser hatte sie bei seiner Abreise einem dritten Freunde mit dem ausdrücklichen Wunsche hinterlassen, daß er sie erst nach Verfluß einiger Tage an den Maler ausliefere, welcher dann nicht säumen möge, die Zimmer aufzuschließen und was darin sich vorfinde, teils in Empfang zu nehmen, teils zu besorgen. Zugleich erhielt Nolten ein Verzeichnis der sämtlichen Effekten, nebst Angabe ihrer Bestimmung. Er stutzte nicht wenig über diese sonderbare Kommission und befragte jene Mittelsperson mit einiger Ängstlichkeit: Was denn das alles zu bedeuten hätte? Der junge Mensch aber wußte nicht viel weiter Bescheid zu geben und entfernte sich bald. Sogleich öffnete Nolten die Zimmer, wo er Mobilien, Bücher, Kupferstiche, Uhren und dergleichen wie sonst in der besten Ordnung fand. Alsbald aber zogen einige an ihn überschriebene Pakete, die auf einem Tischchen besonders hingerüstet waren, seine Augen auf sich. Hastig riß er den Brief auf, welcher obenan lag. Gleich bei den ersten Linien geriet Nolten in die größte Bewegung, es zitterte das Blatt in seiner Hand, er mußte innehalten, er las aufs neue, bald von vorne, bald aus der Mitte, bald von hinten herein, als müßte er die ganze bittere Ladung auf einmal in sich schlingen. Inzwischen fiel sein Blick auf die übrigen Pakete, deren eines die Überschriften hatte: »Briefe von Agnes. Von deren Vater. Meine Briefkonzepte an Agnes.« Ein anderes zeigte den Titel: »Fragmente meines Tagebuchs.« Ohne recht zu wissen, was er tat, griff er nochmals nach dem einzelnen Schreiben, er durchlief es ohne Besinnung, indem er sich von einem Zimmer, von einem Fenster zum andern rastlos bewegte; er wollte sich fassen, wollte begreifen, nachdem er schon alles begriffen, alles erraten hatte. Er warf sich aufs Sofa nieder, die Ellbogen auf die Knie gestützt, das Gesicht in beide Hände gedrückt, sprang wieder auf und stürzte wie ein Unsinniger umher.

Sein Bedienter hatte soeben das Pferd zum Spazierritt vorgeführt und meldete es ihm. Er befahl, es wegzuführen, er befahl, noch zu warten, er widersprach sich zehnmal in *einem* Atem. Der Bursche ging, ohne seinen Herrn verstanden zu haben. Nach einer halben

Stunde, während welcher Nolten weder die übrigen Papiere anzusehen, noch sich einigermaßen zu beruhigen vermocht hatte, wiederholte der Diener seine Anfrage. Rasch nahm der Maler Hut und Gerte, steckte die nötigsten Papiere zu sich und entkam wie betrunken der Stadt. Wir wenden uns auf kurze Zeit von ihm und seinem traurigen Zustande weg und sehen inzwischen nach jenem wichtigen Schreiben.

*Larkens an Nolten*

»Indem Du diese Zeilen liesest, ist der, der sie geschrieben, schon viele Meilen weit von Dir entfernt, und wenn er Dir denn die Absicht gesteht, daß er sich fortgestohlen, um so bald nicht wiederzukehren, daß er seinen bisherigen Verhältnissen *auf immer*, und auch Dir, dem einzigen Freunde, vielleicht auf Jahre sich entziehen will, so soll folgendes wenige diesen Schritt, so gut es kann, rechtfertigen.

Gewiß klingt es Dir selber bald nicht mehr wie ein hohles und frevelhaft übertriebenes Wort, was Du wohl sonst manchmal von mir hast hören müssen: mein Leben hat ausgespielt, ich habe angefangen, mich selber zu überleben. Das ist mir so klar geworden in der letzten Zeit, wo ja unsereiner wahrhaft schöne Gelegenheit hatte, die Resultate von dreißig Jahren wie Fäden mit den Fingern auszuziehn. Ich mag Dir die alte Litanei nicht vorsingen; genug, mir ist in meiner eignen Haut nimmer wohl. Ich will mir weismachen, daß ich sie abstreife, indem ich von mir tue, was bisher unzertrennlich von meinem Wesen schien, vor allem den Theater-Rock, und dann noch das eine und andere, was ich nicht zu sagen brauche. Mancher grillenhafte Heilige ging in die Wüste und bildete sich ein, dort seine Tagedieberei gottgefälliger zu treiben. Ich habe noch immer etwas Besseres wie das im Sinn. Am Ende ists freilich nur eine neue Fratze, worin ich mich selber hintergehen möchte; und fruchtets nicht, nun so geruht vielleicht der Himmel, der armen Seele den letzten Dienst zu erweisen, davor mir denn auch gar nicht bang sein soll.

Den Abschied, Lieber, erlaß mir! O ich darf nicht denken, was ich mit Dir verliere, herrlicher Junge! Aber still; Du weißt, wie ich Dich am Herzen gehegt habe, und so ist auch mir Deine Liebe wohl bewußt. Das ist kein geringer Trost auf meinen Weg. Auch kann es ja gar wohl werden, daß wir uns an irgendeinem Fleck der Erde die Hände wieder reichen. Aber wir tun auf alle Fälle gut, diese Möglichkeit als keine zu betrachten. Übrigens forsche nicht nach mir, es würde gewiß vergeblich sein.

Und nun die Hauptsache.

Mit den Paketen übergeb ich Dir ein wichtiges, ich darf sagen, ein heiliges Vermächtnis. Es betrifft Deine Sache mit Agnesen, die mich diese letzten zehn Monate fast einzig beschäftigte. Mein Lieber! ich bitte Dich, höre mich ruhig und vernünftig an.

In der gewissesten Überzeugung, daß die Zeit kommen müsse, wo Dein heißestes Gebet sein werde, mit diesem Mädchen verbunden zu sein, ergriff ich ein gewagtes Mittel, Dir den Weg zu diesem Heiligtume offen zu halten. Vergib den Betrug! nur meine Hand war falsch, mein Herz gewißlich nicht: ich glaubte das Deine treulich abzuschreiben; straf mich nicht Lügen! Laßt mich den Propheten eurer Liebe gewesen sein! Ihr Märtyrer war ich ohnehin; denn indem ich Deiner Liebe Rosenkränze flocht, meinst Du, es habe sich nicht manchmal ein Dorn in mein eigen Fleisch gedrückt? Doch das gehört ja nicht hieher; genug, wenn meine Episteln ihren Dienst getan. Fahre Du nun mit der Wahrheit fort, wo ich die Täuschung ließ. O Theobald – wenn ich jemals etwas über Dich vermochte, wenn je der Name Larkens den Klang der lautern Freundschaft für Dich hatte, wenn Dir irgend das Urteil eines Menschen richtiger, besser scheinen konnte als Dein eignes, so folge mir diesmal! Hätt ich Worte von durchdringendem Feuer, hätt ich die goldne Rede eines Gottes, jetzt würd ich sie gebrauchen, um Dein Innerstes zu rühren, Freund, Liebling meiner Seele! – So aber kann ichs nicht; mein Kiel ist stumpf, mein Ausdruck matt, Du weißt ja, es ist alle Schönheit von mir gewichen; die dürre nackte Wahrheit blieb mir allein, *sie* und – die Reue. Vor dieser möcht ich Dich bewahren. Ich bin Dein guter Genius, und indem ich von Dir scheide, sei Dir ein andrer, besserer, empfohlen. Ich meine Agnesen. Setze das Mädchen in seine alten Rechte wieder ein. Du findest auf der Welt nichts Himmlischers, als die Seele dieses Kindes ist. Glaub mir das, Nolten, so gewiß, als schwür ichs auf dem Totenbette. – Du hast Dich in Deinem Argwohn garstig geirrt. Lies diese Briefe, namentlich des Vaters, und es wird Dir wie Schuppen von den

Augen fallen. Dann aber zaudre auch nicht länger; fasse Dich! Eile zu ihr, tritt sorglos unter ihre Augen, sie wird nichts Fremdes an Dir wittern, sie weiß nichts von einer Zeit, da Theobald ihr minder angehört als sonst; das Feld ist durchaus frei und rein zwischen euch.

Es steht bei Dir, ob der gute Tropf das Intermezzo erfahren soll oder nicht; bevor ein paar Jahre vorüber, würd ich kaum dazu raten. Dann aber wird euch sein, als hättet ihr einmal in einem Sommernachtstraum mitgespielt, und Puck, der täuschende Elfe, lacht noch ins Fäustchen über dem wohlgelungenen Zauberspaß. Dann gedenket auch meiner mit Liebe, so wie man ruhig eines Abgeschiednen denkt, nach welchem man sich wohl zuweilen sehnen mag, doch dessen Schicksal wir nicht beklagen dürfen.«

*

Auf einem besondern Zettel befand sich noch folgende

*Nachschrift.*

»Schon war mein Brief geschlossen, als es mir nachgerade gewaltigen Skrupel machte, Dir einen Umstand verschwiegen zu haben, der Dich vielleicht verdrießen mag, mir aber ad inclinandam rem nicht wenig dienen konnte. Ein Winkelzug gegen die Gräfin. So höre denn, und fluche mir die ganze Hölle auf den Hals und heiß mich einen Schurken, wenn Du das Herz hast – ich weiß doch, was ich zu tun hatte. Constanze wurde durch mich, oder vielmehr durch einen angelegten Zufall (hinter welchem sie weder mich noch sonst jemand vermuten kann) avertiert, daß ein gewisser Freund bereits irgendwo auf der Liste der glücklichen Bräutigame stehe. – Ich hoffe nicht, Dich durch den Coup zu stark kompromittiert zu haben, und ein weniges war schon zu wagen. Wenn ihr die Neuigkeit nicht schmeckte, so ist das in der Regel; nicht, weil sie in Dich verliebt, sondern weil sie ein Weib ist. Wir haben die Ungnade, worein sie uns gleich auf jenes Possenspiel hat fallen lassen, einer elenden Konvenienz gegen die Hofsippschaft zugeschrieben, und einesteils bin ich noch jetzt der Meinung; gesteh ich Dir nun aber zugleich, daß sie um die nämliche Zeit auch die Agnesiana zu schlucken bekam, so seh ich schon im Geist voraus, an was für neuen verzweifelten Hypothesen nun plötzlich Dein armer

Kopf anrennen wird. Wie, wenn Madam sich mit ganz andern Gründen zum Zorne hinters allgemeine Zeter ihrer Schranzen versteckt hätte? Holla! das läuft dem guten Jungen heiß und kalt über die Leber! Auch will ich ein Rhinozeros von Propheten sein, wenn sich Dir nicht in diesem Augenblick die rührende Gestalt von der Ferne zeigt, den schwarzen Lockenkopf in Trauer hingesenkt, weinend um Deine Liebe. Ein verführerisch Bild, fürwahr, dem schon Dein Herz entgegenzuckt! Doch halt, ich weise Dir ein anderes. – In dem sonnigen Gärtchen hinter des Vaters Haus betrachte mir das schlichte Kind, wie es ein fröhlich Liedchen summt, seine Veilchen, seine Myrten begießt. Man sieht ihr an, sie hat den Strauß im Sinne, den ihr heimkehrender Verlobter bald unter tausend, tausend Küssen zum Willkomm haben soll; jeden Tag, jede Stunde erwartet sie ihn – – –

Was nun? wohin, Kamerade? Nicht wahr, ein bittrer Scheideweg? Hier wollt ich Dich haben! so weit mußt ichs führen. Der Rückweg zu Constanzen – vielleicht er steht noch offen, ich zeig ihn Dir, nachdem Du ihn schon für immer verschlossen geglaubt. Du solltest freie Wahl haben; das war ich Dir schuldig. Inzwischen hast Du gelernt, es sei auch möglich, ohne eine Constanze zu leben, und damit mein ich, ist unendlich viel gewonnen.

Theobald! noch einmal: denk an den Garten! Neulich hat sie die Laube zurechtgeputzt, die Bank, wo der Liebste bei ihr sitzen soll. Wirst Du bald kommen? wirst Du nicht? – Wag es, sie zu betrügen! Den hellen süßen Sommertag dieser schuldlosen Seele mit *einem* verzweifelten Streiche hinzustürzen in eine dumpfe Nacht, wehe! das wimmernde Geschöpf! Tus, und erlebe, daß ich in wenig Monden, ein einsamer Wallfahrer, auf des Mädchens Grabhügel die kraftlose Posse, das Nichts unsrer Freundschaft, und die zerschlagene Hoffnung beweine, daß mein elendes Leben, kurz eh ichs ende, doch wenigstens noch so viel nutz sein möchte, zwei gute Menschen glücklich zu machen.«

*

Wer war unglücklicher als der Maler? und wer hätte glücklicher sein können als er, wäre er sogleich fähig gewesen, seinem Geiste nur so viel Schwung zu geben, als nötig, um einigermaßen sich über die Umstände, deren Forderungen ihm furchtbar über das Haupt hinaus wuchsen, zu erheben und eine klare Übersicht seiner Lage zu erhalten. Doch dazu hatte er noch weit. In einer ihm selbst verwundersamen, traumähnlichen Gleichgültigkeit ritt er bald langsam, bald hitzig einen einsamen Feldweg, und statt daß er, wie er einigemal versuchte, wenigstens die Punkte, worauf es ankam, hätte nach der Reihe durchdenken können, sah er sich, wie eigen! immer nur von einer monotonen, lächerlichen Melodie verfolgt, womit ihm irgendein Kobold zur höchsten Unzeit neckisch in den Ohren lag. Mochte er sich Gewalt antun soviel und wie er wollte, die ärmliche Leier kehrte immer wieder und schnurrte, vom Takte des Reitens unterstützt, unbarmherzig in ihm fort. Weder im Zusammenhange zu denken, noch lebhaft zu empfinden war ihm vergönnt; ein unerträglicher Zustand. »Um Gottes willen, was ist doch das?« rief er zähneknirschend, indem er seinem Pferde die Sporen heftig in die Seiten drückte, daß es schmerzhaft auffuhr und unaufhaltsam dahinsprengte. »Bin ichs denn noch? kann ich diesen Krampf nicht abschütteln, der mich so schnürt? Und was ists denn weiter? wie, darf diese Entdeckung so ganz mich vernichten? was ist mir denn verloren, seit ich das alles weiß? genau besehen – nichts, gewonnen – nichts – ei ja doch, ein Mädchen, von dem mir jemand schreibt, sie sei ein wahres Gotteslamm, ein Sanspareil, ein Angelus!« Er lachte herzlich über sich selbst, er jauchzte hell auf und lachte über seine eignen Töne, die ganz ein andres Ich aus ihm herauszustoßen schien.

Indem er noch so schwindelt und schwärmt, stellt sich statt jener musikalischen Spukerei eine andere Sucht bei ihm ein, die wenigstens keine Plage war. Seine aufgeregte Einbildungskraft führte ihm mit unbegreiflicher Schnelligkeit eine ganze Schar malerischer Situationen zu, die er sich in fragmentarisch-dramatischer Form, von dichterischen Worten lebhaft begleitet, vorstellen und in großen Konturen hastig ausmalen mußte. Das Wunderlichste dabei war, daß diese Bilder nicht die mindeste Beziehung auf seine eigne Lage hatten, es waren vielmehr, wenn man so will, reine Vorarbeiten für den Maler als solchen. Er glaubte niemals geistreichere Konzeptionen gehabt zu haben, und noch in der Folge erinnerte er sich mit Vergnügen an diese sonderbar inspirierte Stunde. Wir selbst preisen es mit Recht als einen himmlischen Vorzug, welchen die Muse vor allen andern Menschen dem Künstler dadurch gewährt, daß sie ihn bei ungeheuren Übergängen des Geschickes mit einem holden energischen Wahnsinn umwickelt und ihm die Wirklichkeit so lange mit einer Zaubertapete bedeckt, bis der erste gefährliche Augenblick vorüber ist.

Auf diese Weise hat sich unser Freund beträchtlich von der Stadt entfernt, und ehe er ihr von einer andern Seite wieder näher kommt, sieht er unfern in einer anmutigen Kluft die sogenannte Heer-Mühle liegen, einen ihm wohlbekannten, durch manchen Spaziergang wert gewordenen Ort. Er war ein stets gerne gesehener Gast bei dem Müller, welcher zu derjenigen Gattung von Pietisten gehörte, mit denen jedermann gut auskommt. In gewisser Art konnte der Mann für unterrichtet gelten, nur hatte er Ursache, manche Eigenheiten zu verbergen, deren er sich mitunter schämte; so hatte er, da er anfänglich zur Schreiberei bestimmt, in alten Sprachen nicht ganz unwissend war, sich noch bei vorgerücktem Alter in den Kopf gesetzt, die heiligen Schriften Alten und Neuen Testaments im Urtexte zu lesen, wobei es hauptsächlich auf chiliastische Zwecke mochte abgesehen sein. Nach einem sehr mühsamen und wenig geordneten Studium von mehreren Jahren sah er sich ungern überzeugt, daß alles eitel Stückwerk bei ihm sei und das ganze schöne Unternehmen auf nichts hinauslaufe. Aus Verdruß über die verlorne Zeit warf er sich in kecke ökonomische Spekulationen, dabei er denn zwar keinen Schaden, doch auch nicht ganz seine Rechnung fand. Seine Frau, eine kluge und stille Haushälterin, wußte ihn mit guter Art zu lenken und zu leiten, niemals rückte sie ihm seinen Irrtum ausdrücklich vor, auch wenn sie ihn denselben fühlen ließ, und da ihm nichts Unangenehmeres begegnen konnte, als wenn er irgendwie an die Nichtigkeit jenes wissenschaftlichen Treibens erinnert ward, ja da er, um nur kein Unrecht einzugestehn, sich auch wohl die Miene gab, als würden ihm jene Forschungen seinerzeit noch die reichlichsten Zinsen abwerfen, so schonte das Weib diese Schwachheit gerne und war heimlich zufrieden, wenn sie ihm eine neue falsche Idee vergessen machen konnte. Übrigens kannte man ihn als einen muntern, redseligen Gesellschafter, als den besten Gatten und Vater seiner größtenteils schon wohlversorgten Familie.

Nolten sehnte sich nach der harmlosen Gegenwart eines menschlichen Wesens ebensosehr, als er sich ungeschickt fühlte, an irgendeiner Gesellschaft teilzunehmen; er überlegte deshalb soeben, ob er den Pfad nach der Mühle hinunter einschlagen oder nach der Stadt zurückkehren werde, als ihm ein Müllerknecht begegnet, der ihm sagt, Herr und Frau wären über Feld und kämen vor Abend nicht nach Hause. Wie erwünscht war dem Maler die Nachricht! eigentlich wollte er ja nur sein trauliches Plätzchen in des Müllers Wohnstube aufsuchen: es schien ihm dies der einzige Ort der Welt, der seiner gegenwärtigen Verfassung tauge. Und er hatte recht; denn wer machte nicht schon die Erfahrung, daß man einen verwickelten Gemütszustand, gewisse Schmerzen, Überraschungen und Verlegenheiten weit leichter in irgendeiner fremden ungestörten Umgebung, als innerhalb der eignen Wände bei sich verarbeite? Nolten gab sein Pferd in den Stall, wo man ihn schon kannte, und trat in die reinliche, braungetäfelte Stube, wo er niemanden traf, nur in der Kammer neben saß auf dem Schemel ein zehnjähriges Mädchen, das ein kleines Brüderchen im Schoße hatte. Eine ältere Tochter Justine, eine Prachtdirne, schlank und rotwangig mit kohlschwarzen Augen, trat herein unter dem gewöhnlichen treuherzigen Gruß, bedauerte, daß die Eltern abwesend seien, lief gleich nach den Kellerschlüsseln und freute sich, als Nolten ihr erlaubte, weil man im Hause schon gegessen hatte, ihm wenigstens ein Stückchen Kuchen bringen zu dürfen. Er nahm sogleich seine alte Bank und das Fenster ein, von wo man unmittelbar auf die Wassersperre hinunter und weiter hinaus auf das erquickendste Wiesengrün und runde Hügel sah. Um wieviel lieblicher, eigener kam ihm an dieser beschränkten Stelle Frühling und Sonnenschein vor, als da ihn dieser noch im Freien und Weiten umgab! Lange blickte er so auf den Spiegel des Wassers, er fühlte sich sonderbar beklommen, bange vor der Zukunft, und zugleich sicher in dieser eingeschloßnen Gegenwart. Auf einmal zog er die Papiere aus der Tasche, das nächste, was ihm in die Hände kam, wollte er ohne Wahl zuerst öffnen: es waren Briefe seiner Braut, vermeintlich an Theobald geschrieben. Er sieht hinein, und augenblicklich hat ihn eine Stelle gefesselt, bei der sein Inneres von einer ihm längst fremd gewordnen Empfindung anzuschwellen beginnt; er will zu lesen fortfahren, als er Justinen mit Gläsern kommen hört; ganz unnötigerweise verbirgt er schnell den Schatz, aber ihm ist wie einem Diebe zumut, der eine Beute vom höchsten, ihm selber noch nicht ganz bekannten Wert bei jedem Geräusche erschrocken zu verstecken eilt. Das Mädchen kam und fing lebhaft und heiter zu schwatzen an, in dessen Erwiderung Nolten sein möglichstes tat. Sie mochte merken, daß sie überflüssig sei, genug, sie entfernte sich geschäftig und ließ den Gast allein. Er ist zufällig vor einen kleinen schlechten Kupferstich getreten, der unter dem Spiegel hängt und eine kniende Figur vorstellt; unten stehn ein paar fromme Verse, die er in frühster Jugend manchmal im Munde seiner verstorbenen Mutter gehört zu haben sich sogleich erinnert. Wie es nun zu geschehen pflegt, daß oft der geringste Gegenstand, daß die leichteste Erschütterung dazu gehört, um eine ganze Masse von Gefühlen, die im Grunde des Gemüts gefesselt lagen, plötzlich gewaltsam zu entbinden, so war Noltens Innerstes auf einmal aufgebrochen und schmolz und strömte in einer unbeschreiblich süßen Flut von Schmerz dahin. Er saß, die Arme auf den Tisch gelegt, den Kopf darauf herabgelassen. Es war, als wühlten Messer in seiner Brust mit tausendfachem Wohl und Weh. Er weinte heftiger und wußte nicht, wem diese Tränen galten. Die Vergangenheit steht vor ihm, Agnes schwebt heran, ein Schauer ihres Wesens berührt ihn, er fühlt, daß das Unmögliche möglich, daß Altes neu werden könne.

Dies sind die Augenblicke, wo der Mensch willig darauf verzichtet, sich selber zu begreifen, sich mit den bekannten Gesetzen seines bisherigen Seins und Empfindens übereinstimmend zu vergleichen; man überläßt sich getrost dem göttlichen Elemente, das uns trägt, und ist gewiß, man werde wohlbehalten an ein bestimmtes Ziel gelangen.

Nolten hatte keine Ruhe mehr an diesem Ort, er nahm schnell Abschied und ritt gedankenvoll nach Hause.

Wie er den Rest des Tages hingebracht, was alles in ihm sich hin und wieder bewegte, was er dachte, fürchtete, hoffte, wie er sich im ganzen empfunden, dies zu bezeichnen wäre ihm vielleicht so unmöglich gewesen als uns, zumal er die ganze Zeit von sich selbst wie abgeschnitten war durch einen unausweichlichen Besuch, den er zwar endlich an einen öffentlichen Ort, wo man viele Gesellschaft traf, glücklich abzuleiten wußte, ohne sich jedoch ganz entziehen zu dürfen.

Entschieden war er nun freilich so weit, daß er Agnesen aufsuchen müsse und wolle. Noch hatte er die schriftliche Darstellung der Tatsachen, welche so sehr zur Rechtfertigung des teuren Kindes dienten, gar nicht angesehn; ein stiller Glaube, der das Wunderbarste voraussetzte und keinen Zweifel mehr zuließ, war diese letzten Stunden in ihm erzeugt worden, er wußte selbst nicht wie. Doch als er in der Nacht die merkwürdigen Berichte des Försters las, als ihm Larkens' Tagebuch so manchen erklärenden Wink hiezu gab, wie sehr mußte er staunen! wie graute ihm, jener schrecklichen Elisabeth überall zu begegnen! mit welcher Rührung, welchem Schmerz durchlief er die Krankheitsgeschichte des ärmsten der Mädchen, dem die Liebe zu ihm den bittern Leidenskelch mischte! Und ihre Briefe nun selbst, in denen das schöne Gemüt sich wie verjüngt darstellte! – Der ganze unfaßliche Gedanke, dies einzige Geschöpf, wann und sobald es ihm beliebe, als Eigentum an seinen Busen schließen zu können, durchschütterte wechselnd alle Nerven Theobalds. Auf einmal überschattete ein unbekanntes Etwas die Seligkeit seines Herzens. Diese zärtlichen Worte Agnesens, wem anders galten sie, als *ihm?* und doch will ihm auf Augenblicke dünken, er sei es nicht: ein Luftbild habe sich zwischen ihn und die Schreiberin gedrungen, habe den Geist dieser Worte voraus sich zugeeignet, ihm nur die toten Buchstaben zurücklassend. Ja, wie es nicht selten im Traume begegnet, daß uns eine Person bekannt und nicht bekannt, zugleich entfernt und nahe scheint, so sah er die Gestalt des lieben Mädchens gleichsam immer einige Schritte vor sich, aber leider nur vom Rücken; der Anblick ihrer Augen, die ihm das treuste Zeugnis geben sollten, war ihm versagt; von allen Seiten sucht er sie zu umgehn, umsonst, sie weicht ihm aus: ihres eigentlichen Selbsts kann er nicht habhaft werden.

Zu diesen Gefühlen von ängstlicher Halbheit, wovon ihn, wie er wohl voraussah, nur die unmittelbare Nähe Agnesens lossprechen konnte, gesellten sich noch Sorgen andrer Art. Das unbegreifliche Verhängnis, daß die rätselhafte Person der Zigeunerin aufs neue die Bahn seines Lebens, und auf so absichtlich gefahrdrohende Weise durchkreuzen mußte, der Gedanke, wie nahe er selbst ihr, ohn es zu wissen, neuerdings wieder gekommen (denn des Schauspielers Tagebuch entdeckte ihm ihre zweimalige Anwesenheit), dies alles gab ihm mancherlei zu sinnen und weckte die Besorgnis, es möchte die Verrückte über kurz oder lang ihm in den Weg treten oder hinter seinem

Rücken, vielleicht in diesem Augenblick, zu Neuburg wiederholte Verwirrung anstiften. Ein weiterer Gegenstand seiner Unruhe war Larkens; er wußte die treffliche Absicht des Freundes, wenn er gleich die einzelnen Schritte nicht billigen konnte, ja zum Teil sie bitter zu schelten geneigt war, doch von der rechten Seite zu nehmen und dankbar zu schätzen; er erkannte auch darin eine kluge Vorsicht desselben, wenn er durch seine eigene Entfernung alles weitere Unterhandeln über die Pflicht, über Neigung oder Abneigung Noltens in dieser zweifelhaften Sache völlig zwischen sich und ihm abschneiden und den Maler, indem er ihn ganz auf sich selber stellte, zwingen wollte, das Gute, Notwendige frisch zu ergreifen. – Aber was sollte man überhaupt von der eiligen Flucht des Schauspielers denken? welchem Schicksal ging der unfaßliche Mann entgegen? Beinahe seiner sämtlichen häuslichen Habe hat er sich entäußert, ein großer Teil war ohne Zweifel ins Geld gesetzt, ein anderer, der hier zurückblieb, entweder zu Geschenken bestimmt, oder sollte er durch Nolten verwertet und zu Befriedigung der Gläubiger verwendet werden. Mangel für Larkens selber war nicht zu fürchten. Aber wenn aus allem hervorging, daß eine tiefe Erschöpfung, ein verjährter Schmerz ihn in die Weite trieb, wenn sogar einige Stellen seines Briefs auf eine freiwillig gewaltsame Erfüllung seines Schicksals gedeutet werden konnten – so frage man, wie Nolten dabei zu Mute gewesen! Eine dritte und nicht die kleinste Sorge war ihm die schlimme und selbst verächtliche Meinung, womit die Gräfin, seit sie durch Larkens einseitig und falsch von dem Verhältnis zu Agnesen unterrichtet worden, ihn notwendig ansehen mußte. Nicht als ob er fürchtete, es hätte sie eine solche Entdeckung irgend unglücklich gemacht, denn in der Tat war seine Vorstellung von der Leidenschaft Constanzens bedeutend herabgestimmt, und höchstens wollte er glauben, daß ihr seine Liebe einigermaßen habe schmeicheln können, aber da er ihr doch seine Absicht damals so dringend, so entschieden bekannt hatte, wie elend, wie verrucht mußte er als Verlobter vor ihr erscheinen, wie tückisch und planvoll sein Schweigen über diese Verbindung! Mußte sie sich, abgesehn von jedem eignen leidenschaftlichen Interesse, nicht insofern persönlich für beleidigt halten, als schon der Versuch, sie mit zum Gegenstande eines so zweideutigen Spieles zu machen, einen Mangel der Achtung bewies, deren sie sich von Nolten hätte versichert halten dürfen? Schien in diesem Sinne der Zorn und die Kälte, womit sie ihn seit jenem Abende keines Blicks mehr würdigte, nicht sehr verzeihlich und gerecht? Unser Maler fühlte das Beschämende, die ganze Pein dieses Verdachts: keine Stunde mehr konnte er ruhen, der Boden brannte unter seinen Füßen, er wollte eilen, wollte sich reinigen, es koste was es wolle. Aber das ging so schnell nicht an. Wie sollte er an Constanzen gelangen? wie war es möglich, sich zu rechtfertigen und doch zugleich die höchste Delikatesse zu beobachten? Denn gar leicht konnte die Gräfin ihn dergestalt mißverstehn, als wenn er gekränkte Liebe bei ihr voraussetzte, ein Irrtum, der ihn, wie er meinte, zum lächerlichsten Menschen in den Augen der schönen Frau machen müßte. Er überlegte sich die Sache fleißig und wollte warten, bis ihm ein glücklicher Weg erschiene.

Am folgenden Tage fiel ihm ein, von dem Hofrat, dem er ohnehin einen Besuch schuldig war, die Stimmung der Zarlinschen zu erlauschen, und sogleich machte er sich auf den Weg.

Bei der Wohnung des Hofrats angelangt, fand er zufällig die Haustüre nur angelehnt, was ihn sehr wundernahm, da es einen der ersten Grundsätze in der Hausordnung dieses Mannes ausmachte, die Eingänge jederzeit geschlossen zu halten. Außer dem Briefträger und einer alten Magd, welche auswärts wohnte und zu gesetzten Stunden mit dem Essen erschien, betrat nur selten ein Besuch die Schwelle, und wenn jemals, so mußte die Glocke gezogen werden, worauf ein grauer Diener, das einzige lebende Wesen, das den Hofrat umgab, bedächtig aus dem Fenster schaute und öffnete. Im untern Hausflur, wo sich sogleich der Geschmack und die Kunstliebhaberei des Hausherrn in gut aufgestellten Gipsfiguren ankündigte, findet Theobald einen unscheinbar gekleideten Knaben auf der Treppe sitzen und Zuckerwerk aus seiner Mütze naschen, der übrigens ganz hier zu Hause zu sein scheint. Eine unglaublich angenehme Gesichtsbildung, die hellsten Augen, sehr mutwillig, lachen dem Maler entgegen, dem besonders die zierlich gelockten Haare auffallen. Der Knabe, nachdem er unsern Freund ruhig vom Kopf bis zum Fuße gemessen, stand auf und gab der Tür einen tüchtigen Tritt, daß sie schmetternd zuschlug. »Kannst du sagen, artiger Junge, ob der Herr Hofrat daheim ist?« Der Kleine antwortete nicht, sondern indem er die Treppe hinaufging, winkte er Theobalden zu folgen. Oben öffnet er leis eine schmale Türe und deutet schalkhaft hinein. Nolten befand sich allein in einem kleinen Vorzimmer, wollte eben an einem zweiten Eingang klopfen, als ihm ein kleines Seitenfenster, dessen Vorhang von innen schlecht zugezogen ist, die wunderbarste stumme Szene im Nebenzimmer zeigt. In einer gespannten Beleuchtung, fast nur im Dämmerlichte, sitzt weiß gekleidet ein Frauenzimmer, bis an den Gürtel entblößt. Ihre Stellung ist sinnend, das Haupt etwas zur Seite geneigt, eine Hand oder vielmehr nur den Zeigefinger hat sie unterm Kinne, dies kaum damit berührend. Ihr Sessel steht auf einem dunkelroten Teppich, auf welchen herab die reichen Falten des Gewandes und der Tücher sich prächtig ergießen. Ein Bein, das über das andere geschlagen ist, läßt den Fuß nur bis über die Knöchel blicken, wo ihn die andere Hand bequem zu halten scheint. Aber welch ein herrlicher Kopf! mußte Theobald unwillkürlich für sich ausrufen; die römische Kraft im Schwunge des Hinterhaupts vom starken Nacken an kontrastierte so rührend gegen das Kindliche des Angesichts, dessen Ausdruck nur lautre Scham verriete, wenn sich die letztere nicht soeben zur liebevollsten Ergebung in die Notwendigkeit des Augenblicks zu neigen schiene. Offenbar war das Frauenzimmer nicht gewohnt, als Modell zu dienen. Und in des Hofrats Hause? Sollte der alte Narr etwa selbst den Pfuscher machen? Leider war es unmöglich, eine zweite Person, die sich gewiß im Zimmer befinden mußte, zu entdecken; auch hörte man keinen Laut: die Schöne verharrte wie ein Marmor in derselben Stellung, nur die leisen Bebungen der Brust verrieten, daß sie atme, auch schien es einmal, als ob sie einen müden Blick gegen das Fenster hinüber wagte, von wo das Licht hereinfiel. Nolten hätte geschworen, dort sitze der Hofrat. Sagte nicht ein Gerücht, daß der alte Herr früher wirklich die Kunst getrieben? und wollten nicht einige behaupten, er habe den Meißel noch in seinem Alter insgeheim ergriffen? Wie überraschte es daher unsern Maler, als auf ein Geräusch, das in der Ecke entstand, die Jungfrau sich erhob und ein schlanker, schwarzbärtiger Mann anständig auf sie zutrat, ihr mit einem Kusse auf die Lippen dankte, so herzlich und unbefangen, als wenn es eine Schwester wäre. Theobald erkannte in dem Krauskopf auf der Stelle einen Bildhauer, Raymund, den er öfters und namentlich bei dem Larkensschen Abschiedsschmause gesehen, ohne ihm irgend näher gekommen zu sein. Doch es war endlich Zeit zum Rückzuge, so schwer er sich von diesem Anblick trennen konnte, der ihm ebenso rührend und schuldlos deuchte, als er reizend und erhebend war. Kaum hat er die Tür hinter sich zugezogen und sich gefreut, daß der verräterische kleine Schelm nicht etwa wieder um den Weg war, um Zeuge seiner gestillten Neugierde zu sein – so streckt der Hofrat den Kopf aus dem Saale, und beide begrüßen sich mit merklicher Verlegenheit, die denn auch noch eine Weile fortdauerte, nachdem das Gespräch bereits in Gang gekommen. Theobald war durchaus zerstreut von seinem schönen Abenteuer; auf seinem Gesicht, in seinen Augen lag eine ungewöhnliche Glut, deren Grunde der Alte schlau genug nachkam. »Ich merke, merke was!« schmunzelte er und klopfte dem Freund auf die Achsel; »nur lassen Sie ja sich sonst nichts anmerken! es ist ein wilder Eber, der Raymund, und nicht mit ihm zu spaßen.« Nolten gestand offenherzig den sonderbaren Zufall. »Unter uns«, sagte der Hofrat, »Sie sollen wissen, wie alles zusammenhängt. Der junge Mann, furios in seiner Kunst so wie im Leben, verlangte von seiner Braut, an der er außer einem hübschen Wuchs lange keinen Vorzug mochte gekannt haben, daß sie ihm sitze, stehe, wie ers als Künstler brauche. Das Mädchen konnte sich nicht überwinden, es kam zu Verdruß, der bald so ernstlich wurde, daß Raymund das störrige Ding gar nicht mehr ansah. So dauert es ein halb Jahr, und das Mädchen, sonst ein sanftes, verständiges Geschöpf, das ihn unbändig liebt, überdies armer Leute Kind ist, fängt an, im stillen zu verzweifeln. Überdem bekömmt sie einen vorteilhaften Antrag, sich fürs Theater zu bilden, da sie sehr gut singen soll. Sie schlägt es standhaft aus, und diese wackere Resignation bringt den Trotzkopf von Bräutigam plötzlich auf ganz andere Gedanken von dem Werte des Mädchens, so daß er sie vor etlichen Tagen zum erstenmal wieder besuchte. Auf beiden Seiten soll die Freude des Wiedersehens ohne Grenzen gewesen sein, und gleich in der ersten Viertelstunde, so erzählt er mir, habe sie ihm die Gewährung seiner artistischen Grille freiwillig zugesagt. Da nun Raymund durch sein Zusammenwohnen mit einem andern Künstler um ein Lokal verlegen war, so fand er bei mir, der ich ihm auch sonst zuweilen nützlich zu sein suche, gerne den erforderlichen Raum. Heut ist die zweite Sitzung. Das Närrische dabei ist, daß er sich nicht entschließen kann, was er eigentlich machen soll. Er behauptet, wenn man eine Weile ins Blaue hinein versuche und den Zufall mitunter walten lasse, so gerate man häufig auf die besten Ideen.«

»Er hat recht!« sagte Theobald.

»Er hat nicht unrecht«, versetzte der Alte; »wenn mir aber solch ein Verfahren am Ende nur nicht gar zu dilettantisch würde! So fängt er neulich einen Amor in Ton zu formen an, wozu er das Muster auf der Gasse unter den Betteljungen aufgriff, wirklich ein delikates Füllen, schmutzig, jedoch zum Küssen die Gestalt. Seitdem nun aber die Geliebte sich eingestellt, durfte der Liebesgott springen; jetzt liegt ihm die aufdringliche Kröte, die sich gar gut bei dem Handel gestanden, tagtäglich auf dem Hals, und daß der Bursche nicht schon im Hemdchen unters Haus kömmt, ist alles; neulich ward er gar boshaft und paßte der Braut mit einem Prügel auf; recht ein Cupido dirus!«

»Ein Anteros!« rief Theobald lachend.

»Suchen Sie doch einiges Verhältnis zu Raymund«, fuhr der Hofrat fort, »es wird Ihnen leicht werden: er respektiert Sie höchlich, und das will bei dem stolzen Menschen schon etwas heißen. Sie finden das ehrlichste Blut in ihm und ein eminentes, leider noch wildes Talent. Es ärgert manches an ihm, Kleinigkeiten vielleicht, die indessen doch einen Mangel an Bildung verraten, genug, mich indignieren sie; nur *ein* Beispiel, und Sie werden mir beistimmen. Man traut mir billig zu, daß ich kein Pedant bin mit archäologischer Vielwisserei, insofern sie dem Künstler nichts hilft. Stellt mir einer eine lobenswerte Ariadne hin, so frag ich den Henker darnach, ob er wisse, daß die Gemahlin des Bacchus auch Libera heißt. Macht es einen Mann aber nicht lächerlich, wenn er von Göttern und Halbgöttern nur eben wie ein Dragoner spricht? Werden es ihm diejenigen vergeben, die auf den ersten Blick unmöglich wissen können, daß dieser Mensch, so gut als einer, Charakteristik der Mythen versteht und plastischen Sinn genug in Aug und Fingern sitzen hat? Nun stellen Sie sich vor, neulich abends im ‚Spanischen Hofe', es waren lauter gründliche Leute da, kömmt auf ein paar Kunstwerke die Rede, Raymund fällt in seinen begeisterten Schuß und sagt wirklich vortreffliche Dinge, aber er spricht statt von

Panen und Satyrn, mir nichts dir nichts, und in vollem Ernste immer von Waldteufeln! Ist so was auch erhört! Ich saß wie auf Nadeln, schämte mich in sein Herz hinein, trat ihm fast die Zehen weg und wollt ihm helfen; nichts da! ein Waldteufel um den andern! und merkte das Lächeln nicht einmal, das hie und da auf die Gesichter schlich. Nachher verwies ich ihm die Unschicklichkeit, und was ist seine Antwort? Er lacht; ‚nun, alter Papa', rief er, ‚es muß mir doch erlaubt sein, mitunter so zu *sprechen*, wie die Niederländer *malen* durften!'« Der Hofrat lachte selber aufs herzlichste, und man sah ihm an, wie lieb er den hatte, den er soeben schalt. »Ein stupender Eigensinn! Mich dauert nur die Braut.«

»Wer ist die denn eigentlich?« fragte Nolten.

»Des Schloßwärters F. Tochter.«

»Was? hör ich recht?« rief Nolten voll Verwunderung aus. »O gute Henriette! Wie manchmal hat dein wehmütiger Gesang unter meinen Gittern mich getröstet!«

»Ja, ja«, versetzte der Hofrat, »das war noch zur Zeit der liebekranken Nachtigall!«

Der Maler fiel auf einige Augenblicke in süße Gedanken. Die glückliche Vereinigung dieser Liebenden war ihm von guter Vorbedeutung für sich; denn hatte nicht jene Verlassene in seiner kranken Einbildung einige Mal die Stimme Agnesens geborgt? und war er nicht auf dem Wege, der letztern auch den Bräutigam zurückzugeben?

Nun aber fand er erst Zeit, den Hofrat in der Angelegenheit zu befragen, um derentwillen er eigentlich gekommen war. Der alte Herr bedachte sich und zuckte die Achseln. »Ich weiß nicht, an Ihrer Stelle ging' ich geradezu selbst hin – die Gräfin zwar soll unpaß sein, den Grafen können Sie immer sprechen. Mein Gott, was sollten denn diese Leute eigentlich gegen Sie haben?« So viel indessen Theobald aus dem weitern Gespräch entnehmen konnte, war es geratener, sich nicht persönlich auszusetzen. Der beste Ausweg fiel ihm aber ein. Eine Frau von Niethelm, die intimste Freundin Constanzens, eine feine, hochbegabte Dame, deren Zeit und Talent vorzüglich der Bildung zweier Prinzessen gewidmet war, hatte sich ihm von jeher gewogen gezeigt; ihrer hoffte er sich nun als Mittelsperson zu bedienen, und der glückliche Gedanke erfüllte ihn augenblicklich dergestalt, daß er den

Hofrat eilends verlassen wollte, als eben Raymund hereintrat. Der feurige Mann umarmte ihn alsbald mit Enthusiasmus und suchte ihm seine Achtung auf jede Art zu bezeugen. Um nicht unfreundlich zu erscheinen, verweilte Nolten noch eine Viertelstunde, worauf er sich bestens empfahl.

Gegen Abend trat er den Gang zur Gouvernantin an, nachdem er auf sein Anmelden eine höfliche Einladung erhalten hatte. Unterwegs erst fiel ihm auf, wie wenig er auf das, was zu sagen und wie es zu sagen war, vorbereitet sei; er nahm sich schnell zusammen; eh er sichs versah, stand er im Zimmer der Gouvernantin.

Die zarte Dame empfing ihn im ganzen freundlich genug, und wenn dennoch etwas von Zurückhaltung fühlbar war, so schien es, als ob sie nur ungerne und mit Rücksicht auf Constanzen sich einigen Zwang auflegte.

»Ich bin«, begann Nolten, als er der liebenswürdigen Frau gegenüber Platz genommen hatte, »ich bin veranlaßt, in kurzem dieser Stadt und Gegend Lebewohl zu sagen; Pflicht und Neigung führen mich auswärts; aber wie sehr muß ich wünschen, mit vollkommen beruhigtem Sinne scheiden zu können! Es ist so schön und tröstlich, sich im Andenken seiner Freunde gesichert zu wissen! Die Liebe, die Neigung, die wir an einem Orte zurücklassen, gibt uns eine stille Gewähr, daß uns auch anderswo ein guter Stern erwarte. Möchte denn auch ich diesen Trost mit mir nehmen dürfen! möchten Sie, meine Gnädige, mich in dieser frohen Zuversicht bestärken können! – Indem sich mir in diesen Tagen eine Reihe ausgezeichneter Personen, deren Bekanntschaft ich mich im Laufe dreier Jahre vielfach zu erfreuen hatte, doppelt lebendig vor dem Geiste aufstellt, und indem ich mich anschicke, den einzelnen noch ein herzliches Wort zu sagen, muß ich vor allen jenes verehrten Hauses gedenken, dessen Gastfreundschaft mir unvergeßlich bleibt, das mit den Edelsten dieser Stadt und, wie freudig spreche ich es aus! auch mit Ihnen, gnädige Frau, mich in freundliche Verbindung setzte. Leider hat das schöne Verhältnis zuletzt eine Störung erlitten, die mir das ganze Glück einer dankbaren Erinnerung für alle Zukunft trüben muß, und um so schmerzlicher, da man mir aus den Gründen meines Mißgeschicks, insofern ich dieses selbst verschuldet haben soll, ein Geheimnis macht. Sollte nun auch Ihnen,

Verehrteste, nicht erlaubt sein, meine Zweifel zu lösen, so gestatten Sie doch, daß ich die Versicherung bei Ihnen niederlege, ich sei mir, Ihrer teuren Freundin sowie dem Herrn Grafen gegenüber, eines solchen Vergehens nicht bewußt; vergönnen Sie, daß ich den Freunden, die mich nicht mehr zu sehen wünschen, die Aufrichtigkeit meiner Gesinnungen durch Ihren Mund beteure.«

Die Gouvernantin, die in den Mienen des Malers, solange er sprach, mit Aufmerksamkeit zu lesen gesucht hatte, schien keineswegs ungerührt; zwar erwiderte sie nur das Allgemeinste, doch sah man ihr an, sie hätte herzlich gerne mehr gesagt. Nolten gewann nun Mut, folgendergestalt fortzufahren: »Wie wäre Ihnen zu verargen, gnädige Frau, wenn sich Ihnen, so wie wir uns jetzt einander gegenüber befinden, und nach dem, was indessen alles zur Sprache gekommen sein mag, ein unüberwindliches Mißtrauen gegen mich im Herzen aufwerfen sollte! Ich fühle wohl, und Sie selber verbergen sichs nicht, wie fremde in ganz kurzer Zeit Ihnen ein Mann geworden sei, der Ihnen früher nicht ganz unwert gewesen. Sonst war es uns willkommener Genuß, Erfahrung und Empfindung in heiteren Gesprächen auszuwechseln, Entferntes und Nächstgelegenes durcheinander zu mischen; stets schenkten Sie mir nachsichtsvolles Gehör, wenn, wie es wohl dem jüngern Manne, der eben erst in eine völlig neue Welt eintrat und vielfach Ursache findet, unzufrieden mit sich selbst zu sein, natürlich zu geschehen pflegt, sich auch bei mir ein inniges Bedürfnis regte, mich einer gemütvollen, geistreichen Frau bescheiden mitzuteilen, Ihnen meine Verehrung für jenes edle Haus im ersten glücklichen Erstaunen auszudrücken. Nun heute wieder, wie gerne möcht ich den Zustand meines Innern offen und gläubig vor Ihnen enthüllen, doch Ihr Verstummen verschüchtert mir das Wort auf meinen Lippen! wie gerne würden Sie meiner Unruhe hülfreich entgegenkommen, doch wird es schwer, den Faden des Vertrauens so schnell wieder aufzunehmen. Wohlan, meine teure, meine hochverehrte Freundin, lassen Sie mich wenigstens einige Augenblicke der schönen Täuschung leben, als säßen wir noch so wie ehmals gegeneinander über! Erlauben Sie, daß ich erzähle, was in der Zwischenzeit sich mit mir begeben, in mir verändert hat. Lassen Sie mich keine Absicht nennen, wozu dies Bekenntnis dienen soll. Es soll nur sein, als spräche ich zu einer Dame, von der ich weiß, sie nehme an meinem Schicksal allgemeinen heitern Anteil und aus deren Munde eine günstige Divination meines künftigen Geschicks zu vernehmen mich hoch beglücken würde.«

Mit sanftem Lächeln forderte sie den Maler zu reden auf, indem sie sagte: »Sie sollen eine emsige Zuhörerin haben, und was ihr an Prophetengabe mangelt, werden die redlichsten Wünsche für Ihr Wohl ergänzen.« Somit war Theobald im Begriff seine Sache, mit Agnesen, und wie sie durch Larkens' Tätigkeit neuerdings umgestaltet, weitläufig darzulegen und ebendamit auf indirekte Weise sich gegen Constanze zu rechtfertigen. Aber in dem Augenblick, da er beginnen will, überrascht ihn die ganze Schwierigkeit seiner Aufgabe und es tat wahrlich not, daß ihm der gute Geist noch schnell genug ein bequemes Mittel, sich aus dieser Verlegenheit zu retten, eingab, worauf er sagte: »So vermessen es sein würde, in Rätseln zu Ihnen reden zu wollen, so wenig kann es schaden, wenn ich zuvörderst, um die Kluft, welche sich zwischen uns gelegt hat, erst nach und nach und nur von weitem auszufüllen, dasjenige, was nun zu sagen ist, mit veränderten Namen in eine allgemeine Darstellung einkleide; so werde ich unbefangener reden, ohne deshalb unverständlicher oder der Wahrheit ungetreu zu sein.« Sofort wurde denn das Verlobtenverhältnis eines Antonio zu Clementinen, von seiner ersten Entstehung bis zu dem drohenden Zerfall, es wurde das ungeheure Irrsal, wozu Elisabeth Veranlassung gegeben, in allen seinen Wendungen entwickelt. Einer Cornelia ward gedacht, Antonios Leidenschaft für diese nicht verhehlt, jedoch nur als einseitig zugegeben. Ein Mime Hippolyt löst heimlich den fatalen Knoten, doch daß er dies und *wie* er es auch bei Cornelien tat, davon schweigt Nolten mit Bedacht, als wenn er selbst nicht darum wüßte. Er hatte sich Zeit zu seiner Erzählung genommen, um so mehr, als er das gespannteste Interesse bei seiner Nebensitzerin wahrnahm; auch wurde er, wie wohl zu merken war, vollkommen gut verstanden. Die ganze Geschichte, an sich abenteuerlich und unglaublich, gewann durch einen gewandten und lebhaften Vortrag die höchste Wahrheit. Endlich war er fertig, und nach einigem Stillschweigen versetzte die Gouvernantin (während sie ihn mit einem Blick ansah, worin er ihren Dank für die zarte Schonung lesen sollte, die er gegen ihre Freundin und gewissermaßen gegen sie selbst mit seiner Fabel beobachtet hatte): »Meint man doch wahrlich ein Märchen zu hören, so bunt ist alles hier gewoben!«

»Es stehen Beweise für die Wahrheit zu Dienste«, erwiderte Theobald; »ja, ich erbitte mir ausdrücklich die Erlaubnis, Ihnen dieser Tage einige Papiere vorlegen zu dürfen, welche Sie jedenfalls mit Interesse durchlaufen werden.«

»Vielleicht«, antwortet die Gouvernantin, »kann ich anderwärts Gebrauch davon machen, der Ihnen wünschenswert sein dürfte.«

»Was Sie tun werden, Gnädigste, habe meinen innigsten Dank voraus!« versetzte Nolten mit einiger Hast, indem er ihr die Hand mit Ehrfurcht küßte. Sie war indessen nachdenklich geworden. Unvermerkt lenkte sie das Gespräch auf die Gräfin, und es traten ihr Tränen in die Augen. »Leider muß ich Ihnen sagen, lieber Nolten«, fuhr sie fort, »es ist bei Zarlins seit einiger Zeit gar viel anders geworden; auch unsre Kränzchen haben aufgehört. Constanze ist nicht mehr die sie war, ein seltsamer Gram wirft sie nieder. Lange wußte niemand die Ursache, selbst ich nicht, und mit Unrecht schrieb man alles körperlichem Leiden zu, denn freilich leidet ihre Gesundheit mehr als je. Aber Gott weiß, wie alles zusammenhängt. Vorgestern nachts, als ich allein vor ihrem Bette saß, sprach sie halb in der Hitze des Fiebers, halb mit Bewußtsein dasjenige aus, wovon ich glauben muß, daß es wo nicht der einzige, doch immer ein Grund ihres angstvollen Zustandes sei.«

Nolten, dem diese Worte eine rasche und voreilige Ahnung erweckten, tat sehr wohl, noch an sich zu halten, denn sogleich kam es ganz anders, als er erwartet haben mochte.

»Ich bin überzeugt«, fuhr die Gouvernantin fort, »es handelt sich bloß um einen wunderlichen Zufall, um eine Kleinigkeit, worüber mancher lächeln würde; gleichwohl ist jetzt sehr viel daran gelegen, und Sie werden mich völlig darüber aufklären können. – Sie haben ein Gemälde, worauf eine Frau abgebildet sein soll, welche die Orgel spielt?«

»Ganz recht.«

»Sagen Sie doch, welche Bewandtnis hat es mit dem Bilde? Kennen Sie eine solche Person? Ist sie in der Wirklichkeit vorhanden?«

Nolten war durch die Frage natürlich frappiert. Er hatte, wie der Leser weiß, in der Skizze, die bei dem Gemälde zugrunde gelegen, jene Wahnsinnige kenntlich genug gezeichnet, ja er hatte noch auf

Tillsens ausgeführtem Tableau dem merkwürdigen Kopfe durch wenig beigefügte Striche die äußerste Ähnlichkeit gegeben. Constanzen war das Bild immer sehr wichtig gewesen, und Nolten erinnerte sich jetzt plötzlich des Traumes, den sie ihm damals mit so großer Bewegung entdeckt. Er sagte nun der Gouvernantin: daß, wenn er vorhin in seiner Erzählung von einer Zigeunerin gesprochen, eben diese das Original zum Bilde des weiblichen Gespenstes sei.

»Sonderbar!« sagte die Gouvernantin, »sehr sonderbar! – Wissen Sie nicht, ob die Person sich neuerdings in hiesiger Stadt gezeigt hat?«

»Vor etwa einem Monat wollen meine Freunde sie hier gesehen haben.«

»Nun, Gott sei Dank!« rief die Gouvernantin aus, »so ist es doch, wie zu vermuten war; so darf mir doch nun die Arme Trost und Vernunft nicht länger bestreiten!«

»Wer?« fragte Theobald, »wer sah denn –? doch nicht die Gräfin?«

»Nun ja!«

»Himmel! und wo?«

»In der Kirche.«

Jetzt rief der Maler sich auf einmal einen Umstand ins Gedächtnis, den man sich vor mehreren Wochen in der Stadt erzählte und woraus er damals nicht eben viel zu machen wußte. Constanze hatte nämlich, bei nicht völligem Wohlsein, Sonntags die Frühkirche besucht und während des Gottesdiensts den sonderbaren Zufall gehabt, daß sie plötzlich mit einem für die Zunächstsitzenden sehr vernehmlichen Laut des heftigsten Schreckens bewußtlos niedersank. Sie mußte nach Hause getragen werden, wo sie sich in kurzem zu erholen schien. Die wahre Ursache des Unfalls blieb durchaus Geheimnis. In der Kirche selbst wollten einige bemerkt haben, daß die Gräfin unmittelbar, bevor sie ohnmächtig geworden, den Blick starr nach dem offenstehenden Haupteingang gerichtet, wo sich mehreres gemeine Gassenvolk unter die Türen gepflanzt hatte. Niemand aber gewahrte unter dieser bunten Gruppe den Gegenstand einer so außerordentlichen Apprehension, niemand war versucht, denselben in der gleichwohl stark genug hervorragenden Gestalt einer Zigeunerin zu suchen.

Es war bei Theobald nun gar kein Zweifel mehr, daß jenes ungeheure Wesen, so wie einst bei Agnesen mit Absicht, so nun hier bei der Gräfin unwillkürlich ihn abermals verfolgte. Es fing dieser Eigensinn des Schicksals ihm nachgerade ängstlich zu werden an. Er hatte Mühe, seine Gedanken davon loszumachen und auf die Gegenwart, auf Constanzen, zurückzulenken. Ihr Zustand bekümmerte ihn sehr; denn aus allem, was die Gouvernantin von eigenen Äußerungen Constanzens wiederholte, ging hervor, daß das Entsetzen über die Erscheinung in der Kirche unmittelbar mit jenem Traume zusammenhing, und daß die Gräfin seit diesem Auftritte mit heimlichen Gedanken an einen frühen Tod umgehe. Der Maler versank in stilles Nachdenken, und ein tiefer Seufzer entwand sich seiner Brust. Wie vieles, dachte er, muß hier zusammengewirkt haben, um den hellen und festen Geist dieses Weibes zu betören! Wie sehr ist nicht zu glauben, daß dies Gemüt lange zuvor mit sich selbst uneins gewesen sein müsse, eh solche Träume es gefangennehmen konnten! Er enthielt sich nicht, dergleichen gegen die Gouvernantin zu äußern, die ihm mit traurigem Kopfnicken beistimmte. Sie sah ihn an und sagte: »Vergessen wir nicht, unsre Freundin ist krank, und – krank in mehr als *einem* Sinne.«

Ein Besuch, welcher in dem Augenblick angesagt wurde, nötigte Theobalden zum Aufbruch. Er empfahl sich mit der Bitte, in diesen Tagen nochmals erscheinen zu dürfen. Die versprochenen Papiere sandte er noch denselben Abend nach, jedoch mit Auswahl, und namentlich ward jene Nachschrift zu Larkens' Brief mit schonendem Bedacht zurückgehalten.

Obgleich er sich die Unterredung mit der Gouvernantin in gewissem Betracht nicht besser hätte wünschen können, denn eine vollständige Ausgleichung des widerwärtigsten Mißverständnisses war damit auf das sicherste eingeleitet, so war er doch seitdem von einer unbegreiflichen Unruhe umgetrieben. Er konnte den Tag nicht erwarten, an dem er endlich die Stadt würde verlassen können. Unverzüglich fing er daher an, seine Anstalten zur Abreise zu treffen, besorgte die Angelegenheiten seines Freundes und machte nur die notwendigsten Besuche ab, da ihm ein ungehöriges, obwohl aufrichtiges Mitleid, womit man überall den Scheidenden betrachten zu müssen glaubte, allzu verdrießlich fiel. An den Herzog richtete er ein allgemein verbindliches Billett, das er nicht ohne ein Lächeln zusammenfalten konnte, weil es ihm diesmal gelungen war, mit mehreren Worten so viel wie nichts zu sagen. Am herzlichsten entließ ihn Tillsen und der Hofrat, welch letzterer ihm in den wunderbarsten Ausdrücken eine nie genugsam ausgesprochene Neigung auf einmal verraten zu wollen schien, indem er zugleich auf ein besonderes Verhältnis anspielte, das längst zwischen ihnen beiden bestünde, und welches zu entdecken er sich bis auf diese Stunde nicht habe entschließen können; auch jetzt überrasche ihn der Abschied des Malers dergestalt, daß er notwendig eine andere Zeit abwarten müsse. Theobald, welcher den Alten von jeher im Verdacht gehabt, als ob er mit einiger Schalkheit gerne den Geheimnisvollen spiele, achtete wenig auf diese dunkeln Winke, obgleich dem guten Manne die Rührung sichtlich aus den Augen sprach.

Sein letzter Ausgang am Schluß der vielgeschäftigen Woche war zu der Gouvernantin. Unglücklicherweise war eben Gesellschaft dort, und die liebenswürdige Frau konnte ihm nur wenige Augenblicke allein auf ihrem Zimmer schenken. Sie zog einen versiegelten Brief hervor und sagte: »Ihre neulichen Mitteilungen haben der Gräfin ein unerwartetes Licht gegeben, von dessen erster erschütternder Wirkung ich jetzt nichts sage. Ich danke Gott, daß dieser Kampf vorüber ist. Empfangen Sie hier das letzte Wort von unsrer Freundin. Seitdem sie den Entschluß gefaßt, sich Ihnen zu offenbaren, ist endlich ein Schimmer von Frieden bei ihr eingetreten, den zu befestigen ich mir nach Kräften angelegen sein lasse. Nur was dies Blatt betrifft, so darf ich nicht verschweigen, daß es im ersten Schmerz geschrieben wurde, wo es schien, als ob sie nur im ungemessensten Ausdrucke ihrer Schuld einige Erhebung und ein willkommenes Mittel gegen völlige Verzweiflung habe finden können. Schließen Sie also aus diesem Briefe nicht auf ihren Zustand überhaupt, den sicherlich die Zeit auch heilen wird. Vielleicht erkennen Sie in diesen Linien, deren Inhalt ich wohl ahnen kann, noch jetzt das schöne Herz, das sein Vergehn mehr als genug empfindet. Gewiß, ich darf das sagen, ohne eben entschuldigen zu wollen – ach leider, daß ich es nicht kann! Aber wie gerne wollen wir der Armen alles vergessen, wenn sie nur erst ihre Ruhe wiedergewonnen hätte! O wüßten Sie, Nolten, welche traurige Besorgnisse mir die Richtung einflößte, der sich ihr Geist starrsinnig hinzugeben drohte. Und noch bin ich nicht aller Sorge los. Zu oft noch seh ich ihren Blick nach jener trüben Seite hingekehrt, von wo sie sich ein frühes Grab verkündigt glaubte. Denn selbst durch Ihre freundschaftlichen Aufschlüsse, so sehr sie uns zustatten kamen, konnte diese Vorstellung nicht ganz zerstört werden. Freilich sieht sie nun alles bis auf einen gewissen Grad natürlich an, weil aber doch etwas Außerordentliches an dem Zusammentreffen der Begebenheiten nicht zu leugnen und jener frühere Eindruck auch nicht so schnell auszutilgen ist, so kann sie den Gedanken an eine solche Vorbedeutung nicht von sich wegbringen. Aber lassen Sie mich abbrechen, eh ich weich werde und ins Klagen falle. Wie sehr bedaure ich, daß Sie eben jetzt so eilig von uns müssen – und doch, es wird auch wieder gut für beide Teile sein. Und nun (sie ging an einen Schrank und holte ein schönes Futteral hervor, das sie ihm in die Hand drückte), zwei Freundinnen bitten, dies zu dem Hochzeitsschmuck der lieben Braut zu legen und ihr zu sagen, wie sehr sie in der Ferne gekannt, wie schwesterlich geliebt sie sei. Leben Sie wohl und denken gerne mein.«

Ehe Theobald noch recht zu danken wußte, hatte sie sich bereits, ihre steigende Bewegung zu verbergen, leise zurückgezogen. Eilig ging er nach seiner Wohnung, aufs höchste erstaunt über die rätselhaften Dinge, die er soeben gehört. War es denn nicht, als sollte ihm ein Verbrechen Constanzens entdeckt werden? Sprach nicht die Gouvernantin so, als wüßte er bereits darum? – Auf seinem Zimmer angekommen, verschloß er hinter sich die Tür und las wie folgt:

»Nicht einen letzten Blick der Neigung, kein Auge des Mitleids sollen Sie diesem Blatte gönnen, das von dem jammervollsten, ach zugleich von dem unwürdigsten Weibe kommt; denn (davon hatten Sie bis diesen Augenblick noch keine Ahnung) so wie mein Unglück, ist auch meine Schuld ohne Grenzen. Nie kann ich hoffen, Sie mir zu versöhnen, ja wäre das möglich, ich kann keine Vergebung, auf ewig keine, von *mir* erhalten. Aber die Strafe, die ich schrecklich genug im eigenen Bewußtsein trage, bin ich im Begriff aufs höchste zu schärfen, indem ich meinen Frevel vor Ihnen enthülle, indem ich freiwillig Ihre ganze Verachtung, Ihren gerechtesten Haß auf mich ziehe. Was hält mich ab vom entehrendsten Bekenntnis? Ist man noch eitel, ist man noch klug, sucht man ängstlich noch einigen Schein für sich zu bewahren, wenn man einmal sich selbst zu verachten einen verzweifelten Anfang gemacht hat? Gleichgültig verzicht ich auf die kleinen Künste, womit wir Armen sonst in solchen Fällen der Bedrängnis uns vor uns selbst und vor Ihrem Geschlechte beschönigen. Hinweg damit! Dem besten, dem edelsten Manne zeige sich, ganz wie es ist, das elende Geschöpf, das ihn so unerhört betrogen. – Erfahren Sies also, Constanze wars, durch deren Tücke Ihnen Ihr harmloser Anteil an jener letzten Abendunterhaltung in unserem Hause so schwer zu stehen kam, und – so wollte es die Wut eines Weibes, dessen entschiedene Liebe sich beispiellos hintergangen wähnte – ich hätte vielleicht, o ich hätte gewiß, wär es in meiner Macht gestanden, die Grausamkeit aufs äußerste getrieben. Der Himmel fand noch zeitig ein wunderbares Mittel, mich einzuschrecken, mich zu züchtigen. Nun auf einmal zum törichten Kinde verwandelt, von Göttern und Geistern verfolgt, eilt ich in meiner Herzensnot, Sie zu befreien. Es gelang, und durch dieselbe Hand zwar, an die ich Sie zuerst verraten. O Schande, Schande! mein kurz gemeßnes Leben reicht nicht hin, sie zu beweinen, wie sie es verdient, und – nein, ich schweige; daß Sie nicht etwa denken, ich gehe darauf aus, durch übertriebne Selbstanklagen mir einen Funken gerührter Teilnahme zu erschleichen, so entsag ich der Wollust, mich jetzt im Staube vor Ihnen zu winden. Aber hassen Sie, verdammen Sie mich keck, ja, dürft ich mein ganzes Geschlecht wider mich aufrufen, möchten die besten desselben mich fremd aus ihrer Mitte weisen! das härteste Gericht, dürft ichs erdulden, damit ich doch den einzigen Trost genösse, meine Buße vollendet zu sehen, eh mein beflecktes Dasein sein Ende erreicht! Gott, du Gerechter, weißt, ob ich mich solcher Missetat je fähig halten konnte, bevor du mir diese Versuchung bereitet! Doch, daß ich sie so schlecht bestand, das öffnet mir schaudernd die Augen über mich selbst, über mein gesamtes Wesen. Die schönen Stunden auch, wo mich die Liebe mit Hoffnungen der glücklichsten Zukunft täuschte und eine fromme Weihe über mein kommendes Leben harmonisch zu verbreiten schien – mit Tränen sag ich mir, daß selbst der Wert so reiner Augenblicke, so himmlischer Entschlüsse, nichtswürdig in jenem ungeheuern Abgrunde verschwindet, den dieses Herz, sein selbst unkundig, mir bis daher verbarg. Nun ich mich aber kenne, nun, Gott sei gepriesen, weiß ich auch, wohin mein Trachten gehen muß. Doch davon red ich Ihnen nicht, ich habe das mit einem Höhern.

Nehmen Sie meinen Dank für die Mitteilungen an die Niethelm; sie sind mir treulich zugekommen. Ich wäre verloren gewesen ohne sie; drum tausend, tausend Dank für die Barmherzigkeit!

Aber mit welchen Empfindungen hab ich zugleich in die Wege blicken müssen, in denen Ihr Geschick Sie führte! Nur eine Heilige, wie Agnes, wird mit Kinderhänden den wunderbaren Schleier lüpfen, der über Ihrem Schicksal liegt. In diesem herrlichen Geschöpf fürwahr ist Ihnen die Befriedigung Ihres höchsten Strebens aufbehalten. – Leben Sie wohl! wohl! Ach, aus dem tiefsten Grund der Seele wünsch ich, fleh ich, es möge Ihnen wohl ergehen. Welch einen Trost ich darin für mich suche, ahnet Ihnen kaum. Und dürft ich nur *einmal* im Leben Agnesen umarmen, den Engel, den ich preise! Sie ist die Glücklichste auf Erden, aber ich bin die erste, die dieses Glück ihr gönnt. Lebt beide wohl, Ihr Teuren, und laßt mich Ärmste für Euch beten.«

Wir lassen nun über dem bisherigen Schauplatz von Noltens Leben den Vorhang fallen, und wenn er jetzt sich aufs neue hebt, so treffen wir den Maler bereits seit zweien Tagen auf der Reise begriffen. Wohin er seinen Weg nehme, fragen wir nicht erst. Wir denken uns übrigens wohl, daß eben nicht die leidenschaftliche Wonne des Liebhabers, wie man sie sonst bei solchen Fahrten zu schildern gewohnt ist, auch nicht die bloße kühle Pflicht es sei, was ihn nach Neuburg führt; es ist vielmehr eine stille Notwendigkeit, die ihn ein Glück nur leise hoffen heißt, welches leider jetzt noch ein sehr ungewisses für ihn ist. Denn eigentlich weiß er selbst nicht, wie alles werden und sich fügen soll. Beharrlich schweigt sein Herz, ohne irgend etwas zu begehren, und nur augenblicklich, wenn er sich das Ziel seiner Reise vergegenwärtigt, kann ein süßes Erschrecken ihn befallen.

Er hat mit seinem muntern Pferde schon in der vierten Tagreise das Ende des Gebirgs erreicht, das die Landesgrenze bezeichnet und von dessen Höhe aus man eine weite Fläche vor sich verbreitet sieht. Es war ein warmer Nachmittag. Gemächlich ritt er die lange Steige hinunter und machte am Fuß derselben Halt. Er führte sein Pferd seitwärts von der Straße, band es an eine der letzten Buchen des Waldes, wo zwischen kleinem Felsgestein ein frisches Wasser vorquoll. Er selber setzte sich auf eine erhöhte, mit jungem Moos bewachsene Stelle und schaute auf die reiche Ebene, welche in größerer und kleinerer Entfernung verschiedene Ortschaften und die glänzende Krümmung eines ansehnlichen Flusses zeigte. Ein Schäfer zog pfeifend unten über die Flur, überall wirbelten Lerchen, und Schlüsselblumen dufteten in nächster Nähe.

Den Maler übernahm eine mächtige Sehnsucht, worein sich, wie ihm deuchte, weder Neuburg noch irgendeine bekannte Persönlichkeit mischte, ein süßer Drang nach einem namenlosen Gute, das ihn allenthalben aus den rührenden Gestalten der Natur so zärtlich anzulocken und doch wieder in eine unendliche Ferne sich ihm zu entziehen schien. So hing er seinen Träumen nach, und wir wollen ihnen, da sie sich von selbst in Melodien auflösen würden, mit einem liebevollen Klang zu Hülfe kommen.

Hier lieg ich auf dem Frühlingshügel,
Die Wolke wird mein Flügel,
Ein Vogel fliegt mir voraus.
– Ach sag mir, alleinzige Liebe,
Wo *du* bleibst, daß ich bei dir bliebe!
Doch du und die Lüfte haben kein Haus.

Der Sonnenblume gleich steht mein Gemüte offen,
Sehnend
Sich dehnend
In Lieben und in Hoffen.
Frühling, was bist du gewillt?
Wann werd ich gestillt?

Die Wolke seh ich wandeln und den Fluß,
Es dringt der Sonne goldner Kuß
Mir tief bis ins Geblüt hinein;
Die Augen, wunderbar berauschet,
Tun als schliefen sie ein,
Nur noch das Ohr dem Ton der Biene lauschet.

Ich denke dies und denke das,
Ich sehne mich, und weiß nicht recht, nach was;
Halb ist es Lust, halb ist es Klage.
Mein Herz, so sage,
Was webst du für Erinnerung
In golden grüner Zweige Dämmerung?
Alte, unnennbare Tage!

Aber nicht allzu lange konnte sich das Gefühl unseres Freundes in so allgemeinem Zuge halten. Er nahm eine alte Locke Agnesens vor sich, es lag neben ihm im Grase blitzend das kostbare Collier der Gräfin (denn dies war der Inhalt jenes zierlichen Futterals), der Brief des Schauspielers ruhte auf seiner Brust. Zärtlich drückte er alle diese Gegenstände an seinen Mund, als hätten sie sämtlich gleiches Recht an ihn.

Ein leichter Regen begann zu fallen und Theobald erhob sich. Wir lassen ihn seine Straße ungestört fortziehn und sehen ihn nicht eher wieder, bis er mit dem vierten Sonnenuntergang im letzten Dorfe angelangt ist, wo man ihn versichert, daß er von hier nur noch drei kleine Stündchen nach Neuburg habe. Auf dieser letzten Station wollte er übernachten, sich zu stärken, sich zu sammeln. Er tat dies nach seiner Art mit der Feder in der Hand und legte sich sodann beruhigt nieder. Der Morgen graute kaum und der Mond schien noch kräftig wie um Mitternacht, als Theobald den Ort verließ. Sowie der Tag nun unaufhaltsam vordrang, zog sich die Brust des Freundes enger und enger zusammen; aber der erste Blitz der Sonne zuckt jetzt im roten Osten auf, und entschlossen wirft er allen Kleinmut von sich. Mit einer unvermuteten Wendung des Wegs öffnet sich ein stilles Tal, das gar kein Ende nehmen will, aus ihm entwickelt sich ein zweites und drittes, so daß der Maler zweifelt, ob er das rechte wähle; doch ritt er zu, und die Berge traten endlich ein wenig auseinander. Herz, halte fest! ruft er laut aus, da er auf einmal den Rauch von Häusern zu entdecken glaubt. Er irrte nicht, schon konnte man des Försters heitere einstockige Wohnung mit ihren grünen Läden, einzeln an die Seite des Bergs hinaufgerückt, unweit der Kirche, liegen sehn. »Herz, halte fest!« klingt es zum zweitenmal in seinem Innern nach, da ihn die Gassen endlich aufnahmen. Er gab sein Pferd im Gasthof ab, er eilte zum Forsthaus.

»Herein!« rief eine männliche Stimme aufs Klopfen an der Tür. Der Alte saß, die Füße in Kissen gewickelt, im Lehnstuhl und konnte vor Freudeschrecken nicht aufstehn, selbst wenn das Podagra es erlaubt hätte. Wir sagen nichts vom hellen Tränenjubel dieses ersten Empfangs und fragen mit Nolten sogleich nach der Tochter.

»Sie wird wohl«, ist die Antwort, »ein Stückchen Tuch drüben auf den Kirchhof zur Bleiche getragen haben; die Sonne ist gar herrlich außen; gehn Sie ihr nach und machen ihr gleich die köstliche Überraschung! Ich kann nicht erwarten, euch beieinander zu sehn! Ach, mein Sohn! mein lieber, trefflicher Herr Sohn! sind Sie denn auch noch ganz der alte? Wie so gar stattlich und vornehm Sie mir aussehen! Agnes wird Augen machen! Gehn Sie, gehn Sie! Das Kind hat keine Ahnung. Diesen Morgen beim Frühstück sprachen wir zusammen davon, daß heute wohl ein Brief kommen würde, und nun!« – Theobald umarmte den guten Mann wiederholt, und so entließ ihn der Alte. Im Vorbeigehn fiel sein Blick zufällig in die Kammer der Geliebten, er sah ein schlichtes Kleid von ihr, das er sogleich wiedererkannte, übern Sessel hängen; der Anblick durchzückte ihn mit stechender Wehmut, und schaudernd mußte sein Geist über die ganze Kluft der Zeiten hinwegsetzen.

Der Weg zum Kirchhof hinter dem Pfarrhaus zwischen den Haselhecken hin, wie bekannt und fremd war ihm alles! Das kleine Pförtchen in der Mauer stand offen; er trat in den stille grünenden Raum, der mit seinen ländlichen Gräbern und Kreuzen die bescheidene Kirche umgab. Begierig und schüchtern sucht er die Gestalt Agnesens; hinter jedem Baum und Busch glaubt er sie zu erspähen; umsonst; seine Ungeduld wächst mit jedem Atemzug; ermüdet setzt er sich auf eine hölzerne Bank unter den breiten Nußbaum und überschaut den friedsamen Platz. Die Turmuhr läßt ihren festen Perpendikeltakt vernehmen, einsame Bienen summen um die jungen Kräuter, die Turteltaube gurret hie und da, und, wie es immer keinen unerfreulichen Eindruck macht, wenn sich unmittelbar an die traurigen Bilder des Todes und der Zerstörung die heitere Vorstellung eines tätig regsamen Lebens anknüpft, so war es auch hier wohltuend für den Beschauer, mitten auf dem Felde der Verwesung einzelne Spuren des alltäglichen lebendigen Daseins anzutreffen. Dort hatte der benachbarte Tischler ein paar frisch aufgefärbte Bretter an einen verwitterten Grabstein zum Trocknen angelehnt, weiter oben blähten sich ein paar Streifen Leinwand in der lustigen Frühlingsluft auf dem Grasboden, und von ganz eigener Rührung mußte Theobald ergriffen werden, wenn er dachte, welche Hände dieses Garn gesponnen und sorglich es hieher getragen, wie manche Stunde des langen Tages und der langen Nacht das treuste der Mädchen unter wechselnden Gedanken an den Entfernten, in hoffnungsreichem Fleiße, mit dieser Arbeit hingebracht, während er, in übereiltem Wahne, mit sündiger Glut eine fremde Neigung pflegte.

Jetzt hatte er kein Bleibens mehr an diesem Ort, und doch konnte er den Mut auch nicht finden, Agnesen geradezu aufzusuchen; er trat unschlüssig in den Eingang der Kirche, wo ihn eine angenehme Kühle und, trotz der armseligen Ausstattung, ein feierlicher Geist empfing. Haftete doch an diesen braunen abgenutzten Stühlen, an diesen Pfeilern und Bildern eine unendliche Reihe frommer Jugendeindrücke, hatte doch diese kleine Orgel mit ihren einfachen Tönen einst den ganzen Umfang seines Gemüts erfüllt und es ahnungsvoll zum Höchsten aufgehoben, war doch dort, der Kanzel gegenüber, noch derselbe Stuhl, wo Agnes als ein Kind gesessen, ja den schmalen Goldstreifen Sonne, der soeben die Rücklehne beschien, erinnerte er sich wohl an manchen Sonntagmorgen gerade so gesehen zu haben; in jedem Winkel schien ein holdes Gespenst der Vergangenheit neugierig dem Halbfremden aufzulauschen und ihm zuzuflüstern: Siehe, hier ist sich am Ende alles gleich geblieben, wie ists indessen mit dir gegangen?

Zur Emporkirche stieg er nun auf; er sah ein altes Bleistiftzeichen wieder, das er einst in einem bedeutenden Zeitpunkt, abergläubisch, gleichsam als Frage an die Zukunft, hingekritzelt hatte – aber wie schnell bestürzt wendet seine Aufmerksamkeit sich ab, als ihm durch die bestäubten Glasscheiben außen eine weibliche Figur auffällt, über die er keinen Augenblick im Zweifel bleiben kann. Agnes ist es wirklich. Sein Busen zieht sich atemlos zusammen, er vermag sich nicht von der Stelle zu bewegen, und um so weniger, je treffender, je rührender die Stellung ist, worin eben jetzt ihm das Mädchen erscheint. Er öffnet behutsam den Fensterflügel um etwas und steht wie eingewurzelt.

Die den Kirchhof umschließende Mauer bildet etwa in der Hälfte ihrer Höhe ein breites fortlaufendes Gesimse, worauf sich ein Kreuz von alter Steinhauerarbeit freistehend erhebt; an dessen Fuße auf dem Gesimse sitzt, noch immer in beträchtlicher Höhe über dem Boden, das liebliche Geschöpf mit dem Strickzeug und im Hauskleide, so daß dem Freunde das Profil des Gesichts vollkommen gegönnt ist; an einem Arm des Kreuzes über dem Kopfe der Sitzenden hängt ein frischer Kranz von Immergrün, sie selber bückt sich soeben aufmerksam, die Nadel leise an die Lippen haltend, gegen eine Staude vorwärts, worauf ein Papillon die glänzenden Flügel wählig auf- und zuzieht; jetzt, indem er auffliegt, gleitet ihr Blick flüchtig am Fenster Theobalds hin, daß diesem vor entzücktem Schrecken beinahe ein Ausruf entfahren wäre; aber das Köpfchen hing schon wieder ruhig über dem geschäftigen Spiele der Finger. Schichtweise kam einigemal der süßeste Blumengeruch gegen den Lauscher herübergeweht, um den geistigen Nerv seiner Erinnerung nur immer reizender, betäubender zu spannen, denn diese eigentümliche Würze, meint er, habe das Veilchen von jeher an keinem Orte der Welt ausgehaucht als hier, wo sich sein Duft mit den frühen Gefühlen einer reinen Liebe vermischte.

Er dachte jetzt ernstlich darauf, wie er am schicklichsten aus seinem Versteck hervortreten und sich dem ahnungslosen Mädchen zeigen wolle; aber, durfte er bisher in schönem Vorgenuß die Gestalt und alle das Regen und Bewegen der Geliebten unbemerkt beobachten, so wollte ein artiger Zufall ihn auch den langentbehrten Ton ihrer Stimme noch hören lassen. Der Storch, der seit uralter Zeit sein Nest auf dem Kirchdache gehabt, spazierte mit sehr vieler Gravität erst unten im Gras, dann auf der Mauerzinne umher, als gälte es eine Morgenvisite bei Agnes. »Hast du schon gefrühstückt, Alter? komm, geh her!« rief sie und schnalzte mit dem Finger; der langbeinige Bursche aber nahm wenig Notiz von dem herzlichen Gruße und marschierte gelassen hinten vorüber. Jetzt streckte plötzlich der alte Förster den Kopf schalkhaft durchs Pförtchen: »Muß doch auch ein bißchen nach dem verliebten Paare schauen, das seine Freude so ganz aparte haben will – Nun, mein Herzchen? dein Besuch? was läuft er denn wieder weg?« Agnes, diese Worte auf den Storch ziehend, deutet mit Lachen seitwärts nach dem fortstolzierenden Vogel: allein bevor der Förster sich näher mit ihr erklärt und ehe das Mädchen die Mauerstufen ganz herunter ist, erscheint Nolten unter der Kirchtür: Agnes, ihn erblickend, fällt mit einem leichten Schrei dem zunächststehenden Vater um den Hals, wo sie ihr glühendes Gesicht verbirgt, während unser Freund, der sich diese erschüttert abgewandte Bewegung blitzschnell durch sein böses Gewissen erklären läßt, mit einiger Verlegenheit sich heranschmiegt, bis ein verstohlener, halbaufgerichteter Blick des Mädchens über des Alten Schulter hinweg ihm sagte, daß Freude, nicht Abscheu oder Schmerz es sei, was hier am Vaterherzen schluchze. Aber als das herrliche Kind sich nun plötzlich gegen ihn herumwandte, ihm mit aller Gewalt leidenschaftlicher Liebe sich um den Leib warf und nur die Worte vorbrachte: »Mein! Mein!«, da hätte auch er laut ausbrechen mögen, wenn die Übermacht solcher Augenblicke nicht die Lust selbst der glücklichsten Tränen erstarren machte.

Indem man nach dem Hause zurückging, bedauerte man sehr, daß Theobald den guten Baron vor einigen Tagen nicht würde begrüßen können, da er seit einer Woche verreist sei.

»Ich bin noch ganz freudewirr und dumm«, sagte Agnes, wie sie in die Stube traten, »laß mich erst zu mir selber kommen!« Und so standen sie einander in glücklicher Verwunderung gegenüber, sahen sich an, lächelten, und zogen aufs neue sich lebhaft in die Arme.

»Und was es schön geworden ist, mein Kind, Papa!« rief Theobald, als er sie recht eigens um ihre Gestalt betrachtete; »was es zugenommen hat! Vergib, und laß mich immer nur staunen!«

Wirklich war ihre ganze Figur entschiedener, mächtiger, ja wie Theobald meinte, selbst größer geworden. Aber auch alle die Reize, die der Bräutigam ihr von jeher so hoch angerechnet hatte, erkannte er wieder. Jenes tiefe Dunkelblau der Augen, jene eigne Form der Augbraunen, die von allen übrigen sich dadurch unterschieden, daß sie gegen die Schläfe hin in einem kleinen Winkel absprangen, der in der Tat etwas Bezauberndes hatte. Dann stellten sich noch immer, besonders beim Lachen, die vollkommensten Zahnreihen dar, wodurch das Gesicht ungemein viel kräftige Anmut gewann.

»Indessen das Wundersamste, und worauf ich mir selber etwas einbilden möchte, das will der Herr, scheints, absichtlich gar nicht entdecken!« sagte Agnes, indem eine köstliche Röte sich über ihre Wangen zog. Wohl wußte er, was sie meinte. Ihre Haare, die er bei seiner letzten Anwesenheit noch beinah blond gesehen hatte, waren durchaus in ein schönes glänzendes Kastanienbraun übergegangen. Theobalden war es beim ersten Blicke aufgefallen, aber auch sogleich hatte sich ihm die sonderbare Ahnung aufgedrungen, Krankheit und dunkler Kummer hätten teil an diesem schönen Wunder. Agnes selber schien nicht im entfernten dergleichen zu denken, vielmehr sie fuhr ganz heiter fort: »Und meinst du wohl, es habe sonderlich viel Zeit dazu gebraucht? Nicht doch! fast zusehends, in weniger als zwanzig Wochen war ich so umgefärbt. Die Pastorstöchter und ich, wir haben heut noch unsern Scherz darüber.«

Am Abend sollte Nolten erzählen. Allein dabei konnte wenig Ordentliches herauskommen; denn wenn er sich gleich aus Larkens' Konzepten überzeugt hatte, wie treulich ihm der Freund bereits in bezug auf gewisse Verlegenheitspunkte, so namentlich auch wegen der Verhaftsgeschichte, zur Beruhigung der guten Leutchen vorgearbeitet, so fand er sich nun doch durch die Erinnerung an jene gefährliche Epoche dem unvergleichlichen Mädchen gegenüber im Herzen beengt und verlegen; er verfuhr deshalb in seinen Erzählungen nur sehr fragmentarisch und willkürlich, und übrigens, wie es bei Liebenden, die sich nach langer wechselvoller Zeit zum ersten Male wieder Aug in Auge besitzen, natürlich zu geschehen pflegt, verschlang die reine Lust der Gegenwart mit Ernst und Scherz und Lachen, es verschlang ein stummes Entzücken, wenn eins das andre ansah, jedes übrige Interesse und alle folgerechte Betrachtung. Wenn nun das junge Paar nichts, gar nichts in der Welt vermißte, ja wenn zuweilen ein herzlicher Seufzer bekannte, man habe des Glückes auf einmal zu viel, man werde, da die ersten Stunden so reich und überschwenglich seien, die Wonne der folgenden Zeit gar nicht erschwingen können, so war der Alte an seinem Teil nicht eben ganz so zufrieden. Er saß nach aufgehobnem Abendessen (Tischtuch und Gläser mußten bleiben) geruhig zu einer Pfeife Tabak im Sorgensessel, er erwartete, mancherlei Neues von der Reise, vom Ausland und namentlich von Bekanntschaften des Schwiegersohns dies und jenes

Angenehme oder Ruhmvolle behaglich zu vernehmen. Agnes, den Fehler wohl bemerkend, stieß deshalb den Bräutigam ein paarmal heimlich an, der denn, nach Kräften schwatzend, gar bald den Vater in den besten Humor zu versetzen und einigemal zum herzlichsten Gelächter anzuregen wußte. Es fiel dem ganz jugendlich auflebenden Greise noch ein, eine Flasche echten Kapweins, welche der Baron verehrt, vom Keller bringen zu lassen, und immer wurde man munterer.

Von dem Vater, den wir im allgemeinen schon kennen, sagen wir bei dieser Gelegenheit nur so viel: Es war ein Mann von gutem geraden Verstande, sein ganzes Wesen vom besten Korn, und während die eigensinnige Strenge seines Charakters durch die äußerste Zärtlichkeit für seine Tochter auf eine liebenswürdige Weise gemildert schien, so war dagegen der Schwiegersohn beinahe der einzige Mensch, vor dem er einen unbegrenzten Respekt fühlte. Denn eigentlich pflegte der Alte etwas auf sich zu halten, und da er als Forstmann, zumal in frühern Zeiten, mit einem hohen Jagdpersonal in vielfache Berührung kam, als erfahrner und gründlicher Mann gesucht und geschätzt war, so durfte er sich zu einer solchen Meinung gar wohl berechtigt glauben.

Als man nach eilf Uhr sich endlich erhob, versicherten alle drei, es werde vor freudiger Bewegung keins schlafen können. »Kann ichs doch ohne das nicht!« seufzte der Förster, »hab ich doch in jungen Jahren bei Nässe und Kälte hantierend, mich um den wohlverdienten Schlaf meines Alters bestohlen! nun hab ichs an den Füßen. Doch mags! Es denkt und lernt sich manches so von Mitternacht bis an den lieben hellen Tag. Und wenn man sich dann so im guten Bette sagen kann, daß Haus und Eigentum von allen Seiten wohl gesichert und geriegelt, kein heimlich Feuer nirgend ist, und so weit all das Ding wohlsteht, und dann der Mond in meine Scheiben fällt, so stell ich mir dann tausenderlei vor, stelle das Wild mir vor, wies draußen im Dämmerschein aufm Waldwasen wandelt und Fried und Freud auch hat von seinem Schöpfer; ich denke der alten Zeit, der vorigen Jahre, – sagt der Psalmist – ich denke des Nachts an mein Saitenspiel (denn das ist dem Waidmann seine Büchse) und rede mit meinem Herzen, mein Geist muß forschen. Ja, ja, Herr Sohn, lächeln Sie nur, ich kann auch sentimentalisch sein, wie ihr das so nennt, ihr junges Volk. Nun, schlafen Sie wohl!« Er lüpfte freundlich seine Zipfelmütze, und Agnes durfte dem Bräutigam leuchten.

Es glänzte wieder die herrlichste Sonne in die Fenster des Forsthauses, um die Bewohner zeitig zu versammeln.

Agnes, seit lange gewohnt, die Stelle der Hausfrau zu behaupten, war am ersten rege. Und aufs neue wie trat sie den Augen des Liebsten entgegen! Ein ander Kleid als gestern, eher noch ein einfacheres, hatte sie angelegt; aber wie alle das auch paßte, sich innig schmiegte an ihr wahrstes Wesen, ja völlig eines mit demselben ward! Gleich diesem neuen Tag war sie für Nolten durchaus eine Neue; gewiß, wir sagen nicht zu viel, sie war der goldne Morgen selber. Soeben hatte sie den Stöcken Wasser gegeben, und es hing ihr ein heller Tropfen an der Stirn; mit welcher Wollust küßt' er ihn weg, küßt' er die glatt und rein an beiden Seiten heruntergescheitelten Haare!

Er machte eine Bemerkung, die ihm das Mädchen nach einigem Widerspruch doch endlich gelten lassen mußte. Bräute, deren Väter vom Forstwesen sind, haben vor andern in der Einbildung des Liebenden immer einen Reiz voraus, entweder durch den Gegensatz von zarter Weiblichkeit mit einem mutigen, nicht selten Gefahr bringenden Leben, oder weil selbst an den Töchtern noch der frische, freie Hauch des Walds zu haften scheint; es sucht überdies die gemeinschaftliche Farbe Grün solche Ideen gar gefällig zu vermitteln. Nur das letztere litt eine Ausnahme bei Agnesen, welche die Eigenheit hatte, daß sie diese muntre Farbe in der Regel nicht, und nur sehr sparsam an sich leiden mochte.

Sie ging, das Frühstück zu besorgen, und Nolten unterhielt sich mit dem Förster. Das Gespräch kam auf Agnesens Krankheit und, weil kein Teil dabei verweilen mochte, sehr bald auf einen Gegenstand, wovon der Alte mit Begeisterung, der Sohn mit einem stillen, fast scheuen Vergnügen sprach – seine Hochzeit. Man dürfe nun damit nicht lange mehr zögern, meinte der Vater, meinte auch Nolten, selbst Agnes hatte sich mit dem ernsten Gedanken mehr vertraut gemacht. Eine Hauptfrage war noch unentschieden: wo der Herr Sohn sich niederlassen werde? Nun eben sprachen die Männer darüber. Auf einmal fragt Nolten, den Kopf aufrichtend und horchend: »Wer ist so musikalisch in der Küche? wer pfeift denn?« »*Sie* tuts, die Agnes«, antwortet der Alte gleichgültig, indem er die Tür einen Augenblick öffnet, und fährt gelassen in seiner Rede fort. Man hörte das Mädchen mit der Magd verhandeln, Geschirre hin und herstellen und dazwischen wohlgemut, wie unter Gedanken, trillern und pfeifen. Unwillkürlich mußte Nolten laut auflachen: die unbedeutendste Sache von der Welt hat ihn überrascht. Es gibt unschuldige Kleinigkeiten, die mit unserm Begriffe von einer Person, wenn er nur einigermaßen etwas Idealisches hat, schlechterdings zu streiten scheinen, ja ihn beinahe verletzen. Sogleich ward Nolten von dieser Empfindung berührt, von einer unangenehmen, wenn man will, und sogleich fühlte er dieselbe in eine ganz entgegengesetzte, oder vielmehr in eine gemischte, umschlagen, wobei ein pikanter Reiz unwiderstehlich war. Er hätte aufspringen mögen, die gespitzten Lippen zu küssen und zu beißen, doch verharrte er auf seinem Sitz, bis das Kind unbefangen hereintrat, da er denn nicht umhin konnte, ihr den Mund tüchtig zu zerdrücken, ohne jedoch (er wußte nicht, was es ihm verbot) den närrischen Grund seiner verliebten Laune zu verraten. »Ei«, rief der Vater dazwischen, »bis wir trinken, hole doch die Mandoline! das ist dir, glaub ich, noch gar nicht eingefallen.« Wie Feuer so rot wurde das schöne Kind bei diesem Wort. Es gibt einen Grad von Verlegenheit, der wirklich furchtbar ist und das höchste Mitleid fordert; er kam bei Agnes selten vor, war es aber der Fall, so wurden ihre Augen, ohne eigentlich zu tränen, plötzlich schwimmend und öffneten sich mächtig weit, wie man etwa bei Somnambülen dies bemerkt; es war unmöglich, sie dann anzusehn, denn man ward innig bange, sie stehe auf dem Punkt, wie durch ein Wunder zu zerfließen, wie eine leichte Wolke sich völlig aufzulösen. Sie trat ängstlich hinter Theobalds Stuhl, und ihr Finger spielte hastig in seinem Haar. Niemand wagte weiter etwas zu sagen, und so entstand eine drükkende Pause. »Ein andermal!« sagte sie kleinlaut und eilte in die Küche.

»Der Vetter, der Lehrmeister, irrt sie, merk ich wohl, Ihnen gegenüber. Doch hätt ich das nicht mehr erwartet, aufrichtig zu sagen.«

»Wir wollen sie ja nicht stören!« versetzte Theobald, »lassen Sie uns ja vorsichtig sein. Ich denke mich recht gut in ihr Gefühl. Des Mädchens Anblick aber hat mich erstaunt, erschreckt beinah! Merkten Sie nicht, wie sie beim Weggehen die Farbe zum zweitenmal wechselte und schneebleich wurde?«

»Sonderbar!« sagte der Vater, mehr unmutig als besorgt, »in jener schwermütigen Periode konnte man dasselbe manchmal an ihr sehn und inzwischen nie wieder, bis diesen Augenblick.« Beide Männer wollten nachdenklich werden, aber Agnes brachte die Tassen.

Beim Frühstück hielt man Rat, was heute begonnen werden sollte. »Eh ich an irgend etwas weiter denken kann, eh wir den Papa zum Wort kommen lassen mit Besuchen, die zu machen, mit Rücksichten, die zu nehmen sind, erlauben Sie uns das Vergnügen, daß Agnes mir zuvörderst das Haus vom Giebel bis zum Keller, von der Scheune bis zum Garten, und alles nach der Reihe wieder zeige, was mich als Knaben glücklich machte. Was waren das doch schöne Zeiten! Sie hatten ihrer vier Jungen im Hause, lieber Vater, die beiden Z., diese wilden Brüder, mich und Amandus, der ja nun Pfarrer drüben ist in Halmedorf. Wie freu ich mich, ihn wiederzusehn! wir müssen hinüber gleich in den nächsten Tagen, hörst du, mein Schatz? hört Ihr, Papa? da muß dann jedes sein Häufchen Erinnerung herzubringen, und es wird ein groß Stück Vergangenheit zusammen geben.« – »Leider«, sagte Agnes, »kann aus dieser Zeit von mir noch nicht die Rede sein; ich hatte nur erst sieben Jahre, wie du zu uns kamst.« – »Was? nicht die Rede? meinst du, der Tag, der verhängnisvolle, schwarze Unglücks-Sonntagnachmittag werde nicht aufgeführt in unsern Schulannalen, wo du mein Exerzitienheft zur Hand kriegtest, es auf dem Schemel hinter den Ofen nahmst und unmittelbar hinter das rote Pessime des Rektors hin mit ungelenker Feder, in bester Meinung, eine ganze Front langer, hakiger P's und V's maltest? Welch ein Jammer, da ich das Skandal gewahr wurde! Ich nahm dich, Gott verzeih mirs, bei den Ohren, und die andern auch über dich her, wie ein ergrimmter Bienen-Trupp, wenn ein Feind einbrechen will! – Ach, und was das immer ein saurer Gang war morgens mit dem Bücherriemen nach der Stadt ins Lyzeum! denn der gute Rektor lag mir besonders scharf an. Aber, kam dann der Samstag heran, der ersehnte Wochenschluß! wir sagten: im Himmel müßte es immer Samstagabend sein, denn selbst der Sonntag sei so lieblich nicht mehr. O, ich muß den Boden wieder sehn, wo wir das Heu durchwühlten, das Garbenseil, an welchem wir uns schaukelten, den

Teich im Hofe, wo man Fische großzog!« »Kirch und Kirchhof«, lachte der Vater, »diese Herrlichkeiten haben Sie schon in Augenschein genommen; zu den Glocken hinaus wird auch wohl noch der Steg zu finden sein.« – »Ei, und«, warf Agnes dazwischen, »deinen alten Günstling, deinen Geschaggien, hast du auch schon gehört!« Theobald begriff nicht gleich, was sie damit wollte, plötzlich fiel ihm mit hellem Lachen bei, sie meine einen alten Nachtwächter, über den sie sich lustig zu machen pflegten, weil er die letzten Silben seines Stundenrufs auf eine eigne, besonders schön sein sollende Manier entstellte.

Soeben brachte der Bote von der Stadt die neuesten Zeitungen, die der Vater schon eine Weile zu erwarten schien, denn er sparte seinen Kaffee und die zweite Pfeife lag nur zum Anzünden parat. Höflich, nach seiner Art, gab er dem Sohn die Hälfte der Blätter hin, der sie indessen neben sich ruhen ließ. »Nein«, sagte er, wieder heimlich zu Agnesen gewendet, während der Alte schon in Politik vertieft saß, »ich habe Käsperchen die Nacht nicht gehört.« – »Ich habe!« versetzte sie, »um drei Uhr, es war noch dunkel, rief er den Tag an; und«, setzte sie leise hinzu, »an *dich* hab ich gedacht! aber wie! eben war ich erwacht, mich überfiels auf einmal, du wärst hier, wärst mit mir unter *einem* Dache! ich mußte die Hände falten, ein Krampf der Freuden drückte sie mir ineinander, so dankbar, froh und leicht hab ich mein Tage nicht gebetet.« – »Gebt mal acht, Kinder!« hub der Vater an: »das ist ein Einfall vom russischen Kaiser! superb, ganz exzellent! Da hört nur.« Und nun ward ein langer Artikel vorgelesen, wobei der Alte seine Wölkchen heftiger vom Munde abstieß. Nolten vernahm kaum den Anfang des Edikts, er ist noch hingerissen von den letzten Worten Agnesens, woraus ihm alles Gold ihrer Seele entgegenschimmert; durchdringend ruht sein Blick auf ihr, und zugleich ergreift ihn das Andenken an Larkens auf das lebhafteste. »O«, hätte er ausrufen mögen, »warum muß er mir jetzo fehlen? Er, dem ich diese Seligkeit verdanke, warum verschmäht er, selbst Zeuge zu sein, wie herrlich die Saat aufgegangen ist, die seine treue Hand im stillen ausgestreut! Und ich soll hier genießen, indes ein freudelos Geschick, ach, das eigne, unersättliche Herz, ihn in die Ferne irren heißt, verlechzend in sich selber, ohn eine hülfreiche, teilnehmende Seele, die seine heimlichen

Schmerzen bespräche, in die Tiefe seines Elends bescheidnen Trost hinunterleiten könnte! Ihn *so* zu denken! und keine Spur, keine Ahnung, welcher Winkel der Erde mir ihn verbirgt. Und wenn ich ihn nimmer fände? Gott! wenn er bereits, wenn er in diesem Augenblick dasjenige verzweifelt ausgeführt hätte, womit er sich und mich so oft bedrohte – –!« Eine Sorge, die nur erst als schwacher Punkt zuweilen vor uns aufgestiegen und immer glücklich wieder verscheucht worden war, pflegt tückischerweise gerade in solchen Momenten uns am hartnäckigsten zu verfolgen, wo alles übrige sich zur freundlichsten Stimmung um uns vereinigen will. Im heftigen Zugwinde einer aufgescheuchten Einbildungskraft drängt sich schnell Wolke auf Wolke, bis es vollkommen Nacht um uns wird. So ballte mitten in der lieblichsten Umgebung das riesenhafte Gespenst eines abwesenden Geschickes seine drohende Faust vor Theobalds Stirn, und so war plötzlich eine sonderbare Gewißheit in ihm aufgegangen, daß Larkens für ihn verloren sei, daß er auf eine schreckliche Art geendigt habe. Er ertrugs nicht mehr, stand auf von seinem Sitze und ging im Zimmer umher. Die süße Nähe Agnesens beklemmt ihn wunderbar, eine unerklärliche Angst befällt ihn, ihm ist, als wenn ihn diese reine Gegenwart mit stillem Vorwurf, wie einen Fremden, Unwürdigen, ausstieße. Dies Zimmer, der Alte mit seiner Tochter, die ganze Szene, die ihm ein Blitz des Gedankens im vollen überraschenden Kontraste mit der Vergangenheit aufreißt und erhellt, dünkt ihm auf einmal Duft und Traum zu sein, ja, wäre das, was er hier um sich her mit Augen sah, durch einen mächtigen Zauber urplötzlich vor ihm versunken und verschwunden, er hätte darin nur die natürliche Auflösung einer ungeheuren Illusion gesehen.

Glücklicherweise war die Aufmerksamkeit Agnesens während dieser heftigen Bewegung Theobalds völlig auf den Vater gespannt, der es liebte, mit seiner Tochter über politische Begebenheiten zu räsonnieren und ihr Urteil daran zu prüfen und zu üben.

Unser Freund kam sich ganz verstoßen und verlassen vor, und wenn sein Blick auf das liebe Mädchen fiel, so schien sie ihm gar nicht mehr anzugehören, ihn niemals etwas angegangen zu haben.

Wie nun aber unser Herz, durch die Dazwischenkunft eines kleinen Umstandes sich von einem Äußersten zur natürlichen Empfindung geschwind umschwenken zu lassen, eine wohltätige Fertigkeit besitzt, so war, als nun die Türe aufging und unerwartet der gute alte Baron eintrat, unser Freund alsbald sich selbst zurückgegeben, und nicht die Erscheinung einer Gottheit hätte ihm wohler tun können. Mit ausgestreckten Armen eilt er auf ihn zu und liegt schluchzend, als ein Kind, am Halse des ehrwürdigen Mannes, dessen weißgelockten Scheitel er mit Küssen deckt. Auch bei den übrigen war Freude und Verwunderung groß; sie hatten den gnädigen Herrn noch hinter Berg und Tal gedacht, und er erzählte nun, wie ein Ungefähr ihn früher heimgeführt, wie man ihm gestern abend spät bei bei seiner Ankunft gesagt, daß der Maler angekommen, und wie er denn kaum habe erwarten können, denselben zu begrüßen.

Es macht bei solchen Veranlassungen eine besonders angenehme Empfindung, zu bemerken, wie Freunde, zumal ältere Personen, welche man geraume Zeit nicht gesehn, gewisse äußerliche Eigentümlichkeiten, gewohnte Liebhabereien, unverändert beibehielten; dies Beharren gewährt uns eine Art von Versicherung für unser eignes Dasein, denn indem wir in den Alten das Leben, das diese so eifrig festhalten, doppelt liebgewinnen, finden wir Jüngere uns zugleich in unsern Ansprüchen darauf und in einem herzhaften Genusse desselben bestärkt. So hatte der Baron bei diesem Besuche seinen gewohnten Morgenspaziergang, den er seit vielen Jahren immer zur selben Stunde machte, im Aug, so stellte er sein Rohr noch wie sonst in die Ecke zwischen den Ofen und den Gewehrschrank, noch immer hatte er die unmodisch steifen Halsbinden, die an seine frühere militärische Haltung erinnerten, nicht abgeschafft. Aber zum peinlichen Mitleiden wird unsre frohe Rührung umgestimmt, wenn man wahrnehmen muß, daß dergleichen alles nur noch der Schein des frühern Zustandes ist, daß Alter und Gebrechlichkeit diesen überbliebenen Zeichen einer bessern Zeit widersprechen. Und so betrübte auch Nolten sich im stillen, da er den guten Mann genauer betrachtete. Er ging um vieles gebückter, sein faltiges Gesicht war bedeutend blässer und schmaler geworden, nur die wohlwollende Freundlichkeit seines Mundes und das geistreiche Feuer seiner Augen konnte diese Betrachtungen vergessen machen.

Während nun zwischen den vier Personen das Gespräch heiter und gefällig hin und her spielt, kann es bei aller äußern Unbefangenheit nicht fehlen, daß Nolten und der Baron durch Blick und Miene, noch mehr aber durch gewisse zufällige, unbeschreibliche Merkmale des Ideengangs sich einander unwillkürlich verraten, was jeder von beiden bei diesem Zusammentreffen besonders denken und empfinden mochte, und unser Freund glaubte den Baron vollkommen zu verstehen, als dieser mit ganz eignem Wohlgefallen und einer Art von Feierlichkeit seine Hand auf das schöne Haupt Agnesens legte, indem er einen Blick auf den Bräutigam hinüberlaufen ließ. Nolten fand einen Trost darin, daß er den heimlichen Vorwurf, das teure Geschöpf so tief verkannt zu haben, mit einem Manne teilen durfte, den er so sehr verehrte; ja es war diese Idee, wiewohl vielleicht nur dunkel, eben dasjenige gewesen, was ihm gleich bei des Barons Eintritt ins Zimmer die größte Last vom Herzen weggenommen. Der feine Greis mochte übrigens recht haben, jene verdeckte Zwiesprache der Gedanken sogleich abzuschneiden, indem er in allgemeinen heitern Umrissen von Theobalds Glück, wie es von unten herauf mit ihm verfahren, eine Darstellung machte und man so auf die Jugendzeit Theobalds zu sprechen kam. Agnes inzwischen hatte sich in Geschäften entfernt.

»Man sagt mir noch auf den heutigen Tag ins Gesicht«, begann der Maler, »und selbst mein wertester Herr Papa gibt zuweilen zu verstehen, ich sei länger als billig ein Knabe geblieben. Zu leugnen ist nun nicht, meine Streiche als Bursche von sechzehn Jahren sind um kein Haar besser gewesen als eines Eilfjährigen, ja meine Liebhabereien sahen vielleicht bornierter aus, wenigstens hatten sie die praktische Bedeutung nicht, um derentwillen man diesem Alter manche Spiele, wären sie auch leidenschaftlich und zeitvergeudend, noch allenfalls verzeihen kann. Bei meiner Art sich zu unterhalten, wurde der Körper wenig geübt; Klettern, Springen, Voltigieren, Reiten und Schwimmen reizte mich kaum; meine Neigung ging auf die stilleren Beschäftigungen, öfters auf gewisse Kuriositäten und Sonderbarkeiten. Ich gab mich an irgendeinem beschränkten Winkel, wo ich gewiß sein konnte, von niemanden gefunden zu werden, an der Kirchhofmauer oder auf dem obersten Boden des Hauses zwischen aufgeschütteten Saatfrüchten, oder im Freien unter einem herbstlichen Baume, gerne einer Beschaulichkeit hin, die man fromm hätte nennen können, wenn eine innige Richtung der Seele auf die Natur und die nächste Außenwelt in ihren kleinsten Erscheinungen diese Benennung verdiente; denn daß ausdrücklich religiöse Gefühle dabei wirkten, wüßte ich nicht, ausgeschlossen waren sie auf keinen Fall. Ich unterhielt zuzeiten eine unbestimmte Wehmut bei mir, welche der Freude verwandt ist, und deren eigentümlichen Kreis, Geruchskreis möcht ich sagen, ich, wie den Ort, woran sie sich knüpfte, willkürlich betreten oder lassen konnte. Mit welchem unaussprechlichen Vergnügen konnte ich, wenn die andern im Hofe sich tummelten, oben an einer Dachlücke sitzen, mein Vesperbrot verzehren, eine neue Zeichnung ohne Musterblatt vornehmen! Dort nämlich ist ein Verschlag von Brettern, schmal und niedrig, wo mir die Sonne immer einen besondern Glanz, überhaupt ein ganz ander Wesen zu haben schien, auch konnte ich völlig Nacht machen, und (dies war die höchste Lust), während außen heller Tag, eine Kerze anzünden, die ich mir heimlich zu verschaffen und wohl zu verstecken wußte.« – »Herr Gott, du namenlose Güte!« rief der Förster aus, »hätt ich und meine selige Frau damals gewußt, was für ein gefährlich Feuerspiel« – »So verging eine Stunde«, fuhr Nolten fort, der ungern unterbrochen war, »bis mich doch auch die Gesellschaft reizte, da ich denn ein Räuberfangspiel, das mich unter allen am meisten anzog, so lebhaft wie nur irgendeiner, mitmachte. Jüngere Kinder, darunter auch Agnes, hörten des Abends gern meine Märchen von dienstbaren Geistern, die mir mit Hülfe und Schrecken jederzeit zu Gebote standen. Sie durften dabei an einer hölzernen Treppenwand zwei Astlöcher sehen, wo jene zarten Gesellen eingesperrt waren; das eine, vor das ich ein dunkles Läppchen genagelt hatte, verwahrte die bösen, ein anderes (oder das vielmehr keines war, denn der runde Knoten stak noch natürlich ins Holz geschlossen) die freundlichen Geister; wenn nun zu gewissen Tagszeiten eben die Sonne dahinter schien, so war der Pfropf vom schönsten Purpur brennend rot erleuchtet; diesen Eingang, solange die Rundung noch so glühend durchsichtig schien, konnten die luftigen Wesen gar leicht aus und ein durchschweben; unmittelbar dahinter dachte man sich in sehr verjüngtem Maßstab eine ziemlich weit verbreitete See mit lieblichen, duftigen Inseln. Nun war das eine Freude, die Kinder, die andächtig um mich her standen, ein Köpfchen ums andere hinaufzulüpfen, um all die Pracht so nahe wie möglich zu sehn, und jedes glaubte in der schönen Glut die wunderbarsten Dinge zu entdecken; natürlich! hab ichs doch beinah selbst geglaubt! – Jedoch, es ist nicht schicklich, so lange von sich selbst zu reden, nur wenn Sie das Bekenntnis belustigen kann, Papa, so will ich gern gestehn, daß der alte Theobald noch jetzt zuweilen sich über einer Spur von diesen Kindereien ertappt.«

Der Förster schüttelte den Kopf und ließ nach seiner Gewohnheit, wenn ihn etwas sehr wunderte, sein langes »sss–t!« vernehmen. Der Baron dagegen hatte mit einem ununterbrochenen lieben Lächeln zugehört und sagte jetzt: »Ähnliche Dinge habe ich von andern teils gehört, teils gelesen, und alles, was Sie sagten, trifft mit der Vorstellung überein, die ich von Ihrer Individualität seit früh gehabt. Überhaupt preis ich den jungen Menschen glücklich, der, ohne träge oder dumm zu sein, hinter seinen Jahren, wie man so spricht, weit zurückbleibt; er trägt gewöhnlich einen ungemeinen Keim in sich, der nur durch die Umstände glücklich entwickelt werden muß. Hier ist jede Absurdität Anfang und Äußerung einer edeln Kraft, und dieses Brüten, wobei man nichts herauskommen sieht, das kein Stück gibt, ist die rechte Sammelzeit des eigentlichen innern Menschen, der freilich eben nicht viel in die Welt ist. Ich kann es mir nicht reizend und rührend genug vorstellen, das stille gedämpfte Licht, worin dem Knaben dann die Welt noch schwebt, wo man geneigt ist, den gewöhnlichsten Gegenständen ein fremdes, oft unheimliches Gepräge aufzudrücken und ein Geheimnis damit zu verbinden, nur damit sie der Phantasie etwas bedeuten, wo hinter jedem sichtbaren Dinge, es sei dies, was es wolle – ein Holz, ein Stein, oder der Hahn und Knopf auf dem Turme – ein Unsichtbares, hinter jeder toten Sache ein geistig Etwas steckt, das sein eignes, in sich verborgnes Leben andächtig abgeschlossen hegt, wo alles Ausdruck, alles Physiognomie annimmt.«

»Nur werden Sie mir zugeben«, versetzte Nolten, »daß dergleichen Eigenheiten auch gefährlich werden können, wenn ich Ihnen den freilich nur sehr schwachen Anfang einer fixen Idee in einem Kindergemüt vortrage, einen Fall, den Sie wenigstens bei diesem Alter nicht gesucht haben würden. Ich rede von meiner Braut, von Agnesen. Da das gute Kind es nicht hört, so können wir offen davon sprechen; es ist zugleich ein Beweis, wie ein unheimlicher Hang bei ihrer übrigens so reinen und schönen Natur doch frühzeitig vorhanden war, und wie sehr man seit den Vorfällen vom vorigen Jahre Ursache haben mag, sich bei ihr in acht zu nehmen. Erzählen Sies dem Herrn Baron, Vater, da ichs ja auch nur von Ihnen erfuhr; wissen Sie, die frühere Grille des Mädchens bei Gelegenheit als vom Auslande, von fremden Städten, die Rede war.«

»Nun, meine Tochter war etwa zehn Jahre, zur Zeit, da Ihr Herr Bruder, der Herr Oberforstmeister, von ihren Reisen zurückkamen, und die Gnade hatten, manchmal in meinem Hause davon zu erzählen. Dieser Herr, nachdenklich und ernsthaft, aber freundlich und gut gegen Kinder, machte auf das Mädchen einen besondern Eindruck, der ihr lange geblieben ist. Nun kommt sie einmal (die Gesellschaft war gerade weggegangen) von ihrem Sitz hinter dem Ofen, wo sie eine Zeitlang ganz still gesessen und gestrickt hatte, hervor, stellt sich vor mich hin, sieht mir scharf ins Gesicht und lacht mich an, wie über etwas, das mir schon bewußt sein müßte, und dabei fährt sie mir mit der Stricknadel schalkhaft über die Stirn. Auf meine Frage, was dies zu bedeuten habe, gibt sie keine deutliche Antwort und geht wieder an ihren Platz. So treibt sies zu verschiedenen Zeiten ein paarmal. Zuletzt ward ich doch ungeduldig und fuhr sie etwas hart an, da fiel sie in ein Weinen, indem sie sagte: Gesteht es nur, Papa, daß es die Länder und Städte gar nicht gibt, von denen Ihr alls redet mit dem Herrn; ich merke wohl, man tut nur so, wenn ich um den Weg bin, ich soll Wunder glauben was alles vorgehe draußen in der Welt und was doch nicht ist; deswegen laßt Ihr mich auch nie weiter als bis nach Weil, nach Grebenheim und Neitze. Zwar daß unsers Königs Land sehr groß ist, und daß die Welt noch viel, viel weiter geht, auch noch andre Völker sind, weiß ich wohl, aber Paris, das ist gewiß kein Wort, und London, so gibt es keine Stadt; Ihr habt es nur erdacht und tut so bekannt damit, daß ich mir alles vorstellen soll. – So ungefähr schwatzte das einfältige Ding; halb ärgert's mich, halb mußt ich lachen. Ich gab mir Mühe, ihr alles klar auseinander zu setzen, wies ihr auch die Charten, die sie übrigens schon oft gesehen hatte; dabei lauschte sie immer auf meine Miene, und der kleinste Zug von Lachen brachte sie fast zur Verzweiflung. Nun, die Kaprice verlor sich bald, und als ich sie vor etlichen Jahren wieder dran erinnerte, lachte sie sich herzlich selber drüber aus, erklärte deutlicher, wies ihr gewesen, und sagte – ich weiß nicht was alles.« – »Kurz«, nahm Theobald das Wort, »es läuft darauf hinaus, daß sie sich als Mittelpunkt und Zweck einer großen Erziehungsanstalt betrachtete, die auf jene Weise allerlei lebhafte Ideen in des Kindes Kopfe habe in Umlauf setzen und seinen Gesichtskreis durch eine Täuschung erweitern wollen, deren Nutzen sie zu ahnen glaubte, doch nicht begriff. Sie vermutete, man wisse überall, wohin sie komme, wer ihr da und dort begegnen werde, und da seien alle Worte abgekartet, alles auf das sorgfältigste hinterlegt, damit sie auf keinen Widerspruch stoße. Übrigens hatte sich die Grille durchaus nicht so festgesetzt, daß sie nicht dazwischen hinein wieder längere Zeit ganz frei davon gewesen wäre, sie schien sich selbst nicht recht dabei zu trauen. Ich habe sie nie darüber fragen mögen.«

»Indessen«, sagte der Baron nach einigem Besinnen, »bei näherer Betrachtung zeigt sich doch, es gehört dieser skeptische Kasus, der allerdings höchst merkwürdig bleibt, nicht ganz in unser voriges Kapitel. Lassen Sie uns noch einen Augenblick zu jenem glücklichen Mystizism des Knabenalters zurückkehren! denn eigentlich sind es doch nur die Knaben, nicht aber die Mädchen, bei denen er sich findet. Das wollt ich noch sagen: denken Sie wohl, daß Subjekte von dieser angenehm phantastischen Komplexion – wozu ich überdies, was nicht notwendig dabei sein muß und bei den wenigsten ist, eine größere Portion Geist überhaupt zusetze – daß, sag ich, solche Individuen jedesmal zu Dichtern und Künstlern geboren sind? Ich sollte nicht meinen.«

»Keineswegs!« versetzte Nolten. »Ich habe mir bei einem Manne, der scheinbar nicht hieher gehört, bei Napoleon, einige geheime Eigenschaften gemerkt, welche sich sehr gut an gewisse Fädchen von Lichtenbergs eigenster Natur anknüpfen lassen; sie berühren zwar nicht eben das, wovon wir jetzo reden, aber sie hängen mit einer Gattung Aberglauben zusammen, der ein Grenznachbar aller Idiosynkrasien ist.«

»Napoleon!« rief der Baron aus, »als wenn nicht auch sein Aberglaube nur angenommene Maske wäre!«

»Machen Sie mir ihn nicht vollends zum seichten Verbrecher!« entgegnete Nolten. »Er war nüchtern überall, nur nicht in dem tiefsten Schachte seines Busens. Nehmen Sie ihm nicht vollends die einzige

Religion, die er hatte, die Anbetung seiner selbst oder des Schicksals, das mit göttlicher Hand ihm einen Spiegel vorzuhalten schien, worin er sich und die Notwendigkeit seiner Taten erblickte.«

»Wir lassen das gut sein«, versetzte der Baron, »soweit ich Sie aber verstehe, haben Sie vollkommen recht. Das Schicksal verwendet die Kräfte, welche verschränkt in einem Menschen liegen können, gar mannigfaltig, und aus einer Mischung von Poesie, bald mit politischem Verstand, bald mit philosophischem Talent, mit mathematischem Sinn usf., in einem und demselben Subjekte springen die wunderbarsten, die größten Resultate hervor, vor denen die Gelehrten gaffend und kopfschüttelnd stehn und wodurch das lahme Rad der Welt auf lange hinein wieder einen tüchtigen Schwung erhält. Da scheint denn die Natur vor unsern eingeschränkten Augen sich auf einmal selbst zu widersprechen, oder wenigstens zu übertreffen, sie tut aber keines von beiden. Zwei heterogen scheinende Kräfte können sich wunderbar einander stärken und das Trefflichste hervorbringen. Doch ich verirre mich. – Ich wollte von Ihren kindischen Geständnissen aus nur auf den Punkt kommen, wo der Philister und der Künstler sich scheiden. Wenn dem letztern als Kind die Welt zur schönen Fabel ward, so wird sies ihm in seinen glücklichsten Stunden auch noch als Mann sein, darum bleibt sie ihm von allen Seiten so neu, so lieblich befremdend.

Am meisten als Enthusiast hat Novalis (der mir übrigens dabei nicht ganz wohlmacht) dieses ausgesprochen, soweit es den Dichter angeht –«

»Ganz recht!« fiel Nolten ein; »aber wenn dem wahren Dichter bei dieser besondern Anschauungsweise der Außenwelt jene holde Befremdung durchaus eigen sein muß, selbst im Falle sie sich in seinen Produktionen nicht ausdrücklich verraten sollte, so kann dagegen die Vorstellungsart des bildenden Künstlers ganz entfernt davon sein, ja sie ist es notwendig. Auch der Geist, in welchem die Griechen alles personifizierten, scheint mir völlig verschieden von demjenigen zu sein, was wir soeben besprechen. Ihre Phantasie ist mir hiefür viel zu frei, zu schön und, möcht ich sagen, viel zu wenig hypochondrisch. Ein Totes, Abgestorbenes, Fragmentarisches konnte in seiner Naturwesenheit nichts Inniges mehr für sie haben. Ich müßte mich sehr irren, oder man stößt hier wiederum auf den Unterschied von Antikem und Romantischem.«

Nun kam das Gespräch auf Theobalds neuste Arbeiten, und da es hierauf abermals eine gewisse allgemeine Wendung nehmen wollte, sagte der Baron, indem er auf die Uhr sahe: »Damit wir nun aber nicht unversehens in den unfruchtbarsten aller Dispute hineingeraten, denn wir sind auf dem Wege, was nämlich stärkender sei, jonische Luft einzuatmen, oder den süßesten Himmel, wo er den Umriß einer Madonna-Wange berührt, so entlassen Sie mich, damit ich meinen gewohnten Marsch antrete. Auf den Abend hoffe ich Sie bei mir zu sehn, und Sie sagen mir dann mehr von ihrem angefangenen Narciß.« Da Nolten wußte, daß der alte Herr morgens gerne allein auf seinen Gütern herumging, so drang er seine Begleitung nicht auf. Er bat Agnesen zu einem Gang ins Gärtchen; sie befahl der Magd einige Geschäfte, ging in ihre Kammer, ein Halstuch zu holen, und Theobald folgte ihr dahin.

»Hier sieh auch einen Mädchenkram!« sagt sie, indem sie die Schublade herauszieht, wo eine Menge Kästchen, Schächtelchen, allerlei bescheidner Schmuck bunt und nett beieinander lag. Sie nahm ein rotes Schatullchen auf, drückte es an die Brust, legte die Wange darauf und sah Theobalden zärtlich an: »Deine Briefe sinds! mein bestes Gut! Einmal hast du mich diesen Trost lange entbehren lassen, und dann, als du gefangen warst, wieder; aber gewiß, ich habe mich nicht zu beklagen.« Unserm Freund ging ein Stich durchs Herz und er erwiderte nichts. »Dein neustes Geschenk (es war eine kleine Uhr), siehst du«, fuhr sie fort, indem sie eine zweite Schublade zog, »soll *hier* seinen Platz nehmen, es gehört ihm eine vornehme Nachbarschaft. Aber, Seele! was hast du damals gedacht? Das ist der Putz für eine Gräfin, nicht für unsereine!« (Sie zeigte einen geschmackvollen Spenzer von dunkelgrünem Sammet, reich mit goldnen Knöpfchen und zarten Ketten, statt der Litzen, besetzt; Larkens hatte ihr das Maß auf eine feine Weise abzulisten gewußt, und so das Kleidungsstück ganz fertig gesendet.) Theobald stand geblendet, vernichtet von der Großmut seines Freundes. Er spielte in Gedanken mit einem Strauß italienischer Blumen, ohne zu merken, wie jämmerlich seine Finger ihn zerknitterten; Agnes zog ihm das Bukett sachte aus der Hand: er lächelte, die Tränen standen ihm näher. Das Kollier der Gräfin fiel ihm ein; er wagte immer noch nicht, damit hervorzurücken. Wie alles, alles ihn verletzte, quälte, entzückte! ja selbst der reizende Duft, der den Putzschränken der Mädchen so eigen zu sein pflegt, schien ihm auf einmal den Atem zu erschweren; es war Zeit, daß er sich losmachte und auf sein Zimmer ging, wo er sich elend auf den Boden warf und allen verdrungenen Schmerzen Tür und Tor willig eröffnete.

In kurzem klopft Agnes außen: er kann nicht aufschließen, er darf sich in diesem Zustand nicht vor ihr sehen lassen. »Ich kleide mich an, mein Kind!« ruft er, und leise geht sie wieder den Gang zurück.

Nach einer Weile, da er sich gefaßt hatte, kam der Vater. »Auf ein Wort!« sagte er, als sie allein waren, »das wunderliche Ding, das Mädchen, jetzt geht es ihr im Kopf herum, sie hätte Ihnen vorhin spielen sollen; sie fürchtet sich davor und wird sich fürchten, bis es einmal überwunden ist; nun fiels ihr ein, sie wolle sich geschwinde entschließen« – »Nur jetzt nicht!« rief Nolten, »ich bitte Sie um Gottes willen, Papa, nur diesen Morgen nicht!« – »Warum denn?« versetzte der Alte, in der Meinung, Theobald wolle nur das Mädchen geschont wissen, »wir müssen den Augenblick ergreifen, sonst machen wir sie stutzig; sie ist ganz guten Muts: ich riet ihr, zugleich in dem neuen Anzug zu erscheinen und Sie zu überraschen, das schien ihr die Aufgabe zu erleichtern, denn sie kann sich einbilden, das wäre nun die Hauptsache. Lassen Sies zu diesmal! Sie wird gleich fertig sein, und Sie kommen dann hinüber.« So mußte Nolten nachgeben, der Alte ging und rief ihn in kurzem.

Da stand sie nun wirklich! glänzend, schön, einer jungen Fürstin zu vergleichen. Innig verwundert und erfreut ward Theobald durch den Anblick. Es war ihm so fremd, sie so geschmückt zu sehen, und doch schien ein solcher Anzug ihrer einzig würdig zu sein. Ein weißes Kleid stand gar gut zu dem prächtigen Spenzer, und einige Blumen zierten das Haar. Wie lebhaft empfängt er die Verschämte in seinen Arm! wie selig blickt sie ihm in die Augen!

»Nun aber lache mich nicht aus!« sprach sie, während sie sich nach der Mandoline umsah und man sich setzte. »Ich will dir erzählen, wie es eigentlich zuging, daß ichs lernte. Ich habe dich einmal, weißt du noch? an dem Abend, wo wir die Johanniskäfer in das gläserne Körbchen sammelten, da hab ich dich ungefähr gefragt, ob es dir nicht leid wäre, daß ich so gar nichts von den hübschen Künsten verstehe, die dir so wert und wichtig sind, nicht auch ein bißchen von Musik oder eine Blume hübsch zu malen oder dergleichen, was wohl andre Mädchen können. Du sagtest: das vermissest du an deiner Braut gar nicht. Ich glaubts auch, wie ich dir denn alles glaube, und dankte dir im Herzen für deine Liebe. Weiter sagtest du dann: die paar Jägerliedchen, die ich zuweilen sänge, die wären dir lieber als alles. Zwei Tage darauf kamen wir nach Tisch ins Pfarrhaus zu Besuch. Die älteste Tochter spielte den Flügel, und so schön, daß wir uns kaum satt hörten, du besonders. Aber *eins* hat mich damals verdrossen, an der jüngern, an Augusten. Du mußt dich erinnern. Lisette war kaum aufgestanden vom Klavier, so fordert die Schwester mich auf, meine Stimme auch hören zu lassen; ich ahnte nichts Unfeins von dem Mädchen und fing das nächste beste an. Aber auf einmal werd ich befangen und rot, denn Auguste hält sich ein Notenpapier vor den Mund, ihr Lachen zu verbergen; der Ton zitterte mir in der Kehle, und wie ich mich wenigstens zum letzten Verse noch ermannen will, guckt Auguste spottend durch die Rolle wie durch ein Fernrohr auf mich, daß ich vollends konfus ward und mit kleiner Stimme kaum noch zum Ende schwankte. Indes ihr andern weiter spieltet und sangt, hatt ich am Fenster genug zu tun und zu wischen mit Weinen. Später, du warst schon fort, fing mich der Vorfall an zu wurmen; ich hätte gern auch etwas gegolten, ich grämte mich innig um deinetwillen; überdem kam meine Krankheit; ich glaube noch bis auf die Stunde, ich wäre schneller genesen, hätt ich mir mit Musik manchmal die Zeit vertreiben können; indessen gings gottlob auch so vorüber. Um diese Zeit besuchte uns der Vetter zuweilen aus der Stadt und« – (sie stockte und streifte verlegen über das Instrument hin) »nun, also dieser lehrte michs.«

»Eins von den lustigen zuerst!« fiel der Vater, schnell zu Hülfe kommend, ein. Rasch und herzhaft fing sie nun an, mit einer Stimme, die kräftig und zart, sich doch stets lieber in die Tiefe als in die Höhe bewegte. Ihr Gesang wurde nach und nach immer einschmeichelnder, immer kecker. »Der Herr darf mich wohl ansehn!« sagte sie einmal dazwischen zu Theobald hinüber, der ihren Anblick bisher vermieden hatte. Er zeigte, als das Lied geendigt war, auf ein anderes in ihrem Notenhefte, »Der Jäger« überschrieben, dessen Text ihm gefiel, und obwohl es Agnesen nicht ebenso ging, stimmte sie doch sogleich damit an.

Drei Tage Regen fort und fort,
Kein Sonnenschein zur Stunde,
Drei Tage lang kein gutes Wort
Aus meiner Liebsten Munde!

Sie trutzt mit mir und ich mit ihr,
So hat sies haben wollen;
Mir aber nagts am Herzen hier,
Das Schmollen und das Grollen.

Willkommen denn, des Jägers Lust,
Gewittersturm und Regen!
Fest zugeknöpft die heiße Brust,
Und jauchzend euch entgegen!

Nun sitzt sie wohl daheim und lacht,
Und scherzt mit den Geschwistern;
Ich höre in des Waldes Nacht
Die alten Blätter flüstern.

Nun sitzt sie wohl und weinet laut
Im Kämmerlein, in Sorgen;
Mir ist es wie dem Wilde traut,
In Finsternis geborgen.

Kein Hirsch und Rehlein überall!
Ein Schuß zum Zeitvertreibe!
Gesunder Knall und Widerhall
Erfrischt das Mark im Leibe. –

Doch wie der Donner nun verhallt
In Tälern in die Runde,
Ein plötzlich Weh mich überwallt,
Mir sinkt das Herz zu Grunde.

Sie trutzt mit mir und ich mit ihr,
So hat sies haben wollen,
Mir aber frißts das Herze schier,
Das Schmollen und das Grollen.

– Und auf! und nach der Liebsten Haus!
Und sie gefaßt ums Mieder!
»Drück mir die nassen Locken aus,
Und küss und hab mich wieder!«

Beide Männer klatschten lauten Beifall. Sie wollte aufstehn. »Aller guten Dinge – weißt du?« rief der Alte, »noch eines!« Also blätterte sie abermals im Heft, unschlüssig, keines war ihr recht; über dem Suchen und Wählen war der Vater aus der Stube gegangen; sie klappte das Buch zu und sprach mit Theobalden, während sie hin und wieder einen Akkord griff. Auf einmal fiel sie in ein Vorspiel ein, bedeutender als alle frühern; es drückte die tiefste, rührendste Klage aus. Agnesens Blick ruhte ernst, wie unter abwesenden Gedanken, auf Nolten, bis sie sanft anhob zu singen.

Wir teilen das kleine Lied noch mit, und denken, der Leser werde sich aus den einfachen Versen vielleicht einen entfernten Begriff von der Musik machen können, besonders aus dem zweiten Refrain, bei welchem die Melodie jedesmal eine unbeschreibliche Wendung nahm, die alles herauszusagen schien, was irgend von Schmerz und Wehmut sich in dem Busen eines unglücklichen Geschöpfs verbergen kann.

Rosenzeit! wie schnell vorbei,
                    Schnell vorbei,
Bist du doch gegangen!
Wär mein Lieb nur blieben treu,
                    Blieben treu,
Sollte mir nicht bangen.

In der Ernte wohlgemut,
                    Wohlgemut,
Schnitterinnen singen;

Aber ach, mir kranken Blut,
Mir kranken Blut,
Will nichts mehr gelingen.

Schleiche so durchs Wiesental,
So durchs Tal,
Als im Traum verloren,
Nach dem Berg, da tausendmal,
Tausendmal,
Er mir Treu geschworen.

Oben auf des Hügels Rand,
Abgewandt,
Wein ich bei der Linde:
An dem Hut mein Rosenband,
Von seiner Hand,
Spielet in dem Winde.

Agnesen hatte der Ton zuletzt vor Bewegung fast versagt; jetzt warf sie das Instrument weg und stürzte heftig an die Brust des Geliebten. »Treu! Treu!« stammelte sie unter unendlichen Tränen, indem ihr ganzer Leib zuckte und zitterte, »du bist mirs, ich bin dirs geblieben!« – »Ich bleibe dirs!« mehr konnte Theobald, mehr durfte er nicht sagen.

An einem der folgenden schönen Tage wollte man den schon mehrmals zur Sprache gekommenen Ausflug nach Halmedorf zu den jungen Pfarrleutchen machen, denen man sich bereits hatte ansagen lassen. Die beiden alten Herren, der Förster und der Baron, versprachen im Wagen des letztern zu fahren; denn immerhin war es drei Stunden dahin. Die Jugend, nämlich unser Paar, ein Sohn und zwei Töchter des Pastors, welche man trotz einigen Einwendungen Noltens zuletzt auf Agnesens beharrliche Vorstellungen hinzubitten müssen, diese wollten zu Fuße gehn; die eine Partie sollte morgens bei guter Tageszeit sich auf den Weg machen, die Fahrenden erst nach Tische. Leider aber war der Baron indessen bedeutend unpaß geworden, er mußte, was in langer Zeit nicht erhört worden, das Bett hüten, die Reise hatte ihm zugesetzt, wie er nun selber eingestand. Also beschloß auch der Förster zurückzubleiben, dem verehrten Freunde zur Gesellschaft.

So wanderte denn der kleine Zug und gelangte bald aus dem Tälchen auf die fruchtbare höher gelegene Ebene, die sich abermals um ein weniges senkte, wo ihnen denn der reinliche, etwas steil heraufgebaute Ort entgegensah. Lange zuvor hatte man den Hügel vor sich, der, unter dem Namen Geigenspiel bekannt, an seinem Fuße unbedeutend anzusehn, oben mit einer außerordentlichen Aussicht überrascht.

»Schön! schön! das heiß ich doch die Stunde eingehalten!« rief der Pfarrer, der sie hatte kommen sehen und bis an die nächsten Äcker entgegengegangen war. »Seht da, mein Dachs will den Gruß vor mir wegschnappen! Der Narre kennt dich noch von vier Jahren her: aber sein Herr fürwahr hätte dich bald nicht wiedererkannt – Komm an mein Herz, alter Kamerad! Ad pectus manum, sagte der Rektor, wenn wir gelogen hatten: manum ad pectus, ich liebe dich und habe nicht gelogen. O ich möchte schreien, daß die Berge aufhüpften, möcht alle Glocken zusammenläuten lassen, durchs ganze Ort möcht ich posaunen und duten, wäre ich just nicht der Seelenhirt, der sich im Respekt erhalten muß, sondern ein anderer.«

In diesem Tone fuhr Amandus fort, eins nach dem andern zu salutieren, und noch als man bereits vor dem Pfarrhause stand, war er nicht fertig. Jetzt sprang, so leicht und zierlich wie ein achtzehnjähriges Mädchen unter der Haube, die Pastorin entgegen, aber auch sie konnte über dem Mutwillen ihres Mannes nicht zum Worte kommen. Mit Jubel betritt man endlich die Stube, die hell und neu, recht eigentlich ein Bild ihrer Bewohner darstellte. Kaum über die Schwelle getreten, kann man sogleich bemerken, wie der Pfarrer in eiliger Verlegenheit einen grünen Uniformrock, der an der Wand hing, zu entfernen sucht; er bleibt jedoch, da er seine Absicht verraten sieht, mitten auf dem Wege stehn: »daß dich!« rief er, gegen Nolten gewendet – »nun Freundchen, ist mirs herzlich leid, da du eine Heimlichkeit doch einmal gewittert hast, so will ich lieber gar mit der sonderbaren Geschichte herausrücken.« (Er zupfte heimlich seine Frau und fuhr mit verstelltem Ernst und vieler Gutmütigkeit fort.) »Seit gestern haben wir einen fremden Offizier, einen Obrist, im Hause, der eigentlich bloß *dich* hier erwartet; er ist nur eben ausgeritten, wird aber nicht bis Abend ausbleiben. Er langte gestern spät hier an, und weil wir kein anständiges Wirtshaus im Dorf haben, lud er sich auf das höflichste bei mir zu Gaste, das mir denn um so größre Ehre war, als ich einen Freund von dir in ihm vermutete. Allein ich merkte bald, daß es mit der Freundschaft nicht so recht sein müsse; er nannte deinen Namen kaum und verstummte nachdenklich, beinahe finster, wenn ich von dir anfing; im übrigen zeigte sein Gespräch viel Welterfahrung und alle die Anmut, die man bei gebildeten Militärs zuweilen findet. Meine Frau zwar gab mir gleich bei seinem Empfang nicht undeutlich zu verstehen, er habe ihr so ein visage de contrebande, und in der Tat, ich weiß nicht – das Geheimnisvolle in Beziehung auf dich – er könnte – wenn er dir nur nichts anhaben will« –

»Wie heißt er denn?«

»Ja, gehorsamer Diener, das hat er mir nicht gesagt.«

»Woher denn? in welchen Diensten?« fragte Nolten dringender und nicht ohne einige Bewegung, denn augenblicklich, er wußte nicht warum, fiel ihm ein Bruder Constanzens ein, der noch in der letzten Zeit von des Malers Aufenthalt in jener Residenz bei der Gräfin zu Besuch gewesen sein sollte. Er selbst hatte ihn nicht gesehn und konnte die Schilderung, welche Amandus von dem Fremden machte, auch sonst mit niemanden vergleichen. Die Heimat des Gastes indessen, wie der Pfarrer sie zufällig angab, widersprach jener besorglichen Vermutung nicht. – »Gern«, fuhr Amandus fort, »hätt ich dir das Abenteuer noch verschwiegen, das einmal doch nichts Angenehmes verspricht; es wäre Nachmittag noch Zeit gewesen, und die Delikatesse des Fremden, daß er unser erstes Beisammensein über Tisch nicht stören wollte, war in der Tat zu loben, er gab mir diese freundliche Absicht beim Wegreiten sehr deutlich zu verstehn. Nun freilich wärs fast besser, er wäre gleich zugegen und du dieser verteufelten Ungewißheit überhoben. Höre, wenn es am Ende nur keine odiöse Ehrensache ist! Du weißt, die Herren Offiziers – du hast doch keine Händel gehabt?« – »Ich wüßte doch nicht«, sagte Nolten und ging einigemal still die Stube auf und ab.

Indessen war die Pfarrerin sachte mit der Uniform in die Kammer gegangen. Auf einmal tat sich die Tür weit auf, ein hoher, schöner

Mann trat heraus und lag blitzschnell in Theobalds Armen. Es war kein anderer Mensch, als sein getreuer Schwager S., der Gatte Adelheids, die wir ja schon als Mädchen kennen lernten. »Der Tausend!« rief der Pfarrer, während alles der herzlichsten Umarmung zusah, »so ganz feindselig, wie ich dachte, so auf Leben und Tod ist die Rencontre nun doch nicht, es wäre denn, sie brächen sich einander vor Liebe die Hälse. Nun! hab ich es nicht schön gemacht? Sorge voraus, Freud gleich hinterdrein, wird erst ein wahrer Jubel sein. – Also (brummte er für sich in den Bart) das wäre Numero 1.« Seine Schalkheit ward jetzt wacker gescholten. Doppelt und dreifach mußte Nolten erstaunen, denn S. war, seitdem sie sich nicht mehr gesehen, zum Obristen avanciert, deswegen jener auch aus der Uniform nicht klug werden konnte. Triumphierend erzählte der Pfarrer, wie er, nachdem die Nachricht von Theobalds Ankunft in Neuburg bei ihm eingelaufen, sogleich den herrlichen Einfall gehabt, den Schwager, den er in Geschäften für sein Regiment nur auf fünf Stunden in der Nähe gewußt, durch eine Stafette herbeizukriegen.

Aufs fröhlichste speiste man gleich zu Mittag. Es war eine ansehnliche Tafel. Sohn und Töchter des Neuburger Pastors saßen halb bänglich, halb entzückt in einem für sie so neuen Freudenkreise trefflicher Menschen. Unser Maler, zwischen Agnes und den Schwager gesetzt, wollte die Hände der beiden gar nicht aus der seinigen lassen, er fühlte seit langer Zeit einmal wieder alles Drückende und Schwere rein von sich abgetan, und ein übers andremal traten ihm die Augen über.

An dem Pfarrer wurde nach und nach eine prickelnde Unmüßigkeit sichtbar; er entfernte sich öfters, gab vor der Tür geheime Befehle und sah mit Vergnügen die letzte Schüssel auftragen. Eh man zum Nachtisch kam, stand er auf und sagte: »Es beginne nun die Symphonie zum zweiten Aktus, mit etwelchem Gläsergeklingel, wenns beliebt. Sofort erhebe sich eine werte Gesellschaft, greife nach Hüten und Sonnenschirmen und verfüge sich allgemach aus meinem Hause, woselbst für jetzt nichts mehr abgereicht wird. Zuvor aber richten Sie gefälligst noch die Blicke hier nach dem Fenster und bemerken dort drüben den sonnigen Gipfel.« Man erblickte auf einem vor dem Walde gelegenen Hügel, den wir schon als das Geigenspiel bezeichnet haben, ein großes, linnenes Schirmdach mit bunter Flagge aufgerichtet, das einen runden, weißgedeckten Tisch zu beschatten schien. Die dichten Laubgewinde, die an fünf Seiten des Schirms herunterliefen, gaben dem Ganzen das Ansehn eines leichten Pavillons. Amandus hatte diese bewegliche Einrichtung schon seit einiger Zeit für die jährlichen Kinderfeste, sowie zur Bequemlichkeit der Fremden machen lassen, weil die daneben stehende Linde dem Platze mehr Zierde als Kühlung verlieh. – Die Gesellschaft kam außer sich vor Freude; man machte sich auch unverzüglich auf den Weg, denn jedes sehnte sich, sein glückliches Gefühl in freiester Weite noch leichter auszulassen. Die Jüngern waren schon vorausgesprungen.

Unterwegs wurden Nolten und die Braut nicht satt, sich von Adelheiden erzählen zu lassen. Wir wissen die fast mehr als brüderliche Neigung, welche den Maler an die Schwester band, deren stille Tiefe sich, wie behauptet wird und wir gern glauben mögen, inzwischen zu einem höchst liebenswerten und seltenen Charakter entwickelt und befestigt hatte; zum wenigsten fand Agnes nach ihrer demütig liebevollen Weise sogleich im stillen ein Musterbild der echten Frauen in dieser Schwägerin für sich aus, obgleich sich beide nur erst einmal gesehen hatten. Jetzt gedachte man der Entfernten mit desto innigerer Rührung, da man gleich anfangs gehört, sie sei vor kurzem zum ersten Male Mutter, und eine höchst beglückte, geworden. – Noch sagen wir bei dieser Gelegenheit, daß eine ältere Schwester, Ernestine, auch längst verheiratet war, jedoch, soviel man wissen wollte, nicht sehr zufrieden, da sie auch in der Tat nicht geschaffen schien, einen Mann für immer zu fesseln. Die jüngste, Nantchen, stand eben in der schönsten Jugendblüte und lebte bei einer Tante.

Man kam an einem Tannengehölze vorüber, das Reiherwäldchen genannt, dessen Echo berühmt war. Der Pfarrer rief, mit den gehörigen Pausen, hinein:

»Frau Adelheid,
Zu dieser Zeit
In ihrem Bettlein reine,
Muß ferne sein,
Muß ferne sein,
Doch ist sie nicht alleine.

Herr Storch hat ihr Besuch gemacht,
Darob ihr süßes Herze lacht,
Ob auch das Kindlein greine.
– Frau Echo, sprich,
Noch weiß ich nicht:
Was herzet denn das Liebchen,
Ein Mädchen oder Bübchen?«
,Büb-chen!'

In kurzem befand man sich auf dem Berg, tief atemholend und erstaunt über die unbegrenzte Aussicht. »Bei Frauenzimmern«, fing Amandus an, »wenn sie den letzten herben Schritt überwunden haben und jetzt sich umsehn, unterscheide ich jedesmal zweierlei Gattungen Seufzer. Der eine ist ganz gemein materieller Natur, kein Lüftchen ist imstand, ihn von der Rosenlippe aufzunehmen und über die glänzende Gegend selig hinwegzutragen, sondern sogleich fällt er plump, schwer zu Boden, prosaisch wie das Schnupftuch, womit man sich die Stirn abtrocknet. Billig sollten die Schönen sich seiner ganz enthalten, ihn wenigstens unterdrücken, denn gewissermaßen muß er den Wirt beleidigen, den Cicerone der Gesellschaft, der alle diese Herrlichkeit mit Enthusiasmus wie sein Eigentum vorzeigt und nicht begreifen kann, wie man in solchem Augenblicke nur noch das mindeste Gefühl von der armseligen Mühe haben kann, womit man sich so einen Anblick erkaufte. Ja, Damen hab ich gesehen, die gaben sich Mühe, diesen Seufzer recht reizend schwindsüchtig und ätherisch hervorzubringen und ein mitleidflehendes Gesicht zu machen, als würde gleich die Ohnmacht kommen. Man enthält sich kaum dabei recht schmachtend zu fragen: Ist Ihnen nicht ein Schluck Affentaler gefällig, Fräulein, oder dergleichen? Kurz also, wenn jene erste Gattung nichts weiter sagen will als: Gottlob, dies wäre überstanden! so ist dagegen die zweite« – Er hatte noch nicht ausgeredet, so kam erst Agnes, bis jetzt von niemand eigentlich vermißt, mit einem Kinde des Pfarrers, das nicht mehr hatte fortquackeln können und das sie sich auf den Rücken geladen, den steilen Rand von der Seite heraufgeklommen; sie setzte atemlos das Kind auf die Erde und ein »Gottlob!« entfuhr ihr halblaut. Bei diesem Wort sah man sich um, ein allgemeines Gelächter war unwiderstehlich, aber auch rührender konnte nichts sein, als die erschrocken fragende Miene des lieben Mädchens. Herzlich umarmte und küßte sie Amandus, indem er rief: »diesmal, wahrhaftig, ist Marthas Mühe schöner als selbst das Eine, das hier oben not ist.«

Welch ein Genuß nun aber, sich mit durstigem Auge in dieses Glanzmeer der Landschaft hinunterzustürzen, das Violett der fernsten Berge einzuschlürfen, dann wieder über die nächsten Ortschaften, Wälder und Felder, Landstraßen und Wasser, im unerschöpflichen Wechsel von Linien und Farben, hinzugleiten!

Hier schaute, gar nicht allzuweit entfernt, eine langgedehnte Alb-Traufe ernsthaft und groß herüber*; sie verschloß beinah die ganze Ostseite, Berg hinter Berg verschiebend und ineinander wickelnd, so doch, daß man zuweilen ein ganz entlegenes Tal, wie es stellenweise von der Sonne beschienen war, mit oder ohne Fernrohr erspähen und sich einander freudig zeigen konnte. Besonders lang verweilte Agnes auf den Falten der vorderen Gebirgsseite, worein der schwüle Dunst des Mittags sich so reizend lagerte, die ahnungsvolle Beleuchtung mit vorrückendem Abend immer verändernd, bald dunkel, bald stahlblau, bald licht, bald schwärzlich anzusehn. Es schienen Nebelgeister in jenen feuchtwarmen Gründen irgendein goldenes Geheimnis zu hüten. Eine bedeutende Ruine krönte die lange Kette des Gebirgs und selbst durch einen schwächern Tubus glaubte man ihre Mauern mit Händen greifen zu können, dagegen ganz hinten in der Ferne vom Rehstock nur der Abfall des Waldrückens sichtbar war, auf dem er ruhen mußte.

Indes war von gar muntern Händen ein Feuer zwischen Steinen angemacht worden, der Kaffee fing an zu sieden, die Tassen klirrten, und der Pfarrer gebot ein allgemeines Niedersitzen; niemand aber wollte sich noch des schönen Zeltes bedienen, welches bis jetzt nur für eine Art Speiseküche galt; man saß in willkürlichen Gruppen auf dem Boden umher, ein jedes ließ sich schmecken, was ihm beliebte, nur rückte man etwas näher zusammen, als Amandus folgendermaßen das Wort nahm:

* Die kurze Beschreibung dieser Gegend ist, soviel es möglich war, nach der Natur entworfen. Der Punkt, auf welchen man hier ausdrücklich aufmerksam machen will, befindet sich im Württembergischen, im Oberamt Nürtingen zunächst bei dem Pfarrdorfe Groß-Bettlingen.

»Es darf, meine Lieben, der schöne Platz, worauf wir gegenwärtig ruhen, nicht leicht besucht werden, ohne daß man das Andenken des Helden erneuert, dem er seinen Namen verdankt. Gewiß ist keines von Ihnen völlig unbekannt mit der merkwürdigen Sage, aber die wenigsten hatten wohl Gelegenheit, sich aus den verschiedenen, zum Teil einander scheinbar widersprechenden Erzählungen des Volks ein vollständiges Bild von dem Charakter des wundersamen Wesens zu machen, von welchem hier die Rede ist; es kann also niemanden unangenehm sein, jetzt eine genauere Schilderung zu hören, wobei ich mir weniger angelegen sein lassen will, alle einzelnen Geschichten und Anekdoten anzubringen, als vielmehr nur die Hauptzüge anschaulich zu machen. Vielleicht, ich kann dadurch Freund Nolten veranlassen, meinen seltsamen Geiger zum Gegenstand einer malerischen Komposition zu nehmen, ein lang von mir gehegter Wunsch, den er mir einmal feierlich zugesagt und noch bis heut nicht erfüllt hat. Sie, lieber Oberst, werden mich in meiner Bitte gewiß kräftig unterstützen, da Sie sich selbst für die poetische Figur des Spielmanns so lebhaft interessieren und noch heute sich emsig um die Vervollständigung seiner Geschichte bekümmert haben. Ei, eben recht, daß mir das beifällt; Sie sollen auch jetzt zuerst die Ehre haben und die Ergebnisse Ihrer staubigen Forschungen uns in einem lebendigen und heiteren Gemälde vorlegen, ich aber will etwa nachhelfen, wo Sie eine Lücke lassen sollten.« Der Oberst ließ sich nicht lang bitten und die Gesellschaft merkte wacker auf.

»In dieser Gegend soll vor alters gar häufig ein Räuber, Marmetin, sein Wesen getrieben haben, den jedermann unter dem Namen Jung Volker kannte. Räuber sag ich? Behüte Gott, daß ich ihm diesen abscheulichen Namen gebe, dem Lieblinge des Glücks, dem Lustigsten aller Waghälse, Abenteurer und Schelme, die sich jemals von fremder Leute Hab und Gut gefüttert haben. Wahr ists, er stand an der Spitze von etwa siebenzehn bis zwanzig Kerls, die der Schrecken aller reichen Knicker waren. Aber, beim Himmel, die pedantische Göttin der Gerechtigkeit selbst mußte, dünkt mich, mit wohlgefälligem Lächeln zusehn, wie das verrufenste Gewerbe unter dieses Volkers Händen einen Schein von Liebenswürdigkeit gewann. Der Prasser, der übermütige Edelmann und ehrlose Vasallen waren nicht sicher vor meinem Helden und seiner verwegenen Bande, aber dem Bauern füllte er Küchen und Ställe. Voll körperlicher Anmut, tapfer, besonnen, leutselig und doch rätselhaft in allen Stücken, galt er bei seinen Gesellen fast für ein überirdisches Wesen, und sein durchdringender Blick mäßigte ihr Benehmen bis zur Bescheidenheit herunter. Wär ich damals im Lande Herzog gewesen, wer weiß, ob ich ihn nicht geduldet, nicht ein Auge zugedrückt hätte gegen seine Hantierung. Es war, als führte er seine Leute nur zu fröhlichen Kampfspielen an. Seht, hier dieser herrliche Hügel war sein Lieblingsplatz, wo er ausruhte, wenn er einen guten Fang getan hatte; und wie er denn immer eine besondere Passion für gewisse Gegenden hegte, so gängelt' er seine Truppe richtig alle Jahr, wenns Frühling ward, in dies Revier, damit er den ferndigen Gukuk wieder höre an demselben Ort. Ein Spielmann war er wie keiner, und zwar nicht etwa auf der Zither oder dergleichen, nein, eine alte abgemagerte Geige war sein Instrument. Da saß er nun, indes die andern sich im Wald, in der Schenke des Dorfs zerstreuten, allein auf dieser Höhe unterm lieben Firmament, musizierte den vier Winden vor und drehte sich wie eine Wetterfahne aufm Absatz herum, die Welt und ihren Segen musternd. Der Hügel heißt daher noch heutzutag das Geigenspiel, auch wohl des Geigers Bühl. – Und dann, wenn er zu Pferde saß, mit den hundertfarbigen Bändern auf dem Hute und an der Brust, immer beputzt wie eine Schäfersbraut, wie reizend mag er ausgesehen haben! Ein Paradiesvogel unter einer Herde wilder Raben. Etwas eitel denk ich mir ihn gern, aber auf die Mädchen wenigstens ging sein Absehn nicht; diese Leidenschaft blieb ihm fremd sein ganzes Leben; er sah die schönen Kinder nur so wie märchenhafte Wesen an, im Vorübergehn, wie man ausländische Vögel sieht im Käfig. Keine Art von Sorge kam ihm bei; es war, als spielt' er mit den Stunden seines Tages, wie er wohl zuweilen gerne mit bunten Bällen spielte, die er, mit flachen Händen schlagend, nach der Musik harmonisch in der Luft auf und nieder steigen ließ. Sein Inneres bespiegelte die Welt wie die Sonne einen Becher goldnen Weines. Mitten selbst in der Gefahr pflegte er zu scherzen und hatte doch sein Auge allerorten; ja, wäre er bei einem Löwenhetzen gewesen, wo es drunter und drüber geht, ich glaube, er hätte mit der einen Faust das reißende Tier bekämpft und mit der Linken den Sperling geschossen, der ihm just überm Haupt wegflog. Hundert Geschichtchen hat man von seiner Freigebigkeit. So begegnet er einmal einem armen Bäuerlein, das, ihn erblickend, plötzlich Reißaus nimmt. Den Hauptmann jammert des Mannes, ihn verdrießt die schlimme Meinung, die man von ihm zu haben scheint, er holt den Fliehenden alsbald mit seinem schnellen Rosse ein, bringt ihn mit freundlichen Worten zum Stehen und wundert sich, daß der Alte in der strengsten Kälte mit unbedecktem Kahlkopf ging. Dann sprach er: vor dem Kaiser nimmt Volker den Hut nicht ab, jedoch dem Armen kann er ihn schenken! Damit reicht er ihm den reichbebänderten Filz vom Pferde herunter, nur eine hohe Reiherfeder machte er zuvor los und steckte sie in den Koller, weil er diese um alles nicht missen wollte; man sagt, sie habe eine zauberische Eigenschaft besessen, den, der sie trug, in allerlei Fährlichkeit zu schützen. – Jetzt käme ich auf Volkers Frömmigkeit und wunderliche Bekehrung, da dies aber eine Art von Legende ist, so wird sie sich am besten im Munde Seiner Hochehrwürden geziemen.«

»Ich zweifle nur«, erwiderte Amandus, »ob ich meine Aufgabe so zierlich lösen werde, wie mein beredter Vorgänger sich aus der seinigen zog. Aber ich rufe den Schatten des Helden an und sage treulich was ich weiß, und auch nicht weiß. Also: in den Gehölzen, die da vor uns liegen, kam man einsmals einem seltenen Wilde auf die Spur, einem Hirsch mit milchweißem Felle. Kein Waidmann konnte seiner habhaft werden. Des Hauptmanns Ehrgeiz ward erregt, eine unwiderstehliche Lust, sich dieses edlen Tieres zu bemächtigen, trieb ihn an, ganze Nächte mit der Büchse durch den Forst zu streifen. Endlich an einem Morgen vor Sonnenaufgang erscheint ihm der Gegenstand seiner Wünsche. Nur auf ein funfzig Schritte steht das prächtige Geschöpf vor seinen Augen. Ihm klopft das Herz; noch hält Mitleid und Bewunderung seine Hand, aber die Hitze des Jägers überwiegt, er drückt los und trifft. Kaum hat er das Opfer von nahem betrachtet, so ist er untröstlich, dies muntere Leben, das schönste Bild der Freiheit zerstört zu haben. Nun stand an der Ecke des Waldes eine Kapelle, dort überließ er sich den wehmütigsten Gedanken. Zum erstenmal fühlt er eine große Unzufriedenheit über sein ungebundenes Leben überhaupt, und indes die Morgenröte hinter den Bergen anbrach und nun die Sonne in aller stillen Pracht aufging, schien es, als flüstere die Mutter

Gottes vernehmliche Worte an sein Herz. Ein Entschluß entstand in ihm, und nach wenig Tagen las man auf einer Tafel, die in der Kapelle aufgehängt war, mit zierlicher Schrift folgendes Bekenntnis (ich habe es der Merkwürdigkeit Wort für Wort auswendig gelernt):

Dieß täflein weihe*
*unserer lieben frauen*
ich
Marmetin. gennent Jung Volker

zum daurenden gedächtnuß eines gelübds. und wer da solches lieset mög nur erfahren und inne werden was wunderbaren maßen Gott der Herr ein menschlich gemüethe mit gar geringem dinge rühren mag. denn als ich hier ohn allen fug und recht im wald die weiße hirschkuh gejaget auch selbige sehr wohl troffen mit meiner gueten büchs da hat der Herr es also gefüget daß mir ein sonderlich verbarmen kam mit so fein sanftem thierlin, ein rechte angst für einer großen sünden. da dacht ich: itzund trauret ringsumbher der ganz wald mich an und ist als wie ein ring daraus ein dieb die perl hat brochen. ein seiden bette so noch warm vom süeßen leib der erst gestolenen braut. zu meinen füeßen sank das lieblich wunderwerk. verhauchend sank es ein als wie ein flocken schnee am boden hinschmilzt und lag als wie ein mägdlin so vom liechten mond gefallen.

Aber zu deme allen hab ich noch müeßen mit großem schrecken merken ein seltsamlichs zeichen auf des arm thierlins seim rucken. nemlich ein schön akkurat kreuzlin von schwarz haar. also daß ich kunt erkennen ich hab mich freventlich vergriffen an eim eigenthumb der muetter Gottes selbs. nunmehr mein herze so erweichet gewesen nahm Gott der stunden wahr und dacht wohl er muß das eisen schmieden weil es glühend und zeigete mir im geist all mein frech unchristlich treiben und lose hantierung dieser ganzer sechs Jahr und redete zu mir die muetter Jesu in gar holdseliger weiß und das ich nit nachsagen kann noch will. verständige bitten als wie ein muetterlin in schmerzen

* Möglicher Irrung zuvorzukommen, weil es sich hier um ein bestimmtes Lokal handelt, wird erinnert, daß man dort weder ein solches Denkmal noch überhaupt diese Sage zu suchen hat, wozu übrigens der wirkliche Name des gedachten Hügels dem Verf. Veranlassung gegeben.

mahnet ihr verloren kind. da hab ich beuget meine knie allhier auf diesen stäfflin und hab betet und gelobet daß ich ein frumm leben wöllt anfangen. und wunderte mich schier ob einem gnadenreichen schein und klarheit so ringsumbher ausgossen war. stand ich nach einer gueten weil auf, mich zu bergen im tiefen wald mit himmlischem betrachten den ganzen tag bis daß es nacht worden und kamen die stern. sammlete dann meine knecht auf dem hügel und hielte ihne alles für, was mit dem volker geschehen sagt auch daß ich müeß von ihne lassen. da huben sie mit wehklagen an und mit geschrey und ihrer etlich weineten. ich aber hab ihne den eyd abnommen sie wöllten auseinander gehn und ein sittsam leben fürder führen. wo ich denn selbs mein bleibens haben werd deß soll sich niemand kümmern noch grämen oder gelüsten lassen daß er mich fahe. ich steh in eins andern handen als derer menschen. dieß täflein aber gebe von dem volker ein frumm bescheidentlich zeugnuß und sage dank auf immerdar der himmlischen huldreichen jungfrauen Marien als deren segen frisch mög bleiben an mir und allen gläubigen kindern. so gestift am 3. des brachmonds im jahr nach unsers Herren geburt 1591.

Leider«, fuhr der Pfarrer gegen die Gesellschaft fort, welche mit sichtbarer Teilnahme zuhörte, »leider ist das Original dieser Votivtafel verloren gegangen; eine alte Kopie auf Pergament liegt auf dem Halmedorfer Rathause. Auch die Kapelle ist längst verschwunden; die ältesten Leute erzählen, ihre Urgroßväter hätten sie noch gesehn. Wo aber Volker damals sich hingewendet, blieb unbekannt. Einige vermuten einen Pilgerzug nach dem gelobten Land, wo er dann in ein Kloster gegangen sein soll.«

»Eine andere Sage«, nahm der Obrist wieder das Wort, »läßt ihn auf dem Wege nach Jerusalem von seiner Mutter, einer Zauberin, entführt werden, und ich gedenke hier nur noch einiger alten Verse, welche wahrscheinlich den Schluß eines größern Lieds ausmachten. Sie weisen auf die fabelhafte Geburt Volkers hin und machen ihn, wie mich deucht, gar charakteristisch für den freien kräftigen Mann, zu einem Sohne des Windes. Er selber soll das Lied zuweilen gesungen haben.

Und die mich trug in Mutterleib,
Die durft ich niemals schauen,

Sie war ein schön, frech, braunes Weib,
Wollt keinem Manne trauen.

Und lachte hell und scherzte laut:
Ei, laßt mich gehn und stehen!
Möcht lieber sein des Windes Braut,
Denn in die Ehe gehen.

Da kam der Wind, da nahm der Wind
Als Buhle sie gefangen,
Von dem hat sie ein lustig Kind
In ihren Schoß empfangen.«

»Wird mir doch in diesem Augenblick«, sagte die Pfarrerin, indem sie ein heimliches Auge an der Linde hinauf laufen ließ, »mir wird von all dem Zauberwesen so kurios zumute, daß ich mich eben nicht sehr entsetzen würde, wenn jetzt noch die Fabel vom singenden Baum wahr würde, ja wenn Herr Volker leibhaftig als lustiges Gespenst in unsre Mitte träte.«

»Noch ein anderes Lied«, sagte der Obrist, »ist mir im Gedächtnis geblieben, das man sich im Munde von Volkers Bande denken muß. Ich will, wenn die Frauenzimmer nicht schon durch das vorige – –«

Plötzlich wurde der Erzähler von den Tönen eines Saiteninstruments unterbrochen, welche ganz nahe aus dem Gipfel der dichtbelaubten Linde hervorzukommen schienen. Die Anwesenden erschraken, und aller Augen waren nach dem Baume gerichtet. Niemand bewegte sich vom Platze; tiefe Stille herrschte, während die Musik in den Zweigen von neuem begann und der unsichtbare Spielmann mit lebhafter Stimme folgendes sang:

Jung Volker, das ist der Räuberhauptmann
Mit Fiedel und mit Flinte,
Damit er geigen und schießen kann
Nachdem just Wetter und Winde,
Ja Winde!
Fiedel oder Flint,
Fiedel oder Flint,
Volker spielt auf!

Ich sah ihn hoch im Sonnenschein
Auf seinem Hügel sitzen;
Da spielt er die Geig und schluckt roten Wein,
Seine blauen Augen ihm blitzen,
Ja blitzen!
Fiedel oder Flint,
Fiedel oder Flint,
Volker spielt auf!

Ich sah ihn schleudern die Geig in die Luft,
Ich sah ihn sich werfen zu Pferde;
Da hörten wir alle, wie er ruft:
Brecht los wie der Wolf in die Herde!
Ja Herde!
Fiedel oder Flint,
Fiedel oder Flint,
Volker spielt auf!

Die Saiten klangen aus. Es war ein allgemeines Schweigen. Die Gesellschaft sah sich lächelnd an, und schon während des Gesangs verkündigten einige schlaue Gesichter eine angenehme Überraschung, wobei es mit ganz natürlichen Dingen zugehen dürfte. Es rauschte jetzt und knackte in den Zweigen, zwischen denen jemand behutsam herunterzusteigen schien. Ein Fuß stand bereits auf dem letzten Aste; ein kecker Sprung noch, und, wen man am wenigsten erwartete, den auch die wenigsten kannten – Raymund, der Bildhauer, stand mit der Zither, sich tief verneigend, vor der verblüfft-erfreuten Versammlung. Amandus und der Obrist klatschten, Bravo rufend, in die Hände. Raymund sprang auf den Maler zu, der wie aus den Wolken gefallen dastand; die übrigen hörten inzwischen von der Pfarrerin, wer der Herr wäre. Agnes hatte den Schauspieler Larkens vermutet, ja Nolten selbst, als die Musik anfing, bebte das Herz bei dem gleichen Gedanken, und es dauerte eine ganze Zeit, bis er sich wieder fassen konnte.

Man nahm nun ordentlich am runden Tisch unter dem Schirme Platz; mit dem besten Weine füllten die Gläser sich frisch, und während die Frauenzimmer das Strickzeug vornahmen, begann der Bildhauer: »Zuvörderst ist es meine Pflicht, mit wenig Worten den Schein des Greulichen und Ungeheuren von meiner Hieherkunft zu entfernen, besonders um der Damen willen, denen der Schreck noch nicht ganz aus den Gliedern gewichen sein muß, weil bis jetzt keine sich getraute, mich auch ein wenig freundlich anzuschauen. Nun also: zwei Tage, bevor Sie, lieber Nolten, die Rückkehr in Ihr Vaterland antraten, die ich mir so nahe gar nicht vermutend sein konnte, war ich genötigt, in nicht sehr erfreulichen Angelegenheiten eines Bruders nach K* zu reisen, was kaum sechs Meilen von hier liegt. Ich wußte damals noch nichts von Ihren Verbindungen in dieser Gegend, und weder ein Neuburg noch ein Halmedorf existierte für mich in der Welt, sonst hätt ich wohl um Aufträge bei Ihnen angefragt und wäre vielleicht nicht so schmählich um Ihren Abschied gekommen. Doch wider Hoffen und Vermuten sollt ich um vieles glücklicher werden. Ich war bereits acht Tage in K*, so kommt ein Brief, pressant, an mich dorthin – (von wem? das raten Sie wohl nicht!) mit dem dringenden Auftrage, im Rückweg einen kleinen Abstecher zu Ihnen zu machen und ein beigelegtes Schreiben eigens in Ihre Hände zu überliefern. (Er gab Theobalden den Brief und wandte sich gegen die andern.) Dem schönen Zufall muß ich noch besonders lobpreisende Gerechtigkeit widerfahren lassen, der mich zwei Stunden von hier mit dem Herrn Obrist zusammenführte; wir gesellten uns als fremde Passagiere zueinander und wären beinahe ebenso wieder geschieden, als kaum noch zu rechter Zeit sich entdeckte, daß wir die gleiche Absicht hätten. Wer weiß mir eine artigere Fügung? Ich wars zufrieden, sogleich nach Halmedorf mitzureiten. Dort hieß man mich denn freundlich bleiben, und Herr Pastor war ganz glückselig, eine doppelte Überraschung veranstalten zu können. Der Plan zu diesen Späßen ward heute früh entworfen, und gerne ließ ich mirs gefallen, mein Mittagsmahl hier unter freiem Himmel zu verzehren, von Volkers rotem Wein zu trinken und meine Rolle einzuüben. Auch hab ich, wenn man Lust hätte, den Geiger zu malen, diesem Hügel vorläufig eine Ansicht abgemerkt, wo er sich als ein Hintergrund ganz unvergleichlich ausnehmen müßte.«

Indessen spiegelte sich auf Noltens Angesicht die erhaltene Botschaft mit leserlicher Freude; ja so mächtig ergriffen war er, daß er

Agnesen das Blatt nur still hinbieten und Raymunden die Hand nur mit einem leuchtenden Blicke des Dankes über den Tisch reichen konnte. »Nun«, sagte jener, »ich darf der erste sein, der Ihnen Glück wünscht.« – »So sind wir nicht die letzten!« rief der Obrist mit dem Pfarrer, indem man die Gläser erhob. Agnesen stürzte eine Träne aus den schönen Augen, und auch sie hob ihr Glas. Es wurde sofort erklärt: daß Nolten und Raymund einen sehr vorteilhaften Ruf in die Dienste eines hochgebildeten und verehrten Fürsten des nördlichen Deutschlands erhalten haben, zunächst um bei einer gewissen Privatunternehmung des kunstliebenden Regenten verwendet zu werden, doch sollte die Anstellung auf Zeitlebens sein. Die Sache ging durch den Maler Tillsen und den alten Hofrat, deren Empfehlung man, wie es schien, das Ganze eigentlich zu danken hatte. Etwas Geheimnisvolles war immer dabei, und Nolten hatte Ursache zu glauben, daß noch ganz andere Hebel gewirkt haben müßten. Jenes Schreiben selbst war von dem Hofrat. Er gibt sich alle Mühe, dem Freunde dies Offert so einleuchtend als möglich zu schildern, er hatte zum Überfluß Raymundens mündliche Beredsamkeit noch in Reserve gestellt, wenn Nolten je Bedenken tragen sollte, die Stelle anzunehmen, ein Zweifel, dessen nur der Hofrat fähig sein konnte, weil er immer von seiner eignen Seltsamkeit ausging. Was übrigens die Sendung Raymunds anbelangt, so verhielt sichs wirklich so, wie er vorhin erklärte; er selber hatte beim Antritt seiner Reise noch keine Ahnung von den Dingen, die im Werke waren.

Die beiden Künstler schlossen jetzt in der Aussicht auf ihr gemeinschaftliches Ziel sogleich Brüderschaft, und wer hätte nicht Teil an ihrem Glücke nehmen sollen? Alle sprachen durcheinander aufs lebhafteste von der Sache hin und her.

»Ja«, fragte die Pfarrerin, »und der Zug geht wohl bald vor sich?«

»Bald oder nicht! wie mans nimmt; jeder Tag später macht mir Langeweile!« rief Raymund, indem er sich ungeduldig auf dem Absatz herumwarf. »In zwei Monaten ist der Termin.«

»Da wird man erst ein Pärchen aus euch machen müssen?« sagte der Pfarrer zu Agnes hin.

»Dacht ich es doch!« rief Raymund, »bleibt mir nur, ihr schwarzen Herrn, mit euren Weitläufigkeiten fort! Soviel ihr aus den beiden machen könnt, sind sie ja schon.« Er sprach dies halb im Scherz, doch hätte der Pfarrer nicht wissen dürfen, daß er die Geistlichen für etwas Überflüssiges hielt und nie recht hatte leiden mögen.

»Wie?« rief Amandus, »Sie sind, wie ich höre, auch Bräutigam: Sie lassen sich wohl gar nicht kopulieren?«

»Bewahre Gott mich davor!« antwortete der Bildhauer. »Die Kopula ist schon gefunden.«

»So sind Sie ein Heide?«

»Und zwar ein frommer!«

»Doch was sagt Ihre Braut zu Ihrem Vorsatz?«

»Ich habe sie noch nicht gefragt.«

»Und«, sagte der Pfarrer, leicht abbrechend, »was spricht lieb Agneschen?« Sie schaute auf, sie hatte nicht gehört, wovon die Rede war, da sie sich angelegentlich mit Nolten unterhielt. Nach der sonderbaren, beinahe verdrießlichen Wendung, welche das Gespräch der beiden Männer genommen, war es natürlich, daß die Frauen im stillen schon das arme Mädchen bedauerten, das an einen so närrischen und wilden Menschen geraten müssen, und dies Mitleiden verbarg sich endlich gar nicht mehr, als Theobald sich eifriger nach Henrietten erkundigte und Raymund anfing, mit aller ihm eigenen treuherzigen Lebhaftigkeit zu erzählen, auf welchem guten Fuß er mit ihr lebe, wie sie sich unterhielten, welche Untugenden und »Dummheiten« er ihr schon abgewöhnt, was für Talente an ihr entwickelt habe. Da er zum Beispiel ein leidenschaftlicher Freund vom Kegelschieben sei und es für die gesundeste Motion halte, so habe er sich in den Kopf gesetzt, seine Braut müsse es aus dem Fundamente lernen. Er habe den Unterricht, auf einer unbesuchten Bahn, auch sogleich mit ihr begonnen; es geschehe ihr zwar einigermaßen sauer, doch zeige sie den besten Willen und werde es mit der Zeit sehr weit bringen. Ferner, weil er wahrgenommen, daß sie mit einer törichten Furcht vor allem Feuergewehr und Schießen gestraft sei und ihm solche übertriebene Alterationen in den Tod zuwider seien, so habe er sie von dem Lächerlichen dieses Benehmens zuerst theoretisch überzeugt, ihr den Mechanismus einer Flinte, die Wirkung des Pulvers ruhig und ordentlich erklärt und endlich einen praktischen Anfang im Schloßgraben bei der Scheibe gemacht, der aber leider bis jetzt den gehofften Erfolg noch nicht bewiesen. Im Fall es nun, wie das ungeschickte Ding ihn mit Tränen versichert habe, er aber noch nicht glaube, wirkliche Nervenschwäche wäre, so würde er freilich davon abstehen müssen, doch hoffe er es noch durchzusetzen.

Die Frauenzimmer sowie die Männer, konnten nicht umhin, ihr Mißfallen auszudrücken, es gab einen allgemeinen Streit, und Agnes fing an, dem Bildhauer im Herzen recht gram zu werden, sie kannte ihn nicht genug und hielt ihn für boshaft; wie nun ihr ganzes Wesen seit jener Botschaft gewaltsam aufgeregt war, so nahm sie auch den gegenwärtigen Fall heftiger auf, als sie sonst getan haben würde, sie glaubte eine ihrer Schwestern von einem Barbaren mißhandelt, die Wange glühte ihr vor Unwillen und ihre Stimme zitterte, so daß Theobald, der diese Ausbrüche an ihr fürchtete, sie sanft bei der Hand nahm und beiseite führte.

Raymund hatte, wie ernst es mit den Vorwürfen besonders der Frauenzimmer gemeint sei, gar nicht bemerkt, weil es ihm in der Gesellschaft durchaus an allem Takte gebrach. Sein unruhiger, von einem aufs andere springende Sinn war schon ganz anderswo mit den Gedanken, während man ihn über seinen Fehler nachdenklich gemacht und fast verletzt zu haben meinte. Er blickte durch den Tubus in die Ferne und schüttelte zuweilen mit dem Kopf; auf einmal stampft er heftig auf den Boden. »Ums Himmels willen, was ist Ihnen?« fragte der Oberst. »Nichts!« lachte Raymund, aus seinem Traum erwachend, »es ist nur so verflucht, daß ich die Jette jetzt nicht dahaben soll! sie nicht am Schopfe fassen kann und recht derb abküssen! Sehn Sie, lieber Oberst, eigentlich ists nur die Unmöglichkeit, was mich foltert, die plumpe, physische Unmöglichkeit, daß der einfältige Raum, der zwischen zweien Menschen liegt, nicht urplötzlich verschwindet, wenn einer den Willen recht gründlich hat, daß dies Gesetz nicht fällt, wenn auch mein Geist mit allem Verlangen sich dagegen stemmt! Ist so was nicht, um sich die Haare auszuraufen und mit beiden Füßen wider sich selber zu rennen? Wie dort der Berg, der Mollkopf, glotzt und prahlt, recht dreist die Fäuste in die Wampen preßt, daß er so breit sei!« Hier schlug Raymund ein schallendes Gelächter auf, machte einen Satz in die Höhe und sprang wie toll den Abhang hinunter.

»Nun ja, Gott steh uns bei! so etwas ist noch nicht erhört!« hieß es mit *einem* Munde. Aber Nolten nahm sich des Bildhauers mit Wärme an; er schilderte ihn als einen unverbesserlichen Naturmenschen, als einen Mann, der seine Kräfte fühle und übrigens von aller Tücke, wie von Affektion gleich weit entfernt sei, und wirklich gelang es ihm durch einige auffallende Anekdoten von der Herzensgüte seines Sansfaçon die Gesellschaft so weit auszusöhnen, daß man zuletzt nur noch lächelnd die Köpfe schüttelte. Alle gesellige Lust flammte noch einmal auf; man sprach nun erst recht kordial von Noltens und Agnesens Zukunft; der Bildhauer hatte sich auch wieder eingefunden, unvermerkt verflossen ein paar Stunden, und einige Stimmen erinnerten endlich nur leise an den Heimweg. Die Sonne neigte sich zum Untergang. Das herrlichste Abendrot entbrannte am Himmel, und das Gespräch verstummte nach und nach in der Betrachtung dieses Schauspiels. Agnes lehnte mit dem Haupt an der Brust des Geliebten, und wie die Blicke beider beruhigt in der Glut des Horizonts versinken, ist ihm, als feire die Natur die endliche Verklärung seines Schicksals. Er drückt Agnesen fester an sein Herz; er sieht sich mit ihr auf eine Höhe des Lebens gehoben, über welche hinaus ihm kein Glück weiter möglich scheint. Wie nun in solche Momente sich gern ein leichter Aberglaube spielend mischt, so geschah es auch hier, als der helle Doppelstrahl, der von dem Mittelpunkt des roten Luftgewebes ausging, sich nach und nach in vier zerteilte. Was lag, wenn man hier deuten wollte, der Hoffnung unseres Freundes näher, als einen Teil des wonnevoll gespaltnen Lichts auf zwei geliebte, weit entfernte Gestalten fallen zu lassen, deren wehmütige Erinnerung sich diesen Abend einige Male bei ihm gemeldet hatte. Allein wie sonderbar, wie schmerzlich muß er es eben jetzt empfinden, daß er dem treusten Kinde, das hier in seinen Arm geschmiegt mit leisen Küssen seine Hand bedeckte, und dann ein Auge, aller Himmel voll, gegen ihn aufrichtete, – nunmehr nicht seinen ganzen Busen öffnen durfte! Er mußte den Kreis seines Glücks, seiner Wünsche im stillen für sich abschließen und segnen, doch in der Mitte desselben darf er Agnesen als schützenden Engel aufstellen.

Die übrigen waren aufgestanden, man wollte gehen. Theobald trennte sich schwer von diesem glücklichen Orte, noch einmal überblickt' er die Runde der Landschaft und schied dann mit völlig befriedigter Seele.

Alsbald bewegte sich der Zug munter den Hügel hinab. Am Wäldchen wurde nicht versäumt, das Echo wieder anzurufen: Raymund brachte allerlei wilde Tierstimmen hervor und stellte mit Hussa-Ruf und Hundegekläff das Toben einer Jagd vollkommen dar; die Frauenzimmer sangen manches Lied, und gemächlich erreicht man das Pfarrhaus, wo die von Neuburg sich sogleich zum Abschied wenden wollen, trotz den Vorstellungen des Pfarrers, der einen Plan, die sämtlichen Gäste diese Nacht in Halmedorf unterzubringen, komisch genug vorlegte. Raymund schloß sich der Partie des Malers an, um morgen von Neuburg aus weiterzureisen. Wenigstens müsse man den Mond noch abwarten, meinte Amandus, und er wollte seine Kalesche, ein uraltes aber höchst bequemes Familienerbstück, inzwischen parat halten lassen. So verweilte man sich aufs neue; den Männern schien erst jetzt der Wein recht zu schmecken, und Nolten selbst überschritt sein gewöhnliches Ziel. Währenddem hat der Himmel sich umzogen, es wurde völlig Nacht, und Agnes, von seltsamer Unruhe befallen, ließ mit Bitten und Treiben nicht nach, bis man endlich zum letzten Wort gekommen war und die beschwerte Kutsche vom Haus wegrollte. Raymund ritt vor den Pferden her, und kaum hatten sie das Dorf im Rücken, so fing er herzhaft an zu singen. Er nahm in seinem frohen Übermut dem Bauernburschen, der nebenher leuchtete, die beiden Fackeln ab und schwang sie rechts und links in weiten Kreisen, indem er sich an den wunderlichen Schatten höchlich ergötzte, die er durch verschiedene Bewegung der Brände in eine riesenhafte Länge, bald vor-, bald rückwärts schleudern konnte. So oft es anging, kam er an den Schlag und brachte die Gesellschaft durch allerlei phantastische Vergleichungen über seine Reiterfigur zum innigen Lachen. Er war wirklich höchst liebenswürdig in dieser Laune, selbst Agnes ließ ihm Gerechtigkeit widerfahren. Der Maler wetteiferte mit ihm, teils schauerliche, teils liebliche Märchen aus dem Stegreife zu erzählen, wobei sich Theobald ganz unerschöpflich zeigte. Als sie im Wald an einer öden Strecke Ried vorüberkamen, hieß es, hier sei vor vielen hundert Jahren das Herz eines Zauberers nach dessen Tode in die Erde gegraben worden, das dann, zum schwarzen Moos verwachsen, als ein unendliches Gespinst rings unterm Boden fortgewuchert habe. Daraus wäre von dem Riesen Flömer eine unermeßliche Strickleiter gemacht worden, die er gegen den halben Mond geworfen; das eine Ende sei mit der Schleife am silbernen Horne hängen blieben, und nun sei der Riese triumphierend zum Himmel hinaufgeklettert. Agnes erinnerte, im Gegensatz zu solchen Ungeheuern, an eine kleine anmutige Elfengeschichte, die Nolten als Knabe ihr vorgemacht hatte, und so gab jedes einen Beitrag her; auch die drei andern jungen Leute blieben nicht zurück, vielmehr diese trauliche Dunkelheit schien sie nun erst mehr aufzuwecken. Der Bildhauer fand den Gedanken Noltens, daß, um die romantische Fahrt vollkommen zu machen, Raymund notwendig Henrietten auf seinem Rappen hinter sich haben sollte, ganz zum Entzücken, und sogleich fing er an, die sämtlichen Balladen, welche von nächtlichen Entführungen, Gespensterbräuten und so weiter handeln, mit Pathos zu rezitieren. Nun war es aber für unsre beiden Liebenden der süßeste Genuß, zwischen alle diesen Spielen einer unstet umherflackernden Einbildung auf Augenblicke heimlich im stilleren Herzen einzukehren und die Gedanken auf das Bild der nächsten reizenden Zukunft zu richten, sich einander mit einem halben Wort ins Ohr, mit einem Händedruck zu sagen, wie man sich fühle, was eines am andern besitze, wieviel man sich erst künftig noch zu werden hoffe.

Schon eine Zeitlang hatte Raymund von ferne ein Fuhrwerk zu hören geglaubt; es kam jetzt näher, und eine Laterne lief mit. Es war der Wagen des Barons. Der Herr Förster schicke ihn entgegen, sagte der Knecht mit einem Tone, der eine schlimme Nachricht fürchten ließ. Der gnädige Herr, hieß es, sei schnell dahingefallen, von einem Nervenschlag spreche der Arzt, vor zwei Stunden habe man ihm auf das Ende gewartet, sie möchten eilen, um ihn noch am Leben zu sehn. Welche Bestürzung! welche Verwandlung der frohen Gemüter! Schnell wurden die Wagen gewechselt, der eine fuhr zurück, der andre eilte Neuburg zu.

Der Baron erkannte bereits den Maler nicht mehr, er lag wie schlummernd mit hastigem Atem. Theobald kam nicht von seinem Bette, er und die einzige Schwester des Sterbenden, eine achtungswürdige Matrone, und ein alter Kammerdiener waren zugegen, als der verehrte Greis gegen Morgen verschied. –

So hatte Nolten einen andern Vater, es hatte der Förster den würdigsten Freund verloren; ja dieser durch und durch erschütterte Mann, da ihm zugleich eine neues Glück in seinen Kindern tröstlich aufgegangen war, gewann doch seinem ersten Schmerzgefühl kaum so viel ab, als billig schien, um, wie es sonst in seiner frommen Art gewesen wäre, dankbar und laut eine Wohltat zu preisen, die ihm der Himmel mit der einen Hand als reichlichen Ersatz nicht minder unerwartet schenkte, als er ihm unerwartet mit der andern ein teures Gut entrissen hatte.

Was Theobald betrifft, so war ein solcher Verlust für ihn noch von besonderer Bedeutung. Wenn uns unvermutet eine Person wegstirbt, deren innige und verständige Teilnahme uns von Jugend an begleitete, deren ununterbrochene Neigung uns gleichsam eine stille Bürgschaft für ein dauerndes Wohlergehn geworden war, so ist es immer, als stockte plötzlich unser eignes Leben, als sei im Gangwerk unseres Schicksals ein Rad gebrochen, das, ob es gleich auf seinem Platze beinah entbehrlich scheinen konnte, nun durch den Stillestand des Ganzen erst seine wahre Bedeutung verriete. Wenn aber gar der Fall eintritt, daß sich ein solches Auge schließt, indem uns eben die wichtigste Lebensepoche sich öffnet, und ehe den Freund die frohe Nachricht noch erreichen konnte, so will der Mut uns gänzlich fehlen, eine Bahn zu beschreiten, welche des besten Segens zu ermangeln, uns fremd und traurig anzublicken scheint.

Wer dieser trüben Stimmung Theobalds am wenigsten aufhelfen konnte, war Agnes selbst, deren Benehmen in der Tat den sonderbarsten Anblick darbot. Sie war seit gestern wie verstummt, sie ließ die andern reden, klagen oder trösten, ließ um sich her geschehen, was da wollte, eben als ginge sies am wenigsten an, als werde sie nicht von dieser allgemeinen Trauer, sondern von etwas ganz anderem bewegt. Sie kämpfte mit Erhebung gegen ein Gefühl, das sie mit niemand teilen zu können schien. Dann wieder war ihr Wesen auf einmal feierlich gehoben; sie griff die gewöhnlichen häuslichen Geschäfte mit aller äußern Ruhe an, wie sonst, aber nur der Körper, nicht der Geist schien gegenwärtig zu sein. Auf mitleidiges Zudringen des Bräutigams und Vaters bekannte sie zuletzt, daß eine unerklärliche Angst seit gestern an ihr sei, ein unbekannter Drang, der ihr Brust und

Kehle zuschnüre. »Ich seh euch alle weinen«, rief sie aus, »und mir ist es nicht möglich. Ach Theobald, ach Vater, was für ein Zustand ist doch das! Mir ist, als würde jede andere Empfindung von dieser einzigen, von dieser Feuerpein der Angst verzehrt. O wenn es wahr wäre, daß ich meine Tränen auf größeres Unglück aufsparen soll, das erst im Anzug ist!« Sie hatte dieses noch nicht ausgesagt, als sie in das fürchterlichste Weinen ausbrach, worauf sie sich auch bald erleichtert fühlte. Sie ging allein ins Gärtchen, und als Theobald nach einer Weile sie dort aufsuchte, kam sie ihm mit einer weichen Heiterkeit auf dem Gesicht, nur ungewöhnlich blaß, entgegen. Der Maler im stillen war über ihre Schönheit verwundert, die er vollkommener nie gesehen hatte. Sie fing gleich an, jene traurigen Ahnungen zu widerrufen, und nannte es sündhafte Schwäche, dergleichen bösen Zweifeln nachzugeben, die man durch aufrichtiges Gebet jederzeit am sichersten loswerde, und es sei auch gewiß das letztemal, daß Nolten sie so kindisch gesehen. Mit der natürlichen Beredsamkeit eines frommen Gemüts empfahl sie ihm Vertrauen auf Gottes Macht und Liebe, von welcher sie nach solcher Anfechtung nur um so freudigeres Zeugnis in ihrem Innersten empfangen habe. – So wahr ihr auch dies alles aus dem Herzen floß, so wich sie Noltens Frage, was denn eigentlich der Grund jenes Verzagens gewesen sei, mit einiger Unruhe aus. Sie glaubte ihn mit dem Bekenntnisse verschonen zu müssen, daß, als sie gestern den Brief des Hofrats gelesen, ihre Freude hierüber auf der Stelle mit einer dunkeln Furcht vor diesem Glück, vielleicht gerade weil es ihr zu groß gedeucht, seltsam gemischt gewesen war.

Den folgenden Tag war die Beisetzung des Barons. Alle, auch Agnes, die ihm die Totenkrone flocht, hatten ihn noch im Sarge gesehen und einen durchaus reinen und erhebenden Eindruck von seinem Liebe-Bild zurückbehalten. Raymund, mit einem dankbaren Schreiben Theobalds an den Hofrat, war zeitig weitergegangen. Zur festgesetzten Zeit wollten beide Künstler sich an dem neuen Orte ihrer Bestimmung fröhlicher wieder begrüßen, als sie sich jetzo trennten.

Zunächst nun folgte in dem Forsthaus eine stille, doch wohltätige Trauerwoche. In traulichen, öfters bis tief in die Nacht fortgesetzten Gesprächen vergegenwärtigte man sich die eigentümliche Sinnesart des Verstorbenen auf alle Weise. Erinnerungen aus frühester und neuester Zeit traten hervor. Entwürfe eines Denkmals, das Grab des Toten einfach und edel zu zieren, wurden verschiedentlich versucht, Umrisse der freundlichen Gesichtsbildung wurden gezeichnet, nach Ansicht eines jeden sorgfältig verändert und wieder gezeichnet. Jetzt langten Noltens Effekten an. Er fand unter seinen Papieren eine Sammlung älterer Briefe des Barons (denn in dem letzten Jahre schrieb er fast nichts mehr, und alle Verbindung zwischen ihm und dem Maler war nur gelegentlich durch das Forsthaus). Meistens fiel diese Korrespondenz in die Zeit, da sich Theobald in Rom aufhielt, man bekam die Gegenblätter vollständig aus dem Nachlasse des Barons zusammen, und sie gewährten jetzt eine ebenso lehrreiche als erbauliche Unterhaltung.

Von einem solchen, dem teuren Abgeschiedenen mit frommer Neigung gewidmeten Andenken war dann der Übergang zum lebendigen Genusse der Gegenwart in jedem Augenblicke leicht gefunden. Größere und kleinere Spaziergänge, Besuche aus der Nachbarschaft erwidert, hundert kleine Beschäftigungen in Haus und Feld und Garten wechselten ab, die Tage schnell und harmlos abzuspinnen. Nolten versäumte dabei nicht, wenn von der großen Veränderung die Rede war, die ihm und den Seinigen bevorstand, gelegentlich einen Plan erst nur entfernterweise und wie im Scherze blicken zu lassen, womit er aber eines Abends, als alle drei beim traulichen Lichte versammelt saßen, ernsthaft hervortrat und den Vater wie Agnesen nicht wenig überraschte. Er sei entschlossen, sagte er, seinen künftigen Wohnort auf einem kleinen Umweg über einige sehenswerte Städte Deutschlands zu erreichen, und nicht nur die Geliebte werde ihn begleiten, sondern, wie er halb hoffe, auch der Vater, den er auf jeden Fall als bleibenden Genossen seines künftigen Hauses schon längst im stillen angesehn und nunmehr, von Agnesen unterstützt, um seine Einwilligung herzlich und kindlich bitte. Gerührt versprach der Alte, der Sache nachzudenken; »was aber«, setzte er hinzu, »diese nächste Reise betrifft, so taugt ein alter gebrechlicher Kamerade wie ich zu dergleichen Seitensprüngen nicht mehr. Und überdies (er hatte die Landkarte auf dem Tisch ausgebreitet) so ganz unbeträchtlich find ich den Umweg des Herrn Sohns eben nicht. Sehn Sie, dies Dreieck, man mag es nehmen wie man will, macht immer einen ziemlich spitzen

Winkel hier bei P*, wo Sie dann gegen Norden lenken wollten. Nein, liebe Kinder, vorderhand bleib ich hier. Euch so lange hinzusperren, bis ich Haus und Hof beschickt und abgegeben hätte, wäre unsinnig, und doch muß man sich zu so etwas Zeit nehmen können; daß ich aber für jetzt nur abbräche, um wiederzukommen und dann die Sachen in Ordnung zu bringen, wäre womöglich noch ungeschickter. Kommt ihr nur erst an Ort und Stelle an, wir wollen sehen, was sich dann weiter schickt und ob es Gottes Wille ist, daß ich euch folge.«

Agnes konnte dem Vater nicht unrecht geben; am liebsten freilich hätte sie Theobalden jenen Nebenplan ausreden mögen, der ihr und, wie sie wohl bemerkte, noch mehr dem Vater, der bedeutenden Kosten wegen, bedenklich vorkam. Sie hielt auch diese Einwendung nicht ganz zurück, doch da man sah, wie vielen Wert der Maler auf die Sache legte, so dachte man sie ihm nicht zu verkümmern. Man fing also zu rechnen an, und Theobald erklärte, daß er, so günstig wie nunmehr die Dinge für ihn lägen, eine Schuld ohne Gefahr aufnehmen könne, ja er gestand, er habe dies Geschäft schon abgetan und bereits die Wechsel in Händen. Dies gab ihm einen kleinen Zank, doch mußte man es ihm wohl gelten lassen.

Nun aber kam ganz unvermeidlich die Hochzeit zur Sprache. Es war ein Punkt, der diese letzten Tage her Agnesen im stillen vieles mochte zu schaffen gemacht haben; sie faßte sich daher ein Herz und fing von selbst davon zu reden an, jedoch nur um zu bitten, daß man damit nicht eilen, daß man diesen und den nächsten Monat noch abwarten möge. »Was soll das heißen?« rief der Vater und traute seinen Ohren kaum. »Wir reisen ja die nächste Woche schon, mein Kind!« rief Nolten. Das hindere nichts, behauptete Agnes; sie müßten sich ja nicht notwendig im Lande trauen lassen, was ihr freilich, an sich betrachtet, ungleich lieber wäre, es könne aber auch in W* geschehen (dies war der Ort, wo sie sich niederlassen sollten), und noch besser in H* (hier lebte ein naher Verwandter des Försters, und die Reisenden mußten das Städtchen passieren, das nur wenige Meilen von W* gelegen war); dort würden sie in einer festzusetzenden Woche mit dem Vater zusammentreffen, und so alle miteinander aufziehn. – Der Alte hielt seinen Verdruß noch an sich, um erst die Gründe der Tochter zu hören, allein da diese rein innerlich, dem guten Mädchen selber nicht ganz klar und überhaupt gar nicht geeignet waren, eine gemein verständige Prüfung auszuhalten, so geriet der Vater in Hitze, und es kam zu einem Auftritt, den wir dem Leser gern ersparen. Genug, der Förster, nachdem er seine Meinung über solchen Eigensinn mit Bitterkeit von sich geschüttet hatte, verließ ganz außer sich das Zimmer. Die Arme warf sich voller Schmerz aufs Bette, und Theobald, dem sie nur rückwärts ihre Hand hinlieh, saß lange schweigend neben ihr. Sie wurde ruhiger, sie rührte sich nicht mehr, ein leiser Schlaf umdämmerte ihre Sinne.

Unserem Freunde drangen sich in dieser stummen sonderbaren Lage verschiedene Betrachtungen auf, die er seit jenem Morgen, an dem er die Geliebte von neuem an sein Herz empfing, nimmermehr für möglich gehalten hätte, doch jetzt, wer möchte ihm verargen, wenn ihn der Zweifel überschlich, ob denn das Rätselwesen, das hier trostlos vor seinen Augen lag, dazu bestimmt sein könne, durch ihn glücklich zu werden oder ihm ein dauerndes Glück zu gründen, ob er es für ein wünschenswertes und nicht vielmehr für ein höchst gewagtes Bündnis halten müsse, wodurch er sich fürs ganze Leben an dies wunderbare Geschöpf gefesselt sähe? Aber zu fragen brauchte er sich wenigstens das *eine* nicht: ob er sie wirklich liebe, ob seine Neigung nicht etwa nur eine künstlich übertragene sei? vielmehr durchdrang ihn das Gefühl derselben nie so vollglühend als eben jetzt. Er dachte weiter nach und mußte finden, daß eben jene dunkle Klippe, woran Agnesens sonst so gleichgewiegtes Leben zum erstenmal sich brach, dieselbe sei, nach der auch sein Magnet von früh an unablässig strebte, ja daß (man gönne uns immer das Gleichnis) die schlimme Zauberblume, worin des Mädchens Geist zuerst mit unheilvollen Ahnungen sich berauschte, nur auf dem Grund und Boden seines eignen Schicksals aufgeschossen war. Notwendig daher und auf ewig ist er mit ihr verbunden, Böses oder Gutes kann für sie beide nur in *einer* Schale gewogen sein.

Seine Gedanken verschwammen nach und nach in einer grundlosen Tiefe, doch ohne Ängstlichkeit; mit einer Art von frommer Todeswollust, mit überschwenglichem Vertrauen küßt er den Saum am Kleide der Gottheit, deren geweihtes Kind er sich empfindet. Er hätte eine Ewigkeit so sitzen können, nur diese Schlafende neben sich, nur diese ruhige Kerze vor Augen. – Er neigt sich über Agnes her und rührt mit leisen Lippen ihre Wange; sie schrickt zusammen und starrt ihm lange ins Gesicht, bis sie sich endlich findet. Stillschweigend treten beide ans offene Fenster, eine balsamische Luft haucht ihnen entgegen; der volle Mond war eben aufgegangen und setzte die Gegend, das Gärtchen, ins Licht. Sie deutet hinab, ob er noch einen Gang zu machen Lust hätte. Man zauderte nicht. Der Vater war zu Bette gegangen, das ganze Dorf in Ruhe. Sie wandelten den mittlern Weg vom Haus zur Laube, zwischen aufblühenden Rosengehegen, Hand in Hand auf und nieder. Keins konnte die ersten Worte recht finden. Er fing endlich damit an, den Vater zu entschuldigen, und rückte so dem Gegenstand des Streites näher, um zu erfahren, woher ihr diese Scheu, dies Widerstreben gegen ein so natürliches als erfreuliches Vorhaben kam, von dem sie noch vor wenig Wochen mit aller Unbefangenheit, ja ganz im Sinn des echten Mädchens gesprochen hatte, dem auch die äußeren Erfordernisse eines solchen Tags, die Musterung und Wahl des Putzes, ein reizender Gegenstand der Sorgfalt und der Mühe sind. Mit welcher Rührung hatte sie neulich (wir versäumten bis jetzt, es zu erwähnen), mit welcher Bewunderung das schöne Angebinde der unbekannten Freundinnen aus Theobalds Händen empfangen und gegen das schwarze Festkleid gehalten! »Sieh«, sagte der Bräutigam jetzt und streichelte ihr freundlich Kinn und Wangen, indem sein Ton zwischen Wehmut und einer ermutigenden Munterkeit wechselte, »dort schaut das Kirchlein her und tut wie traurig, daß es die Freude deines Tags nicht sehen soll! kannst du ihm seinen Willen denn nicht tun? – Gewiß, Agnes, ich will dich nicht bestürmen: hier meine Hand darauf, daß du mit keinem Wort, mit keiner unfreundlichen Miene, auch vom Vater nicht, es künftig entgelten sollst, wenn du, was wir verlangen, nun einmal nicht über dich vermöchtest, nur überleg es noch einmal. Ich will alles beiseite setzen, was der Vater hauptsächlich für seine Absicht anführt, ich will davon nichts sagen, daß es jedermann auffallen müßte, Stoff zu Vermutungen gäbe, und dergleichen. Aber ob du der Heimat, in deren Schoß du deine frohe Jugend lebtest, von der du nun für immer Abschied nimmst, ob du ihr dies Fest nicht schuldig bist, worauf sie so gerne stolz sein möchte? Der Ort, das Haus, das Tal, wo man erzogen wurde, dünkt uns von einem eigenen Engel behütet, der hier zurückbleibt, indem wir uns in die weite Welt zerstreuen: es ist dies wenigstens das liebste Bild für ein natürliches Gefühl in uns; bedenke nun, ob dieser fromme Wächter deiner Kindheit dirs je verzeihen könnte, wenn du ihm nicht vergönnen wolltest, dir noch den Kranz aufs Haupt zu setzen, dich auf der Schwelle deines elterlichen Hauses mit seinem schönsten Segen zu entlassen. Es hoffen alle deine Gespielen, jung und alt hofft dich vor dem Altar zu sehen, das ganze Dorf hat die Augen auf dich gerichtet. Und darf ich noch mehr sagen? Zweier Personen muß ich gedenken, die diesen Tag nicht mehr mit uns begehen sollten, deine teure Mutter und unser kürzlich vollendeter Freund: ihr Gruß wird uns an jenem Morgen schmerzlich fehlen aber doch eine Spur ihres Wesens wird uns an der Stätte begegnen, wo sie einst mit uns waren, von ihrer Ruhestätte wird –«

»Um Jesu willen, Theobald, nicht weiter!« ruft Agnes, ihrer nicht mehr mächtig, und wirft sich schluchzend vor ihm auf die Knie – »Du bringst mich um – Es kann nicht sein – Erlasset mirs!« Bestürzt hebt er sie auf, liebkost, beschwichtigt, tröstet sie: man sei ja weit entfernt, sagt er, ihrem Herzen Gewalt anzutun, er habe sich nun überzeugt, wie unmöglich es ihr sei, auch liege ja so sehr viel nicht an der Sache, er werde es dem Vater vorstellen, es werde alles gut gehn. Sie kamen vor die Laube, sie mußte sich setzen; ein schmaler Streif des Mondes fiel durchs Gezweige auf ihr Gesicht, und Theobald sah ihre Tränen in hellen Tropfen fallen. Er solle die Reise allein machen, verlangte sie, er solle wieder zurückkommen, indessen sei die Zeit vorüber, vor welcher sie sich fürchte, dann wolle sie gern alles tun, was man wünsche und wo man es wünsche. Auf die Frage, ob es also nicht die Reise selbst sei, was sie beängstige, erwiderte sie: nein, sie könne nur das Gefühl nicht überwinden, als ob ihr überhaupt in der nächsten Zeit etwas Besonderes bevorstünde – es warne sie unaufhörlich etwas vor dieser schnellen Hochzeit. »Was aber dies Besondere sei, das wüßtest du mir nicht zu sagen, liebes Herz?« Sie schwieg ein Weilchen und gab dann zurück: »Wenn der Zeitpunkt vorüber ist, sollst du es erfahren.« Nolten vermied nun, weiter davon zu reden. Er war weniger wegen irgendeines bevorstehenden äußern Übels als um das Gemüt des Mädchens besorgt; er nahm sich vor, sie auf alle Art zu schonen und zu hüten. Was ihm aber eine solche Vorsicht noch besonders nahelegte, war eine Äußerung Agnesens selbst. Nachdem nämlich das Gespräch bereits wieder einen ruhigen und durch Theobalds leise, verständige Behandlung, selbst einen heitern Ton angenommen hatte, gingen beide, da es schon gegen Mitternacht war, ins Haus zurück. Sie zündete Licht für ihn an, und man hatte sich schon gute Nacht gesagt, als sie seine Hand noch festhielt, ihr Gesicht an seinem Halse verbarg und kaum hörbar sagte: »Nicht wahr, das Weib wird nimmer kommen?« – »Welches?« fragt er betroffen. – »Du weißt es«, erwiderte sie, als getraute sie sich nicht, das Wort in den Mund zu nehmen. Es war das erstemal, daß sie ihm gegenüber die Zigeunerin berührte. Er beruhigte sie mit wenigen aber entschiedenen Worten.

Auf seinem Zimmer angekommen, untersucht er eifrig den Verschlag, worin unter andern Malereien auch das fatale Bild vergraben war; eine augenblickliche Besorgnis, die Kiste möchte aus Irrtum geöffnet worden sein, war durch Agnesens Worte in ihm aufgestiegen; doch fand sich alles unversehrt.

Den andern Morgen, noch ehe Agnes aufgestanden war, erzählte er die gestrige Szene dem Vater, den er schon wider Erwarten milde gestimmt fand. Der Alte gestand ihm, daß bald, nachdem er die beiden verlassen, er etwas Ähnliches, wo nicht noch Schlimmeres, zu befürchten angefangen habe, und seine Heftigkeit bereue. Es bleibe nichts übrig, als man gebe nach; daß sie aber am Ende nicht auch die Reise verweigere, müsse man ja vorbauen. – »Laß uns Frieden schließen!« sagte er beim Frühstück zu der Tochter und bot ihr die Wange zum Kuß; »ich habe mir den Handel überschlafen, und es soll dir noch so hingehn; man muß eben auf einen Vorwand denken, wegen der Leute. Aber so viel merk ich schon«, setzte er scherzhaft gegen den Schwiegersohn hinzu, »der Pantoffel steht Ihnen gut an, von der Bösen da.« Die Böse schämte sich ein wenig, und der Zwist war vergessen. Zu der Reise ließ sie sich willig finden und mit den Vorbereitungen ward noch heute der Anfang gemacht. Zur erheiternden Begleitung wollte man unterwegs Nannetten, Theobalds jüngste Schwester, aufnehmen, die er ohnedies vorderhand zu sich zu nehmen entschlossen war. –

Nunmehr überspringen wir einen Zeitraum von wenigen Wochen, in denen der Wagen unsrer beiden Liebenden schon eine gute Strecke weit auf landfremden Wegen fortgerollt sein mag. Man war um zwei muntere Augen vermehrt und in der Tat um so viel reicher geworden. Denn wenn das Glück eines Paares, welchem vergönnt ist, auf unabhängige und bequeme Weise ein größeres Stück Welt miteinander zu sehen, schon an sich für den seligsten Gipfel des mit zarten Sorgen und Freuden so vielfach durchflochtenen Brautstandes mit Recht gehalten wird, so gewinnt diese glückliche Zweiheit gar sehr an herzinnigem Reiz durch das Hinzutreten einer engbefreundeten jüngern Person, deren lebendige, mehr nach außen gerichtete Aufmerksamkeit den beiden die vorüberfliegende Welt in erhöhter Wirklichkeit zuführt und jene wortlose Beschaulichkeit, worein Liebende in solcher Lage sich sonst so gerne einwiegen lassen, immer wieder wohltätig aufschüttelt. Eine solche Ableitung nun war unserm Paare um so nötiger, als gewisse schwere Stoffe auf dem Grunde der Gemüter, sowenig man es einander eingestand, sich anfangs nicht sogleich zerteilen wollten. Diesen Vorteil aber gewährte Nannettens Gegenwart vollkommen. Sowohl im Gefährte, wo sie sich mit Konrad, dem Kutscher, einem treuherzigen Burschen aus Neuburg, gleich auf den lustigsten Fuß zu setzen wußte, als in den Gasthöfen, wo sie die Eigenheiten der Fremden genau zu beobachten, auf alle Gespräche zu horchen und die Merkwürdigkeiten einer Stadt immer zuerst auszukundschaften pflegte, – überall zeigte sie eine rasche und praktische Beweglichkeit, und wo man hinkam, erwarb sie sich durch ein ansprechendes Äußere, durch ihren naiven und schnellen Verstand die scharmantesten Lobsprüche. – Das Wetter, das in den ersten Tagen meist Regen brachte, hatte sich gefaßt und versprach beständig zu bleiben. So langte man eines Abends ganz wohlgemut in einer ehemaligen Reichsstadt an, wo übernachtet werden mußte. Unsere Gesellschaft war in dem besten Gasthofe untergebracht, und während diese sich auf ihre Weise gütlich tut, möge der Leser es nicht verschmähen, auf kurze Zeit an einer entfernten Trinkgesellschaft aus der niedern Volksklasse teilzunehmen. Konrad hofft seine Rechnung dort besser als an jedem andern Orte zu finden; man hat ihn auf ein großes Brauereigebäude, den Kapuzinerkeller, neugierig gemacht, und er wird uns den Weg dahin zeigen.

Es lag der genannte Keller in einem ziemlich düstern und schmutzigen Winkel der Altstadt und bildete den Schluß einer Sackgasse, die meist von Küfern, Gerbern und dergleichen bewohnt ward. Konrad sitzt in dem vordern allgemeinen Trinkzimmer, hart an der offnen Tür einer Nebenstube, der er seine ganze Aufmerksamkeit schenkt. Dort hat nämlich ein Zirkel von fünf bis sechs regelmäßigen Gästen seinen Tisch, dessen schmale Seite von einem breitschultrigen Manne mit pockennarbigem Gesicht besetzt ist, einem aufgeweckten und, wie es scheint, etwas verwilderten Burschen. Aus seinen kleinen schwarzen Augen blitzte die helle Spottlustigkeit, eine zu allerlei Sprüngen und Possen aufgelegte Einbildungskraft. Er trug seine Scherze übrigens mit trockener Miene vor und machte die Seele der Gesellschaft aus. Man nannte ihn den Büchsenmacher, auch wohl Stelzfuß, denn er hatte ein hölzernes Bein. Zwei Mann unter ihm saß ein Mensch von etwa sechsunddreißig Jahren. Es war keine besonders feine Beobachtungsgabe nötig, um in dieser Gestalt, diesem Kopfe etwas Bedeutenderes und durchaus Edleres zu entdecken, als man sonst in einem solchen Kreis erwarten würde. Ein schmales, ziemlich verwittertes und tiefgefurchtes Gesicht, das unstete feurige Auge, eine leidenschaftliche Hast in den anständigen Bewegungen zeugten offenbar von ungewöhnlichen Stürmen, die der Mann im Leben mochte erfahren haben. Er sprach wenig, sah meist zerstreut vor sich nieder, und doch, je nachdem ihm die Laune ankam, konnte er an Einfällen den Stelzfuß sogar überbieten, nur daß dies immer auf eine feinere Weise geschah, und ohne sich das geringste zu vergeben. Alle betrachteten ihn mit auffallender Distinktion, ja mit einer gewissen Scheu, obgleich er nur Joseph, der Tischler, hieß. Ihm gegenüber hatte ein jüngerer Geselle, namens Perse, ein Goldarbeiter, sein Glas stehen. Es war der einzige, mit dem Joseph auch außerhalb dem Wirtshaus einigen Umgang pflegen mochte. Von den übrigen wüßten wir nichts weiter zu sagen, als daß es aufgeweckte Leute und ehrbare Handwerker waren.

»Mir fehlt heut etwas«, sagte der Büchsenmacher, »ich weiß nicht, was. Ich hab das Licht nun schon viermal hintereinander geputzt, in der Meinung, derweil ein frisches Trumm in meinem Kopf zu finden, denn euer einerlei Geschwätz da von Meistern, Kunden, Herrschaften ist mir ganz und gar zum Ekel; ich weiß von diesem Quark lange nichts mehr und will vorderhand auch nichts davon hören. Die Lichtputze noch einmal! und jetzt was Neues, ihr Herrn! Mir schnurrt eine Grille im Oberhaus. Es wäre nicht übel, der Mensch hätte für seinen Kopf, wenn der Docht zu lang wird, auch so eine Gattung Instrumente oder Vorrichtung am Ohr, um sich wieder einen frischen Gedankensatz zu geben. Zwar hat man mir schon in der Schule versichert, daß seit Erfindung der Ohrfeigen in diesem Punkte nichts mehr zu wünschen übrig sei; das mag vielleicht für junge Köpfe gelten, aber ich bin bald vierzig; nur in diesem köstlichen Öl, ich meine diesen goldnen Trank aus Malz und Hopfen, find ich ein kleines Surrogat für –«

»Spaß beiseit!« rief Perse, ihn unterbrechend, »ich kann mir überhaupt nicht denken, Lörmer, wie dirs nur eine Stunde wohl sein mag bei dem unnützen Leben, das du in den zwei Monaten führst, seit du Hamburg verlassen hast. Bei Gott, ich wollt dich schon mehrmals auf dies Kapitel bringen und dir zureden, denn mich dauerts in der Seele, wenn sie davon erzählen, wie du ein geschickter Arbeiter gewesen, wie du Grütz und Gaben hättest, dich den ersten Meistern in deinem Fache gleichzustellen und dein Glück zu machen auf zeitlebens – und nun! dich hier auf die faule Haut legen, höchstens um Taglohn für Hungersterben da und dort ein Stück Arbeit annehmen in einer fremden Werkstatt und dich schlecht bezahlen lassen für gute Ware, wie sie dem Geübtesten nicht aus der Hand geht! Heißt das aber nicht gesündigt an dir selber? ist das nicht himmelschreiend?«

Der Angeredete schaute verwundert auf über diese unerwartete Lektion und lauerte einigermaßen beschämt nach Joseph hinüber, als wollte er dessen Gedanken belauschen: aber dieser traf ihn mit einem finstern, bedeutungsvollen Blick, wobei sich die übrigen allerlei zu denken schienen.

»Was?« nahm Perse wieder das Wort, »will dem Kerl niemand die Wahrheit sagen? hat keiner das Herz, ihm den Leviten zu lesen, wies recht ist? Redet doch auch, ihr andern!«

»Redet nicht, ihr andern!« entgegnete ernsthaft der Büchsenmacher; »das ist, hol mich der Teufel, kein Text für diesen Abend und für die Schenke, wo man Fried haben will. Ich sag euch, und das ist mein letzt Wort in der Sache: gar gut weiß ich, woran ich bin mit mir selber, und soviel ist auch gewiß, wenn ich *will*, hat dies tolle Leben ein End über Nacht. Der Lörmer wird sich vom Kopf bis zum Fuß das alte Fell abziehen mit einemmal, wie man einen Handschuh abreißt. Ihr sollt sehen. Laßt mich aber indes mit eurer Predigt in Ruh, sie richtet in zwei Jahren nicht aus, was der ungefähre Windstoß eines frischen Augenblicks bei mir aufjagt. – Muß aber heut ja von Lumperei die Rede sein, so will ich euch und –« hiemit nahm der Sprecher plötzlich seine wohlbehagliche, muntere Haltung wieder an – »will ich euch ein Rätsel vorlegen in betreff eines Lumpen, der sich auf unbegreifliche Weise innerhalb vierundzwanzig Stunden zum flotten Mann poussiert hat, und zwar ist es einer aus unserer Gesellschaft.« – »Wie? Was?« riefen einige. – »Ohne Zweifel«, erwiderte der Büchsenmacher; »er befindet sich zwar gegenwärtig nicht unter uns und schon mehrere Tage nicht, aber er rechnet sich zur Compagnie, er versprach, heute zu kommen, und es wäre unbarmherzig, wenn ihr ihn nicht wenigstens als Anhängsel, als ein Schwänzchen von mir wolltet mitzählen lassen.« – »Ah!« rief man lachend, »die Figur! die Figur! er meint die Figur!«

»Allerdings«, fuhr der andere fort, »ich meine das spindeldünne bleichsüchtige Wesen, das mir von Hamburg an, ungebetenerweise und ohne vorausgegangene genauere Bekanntschaft hieher folgte, um, wie er sagte, in meinen Armen den Tod seines unvergeßlichen Freundes und Bruders, des Buchdruckers Murschel, zu beweinen. Nun wißt ihr, ich bewohne seit einiger Zeit mit diesem zärtlichen Barbier, Sigismund Wispeln, *eine* Stube, er ißt mit mir, und ich teile aus christlicher Milde alles mit ihm, bis auf das Bett, das ich mir aus billigen Gründen allein vorbehalten. Man hat aber keinen Begriff, was ich für ein Leiden mit dieser Gesellschaft habe. Schon sein bloßer Anblick kann einen alterieren. Eine Menge kurioser Angewohnheiten, eine unermüdliche Sorgfalt, seine Milbenhaut zu reiben und zu hätscheln, seine rötlichen Haare mit allerlei gemeinem Fette zu beträufeln, seine Nägel bis aufs Blut zu schneiden und zu schaben – ich bekomme Gichter beim bloßen Gedanken! und wenn er nun die Lippen so süß zuspitzt und mit den Augen blinzt, weil er, wie er zu sagen pflegt, an der Wimper kränkelt, oder wenn er sich mit den tausend Liebkosungen und Gesten an mich anschmiegt, da dreht sich der Magen in mir um und ich hab ihn wegen dieser Freundschaftsbezeugungen mehr als einmal wie einen Flederwisch an die Wand fliegen lassen. Nun ging ich neulich damit um, mir das Geschöpf mit guter Art vom Hals zu schaffen. Vielleicht ist euch nicht unbekannt, daß der Kerl an Händ und Füßen, besonders aber zwischen den Zehen, wirkliche Schwimmhäute hat, auch lebe ich der festen Überzeugung, man würde aus seinen Gliedmaßen lauter schmale Stäbe von Fischbein, statt der Knochen, ziehen und überhaupt die wunderbarsten Dinge bei ihm entdecken. Mein Rat war also, sich zuvörderst von einem Professor besichtigen und dann dem Fürsten empfehlen zu lassen, vor allen Dingen aber sich aus meinem Logis zu verlegen. Dieser mein Vorschlag kam freilich etwas unerwartet, und ich mußte ihm schon noch einige Tage Zeit gönnen, um sich zu fassen. Gestern morgen aber stand er ungewöhnlich früh vom Bette auf; ich lag noch halbschlafend mit geschlossenen Augen, mußte aber im Geist jede Gebärde verfolgen, die der Widerwart während des Ankleidens machte, jede Miene, nein, ich sage passender, jeden Gesichtsschnörkel, der sich während des Waschens zwanzig- und dreißigfältig bei ihm formierte. Jetzt griff er nach seinem ordinären Frühstück, einem vollen Glas mit kaltem Brunnenwasser, jetzt hört ich ihn seine beinernen Finger auf den Tisch setzen und knackend abdrucken, daß die Wände gellten, das gewöhnliche Manöver, wodurch er mich zum Erwachen, zum Gespräch zu bringen sucht, und: ‚Guten Morgen, Bruder! wie schlief sichs?‘ lispelt er, aber ich rühre mich nicht. Er wiederholt den Gruß noch einigemal, ohne Erfolg; endlich fühle ich meine Nase zärtlich von zwei eiskalten Fingerspitzen gehalten, ich fahre auf, und der Freund hat eben noch Zeit, sich meinem Zorn durch eine schnelle Ausbeugung zu entziehen. Allein wie groß war mein Erstaunen, als ich den Hundsfott im neuen schwarzen Frack, mit neumodisch hoher Halsbinde und süperbem Hemdstrich in der Ecke stehen sah. Die mir wohlbekannte verblichene Hose aus Nanking und die abgenutzten Schuhe zeugten zwar noch von gestern und ehegestern, aber die übrige Pracht, woher kam sie an solchen Schuft? Gestohlen oder entlehnt waren wenigstens die Kleider nicht, denn bald fand ich die quittierten Rechnungen von Tuchhändler und Schneider mit Stecknadeln wie Schmetterlinge an das bekannte armselige Hütchen gesteckt, das naseweis von dem hohen Bettstollen auf seinen veränderten Herrn blickte. Vergebens waren alle meine Fragen über diese glücklich begonnene Besserung der Umstände meines Tropfen; ich erhielt nur ein geheimnisvolles Lächeln, und noch heute ist mir das Rätsel nicht gelöst. Der Schuft muß auch bare Münze haben; er sprach mir von Schadloshaltung, von einem Kostgeld und dergleichen. Übrigens speist er, wie ich höre, jetzt regelmäßig im ‚Goldenen Schwan'. Nun! sagt mir, ist einer unter euch, der mir beweist, es gehe so was mit natürlichen, oder doch ehrlichen Dingen zu? Sagt, muß man den Menschen nicht in ein freundschaftliches Verhör nehmen, ehe die Obrigkeit Verdacht schöpft und unsern Bruder einsteckt?«

Man sprach, man riet, man lachte herüber und hinüber. Endlich nahm der Stelzfuß das Wort wieder, indem er sagte: »Weil wir ohnedem jetzt an dem Kapitel von den Mirakeln sind, so sollt ihr noch eine kleine Geschichte hören. Sie hat sich erst heute zugetragen, steht aber hoffentlich in keinem Zusammenhang mit der vorigen. Diesen Morgen kommt ein Jude zu mir, hat einen Sack unterm Arm und fragt, ob ich nichts zu schachern hätte, er habe da einen guten Rock zu verhandeln. Der Kerl muß die schwache Seite an dem meinigen entdeckt haben; das verdroß mich, und ich war dem Spitzbuben ohnedies spinnefeind. Während ich also im stillen überlegte, auf welche Art ich den Sünder am zweckmäßigsten die Treppe hinunterwerfe, fällt mir zufällig meine Taschenuhr ins Aug. Nun weiß ich nicht, war es ein weichherziger Gedanke an meinen seligen Vater, von welchem mir das Erbstück kam, oder was war es, daß ich plötzlich in mitleidige Gesinnungen überging. Ich dachte, ein Jud ist doch gleichsam auch eine Kreatur Gottes und dergleichen; kurz, ich nahm die Uhr höchst gerührt vom Nagel an meinem Bette, besah sie noch einmal und fragte: was sie gelten soll? Der Schurke schlug sie nun für ein wahres Spottgeld an, und ich gab ihm einen Backenstreich, den schlug er aber gar nicht an, und endlich wurden wir doch handelseinig.«

Alles lachte über diese sonderbare Erzählung, nur dem Joseph schien sie im stillen weh getan zu haben.

»Wartet doch«, fuhr der Stelzfuß fort, »das beste kommt noch. Ich ging mit meinen zwei Talern, die ich ungesehn, wie Sündengeld in die Tasche steckte, aus dem Haus, ohne recht zu wissen wohin. So viel ist sicher, ich langte endlich vor dem besten Weinhaus an und nahm dort ein mäßiges Frühstück zu mir. Da mir aber, wie gesagt, ein Jude meinen Zeitweiser gestohlen, so wußt ich schlechterdings nicht, woran ich eigentlich mit dem Tag sei; kurz, es wurde Abend, eh mir der Kellner die letzte Flasche brachte. Ich gehe endlich heim, ich komme auf meiner Kammer an und spaziere in der Dämmerung auf und ab; zuweilen blinzl ich nach dem leeren Nagel hinüber und pfeife dazu, wie einer, der kein gut Gewissen hat. Auf einmal ist mir, es lasse sich etwas hören wie das Picken eines solchen Dings, dergleichen ich heute eins verlor; ganz erschrocken spitz ich die Ohren. Das tut wohl der Holzwurm in meinem Stelzfuß, denk ich, und stoße den Stelzen gegen die Wand, wie immer geschieht, wenn mirs die Bestie drin zu arg macht. Aber Pinke Pink, Pinke Pink, immerfort, und zwar nur etliche Schritt von mir weg. Bei meiner armen Seele, ich dacht einen Augenblick an den Geist meines guten Vaters. Indessen kommt mir ein Päckel unter die Hand, ich reiß es auf und, daß ichs kurz mache, da lag meine alte Genferin drin! Weiß nicht, wie mir dabei zumut wurde; ich war ein veritabler Narr für Freuden, sprach Französisch und Kalmuckisch untereinander mit meiner Genferin, mir war, als hätten wir uns zehn Jahre nicht gesehn. Jetzt fiel mir ein Zettel in die Finger, der – nun, das gehört nicht zur Sache. Schaut, hier ist das gute Tier!« und hiemit legte er die Uhr auf den Tisch.

»Aber der Zettel?« fragte einer, »was stand darauf? wer schickte das Paket?« – Der Büchsenmacher griff stillschweigend nach dem vollen Glas, drückte nach einem guten Schluck martialisch die Lippen zusammen und sagte kopfschüttelnd: »Weiß nicht, wills auch nicht wissen.« – »Aber dein ist die Uhr wieder?« – »Und bleibt mein«, war die Antwort, »bis ins Grab, das schwör ich euch.«

Während dieser Erzählung hatte Perse etlichemal einen pfiffigen Blick gegen den Tischler hinüberlaufen lassen, und er und alle merkten wohl, daß Joseph der unbekannte Wohltäter gewesen war.

Jetzt hob der Büchsenmacher sachte seinen hölzernen Fuß in die Höhe und legte ihn mitten auf den Tisch. Dabei sagte er mit angenommenem Ernst: »Seht, meine Herren, da drinne haust ein Wurm; es ist meine Totenuhr; hat der Bursche das Holz durchgefressen, und das

Bein knackt einmal, eben wenn ich zum Exempel über den Stadtgraben zu einem Schoppen Roten spaziere, so schlägt mein letztes Stündlein. Das ist nun nicht anders zu machen, Freunde. Ich denke gar häufig an meinen Stelzen, das heißt an den Tod, wie einem guten Christen ziemt. Er ist mein Memento mori, wie der Lateiner zu sagen pflegt. So werden einst die Würmer auch an euren fleischernen Stötzchen sich erlustigen. Prosit Mahlzeit, und euch ein selig Ende! Aber wir gedenken bis dahin noch manchen Gang nach dem Kapuzinerkeller zu tun und beim Heimweg über manchen Stein wegzustolpern,

bis das Stelzlein bricht, juhe!
bricht, juhe!
bis das Stelzlein bricht!«

So sang der Büchsenmacher mit einer Anwandlung von Roheit, die ihm sonst nicht eigen war, und von einer desperaten Lustigkeit begeistert, womit er sich selbst, noch mehr aber dem Joseph wehe tat. – Auf einmal schlug Lörmer den Fuß dreimal so heftig auf das Tischblatt, daß alle Gläser zusammenfuhren, und zugleich entstand ein helles Gelächter, denn in diesem Augenblick öffnete sich die Tür, und eine Figur trat ein, in welcher der elegante Barbier Wispel keineswegs zu verkennen war.

Er schwebte einigemal vornehm hüstelnd in der vordern Stube auf und ab, strich sich den Titus vor dem Spiegel und schielte im Vorübergehen nach unserer Gesellschaft.

»O Span der Menschheit!« brummte Joseph leise in den Bart, denn Lörmer hatte den andern gleich anfangs ein Zeichen gegeben, man müsse tun, als bemerke man Sigismund gar nicht. Dieser ließ sich indessen mit vieler Grazie an Konrads Tisch nieder, wo er die Freunde auf vier Schritte im Aug hatte. Er nippte zimpferlich aus einem Kelche Schnaps, warf wichtige Blicke umher, klimperte mit dem Messer auf dem Teller und suchte sich auf alle Art bemerklich zu machen.

»Habt ihr«, fing der Büchsenmacher gegen die andern gewendet an, »ei, habt ihr von dem Joko, dem brasilianischen Affen, auch schon gehört, von dem wirklich in allen Zeitungen steht?«

»Ja«, erwiderte Joseph, »aber er soll sich flüchtig gemacht haben; man vermutet, daß er einer Theatergarderobe ein und anderes entwendet, sich Gesicht und Hände rasiert und so, gänzlich unkennbar, beschlossen habe, sich die Welt ein wenig zu mustern.«

Diese Rede gab Wispeln Gelegenheit, über das bekannte Ballett ein kunstverständiges Gespräch mit seinem nächsten Nachbar, dem Kutscher unserer drei Reisenden, anzubinden. Konrad, die hochtrabenden Floskeln des Windbeutels keineswegs zu erwidern imstande, nahm seinen ganzen Witz zusammen, ihn seinerseits zum besten zu haben, woran denn die Gesellschaft ihren köstlichen Spaß hatte. Je länger aber der Kutscher sich seinen Mann betrachtet, desto mehr kommt ihm vor, als hätte er den Menschen schon irgendwo gesehen, ja zuletzt geht ihm wirklich ein Licht auf: zu Neuburg selbst war es gewesen, wo Nolten vor drei Jahren diesen Wicht als dienendes Subjekt bei sich gehabt. Kaum hat ihm Konrad seinen Gedanken zugeraunt und etwas von der Anwesenheit seines ehmaligen Herrn fallen lassen, so springt Wispel wie besessen auf, nimmt Hut und Stock und fliegt, über Stühle und Bänke wegsetzend, davon, indem der Kutscher ihm ebenso flugfertig auf dem Fuße nachfolgt, eh die verblüffte Gesellschaft nur fragen kann, was der tolle Auftritt bedeute.

Eben kommt Konrad noch zu der erstaunlichen Szene, wo Wispel sich dem Maler zu erkennen gegeben hat. Dieser saß mit den beiden Mädchen auf seinem Zimmer beim Nachtessen, und jedes ergötzte sich nun von ganzem Herzen an dieser lächerlichen Erscheinung. »Aber«, fängt der Barbier nach einer Weile mit geheimnisvoller Preziosität zu lispeln an, »wenn mich nicht alles trügt, so war Ihnen, mein Wertester, bis jetzt noch völlig unbewußt, welche seltene Connaissancen Sie in hiesiger Stadt zu erneuern Gelegenheit finden würden.«

»Wirklich?« antwortete der Maler; »es fiel mir nicht im Traume ein, daß mir dein edles Angesicht hier wieder begegnen sollte, aber Berg und Tal kommen zusammen, und das nächstemal sehe ich dich, so Gott will, am Galgen.«

»Aye! je vous rends mille graces! Sie scherzen, mein Bester. Doch ich sprach soeben nicht sowohl von meiner Wenigkeit, als vielmehr von einer gewissen Person, die früher sehr an Sie attachiert, gegenwärtig in unsern Mauern habitiert, freilich unter so prekären Umständen, daß ich zweifle, ob ein Mann wie Sie, es anständig findet, sich einer solchen liaison auch nur zu erinnern. Auch muß ich gestehn, das Individuum, wovon ich eben rede, machte es mir gewissermaßen zur Pflicht, sein Inkognito unter allen Umständen –«

»Ei, so packe dich doch zum Henker, du heilloser, unerträglicher Schwätzer!«

»Aha, da haben wirs ja! Sie merken, aus welcher Hecke der Vogel pfeift, und mögen nichts davon hören. O amitié, oh fille d'Avril – so heißt ein altes Lied. Waren Sie beide doch einst wie Castor und Pollux! Aber – loin des yeux, loin du coeur!«

Jetzt wird Nolten plötzlich aufmerksam, eine schnelle Ahnung schauert in ihm auf, er schüttelt den Barbier wie außer sich an der Brust, und nach hundert unausstehlichen Umschweifen flüstert der Mensch endlich Theobalden einen Namen ins Ohr, worauf dieser sich entfärbt und mit Heftigkeit ausruft: »Ist das möglich? Lügst du mir nicht, Elender? Wo – wo ist er? Kann ich ihn sehen, kann ich ihn sprechen? jetzt? um Gottes willen, jetzt im Augenblick?«

»Quelle émotion, Monsieur!« krächzt Wispel, »tout-beau! Ecoutez moi.« Jetzt nimmt er eine seriöse Stellung an, räuspert sich ganz zart und sagt: »Kennen Sie vielleicht, mein Wertester, den sogenannten Kapuzinerkeller? le caveau des capucins, ein Gebäude, das seines klösterlichen Ursprungs wegen in der Tat historisches Moment hat; es soll nämlich bereits zu Anfang des neunten Siècle –«

»Schweig mir, du Teufel, und führ mich zu ihm«, schreit Nolten, indem er den Burschen mit sich fortreißt. Agnes, am ganzen Leibe zitternd, begreift nichts von allem und fleht mit Nannetten vergebens um eine Erklärung; Theobald wirft ihr wie von Sinnen einige unverständliche Worte zu und stürmt mit Wispeln die Treppe hinunter.

Sie kommen vor den erwähnten Gasthof und treten in die große Wirtsstube vorn, die sich unterdessen ganz gefüllt hatte. Der Dampf, das Gewühl und Geschwirre der Gäste ist so unmäßig, daß niemand die Eintretenden bemerkt. Jetzt klopft Wispel unserm Maler sachte auf die Schulter und deutet zwischen einigen Köpfen hindurch auf den Mann, den wir vorhin als Joseph, den Tischler, bezeichneten. Nolten, wie er hinschaut, wie er das Gesicht des Fremden erkennt, glaubt in die Erde zu sinken, seine Brust krampft sich zusammen im entsetzlichsten Drang der Freude und des Schmerzens, er wagt nicht zum zweitenmal hinzusehn, und doch, er wagts, und – ja! es ist sein Larkens!

er ists, aber Gott! in welcher unseligen Verwandlung! Wie mit umstrickten Füßen bleibt Theobald an eine Säule gelehnt stehen, die Hände vors Auge gedeckt, und glühende Tränen entstürzen ihm. So verharrt er eine Weile. Ihm ist, als wenn er, von einer Riesenhand im Flug einer Sekunde durch den Raum der tosenden Hölle getragen, die Gestalt des teuersten Freunds erblickt hätte, mitten im Kreis der Verworfenen sitzend. Noch schwankt das fürchterliche Bild vor seiner Seele, und sinkt und sinkt, und will doch nicht versinken, – da klopft ihm wieder jemand auf den Arm, und Wispel flüstert ihm hastig die Worte zu: »Sacre-bleu, mein Herr, er muß Sie gesehen haben, soeben steht er blaß wie die Wand von seinem Sitz auf, und wie ich meine, er will auf Sie zugehen, reißt er die Seitentür auf, und – weg ist er, als hätt ihn der Leibhaftige gejagt. Kommen Sie plötzlich ihm nach – er kann nicht weit sein, ich weiß seine Gänge, fassen Sie sich!«

Nolten, wie taub, starrt nach dem leeren Stuhle hin, indessen Wispel immer schwatzt und lacht und treibt. Jetzt eilt der Maler in ein Kabinett, läßt sich Papier und Schreibzeug bringen, wirft drei Linien auf ein Blatt, das Wispel um jeden Preis dem Schauspieler zustellen soll. Wie ein Pfeil schießt der Barbier davon. Nolten kehrt in sein Quartier zurück, wo er die Frauenzimmer aus der schrecklichsten Ungewißheit erlöst und ihnen, freilich verwirrt und abgebrochen genug, die Hauptsache erklärt.

Es dauert eine Stunde, bis der Abgesandte endlich kommt, und was das schlimmste war, ganz unverrichteter Dinge. Er habe, sagte er, den Flüchtling allerorten gesucht, wo nur irgendeine Möglichkeit gedenkbar gewesen; in seiner Wohnung wisse man nichts von ihm, doch wäre zu vermuten, daß er sich eingeriegelt hätte, denn ein Nachbar wolle ihn haben in das Haus gehen sehn.

Da es schon sehr spät war, mußte man für heute jeden weitern Versuch aufgeben. Man verabredete das Nötige für den folgenden Tag, und die auf morgen früh festgesetzte Abreise ward verschoben. Unsere Reisenden begaben sich zur Ruhe; alle verbrachten eine schlaflose Nacht.

Des andern Morgens, die Sonne war eben herrlich aufgegangen, erhob sich unser Freund in aller Stille und suchte sein erhitztes Blut im Freien abzukühlen. Erst durchstrich er einige Straßen der noch wenig belebten Stadt, wo er die fremden Häuser, die Plätze, das Pflaster, jeden unbedeutenden Gegenstand mit stiller Aufmerksamkeit betrachten mußte, weil sich alles mit dem Bilde seines Freundes in eine wehmütige Verbindung zu setzen schien. So oft er wieder um eine Ecke beugte, sollte ihm, wie er meinte, der Zufall Larkens in die Hände führen. Aber da war keine bekannte Seele weit und breit. Die Schwalben zwitscherten und schwirrten fröhlich durch den Morgenduft, und Theobald konnte nicht umhin, diese glücklichen Geschöpfe zu beneiden. Wie hätte er so gerne die Erscheinung von gestern als einen schwülen, wüsten Traum auf einmal vor dem Gehirn wegstäuben mögen! In einer der hohen Straßenlaternen brannte das nächtliche Lämpchen, seine gemessene Zeit überlebend, mit sonderbarem Zwitterlichte noch in den hellen Tag hinein: so und nicht anders spukte in Theobalds Erinnerung ein düsterer Rest jener schrecklichen Nachtszene, die ihm mit jedem Augenblick unglaublicher vorkam.

Ungeduld und Furcht trieben ihn endlich zu seinem Gasthof zurück. Wie rührend kam ihm Agnes schon auf der Schwelle mit schüchternem Gruß und Kuß entgegen! wie leise forschte sie an ihm, nach seiner Hoffnung, seiner Sorge, die zu zerstreuen sie nicht wagen durfte! So verging eine bange, leere Stunde, es vergingen zwei und drei, ohne daß ein Mensch erschien, der auch nur eine Nachricht überbracht hätte. Sooft jemand die Treppe herankam, schlug Nolten das Herz bis an die Kehle; unbegreiflich war es, daß selbst Wispel nichts von sich sehen ließ; die Unruhe, worin die drei Reisenden einsilbig, untätig, verdrießlich umeinander standen, saßen und gingen, wäre nicht zu beschreiben.

Nannette hatte soeben ein Buch ergriffen und sich erboten, etwas vorzulesen, als man plötzlich durch einen immer näher kommenden Tumult auf dem Gange zusammengeschreckt von den Stühlen auffuhr, zu sehen, was es gibt. Der Barbier, außer Atem mit kreischender Stimme, stürzt in das Zimmer, und während er vergeblich nach Worten sucht, um etwas Entsetzliches anzukündigen, ist der Ausdruck von unverstelltem Schmerz und Abscheu auf dem verzerrten Gesichte dieses Menschen wahrhaft schauerlich für alle Anwesenden.

»Wissen Sies denn noch nicht?« stottert er – »heiliger, barmherziger Gott! es ist zu gräßlich – der Joseph da – der Larkens, werden Sies glauben – er hat sich einen Tod angetan – heute nacht – wer hätte das auch denken können – Gift! Gift hat er genommen – Gehn Sie, mein Herr, gehn Sie nur und sehen mit eignen Augen, wenn Sie noch zweifeln! Die Polizei und die Doktoren und was weiß ich? sind schon dort, es ist ein Zusammenrennen vor dem Haus und ein Geschrei, daß mir ganz übel ward. Bald hätt ich Sie vergessen über dem Schreck, da lief ich denn, so viel die Füße vermochten, und« –

Nolten war stumm auf den Sessel niedergesunken. Agnes schloß sich tröstend an ihn, während Nannette die eingetretene Toten-Stille mit der Frage unterbrach: ob denn keine Rettung möglich sei?

»Ach nein, Mademoiselle!« ist die stockende Antwort, »die Ärzte sagen, zum wenigsten sei er seit vier Stunden verschieden. Ich kanns nicht alles wiederholen, was sie schwatzten. – O liebster, bester Herr, vergeben Sie, was ich gestern in der Torheit sprach. Sie waren sein Freund, Ihnen geht sein Schicksal so sehr zu Herzen, so entreißen Sie ihn den Blicken, den Händen der Doktoren, eh diese seinen armen Leib verletzen! Ich bin ein elender, nichtswürdiger, hündischer Schuft, hab Ihren Freund oft schändlich mißbraucht und verdiene nicht, hier vor Ihnen zu stehen, aber möge Gott mich ewig verdammen, wenn ich jetzt fühllos bin, wenn ich nicht hundertfach den Tod ausstehen könnte für diesen Mann, der seinesgleichen auf der Welt nimmer hat. Und nun soll man ihn traktieren dürfen wie einen gemeinen Sünder! Hätten Sie gehört, was für unchristliche Reden der Medikus führte, der S. –, ich hätt ihn zerreißen mögen, als er mit dem Finger auf das Gläschen hinwies, worin das Operment gewesen, und er mit lachender Miene zu einem andern sagte: der Narr wollte recht sicher gehen, daß ihn ja der Teufel nicht auf halbem Wege wieder zurückschicke; ich wette, die Phiole da war voll, aber solche Lümmel rechnen alles nach der Maßkanne! – nicht wahr, Herr Hofrat, wer par force tot sein will, kann doch wohl weder in comparativo noch superlativo tot sein wollen? Und dabei nahm der dicke, hochweise Perückenkopf eine Prise aus seiner goldenen Tabatiere, so kaltblütig, so vornehm, daß ich – ja glauben Sie, das hat Wispeln weh getan, weher als alles – Wispel hat auch Gefühl, daß Sies nur wissen, ich habe auch noch ein Herz!« Hier weinte der Barbier wirklich wie ein Kind. Aber da er nun mit geläufiger Zunge fortfahren wollte, das Aussehen des Toten zu beschreiben, wehrte der Maler heftig mit der Hand, schlang die Arme wütend um den Leib Agnesens und schluchzte laut. »O Allmächtiger!« rief er, vom Stuhle aufstehend und mit gerungenen Händen durchs Zimmer stürmend, »also *dazu* mußt ich hieherkommen! Mein armer, armer, teurer Freund! *Ich*, ja *ich* habe seinen fürchterlichen Entschluß befördert, mein Erscheinen war ihm das Zeichen zum tödlichen Aufbruch! Aber welch unglückseliger Wahn gab ihm ein, daß er vor mir fliehen müsse? und so auf ewig, so ohne ein liebevolles Wort des Abschieds, der Versöhnung! Sah ich denn darnach aus, als ob ich käme, ihn zur Verzweiflung zu bringen? Und wenn auf meiner Stirn die Jammerfrage stand, warum mein Larkens doch so tief gefallen sei, gerechter Gott! wars nicht natürlich? konnt ich mit lachendem Gesicht, mit offnen Armen, als wäre nichts geschehen, ihn begrüßen? konnt ich gefaßt sein auf ein solches Wiedersehen? Und doch, war ich es denn nicht längst gewohnt, das Unerhörte für bekannt anzunehmen, wenn *er* es tat? das Unerlaubte zu entschuldigen, wenn es von *ihm* ausging? Es hat mich überrascht, auf Augenblicke stieg ein arger Zweifel in mir auf, und in der nächsten Minute straft' ich mich selber Lügen: gewiß, mein Larkens ist sich selber treu und gleich geblieben, sein großes Herz, der tiefverborgne edle Demant seines Wesens blieb unberührt vom Schlamme, worein der Arme sich verlor!«

Schon zu Anfang dieser heftigen Selbstanklage hatte sich sachte die Türe geöffnet, kleinmütig und mit stummem Gruße, einen gesiegelten Brief in der Hand, war der Büchsenmacher eingetreten, ohne daß der Maler ihn wahrgenommen hätte. Starr vor sich hinschauend stand der Stelzfuß an der Seite des Ofens, und jedermann fiel es auf, wie er bei den letzten Worten Theobalds zuweilen die buschigen Augbraunen finster bewegte und zornglühende Funken nach dem Manne hinüberschickte, der mitten im Jammer beinahe ehrenrührig von dem Verstorbenen und dessen gewohnter Umgebung zu sprechen schien.

Kaum hatte Nolten geendigt, so trat der Büchsenmacher gelassen hervor mit den Worten: »Lieber Herr! es ist für uns beide recht gut, daß Sie gerade selber aufhören, denn ich stand auf heißen Kohlen im Winkel dort, weils fast aussehen konnte, als wollt ich horchen; das ist aber meine Sache nicht, sonderlich wenn es mein eigenes oder meiner

Kameraden Lob oder Schande gilt, und davon war just eben die Rede. Ihre Worte in Ehren, Herr, Sie müssen ein genauer Freund von meinem wackern Joseph gewesen sein, also seis Ihnen zugut gehalten. Werden späterhin wohl selbsten inne werden, daß Sie dato nicht so ganz recht berichtet sind, was für eine Bewandtnis es mit dem Joseph und seiner Genossenschaft habe. Ich sollte meinen, er hatte sich seiner Leute nicht eben zu schämen. Nun, das mag ruhen vorderhand; zuvörderst ist es meine Pflicht und Schuldigkeit, daß ich Ihnen gegenwärtiges Schreiben übermache, denn es wird wohl für Sie gehören; man fand es, wie es ist, auf dem Tisch in Josephs Stube liegen.«

Begierig nahm Theobald den dargebotenen Brief und eilte damit in ein anderes Zimmer Als er nach einer ziemlichen Weile wieder zurückkam, konnte man auf seinem Gesicht eine gewisse feierliche Ruhe bemerken, er sprach gelassener, gefaßter, und wußte namentlich den gekränkten Handwerker bald wieder zu beruhigen. Übrigens entließ er für jetzt die beiden Kameraden, um mit Agnesen und der Schwester allein zu sein und ihnen das Wesentlichste vom Zusammenhang der Sache zu eröffnen. Oft unterbrach ihn der Schmerz, er stockte, und seine Blicke wühlten verworren am Boden.

Von dem Inhalt jenes hinterlassenen Schreibens wissen wir nur das Allgemeinste, da Nolten selbst ein Geheimnis daraus machte. Soviel wir darüber erfahren konnten, war es eine kurze, nüchterne, ja für das Gefühl der Hinterbliebenen gewissermaßen versöhnende Rechtfertigung der schauderhaften Tat, welche seit längerer Zeit im stillen vorbereitet gewesen sein mußte, und deren Ausführung allerdings durch Noltens Erscheinen beschleunigt worden war, wiewohl in einem Sinne, der für Nolten selbst keinen Vorwurf enthielt. Auch wäre die Meinung irrig, daß nur das Beschämende der Überraschung den Schauspieler blindlings zu einem übereilten Entschluß hingerissen habe, denn wirklich hat sich nachher zur Genüge gezeigt, wie wenig ihm seine neuerliche Lebensweise, so seltsam sie auch gewählt sein mochte, zu eigentlicher Unehre gereichen konnte. Begreiflich aber wird man es finden, wenn bei der Begegnung des geliebten Freundes der Gedanke an eine zerrissene Vergangenheit mit überwältigender Schwere auf das Gemüt des Unglücklichen hereinstürzte, wenn er sich ein für allemal von demjenigen abwenden wollte, mit dem er in keinem Betracht mehr gleichen Schritt zu halten hoffen durfte, und aus dessen reiner Glücksnähe ihn der Fluch seines eigenen Schicksals für immer zu verbannen schien.

(Einige Jahre nachher hörten wir von Bekannten des Malers die Behauptung geltend machen, daß den Schauspieler eine geheime Leidenschaft für die Braut seines Freundes zu dem verzweifelten Entschlusse gebracht habe. Wir wären weit entfernt, diese Sage, wozu eine Äußerung Noltens selbst Veranlassung gegeben haben soll, schlechthin zu verwerfen, wenn wirklich zu erweisen wäre, daß Larkens, wie allerdings vorgegeben wird, kurz nachdem er seine Laufbahn geändert, Agnesen bei einer öffentlichen Gelegenheit, und unerkannt von ihr, zu Neuburg gesehen habe. – Getraut man sich also nicht, hierin eine sichere Entscheidung zu geben, so müssen wir das harte Urteil derjenigen, welche dem Unglücklichen selbst im Tode noch eine eitle Bizarrerie schuld geben möchten, desto entschiedener abweisen.)

»O, wenn du wüßtest«, rief Theobald Agnesen zu, »was dieser Mann mir gewesen, hätt ich dir nur erst entdeckt, was auch *du* ihm schuldig bist, du würdest mich fürwahr nicht schelten, wenn mein Schmerz ohne Grenzen ist!« Agnes wagte gegenwärtig nicht zu fragen, was mit diesen Worten gemeint sei, und sie konnte ihm nicht widersprechen, als er das unruhigste Verlangen bezeigte, den Verstorbenen selber zu sehen. Zugleich ward ihm die Sorge für den Nachlaß, für die Bestattung seines Freundes zur wichtigsten Pflicht. Larkens selbst hatte ihm diesfalls schriftlich mehreres angedeutet und empfohlen, und Theobald mußte auf einen sehr wohlgeordneten Zustand seiner Vermögensangelegenheiten schließen. Vor allen Dingen nahm er Rücksprache mit der obrigkeitlichen Behörde, und einiger Papiere glaubte er sich ohne weiteres versichern zu müssen.

Indessen war es bereits spät am Tage, und so trat er in einer Art von Betäubung den Weg nach der Stätte an, wo der traurigste Anblick seiner wartete.

Ein Knabe führte ihn durch eine Menge enger Gäßchen vor das Haus eines Tischlers, bei welchem sich Larkens seit einigen Monaten förmlich in die Arbeit gegeben hatte. Der Meister, ein würdig aussehender, stiller Mann, empfing ihn mit vielem Anteil, beantwortete gutmütig die eine und andere Frage und wies ihn sodann einige steinerne Stufen zum unteren Geschoß hinab, indem er auf eine Tür hinzeigte. Hier stand unser Freund eine Zeitlang mit klopfendem Herzen allein, ohne zu öffnen. Jetzt nahm er sich plötzlich zusammen und trat in eine sauber aufgeräumte, übrigens armselige Kammer. Niemand war zugegen. In einer Ecke befand sich ein niedriges Bett, worauf die Leiche mit einem Tuch völlig überdeckt lag. Theobald, in ziemlicher Entfernung, getraute sich kaum von der Seite hinzusehen, Gedanken und Gefühle verstockten ihm zu Eis, und seine einzige Empfindung in diesem Augenblicke war, daß er sich selber haßte über die unbegreiflichste innere Kälte, die in solchen Fällen peinlicher zu sein pflegt, als das lebhafteste Gefühl unseres Elends. Er ertrug diesen Zustand nicht länger, eilte auf das Bette zu, riß die Hülle weg und sank laut weinend über den Leichnam hin.

Endlich, da es schon dunkel geworden, trat Perse, der Goldarbeiter, mit Licht herein. Nur ungern sah Theobald sich durch ein fremdes Gesicht gestört, aber das bescheidene Benehmen des Menschen fiel ihm sogleich auf und hielt ihn um so fester, da derselbe mit der edelsten Art zu erkennen gab, daß auch er einiges Recht habe, mit den Freunden des Toten zu trauern, daß ihm derselbe, besonders in der letzten Zeit, viel Vertrauen geschenkt. »Ich sah«, fuhr er fort, »daß an diesem wundersamen Manne ein tiefer Kummer nagen müsse, dessen Grund er jedoch sorgfältig verbarg; nur konnte man aus manchem eine übertriebene Furcht für seine Gesundheit erkennen, so wie er mir auch selbst gestand, daß er eine so anstrengende Handarbeit, wie das Tischlerwesen, außer einer gewissen Liebhaberei, die er etwa für dies Geschäft haben mochte, hauptsächlich nur zur Stärkung seines Körpers unternommen. Auch begriff ich gar wohl, wie wenig ihn Mangel und Not zu dergleichen bestimmt hatte, denn er war ja gewiß ein Mann von den schönsten Gaben und Kenntnissen; desto größer war mein Mitleiden, als ich sah, wie sauer ihm ein so ungewohntes Leben ankam, wie unwohl es ihm in unserer Gesellschaft war und daß er körperlich zusehends abnahm. Das konnte auch kaum anders sein, denn nach dem Zeugnis des Meisters tat er immer weit über seine Kräfte, und man mußte ihn oft mit Gewalt abhalten.« Hier deckte er die Hände des Toten auf, wie sie von grober Arbeit gehärtet und zerrissen waren. – Jetzt öffnete sich die Türe, und ein hagerer Mann mit edlem Anstande trat herein, vor welchem sich der Goldarbeiter ehrerbietig zurückzog und dessen stille Verbeugung Nolten ebenso schweigend erwiderte. Er hielt den Fremden für eine offizielle Person, bis Perse ihm beiseit den Präsidenten von K* nannte, den keine amtliche Verrichtung hieher geführt haben könne. So stand man eine Zeitlang ohne weitere Erklärung umeinander, und jeder schien die Leiche nur in seinem eignen Sinne zu betrachten.

»Ihr Schmerz sagt mir«, nahm der Präsident das Wort, nachdem Perse sich entfernt hatte, »wie nahe Ihnen dieser teure Mann im Leben müsse gestanden haben. Ich kann mich eines näheren Verhältnisses zu ihm nicht rühmen, doch ist meine Teilnahme an diesem ungeheuren Fall so wahr und innig, daß ich nicht fürchten darf, es möchte Ihnen meine Gegenwart –« »O seien Sie mir willkommen!« rief der Maler, durch seine so unverhoffte Annäherung in tiefster Seele erquickt, »ich bin hier fremd, ich suche Mitgefühl, – und ach, wie rührt, wie überrascht es mich, solch eine Stimme und aus solchem Munde hier in diesem Winkel zu vernehmen, den der Unglückliche nicht dunkel genug wählen konnte, um sich und seinen ganzen Wert und alle Lieb und Treue, die er andern schuldig war, auf immer zu vergraben.«

Des Präsidenten Auge hing einige Sekunden schweigend an Theobalds Gesicht und kehrte dann nachdenklich zu dem Toten zurück.

»Ists möglich?« sprach er endlich, »seh ich hier die Reste eines Mannes, der eine Welt voll Scherz und Lust in sich bewegte und zauberhelle Frühlingsgärten der Phantasie sinnvoll vor uns entfaltete! Ach, wenn ein Geist, den doch der Genius der Kunst mit treuem Flügel über all die kleine Not des Lebens wegzuheben schien, so frühe schon ein ekles Auge auf dieses Treiben werfen kann, was bleibt alsdann so manchem andern zum Troste übrig, der, ungleich ärmer ausgestattet, sich in der Niederung des Erdenlebens hinschleppt? Und wenn das vortreffliche Talent selbst, womit Ihr Freund die Welt entzückte, so harmlos nicht war, als es schien, wenn die heitere Geistesflamme sich vielleicht vom besten Öl des innerlichen Menschen schmerzhaft nährte, wer sagt mir dann, warum jenes namenlose Weh, das alle Mannheit, alle Lust und Kraft der Seele bald bänglich schmelzend untergräbt, bald zornig aus den Grenzen treibt, warum doch jene Heimatlosigkeit des Geistes, dies Fort- und Nirgendhin-Verlangen, inmitten eines reichen, menschlich schönen Daseins, so oft das Erbteil herrlicher Naturen sein muß? – Das Rätsel eines solchen Unglücks aber völlig zu machen, muß noch der Körper helfen, um, wenn die wahre Krankheit fehlt, mit einem nur um desto gräßlicheren Schein die arme Seele abzuängstigen und vollends irre an sich selber zu machen!«

Auf diese Weise wechselten nun beide Männer, beinahe mehr den Toten als einander selbst anredend und oft von einer längeren Pause unterbrochen, ihre Klagen und Betrachtungen. Erst ganz zuletzt, bevor sie auseinandergingen, veranlaßte der Fremde, indem er seinen Namen nannte, den Maler, ein gleiches zu tun, sowie den Gasthof zu bezeichnen, wo jener ihn morgen aufsuchen wollte. »Denn es ist billig«, sagte er, »daß wir nach einer solchen Begegnung uns näher kennen lernen. Sie sollen alsdann hören, welcher Zufall mir noch erst vor wenigen Wochen die wunderbare Existenz Ihres Freundes verriet, den bis auf diesen Tag, soviel ich weiß, noch keine Seele hier erkannte. Meine Sorge bleibt es indessen, daß ihm die letzte Ehre, die wir den Toten geben können, ohne zu großes Aufsehn bei der Menge, von einer Gesellschaft würdiger Kunstverwandten morgen abend erwiesen werden könne. Ich habe die Sache vorläufig eingeleitet. Aber nun noch eine Bitte um Ihrer selbst willen: verweilen Sie nicht allzulange an diesem traurigen Orte mehr. Es ist das schönste Vorrecht und der edelste Stolz des Mannes, daß er das Unabänderliche mit festem Sinn zu tragen weiß. Schlafen Sie wohl. Lieben Sie mich! Wir sehn uns wieder.« Der Maler konnte nicht sprechen und drückte stammelnd beide Hände des Präsidenten.

Als er sich wieder allein sah, flossen seine Tränen reichlicher, jedoch auch sanfter und zum erstenmal wohltuend. Er fühlte sich mit dieser Last von Schmerz nicht mehr so einsam, so entsetzlich fremd in diesen Wänden, dieser Stadt, ja Larkens' Anblick selber deuchte ihm so jämmerlich nicht mehr; eben als wenn der Schatte des Entschlafenen mit ihm die ehrenvolle Anerkennung fühlen müßte, die er noch jetzt erfuhr.

Nun aber drang es Theobalden mächtig, am Busen der Geliebten auszuruhen. Er steckte ein Nachtlicht an, welches für die Leichenwache bereit lag, er sagte unwillkürlich seinem Freund halblaut eine gute Nacht und war schon auf der Schwelle, als Lörmer, der Büchsenmacher, ihm den Weg vertrat. Der Mensch bot einen Anblick dar, der Ekel, Grauen und Mitleid zugleich erwecken mußte. Von Wein furchtbar erhitzt, mit stieren Augen, einen gräßlichen Zug von Lächeln um den herabhängenden Mund, so war er im Begriff, das Heiligtum des Todes zu betreten. Nolten, ganz außer sich vor Schmerz und Zorn, stößt ihn zurück und reißt den Schlüssel aus der Tür, Lörmer wird wütend, der Maler braucht Gewalt und kann nicht verhüten, daß das Scheusal vor ihm niederstürzt und mit dem Kopf am Boden aufschlägt. »Ich bitte Sie«, lallt er, indem er sich vergebens aufzurichten sucht und nicht bemerkt, daß Nolten schon verschwunden ist, um die Hausleute von dem Skandal zu benachrichtigen, »um Gottes Barmherzigkeit willen! lassen Sie mich hinein! *mich!* ich bin noch allein der Mann, ihm zu helfen – Sie müssen wissen, Herr, er pflegte gelegentlich auf den Lörmer was zu halten, Herr – Sehn Sie, diese Uhr hab ich von ihm, – aber sie ist stehn geblieben – Wir standen Du und Du, mein guter Herr, ich und der Komödiant – Hieß er mich nicht immerdar sein liebes Vieh? hat er je einen andern so geheißen? und – – Hol euch der Teufel alle zusammen – Sehn muß ich ihn, da hilft kein Gott und keine Polizei – Ihr wißt den Henker zu distinguieren, ob ein Mensch in der Tat und Wahrheit k...iert ist oder nicht – Soll ich dir etwas im Vertrauen sagen? Da drinne liegt er munter und gesund und hat euch alle am Narrenseil. Denn das ist einer, sag ich euch, der weiß, wie man den Mäusen pfeift. Und – aber – – wenn es je wahr wäre – (hier fing er an zu heulen) wenn er mir das Herzeleid antun wollte und aufpacken und seinen Stelzer verlassen – wenn das – Jesu Maria! Auf! auf! schlagt die Tür ein! ich muß ihm noch beichten – Jagt Papst und Pfaff und Bischöff, die ganze Klerisei zum Teufel! ich will dem Komödianten beichten, trotzdem daß er ein Ketzer ist – Er muß alles wissen, was ich seit meiner Firmelung an Gott und Welt gesündigt! Auf! hört ihr nicht? Ich will die ganze Baracke in Trümmer schmeißen, ich will ein solches Jüngstes Gericht antrommeln, daß es eine Art hat! – Alter! lieber Schreiner, laß mich hinein –« Das Schloß sprang auf, und Lörmer stürzte einige Stufen hinab in das Zimmer, wo man ihn, als die Leute kamen, bewußtlos am Fuß des Bettes liegen fand. –

Am Morgen kam ein Billett des Präsidenten und lud den Maler mit den Frauenzimmern zu einem einfachen Mittagmahl. Nolten war diese Ableitung besonders um der Mädchen willen sehr erwünscht, mit deren verlassenem Zustande, weil er jeden Augenblick veranlaßt ward, bald aus dem Hause zu gehen, bald sich mit Schreibereien zu befassen, man in der Tat Bedauern haben mußte. Agnes und ihr Benehmen war indes zu loben. Bei allen Zeichen des aufrichtigsten Anteils bewies sie durchaus eine schöne, vernünftige Ruhe, sogar schien sie natürlicher und sicherer in sich selbst, als es auf der ganzen Reise der Fall gewesen sein mochte; nicht nur dem Maler, auch Nannetten fiel das auf. Es hatte aber diese sonderbare Verwandlung ihren guten Grund, nur daß das Mädchen zu bescheiden war, ihn zu entdecken, oder zu schüchtern vielmehr, um an ihre alten »Wunderlichkeiten« (wie Theobald zuweilen sagte) in dem Augenblicke zu mahnen, wo es sich um eine ernste und schaudervolle Wirklichkeit handelte. Allein auch ihr war es ein hoher Ernst mit dem, was sie für jetzt zurückzuhalten ratsam fand. Denn in der ganzen schrecklichen Begebenheit mit Larkens erblickte sie nichts anderes als die gewisse Erfüllung eines ungewissen Vorgefühls, und so vermochte sie ein offenbares und geschehenes Übel mit leichterem Herzen zu beweinen, als ein gedrohtes zu erwarten.

Nolten erkundigte sich bei dem Wirt nach den Verhältnissen des Präsidenten und erfuhr, daß derselbe, obgleich seit Jahr und Tag mit seiner Frau gespannt, eines der angesehensten Häuser hier bilde, sich aber als ein leidenschaftlicher Mann vor kurzem auch mit der Regierung entzweit habe und bis auf weiteres von seinem Amte abgetreten sei. Er wohne selten in der Stadt und neuerdings fast einzig auf seinen Gütern in der Nähe.

Perse, der Goldarbeiter, kam einiger Bestellungen wegen, welche die Leiche betrafen. Beiläufig erzählte er, daß der Barbier, als mehrerer Diebstähle verdächtig, seit heute früh im Turme sitze. Er habe gestern in der öffentlichen Wirtsstube sich aus Alteration und Reue wegen ähnlicher an Larkens verübter Schändlichkeiten selber verschwatzt. Die größte Niederträchtigkeit an dem Schauspieler habe der Taugenichts dadurch begangen, daß er sich von jenem das Stillschweigen über seinen wahren Charakter mit schwerem Gelde habe bezahlen lassen, indem er ihm täglich gedroht, alles auszuplaudern. – Theobald fragte bei dieser Gelegenheit nach dem Büchsenmacher und konnte aus Perses umständlichem Berichte so viel entnehmen, daß Larkens dem Menschen, weil es ein gescheiter Kopf, einiges Interesse geschenkt, das übrigens so gut als weggeworfen gewesen, da die deutliche Absicht des Schauspielers, ihn zu korrigieren, bloß dem Übermut des Burschen geschmeichelt habe, zumal die Art, wie Larkens zu Werke gegangen, bei weitem zu delikat gewesen. Übrigens habe sich Larkens nicht nur dem Zirkel, sondern besonders auch vielen Armen als unbekannter Wohltäter unvergeßlich gemacht.

Mittagszeit war da, die Mädchen angekleidet und Nolten bereit, mit ihnen zu gehen. Eine Tochter des Präsidenten empfing sie auf das artigste, und nach einiger Zeit erschien der Vater; außerdem kam niemand von der Familie zum Vorschein. Die Frau, mit dreien andern Kindern, einem ältern Sohne und zwei Töchtern, wurde erst heute abend vom Lande erwartet, und zwar, wie man überall wußte, nur um ihren Aufenthalt wieder auf einige Monate mit dem Gemahl zu wechseln.

Während der Präsident sich, bis man zu Tische ging, eifrig mit dem Maler unterhielt, gesellte sich Margot zu den beiden Frauenzimmern. Sie war immer der Liebling des Vaters gewesen und bildete, weil es ihrer innersten Natur widersprach, ausschließende Partei zu nehmen, eine Art von leichtem Mittelglied zwischen den zwei getrennten Teilen.

Es war serviert, man setzte sich. Für jetzt betraf die Unterhaltung nur Dinge von allgemeinerem Interesse. Ein zartes Einverständnis der Gemüter schloß von selbst den Gegenstand geweihter Trauer für diese Stunde aus. Dagegen war der Augenblick, wo endlich das Gefühl sein Recht erhielt, einem jeden desto inniger willkommen. Wir sind genötigt, hier so manches bemerkenswerte Wort der wechselseitigen Aufklärung über die Eigentümlichkeit und allmähliche Verkümmerung von Larkens' Wesen zu übergehen, und erzählen dafür mit den eignen Worten des Präsidenten, auf welche Art er zur Bekanntschaft des Schauspielers gelangte.

»Vor einem Vierteljahr machte die hiesige Bühne den bis daher in Deutschland noch nicht erhörten Versuch, Ludwig Tiecks Lustspiele aufzuführen. Die Idee war von dem berühmten S** ausgegangen, welcher als Gast hier einige Monate spielte und für jenes enthusiastische Projekt weniger die Intendanz, als vielmehr die höheren Privatzirkel des gebildeten Publikums, denen er Vorlesungen hielt, zu elektrisieren wußte. Nach einer sehr gründlichen Vorbereitung unserer Akteurs, und nachdem er durch eine Reihe anderer, gewohnter Vorstellungen sich vorweg das Zutrauen sämtlicher Theaterliebhaber im höchsten Grade gewonnen hatte, ward endlich »Die verkehrte Welt« angekündigt. Die wenigen, welche diese geistvolle Dichtung kannten und schätzten, wollten freilich voraussehn, daß bei der Stumpfsinnigkeit, nicht nur der Menge, auf die man im voraus verzichtete, sondern der sogenannten Gebildeten, die schöne Absicht im ganzen verunglücken müsse; ja S** selbst soll dies vorhergesehen haben, und man glaubt, er habe diesmal teils auf Kosten des großen Publikums, teils seines eignen Rufs einer Privatvorliebe zu viel nachgegeben. Auf der andern Seite ist seine Uneigennützigkeit zu bewundern, da ihm offenbar mehr daran lag, das Genie des Dichters vor den Einsichtsvollen zu verherrlichen, als ihn zur Folie seiner persönlichen Kunst zu gebrauchen. Da inzwischen auch die Eingeweihten das Mögliche taten, um eine allgemeine Erwartung zu erregen, den Philistern eins anzuhängen und ihnen die Köpfe im voraus zu verrücken, so versprachen sich diese, vom Titel des Stückes verführt, ein recht handgreifliches Spektakelstück, und alles ging glücklich in die Falle. Die Aufführung, ich darf es sagen, war meisterhaft. Aber, Gott verzeihe mir, noch heute, wenn ich an den Eindruck denke, weiß ich mich nicht zu fassen. Diese Gesichter, unten und auf den Galerien, hätten Sie sehen müssen! Tieck selbst würde die Physiognomie des Haufens, als mitspielender Person, neben den unter die Zuschauer verteilten Rollen, sich nicht köstlicher haben denken können. Diese unwillkürliche Selbstpersiflage, dies fünf- und zehnfach reflektierte Spiegelbild der Ironie beschreibt kein Mensch. In meiner Loge befand sich der Legationsrat U., einer der wärmsten Verehrer Tiecks; wir sprachen und lachten nach Herzenslust während eines langen Zwischenakts (denn eine ganze Viertelstunde lang war der Direktor in Verzweiflung, ob er weiterspielen lasse oder aufhöre). Während dieses tollen Tumultes nun, während dieses Summens, Zischens, Bravorufens und Pochens hörten wir neben uns, nur durch ein dünnes Drahtgitter getrennt, eine Stimme ungemein lebhaft auf jemanden losschwatzen: ‚O, sehn Sie doch nur um Gottes willen da aufs Parterre hinunter und dort! und hier! der Spott hüpft wie aus einem Sieb ein Heer von Flöhen an allen Ecken und Enden hin und her – jeder reibt sich die Augen, klar zu sehen, jeder will dem Nachbar den Floh aus dem Ohre ziehen und von der andern Seite springen ihm sechse hinein! – Immer ärger! – ein Teufel hat alle Köpfe verdreht – es ist wie ein Traum auf dem Blocksberg – es wandelt alles im Schlaf – Herren und Damen bekomplimentieren sich, im Hemde voreinander stehend, glauben sich auf der Assemblee, sagen; Waren Sie gestern auch in der verkehrten Welt? Gottlob, nun wäre man doch wieder bei sich selbst usw. – Der alte Geck dort aus der Kanzlei, o vortrefflich! bietet einer muntern Blondine seine Bonbonniere mit großmächtigen Reichssiegel-Oblaten an und versichert, sie wären sehr gut gegen Vapeurs und Beängstigungen. Hier – sehn Sie doch, gerade unterm Kronleuchter – steht ein Ladendiener vor einem Fräulein und lispelt: Gros de Naples-Band? Sogleich. Wieviel Ellen befehlen Sie wohl? Er greift an sein Ohr, zieht es in eine erstaunliche Länge, mißt ein Stück und schneidets ab. Aber bemerken Sie nicht den Incroyable am dritten Pfeiler vom Orchester an? wie er sich langsam über die Stirne fährt und auf einmal den Poeten embrassiert: O Freund! ich habe schön geträumt diese Nacht! Ich habe ein winzig kleines Spieldöschen gehabt, das ich hier, schaun Sie, hier in meinen hohlen Zahn legte, ich durfte nur ein wenig darauf beißen und die ganze ‚Zauberflöte', sag ich Ihnen, die ganze Oper von Wolfgang Amadeus Mozart, spielte drei Stunden en suite fort. Eine Dame, die neben mir stand, behauptete, es wäre ja ‚Rataplan, der kleine Tambour', was ich spiele – ‚Himmel!' sagt ich, ‚ich kenne ja doch die Bären und die Affen und diese heilgen Hallen! O göttlich wars – Nein! – Aber da drüben, ich bitte Sie – –' – ‚Erlauben Sie', unterbrach hier eine tiefe Baßstimme die Rede des Schalks mitten im Fluß, ‚erlauben Sie, mein lustiger, unbekannter Herr, daß ich endlich frage: wollen Sie *mich* foppen, oder wollen Sie andere ehrliche Leute mit diesem Unsinn foppen?' – ‚Ach ganz und gar nicht', war die Antwort, ‚keins von beiden, ich bitte tausendmal um Vergebung – Aber was ist denn unserm Herrn Nachbar da zugestoßen? der weint ja erschrecklich – mit Erlaubnis, haben Sie den

Wadenkrampf?' – In diesem Augenblick öffnet sich unser Gitter, ein langes weinerliches Gesicht beugt sich herein mit den erbärmlichen Worten: ‚Ach, liebe Herren, ist es denn nicht möglich, daß ich durch Ihre Loge hinaus, fort aus diesem Narrenhaus, ins Freie kommen könnte? Oder wenn das nicht ist – so sein Sie so gütig – nur eine kleine Bitte – wie heißt denn das Indigo Perfektum von obstupesco, ich bin betäubt, verwirrt, bin ein Mondkalb geworden? das Perfektum Indikativi wollt ich sagen – O lachen Sie nicht – ich bin der unglückseligste Mann, bin seit einiger Zeit am hiesigen Lycäo Präzeptor der lateinischen Sprache, habe mirs recht sauer werden lassen – auch hatte es bis jetzt keine Gefahr, man war mit mir zufrieden – allein seit einer halben Stunde, bei dem verkehrten verfluchten Zeug da – ich weiß nicht – mein Gedächtnis – die gemeinsten Wörter – ich mache von Minute zu Minute eine Probe mit mir, examino memoriam meam – es ist mir, wie wenn mein Schulsack ein Löchlein, rimulam, bekommen hätte, zuerst nur ein ganz geringes, aber es wird immer größer, ich kann schon mit der Faust – o, entsetzlich! es rinnt mir schockweise alles bei den Stiefeln hinaus, praeceps fertur omnis eruditio, quasi ein Nachlaß der Natur – o himmelschreiend, in einer halben Stunde bin ich rein ausgebeutelt, bin meinem schlechtesten Trivialschüler gleich – lassen Sie mich hinaus, hinaus! ich sprenge die Verzäunung –'

Ich und der Legationsrat kamen ganz außer uns. Der Mensch aber, empört durch unser Lachen, schlug uns das Gitter vor der Nase zu, und wir sahen ihn eine ganze Weile nicht wieder. Wir glaubten anfangs, es wäre etwa eine komische Figur aus dem Lustspiele, der Legationsrat schwur scherzend, gar Tieck selber müsse es gewesen sein. Indessen ging der letzte Aufzug an und ging gleich den ersten herrlich vorüber. Der Vorhang fiel. Das alterierte Publikum drängte sich murrend und drohend nach den Türen, einige wollten auf der Stelle Rechenschaft haben. ‚Sieh da!' rief der Legationsrat mir zu, ‚ein Beispiel, ein erstes und letztes für ganz Deutschland, ein Wahrzeichen für alle Direktionen, welche auf Sinn und guten Geschmack bei uns rechnen!' Plötzlich antwortete eine ganz gelassene Stimme am Gitter mit den Worten Cäsars: ‚Pro ostento non ducendum, si pecudi cor defuit'. Und zugleich streckte sich wieder jenes Präzeptorsgesicht herein, aber ohne die vorige Grimasse und daher fast kaum mehr zu erkennen. ‚Glauben Sie mir, meine Herren (denn ich habe mich unterdessen erholt, und ein wunderbares Licht ging mir auf), dieses Stück wird vergöttert werden bei unsern Landsleuten, und die Direktionen können für solche Abende das Entree getrost auf das Dreifache steigern, um den Pöbel zu verschmerzen. Denken Sie an mich. Ihr Diener.‘ Während er das sagte, glaubte ich mich dunkel zu erinnern, daß mir dieses Gesicht nicht zum erstenmal begegne, ich wollte ihn schnell anreden, aber wie weggeblasen war er unter dem Gewühl. Ich und mein guter U., nachdem wir von unserm Erstaunen einigermaßen zurückgekommen waren, beschlossen, diesen Mann, wenn er sich anders hier aufhalte, was zu bezweifeln war, auszukundschaften, es koste was es wolle. Umsonst sahn wir uns auf den Treppen, an den Ausgängen überall um, fragten die Personen, denen er zunächst gesessen, niemand wußte von ihm. Nach acht Tagen dacht ich nicht mehr an den Vorfall und hielt den Unbekannten für einen Auswärtigen. – Ich befinde mich eines Morgens mit mehreren Bekannten auf dem Kaffeehause. Im Auf- und Abgehen klopf ich meine Zigarre am offenen Fenster aus und werfe zufällig einen Blick auf die Straße; ein Handwerker mit Brettern unterm Arm geht hart am Hause vorüber, meine Asche kann ihn getroffen haben, kurz, er schaut rasch auf und bietet mir das ganze Gesicht entgegen, mit einem Ausdruck, mit einer Beugung des Körpers, wie ich das in meinem Leben nur von *einem* Menschen gesehen hatte, und – genug, in diesem Momente wußt ich auch, wer er sei: der Komiker, den ich vor fünf Jahren im ‚Geizigen‘ des Molière bewunderte, Larkens. Unverzüglich schickt ich ihm nach, ohne mir gegen irgend jemand das geringste merken zu lassen. Er kam, in der Meinung, man verlange seine Dienste als Handwerker, ich ging ihm entgegen und ließ ihn in ein leeres Zimmer treten. Es gab nun, wie man denken kann, eine sehr sonderbare Unterredung, von welcher ich nur sage, daß ich mich ungewisser stellte als ich war, nur entfernt von großer Ähnlichkeit mit einem früheren Bekannten sprach, um ihm, auf den Fall er sein Geheimnis lieber bewahren wollte, den Vorteil der Verleugnung ohne weiteres zu lassen. Hier aber erkannte man nun erst den wahren Meister! Eine solche köstliche Zunftmiene, so eine rechtfertige Zäheit – kein Flamänder malt diesen Ausdruck mit solcher Wahrheit. Man glaubte einen Burschen zu sehen, auf dessen Stirne sich bereits die Behaglichkeit zeichne, womit er am ruhigen Abend beim Bierkrug und schlechten Tabak den Auftritt seinen Kameraden auftischen wollte, nachdem er ihre Neugierde durch etwas unnötig längeres Feuerschlagen gehörig zu schärfen für dienlich erachtet. Wie hätte ich nun nach allem diesen es noch übers Herz bringen können, dem unvergleichlichen Mann sein Spiel zu verderben oder länger in ihn zu dringen? Ich entließ ihn also, konnte aber freilich nicht ganz ohne lachenden Mund mein: ‚Adieu, guter Freund, und nehm Ers nicht übel!' hervorbringen. Er sah mirs um die Lippen zucken, kehrte sich unter der Tür noch einmal um und sagte im liebenswürdigsten Ton: ‚Ich sehe wohl, der Schulmeister von neulich hat mir einen Streich gespielt, ich bitte, Euer Exzellenz mögen diese meine gegenwärtige Figur noch zur verkehrten Welt schlagen. Dürft ich aber vollends hoffen, daß dieser Auftritt unter uns bliebe, so würde ich Euer Exzellenz sehr verpflichtet sein, und Sie haben hiemit mein Ehrenwort, daß mein Geheimnis ohne das mindeste Arge ist; aber für jetzt liegt mir alles dran, das zu scheinen, was ich lieber gar sein möchte.' Jetzt nahm ich länger keinen Anstand, ihn bei seinem Namen herzlich willkommen zu heißen. Da er natürlich geniert war, in seinem gegenwärtigen Aufzuge einen Diskurs fortzusetzen und doch mein Interesse ihm nicht entging, so hieß er mich Zeit und Ort bestimmen, wo wir uns gelegener sprechen könnten, und so verabschiedete er sich mit einem unwillkürlichen Anstande, der ihm selbst in diesen Kleidern trefflich ließ.

Um mir nun die ganze sonderbare Erscheinung einigermaßen zu erklären, lag freilich der Gedanke am nächsten, es habe dem Künstler gefallen, die niedrige Natur eine Zeitlang an der Quelle selbst zu studieren, wiewohl derselbe Zweck gewiß auf andre Art bequemer zu erreichen war. Als wir kurz nachher auf meinem Gute zusammenkamen, schien er mich auch wirklich auf meinem Glauben lassen zu wollen; doch dachte er zu redlich, um nicht die wahre Absicht, deren er sich vielleicht schämen mochte, wenigstens als ein Nebenmotiv bemerklich zu machen, und da überdies eine hypochondrische Saite in seinem Gespräche mehrmals anklang, so erriet ich leicht, daß dies wohl der einzige Beweggrund sein müsse. Ich vermied natürlich von nun an die Materie gerne, aber auffallend war es mir, daß Larkens, wenn ich das Gespräch auf Kunst und dergleichen hinlenkte, nur einen zerstreuten und beinahe erzwungenen Anteil zeigte. Er zog praktische oder ökonomische Gegenstände, auch die unbedeutendsten, jedesmal vor. Mit wahrer Freude untersuchte er meine Baumschule und jede Art von Feldwerkzeug, zugleich suchte er sich beim Gärtner über alle diese Dinge gelegentlich zu unterrichten und gab mitunter die sinnreichsten Vorteile an, die ihm weder Handbuch noch Erfahrung, sondern nur sein glücklicher Blick gezeigt haben kann. Übrigens waren unserer Zusammenkünfte leider nicht mehr als drei; vor sechs Tagen speiste er das letztemal bei mir.«

Der Präsident war fertig. Eine tiefe Wehmut war auf alle Gesichter ausgegossen und keines wollte reden. Hatte man während dieser Erzählung, wenigstens in der Mitte derselben, nur das rege Bild eines Mannes vor sich gehabt, welcher, obgleich nicht im reinsten und glücklichsten Sinne, doch durch die feurige Art, wie er die höchsten Glanzerscheinungen des Lebens und der Kunst in sich aufnehmen konnte, mit Leib und Seele dieser Welt anzugehören schien, und konnte man also auf Augenblicke völlig vergessen, es sei hier von einem Verstorbenen die Rede, so überfiel nun der Gedanke, daß man in wenig Stunden werde seinen Sarg in die Erde senken sehen, alle Gemüter mit einer unerträglichen Pein, mit einer ganz eigenen Angst, und unsern Freund durchdrang ein nie gefühlter brennender Schmerz der ungeduldigsten Sehnsucht. Sekundenlang konnte er sich einbilden, sogleich werde die Türe sich auftun, es werde jemand hereinkommen, mit freundlichem Gesicht erklären, es sei alles ein Irrtum, Larkens komme frisch und gesund unverzüglich hieher. Aber ach! kein Wunder gibt es und keine Allmacht, um Geschehenes ungeschehen zu machen.

Der Präsident trat stille auf Theobald zu, legte die Hand auf seine Schulter und sprach: »Mein Lieber! es ist nun Zeit, daß ich eine Bitte, eine rechte Herzensbitte an Sie bringe, mit der ich seit gestern abend umgehe und welche Sie mir ja nicht abschlagen müssen. Bleiben Sie einige Tage bei uns. Es ist uns beiden unerläßliches Bedürfnis, des teuren Freundes Gedächtnis eine Zeitlang miteinander zu tragen und zu feiern. Wir werden, indem wir *uns* beruhigen, auch *seinen* Geist mit sich selber zu versöhnen glauben. Wir müssen, wenn ich so sprechen darf, dem Boden, welchem er seine unglückliche Asche aufdrang, die fromme Weihe erst erteilen, damit diese Erde den Fremdling mütterlich einschließen könne. Wenn Sie uns verlassen haben, so ist hier keine Seele außer mir, die Ihren Larkens kennte und schätzte, wie er es verdient, und doch sollen zum wenigsten stets ihrer zwei beisammen sein, um das Andenken eines Abgeschiedenen zu heiligen. Ja, geben Sie meiner Bitte nach, überlegen Sie nicht – Ihre Hand! Morgen reisen wir alle aufs Gut und wollen, traurig und froh, eines dem andern sein, was wir können.«

Nolten ließ den in Tränen schimmernden Blick freundlich auf Agnesen hinübergleiten, die denn, zum Zeichen, was sie denke, mit Innigkeit die Hand Margots ergriff, welch letztere, diese Meinung liebreich zu erwidern, sich alsbald gegen beide Mädchen hinbeugte und sie küßte.

»Wer könnte hier noch länger widerstehn!« rief Nolten aus. »Ihre Güte, teurer Mann, ist fast zu groß für mich, ich nehme sie aber, wenn auch nur schüchtern, im Namen unseres Toten an. – Unsere Reise, meine guten Kinder«, setzte er gegen die Seinigen hinzu, »insofern sie dem Vergnügen gelten sollte, war ich seit gestern ohnehin entschlossen abzukürzen, ich wollte ungesäumt dem Orte unseres künftigen Bleibens und meiner Pflicht entgegengehn. Unvermutet hat sich uns nun eine dritte Aussicht eröffnet, die selbst mit ihrer schmerzlichen Bedeutung bei weitem den schönsten Genuß und die lieblichste Zuflucht verspricht.«

Ein Bedienter kam und meldete einige Herren, welche der Präsident auf diese Stunde zu sich gebeten hatte. Es war der Regisseur des Theaters und drei andere Künstler, die sich für Nolten nicht weniger als für den Verstorbenen interessierten, da ihnen der Maler durch Renommee schon längst nicht fremd mehr war. Der Regisseur kam vor Jahren einmal mit Larkens in persönliche Berührung. Er wollte, auf Anregung des Präsidenten und darum ohne Widerspruch von seiten der Geistlichkeit, ein Wort am Grabe reden; Theobald hatte ihm hiezu die nötigen Notizen schon am Morgen zusammengeschrieben. Man beredete noch einiges wegen der Feierlichkeit.

Indessen hatte sich der Tag schon ziemlich geneigt, und seine ahnungsvolle Dämmerung wälzte mit den ersten Trauerschlägen von dem Turme her langsam und feierlich das letzte größte Schmerzgewicht auf die Brust unsrer Freunde. Die Leiche mußte vor dem Hause des Präsidenten vorüberkommen, wo denn die ordentliche Begleitung mit einbrechender Nacht punkt neun Uhr sich aufstellen und ein Fackelzug von Künstlern und Schauspielern die Leiche abholen sollte, währenddessen die übrigen Fußgänger und die Wagen hier zu warten angewiesen waren.

Nolten suchte noch einen Augenblick loszukommen, um in aller Stille einen letzten Gang nach des Tischlers Hause zu tun. Dort traf er bereits eine Menge Neugieriger in der engen Gasse versammelt, doch wagte niemand, ihm zu folgen, als der alte Meister ihm den Schlüssel zu der bekannten, weit nach hintenzu gelegenen Kammer reichte. Ein weißer, mit frischen Blumen behängter Sarg stand auf dem Gange. Köstliches Rauchwerk kam ihm aus dem Zimmer entgegen, als er eintrat. Aber aufs schönste ward er überrascht und gerührt durch einen Schmuck, den eine unbekannte Hand dem Toten hatte angedeihen lassen. Nicht nur war der Körper mit einem langen feinen Sterbekleid und schwarzer Schärpe reinlich umgeben, sondern ein großer, blendend weißer Schleier, mit Silber schwer gestickt, bedeckte das Antlitz und ließ einen grünen Lorbeerkranz, der um die hohe Stirne lag, und selbst die Züge des Gesichts gar milde durchschimmern.

Der Maler blieb nicht länger vor dem Bette stehn, als eben hinreichte, um jenes stumme, langgedehnte Lebewohl – sei es auf Wiedersehn, ach! oder auch auf ewig Nimmersehn – durch das Tiefinnerste der Seele ziehn zu lassen und jeden stillen Winkel seiner Brust mit diesem Liebesecho schmerzlich anzufüllen.

Er hörte Tritte auf dem Gang, schnell riß er sich los, in Eifersucht, daß diesen Ruhe-Anblick, den er auf alle Zeiten mit sich nehmen wollte, kein anderer mit ihm teile.

Wir sehen einen frischen Tag über der Stadt aufgehn und sagen von dem gestrigen Abende nicht mehr, als daß die ganze Feier schön und würdig vollzogen wurde.

Der heutige Morgen, es war ein Sonntag, ging mit Einpacken oder mit Besuchen hin, die Nolten in der Stadt zu machen und zu erwidern hatte. Die außerordentliche Begegenheit erwarb ihm eine große Anzahl teils neugieriger, teils aufrichtiger Freunde, es kam nun eine Einladung nach der andern, darunter sehr ehrenvolle, die er nicht ablehnen durfte. Es wurde deshalb beschlossen, daß man nicht heute abend, wie anfangs verabredet gewesen, sondern morgen auf das Landgut fahre. Die Familie des Präsidenten war indessen in aller Frühe schon hier eingetroffen, und Nolten sah die Präsidentin auf kurze Zeit, neben dem Gemahl, doch war es eben darum bei aller möglichen Artigkeit von ihrer Seite eine ziemlich frostige Bekanntschaft. Nannette, welche auch dabei zugegen, konnte sich nicht genug verwundern über die hohle Zärtlichkeit des vornehmen Ehepaars und sie machte gleich hernach Agnesen die ganze Szene vor, wie sich beide geküßt, wie zierlich die Frau ihr Sprüchlein gelispelt habe.

Als Theobald wegen des dem armen Freunde gewidmeten Ehrenschmucks ein dankbares Wort an das Fräulein richtete – denn er vermutete sonst niemanden darunter – vernahm er, daß zwar der Schleier von ihr, das übrige jedoch von einer edlen Dame gekommen, welche den Schauspieler vor mehreren Jahren in einigen seiner vorzüglichsten Rollen gesehen habe. Margot nannte ihren Namen mit Achtung und erzählte, daß sie dieselbe Frau noch vor ganz kurzer Zeit gelegentlich in einer Gesellschaft sehr munter von jenen Vorstellungen habe erzählen hören.

Montag mittag endlich verließen die Freunde erleichterten Mutes die Stadt. Die Neuburger Chaise mit einem Teil des Gepäcks sollte hier zurückbleiben. Unsre Gesellschaft teilte sich in zwei Gefährte des Präsidenten, so daß die Herren in dem einen, die drei Frauenzimmer in dem andern für sich allein waren.

Nach einer Stunde schon sah man das Schloß vor sich auf der flachen Anhöhe liegen, am Fuße derselben ein kleines Landstädtchen, dessen Marken durch manches Bethaus am Wege, durch manches hölzerne Kreuz die katholische Einwohnerschaft im voraus verkündigen. Das Schloß selber ist ein altertümliches Gebäude, massiv von Stein, in zwei gleichlange Flügel gebaut, welche nach unsrer Seite her in einen stumpfen Winkel zusammenlaufen, so daß der eine, mehr seitwärts gelegene, sich, je näher man dem Hauptportale kam, hinter den andern zurücklegen mußte. Das ernste und würdige Ansehn des Ganzen verlor nur wenig durch die moderne gelbbraune Verblendung. Überall bemerkte man vorspringende Erker und schmale Altane, ziemlich unregelmäßig, aber bequem und auf die Aussicht ins Weite berechnet. Man fuhr in den Schloßhof ein, der hinten durch eine im Halbkreis gezogene Kastanienallee gar schön geschlossen ist, indem dieselbe rechts und links auf beide Flügelenden zugeht. Die Mitte des Halbzirkels nimmt ein achteckig gefaßter See mit Springbrunnen ein, deren altfränkische Delphine nach vier Seiten hin ihr Wasser strahlen. Die Allee wird durch geradlinige Wege dreimal durchschnitten, um in die zunächst hinterliegenden Anlagen zu gelangen; der mittlere Ausgang führt nach der Schnur auf ein ansehnliches Gartenhaus zu.

Von der Herrschaft wurden im ganzen Schlosse bloß die beiden Etagen des einen Flügels bewohnt, die obern vom Präsidenten, unten befanden sich die Zimmer der Frau, wo nun auch die beiden Mädchen mit dem Fräulein einquartiert werden sollten. Das alles war, wenige Piecen ausgenommen, nach neuerem Geschmacke. An Bedienung, weiblicher sowohl als männlicher, fehlte es nicht.

Nachdem die neuen Gäste einigermaßen eingerichtet waren, trank man den Kaffee in einem der vielen Bosquets im Garten und wandelte sodann, in zwei Partien abermals getrennt, die ganze Anlage durch. Ihr Umfang war, obgleich beträchtlich, doch kleiner, als es von innen der Anschein gab, weil Bäume und Gebüsch die Mauer überall verbargen.

Agnes und Nannette, ihre gefällige Freundin in der Mitte, empfanden sich in einem völlig neuen Elemente; jedoch sein Fremdes ward ihnen durch Margots höchst umgängliches und ungeniertes Wesen mit jeder Viertelstunde mehr zu eigen. Überhaupt finden wir nun Zeit, von der Tochter zu reden, und sie verdient, daß man sie näher kennenlerne. Das munterste Herz, verbunden mit einem scharfen Verstande, der, unter dem unmittelbaren Einflusse des Vaters, verschiedene, sonst nur dem männlichen Geschlecht zukommende Fächer der Wissenschaft, man darf kecklich sagen, mit angeborner Leidenschaft und ohne den geringsten Zug von gelehrter Koketterie ergriffen hatte, schienen hinreichende Eigenschaften, um mit einem Äußern zu versöhnen, das wenigstens für ein gewöhnliches Auge nicht viel Einnehmendes, oder um es recht zu sagen, bei viel Einnehmendem manches unangenehm Auffallende hatte. Die Figur war außerordentlich schön, obgleich nur mäßig hoch, der Kopf an sich von dem edelsten Umriß, und das ovale Gesicht hätte, ohne den aufgequollenen Mund und die Stumpfnase, nicht zärter geformt sein können; dazu kam eine braune, wenngleich sehr frische Haut und ein Paar große dunkle Augen. Es gab, freilich nur unter den Männern, immer einige, denen eine so eigene Zusammensetzung gefiel; sie behaupteten, es werden die widersprechenden Teile dieses Gesichts durch den vollen Ausdruck von Seele in ein unzertrennliches Ganze auf die reizendste Art verschmolzen. Man hatte deshalb den Bewunderern Margots den Spottnamen der afrikanischen Fremd- und Feinschmecker aufgetrieben, und wenn hieran gewisse allgemein verehrte Schönheiten der Stadt sich nicht wenig erbauten, so war es doch verdrießlich, daß eben die geistreichsten Jünglinge sich am liebsten um diese Afrikanerin versammelten. Die Späße der ballgerechten Stutzer waren indes, der Eifersucht zum Troste, unerschöpflich. So hatte ein Leutnant, der sonst eben nicht im Geruche des witzigsten Kopfes stand, den köstlichen Einfall ausgeheckt: man bemerke an des Präsidenten Tochter bei genauerer Betrachtung ein feines Bärtchen um die Lippen, welches wohl daher komme, daß sie als Kind sich schon von den alten Knasterbärten, den Ciceros und Xenophons habe küssen lassen, und vergessen, sich den Mund rein zu wischen. Das schönste war, daß Margot dergleichen Armseligkeiten, auch wenn sie darum wußte, im geringsten nicht bitter empfand; sie erschien bei den öffentlichen Vergnügungen, wozu freilich mehr die Mutter als das eigene Bedürfnis sie trieb, immer mit gleich unbefangener Heiterkeit, sogar gehörte sie bei Spiel und Tanz zu den eigentlich Lustigen; aber indem sie Wohlgesinnte und Zweideutige ganz auf einerlei Weise behandelte, zeigte sie, ohne es zu wollen, daß sie den einen wie den andern missen könne. Allein auch diese unschuldigste Indifferenz legte man entweder als Herzlosigkeit oder Stolz aus. Agnes und selbst die leichter gesinnte junge Schwägerin huldigten dem guten Wesen von ganzem Herzen, ohne erst noch seine glänzendste Seite zu kennen.

Die Mädchen saßen im Gespräch auf einer Bank und sahen jetzt einen jungen Menschen von etwa sechszehn Jahren, gewöhnlich, aber rein gekleidet und einige Bäumchen im Scherben tragend, den breiten

Weg herunterlaufen. Wie er an ihnen vorüberkam, nickte er nur schnell und trocken mit dem Kopfe vor sich hin, ohne sie anzusehn. Die zarte Bildung seines Gesichts, die ganze Haltung des Knaben machte Nannetten aufmerksam, und Margot sagte: »Es ist der blinde Sohn des Gärtners. Sie haben ihn mitleidig angesehn, und es geht anfänglich jedermann so, man glaubt ihn leidend, doch ist er es nicht, er hält sich für den glücklichsten Menschen. Wir lieben ihn alle. Er hilft seinem Vater und verrichtet eine Menge Gartengeschäfte mit einer Leichtigkeit, daß es eine Lust ist, ihm zuzusehn, wenn ihm einmal die Sachen hingerüstet und bedeutet sind. Nichts kommt ihm falsch in die Hand, kein Blättchen knickt ihm unter den Fingern, eben als wenn die Gegenstände Augen hätten statt seiner und kämen ihm von selbst entgegen. Dies gibt nun einen so rührenden Begriff von der Neigung, dem stillen Einverständnis zwischen der äußern Natur und der Natur dieses sonderbaren Menschen. Da er nicht von Geburt, sondern etwa seit seinem fünften Jahre blind ist, so kann er sich Farben und Gestalten vorstellen, aber wunderlich klingt es, wenn man ihn die Farben gewisser Blumen mit großer Bestimmtheit, aber oft grundfalsch so oder so angeben hört; er läßt sich seine Idee nicht nehmen, da er sie ein für allemal aus einem unerklärlichen Instinkt, hauptsächlich aus dem verschiedenen Geruche, dann auch aus dem eigentümlichen Klange eines Namens vorgefaßt hat. Das erstere kann man ihm noch hingehn lassen, der Zufall tut viel, und wirklich hat er es einigemal bei sehr unbekannten Blumen auffallend getroffen.«

»Wäre aber«, sagte Agnes, »doch etwas Wahres daran, so sollte man auch wohl die Gabe haben können, etwa aus der Stimme eines Menschen auf sein Wesen zu schließen, wenn auch nicht auf den Namen, denn gesetzt, man schöpfte diesen für die Blumen wirklich aus einem bestimmten Gefühl, oder, wie soll ich sagen? aus einer natürlichen Ähnlichkeit, so kämen wir auf jeden Fall zu kurz neben diesen Frühlingskindern, die man doch gewiß erst, nachdem sie vollkommen ausgewachsen waren, getauft hat, um ihnen nicht unrecht zu tun mit einem unpassenden Namen, während wir den unsrigen erhalten, ehe wir noch den geringsten Ausdruck zeigen.«

Margot war über diese artige Bemerkung erfreut, und Nannette erinnerte gelegentlich an die sogenannte Blumensprache, woraus man seit einiger Zeit ordentlich kleine Handbücher mache. »Was mir an dieser Lehre besonders gefällt, das ist, daß wir Mädchen bei all ihrer Willkürlichkeit doch gleich durch die Bedeutung, die dem armen nichtswissenden Ding im Buche beigelegt ist, unser Gefühl bestimmen und umstimmen lassen können, weil wir dem Menschen, der sich untersteht, so was ein für allemal zu stempeln, doch einen Sinn dabei zutrauen müssen, oder weil eine gedruckte Lüge doch immer etwas Unwiderstehlicheres hat als jede andere.«

»Oder«, versetzte Margot, »weil wir ängstlich sind, durch unser vieles Um- und Wiedertaufen eine böse Verwirrung in das hübsche Reich zu bringen, so daß uns die armen Blumen am Ende gar nichts Gewisses mehr sagen möchten.«

»Wie närrisch ich früher über Namen der Menschen gedacht habe und zuweilen noch denken muß, kann ich bei der Gelegenheit nicht verschweigen«, sagte Agnes. »Sollten denn, meint ich, die Namen, welche wir als Kinder bekommen, zumal die weniger verbrauchten, nicht einen kleinen Einfluß darauf haben, wie der Mensch sich später sein innerliches Leben formt, wie er andern gegenüber sich fühlt? ich meine, daß sein Wesen einen besondern Hauch von seinem Namen annähme?«

»Dergleichen angenehmen Selbsttäuschungen«, erwiderte das Fräulein, »entgeht wohl niemand, der tiefern Sinn für Charakter überhaupt hat, und da sie so gefahrlos als lieblich sind, so wollen wir sie uns einander ja nicht ausreden.«

Nannette war beiseite getreten und kam mit einem kleinen Strauß zurück. Während sie ihn in der Stille zurecht fügte, schien ihr ein komischer Gedanke durch den Kopf zu gehn, der sie unwiderstehlich laut lachen machte. »Was hat nun der Schelm?« fragte Margot, »es geht auf eins von uns beiden – nur heraus damit!« – »Es geht auf Sie!« lachte das Mädchen, »ist aber nichts zum Übelnehmen. Ich suchte da nach einer Blume, die sich für Ihren Sinn und Namen passen könnte, nun heißt doch wohl Margot nicht weniger noch mehr als Margarete, natürlich fiel mir also ein, wie leichtfertig es lassen müßte, wie dumm und ungeschickt, wenn Ihnen jemand hier dies Gretchen im Busch verehren wollte.« Alle lachten herzlich über diese Zusammenstellung, die freilich nicht abgeschmackter hätte sein können.

»Im Ernst aber«, sagte Nannette und sprach damit wirklich ihres Herzens Meinung aus, »für Sie, bestes Fräulein, könnte ich wohl einen Sommer lang mit dem Katalog in der Hand durch alle Kaisergärten suchen, eh mir endlich das begegnete, was Ihrer Person, oder weil dies einerlei ist, Ihres Namens vollkommen würdig wäre.« – »So?« lachte Margot, »also bleib ich eben bis auf weiteres brav Gretel im Busch! Zum Beweis aber (hier stand sie auf und trat vor ein Rondell mit blühenden Stöcken), daß ich glücklicher bin im Finden als Sie, Böse und Schöne, steck ich Ihnen gleich diese niedliche Rose ins Haar, Agnes hingegen diese blauliche Blüte mit dem würzigen Vanilleduft!«

Man ging nun scherzend weiter, und das Fräulein fing wieder an: »Vom guten Henni sind wir ganz abgekommen, so heißt der Blinde, eigentlich Heinrich. Weil seine vorhin genannten Talente einigermaßen zweideutig sind, so muß man ihm bei den andern desto mehr Gerechtigkeit widerfahren lassen. Er hat viel mechanisches Geschick und seltne musikalische Anlagen. In einer leeren Kammer des linken Schloßflügels, welche vor nicht sehr langer Zeit noch zur Hauskapelle der frühern Besitzer eingerichtet war, steht eine Orgel, die lange kein Mensch ansah. Sie befand sich im schlechtesten Zustande, bis Henni vor anderthalb Jahren sie entdeckte. Er hatte nun nicht Rast noch Ruhe, das verwahrloste staubige Werk, Klaviatur, Pedal und Blasbälge, samt den fehlenden und zerbrochenen Stäbchen, Klappen und Drähten, deren Zahl beiläufig hundertundeines sein mag, wieder ordentlich herzurichten. Oft hörte man ihn bei Nacht operieren, klopfen und sägen, und es war sonderbar, ihn dann so ohne alles Licht in der einsamen Kammer bei seiner Arbeit zu denken. Was ihm aber kein Mensch geglaubt hätte: nach weniger als vier Wochen war er wirklich mit allem zustandegekommen. Sie müssen ihn einmal, und ohne daß ers weiß, auf der Orgel phantasieren hören; er behandelt sie auf eine eigene Art, und nicht leicht würde ein anderes Instrument das eigentliche Wesen dieses Menschen so rein und vollständig ausdrücken können. Ich hätte billig unter seinen Vorzügen zuerst von seiner Frömmigkeit gesprochen, doch wird Ihnen diese nach dem bisher Gesagten um so wahrer und zärter erscheinen, und ich brauche jetzt desto weniger Worte davon zu machen. – Klavierspielen hatte er schon früher ohne Anleitung auf einem schlechten Pantalon gelernt, mein Vater versprach, ihm auf seinen Geburtstag ein ordentliches Instrument zu schenken. Solange wir in der Stadt wohnen, laß ich auch wohl zuweilen den Schlüssel in dem meinigen stecken und mag mir gerne denken, daß er sich ein Stündchen nach Herzenslust darauf ergehe, derweil seine Mutter die Zimmer reinigt. Er lobte mir neulich den Ton des Flügels mit solchem Feuer, daß er sich mit seinem Geheimnis verschnappte, er wurde plötzlich blutrot, und ich hätte fürwahr viel gegeben, um einen Augenblick selbst zu erblinden und kein Zeuge dieser Beschämung zu sein. Es blieb nichts übrig, als ihn aufzufordern, sogleich eine Sonate mit mir zu probieren, die er mir und meinem Bruder abgehört hatte. Nichts geht ihm über das Vergnügen, vierhändig zu spielen. Das Stück, wovon ich rede, ist eines von den schwerern, allein es ging durchweg fast ohne Anstoß.

Der Präsident stand eben mit dem Maler auf der rechten Seite des Schlosses, als die Mädchen gegen den Hof herkamen; sie sprachen dort über eine gewisse Baukuriosität, der wir gelegentlich auch einen Blick schenken müssen. Es endigte sich nämlich jener Flügel mit einer breitstufigen Steintreppe, welche vor den Fenstern des oberen Stocks ein Belvedere ansetzte und, hüben und drüben mit einem Geländer versehen, auf steinernen Bogen herablief. Mit der letzten Stufe an der Erde trat man in ein niedliches Rosengärtchen, welches im Viereck von einer niedern, künstlich ausgehauenen Balustrade umgeben, einerseits auf den Abhang des Schloßbergs hinuntersah, andererseits durch ein eisernes Gatter in die Allee einführte. Alles das fand sich in den gleichen Verhältnissen auch auf der entgegengesetzten Flanke des Gebäudes, jedoch meist nur von Holz und auf den Schein berechnet. Altan und Treppe waren dort verwittert und ohne Gefahr nicht mehr zu betreten.

Die Gesellschaft begab sich ins Innere des Hauses, und bis zum Abendessen trieb ein jedes, was ihm beliebte. Der Präsident ließ seinen Gästen Zeit, es sich bequem zu machen. Gleich anfangs hatte er den Grundsatz erklärt, es müsse neben den Stunden der gemeinsamen Unterhaltung und des unmittelbaren Beieinanderseins durchaus auch eine Menge Augenblicke geben, die, sozusagen, den zweiten und indirekten, gewiß nicht minder lieblichen Teil der Geselligkeit ausmachen, wo es erfreulich genug sei, sich miteinander unter *einem*

Dache zu wissen, sich zufällig zu begegnen und ebenso nach Laune festzuhalten. Unseren beiden Frauenzimmern, welche dem Hausherrn gegenüber doch immer etwas von Schüchternheit bei sich verspürten, kam eine solche Freiheit zu ganz besonderm Troste, dem Maler war sie ohnehin Bedürfnis, und sogleich gab der Präsident das Beispiel, indem er sich noch auf ein Stündchen ins Arbeitskabinett zurückzog.

Die Tischzeit versammelte alle aufs neue, und als man sich zuletzt gute Nacht sagte, trat jedem der Gedanke erstaunend vor die Seele, durch was für eine ungeheure Fügung sich die fremdesten Menschen dergestalt haben zusammenfinden können, daß es schon heute schien, als hätte man sich immerdar gekannt, als wäre man zusammengekommen, um niemals wieder Abschied zu nehmen.

Nachdem wir von der Stellung der Personen sowie von deren häuslicher und ländlicher Umgebung insoweit den Begriff gegeben haben, besorgen wir kaum noch, daß unsre Leser ein vollständiges Journal von den Unterhaltungen der nächsten Tage von uns erwarten möchten.

Was außerhalb des Schloßbezirks nur immer Anlockendes zu Pferd und Wagen zu erreichen war, und was das Eigentum des Präsidenten, zumal eine sehr reichhaltige Bibliothek, zur Unterhaltung darbot, ward abwechselnd genossen und versucht. Der Präsident liebte die Jagd, und obgleich Theobald weder die mindeste Übung, noch auch bis jetzt einigen Geschmack daran hatte, so war ihm in seiner gegenwärtigen Verfassung der Vorteil dieser Art sich zu bewegen, wobei sowohl Leib als Seele in kräftiger Spannung erhalten wird, gar bald sehr fühlbar und bei einigem Glück mit den ersten Versuchen sogar ergötzlich geworden. Er kehrte an so einem Abend auffallend erheitert und lebhaft nach Hause. Auch hatten die Mädchen bereits ihren Scherz mit ihm, indem Margot behauptete: es könnte wohl nicht leicht ein Maler die schönste Galerie der seltensten Kunstwerke mit größerem Interesse durchlaufen, als er die Gewehrkammer ihres Vaters, worin er wirklich stundenlang verweilte. Gewiß aber war auch weit und breit eine solche Sammlung nicht anzutreffen. Gewehre aller Art, vom ersten Anfang dieser Erfindung bis zu den neuesten Formen des englischen und französischen Kunstfleißes, konnte man hier aufs schönste geordnet in fünf hohen Glaskästen sehen. Die Freunde bemerkten mit Lächeln, wie Nolten jedesmal eine andere Flinte für sich aussuchte, denn mit jeder hoffte er glücklicher zu sein, und endlich griff er gar nach einem alten türkischen Geschoß, welches zwar prächtig und gut, doch für den Zweck nicht passend und deshalb von dem schlechtesten Erfolg begleitet war.

Besonders angenehm erschienen immer nach dem Abendessen die ruhigen gemeinschaftlichen Lesestunden. Der Maler hatte anfangs unmaßgeblich eine Lektüre vorgeschlagen, welche man in doppelter Hinsicht willkommen hieß. Unter den schriftlichen Sachen, die er vorläufig aus Larkens' Nachlasse an sich gezogen, befand sich zufälligerweise ein dünner italienischer Quartband, die »Rosemonde« des Ruccelai enthaltend, wovon ihm der Schauspieler, teils wegen der Seltenheit der alten ursprünglichen Venetianer-Ausgabe, teils weil eine angenehme Erinnerung für ihn dabei war, vormals mit besonderer Liebe gesprochen und gelegentlich erzählt hatte, daß er als fünfzehnjähriger Knabe das Buch aus der Sammlung eines Großonkels nebst einigen andern Werken verschleppt habe, natürlich ohne es zu verstehen, nur weil die schön vergoldete Pergamentdecke ihn gereizt. Einige Zeit hernach habe von ungefähr ein Kenner es bei ihm erblickt und es für einen außerordentlichen Schatz erklärt; hiedurch sei er auf den Inhalt neugierig worden, um so mehr, da seine Neigung zu Schauspielen und Tragödien schon damals bis zur Wut entzündet gewesen. Nun habe er der Rosemonde – der unbekannten Geliebten – zu Gefallen mit wahrhaft ritterlichem Eifer sich stracks dem Italienischen ergeben, und nachdem er die Süßigkeit der Sprache erst verschmeckt, für gar nichts anderes mehr Aug und Ohr gehabt, in kurzem auch, ein zweiter Almachilde (so hieß Rosemondens Liebhaber und Retter), der armen Königstochter sich völlig bemächtigt.

War aber dieses Stück, als ein verehrter Zeuge der schönen Kindheit des tragischen Theaters der Italiener schon an und für sich merkwürdig genug, so setzte sich nun unser Zirkel, des Mannes eingedenk, von dem es herkam, mit einer Art Andacht zu dem Trauerspiel, wiewohl es während des Lebens und Verdeutschens an munteren Bemerkungen nicht fehlte, entweder weil die Übersetzung zuweilen stocken wollte, oder weil man nicht umhin konnte, die im ganzen herrliche Charakteristik in der Dichtung mitunter etwas hart und holzschnittartig zu finden. Außer Agnes und Nannetten war allen die Sprache bekannt; man übersetzte wechselsweise, am liebsten aber sah man immer das Buch in Margots Hände zurückkehren, welche mit eigener Gewandtheit die Verse in Prosa umlegte und meistens ein paar Szenen im voraus zu Papier gebracht hatte, da denn wirklich der Ausdruck an Kraft, Erhabenheit und Rundung nichts mehr zu wünschen übrig ließ, so daß man, obgleich alles sehr treu gegeben war, etwas ganz Neues zu hören glaubte und den Dichter in seiner ursprünglich grandiosen Natur vollkommen gerechtfertigt sah. Dem in gewisser Hinsicht unbefriedigenden Schlusse der Handlung half das Fräulein, einem glücklichen Fingerzeig ihres Vaters folgend, durch Einschaltung einer kurzen Szene auf, worin die Vereinigung des liebenden Paares, welche der Dichter nur anzudeuten, bei seinem höhern Zwecke kaum für der Mühe wert gehalten, zum Troste jedes zart besorgten Lesers klärlich motiviert war. Man bedauerte nur, mit der Lektüre so schnelle fertig geworden zu sein, und weil jedermanns Ohr nun schon von den südlichen Klängen gereizt und hingerissen war, so brachte der Präsident einen italienischen Novellisten hervor, indessen der Maler gereimte Gedichte gern vorgezogen hätte, aus einem Grunde zwar, den er nicht allzu lebhaft geltend machen wollte: er war entzückt, wie Margot Verse las; er glaubte einen solchen Wohllaut kaum je von Eingeborenen gehört zu haben, und wenn es manchen Personen als ein liebenswürdiger Fehler angerechnet wird, daß Sie das R nur gurgelnd aussprechen können, wie denn dies eben bei dem Fräulein der Fall war, so schien diese Eigentümlichkeit der Anmut jenes fremden Idioms noch eine Würze weiter zu verleihen. Agnes entging es nicht, mit welchem Wohlbehagen Freund Theobald am Munde der Leserin hing, allein auch sie vermochte demselben Zauber nicht zu widerstehen.

Überhaupt lernten die Mädchen nach und nach immer neue Talente an dieser Margot kennen; das meiste brachte nur der Zufall an den Tag, und weit entfernt, es auf eine falsche Bescheidenheit anzulegen, oder im Gefühl ihrer Meisterschaft den Unkundigen gegenüber die Unterhaltung über gewisse Gegenstände vornehm abzulehnen, teilte sie vielmehr die Hauptbegriffe sogleich auf die einfachste Weise mit und machte durch die Leichtigkeit, womit sie alles behandelte, den andern wirklich glauben, daß das so schwere Sachen gar nicht wären, als es im Anfang schien; sogar legte sie einmal das liebenswürdige Geständnis ab: »Wir Frauen, wenn uns der Fürwitz mit den Wissenschaften plagt, krebsen mitunter bloß, wenn wir zu fischen meinen, und freilich ist es dann ein Trost, daß es den Herren Philosophen zuweilen auch nicht besser geht. – Sehn Sie aber«, rief sie aus und schob die spanische Wand zurück, die in der Ecke ihres Zimmers einen großmächtigen Globus verbarg, »sehn Sie, das bleibt denn doch eine Lieblingsbeschäftigung, wo man auf sicherem Grund und Boden wandelt. Der Vater hat mich drauf geführt, er ließ die hohle hölzerne Kugel mit Gips und feiner Farbe weiß überziehen, ich zeichne die neuesten Karten darauf ab und mache ohne Schiff und Wagen mit Freuden nach und nach die Reise durch die ganze Welt. Die eine Hälfte wird bald fertig sein, und hier die neue Welt steigt auch schon ein wenig aus dem leeren Ozean.« Agnes bewunderte die Schönheit und Genauigkeit der Zeichnung, die zierliche Schrift bei den Namen, die breit lavierte Schattierung des Meers an den Küsten herunter; Nannette aber rief: »Will man den Weibern einmal nichts anderes lassen als das beliebte Nähen, Stricken, Bandmalen oder Sticken, und was damit verwandt sein mag, so sollte man mir gegen eine Arbeit wie diese, wenn ich es je bis dahin brächte, die Nase wahrhaftig nicht rümpfen, denn die Strickerin wollt ich doch sehen, die schönere Maschen und künstlichere Filets vorweisen könnte, als Sie, mein Fräulein, hier bei diesen Linien und Geraden gemacht haben!«

Sofort erklärte Margot dies und jenes, und wenngleich Nannette immer diejenige war, welche die Sachen am begierigsten auffaßte, am schnellsten begriff und am besten zu schmeicheln verstand, so blieb doch Margots Aufmerksamkeit, obwohl nicht unmittelbar, denn sie fürchtete durch eine direkte und vorzugsweise Belehrung Agnesen zu verletzen, dennoch am ersten auf diese gerichtet. Überhaupt hatte ihre Neigung zu dem stillen Mädchen etwas Wunderbares, man darf wohl sagen, Leidenschaftliches. Man sah sie, zumal auf dem Spaziergange, nicht leicht neben Agnes, ohne daß sie einen Arm um sie geschlagen oder die Finger in die ihrigen hätte gefaltet gehabt. Zuweilen machte diese Innigkeit, dies unbegreiflich zuvorkommende Wesen das anspruchslose Kind recht sehr verlegen, wie sie sich zu benehmen, wie sie es zu erwidern habe.

Inzwischen hatte man die Nachbarschaft des Guts ziemlich kennengelernt, die Stadt ohnehin schon mehrmals besucht. Unter anderm rief Theobalden die Publikation des Larkensschen Testaments dahin. Es fand sich ein bedeutendes Vermögen. Ohne alle Rücksicht auf entferntere Familienmitglieder (nähere aber lebten überall nicht mehr), hatte der Verstorbene vorerst einige öffentliche Benefizien, zumal für seinen Geburtsort gestiftet; sodann betrafen einzelne Legate nur eine kleine Zahl von Freunden, darunter eine Dame, deren Namen und Charakter außer dem Maler niemand erfuhr. Der letztere selbst und seine Braut waren keineswegs vergessen. Bemerkenswert ist die ausdrückliche Verfügung des Schauspielers, daß niemand sich beigehen lassen sollte, sein Grab – gleichgültig übrigens, wo es sei – auf irgendeine Weise ehrend auszuzeichnen.

Am Abend desselben Tags, da diese Dinge in der Stadt bereinigt werden mußten, gab ein Konzert, von welchem alle Freunde der Musik lange vorher mit großer Erwartung gesprochen, einen höchst seltenen Genuß. Es war der Händelsche Messias. Der Maler, dem ein hiesiger Aufenthalt oft eine Art von Überwindung kostete, weil er sich eine reine Totentrauer durch unvermeidliche Zerstreuungen fast jedesmal vereitelt und zersplittert sah, fand heute in dem frommen Geist eines der herrlichsten Tonstücke den übervollen Widerklang derjenigen Empfindungen, mit denen er vom Grabe des Geliebten kommend unmittelbar in den Musiksaal eintrat. Er hatte sich etwas verspätet und mußte ganz entfernt von seiner Gesellschaft in einer der hintersten Ecken sich mit dem bescheidensten Platze begnügen, den er jedoch mit aller Wahl nicht besser hätte treffen können. Denn ihn verlangte herzlich, die süße Wehmut dieser Stunde bis auf den letzten Tropfen rein für sich auszuschöpfen, er sehnte sich, dem Sturme gottgeweihter Schmerzen den ganzen Busen ohne Schonung preiszugeben. – Spät in der Nacht fuhr er mit den drei Frauenzimmern (der Präsident war diesmal nicht dabei) im schönsten Mondenschein nach Hause. Es hatte jenes Meisterwerk dermaßen auf alle gewirkt, daß es in der ersten Viertelstunde, wo sie sich wieder im Gefährt befanden, beinahe aussah, als hätte man ein Gelübde getan, auf alles und jedes Gespräch darüber zu verzichten; und als das Wort endlich gefunden war, galt es dem teuren Larkens fast ausschließlich. Das Fräulein offenbarte sich bei der Gelegenheit zum erstenmal entschiedener von seiten des Gefühls, was wenigstens dem Maler gewissermaßen etwas Neues war, da es ihn manchmal deuchte, als stünde diese Eigenschaft bei ihr unter einer etwas zu strengen und jedenfalls zu sehr bewußten Vormundschaft des mächtigern Verstandes. Das Wahre aber ist: Margot verbot sich, bei aller übrigen Lebendigkeit, von jeher den kecken Ausdruck tieferer Empfindung, vielmehr – er verbot sich von selber bei ihr, da sie ihr Leben lang nie einen Umgang gehabt, wie ihn das Herz bedurfte. Es wäre nicht leicht zu bezeichnen, was es eigentlich war, das einem so trefflichen Wesen von Kindheit an die Gemüter der Menschen, oder doch ihres Geschlechts, entfremden konnte. In der Tat aber, so wenig kannte sie das Glück der Freundschaft, daß sie ihre eigene Armut auch nur dunkel empfand, und daß ihr von dem Augenblick ein durchaus neues Leben, ja ein ganz anderes Verständnis ihrer selbst aufgegangen zu sein schien, da sie in Agnesen vielleicht die erste weibliche Kreatur erblickte, welche sie von Grund des Herzens lieben konnte und von der sie wieder geliebt zu werden wünschte. Nolten las heute recht in ihrer Seele, obgleich auch jetzt noch ihre Worte etwas Gehaltenes und Ängstliches behielten, so daß sie, was niemals erhört gewesen, mitten in der Rede ein paarmal stockte oder gar abbrach.

Zu Hause angekommen, glaubten alle aus der lichten Wolke eines frommen und lieblichen Traumes unvermutet wieder auf die platte Erde zu treten, doch fühlte jedes im sanft und freudig bewegten Innern, daß dieser Abend nicht ohne bedeutende Spuren, sowohl in dem Verhältnis zueinander als im Leben des einzelnen werde bleiben können.

Der Präsident nahm dieser Tage eine Reise vor, und in Geschäften, wie er sagte; doch eigentlich war seine Absicht, dem bevorstehenden Geburtsfeste seiner Frau auszuweichen. Der Maler mit den Mädchen war anstandshalber gleichfalls geladen, und diese Höflichkeit mußte angenommen werden. Der Präsident war schon fort, als die Botschaft einlief, die Feier unterbleibe wegen Unpäßlichkeit der Frau. Vermutlich lag nur eine Empfindlichkeit gegen den Gatten zugrunde. Margot indes fuhr am Morgen allein nach der Stadt, verhieß jedoch, am Abend wieder hier zu sein. So blieben unsre Leute einen vollen Tag sich selbst überlassen, was zur Abwechslung vergnüglich genug schien. Sie konnten sich solange als die Herren dieser Besitzung denken; Nannettens rosenfarbener Humor erfreute sich einmal wieder des freiesten Spielraums, selbst Agnes behauptete, so behagliche Stunden in langer Zeit nicht mehr gelebt zu haben, Nolten bemühte sich zum wenigsten, einen unzeitig auf ihm lastenden Ernst zu verleugnen. Nach Tische schickten sich die Mädchen an, Briefe nach Haus zu schreiben. Der Maler aber nahm eine Partie hinterlassener Schriften seines Freundes in den Garten.

Es war ein schwüler Nachmittag. Nolten trat in ein sogenanntes Labyrinth. So heißen bekanntlich in der altfranzösischen Gartenkunst gewisse planmäßig, aber scheinbar willkürlich ineinander geschlungene Laubengänge mit einem einzigen Eingang, welcher sich schwer wiederfinden läßt, wenn man erst eine Strecke weit ins Innere gedrungen ist, weil die grünen, meist spiralförmig umeinander laufenden und durch unzählige Zugänge unter sich verbundenen Gemächer fast alle einander gleichen. Die Wege sind sehr reinlich gehalten, die Wände glatt mit der Schere geschnitten, ziemlich hoch und oben gemeiniglich offen. Der Maler schritt in diesen angenehmen Schatten, seinen Gedanken nachhängend, von Zelle zu Zelle, und nachdem er lange vergeblich auf das Zentrum zu treffen gehofft hat, verfolgt er endlich eine bestimmte Richtung und gelangt auch bald in ein größeres rundes Gemach, worauf die verschiedenen Wege von allen Seiten zuführen; es ist oben bis auf eine schmale Öffnung überwölbt, und diese sanfte Dämmerung, die Einsamkeit des Plätzchens, wo kaum das Summen einer Fliege die tiefe, süße Mittagsstille unterbrach, alles stimmte vollkommen zu den Gefühlen unseres Freundes. Er setzte sich auf eine Bank und schlug die Mappe auf. Verschiedene Aufsätze fanden sich da, meistens persönlichen Inhalts, Poesien, kleine Diarien, abgerissene Gedanken. Sehr viel schien sich auf Theobald selbst zu beziehen, anderes war durchaus unverständlich, auf frühere Lebensepochen hindeutend. Besonders anziehend aber war ein dünnes Heft mit kleinen

Gedichten, fast lauter Sonette »an L.«, sehr sauber geschrieben. Nolten erriet, wem sie galten; denn der Verstorbene hatte ihm selbst von einer frühen Liebe zu der Tochter eines Geistlichen gesprochen. Es war allem nach ein höchst vortreffliches Mädchen, das in der schönsten Jugend gestorben. Wahrscheinlich fiel das Verhältnis in den Anfang von Larkens' Universitätsjahren; wie heilig ihm aber noch in der spätesten Zeit ihr Andenken gewesen, erkannte Theobald teils aus der Art, wie Larkens sich darüber äußerte (er sprach ganz selten und auch dann nie ohne Rückhalt von der Sache), teils auch aus andern Zeichen, die er erst jetzt verstand. So lag zum Beispiel in den zierlich geschriebenen Blättern ein hochrotes Band mit schmaler Goldverbrämung, das der Schauspieler von Zeit zu Zeit und, wie Nolten sich bestimmt erinnerte, immer nur an Freitagen, unter der Weste zu tragen pflegte; der Maler legte die Gedichte zurück, um sie später mit Agnes zu genießen. Jetzt aber ward er durch die Aufschrift einiger andern Bogen aufs äußerste frappiert und eigentlich erschreckt. »Peregrinens Vermählung mit *.« Eine Note am Rand sagte deutlich, wer gemeint war; er blätterte und entdeckte im ganzen eine unschuldige Phantasie über seine frühere Berührung mit Elisabeth. – Von jeher war es dem Schauspieler gewohntes Bedürfnis gewesen, alles, was ihn auf längere oder kürzere Zeit interessierte, die Eigentümlichkeiten seines nächsten Umgangs, das ganze Leben mancher Freunde, durch Zutat seiner Einbildung mit einem magischen Firnis aufzuhöhen, sich näher zu bringen und so alles auf zweifache Art zu genießen. Er trieb diesen idealen Unterschleif nicht leicht in solchem Maße, daß ihm dadurch die natürliche Ansicht von Dingen und Personen verrückt oder unschmackhaft geworden wäre, er beurteilte namentlich Theobalds Wesen bei alledem auf die nüchternste Weise und pflegte jener phantastischen Neigung so wenig auf Kosten der Freundschaft, daß er vielmehr mit ängstlicher Sorgfalt alles und jedes vor ihm versteckte, was auf die Gesundheit seines Gemüts irgend nachteilig von dorther hätte wirken können. So ließ er sich denn insbesondere von seiner Vorliebe für Elisabeth nichts gegen Theobald merken. Er beschäftigte sich lange Zeit mit dem Schicksale dieser Person, doch außer den getreu nach der Wahrheit verfaßten Memoiren, welche der Leser längst kennt, kam Nolten keine Zeile von den dahin einschlagenden Versuchen zu Gesicht. Ohne Zweifel hatte Larkens einmal die Absicht gehabt, die Geschichte mit der Zigeunerin für sich zu erweitern und ins Fabelhafte hinüber zu spielen; dasjenige, was der Maler in Händen hielt, waren teils Fingerzeige zu Gedichten, teils ausgeführte Stücke, welche in loser und schwebender Verknüpfung, wie es der mythischen Komposition angemessen schien, zuletzt einen gewissen Lebenskreis erschöpfen sollten. Freilich geschah diese wunderliche Amplifikation der an sich schon wunderbaren Tatsachen mehr in seiner eignen als Noltens Sinnesweise. Der Maler konnte sich an der Fiktion als solcher ergötzen, doch brachte diese Reihe von seltsamen Bildern alsbald eine solche Beklemmung, Unruhe und Schwere über ihn, daß er die Blätter mehr als einmal ungeduldig wegwarf.

Indem hier einige Stücke ausgehoben werden mögen, ist zum Verständnis des ersten Gedichts einer Randbemerkung zu erwähnen, wodurch auf eine gewisse Zeichnung hingewiesen wird, welche von Nolten zur Zeit, als er die Schule zu ** besuchte, entworfen, Elisabeths Gestalt in asiatischem Kostüme, mit Szenerie im ähnlichen Geschmack, darstellte; später sah Larkens das Blatt und bat sichs aus, doch lag es nicht hier bei.

### *Die Hochzeit**

Aufgeschmückt ist der Freudensaal;
Lichterhell, bunt, in laulicher Sommernacht
Stehet das offene Gartengezelte;
Säulengleich steigen,
Reichlich durchwirket mit Laubwerk,
Die stolzen Leiber
Sechs gezähmter, riesiger Schlangen,
Tragend und stützend das
Leicht gegitterte Dach.

Aber die Braut noch wartet bescheiden
In dem Kämmerlein ihres Hauses.
Endlich bewegt sich der Zug der Hochzeit,

* Im Munde des Bräutigams gedacht.

Fackeln tragend,
Feierlich stumm.
Und in der Mitte,
Mich an der linken Hand,
Schwarzgekleidet geht einfach die Braut;
Schöngefaltet ein Scharlachtuch
Liegt um den zierlichen Kopf geschlagen,
Lächelnd geht sie dahin;
Das Mahl schon duftet.

Später, im Lärmen des Fests,
Stahlen wir seitwärts uns beide
Weg, nach den Schatten des Gartens wandelnd,
Wo im Gebüsche die Rosen brannten,
Wo der Mondstrahl um Lilien zuckte,
Wo die Bäume vom Nachttau trofen.

Und nun strich sie mir, stillestehend,
Seltsamen Blicks mit dem Finger die Schläfe:
Jählings versank ich in tiefen Schlummer.
Aber gestärkt vom Wunderschlafe
Bin ich erwacht zu glückseligen Tagen,
Führte die seltsame Braut in mein Haus ein.

### *Warnung*

Der Spiegel dieser treuen braunen Augen
Ist wie von innrem Gold ein Widerschein;
Tief aus dem Busen scheint ers anzusaugen,
Dort mag solch Gold in heilgem Gram gedeihn.
In diese Nacht des Blickes mich zu tauchen,
Unschuldig Kind, du selber lädst mich ein,
Willst, ich soll kecklich dich und mich entzünden –
Reichst lächelnd mir den Tod im Kelch der Sünden!

## *Scheiden von Ihr*

Ein Irrsal kam in die Mondscheinsgärten
Einer einst heiligen Liebe,
Schaudernd entdeckt ich verjährten Betrug;
Und mit weinendem Blick, doch grausam
Hieß ich das schlanke,
Zauberhafte Mädchen
Ferne gehen von mir.
Ach, ihre hohe Stirn,
Drin ein schöner, sündhafter Wahnsinn
Aus dem dunkelen Auge blickte,
War gesenkt, denn sie liebte mich.
Aber sie zog mit Schweigen
Fort in die graue,
Stille Welt hinaus.

Von der Zeit an
Kamen mir Träume voll schöner Trübe,
Wie gesponnen auf Nebelgrund,
Wußte nimmer, wie mir geschah,
War nur schmachtend, seliger Krankheit voll.

Oft in den Träumen zog sich ein Vorhang
Finster und groß ins Unendliche,
Zwischen mich und die dunkle Welt.
Hinter ihm ahnt ich ein Heideland,
Hinter ihm hört ichs wie Nachtwind sausen;
Auch die Falten des Vorhangs
Fingen bald an, sich im Sturme zu regen,
Gleich einer Ahnung strich er dahinten,
Ruhig blieb ich und bange doch,
Immer leiser wurde der Heidesturm –
Siehe, da kams!

Aus einer Spalte des Vorhangs guckte
Plötzlich der Kopf des Zaubermädchens,

Lieblich war er und doch so beängstigend.
Sollt ich die Hand ihr nicht geben
In ihre liebe Hand?
Bat denn ihr Auge nicht,
Sagend: da bin ich wieder
Hergekommen aus weiter Welt!

*Und wieder*

Die treuste Liebe steht am Pfahl gebunden,
Geht endlich arm, verlassen, unbeschuht,
Dies kranke Haupt hat nicht mehr wo es ruht,
Mit ihren Tränen netzt sie bittre Wunden.

Ach, Peregrinen hab ich so gefunden!
Wie Fieber wallte ihrer Wangen Glut,
Sie scherzte mit der Frühlingsstürme Wut,
Verwelkte Kränze in das Haar gewunden.

Wie? Solche Schönheit konnt ich einst verlassen?
– So kehrt nun doppelt schön das alte Glück!
O komm! in diese Arme dich zu fassen!

Doch wehe! welche Miene, welch ein Blick!
Sie küßt mich zwischen Lieben, zwischen Hassen,
Und wendet sich und – kehrt mir nie zurück.

Wie sonderbar ist Nolten von dieser Schilderung ergriffen! wie lebhaft erkennt er sich und Elisabeth selbst noch in einem so bunt ausschweifenden Gemälde! und diese Wehmut der Vergangenheit, wie vielfach ist sie bei ihm gemischt! – Mechanisch steht er endlich auf und läßt sich von der träumerischen Wirrung der grünen Schattengänge eine Zeitlang willenlos hin und wider ziehen. So lieblich war die schmerzhafte Betäubung seiner Seele, so sehr hat er sich in den Wundergärten der Einbildung vertieft, daß, als er nun ganz unvermutet sich am Ausgange des Labyrinths dem hellen nüchternen Tageslichte zurückgegeben sah, dies ihm das unbehaglichste Erwachen war.

Mit verdüstertem Kopfe schleicht er nun da und dort umher, und als endlich Agnes mit untergehender Sonne, vergnügt vom Schreibtische kommend, nach dem Geliebten suchte, fand sie ihn einsam auf dem Kanapee des großen Gartenhauses. Sie sehnte sich nach frischer Abendluft, nach dem erholenden Gespräch. Kaum waren einige Gänge gemacht, so hörten sie in der Entfernung donnern; das Gewitter zog herwärts. Der Gärtner, welcher diese schwülen Tage her immer nach Regen geseufzt, lief jetzt – und Henni hinterdrein – mit schnellen Schritten nach Frühbeet und Gewächshaus, beide bezeugten laut ihren Jubel über den kommenden Segen, dem ein paar Windstöße kräftig vorangingen. Die Liebenden waren unter das hölzerne Dach des Belvedere getreten; Nannette trug einige Stühle hinaus. Sie bemerkten ein zwiefaches Wetter, davon die Hauptmacht vorne nach der Stadt zu lag, ein schwächeres spielte im Rücken des Schlosses. Die ganze Gegend hat sich schnell vernachtet. Da und dort zucken Blitze, der Donner kracht und wälzt seinen Groll mit Majestät fernab und weckt ihn dort aufs neue mit verstärktem Knall. Auf der Ebene unten scheint es schon herzhaft zu regnen. Hier oben herrscht noch eine dumpfe Stille, kaum hört man einzelne Tropfen auf dem nächsten Kastanienbaum aufschlagen, der seine breiten Blätter bis an das Geländer des Altans erhebt. Jetzt aber rauscht auch hier der Segen mächtig los. – Ein solcher Aufruhr der Natur pflegte den Maler sonst wohl zu einer mutigen Fröhlichkeit emporzuspannen; auch jetzt hing er mit Wollust an dem kühnen Anblicke des feurig aufgeregten Elements, doch blieb er stille und in sich gekehrt. Agnes verstand seinen Kummer, und leise nannte sie einigemal den Namen Larkens, doch konnte sie dem Schweigenden nicht mehr als ein Seufzen entlocken.

Der Himmel hatte sich erschöpft, der Regen hörte auf, hie und da traten die Sterne hervor. Die angenehme Luft, das Tropfen der erquickten Bäume, ein sanftes Wetterleuchten am dunkeln Horizont machte die Szene nun erst recht einladend. Die junge Schwägerin, nach ihrer unsteten Art, war indes weggelaufen, um mit des Fräuleins Zofe zu kurzweilen, einer muntern Französin, in der sie einen unerschöpflichen Schatz von Geschichten und Späßen, eine wahre Adelschronik entdeckt hatte. Agnes bemühte sich, in Noltens Gedanken einzugehn, sein Schweigen tröstlich aufzulösen. Sie erinnerte sich jener Worte, welche der Maler im ersten Schmerz auf die entsetzliche Todesnachricht im Gasthof etwas vorschnell gegen sie hatte fallen lassen, wornach sie sich dem Toten auf eine besondere Weise persönlich verpflichtet glauben mußte. Ihre Fragen deshalb hatte Nolten nachher nur ausweichend und so allgemein wie möglich beantwortet, auch diesmal ging er schnell darüber hin, und sie beharrte nicht darauf. Nun aber sprach sie überhaupt so ruhig, so verständig von dem Gegenstand, aus ihren einfachen Worten leuchtete so ein reines und sicheres Urteil über die innerste Gestalt jenes verunglückten Geistes hervor, daß Theobald ihr mit Verwunderung zuhörte. Zugleich tat sie ihm aber weh, in aller Unschuld. Denn freilich mußte sich in einem weiblichen Gemüt, auch in dem liebevollsten, die Denk- und Handlungsweise eines Mannes wie Larkens, nach ihrem letzten sittlichen Grunde, um gar viel anders spiegeln als in den Augen seines nächsten Freundes, und Nolten konnte im Räsonnement des Mädchens, wie zart und herzlich es auch war, doch leicht etwas entdekken, wodurch er dem Verstorbenen zu nah getreten sah, ohne daß er Agnesen auf ihrem Standpunkt zu widerlegen hoffen, ja dieses auch nur wagen durfte. »Du kennst, du kennst ihn nicht!« rief er zuletzt mit Eifer aus, »es ist unmöglich! O daß er dir nur einmal so erschienen wäre, wie er mir in zwei Jahren jeden Tag erschien, du würdest einen andern Maßstab für ihn finden, vielmehr du würdest jedes hergebrachte Maß unwillig auf die Seite werfen. Ja, liebstes Herz« (er stockte, sich besinnend, dann rief er ungeduldig:) »Warum es dir verhalten? Was ängstigt mich? O Gott, bin ich es ihm nicht schuldig? Du sollst, Agnes, ich wills, du mußt ihn lieben lernen! Dies ist der Augenblick, um dir das rührendste Geheimnis aufzudecken. Du bist gefaßt, gib deine Hand, und höre, was dich jetzt, versteh mich, Liebste, jetzt, da wir uns ganz – so selig ungeteilt besitzen, nicht mehr erschrecken kann. Wie? hat denn das Gewitter, das mit entsetzlichen Schlägen noch eben jetzt erschütternd ob deinem Haupte stand, uns etwas anderes zurückgelassen, als den erhebenden Nachhall seiner Größe, der noch durch deine erweiterte Seele läuft? und überall die Spuren göttlicher Fruchtbarkeit? die süße, rein verkühlte Luft? Wir können vom Vergangenen gelassen reden, ohne Furcht, daß es deshalb mit seiner alten Pein aufs neue gegen uns aufstehen werde. Wär es nur Tag, nun würde rings die Gegend vom tausendfachen Glanz der Sonne widerleuchten! Doch, sei es immer Nacht! Mit tiefer Wehmut weihe sie ein jedes meiner Worte, wenn ich nunmehr von alten Zeiten zu dir rede, wenn ich längst heimgeschickte Stürme vom sichern Hafen der Gegenwart aus anbetend segne, hier an deiner Seite, du Einzige, du Teure, ach schon zum zweitenmal und nun auf ewig Mein-Gewordene! Ja, in den seligen Triumph so schwer geprüfter Liebe mische sich die sanfte Trauer um den Freund, der uns – du wirst es hören – zu diesem schönen Ziel geleitet hat.

Agnes! nimm diesen Kuß! gib ihn mir zurück! Er sei statt eines Schwurs, daß unser Bund ewig und unantastbar, erhaben über jeden Argwohn, in deinem wie in meinem Herzen stehe, daß du, was ich auch sagen möge, nicht etwa rückwärts sorgend, dir den rein und hell gekehrten Boden unsrer Liebe verstören und verkümmern wollest.

Ein anderer an meinem Platze würde mit Schweigen und Verhehlen am sichersten zu gehen glauben, mir ists nicht möglich, ich muß das verachten, o und – nicht wahr? meine Agnes wird mich verstehen! – Was ich von eigner Schuld zu beichten habe, kann in den Augen des gerechten Himmels selbst, ich weiß das sicher, den Namen kaum der Schuld verdienen; und doch, so leicht wird die rechtfertige Vernunft von dem schreckhaften Gewissen angesteckt, daß noch in tausend Augenblicken und eben dann, wenn ich den Himmel deiner Liebe in vollen Zügen in mich trinke, am grausamsten, mich das Gedächtnis meines Irrtums, wie eines Verbrechens befällt. Ja, wenn ich anders mich selbst recht verstehe, so ists am Ende nur diese sonderbare Herzensnot, was mich zu dem Bekenntnis unwiderstehlich treibt. Ich kann nicht ruhn, bis ichs in deiner liebevollen Brust begraben, bis ich durch deinen Mund mich freudig und auf immer losgesprochen weiß.«

Der Maler wurde nicht gewahr, wie dieser Eingang schon die Arme innig beben machte. In wenigen, nur schnell hervorgestoßenen Sätzen war endlich ein Teil der unseligen Beichte heraus. Aber das Wort erstirbt ihm plötzlich auf der Zunge. »Vollende nur!« sagt sie mit sanftem Schmeichelton, mit künstlicher Gelassenheit, indem sie zitternd seine Hände bald küßt, bald streichelt. Er schwankt und hängt besinnungslos an einem Absturz angstvoll kreisender Gedanken, er kann nicht rückwärts, nicht voran, unwiderstehlich drängt und zerrt es ihn, er hält sich länger nicht, er zuckt und – läßt sich fallen. Nun wird ein jedes Wort zum Dolchstich für Agnesens Herz. Otto – die unterschobenen Briefe – die Verirrung zu der Gräfin – alles ist herausgesagt, nur die Zigeunerin, ist er so klug, völlig zu übergehn.

Er war zu Ende. Sanft drückt er ihre Hand an seinen Mund; sie aber, stumm und kalt und versteinert, gibt nicht das kleinste Zeichen von sich.

»Mein Kind! o liebes Kind!« ruft er, »hab ich zu viel gesagt? hab ich? Um Gottes willen, rede nur ein Wort! was ist dir?«

Sie scheint nicht zu hören, wie verschlossen sind all ihre Sinne. An ihrer Hand nur kann er fühlen, wie sonderbar ein wiederholtes Grausen durch ihren Körper gießt. Dabei murmelt sie nachdenklich ein unverständliches Wort. Nicht lang, so springt sie heftig auf – »O unglückselig! unglückselig!« ruft sie, die Hände überm Haupt zusammenschlagend, und stürzt, den Maler weit wegstoßend, in das Haus. Vor seinem Geiste wird es Nacht – er folgt ihr langsam nach, sich selbst und diese Stunde verwünschend.

Margot kam erst den andern Vormittag zurück von der Stadt. Sie war verwundert, eine auffallende Verstimmung unter ihren Gästen sogleich wahrnehmen zu müssen. Bescheiden forschte sie bei Nannetten, doch diese selbst war in der bängsten Ungewißheit. Agnes hielt sich auf ihrem Zimmer, blieb taub auf alle Fragen, alle Bitten und wollte keinen Menschen sehn. Das Fräulein eilt hinüber und findet sie angekleidet auf dem Bett, den Bleistift in der Hand, sinnend und schreibend. Sie ist sehr wortarm, nach allen Teilen wie verwandelt, ihr Aussehn dergestalt verstört, daß Margot im Herzen erschrickt und sich gerne wieder entfernt, nicht wissend, was sie denken soll. – Nannette bestürmt den Bruder mit Fragen, er aber zeigt nur eine still in sich knirschende Verzweiflung. Zu deutlich sieht er die ganze Gefahr seiner Lage; er fühlt, wie in dem Augenblick das Herz des Mädchens aus tausend alten Wunden blutet, die seine Unbesonnenheit aufriß: und nun soll er dastehn, untätig, gefesselt, sie rettungslos dem fürchterlichen Wahne überlassend? er soll die Türe nicht augenblicklich sprengen, die ihn vor ihr absperrt! Einmal übers andre schleicht er an ihre Schwelle; ihm wird nicht aufgetan. Zuletzt erhält er ein Billett von ihr durch seine Schwester; der Inhalt gibt ihm zweideutigen Trost; sie bittet vorderhand nur Ruhe und Geduld von ihm. Sie sei, hinterbrachte Nannette, mit einem größeren Briefe beschäftigt, gestehe aber nicht, an wen er gehe.

Dem Maler bleibt nichts übrig, als ebenfalls die Feder zu ergreifen. Er bietet allem auf, was ruhige Vernunft und was die treuste Liebe mit herzgewinnenden Tönen in solchem äußersten Falle nur irgend zu sagen vermag. Dabei spricht er als Mann zum krank verwöhnten Kinde, er rührt mit sanftem Vorwurf an ihr Gewissen und schickt jedwedem leisen Tadel die kräftigsten Schwüre, die rührendsten Klagen verkannter Zärtlichkeit nach.

Am Abend kam der Präsident. Zum Glück traf er schon etwas hellere Gesichter, als er vor wenig Stunden noch gefunden haben würde. Die Mädchen hatten dem Maler berichtet: Agnes sei ruhig, anredsam und freundlich und habe nur gebeten, daß man sie heute noch sich selber überlasse; es sei ihr vor, vielmehr, sie wisse sicher und gewiß, daß diese Nacht sich alles bei ihr lösen werde.

Der Präsident, der manches zu erzählen wußte, bemerkte etwas von Zerstreuung in den Mienen seiner Zuhörer und vermißte Agnesen. »Schon gut«, gab er Nolten mit Lächeln zur Antwort, als dieser ihm nur leichthin von einem kleinen Verdrusse sprach, den er sich zugezogen, »recht so! das ist das unentbehrlichste Ferment der Brautzeit, das macht den süßen Most etwas rezent. Der Wein des Ehestands wird Ihnen dadurch um nichts schlimmer geraten.«

Das Abendessen war vorbei. Man merkte nicht, wie spät es bereits geworden. Die beiden Herren saßen im Diskurs auf dem Sofa. Nannette und Margot lasen zusammen in einem kleinen Kabinett, das nur durch eine Tür von dem Zimmer geschieden war, wo Agnes schlief.

Die Unterhaltung der Männer geriet indes auf einen seltenen Gegenstand. Der Präsident nämlich hatte gelegentlich von einem üblen Streich gesprochen, den ihm der Aberglaube des Volks und die List eines Pachters hätte spielen können. Es handelte sich um ein sehr wohlerhaltenes Wohnhaus auf einem Bauernhofe, den er, als Bestandherr, noch gestern eingesehn. Das Haus war wegen Spukerei verrufen, so daß niemand mehr drin wohnen wollte. Der kluge Pachter sah seinen Vorteil bei dieser Torheit, er hatte dem Gebäude längst eine andere Bestimmung zugedacht, die der Präsident nicht zugeben konnte, und nährte deshalb unter der Hand die Angst der Bewohner. Mit sehr vieler Laune erzählte nun jener, auf welche Art er die Köpfe samt und sonders zurecht gesetzt und wie er die ganze Sache niedergeschlagen. Dies gab sofort Veranlassung, den Glauben an Erscheinungen, inwieweit Vernunft und Erfahrung dafür und dagegen wären, mit Lebhaftigkeit zu besprechen. Der Maler fand es durchaus nicht wider die Natur, vielmehr vollkommen in der Ordnung, daß manche Verstorbene sich auf verschiedentliche sinnliche Weise den Lebenden zu erkennen geben sollten. Der Präsident schien dieser Meinung im Herzen weit weniger abhold zu sein, als er gestehen wollte; vielleicht auch war ihm nur darum zu tun, das Interesse des Gesprächs durch Widerspruch zu steigern.

»Ich will Ihnen doch«, sagt er endlich, »eine kleine Geschichte mitteilen, für deren Wahrheit ich Bürge bin. Noch aber weiß ich selber nicht, für welchen von uns beiden sie am meisten spricht.

Ich wohnte in England bei einer Verwandten, einer Witwe ohne Kinder. Sie war mit ihrem Manne gegen den Willen beider verheiratet worden, sie lebten nur wenige Monate zusammen, und er starb nach einigen Jahren im Auslande. Mein Aufenthalt in London fiel eben in die Zeit, als die schöne Frau sich zum zweiten Male, und entschieden nach Neigung, mit einem reichen Kaufmann aus Deutschland verlobte. Religiöse Schwärmerei, eben dasjenige, wodurch sie in der ersten Ehe so unglücklich gewesen, machte hier neben einer natürlichen Leidenschaft das wesentliche Band der Herzen aus. Ich erinnere mich seiner noch ganz wohl, als eines Mannes von hoher und zugleich sehr zarter Gestalt, anziehend und geheimnisvoll in seinen Manieren. Er ging lange Zeit im Haus der Witwe aus und ein, sie sollen gemeinschaftlich die heimlichen Versammlungen einer gewissen Sekte besucht haben, deren Grundsätze man eigentlich nicht kannte, kurz, er war erklärter Bräutigam; aber niemand begriff, warum es mit der Hochzeit nicht vorangehn wollte, von der sich die Familie eines der glänzendsten Feste versprach. Indessen ward er veranlaßt, eine sehr weit aussehende Reise in Geschäften nach Nordamerika zu tun, und nun zweifelte man gar nicht mehr, daß er die Verbindung in der Stille werde ausgehn lassen; man bemitleidete die Braut, die ihn jedoch ganz ruhig und getrost sich einschiffen sah, und, soviel man bemerken konnte, bald einen lebhaften Briefwechsel mit ihm unterhielt. Ich war zugegen, als einsmals eine Kiste mit ausgewählten Geschenken anlangte, welche die Lady mit einem feierlichen Wohlgefallen ausbreitete, wobei sie mir vertraute: es wäre dies die Morgengabe ihres Gatten. Ich verstand sie nicht, und sie erklärte sich auch nicht deutlicher. Späterhin erst ward mir das Rätsel gelöst. Das wundersame Paar hatte sich nämlich verpflichtet, die Vermählung auf eine höchst mysteriöse und völlig geistige Weise vollziehen zu lassen. Indem sie so viele hundert Meilen durch Land und Meer geschieden waren, sollte jedes in seinem eignen Hause zu einer und derselben Stunde, hier zwischen Aufgang, dort zwischen Untergang der Sonne, feierlich von zwei besondern Priestern eingesegnet werden. Nachdem also die Braut ganz im geheimen aufs festlichste gekleidet und mit Blumen geschmückt, welche man gegen die Morgendämmerung im Garten gebrochen, die halbe Nacht sich mit Gebet auf die wichtige Handlung vorbereitet hatte, erschien der Geistliche, von dreien Glaubensbrüdern begleitet. Ein kleiner Saal war sparsam erleuchtet, ein Tisch, worauf zwei Kerzen brannten, zum Altare aufgeputzt. Als nun der Geistliche in seiner Liturgie an die Stelle kam, wo im Namen des Abwesenden mit dem Ja geantwortet werden sollte, verlöschte plötzlich eins der Lichter von selbst, zum Erstaunen der Gegenwärtigen und zum größten Schrecken der Braut, die indessen dadurch getröstet wurde, daß man sie in diesem Zufall ein erfreuliches Zeichen sehen ließ; sie richtete sich beruhigt von ihren Knien auf und fühlte sich mit dem Geliebten innig und geheimnisvoll verbunden. Als man sie sofort allein gelassen, bestieg sie, der Vorschrift gemäß, ein hochzeitlich verziertes, mit süßen Wohlgerüchen besprengtes Lager, worin sie den Vormittag hinter dicht verschloßnen Fensterladen zubrachte. Mit was für Bildern sich ihre Träume beschäftigten, ob sie mit dem himmlischen Bräutigam oder dem irdischen verkehrt habe, laß ich dahingestellt sein – wahrscheinlich mit beiden zugleich, und keiner hatte somit Ursache zur Eifersucht. Genug von dieser tollen Zeremonie, deren raffiniert sinnliche Heiligkeit jeden empört. Merkwürdig bleibt nur, daß bald nachher die Nachricht vom Tode des Kaufmanns einlief. Er war, nach kurzem Krankenlager, einige Tage vor der Hochzeit gestorben, an welcher er, wenn man der armen Wachskerze glauben will, wenigstens geistweise teilgenommen. Was halten Sie von dieser Manifestation eines Abgeschiedenen, mein lieber Maler?«

Theobald lächelte und war im Begriff, zu antworten, als Margot und Nannette mit großer Bewegung ins Zimmer gelaufen kamen und hastig ein Fenster öffneten, das gegen die Gartenallee hinaussah. »Um Gottes willen, hören Sie doch«, rief das Fräulein den beiden Männern zu, »was für ein seltsamer Gesang das ist!« Während der Präsident, ganz erstaunt, sich mit den Mädchen stritt, ob die Stimme im Garten oder außerhalb desselben sei, war Nolten in der Mitte des Zimmers sprachlos stehen geblieben: er kannte diese Töne, die Ruine vom Rehstock stand urplötzlich vor seinem Geist, ihm war, als schlüge das Totenlied einer Furie weissagend an sein Ohr, er zog seine Schwester vom Fenster hinweg und mit hastig verworrenen Worten fordert er sie auf, mit ihm nach Agnesen zu sehn. Sie fanden Schlafzimmer und Bett des Mädchens leer. Unter dem Wehruf eines Verzweifelten eilt Nolten hinunter, den Anlagen zu. Bediente mit Laternen waren bereits dort angekommen. Der Präsident vom Fenster aus gab ungefähr die Richtung an, von wo die Stimme hergekommen, denn schon war kein Laut mehr zu hören. Das ganze Schloß war in Bewegung, und in dem weitläufigen Garten sah man bald so viele Lichter hin und her schweben, als nur Personen aufzutreiben waren. Der Präsident selbst half jetzt eifrig mitsuchen. Es war eine laue Nacht, der Himmel überzogen, kein Lüftchen bewegte die Zweige. Alle größern und kleinern Wege, Schlangenpfade, Gänge, Lauben, Pavillons und Treibhäuser hat man in kurzem vergeblich durchlaufen, einige steigen über die Mauer, andre eilen ohne Schonung der Gewächse und Beete, das Gebüsch und die tiefern Schatten zu beleuchten. Nicht lange, so winkt der Jäger des Präsidenten diesen mit einem traurigen Blicke hinweg, der Maler und die Frauenzimmer folgen. Wenig Schritte vom Haus, hart unter den Fenstern Agnesens sehn sie das schöne Kind unter einigen Weihmutsfichten, regungslos ausgestreckt, im weißen Nachtkleide liegen, die Füße bloß, die Haare auf dem Boden und über die nackten Schultern zerstreut. Nolten sank neben dem Körper in die Knie, fühlte nach Atem, den er nicht fand, er brach in lauten Jammer aus, indem er die Hände der Armen an seine heißen Lippen drückte. Die übrigen standen erschrocken umher, nach und nach sammelten die Lichter sich leise um den unglücklichen Platz, ein banges Stillschweigen herrschte, während andere eine Trage herbeizuholen eilten und Margot die Füße der Erstarrten in ihr Halstuch einhüllte. »Lassen Sie uns«, sagt jetzt der Präsident zu Nolten, welcher noch immer ohne Besinnung an der Erde kauerte, »lassen Sie uns vernünftig und gefaßt schnelle Hülfe anwenden, Ihre Braut wird in kurzem die Augen wieder öffnen!« Also hob man vorsichtig die Scheinleiche auf das Polster, und alle setzten sich in Bewegung, als auf einmal eine fremde Weiberstimme, welche ganz in der Nähe aus dichtem Gezweige hervordrang, einen plötzlichen Stillstand veranlaßte. Unwillkürlich ballte sich Theobalds Faust, da er die majestätische Gestalt der Zigeunerin mit keckem Schritt in die Mitte treten sah; aber die Gegenwart einer unnahbaren Macht schien alle seine Kraft in Bande zu schlagen.

Indes man Agnesen, von den Mädchen geschäftig begleitet, hinwegtrug, sagte Elisabeth mit ruhigem Ernst: »Wecket das Töchterchen ja nicht mehr auf! Entlaßt in Frieden ihren Geist, damit er nicht unwillig, gleich dem verscheuchten Vogel, in der unteren Nacht ankomme, verwundert, daß es so balde geschah. Denn sonst kehrt ächzend ihre Seele zurück, mich zu quälen und meinen Freund; es eifert, ich fürchte, die Liebe selber im Tod noch fort. Ich bin die Erwählte! mein ist dieser Mann! Aber er blickt mich nicht an, der Blöde. Laßt uns allein, damit er mich freundlich begrüße!«

Sie tritt auf Theobalden zu, der ihre Hand, wie sie ihn sanft anfassen will, mit Heftigkeit wegwirft. »Aus meinen Augen, Verderberin! verhaßtes, freches Gespenst! das mir den Fluch nachschleppt, wohin ich immer trete! Auf ewig verwünscht, in die Hölle beschworen sei der Tag, da du mir zum ersten Male begegnet! Wie muß ich es büßen, daß mich als arglosen Knaben das heiligste Gefühl zu dir, zu deinem Unglück mitleidig hinzog, in welche schändliche Wut hat deine schwesterliche Neigung, in was für teuflische Bosheit hat deine geheuchelte Herzensgüte sich verkehrt! Aber ich konnte wissen, ich kindischer, rasender Tor, mit wem ich handeln ging! – Herr Gott im Himmel! nur diese Strafe ist zu hart – Elend auf Elend, unerhört und unglaublich, stürzt auf mich ein – O ihr, deren Blicke halb mit Erbarmen, halb mit entehrendem Argwohn auf mich, auf dieses Weib gerichtet sind, glaubt nicht, daß meine Schuld dem Jammer gleich sei, der mein Gehirn zerrüttet! Das Elend dieser Heimatlosen lest ihr auf ihrer Stirn – aus dieser Quelle floß mir schon ein übervolles Meer von Kummer und Verwirrung. Keine Verbrecherin darf ich sie nennen – sie verdiente mein Mitleid, ach, nicht meinen Haß! Doch wer kann billig sein, wer bleibt noch Mensch, wenn der barmherzige Himmel sich in Grausamkeiten erschöpft! Was? wärs ein Wunder, wenn hier auf der Stelle mich selbst ein tobender Wahnsinn ergriffe, mich fühllos machte gegen das Äußerste, Letzte, das – o, ich seh es unaufhaltsam näher kommen! Was klag ich hier? was stehn wir alle hier? und droben der Engel ringt zwischen Leben und Tod – Sie stirbt! Sie stirbt! Soll ich sie sehn? kann ich sie noch retten? O folgt mir! – Wohin? dort kommt Margot eben von ihr! Ja – ja – auf ihrer Miene kann ich es lesen – Es ist geschehen – mit Agnes, mit Agnes ist es vorbei! – Hinweg! laßt mich fliehen! fliehen ans Ende der Welt.« – Kraftvoll hält ihn Elisabeth fest, er stößt im ungeheuren Schmerz ein entsetzliches Wort gegen sie aus, aber sie umfaßt mit Geschrei seine Knie, und er kann sich nicht rühren. Der Präsident wendet das Auge von der herzzerreißenden Szene. »Weh! Wehe!« ruft Elisabeth, »wenn mein Geliebter mir flucht, so zittert der Stern, unter dem er geboren! Erkennst du mich denn nicht? Liebster! erkenne mich! Was hat mich hergetrieben? was hat mich die weiten Wege gelehrt? Schau an, diese blutenden Sohlen! Die Liebe, du böser, undankbarer Junge, war allwärts hinter mir her. Im gelben Sonnenbrand, durch Nacht und Ungewitter, durch Dorn und Sumpf keucht sehnende Liebe, ist unermüdlich, ist unertötlich, das arme Leben! und freut sich so süßer, so wilder Plage, und läuft und erkundet die Spuren des leidigen Flüchtlings von Ort zu Ort, bis sie ihn gefunden – Sie hat ihn gefunden – da steht er und will sie nicht kennen. Weh mir! wie hab ich freudigern Empfang gehofft, da ich dir so lange verloren gewesen, und, Liebster, du mir! – So gar nicht achtest du meines herzlichen Grames, stößest mich von dir wie ein räudiges Tier, – das aber leckt mit der Zunge die Füße des Herrn, das aber will von seinem Herrn nicht lassen. – – Ihr Leute, was solls? Warum hilft mir niemand zu meinem Recht? Sei Zeuge, du Himmel, du frommes Gewölbe, daß dieser

Jüngling mir zugehört! Er hat mirs geschworen vorlängst auf der Höhe, da er mich fand. Die herbstlichen Winde ums alte Gemäuer vernahmen den Schwur; alljährlich noch reden die Winde von dem glückseligen Tag. Ich war wieder dort und sie sagten: Schön war er als Knabe, wär er so fromm auch geblieben! Aber die Kinder allein sind wahrhaftig. – Agnes, was geht sie dich an? Ihr konntest du dein Wort nicht halten; du selbst hasts ihr bekannt, das hat sie krank gemacht, sie klagte mirs den Abend. Warst du *ihr* ungetreu, ei sieh, dann bist du mirs doppelt gewesen.«

Diese letzten Worte fielen dem Maler wie Donner aufs Herz. Er wütete gegen sich selbst, und jammervoll war es zu sehen, wie dieser Mann, taub gegen alle Vernunft, womit der Präsident ihm zusprach, sich im eigentlichen Sinne des Worts die Haare raufte und Worte ausstieß, die nur der Verzweiflung zu vergeben sind. Endlich stürzt er dem Schlosse zu, der Präsident, voll Teilnahme, eilt nach. Auf seinen Wink wollen einige Leute sich der Verrückten bemächtigen, aber mit einer Schnelligkeit, als hätte sie es aus der Luft gehascht, schwingt sie ein blankes Messer drohend in der Faust, daß niemand sich zu nähern wagt. Dann stand sie eine ganze Weile ruhig, und nach einer unbeschreiblich schmerzvollen Gebärde des Abschieds, indem sie ihre beiden Arme nach der Seite auswarf, wo Nolten sich entfernt hat, wandte sie sich und verschwand zögernden Schritts in der Finsternis.

Die Nacht ging ruhig vorüber. Agnes hatte sich gestern, noch eh der Arzt erschienen war, unter den Bemühungen so vieler zärtlichen Hände sehr bald erholt. Das Fräulein und die Schwägerin wichen die ganze Nacht nicht von ihrem Bette: von Stunde zu Stunde war Nolten an die Tür getreten, zu hören, wie es drinne stand. Gesprochen hatte das Mädchen seit gestern fast nichts, nur in einem wenig unterbrochenen Schlummer hörte man sie einigemal leise wimmern. Am Morgen aber nahm sie das Frühstück mit einer erfreulichen Heiterkeit aus Margots Hand, verlangte, daß diese und Nannette sich niederlegen und ausruhn, für sich selber wünschte sie nichts, als allein bleiben zu dürfen. Da man ihr dies nicht weigern durfte, so ward eine Person ins Nebenzimmer gesetzt, von welcher sie auf der Stelle gehört und allenfalls beobachtet werden konnte.

Noltens Unruhe und Verzagtheit, solange man in Agnesens Zustand noch nicht klar sehen konnte, ist nicht auszusprechen. Es trieb ihn im Schlosse, es trieb ihn im Freien umher, nicht anders als einen Menschen, der jeden Augenblick sein Todesurteil kommen sieht. Dabei sagt er sich wohl, daß vor allem der Präsident eine befriedigende Erklärung des Vorfalls erwarten könne, daß er diese sich selbst und seiner eigenen Ehre schuldig sei. Jedoch mit der edelsten Schonung verweist ihn jener auf einen ruhigeren Zeitpunkt und gönnt ihm gerne die Wohltat, sich in der Einsamkeit erst selbst zurechte zu finden.

Ach, aber leider überall erstarren ihm Sinn und Gedanke; wo und wie er auch immer das fürchterliche Angstbild in sich zu drehen und zu wenden versucht, er sieht nicht Grund noch Boden dieser Verwirrungen ab; auf sich selbst wälzt er die ganze Schuld, auf jenen Abend, da er die arme Seele so tödlich erschüttert und für die wahnsinnigen Angriffe des Weibs erst empfänglich gemacht.

Unglücklicherweise kam nachmittags Besuch von der Stadt. Herren vom Kollegium des Präsidenten mit Frauen und Kindern. Der Maler ließ sich verleugnen; seine Schwester half Margoten treulich die Hausehre retten.

Gegen Abend fand sich eine günstige Stunde, dem Präsidenten die gedachte Aufklärung zu geben. An ihrem Vater bemerkte Margot, als er und der Maler, nach einer langen Unterredung im Garten, endlich ins Zimmer traten, eine auffallende Bewegung; er mochte nicht reden, man setzte sich schweigend zu Tische, und doch wollte man sich nachher nicht sogleich trennen; es war, als bedürften sie alle einander, obgleich keins dem andern etwas zu sagen oder abzufragen Miene machte. Die Mädchen griffen in der Not zu einer gleichgültigen Arbeit. Der Präsident sah ein großes Paket Kupferstiche, noch uneröffnet, an der Seite liegen; es war das prächtige Denonsche Werk zu der französischen Expedition nach Ägypten (er hatte es Nolten zuliebe von der Stadt bringen lassen), es wurde ausgepackt, doch niemand hielt sich lange dabei auf.

Noch lasten auf jedem die Schrecken des gestrigen Abends; bald muß man mitleidig die flüchtige Gestalt Elisabeths auf finsteren Pfaden verfolgen, bald stehen die Gedanken wieder vor dem einsamen

Bette Agnesens still, welche durch eine wunderbare Scheidewand auf immer von der Gesellschaft abgeschnitten scheint.

Der Präsident kann sich so wenig als der Maler es verbergen, daß das Mädchen auf dem geraden Wege sei, sich durch eine falsche Idee von Grund aus zu zerstören. Das Unerträgliche, das Fürchterliche dabei ist für die Freunde das Gefühl, daß weder Vernunft noch Gewalt, noch Überredung hier irgend etwas tun können, um eine Aussöhnung mit Nolten zu bewirken: denn dies muß entscheiden, und zwar unverzüglich, ein jeder Augenblick früher ist, wie bei tödlicher Vergiftung, mit Gold nicht aufzuwiegen. Aber Agnes verriet den unbezwinglichsten Widerwillen gegen ihren Verlobten; man wußte nicht, war Furcht oder Abscheu größer bei ihr. Wieviel Elisabeth mitgewirkt, stand nicht zu berechnen, vermutlich sehr viel; genug, ein zweimaliger, erst bittender, dann stürmischer Versuch, den Theobald heute gemacht, sich Zutritt bei der Braut zu verschaffen, hätte sie eher bis zu Konvulsionen getrieben, als daß sie diesem sehnlichsten Verlangen würde nachgegeben haben. So mußte man der Zeit und dem leidigen Zufall die Entwicklung fast ganz überlassen.

Die sonderbar verlegene Spannung der vier im Zimmer sitzenden Personen isolierte nun ein jedes auf seltsame Weise. Es war, als *könnte* man gar nicht reden, als müßte jeder Laut, wie in luftleerem Raume, kraftlos und unhörbar an den Lippen verschwinden, ja, als verhindere ein undurchdringlicher Nebel, daß eins das andre recht gewahr werden könne.

Nannette war die Unbefangenste. Sie stellte der Reihe nach ihre Betrachtungen an. Es kam ihr so närrisch vor, daß niemand den Mund öffnen wolle, um der Sache rasch und beherzt auf den Grund zu gehn, daß man nicht Anstalt treffe, so oder so Agnesen beizukommen; sie fühlte sich wenigstens Mannes genug, den bösen Geist, welchen Namen er auch haben, in was für einem Winkel er auch stecken möge, kurz und gut auszutreiben, wenn sie nur erst wüßte, wovon es sich handelte, wenn nur der Bruder sie eines Winkes würdigen wollte. Ihre ganze Aufmerksamkeit war auf den Präsidenten gerichtet, als dieser anfing, in Beziehung auf Agnesen der Gesellschaft einige Verhaltungsregeln ans Herz zu legen, welche hauptsächlich darauf hinausliefen: man müsse, so schwer es auch falle, durchaus sein Gefühl verleugnen, in allen Stücken tun, als wäre nichts Besonderes vorgefallen, man müsse bei dem Mädchen durch kein Wort, keine Miene den Grund ihres Kummers, ihrer Absonderung anerkennen; man solle Noltens bei jeder schicklichen Gelegenheit und in Verbindung mit den alltäglichsten Dingen bei ihr erwähnen usw. Der gute Mann bedachte nicht, daß die Frauenzimmer zu wenig von dem wahren Standpunkte wußten, um den Sinn dieser Vorschriften ganz einzusehn. – Nannetten war es gewissermaßen behaglich, den Präsidenten unter so bedenklichen Umständen zu beobachten. Wir sprechen, was das Mädchen hiebei empfand, in einer allgemeinen Bemerkung aus.

Es gibt Männer, deren ganze Erscheinung uns sogleich den angenehmen Eindruck vollkommener Sicherheit erweckt. Das Übergewicht einer kräftigen, mehr verneinenden als bejahenden Natur, die Rechtlichkeit eines resoluten Charakters, sogar die eigentümliche Atmosphäre, welche Rang und Vermögen um sie verbreiten, dies alles scheint nicht nur sie selber zu Herren jedes bösen Zufalls zu machen, sondern ihre Gegenwart wirkt auch auf andere, die sich ihres Wohlwollens nur einigermaßen bewußt sind, mit der Magie eines kräftigen Talismans: herzlich gern möchten wir solch einen Glücksmann immer auch ein wenig in unsere Sorge und Gefahr verflochten sehn, denn nicht nur etwas Tröstliches, sondern wirklich Reizendes liegt darin, sich eine Person, die uns in jedem Betracht überlegen und unzugänglich scheint, nun durch gemeinsame Not auf einmal so menschlich nahe zu fühlen. Das kleinste Wort aus diesem Munde, der unbedeutendste Trost tut Wunder; ja einige wollen behaupten, daß selbst die körperliche Berührung durch die weichere Hand, durch das weichere Kleid eines dieser Vornehmen zuweilen etwas Unwiderstehliches habe, und desto mehr, je seltener sie vorkomme. Dies nun empfand Nannette wirklich, als der Präsident vorhin – einer lange still fortgesetzten Gedankenkette gleichsam den letzten Ring anschließend – mit etwas ermuntertem Gesicht von seinem Stuhle aufstand und so im Vorbeigehn mit einer wehmütigen Freundlichkeit das Mädchen unterm Kinn anfaßte; sie war von diesem kleinen Lichtblick so sonderbar gerührt, daß sie eine Sekunde lang meinte, nun sei die ganze Not am Ende und alles wieder gut.

Man ging jetzt auseinander. Eine Person mußte die Nacht wachen; übrigens kam die ganz anfänglich getroffene Einrichtung, daß Nannette mit Agnes in *einem* Zimmer schlief, nun freilich sehr zustatten.

Die tiefe Pause, welche wie durch einen furchtbaren Zauberschlag im Leben unserer Gesellschaft eingetreten war, bezeichnete auch die nächstfolgenden Tage. Nannette und Margot waren indes von dem Zusammenhang des Übels unterrichtet worden. Alles hatte einen andern Gang im Schlosse angenommen. Es war nicht anders, als es läge ein Todkrankes im Hause; unwillkürlich vermied man jede Art von Geräusch, auch an Orten, von wo nicht leicht etwas in Agnesens Abgeschiedenheit hätte dringen können; es schien, das müsse nun einmal so sein, und wahrlich, wer auch nur den Maler ansah, das leidende Entsagen, den stumpfen Schmerz in seiner gesunkenen Haltung, der glaubte nicht leise, nicht zart genug auftreten zu können, um durch jede Bewegung, durch jede kleine Zuvorkommenheit das Unglück zu ehren, das uns in solchem Fall eine Art von Ehrfurcht abnötigt. Der Präsident jedoch tadelte mit Ernst diese Ängstlichkeit, welche sich selbst auf die Dienerschaft erstreckte; dergleichen, behauptete er, sei auf die Kranke vom übelsten Einfluß, indem sie sich dadurch in ihrem eingebildeten Elend, in ihrer Mitleidswürdigkeit nur immer mehr müsse bestärkt fühlen.

Inzwischen erreichte man doch mehrere Vorteile über sie. Die Mädchen durften ungehindert bei ihr aus- und eingehn; nur gegen das Fräulein, trotz der schwesterlichsten Liebe, womit diese ihr stets nahe zu sein wünschte, verriet sie ein deutliches Mißtrauen. Sie verließ ihr Zimmer manchmal und ging an die frische Luft, wenn sie versichert sein konnte, Theobalden nicht zu begegnen. Ihn aber hie und da von der Ferne zu beobachten, war ihr offenbar nicht zuwider, ja man wollte bemerken, daß sie sich die Gelegenheit hiezu geflissentlich ersehe. Stundenlang las der Präsident ihr vor; sie bezeugte sich immer sehr ernst, doch gefällig und dankbar. Ein Hinterhalt in ihren Gedanken, ein schlaues Ausweichen, je nachdem ein Gegenstand zur Sprache kam, war unverkennbar; sie führte irgend etwas im Schilde und schien nur den günstigen Zeitpunkt abzuwarten.

Diese geheime Absicht offenbarte sich denn auch gar bald. Der alte

Gärtner machte eines Tags dem Präsidenten in aller Stille die Entdeckung: Agnes habe ihn auf das flehentlichste beschworen, daß er ihr Gelegenheit verschaffe, aus dem Schlosse zu entkommen und nach ihrer Heimat zu reisen. Dabei habe sie ihm alles mögliche versprochen, auch selbst die Mittel sehr geschickt angegeben, wie seine Beihilfe völlig verschwiegen bleiben könnte. – Ein solches Verlangen war nun, die Heimlichkeit abgerechnet, so unverzeihlich nicht, der Maler hatte neulich selbst den Gedanken für sie gehabt, man ging jetzt ernstlich darüber zu Rate, verdoppelte indes die Wachsamkeit.

So wenig es bei diesem allen jemandem im Schlosse einfiel, den armen Freund sein lästiges Gastrecht empfinden zu lassen, so war ihm eine solche Großmut doch nichtsdestoweniger drückend. Dann rückte der Termin herbei, wo er jene Stelle in W* antreten sollte. Er dachte mit Schaudern der Zukunft, mit doppelt und dreifach blutendem Herzen des alten Vaters in Neuburg, der nichts von dem drohenden Umsturz der lieblichsten Hoffnungen ahnte.

An einem Morgen kommt Nolten wie gewöhnlich zum Frühstück auf den Saal. Nannette und Margot fliehen bei seinem Eintritt erschrocken auseinander, sie grüßen ihn mit abgewandtem Gesicht, ihr Weinen verbergend. »Was ist geschehen?« fragt er voll Ahnung, »was ist Agnesen zugestoßen?« Er will hinaus, sich überzeugen, im selben Augenblick tritt der Präsident eilfertig herein. »Ich bin auf alles gefaßt!« ruft Nolten ihm zu; »ums Himmels willen, schnell! was hat es gegeben?« – »Gelassen! ruhig! Mein teurer Freund, noch ist nicht alles verloren. Was wir längst fürchten mußten, das frühere Übel, wovon Sie mir sagten, scheint leider eingetreten – Aber fassen Sie sich, o sein Sie ein Mann! Wie es damals vorübergegangen, so wird es auch diesmal.« – »Nein, nimmer, nimmermehr! Sie ist das Opfer meiner Tollheit! – Also das noch! Zu schrecklich! zu gräßlich! – Was? und das soll ich mitansehn? mit diesen Augen das sehn und soll leben? – Nun, seis! Seis drum; es geht mit uns beiden zur Neige. Ich bin es gewärtig, bins völlig zufrieden, daß morgen jemand kommt und mir sagt: Deine Braut hat Ruhe, Agnes ist gestorben.« Er schwieg eine Weile, fuhr auf und riß im unbändigsten Ausbruch von Zorn und von Tränen, nicht wissend, was er wollte oder tat, die Schwester wild an sich her. – »Wie stehst du da? was gaffst du da?« – »Herr, nicht so!

das ist grausam«, ruft Margot entrüstet und nimmt die Zitternde in Schutz, die er wie rasend von sich weggeschleudert hat. »O«, ruft er, die Faust vor die Stirne geschlagen, »warum wütet niemand gegen mich? warum steh ich so ruhig, so matt und erbärmlich in kalter Vernichtung? Ha, würfe mir irgendein grimmiger Feind meinen Schmerz ins Gesicht, vor die Füße! und schölte mich den gottverlaßnen Toren, der ich bin, den dummen Mörder, der ich bin! streute mir Salz und Glut in die Wunde – das sollte mir wohltun, das sollte mich stärken« –

»Wir überlassen Sie sich selbst, mein Freund«, versetzte ganz ruhig der Präsident, »und wollen Ihnen dadurch zeigen, daß wir nicht glauben, einen Mann, denn dafür hielt ich Sie bis jetzt, vor sich selber hüten zu müssen.«

So stand nun der Maler allein in dem Saale. Es war der schrecklichste Moment seines Lebens.

Wenn uns ganz unerwartet im ausgelassensten Jammer ein beschämender Vorwurf aus verehrtem Munde trifft, so ist dies immerhin die grausamste Abkühlung, die wir erfahren können. Es wird auf einmal totenstill in dir, du siehst dann deinen eigenen Schmerz, dem Raubvogel gleich, den in der kühnsten Höhe ein Blitz berührt hat, langsam aus der Luft herunterfallen und halbtot zu deinen Füßen zucken.

Der Maler hatte sich auf einen Sitz geworfen. Er sah mit kalter Selbstbetrachtung geruhig auf den Grund seines Innern herab, wie man oft lange dem Rinnen einer Sanduhr zusehn kann, wo Korn an Korn sich unablässig legt und schiebt und fällt. Er bröckelte spielend seine Gedanken, der Reihe nach, auseinander und lächelte zu diesem Spiel. Dazwischen quoll es ihm, ein übers andre Mal, ganz wohl und leicht ums Herz, als entfalte soeben ein Engel der Freuden nur sachte, ganz sachte die goldnen Schwingen über ihm, um dann leibhaftig vor ihn hinzutreten!

Erschrocken schaut er auf, ihm deucht, es komme jemand, wie auf Socken, durch die drei offen ineinandergehenden Zimmer herbei. Er staunt – Agnes ists, die sich nähert. Sie geht barfuß; sonst aber nicht nachlässig angetan; nur *eine* Flechte ihres Haares hängt vorn herab, davon sie das äußerste Ende gedankenvoll lauschend ans Kinn hält.

Ein ganzer Himmel voll Erbarmung scheint mit stummer Klaggebärde ihren schleichenden Gang zu begleiten, die Falten selber ihres Kleids mitleidend die liebe Gestalt zu umfließen.

Nolten ist aufgestanden; doch ihr entgegenzugehen darf er nicht wagen; all seine Seele hält den Atem an. Das Mädchen ist bis unter die Türe des Saals vorgeschritten, hier bleibt sie stehen und lehnt sich in bequem-gefälliger Stellung mit dem Kopf an die Pfoste. So schaut sie aufmerksam zu ihm hinüber. Der rührende Umriß ihrer Figur sowie die Blässe des Gesichts wird noch reizender, süßer durch die Dämmerung des grünen Zimmers bei den gegen die schwüle Morgensonne verschlossenen Fensterladen. So ihn betrachtend, spricht sie erst für sich: »Er gleicht ihm sehr, er hat ihn gut gefaßt, ein Ei gleicht dem andern nicht so, aber eines von beiden ist hohl.« Dann sagte sie laut und höhnisch: »Guten Morgen, Heideläufer! Guten Morgen, Höllenbrand! Nun, stell Er sich nicht so einfältig! Schon gut, schon gut! ich bin unbeschreiblich gerührt. Er bekommt ein Trinkgeld fürs Hokuspokus. – Bleib Er nur – bitte gehorsamst, ich sehs recht gut, nur immer zwölf Schritt vom Leibe. Was macht denn seine liebe braune Otter? – haha, nicht wahr? Mein kleiner Finger sagt mir nur zuweilen auch etwas. Nun, ich muß weiter. Kurze Aufwartungen, das ist so Mode in der vornehmen Welt. Und bemüh Er sich nur nie wegen meiner, wir nehmen das nicht so genau.«

Sie neigte sich und ging.

Wenn man – sprach Theobald erschüttert bei sich selbst – wenn man etwa so träumt, wie dieses wirklich ist, so schüttelt sich der Träumende vor Schmerz und ruft sich selber zu: hurtig erwecke dich, es wird dich töten! Schnell dreht er die nächtliche Scheibe seines Geistes dem wahren Tageslichte zu – Noch mehr! er greift mit Geisterarmen entschlossen durch die dicke Mauer, hinter der sein Körper gefangen steht, und öffnet wunderbar sich selber von außen die Riegel. Mir schießt in der wachsenden Todesnot kein Götterflügel aus den Schultern hervor und entreißt mich dem Dunstkreis, der mich erstickt, denn dies ist wirklich, dies ist da, kein Gott wirds ändern!

Soviel man nach und nach aus Agnesens verworrenen Gesprächen zusammenreimen konnte, so schien die sonderbarste Personenverwechslung zwischen Nolten und Larkens in ihr vorgegangen zu sein; vielmehr es waren diese beiden in ihrer Idee auf gewisse Weise zu *einer* Person geworden. Den Maler schien sie zwar als den Geliebten zu betrachten, aber keineswegs in der Gestalt, wie sie ihn hier vor Augen sah. Die Briefe des Schauspielers trug sie wie ein Heiligtum jederzeit bei sich, ihn selbst erwartete sie mit der stillen Sehnsucht einer Braut, und doch war es eigentlich nur wieder Nolten, den sie erwartete. Man wird, wie dies gemeint sei, in kurzem deutlicher einsehn.

Inzwischen hielt sie sich am liebsten an den blinden Henni; sie nannte ihn ihren frommen Knecht, gab ihm allerlei Aufträge, sang mit ihm zum Klavier oder zur Orgel, beredete ihn, sie da und dort hin zu begleiten, wobei sie ihn gewöhnlich mit der Hand am Arm zu leiten pflegte. Man glaubte nur eben ein Paar Geschwister zu sehen, so vollkommen verstanden sich beide. Der Präsident und Nolten versäumten deshalb nicht, dem jungen Menschen gewisse Regeln einzuschärfen, damit eine zweckmäßige Unterhaltung ihren Ideen womöglich eine wünschenswerte Richtung gebe. Der gute, verständige Junge ließ sichs auch wirklich mit ganzer Seele angelegen sein. Er verfuhr auf die zärteste Weise und wußte die Absicht gar klug zu verstecken. Sie selbst hatte die religiösen Gespräche eingeführt, da er sich denn recht eigentlich zu Hause fand und aus dem stillen Schatze seines Herzens mit Freuden alles mitteilte, was eben das Thema gab. Am glücklichsten war er, wenn sie in irgendeinen Gegenstand so weit hineingeführt werden konnte, daß sie von selbst darin fortfuhr; und wirklich verfolgte sie dann die Materie nicht nur sehr lange, mit ziemlicher Stetigkeit, sondern er mußte sich häufig auch über den Reichtum ihrer Gedanken, über die tiefe Wahrheit ihrer innern religiösen Erfahrung verwundern, die freilich mehr nur durch Erinnerung aus dem gesunden Zustand hergenommen sein mochte und mehr historisch von ihr vorgebracht wurde, als daß sie jetzt noch rein und innig darin gelebt hätte; nichtsdestoweniger war die Fähigkeit unschätzbar, sich diese Gefühle lebendig zu vergegenwärtigen, sowie der Vorteil, solche befestigen und Neues daran knüpfen zu können, dem treuen Henni höchst willkommen war. Gegen einige grelle, aus Mißverständnis der Bibelsprache entstandene Vorstellungen, welche zwar von Hause aus Glaubensartikel bei ihr gewesen sein mochten, in reiferen Jahren aber glücklich verdrungen, jetzt wieder, auf eine närrische Art erweitert, zum Vorschein kamen, hatte Henni vorzüglich zu kämpfen. Besonders kam er mit ihrer falschen Anwendung des Dämonenglaubens ins Gedränge, weil er diese Lehre, als eine an sich selber wahre und in der Schrift gegründete, unmöglich verwerfen konnte.

Allein im höchsten Grade betrübend war es ihm, wenn sie, mitten aus der schönsten Ordnung heraus, entweder in eine auffallende Begriffsverwirrung fiel oder auch wohl plötzlich auf ganz andre Dinge absprang.

So saßen sie neulich an ihrem Lieblingsplatz unter den Akazienbäumen vor dem Gewächshaus. Sie las aus dem Neuen Testamente vor. Auf einmal hält sie inne und fragt: »Weißt du auch, warum Theobald, mein Liebster, ein Schauspieler geworden ist? Ich will dirs anvertraun, aber sag es niemand, besonders nicht Margot, der Schmeichelkatze, sie plauderts dem Falschen, dem Heideläufer. Vor *dem* muß mein Schatz sich eben verbergen. Drum nimmt er verschiedene Trachten an, ich sage dir, alle Tage eine andere Gestalt, damit ihn der Läufer nicht nachmachen kann und nicht weiß, welches von allen die rechte ist. Vor ein paar Jahren kam Nolten in den Vetter Otto verkleidet zu mir; ich kannte ihn nicht und hab ihn arg betrübt. Das kann ich mir in Ewigkeit nicht vergeben. Aber wer soll auch die Komödianten ganz auslernen! Die können eben alles. Sie sind dir imstande und stellen sich tot, völlig tot. Unter uns, mein Schatz tat es auch, um dem Lügner für immer das Handwerk niederzulegen. Ich war bei der Leiche damals in der Stadt. Ich sage dir – verstehst du, dir allein, Henni! – der leere Sarg liegt in der Grube, nur ein paar lumpige Kleiderfetzen drin!«

Sie verfiel einige Sekunden in Nachdenken und klatschte dann fröhlich in die Hände: »O Henni! süßer Junge! in sechs Wochen kommt mein Bräutigam und nimmt mich mit, und wir haben gleich Hochzeit.« Sie stand auf und fing an, auf dem freien Platz vor Henni aufs niedlichste zu tanzen, indem sie ihr Kleid hüben und drüben mit spitzen Fingern faßte und sich mit Gesang begleitete. »Könntest du nur sehn«, rief sie ihm zu, »wie hübsch ichs mache! fürwahr, solche Füßchen sieht man nicht leicht. Vögel von allen Arten und Farben kommen auf die äußersten Baumzweige vor und schaun mir gar naseweis zu.« Sie lachte boshaft und sagte: »Ich rede das eigentlich nur, weil du mir immer Eitelkeit vorwirfst, ich kann dein Predigen nicht leiden. Warte doch, du mußt noch ein bißchen Eigenlob hören. Aber ich will einen andern für mich sprechen lassen.« Sie zog einen Brief des Schauspielers aus dem Gürtel und las:

»‚Oft kann ich mir mit aller Anstrengung Dein Bild nicht vorstellen, ich meine, die Züge Deines Gesichts, wenn sie mir einzeln auch deutlich genug vorschweben, kann ich nicht so recht zusammenbringen. Dann wieder in andern Augenblicken bist Du mir so nahe, so greifbar gegenwärtig mit jeder Bewegung! sogar Deine Stimme, das Lachen besonders, dringt mir dann so hell und natürlich ans Ohr. Dein Lachen! Warum eben das? Nun ja! behaupten doch auch die Poeten, es gebe nichts Lieblichers von Melodie, als so ein herzliches Mädchengekicher. Ein Gleichnis, liebes Kind. In meiner Jugend, weißt Du, hatt ich immer sehr viel von zarten Elfen zu erzählen. Dieselben pflegen sich bei Nacht mit allerlei lieblichen Dingen und unter anderm auch mit einem kleinen Kegelspiel die Zeit zu verkürzen. Dies Spielzeug ist vom pursten Golde, und drum wenn alle neune fallen, so heißen sies ein goldenes Gelächter, weil der Klang dabei gar hell und lustig ist. Geradeso dünkt mich, lacht nun mein Schätzchen.‘

Henni, was meinst du dazu? Zum Glück hab ich so schnell gelesen, daß du nicht einmal Zeit bekamst, dich drüber zu ärgern. Hör du, als Kind da hatt ich einen Schulmeister, der fand dir gar eine sonderliche Methode, einem das Schnell-Lesen abzugewöhnen, er gab einem das Buch verkehrt in die Hand, daß es von der Rechten zur Linken ging – ‚So‘, rief er dann, ‚jetzt laß den Rappen laufen! ich will euch beizeit Hebräisch lehren.‘ Recht, daß mir der Schulmeister beifällt – ich bitte dich, mache doch deinen guten Vater aufmerksam, daß er nicht mehr ginesisches Gartenhaus sagen soll, sondern chinesisches; er würde mich dauern, wenn man ihn spottisch drum ansähe, es hat mich schon recht beschäftigt; heut hab ich gar davon geträumt, da gab er mir die Erklärung: ‚Jungfer, ich pflege mit dem Wort zu wechseln, und zwar nicht ohne Grund: zur Winterszeit, wo alles starr und hartgefroren ist, sprech ich ginesisch, im Frühjahr wird mein g schon weicher, im Sommer aber bin ich ganz und gar Chinese.‘ Fürwahr, das ist er auch: er trägt ein Zöpfchen. Im Ernst, ich hätte gute

Lust, einmal mit der Schere hinter ihm herzukommen; es ist doch gar zu leichtfertig und altväterisch.«

Eine Magd lief über den Weg, Agnes kehrte ihr zornig den Rücken und sagte, nachdem sie weg war: »Mir wird ganz übel, seh ich die Käthe. Gestern hört ich sie dort über die Mauer einem Bauernburschen zurufen: ‚weißt du schon, daß die fremde Mamsell bei uns zur Närrin worden ist?' Das erzdumme Mensch. Wer ist verrückt? Niemand ist verrückt. Die Vorsehung ist gnädig. Deswegen heißt es auch in meinem heutigen Morgengebet:

Wollest mit Freuden,
Und wollest mit Leiden
Mich nicht überschütten!
Doch in der Mitten
Liegt holdes Bescheiden.

Ja, nichts geht über die Zufriedenheit. Gottlob, diese hab ich; fehlt nur noch *eins*, fehlt leider nur noch *eins*!«

So ging es denn oft lange fort. Und wenn nun Henni, vom Maler täglich einigemal aufgefordert, nichts Tröstlicheres zu berichten hatte, so brach dem armen Manne fast das Herz.

Die Ärzte, die man befragt, gaben bloß Regeln an, die sich von selber verstanden und überdies bei dem Eigensinn der Kranken schwer anzuwenden waren. Zum Beispiel ließ sie sich um keinen Preis bewegen, an der allgemeinen Tafel zu speisen; und nur etwa, wenn man beim Nachtisch noch auf dem Saale beisammen saß, erschien sie zuweilen unvermutet in der offenen Tür des Nebenzimmers, mit ruhigen Augen rings auf der Gesellschaft verweilend, ganz wieder in der angenehmen Stellung, worin wir sie oben dem Maler gegenüber gesehen. Versuchte aber Theobald, sich ihr zu nähern, so wich sie geräuschlos zurück und kam so leicht nicht wieder.

Es war indes aufs neue davon die Rede geworden, daß man vielleicht am besten täte, sie geradezu nach Hause zurückzubringen. Der Antrag ward ihr durch Nannetten mit aller Zartheit gestellt, allein, statt daß sie ihn, wie man erwartete, mit beiden Händen ergriffen hätte, bedachte sie sich ernstlich und schüttelte den Kopf. Es war, als wenn sie ihren Zustand fühlte und ihrem Vater zu begegnen fürchtete.

Es sprach jemand die Meinung aus, daß Nolten sich entweder ganz entfernen, oder seine Entfernung wenigstens der Braut sollte glauben gemacht werden, da seine Gegenwart sie offenbar beunruhige und ihrem Wahne täglich Nahrung gebe, dagegen, wenn er ginge, wohl gar ein Verlangen nach ihm bei ihr rege werden dürfte, wo nicht, so könnte man zuletzt Veranlassung nehmen, ihn als den erwarteten wahren Geliebten ihr förmlich vorzuführen, oder sie, wie ein Kind, den frohen Fund gleichsam selbst tun zu lassen; gelänge diese List und wisse man sie kühn und klüglich durchzuführen, so sei Hoffnung zur Kur vorhanden. – Diese Ansicht schien so ganz nicht zu verwerfen. Doch Theobald behauptete zuletzt: er müsse bleiben, sie müsse ihn von Zeit zu Zeit vor Augen haben, ein ruhiges, bescheidenes Benehmen, der Anblick seines stillen Kummers werde günstig auf sie wirken, er halte nichts auf künstliche Anschläge und Täuschungen, er denke, wenn irgend noch etwas zu hoffen sei, auf seine Weise eine weit gründlichere und dauerhaftere Heilung zu erzielen.

Nunmehr aber würden wir es unter der Würde des Gegenstands halten und das Gefühl des Lesers zu verletzen glauben, wenn wir ihn mit den Leiden des Mädchens ausführlicher als nötig, auf eine peinliche Art unterhalten wollten, so viele Anmut ihr Gespräch auch selbst in dieser traurigen Zerstörung noch immer offenbaren mochte. Deshalb beschränkt sich unsere Schilderung einzig auf das, was zum Verständnis der Sache selbst gehört.

»Fräulein, du kannst ja Lateinisch«, sagte sie einmal zu Margot, »was heißt der Funke auf lateinisch?« »Scintilla«, war die gutmütige Antwort. »So, so; das ist ein musterhaftes Wort, es gibt ordentlich Funken; aber du wirst es nur geschwind erdacht haben? Tut auch nichts, desto besser vielmehr: ich will künftig, wenn ich dir etwas über die Augen des Bewußten zu sagen habe, in seiner Gegenwart nur bloß Scintilla sagen, dann merk aufs grüne Flämmchen, – Bst! hörst du nichts? er regt sich hinterm Ofenschirm – nämlich, er kann sich unsichtbar machen – Ei, das weißt du besser wie ich. Und, Fräulein, wenn du wieder mit ihm buhlst, mir kann es ja eins sein, aber gewarnt hab ich dich.« »Was soll mir das? – Liebe Agnes!« »O ihr habt einander flugs im Arm, wenn niemand um den Weg ist! Ich bitte dich, sag mir, wie küßt sichs denn mit ihm? ist er recht häßlich süß? merkt man ihm an, daß er den

Teufel im Leib hat? – Fräulein, weil dir doch nichts dran liegt, ob er hie und da noch andre Galanterien neben dir hat, so will ich dir gleich einige nennen; kannst ihn damit necken: Erstlich ist da: eine schöne Komtesse – fürnehm, ah, fürnehm! Sieh, so ist ihr Anstand – (hier machte sie eine graziöse Figur durchs Zimmer) Zieh ihn nur damit auf! Aber angeführt seid ihr im Grund doch alle miteinander. Du willst mir nicht glauben, daß er mit der Zigeunerin verlobt ist? Wenn ich Lust hätte, könnt ich den Ort wohl nennen, wo der Verspruch gehalten wurde und wer den Segen dazu sprach, aber fromme Christen beschreien so was nicht. Überhaupt, ich werde jetzt zur Schlittenfahrt müssen. Du leihst mir deinen Zobel doch wieder?« Margot verstand, was sie im Sinne hatte, und gab ihr das Kleidungsstück. Nach einiger Zeit kam sie sehr artig geputzt, wie der Frühling und Winter, aus ihrem Zimmer hervor, ging in den Garten und zum Karussell, wo sie sich dann gewöhnlich in einen mit hölzernen Pferden bespannten Schlitten setzte. Der Boden durfte nicht gedreht werden, sie behauptete, es komme alles von selbst in Gang, wenn sie die im Kreise springenden Rosse eine Zeitlang ansehe, und es mache ihr einen angenehmen Schwindel.

Nannette setzte sich mit ihrer Arbeit in den Schatten der nächsten Laube. Bald gesellte sich Agnes zu ihr, forderte sie auf, nicht traurig zu sein und verhieß: ihr Bruder werde nun bald ankommen und sie beide entführen. »Nicht wahr, wir wollen fest zusammenhalten? Du bist im Grund so übel dran wie ich mit diesen Lügengesichtern. Ja, ja, auch dir gehn die Augen nach und nach auf, ich merkte es neulich, wie dir grauste, als dich der Bösewicht Schwester hieß. Zwinge dich nur nicht bei ihm, er kann uns doch nicht schaden. – Jetzt aber sollst du etwas Liebes sehen, das wird dich freuen: Lies diese Blätter, du kennst die Hand nicht, aber den Schreiber. Sie sind mein höchster Schatz, mehr, mehr als Gold und Perlen und Rubinen! Ich mußte sie dem Höllenbrand abführen, er hatte sie mir unterschlagen. Nimm sie drum fein in acht und lies ganz in der Stille, recht in herzinniger Stille.« Sie ging und ließ Nannetten das Liederheft zurück, dessen wir schon bei Gelegenheit der hinterlassenen Papiere des Schauspielers erwähnt haben.

Da diese Gedichte »An L.« überschrieben waren und Agnes unter ihren Namen eine Luise hatte, so eignete sie sich dieselben völlig zu, nicht anders, als sie wären von Theobald an sie gerichtet worden. Überdies hatte sie eine Silhouette in jenen Blättern gefunden, von der sie sich beredete, es sei ihr Bild. Man traf sie etliche Male darüber an, daß sie zwei Spiegel gegeneinander hielt, um ihr Profil mit dem andern zu vergleichen.

Vielleicht ist es dem Leser angenehm, von jenen Gedichten etwas zu sehen und sich dabei des Mannes zu erinnern, der, wie einst im Leben, so jetzt noch im Tode, das Herz des unglücklichen Kindes so innig beschäftigen mußte.

*

Der Himmel glänzt vom reinsten Frühlingslichte,
Ihm schwillt der Hügel sehnsuchtsvoll entgegen,
Die starre Welt zerfließt in Liebessegen,
Und schmiegt sich rund zum zärtlichsten Gedichte.

Wenn ich den Blick nun zu den Bergen richte,
Die duftig meiner Liebe Tal umhegen –
O Herz, was hilft dein Wiegen und dein Wägen,
Daß all der Wonne herber Streit sich schlichte!

Du, *Liebe*, hilf den süßen Zauber lösen,
Womit Natur in meinem Innern wühlet!
Und du, o *Frühling*, hilf die Liebe beugen!

Lisch aus, o Tag! Laß mich in Nacht genesen!
Indes ihr, sanften Sterne, göttlich kühlet,
Will ich zum Abgrund der Betrachtung steigen.

*

Wahr ists, mein Kind, wo ich bei dir nicht bin,
Geleitet Sehnsucht alle meine Wege,
Zu Berg und Wald, durch einsame Gehege
Treibt mich ein irrer, ungeduldger Sinn.

In deinem Arm! o seliger Gewinn!
Doch wird auch hier die alte Wehmut rege,
Ich schwindle trunken auf dem Himmelsstege,
Die Gegenwart flieht taumelnd vor mir hin.

So denk ich oft: dies schnell bewegte Herz,
Vom Überglück der Liebe stets beklommen,
Wird wohl auf Erden nie zur Ruhe kommen;

Im ewgen Lichte löst sich jeder Schmerz,
Und all die schwülen Leidenschaften fließen
Wie rosge Wolken, träumend, uns zu Füßen.

*

Wenn ich, von deinem Anschaun tief gestillt,
Mich stumm an deinem heilgen Wert vergnüge,
Da hör ich oft die leisen Atemzüge
Des Engels, welcher sich in dir verhüllt.

Und ein erstaunt, ein selig Lächeln quillt
Auf meinem Mund, ob mich kein Traum betrüge,
Daß nun in dir, zu himmlischer Genüge,
Mein kühnster Wunsch, mein einzger, sich erfüllt.

Von Tiefe dann zu Tiefen stürzt mein Sinn,
Ich höre aus der Gottheit nächtger Ferne
Die Quellen des Geschicks melodisch rauschen;

Betäubt kehr ich den Blick nach oben hin,
Zum Himmel auf – da lächeln alle Sterne!
Ich kniee, ihrem Lichtgesang zu lauschen.

*

Schön prangt im Silbertau die junge Rose,
Den ihr der Morgen in den Busen rollte,
Sie blüht, als ob sie nie verblühen sollte,
Sie ahnet nichts vom letzten Blumenlose.

Der Adler strebt hinan ins Grenzenlose,
Sein Auge trinkt sich voll von sprühndem Golde,
Er ist der Tor nicht, daß er fragen wollte,
Ob er das Haupt nicht an die Wölbung stoße.

Mag einst der Jugend Blume uns verbleichen,
So war die Täuschung doch so himmlisch süße,
Wir wollen ihr vorzeitig nicht entsagen.

Und unsre Liebe muß dem Adler gleichen:
Ob alles, was die Welt gab, uns verließe –
Die Liebe darf den Flug ins Ewge wagen.

*

Am Waldsaum kann ich lange Nachmittage,
Dem Kukuk horchend, in dem Grase liegen,
Er scheint das Tal gemächlich einzuwiegen
Im friedevollen Gleichklang seiner Klage.

Da ist mir wohl; und meine schlimmste Plage,
Den Fratzen der Gesellschaft mich zu fügen,
Hier wird sie mich doch endlich nicht bekriegen,
Wo ich auf eigne Weise mich behage.

Und wenn die feinen Leute nur erst dächten,
Wie schön Poeten ihre Zeit verschwenden,
Sie würden mich zuletzt noch gar beneiden.

Denn des Sonetts vielfältge Kränze flechten
Sich wie von selber unter meinen Händen,
Indes die Augen in der Ferne weiden.

*In der Karwoche*

O Woche, Zeugin heiliger Beschwerde!
Du stimmst so ernst zu dieser Frühlingswonne,
Und breitest im verjüngten Strahl der Sonne
Des Kreuzes dunkeln Schatten auf die Erde.

Du hängest schweigend deine Flöte nieder,
Der Frühling darf indessen immer keimen,
Das Veilchen duftet unter Blütenbäumen,
Und alle Vöglein singen Jubellieder.

O schweigt, ihr Vöglein hoch im Himmelblauen!
Es tönen rings die dumpfen Glockenklänge,
Die Engel singen leise Grabgesänge,
O schweiget, Vöglein auf den grünen Auen!

Ihr Veilchen, kränzt heut keine Lockenhaare!
Euch pflückt mein frommes Kind zum dunkeln Strauße,
Ihr wandert mit zum stillen Gotteshause,
Dort sollt ihr welken auf des Herrn Altare.

Wird sie sich dann in Andachtslust versenken,
Und sehnsuchtsvoll in süße Liebes-Massen
Den Himmel und die Welt zusammenfassen,
So soll sie mein – auch mein! dabei gedenken.

*

Agnes war inzwischen mit Henni spazieren gegangen. Sie führte ihn ins freie Feld hinaus, ohne recht zu sagen, wohin es ginge, ein nicht seltener Fall, wo ihr jedesmal eine dritte zuverlässige Person unbemerkt in einiger Entfernung hinten nachzufolgen pflegte. Agnes brachte seit einiger Zeit die schöne Sammetjacke, das Geschenk ihres vermeintlichen Liebhabers, kaum mehr vom Leibe; so trug sie dieselbe auch jetzt und sah trotz einiger Nachlässigkeit im Anzug sehr reizend darin aus. Unter ordentlichen Gesprächen gelangten beide zu dem nächsten Wäldchen und in der Mitte desselben auf einen breiten Rasenplatz, worauf eine große Eiche einzeln stand, die einen offenen Brunnen sehr malerisch beschattete. Agnes hatte von diesem Brunnen, als von einer bekannten Merkwürdigkeit, gelegentlich erzählen gehört. Es ist dies wirklich ein sehenswertes Überbleibsel aus dem höchsten Altertum und äußerlich noch wohl erhalten. Die runde Mauer ragt etwa eine halbe Mannshöhe über den Erdboden vor, die Tiefe, obgleich zum Teil verschüttet, ist noch immer beträchtlich, man konnte mit mäßiger Schnelle auf sechszehn zählen, eh der hineingeworfene Stein unten auf dem Wasser aufschlug. Sein Name »Alexis-Brunn« bezog sich auf eine Legende. Agnes verlangte die Sage ausführlich von Henni zu hören, und er erzählte wie folgt.

»Vor vielen hundert Jahren, eh noch das Christentum in deutschen Landen verbreitet gewesen, lebte ein Graf, der besaß eine Tochter, Belsore, die hatte er eines Herzogs Sohn, mit Namen Alexis, zur Ehe versprochen. Diese liebten einander treulich und rein; über ein Jahr sollte Alexis sie heimführen dürfen. Mittlerweile aber mußte er einen Zug tun mit seinem Vater, weit weg, nach Konstantinopel. Dort hörte er zum erstenmal in seinem Leben das Evangelium von Christo predigen, was ihn und seinen Vater bewog, diesen Glauben besser kennen zu lernen. Sie blieben einen Monat in der gedachten Stadt und kamen mit Freuden zuletzt überein, daß sie sich wollten taufen lassen. Bevor sie wieder heimreisten, ließ der Vater von einem griechischen Goldschmied zwei Fingerringe machen, worauf das Kreuzeszeichen in kostbaren Edelstein gegraben war; der eine gehörte Belsoren, der andere Alexis. Als sie nach Hause kamen und der Graf vernahm, was mit ihnen geschehen, und daß seine Tochter sollte zur Christin werden, verwandelte sich seine Freude in Zorn und giftigen Haß, er schwur, daß er sein Kind lieber würde mit eigner Hand umbringen, eh ein solcher sie heiraten dürfe, und könnte sie dadurch zu einer Königin werden. Belsore verging für Jammer, zumal sie nach dem, was ihr Alexis vom neuen Glauben ans Herz gelegt, ihre Seligkeit auch nur auf diesem Weg zu finden meinte. Sie wechselten heimlich die Ringe und gelobten sich Treue bis in den Tod, was auch immer über sie ergehen würde. Der Graf bot Alexis Bedenkzeit an, ob er etwa seinen Irrtum abschwören möchte, da er ihn denn aufs neue als lieben Schwiegersohn umarmen wolle. Der Jüngling aber verwarf den frevelhaften Antrag, nahm Abschied von Belsoren und griff zum Wanderstab, um in geringer Tracht bald da bald dort als ein Bote des Evangeliums umherzureisen. Da er nun überall verständig und kräftig zu reden gewußt, auch lieblich von Gestalt gewesen, so blieb seine Arbeit nicht ohne vielfältigen Segen. Aber oft, wenn er so allein seine Straße fortlief, bei Schäfern auf dem Felde, bei Köhlern im Walde übernachten blieb und neben so viel Ungemach auch wohl den Spott und die Verachtung der Welt erfahren mußte, war er vor innerer Anfechtung nicht sicher und zweifelte zuweilen, ob er auch selbst die Wahrheit habe, ob Christus der Sohn Gottes sei, und würdig, daß man um seinetwillen alles verlasse. Dazu gesellte sich die Sehnsucht nach Belsoren, mit der er jetzt wohl längst in Glück und Freuden leben könnte. Indes war er auf seinen Wanderungen auch in diese Gegend gekommen. Hier, wo nunmehr der Brunnen ist, soll damals nur eine tiefe Felskluft, dabei ein Quell gewesen sein, daran Alexis seinen Durst gelöscht. Hier flehte er brünstig zu Gott um ein Zeichen, ob er den rechten Glauben habe; doch dachte er sich dieser Gnade erst durch ein Geduldjahr würdiger zu machen, währenddessen er zu Haus beim Herzog, seinem Vater, geruhig leben und seine Seele auf göttliche Dinge richten wolle. Werde er in dieser Zeit seiner Sache nicht gewisser und komme er auf den nächsten Frühling wiederum hieher, so soll der Rosenstock entscheiden, an dessen völlig abgestorbenes Holz er jetzt den Ring der Belsore feststeckte: blühe bis dahin der Stock und trage er noch den goldenen Reif, so soll ihm das bedeuten, daß er das Heil seiner Seele bisher auf dem rechten Wege gesucht, und daß auch seine Liebe zu der Braut dem Himmel wohlgefällig sei. So trat er nun den Rückweg an. Der Herzog war inzwischen dem Erlöser treu geblieben, und von Belsoren erhielt Alexis durch heimliche Botschaft die gleiche Versicherung. So sehr ihn dies erfreute, so blieb ihm doch sein eigener Zweifelmut; zugleich betrübte er sich, weil es im Brief der Braut beinahe den Anschein hatte, als ob sie, bei aller treuen Zärtlichkeit für ihn, doch ihrer heißen Liebe zum Heiland die seinige in etwas nachgesetzt. Er konnte kaum erwarten, bis bald das Jahr um war. Da macht er sich also zu Fuße, wie ers gelobt, auf den Weg. Er findet den Wald wieder aus, er kennt schon von weitem die Stelle, er fällt, bevor er näher tritt, noch einmal auf die Knie und eilt mit angstvollem Herzen hinzu. O Wunder! drei Rosen, die schönsten, hängen am Strauch. Aber ach, es fehlte der Ring. Sein Glaube also galt, aber Belsore war ihm verloren. Voll Verzweiflung reißt er den Strauch aus der Erde und wirft ihn in die tiefe Felskluft. Gleich nachher reut ihn die Untat; als ein Büßender kehrt er zurück ins Vaterland, dessen Einwohner durch die Bemühungen des Herzogs bereits zum großen Teil waren bekehrt worden. Alexis versank in eine finstre Schwermut; doch Gott verließ ihn nicht, Gott gab ihm den Frieden in seinem wahrhaftigen Worte. Nur über *einen* Punkt, über seine Liebe zu der frommen Jungfrau, war er noch nicht beruhigt. Eine heimliche Hoffnung lebte in ihm, daß er an jenem wunderbaren Orte noch völlig müsse getröstet werden. Zum drittenmal macht er die weite Wallfahrt, und glücklich kommt er ans Ziel. Aber leider trifft er hier alles nur eben wie ers verlassen. Mit Wehmut erkennt er die nackte Stelle, wo er den Stock entwurzelt hatte. Kein Wunder will erscheinen, kein Gebet hilft ihm zu einer fröhlichen Gewißheit. In solcher Not und Hoffnungslosigkeit überfiel ihn die Nacht, als er noch immer auf dem Felsen hingestreckt lag, welcher sich über die Kluft herbückte. In Gedanken sah er so hinunter in die Finsternis und überlegte, wie er mit anbrechendem Morgen in Gottes Namen wieder wandern und seiner Liebsten ein Abschiedsschreiben schicken wolle. Auf einmal bemerkt er, daß es tief unten auf dem ruhigen Spiegel des Wassers als wie ein Gold- und Rosenschimmer zuckt und flimmt. Anfänglich traut er seinen Augen nicht, allein von Zeit zu Zeit kommt der liebliche Schein wieder. Ein frohes Ahnen geht ihm auf. Wie der Tag kommt, klimmt er die Felsen hinab, und siehe da! der weggeworfene Rosenstock hatte zwischen dem Gestein, kaum eine Spanne überm Wasser, Wurzel geschlagen und blühte gar herrlich. Behutsam macht Alexis ihn los, bringt ihn ans Tageslicht herauf und findet an derselben Stelle, wo er vor zweien Jahren den Reif angesteckt, ringsum eine frische Rinde darüber gequollen, die ihn so dicht einschloß daß kaum durch eine winzige Ritze das helle Gold herausglänzte. Noch voriges Jahr müßte Alexis den Ring, wäre er nicht so übereilt und sein Vertrauen zu Gott größer gewesen, weit leichter entdeckt haben. Wie dankbar warf er nun sich im Gebet zur Erde! Mit welchen Tränen küßte er den Stock, der außer vielen aufgegangenen Rosen noch eine Menge Knospen zeigte. Gerne hätte er ihn mitgenommen, allein er glaubte ihn dem heiligen Orte, wo er zuvor gestanden, wieder einverleiben zu müssen. Unter lautem Preise der göttlichen Allmacht kehrte er, wie ein verwandelter Mensch, ins väterliche Haus zurück. Dort empfängt ihn zugleich eine Freuden- und Trauerbotschaft: der alte Graf war gestorben, auf dem Totenbett hatte er sich, durch die Belehrung seiner Tochter gewonnen, zum Christentum bekannt und seine Härte aufrichtig bereut. Alexis und Belsore wurden zum glücklichsten Paare verbunden. Ihr erstes hierauf war, daß sie miteinander eine Wallfahrt an den Wunderquell machten und denselben in einen schöngemauerten Brunn fassen ließen. Viele Jahrhunderte lang soll es ein Gebrauch gewesen sein, daß weit aus der Umgegend die Brautleute vor der Hochzeit hieher reisten, um einen gesegneten Trunk von diesem klaren Wasser zu tun, welches der Rosentrunk geheißen; gewöhnlich reichte ihn ein Pater Einsiedler, der hier in dem Walde gewohnt. Das ist nun freilich abgegangen, doch sagen die Leute, die Schäfer und Feldhüter, daß noch jetzt in der Karfreitag- und Christnacht das rosenfarbene Leuchten auf dem Grunde des Brunnens zu sehen sei.«

Agnes betrachtete einen vorstehenden Mauerstein, worauf noch ziemlich deutlich drei ausgehauene Rosen und ein Kreuz zu bemerken waren. Henni leitete aus der Geschichte mehrere Lehren für seine arme Schutzbefohlene ab; sie merkte aber wenig darauf und zog ihn bald von dem Platze weg, um nahebei einen kleinen Berggipfel zu besteigen, welcher sich kahl und kegelförmig über das Wäldchen erhob. »Der Wind weht dort! Ich muß das Windlied singen; es ist sehr ratsam heute«, rief Agnes, voraneilend.

Sie standen oben, und sie sang in einer freien Weise die folgenden Verse, indem sie bei Frag und Antwort jedesmal sehr artig mit der Stimme wechselte, dabei sehr lebhaft in die Luft agierte.

»Sausewind! Brausewind!
Dort und hier,
Deine Heimat sage mir!« –
»Kindlein, wir fahren
Seit vielen Jahren
Durch die weit weite Welt,
Und wollens erfragen,
Die Antwort erjagen,
Bei den Bergen, den Meeren,
Bei des Himmels klingenden Heeren –
Die wissen es nie,
Bist du klüger als sie,
Magst du es sagen.
– Fort! Wohlauf!
Halt uns nicht auf!
Kommen andre nach,
Unsre Brüder,
Da frag wieder.« –

»Halt an! Gemach,
Eine kleine Frist!

Sagt, wo der Liebe Heimat ist,
Ihr Anfang, ihr Ende!«

»Wers nennen könnte!
Schelmisches Kind,
Lieb ist wie Wind,
Rasch und lebendig,
Ruhet nie,
Ewig ist sie,
Aber nicht immer beständig.
– Fort! Wohlauf auf!
Halt uns nicht auf!
Fort über Stoppel, und Wälder, und Wiesen!
Wenn ich dein Schätzchen seh,
Will ich es grüßen;
Kindlein, Ade!«

Gegen Abend hatte sich Agnes ermüdet zu Bette gelegt; der Präsident war eine Zeitlang bei ihr gewesen; auf einmal kam er freudig aus ihrem Schlafzimmer und sagte eilfertig zu Theobald hin: »Sie verlangt nach Ihnen, gehn Sie geschwinde!« Er gehorchte unverzüglich, die andern blieben zurück, und er zog die Türe hinter sich zu. Agnes lag ruhig auf der Seite, den Kopf auf einem Arm gestützt. Bescheiden setzte er sich mit einem freundlichen Gruß auf den Stuhl an ihrem Bette; durchaus gelassen, doch einigermaßen zweifelhaft sah sie ihn lange an; es schien, als dämmerte eine angenehme Erinnerung bei ihr auf, welche sie an seinen Gesichtszügen zu prüfen suchte. Aber heißer, schmelzender wird ihr Blick, ihr Atem steigt, es hebt sich ihre Brust, und jetzt – indem sie mit der Linken sich beide Augen zuhält – streckt sie den rechten Arm entschlossen gegen ihn, faßt leidenschaftlich seine Hand und drückt sie fest an ihren Busen; der Maler liegt, eh er sichs selbst versieht, an ihrem Halse und saugt von ihren Lippen eine Glut, die von der Angst des Moments eine schaudernde Würze erhält; der Wahnsinn funkelt frohlockend aus ihren Augen, Verzweiflung preßt dem Freunde das himmlische Gut, eh sichs ihm ganz entfremde, noch *einmal* – ja er fühlts, zum letztenmal, in die zitternden Arme.

Aber Agnes fängt schon an unruhig zu werden, sich seinen Küssen leise zu entziehen, sie hebt ängstlich den Kopf in die Höhe: »Was flüstert denn bei dir? was spricht aus dir? ich höre zweierlei Stimmen – Hülfe! zu Hülfe! du tückischer Satan, hinweg –! Wie bin ich, wie bin ich betrogen! – O nun ist alles, alles mit mir aus. – Der Lügner wird hingehn, mich zu beschimpfen bei meinem Geliebten, als wär ich kein ehrliches Mädchen, als hätt ich mit Wissen und Willen dies Scheusal geküßt – o Theobald! wärest du hier, daß ich dir alles sagte! Du weißt nicht, wies die Schlangen machten! und daß man mir den Kopf verrückte, mir, deinem unerfahrnen, armen, verlassenen Kind!« Sie kniete aufrecht im Bette, weinte bitterlich, und ihre losgegangenen Haare bedeckten ihr die glühende Wange. Nolten ertrug den Anblick nicht, er eilte weinend hinaus. »Ja, lache nur in deine Faust und geh und mach dich lustig mit den andern – es wird nicht allzu lange mehr dauern, denn es ist gottvergessen, und die Engel im Himmel erbarmts, wie ihr ein krankes Mädchen quält!«

Die Schwägerin kam und setzte sich zu ihr, sie beteten; so ward sie ruhiger.

»Nicht wahr?« sprach sie nachher, »ein selig Ende, das ists doch, was sich zuletzt ein jeder wünscht; einen leichten Tod, recht sanft, nur so wie eines Knaben Knie sich beugt; wie komm ich zu dem Ausdruck? ich denke an den Henni; mit diesem müßte sich gut sterben lassen.«

In diesem Ton sprach sie eine Weile fort, vergaß sich nach und nach, ward munterer, endlich gar scherzhaft, und zwar so, daß Nannetten dieser Sprung mißfiel. Agnes bemerkte es, schien wirklich durch sich selbst überrascht und beschämt, und sie entschuldigte alsbald ihr Benehmen auf eine Art, welche genugsam zeigte, wie klar sie sich auf Augenblicke war: »Siehst du«, sagte sie mit dem holdesten Lächeln der Wehmut, »ich bin nur eben wie das Schiff, das leck an einer Sandbank hängt und dem nicht mehr zu helfen ist; das mag nun wohl sehr kläglich sein, was kann aber das arme Schiff dafür, wenn mittlerweile noch die roten Wimpel oben ihr Schelmenspiel im Wind forttreiben, als wäre nichts geschehn? Laß gehen, wie es gehen kann. Wenn erst Gras auf mir wächst, hats damit auch ein Ende.«

Der Maler verließ den folgenden Tag in aller Frühe das Schloß: der Präsident selbst hatte dazu geraten und ihm eines seiner Pferde geliehen. Es war vorderhand nur um einen Versuch mit einigen Tagen zu tun, wie das Mädchen sich anließe, wenn Theobald ihr aus den Augen wäre. Er selbst schien bei seiner Abreise noch unentschlossen, wohin er sich wende. Auf alle Fälle ward ein dritter Ort bestimmt, um zur Not Botschaft für ihn hinterlegen zu können. Von W* war nicht die Rede; noch kürzlich hatte er dorthin um Frist geschrieben, im Herzen übrigens gleichgültig, ob sie ihm gewährt würde oder die ganze Sache sich zerschlüge.

Die größere Ruhe, die man bei Agnes, seit der Gegenstand ihrer Furcht verschwunden ist, alsbald wahrnehmen kann, wird nach und nach zur stillen Schwermut, ihre Geschwätzigkeit nimmt ab, sie ist sich ihres Übels zuzeiten bewußt, und der kleinste Zufall, der sie daran erinnert, ein Wort, ein Blick von seiten ihrer Umgebung kann sie empfindlich kränken. Auffallend ist in dieser Hinsicht folgender Zug. Der Präsident, oder Margot vielmehr, besaß ein großes Windspiel, dem man seiner ausgezeichneten Schönheit wegen den Namen Merveille gegeben. Der Hund erzeigte sich Agnesen früher nicht abgeneigt, seit einiger Zeit aber floh er sie offenbar, verkroch sich ordentlich vor ihr. Ohne Zweifel hatte diese Scheu einen sehr natürlichen Grund, Agnes mochte ihn unwissentlich geärgert haben – genug, sie selber schien zu glauben, es fühle das Tier das Unheimliche ihrer Nähe. Sie schmeichelte dem Hund auf alle Weise, ja gar mit Tränen, und ließ zuletzt, da nichts verfangen wollte, betrübt und ärgerlich von ihm ab, ohne ihn weiter ansehn zu wollen.

Seit kurzem bemerkte man, daß sie ihren Trauring nicht mehr trug. Als man sie um die Ursache fragte, gab sie zur Antwort: »Meine Mutter hat ihn genommen.« – »Deine Mutter ist aber tot, willst du sie denn gesehen haben?« – »Nein; dennoch weiß ich, sie hat den Ring mit fort; ich kenne den Platz, wo er liegt, und ich muß ihn selbst dort abholen. O wäre das schon überstanden! Es ist ein ängstlicher Ort, aber einer frommen Braut kann er nichts anhaben; ein schöner Engel wird da stehn, wird fragen, was ich suche, und mirs einhändigen. Auch sagt er mir sogleich, wo mein Geliebter ist und wann er kommt.«

Ein ander Mal ließ sie gegen Henni die Worte fallen: »Mir kam gestern so der Gedanke, weil der Nolten doch gar zu lange ausbleibt, gib acht, er hat mich aufgegeben! Und, recht beim Licht besehn, es ist ihm nicht sehr zu verdenken; was tät er mit der Törin? er hätte seine liebe Not im Hause. Und überdies, o Henni – welk, welk, welk, es geht zum Welken! Siehst du, wie es nun gut ist, daß noch die Hochzeit nicht war; ich dachte wohl immer so was. Nun mag es enden, wann es will, mir ist doch mein Mädchenkranz sicher, ich nehm ihn ins Grab – Unter uns gesagt, Junge, ich habe mir immer gewünscht, so und nicht anders in Himmel zu kommen. Aber den Ring muß ich erst haben, ich muß ihn vorweisen können.«

Noch eines freundlichen und frommen Auftritts soll hier gedacht werden, zumal es das letzte ist, was wir von des Mädchens traurigem Leben zu erzählen haben.

Nannette kam einsmals in aller Eile herbeigesprungen und ersuchte das Fräulein und deren Vater, ihr in ein Zimmer des untern Stocks herab zu folgen, um an der angelehnten Türe der alten Kammer, wo die Orgel stand, einen Augenblick Zeuge der musikalischen Unterhaltung Hennis und Agnesens zu sein. So gingen sie zu dreien leise an den bezeichneten Ort und belauschten einen überaus rührenden Gesang, in welchen die Orgel ihre Flötentöne schmolz. Bald herrschte des Knaben und bald des Mädchens Stimme vor. Es schien altkatholische Musik zu sein. Ganz wundersam ergreifend waren besonders die kraftvollen Strophen eines lateinischen Bußliedes aus E-dur. Hier steht nur der Anfang.

Jesu, benigne!
A cujus igne
Opto flagrare,
Et Te amare; –
Cur non flagravi?
Cur non amavi
Te, Jesu Christe?
– O frigus triste!*

* Diese Zeilen finden sich wirklich in einem uralten, wohl längst vergriffenen Andachtsbuch. Sie sind unnachahmlich schön; indessen fügen wir, um einiger Leser willen, diese Übersetzung bei:

Dein Liebesfeuer,
Ach Herr! wie teuer
Wollt ich es hegen,
Wollt ich es pflegen –
Habs nicht geheget,
Und nicht gepfleget,
War Eis im Herzen,
– O Höllenschmerzen!

Es folgten noch zwei dergleichen Verse, worauf Henni sich in ein langes Nachspiel vertiefte, dann aber in ein anderes Lied überging, welches die ähnlichen Empfindungen ausdrückte. Agnes sang dies allein, und der Knabe spielte.

Eine Liebe kenn ich, die ist treu,
War getreu, seitdem ich sie gefunden,
Hat mit tiefem Seufzen immer neu,
Stets versöhnlich, sich mit mir verbunden.

Welcher einst mit himmlischem Geduldén
Bitter bittern Todestropfen trank,
Hing am Kreuz und büßte mein Verschulden,
Bis es in ein Meer von Gnade sank.

Und was ists, daß ich doch traurig bin?
Daß ich angstvoll mich am Boden winde?
Frage: Hüter, ist die Nacht bald hin?
Und: was rettet mich von Tod und Sünde?

Arges Herze! ja gesteh es nur,
Du hast wieder böse Lust empfangen;
Frommer Liebe, alter Treue Spur –
Ach, das ist auf lange nun vergangen!

Darum ists auch, daß ich traurig bin,
Daß ich angstvoll mich am Boden winde –
Hüter! Hüter! ist die Nacht bald hin?
Und was rettet mich von Tod und Sünde?

Bei den letzten Worten fiel Margot Nannetten mit heißen Tränen um den Hals. Der Präsident ging leise ab und zu. Noch immer klang die Orgel alleine fort, als könnte sie im Wohllaut unendlicher Schmerzen zu keinem Schlusse mehr kommen. Endlich blieb alles still. Die Türe ging auf, ein artiges Mädchen, Hennis kleine Schwester, welche die Bälge gezogen, kam auf den Zehen geschlichen heraus, entfernte sich bescheiden und ließ die Türe hinter sich offen. Nun aber hatte man ein wahres Friedensbild vor Augen. Der blinde Knabe nämlich saß gedankenvoll in sich gebückt vor der offnen Tastatur, Agnes leicht, eingeschlafen, auf dem Boden neben ihm, den Kopf an seine Knie gelehnt, ein Notenblatt auf ihrem Schoße. Die Abendsonne brach durch die bestäubten Fensterscheiben und übergoß die ruhende Gruppe mit goldenem Licht. Das große Kruzifix an der Wand sah mitleidsvoll auf sie herab.

Nachdem die Freunde eine Zeitlang in stiller Betrachtung gestanden, traten sie schweigend zurück und lehnten die Türe sacht an.

Am folgenden Morgen ward Agnes vermißt. Nannette hatte beim Aufstehn ihr Bette leer gefunden und voller Schrecken sogleich Lärm gemacht. Niemand begriff im ersten Augenblick, wie sie nur irgend aus dem Schlafzimmer entkommen können, da man dasselbe aus verschiedenen Gründen seit einiger Zeit von dem untern Stock in den obern verlegt hatte, die Türen nachts sorgfältig geschlossen, auch wirklich am Morgen noch verschlossen gefunden wurden. Aber vor einem Seitenfenster, das neben dem Belvedere hinausführte, entdeckte man zwischen den Bäumen eine hohe Leiter, welche der Gartenknecht, nach seinem eigenen Geständnis, gestern abends angelegt, weil Agnes durchaus ein altes Vogelnest verlangt habe, das oben aus einer der Lücken im steinernen Fries hervorgesehen. Nachher war die Leiter vergessen worden, was ohne Zweifel die Absicht des Mädchens gewesen.

Der Vormittag verflog unter den angestrengtesten Nachforschungen, unter endlosem Hin- und Herraten, Fragen, Botenaussenden und -empfangen. Innerhalb des Schloßbezirks war bereits alles um und umgekehrt. Es wurde Abend, und noch erschien von keiner Seite die mindeste Nachricht, der mindeste Trost. Eine falsche Spur, wozu die irrige Aussage eines Feldhüters Veranlassung gegeben, machte überdies den größten Aufenthalt.

Die Sonne war seit zwei Stunden untergegangen, und noch blieb alles Laufen und Schicken fruchtlos; die Freunde kamen außer sich. Nach Mitternacht kehrten die letzten Fackeln zurück, nur der alte Gärtner und selbst der blinde Henni waren noch immer außen, so daß man endlich um diese besorgt zu werden anfing. Niemand im Schlosse dachte daran, sich schlafen zu legen. Der Präsident stellte die Mutmaßung auf, daß Agnes irgendeinen Weg nach ihrer Heimat eingeschlagen und, je nachdem sie zeitig genug sich von hier weggemacht hätte, bereits einen bedeutenden Vorsprung gewonnen haben dürfte, ehe die Späher ausgegangen; für ihr Leben zu fürchten, sei kein Grund vorhanden, es stünde vielmehr zu erwarten, daß sie unterwegs als verdächtig aufgegriffen und öffentlich Anstalt würde getroffen werden, sie in ihren Geburtsort zu bringen. Nannette dachte sich in diesem Fall die Ankunft der Unglücklichen im väterlichen Hause beinahe schrecklicher als alles; und doch, wenn man sie nur übrigens wohlbehalten den Armen des Vaters überliefert denken durfte, so ließ sich ja von hier an wieder neue Hoffnung schöpfen. Allein mit welchem Herzen mußte man der Rückkehr des Malers entgegensehen, wenn sich bis dahin nichts entschieden haben sollte! – Margot hielt die Vermutung nicht zurück, daß die Zigeunerin auch diesmal die verderbliche Hand mit im Spiele habe. Dies alles sprach und wog man hin und her, bis keine Möglichkeit mehr übrig zu sein schien, das Schlimmste aber getraute man sich kaum zu denken, geschweige auszusprechen. Zuletzt entstand eine düstere Stille. In den verschiedenen Zimmern brannte hie und da eine vergessene Kerze mit mattem Scheine; die Zimmer stellten selbst ein Bild der Angst und Zerstörung dar, denn alle Dinge lagen und standen, wie man sie gestern morgen im ersten Schrecken liegen lassen, unordentlich umher. Die Schloßuhr ließ von Zeit zu Zeit ihren weinerlichen Klang vernehmen, von den Anlagen her schlug eine Nachtigall in vollen, herrlichen Tönen.

Auf ein Zeichen des Präsidenten erhob man sich endlich, zu Bette zu gehen. Ein Teil der Dienerschaft blieb wach.

Gegen drei Uhr des Morgens, da eben der Tag zu grauen begann, gaben im Hofe die Hunde Laut, verstummten jedoch sogleich wieder. Margot öffnet indes ihr Fenster und sieht in der blassen Dämmerung eine Anzahl Männer, darunter den Gärtner und seinen Sohn, mit halb erloschenen Laternen am Schloßtor stehen, welches nur angelehnt war und sich leise auftat. Eine plötzliche Ahnung durchschneidet dem Fräulein das Herz, und laut aufschreiend wirft sie das Fenster zu, denn ihr schien, als wären zwei jener Leute bemüht, einen entsetzlichen Fund ins Haus zu tragen. Gleich darauf hört sie die Glocke vom Schlafzimmer ihres Vaters. Alles stürzt, nur halb angekleidet, von allen Ecken und Enden herbei.

Die Verlorene war wirklich aufgefunden worden, doch leider tot und ohne Rettung. Vor einer Stunde wurde der Körper nach langen mühsamen Versuchen aus jenem Brunnen im Walde gezogen. Es hatte sich der Gärtner, von seinem Sohne auf diesen Platz aufmerksam gemacht, noch spät in der Nacht dorthin begeben, und ein aufgefundener Handschuh bestätigte sogleich die Vermutung. Alsbald war der Alte ins nächste Städtchen geeilt, um Mannschaft mit Werkzeugen, Strickleiter und Haken, sowie einen Wundarzt herbeizuholen.

Der Leichnam war, außer den völlig durchnäßten und zerrissenen Kleidern, nur wenig verletzt; das schneeweiße Gesicht, um welches die nassen Haare verworren hingen, sah sich noch jetzt vollkommen gleich; der halbgeöffnete Mund schien schmerzlich zu lächeln; die Augen fest geschlossen. Offenbar war sie, mit dem Kopfe vorwärts stürzend, ertrunken; nur eine leichte Wunde entdeckte man rechts über den Schläfen. Bemerkenswert ist noch, daß sie in Larkens grüner Jacke, woran man sie gestern eine Kleinigkeit, jedoch sehr emsig und wichtig, hatte verändern sehn, den Tod gefunden.

Der Wundarzt machte zum Überfluß noch den einen und andern vergeblichen Versuch. Vom grenzenlosen Jammer der sämtlichen Umstehenden sagen wir nichts.

Nach Nolten hatte man ausgesendet, doch traf ihn weder Bote noch Brief. Den zweiten Tag nach dem Tode der Braut erschien er unvermutet von einer andern Seite her. Sein ganzes Eintreten, das sonderbare Gehaltene, matt Resignierte in seiner Miene, seinem Gruß war von der Art, daß er, was vorgefallen, entweder schon zu wissen oder zu vermuten, aber nicht näher hören zu wollen schien. Sonach war denn auch andrerseits der Empfang beklommen, einsilbig. Nannette, die bei der ersten Begrüßung nicht gleich zugegen gewesen, stürzt, da sie des Bruders ansichtig wird, mit lautem Geschrei auf ihn zu. Sein Anblick war nicht nur im höchsten Grade mitleidswert, sondern wirklich zum Erschrecken. Er sah verwildert, sonnverbrannt und um viele Jahre älter aus. Sein lebloser, gläserner Blick verriet nicht sowohl einen gewaltigen Schmerz als vielmehr eine schläfrige Übersättigung von langen Leiden. Das Unglück, das die andern noch als ein gegenwärtiges in seiner ganzen Stärke fühlten, schien, wenn man ihn ansah, ein längst vergangenes zu sein. Er sprach nur gezwungen und zeigte eine blöde, seltsame Verlegenheit in allem, was er tat. Er hatte sich, wie man nur nach und nach von ihm erfuhr, während der letzten sechs Tage verschiedenen Streifereien in unbekannten Gegenden überlassen, zwecklos und einsam nur seinem Grame lebend; kaum daß ers über sich vermocht, einmal nach Neuburg zu schreiben.

Indem nun von Agnesen noch immer nicht bestimmt die Rede wurde und man durchaus nicht wußte, wie man deshalb bei Nolten sich zu benehmen habe, so wurde jedermann nicht wenig überrascht, als er mit aller Gelassenheit die Frage stellte: auf wann die Beerdigung festgesetzt sei, und wohin man diesfalls gedenke? – Mit gleicher Ruhe fand er hierauf von selbst den Weg zum Zimmer, wo die Tote lag. Er verweilte allein und lange daselbst. Erst diese Anschauung gab ihm das ganze, deutliche Gefühl seines Verlustes, er weinte heftig, als er zu den andern auf den Saal zurückkam.

»Unglücklicher, geliebter Freund«, nahm jetzt der Präsident das Wort und umarmte den Maler, »es ist mir vorlängst einmal der Spruch irgendwo vorgekommen: wir sollen selbst da noch hoffen, wo nichts mehr zu hoffen steht. Gewiß ist das ein herrliches Wort, wers nur verstehen will; mir hat es einst in großer Not den wunderbarsten Trost in der Seele erweckt, einen leuchtenden Goldblick des Glaubens; und nur auf den Entschluß kommt es an, sich dieses Glaubens freudig zu bemächtigen. O daß Sie dies vermöchten! Ein Mensch, den das Schicksal so ängstlich mit eisernen Händen umklammert, der muß am Ende doch sein Liebling sein, und diese grausame Gunst wird sich ihm eines Tags als die ewige Güte und Wahrheit enthüllen. Ich habe oft gefunden, daß die Geächteten des Himmels seine ersten Heiligen waren. Eine Feuertaufe ist über Sie ergangen, und ein höheres, ein gottbewußteres Leben wird sich von Stund an in Ihnen entfalten.«

»Ich kann«, erwiderte Nolten nach einer kleinen Stille, »ich kann zur Not verstehen, was Sie meinen, und doch – das Unglück macht so träge, daß Ihre liebevollen Worte nur halb mein stumpfes Ohr noch treffen – O daß ein Schlaf sich auf mich legte, wie Berge so schwer und so dumpf! Daß ich nichts wüßte von gestern und heute und morgen! Daß eine Gottheit diesen mattgehetzten Geist, weichbettend, in das alte Nichts hinfallen ließe! Ein unermeßlich Glück – –!« Er überließ sich einen Augenblick diesem Gedanken, dann fuhr er fort: »Ja, läge zum wenigsten nur diese erste Stufe hinter mir! Und doch, wer kann wissen, ob sich *dort* nicht der Knoten nochmals verschlingt? – – O Leben! o Tod! Rätsel aus Rätseln! Wo wir den Sinn am sichersten zu treffen meinten, da liegt er so selten, und wo man ihn nicht suchte, da gibt er sich auf einmal halb und von ferne zu erkennen, und verschwindet, eh man ihn festhalten kann!«

Agnesens Begräbnis ist auf den morgenden Sonntag beschlossen.

Die Nacht zuvor schläft Nolten ruhig wie seit langer Zeit nicht mehr. Der ehrliche Gärtner mutet sich zu, noch einmal bei der geliebten Leiche zu wachen, ihm leistet der Sohn Gesellschaft, und da der Alte endlich einnickt, ist Henni die einzig wache Person in dem Schlosse. – Der gute Junge war recht wie verwaist, seit ihm die Freundin und Gebieterin fehlte. Er war ihr so nahe, so eigen geworden, er hatte insgeheim die schüchterne Hoffnung genährt – eine Hoffnung, deren er sich jetzt innig schämte – Gott könnte ihm vielleicht die Freude aufbehalten haben, die arme Seele mit der Kraft des evangelischen Wortes zu der Erkenntnis ihrer selbst, zum Lichte der Wahrheit zurückzuführen; sein ganzes Trachten und Sinnen, alle seine Gebete gingen zuletzt nur dahin, und wieviel schrecklicher, als er je fürchten konnte, ward nun sein frommes Vertrauen getäuscht! – Er hält und drückt eine teure kalte Hand, die er nicht sieht, in seinen Händen und lispelt heiße Segensworte drüber; er denkt über die erziehende Weisheit Desjenigen nach, an welchen er von ganzer Seele glaubt, vor dessen durchdringendem Blick das Buch aller Zeiten aufgeschlagen liegt, der die Herzen der Menschen lenkt wie Wasserbäche, in welchem wir leben, weben und sind. Er schrickt augenblicklich zusammen vor seligem Schrecken, indem er bedenkt, daß das, was vor ihm liegt, was er mit glühenden Tränen anredet, ein taubes Nichts, ein wertloses Scheinbild ist, daß der entflohene Geist, viel lieblicher gestaltet, vielleicht in dieser Stunde am hellen Strome des Paradieses kniee und, das irre Auge mit lauterer Klarheit auswaschend, unter befremdetem Lächeln sich glücklich wieder erkenne und finde. – Henni stand sachte auf, von einer unbekannten süßen Unruhe bewegt; unbeschreibliche Sehnsucht ergriff ihn, doch diese Sehnsucht selbst war nur das überglückliche Gefühl, die unfaßliche Ahnung einer himmlischen Zukunft, welche auch seiner warte. Er trat ans Fenster und öffnete es. Die Nacht war sehr unfreundlich; ein heftiger Sturm wiegte und schwang die hohen Gipfel der Bäume, und auf dem Dache klirrten die Fahnen zusammen. Des Knaben wunderbar erregte Seele überließ sich diesem Tumulte mit heimlichem Jauchzen, er ließ den Sturm seine Locken durchwühlen und lauschte mit Wollust dem hundertstimmigen Winde. Es deuchten ihm seufzende Geisterchöre der gebundenen Kreatur zu sein, die auch mit Ungeduld einer herrlichen Offenbarung entgegenharre. Sein ganzes Denken und Empfinden war nur ein trunkenes Loblied auf Tod und Verwesung und ewiges Verjüngen. Mit Gewalt muß er den Flug seiner Gedanken rückwärts lenken, der Demut eingedenk, die Gott nicht vorzugreifen wagt. Aber, wie er nun wieder zu Agnesens Hülle tritt, ist ihm wie einem, der zu lange in das Feuerbild der Sonne geschaut, er sinkt in doppelt schmerzliche Blindheit zurück. Still setzt er sich nieder und schickt sich an, einen Kranz von Rosen und Myrten zu Ende zu flechten.

Nach Mitternacht erweckt indes den Maler ein sonderbarer Klang, den er anfänglich bloß im Traum gehört zu haben geglaubt, bald aber kann er sich völlig überzeugen, daß es Musik ist, welche von dem linken Schloßflügel herüber zu tönen scheint. Es war, als spielte man sehr feierlich die Orgel, dann wieder klang es wie ein ganz anderes Instrument, immer nur abgebrochen, mit längeren und kürzeren Pausen, bald widerwärtig hart und grell, bald sanft und rührend. Betroffen springt er aus dem Bette, unschlüssig, was er tun, wo er zuerst sich hinwenden soll. Er horcht und horcht, und – abermals dieselben unbegreiflichen Töne! Leis auf den Socken, den Schlafrock umgeworfen, geht er vor seine Türe und schleicht, mit den Händen an der Wand forttastend, den finstern Gang hin, bis in die Nähe des Zimmers, wo sich der Gärtner und Henni befinden. Er ruft um Licht, der Gärtner eilt heraus, verwundert, den Maler zu dieser Stunde hier zu sehen. Da nun weder Vater noch Sohn irgend etwas anderes gehört haben wollen als das wechselnde Pfeifen des Windes, welcher auf dieser Seite heftiger gegen das Haus herstieß, so entfernte sich Nolten, scheinbar beruhigt, mit Licht, gab übrigens nicht zu, daß man ihn zurückbegleitete.

Keine volle Minute verging, so vernahm der Alte und Henni vollkommen deutlich die oben beschriebenen Töne und gleich darauf einen starken Fall samt einem lauten Aufschrei.

Kaum sind sie vor die alte Kapelle gelangt, kaum sah der Gärtner drei Schritte vor sich den Maler der Länge nach unter der offenstehenden Tür ohne Lebenszeichen liegen, so ruft schon Henni, sich angstvoll an den Vater klammernd und ihn nicht weiter lassend: »Halt, Vater, halt! um Gottes willen, seht Ihr nicht – dort in der Kammer –«

»Was?« ruft der Alte ungeduldig, da ihn der Knabe aufhält, »so laß mich doch! *Hier, vor* uns liegt, was mich erschreckt – der Maler, leblos am Boden!«

»Dort aber – dort steht er ja auch und – o seht Ihr, noch jemand –«

»Bist du von Sinnen! du bist blind! was ist mit dir?«

»So wahr Gott lebt, ich sehe!« versetzt der Knabe mit leiser, von Angst erstickter Stimme und deutet fortwährend nach der Tiefe der Kammer auf die Orgel, wo für den Gärtner nichts zu sehen ist; dieser will nur immer dem Maler beispringen, über welchen Henni weit wegschaut. »Vater! jetzt – jetzt – sie schleichen auf uns zu – Schrecklich! o flieht –« Hier versagt ihm die Sprache, er hängt ohnmächtig dem Alten im Arm, der jetzt ein verzweifeltes Notgeschrei erhebt. Von allenthalben ruft es und rennt es herbei, der Hausherr selbst erscheint mit den ersten, und schon ist der Wundarzt zur Hand, der diese letzten Tage das Schloß nicht verließ; er läuft von Nolten zu Henni, von Henni zu Nolten. Beide trägt man hinauf, ein jedes will helfen, mitraten, mitansehn, man hindert, tritt und stößt einander, der Präsident entfernt daher alles bis auf wenige Personen. Ein Reitender sprengt nach der Stadt, den zweiten Arzt zu holen, indes der gegenwärtige, ein ruhiger, tüchtiger Mann, fortfährt, das Nötige mit Einreibung und warmen Tüchern nach der Ordnung zu tun; schon füllte schauerlicher Duft der stärksten Mittel das Zimmer. Mit Henni hat es keine Gefahr, obgleich ihm die volle Besinnung noch ausbleibt. An Nolten muß nach stundenlanger Anstrengung so Kunst wie Hoffnung erliegen. Bescheiden äußerte der Wundarzt seinen Zweifel, und als endlich der Medikus ankam, erklärte dieser auf den dritten Blick, daß keine Spur von Leben hier mehr zu suchen sei. –

Hatte Agnesens Krankheit und Tod überall in der Gegend das größte Aufsehn und die lebhafteste Teilnahme erregt, so machte dieser neue Trauerfall einen wahrhaft panischen Eindruck auf die Gemüter der Menschen, zumal bis jetzt noch kein hinreichender Erklärungsgrund am Tage lag. Da indes doch irgendein heftiger Schrecken die tödliche Ursache gewesen sein muß, so lag allerdings bei der von Kummer und Verzweiflung erschöpften Natur des Malers die Annahme sehr nahe, daß hier die Einbildung, wie man mehr Beispiele hat, ihr Äußerstes getan. Dieser Meinung waren die Ärzte sowie der Präsident. Doch fehlte es im Schlosse, je nachdem man auf gewisse Umstände einen ängstlichen Wert legen wollte, auch nicht an andern Vermutungen, die, anfänglich nur leise angedeutet, von den Vernünftigen belächelt oder streng verwiesen, in kurzem gleichwohl mehr Beachtung und endlich stillschweigenden Glauben fanden.

Der Schwester ließ sich das Unglück nicht lange verbergen; es warf sie nieder, als wär es ihr eigener Tod. Margot hielt treulich bei ihr aus, doch freilich blieb hier wenig oder nichts zu trösten.

Henni befindet sich, zum wenigsten äußerlich, wieder wohl. Er scheint über einem ungeheuern Eindruck zu brüten, dessen er nicht Herr werden kann. Ein regungsloses Vorsichhinstaunen verschlingt den eigentlichen Schmerz bei ihm. Er weiß sich nicht zu helfen vor Ungeduld, sobald man ihn über sein gestriges Benehmen befragt; er flieht die Gesellschaft, aber sogleich scheucht ihn eine Angst in die Nähe der Seinen zurück.

Der Präsident, in Hoffnung irgendeines neuen Aufschlusses über die traurige Begebenheit, befiehlt dem Knaben im Beisein des Gärtners, zu reden. Auch dann noch immer zaudernd und mit einer Art von trotzigem Unwillen, der an dem sanften Menschen auffiel, gab Henni, erst mit dürren Worten, dann aber in immer steigender Bewegung, ein seltsames Bekenntnis, das den Präsidenten in sichtbare Verlegenheit setzte, wie er es aufzunehmen habe.

»Als ich«, sprach nämlich der Befragte, »gestern nacht mit meinem Vater auf den Lärm, den wir im untern Hausflur hörten, nach der Kapelle lief – die Tür stand offen, und die Laterne außen auf dem Gang warf einen hellen Schein in die Kammer – sah ich tief hinten bei der Orgel eine Frau, wie einen Schatten, stehn, ihr gegenüber in kleiner

Entfernung stand ein zweiter Schatten, ein Mann in dunkelm Kleide, und dieses war Herr Nolten.«

»Sonderbarer Mensch!« versetzte der Präsident, »wie magst du denn behaupten, dies gesehen zu haben?«

»Ich kann nichts sagen, als: vor meinen Augen war es licht geworden, ich konnte sehn, und das ist so gewiß, als ich jetzt nicht mehr sehe.«

»Jenes Frauenbild« – fragte der Präsident mit List, »verglichst du es jemanden?«

»Damals noch nicht. Erst heute mußt ich an die verrückte Fremde denken, ich ließ mir sie daher beschreiben und kann die Ähnlichkeit nicht leugnen.«

»Herrn Nolten aber, wie konntest du diesen sogleich erkennen?«

»Mein Vater zeigte auf den Boden und nannte dabei den Herrn Maler, da merkt ich erst, daß dieser, welcher vor uns lag, und jener, welcher drüben stand, sich durchaus glichen und einer und derselbe wären.«

»Warum brauchst du den Ausdruck Schatten?«

»So deuchte mirs eben; doch ließen sich Gesicht und Miene und Farben der Kleidung wohl unterscheiden. Als beide sich umfaßten, sich die Arme gaben und so der Tür zu wollten, da bogen sie wie eine Rauchsäule leicht um den hölzernen Pfeiler, der in der Mitte der Kammer steht.«

»Arm in Arm sagst du?«

»Dicht, dicht aneinander geschlossen; sie machte den Anfang, er tats ihr nur wie gezwungen nach und traurig. Hierauf – aber, o allmächtiger Gott! wie soll ich, wie kann ich aussprechen, was keine Zunge vermag, was doch niemand glaubt und niemand glauben kann, am wenigsten mir, mir armen Jungen!« Er schöpfte tief Atem und fuhr sodann fort: »Sie schlüpften unhörbar über die Schwelle, er glitt über sein Ebenbild hin, gleichgültig, als kennt er es nicht mehr. Da wirft er auf einmal sein Auge auf mich, o ein Auge voll Elend! und doch so ein scharfer, durchbohrender Blick! und zögert im Gehn, schaut immer auf mich und bewegt die Lippen, wie kraftlos zur Rede – da hielt ichs nimmer aus und weiß auch von hier an nichts weiter zu sagen.«

Der Präsident verschonte den jungen Mann mit jeder weitern Frage, beruhigte ihn und empfahl endlich Vater und Sohn, die Sache bei sich zu behalten, indem er zu verstehen gab, daß er nichts weiter als eine ungeheure Selbsttäuschung darunter denke. Der alte Gärtner aber schien sehr ernst und maß selbst seinem Herrn im Innern eine andre Meinung bei, als ihm nun eben zu äußern beliebe.

Nachdem die beiden Leichen auf den katholischen Gottesacker des nächsten Städtchens, jedoch mit Zuziehung eines protestantischen Geistlichen, zur Erde bestattet worden, traf der edelmütige Mann, durch den es vornehmlich gelang, diese letzte Pflicht mit allem wünschenswerten Anstande und unter einem ansehnlichen Geleite vollzogen zu sehen, ungesäumt Anstalt, der Freundschaft und der Menschenliebe ein neues Opfer zu bringen. Weder konnte er zugeben, daß die arme überbliebene Schwester des Malers sich einer so traurigen Heimreise, als ihr jetzt bevorstand, allein unterziehe, noch sollte der Förster den Verlust seiner Kinder auf andere Weise als aus dem Munde des Gastfreunds vernehmen, dessen Haus der unschuldige Schauplatz so schwerer Verhängnisse ward.

Bald saß daher der Präsident mit Nannetten und Margot im Wagen. Übrigens war es bei ihm schon im stillen beschlossene Sache, das Mädchen, wenn es ihr und den Ihrigen gefiele, wieder zurückzunehmen und für ihr künftiges Glück zu sorgen. Der Gedanke war eigentlich von Margot ausgegangen, und kaum enthielt sie sich, Nannetten nicht schon unterwegs die Einwilligung abzudringen.

Der Schmerz des Alten in Neuburg übersteigt allen Ausdruck; doch verfehlte die Persönlichkeit des hohen Gastes ihre gute Wirkung nicht.

Noch in der Anwesenheit des Präsidenten kam ein Brief des Hofrats im Forsthause an, mit der Überschrift an Nolten und mit der ausdrücklichen Bitte um schleunige Beförderung. Der Förster erbrach ihn, las und reichte das Blatt mit stummer Verwunderung dem Präsidenten. Der Brief lautete folgendermaßen:

»Soeben erfahre durch Freundeshand den grausamen Verlust, der Sie mit dem Tode einer geliebten Braut betroffen. Auch die näheren Umstände und was alles dazu mitgewirkt, weiß ich. Ihr Unglück, welches mit dem meinigen so nah zusammenfällt, ja recht vom Unglücksstamme meines Daseins ausging, erschüttert mich und zwingt mich zu reden.

Wie oft, als Sie noch bei uns waren, hat mir das Herz gebrannt, Ihnen um den Hals zu fallen! Wie preßte, peinigte mich mein Geheimnis! Aber – wie soll man es heißen – Furcht, Grille, Scham, Feigheit, – ich konnte nicht, verschob die Entdeckung von Tag zu Tag, mich schauderte davor, in Ihnen, in dem Sohne eines Bruders, mein zweites Ich, meine ganze Vergangenheit wiederzufinden, dies Labyrinth, wenn auch nur im Gespräch, in der Erinnerung, aufs neue zu durchlaufen!

Seit Ihrem Abgang war ich für solchen Eigensinn, Gott sei mein Zeuge, recht gestraft mit einer wunderbaren Sehnsucht nach Ihnen, Wertester! Nun aber vollends dürstet mich nach Ihrem Anblick innig, wir haben einander sehr, sehr viel zu sagen. Meine Gedanken stehn übrigens so: Zu einer so gemeßnen Tätigkeit, als Sie in W* erwarten würde, dürfte Ihnen der Mut jetzt wohl fehlen, um so leichter werden Sie es daher verschmerzen, daß dort, wie mir geschrieben wird, gewisse Leute, auf Ihr Zögern, bereits geschäftig sind, Sie auszustechen. Wir wollen, dächt ich, selbigen zuvorkommen und erst dabei nichts einbüßen. Hören Sie meinen Vorschlag: Wir beide ziehn zusammen! sei es nun hier oder besser an einem andern Plätzchen, wo sichs fein stille hausen läßt, gerade wie es zweien Leuten ziemt, wovon zum wenigsten der eine der Welt nichts mehr nachfragt, der andere, soviel mir bekannt, von jeher starken Trieb empfunden, mit der Kunst in eine Einsiedelei zu flüchten. Was mich betrifft, ich habe noch wenige Jahre zu leben. Wie glücklich aber, könnt ich das, was etwa noch grün an mir sein mag, auf Sie, mein teurer Neffe, übertragen. Ja, schleppen wir unsere Trümmer aus dem Schiffbruch mutig zusammen! Ich will tun, als wär ich auch noch ein Junger. Mit Stolz und Wehmut seis gesagt, wir sind zwei Stücke *eines* Baumes, den der Blitz in der Mitte gespalten, und ist vielleicht ein schöner Lorbeer zuschanden gegangen. Sie müssen ihn noch retten, und ich helfe mit.

Sehn Sie, wir gehören ja recht füreinander, als Zwillingsbrüder des Geschicks! Mit dreifachen ehernen Banden haben freundlich-feindselige Götter dies Paar zusammengeschmiedet – ein seltenes Schauspiel für die Welt, wenn mans ihr gönnen möchte; doch das sei ferne;

das Grab soll unsern Gram dereinst nicht besser decken, als wir dies Geheimnis bewahren wollen, nicht wahr? – Aber so kommen Sie! kommen Sie gleich!

Schließlich noch eine kleine Bitte: daß Sie mir vor den Menschen immerhin den Namen lassen, unter dem Sie zu ** meine arme Person haben kennen gelernt.

Für Sie aber heiß ich, der ich bin

Ihr treuer Oheim
Friedrich Nolten,
Hofrat.«

Der Präsident wollte in die Erde sinken vor Staunen. Er hatte durch Theobald von diesem Verwandten als dem verstorbenen Vater Elisabeths gehört und nun – er glaubte zu träumen.

Die beiden Männer sahn sich lange schweigend an und blickten in einen unermeßlichen Abgrund des Schicksals hinab.

Der Präsident verweilte sich noch einen Tag und schied sodann mit großer Rührung. Es war natürlich, daß Nannette den Alten nicht verließ. Später entschlossen sich beide auf unwiderstehliches Bitten des Hofrats, mit diesem in einem dritten Orte, einer kleinen Landstadt unfern Neuburg, zusammenzuwohnen. Der Oheim ward fast rasend, als er den Tod des Neffen vernahm, und daß nicht wenigstens noch sein Bekenntnis ihn hatte erreichen sollen! Mit größerer Ruhe empfing er die Nachricht von dem vielleicht nur wenige Tage vor Theobalds Ende eingetretenen Tod seiner wahnsinnigen Tochter. Man hatte sie, wie der Präsident sogleich bei seiner Heimkunft Meldung tat, etliche Meilen von seinem Gute entseelt auf öffentlicher Straße gefunden, wo sie ohne Zweifel vor bloßer Entkräftung liegen geblieben. – Ihr Vater war von ihrer jammervollen Existenz seit Jahren unterrichtet. Er hatte früher unter der Hand einige Versuche gemacht, sie in einer geordneten Familie unterzubringen; aber sie fing, ihrer gewohnten Freiheit beraubt, wie ehmals ihre Mutter, augenscheinlich zu welken an, sie ergriff zu wiederholten Malen die Flucht mit großer List, und da überdies ihr melancholisches Wesen, mit der Muttermilch eingesogen, durchaus unheilbar schien, so gab man sich zuletzt nicht Mühe mehr, sie einzufangen.

Noch ist nur übrig zu erwähnen, daß Gräfin Armond, seit lange krank und aller Welt abgestorben, jedoch mit Noltens Glück noch bis auf die letzte Zeit, und zwar in Verbindung mit dem Hofrat, insgeheim beschäftigt, jene kläglichen Schicksale nur wenige Monate überlebte.

# WISPELIADEN

SOMMERSPROSSEN

VON

LIEBMUND MARIA WISPEL

Bel-Esprit

Lettre de cachet &c. &c.

[Vignette: bekränzte Lyra]

Creglingen

zu haben bey dem Verf.

1837

mit einem Stahlstich

---

Sr. Wohlgebohren

Herrn Prof.

Ludwig v. (Luigi de) Bauer

zum XV^ten^ Weinmondes

MDCCCXXXVII

gebaichnet

vom

Verfasser

## BEVORWORTENDES

»Facturusne opera pretium sim – – nec satis scio, nec, si sciam, dicere ausim« – so beginnt der große Tite-Live seine meisterhafte Geschichte des Römischen Stuhls, und ähnliche Gefühle der Bescheidenheit beseelten mich bei Auszwarkung dieser Poëmen. Allein die Stimme zerschiedener Kenner und Mäzenaten, welche meiner poetischen Arterie einen, wohl nicht ganz fehlgreifenden Beifall zugeflüstert, (ich nenne hier statt aller anderen bloß Se. Hochwürden, Herrn Dom-Dechant Hartlaub in W.) ermutigte mich endlich zu dieser literärbezüglichen Entreprise. Unschwer würde es gewesen sein, die Banzahl der hier präsentierten Piecen auf das dreifache zu steigern, doch eben jener Kenner und Patron bemerkte, daß Gedichte, zumal Lyriken von gegenwärtigem Genre, wenn sie en masse antreten, nachgerade äkelhaft zu werden pflegen.

Lange Vorreden sind die Sache eines, auch nur halbwegs bedeutenden Schriftstellers nicht; es wäre daher lächerlich, abstrakt, ein Wort weiter hinzuzufügen. Alles übrige ist in der Nachschrift angeschiftet.

W.

# INVENTAR

## *Der Sträfling*

Elegische Balladière
Im Kerker zu Stuttgart gedichtet / den 5. April 1837

In des Zwingers Mißgerüchen
  Fröstelnd sitz ich da;
Weil man mich der königlichen
  Zwiebel dräuen sah.

Denn ich wähnt', es wär nicht übel,
  Wenn wir unserem Aquavit*,
Statt gemeiner Zähren-Zwiebel
  Zärtern Schmälzling teilten mit.**

Und ich schlich zum Herrscher-Garten
  Wo der Silberstözling† schwimmt,
Wo die Afrikanen†† schnarrten
  Und die Tulpe flimmt.

»Ihre Knolle auszuzwarken,
  Hilf, o Küpris†††, mir!
Niemand wird mir dies verargen,
  Niemand lauschet hier!«

Und schon bohrt' ich auf die Neige,
  Und schon gab sie nach,
Als aus nahem Lust-Gezweige
  Still ein Bosmann brach.

* Euphemism, pour Wasser-Soupe.

** Auch mein Kochwerk anzubessern***
  Pröblings wollt' ich's tun;
Diesen Wissenszweig zu größern,
  Kann mein Geist nicht ruhn.

*** Der Verfasser beabsichtigte die Herausgabe eines Kochbuches nach baichenen Ideen, welches sein Bruder drucken wollte.

† Der Schwan. – †† Eine Art ausländischer Enten; sehr schön, aber von häßlichem Geschrei. – ††† Göttin der Botanique.

Und ich trat mit meinem Zweke
 Floskelnhaft hervor,
Doch der goldbordierte Reke*
 Wismet' mir kein Ohr. –

– Wie notwendig Junge brechen
 Aus dem Hühner-Ei,
So folgt jeglichem Verbrechen
 Stets die Polizei.

In des Zwingers Mißgerüchen
 Fröstelnd sitz ich da,
Weil man mich der königlichen
 Zwiebel dräuen sah.

## *An die Schönen / des Katharinen Stifts / in Stuttgart*

Ich hatte mich um das leere Fachwerk der Historie beworben und mich erboten, statt des Katheders ein eigenes Geschichts-Theater zu arrangieren und dabei die Stelle des Direktors und dramatischen Geschichtsschreibers zu übernehmen. Der Antrag ging jedoch nicht durch, und die wichtigsten Fächer werden durch Fuscher und suspendierte Pfarrer besetzt.

Gerne auf lebendger Bühne –
(Doch wer schafft mir die Licenz?) –
Zeigt' ich Clios Welten-Sühne
Und AllVaters Providenz;

Nicht in dumpfem Hörsaal stillet
Man die Wiß-Gier allermeist:
Nicht in Sutterkrüge** füllet
Man der Weltgeschichte Geist!

* Altteutsch pour: Portier.
** Bloß Bild für die Beschränktheit der Form und des Lokals.

### *Sarkasme*

An meinen Bruder, den Uchrucker

*Du Mich* mit Perl-Schrift drucken? Nein!
Ich bin die Perle, und Du bist das Schwein.

### *An eine Weinende*

Elegie, mit schließlich heitrer Wendung

Dolorose! mir verkünde
Deinen Seelen-Schmerz!
Möglich, daß ich Mittel finde
Für dein reizbar Herz –!

Nimm indes als Liebes-Flagge
Dieses Tüchlein an,
Bis des Ehbetts reine Lakke
Hold uns wird empfahn;

Dann in unserm Liebesgarten
Wollen wir ein Kind erwarten,
Das der Storch, wenns ihm gelingt,
Einst aus Edens Teiche bringt.

(oder, falls letzteres zu kühn, beliebe man:)

Nimm, o Liebliche, einstweilen
Diese zartentworfnen Zeilen
Und, als Mittel, diesen Kuß
Wider deinen Zährenfluß.

### *La Jalousie**

Ich ging an Louis von Baierns Schloß vorbei,
Da wispert' man ihm zu, daß ich es sei:
Von Baiern eilt' ans Fenster, mich zu sehn,
Doch nur verstohlen wollt' er nach mir spähn;

* Bei den Galliern die Götzin des Neides.

Ich merkt' es wohl und lächelt' vor mich hin:
»Ein Dichter sieht sehr oft aus Jalousien,
Ja manchmal gar aus prächtgen Basiliken
Mit Basilisken-Augen nach sich blicken!«

### *.Horatius ad / Thaliarchum*

(Chansons, Livre 1, od. 9)

Vides, ut alta stet nive candidum
Soracte, nec jam sustineant onus
silvae laborantes, geluque
flumina constiterint acuto;

Dissolve frigus, ligna super foco
large reponens; atque benignius
deprome quadrimum Sabina,
o Thaliarche, merum diota.

### *Des / V$^{tus}$ Horazius Flakkus / aus Wenusia / Ersten Buches der Oden / die Neunte*

Schau, wie, an Altersweisheit ein Sokrates
Höchlings der Berg steht, und wie die Silphe sich,
Ihn untergrabend, umsonst abmühet,
Und die Gewässer wie Spießglas zwitzern!

Wärme dich, Guter! stapple den Holzstoß auf,
Reichlich, nicht etwa über dem Sparherd bloß!
Und vielleicht ist Sabinchen* so gütig,
Uns, Daliarch, ein Quart Rein-Wein zu wismen.**

* Wahrscheinlicherweise Horazens Gattin.
** Die übrigen Verse blieben weg, weil ich sie nicht für antique halte.

### *Sarkasme / wider / den Pietism*

Wer wissen will, wie baigen, wie pikant
Der Christianism öfters Hand in Hand
Mit feinem Sünden-Reize webt,
Dem biet' ich folgendes Rezept:
Mir wismet' es ein Pietist,
Der doch zugleich Lyäens nicht vergißt.

Man nimmt ein altes Evangilen-Buch,
Um es in lauem Branntwein einzuwaichnen,
Bringt's unter die Kompreß', um es dann durch ein Tuch
Bis auf den letzten Tropfen auszulaichnen:
So hast du einen Extrait d'Evangile,
Der mit Bedacht goutiert sein will,
Du hast – ein Tröpfchen unter deinen Wein –
Ein wonne-schmerzlich Reu- und Buß-Tränklein!

### *Meine BAnsicht*

Wer aus reinem Wahrheits-Eifer
Zweifel an der Bibel wagt,
Sie mit Spottes Gift und Geifer
Zu beschmitzen sich versagt:
Bleibt, wie Dr. Paulus lehrt,
Immerhin höchst achtungswert.

Strauß hab Ich noch nicht gelesen,
Weil der Preis zu diffizil;
Doch, er sei zu plumb gewesen,
Selbst in Hinsicht auf den Stil.
Steudel, Bahn- und Eschenmaier
Lieben keine Straußen-Eier.

Aber, schröcklich ists zu hören,
Strauß will durch sein Teufels-Werk

Die Unsterblichkeit zerstören,
Auch sogar in *Würtemberg!**
Dieses zeigt doch mehr und minder
Einen ganz verstockten Sünder!

Strauß und Osiander
Müssen beide sterb',
Einer wie der ander,
Trotz der Christoterp'!

Glaubt nur, daß die Hölle drüben
Euch mit gleichem Recht verschluckt,
Denn der eine hats geschrieben
Und der andre hats gedruckt!

## *Sarkasme*

An v. Göthe

Du hast mich keiner Anti-Wort gewürdigt,
Wohl weil mein Geist sich kühn dir ebenbürtigt?
Deswegen, Sprödling! willt du mir mißgönnen,
Dich Freund zu nennen?

Ha! eitler Stolz! Man sah dich von der scharfen
Kritik Bustkuchens schon vorlängst entlarven;
Da zeigte sichs, daß alle deine Verse
Nur güldne Ärse!

* Hier ist eine Wariante bemerklich. Anfangs stand:
Strauß will als ein Bandeist
Die Unsterblichkeit zerstören,
Die uns doch so wichtig ist –
Allein ich zog jene Lesart vor, weil die Sache dadurch an Schröcklichkeit gewinnt.

## *Serenade*

zu Tübingen, als ich noch Privat-Dozent, | in dem strengen Winter 1829/30 | einer Dienenden dargebracht
Musique von Bornschein

(Con tenerezza)

Eingehüllt in ihre Daunen-Feder
Ruht, entkleidet, schon das süße Kind,
Als mit Eins vor dem fenêtre
Liebmunds Instrument beginnt;

Und es rührt sie, daß der Arme
Noch in seinem Liebesharme
Ihr auf dem Fünf-Finger-Darme
Eine Serenade bringt.

(Pizzicato)

Mond-Licht wallt,
Es ist kalt.
Siehst du Liebmunds wandelnde Gestalt??

## *Zwo Ältere Gedichte*

I

Der Kehlkopf

Der Kehlkopf, der im hohlen Bom
Als Weidenschnuppe uns ergözt,
Dem kam man endlich auf das Trom,
Und hat ihn säuberlich zerbäzt,
Man kam von hinten angestiegen,
Drauf ward er vorne ausgezwiegen.

2

Die Streichkröte

Die Kröte, die einst mutig strich,
Hat nun der blasse Tod ergriffen,
Daß ihr das Eingeweichse blich,
Die Volz dazu war nicht geschliffen:
Man rieb sie etwas mit dem Fuß,
Dieweil sie *sterben* muß!

*

Τέλος

*

## AVERTISSEMENT

Von dem Anteil, welchen die vorgerückten Geschöpfe meiner Muse bei dem Publikum finden, wird es abhängen, ob eine Nach-geburt folgen soll oder nicht. Dieselbe würde u. A. nachstehende Stücke enthalten:

1. An den Kramets-Vogel. (Würde, in flakkischer Weise, etwa an-fangen: »Du, Philomelens glücklichster Sang-Rival« etc.)

2. An die katholische Religion (Petrinism). Im von Hardenberg'-schen Styl.

3. Bei Confirmation meines Neveus (unehlichen Zwitters meines Bruders) mel: Die Kröte, die etc.

4. Meine Ähnlichkeit mit v. Matthisson. Kritisches Poem.

5. Umarbeitung des v. Schillerschen: »Lauretta am Flügel«. (Ich be-ginne: »Wenn dein Finger durch den Stahl-Darm geistert«)

7. An Nane Z. Als sie einen angeschriebenen Gänserich von mir wünschte. (»Die Feder, die den Sträfling schrieb«)

8. Bei Betrachtung des Glanz-Gaifers der Gartenschnecke (cochl. hort. Lin.) didaktisches Gedicht.

9. Sonett. Unter heftigen Schmerzen, als ich in einem Gehölze bei Zwerenberg lag und zu sterben meinte. (Der Verf. ist mit einem – medizinisch übrigens vielleicht interessanten – Nabelbruch be-haftet).

10. Das Beuteltier. (Dem H. Grafen v. Skrzynecki zugebaichnet)

## [WISPEL AUF REISEN]

Im Wirtshaus zu D., einem kleinen Dorfe, hörte ich etwas von den 2 Schlingeln. Derjenige, der sich Professor nennt, hatte in einer Trödelbude zu Reutlingen für seine letzten 30 Kreuzer ein Blatt von der Bohnenbergerischen Landes-Charte gekauft. Das Blatt umfaßte zufälligerweise den Distrikt von der Gegend bei Aalen, wohin sie auch gerade zu reisen hatten, um den Druckapparat eines ruinierten Buchdruckers in der Auktion zu besehen. Der Professor glaubte, daß auf denselbigen sehr waldigen Wegen eine Charte höchst nötig sei: »Kaufen wir den Flächendeuter!« – sagte er zu seinem Bruder – »es ist auf alle Fälle!« Man kaufte das Stück, und bei dem Dorfe E., von wo an es brauchbar wurde, breitete der Professor die ganze Papierrolle auf dem kleinen Schubkärchelchen aus, das er seit einiger Zeit mit dem wenigen Gepäck, das die beiden hatten, vor sich herzuführen pflegte. So rückte man schnelle vorwärts, der Professor, den Blick immer unverwandt auf die Charte gerichtet, überzeugt, daß sie so unmöglich fehlen könnten. Spät abends kehrte man in einer schlechten Dorfkneipe über Nacht ein, und der Professor benannte schon in der Ferne das Ort aus der Charte, ohne sich durch weiteres Fragen zu berichten. Sie ließen sich vom Wirt 4 Täubchen geben, den Salat hatten sie selbst mitgebracht. Morgens vor Tagesanbruch aber entfernten sie sich, wie gewöhnlich, ohne Abschied aus der Herberge; der Professor war recht munter unterweges und blinzelte unter allerhand Reden die aufgehende Sonne an. So gings nach der Anweisung des Bohnenbergers den ganzen Tag vorwärts; außer ein paar Banmeisen brachte der Professor bis abends nichts über den Mund, der Uchrucker hatte aber 1½ Täubchen bei sich von gestern. Abends gegen 5 Uhr war es, als der Herr, der mir diese Notizen nachher erzählt hat, auf der Wegscheide bei O. mit den Gebrüdern zusammentraf. Er lief ½ Stunde hinter ihnen her und hörte folgendes Gespräch:

*Prof.:* »Nein, gib acht, Bruder, was du für ein Geschäftsleben, ein Negotiieren haben wirst, wenn nur beinmal erst die Ruckerei angekauft ist. Ich werde dir nach Kräften in die Hände arbeiten. Ich schreibe die Bücher, und du wirst sie rucken. Es muß himmlisch sein! Ich habe noch nie etwas Gerucktes von mir gesehen. Ich habe schon 3–4 Vorreden im Kopfe, die Prolegoménen sind die Hauptsache. Vielleicht geb' ich sie auch einzeln heraus. Ich weiß noch nicht recht, über was ich zunächst schreiben werde.«

*Buchdr.:* »Hm, mnä« (ganz gedankenlos).

*Prof.:* »Ein Werk aber wird Aufsehen, Revolte veranlassen, das ist mein: Sturz Linées. Du kennst diesen Naturalisten, diesen Schwärmer. Sein System ist sinnlos. Es gibt nichts Kapriziöseres als seine Einteilung der Pflanzen- und Bestial-Welt. Man kann ihn einen trocknen Verstandes-Schwärmer nennen, einen Sophisten. Ich habe 302 Sophimata bei sei'm System aufgezählt.«

*Buchdr.:* »Mnja.«

*Prof.:* »Meine Gegenbehauptungen werden stark, sie werden kühn sein, aber um so gewisser werden sie siegen. Man wird sie am Ende natürlich finden, man wird Linée'n einen Pedantiker nennen: Was konnte ihn z. B. verleiten, die Rubrik der Säugetiere so einzuschränken? Ist etwa die Bremse, der Blutegel, die Honigträgerin nicht so gut ein Säugetier als der Elephas helfenbeiniensis etc.? Wie? übersah Herr Linée denn gänzlich die Saugrüssel dieser Geschöpfe? Er muß wahrhaftig noch keine Biene in der Nähe betrachtet haben. Wie weise ist vom Schöpfer alles eingerichtet! und das sollte Herrn L. entgangen sein? Ferner wie engherzig ist bei ihm die Rubrik «Insekten»! Was will er denn? Ich werde den Satz aufstellen, daß alles Geflügel, was unter der Größe der Schnepfe ist, zu den Insekten zu rechnen sei. Mit 8 Worten ist dies bewiesen. Ferner: Warum rechnet Herr L. die Fische nicht zu den Mollusken? gibt es ein kätschiger Fleisch als das der Schwimmtiere? Der Walfisch ist der größte Mollusk. Überhaupt aber was will eine Einteilung der Werke Allvaters besagen vonseiten eines endlichen Verstandswesens? Wie kann er sagen, dies ist groß und jenes klein, dies ist ein Ungeheuer, jenes ein Infusionstier? In den Sehnerven Allvaters rinnt das Volumen eines Nilpferdes zu einer Banmeise zusammen. So ist der Mammut eigentlich nur die größte Infusion.«

*Buchdr.:* »Mnä.«

*Prof.:* »Weil aber doch einmal klassifiziert sein muß, so will *Ich* klassifizieren. Ich werde namentlich die bisherige Ordnung der Planten, Blumen oder Floskeln umstoßen. Ebenso das Gestein-Reich. Ich werde zeigen, daß es auch unter den Steinen Männgen und Weibgen gibt. Auch sie begatten sich.« etc.

Hier wurde der Buchdrucker aufmerksam, und es entspann sich ein Gespräch, das ich nicht erzählen mag. »Ich blieb absichtlich zurück« – sagte jener Herr. –

In der nächsten Stadt fand ich sie in einem ordentlichen Gasthof wieder. Sie mußten einen starken Umweg gemacht haben, denn sie langten *mit* mir im Wirtshaus an, ob ich sie gleich einen großen Vorsprung auf der Chaussee hatte nehmen lassen. Beim Eintreten in die Tür sagte der Professor mit seiner lispelnden Stimme zum andern: »So hätt ich dich denn mit Beihülfe meiner Charte glücklich nach Aalen gebracht!« Er wiederholte dies öfters, und endlich nahm auf seine Frage: »Nicht wahr, dies ist doch Aalen?« – der Wirt das Wort: »Bitt' um Verzeihung, Sie sind hier im Bayrischen zu S.«

Der Professor ward über und über rot, wollte sich korrigieren und erwiderte, er frage nicht nach dem Namen einer Stadt, sondern: ob es keinen Aal zu speisen gäbe. »O ja!« war die Antwort. – Das hatte der Professor nicht erwartet, er kam in noch größere Verlegenheit, wollte die Bestellung ablenken und sagte, er meine nämlich einen Zitteraal, dergleichen er in Triest gegessen, sie seien aber freilich auch dort schwer zu fangen wegen ihrer Elektrizität. – »Das haben wir hier zu Lande gar nicht.« – »So? so bringen Sie mir zwei Weichsöttlinge!« (weich gesottene Eier). Der Buchdrucker lachte in die Hand beiseite, und die Eier wurden bald gebracht. Nach einiger Zeit rief der Buchdrucker den andern in die Öhrn und schloß sich mit ihm auf dem Privet ein. Ich bemerkte, daß er seinen Stock mitgenommen hatte, und alsbald hörten wir einen entsetzlichen Lärmen entstehen. Ganz deutlich vernahm ich die Worte des Buchdruckers: »Du Taugenichts! Du windiges Mutterschwein! Was führst du mich so an der Nase herum? Du Hund! Mit deinem Flächendeuter! Ich will jetzt dir den meinigen auf den Rücken zeichnen!« usw. Es klopfte und winselte erbärmlich, und dazwischen lachte der Buchdrucker wieder auf jene widerliche und malitiöse Art. Nach einer Viertelstunde kamen sie wieder heraus; der Professor machte ein so vergnügtes Gesicht, als wäre nichts geschehen. Ich bemerkte auch und erfuhr später, daß eigentlich dem Buchdrucker nichts daran lag, wo sie hinliefen; mit dem Ankauf der Druckerei war es ihm gar nicht ernst, ob er sich gleich gegen den armen Professor das Ansehen gab.

# NOVELLEN UND MÄRCHEN

# DER SCHATZ

## Novelle

Im ersten Gasthofe des Bades zu K* verweilte eines Abends eine kleine Gesellschaft von Damen und Herrn im großen Speisesaale, der nur noch sparsam erleuchtet war. Der Hofrat Arbogast, ein munterer, kurzweiliger, obgleich etwas eigener Mann von imposanter Gestalt, schon in den Fünfzigen, schickte sich an, eine Geschichte zu erzählen.

Er war, durch rätselhafte Umstände begünstigt, vom Goldschmied aus sehr schnelle zur Bedienung des damals sogenannten königlichen Schatzmeisteramtes in Achfurth gelangt, und eine Zeitlang gingen im höhern Publikum seltsame Sagen darüber, indem man nicht umhin konnte, die Sache mit einer auf keinen Fall ganz grundlosen Gespenstergeschichte, welche den Hof zunächst anging, in Verbindung zu bringen.

Nun wurde man auch gegenwärtig wieder durch eine lustige Wendung, die das Gespräch genommen hatte, von selbst auf diesen Gegenstand geführt, und da man dem Hofrat mit allerlei Späßen und Anspielungen stets näher auf den Leib rückte, versprach er der Gesellschaft auf die Gefahr hin Genüge zu tun, daß man Unglaubliches zu hören bekommen und sich am Ende ganz gewiß bitter beklagen würde, als wenn er sie mit einem bloßen Kindermärchen hätte abspeisen wollen. Es ist einerseits schade, fügte er bei, daß meine Frau sich heute so früh zurückgezogen hat. Da das, was Sie vernehmen sollen, ein Stück aus ihrem wie aus meinem Leben ist, so könnten wir uns beide füglich in die Erzählung teilen, Sie hätten jedenfalls sogleich die sicherste Kontrolle für meine Darstellung an ihr. Auf der andern Seite gewinnt aber diese vielleicht an Unbefangenheit und historischer Treue – »Nur zu! nur angefangen!« riefen einige Damen: »wir sind nicht allzu skrupulös, und die Kritik, wer Lust zu zweifeln hat, steht nachher jedem frei.«

Wohlan! In Egloffsbronn, einer der ältesten Städte des Königreichs, lebte mein Vater, ein wackerer Goldschmied. Ich, als der einzige Sohn, sollte dieselbe Kunst dereinst bei ihm erlernen, allein er starb frühzeitig, und für das größte Glück war es daher zu halten, daß mich Herr Vetter Christoph Orlt, der erste Goldarbeiter in der Hauptstadt, umsonst in die Lehre aufnahm. Ich hatte große Lust an dem Geschäft und war so fleißig, daß ich nach fünf Jahren als zweiter Gesell in der Werkstatt saß.

Mein gutes Mütterlein war indes auch gestorben. Wie gern gedacht ich ihrer, wenn ich in Feierstunden oft an meinem Eckfenster allein zu Hause blieb, mit welcher Ehrfurcht zog ich dann zuweilen ein gewisses Angebinde hervor, welches ich einst aus ihrer Hand empfing! Es war am Tag der Konfirmation. Ich hatte nach der Abendkirche mit den andern Knaben und Mädchen einen Spaziergang gemacht – wie das so Sitte bei uns ist, daß die festliche Schar mit großen Blumensträußen an der Brust zusammen vor das Tor spaziert – und war nun eben wieder heimgekommen, da holte meine Mutter aus dem Schrank ganz hinten ein kleines wohlversiegeltes Paket hervor, worauf geschrieben stand: »Franz Arbogast am Tage seiner Einsegnung treulich zu übergeben.« Die Mutter versicherte mir, sie wisse nicht, woher es eigentlich komme, ich sei noch ein kleiner Bube gewesen, als sie es eines Morgens auf dem Herd in der Küche gefunden. Mir klopfte das Herz vor Erwartung; ich durfte den Umschlag mit eigenen Händen erbrechen, und was kam heraus? Ein Büchlein, schwarz in Korduan gebunden, mit grünem Schnitt, die Blätter schneeweiß Pergament, mit allerlei Sprüchen und Verslein, von einer kleinen, gar niedlichen Hand fast wie gedruckt beschrieben.

Der Titel aber hieß:

*Schatzkästlein,*
zu Nutz und Frommen
eines
Jünglingen,
so als ein Osterkind geboren ward,
in 100 Reguln allgemeiner Lehr,
nebst einer Zugab
für sondere Fäll in Handel und Wandel;
wahrhaftig abgefasset
von
Dorothea Sophia von R.

Ich meinerseits war freilich insgeheim in meiner Hoffnung ein wenig getäuscht; die Mutter aber legte vor freudiger Verwunderung ihre Hände zusammen. »Ach Gott!« rief sie aus, »es ist die Wahrheit, ja, am Ostersonntag mittags zwölf Uhr hast du zum erstenmal das Licht der Welt erblickt!« Sie pries und segnete mich. »Mein Sohn«, sagte sie, »du wirst im Leben viel Glück haben, wenn du dich christlich hältst und auf die Weisungen in diesem Büchlein merkst.« Sie unterließ auch nicht, mir meine Pflichten wiederholt ans Herz zu legen, als sie mir bald darauf mein Wanderbündel schnürte, darin das wunderliche Schatzkästlein den besten Platz erhielt.

Ich könnte gerade nicht sagen, daß ich die nächsten Jahre einen absonderlichen Segen von diesem seltenen Besitztum spürte, obwohl ich gar bald die sämtlichen Sprüche von vorn und von hinten auswendig wußte; ja zu einer gewissen kritischen Zeit, wo ich gerade angefangen hatte, Wirtshaus, Tanzboden, Kugelbahn öfter als billig zu besuchen, da waren es, wie mir deuchte, nicht sowohl die hundert Reguln als vielmehr die Erinnerung an meine gute Mutter, die Vorstellungen meines ehrlichen Meisters, was mich bald wieder ins Geleise brachte. Hier sei es übrigens gelegentlich bemerkt, daß mir von allen Arten der Versuchung just die am wenigsten gefährlich war, die sonst in jenen Jahren die allergewöhnlichste ist, die Neigung zu dem weiblichen Geschlechte. Es hatten deshalb meine Kameraden das ewige Gespött mit mir, ich hieß ein kalter Michel hin und her, und weil ich doch zuletzt um keinen Preis der Tropf sein wollte, der nicht wie jeder andere brave Kerl sein Mädchen hätte, nahm ich etlichemal einen tüchtigen Anlauf, kam bei ein Stück Drei oder Vieren herum, darunter ein Paar Goldfasanen, die redlich ihren Narren an mir fraßen; allein es tat nicht gut; nach vierzehn Tagen wollte ich schon Gift und Galle speien vor lauter Langerweile und heimlichem Verdruß. Kurzum, auf diesen Punkt schien wohl mein Schatzkästlein recht zu behalten – »Dein erstes Lieb, dein letztes Lieb.« Ich konnte dieses Wort lediglich nur auf eine Kinderliebschaft mit einem guten armen Geschöpfe beziehen, das ich als das Opfer eines frühzeitigen Todes von Herzen beweinte.

Mein Vetter schenkte mir sofort ein immer größeres Vertrauen. Er schickte mich manchmal auf kleine Geschäftsreisen aus, er fing nichts

Neues von Bedeutung an, eh er mit mir es erst besprochen hatte, und als er den Befehl erhielt, auf die Vermählung Seiner Majestät des Königs mit einer Prinzessin von Astern den Krönungsschmuck für die durchlauchtige Prinzessin Braut zu fertigen, so konnte er mir wohl keine größere Ehre erzeigen, als daß er das Hauptstück des wichtigen Auftrags, nämlich eine Krone von durchaus massiver, doch zierlicher Arbeit, wie sie sich in die Haare einer schönen, blutjungen Königin geziemt, mir größtenteils allein zu überlassen dachte. Die Zeichnung war gemacht und höchsten Orts gebilligt. Bevor man aber an das Werk selbst ging, war noch Verschiedenes zu tun. Besonders fehlte es noch an einigen Steinen, die man im Lande nicht nach Wunsch erhalten konnte, daher mein Vetter sich nach reifer Überlegung zuletzt dahin entschied, ich sollte selbst nach Frankfurt gehn, die Steine auszuwählen. Es handelte sich nur darum, auf welche Art ich am sichersten reise, denn leider waren die Posten damals noch nicht so vortrefflich als jetzt eingerichtet; indessen fand sich doch Gelegenheit, die ersten Stationen mit ein paar Kaufleuten zu fahren. Der Vetter zählte mir vierhundert blanke Goldstücke vor; wir packten sie sorgfältig in mein Felleisen, und ich reiste ab.

Den zweiten Tag, in Gramsen, wo das Gefährt einen andern Weg nahm und mich daher absetzte, fiel Regenwetter ein; ich mußte mich bis zu Mittag gedulden, da ich es mir denn gern gefallen ließ, daß mir der Gramsener Bote ein Plätzchen ganz hinten in seinem Wagen gab, den eine Bläue gegen Wind und Wetter schützte. Ein junger Mann, ein Jude, wie mir schien, war meine einzige Gesellschaft. Wir waren gar bequem zwischen Wollsäcken gelagert, nur ging die Fahrt etwas langsam. Es wurde Nacht, bis man Schwinddorf erreichte, wo der Jude sich absetzen ließ, indes wir noch drei gute Stunden bis zu dem Städtchen Rösheim vor uns hatten. Als ich nun so allein in meiner dunkeln Ecke lag und an Verschiedenem herumdachte, war mir, als hätt' ich längst einmal gehört, daß diese Gegend nicht im besten Rufe stehe; besonders schwebte mir die sonderbare Geschichte eines Galanteriehändlers vor, welchem sein Kasten während des Marschierens auf ganz unbegreiflich listige Art, Schubfach für Schubfach, soll ausgeleert worden sein. Mein Fuhrmann wollte zwar so eigentlich nichts von dergleichen wissen, doch konnte ich mich nicht enthalten, von Zeit zu Zeit durch die Tuchspalte hinten mit *einem* Aug hinauszuschauen. Der Himmel hatte sich wieder geklärt, man konnte jeden Baum und jeden Pfahl erkennen, man hörte auch nichts als das Klirren und Ächzen des Wagens, inzwischen ließ ich doch die Hand nicht von meinem Gepäck und tröstete mich mit des Fuhrmanns großem Hund; nur kam es mir ein paarmal vor, als wenn die Bestie sonderbar winsle, das ich aber zuletzt mitleidig dem puren Hunger zuschrieb.

»Jetzt noch ein Viertelstündchen, Herr, so hat sichs!« rief mir der alte Bursche zu und ließ zum erstenmal die Peitsche wieder herzhaft knallen. »Die Wahrheit zu gestehn«, fügte er bei, »sonst ist es auch gerade nicht mein Sach', so spät wegfahren: ein Fuhrmann aber, wißt Ihr wohl, hat es halt nicht immer am Schnürlein. Nu –

's Löwenwirts Roter
Ist allzeit hell auf!«

Es schlug halb zwölfe, als man vor das Städtchen kam. Am nächsten Wirtshaus hielten wir. Es schien kein Mensch mehr auf zu sein. Ich hob indes getrost mein Gepäck aus dem Wagen. Aber – Hölle und Teufel! wie wurde mir da! – das Ding war so leicht, war so locker! Den Angstschweiß auf der Stirn eil ich ins Haus; ein Stallknecht, halb im Schlaf, stolpert mit seiner Laterne heraus, ein zweites Licht reiß ich ihm aus der Hand, und jetzt in der Stube gleich atemlos wie der Feind übers Felleisen her! Das Schlößlein find ich unverletzt, ganz in der Ordnung – weiter – Allmächtiger! mein Gold ist fort! Der Schlag wollte mich treffen. Nein, nein, ums Himmels willen, nein! es ist nicht möglich! rief ich in Verzweiflung und wühlte, zauste alles durcheinander. Das Schatzkästlein fiel mir entgegen (ich hatte es nur gleichsam aus Erbarmen so mitlaufen lassen): im Wahnsinn meiner Angst hielt ich es einen Augenblick für möglich, das Büchlein habe mir meine Dukaten verhext! – Halb mit Wut, halb mit Grauen warf ich den schwarzen Krüppel an die Wand; allein wie schnell verschwand der vermeintliche Zauber, da sich ein Messerschnitt, vier Finger breit, in meinem Felleisen entdeckte! Jetzt wußt ich vorderhand genug: der Jude hat dich bestohlen!

Soeben wollte ich hinaus, die Hausleute, die Nachbarschaft aufschreien – da muß mein Fuß zufällig nochmals an das arme Büchlein stoßen, und wie ein Blitz schießt der Gedanke in mir auf: Halt! wie, wenn heut *Sankt Gorgon* wäre? Mechanisch nehm ich es vom Boden; indem tritt der Kellner herein, grüßt, fragt, ob ich noch zu trinken verlange? Ich nicke stumm, gedankenlos und sehe mich dabei nach einem Wandkalender um.

»Was ist gefällig? neuer? alter? Dreiundachtziger? vierundachtziger?«

»Versteht sich, einen neuen!« rief ich mit Ungeduld und meinte den Kalender; »den heurigen, nur schnell! nur her damit!«

Der Kellner lächelte hochweise: »Wir haben hiezuland noch keinen heurigen!«

»Wie? was? um diese Zeit? verflucht! so bringt ins Kuckucks Namen einen alten! Das ist mir aber doch, beim Donner, eine Wirtschaft, wo man – ei daß dich, da hängt ja doch einer!« Ich riß den Kalender vom Nagel, ich blätterte mit bebender Hand – richtig! Gorgonii, der 9. September! Und daß ich jetzt nicht wie ein Narr vor Freuden in der Stube herumtanzte, den Gläserschrank zusammenschlug, den Kellner umarmte, war alles. Von nun an wußte ich, was für ein herrliches Kleinod mein Schatzkästlein sei. Stand nicht ein Verslein drin, ein Reimlein, ach, mehr wert, als alle Reime in der Welt? (der siebente wars in der Zugab für sondere Fäll):

Was dir an Gorgon wird gestohlen,
Vor Cyprian kannst's wieder holen;
Jag nit darnach, mach kein Geschrei,
Und allerdings fürsichtig sei.

Ich zweifelte nicht einen Augenblick an der Unfehlbarkeit dieses prophetischen Rates. Denn, dacht' ich, wär es überhaupt nicht richtig mit dem Büchlein, wie konnte es denn wissen und mir so treulich melden, daß man mich just auf Gorgonstag bestehle? und dann – und kurz, es war in mir ein unwiderstehlicher Glaube: vor Cyprian kannsts wieder holen. Bis dorthin warens freilich noch immer siebzehn Tage; nun, meinte ich, das ist der äußerste Termin, wer weiß, es kann so gut auch morgen und übermorgen glücken. Wart Mauschel, wart Halunk! es wird sich bald ausweisen, wo deine Krallen es eingescharrt haben; drei Schritt von deinem Galgen, hoffe ich.

Franz Arbogast setzte sich hinter den Tisch mit einer Empfindung, mit einem Gesicht, wie ungefähr ein Kaufmann haben mag, wenn er gerade einen Brief aus Nordamerika bekam, des Inhalts: Mein Herr! Ich habe die Ehre zu melden, daß Ihr sehr wackeres Schiff, die ‚Faustina', nachdem wir sie bereits in der Gewalt der Seeräuber geglaubt, soeben wohlbehalten im Hafen eingelaufen ist.

Ich aß und trank nach Herzenslust, schenkte besonders auch dem Fuhrmann tapfer ein, der mir gestand, der Kellner habe ihm vorhin ins Ohr gesagt, ich müsse wohl ein Wiedertäufer sein, ein Separatiste oder dergleichen, ich hätte mein Gebetbuch so närrisch geküßt. »Gut«, habe er darauf gesagt, »wenns nur kein Jude ist; denn der, den ich gefahren, der Spitzbub, stiehlt mir ein Paar nagelneue Handschuh weg! Ich hatte sie am Reif im Wagen hängen. Und das war nicht genug, beim Abschied im Finstern was tut er? drückt mir den breiten nichtsnutzigen Knopf da in die Hand statt einem Fünfzehner! Aber, nur stät! es gibt allerhand Knöpf, ganz besondere Sorten. Wißt Ihr wohl, Herr, welches die besten Knopfmacher sind, will sagen, die flinksten, und macht doch einer lang kein Dutzend im Jahr? Ihr ratets nicht. Die Henkersknecht! Mein Seel, wenn mir der Jud wieder begegnet, das Rätsel geb ich ihm auf; was gilts? er hats heraus, eh ich ihm zweimal mit der Geißel winke.«

»Hört«, sprach ich zu dem Fuhrmann, »Ihr seid ein braver Kerl, wißt Ihr was? vielleicht daß mir der Jude doch noch früher in die Hände läuft als Euch; laßt mir den stählernen Knopf, hier ist ein Zwölfer dafür.« Der Handel fand keinen Anstand. – Mir fiel inzwischen ein, daß noch mein Stock im Wagen liege; ich ging mit Licht hinaus und fand bei der Gelegenheit noch einen meiner goldenen Füchse zwischen dem Flechtwerk des Korbes stecken und gleich dabei ein ziemlich großes Loch im Boden. Ich wußte nicht recht, was ich davon denken sollte. Ich ließ es eben gut sein; zu holen war heut doch nichts mehr.

Singend und pfeifend ließ ich mir meine Schlafkammer zeigen, und ruhiger schlief ich in meinem Leben nicht als diese Nacht.

Am andern Morgen nun, nach ernstlicher Erwägung aller Umstände, schien es mir keineswegs geraten, mich aus der Gegend zu entfernen. Ein jeder Schritt schien zwecklos, wo nicht bedenklich.

»Jag nit darnach!« Das war für mich eben, als wenn ein Daniel mit eigenem Mund zu mir gesprochen hätte: Mein Sohn, bleib Er ganz ruhig sitzen im ‚Löwen' zu Rösheim; Er sieht, es ist ein braves Wirtshaus hier; tu Er sich etwas gütlich auf den gehabten Schreck, und scher Er sich den Teufel um die Sache, Er wird bald hören, was die Glocke schlägt. Ich kam dieser Weisung gewissenhaft nach. Rösheim ist ein lustiges Städtchen, es fehlte mir nie an Gesellschaft, besonders meine Wirtin war die gute Stunde selbst. So gingen drei, sechs, sieben Tage hin. Dazwischen gab es freilich auch tiefsinnige Momente, und nachgerade ward mir doch die Zeit zu lang.

Ich stehe eines Nachmittags am Fenster und gräme mich über das köstliche Wetter, das mir so jämmerlich verloren geht: kommt eine Chaise vor das Haus gefahren, die ich sogleich für dieselbe erkenne, mit welcher ich damals von Achfurth abreiste. Ein Herr steigt aus, es war einer von jenen Kaufleuten, der nächste Nachbar meines Meisters, ein wusliger, kleiner geschwätziger Mann. Schnell wollt ich noch entweichen, doch eh ich michs versah, war er herein.

»Ah! was der Tausend – da ist ja Herr Franz! Schön, schön, daß wir uns unvermutet treffen! Auf Ehre, wie bestellt! Wie siehts in Frankfurt? gute Geschäfte gemacht?«

»O ja, so so, so ziemlich, ja.«

»Scharmant. Und, mein Freund, nun fährt Er natürlich mit mir, ich gehe direkte nach Haus und bin ganz allein.«

Ich fing nun an, mich zu entschuldigen – ein guter Bekannter, den ich notwendig, Geschäfte halber, hier abwarten müsse, besondere Affären – kurz, alles was zu sagen war. Der Kaufmann stutzte, wollte nicht begreifen, sondierte, fragte, schwieg zuletzt und trank sein Schöppchen Würzburger, gelben. Ich bat mir Feder und Tinte aus und schrieb etliche Zeilen an den Vetter; daß ich Frankfurt dato noch nicht gesehen, ein kleiner Unfall habe mich verspätet, bereits sei aber alles wieder ganz auf gutem Weg, so daß ich hoffe, noch zeitig genug mit meinen Einkäufen in Achfurth einzutreffen; übrigens möge er sich ja ganz stille halten, mit niemand weiter von der Sache reden, mir aber ganz und gar vertrauen. – Der Kaufmann sprach indessen leise mit dem Wirt beiseit. Gewiß erfuhr er von diesem, wie lang ich schon hier liege, und er konnte sich denn an den Fingern abzählen, daß ich noch nicht über die Grenze kam. Ich ließ mich das weiter nichts kümmern, versiegelte den Brief, empfahl ihn dem Herrn Nachbar zur Besorgung, er steckte ihn sehr seriös zu sich und schlürfte gelassen sein Restchen. »Viel Glück *nach Frankfurt!*« rief er mir mit höhnischem Gesicht beim Abschied zu. Der Wagen rollte fort.

Jetzt war auch meines Bleibens hier nicht länger. Ich hatte weder Rast noch Ruhe mehr, obgleich ich nicht wußte wohin. Ich fragte nach der Zeche, man war sogleich bereit, und wahrlich unverschämter wurde sie nie einem Grafen gemacht; ich hätte heulen mögen wie ein Weib, als ich berechnete, daß mir nur wenige Gulden übrigblieben.

Aber mein Mut sollte noch tiefer sinken. Denn auf der Straße, als ich schon ein gutes Weilchen fortgewandert war, fiel mir auf einmal ein, daß ich von nun an nirgends mehr im Lande sicher sei. Wird sich der Vetter wohl mit meinem Brief beruhigen? muß er nicht das Ärgste befürchten? Wenn er nun fahnden läßt auf dich! wenn man dich greift! Mir wurde es schwarz vor den Augen. Ich machte mir die bittersten Vorwürfe, verfluchte abermals das Schatzkästlein, denn dies war schuld, daß ich die Sache nicht sogleich vor Amt angab, wie jeder andere, der nicht ein ganzer Esel war, getan hätte; jetzt freilich war die Katz den Baum hinauf und alles war zu spät. Noch volle zwei Tage trieb ich mich, bald da, bald dort verweilend und mich dabei immer aufs neue wieder an meinem Osterengel aufrichtend, im gleichen Reviere umher. Zuletzt kam mir in Sinn, daß nicht gar weit von hier, über der Grenze, ein paar weitläufige Verwandte meiner Mutter, vermögliche Pelzhändler, wohnten, die meinem Vater viel zu danken hatten. Glückshof, soviel ich wußte, hieß der Ort; dort war doch vorderhand Trost, Rat und Unterkunft zu hoffen. So setzte ich denn meinen Weg zum erstenmale wieder in einer entschiedenen Richtung fort, und eingedenk der Flasche des trefflichen Likörs, womit mich meine gute Base beim Abschied noch versah, bediente ich mich dieses Stärkungsmittels zu meinem Encouragement ein übers andere Mal mit solchem glücklichen Erfolg, daß ich seit langer Zeit wieder ein Liedlein summte und endlich meinen vielberühmten Baß mächtig und ungebändigt walten ließ.

Allein das wunderbare Schicksal, unter dessen Leitung ich stand, kündigte sich nunmehr auf eine höchst seltsame Weise an. Es war etwa fünf Uhr des Abends, als ich getrosten Herzens so fort schlendernd in eine gar betrübte Gegend kam. Da lag nur öde Heide weit und breit. Rechts drüben sah ein düsteres Gehölz hervor, und links vom Hügel her ein langweiliger ausgedienter Galgen, so windig und gebrechlich, daß er den magersten Schneider nicht mehr prästiert haben würde. Die Pfade wurden zweifelhaft, ich stand und überlegte, marschierte noch ein Stück und traf zu meiner großen Freude jetzt auf einen hölzernen Wegweiser. O weh, dem armen Hungerleider war die Schrift hüben und drüben rein abgegangen vor Alter! Er streckte den einen Arm rechts, den andern links hinaus und ließ die Leute dann das Ihre dabei denken. Du wärst ein Kerl, sprach ich, für den ewigen Juden, dem es wenig verschlägt, ob er in Tripstrill oder Herrnhut zur Kirchweih ankommt. Nun sah ich unten einen Schäfer seine Herde langsam die Ebene herauftreiben. Dem rief ich zu: »He, guter Freund, wo geht der Weg nach Glückshof?« – Kaum ist mir das letzte Wort aus dem Mund, so klatscht es dreimal hinter mir, eben als schlüge jemand recht kräftig zwei hölzerne Hände zusammen. Erschrocken seh ich mich um – o unbegreiflicher, entsetzenvoller Anblick! Er hatte sich gedreht! der Wegweiser – gedreht, so wahr ich lebe! Mit *einem* Arm wies er schief über die Heide, den andern hatte er, damit ich ihn ja recht verstehen sollte, dicht an den Leib gezogen. Des Schäfers Antwort ging indes im Widerhall des Walds verloren. Ich starrte und staunte den Wegzeiger an und hörte, wie mein Herz gleich einem Hammer schlug. Alter! sprach ich in meinem Sinn, du gefällst mir nur halb; du hältst wohl gute Nachbarschaft mit dem dreibeinigen Gesellen auf der Höhe, mich sollst du nicht dran kriegen! Damit rannt ich davon, als wär er schon hinter mir her. Der Schäfer kam mir entgegen: »Was gibts? Wer ist Euch auf den Fersen? Habt Ihr etwas verloren?« – »Nichts! sagt nur, wo gehts Glückshof zu?« Der Mann mochte glauben, ich hätte gestohlen, er maß mich von Kopf bis zu Fuß; dann deutete er nach der Waldecke hin: »Von dort seht Ihr ins Tal, ein Fußpfad führt nach dem Weiler hinab, da fragt Ihr weiter.« Inmittelst hatt' ich mich etwas gefaßt. Der Mann schien mir eine ehrliche Haut, demungeachtet nahm ich Anstand, ihm mein Abenteuer zu vertrauen, und fragte nur, indem ich meinen Finger in der Richtung hielt, in der das hölzerne Gespenst gewiesen: »Was liegt denn *dahin?*« – »Da? kämt Ihr schnurgerad aufs graue Schlößlein.« Bewahr mich Gott! dacht ich, dankte dem Schäfer und folgte seiner Weisung nach dem Walde. Im Gehen macht ich mir verschiedene Gedanken und schaute wohl noch zehnmal um nach dem verwünschten Pfahl. Er hatte seine Alltagsstellung wieder angenommen und sah wahrhaftig aus, als könnte er nicht fünfe zählen. Was wollte er doch mit dem grauen Schlößchen? Ich hatte früher mancherlei davon erzählen hören. Es gehörte den Freiherrn von Rochen und war, soviel ich wußte, noch unlängst bewohnt; es stand im Rufe arger Spukereien, doch nicht sowohl das Schlößchen selbst als vielmehr seine nächste Umgebung. Die Sichel fließt unten vorbei, darin schon mancher, durch ein weibliches Gespenst irregeführt, den Tod gefunden haben soll. Nun glaubte ich nicht anders, als der Versucher habe mich in Wegweisergestalt nach dieser Teufelsgegend locken wollen. Jedoch erhob sich bald ein anderes Stimmchen in mir, wenn du ihm unrecht tätest? wenn du gerade jetzt deinen Dukaten entliefst? Was also tun? kehr ich um? geh ich weiter? So stritt es hin und her in meiner Seele. Ermüdet und verdrossen setzt ich mich am Waldsaum oben nieder, wo ich denn immer tiefer in mich selbst versank, ohne zu merken, wie die Dämmerung einbrach, und daß der Schäfer lange heimgetrieben. Rasch und entschlossen stand ich auf. Gut Nacht, Wegweiser! – Ich stieg bergab, dem Weiler zu.

Ein dichter Nebel hatte sich wie eine weiße See durchs Tal ergossen, er reichte bis zu mir herauf, und ich stieg immer mehr in ihn hinein. Zum Glück war die Nacht nicht sehr finster, die Sterne taten ihre Schuldigkeit. Aber ach, ich glaubte bereits in der Tiefe zu wandeln, während ich nur auf einem fahrbaren Absatz des Berges rings um denselben herum und ganz unmerklich wieder aufwärts lief. In kurzem spazierte meines Vaters sein Sohn also wieder ganz hübsch auf der öden, verhenkerten Heide herum, ungefähr da, wo ihm vor drei Stunden zum erstenmal das Trumm verloren ging.

Sie fragen, meine Wertesten, wie mir bei dieser Entdeckung zumute gewesen? Je nun, ich dachte, jetzt säßest du besser daheim bei deiner braven Meisterin, wenn sie den Abendsegen liest, meinethalben auch beim Storchenwirt, und Fritz der Färber gäbe die Geschichte preis, wie er Anno 70 im Kniebis verirrte. Allein, wo nun hinaus? Eine bekannte gute Regel ist: wenn einer spürt, es sei ihm angetan, tut er am klügsten, er steckt den Verstand in den Sack und läuft, wie seine Füße mögen. So tat ich auch und fing das frische Kernlied an zu singen: Seid lustig und fröhlich, ihr Handwerksgesellen! – Es ging jetzt unaufhörlich eben fort. Auf einmal aber schien es hell und immer heller um mich her zu werden, ich sah mich um, da ging der volle Mond sehr herrlich hinter goldnen Buchenwipfeln auf. Von Furcht empfand ich eigentlich nichts mehr, nur *Selbigem* wollt ich nicht gern zum zweitenmal begegnen. So oft er mir einfiel, tat ich einen herzhaften Zug aus der Flasche und hub alsbald mit heller Stimme wieder an:

Hamburg, eine große Stadt,
Die sehr viele Werber hat.
Mich hat nicht gereut,
Vielmehr erfreut,
Lübeck zu sehn;
Lübeck eine alte Stadt,
Welche viel Wahrzeichen hat.

Nun schritt ich über Stoppelfeld. Gottlob, das war doch eine Menschenspur. Aber, Goldschmied, wenn es nun allgemach hinunter und ans Wasser ging' und dir die bleiche Edelfrau ein kühles Bad anwiese?

Dresden in Sachsen,
Wo schöne Mädchen wachsen;
Ich denk jetzund
Alle Stund
An Nürnberg und Frankf–

patsch! lag ich auf der Nase. Der Schmerz trieb mir die Tränen in die Augen, mir schwebte ein Fluch auf der Zunge; aber nein –

Augsburg ist ein kunstreicher Ort,
Und zuletzt nach Elsaß fort.
Alsobald mit Gewalt
Geh ich nach Straßburg.

Es ist eine schwere Pein
Von Jungferen insgemein,
Wenn man alsdann
Nicht herzen kann
Und wieder soll mareschieren fort.

Allmittelst aber nahe an den Rand der Ebene gekommen, bemerkte ich auf gleicher Höhe mit derselben, links hin, wo sie in einem spitzen Vorsprung auslief, nur dreißig Schritt von mir, ein altes, guterhaltenes Gebäude, mehr schmal als breit, mit etlichen Türmchen und hochgestaffeltem Giebel. Ich konnte nicht mehr zweifeln, wo ich sei. Ganz sachte schlich ich näher. Es schimmerte Licht aus einem verschlossenen Laden des unteren Stocks; hier mußte der Hausschneider wohnen. Ein Hund machte Lärm, und sogleich öffnete ein Weib das Fenster.

»Wer ist da?«

»Ein Handwerksgesell, ein verirrter.«

»Welche Profession?«

Ich wagte, eingedenk meiner gefährdeten Person, nicht die Wahrheit zu sagen. Ein Schneider! sagt ich kleinlaut. Sie schien sich zu bedenken, entfernte sich vom Fenster, und ich bemerkte, daß man drin sehr lebhaft deliberierte; es wisperten mehrere Stimmen zusammen, wobei ich öfter das fatale »Schneider« nur gar zu deutlich unterscheiden konnte.

Jetzt ging die Pforte auf. Der Hausvogt stand bereits im Gang; die Frau hielt auf der Stubenschwelle und hinter ihr ein sehr hübsches Mädchen, welches jedoch auffallend schnell wieder verschwand. Die Ehleute sahen einander an und baten mich, ins Zimmer zu spazieren.

Hier war nun alles gar sauber und reinlich bestellt. Ein Korb mit dürren Bohnen und reifen Haselnüssen, zum Ausmachen bereit, wurde beiseite geschoben, man nahm mir mein Gepäcke ab und hieß mich sitzen. Es war zehn Uhr vorüber. Die Alte deckte mir den Tisch, derweil der Mann, gesprächsweise, die nächstgelegenen Fragen, nach meiner Heimat und dergleichen, ohne Zudringlichkeit und in so biederem Ton an mich tat, daß ich mein einmal angenommenes Inkognito, wobei natürlich eine Lüge aus der andern folgte, nur mit innerlichem Widerstreben, deshalb auch etwas einsilbig und unsicher, behauptete. Das Mädchen lief einige Male geschäftig von der Küche durchs Zimmer, ohne mich kecklich anzusehen. Man brachte endlich eine warme Suppe und einen guten Rahmkuchen. Ich aß und trank mit Appetit, worauf mein Wirt sich bald erbot, mir meine Schlafstätte zu zeigen. Die Frau ging mit dem Licht voran, er selbst trug meinen Ranzen die Treppe hinauf nach einem hohen geweißten Eckzimmer, worin es neben einem frischen Bette nicht an den nötigsten Bequemlichkeiten fehlte. Ich sagte dankbar gute Nacht, setzte mein Licht auf den Tisch und öffnete unter kuriosen Gedanken ein Fenster.

Der Nebel ließ mich wenig unterscheiden, doch schien die Höhe da hinab beträchtlich, und, was mir nicht das lieblichste Gefühl erregte, dem sanften Rauschen eines Wassers nach mußte die Sichel ganz unmittelbar am Fuß des Felsens, der das Schlößchen trug, vorüberziehn. Seis drum! ich riegelte getrost die Türe und zog mich aus. Mich niederlegen und schlafen war eins. Es regnete die halbe Nacht, ich merkte nichts davon; mir träumte lebhaft von dem schönen Mädchen.

Am andern Morgen, durch und durch gestärkt, fand ich die Sonne schon hoch am Himmel über dem engen Sicheltale stehen, welches, reichlich mit Laubwald geschmückt, die Aussicht hier zunächst sehr stille und reizend beschränkt, alsdann, mit einer kurzen Beugung um das Schloß, sich in das offene, flache Land verläuft.

Ein Glockengeläute von unten, aus dem gutsherrschaftlichen Dorf an der Seite des Berges, erinnerte mich, es sei Sonntag. Mein Herz bewegte sich dabei, ich weiß nicht wie. Doch war jetzt keine Zeit, um solchen Rührungen lang nachzuhängen; auf alles Denken aber und Grübeln über meine Lage tat ich sofort grundsätzlich ein für allemal Verzicht; nur, als ich mir den beispiellosen Spuk des gestrigen Abends zurückrief, geriet ich auf die Mutmaßung, ich könnte wohl ein bißchen beschnapst gewesen sein, denn meine Branntweinflasche fand sich beinahe leer.

Ich eilte, sauber angezogen, zu meinem Wirt hinunter, der mir mit Heiterkeit ankündigte, es sei nur noch ein Stündchen bis Mittag; sie hätten mich nicht wecken wollen, weil sie dächten, ich habe nicht besonders zu pressieren und würde vielleicht ein paar Tage bei ihnen ausruhen. Nach einigem, wiewohl nur scheinbaren Bedenken und auf wiederholtes Zureden nahm ich diese unerwartete Gastfreundschaft an und blieb geruhig in meinen Pantoffeln. »Zwar werden wir Euch leider über Tisch für diesmal nicht Gesellschaft leisten«, sagte der Schloßvogt; »der Schulmeister im Dorf läßt heute taufen, da sind wir zu Gevatter gebeten und müssen gleich fort: Josephe aber, meine Nichte, wird Euch nichts abgehen lassen.« Ich war alles zufrieden.

Das Ehpaar hatte sich in Staat begeben, und außen wartete ein Fuhrwerk. Sie baten nochmals um Entschuldigung, mit dem Versprechen, vor Abend wieder da zu sein.

Ich befand mich allein in der Stube und mit Josephen, die draußen am Herde beschäftigt sein mochte, allein im ganzen Schlosse. Die Nähe dieses Mädchens, zu dem ich von der ersten Stunde an ein stilles, unerklärliches Vertrauen hegte, obgleich wir bis jetzt kaum ein Wort miteinander gewechselt, beunruhigte mich ganz sonderbar. Es zog und zupfte mich immer, sie in der Küche aufzusuchen, allein wenn ich eben dran war, schien mir von allen den bei Handwerksburschen üblichen galanten Redensarten nicht *eine* gut genug. Auf einmal kam sie selbst herein, band sich die Küchenschürze ab, stellte sich dann mit einigem Erröten mir grade gegenüber und sprach, nachdem sie ihre offenen braunen Augen ein ganzes Weilchen auf mir ruhen lassen: »Also Ihr kennt mich wirklich gar nicht mehr?«

Da ich betroffen schwieg und nun mit halben Worten zu erkennen gab, daß ich auf eine frühere Bekanntschaft mit einem so scharmanten Frauenzimmer im Augenblick mich nicht besinnen könne, verbarg sie sehr geschickt ihre Beschämung und Empfindlichkeit hinter ein flüchtiges Lachen und tat, als hätte sie den puren Scherz mit mir getrieben. »Nein! Nein!« rief ich, sie eifrig bei der Hand nehmend, »dahinter steckt etwas – Ihr seid betreten, Ihr seid gekränkt! Ums Himmels willen, beste, schönste Jungfer! helft mir ein klein wenig darauf – wenn, wo – wie hätten wir uns denn gesehen? es wird mir gleich beifallen!« In der Tat, ihr Gesicht wollte mir nun bereits ganz außerordentlich bekannt vorkommen, nur wußte ich es nirgend hin zu tun. Ich bat sie wiederholt um einen kleinen Fingerzeig.

»Seid erst so gut«, versetzte sie, »und nennt mir Euren Namen.« Da ich bestürzt ein wenig zauderte und eben eine ausweichende Antwort geben wollte, brach sie kurz ab, wie wenn sie ihre Frage selbst bereute: »Der Braten verbrennt mir! verzeiht, ich muß gehen.«

In kurzem kam sie wieder, schob ohne Geräusch einen Tisch in die Mitte der Stube und fing sodann, indem sie ihn sehr ruhig deckte, als wäre nichts geschehn, vom Wetter an. Als ich mich auf dergleichen nicht einließ, sondern mich nachdenkend und fast verdrießlich zeigte, nahm sie zuletzt, um dieser lächerlichen Spannung zu begegnen, das Wort: »Hört, tut mir doch den einzigen Gefallen, denkt nicht mehr an die einfältige Posse. Ich habe mich in der Person geirrt, und das ist alles! Noch einmal, ich bitte, denkt nicht mehr daran.« – Dagegen war nun freilich schicklicherweise nichts weiter zu sagen, obgleich ich ihren Worten nur halb traute.

Wir setzten uns zum Essen. Josephe tat alles, um mich zu zerstreuen. Sie war die lautere Unbefangenheit, Anmut und Herzensgüte. Zum erstenmal, ich darf beinah so sagen, zum erstenmal in meinem Leben begriff ich, wie es möglich sei, sich in ein Weibsbild zu verlieben.

»Man sagt so viel von Eurem grauen Schlößchen«, hub ich an, nachdem sie das Essen abgetragen und die herrlichsten Äpfel zum Nachtisch aufgestellt hatte, »wie wärs, Ihr schenktet mir, weil wir gerade so beisammen sind, einmal recht reinen Wein darüber ein?«

»Das kann geschehen«, antwortete sie; »wir reden sonst nicht leicht mit jemanden davon, allein man macht wohl eine Ausnahme. Zudem seid Ihr ein verständiger Mann und werdet Euch bei uns nicht fürchten. (Hier sah sie mir sehr scharf, wie prüfend, ins Gesicht.) Auch ist noch keiner Seele seit Menschengedenken im Hause selbst das mindeste zuleid geschehn, und außerhalb, nun ja, man hütet sich. Es gab wohl schon so leichtsinnige Menschen, die mögen immer ihren Fürwitz büßen.«

Sie hatte sich gesetzt und eine kaum erst angefangene Strickerei mit grün und schwarzem Garn zur Hand genommen, der Knaul lag ihr im Schoße. »Ach mein! so seht doch, was das regnet! das das schüttet! Wie gut ists, daß Ihr heut nicht auf der Straße seid.« Und nun begann sie zu erzählen:

»Vor ungefähr vierhundert Jahren wohnte allhier ein Graf mit Namen Veit von Löwegilt, ein frommer und tapferer Ritter. Er ehelichte als Witwer ein junges Fräulein, Irmel von der Mähne, welche ein Ausbund von Schönheit gewesen sein muß und sehr reich. Am Hochzeitabend, als der Tanz im kerzenhellen Saal begonnen hatte und nun die Frau bald dem, bald jenem Gast die Hand zum Reigen gab, da sah Herr Löwegilt eine ganze Zeit mit Wohlgefallen zu, bald aber kam seltsame Wehmut über ihn, wie eine böse Ahnung, davon er sich jedoch nichts merken ließ; nur gegen das Ende des Tanzes gab er der Dame einen Wink, daß sie ein wenig aus dem Saale käme. Er nahm ein Licht und führte sie in ein ander Gemach. ‚Mein liebstes Herz!' sprach er, da sie alleine waren, ‚Euren Gemahl hat wunderlich verlangt, daß er sich abgesondert von den Leuten mit einem Küßlein Eurer Lieb versichere.' Damit schloß er sie in den Arm und küßte sie, und sie tat gleich also. In ihrem Innern aber war sie ungehalten, dachte: was will mir der Narr? es ziemt den Wirten schlecht, die Gäste zu verlassen. Jetzt zog Herr Veit eine schwere, goldene Kette unter dem Goller hervor mit den Worten: ‚Betrachtet diese Kette. Mein Ahnherr schenkte sie einst seiner Frau, der züchtigen und edlen Richenza vom Stain; hernachmals ist das Kleinod als ein ehrenwertes Denkzeichen der glücklichsten Ehe von einem Sohn auf den andern gekommen, und jetzo, heut, da Ihr mein väterliches Erbe als Hausfrau betreten, vergönnt, daß ich Euch diesen Schmuck umhängen mag: ich weiß, Ihr werdet ihn mit Ehren tragen. – ‚Ich danke meinem Herrn und gütigen Gemahl', antwortete die schöne Frau sehr freundlich: ‚dafern Ihr aber irgend Zweifel habt an mir, so sei es nicht genug an meinem Wort, das Ihr in Marien-Kapelle empfangen, und ich gelobe nochmals hier, Euch als ein treues Weib zu dienen, so Gott mir nach dem Tode gnädig sei.' – So gingen sie, und Irmel war vergnügt über die gelbe Kette und zeigte das Geschenk mit Freuden der Gesellschaft vor.

Im Anfang ging alles ganz gut. Die Gräfin schenkte ihrem Mann im ersten Jahre einen Sohn. Sein Hauskreuz aber stellte sich beizeiten ein. Die Frau wurde geizig über die Maßen. Ein Sprichwort ging beim Volk, sie singe der Henne ums Ei. Es hieß: Frau Irmel ist nicht dumm, weil sie der Tropfen Öl im Lämplein dauert, läßt sie die Mägde bei Mondschein spinnen. Sonst war Gesang und Harfenspiel ihr schönster Zeitvertreib, jetzt tat sie nichts wie rechnen und ihre Leute scheren. Das Ärgste dabei war, sie fing ohne Wissen Herrn Löwegilts an, viel Geld auszuleihen auf Zins an ihre Untertanen und in der Nachbarschaft umher. Wenn nun die armen Leute nicht zu rechter Zeit bezahlten, sprach sie zum Vogt: ‚Solang mein Mann daheim, mag ich nichts anfangen; er ist zu gut und dankt mirs wohl, wenn ich ihn mit dem Plack verschone. Jedoch das nächstemal, daß er mit Reisigen aus ist, auf einen Monat oder zwei, da sollt Ihr sehn, wie ich mein Zornfähnlein aufs Dach stecke! Wir schicken den Presser herum und brauchen Gewalt; man muß dem Gauchenvolk die Frucht vom Acker und die Kuh von der Raufe wegnehmen. Zum Glück kam es nicht gar so weit. Herr Veit erfuhr die feine Wirtschaft der Frau Gräfin und wollte sich zu Tod darüber schämen; allein weil er die Dame Tausendschön im ganzen doch wie närrisch liebte, verfuhr er christlich mit ihr und legte ihr in aller Güte den saubern Handel nieder. Das nahm sie denn so hin, wohl oder übel. Wie aber hätte ihr auch nur im Traum einfallen sollen, ihr Veit könnte so gottlos sein und den verwünschten Bauern ihre Schuld bis auf den letzten Heller schenken? Er machte das ganz in der Stille ab, und eines Tages bei Gelegenheit bekannte ers ihr frei, auf holde Art. Frau Irmel hörte ihn nur an, verblaßte und sagte nicht ein Sterbenswort. Sie ging mit ihm denselben Tag, weil eben Ostern war, zu Gottes Tische. Da mag sie wohl ihr eigen Gift hinabgegessen haben anstatt den süßen Leib des Herrn. Von Stund an war sie wie verstockt. Es sah just aus, als hätte sie zu reden und zu lachen und zu weinen für immerdar verlernt. Wenn er so vor ihr stand und ihr zusprach mit guten klugen Worten, so sah sie unter sich wie ein demütig Muttergottesbild und wich mit falschem Seufzen auf die Seite; war der Gemahl hingegen auf der Jagd oder sonst ausgeritten, damit er einen Tag seinen Kummer vergesse, da sei der kalte Fisch daheim lauter Leben, lauter Scherz und lustige Bosheit gewesen. Wer sollte glauben, daß der Graf für eine solche Kreatur auch nur ein Fünklein Liebe haben können? Und doch, es heißt, er hing an ihren Augen trotz einem Bräutigam. Einige meinten drum, sie hab es ihm im roten Wein gegeben.

Einst saß er allein auf dem Saal und hatte seinen Knaben, nicht gar ein jährig Kind, sein liebstes Gut, auf seinem Schoß und war sehr traurig, denn der Knabe war seit kurzer Zeit siech und elend worden und aß und trank nicht mehr, und wußte niemand, was ihm fehle.

Tritt leise die Amme herein, ein braves Weib, und fängt zu weinen an: ‚Ach lieber Herr, ich habe etwas auf dem Herzen, das muß heraus und wäre mir die größte Sünde, so ichs vor Euch verschwieg. Dürft mich aber um Gottes willen nicht verraten bei der gestrengen Frau. – Der Knabe, da sie solches sprach, bewegte sich mit Angst in seines Vaters Arm, als hätte er verstanden und gewußt, wovon die Rede sei. Der Graf winkte der Wärterin zu reden, die denn fortfuhr: ‚Neulich, Ihr wart eben verreist, geh ich des Morgens, wie ich immer pflege, nach der Kammer zum Kind. Das hört ich schon von weitem schrein, als hätte mans am Messer. Indem ich eintrete, Gott steh mir bei, muß ich mit diesen meinen Augen sehn, wie die gnädige Frau den jungen Herrn, bevor sie ihm das Röcklein angezogen, glatt auf den Tisch gelegt und ihn gequält, geschlagen und gekneipt, daß es zum Erbarmen gewesen. Wie sie mein ansichtig geworden, erschrak sie fast und tat dem Söhnlein schön und kitzelt' es, daß das arm Würmlein gelacht und geschrien untereinander. Schau, was er lacht! rief sie, ist er nicht seines Vaters Konterfei? – Ich dachte: wohl, du armes Kind, drum mußt du also leiden. – Herr, haltets mir zu Gnaden, daß ich so frech vor Euer Edlen alles sage; glaubt aber nur, man hat wohl der Exempel mehr, daß eine Ehfrau ihres Mannes Fleisch und Bein im eigenen Kind hat angefeindet, und, mein ich, solches tut der böse Geist, daß einer Mutter Herz sich so verstellen muß und wüten wider die Frucht ihres Leibes.'

So redete Judith und sah, wie ihrem Herrn ein übers andere Mal die Flammen zu Gesichte stiegen und wie er zitterte vor Zorn. Er sagte lange nichts und starrte vor sich nieder. Jetzt stand er auf, sprach zu dem Weib: ‚Geh, sag dem Kaspar, daß er gleich drei Rosse fertighalten soll, den schönen Schimmel mit dem Weibersattel, den Rappen und sein eigen Pferd. Du selber lege dein Feierkleid an und nimm des Kindes Zeug zusammen in ein Bündlein, wir werden gleich verreisen. Fürchte dich nicht, dir soll kein Haar gekrümmt werden.' – Sie lief und tat, wie ihr befohlen war, derweil Herr Veit sich rüstete. Alsdann nahm er das Büblein auf und eilte nach dem Hof. Auf seinen Wink bestieg Judith ihr Pferd; es war das edelste von allen aus dem Stall. Veit nahm den Junker vor sich hin; so ritten sie zum Tor hinaus, der Knecht hinterdrein. Frau Irmel aber sah am Erkerfenster halb versteckt dem allen zu, höchlich verwundert und erbost, und bildete sich freilich ein, was es bedeute. Sie folgte dem Zug mit höhnischen Blicken den Burgweg hinunter, und als die Rößlein dann ins obere Sicheltal einlenkten, sprach Irmel bei sich selbst: ‚Richtig! jetzt geht es nach Schloß Greifenholz, zur lieben gottseligen Frau Schwägerin.' – So war es auch. Dort hatte der Graf seine nächsten Verwandten, bei denen er viel Trost und für den Knaben und die Wärterin die beste Aufnahme fand. Am zwölften Morgen kehrte der bedrängte Mann um eine große Sorge leichter zu seinem Fegfeuer zurück, denn sichtbarlich gedieh das Kind fern seiner Mutter wie eine Rose an der Maiensonne. Die Gräfin fragte, wie man denken kann, mit keiner Silbe nach dem Junker, und beide Gatten lebten so fortan als ein paar stille und höfliche Leute zusammen.

Drüber geschahs einmal, daß Löwegilt in seines Kaisers Dienst mit Kriegsvolk auswärts war sechs ganzer Monate, vom Frühling bis tief in den Herbst. Das wäre eine schöne Zeit zur Buße gewesen, Frau Gräfin! Es gibt ein altes Lied, da steht der Vers:

In Einsamkeit,
In Einsamkeit,
Da wächst ein Blümlein gerne,
Heißt Reu und Leid …

Das war auch des Grafen sein Hoffen und Beten, wenn er manchmal bei stiller Nacht in seinem Zelte lag und seines Weibes dachte.

Und als nun endlich Friede ward und Fürsten, Ritter, Knechte, des Siegs vergnügt, nach Hause zogen, da dachte Löwegilt: Gott gebe, daß ich auch den Frieden daheim finde. Er führte seine Mannschaft unverweilt auf den kürzesten Wegen zurück. Sie hatten noch zwei kleine Tagreisen vor sich, da sie an einem Abend ein Städtlein liegen sahen, wo man zu übernachten dachte. Begegnete ihnen ein Mönch, der betete vor einem Kreuz. ‚Ei', rief der Graf und hielt: ‚das ist ja Bruder Florian! willkommen, frommer Mann! Ihr kommet vom Gebirg herüber?' – ‚Ja, edler Herr.' – ‚Da habt Ihr doch auf dem Schloß eingekehrt?' – ‚Für diesmal nicht, Gestrenger, ich hatte Eil.' – ‚Das ist nicht schön von Euch. Und nicht ein Wörtlein hättet Ihr von ungefähr vernommen, wie es dort bei mir steht?' – ‚Ach Herr', antwortete der Mönch, ‚die Leute dichten immer viel, wer möchte alles glauben! Begehret nicht, daß Euer Ohr damit beleidigt werde.' – Bei solchem Wort erschrak der Löwegilt in seine Seele, er nahm den Mönch beiseit, der machte ihm zuletzt eine Eröffnung von so schlimmer Art, daß man den Grafen laut ausrufen hörte: ‚Hilf Gott! hilf Gott! hast du die Schande zugelassen, so lasse nun auch zu, daß ich sie strafen mag!' Und hiermit spornte er sein Roß und ritt, nur von seinem getreuesten Knappen begleitet, die ganze Nacht hindurch, als wenn die Welt an tausend Enden brennte.

Frau Irmel indes glaubte ihren Gemahl noch hundert Meilen weit dem Feinde gegenüber, sonst hätte sie wohl ihre Schwelle noch zu rechter Zeit gesäubert. Seit vielen Wochen nämlich beherbergte sie einen Gast, einen absonderlichen Vogel. Derselbe kam eines Tags auf einer hinkenden Mähre geritten und fragte nach Herrn Veit, seinem sehr guten Freunde. Der Gräfin machte er viel vor: er sei ein Edelmann, landsflüchtig, so und so. Ein Knecht aber vom Schloß raunte den andern gleich ins Ohr, daß er den Kauzen da und dort auf Jahrmärkten gesehen habe, Latwerg und Salben ausschreien. Man warnte die Gräfin, sie hörte nicht drauf: der Bursche hatte gar zu schöne schwarze Haare, Augen wie Vogelbeer, und singen konnte er wie eine Nachtigall. Er wußte eine Menge welscher Lieder, die Gräfin schlug ihre Harfe dazu und ließ ihn nicht mehr von der Seite. Die Knechte aber und die Mägde unter sich hießen ihn nur den Ritter von Latwerg.

Nun saß das feine Paar, so wie gewöhnlich, nach dem Mittagmahl allein im Saal am großen Fenster und schauten unter lustigem Gespräch in die offene Gegend hinaus, wie sie im hellen Sonnenschein, mit dem Fluß in der Mitte, dalag. Frau Irmel nahm ihre goldene Kette vom Hals, spielte damit und schlang sie so um ihren weißen Arm. ‚Was dünkt Euch, Lieber', sagte sie, ‚wenn ich ein Kettlein hätte, seht, nicht länger als die kleine Strecke dort, so weit die Sichel im Bogen zwischen den Wiesen längs dem Dörflein läuft. Versteht, ein jedes Glied müßte nicht größer sein, als wie ich hier den Mittelfinger gegen den Daumen krümme, schaut!'

‚Ei', sagte der Galan, ‚was Ihr für kurzweilige Einfäll habt! Das hieß' mir ein Geschmeide; hätten zwei Riesen genug dran zu schleppen.'

‚Nicht wahr? und nun, was meint Ihr (das sagte sie aber Herrn Veiten zum Spott, weil er von Hause aus nicht zu den Reichsten gehörte): wenn man dem Löwegilt sein Hab und Gut verkaufte, merkt wohl! nach Abzug dessen, was *mein* ist, und machte den Plunder zu Gold und schmiedet' eine Kette draus, wie ich eben gesagt, wie groß schätzt Ihr, daß die ausfallen würde?' – Es lachte der Galan und rief: ‚Ich wollte schwören, sie reichte just hin, Frau Irmels Liebe zu Herrn Veit damit zu messen!' – Da klatschte Irmel lustig in die Hände und setzte sich dem Ritter auf den Schoß und küßte ihn und ließ sich von ihm herzen.

Auf einmal sprach er: ‚Horcht! mir ist, ich höre jemand im Alkoven; wird doch das Gesinde nicht lauschen?' – ‚Ihr träumt', sagte die Frau, ‚er ist verschlossen gegen den Flur. Laßt mich sehen.'

Aber, indem sie aufstehn will, o Höllenschreck! wer tritt hinter der Glastür vor – Graf Löwegilt, er selber, ihr Gemahl!

Die falsche Schlange, schnell bedacht, warf sich mit einem Schrei der Freuden dem Manne um den Hals, er schleuderte sie weg, daß sie im Winkel niederstürzte. Sodann griff seine starke Faust den Buhlen, wie dieser eben auf dem Sprung war auszureißen, und übergab ihn seinen Knechten zum sicheren Gewahrsam. Jetzt war er mit dem Weib allein. Da stand die arme Sünderin und deckte ihr Gesicht mit beiden Händen; er schaute sie erst lange an, dann nahm er ihr die Kette ab, riß solche mitten voneinander, sprechend: ‚*Also sei es von nun an zwischen uns! Und diese Kette hier werde für dich zu einer Zentnerlast, und sollest ihr Gewicht jenseits des Grabs mit Seufzen tragen, bis ihre Enden wiederum zusammenkommen!*' Damit warf er die beiden Stücke durchs offene Fenster hinab in den Fluß.

Ich mache kurz, was weiter folgt. Dem saubern Ritter ward ein lüftig Sommerhaus gezimmert mit drei Säulen, nicht fern von hier, man nennts am Galgenforst. Frau Irmel aber saß jetzt unten in der Burg wohl hinter Schloß und Riegel. Sie bot alles Erdenkliche auf, mit List und Gewalt zu entkommen, sogar wollte sie ihren Beichtvater bestechen, dem sie bekannt, sie hätte, weil sie vom ersten Tag an ihren Mann nicht lieben können, ein großes Unheil, wie nun leider eingetroffen, lange vorausgesehn und drum beizeiten ihre Zukunft vorgesorgt, indem sie einen Notpfennig beiseit getan und außerhalb dem Schloß verborgen. Den Wächtern sagte sie: wer ihr zur Freiheit helfe, deß' Hände würde sie mit Golde füllen. Hierauf machten auch zwei einen Anschlag, sie wurden aber auf der Flucht ergriffen samt der Frau. Am andern Morgen fand man sie in ihrem Kerker tot. Sie hatte eine große silberne Nadel, womit sie immer ihre schönen Zöpfe aufzustecken pflegte, sich mitten in das Herz gestochen.

Nicht lang darauf verließ der Graf das Schloß und die Gegend für immer. Er lebte weit von hier auf einer einsamen Burg, der Hahnenkamm genannt, davon die Trümmer noch zu sehen sein sollen. Der junge Hugo war der Trost seines Alters. Er zeigte früh die edlen Tugenden und Fähigkeiten, dadurch er nachher als treuer Vasall und tüchtiger Kriegsmann in hohe Gnaden bei dem Kaiser kam. Geschlecht und Name der von Löwegilt ward nach und nach zu den berühmtesten gezählt in deutschen Landen; es kam ja das Herzogtum Astern an sie, daher sie auch den Namen führen, und, wie Euch wohl bekannt sein wird, die schöne Prinzessin Aurora, die unser König noch dies Jahr heimführt, ist eine Tochter des jetzt regierenden Herzogs Ernst Löwegilt von Astern.«

»Was?« rief ich voll Erstaunen – »hier also, dieses Schloß wäre das Stammschloß der von Astern? und jene Irmel eine Ahnfrau der Prinzeß?«

»Nicht anders! Warum fällt Euch dies so auf?«

»Und hat das seine Richtigkeit, daß diese Irmel noch bis auf den heutigen Tag – nun, Ihr versteht mich schon –«

Josephe nickte ja, indem sie sich ein wenig an meinem Schreck zu weiden schien. Wir schwiegen beide eine ganze Weile, und allerlei Gedanken stiegen in mir auf.

»Aber«, so fing ich, unwillkürlich leiser sprechend, wieder an: »auf welche Art erscheint sie denn? und wo?«

Mit einer unbegreiflichen Ruhe, doch ernsthaft wie billig, versetzte das Mädchen:

»Von jeher zeigt sie sich nur *bei* und *auf* dem Wasser, zunächst am Schloß, dem großen Saale gegenüber, dann abwärts eine Strecke bis gegen den Steg. Feldhüter und Schäfer versichern, sie nehme ihren Lauf auch wohl bis nahezu ans Dorf, weiter in keinem Fall. Ich selber sah sie bloß ein einzig Mal, vom Küchenfenster aus, die Küche aber liegt gerade unterm Saal. Es war um Johannis, drei Stunden vor Tag, wir hatten eben eine Wäsche und waren deshalb frühe aufgestanden. Der Mond schien ganz hell. Von ungefähr schau ich hinaus und auf die Sichel hinunter. Da steht, schneeweiß gekleidet, ein schlankes Frauenbild in einem Nachen, der drüben an den Weidenbüschen so halb aus dem Schatten des grünen Gezweigs hervorstach, und ob es wohl kein rechter Nachen war, ich meine kein natürlicher, so hörte man doch deutlich, wie die Wellen am Schifflein unten schnalzten. Sie kauerte sich erst mühsam nieder, dann beugte sie sich weit über den Bord, indem sie mit den Händen hinab ins Wasser reichte und ringsherum wie suchend wühlte. Jetzt zog sie langsam, langsam und mit dem ganzen Leib rückwärts gebeugt, etwas herauf, das schimmerte und glänzte als wie das lautre Gold und war, wie ich aufs deutlichste erkannte, eine dicke, mächtig schwere Kette. Elle um Elle zog sie herein in den Kahn, und dabei klirrt' und klang es jedesmal im Niederfallen so natürlich, als nur etwas sein kann. So ging es lange fort, es war kaum auszudauern. Ich hatte meine Leute gleich herbeigeholt; die sahen alle nichts, und weil ich mich nach meiner Art weiter nicht ängstlich dabei anstellte, so hätten sie mirs nimmermehr geglaubt, wenn sie die sonderbaren Töne nicht so gut wie ich vernommen hätten. Auf einmal klatschte das Wasser laut auf, die Kette mußte abgerissen sein, so heftig schnellte es, und dabei, sag ich Euch, folgte ein Seufzer so tief aus einer hohlen Brust, so langgezogen und schmerzlich, daß wir im Innersten zusammenschraken. In diesem Augenblick war aber auch Gestalt und Kahn, alles wie weggeblasen.

Und – ja, daß ich das auch noch sage – verzeih mir Gott, noch muß ich lachen, wenn ich daran denke. Wir Weiber gingen mäuschenstill an unsere Kessel und Zuber zurück und rieben und seiften drauflos und traute sich keine ein Wörtlein zu reden; auch dem Herrn Vetter, merkt ich wohl, war der Schlaf für heute vergangen: er ließ sein Licht fortbrennen und ging allein die Stube auf und nieder. Kaum guckte der Tag ein wenig in die Scheiben, so sticht der Mutwill schon eine von uns an, nämlich ein junges Weib vom Dorf, man nannte sie nur die lachende Ev. Die zieht so ein langes gewundenes Leintuch ganz sachte, sachte aus dem Seifenwasser, Frau Irmel nachzuäffen, und macht ein paar Augen gegen uns – husch! hat sie eine Ohrfeige.«

»Eine Ohrfeige? was?«

»Ja denkt! aber nicht vom Geist. Es war mein Herr Vetter, der zufällig hinter ihr stand und ihren Frevel so von Rechts wegen bestrafte.«

Josephe lachte so herzlich, daß ich selber den Mund ein wenig verzog. Doch sogleich tadelte sie sich: man sollte nicht spaßen auf diesen Punkt.

Sie schwieg und strickte ruhig fort. Der Regen hatte aufgehört, nur die eintönige Musik der Dachtraufen klang vor den Fenstern.

Was mich betrifft, mir war ganz unheimlich geworden. Die Vorstellung, daß ich jenem Gespenst so nahe sei, die Möglichkeit, daß erst meine Beraubung, alsdann meine Verirrung auf das Schlößchen das Werk dieses schrecklichen Wesens sein könne – dieses zusammen jagte mich im stillen in einem Wirbel von Gedanken und ängstlichen Vermutungen herum. Das kluge Mädchen konnte mir vielleicht einiges Licht in diesen Zweifel geben, und wenn ich auch nicht wagte, ihr mein Unglück offen zu entdecken, so nahm ich doch Anlaß, ihr die Geschichte des bestohlenen Galanteriekrämers mit Zügen meiner eigenen Geschichte zu erzählen und so ihre Meinung darüber zu hören.

Sie ließ mich ausreden und schüttelte den Kopf. »Dergleichen hörte ich wohl auch«, erwiderte sie, »sind aber dumme Märchen, glaubt mir: Spitzbuben machen sichs zunutz, vexieren und schrecken einfältige Leute, daß sie in Todesangst ihr Hab und Gut im Stiche lassen.«

»Aber die Kette!« versetzte ich dringend. »Bedenke Sie, Jungfer, die Kette, so viele hundert Klafter lang, die wächst doch nicht von selbst so fort, das braucht Dukaten, fremdes Gold!«

»Brauchts nicht! Was Ihr doch närrisch seid! Der ganze Plunder wiegt kein Quentlein unseres Gewichts.«

»Wie? also alles eitel Schein und Dunst?«

»Nicht anders.«

»Allein« – so fragte ich nach einigem Besinnen weiter – »der Schatz, dessen Irmel im Kerker gedachte, soll der noch irgendwo vergraben liegen?«

»Man sagt es. Hättet Ihr Lust, ihn zu lösen?«

»Nicht doch; ich meine nur, weil wir gerade von so wunderbaren Räubereien reden. Wär es nicht möglich, daß eben auch besagter Schatz von Jahr zu Jahr zulegte auf Kosten mancher Passagiere?«

»Was fällt Euch ein! Ihr meint also, daß so ein armer Geist mit Zangen und Messern ausziehe und ordentlich wie ein gemeiner Strauchdieb den Leuten die Koffer und Taschen umkehre?«

Ich sah das Abgeschmackte meines Argwohns ein, allein ich wußte nicht, ob ich mich freuen oder grämen sollte. Denn wenn mich vorhin der Gedanke mit einem freudigen Schrecken ergriff, daß ich vielleicht nur wenig Schritte von meinen Dukaten entfernt sein möge, so schwand mir die Hoffnung, dieselben jemals wieder zu erblicken, nun abermals in eine ungewisse Ferne. Was aber den Umstand anbelangt, daß ich als ein Verirrter meine Zuflucht hier, gerade hier in dem verhängnisvollen Ahnenschlosse der Herzoge von Astern finden mußte, nachdem ich in der Absicht ausgereist war, ein Geschäft zu besorgen, welches unmittelbar mit der Verherrlichung von Irmels Enkelin, künftig der ersten gekrönten Königin aus diesem Stamm, zusammenhing, und das auf eine so höchst rätselhafte Art gestört werden sollte – dahinter schien doch wahrlich mehr als ein bloßer Zufall zu stecken, es mußte eine höhere Hand im Spiele sein, und fester als jemals war ich entschlossen, ihr alles mit der vollsten Zuversicht zu überlassen, mich, ihres weiteren Winkes gewärtig, jeder eigenen Geschäftigkeit und Sorge zu entschlagen.

»Mein Freund wird mir so still«, sagte Josephe: »ich dächte, wir gingen ein wenig und schöpften draußen frische Luft.« Ich war bereit, denn dies fehlte mir wirklich.

Die erquickende Kühle wirkte auch sogleich auf meinen verdüsterten Sinn. Wir gingen langsam auf den breiten Platten vor dem Hause auf und nieder, während die Schöne noch stets mit ihrem sonderbaren grünen Gestricke beschäftigt blieb. Wir bogen rechts ums Schlößchen und blickten in das stille Sicheltal, am liebsten aber wandte man doch immer wieder nach der andern Seite zurück, wo man über die niedrige Schutzmauer weg am Abgrund des Felsen die köstliche Aussicht auf das tiefliegende Land und näher dann am Berg herauf den Anblick eines Teils vom Dorf genoß. Dort haftete mein Auge zwar oft unwillkürlich auf dem berüchtigten Flüßchen, das, hinter dem Schloß vorkommend, sich weit in die Landschaft schlängelnd verlor; allein ich drängte mit Gewalt alle unerfreulichen Bilder zurück.

Die Gegenwart des unwiderstehlichen Mädchens begeisterte mich zu einer Art von unschuldigem Leichtsinn und kecker Sicherheit; ich hatte ein Gefühl, wie wenn mich unter ihrem Schutz nichts Widriges noch Feindliches antasten dürfte. Die Sonne trat soeben hinter grauen und hochgelben Wolken hervor, sie beglänzte die herrliche Gegend, das alte Gemäuer, ach, und vor allem das frische Gesicht meiner Freundin!

»Erzählt mir was aus Eurem Leben, von Eurer Wanderschaft und Abenteuern; nichts hört sich lustiger als Reisen, wenn mans nicht selbst mitmachen kann.«

Es fehlte wenig, daß ich ihr nicht auf der Stelle mein ganzes übervolles Herz eröffnete; jedoch um ungefähr zu prüfen, wie es wohl mit dem ihrigen stehe, fing ich in hoffnungsvollem Liebesübermut verschiedenes von Frauengunst zu schwadronieren an und wußte mich als einen auf diesem edlen Felde schon ganz erfahrenen Gesellen auszulassen. Das Mädchen lächelte bei diesem allen getrost und still in sich hinein.

»Und nun, mein Kind«, sagt' ich zuletzt, »wie denkt denn Ihr in Eurer Einsamkeit hier oben von diesem bösen Männervolk?«

»Ich denke«, sagte sie mit angenehmer Heiterkeit, »wie eben jede Braut es denken muß: der Meine ist, so Gott will, noch der Beste von allen.«

Ein Donnerschlag für mich! Ich nahm mich möglichst zusammen. »Ei so?« – rief ich lachend und fühlte dabei, wie mir ein bittrer Krampf das Maul krumm zog – »so? man hat auch schon seinen Holderstock? Das hätt ich Ihr nicht zugetraut! Wer ist denn der Liebste?«

»Ihr sollt ihn kennen lernen, wenn Ihr noch ein paar Tage bleibt«, versetzte sie freundlich und ließ den Gegenstand schnell wieder fallen. Dagegen fing sie an, ausführlich von ihrem häuslichen Leben bei den zwei alten Leuten, von den letzten Bewohnern des Guts, insonderheit von einer seligen Freifrau Sophie als ihrer unvergeßlichen Wohltäterin zu reden. Mir war längst Hören und Sehen vergangen, mir sauste der Kopf wie im Fieber. Ach Gott! ich hatte mich den lieben langen Nachmittag an diesem braunen Augenschein geweidet und gewärmt und mir so allgemach den Pelz verbrannt und weiter nichts davon gemerkt! Und jetzt, in *einem* Umsehn, wie war mir geworden! Unauslöschlichen heimlichen Jammer im Herzen! die tolle wilde Eifersucht durch alle Adern! Noch immer schwatzte das Mädchen, noch immer hielt ich wacker aus mit meiner sauer-süßen Fratze voll edler Teilnehmung und schweifte in Gedanken schon meilenweit von hier im wilden Wald bei Nacht durch Wind und Regen, das Bündel auf dem Rücken. Ein Blick auf meine nächste Zukunft vernichtete mich ganz: die ungeheure Verantwortung, die auf mir lag, die Unmöglichkeit meiner Rückkehr nach Hause, gerichtliche Verfolgung, Schmach und Elend – dies alles tat sich jetzt wie eine breite Hölle vor mir auf.

Josephe hatte soeben geendigt. In der Meinung, ein Fuhrwerk vom Tal her zu hören, sprang sie mit Leichtigkeit aufs nächste Mäuerchen und horchte, den Ast eines Ahorns ergreifend, ein Weilchen in die Luft. Noch einmal verschlang ich ihr liebliches Bild – Ach so, dacht' ich, in eben dieser Stellung, aber mit freudiger bewegtem Herzen, wird sie nun bald ihren Liebsten erwarten! Ich mußte das Gesicht abwenden, ich drängte mit Mühe die Tränen zurück. Ein Zug von Raben strich jetzt über unsern Häuptern hinweg, man hörte den kräftigen Schwung ihrer Flügel; es ging der Landesgrenze zu; der Anblick gab mir neue Kraft. Ja, ja – sprach ich halblaut: mit Tagesanbruch morgen wanderst du auch, du hast hier doch nichts zu erwarten als neue Täuschungen, neuen Verdruß! Ich fühlte plötzlich einen namenlosen Trost, als wenn es möglich wäre, mit Wandern und Laufen das Ende der Welt zu erreichen.

»Sie sind es nicht! des Müllers Esel warens!« lachte Josephe und griff nach meiner Hand zum Niedersteigen.

Sie sah mich an. »Mein Gast ist ernsthaft worden – warum?« – Ich antwortete kurz und leichtsinnig. Sie aber forschte mit sinnenden munteren Blicken an mir und begann: »So wie wir uns hier gegenüberstehen, sollte man doch beinah meinen, wir kennten uns nicht erst von heute. Ja, aufrichtig gesagt, ich selbst kann diesen Glauben nicht los werden, und, meiner Sache ganz gewiß zu sein, war ich gleich anfangs unhöflich genug und fragt' Euch um den Namen; glaubt mir, ich brauch ihn jetzt nicht mehr. Um Euch indes zu zeigen, daß man bei mir mit faulen Fischen nicht ausreicht, so kommt, ich sag Euch was ins Ohr: – Männchen! wenn du ein *Schneider* bist, will ich noch heut Frau Schneidermeisterin heißen, und, Männchen! wenn du nicht der *kalte Michel* bist, heißt das *Franz Arbogast* aus Egloffsbronn, bin ich die dumme Beth von Jünneda« – hiemit kniff sie mich dergestalt in meinen linken Ohrlappen, daß ich laut hätte aufschreien mögen, – zugleich aber fühlte ich auch so einen herzlichen, kräftigen Kuß auf den Lippen, daß ich wie betrunken dastand. »Für diesmal kommt Ihr so davon!« rief sie aus: »Adieu, ich muß jetzt kochen. Ihr bleibt nur hübsch hier und legt Euch in Zeiten auf Buße.«

Nachdem ich mich vom ersten Schrecken ein wenig erholt, empfand ich zunächst nur die süße Nachwirkung des empfangenen Kusses. All meine Sinne waren wie zauberhaft bewegt und aufgehellt; ich blickte wie aus neuen Augen rings die Gegenstände an, die ganz in Rosenlicht vor mir zu schwanken schienen. Wie gern wär ich Josephen nachgeeilt, doch eine sonderbare Scham ließ mirs nicht zu. Dabei trieb mich ein heimliches Behagen, die angenehmste Neugierde, wohin dies alles denn noch führen möchte, unstet im Hofe auf und ab. Denn daß die unvergleichliche Dirne mehr, als ich denken konnte, von mir wisse, daß sie, vielleicht im Einverständnisse mit ihren Leuten, irgend etwas Besonderes mit mir im Schilde führe, soviel lag wohl am Tage, ja mir erschien auf Augenblicke, ich wußte nicht warum, die fröhlichste Gewißheit: alle mein unverdientes Mißgeschick sei seiner glücklichen Auflösung nahe.

Leider fand sich den Abend keine Gelegenheit mehr, mit dem Mädchen ein Wort im Vertrauen zu reden. Die Alten kamen unversehens an, schwatzten, erzählten und packten Taufschmausbrocken aus. Dazwischen konnte ich jedoch bemerken, daß mich Josephe über Tisch zuweilen ernst und unverwandt, gleich als mit weit entferntem Geist, betrachtete, so wie mir nicht entgangen war, daß sie gleich bei der Ankunft beider Alten von diesen heimlich in die Kammer nebenan genommen und eifrigst ausgefragt wurde. Es mußte der Bericht nach Wunsch gelautet haben, denn eines nach dem andern kam mit sehr zufriedenem Gesicht zurück. Später, beim Gutenacht unter der Tür, drückte Josephe mir lebhaft die Hand. »Ich wünsche«, sagte sie, »daß Ihr Euch fein bis morgen auf etwas Guts besinnen mögt.« – Lang grübelte ich noch im Bett über die Worte nach, vergeblich mein Gedächtnis quälend, wo mir denn irgend einmal in der Welt diese Gesichtszüge begegnet wären, die mir bald so bekannt, bald wieder gänzlich fremde deuchten. So übermannte mich der Schlaf.

Es schlug ein Uhr vom Jünnedaer Turm, als ich, von heftigem Durste gepeinigt, erwachte. Ich tappte nach dem Wasserkrug; verwünscht! er schien vergessen. Ich konnte mich so schnelle nicht entschließen, mein Lager zu verlassen, um anderswo zu suchen, was ich brauchte. Ich sank schlaftrunken ins Kissen zurück, und nun entspann sich zwischen Schlaf und Wachen der wunderlichste Kampf in mir: stehst du auf? bleibst du liegen? Ich suche endlich nach dem Feuerzeug, ich schlage Licht, werfe den Überrock um und schleiche in Pantoffeln durch den Gang, die Treppe hinab ... Ob ich dies wachend oder schlafend tat, – das, meine Wertesten, getraue ich mir selbst kaum zu entscheiden; es ist das ein Punkt in meiner Geschichte, worüber ich trotz aller Mühe noch auf diese Stunde nicht ins reine kommen konnte. Genug, es kam mir vor, ich stand im untern Flur und wollte nach der Küche. Die Ähnlichkeit der Türen irrte mich, und ich geriet in ein Gemach, wo sich verschiedenes Gartengerät, gebrauchte Bienenkörbe und sonstiges Gerümpelwerk befand; auch war an der breitesten Wand eine alte, riesenhafte Landkarte von Europa aufgehängt (wie ich denn dieses alles den andern Tag gerade so beisammen fand). Schon griff ich wieder nach der Türe, als mir auf einem langen Brett bei andern Gefäßen ein voller Essigkolben in die Augen fiel. Das löscht den Durst doch besser als bloßes Wasser, dachte ich, hub den Kolben herab und trank in unmenschlichen Zügen; es wurde mir gar nicht genug. Auf einmal rief nicht weit von mir vernehmlich ein äußerst feines Stimmchen: »He! Landsmann, zünd Er doch ein klein bißchen hierher!« Ich sah mich allenthalben um, und es rief wieder: »Da! daher, wenns gefällig ist.« So leuchte ich gegen die Karte hin, ganz nahe, und nehme mit Verwunderung ein Männlein wahr, auf Ehre, meine Damen, nicht größer als ein Dattelkern, vielleicht noch kleiner! Natürlich also ein Elfe, und zwar der Kleidung nach ein simpler Bürgersmann aus dieser Nation; sein grauer Rock etwas pauvre und landstreichermäßig. Er hing, vielmehr er stand wie angeklebt auf der Karte, just an der südlichen Grenze von Holland. »Noch etwas näher das Licht, wenn ich bitten darf,« sagte das Kerlchen, »möchte nur gelegentlich sehen, wie weit es noch bis an den Pas de Calais ist, und unter welchem Grad der Länge und Breite ich bin.«

Nachdem er sich gehörig orientiert hatte, schien er zu einigem Diskurs nicht übel aufgelegt. Bevor ich ihn jedoch weiter zum Worte kommen ließ, bat ich ihn um den einzigen Gefallen, er möchte sich von mir doch auf den Boden niedersetzen lassen, »denn«, sagte ich in allem Ernst, »mir schwindelt, Euch in dieser Stellung zu sehen; habt Ihr doch wahrhaftig weit über Mückengröße und -Gewicht und wollt so, mir nichts, dir nichts, an der Wand hinauflaufen, ohne zu stürzen! Hier ist meine Hand, seid so gut.« – Statt aller Antwort machte er mit hellem Lachen drei bis vier Sätze in die Höhe oder vielmehr, von meinem Standpunkt aus zu reden, in die Quere. »Versteht Ihr nun«, rief er aus, »was Schwerkraft heißt, Anziehungskraft der Erde? Ei Mann, ei Mann, habt Ihr so wenig Bildung? Seht her!« Er wiederholte seine Sprünge mit vieler Selbstgefälligkeit. »Indessen, wenns Euch in den Augen weh tut, auf ein Viertelstündchen kommt mirs nicht an. Nur nehmet die Karte behutsam hüben und drüben vom Nagel und laßt sie allgemach samt mir aufs Estrich herab, denn dies Terrain zu verlassen, ist gegen meine Grundsätze.« Ich tat sofort mit aller Vorsicht, wie ers verlangte. Das Blatt lag ausgebreitet zu meinen Füßen, und ich legte mich, um das Wichtlein besser vor Augen zu haben, gerade vor ihm nieder, so daß ich ganz Frankreich und ein gut Stück vom Weltmeer mit meinem Körper zudeckte. Das Licht ließ er hart neben sich stellen, wo er denn, ganz bequemlich an den untern Rand des Leuchters gelehnt, sein Pfeiflein füllte und sich von mir den Fidibus reichen ließ.

»Ich war nämlich«, fing er an, »vormals Feldmesser in königlichen Diensten, verlor durch allerlei Kabalen diesen Platz, worauf ich eine Zeitlang bei den Breitsteißlern diente.« Bei dieser Gelegenheit ließ ich mir sagen, daß es mehrere Elfenvolksstämme gebe, die sich durch Leibesgröße gar sehr unterscheiden; die kleinsten wären die Zappelfüßler, zu denen sich mein wackerer Feldmesser bekannte, dann kämen Heuschreckenritter, Breitsteißler und so fort, zuletzt die Waidefeger, welche nach der Beschreibung ungefähr die Länge eines halben Mannsarms messen mögen. »Nun«, fuhr der kleine Prahlhans fort, »treib ich aber meine Kunst privatim aus Liebhaberei, mehr wissenschaftlich, reise daneben und verfolge noch einen besondern Zweck, den ich freilich nicht jedem unter die Nase binde.«

»Ihr habt«, bemerkte ich, bei diesen wichtigen Geschäften doch immer hübsch trockenen Weg.«

»All gut«, versetzte er, »aber auch immer trockene Kehle. Den Mittag schien die Sonne so warm dort in dem Strich über Trier herein, daß ich beinah verschmachtet wär – Apropos, guter Freund, füllt doch einmal da meine Wanderflasche!« – »Unser Wein ist aber stark«, sagt' ich, indem ich ihn mit einem Tropfen aus meinem Essigkrug bediente. »Hat keine Not«, sprach er und soff mit Macht, wobei er das Mündlein ein wenig verzog. »Was übrigens«, fuhr er nun fort, »den Weg betrifft, zum Exempel bei Nacht, ja lieber Gott, da ist einer keinen Augenblick sicher, ob er auf festem Erdreich einhergeht oder im Wasser; das wäre zwar insoweit einerlei, man macht ja keinen Fuß hier naß; hingegen ein Gelehrter, seht, es ist so eine Sache, man will sich keine Blöße geben, nicht einmal vor sich selbst. Ich lief unlängst bei hellem Tag nicht weit von der Stadt Andernach und sah so in Gedanken vor mich nieder und dachte an nichts – auf einmal liegt der grüne breite Rhein wie'n Meer vor meinen Füßen! um ein kleines wär ich hineingeplumpst, so lang ich bin – wie dumm! und stand doch schon eine Viertelstunde davor mit ellenlangen Buchstaben deutlich genug geschrieben: *Rhenus*. Vor Schrecken fiel ich rückwärts nieder, und dauerte zwei Stunden, bis ich mich wieder besann und erholte.« – »Aber«, fragt' ich, »habt Ihr denn das Rauschen dieses Stroms nicht schon von fern gehört?« – »Gehorsamer Diener, Mosje, so weit habens Eure Herren Landkartenmacher noch nicht gar gebracht; all die Gewässer da, wie hübsch sie sich auch krümmen, machen nur stille Musik.« Der Feldmesser schwieg eine Zeitlang und schien etwas zu überlegen.

»Hört,« fing er wieder an, »ich muß jetzt doch mit meiner Hauptsache heraus. Ihr könntet mir einen Gefallen erweisen.« – »Recht gern.« – »So sagt einmal, es gibt ja sogenannte Osterkinder unter euch Menschen; wißt Ihr mir wohl Bescheid, wie solche ungefähr aussehn?« – »Gewiß«, versetzte ich. Der Feldmesser hüpfte vor Freuden hoch auf. »Jetzt will ich Euch denn gleich vertrauen«, sprach er weiter, »um was es mir eigentlich ist. Merket auf. Euch ist bekannt, wo Jünneda liegt; unweit vom Irmelschloß. Nun haust in diesem Gau der Waidefegerkönig, ein stolzer, habgieriger Fürst, allzeit auf Raub und Plünderung bedacht, bestiehlt sogar das Menschenvolk nächtlicherweis und schleppt, was er von Gold erwischen kann, nach seinem alten

Schatzgewölb – was glotzt Ihr mich so an? es ist doch wahr; die Waidfeger wittern das Gold. Da ist neulich erst wieder so ein Streich passiert, daß die Koken sich hinter ein Fuhrwerk machten und einem reisenden Kaufherrn den Goldsack zwischen den Füßen ausleerten!«

»Was? zwischen den Füßen? ein Felleisen, nicht wahr?«

»Ja, oder dergleichen. Die haben ihre Pfiffe, Herr! Wie der Blitz kommen die einem Wagen von untenher bei, ein paar setzen sich auf die Langwied, durchgraben den Boden und schütteln den Dotter heraus – das Gelbe vom Ei, wie sie sagen –, was Weißes ist, Silbergeld, lassen sie liegen.«

»Wo aber tragen sies denn hin, ums Himmels willen? wo hat der König seinen Schatz?«

»Beim Sixchen, ja, das sollt ich eben wissen. Versteht, es hat damit so eine eigene Bewandtnis. Der Grundstock ist von Menschenhand gelegt, vor etlich hundert Jahren; von der bösen Frau Irmel habt Ihr gehört – ich kenn sie wohl und sie mich auch, mir tut sie nichts zuleide. Gut also, die soll noch zu ihren Lebzeiten eine Kiste mit einem braven Sparpfennig wo eingemauert haben – das war noch zu Hadelocks Zeiten, des ältesten Waidfegerkönigs. Nicht lange stand es an, so kam auch schon das Waidheer dahinter. Der König legte gleich Beschlag darauf und machte das Gewölb zu seiner heimlichen Schatzkammer, wo man sofort alle kostbare Beute verwahrte, darunter auch die große Irmelskette, die Hadelock der Andere mit erstaunlicher Arbeit und Mühe in zweien Stücken aus dem sandigen Bette der Sichel herausschaffen lassen. Der Irmel-Geist hat seitdem keine Ruhe und sucht die Kette und kann sie nicht finden. Nun geht im Volk eine uralte Sage: ein Menschenjüngling würde dereinst das Kleinod ans Tageslicht bringen und wiederum zusammenfügen, dann wäre auch der Geist erlöst; der Jüngling aber müsse als ein Osterkind geboren sein, die seien äußerst rar, und käme oft in einem Säkulo kaum eins zur Welt. Doch, unter uns gesagt, ich denke schon den rechten Mann wo aufzugabeln, und wär es am Ende der Welt. Ich habe mich deshalb hier auf die Bahn gemacht, vorläufig einmal die Wege einzulernen und die Strapazen einer solchen Reise, Hunger und Durst in etwas zu gewöhnen. Mein Glück ist gemacht auf zeitlebens, wofern es gelingt, und Euch solls nicht gereuen, wenn Ihr mir Rat und Beistand leisten mögt.«

Ich wollte ihm eben antworten, als er, das Köpfchen schnell zur Seite drehend und in die Ferne horchend, mir Stillschweigen zuwinkte. »Der Waidekönig gibt heute ein Fest; ich höre sie von weitem jubeln.« »Wo denn?«

Er deutete links in die Ecke der Karte hinauf. Dort waren nämlich, wie man es auf älteren Augsburger Blättern gewöhnlich bemerkt, zu Verzierung des Titels verschiedene Schildereien angebracht, gewisse Symbole der Kunst, Zirkel und Winkelmaß, an den mächtigen Stamm einer Eiche gelehnt, hinter dem ein Stück Landschaft hervorsah, ein Tal mit Rebenhügeln und dergleichen, im Vordergrund eine gebrochene Weinbergmauer; das Ganze fabrikmäßig roh koloriert.

»Seht Ihr noch nichts?«

»Wo denn, zum Henker?«

»Unten im Tal!«

»Nicht eine Spur!«

»So seid Ihr blind, ins Kuckucks Namen!«

Jetzt kam es mir wahrhaftig vor, als wenn die Landschaft Leben annähme, die matten Farben sich erhöhten, ja alles schien sich vor mir auszudehnen, zu wachsen und zu strecken, der Länge wie der Breite nach; die Formen schwollen und rundeten sich, die Eiche rauschte in der Luft, zugleich vernahm ich ein winziges Tosen, Schwirren und Klingen von lachenden, jubelnden, singenden Stimmchen, das offenbar aus der Tiefe herkam.

»Stellt Euer Licht weg!« rief mir der Feldmesser zu, »oder löschet es lieber gar aus! der Mond ist ja schon lang herauf.« Ich tat, wie er befahl, und da ließ freilich alles noch hundertmal schöner. Als ich aber vollends den Kopf übers Mäuerchen streckte – o Wunder! sah ich das lieblichste Tal sehr artig und festlich erleuchtet, mit tausend geputzten, gepützelten Leutchen bedeckt, die immerhin eine ziemlich ansehnliche Größe hatten, sehr schlank und wohlgebaute Puppen. Es war ein unendliches Drängen. Der meiste Teil bestand aus Landleuten, welche mit Kübeln und Butten geschäftig zwischen den Kufen umsprangen. Eine Weinlese also, und eine königliche zwar! Denn vorn sah man in bunten geselligen Gruppen die Vornehmen vom Hofe, nach hinten zu eine gedeckte Tafel; vor allem stach ein Zelt hervor, es schien aus blendendweißen Herbstfäden gewoben, mit grünen Atlas-Draperien behängt, welches im Mond- und Fackelschein aufs herrlichste erglänzte. Der Feldmesser war neben mir auf einen untern Ast der Eiche geklettert, wo er kommode alles übersah. Ich hatte gerade den König entdeckt, und meine Augen suchten just die Königin, da ruft mir mein Begleiter zu: »Seht! Seht!« und deutet in die Luft nach einer neuen Erscheinung, welche zugleich von der ganzen kleinmächtigen Menge mit Jubelgeschrei und aufgeworfenen Mützen begrüßt wird. Wie muß ich erstaunen, wie hüpft mir das Herz vor kindischer närrischer Freude, als ich den goldnen Hahn vom Jünnedaer Kirchturm mit der großen Uhrtafel in seinen zwei Klauen daherfliegen sehe! Der arme Tropf flog sichtbar angestrengt, seine Flügel klirrten erbärmlich. Indessen merkt' ich bald, was daraus werden sollte: ein Festschießen galt es, und hier kam die Scheibe. Der Vogel erreichte die Erde, setzte die Tafel inmitten eines länglicht umschränkten Platzes und ließ zugleich zwei Eisen fallen (die Zeiger der Uhr ohne Zweifel), die alsbald von mehreren Edlen betrachtet, in der Hand gewogen und, wie es schien, verdrießlich als ein paar unförmliche Wurfspieße wieder weggelegt wurden. Die Schützen zogen dagegen ihre silbernen Bogen hervor, alles ordnete sich, das Ziel war gerichtet, der Hahn amtspflichtlich stellte sich darauf. Er krähte hell bei jedem Schuß die betreffende Zahl nach den Ringen. Die Majestät selber verschmähte nicht, die Armbrust einmal zu versuchen, und ob sie gleich ganz abscheulich fehlschoß, ja sogar den Rufer blutig verletzte, so schrie derselbe doch, anständig seinen Schmerz verbeißend, mit lauter Stimme: »Zwölf in die Minut'!«, was diesmal ausnahmsweise noch höher als das Schwarze galt. Unmäßiger Beifall erscholl aus den Reihen, derweil der Göckel sich insgeheim den Pfeil aus seinem Schwanze zog. Ich konnte mich des Lachens nicht enthalten. Mein Feldmesser raunte mir zu: auf die Scheibe sei der König nie glücklich gewesen; vor zwei Jahren sei der gleiche Fall begegnet, und man wolle wissen, es habe damals der Monarch, als ihm sein Hofnarr die wahre Bewandtnis mit dem Meisterschuß ins Ohr gesagt, die edle Delikatesse des Turmhahns so wohl vermerket, daß er desselben alleruntertänigstes Gesuch, ihm seine unscheinbar gewordene Vergoldung erneuern zu lassen, nicht nur ohne weiters bewilligt, sondern ihm überdies Titel und Rang eines geheimen Wetter- und Kirchenrats gnädigst verliehen habe.

Nun aber setzte sich der Hof zu Tische, und da war ich es leider selbst, welcher die ganze Herrlichkeit verstörte. Ich konnte nämlich bei andauerndem entsetzlichem Durste unmöglich der Versuchung widerstehn, den Arm ins Tal hinab zu strecken und mir eine der größten, mit rotem Most gefüllten Kufen heraufzulangen, die ich auch, unbekümmert um das rasende Zetergeschrei, das in der Tiefe losbrach, geschwinde ausgetrunken hatte, nur eben wie man einen Becher leert. »Wir sind verloren!« rief der Feldmesser aus, rutschte vom Baum und war nicht mehr zu sehen. »Heidoh!! Heidoh!« scholl's aus dem Tal, »ein Menschenungeheuer auf der Höhe! Weh, weh! bei der heiligen Eiche! bei Hadelocks Baum!« – »Auf! zu den Waffen, tapfre Recken!« rief eine stärkere Stimme: »rettet! rettet! dort ist mein Schatzgewölbe! des Königs heiliger Schatz!« Ein wütendes Getrappel kam jetzt über Stock und Stein den Berg herauf. Ich dachte an ein großes Hornißheer, ließ schnell den Becher fallen und entfloh.

Wie ich auf meine Stube, wie ich ins Bett gelangte, weiß ich nicht. Das weiß ich, daß ich mir die Augen rieb und nur geträumt zu haben glaubte.

Es war erst eben heller Tag geworden. Das sonderbare Nachtgesicht beschäftigte mich sehr. Der Leuchter stand auf meinem Tisch, die Tür war ordentlich verriegelt, hingegen fehlte der Wasserkrug richtig, und meinen Durst schien ich gestillt zu haben, denn wirklich, er war ganz verschwunden. Auf jeden Fall hat mir in meinem Leben kein Traum einen so heitern Eindruck hinterlassen; ich konnte nicht umhin, die glücklichste Vorbedeutung darin zu erblicken.

Mein Frohmut trieb mich aus dem Bette, so früh es auch noch war. Ich zog mich an und pfiff dabei vergnüglich in Gedanken. Von ungefähr kam mir mein leerer Beutel in die Hand, und in der Tat, ich konnte ihn diesmal mit größter Seelenruhe betrachten. An seinem ledernen Zugbande hing ein alter, schlichter, oben und unten offener Fingerhut, den ich als ehrwürdigen Zeugen einer kindlichen Erinnerung seit vielen Jahren aus Gewohnheit, um nicht zu sagen aus Aberglauben, immer bei mir trug. Indem ich ihn so ansah, wars, als fiel es mir wie Schuppen von den Augen; ich glaubte mit einmal zu wissen, warum mir Josephe so äußerst bekannt vorgekommen, ja was noch sonderbarer – ich wußte, wer sie sei! »Bei allen Heiligen und Wundern!« rief ich aus, und meine Kniee zitterten vor Schrecken und Entzücken: »es ist Ännchen! mein Ännchen und keine Josephe!«

Es drang mich fort, hinunter: unwissend, was ich wollte oder sollte, schoß ich, barfüßig, wie von Sinnen, den kalten Gang vor meinem Zimmer auf und nieder; ich preßte, mich zu fassen, die Hand auf meine Augen – »Sie kanns nicht sein!« rief ich, »du bist verrückt! ein Zufall hat sein Spiel mit dir – und doch ...« Ich hatte weder Ruhe noch Besinnung, alle die Wenn und Aber, Für und Wider bedächtig auszuklauben, nein, auf der Stelle, jetzt im Augenblick, durchs Mädchen selbst wollt ich Gewißheit haben; mein Innerstes lechzte und brannte nach ihr, nach ihrem lebendigen Anblick! Ich war die Treppe hinabgeschlichen und hatte im Vorbeigehn einen Blick in das Gemach geworfen, wo die Landkarte hing – allein was kümmerte mich jetzt das Teufelszeug! ich spürte nach des Mädchens Kammer: umsonst, noch rührte sich kein Laut im ganzen Haus. Ich konnte doch wahrhaftig nicht, als wäre Feuer im Dach, die Leute aus den Betten schreien, um nachher, wenn ich mich betrogen hätte, als ein Wahnsinniger vor ihnen dazustehn. Ich ging zurück nach meinem Zimmer, warf mich in voller Desperation aufs Bett und begrub mein Gesicht in die Kissen.

Doch es ist Zeit, zu sagen, was mir so plötzlich eingekommen war.

In meiner Vaterstadt, zu Egloffsbronn, als meine Mutter sich sehr knapp, nach Witwenart, mit mir in ein Oberstübchen hinterm Krahnen zusammengezogen (ich war damals zehn Jahre alt), wohnte mit uns im gleichen Haus ein Sattlermeister, ein liederlicher Kerl, der nichts zu schaffen hatte und, weil er etwas Klarinett verstand, jahraus, jahrein auf Dorfhochzeiten und Märkten herumzog. Sein junges Weib war ebenfalls der Leichtsinn selber. Sie hatten aber eine Pflegetochter, ein gar zu schönes Kind, mit welchem ich ausschließlich Kameradschaft hielt. An einem schönen Sonntag Nachmittag, wir kamen eben aus der Kirche von einer Trauung her, ward von dem Pärchen ernstlich ausgemacht, daß man sich dermaleinst heiraten wolle. Ich gab ihr zum Gedächtnis dieser Stunde ein kleines Kreuz von Glas, sie hatte nichts so Kostbares in ihrem Vermögen, und heute noch kann ich es spüren, wie sie mich dauerte, als sie mir einen alten Fingerhut von ihrem Pfleger, an einem gelben Schnürchen hängend, übermachte. – Allein es sollte dieses Glück sehr bald aufs grausamste vernichtet werden. Im folgenden Winter nach unsrer Verlobung brach in der Stadt eine Kinderkrankheit aus, die man in dieser Gegend zum ersten Male sah. Es war jedoch nicht mehr noch weniger als das bekannte Scharlachfieber. Die Seuche räumte greulich auf in der unmündigen Welt. Auch meine Anne wurde krank. Mir war der Zutritt in die untere Kammer, wo sie lag, bei Leib und Leben untersagt. Nun ging es eben in die dritte Woche, da kam ich eines Morgens von der Schule. Weil meine Mutter nicht daheim, der Stubenschlüssel abgezogen war, erwartete ich sie, Büchlein und Federrohr im Arm, unter der Haustür und hauchte in die Finger, denn es fror. Auf einmal stürmte die Sattlersfrau mit lautem Heulen aus der Stube: soeben hab ihr Ännchen den letzten Zug getan! – Sie rannte fort, wahrscheinlich ihren Mann zu suchen. Ich wußte gar nicht, wie mir war. Es wimmelten just so dicke Flocken vom Himmel; ein Kind sprang lustig über die Gasse und rief wie im Triumph: 's schneit Müllersknecht! schneit Müllersknecht! schneit Müllersknecht! Es kam mir vor, die Welt sei närrisch geworden und müsse alles auf den Köpfen gehn. Je länger ich aber der Sache nachdachte, je weniger konnte ich glauben, daß Ännchen gestorben sein könne. Es trieb mich, sie zu sehn, ich faßte mir ein Herz und stand in wenig Augenblicken am ärmlichen Bette der Toten, ganz unten, weil ich mich nicht näher traute. Keine Seele war in der Nähe. Ich weinte still und ließ kein Aug von ihr und nagte hastig hastig an meinem Schulbüchlein.

»Schmeckts, Kleiner?« sagte plötzlich eine widrige Stimme hinter mir; ich fuhr zusammen, wie vorm Tod, und da ich mich umsehe, steht eine Frau vor mir in einem roten Rock, ein schwarzes Häubchen auf dem Kopf und an den Füßen rote Schuhe. Sie war nicht sehr alt, aber leichenblaß, nur daß von Zeit zu Zeit eine fliegende Röte ihr ganzes Gesicht überzog. »Was sieht man mich denn so verwundert an? Ich bin die Frau von Scharlach oder, wie der liebwerteste Herr Doktor sagen, die Fee Briscarlatina!«* Sie ging nun auf mein armes

* Viele Jahre nachher, als ich diese Geschichte gelegentlich vor einer Gesellschaft erzählte, tat sich ein junger Arzt nicht wenig auf die Entdeckung zugut, daß jene Worte weiter nichts als eine sonderbare Verstümmelung des lateinischen Namens Febris scarlatina seien.

Ännchen zu, beugte sich murmelnd über sie, wie segnend, mit den Worten:

»Kurze Ware,
Roter Tod;
Kurze Not
Und kurze Bahre!

Wär Numero Dreiundsiebenzig also!« Sie schritt vornehm die Stube auf und ab, dann blieb sie plötzlich vor mir stehn und klopfte mir gar freundlich kichernd auf die Backen. Mich wandelte ein unbeschreiblich Grauen an, ich wollte entspringen, wollte laut schreien, doch keins von beiden war ich imstande. Endlich, indem sie steif und strack auf die Wand losging, verschwand sie in derselben.

Kaum war sie weg, so kam Frau Lichtlein zu Türe herein, die Leichenfrau nämlich, ein frommes und reinliches Weib, das im Rufe geheimer Wissenschaft stand. Auf ihre Frage: wer soeben dagewesen? erzählte ichs ihr. Sie seufzte still und sagte, in dreien Tagen würd ich auch krank sein, doch soll ich mich nicht fürchten, es würde gut bei mir vorübergehn. Sie hatte mittlerweile das Mädchen untersucht und ach, wie klopfte mir das Herz, da sie mit einigem Verwundern für sich sagte: »Ei ja! ei ja! noch warm, noch warm! Laß sehn, mein Sohn, wir machen eine Probe.« Sie zog zwei kleine Äpfel aus der Tasche, weiß wie das schönste Wachs, ganz ungefärbt und klar, daß man die schwarzen Kern' beinah durchschimmern sah. Sie legte der Toten in jede Hand einen und steckte sie unter die Decke. Dann nahm sie ganz gelassen auf einem Stuhle Platz, befragte mich über verschiedene Dinge: ob ich auch fleißig lerne und dergleichen; sie sagte auch, ich müßte Goldschmied werden. Nach einer Weile stand sie auf: »Nun laß uns nach den Äpfeln sehn, ob sie nicht Bäcklein kriegen, ob sich der Gift hineinziehn will.« – Ach, lieber Gott! weit weit gefehlt! kein Tüpfchen Rot, kein Striemchen war daran. Frau Lichtlein schüttelte den Kopf, ich brach in lautes Weinen aus. Sie aber sprach mir zu: »Sei wacker, mein Söhnchen, und gib dich zufrieden, es kann wohl

Der nämliche Gelbschnabel setzte mir dabei sehr gründlich auseinander, die ganze Erscheinung sei ein bloßes Phantasma gewesen, der fieberhafte Vorbote meiner bereits erfolgten Ansteckung; auf gleiche Weise pflege sich in Ungarn das gelbe Fieber anzukündigen. Anmerkung des Hofrats.

noch werden.« Sie hieß mich aus der Stube gehn, nahm Abschied für heute und schärfte mir ein, keinem Menschen zu sagen, was sie getan.

Auf der Treppe kam mir meine Mutter entgegen. Sie schlug die Hände überm Kopf zusammen, daß ich bei Ännchen gewesen. Sie hütete mich nun aufs strengste, und ich kam nicht mehr aus der Stube. Man wollte mir am andern Tag verschweigen, daß meine Freundin gegen Abend beerdigt werden solle; allein ich sah vom Fenster aus, wie der Tischler den Sarg ins Haus brachte. (Der Tischler aber war ein Sohn der Leichenfrau.) Jetzt erst geriet ich in Verzweiflung, und war auf keine Art zu trösten. Darüber stürmte die Sattlersfrau herauf, meine Mutter ging ihr vor die Tür entgegen, und jene fing zu lamentieren an, ihr liederlicher Mann sei noch nicht heimgekommen, sie habe keinen Kreuzer Geld daheim und sei in großer Not. Ich unterdessen, aufmerksam auf jeden Laut im untern Hause, hatte den Schemel vor ein kleines Guckfenster gerückt, welches nach hinten zu auf einen dunkeln Winkel sah, wohinaus auch das Fenster des Kämmerchens ging, in welchem Ännchen lag. Da sah ich unten einen Mann, dem jemand einen langen schweren Pack, mit einem gelben Teppiche umwickelt, zum Fenster hinausreichte. Ahnung durchzuckte mich, freudig und schauderhaft zugleich: ich glaubte Frau Lichtlein reden zu hören. Der Mann entfernte sich geschwind mit seinem Pack. Gleich darauf hörte ich hämmern und klopfen, ohne Zweifel wurde der Sarg zugeschlagen. Die Mutter kam herein, nahm Geld aus dem Schrank und gab es dem Weib vor der Türe. Ich weiß nicht, was mich abgehalten haben mag, etwas von dem zu sagen, was eben vorgegangen war, im stillen aber hegte ich die wunderbarste Hoffnung; ja als der Leichenzug anging und alles so betrübt aussah, da lachte ich heimlich bei mir, denn ich war ganz gewiß, daß Ännchen nicht im Sarge sei, daß ich sie vielmehr bald lebendig wiedersehen würde.

In der folgenden Nacht erkrankte ich heftig, redete irre, und seltsame Bilder umgaukelten mich. Bald zeigte mir die Leichenfrau den leeren Sarg, bald sah ich sie, wie sie sehr geschäftig war, den roten Rock der bösen Fee samt ihren Schuhen in den Sarg zu legen, bevor man ihn verschloß. Dann war ich auf dem Kirchhof ganz allein. Ein schönes Bäumchen wuchs aus einem Grab hervor und ward zusehends immer größer, es fing hochrot zu blühen an und trieb die prächtigsten

Äpfel. Frau Lichtlein trat heran: »Merkst du?« sprach sie: »das macht der rote Rock, der fault im Boden. Muß gleich dem Totengräber sagen, daß er den Baum umhaue und verbrenne; wenn Kinder von den Früchten naschen, so kommt die Seuche wieder aus.«

Dergleichen wunderliches Zeug verfolgte mich während der ganzen Krankheit, und monatelang nach meiner Genesung verließ mich der Glaube nicht ganz, daß das Mädchen noch lebe, bis meine Mutter, welcher ich inzwischen alles anvertraute, mich mit hundert Gründen so schonend wie möglich eines andern belehrte. Auch wollte leider in der Folge wirklich kein Ännchen mehr zum Vorschein kommen. Mit erneuertem Schmerz vernahm ich nur später, das gute Kind wäre vielleicht bei einer besseren Behandlung noch gerettet worden, doch beide Pflegeeltern wären der armen Waise längst gern los gewesen.

Wir kehren zum grauen Schlößchen zurück.

Ich war so sehr in die Vergangenheit vertieft, daß ich einige Zeit die lebhafte Bewegung, die sich indes unten in der Wohnung des Schloßvogts verbreitete, ganz überhörte. Nun sprang ich auf, fuhr rasch in meine Kleider und ging hinab.

Schon von weitem vernahm ich die heftige Stimme der Alten im Innern der Stube. Es war ein lamentierendes Verwundern, Schelten und Toben, worein der Vogt zuweilen einen derben Fluch mischte. Ich stutzte, blieb stehn. »Der Spitzbub!« hieß es innen – »der keinnützige Schuft! vierhundert Dukaten! ist das erhört? Drum hat er gleich von Anfang seine Profession verleugnet! Du meine Güte, was sind wir doch Narren gewesen!«

Jetzt hatte ich genug. Mein Blut schien still zu stehen. Am äußern Hoftor stand ein junger, gutgekleideter Mann: er kehrte mir den Rücken zu, indem er einen Buben, der draußen Ziegen hütete, mit eifrigen Gebärden zu sich winkte; er gab ihm einen Auftrag, wie es schien, sehr dringend, und rief dem Knaben, da er schon im Laufen war, noch halblaut nach: »Sie sollen doch ins Teufels Namen machen! und ja die Fußeisen mitbringen! hörst du?« – – Man denke sich meine Bestürzung! Besinnungslos klink ich die Türe auf und trete in die Stube. Bloß beide Eheleute sind zugegen. Kein rechter Gruß, kein Blick wird mir gegönnt. Ein frisches Zeitungsblatt liegt auf dem Tisch, welches der Schloßvogt hurtig zu sich steckt, ich denke mir im Nu, was es enthält. Er geht hinaus, vermutlich dem jungen Manne zu melden, daß ich schon unten sei.

»Ihr habt Besuch bekommen?« fragte ich, um nur etwas zu reden, mit erzwungenem Gleichmut die Alte. »Meiner Nichte Bräutigam!« versetzte sie kalt und fing mit recht absichtlichem Geräusch, um jedes weitere Gespräch zu hindern, Hanfkörner zu zerquetschen an, dem Distelfinken zum Frühstück. Ich hatte in meiner Verwirrung nach einem Buch gegriffen (ein Kochbuch wars, wenn ich nicht irre): dahinter wühlten meine Blicke sich schnell durch ein Rudel von tausend Gedanken hindurch. Reiß ich aus? Halt ich stand? Vielleicht wäre ersteres möglich gewesen, der beiden Männer hätt ich mich zur Not erwehrt; allein was half mir eine kurze Flucht? Und in der Tat, ich fühlte mich bereits durch die Notwendigkeit erleichtert, endlich ein offenes Geständnis abzulegen. Dessen ungeachtet war mein Zustand fürchterlich. Nicht die Nähe meiner schmachvollen Verhaftung, nicht die Sorge, wie ich mich in einem so äußerst verwickelten Falle von allem Verdacht würde reinigen können – nein, einzig der Gedanke an Josephe wars, an Ännchen, was mich in diesen Augenblicken fast wahnsinnig machte, der unerträgliche Schmerz, dieses Mädchen, sie sei nun, wer sie wolle, als die Verlobte eines andern zu denken, und eines Menschen zwar, welcher das schadenfrohe Werkzeug meiner Schmach, meines Verderbens werden sollte! Wußte *sie* etwa selbst um den verfluchten Plan? Unmöglich! doch für mein Gefühl, für meine Leidenschaft, indem ich sie mit dem verhaßten Kerl in eins zusammenwarf, war sie die schändlichste Verräterin. Liebe, Verachtung, Eifersucht goren im Aufruhr aller meiner Sinne dermaßen durcheinander, daß ich mich wirklich aufgelegt fühlte, das Mädchen mit eigener Hand aufzuopfern, den Kerker, welchem ich entgegenging, durch ein Verbrechen zu verdienen und so mein Leben zu verwirken, an welchem mir nichts mehr gelegen war.

Die Alte war inzwischen in die Kammer nebenan gegangen; soeben kam sie wieder heraus, zog die Türe still hinter sich zu und ging nach der Küche. Schnell, wie durch Eingebung getrieben, spring ich keck auf die Kammer zu und öffne ganz leise. Niemand ist da. Ich sehe eine zweite Tür, ich trete unhörbar über die Schwelle und bin durch einen Anblick überrascht, vor dem mein ganzes Herz wie

Wachs zerschmilzt. Denn in dem engen, äußerst reinlichen Gemach, das ich mit einmal überblickte, lag die Schöne an ihrem Bett halbknieend hingesunken, die Arme auf den Stuhl gelegt, die Stirn auf beide Hände gedrückt, wie schlafend, ohne Bewußtsein; Gewand und Haare ungeordnet, so daß es schien, sie hatte kaum das Bett verlassen, als jene Nachricht sie betäubend überfiel.

Ich wagte nicht, die Unglückliche anzusprechen, ich fürchtete mich, ihr ins Gesicht zu sehn. Aber Sehnsucht und Jammer durchglühten mir innen die Brust, von selber streckte mein Arm sich aus, von selbst bewegten sich die Lippen – »Ännchen!« sagt' ich – es war kein Rufen, es war nur ein Flüstern gewesen; dennoch im nämlichen Moment richtet die Schlummernde den Kopf empor; sie schaut, noch halb im Traum, nach mir herüber, der ich bewegungslos dastehe; nun aber, wie durch Engelshand im Innersten erweckt, steht sie auf ihren Füßen, schwankt – und liegt an meinem Halse.

So standen wir noch immer fest umschlungen, als es im Hofe laut und lauter zu werden begann. Tosende Stimmen durcheinander, ein Eilen und ein Rennen hin und her – das alles hörte ich und hörte nichts von allem. Jetzt kommt man heran durch die Zimmer, jetzt reißen sie die letzte Tür auf – ein allgemeiner Ausruf des Erstaunens! Das Mädchen, wie in Todesangst, drückt mich gewaltsamer an sich, dann sinkt sie erschaudernd plötzlich zusammen, und fremde Hände fassen die Ohnmächtige auf. Vor meinen Augen wird es Nacht; ich fühle mich unsanft hüben und drüben beim Arme ergriffen und wie im Sturm hinweggeführt nach einem finstern Gange, dann abwärts einige Stufen, wo eine Tür sich öffnet und alsbald donnernd hinter mir zuschlägt.

Ich hatte mich in kurzer Zeit wieder gesammelt. Es war ein förmliches Gefängnis, worin ich mich nunmehr befand, dunkel und moderfeucht und kalt. Die Sichel, von dem Regen angeschwollen, brauste wild in der Tiefe. Ich überdachte meine Lage schnell. So schrecklich sie auch schien, sie konnte doch unmöglich lange dauern. Und was mich über alles tröstete, fürwahr ich brauchte das nicht weit in Gedanken zu suchen. Denn wenn es mir auch anfangs nur wie eine dämmernde Erinnerung vorschwebte, daß ich das geliebteste Mädchen vor wenig Augenblicken noch an diese Brust gedrückt, so gab ein nie gefühltes Feuer, das mir noch Mark und Bein heimlich durchzuckte, das seligste Zeugnis, daß diese Wunder nicht ein eitles Blendwerk gewesen sein könne; ein Übermaß von Hoffnung und Entzücken riß mich vom Boden auf und machte mich laut jauchzen.

Bald aber, da Stunde um Stunde verging und es schon weit über Mittag geworden war, ohne daß sich ein Mensch um mich bekümmerte, stellten sich Ungeduld, Zweifel und Sorge allmählich bei mir ein. Für meinen Hunger hatte man zwar durch ein Stück schwarzes Brot, das ich nebst einem Wasserkrug in der Mauer entdeckte, hinreichend gesorgt, und ich verzehrte es mit großer Gier; doch eben diese reichliche Vorsorge ließ befürchten, daß ich für heute wenigstens aus diesem Loche nicht loskommen würde, daß ich vielleicht die Nacht hier zuzubringen hätte. Ich leugne nicht, mir war diese Aussicht entsetzlich. Denn, hatte nicht vielleicht jene verruchte Irmel in eben diesen Mauern ihr blutiges Ende genommen? Wie, wenn es ihr einfiele, diese Nacht ihr altes Quartier einmal wiederzusehen? Es rieselte mir kalt den Rücken hinunter bei solchen Gedanken. Dabei wird man begreifen, daß es mir unter diesen Umständen keine sehr angenehme Diversion gewährte, der Frechheit zweier Ratten zuzusehen, welche sich auf den Rest meines Mittagsmahls bei mir zu Gaste luden.

Es schlug drei auf dem Schloß; ich wollte fast vergehen. Auf einmal aber rasselten die Riegel. Der Schloßvogt öffnete, Verwirrung und Verlegenheit im Blick. »Der gnädig' Herr ist angekommen; er schickt mich, Euch zu holen.«

Ich folgte dem Vogt nach der vordern Hausflur, wo er mich warten hieß. Zu meinem Ärger standen hier verschiedene gemeine Leute herum, die sich ihrem Gebieter zu präsentieren wünschten, der Pächter samt dem Schäfer und dergleichen. Sie gafften mich wie einen armen Sünder an und zischelten einander in die Ohren; ich machte aber ein Gesicht wie ein Pandurenoberst und kehrte ihnen dann den Rücken zu.

Es dauerte nicht lang, so kam, gestiefelt und gespornt, vom Stalle her ein kleiner, blasser, ältlicher Herr mit großen blauen Augen in Begleitung einer schneeweißen Dogge, durch deren gewaltige Größe die kurze Gestalt ihres Herrn nur desto auffallender wurde. Er sah mich im Vorbeigehn scharf so von der Seite an, sprach mit den andern ein paar gütige Worte, ließ abermals den Blick auf mich herübergleiten und war schon im Begriff, die Leute zu entlassen. In diesem Augenblick gewahrte ich den jungen Mann, der sich am Morgen mit so vielem Eifer meiner Person hatte versichern wollen und den man mir als Ännchens Bräutigam bezeichnet – Aber wo nehm ich Worte her, um mein Erstaunen, mein Entsetzen auszudrücken, als ich beim zweiten Blick meinen Juden in ihm erkannte! – – Unfühlend, wo ich stand, und des Respekts vergessend, den ich der Gegenwart des gnädigen Herrn schuldig war, warf ich mich auf den Burschen mit einer Wut, mit einer Schnelligkeit, wie kaum ein Tiger sich auf seine sichere Beute stürzt. »Vermaledeiter Dieb! so hab ich dich!« und packt' ihn kräftig bei der Kehle. Eine Totenstille entstand. Entsetzen hielt das Gesindel gebannt. Der alte Herr sah unwillig verlegen zu dem Auftritt, und einem allgemeinen Murren folgte unmittelbar der wildeste Tumult. Man wollte mir mit Gewalt meinen Feind entreißen, von dessen Gurgel meine Hand nicht loszubringen war, und hätten sie mich in Stücke zerrissen. Die kreischende Stimme des Freiherrn allein war imstande, mich zur Vernunft zurückzubringen. In kurzem ward es ruhig.

»Faßt Euch, Herr Peter!« sagte der Patron zu meinem Gegenpart, der mich erhitzt und keuchend mit weinerlichem Lachen angrinste – »ich hoffe, dieser allzu rasche Jüngling wird Euch seinerzeit den gröbsten Irrtum abzubitten haben; indes, Herr Schulzen-Sohn, seid Ihr einmal entschieden angeklagt und werdet Euch gefallen lassen, inmitten dieser Leute hier Euch zu gedulden, bis ich mit jenem fertig bin.«

Der Schloßvogt führte mich nun auf Befehl des Herrn hinauf in den Saal, wo er mich alsbald wieder verließ. Ich hatte vor lauter Erwartung kaum einige Aufmerksamkeit auf das, was hier mich umgab. Uralte gewirkte Tapeten mit abenteuerlichen Schildereien, zwei lange Reihen von Portrats bedeckten die Wände; ein ungeheures Fenster umfaßte die prächtigste Aussicht. Mir wurde die Zeit unsäglich lang. Endlich ging eine Flügeltür auf, und Herr Marcell von Rochen trat herein, in feierlicher, sonderbarer Tracht. Er war in Reitstiefeln, so wie vorher; sein übriger Einband jedoch erinnerte mich auf der Stelle frappant an mein Schatzkästlein. Er hatte ein schwarzseiden Mäntelchen an, darunter ein geschlitztes spanisches Wams von meergrüner Farbe hervorstach. Sein grauer Knebelbart rieb sich an einem steifen Ringelkragen, welcher wie Pergament aussah. Wenn sich der Mann von ungefähr umdrehte, so war etwas Erkleckliches von einem Höcker zu gewahren, ein Merkmal, das gedachter Ähnlichkeit auf keine Weise Abbruch tat. Nichtsdestoweniger hatte sein ganzes Wesen etwas Ehrwürdiges, Unwiderstehliches für mich.

Er nahm nunmehr mit Anstand Platz und sprach: »Ihr seid Franz Arbogast aus Egloffsbronn, Goldschmiedsgesell bei Meister Orlt in Achfurth?«

»So ist es, Ew. Gnaden!« versetzte ich mit großer Zuversicht und erzählte sofort auf Verlangen die ganze unglückselige Historie ausführlich und gewissenhaft, wobei er sehr aufmerksam zuhörte. Am Ende zog er die Klingel und ließ mein Felleisen bringen. Hierauf begehrte der Freiherr das Büchlein zu sehen, das eine so wichtige Rolle in meiner Geschichte gespielt. Ich überreichte ihm das unschätzbare Werklein ungesäumt, das er mit einem ganz erheiterten Gesicht, ja mit unverkennbarer Rührung, wie eine wohlbekannte Reliquie, empfing. »Meiner Schwester Hand, bei Gott!« rief er halblaut, blätterte lang und schmunzelte dazwischen, sah mich dann wieder ernsthaft an, ging auf und ab, mit allen Zeichen stiller, nachdenklicher Verwunderung. Nun trat er auf mich zu und sagte: »Also just vierhundert Dukaten betrüge die Summe, die Ihr verloren?«

»Gerade soviel, Ew. Gnaden.«

»Und davon hättet Ihr nicht das geringste übrigbehalten? Besinnt Euch ja wohl!«

Auf einmal fiel mir ein, daß ja noch ein Goldstück im Wagen gewesen, und daß ich dieses in der Not bei der Zeche zu Rösheim auswechseln lassen. Ich bekannte aufrichtig, wie alles gegangen.

»Da habt Ihr sehr übel getan!« versetzte der Freiherr bedenklich, mit kaum merkbarer Schalkheit. »So geht es, wenn ein Osterjüngling nicht genau nach seinem Katechismo lebt. Ihr werdet Euch des trefflichen Spruches erinnern, worinnen gesagt ist, daß man sich fremden Eigentums unter keinerlei Umständen anmaßen möge. Genug, Ihr habt den Lockvogel hinausgelassen, mit dessen Hilfe Ihr die ganze goldne Schar gar leichtlich wieder in Eure Hand würdet bekommen haben.«

»O Gott! ich Unglückseliger!« rief ich verzweifelnd aus und schlug mich vor die Stirne.

»Geduld, Geduld, Gesell!« sagte der alte Herr, »noch ist nicht alles verloren. Laßt Euch den Fehler für die Zukunft zu einer Warnung dienen; indes« – hier griff er in die Tasche und zog zu meinem freudigsten Erstaunen den Dukaten hervor, den er mir lächelnd mit den Worten reichte: »er kann nun freilich die erwünschte Wirkung nicht mehr tun, der Zeitpunkt ist versäumt; dessenungeachtet werdet Ihr vor Cyprian Eure 399 wieder haben, da es Euch denn doch angenehm sein dürfte, auch den vierhundertsten gleich draufzulegen. Er fand sich noch zum Glück in den Zähnen des ‚Goldenen Löwen'.«

Mit Tränen küßte ich die Hände des Patrons und wußte meinem Danke keine Worte. Der unvergleichliche Mann fuhr nun fort:

»Franz Arbogast, Ihr seid von nun an frei, und die Gerechtigkeit gibt Euch hiemit durch meinen Mund kraft dieses Papiers bis auf ein weiteres Euren ehrlichen Namen zurück. Marcell von Rochen hat Bürgschaft für Euch geleistet; ich sprach Euren wackeren Meister noch kürzlich in Achfurth. Er läßt Euch freundlichst grüßen. Auch mußte er mir das Versprechen geben, daß er die Arbeit, derenwegen Ihr nach Frankfurt reisen solltet, in keines andern Hände legen wolle. Es hat noch Zeit damit, und auf mein Wort bleibt Ihr nur vorderhand getrosten Muts hier auf dem Schlosse. Josephe wird schon sorgen, daß Ihr uns nicht entlauft; denn noch erwartet Euch ein wichtiges Geschäft. Ich kann für heute nicht bleiben, in wenig Tagen sehen wir uns wieder. Bevor ich aber scheide, nehmt meinen besten Segen für Euch und für Josephen. Gewiß, mein Freund, Euch ist nach mancher Prüfung ein selten Glück beschieden: was man dagegen von Euch fordern wird, das sollt Ihr seinerzeit von Eurer Braut vernehmen. Indes gehabt Euch wohl!« Hiemit entfernte er sich in ein Seitenzimmer, eh ich ihm nochmals hatte danken können.

Ich blieb in einer Art von freudiger Betäubung noch eine ganze Weile auf *einem* Flecke stehn, halb in Erwartung, ob mein Wohltäter nicht noch einmal heraustrete. Als ich den Saal endlich verließ und die Treppe herabkam, stand der Freiherr bereits in seinen ordentlichen Kleidern unterm Tor und stieg soeben zu Pferde. Er winkte mir im Wegreiten noch ein Adieu zurück. Der Schloßvogt mußte ihn den

Berg hinab, dem Dorfe zu, begleiten. Ein junger flinker Jäger, der hinterdrein ritt, gab mir durch lustige Gebärden zu verstehn, daß man »den Juden« schon vorausgeführt habe. In Gottes Namen! dachte ich und eilte in die Stube und auf Ännchen zu, die mir entgegenflog.

Die Trunkenheit der nächsten Stunden zu beschreiben, soll mir billig erlassen sein.

Josephe – so will ich sie immerhin nennen, denn dieser Name war ihr ganz eigen geworden – Josephe zog mich an ein Tischchen, auf dem ein appetitliches Abendbrot, mit frischen Herbstblumen geziert, mein wartete. Ich hatte hundert Fragen an das Mädchen, doch meine Ungeduld sprang immer nur von einer zu der andern, dergestalt, daß ich am Ende so wenig wie vorher von allem begriff. Die seligste Konfusion von gegenseitigen Erklärungen, von Tränen, Scherzen, Küssen löste sich zuletzt in das Geständnis auf: man wolle jetzt nichts wissen und nichts fassen, als daß man sich wieder besitze, daß man sich ewig so umschlungen halten würde.

Frau Base schien in großer Not, wie sie dem glücklichen Paar ihre Teilnahme ausdrücken sollte. Sie hatte in der Tat, wie ich nachher erfuhr, nicht das beste Gewissen. Denn wenn Josephe gestern, im Sinne mich zu prüfen, auf zweideutige Weise etwas von einem Bräutigam verlauten ließ, so hing dies bei der Alten ganz anders zusammen. Gedachter Schulzen-Sohn, ein angehender Wirt, filzig und reich, doch sonst ein guter Christ, hoffte an diesem Mädchen eine tüchtige Hausfrau für sich zu erwerben und betrieb seine Absicht um so ernstlicher, da nicht verschwiegen blieb, daß sie von der seligen Freifrau von Rochen – auf welche merkwürdige Dame wir näher zurückkommen werden – mit einem Vermächtnis bedacht worden war, dessen Eröffnung bis auf ihre Hochzeit ausgesetzt sein sollte, und wovon, in Betracht, wieviel sie bei gnädiger Herrschaft gegolten, sehr übertriebene Vermutungen bestanden. Josephe, die den Menschen nicht entfernt ausstehen konnte, war überdies, durch manchen geheimnisvollen Wink ihrer verblichenen Beschützerin geleitet, mit Sinn und Herzen immerfort nur auf die Zeit gespannt, wo der Goldschmiedsgeselle von Achfurth anrücken würde. Die Base aber, insoweit auch sie in das Geheimnis eingeweiht war, hatte, als eingefleischtes Weltkind, noch nie so recht daran geglaubt und konnte endlich eine kleine Kuppelei nicht lassen. Doch ihre Künste scheiterten an der Beharrlichkeit des braven Kindes, und der gekränkte Freier blieb einige Zeit aus. Am letzten Sonntag kam er wieder, sein Heil noch einmal zu versuchen. Allein wie sehr war er erstaunt, als er noch außerhalb des Hofraumes wahrnehmen mußte, wie sich das Jüngferchen mit einem fremden Gesellen, dessen Person er sich von der Gramsener Botenfahrt her sogleich erinnerte, gar traulich vor dem Schlößchen hin und her spazierend, behagte. Er hatte auf der Stelle weg, wo das hinauszielte, zumal er an demselben Nachmittag in Jünneda mit der Gevatterschaft vom Schloß zusammengetroffen und ihm die Ängstlichkeit, womit die Base ihn für dieses Mal von einem Besuche bei Sephchen abhalten wollte, bereits verdächtig vorgekommen war. Ganz stille schlich er sich den Berg wieder hinab und sann auf Rache. In kurzem trat auch wirklich ein ganz vertrackter Zufall ein, völlig dazu gemacht, mich mit *einem* Schlag in die Lüfte zu sprengen.

Herr Peter hatte nämlich in folgender Nacht einige Reisende beherbergt, Handelsherren, die mit anbrechendem Tage weiter wollten. Der Wirt war aufgestanden; er reichte ihnen zwischen dem Frühstück gefällig die neueste Zeitung, und einer trug daraus das Merkwürdigste vor, unter anderm einen ellenlangen Steckbrief, der viel Aufsehen erregte. Der Wirt geht eben durch das Zimmer, steht still und spitzt die Ohren; er ist von dem Signalement frappiert, er liest mit eigenen Augen, wird plötzlich Feuer und Flamme und rennt mit dem Blatte davon – zum Schulzen, seinem Vater. Der, weil er eben unpaß ist, überträgt die Sache dem Sohn, auf den er sich verlassen kann. In weniger als einer halben Stunde war meine Aufhebung erfolgt. – Daß ich nachher denselben Menschen, welcher mit solcher Zuversicht die Schergen wider mich aufbot, noch immer als den Dieb ansehen und behandeln konnte, war freilich eine Unbesonnenheit, die nur der blinde Drang des Augenblicks verzeihlich machte. Ich meinerseits indessen war nicht einmal geneigt, mir den Irrtum so sehr zu Herzen zu nehmen, besonders da ich gar wohl merkte, daß unser guter Schatzkästleinspatron, welcher von vornherein der Sache auf den Grund gesehen, dem schadenfrohen Kauzen eine vorübergehende Demütigung – er saß zwei ganze Tage zur Untersuchung im Arrest – absichtlich nicht ersparen wollte. –

Josephe schlug noch einen Gang ins Freie vor; der Abend war so schön, die Luft außerordentlich milde.

Indem wir nun allein so Hand in Hand entlang dem Ackerfeld, am Rand des Bergs, hinwandelten, war mirs noch immer wie ein Märchen, daß ich das schönste liebste Mädchen von der Welt als meine ausgemachte Braut besitzen sollte, und daß dieselbe zwar nach Leib und Seele mein altes Schätzlein aus der Melbergasse hinterm Krahnen sei! – – »So sag mir denn, ums Himmels willen«, hob ich an, »wie bist du von den Toten auferstanden?«

»Mir kam es wahrlich selber vor«, versetzte sie, »als ging es nicht mit rechten Dingen zu, da ich eines Morgens die Augen aufschlug und mich in einem fremden Zimmer, wo alles gar vornehm und lieblich aussah, in einem feinen seidenen Bettchen zum ersten Male wiederfand. Es war ein wenig dunkel in dem Zimmer, die Laden waren zu, die Vorhänge herabgelassen. Nach einer Weile kam eine ältliche Dame herein; sie war mir gleich bekannt; so ein sanftes und liebreiches Witwengesicht hatt ich schon sonst einmal gesehen. Du mußt dich noch erinnern, zu Egloffsbronn vor dem Brückentor gegen die Landstraße hin steht einzeln ein freundliches Haus zwischen Gärten –«

»Ganz recht! es liefen immer ein paar prächtige Pfauen im Hofe herum, die wir oft halbe Stunden lang durch die Staketen beguckten –«

»Ja, und da rief uns eines Tages eine vornehme Frau in das Haus, befrug uns über dies und das und schenkte jedem einen neuen Zwanziger. Wir kamen noch einigemal, doch leider war die gute Frau nie mehr zu sehen. Nun aber kannte ich sie sogleich wieder. Sie setzte sich zu mir ans Bett, erkundigte sich nach meinem Befinden und reichte mir köstliche Bissen zur Stärkung. Dann trat Frau Lichtlein ins Gemach und gleich darauf ein schönes Frauenzimmer, das mich mit Schmeichelworten und Liebkosungen überhäufte und fast nur allzu lebhaft war. Man nannte sie Josephe, zur ältern Dame sagte sie Tante Sophie. Sie zeigte mir ein schönes Kleid, das sollte ich anziehen, sobald ich wieder aufstehn dürfte. Meine Frage, ob ich zu Egloffsbronn wäre, bejahte man mir, und als ich weiter forschte, ob ich denn wieder zu meinen Pflegeeltern müßte, hieß es: nein, die Tante nehme mich mit auf ihr Gut, wenn ich wollte. ‚Ach ja‘, sagt' ich, ‚wenn der Goldschmied-Franz auch mitgeht.' – ‚Der kommt dir nach!' versetzte das Fräulein und lachte.

Kaum war ich völlig wiederhergestellt und wohl in meiner neugewachsenen Haut, so putzte mich das Fräulein so artig heraus, daß ich mich kaum mehr kannte; sie flocht mir mit eigener Hand meine Zöpfe, sie stellte Puppen und allerlei Spielwerk vor mich und ging dabei selber mit mir nur wie mit einer neuen Puppe um. ‚Hören Sie, Tantchen!' rief sie der gnädigen Frau einmal zu, ‚ich habe Lust, einen Vertrag mit Ihnen abzuschließen: hiermit verspreche ich, Ihnen nicht nur den kommenden Monat, wie wir ausgemacht haben, sondern ein ganzes Jahr auf Ihrem verrufenen Schlößchen Gesellschaft zu leisten, mit dem Beding, daß ich das Kind nach meinem Sinn erziehen und mir es ganz aneignen darf.'

‚Schon gut', war die Antwort, ‚wir wollen sehn, wie lang das dauern wird.'

Am Abend fuhr ein Wagen an und kam ein kleiner munterer Herr in Reisekleidern herauf, welchen die beiden Frauen mit vieler Zärtlichkeit empfingen. Es war der Herr vom Hause, ein Bruder jener Dame, die, so wie die Nichte, sich nur gastweise bei ihm, der eben Witwer war, aufhielt. Das Fräulein präsentierte mich dem Oheim, der sogleich herzlich zu lachen anfing. ‚Ich wollte wetten, Schwester', rief er aus, ‚das ist nun wieder eins von deinen Auserwählten, ein Osterlämmchen, eine Friedensbraut nach deinem heimlichen Kalender. Ja ja, Frau Irmel mag sich freuen: die große Stunde der Erlösung muß nun allernächstens schlagen. Ich hoffe doch, die Gräfin wird so höflich sein, mir mindestens ein Dritteil ihres Mammons zuzuscheiden.'

‚Du wirst', versetzte Frau Sophie lächelnd mit einem sanften Vorwurf, ‚du wirst, Marcell, noch einst ganz anders von diesen Dingen reden.'

So stritten sie und scherzten noch vieles hin und her, wovon ich nichts weiter verstand.

An einem heitern Wintermorgen reisten die beiden Frauen mit mir ab. Es war das erstemal in meinem Leben, daß ich in einer Kutsche fuhr; ich war vor Lust ganz außer mir. Den zweiten Tag erreichten wir das Schlößchen. Nun ging ein Leben wie im Himmel für mich an. Es war, als wäre ich nur für Josephen da; sie gab sich ganze Tage mit mir ab, und da ich sogar ihren Namen führen mußte, schien ich mir selber wie verwandelt und eine ganz neue Person. Nun sollte ich gleich tausenderlei Sachen auf einmal von dem Fräulein lernen; selbst auf der Harfe nahm ich Unterricht bei ihr. Es fand sich nämlich so ein altes Ding von Instrument aus den früheren Zeiten der Tante. Das Fräulein sagte oft: es sei die Irmels-Harpfe; ich wußte damals nicht, was mit dem Scherz gemeint war, welchen die Tante jedesmal und endlich sehr ernsthaft verwies. Wir trieben unser Wesen so drei Monate zusammen, als meine junge Gönnerin zu meinem größten Kummer von den Verwandten nach der Hauptstadt abgerufen wurde. Die Tante konnte den Wildfang wohl missen, und späterhin gestand sie mir geradezu, es hätte in der Art, wie ihre Nichte mich behandelt, unmöglich fortgehn können; der Stand, in den ich künftig treten würde, verlange nicht etwa so ein verwöhntes Modepüppchen, wohl aber eine wackere Hauswirtin. Doch war es niemand weniger gegeben, mit Kindern umzugehen, als eben dieser guten, von mir so hochverehrten Frau; ich machte ihr nur Langeweile, störte und ärgerte sie. So mußte ich mich denn fast einzig zu des Hausschneiders halten und war froh, daß ich nur jemand hatte, zu dem ich einmal wieder, wie einst in Egloffsbronn, Vetter und Base sagen durfte. Dies wurde gegenseitig so sehr zur Gewohnheit, daß jedermann uns für Verwandte hielt.«

Indem nun meine Braut – so fuhr der Hofrat zu erzählen fort – mich mit den Eigenheiten ihrer seligen Wohltäterin näher bekannt machte, bedauerte ich aufrichtig, diese Edle nicht mehr am Leben zu wissen: ihr hatte ich mein Schatzkästlein, ach und noch weit mehr zu verdanken. Aber – mit diesen Worten wandte sich Herr Arbogast an eine ganz besonders aufmerksam zuhörende bejahrte Dame – Sie, Frau Majorin, bringen ja den Mund nicht mehr zusammen, seit ich von Frau Sophien rede! Am Ende haben Sie die Baronesse selbst gekannt?«

»Gewiß! gewiß hab ich! Leibhaftig steht sie wieder vor mir, wie ich sie vor vierzig und mehr Jahren in meiner Jugend sah.«

»Was ist das?« brummte hier ein treuherziger Schweizer, der während der Erzählung einigemal sehr merklich eingenickt war: »Bi Gott, ich dacht, das alles si halt numme so ne Fabel g'si, jetzt chümmt es doch anderster usi! Hätt' ich das eh g'wüßt, hätt es mich, bi miner Ehr' nit g'schläferet!«

Auf dies Bekenntnis folgte ein allgemeines, unauslöschliches Gelächter. Der Hofrat endlich nahm das Wort und bat gedachte Dame um eine Schilderung der Frau von Rochen: ein solches Zeugnis, sagte er, wird für meinen Kredit als Erzähler entscheiden.

Die angenehme Frau ließ sich nicht lange bitten. »Von allen Gliedern der Familie«, fing sie an, »war Sophie die letzte, welche dem alten Rittersitz die Ehre ihrer persönlichen Gegenwart schenkte, indem sie den verstorbenen Gemahl, Anselm von Rochen, gern am Ort, wo er begraben lag, betrauern wollte. Ich sah sie dort mehrmals mit meiner Mutter und hörte auch später noch manches von ihr. Ohne gerade menschenscheu zu sein, liebte sie Einsamkeit und Stille über alles, selbst ihre Kammerfrau verweilte nur wenige Stunden des Tags in ihrer unmittelbaren Nähe, und nicht über viermal im Jahre, an hohen Festen etwa, kam sie ins Dorf herab. Dagegen ward sie auch von groß und klein als eine Heilige verehrt, wenn nun die schlanke feingebaute Gestalt mit der ihr eigenen Freundlichkeit und, bei einem Alter von bald siebenzig Jahren, mit beinah jungfräulichem Anstand in der Kirche den gewohnten Platz einnahm und aus dem offenen erhöhten Gitterstuhl ihre Untertanen durch ein Lächeln begrüßte, nach angehörter Predigt aber die Kranken und die Armen als freigebige Trösterin in ihren Häusern besuchte.

Dem klösterlichen Leben, das Sophie im Innern ihrer prunklosen Gemächer führte, entsprachen denn auch ihre Lieblingsbeschäftigungen ganz und gar. Von Jugend an zu einer bewunderswürdigen Kunstfertigkeit in feiner bunter Stickerei geübt, war sie bei völlig ungeschwächten Sinnen noch immerfort imstande, dergleichen Arbeiten, wozu sie sich ehmals die reichsten Muster kommen ließ, mit gleicher Sorgfalt fortzusetzen; sie wiederholte unermüdet ihre alten Zeichnungen, um mit solchen Prachtstücken, an denen Gold und Silber glänzte, von Zeit zu Zeit die Ihrigen zu überraschen, ganz unbekümmert freilich um den Geschmack des Tags.

Bedeutend aber war ihr Ansehn bei der Familie dadurch, daß sie die Gabe der Weissagung in hohem Grade besessen haben soll; besonders wollte sie es jedem gleich ansehen, ob er Sinn und Beruf für übersinnliche Dinge besitze. Auch stand sie allezeit mit einer Anzahl Geistlichen in Briefwechsel und wußte sich – zu einem Zweck, den weiter niemand kannte, worüber wir jetzt freilich ganz im klaren sind – von den Verhältnissen aller möglichen Menschen, von Zeit und Stunde ihrer Geburt und dergleichen genaue Kenntnis zu verschaffen. In ihrer eigenen Verwandtschaft fand sie den unbedingtesten Glauben, obschon sie gerade hier am sparsamsten mit ihren Eröffnungen war. Bruder Marcell allein wagte es, den hartnäckigen Zweifler, sogar gelegentlich den Spötter gegen sie zu spielen, dessenungeachtet ist er doch ihr Liebling immer geblieben. Nach ihrem Tode mag er sich wohl bekehrt haben, ja, wie es scheint, verschmähte er nicht, Sophiens mystische Hausfarbe, grün, schwarz und weiß, zu Ehren der Schwester bei feierlichen Anlässen zu tragen.

Nun aber ist leicht zu vermuten, daß unserer guten Nonne das kleinste Verdienst dabei blieb, wenn unter ihrem frommen Regiment die Gutsökonomie, die gar nicht unbeträchtlich war, dennoch durchaus zum Vorteil der Besitzer aufrecht erhalten wurde. Sie nahm von ihrem samtnen Armstuhl aus sehr regelmäßig Anteil an den vorkommenden Geschäften; sie hörte an bestimmten Tagen den Verwalter an, durchsah als eine gute Rechnerin die Bücher mit der Feder in der Hand, ermahnte die Dienstboten und übte mitunter auch wohl ein klein wenig die Kunst, unterrichtet zu scheinen, wo sie es nicht war. Jedoch verstand es sich bei männiglich von selbst, daß alles in der Wirtschaft hätte drunter und drüber gehn müssen ohne die Einsicht und Treue eines Verwalters, der wirklich seinesgleichen suchte. Der gute Mann nahm aber unvermutet seinen Abschied, die Güter wurden verpachtet, und die edle Matrone, den Bitten ihres Bruders jetzt nicht länger widerstrebend, entsagte diesem Aufenthalt und ließ es sich gefallen, den späten Abend ihres Lebens im Schoße der Familie zuzubringen.

Dies wäre nun alles, was ich zugunsten der Wahrhaftigkeit des Herrn Erzählers vorzubringen hatte.«

Nachdem sich die Versammlung für diese interessanten Nachrichten aufs schönste bedankt, sprach unser Hofrat weiter: »Ich werde mich nunmehr zum Schluß so kurz wie möglich fassen.

Josephens Konfirmation war in der Dorfkirche vollzogen worden. Die Nachfeier des Tages aber fand in aller Stille auf dem Schlößchen statt. Am Abend nahm Sophie das Mädchen bei der Hand und führte sie nach einem Gemache im untern Stock, zu dem niemand, sogar der Vogt nicht, Zutritt hatte. Sephchen erblickte nun hier eine vollständige Goldschmiedswerkstatt, ganz neu und sauber eingerichtet. »Mein Kind!« sagte die edle Frau: »sieh an, das ist für deinen Franz, hier führst du ihn herein, wenn er mal kommen wird; hier muß dein Liebster sein Meisterstück machen. Ist das geschehn, so findet sich das übrige von selbst. Das Werkzeug bleibt sein Eigentum; er nimmt es mit gen Achfurth, wo ihr euch niederlassen sollt. Und dann gedenket mein und habt einander lieb in Gottesfurcht und Frieden!« – Zugleich bekam Josephe ein ähnliches Büchlein wie ich, obgleich sie nach Geburt und Rang nur ein Sonntagskind war. Die Werkstatt wurde nun wieder geschlossen, und ich war in der Tat der erste, dem sie sich nach vier Jahren wieder öffnete. Josephen war der Schlüssel durch Herrn Marcell bei seiner neulichen Anwesenheit behändigt worden. Ich hatte nur zu staunen und zu preisen, als ich mit meiner Braut von diesen Sachen Einsicht nahm: da war auch nicht das Geringste vergessen, vom großen Ofen bis zum unbedeutendsten Lötrohr herab, und Stück für Stück untadelhafte Ware, so rein und einladend, daß einem gleich der Mund nach der Arbeit zu wässern anfing. Auf meine Frage, was denn wohl zunächst hier mein Geschäft sein würde, gab mir Josephe nur ganz verblümten Bescheid, indem sie mich auf Herrn von Rochens Wiederkunft verwies; allein ich hatte längst gewittert, was da werden sollte, und war gefaßt auf alles, obwohl ich gar nicht leugnen will, daß mir etwas unheimlich wurde, als mir das Mädchen bald hernach zwei sonderbar gestrickte Schärpen zeigte, worauf gewisse Chiffern und Figuren von grüner, schwarzer, weißer Farbe sich durchschlangen. »Wozu soll das, Josephe?« fragte ich.

»Die eine für dich, die andere für mich«; antwortete das Mädchen mit geheimnisvollem Lächeln, »wir tragen sie auf *eine* Nacht.«

»Aber wozu, um Gottes willen?«

Sie legte ihren Finger auf den Mund: »Für jetzt nicht weiter, Franz; du bist ein Mann, und da, wo ich mich hin getraue, wirst du dich hoffentlich nicht scheuen.« – So kamen wir stillschweigend überein, daß vorderhand nicht mehr die Rede davon sein solle.

Der nächste schöne Morgen reizte uns zu einem kleinen Ausflug in die Gegend. Wir hatten uns noch unzählige Dinge zu sagen. Unter anderem wollte ich wissen, warum sie sich mir denn nicht gleich am ersten Abend, als ich kam, entdeckte? ja wie sie es nur übers Herz bringen können, den ganzen folgenden Tag so grausam Komödie mit mir zu spielen? – »So? meint der Herr«, entgegnete sie, »man hätte nicht auch Lust gehabt, ihm etwas auf den Zahn zu fühlen? Im ganzen habe ich mir freilich all die Jahre her nie eigentliche Sorgen wegen deiner gemacht. Besonders hielt ich mich an das, was wir gelegentlich durch Reisende erfuhren. So kam einmal der Vetter, als eben Kirmes war zu Jünneda, mit einem lustigen Messerschmied an *einen* Tisch im ‚Rößlein' zu sitzen, der war nicht weit von hier zu Haus, kam erst von Achfurth her und wußte gar manches von dir; darunter war mir denn das wichtigste und angenehmste, daß sie dich dort den kalten Michel hießen. Die Base wollte dies nicht eben tröstlich für mich finden, ich aber sagte gleich, bei mir wird er schon auftauen. Nun mußt du aber wissen, Freund, ausdrücklich hatte Frau Sophie mir gesagt, du müßtest mich bei unserm Wiedersehn von selbst erkennen: dies sei die erste Probe, wie tief dir Ännchen noch im Herzen sitze. Und daß ichs nur gestehe, mir wollte schon anfangen bange werden, weil du so gar vernagelt warst; ja meinen Ohren traute ich kaum, als mir der Mensch anfing, von seinen Liebschaften vorzuprahlen! Sieh, hätt ich mir nicht alle diese Faxen so ziemlich zurechtlegen können, es wär' ja wahrhaftig mein Tod gewesen! Etwas muß aber doch daran sein, dachte ich, so arg er auch aufschneidet, ganz leer ging es nicht ab, dafür soll er mir jetzt ein bißchen zappeln.«

Unter so fröhlichen Gesprächen waren wir, stets auf der flachen Höhe des Gebirgs fortschlendernd, bis an die gutsherrlichen Weinberge gekommen. Wir setzten uns auf eine kleine Mauer und blickten, über die Rebstöcke weg, hinunter in den sogenannten Schelmengrund. Die Gegend fiel mir auf, ja ich war ganz verblüfft – denn auf und nieder war ja hier das Tälchen wieder, das ich in jener Nacht gesehen, wo es vom Herbstvergnügen der Waidefeger widerhallte! Wie sonderbar! Alles traf zu, die Eiche abgerechnet, von welcher nichts zu sehen war. Ich säumte nicht, die Sache gleich Josephen zu erzählen, die sich höchlich darüber vernahm. Zwar hielt auch sie den Spuk in jener Rumpelkammer für einen bloßen Traum, den sie jedoch nichtsdestoweniger bedeutsam fand. Nachdem wir uns den Ort und namentlich eine gewisse rundliche, mit Gras und Disteln überwachsene Vertiefung in der Erde zunächst am Mäuerchen genau bemerkt, begaben wir uns, aller guten Hoffnung voll, nachdenklich auf den Rückweg.

Zu Hause ließ ich es mein erstes sein, die alte Karte mit dem Titelbildchen genauer zu betrachten. Die Ähnlichkeit war abermals nicht zu verkennen, obgleich sie sich bereits nicht mehr so ganz wie vorhin wollte finden lassen. – Während ich noch darüber nachdenke, reicht mir Josephe einen Brief: er sei in unserer Abwesenheit vom Dorf gebracht worden. Ich meinte Wunder was es wäre, das schlaue Mädchen aber sagte: »gib acht, Herr Peter hat was auf dem Korn.« So war es in der Tat. Seiner gekränkten Ehre eingedenk, machte er Miene, mir einen Prozeß anzuhängen; soviel sich aus der ganz konfusen Schreibart absehen ließ, schien er jedoch nicht ungeneigt, bevor es dahin käme, Genugtuung, und zwar mit barem Gelde, privatim von mir anzunehmen. – Zu rechter Zeit erinnerte ich mich jenes stählernen Knopfs, womit der Schuft den Fuhrmann damals prellte. Ich schlug sogleich ein säuberlich Papier um das edle Schaustück und legte ein paar Zeilen bei, worin ich ihm andeutete, wie sehr man sich zuweilen irren könne, und daß ein Biedermann, der in der Eile einen glatten Knopf für einen Fünfzehner ausgab, es eben auch passieren lassen müsse, wenn ihn ein anderer einmal für einen Galgenvogel nahm. – Der Brief tat völlig die gehoffte Wirkung; Herr Peter zeigte ihn zwar keiner Seele, doch soll er sich geäußert haben, ich hätte ihm sehr anständig Abbitte getan.

Nun kämen wir an das letzte Kapitel in meiner Geschichte, von dem ich zwar versichern darf, daß es seine besondern Reize hat, allein ich habe die Geduld meiner verehrten Zuhörer längst über die Gebühr erprobt, und so mag es für heute bewenden.«

»Wie? was, Herr Hofrat?« riefen mehrere Stimmen – »jetzt fällt es Ihnen plötzlich ein, Punktum zu machen, jetzt, da es auf das Ziel losgeht? da alles voll Erwartung ist? Nein, nein, das geht nicht an, wir protestieren sämtlich!«

Der Hofrat aber rückte gelassen seinen Stuhl, und da man ihn schon kannte, so sprach ihm niemand weiter zu.

»Wann werden wir denn nun das Ende hören?« fragten einige Damen.

»O morgen abend, wenn Sie wollen.«

»Was? da haben wir ja Ball! Als wenn er das nicht wüßte!«

»Gut – also übermorgen.«

»Da reisen Sie ja ab!«

»Ich?«

»Freilich! Ihre Frau hat es uns selbst gesagt. Seht doch den Schalk! Er wollte uns wahrhaftig den Rest ohne weiteres schuldig bleiben!«

»Nun« – war die Antwort – »daß ichs nur gestehe, ich pflege diesen Teil meiner Geschichte, der sich im wesentlichen übrigens von selbst ergibt, nie gerne zu erzählen.«

»Darf man wissen, warum?«

»Eine Grille.«

»Das scheint geheimnisvoll.«

»Ich glaube unsern Freund beinahe zu verstehn:« sagte Cornelie, eine geistvolle, höchst liebenswürdige Blondine: »und so sehr mich selber die Neugierde plagt, es will mir doch zugleich gefallen, daß von den geisterhaften Dingen, die wir ahnen, der letzte Schleier nicht hinweggenommen werde. Sie würden einem fast, deucht mich, zu wirklich und zu nahe, und wären wenigstens mit einer heitern Darstellung, wie diese doch im ganzen war, kaum zu vereinigen.«

»Ei was!« rief Oberst Mathey hier mit halb komischer Ungeduld: »was für Umstände! Wir müssen absolut jetzt irgendeinen Schluß, einen expressen Schluß bekommen, und wenn wir ihn uns selbst erzählen sollten!«

»Das möchte wohl so schwer nicht sein«, sagte Cornelie.

»Eh bien! ich nehme Sie beim Wort, mein schönes Kind! Geschwinde, geben Sie uns eine hübsche Skizze, damit sich unsere Imagination vor Schlafengehn beruhige.«

»Fürs erste«, fing Cornelie an, »wird Herr von Rochen, als ihm der merkwürdige Traum erzählt wurde, sogleich Anstalt zur Nachgrabung bei jenen Weinbergen getroffen haben. Gewiß geschah dies mit der größten Vorsicht, und zwar nicht anders als bei Nacht, teils um ein Aufsehn zu verhüten, teils weil der feierliche Gegenstand es so erforderte. Es war die Nacht vor Cyprian. Herr Marcell ermangelte nicht, bei Fackelschein in seiner Ostergalatracht zu Pferde den kleinen Zug geziemend anzuführen. In dessen Mitte ging Herr Arbogast als

Hauptperson, dann folgten ein halb Dutzend Arbeiter, mit brennenden Laternen, Spaten und Hacken wohl versehen. Diese geheimnisvolle Prozession, die Ankunft auf dem Platze, die Tätigkeit der Leute daselbst, wobei kein lautes Wort gesprochen werden durfte, sodann die immer steigende Bewegung, da man nach einem zweistündigen Graben endlich auf ein Gewölbe, zuletzt auf eine schmale Treppe stößt und nun der auserwählte Jüngling, die Fackel in der Hand, sich zwischen Schutt und Trümmerwerk hindurcharbeitend, ein enges Kellerchen betritt, wo er vor allen Dingen eine kleine verrostete Kiste entdeckt, hierauf, nicht weit davon, Frau Irmels unheilvolle Kette und endlich – o Entzücken! ein helles Häuflein Gold, seine Dukaten! – fürwahr, das sind köstliche Szenen, deren getreue Ausmalung sich allerdings verlohnen würde. Allein das wichtigste ist noch zurück. Der Irmelgeist, je näher die ersehnte Stunde kam, verdoppelte, wie man leicht denken kann, sein Seufzen, seine Ungeduld. Auf alle Fälle mußte der edle Jüngling noch um Mitternacht in seine Werkstatt gehn, die Kette herzustellen; ein kitzliches Geschäft, wobei er jeden Augenblick besorgte, daß ihm der Geist über die Schulter gucke, ob auch die Arbeit fördere. Das Bräutchen war ihm hier der größte Trost; sie hielt ihm vermutlich das Licht. Nachdem er fertig war, schickte das vielgetreue Paar sich an, das Letzte und Bedenklichste selbander zu bestehen. Josephe knüpfte sich und ihrem Liebsten die magische Leibbinde um, die zwar nicht jede Gänsehaut verhüten, doch sonst vor bösen Einflüssen bewahren konnte. So zog denn Bräutigam und Braut, die goldene Kette zwischen sich haltend, dem Sichelflusse zu, wo nun das Kleinod unter stillen Segenssprüchen den Wellen übergeben ward. Wie sich der Geist dabei benommen und wie Frau Irmels Danksagung gelautet, muß freilich dahingestellt bleiben; genug, daß sie zur Ruhe kam. Begierig wäre ich, was in dem eisernen Kistchen gewesen, und fast noch mehr, was für niedliche Dinge das Waidfegervolk in die Nischen und Ritzen des königlichen Schatzgewölbs versteckt haben mochte. Zuverlässig fand man auch der Waidekönigin ihr Krönlein darunter, das ich mir so geschmackvoll, so zierlich vorstelle, daß es Herrn Arbogast gleich als Modell zu seiner größern Arbeit dienen konnte, von der die Welt behauptet, sie sei ein Meisterstück der Kunst; wo aber eigentlich der Künstler die unvergleichlichen, sonst nie gesehenen Formen dazu hernahm, hat er den Leuten freilich nicht gesagt und kann auch billig unter uns bleiben.«

Der Hofrat lächelte und sprach: »Sie haben in der Tat, bis auf einige Kleinigkeiten, meine Geheimnisse so artig erraten, daß ich mich, ganz im Ernst, darüber wundern muß und kein Bedenken trage, hiemit meine Geschichte für geschlossen zu erklären.«

Sofort entspann sich unter den Zuhörern noch eine kleine Diskussion über Wahrheit und Dichtung in dem erzählten Abenteuer. »Vielleicht«, sagte einer der Herrn, ein Forstmeister, »vielleicht bin ich imstande, gerade was die Hauptfrage betrifft, einiges Licht in den Zusammenhang zu bringen. Es hatten, ungefähr vor dreißig Jahren, wirklich Nachgrabungen bei jenem Schlößchen statt. Ein alter Förster meines Schwagers, der in der Nähe dort begütert ist, erzählte viel davon. Man fand einen langen, gewölbten, teilweise noch gut erhaltenen Gang. Er zog sich unterirdisch noch eine Strecke in den Wald hinein, wo er in eine wilde, fast unzugängliche Bergschlucht auslief. An seinem andern Ende, vermutlich in der Richtung nach der Burg, wo er etwa nur eingestürzt war, entdeckte man verschiedene zum Teil kostbare Gegenstände, die schwerlich anders als durch Raub dahingekommen sein konnten. Der berüchtigte Faligan, der sich bekanntlich im Spessart und im Odenwald lange umhertrieb und sein Leben in einem Gefecht mit streifenden Bauern durch einen Büchsenschuß verlor, soll an mehreren Orten solche geheime Niederlagen hinterlassen haben. Auch im gedachten Falle führten gewisse Spuren auf ihn zurück. Nun war er selbst zwar zu der Zeit, in die Herrn Arbogasts Beraubung fiele, schon längst tot, allein was hindert uns anzunehmen, daß in der Zwischenzeit ein ähnliches Genie das Loch entdeckt, den vorgefundenen Schatz auf gleiche Art vermehrt und endlich auch Herrn Arbogasts Felleisen so glücklich operiert haben möge?«

Indes nun die Gesellschaft sich hierüber stritt, war der Hofrat still hinausgegangen, kam aber sehr bald wieder und sah sich rings im Saale um. Man fragte, was er suche. »Ich suche meine Frau«, versetzte er, »die ich schon längst im tiefsten Schlaf begraben glaubte. Ihr Bette ist noch unberührt!«

»Das sieht bedenklich aus!« sagte Cornelie, »wenn man sie Ihnen nur nicht entführte, Herr Hofrat! Sagt nicht Ihr Schatzkästlein etwas dergleichen?«

Eine bekannte, angenehme Stimme sprach hier auf einmal hinter dem Ofen hervor:

»Jag nit darnach, mach kein Geschrei,
Und allerdings fürsichtig sei.«

und sogleich trat zu allgemeinem Jubel Madame Arbogast aus ihrem dunkeln Versteck. Sie dankte ihrem Manne sehr anmutig für all das Schöne und Gute, das er ihr angedichtet, bestätigte jedoch, daß er im ganzen keineswegs ein Märchen erzählt habe.

Als die Gesellschaft nun aufbrach und jedermann sein Licht ergriff, sprach Arbogast noch mit Cornelien und sagte ihr etwas ins Ohr. »Ists möglich?« rief sie mit Verwunderung, so daß die andern in der Türe stehen blieben. »Wissen Sie auch«, fuhr sie, gegen jene gewendet, heraus: »wer der verdächtige Wegzeiger war auf der Heide? – Der Ritter von Latwerg! Er wartete auf seinen Osterengel.«

»Was Teufels!« rief der Oberst. »Nun denn – Gut Nacht, Herr Ritter! Die Hähne krähen schon, mich verlangt nach dem Bette!«

## DER BAUER UND SEIN SOHN

Märchen

Morgens beim Aufstehn sagt einmal der Peter ganz erschrocken zu seinem Weib: »Ei, schau doch, Ev', was hab ich da für blaue Flecken! Am ganzen Leib schwarzblau! – und denkt mir doch nicht, daß ich Händel hatte!« – »Mann!« sagte die Frau, »du hast gewiß wieder den Hansel, die arme Mähr, halb lahm geschlagen? Vom Ehni hab ich das wohl öfter denn hundertmal gehört: wenn einer sein Vieh malträtiert, seis Stier, seis Esel oder Pferd, da schickt es seinem Peiniger bei Nacht die blauen Mäler zu. Jetzt haben wirs blank.« Der Peter aber brummte: »hum, wenns nichts weiter zu bedeuten hat!« schwieg still und meinte, die Flecken möchten ihm den Tod ansagen; deshalb er auch etliche Tage zahm und geschmeidig war, daß es dem ganzen Haus zugut kam. Kaum aber ist ihm die Haut wieder heil, da ist er wie immer der grimmige Peter mit seinem roten Kopf und lauter Flüchen zwischen den Zähnen. Der Hansel sonderlich hatte sehr böse Zeit, dazu noch bittern Hunger, und wenn ihm oft im Stall die Knochen alle weh taten von allzu harter Arbeit, sprach er wohl einmal vor sich hin: ich wollt, es holte mich ein Dieb, den würd ich sanft wegtragen!

Es hatte aber der Bauer einen herzguten Jungen, Frieder mit Namen, der tat dem armen Tier alle Liebe. Wenn die Stalltür aufging, etwas leiser wie sonst, drehte der Hansel gleich den müden Kopf herum, zu sehn, ob es der Frieder sei, der ihm heimlich sein Morgen- oder Vesperbrot brachte. So kommt der Junge auch einmal hinein, erschrickt aber nicht wenig: denn auf des Braunen seinem Rücken sitzt ein schöner Mädchenengel mit einem silberhellen Rock und einem Wiesenblumenkranz im gelben Haar und streicht dem Hansel die Bückel und Beulen glatt mit seiner weißen Hand. Der Engel sieht den Frieder an und spricht:

»Dem wackern Hansel gehts noch gut,
Wenn ihn die Königsfrau reiten tut.

Arm Frieder
Wird Ziegenhüter,
Kriegt aber Überfluß,
Wenn er schüttelt die Nuß,
Wenn er schüttelt die Nuß!«

Solches gesagt, verschwand der Engel wieder und war nicht mehr da. Den Knaben überliefs, er huschte hurtig aus der Tür. Als er aber den Worten, die er vernommen, weiter nachsann, ward er fast traurig. Ach! dachte er, der Ziegenbub vom Flecken sein, das ist doch gar ein faul und ärmlichs Leben, da kann ich meiner Mutter nicht das Salz in die Suppe verdienen. Aber Nüss'? woher? In meines Vaters Garten wachsen keine; und wenn ich sie auch ganzer Säcke voll schütteln sollte, wie der Engel verheißt, davon wird niemand satt. Ich weiß, was ich tun will, wann ich die Ziegen hüten muß: ich sammle Besenreißig nebenher und lerne Besen binden, da schafft sich doch ein Kreuzer. Solche Gedanken hatte Frieder jenen ganzen Tag, sogar in der Schule, und schaute darein wie ein Träumer. »Wieviel ist sechs mal sechs?« fragte der Schulmeister beim Einmaleins. »Nun, Frieder, was geht dir heut im Kopf herum? schwätz!« Der Bub, voll Schrecken, wußte nicht, sollt' er sagen: Besenreißig oder sechsunddreißig, denn eigentlich war beides richtig; er sagte aber: »Besenreißig!« Da gab es ein Gelächter, daß alle Fenster klirrten, und blieb noch lang ein Sprichwort in der Schule, wenn einer in Gedanken saß: der hat Besenreißig im Kopf.

In der Nacht konnte Frieder nicht schlafen. Einmal kam es ihm vor, als sei es im Hof nicht geheuer; er richtete sich auf und sah durchs Fenster über seinem Bett. Sieh da! drang eine Helle aus dem Stall und kam der Hansel heraus und der Engel auf ihm, der ritt ihn aus dem Hof so sachten Tritts, als ging' es über Baumwolle weg. Im ersten Augenblick will Frieder schreien, doch gleich besinnt er sich und denkt, es ist ja Hansels Glück! – legt sich also geruhig wieder hin und weint nur still in die Kissen, daß jetzt der Hansel fort sein soll und nimmer wiederkommen.

Wie nun die zwei auf offener Straße waren und der Gaul im hellen Mondschein seinen Schatten sah, sprach er für sich: »Ach! bin ich nicht ein dürres Bein! eine Königin säße mir nimmermehr auf.« Der Engel sagte weiter nichts hiegegen und lenkte bald seitwärts in einen Feldweg ein, wo sie nach einer guten Strecke an eine schöne Wiese kamen; sie war voll goldener Blumen und hieß die *unsichtbare*, denn sie von ordinären Leuten nicht gesehen ward und ging bei Tage immer in einen nahen Wald hinein, daß sie kein Mensch ausfand. Kam aber guter armer Leute Kind mit einem Kühlein oder Geiß daher, dem zeigte der Engel die Wiese; es wuchs ein herrliches Futter auf ihr, auch mancherlei seltsame Kräuter, davon ein Tier fast wunderbar gedieh. Auf demselbigen Platz stieg der Engel jetzt ab, sprach: »Weide, Hans!« lief dann am Bach hinunter und schwand in die Lüfte, nur wie ein Stern am Himmel hinzückt. Der Hansel seinerseits fraß aber tapfer zu; und als er satt war, tat's ihm leid, so fett und milchig war das zarte Gras. Endlich kommt ihm der Schlaf; also legt er sich stracks an den Hügel dort bei den runden Buchen und ruht bei vier Stunden. Weckt ihn mit eins ein Jägerhorn, da war es Tag und stund die Sonne hell und klar am Himmel. Risch, springt er auf, sieht seinen Schatten auf dem grünen Rasen, verwundert sich und spricht: »Ei! was bin ich für ein schmucker Kerl geworden! unecket, glatt und sauber!« So war es auch, und glänzte seine Haut als wie in Öl gebadet.

Nun aber jagte der König des Landes schon etliche Tage in selbiger Gegend und ging just aus dem Wald hervor mit seinen Leuten. »Ah schaut! ah schaut!« rief er: »was für ein schönes Roß! wie es die stolzen Glieder übt in Sprüngen und luftigen Sätzen!« So sprechend trat er nahe herzu mit den Herren vom Hofe, die vernahmen sich alle über das Pferd und klopften ihm liebkosend auf den Hals. Sagte der König: »Reit, Jäger, in das Dorf hinein, zu fragen, ob dieses Tier nicht feil. Sag ihnen es käme an keinen schlechten Herrn.« Derselbe Jägersmann ritt eine Schecke, welche dem Hansel wohlgefiel, derhalben er von selbst mit in den Flecken trabte, wo die Bauern alsbald neugierig die Köpfe aus den Fenstern streckten. »Hört, Leute! wessen ist der feine Braun?« ruft der Jäger durch die Gassen. »Mein ist er nicht! – Das ist kein hiesiger«! hieß es von allen Seiten. »Sieh, Frieder, guck!« sagte der Peter, »das ist ein ungrischer. Ich wollt, der wär mein.« Zuletzt beteuerte der Hufschmied, ein solches Tier sei auf sechs Meilen im Revier gar nicht zu Hause. Da ritt der Jäger samt dem Hansel zum König zurück, vermeldend: »das Roß ist herrenlos.« – »Behalten wirs denn!« versetzte der König, und ging der Zug also weiter.

Indessen meint der Peter, es wäre Zeit, sein Vieh zu füttern, und stößt mit Gähnen die Stalltür auf. Hu! macht der Rüpel Augen, wie er den leeren Stand der Mähre sieht! Lang waren ihm alle Gedanken wie pelzen. »Zum Gukuk!« fuhr er endlich auf. »wird nicht viel fehlen, war da vorhin der fremde Gaul mein Hansel, und ists mit des Teufels Blendwerk geschehen, daß ihn kein Mensch dafür erkannte!« Der Peter wollte sich die Haar ausraufen: allein was konnte er machen? Der Gaul war fort. Es haben mich nur die zwei Öchslein gedauert. An denen ließ der Unmensch seinen Grimm in diesen Tagen aus, und mußten sie für ihrer drei arbeiten. Was ihnen aber, nächst Püffen, Schlägen, Hungerleiden, das Leben vollends ganz verleidete, das war das Heimweh nach dem braven Hans. Sie trauerten und wurden wie verstockt und taten alles hinterstfür; deshalb der Peter leis zu seinem Weibe sprach: »Es ist schon nicht anders, die Ochsen sind mir auch verhext.« Bald wurden die Ehleute eins, daß sie das Paar für ein Spottgeld dem Metzger abließen; der schlachtete sie in der Stadt. Allein was geschieht? In einer Nacht, da alles schlief, klopft es dem Peter am Laden; schreit er: »Wer ist da drauß?« Antworten ihm zwo tiefe Baßstimmen:

»Der Walse und der Bleß
Müssen wandeln deinetwegen,
Wollen zu fressen, fressen in ihre kalten Mägen!«

Dem Peter schauerte die Haut, er zupfte sein Weib: »Steh *du* auf, Ev!« – »Ich nicht!« antwortete die Frau, »sie wollen halt ihr Sach von *dir*.« So stund der Großmaul auf mit Zittern, warf ihnen Futter hinaus, und wie sie damit fertig waren, gingen sie wieder.

Nun kam das Unglück Schlag auf Schlag. Der Peter brachte zwar vom nächsten Markt wieder zween Stiere heim, allein da zeigte sichs, es wollte mit aller Lieb kein Vieh mehr in dem Stalle bleiben: die beiden Stiere samt der Kuh wurden krank, man mußte sie mit Schaden aus dem Hause tun. Der Peter läuft zu einem Hexenbanner, will sagen Erzspitzbuben, legt ihm gutwillig einen Taler hin, dafür kriegt er ein Pulver, mit dem soll er den Stall durchräuchern, Schlag zwölfe um

Mittag. Er räucherte auch wirklich so handig, daß er die Glut ins Stroh brachte, und schlug der rote Hahn alsbald die Flügel auf dem Dach, das heißt, Stallung und Scheuer ging in lichten Flammen auf; mit knapper Not konnte die Löschmannschaft das Wohnhaus retten. Peter, wo wills mit dir hinaus? – Die nächste Nacht klopft es am Kammerladen. »Wer ist da?«

»Der Walse und der Bleß
Kommen in Wind und Regen,
Wollen zu fressen, fressen in ihre kalten Mägen!«

Da fuhr der Peter in Verzweiflung aus dem Bett, schlug die Hände überm Kopf zusammen und rief: »Ach mein! ach mein! soll ich die Toten füttern und hab doch bald für die Lebendigen nichts mehr!« Das erbarmte die Tiere, sie gingen fort, kamen auch nimmermehr.

Anstatt daß der Peter jetzt in sich geschlagen hätte und seinen Frevel gutgemacht, bot er dem Jammer Trutz im Wirtshaus unter lustigen Gesellen. Je mehr sein Weib ihn schalt und lamentierte, um desto weniger schmeckt's ihm daheim; er machte dabei Schulden, kein General hätt sich dran schämen dürfen, und bald kam es so weit, daß man ihm Haus und Gut verkaufte. Jetzt mußte er taglöhnen, und auch sein armes Weib spann fremder Leute Faden. Der Frieder aber, der saß richtig vor dem Dorf, hielt einen Stecken in der Hand und wartete der Ziegen oder band Besenreis auf den Verkauf.

Drei Jahre waren so vergangen, begab sichs einmal wieder, daß der König das Wildschwein jagte, und war auch die Königin diesmal dabei. Weil es aber Winterszeit war und sehr kalt, wollten die Herrschaften das Mittagsmahl nicht gern im Freien nehmen, sondern die königlichen Köche machten ein Essen fertig im Greifenwirtshaus, und speiste man im obern Saal vergnüglich, dazu die Spielleute bliesen. Das Volk aber stund auf der Gasse, zu horchen. Als nunmehr nach der Tafel die Pferde wieder vorgeführt wurden und man auch das Leibroß der Königin zäumte, stund vornean der Ziegenbub, der sprach gar keck zum Reitknecht hin: »das Roß ist meines Vaters Roß, daß Ihrs nur wißt!« Da lachte alles Volk laut auf; der Braune aber wieherte dreimal für Freuden und strich mit seinem Kopf an Frieders Achsel auf und nieder. Dies alles sah und hörte die Königin vom

Fenster hochverwundert und sagt' es gleich ihrem Gemahl. Derselbe läßt den Ziegenbuben rufen, und dieser tritt bescheidentlich, doch munter in den Saal, mit Backen rosenrot, und war er auch sonst ein sauberer Bursche mit lachenden Augen, ging aber barfuß. Red't ihn der König an: »du sagtest ja, das schöne Pferd da unten wär deines Vaters, nicht?« – »Und ist auch wahr, Herr, mit Respekt zu melden.« – »Wie willst du das beweisen, Bursch?« – »Ich will es wohl, wenn Ihr's vergönnt. Den Reitknecht hört' ich rühmen, das Roß ließe niemand aufsitzen außer die Königin, der es gehöre. Nun sollt Ihr aber sehn, ob mir's nicht stille hält und nachläuft, wenn ich ihm Hansel rufe: darnach mögt Ihr denn richten, ob ich die Wahrheit sprach.« Der König schwieg ein Weilchen, sprach dann zu einem seiner Leute: »bringt mir drei wackre Männer aus der Gemeine her, damit wir hören, was sie dem Knaben zeugen.« Als nun die Männer kamen und über das Pferd gefragt wurden, so fiel ihr Ausspruch nicht zu Frieders Gunsten aus. Da tät der Knabe seinen Mund selbst auf und hub an, treu und einfältig die Geschichte vom Engel zu erzählen, wie er den Hansel entführte, auch wie er ihm unlängst wieder erschienen sei und ihm die unsichtbare Wiese gezeigt habe, welche den Hansel so stattlich gemacht. Darüber waren freilich die Anwesenden hoch erstaunt, etliche blickten schlemisch, allein die Königin sagte: »gewiß, das ist ein frommer Sohn und steht ihm die Wahrheit an der Stirn geschrieben.« Der König selber schien dem Buben wohlgesinnt, doch, weil er guter Laune war, sprach er: »das Probstück wollen wir ihm nicht erlassen.« Hiermit rief er den Frieder an ein Seitenfenster, das nach dem Freien ging auf einen Grasplatz, weit und flach, in dessen Mitte stund ein großer Nußbaum, wohl hundert Schritt vom Haus; es lag aber alles dicht überschneit, denn es im Christmond war. »Du siehst«, sagte der König, »die große Wiese hier.« – »O ja, warum denn nicht,« rief ein Hofmann, des Königs Spaßmacher, halblaut dazwischen: »es ist zwar eine von den unsichtbaren, denn sie ist über und über mit Schnee zugedeckt.« Die Hofleute lachten; der König aber sprach zum Knaben: »laß dich ein loses Maul nicht irren! Schau, du sollst mir auf dem Hansel einen Ring rund um den Nußbaum in den Schnee hier reiten, und wenn es gut abläuft, soll aller Boden innerhalb des Rings dein eigen sein!« Da freuten sich die Schranzen, meinend, es gäbe einen rechten Schnack;

der Frieder wurde aber so freundlich, daß er die weißen Zähne nicht wieder unterbringen konnte. Das Roß ward vorgeführt (nachdem man ihm zuvor den goldnen Frauensattel abgenommen), es jauchzte hell-auf, und alles Volk mit ihm, und Frieder saß oben mit *einem* Schwung. Erst ritt er langsam bis zur Wiese vor, hielt an und maß mit dem Aug nach allen Seiten den Abstand vom Baum, dann setzt' er den Hansel in Trab und endlich in gestreckten Lauf, das ging wie geblasen, und war es eine Lust ihm zuzusehen, wie sicher und wie leicht der Bursche saß. Er war aber nicht dumm und nahm den Kreis so weit, als er nur konnte; gleichwohl lief derselbe am Ende so schön zusammen, als wär er mit dem Zirkel gemacht. Mit Freudengeschrei ward der Frieder empfangen, im Nu saß er ab, küßte den Hansel auf den Mund, und der König am Fenster winkt' ihm herauf in den Saal. »Du hast«, sprach er zu ihm, »dein Probstück wohl gemacht; die Wiese ist dein. Den Hansel anbelangend, den kann ich dir nicht wiedergeben: ich hab ihn meiner Königin geschenkt; soll aber dein Schade nicht sein.« Mit diesen Worten drückte er ihm ein Beutelein in die Hand, gespickt voll Dublonen. Des war der Knabe sehr zufrieden, zumal die Königin hinzusetzte: er möge alle Jahr zur Stadt kommen, in ihrem Schloß vorsprechen und den Hansel besuchen. »Ja«, rief der Frieder, »und da bring ich Euch zur Kirchweih' allemal ein Säcklein grüne Nüss' vom Baum!« – »Bleib es dabei!« sagte die Königin; so schieden sie. Der Frieder lief heim durch all das Volksgewühl und Gejubel hindurch, zu seinen Eltern. Der Peter hatte den Ritt von weitem heimlich mit angesehen, und jetzt tat er in seinem Herzen ein Gelübde – ich brauche ja wohl nicht zu sagen, worin das bestand. Genug, der Hansel und der Frieder hatten ihm wieder auf einen grünen Zweig geholfen: er wurde ein braver, ehrsamer Mann, dazu ein reicher, der einen noch reichern Sohn hinterließ. Seit dieser Zeit hat sich im ganzen Dorf kein Mensch an einem Tier mehr versündigt.

# DIE HAND DER JEZERTE

Märchen

In des Königes Garten, eh das Frühlicht schien, rührte der Myrtenbaum die Blätter, sagend:

»Ich spüre Morgenwind in meinen Zweigen; ich trinke schon den süßen Tau: wann wird Jezerte kommen?«

Und ihm antwortete die Pinie mit Säuseln:

»Am niedern Fenster seh ich sie, des Gärtners Jüngste, schon durchs zarte Gitter. Bald tritt sie aus dem Haus, steigt nieder die Stufen zum Quell und klärt ihr Angesicht, die Schöne.«

Darauf antwortete der Quell:

»Nicht Salböl hat mein Kind, nicht Öl der Rose; es tunkt sein Haar in meine lichte Schwärze, mit seinen Händen schöpft es mich. Stille! ich höre das Liebchen.«

Da kam des Gärtners Tochter zum Born, wusch sich und kämmte sich und flocht ihre Zöpfe.

Und sieh, es traf sich, daß Athmas, der König, aus dem Palaste ging, der Morgenkühle zu genießen, bevor der Tag anbrach; und wandelte den breiten Weg daher auf gelbem Sand und wurde der Dirne gewahr, trat nahe zu und stand betroffen über ihre Schönheit, begrüßte die Erschrockene und küßt' ihr die Stirn.

Seit diesem war sie Athmas lieb und kam nicht mehr von seiner Seite Tag und Nacht; trug köstliche Gewänder von Byssus und Seide und war geehrt von den Vettern des Königs, weil sie sich hold und demütig erwies gegen Große und Kleine und gab den Armen viel.

Übers Jahr aber wurde Jezerte krank, und half ihr nichts, sie starb in ihrer Jugend.

Da ließ der König ihr am Garten des Palasts ein Grabgewölbe bauen, wo der Quell entsprang, darüber einen kleinen Tempel und ließ ihr Bildnis drin aufstellen aus weißem Marmor, ihre ganze Gestalt, wie sie lebte, ein Wunderwerk der Kunst. Den Quell aber hielt das Volk heilig.

Alle Monden einmal ging der König dahin, um Jezerte zu weinen. Er redete mit niemand jenen Tag, man durfte nicht Speise noch Trank vor ihn bringen.

Er hatte aber eine andere Buhle, Naïra; die ward ihm gram darob und eiferte im stillen mit der Toten; gedachte, wie sie ihrem Herrn das Andenken an sie verkümmere und ihm das Bild verderbe.

Sie beschied insgeheim Jedanja zu sich, einen Jüngling, so dem König diente; der trug eine heimliche Liebe zu ihr, das war ihr nicht verborgen. Sie sprach zu ihm: »Du sollst mir einen Dienst erzeigen, dran ich erkennen will, was ich an dir habe. Vernimm. Ich höre von Jezerten immerdar, wie schön sie gewesen, so daß ich viel drum gäbe, nur ihr Bildnis zu sehn, und ob ich zwar das nicht vermag, weil mein Herr es verschworen, will ich doch *eines* von ihr sehen, ihre Hand, davon die Leute rühmen, es sei ihresgleichen nicht mehr zu finden. So sollst du mir nun dieses Wunder schaffen und mir vor Augen bringen, damit ich es glaube.«

»Ach, Herrin«, sagte er, »ich will dich selbst hinführen, daß du Jezerte beschauest, bei Nacht.«

»Mitnichten!« antwortete sie: »wie könnte ich aus dem Palaste gehen? Tu, wie ich sagte, Lieber, und stille mein Gelüst. –« Und sie verhieß ihm große Gunst, da versprach es der Knabe.

Auf eine Nacht ersah er die Gelegenheit durch Pforten und Gänge und kam zum Grabmal unbeschrieen, denn die Wache stand in den Höfen. Er hatte aber einen künstlichen Haken, der öffnete das Schloß, und wie er eintrat, sah er das Bildnis stehn im Schein der Lampen; die brannten Tag und Nacht.

Er trat herzu, faßte die eine Hand und brach sie ab, hart über dem Gelenke, barg sie in seinen Busen, eilte und zog die Tür hinter sich zu.

Wie er nun längs der Mauer hinlief, vernahm er ein Geräusch und deuchte ihm, als käme wer. Da nahm er in der Angst die Hand und warf sie über die Mauer hinweg in den Garten und floh. Die Hand fiel aber mitten in ein Veilchenbeet und nahm keinen Schaden. Alsbald gereuete den Jüngling seine Furcht, denn sie war eitel, und schlich in den Garten, die Hand wieder zu holen; er fand sie aber nicht und suchte, bis der Tag anfing zu grauen, und war wie verblendet. So machte er sich fort und kam in seine Kammer.

Am andern Morgen, als die Sonne schien, lustwandelte Athmas unter den Bäumen. Er kam von ungefähr an jenes Beet und sah die weiße Hand in den Veilchen und hob sie auf mit Schrecken, lief hinweg, und es entstand ein großer Lärm durch den Palast. Kamen auch alsbald Knechte des Königs und sagten ihm an: »wir haben in der Dämmerung Jedanja gesehn durch den Garten hin fliehen und haben seine Fußstapfen verfolgt.« Darauf ward der Jüngling ergriffen und in das Gefängnis geworfen.

Naïra mittlerweile bangte nicht, denn sie war keck und sehr verschlagen. Berief in der Stille Maani zu sich, Jedanjas Bruder, und sagte: »mich jammert dein Bruder, ich möchte ihm wohl heraushelfen, wenn er den Mut hätte, zu tun, wie ich ihn heiße, und du mir eine Botschaft an ihn brächtest.«

Maani sprach: »befiehl und nimm mein eigen Leben, daß ich nur den Knaben errette!«

Da hieß Naïra ihn schnell einen Pfeil herbeiholen. Sie aber nahm einen Griffel und schrieb der Länge nach auf den Schaft diese Worte:

»Verlange vor den König und sprich: ‚Jedanja liebte Jezerten und war von ihr geliebt, und hängt sein Herz noch an der Toten, also daß er im blinden Wahn die Übeltat verübte.' So spreche mein Freund und fürchte nicht, daß ihn das Wort verderbe. Die dieses rät, wird alles gutmachen.«

Nachdem sie es geschrieben, sagte sie: »nimm hin und schieße diesen Pfeil zu Nacht durchs Gitter, wo dein Bruder liegt im Turm.«

Maani ging und richtete es kühnlich aus.

Den andern Tag rief Athmas den Gefangenen vor sich und redete zu ihm: »Du hast das nicht von selbst getan. So bekenne denn, wer dich gedungen!«

Der Jüngling sagte: »Herr, niemand.«

Und als er Grund und Anlaß nennen sollte seines Frevels, verweigert' ers und schwieg, so hart man ihn bedrohte, und mußten ihn die Knechte wieder wegführen. Sie schlugen ihn und quälten ihn im Kerker, drei Tage nacheinander, solchermaßen, daß er nahe daran schien zu sterben. Dies litt er aber listigerweise, der Absicht, daß er Glauben finden möge, wenn er nunmehr zu reden selbst begehrte. Ließ sich also am vierten Morgen, da die Peiniger aufs neue kamen, zu dem

König bringen, fiel zitternd auf sein Angesicht, schien sprachlos, wie vor großer Angst und Reue, bis ihm verheißen ward, das Leben zu behalten, wofern er die Wahrheit bekenne. Da sagte er:

»So wisse, Herr! Bevor des Gärtners Tochter meinem Herrn gefiel, daß er sie für sich selbst erwählte, war sie von Jedanja geliebt, und sie liebte ihn wieder. Hernach floh ich hinweg aus Kummer und kehrte nicht zur Stadt zurück, bis ich vernahm, Jezerte sei gestorben. Die ganze Zeit aber habe ich nicht aufgehört, das Kind zu lieben. Und da ich jüngst bei Nacht, von Sehnsucht übernommen, wider dein Gebot in das Gewölbe ging und sah das Bild, trieb mich unsinniges Verlangen, den Raub zu begehn.«

Der König hatte sich entfärbt bei dieser Rede und stand verworren eine Zeitlang in Gedanken; dann hieß er die Diener Jedanja frei lassen, denn er zweifelte nicht mehr, daß dieser wahr gesprochen. Doch befahl er dem Jüngling und allen, die jetzo zugegen gewesen, bei Todesstrafe, nicht zu reden von der Sache.

Athmas war aber fortan sehr bekümmert, denn er dachte, Jezerte habe ihm gelogen, da sie ihm schwur, sie habe keinen Mann gekannt, bis sie der König gefunden; also daß er nicht wußte, sollt er die Tote ferner lieben oder hassen.

Einsmals, da Naïra sich bei ihm befand wie gewöhnlich, erblickte sie an seinem Sitz ein Kästchen von dunklem Holz, mit Perlen und Steinen geziert. Daran verweilten ihre Augen, bis Athmas es bemerkte und ihr winkte, das Kästchen zu öffnen. Sie lief und hob den Deckel auf, da lag Jezertes Hand darin auf einem Kissen. Sie sah dieselbe mit Verwunderung an und pries sie laut mit vielem Wesen vor dem König. Und er, indem er selber einen Blick hintat, sprach ohne Arg: »Schaut sie nicht traurig her, gleich einer Taube in der Fremde? Siehe, es war ein weißes Taubenpaar, nun hat der Wind die eine verstürmt von ihrer Hälfte weg. Ich will, daß sie der Grieche wieder mit dem Leib zusammenfüge.«

Diese Rede empfand Naïra sehr übel. Sie fing aber an, mit falschen Worten ihren Herrn zu trösten, und sagte arglistig dabei, Jezerte möge wohl vor Gram um ihren Knaben krank geworden und gestorben sein. Hiemit empörte sie des Königes Herz und schaffte sich selbst keinen Vorteil, vielmehr ward er mißtrauisch gegen sie.

Er ging und sprach bei sich: »sollte es sein, wie dies Weib mir sagt, so will ich doch nimmer das Bildnis vertilgen. Wann jetzt die Zeit der heiligen fünf Nächte kommt, will ich's versenken in das Meer, nicht allzufern der Stadt. Es sollen sich ergötzen an seiner Schönheit holde Geister in der Tiefe, und der Mond mit täuschendem Schein wird es vom Grund herauf heben. Dann werden die Schiffer dies Trugbild sehn und werden sich des Anblicks freuen.«

Nicht lang hernach, da der König vor solchen Gedanken nicht schlief, erhob er sich von seinem Lager und ging nach dem Grabmal, sah das Bild, daran das abgebrochene Glied vom Künstler mit einer goldenen Spange wieder wohl befestigt war, daß niemand einen Mangel hätte finden können, der es nicht wußte. Er kniete nieder, abgewendet von Jezerte, mit dem Gesicht gegen die Wand und flehte Gott um ein gewisses Zeichen, ob das Kind unschuldig war oder nicht; wo nicht, so wollt er Jezerte vergessen von Stund an. Er hatte aber kaum gebetet, so ward der ganze Raum von süßem Duft erfüllt, als von Veilchen; als hätte Jezertes Hand von jenem Gartenbeet allen Wohlgeruch an sich genommen und jetzo von sich gelassen mit eins. Da wußte Athmas gewiß, sie sei ohne Tadel, wie er und jedermann sie immerdar gehalten; sprang auf, benetzte ihre Hand mit Tränen und dankte seinem Gott. Zugleich gelobte er ein großes Opfer und ein zweites mit reichen Gaben an das arme Volk, wenn ihm der Täter geoffenbart würde.

Und sieh, den andern Morgen erschien Naïra zur gewohnten Stunde nicht in des Königs Gemächern und ließ ihm sagen, sie sei krank, er möge auch nicht kommen, sie zu besuchen. Sie lag im Bette, weinte sehr vor ihren Frauen und tobte, stieß Verwünschungen aus und sagte nicht, was mit ihr sei; auch schickte sie den Arzt mit Zorn von sich.

Da sie nach einer Weile stiller geworden, rief sie herzu ihre Vertrauteste und wies ihr dar ihre rechte Hand, die war ganz schwarz, wie schwarzes Leder, bis an das Gelenk. Und sprach mit Lachen zu der ganz entsetzten Frau: »diesmal, wenn du nicht weißt zu schmeicheln und ein Bedenken hast zu sagen, sie ist viel weißer als das Elfenbein und zärter als ein Lotosblatt, will ich dir nicht feind sein!« – Dann weinte sie von neuem, besann sich und sagte mit Hast: »nimm allen meinen Schmuck, Kleider und Gold zusammen und schaffe, daß wir heute in der Nacht entkommen aus dem Schloß! Ich will aus diesem Lande.«

Das letzte Wort war ihr noch nicht vom Munde, da tat sich in der Wand dem Bette gegenüber eine Tür auf ohne Geräusch, die war bis diese Stunde für jedermann verborgen, und durch sie trat der König ein in das Gemach.

In ihrem Schrecken hielt Naïra beide Hände vors Gesicht, alsdann fuhr sie zurück und barg sich in die Kissen. Er aber rief: »bei meinem Haupt, ich wollte, daß meine Augen dieses nicht gesehen hätten!« – So zornig er auch schien, man konnte doch wohl merken, daß es ihm leid tat um das Weib.

Er ging indes, wie er gekommen war, und sagte es den Fürsten, seinen Räten, an, alles, wie es gegangen. Diese verwunderten sich höchlich, und einer, Eldad, welcher ihm der nächste Vetter war, frug ihn: »Was will mein Herr, daß Naïra geschehe, und was dem Buben, den du losgelassen hattest?« – Der König sagte: »Verbannet sei die Lügnerin an einen wüsten Ort. Ihr Blut begehre ich nicht; sie hat den Tod an der Hand. Jedanja mögt ihr fangen und verwahren.«

Es war aber im Meer, zwo Meilen von dem Strand, an dem die Stadt gelegen, eine Insel, von Menschen nicht bewohnt, nur Felsen und Bäume. Dahin beschloß Eldad sie bringen zu lassen; denn beide hatten sich immer gehaßt. Als ihr nun das verraten ward, obwohl es annoch geheim bleiben sollte, sprach sie sogleich zu ihren Frauen: »nicht anderes hat er im Sinn, denn daß ich dort umkomme. Ihr werdet Naïra nicht sehen von dieser Insel wiederkehren.«

Fortan hielt sie sich still und trachtete auf keine Weise dem zu entgehn, das ihrer wartete. Sie machte sich vielmehr bereit zur Reise auf den andern Morgen. Denn schon war bestellt, daß ein Fahrzeug drei Stunden vor Tag sie an der hintern Pforte des Palasts empfange.

Und als sie in der Frühe völlig fertig war und angetan mit einem langen Schleier und schaute durchs Fenster herab in die Gärten, da der Mond hell hinein schien, sprach sie auf einmal zu den Frauen: »hört, was ich jetzo dachte, indem ich also stand und mir mein ganz Elend vor Augen war. Ich sagte bei mir selbst: du möchtest dies ja wohl erdulden alles, die Schmach, den Bann und den Tod, wenn du nicht müßtest mit dir nehmen das böse Mal an deiner Hand; denn es grauete mir vor mir selbst. In meinem Herzen sprach es da: Wenn du die Hand eintauchtest in Jezertes Quell beim Tempel, mit Bitten, daß sie dir vergebe, da wärest du rein. – Wer ginge nun gleich zu dem Hauptmann der Wache, daß er den Fürsten bitte, mir so viel zu gestatten?«

Und eine der Frauen lief alsbald. Der Hauptmann aber wollte nicht. Naïra sagte: »So gehe du selbst an den Quell, es wird dir niemand wehren, und tauche dieses Tuch hinein und bring es mir.« Doch keine traute sich, ihr diesen Liebesdienst zu tun. Naïra rief und sah auf ihre Hand: »O wenn Jezertes Gottheit wollte, ein kleiner Vogel machte sich auf und striche seinen Flügel durch das Wasser und käme ans Fenster, daß ich ihn berühre!« – Dies aber mochte nicht geschehn; und kamen jetzt die Leute, Naïra abzuholen. Sie fuhr auf einem schlechten Boot, mit zween Schergen und acht Ruderknechten, schnell dahin; saß auf der mittlern Bank allein, gefesselt; zu ihren Füßen etwas Vorrat an Speisen und Getränk, nicht genug für fünf Tage. Und saß da still, in dichte Schleier eingewickelt, daß die Blicke der Männer sie nicht beleidigten, auch daß sie selbst nicht sehen mußte; und war, als schiffte sie schon jetzo unter den Schatten.

Bei jenem Eiland als sie angekommen waren, lösten die Begleiter ihre Bande und halfen ihr aussteigen; setzten drei Krüge und einen Korb mit Brot und Früchten auf den Stein und stießen wieder ab ungesäumt.

Die Männer behielten den Ort im Gesicht auf der Heimfahrt, so lange sie vermochten, und sahen die Frau verhüllt dort sitzen, im Anfang ganz allein, so wie sie dieselbe verlassen, darnach aber gewahrten sie eine andere Frauengestalt, in weißen Gewändern, sitzend neben ihr.

Da hielten die Ruderer inne mit rudern, und die Schergen berieten sich untereinander, ob man nicht umkehren solle. Der eine aber sagte: »es gehet nicht natürlich zu, es ist ein Geist. Fahrt immer eilig zu, daß man's dem Fürsten anzeige.« – So taten sie und meldeten's Eldad; der aber verlachte und schalt sie sehr.

Jedanja unterdessen, nachdem er zeitig inne geworden, daß möchte seine Unwahrheit an Tag gekommen sein, hatte sich außer den Mauern der Stadt, unter dem Dach einer Tenne, versteckt. Und seine

Brüder verkündigten ihm, Naïra sei heut nach dem Felsen gebracht. Alsbald verschwor er sich mit ihnen und etlichen Freunden, sie zu befrein, und wenn es alle den Hals kosten sollte.

Um Mitternacht bestiegen sie ein kleines Segelschiff, sechs rüstige Gesellen, mit Waffen wohl versehen. Sie mußten aber einen großen Umweg nehmen, weil Wächter waren am Strand verteilt und weithin hohes Felsgestad, da kein Schiff an- und abgehen konnte.

Dennoch am Abend des zweiten Tags, nach Ankunft der Naïra auf der Insel, erreichten sie dieselbige und erkannten bald den rechten Landungsplatz; sahen allda die Krüge und den Korb und fanden alles unberührt. Es überkam Jedanja große Angst um das Weib, das er liebte. Und suchten lang nach ihr und fanden sie zuletzt auf einem schönen Hügel unter einem Palmbaum liegen, tot; der Schleier über ihr Gesicht mit Fleiß gelegt, die Hände bloß und alle beide weiß wie der Schnee.

Da kamen die Jünglinge bald überein, es sollten ihrer vier auf gradem Weg zur Stadt zurücksteuern, derweil zwei andere bei der Leiche blieben. Jedanja selber wollte sich freiwillig vor den König stellen, ihm alles redlich zu gestehn und zu berichten, denn er kannte ihn für gut und großmütig und wußte wohl, es sei mit seinem Willen nicht also verfahren gegen Naïra. Auch kam er glücklich vor Athmas zu stehen, obwohl Eldad es verhindern wollte.

Wie nun der König alle diese Dinge, teils von dem Jüngling, teils von andern, aus dem Grund erforscht, auch jetzt erfahren hatte, was die Männer auf dem Boot gesehen, daraus er wohl merkte, Jezerte sei mit Naïra gewesen, da war er auf das äußerste bestürzt und so entrüstet über seinen Vetter, daß er ihn weg für immer jagte von dem Hof.

Zugleich verordnete der König, Naïra auf der Insel mit Ehren zu bestatten, ließ die Wildnis lichten und Gärten anlegen. In deren Mitte auf dem Hügel erbaute man das Grab, bei dem Palmbaum, wo sie verschieden war.

# DAS STUTTGARTER HUTZELMÄNNLEIN

Ein Kobold gut bin ich bekannt
In dieser Stadt und weit im Land;
Meines Handwerks ein Schuster war
Gewiß vor siebenhundert Jahr.
Das Hutzelbrot ich hab erdacht,
Auch viel seltsame Streich gemacht.

Wohl vor fünfhundert und mehr Jahren, zu denen Zeiten, als Graf Eberhard von Wirtemberg, ein tapferer Kriegsheld und ruhmvoller Herr, nach langen, schrecklichen Fehden mit des deutschen Reichs Häuptern, mit dem Habsburger Rudolf und dessen Nachfolgern, zumal auch mit den Städten, das Schwabenland nun wieder zu Ruh und Frieden kommen ließ, befand sich in Stuttgart ein Schustergesell namens Seppe bei einem Meister, der ihm nicht gefiel, deshalb er ihm aufsagte; und weil er nie gar weit vor seine Vaterstadt hinaus gekommen, nicht Eltern noch Geschwister mehr hatte, so war er jetzt willens zu wandern.

Die letzte Nacht, bevor er reiste, saß er allein in der Gesellenkammer auf (die andern waren noch beim Wein oder sonst zum Besuch), sein Ranzen lag geschnürt vor ihm, sein Wanderstab daneben, der hübsche Bursche aber hing den Kopf, er wußte nicht so recht warum, und auf dem Tisch die Ampel brannte einen großen großen Butzen. Indem er jetzt aufschaute und nach dem Klämmchen griff, dem Zochen zu helfen, sah er auf seiner leeren Truche ein fremdes Männlein sitzen, kurz und stumpig, es hätte ihm nicht bis zum Gürtel gereicht. Es hatte ein schmutziges Schurzfell um, Pantoffeln an den Füßen, pechschwarze Haare, dazu aber hellblaue, freundliche Augen.

»Gott grüß dich, Seppe! Kennst mich nit? Ich bin der Pechschwitzer, das Hutzelmännlein, der Tröster. Ich weiß, du bist ein braves Burgerskind, sorgst immerdar für anderer Leute Fußwerk und gehst doch selbst nicht auf dem besten Zeug. Da du nun morgen reisen willst, so hab ich dir statt einem Wanderpfennig etwas mitgebracht von meiner eignen Arbeit: sind Glücksschuh, zwei Paar, schau her. Die einen legst du an, gleich morgen; sie ziehen sich nach dem Fuß und reißen nicht dein Leben lang; die andern aber nimm und stell sie unterwegs an eine Straße, versteh mich, unbeschrien, wo niemand zusieht. Vielleicht daß dir dein Glück nach Jahr und Tag einmal auf Füßen begegnet. Auch hast du hier noch obendrein etwas zum Naschen, ein Laiblein Hutzelbrot. So viel du davon schneidst, so viel wachst immer wieder nach im Ranzen oder Kasten, wenn du auch nur ein Ränftlein fingersbreit übrig behältst. Ganz sollt dus nie aufzehren, sonst ist es gar. Behüt dich Gott, und tu in allem, wie ich sagte. Noch eins: kommst du etwa ins Oberland, Ulm zu und gen Blaubeuren, und findst von ungefähr ein Klötzlein Blei, nimm es zuhanden und brings mir.« – Der Seppe versprachs und dankte geziemend für alles; das Männlein aber war in einem Hui verschwunden.

Nun jauchzte der Geselle überlaut, beschmeckte bald das Brot, beschaute bald die zwei Paar Schuhe. Sie sahen ziemlich aus, wie er sie selber machte, nur daß sie feine wunderliche Stiche hatten und hübsch mit einem zarten, roten Leder ausgefüttert waren. Er zog sie an, spazierte so ein dutzendmal die Kammer auf und ab, da ihm denn in der Kürze freilich nichts Besonderes von Glück passieren wollte. Darnach ging er zu Bett und schlief, bis der Morgen rot wurde. Da deucht' es ihn, als wenn ihm jemand klopfte, zwei-, dreimal, recht vernehmlich, daß er jählings erwachte. Die andern hörtens auch, doch schliefen sie gleich wieder ein. Das haben meine vier Rappen getan! dachte er und horchte hin, allein es rührte und regte sich nichts mehr.

Als er nun fix und fertig angezogen stand und gar vergnügt auf seine Füße niedersah, sprach er: »Jetzt laufen wir dem Teufel ein Bein weg! jetzt tausche ich mit keinem Grafen!« – Wohl und gut; nur eine Kleinigkeit hat er versehen: er hat den einen Schuh von seinem Paar mit dem einen vom andern verwechselt. Ach wer ihm das gesagt hätte!

So schlich er denn leis die Stiege hinunter, die Meistersleute nicht zu wecken; denn Abschied hatte er gestern genommen, und statt der Suppe aß er gleich ein tüchtiges Stück Schnitzbrot in währendem Gehen. So etwas hatte er noch niemals über seinen Mund gebracht, wohl aber oft von seiner Großmutter gehört, daß sie einmal in ihrer Jugend bei einer Nachbarsfrau ein Stücklein vom echten bekommen, und daß es eine Ungüte vom Brot drum sei.

Wie er jetzt vor dem oberen Tor draußen war, zween Bogenschüsse oder drei, kam er an eine Brücke: da mußte er ein wenig niedersitzen, die Türme seiner Vaterstadt, das Grafenschloß, die Häuser und Mauern noch einmal in der Morgensonne besehen; dann, eh er weiterging, fiel ihm noch ein: hier könnt ich das Paar Schuh auf den Brückenrand stellen. Er tats und zog fürbaß. – Eine Stunde über die Weinsteig hinaus kommt er in einen grünen Wald. Von ungefähr hört er auf einer Eiche den blauen Montag schreien, welches ein kurzweiliger Vogel ist, der seinen Namen davon hat, daß er immer einen Tag in der Woche mit der Arbeit aussetzt; da singt er nichts als Schelmenlieder und schaut gemächlich zu, wie andere Vögel ihre Nester richten, brüten und ihre Jungen ätzen; die seinigen krepieren ihm auch ordinär, deswegen er ein Raritätsvogel ist. So einen muß ich haben! denkt der Seppe: ich biet ihn einem großen Herrn an unterwegs. Ein sonderer Vogel ist oft gern zwei Kälber wert, die Hepsisauer haben ihre Kirchweih um einen Guckigauch verkauft: wenn ich nur einen Taler löse, tut mirs wohl. Wie komm' ich nur gleich da hinauf? – Seiner Lebtage hat er nie klettern können, diesmal aber gings, als hätten ihrer sechs an ihm geschoben, und wie er droben ist, da sieht er sieben Junge flügg, mit blauen Köpfen im Nest! Er streckt schon eine Hand darnach – krach! bricht ein fauler Ast, und drunten liegt der Schuster – daß er nicht Hals und Bein brach, war ein Wunder. »Ich weiß nicht«, sagte er, indem er aufstand und die Platte rieb, »was ich von dem Pechschwitzer denken soll; das ist kein mutiger Anfang!«

Zu seinem Trost zog er sein Schnitzbrot aus dem Ranzen und fand dasselbe wahrlich beinah schon wieder rund und ganz gewachsen. Er sprach dem Laiblein aber im Marschieren so lang zu, bis ihm ganz übel ward, und deuchte ihn, er habe sich für alle Zeit Urdrutz daran gegessen. Seis drum! ein Sprüchlein sagt: »es ist nur geschlecket, das nimmer klecket«.

Sein Sinn war allermeist auf Augsburg oder Regensburg gerichtet, denn diese Städte hatte er vor manchen andern rühmen hören; zuvörderst wollte er aber nach Ulm.

Mit großen Freuden sah er bald von der Bempflinger Höhe die Alb als eine wundersame blaue Mauer ausgestreckt. Nicht anders hatte er sich immer die schönen blauen Glasberge gedacht, dahinter, wie man ihm als Kind gesagt, der Königin von Saba Schneckengärten liegen. Doch war ihm wohl bekannt, daß oben weithin wieder Dörfer seien, als: Böhringen, Zainingen, Feldstetten, Suppingen, durch welche sämtlich nacheinander er passieren mußte.

Jetzt hing sich auf der Straße ein Schönfärbergesell an ihn, gar sehr ein naseweises Bürschchen, spitzig und witzig, mit Backen rosenrot, Glitzäugelein, ein schwarzes Kräuselhaar dazu, und schwatzte oder pfiff in einem weg. Der Seppe achtete nicht viel auf ihn, zumal ihm eben jetzt etwas im Kopf umging, das hätte er sich gern allein im stillen überlegt. Am Weg stand eine Kelter, mit einem umgelegten Trog davor, auf diesen setzt' er sich, der Meinung, sein Weggenoss soll weiter gehen. Der aber warf sich seitwärts hinter ihm ins Gras und schien bald eingeschlafen, von der Hitze müd. Da war es still umher; ein einziges Heimlein sang am staubigen Rain so seine Weise ohn Aufhören fort.

Endlich da fing der Seppe vor sich selbst, doch laut genug, zu sprechen an: »Jetzt weiß ich, was ich tu: ich werd ein Scherenschleifer! Wo ich halt geh und steh, juckts mich, ein Rad zu treten, und sollts ein Spinnrad sein!« (Dem war auch richtig so und konnte gar nicht anders sein, denn einer seiner Schuhe war für ein Mädchen gefeit und gesegnet.) »*Die* Art von Schleiferei« – so sprach der Seppe weiter – »muß einer doch bald können, und so ein Kerl führt seine Werkstatt lustig auf einem Schubkarrn durch die Welt, sieht alle Tage eine andre Stadt, da pflanzt er sich im Schatten an einem Markteck auf und dreht seinen Stein, daß die Funken wegfliegen. Die Leute mögen sprechen, was sie wollen, das ist jetzt einmal mein Beruf und mein Genie, ich spürs in allen Gliedern; und wo mir recht ist, hat mein Ehni seliger einmal gesagt: ‚der Seppe ist unter dem Zeichen des Wetzsteins geboren'.«

Bei diesen Reden richtete sich das Färberlein halb in die Höh: der ist ein Letzkopf! dachte es: und ich bin meines Lebens neben ihm nicht eines Glaubens Länge sicher; – stand sachte auf, schlich sich hinweg, in einem guten Bogen über das Ackerfeld, und fußete sodann der graden Straße nach, als brennte ihm der Steiß, Metzingen zu. Der Schuster, welcher endlich auch aufbrach, sah ihn von weitem rennen, argwöhnte aber nichts und zog, seines Vorsatzes herzlich vergnügt, demselben Flecken zu. Allein wie schaute er hoch auf, da alle Leute dort die Köpfe nach ihm aus den Fenstern streckten und ihm die

Kinder auf der Gasse, an zwanzig, mit Geschrei nachsprangen und sangen:

»Scher$^a$ schleifer, wetz, wetz, wetz,
Laß dei' Rädle schnurr$^a$!
Stu$^a$gart ist $^a$ grauße Stadt,
Lauft $^a$ Gä$^n$sbach dur$^a$.«

Der Seppe hatte einen Stiefelszorn, schwang öfter seinen Knotenstock gegen den Schwarm, sie schrieen aber nur um desto ärger, und also macht' er sich, so hurtig er nur konnte, aus dem Wespennest hinaus. Noch vor der letzten Hütte draußen hörte er ein Stimmlein verhallend im Wind:

»Scher$^a$schleifer, wetz, wetz, wetz!«

Er hätte für sein Leben gern den Färber, welcher ihm den Possen spielte, da gehabt und ihm das Fell geruckt, wie ers verdiente, der aber blieb im Ort zurück, wo er in Arbeit stand. Sonst war der Wicht in Büßingen daheim, wie er dem Seppe sagte.

Derselbe ließ sich den erlittenen Schimpf nicht allzulang anfechten noch seinen Vorsatz dadurch beugen. Er machte seinen Trott so fort, und widerfuhr ihm diesen Tag nichts weiter von Bedeutung, als daß er etlichmal rechts ging, wo er links gesollt hätte, und hinwiederum links, wo es rechts gemeint war; das freilich nach dem Zeugnis aller Reis'beschreiber schon gar die Art nicht ist, um zeitig und mit wenig Kosten an einen Ort zu kommen.

Einstweilen langte es doch eben noch bis Urach, wo er zur Nachtherberge blieb. Am Morgen gings hinauf die hohe Steig auf das Gebirg, nicht ohne vieles Stöhnen, denn sein einer Schuh – er merkte es schon gestern – hatte ihm ein Hühneraug gedrückt, das machte ihm zu schaffen. Da, wo die Steig am End ist, holte er zum Glück ein gutes Bäuerlein aus Suppingen auf einem Wagen mit etwas Schreinwerk ein, das hieß ihn ungebeten bei ihm aufsitzen.

Als sie nun eine Weile so, die große Ebene hinfahrend, beieinander saßen, fing der Bauer an: »Mit Vergunst, i mu$^a$ß jetzt doch fürwitzig frog$^a$: gelt, Ihr sind g'wiß $^a$ Dreh$^a$r?« – »Warum?« – »Ei«, sprach das Bäuerlein und sah auf des Gesellen Fuß, »do der Kamrad arbeit't allfort, ma moi$^n$t, er mü$^a$ß äll' mei' vier Räder trett$^a$!«

Der Seppe schämte sich ein wenig, im Herzen war er aber selig froh und dachte: hat mir der Bauer da ein Licht aufstecken müssen! Auf einen Drehstuhl will's mit dir hinaus und anderst nirgends hin!

Von nun an war der Schuster wie ein umgewendter Handschuh, ganz ein andrer Mensch, gesprächig, lustig, langte den Schnitzlaib heraus, gab ihn dem Bäuerlein bis auf den Anschnitt, sagend: »lieber Mann, des bin ich froh, daß Ihr mir angesehen, daß ich ein Dreher bin!« – »Ha«, sprach der andere, »sell ist gu$^a$t merk$^a$.« – Der Alte kaute einen Bissen und machte ordentlich die Augen zu dabei, so gut schmeckte es ihm; das übrige hob er als Heimbringens auf für Weib und Kinder. Darnach ward er redselig, erzählte dem Gesellen allerlei; vom Hanf- und Flachsbau auf der Alb; wie sie im Winter gut in ihren strohgedeckten Hütten säßen, ingleichen wie man solche Dächer mit besonderer Kunst verfertige. Auch wußte er ihm viel zu sagen von Blaubeuren, einem Städtlein und Kloster im Tal, zwischen mächtigen Felsen gelegen; da komme er hindurch und möge er sich ja den Blautopf auch beschauen, wie alle Fremde tun.

Du aber, wohlgeneigter Leser, lasse dich, derweil die beiden so zusammen diskurieren, auch etlicher Dinge besonders berichten, die, ob sie sich zwar lang vor Seppes Zeit begeben, nichtsdestominder zu dieser Geschichte gehören. Vernimm hienach die wahre und anmutige

*Historie von der schönen Lau.*

Der Blautopf ist der große runde Kessel eines wundersamen Quells bei einer jähen Felsenwand gleich hinter dem Kloster. Gen Morgen sendet er ein Flüßchen aus, die Blau, welche der Donau zufällt. Dieser Teich ist einwärts wie ein tiefer Trichter, sein Wasser von Farbe ganz blau, sehr herrlich, mit Worten nicht wohl zu beschreiben; wenn man es aber schöpft, sieht es ganz hell in dem Gefäß.

Zu unterst auf dem Grund saß ehmals eine Wasserfrau mit langen fließenden Haaren. Ihr Leib war allenthalben wie eines schönen, natürlichen Weibs, dies eine ausgenommen, daß sie zwischen den Fingern und Zehen eine Schwimmhaut hatte, blühweiß und zärter als ein Blatt vom Mohn. Im Städtlein ist noch heutzutag ein alter Bau, vormals ein Frauenkloster, hernach zu einer großen Wirtschaft eingerichtet, und hieß darum der Nonnenhof. Dort hing vor sechszig Jahren noch ein Bildnis von dem Wasserweib, trotz Rauch und Alter noch wohl kenntlich in den Farben. Da hatte sie die Hände kreuzweis auf die Brust gelegt, ihr Angesicht sah weißlich, das Haupthaar schwarz, die Augen aber, welche sehr groß waren, blau. Beim Volk hieß sie die arge *Lau* im Topf, auch wohl die schöne Lau. Gegen die Menschen erzeigte sie sich bald böse, bald gut. Zuzeiten, wenn sie im Unmut den Gumpen übergehen ließ, kam Stadt und Kloster in Gefahr, dann brachten ihr die Bürger in einem feierlichen Aufzug oft Geschenke, sie zu begütigen, als: Gold- und Silbergeschirr, Becher, Schalen, kleine Messer und andre Dinge; dawider zwar, als einen heidnischen Gebrauch und Götzendienst, die Mönche redlich eiferten, bis derselbe auch endlich ganz abgestellt worden. So feind darum die Wasserfrau dem Kloster war, geschah es doch nicht selten, wenn Pater Emeran die Orgel drüben schlug und kein Mensch in der Nähe war, daß sie am lichten Tag mit halbem Leib heraufkam und zuhorchte; dabei trug sie zuweilen einen Kranz von breiten Blättern auf dem Kopf und auch dergleichen um den Hals.

Ein frecher Hirtenjung belauschte sie einmal in dem Gebüsch und rief: »Hei, Laubfrosch! git's guat Wetter?« Geschwinder als ein Blitz und giftiger als eine Otter fuhr sie heraus, ergriff den Knaben beim Schopf und riß ihn mit hinunter in eine ihrer nassen Kammern, wo sie den ohnmächtig gewordenen jämmerlich verschmachten und verfaulen lassen wollte. Bald aber kam er wieder zu sich, fand eine Tür und kam, über Stufen und Gänge, durch viele Gemächer in einen schönen Saal. Hier war es lieblich, glusam mitten im Winter. In einer Ecke brannte, indem die Lau und ihre Dienerschaft schon schlief, auf einem hohen Leuchter mit goldenen Vogelfüßen als Nachtlicht eine Ampel. Es stand viel köstlicher Hausrat herum an den Wänden, und diese waren samt dem Estrich ganz mit Teppichen staffiert, Bildweberei in allen Farben. Der Knabe hurtig nahm das Licht herunter von dem Stock, sah sich in Eile um, was er noch sonst erwischen möchte, und griff aus einem Schrank etwas heraus, das stak in einem Beutel und war mächtig schwer, deswegen er vermeinte, es sei Gold; lief dann und kam vor ein erzenes Pförtlein, das mochte in der Dicke gut zwo Fäuste sein, schob die Riegel zurück und stieg eine steinerne Treppe hinauf in unterschiedlichen Absätzen, bald links, bald wieder rechts, gewiß vierhundert Stufen, bis sie zuletzt ausgingen und er auf ungeräumte Klüfte stieß; da mußte er das Licht dahinten lassen und kletterte so mit Gefahr seines Lebens noch eine Stunde lang im Finstern hin und her, dann aber brachte er den Kopf auf einmal aus der Erde. Es war tief Nacht, und dicker Wald um ihn. Als er nach vielem Irregehen endlich mit der ersten Morgenhelle auf gänge Pfade kam und von dem Felsen aus das Städtlein unten erblickte, verlangte ihn am Tag zu sehen, was in dem Beutel wäre; da war es weiter nichts als ein Stück Blei, ein schwerer Kegel, spannenlang, mit einem Öhr an seinem obern Ende, weiß vor Alter. Im Zorn warf er den Plunder weg, ins Tal hinab, und sagte nachher weiter niemand von dem Raub, weil er sich dessen schämte. Doch kam von ihm die erste Kunde von der Wohnung der Wasserfrau unter die Leute.

Nun ist zu wissen, daß die schöne Lau nicht hier am Ort zu Hause war; vielmehr war sie, als eine Fürstentochter, und zwar von Mutterseiten her halbmenschlichen Geblüts, mit einem alten Donaunix am Schwarzen Meer vermählt. Ihr Mann verbannte sie, darum, daß sie nur tote Kinder hatte. Das aber kam, weil sie stets traurig war, ohn einige besondere Ursach. Die Schwiegermutter hatte ihr geweissagt, sie möge eher nicht eines lebenden Kindes genesen, als bis sie fünfmal von Herzen gelacht haben würde. Beim fünften Male müßte etwas sein, das dürfe sie nicht wissen, noch auch der alte Nix. Es wollte aber damit niemals glücken, soviel auch ihre Leute deshalb Fleiß anwendeten; endlich da mochte sie der alte König ferner nicht an seinem Hofe leiden und sandte sie an diesen Ort, unweit der obern Donau, wo seine Schwester wohnte. Die Schwiegermutter hatte ihr zum Dienst und Zeitvertreib etliche Kammerzofen und Mägde mitgegeben, so muntere und kluge Mädchen, als je auf Entenfüßen gingen (denn was von dem gemeinen Stamm der Wasserweiber ist, hat rechte Entenfüße); die zogen sie, pur für die Langeweile, sechsmal des Tages anders an – denn außerhalb dem Wasser ging sie in köstlichen Gewändern, doch barfuß –, erzählten ihr alte Geschichten und Mären, machten Musik, tanzten und scherzten vor ihr. An jenem Saal, darin der Hirtenbub gewesen, war der Fürstin ihr Gaden oder Schlafgemach, von welchem eine Treppe in den Blautopf ging. Da lag sie manchen lieben Tag und manche Sommernacht, der Kühlung wegen. Auch hatte sie allerlei lustige Tiere, wie Vögel, Küllhasen und Affen, vornehmlich aber einen possigen Zwerg, durch welchen vormals einem Ohm der Fürstin war von ebensolcher Traurigkeit geholfen worden. Sie spielte alle Abend Damenziehen, Schachzagel oder Schaf und Wolf mit ihm; so oft er einen ungeschickten Zug getan, schnitt er die raresten Gesichter, keines dem andern gleich, nein, immer eines ärger als das andere, daß auch der weise Salomo das Lachen nicht gehalten hätte, geschweige denn die Kammerjungfern oder du selber, liebe Leserin, wärst du dabei gewesen; nur bei der schönen Lau schlug eben gar nichts an, kaum daß sie ein paarmal den Mund verzog.

Es kamen alle Jahr um Winters Anfang Boten von daheim, die klopften an der Halle mit dem Hammer, da frugen dann die Jungfern:

»Wer pochet, daß einem das Herz erschrickt?«

Und jene sprachen:

»Der König schickt!
Gebt uns wahrhaftigen Bescheid,
Was Guts ihr habt geschafft die Zeit.«

Und sie sagten:

»Wir haben die ferndigen Lieder gesungen,
Und haben die ferndigen Tänze gesprungen,
Gewonnen war es um ein Haar! –
Kommt, liebe Herren, übers Jahr.«

So zogen sie wieder nach Haus. Die Frau war aber vor der Botschaft und darnach stets noch einmal so traurig.

Im Nonnenhof war eine dicke Wirtin, Frau Betha Seysolffin, ein frohes Biederweib, christlich, leutselig, gütig; zumal an armen reisenden Gesellen bewies sie sich als eine rechte Fremdenmutter. Die Wirtschaft führte zumeist ihr ältster Sohn, Stephan, welcher verehlicht war; ein anderer, Xaver, war Klosterkoch, zwo Töchter noch bei ihr. Sie hatte einen kleinen Küchengarten vor der Stadt, dem Topf zunächst. Als sie im Frühjahr einst am ersten warmen Tag dort war und ihre Beete richtete, den Kappis, den Salat zu säen, Bohnen und Zwiebel zu stecken, besah sie sich von ungefähr auch einmal recht mit Wohlgefallen wieder das schöne blaue Wasser überm Zaun und mit Verdruß daneben einen alten garstigen Schutthügel, der schändete den ganzen Platz; nahm also, wie sie fertig war mit ihrer Arbeit und das Gartentürlein hinter sich zugemacht hatte, die Hacke noch einmal, riß flink das gröbste Unkraut aus, erlas etliche Kürbiskern' aus ihrem Samenkorb und steckte hin und wieder einen in den Haufen. (Der Abt im Kloster, der die Wirtin, als eine saubere Frau, gern sah – man hätte sie nicht über vierzig Jahr geschätzt, er selber aber war gleich ihr ein starkbeleibter Herr – stand just am Fenster oben und grüßte herüber, indem er mit dem Finger drohte, als halte sie zu seiner Widersacherin.) Die Wüstung grünte nun den ganzen Sommer, daß es eine Freude war, und hingen dann im Herbst die großen gelben Kürbis an dem Abhang nieder bis zu dem Teich.

Jetzt ging einsmals der Wirtin Tochter, Jutta, in den Keller, woselbst sich noch von alten Zeiten her ein offener Brunnen mit einem steinernen Kasten befand. Beim Schein des Lichts erblickte sie darinne mit Entsetzen die schöne Lau, schwebend bis an die Brust im Wasser; sprang voller Angst davon und sagts der Mutter an; die fürchtete sich nicht und stieg allein hinunter, litt auch nicht, daß ihr der Sohn zum Schutz nachfolge, weil das Weib nackt war.

Der wunderliche Gast sprach diesen Gruß:

»Die Wasserfrau ist kommen
Gekrochen und geschwommen,
Durch Gänge steinig, wüst und kraus,
Zur Wirtin in das Nonnenhaus.
Sie hat sich meinethalb gebückt,
Mein Topf geschmückt
Mit Früchten und mit Ranken,
Das muß ich billig danken.«

Sie hatte einen Kreisel aus wasserhellem Stein in ihrer Hand, den gab sie der Wirtin und sagte: »nehmt dieses Spielzeug, liebe Frau, zu meinem Angedenken. Ihr werdet guten Nutzen davon haben. Denn jüngsthin habe ich gehört, wie Ihr in Eurem Garten der Nachbarin klagtet, Euch sei schon auf die Kirchweih angst, wo immer die Bürger und Bauern zu Unfrieden kämen und Mord und Totschlag zu befahren sei. Derhalben, liebe Frau, wenn wieder die trunkenen Gäste bei Tanz und Zeche Streit beginnen, nehmt den Topf zur Hand und dreht ihn vor der Tür des Saals im Öhrn, da wird man hören durch das ganze Haus ein mächtiges und herrliches Getöne, daß alle gleich die Fäuste werden sinken lassen und guter Dinge sein, denn jählings ist ein jeder nüchtern und gescheit geworden. Ist es an dem, so werfet Eure Schürze auf den Topf, da wickelt er sich alsbald ein und lieget stille.«

So redete das Wasserweib. Frau Betha nahm vergnügt das Kleinod samt der goldenen Schnur und dem Halter von Ebenholz, rief ihrer Tochter Jutta her (sie stand nur hinter dem Krautfaß an der Staffel), wies ihr die Gabe, dankte und lud die Frau, so oft die Zeit ihr lang wär', freundlich ein zu fernerem Besuch; darauf das Weib hinabfuhr und verschwand.

Es dauerte nicht lang, so wurde offenbar, welch einen Schatz die Wirtschaft an dem Topf gewann. Denn nicht allein, daß er durch seine Kraft und hohe Tugend die übeln Händel allezeit in einer Kürze dämpfte, er brachte auch dem Gasthaus bald erstaunliche Einkehr zuwege. Wer in die Gegend kam, gemein oder vornehm, ging ihm zulieb; insonderheit kam bald der Graf von Helfenstein, von Wirtemberg und etliche große Prälaten; ja ein berühmter Herzog aus Lombardenland, so bei dem Herzoge von Bayern gastweis war und dieses Wegs nach Frankreich reiste, bot vieles Geld für dieses Stück, wenn es die Wirtin lassen wollte. Gewiß auch war in keinem andern Land seinesgleichen zu sehn und zu hören. Erst, wenn er anhub sich zu drehen, ging es doucement her, dann klang es stärker und stärker, so hoch wie tief, und immer herrlicher, als wie der Schall von vielen Pfeifen, der quoll und stieg durch alle Stockwerke bis unter das Dach und bis in den Keller, dergestalt, daß alle Wände, Dielen, Säulen und Geländer schienen davon erfüllt zu sein, zu tönen und zu schwellen. Wenn nun das Tuch auf ihn geworfen wurde und er ohnmächtig lag, so hörte gleichwohl die Musik sobald nicht auf, es zog vielmehr der ausgeladene Schwall mit starkem Klingen, Dröhnen, Summen noch wohl bei einer Viertelstunde hin und her.

Bei uns im Schwabenland heißt so ein Topf aus Holz gemeinhin eine Habergeis; Frau Betha ihrer ward nach seinem vornehmsten Geschäfte insgemein genannt der Bauren-Schwaiger. Er war gemacht aus einem großen Amethyst, deß' Name besagen will: wider den Trunk; weil er den schweren Dunst des Weins geschwinde aus dem Kopf vertreibt, ja schon von Anbeginn dawider tut, daß einen guten Zecher das Selige berühre; darum ihn auch weltlich und geistliche Herren sonst häufig pflegten am Finger zu tragen.

Die Wasserfrau kam jeden Mond einmal, auch je und je unverhofft zwischen der Zeit, weshalb die Wirtin eine Schelle richten ließ, oben im Haus, mit einem Draht, der lief herunter an der Wand beim Brunnen, damit sie sich gleichbald anzeigen konnte. Also ward sie je mehr und mehr zutunlich zu den wackeren Frauen, der Mutter samt den Töchtern und der Söhnerin.

Einsmals an einem Nachmittag im Sommer, da eben keine Gäste kamen, der Sohn mit den Knechten und Mägden hinaus in das Heu gefahren war, Frau Betha mit der Ältesten im Keller Wein abließ, die Lau im Brunnen aber Kurzweil halben dem Geschäft zusah und nun die Frauen noch ein wenig mit ihr plauderten: da fing die Wirtin an: »Mögt Ihr Euch denn einmal in meinem Haus und Hof umsehn? Die Jutta könnte Euch etwas von Kleidern geben; ihr seid von *einer* Größe.«

»Ja«, sagte sie, »ich wollte lange gern die Wohnungen der Menschen sehn, was alles sie darin gewerben, spinnen, weben, ingleichen auch wie Eure Töchter Hochzeit machen und ihre kleinen Kinder in der Wiege schwenken.«

Da lief die Tochter fröhlich mit Eile hinauf, ein rein Leintuch zu holen, bracht es und half ihr aus dem Kasten steigen, das tat sie sonder Mühe und lachenden Mundes. Flugs schlug ihr die Dirne das Tuch um den Leib und führte sie bei ihrer Hand eine schmale Stiege hinauf in der hintersten Ecke des Kellers, da man durch eine Falltür oben gleich in der Töchter Kammer gelangt. Allda ließ sie sich trocken machen und saß auf einem Stuhl, indem ihr Jutta die Füße abrieb. Wie diese ihr nun an die Sohle kam, fuhr sie zurück und kicherte. »Wars nicht gelacht?« frug sie selber sogleich. – »Was anders?« rief das Mädchen und jauchzte: »gebenedeiet sei uns der Tag! ein erstes Mal wär es geglückt!« – Die Wirtin hörte in der Küche das Gelächter und die Freude, kam herein, begierig, wie es zugegangen, doch als sie die Ursach vernommen – du armer Tropf, so dachte sie, das wird ja schwerlich gelten! – ließ sich indes nichts merken, und Jutta nahm etliche Stücke heraus aus dem Schrank, das Beste, was sie hatte, die Hausfreundin zu kleiden. »Seht«, sagte die Mutter: »sie will wohl aus Euch eine Susann Preisnestel machen.« – »Nein«, rief die Lau in ihrer Fröhlichkeit: »laß mich die Aschengruttel sein in deinem Märchen!« – nahm einen schlechten runden Faltenrock und eine Jacke; nicht Schuh noch Strümpfe litt sie an den Füßen, auch hingen ihre Haare ungezöpft bis auf die Knöchel nieder. So strich sie durch das Haus von unten bis zu oberst, durch Küche, Stuben und Gemächer. Sie verwunderte sich des gemeinsten Gerätes und seines Gebrauchs, besah den rein gefegten Schenktisch und darüber in langen Reihen die zinnenen Kannen und Gläser, alle gleich gestürzt, mit hängendem Dekkel, dazu den kupfernen Schwenkkessel samt der Bürste, und mitten in der Stube an der Decke der Weber Zunftgeschmuck, mit Seidenband und Silberdraht geziert, in dem Kästlein von Glas. Von ungefähr erblickte sie ihr eigen Bild im Spiegel, davor blieb sie betroffen und erstockt eine ganze Weile stehn, und als darauf die Söhnerin sie mit in ihre Stube nahm und ihr ein neues Spiegelein, drei Groschen wert, verehrte, da meinte sie Wunders zu haben, denn unter allen ihren Schätzen fand sich dergleichen nicht.

Bevor sie aber Abschied nahm, geschahs, daß sie hinter den Vorhang des Alkoven schaute, woselbst der jungen Frau und ihres Mannes Bett sowie der Kinder Schlafstätte war. Saß da ein Enkelein mit rotgeschlafenen Backen, hemdig und einen Apfel in der Hand, auf einem runden Stühlchen von guter Ulmer Hafnerarbeit, grünverglaset. Das wollte dem Gast außer Maßen gefallen; sie nannte es einen viel zierlichen Sitz, rümpft' aber die Nase mit eins, und da die drei Frauen sich wandten zu lachen, vermerkte sie etwas und fing auch hell zu lachen an, und hielt sich die ehrliche Wirtin den Bauch, indem sie sprach: »diesmal fürwahr hat es gegolten, und Gott schenk Euch so einen frischen Buben, als mein Hans da ist!«

Die Nacht darauf, daß sich dies zugetragen, legte sich die schöne Lau getrost und wohlgemut, wie schon in langen Jahren nicht, im

Grund des Blautopfs nieder, schlief gleich ein, und bald erschien ihr ein närrischer Traum.

Ihr deuchte da, es war die Stunde nach Mittag, wo in der heißen Jahreszeit die Leute auf der Wiese sind und mähen, die Mönche aber sich in ihren kühlen Zellen eine Ruhe machen, daher es noch einmal so still im ganzen Kloster und rings um seine Mauern war. Es stund jedoch nicht lange an, so kam der Abt herausspaziert und sah, ob nicht etwa die Wirtin in ihrem Garten sei. Dieselbe aber saß als eine dicke Wasserfrau mit langen Haaren in dem Topf, allwo der Abt sie bald entdeckte, sie begrüßte und ihr einen Kuß gab, so mächtig, daß es vom Klostertürmlein widerschallte, und schallte es der Turm ans Refektorium, das sagt' es der Kirche und die sagt's dem Pferdstall und der sagt's dem Fischhaus und das sagt's dem Waschhaus und im Waschhaus da riefen's die Zuber und Kübel sich zu. Der Abt erschrak bei solchem Lärm; ihm war, wie er sich nach der Wirtin bückte, sein Käpplein in Blautopf gefallen, sie gab es ihm geschwind, und er watschelte hurtig davon.

Da aber kam aus dem Kloster heraus unser Herrgott, zu sehn, was es gebe. Er hatte einen langen weißen Bart und einen roten Rock. Und frug den Abt, der ihm just in die Hände lief:

»Herr Abt, wie ward Euer Käpplein so naß?«

Und er antwortete:

»Es ist mir ein Wildschwein am Wald verkommen,
Vor dem hab ich Reißaus genommen;
Ich rannte sehr und schwitzet' baß,
Davon ward wohl mein Käpplein so naß.«

Da hob unser Herrgott, unwirs ob der Lüge, seinen Finger auf, winkt' ihm und ging voran, dem Kloster zu. Der Abt sah hehlings noch einmal nach der Frau Wirtin um, und diese rief: »ach liebe Zeit, ach liebe Zeit, jetzt kommt der gut' alt' Herr in die Prison!«

Dies war der schönen Lau ihr Traum. Sie wußte aber beim Erwachen und spürte noch an ihrem Herzen, daß sie im Schlaf sehr lachte, und ihr hüpfte noch wachend die Brust, daß der Blautopf oben Ringlein schlug.

Weil es den Tag zuvor sehr schwül gewesen, so blitzte es jetzt in der Nacht. Der Schein erhellte den Blautopf ganz, auch spürte sie am Boden, es donnere weitweg. So blieb sie mit zufriedenem Gemüte noch eine Weile ruhen, den Kopf in ihre Hand gestützt, und sah dem Wetterblicken zu. Nun stieg sie auf, zu wissen, ob der Morgen etwa komme: allein es war noch nicht viel über Mitternacht. Der Mond stand glatt und schön über dem Rusenschloß, die Lüfte aber waren voll vom Würzgeruch der Mahden.

Sie meinte fast der Geduld nicht zu haben bis an die Stunde, wo sie im Nonnenhof ihr neues Glück verkünden durfte, ja wenig fehlte, daß sie sich jetzt nicht mitten in der Nacht aufmachte und vor Juttas Türe kam (wie sie nur einmal, Trostes wegen, in übergroßem Jammer nach der jüngsten Botschaft aus der Heimat, tat), doch sie besann sich anders und ging zu besserer Zeit.

Frau Betha hörte ihren Traum gutmütig an, obwohl er ihr ein wenig ehrenrührig schien. Bedenklich aber sagte sie darauf: »Baut nicht auf solches Lachen, das im Schlaf geschah; der Teufel ist ein Schelm. Wenn Ihr auf solches Trugwerk hin die Boten mit fröhlicher Zeitung entließet, und die Zukunft strafte Euch Lügen, es könnte schlimm daheim ergehen.«

Auf diese ihre Rede hing die schöne Lau den Mund gar sehr und sagte: »Frau Ahne hat der Traum verdrossen!« – nahm kleinlauten Abschied und tauchte hinunter.

Es war nah bei Mittag, da rief der Pater Schaffner im Kloster dem Bruder Kellermeister eifrig zu: »Ich merk, es ist im Gumpen letz! die Arge will Euch Eure Faß wohl wieder einmal schwimmen lehren. Tut Eure Läden eilig zu, vermachet alles wohl!«

Nun aber war des Klosters Koch, der Wirtin Sohn, ein lustiger Vogel, welchen die Lau wohl leiden mochte. Der dachte ihren Jäst mit einem Schnak zu stillen, lief nach seiner Kammer, zog die Bettscher aus der Lagerstätte und steckte sie am Blautopf in den Rasen, wo das Wasser auszutreten pflegte, und stellte sich mit Worten und Gebärden als einen viel getreuen Diener an, der mächtig Ängsten hätte, daß seine Herrschaft aus dem Bette fallen und etwa Schaden nehmen möchte. Da sie nun sah das Holz so recht mit Fleiß gesteckt und über das Bächlein gespreizt, kam ihr in ihrem Zorn das Lachen an, und lachte überlaut, daß man's im Klostergarten hörte.

Als sie hierauf am Abend zu den Frauen kam, da wußten sie es schon vom Koch und wünschten ihr mit tausend Freuden Glück. Die Wirtin sagte: »der Xaver ist von Kindesbeinen an gewesen als wie der Zuberclaus, jetzt kommt uns seine Torheit zustatten.«

Nun aber ging ein Monat nach dem andern herum, es wollte sich zum dritten- oder viertenmal nicht wieder schicken. Martini war vorbei, noch wenig Wochen, und die Boten standen wieder vor der Tür. Da ward es den guten Wirtsleuten selbst bang, ob heuer noch etwas zustande käme, und alle hatten nur zu trösten an der Frau. Je größer deren Angst, je weniger zu hoffen war.

Damit sie ihres Kummers eher vergesse, lud ihr Frau Betha einen Lichtkarz ein, da nach dem Abendessen ein halb Dutzend muntre Dirnen und Weiber aus der Verwandtschaft in einer abgelegenen Stube mit ihren Kunkeln sich zusammensetzten. Die Lau kam alle Abend in Juttas altem Rock und Kittel und ließ sich weit vom warmen Ofen weg in einem Winkel auf den Boden nieder und hörte dem Geplauder zu, von Anfang als ein stummer Gast, ward aber bald zutraulich und bekannt mit allen. Um ihretwillen machte sich Frau Betha eines Abends ein Geschäft daraus, ihr Weihnachtskripplein für die Enkel beizeiten herzurichten: die Mutter Gottes mit dem Kind im Stall, bei ihr die drei Weisen aus Morgenland, ein jeder mit seinem Kamel, darauf er hergereist kam und seine Gaben brachte. Dies alles aufzuputzen und zu leimen, was etwa lotter war, saß die Frau Wirtin an dem Tisch beim Licht mit ihrer Brille, und die Wasserfrau mit höchlichem Ergötzen sah ihr zu, sowie sie auch gerne vernahm, was ihr von heiligen Geschichten dabei gesagt wurde, doch nicht, daß sie dieselben dem rechten Verstand nach begriff oder zu Herzen nahm, wie gern auch die Wirtin es wollte.

Frau Betha wußte ferner viel lehrreicher Fabeln und Denkreime, auch spitzweise Fragen und Rätsel; die gab sie nacheinander im Vorsitz auf zu raten, weil sonderlich die Wasserfrau von Hause aus dergleichen liebte und immer gar zufrieden schien, wenn sie es ein und das andre Mal traf (das doch nicht allzu leicht geriet). Eines derselben gefiel ihr vor allen, und was damit gemeint ist, nannte sie ohne Besinnen:

»Ich bin eine dürre Königin,
Trag auf dem Haupt eine zierliche Kron,
Und die mir dienen mit treuem Sinn,
Die haben großen Lohn.

Meine Frauen müssen mich schön frisiern,
Erzählen mir Märlein ohne Zahl,
Sie lassen kein einzig Haar an mir,
Doch siehst du mich nimmer kahl.

Spazieren fahr ich frank und frei,
Das geht so rasch, das geht so fein;
Nur komm ich nicht vom Platz dabei –
Sagt, Leute, was mag das sein?«

Darüber sagte sie, in etwas fröhlicher denn zuvor: »wenn ich dereinstens wiederum in meiner Heimat bin, und kommt einmal ein schwäbisch Landeskind, zumal aus eurer Stadt, auf einer Kriegsfahrt oder sonst durch der Walachen Land an unsere Gestade, so ruf er mich bei Namen, dort wo der Strom am breitesten hineingeht in das Meer – versteht, zehn Meilen einwärts in dieselbe See erstreckt sich meines Mannes Reich, soweit das süße Wasser sie mit seiner Farbe färbt –, dann will ich kommen und dem Fremdling zu Rat und Hilfe sein. Damit er aber sicher sei, ob ich es bin und keine andere, die ihm schaden möchte, so stelle er dies Rätsel. Niemand aus unserem Geschlechte außer mir wird ihm darauf antworten; denn dortzuland sind solche Rocken und Rädlein, als ihr in Schwaben führet, nicht gesehn, noch kennen sie dort eure Sprache; darum mag dies die Losung sein.«

Auf einen andern Abend ward erzählt vom Doktor Veylland und Herrn Conrad von Wirtemberg, dem alten Gaugrafen, in dessen Tagen es noch keine Stadt mit Namen Stuttgart gab. Im Wiesental, da wo dieselbe sich nachmals erhob, stund nur ein stattliches Schloß mit Wassergraben und Zugbrücke; von Bruno, dem Domherrn von Speyer, Conradens Oheim, erbaut, und nicht gar weit davon ein hohes steinernes Haus. In diesem wohnte dazumal mit einem alten Diener ganz allein ein sonderlicher Mann, der war in natürlicher Kunst und in Arzneikunst sehr gelehrt und war mit seinem Herrn, dem Grafen, weit in der Welt herumgereist, in heißen Ländern, von wo er manche Seltsamkeit an Tieren, vielerlei Gewächsen und Meerwundern heraus nach Schwaben brachte. In seinem Öhrn sah man der fremden Sachen eine Menge an den Wänden herum hangen: die Haut vom Krokodil sowie Schlangen und fliegende Fische. Fast alle Wochen kam der Graf einmal zu ihm; mit andern Leuten pflegte er wenig Gemeinschaft. Man wollte behaupten, er mache Gold; gewiß ist, daß er sich unsichtbar machen konnte, denn er verwahrte unter seinem Kram einen Krackenfischzahn. Einst nämlich, als er auf dem Roten Meer das Bleilot niederließ, die Tiefe zu erforschen, da zockt' es unterm Wasser, daß das Tau fast riß. Es hatte sich ein Krackenfisch im Lot verbissen und zween seiner Zähne darinne gelassen. Sie sind wie eine Schustersahle spitz und glänzend schwarz. Der eine stak sehr fest, der andre ließ sich leicht ausziehen. Da nun ein solcher Zahn, etwa in Silber oder Gold gefaßt und bei sich getragen, besagte hohe Kraft besitzt und zu den größten Gütern, so man für Geld nicht haben kann, gehört, der Doktor aber dafür hielt, es zieme eine solche Gabe niemand besser als einem weisen und wohldenkenden Gebieter, damit er überall, in seinen eigenen und Feindes Landen, sein Ohr und Auge habe, so gab er einen dieser Zähne seinem Grafen, wie er ja ohnedem wohl schuldig war, mit Anzeigung von dessen Heimlichkeit, davon der Herr nichts wußte. Von diesem Tage an erzeigte sich der Graf dem Doktor gnädiger als allen seinen Edelleuten oder Räten und hielt ihn recht als seinen lieben Freund, ließ ihm auch gern und sonder Neid das Lot zu eigen, darin der andere Zahn war, doch unter dem Gelöbnis, sich dessen ohne Not nicht zu bedienen, auch ihn vor seinem Ableben entweder ihm, dem Grafen, erblich zu verlassen oder auf alle Weise der Welt zu entrücken, wo nicht ihn gänzlich zu vertilgen. Der edle Graf starb aber um zwei Jahre eher als der Veylland und hinterließ das Kleinod seinen Söhnen nicht; man glaubt, aus Gottesfurcht und weiser Vorsicht hab ers mit in das Grab genommen oder sonst verborgen.

Wie nun der Doktor auch am Sterben lag, so rief er seinen treuen Diener Curt zu ihm ans Bett und sagte: »Lieber Curt! es gehet diese Nacht mit mir zum Ende, so will ich dir noch deine guten Dienste danken und etliche Dinge befehlen. Dort bei den Büchern, in dem

Fach zu unterst in der Ecke, ist ein Beutel mit hundert Imperialen, den nimm sogleich zu dir; du wirst auf Lebenszeit genug daran haben. Zum zweiten, das alte geschriebene Buch in dem Kästlein daselbst verbrenne jetzt vor meinen Augen hier in dem Kamin. Zum dritten findest du ein Bleilot dort, das nimm, verbirgs bei deinen Sachen, und wenn du aus dem Hause gehst in deine Heimat, gen Blaubeuren, laß es dein erstes sein, daß du es in den Blautopf wirfst.« – Hiermit war er darauf bedacht, daß es, ohne Gottes besondere Fügung, in ewigen Zeiten nicht in irgendeines Menschen Hände komme. Denn damals hatte sich die Lau noch nie im Blautopf blicken lassen, und hielt man selben überdies für unergründlich.

Nachdem der gute Diener jenes alles teils auf der Stelle ausgerichtet, teils versprochen, nahm er mit Tränen Abschied von dem Doktor, welcher vor Tage noch das Zeitliche gesegnete.

Als nachher die Gerichtspersonen kamen und allen kleinen Quark aussuchten und versiegelten, da hatte Curt das Bleilot zwar beiseit' gebracht, den Beutel aber nicht versteckt, denn er war keiner von den Schlauesten, und mußte ihn dalassen, bekam auch nach der Hand nicht einen Deut davon zu sehen, kaum daß die schnöden Erben ihm den Jahreslohn auszahlten.

Solch Unglück ahnete ihm schon, als er, auch ohnedem betrübt genug, mit seinem Bündelein in seiner Vaterstadt einzog. Jetzt dachte er an nichts, als seines Herrn Befehl vor allen Dingen zu vollziehen. Weil er seit dreiundzwanzig Jahren nimmer hier gewesen, so kannte er die Leute nicht, die ihm begegneten, und da er gleichwohl einem und dem andern Guten Abend sagte, gabs ihm niemand zurück. Die Leute schauten sich, wenn er vorüber kam, verwundert an den Häusern um, wer doch da gegrüßt haben möchte, denn keines erblickte den Mann. Dies kam, weil ihm das Lot in seinem Bündel auf der linken Seite hing; ein andermal, wenn er es rechts trug, war er von allen gesehen. Er aber sprach für sich: »zu meiner Zeit sind die$^{a}$ Blaubeur$^{a}$m$^{a}$r so grob ett gwä!«

Beim Blautopf fand er seinen Vetter, den Seilermeister, mit dem Jungen am Geschäft, indem er längs der Klostermauer, rückwärts gehend, Werg aus seiner Schürze spann, und weiterhin der Knabe trillte die Schnur mit dem Rad. – »Gott grü$^{a}$ß di, Vetter Seiler!« rief der Curt und klopft' ihm auf die Achsel. Der Meister guckt sich um, verblaßt, läßt seine Arbeit aus den Händen fallen und lauft, was seine Beine mögen. Da lachte der andere, sprechend: »der denkt, mei' Seel, i wandele geistweis! D'Leut hant g'wiß mi für tot hi$^{a}$ g'sait, anstatt mein' Herr$^{a}$ – ei so schlag!«

Jetzt ging er zu dem Teich, knüpfte sein Bündel auf und zog das Lot heraus. Da fiel ihm ein, er möchte doch auch wissen, ob es wahr sei, daß der Gumpen keinen Grund noch Boden habe (er wär gern auch ein wenig so ein Spiriguckes wie sein Herr gewesen), und weil er vorhin in des Seilers Korb drei große starke Schnürbund liegen sehn, so holte er dieselben her und band das Lot an einen. Es lagen just auch frischgebohrte Teichel, eine schwere Menge, in dem Wasser bis gegen die Mitte des Topfs, darauf er sicher Posto fassen konnte, und also ließ er das Gewicht hinunter, indem er immer ein Stück Schnur an seinem ausgestreckten Arm abmaß, drei solcher Längen auf ein Klafter rechnete und laut abzählte: »– 1 Klafter, 2 Klafter, 3, 4, 5, 6, 7, 8, 9, 10«; – da ging der erste Schnurbund aus, und mußte er den zweiten an das Ende knüpfen, maß wiederum ab und zählte bis auf 20. Da war der andere Schnurbund gar – »Heid$^{a}$guguk, ist dees $^{a}$ Ti$^{a}$fe!« – und band den dritten an das Trumm, fuhr fort zu zählen: »21, 22, 23, 24 – Höll-Element, mei' Arm will nimme! – 25, 26, 27, 28, 29, 30 – Jetzet gu$^{a}$t Nacht, 's Meß hot $^{a}$ End! Do heißts halt, mir nex, dir nex, rappede kappede, so isch usgang$^{a}$!« – Er schlang die Schnur, bevor er aufzog, um das Holz, darauf er stand, ein wenig zu verschnaufen, und urteilte bei sich: »der Topf ist währle bod$^{a}$laus«.

Indem der Spinnerinnen eine diesen Schwank erzählte, tat die Wirtin einen schlauen Blick zur Lau hinüber, welche lächelte; denn freilich wußte sie am besten, wie es gegangen war mit dieser Messerei; doch sagten beide nichts. Dem Leser aber soll es unverhalten sein.

Die schöne Lau lag jenen Nachmittag auf dem Sand in der Tiefe, und, ihr zu Füßen, eine Kammerjungfrau, Aleila, welche ihr die liebste war, beschnitte ihr in guter Ruh die Zehen mit einer goldenen Schere, wie von Zeit zu Zeit geschah.

Da kam hernieder langsam aus der klaren Höh ein schwarzes Ding, als wie ein Kegel, deß' sich im Anfang beide sehr verwunderten, bis sie erkannten, was es sei. Wie nun das Lot mit neunzig Schuh den Boden rührte, da ergriff die scherzlustige Zofe die Schnur und zog gemach mit beiden Händen, zog und zog, so lang, bis sie nicht mehr nachgab. Alsdann nahm sie geschwind die Schere und schnitt das Lot hinweg, erlangte einen dicken Zwiebel, der war erst gestern in den Topf gefallen und war fast eines Kinderkopfes groß, und band ihn bei dem grünen Schossen an die Schnur, damit der Mann erstaune, ein ander Lot zu finden, als das er ausgeworfen. Derweile aber hatte die schöne Lau den Krackenzahn im Blei mit Freuden und Verwunderung entdeckt. Sie wußte seine Kraft gar wohl, und ob zwar für sich selbst die Wasserweiber oder -männer nicht viel darnach fragen, so gönnen sie den Menschen doch so großen Vorteil nicht, zumalen sie das Meer und was sich darin findet von Anbeginn als ihren Pacht und Lehn ansprechen. Deswegen denn die schöne Lau mit dieser ungefähren Beute sich dereinst, wenn sie zu Hause käme, beim alten Nix, ihrem Gemahl, Lobs zu erholen hoffte. Doch wollte sie den Mann, der oben stund, nicht lassen ohn Entgelt, nahm also alles, was sie eben auf dem Leibe hatte, nämlich die schöne Perlenschnur an ihrem Hals, schlang selbe um den großen Zwiebel, gerade als er sich nunmehr erhob; und daran war es nicht genug: sie hing zuteuerst auch die goldne Schere noch daran und sah mit hellem Aug', wie das Gewicht hinaufgezogen ward. Die Zofe aber, neubegierig, wie sich das Menschenkind dabei gebärde, stieg hinter dem Lot in die Höhe und weidete sich zwo Spannen unterhalb dem Spiegel an des Alten Schreck und Verwirrung. Zuletzt fuhr sie mit ihren beiden aufgehobenen Händen ein maler viere in der Luft herum, die weißen Finger als zu einem Fächer oder Wadel ausgespreizt. Es waren aber schon zuvor auf des Vetters Seilers Geschrei viel Leute aus der Stadt herausgekommen, die standen um den Blautopf her und sahn dem Abenteuer zu, bis wo die grausigen Hände erschienen; da stob mit eins die Menge voneinander und entrann.

Der alte Diener aber war von Stund an irrsch im Kopf ganzer sieben Tage und sah der Lau ihre Geschenke gar nicht an, sondern saß da, bei seinem Vetter, hinterm Ofen, und sprach des Tags wohl hundertmal ein altes Sprüchlein vor sich hin, von welchem kein Gelehrter in ganz Schwabenland Bescheid zu geben weiß, woher und wie oder wann erstmals es unter die Leute gekommen. Denn von ihm selber hatte es der Alte nicht; man gab es lang vor seiner Zeit, gleichwie noch heutigestags, den Kindern scherzweis auf, wer es ganz hurtig nacheinander ohne Tadel am öftesten hersagen könne; und lauten die Worte:

»'s leit $^{a}$ Klötzle Blei glei bei Blaubeur$^{a}$,
glei bei Blaubeur$^{a}$ leit $^{a}$ Klötzle Blei.«

Die Wirtin nannt es einen rechten Leirenbendel und sagte: »wer hätte auch den mindesten Verstand da drin gesucht, geschweige eine Prophezeiung!«

Als endlich der Curt mit dem siebenten Morgen seine gute Besinnung wiederfand und ihm der Vetter die kostbaren Sachen darwies, so sein rechtliches Eigentum wären, da schmunzelte er doch, tat sie in sicheren Verschluß und ging mit des Seilers zu Rat, was damit anzufangen. Sie achteten alle fürs beste, er reise mit Perlen und Schere gen Stuttgart, wo eben Graf Ludwig sein Hoflager hatte, und biete sie demselben an zum Kauf. So tat er denn. Der hohe Herr war auch nicht karg und gleich bereit, so seltene Zier nach Schätzung eines Meisters für seine Frau zu nehmen; nur als er von dem Alten hörte, wie er dazu gekommen, fuhr er auf und drehte sich voll Ärger auf dem Absatz um, daß ihm der Wunderzahn verloren sei. Ihm war vordem etwas von diesem kund geworden, und hatte er dem Doktor, bald nach Herrn Conrads Hintritt, seines Vaters, sehr darum angelegen, doch umsonst.

Dies war nun die Geschichte, davon die Spinnerinnen damals plauderten. Doch ihnen war das Beste daran unbekannt. Eine Gevatterin, so auch mit ihrer Kunkel unter ihnen saß, hätte noch gar gern gehört, ob wohl die schöne Lau das Lot noch habe, auch was sie damit tue? und red'te so von weitem darauf hin; da gab Frau Betha ihr nach ihrer Weise einen kleinen Stich und sprach zur Lau: »Ja, gelt, jetzt macht Ihr Euch bisweilen unsichtbar, geht herum in den Häusern und guckt den Weibern in die Töpfe, was sie zu Mittag kochen? Eine schöne Sach um so ein Lot für fürwitzige Leute!«

Inmittelst fing der Dirnen eine an, halblaut das närrische Gesetzlein herzusagen; die andern taten ein gleiches, und jede wollt es besser können, und keine brachte es zum dritten oder viertenmal glatt aus dem Mund; dadurch gab es viel Lachen. Zum letzten mußte es die schöne

Lau probieren, die Jutta ließ ihr keine Ruh. Sie wurde rot bis an die Schläfe, doch hub sie an und kluglicherweise gar langsam:

»'s leit [a] Klötzle Blei glei bei Blaubeura[a].«

Die Wirtin rief ihr zu, so sei es keine Kunst, es müsse gehen wie geschmiert! Da nahm sie ihren Anlauf frisch hinweg, kam auch alsbald vom Pfad ins Stoppelfeld, fuhr buntüberecks und wußte nimmer gicks noch gacks. Jetzt, wie man denken kann, gab es Gelächter einer Stuben voll, das hättet ihr nur hören sollen, und mitten draus hervor der schönen Lau ihr Lachen, so hell wie ihre Zähne, die man alle sah!

Doch unversehens, mitten in dieser Fröhlichkeit und Lust, begab sich ein mächtiges Schrecken.

Der Sohn vom Haus, der Wirt, – er kam gerade mit dem Wagen heim von Sonderbuch und fand die Knechte verschlafen im Stall – sprang hastig die Stiege herauf, rief seine Mutter vor die Tür und sagte, daß es alle hören konnten: »um Gottes willen, schickt die Lau nach Haus! Hört Ihr denn nicht im Städtlein den Lärm? der Blautopf leert sich aus, die untere Gasse ist schon unter Wasser, und in dem Berg am Gumpen ist ein Getös und Rollen, als wenn die Sündflut käme!« – Indem er noch so sprach, tat innen die Lau einen Schrei: »das ist der König, mein Gemahl, und ich bin nicht daheim!« – Hiermit fiel sie von ihrem Stuhl sinnlos zu Boden, daß die Stube zitterte. Der Sohn war wieder fort, die Spinnerinnen liefen jammernd heim mit ihren Rocken, die andern aber wußten nicht, was anzufangen mit der armen Lau, welche wie tot dalag. Eins machte ihr die Kleider auf, ein anderes strich sie an, das dritte riß die Fenster auf, und schafften doch alle miteinander nichts.

Da streckte unverhofft der lustige Koch den Kopf zur Tür herein, sprechend: »ich hab mirs eingebildet, sie wär bei euch! Doch, wie ich sehe, gehts nicht allzu lustig her. Macht, daß die Ente in das Wasser kommt, so wird sie schwimmen!« – »Du hast gut reden!« sprach die Mutter mit Beben: »*hat* man sie auch im Keller und im Brunnen, kann sie sich unten nicht den Hals abstürzen im Geklüft?« – »Was Keller!« rief der Sohn: »was Brunnen! das geht ja freilich nicht – laßt mich nur machen! Not kennt kein Gebot – ich trag sie in den Blautopf.« – Und damit nahm er, als ein starker Kerl, die Wasserfrau auf seine Arme.

»Komm, Jutta – nicht heulen! – geh mir voran mit der Latern.« – »In Gottes Namen!« sagte die Wirtin: »doch nehmt den Weg hinten herum durch die Gärten: es wimmelt die Straße mit Leuten und Lichtern.« – »Der Fisch hat sein Gewicht!« sprach er im Gehn, schritt aber festen Tritts die Stiege hinunter, dann über den Hof und links und rechts, zwischen Hecken und Zäunen hindurch.

Am Gumpen fanden sie das Wasser schon merklich gefallen, gewahrten aber nicht, wie die drei Zofen, mit den Köpfen dicht unter dem Spiegel, ängstlich hin und wieder schwammen, nach ihrer Frau ausschauend. Das Mädchen stellte die Laterne hin, der Koch entledigte sich seiner Last, indem er sie behutsam mit dem Rücken an den Kürbishügel lehnte. Da raunte ihm sein eigener Schalk ins Ohr: wenn du sie küßtest, freute dichs dein Leben lang, und könntest du doch sagen, du habest einmal eine Wasserfrau geküßt. Und eh er es recht dachte, wars geschehen. Da löschte ein Schuck Wasser aus dem Topf das Licht urplötzlich aus, daß es stichdunkel war umher, und tat es dann nicht anders, als wenn ein ganz halb Dutzend nasser Hände auf ein paar kernige Backen fiel' und wo es sonst hintraf. Die Schwester rief: »was gibt es denn?« – »Maulschellen, heißt mans hier herum!« sprach er: »ich hätte nicht gedacht, daß sie am Schwarzen Meer sottige Ding auch kenneten!« – Dies sagend, stahl er sich eilends davon, doch weil es vom Widerhall drüben am Kloster auf Mauern und Dächern und Wänden mit Maulschellen brazzelte, stund er bestürzt, wußte nicht recht wohin, denn er glaubte den Feind vorn und hinten. (Solch einer Witzung brauchte es, damit er sich des Mundes nicht berühme, den er geküßt, unwissend zwar, daß er es *müssen* tun, der schönen Lau zum Heil.)

Inwährend diesem argen Lärm nun hörte man die Fürstin in ihrem Ohnmachtschlaf so innig lachen, wie sie damals im Traum getan, wo sie den Abt sah springen. Der Koch vernahm es noch von weitem, und ob ers schon auf sich zog, und mit Grund, erkannte er doch gern daraus, daß es nicht weiter Not mehr habe mit der Frau.

Bald kam mit guter Zeitung auch die Jutta heim, die Kleider, den Rock und das Leibchen im Arm, welche die schöne Lau zum letztenmal heut am Leibe gehabt. Von ihren Kammerjungfern, die sie am Topf in Beisein des Mädchens empfingen, erfuhr sie gleich zu ihrem großen Trost, der König sei noch nicht gekommen, doch mög es nicht mehr lang anstehn, die große Wasserstraße sei schon angefüllt. Dies nämlich war ein breiter hoher Felsenweg, tief unterhalb den menschlichen Wohnstätten, schön grad und eben mitten durch den Berg gezogen, zwo Meilen lang von da bis an die Donau, wo des alten Nixen Schwester ihren Fürstensitz hatte. Derselben waren viele Flüsse, Bäche, Quellen dieses Gaus dienstbar; die schwellten, wenn das Aufgebot an sie erging, besagte Straße in gar kurzer Zeit so hoch mit ihren Wassern, daß sie mit allem Seegetier, Meerrossen und Wagen füglich befahren werden mochte, welches bei festlicher Gelegenheit zuweilen als ein schönes Schaugepräng mit vielen Fackeln und Musik von Hörnern und Pauken geschah.

Die Zofen eilten jetzo sehr mit ihrer Herrin in das Putzgemach, um sie zu salben, zöpfen und köstlich anzuziehen; das sie auch gern zuließ und selbst mithalf, denn sie in ihrem Innern fühlte, es sei nun jegliches erfüllt zusamt dem Fünften, so der alte Nix und sie nicht wissen durfte.

Drei Stunden wohl nachdem der Wächter Mitternacht gerufen, es schlief im Nonnenhof schon alles, erscholl die Kellerglocke zweimal mächtig, zum Zeichen, daß es Eile habe, und hurtig waren auch die Frauen und die Töchter auf dem Platz.

Die Lau begrüßte sie wie sonst vom Brunnen aus, nur war ihr Gesicht von der Freude verschönt, und ihre Augen glänzten, wie man es nie an ihr gesehen. Sie sprach: »Wißt, daß mein Ehgemahl um Mitternacht gekommen ist. Die Schwieger hat es ihm voraus verkündigt ohnelängst, daß sich in dieser Nacht mein gutes Glück vollenden soll, darauf er ohne Säumen auszog, mit Geleit der Fürsten, seinem Ohm und meinem Bruder Synd und vielen Herren. Am Morgen reisen wir. Der König ist mir hold und gnädig, als hieß ich von heute an erst sein Gespons. Sie werden gleich vom Mahl aufstehn, sobald sie den Umtrunk gehalten. Ich schlich auf meine Kammer und hierher, noch meine Gastfreunde zu grüßen und zu herzen. Ich sage Dank, Frau Ahne, liebe Jutta, Euch Söhnerin und Jüngste dir. Grüßet die nicht zugegen sind, die Männer und die Mägde. In jedem dritten Jahr wird euch Botschaft von mir; auch mag es wohl geschehn, daß ich noch bälder komme selber, da bring ich mit auf diesen meinen Armen ein lebend Merkmal, daß die Lau bei euch gelacht. Das wollen euch die Meinen allezeit gedenken, wie ich selbst. Für jetzo, wisset, liebe Wirtin, ist mein Sinn: einen Segen zu stiften in dieses Haus für viele seiner Gäste. Oft habe ich vernommen, wie Ihr den armen wandernden Gesellen Guts getan mit freier Zehrung und Herberg. Damit Ihr solchen fortan mögt noch eine weitere Handreichung tun, so werdet Ihr zu diesem Ende finden beim Brunnen hier einen steinernen Krug voll guter Silbergroschen: davon teilt ihnen nach Gutdünken mit, und will ich das Gefäß, bevor der letzte Pfennig ausgegeben, wieder füllen. Zudem will ich noch stiften auf alle hundert Jahr fünf Glückstage (denn dies ist meine holde Zahl), mit unterschiedlichen Geschenken, also, daß, wer von reisenden Gesellen der erste über Eure Schwelle tritt am Tag, der mir das erste Lachen brachte, der soll empfangen, aus Eurer oder Eurer Kinder Hand, von fünferlei Stücken das Haupt. Ein jeder, so den Preis gewinnt, gelobe, nicht Ort noch Zeit dieser Bescherung zu verraten. Ihr findet aber solche Gaben jedesmal hier nächst dem Brunnen. Die Stiftung, wisset, mache ich für alle Zeit, solang ein Glied von Eurem Stammen auf der Wirtschaft ist.«

Nach diesen Worten redete sie noch manches leise mit der Wirtin und sagte zuletzt: »vergesset nicht das Lot! der kleine Schuster soll es nimmermehr bekommen.« – Da nahm sie nochmals Abschied und küßte ein jedes. Die beiden Frauen und die Mädchen weinten sehr. Sie steckte Jutten einen Fingerreif mit grünem Schmelzwerk an und sprach dabei: »Ade, Jutta! Wir haben zusammen besondere Holdschaft gehabt, die müsse fernerhin bestehen!« – Nun tauchte sie hinunter, winkte und verschwand.

In einer Nische hinter dem Brunnen fand sich richtig der Krug samt den verheißnen Angebinden. Es war in der Mauer ein Loch mit eisernem Türlein versehen, von dem man nie gewußt, wohin es führe; das stand jetzt aufgeschlagen, und war daraus ersichtlich, daß die Sachen durch dienstbare Hand auf diesem Weg seien hergebracht worden, deshalb auch alles wohl trocken verblieb. Es lag dabei: ein Würfelbecher aus Drachenhaut, mit goldenen Buckeln beschlagen; ein Dolch mit kostbar eingelegtem Griff; ein elfenbeinen Weberschifflein; ein schönes Tuch von fremder Weberei und mehr dergleichen. Aparte aber lag ein Kochlöffel aus Rosenholz mit langem Stiel, von oben herab fein gemalt und vergoldet, den war die Wirtin angewiesen, dem lustigen Koch zum Andenken zu geben. Auch keins der andern war vergessen.

Frau Betha hielt bis an ihr Lebensende die Ordnung der guten Lau heilig, und ihre Nachkommen nicht minder. Daß jene sich nachmals mit ihrem Kind im Nonnenhof zum Besuch eingefunden, davon zwar steht nichts in dem alten Buch, das diese Geschichten berichtet, doch mag ich es wohl glauben.

Es waren seit der Fürstin Abschied nah bei hundert Jahr vergangen, als unser Seppe, der Schuster, im Dörflein Suppingen vom Wagen stieg, dem Bäuerlein noch vielmals dankte und sich von ihm den Weg Blaubeuren zu nachweisen ließ. Bis Mittag, sagte der Mann, könne er gar wohl dort sein.

Das hätte sich auch nicht gefehlt, bald aber fing sein Hühneraug ihn wieder zu buksieren an. Er mußte alle fünfzig Schritt hinsitzen, und wenn er einmal saß, trat er das Rad so fleißig, als wenn er auf Bestellung zu arbeiten hätte. Endlich zum letztenmal riß er sich auf und hinkte vollends die Steig hinab.

Sie läuteten im Kloster drei, da er ins Städtlein kam.

Während er nun auf die Herberge zu ging, lief eben Jörg Seysolff, der Wirt und Bräumeister, über den Hof und sprach zu seinem Weib, die auf der Hausbank saß und ihren Salat zum Abendessen putzte: »schau, Emerenz, da kommt auch schon der dritt'!« – »Ei, weiß Gott!« sagte sie, »und ist ein Unterländer – ach mein, knappt der daher! dem sei es 'gunnt.«

Der Seppe sah hoch auf, als ihn die Leute so mit sonderlicher Freundlichkeit begrüßten. Sie gingen alle beide gleich mit ihm hinauf. Er ließ sich eine Halbe geben, ein Sauerkraut mit Schweinefleisch aufwärmen.

Der Wirt, wie er vernahm, daß er von Stuttgart käme, frug ihn nach dem und jenem: ob sie auch Hagelwetter drunten hätten? was jetzt die Gerste gelte? bis wann des Grafen Jüngste Hochzeit habe, von deren Schönheit man überall höre. Der Seppe diente ihm auf alles ordentlich, dagegen er sich übers Essen manches von hiesigen Geschichten, besonders von dem Wasserweib, erzählen ließ. Auch zeigte ihm der Wirt das alte Konterfei von ihr im Hausgang an der Stiege sowie das herrliche Kunstwerk, den Bauren-Schwaiger, an welchem er sich nicht satt sehn und hören konnte. »Der den gemacht hat«, sagte er, »den laßt mir einmal einen Dreher heißen!« – »Ja«, meinte Jörg, »die Arbeit ist auch nicht an *einem* Tag gemacht.« – »Will's glauben!« sagte der Seppe und seufzte, denn er gedachte an seine Dreherei.

Nachdem er nun gegessen und getrunken, frug er nach seiner Schuldigkeit. »Zween Batzen,« war die Antwort. Die legt der Seppe auf den Tisch. »Bekämt Ihr sechzehn Kreuzer naus«, sagte der Wirt, zählte sie hin und steckte die zween Batzen ein, wie wenn es sich so in der ganzen Welt von selbst verstünde. Es war jedoch ein alter Brauch von der Frau Betha Zeiten her, den Reisenden auf solche Weise ihren Zehrpfennig zu reichen. Der Schuster lächelte, als wollt er fragen, wie ist das gemeint? – »Laßts gut sein, lieber Gesell«, sprach Jörg Seysolff: »kommt mit zu meinem Ehni, der sagt Euch schon mehr.«

Er führte ihn durch einen langen Gang an eine stille Tür, die tat er vor ihm auf. Da saß in einer säuberlichen Stube ein gar schöner Greis von achtzig Jahr in einem Sorgenstuhl beim Fenster. Die Sonne fiel eben ein wenig zwischen den Vorhänglein durch auf einen kleinen Tisch, so vor ihm stand, schneeweiß gedeckt, darauf nichts weiter denn ein blauer Topf mit Wasser und noch etwas in einem Tuche war. Der Alte aber war der kleine Hans, Frau Bethas Herzblatt, gewesen. Er redete den Schuster in Gegenwart des Wirtes also an:

»Hab Gott zum Gruß auf dieser Schwell'!
Obwohl das Glück dein Reis'gesell,
Ob solches mit dir in der Wiegen
Von Mutterleib aus kam zu liegen,
Ob du es in dem Gürtel hegest,
Ob du es in den Sohlen trägest.«

Hierauf behändigte der Greis dem Seppe das Tüchlein und sprach: »du magst es einmal, wenn du Meister bist und gründest deinen eignen Herd, deiner Liebsten verehren, am Heiratstag, dazu dir aller Segen werde.«

Was aber war im Tuch? Eine silberne Haube, – man konnte nichts Schöneres sehen. Der Seppe wäre deckenhoch gesprungen, wenn sichs geschickt hätte.

Nun sagte ihm der Alte, wem er das Angebind verdanke, dann ließ er ihn Verschwiegenheit geloben, zu dessen sichtlicher Bekräftigung er einen Finger in dem Topfe netzen und auf den Mund legen mußte. Auch gab er dem Gesellen noch eine christliche Vermahnung, empfing den Dank desselben, und ganz am End empfahl er ihm, wenn er ein Klötzlein Blei von ungefähr wo finde hier herum, so möge er solches daher in den Nonnenhof bringen. – In seines Herzens Freude fast hätte er's versprochen, da fiel ihm zum Glück noch der Pechschwitzer ein, deswegen er nur sagte: »ich will sehn.«

Jetzt machte er sich auf die Bahn und lenkte seine Schritte zuvörderst hinter das Kloster, wo ihm der Quell gleich in die Augen strahlte. So viel man ihm davon gerühmt, doch hätte er sich solche Wunderpracht in seinem Sinn nicht eingebildet, und meinte er bei sich: »es ist nicht anders denn als wenn zum wenigsten ein Stücker sechs Blaufärber samt einem vollen Kessel eben erst darin ersoffen wären!«

Wie er sich recht daran ersättigt und im Andenken an das Wasserweib etliche Vaterunser aus gutem Herzen für ihr Heil gebetet hatte (denn er der Meinung war, sie sitze schon bei hundert Jahr samt andern armen Heidenseelen auf der hellen Wiese, da sie in Wahrheit jung und schön wie ehedem noch bei den Ihren lebte), vergaß er auch das Klötzlein nicht, nach welchem so viel Fragens war. Er hatte von dem Doktor Veylland und dem Lot schon als ein kleiner Bube den Urgroßvater hören erzählen. Der Bauer wußte nichts davon; den Wirt im Nonnenhof befrug er aber nicht, weil ihm erst jetzt einkam, es seie mit dem Blei wohl gar dasselbe Lot gemeint. Nun sah er hinter manchen Busch und Baum und weiterhin an seiner Straße hier und dort in einen Graben, fand aber nichts dergleichen und ließ sich endlich deshalb keine grauen Haare wachsen.

Der Schmerzen seines Fußwerks ganz und gar vergessen und nichts als Glücksgedanken und Habergeisen in dem Kopf, hinkt' er so immerfort das Blautal hinunter. Bisweilen, wenn es ihm sein Linker zu arg machte, hockt' er auf einen Stein, packte die silberne Haube heraus und legte sie vor sich aufs Knie, an seinen zukünftigen Schatz dabei denkend. Es war nur gut, daß ihm nicht wissend, was schon zween andere Gesellen, ein Feilenhauer und ein Nagelschmied, nur eine halbe Stunde, eh er kam, aus dem Nonnenhof davongetragen, er hätte seine Haube nur noch mit halben Freuden angesehen. Die beiden Bursche waren auf der Steig hinter der Stadt an dem Schuster vorübergekommen und hatten ihn gegrüßt, doch weil er eben saß und in Gedanken mit dem Rad im besten Werken war, so sah er gar nicht auf und brummte nur so für sich hin: »Schön guten Morgen!« – obzwar die Sonne ihm von Abend auf den Buckel schien. »Ja morgen nach dem Bad!« sagte der eine, und lachten sich beide die Haut voll darüber.

Mit sinkender Nacht kam er wohl- oder übelbehalten nach Ulm.

Es war gerade Markt und hie und da Musik und Tanz. Er trat in eins der nächsten Wirtshäuser, wo ihrer sechs Gesellen beim Wein an einem Tisch beisammen saßen und einen Rundgesang anstimmten. Mann für Mann sang einzeln sein Gesetz, darauf mit Macht der Chor einfiel und sie alle die Gläser anstießen. Der Leser mag wohl so viel Verse vernehmen, als sie eben jetzt sangen; das Lied im ganzen ist viermal so lang.

Erster Gesell

Seid ihr beisammen all?
Ihr Freund, auf allen Fall
Zeigt eure Professionen an,
Daß wir nach Sitten stoßen an,
Mit großem Freudenschall!

Chor

Zeigt eure Professionen an,
Daß wir nach Sitten stoßen an!

Zweiter

Eine Wiege vor die Freud,
Eine Bahre vor das Leid:
Meinem Hobel ist das alles gleich,
Der denkt, ich mach den Meister reich,
Spän' gibt es allezeit.

Chor

Seinem Hobel ist etc.

Dritter

Meine Arbeit ist wohl fein,
Von Gold und Edelstein;
Allein das kriegt man bald gar satt,
Zumal man es nicht eigen hat:
Gebt mir so güldnen Wein!

Chor

Ich glaubs ihm schon, das wird man satt etc.

Vierter

Wen freut ein kecker Mut,
Nicht daurt sein junges Blut,
Ich schaff ihm Wehre mannigfalt,
Zu Scherz und Ernst, wid'r Feindsgewalt;
Mein Zeug ist allweg gut.

Chor

Und gilt es wider Feindsgewalt,
Ein Spieß und Schwert uns auch gefallt.

Fünfter

Der Schneider sitzt am Glas;
Vom Wirt nehm ich die Maß,
Zu Hause schaff ich gar nicht viel,
Meine Stich mach' ich beim Kartenspiel,
Da weiß ich doch, für was.

Chor

Ei, Bruder Leipziger, beßr' Er sich,
Denn, sieht Er, das ist liederlich.

Sechster

Meine Kunst, das glaubt gewiß,
Schreibt sich vom Paradies.

Von Mägdlein bin ich wertgeschätzt,
Ich hab ja, was ihr Herz ergetzt,
Veiel und Röslein süß.

Chor

Von Mägdlein ist er etc.

Jetzt kam die Reihe an den Schuster, und da derselbe sein Gesetzlein so aus froher Kehle sang, ward es dem Seppe um den Brustfleck weh, daß er sein gutes Handwerk lassen sollte. Dabei vermerkte er, wie ihn sein rechter Schuh zweimal ganz weidlich vor Vergnügen zwickte, so zwar, wie wenn er sagen wollte: hörst du, Narr?

Erster

Gebt meinem Stand die Ehr!
Den Schuster braucht man sehr.
Zwar führ ich nicht den besten Gout,
Allein wer macht euch Hochzeitschuh,
Wenn ich kein Schuster wär?

Chor

Zwar führt er nicht etc.

Dem Seppe quoll bereits das Wasser in den Augen; er sprach bei sich mit ingrimmigen Schmerzen: du bist kein Schuster und bist auch kein Dreher, du bist der wirtembergisch Niemez! – Und schwur in seine Seele, hinfort zu bleiben, was er war.

Zweiter

Und wer kein Pietist,
Und auch kein Hundsfott ist,
Der mag sich wohl beim Wein erfreun –
Mein letzter Schluck soll ehrlich sein!
So meint's ein guter Christ.

Chor

Stoßt an, Kameraden, stimmet ein:
Mein letzter Schluck soll ehrlich sein!

Hier stand der Seppe auf, trat hin zu den Kompanen und grüßte mit bescheidener Ansprache. Da machten sie ihm Platz an ihrem Tisch, tranken ihm zu und hörten, was für ein Landsmann er sei, welches Gewerbs, wohin er wollte. »Warum bleibt Ihr nicht hier?« sagte Vinzenz, der Schuster: »in Ulm ist es schön, und Arbeit findet Ihr dermal genug.« – Er ließ sich nicht schwer überreden, und schon den andern Tag stand er bei einer jungen Witwe ein, von welcher ihm der Herbergvater sagte.

Als er das erstemal in deren Haus einging, empfing er eine Warnung: sein Rechter wollte nicht über die Schwelle; doch achtete er weiter nicht darauf.

Die Witwe war eine schöne Person, und wie der Seppe schon nicht leicht mehr eine ansah, daß ihm nicht einfiel, was der Pechschwitzer sagte: »vielleicht begegnet dir dein Glück einmal auf Füßen«: so prüfte er auch jetzt, obwohl mit schüchternen Blicken, die stattliche Frau. Sie sah sehr blaß, nicht gar vergnügt, und sparte ihre Worte gegen jedermann. Ihr Tun in allen Dingen war aber sanft und klug, so daß sie einen jungen Mann wohl locken konnte.

Es mag zuvor schon manchem so mit ihr gegangen sein, beim Seppe blieb es auch nicht aus, und desto minder, da ihm nach den ersten Wochen deuchte, er gelte vor den andern etwas bei der Meisterin. Geschah es, daß sie ihrer einen nötig hatte, zu einer kleinen Hilfe außerhalb der Werkstatt, dann rief sie immer zehnmal gegen eines ihn vom Stuhl hinweg, und wenn er Samstags für die Küche Holz klein sägte, sie aber backte eben Zwiebelkuchen, da trug sie ihm gewiß ein Stück, warm von dem Ofen weg, zum voraus in den Schopf hinaus; das schmeckte zu solchem Geschäft aus der Faust ganz außer Maßen.

Von dort an aber gebärdeten sich des Hutzelmanns lederne Söhne sehr übel; insonderheit auf der Gesellenkammer war oft die halbe Nacht in Seppes Kasten, wo sie standen, ein Gepolter und Gerutsch, als hätten sie die ärgsten Händel miteinander, und die Gesellen schimpften und fluchten nicht wenig deshalb. »Es ist der Marder«, sagten sie: er hat den alten Schlupf zwischen den Dielen wieder gefunden; wird nicht viel fehlen, hat er Junge; wir brechen morgen auf und bescheren ins Kindbett.« – Der Seppe schwieg dazu; am andern Morgen aber holt' er in der Stille einen schweren platten Stein aus einem

Bühnenwinkel vor, den stellte er bedachtsam mit dem Rand auf sie, quer über den Reihen. »So«, sprach er, »jetzt, ihr Ketzer, ihr schwernötige, jetzt bocket, gampet und durnieret, wenn ihr könnt!« – Da molestierten sie hinfort auch niemand mehr.

Nun, lieber Leser, ist es Zeit, daß du erfahrest, wie es derweil ergangen mit dem andern Paar, das der Gesell an jenem Morgen auf der Brücke ließ, als er aus Stuttgart wanderte.

Nicht tausend Schritt war er hinweg, kam eine Bäuerin von Häslach her und sah die Schuh. Die hat der Böse hingestellt, mir zur Versuchung! dachte sie, bekreuzte sich und lief ihrer Wege. Spazierte drauf – denn es war ein Feiertag – ein Seifensieder aus der Stadt gemächlich, nach seinem Weinberg auszuschauen. Derselbe aber war ein Frommer. Wie er die herrenlose Ware sieht, denkt er, »wie geht das zu? die wären meiner Frau wie angemessen! Ich will mich nicht vergreifen, das sei fern: nur wenn ich wiederkomme und sie stehn noch da, mag mirs ein Zeichen sein, daß sie der liebe Gott mir schenkt für meine Christel.« Damit das Pärlein aber nicht etwan von der Sonnenhitze leide, nahm es der kluge Mann und stellte es unter die Brücke in Schatten, wo es nicht leicht ein Mensch entdecken mochte.

Bald drauf kommt aus dem Tor ein sauberes Bürgermädchen, Vrone Kiderlen, einer Witfrau Tochter; trug ein Grättlein am Arm und wollte Himbeern lesen im Bupsinger Wald. (Der hatte seinen Namen von einer Ortschaft auf dem Berg, von welcher heutzutag die Spur nicht mehr vorhanden ist, doch heißt der Wald daher noch jetzo der Bopser.) Indem sie nun über das Brücklein geht, patscht etwas unten, und so ein paarmal nacheinander. Was mag das sein? denkt sie und steigt hinunter an den Bach. »Heilige Mutter! nagelneue Schuh!« ruft sie, und schaut sich um, ob sie nicht jemand sehe, der sie vexieren wollte oder ihr den schönen Fund tun ließ, weil eben heut ihr Wiegentag war. Sie nahm das Paar, zog es zur Probe einmal an und freute sich, wie gut es ihr paßte, und wie gar leicht sich darin gehen ließ. Bald aber kam ihr ein Bedenken an, und schon hat sie den einen wieder abgestreift; der andere hingegen wollte ihr nicht mehr vom Fuß. Sie drückte, zog und preßte, daß ihr der Schweiß ausbrach, half nichts – und war sie doch so leicht hineingekommen!

Je mehr sie diesem Ding nachdachte, desto verwunderlicher kams ihr vor. So eine verständige Dirne sie war, am Ende glaubte sie gewiß, die Schuhe seien ihr von ihrer Namensheiligen Veronica auf diesen Tag beschert, und dankte alsbald der Patronin aus ehrlichem Herzen. Dann zog sie ohne weiters auch den andern wieder an, schob ihre alten in den Deckelkorb und stieg getrost den Berg hinauf.

Im Wald traf sie ein altes Weib bereits im Himbeerlesen an. Diese gesellte sich zu ihr, obwohl sie einander nicht kannten. Während aber nun beide so hin und her suchten, geschahs, daß sich der Vrone an den linken Fuß eine kostbare Perlenschnur hing, die da im Moos verloren lag. Das Mädchen merkt' es nicht und trat beim nächsten Schritt von ungefähr sich mit dem andern Schuh die Schnur vom linken los; das sah das Weib von hinten, hob heimlich das Geschmeide auf und barg's in ihrem Rock.

Die Schnur war aber keine andere denn jene von der schönen Lau, und war an die Tochter des jetzigen Grafen, die schöne Irmengard, von dessen Frau Ahne vererbt.

Als endlich die zwei nacheinander heimgingen, verkündigte just in den Straßen des Grafen Ausrufer, daß gestern im Bupsinger Forst, unfern dem Lusthaus, ein Nuster mit Perlen verloren gegangen, und wer es wieder schaffe, dem sollten fünfzehn Goldgulden Finderlohn werden. Da freute sich das Weib, zog eilig ihre besten Kleider daheim an, kam in das Schloß und ward sogleich vor die junge Gräfin gelassen. »Ach Frau, ach liebe Frau!« rief diese ihr schon in der Tür entgegen: »Ihr habt wohl mein Nuster gefunden? gebt her, ich will es Euch lohnen!« –

Nun zog das Weib ein Schächtelein hervor, und wie das Fräulein es aufmachte, lagen sechs oder sieben zierliche Mausschwänze drin, nach Art eines Halsbands künstlich geschlungen. Das Fräulein tat einen Schrei und fiel vor Entsetzen ihn Ohnmacht. Das Weib in Todesängsten lief davon, ward aber von der Wache auf den Gängen festgenommen und in Haft zu peinlichem Verhör gebracht. Darin bekannte sie nichts weiter, als daß sie da und da den Perlenschmuck vom Boden aufgehoben und ihn, so schön, wie er gewesen, daheim in die Schachtel getan, der guten und ehrlichen Meinung, das gnädige Fräulein damit zu erfreuen. Im Wald sei aber eine Dirn an sie geraten, die müss es mit dem Bösen haben, von dieser sei der Streich. – Weil nun der Graf nicht wollte, daß man bei so bewandten Sachen viel Aufhebens mache, da mit Gewalt hier nichts zu richten sei, ließ man das Weib mit Frieden. Zum Glück kam nichts von ihren Reden an die Vrone, sie wäre ihres guten Leumunds wegen drob verzweifelt.

Auch anderweits erlebte sie in ihren Wunderschuhen viel Unheil, obschon der Segen nicht ganz mangelte. Als zum Exempel ging sie Sonntag nachmittag gern über einen Wiesplatz hinter ihrem Haus, eine Gespielin zu besuchen; da stieß sie sich ein wie das anderemal an so ein kleines verwünschtes Ding von einem Stotzen, wie sie pflegen auf Bleichen im Wasen zu stecken, fiel hin, so lang sie war, hub aber sicher einen Fund vom Boden auf: nicht allemal ein Stücklein altes Heidengold, einen silbernen Knopf oder Wirtel, dergleichen oft der Maulwurf aus der Erde stößt, doch war ihr ein ehrliches Gänsei, noch warm vom Legen, gewiß. Besonder ging es ihr beim Tanz: da sah man sie zuweilen so konträre, wiewohl kunstreiche Sprünge tun, daß alles aus der Richte kam und sie sich schämen mußte. Als ein gutes und fröhliches Blut zwar sog sie sichs nicht mehr als billig zu Gemüt und lachte immer selbst am ersten über sich, nur hieß es hinterdrein: »Schad um die hübsche Dirne, sie wird mit einem Mal ein ganzer Dapp!« Die eigne Mutter schüttelte den Kopf bedenklich, und eines Tages sagte sie, als ginge ihr ein Licht wie eine Fackel auf, zur Tochter: »ich wette, die vertrackten Schuh allein sind schuld! der Alfanz hat mir gleich nur halb gefallen; wer weiß, was für ein Rauner sie hingestellt hat.« – Das Mädchen hatte selber schon an so etwas gedacht, jedoch verstand sie sich nicht leicht dazu, sie gänzlich abzuschaffen, sie waren eben gar zu gut und dauerhaft. Indes ging sie noch jenen Tag zum Meister Bläse, sich ein Paar neue zu bestellen. Es war derselbige, bei welchem es der Seppe nicht aushalten mögen. Die Vrone sah auf dessen Stühlchen ungern einen andern sitzen; sie hatte ihn gekannt und gar wohl leiden können.

Wie nun der alte Bläse ihr das Maß am Fuß nahm, stachen ihm die fremden Schuhe alsbald in die Augen. Er nahm den einen so in seine feiste Hand, betrachtete ihn stillschweigend lang und sagte: »da hat Sie was Apartes: darf man fragen, wo die gemacht sind?« – Das Mädchen, welches bis daher von ihrem Fund noch weiter niemand hatte sagen wollen, gab scherzweis zur Antwort: »ich hab sie aus dem Bach gezogen.« – Die fünf Gesellen lachten, der Alte aber brummte vor sich hin: »das könnt erst noch wahr sein.«

Am Abend in der Feierstunde sprach er zu seinem Weib und seiner Tochter Sara: »ich will euch etwas offenbaren. Die Kiderlen hat ein Paar Glücksschuh am Fuß; ich kenne das Wahrzeichen.« – »Ei«, meinte die Tochter aus Neid, »sie haben ihr noch keinen Haufen Geld und auch noch keinen Mann gebracht.« – »Es kann noch kommen«, versetzte der Alte. – »Wohl«, sagte die Mutter, »wenn man sie ihr nur abführen könnt! ich wollte so etwas der Sare gönnen.« – Da beschlossen sie dann miteinander, der Vater solle ein Paar Schuh' wie diese machen und die Sare sie heimlich verwechseln.

Der Mann begab sich gleich den andern Morgen an die Arbeit. So häkelig sie war, dennoch, die feinen, wundersam gezackten Nähte, die rote Fütterung mit einem abgetragenen Stück Leder, alles zumal geriet so wohl, daß er selbst sein Vergnügen dran hatte. Die böse List ins Werk zu setzen, ersannen sie bald auch Mittel und Wege.

Dicht bei der Stadt, wo man herauskommt bei dem Tor, welches nachmals, von dortiger Schießstatt her, das Büchsentor hieß, sah man zu jener Zeit noch einen schönen ansehnlichen Weiher, ähnlich dem Feuersee, der eine gute Strecke weiter oben dermalen noch besteht. Am Ufer war ein Balken- und Brettergerüst mit Tischen und Bänken hinein in das Wasser gebaut, wo die Frauen und Dirnen der Stadt ihre Wäsche rein zu machen pflegten. Hier stunden sie manchmal zu vierzig oder fünfzig, seiften und rieben um die Wette und hatten ein Gescherz und Geschnatter, daß es eine Lust war, alle mit bloßen Armen und Füßen. Nun paßten des Schusters wohl auf, bis die Vrone das nächstemal wusch; denn Bläses Haus lag hart am See, und stieß das Wasser unten an die Mauer. Auf einen Mittwoch Morgen, da eben schönes warmes Wetter war, kam denn die junge Kiderlen mit einer Zaine: geschwind sprang auch die Sare mit der ihren und traf es glücklich, neben sie an *einen* Tisch zu kommen. Da stellten beide ihre Schuh, wie es der Brauch war, unter die Bank. Die Vrone hatte seit acht Tagen heut das erstemal ihr Glückspaar wieder angelegt, mit Fleiß: denn weil sie richtig dieser ganzen Zeit das Melkfaß nimmer umgestoßen, das Spinnrad nimmer ausgetreten noch sonst einen bösen

Tritt getan, so wollte sie, des Dinges ganz gewiß zu sein, jetzo die Gegenprobe machen. Die falsche Diebin war mit den paar Laken, so sie mitgenommen, in einer Kürze fertig, schlug sie zusammen, bückte sich, stak in einem Umsehn in des Pechschwitzers Schuhen, schob ihres Vaters Wechselbälge dafür hin und: »B'hüt' Gott, Vronele! mach au bald ein End!« – mit diesen Worten lief sie fort, frohlockend ihrer wohlvollbrachten Hinterlist; und als die andre nach drei Stunden, um die Essenszeit, vergnügt auch heimging unter den letzten, nahm sie der Täuscherei nicht im geringsten wahr.

Der Pechschwitzer aber, der wußte den Handel haarklein und dachte jetzt darauf, wie er dem Bläse gleich die nächste Nacht den Teufel im Glas zeigen wolle.

Derselbe hatte allezeit, besonders auf die Krämermärkte, dergleichen eben wieder einer vor der Türe war, einen großen Vorrat seiner Ware in einer obern Kammer, die nach dem See hinausging, liegen. Nach Zwölfe in der Nacht vernahm die Schusterin ein seltsamliches Pflatschen auf dem Wasser, stieß und erweckte ihren Mann, damit er sehe, was sei. – »Ei, was wirds sein! Die Fisch hant öfters solche Possen.« – Er war nicht wohl bei Mute, hatte gestern beim Wein einen Bösen getan und hub gleich wieder an zu schnarchen und zu raunsen. Sie ließ ihm aber keine Ruh, bis er herausfuhr und ein Fenster auftat. Erst rieb er sich die Augen, alsdann sprach er verwundert: »der See ist schwarz und g'rutzelt voll mit Wasserratten! weit hinein, wohl fünfzehn Ellen von der Mauer. Junge und alte, Kerl wie die Ferkel sind darunter! man sicht's perfekt, es ist sternhell. Ei, ei, sieh, sieh! die garstige Kogen! Wie sie die Schwänz' für Wohlsein schwenken, schlurfen, rudern und schwimmen! Ursach ist aber, weil es diese Zeit so heiß gewesen, da bad't das Schandvolk gern.«

Dem Bläse kam es so besonder und kurzweilig vor, daß er sich einen Stuhl ans Fenster ruckte, die Arme auf den Simsen legte und das Kinn darauf. So wollte er der Sache noch eine Weile warten. Die Augen wurden ihm allgemach schwer und fielen ihm gar zu, doch fuhr er fort zu seinem Weib zu sprechen, welches inmittelst wieder eingedoset war, unsinnige verkehrte Reden, wie einer führt im Traum und in der Trunkenheit. »Du Narr«, sprach er, »was Armbrust, Bolz und Spieß, in solchen Haufen! das würd viel batten! ... Mordsakerlot, ich wollt, das Bulver wär erfunden allbereits! Mit drei, vier Traubenschuß aus einer Quartanschlang oder Tarras wollt ich nicht schlecht aufräumen da unter der Bagasche!«

Jetzt aber tat es wiederum Patsch auf Patsch. Der Schuster streckte seinen Kopf hinaus und wußte nicht, woran er sei mit allen seinen fünf Sinnen. Denn es flog nur so mit denen Tierern aus dem Kammerladen über ihm, ja unversehens fuhr ihm deren eines an den Schädel, und wie ers packt in seiner Faust, da sah es wahrlich einem schweren Bauernstiefel von seiner eigenen Arbeit gleich aufs Haar! Voll Schrecken rief er seinem Weib, schrie die Gesellen aus dem Schlaf, und bis sie kamen, pflanzet' er sich selbst mit einem Prügel an die Tür der obern Bodenstiege, damit ihm der Spitzbuben keiner entkomme. Allein es ließ sich niemand sehn noch hören, und als die Gesellen erschienen, die Bühne wohl umstellten und der beherzteste von ihnen die Kammertür aufriß und keine Menschenseele zu verspüren war, fiel dem Bläse das Herz in die Hosen. Er sagte leis zu seiner Frau: »die Sach steht auf Saufedern, Weib – es steckt, schätz ich, ein anderer dahinter, der ist mir zu gewaltig!« Und nannt' ihr den Pechschwitzer. Die Schusterin, die sonst ein Maul als wie ein Scharsach führte, war da auf einmal zahm, bebte an allen Gliedern, und so die Tochter auch. Der Bläse aber sprach zu den Gesellen: »macht keinen Lärm! geht vor in Nachbar Lippens Hof, des Fischers, macht in der Stille ein paar Nachen los, nehmt, was ihr findet an Stangen und Netzen: wir müssen alle Ware noch vor Tag zusammenbringen, sonst hab' ich Schand und Spott der ganzen Stadt.«

Indem sie gingen, rannte schon der Fischer über die Gasse und auf sie zu. Der hatte eben auf den See gehn wollen etlicher Karpfen wegen auf die Freitagsfasten, sah das wunderliche Wesen und lief, es dem Schuster zu melden. Indem sie nun zu sieben samt dem Lipp, in zwei Schifflein verteilt, bald hier, bald dorthin stachen, faheten und suchten, begann es von neuem zu werfen, und war es damit merklich auf ihr Köpfe abgezielt. Zwar kamen weder Schuh noch Stiefel mehr, dafür aber Leisten, deren auch eine Last droben lag; nicht alte garstige Klötze allein, vernutzet und vom Wurm zerstochen, auch schöne neue zum Verkauf, sämtlich von gutem hartem Holz, und kamen tapfer nacheinander durch die Luft daher. Da schrie denn einer bald in dem, bald in dem andern Schifflein: »Hopp! Schaut auf!« – und schlug doch links und rechts ein mancher Donnerkeil nicht unrecht ein.

Der Fischer sagte zu dem Bläse: »auf solche Weis, Gevatter, möcht ich mein Handwerk nicht das ganz Jahr treiben. In allweg aber seis bezeugt, Ihr wisset mit dem Netz wohl umzugehn. Von heut an möget Ihr als Obermeister einer ehrsamen Schuhmacherzunft ganz kecklich einen Hecht so kreuzweis übern Leist in Euer Zeichen lassen malen, dem Sprichwort zum Trutz.«

Der Morgen kam schon hell herbei, als sie nach vielem Schweiß, Angst, Not und Schrecken den Weiher wieder glatt und sauber hatten. Der größte Nachen wurde voll des nassen Zeuges, auch war wieder ziemlich alles beisammen, nur da und dort fand man am Tag ein und das andre Stück noch im Röhricht versteckt.

Von dieser Geschichte erging das Gerücht natürlicherweise gar bald an die Einwohnerschaft. Die mehrsten achteten's für Satanswerk, und schwanete es dem Meister schon, daß sich ein manches scheuen werde, ihm seine Ware abzunehmen, wie sichs in Wahrheit auch nachher befand. Nach einem Scherzwort etlicher Fazvögel aber ward von dort an lange Zeit eine besondere Gattung grober Schuhe, so hier gemacht und weit und breit versendet wurden, nicht anderst mehr verschrieben oder ausgeboten als mit dem Namen: echte, genestelte Stuttgarter Wasserratten.

Jetzt war des Meisters erste Sorge, daß das gestohlene Gut nur wieder fort aus seinem Haus und an die Eigentümerin komme. Zwar seiner Frauen war am lichten Tag der Mut wieder gewachsen; ja, meinte sie, es sollte lieber alles, Kundschaft und Haus und Hof, hinfahren, nur diese Schuh' wenn sie behielten, da rindere ihnen (wie ein Sprichwort sagt) der Holzschlegel auf der Bühne. Der Bläse aber schüttelte das Haupt: »meinst du, Er könne uns nicht auch am Leib was schaden? Behüt uns Gott vor Gabelstich, dreimal gibt neun Löcher!« – Er drohte seinem Weib mit Schlägen, wenn sie noch etwas sage, ging unmüßig im ganzen Haus herum, von einem Fenster zum andern, und wollte fast verzwatzeln, bis es dunkel ward, wo seine Tochter die vermaledeiten Schuhe unter den Schurz nahm und forttrug.

Sie schlich sich damit an der Kiderlen Scheuer von hinten und stellte sie in eine Fensterluke, wo sie die Vrone, als sie früh in Stall ging, ihre Kuh zu futtern, auch sicherlich gefunden hätte, wenn sie vom Pechschwitzer nicht über Nacht wären wegstipitzt worden.

Indessen trug die gute Dirne das falsche Gemächt sonder Schaden, und wenn ein Tag herum war, hieß es beim Bettgehn allemal: »jetzt aber, Mutter, glaubt Sie doch, daß es nicht Not gehabt hat selletwegen?« – Die Mutter sprach: »beschrei es nicht.« – Auf solche Weise kam denn alles wiederum in sein Geleis, und galt die Vrone wie vordem für ein kluges, anstelliges Mädchen.

Geraume Zeit, nachdem sich dieses zugetragen, saß der Bläse in seinem Weinberg draußen beim Herdweg auf der Bank am Gartenhaus, bekümmerten Gemüts, weil es die Zeit her stark hinter sich ging in seinem Geschäft. Indem er nun so in Gedanken den heurigen Herbst überschlug, was er ertragen könne, samt den Zwetschgen, davon die Bäume schwer vollhingen – horch! vispert etwas hinter ihm, und wer steht da? der Pechschwitzer, der Hutzelmann, der Tröster. Mein Schuster wurde käsebleich. »Erschrecket nicht, Zunftmeister! ich komme nicht in Bösem. Wir haben einen Stuß miteinander gehabt, das ist ja wieder gut, und wär es nicht, will ichs vergüten, soviel an mir ist. Jetzt aber hätte ich ein klein's Anliegen, Obermeister.« – »Und in was Stücken, liebes Herrlein, kann ich Euch dienstlich sein?« – »Mit Erlaubnis«, sprach der Hutzelmann und nahm Platz auf der Bank und hieß den andern zu ihm sitzen: »Seht! jensmal in der Nacht, da ich auf Eurem obern Boden war und Ihr am Fenster unten, hörte ich Euch ein Wörtlein sprechen, das will mir nimmer aus dem Sinn. Ihr habt gesagt: ich wollt nur, daß das Bulver schon erfunden wär! Was meintet Ihr damit?«

Der Bläse, sich besinnend, machte ein Gesicht, als wenn ein Mensch aufwacht bei Nacht in einem Kuhstall, darein er seines Wissens mit eigenen Füßen nicht gekommen ist, lachte und sprach: »Herrlein – das hätte der Bläse gesagt? nun, wenn ich es noch weiß, soll mich der Teufel holen!« – »Ei, schwöret nicht, mein Freund,« entgegnet ihm der andere, »warum wollt Ihr es leugnen? Vertrauet mirs; nur so beim Beilichen, was das Bulver ist. Ich bin einmal in derlei Heimlichkeit ein stiegelfizischer, seht. Euer Schaden solls nicht sein, und möget Ihr dafür etwas von meinen Künsten lernen.« – Da stellte sich der Bläse an, als wenn er freilich etwas wüßte, und sprach: »weil Ihr es seid, Pechschwitzer, so möcht ich Euch wohl gern zu Willen sein; vergönnt mir nur Bedenkfrist einen Tag, damit ich doch mein Weib auch erst darum befrage.« – Der andre fand das nicht unbillig, bat ihn beim Abschied inständig nochmals, gelobte ihm Verschwiegenheit und wollte morgen wiederkommen.

»Jetzt, Sante Blasi, hilf!« – so rief der Alte aus, wie er allein war: »jetzt muß das Bulver raus aus meinem dicken Schustersgrind, und wenns die halb Welt kostet!« – Da saß er, hatte beide Ellenbogen auf den Knieen und beide Fäuste an den Backen. »Vor die Ratten«, sprach er, »kanns nicht sein, warum? sotts Bulver hat man lang. Selle Nacht aber ist es mir wampel gewesen, mag leicht sein, hat mirs traumt vom güldnen Magen-Triet, so allein der König in Persia hat. – – Es gibt ein Kräutlein, heißt Allermanns-Harnisch, und gibt ein anders, das heißt Dierletey, und wieder eins, Mamortica: kein Wurzler hats noch Krämer. Daraus hat meiner Mutter selig ihre G'schwey eine Salben gemacht, die war vor alles gut. – – Ich will halt einmal gehn und schauen, was zu machen ist, und will erst Spezies kaufen; Probieren ist über Studieren.«

Auf seinem Weg zur Stadt sann er scharf nach. Auf einmal schnellt' er mit dem Finger in die Luft, und – »Wetter!« rief er aus, »kann einer so ein Stier sein und noch lang sinnieren hin und her, wo doch ein Ding glatt auf der Hand liegt! Was mag ein Schuster bei dem andern sonst für einen Vorteil suchen zu erfahren, wenn es nichts aus dem Handwerk ist? Da laß ich mich schon finden.«

Er lief zum Krämer stracks, zu holen, was er brauchte. Daheim in einer hintern Stube setzt er sich an einen langen Tisch mit einer Halbmaß Wein, macht allda unterschiedliches Gemeng mit seinem besten Essig an zu einem schwarzen Quatsch, knetet und knauzets wohl unter dem Daum, probierts auf alle Weise, und war ihm lang nicht fein genug. Das dauerte bis an den andern Abend.

Wie nun der Hutzelmann auf die gesetzte Stunde pünktlich kam und ihm der Bläse mit Geschmunzel seinen Teig hinhielt, roch der daran und sagte: »lieber Mann, da hätten wir halt eine neue Schuhwichs?« – »Aufzuwarten, ja.« – »Mich will bedünken«, sprach lächelnder Miene der Kleine: »Ihr habt selbst noch weit hin, bis Ihr das Bulver find't, und habt jetzt nur viel Arbeit, Müh und Kösten unnötigerweis gehabt mit mir. Dafür, wie auch um andrer Einbuß willen, soll Euch indes Vergütung werden. Ich will Euch das Rezept zu meiner Fett-Glanz-Stiefelwichsen geben, die mögt Ihr schachtelweis mit gutem Vorteil verkaufen.«

Das Männlein wußte wohl, was es hiermit verhieß, denn Meister Bläse ward ein reicher Mann mit solcher Handelschaft in wenig Jahren. Seine Erben bewahren annoch das Geheimnis, und allen feinen Leuten unsrer Tage wüßt ich fürwahr eine bessere Wichs nicht zu nennen; obwohl ich nicht verschweigen darf, was der Pechschwitzer dazumal eben dem Bläse gar ehrlich bekannte: »Ein Ledder, wohl zu halten nach Ledders Natur, ist das fürnehmst der Schmeer allezeit, und hat er Glanzes genug an ihm selbsten.« Welcher Ausspruch indes hier dahingestellt bleibe.

Laßt aber sehn, was seither der Gesell in Ulm für Glückssprünge mag gemacht haben.

Zween Monat – eher drunter als drüber – kann er daselbst gewesen sein, da war er mürb und gar bereits vor Liebe zu der Meisterin; und wenn er wohl bisweilen meinte, ein wenig mehr Gespräch und Fröhlichkeit stünd ihr gut an, so dachte er doch immer gern eines alten wahrhaften Worts: Stille Schaf seind mille- und wollereich, wird ihnen gewartet. Alle Samstag nacht, wenn er auf seine Kammer ging, sprach er bei sich: »jetzt morgen tragst du ihr die Heirat an«! – und wenn er eben drauf und dran war, ließ ers wieder, aus Blödigkeit und Sorge, sie möchte ihn zuletzt doch stolz ablaufen lassen.

Nun hatten sie einsmals ein Schweinlein gemetzelt, das zweite, seitdem man den Lichtbraten hatte – es war schon im Hornung und schien ein vorzeitiger Frühling zu werden – da befand sich der Seppe am Morgen allein mit ihr in der Küche, das Fleischwerk in den Rauch zu hängen. Inmittelst, als er sich die Leiter unter dem Schlot zurechtstellte, die Würste sich in Ringen um die Arme hing, erzählte er ihr von Regensburg und Regensburger Würsten, was er vom Hörensagen wußte; und wie er so mit seiner Tracht aufstieg in das Kamin, sie aber unten stand beim Herd, sprach sie: »Nach Regensburg geht Ihr doch noch; es liegt Euch allfort in Gedanken.«

Der Seppe, weil sie ihm nicht ins Gesicht sehn konnte – denn oberhalb stak er im Finstern – nahm sich ein Herz und sagte: »wenn es auf mich ankäm, ich wollte leben und sterben bei Euch.«

»Ihr sollt auch unvertrieben sein!« gab sie zur Antwort.

»Ja«, sagte er und stockte: es mag halt einer doch auch nicht sein Leben lang ledig verbleiben.«

Sie sagte nichts darauf. Da fing er wieder an: »Nach einem rechten Weibe kann ein armer Teufel heutigstags weit suchen.«

Darauf sie ihm entgegnete: »man sucht erst einmal in der Nähe.«

Dem Seppe schossen bei dem Wort die Flammen in die Backen, als wollten sie oben zum Schornstein ausschlagen!

Die Stangen hingen alle voll, er hätte können gehn; allein der Angstschweiß brach ihm aus, er wußte nicht, wie er am hellen Tagslicht vor die Frau hintreten, noch was er weiter sagen sollte. Drum nestelt' er und ruckt' und zappelte noch eifrig eine Weile an den Würsten hin und wieder. Auf einmal aber sprach er: »Meisterin, ich hab schon je und je gedacht, wir wären füreinander. Ich hätte eine Lieb zu Ihr und groß Zutrauen.«

»Davon läßt sich schon reden!« sagte sie. – Nun stieg er flugs herab und stand vor ihr mit einem schwarzen Rußfleck um die Nase, darüber sie ein wenig lächelte, einen Zipfel ihrer weißen Schürze nahm und ihn abwischte. Das tat ihm ganz im Herzen wohl, er faßte ihre Hand und hatte ihren Mund geküßt, eh sie sich deß' versah. Sie aber gab ihm ein Gleiches zurück. – »So seid Ihr nicht mehr meine Meisterin, Ihr seid jetzt meine Braut!« – Sie bejaht' es, und waren sie beide vergnügt, schwatzten und kosten noch lang miteinander.

Bevor er wieder in die Werkstatt ging, sagte sie noch: »wir wollen niemand etwas merken lassen, bis Ihr das Meisterrecht habt und wir bald fürsche machen können.«

Selbigen Abend eilte es dem Seppe nicht wie sonst nach dem Essen zum Bier. Er freute sich schon seit dem Morgen auf diese gute Stunde. Sobald die andern aus dem Haus, begab er sich auf seine Kammer, wusch und kämmte sich, legte ein sauberes Hemd und sein Sonntagswams an, zu Ehren dem Verspruch, und als er dann neben der Frau so recht in Ruh und Frieden saß, die Läden und die Haustür zugeschlossen waren, ein frisches Licht im Leuchter angesteckt, so legt' er ihr zuvörderst die silberne Haube, seine Brautschenke, hin. Ja da empfing er freilich Lobs und Danks mit Haufen. Wo bringts der Fantel her? mochte sie denken: da er es nicht gekauft noch hoffentlich vom Markt gestohlen hat! – Sie hätte es gar gern gewußt, doch band er sich die Zunge fest und lachte nur so.

Sie holte Wein herauf vom Keller, und er brachte den Schnitzlaib herunter. Der Leser bildet sich schon selber ein, sie werde heute schwerlich das erstemal davon gekostet haben: o nein, den Seppe kränkte nur, daß er ihr nicht füglich Tag für Tag ein neues Stück zum Imbis bringen konnte, indem die Meisterin schon ohnedas sich wunderte, was doch der Bursch für einen guten Döte habe an dem Stuttgarter Hofzuckerbäckern (wie er ihr weis gemacht), dem's auf ein Laiblein alle acht Tag nicht ankomme. Denn ob es ihm schon nicht verboten war, zu offenbaren, wie es damit bewandt, so scheute er sich doch. Jetzt fühlte sie ihm besser auf den Zahn und sagte: »gestehts nur, Seppe, gelt, Brot und Haube sind aus *einem* Haus?« – »Das nicht«, erwidert' er: »das eine anbelangend, so will ich meine herzliebe Braut von Grund der Wahrheit berichten; denn mit dem Zuckerbäck, das war gespaßt. Habt Ihr in Ulm auch schon gehört vom Hutzelmann?« – »Kein Wort.« – »Vom Pechschwitzer? vom Tröster?« – »Nichts.« – »Gut denn.« – Er nahm sein Glas, tat ihr Bescheid, fing an, der Frau treuherzig zu eröffnen alles, was ihm die Nacht vor seiner Reise widerfahren. Im Anfang schaute sie ihm so in das Gesicht dabei, als gält' es eben Scherz, doch weil er gar zu ernsthaft drein sah, dachte sie: er ist ein Wunderlecker und ein Träumer. Je mehr sie aber zweifelte, je mehr ereiferte er sich. »Da will ich meiner Liebsten zum Exempel vom Doktor Veylland eine Geschichte erzählen, die ist gewiß und wahr, ich hab' sie von meinem Großvater. Ihr höret sie einmal zum Zeitvertreib, nachher mögt Ihr dran glauben oder nicht.

Der Veylland war ein guter Freund vom Graf Conrad von Wirtemberg, demselbigen, welcher den Grund zu meiner Vaterstadt gelegt, und trieb sein Wesen als ein stiller alter Herr in einem einzechten Gebäu, das stand daselbst im Tal unweit dem Platz, wo dermalen das

Schloß zu sehen ist. Des Doktors vornehmstes Vergnügen war ein großer Garten hinter seinem Haus, drin pflanzte er das schönste Obst im ganzen Gau; nur daß ihm alle Herbst die Bupsinger Bauern die Hälfte wegstahlen, trotz einer hohen Mauer, so rings um das Haus und den Garten her lief. Dies ärgerte den Herrn, daß er oft krank darüber ward. Jetzt kommt einmal am lichten Tag, indem der eben bei verschlossener Tür in einem alten Buch studiert, der Hutzelmann zu ihm, der Pechschwitzer, der Tröster (welchen zuvor der Doktor noch nicht kannte) und bietet ihm ein Mittel wider diese Gauchen, mit dem Beding, daß er ihm alljährlich einen Scheffel gute Wadelbiren liefere zu Hutzeln. Der Doktor ging das unschwer ein. Da brachte jener unter seinem Schurzfell einen Stiefelknecht hervor von ordentlichem Buchenholz, noch neu und als ein wundersamer Krebs geschnitzt, mit einem platten Rücken und kurzen starken Scheren; am Bauch untenher war er schwarz angestrichen, darauf mit weißer Farbe ein Drudenfuß gemacht. ‚Nehmt diesen meinen Knecht', sagte der Hutzelmann: ‚und stellet ihn, wohin Ihr wollt im Haus, doch daß er freien Paß in Garten habe, etwa durch einen Kandel oder Katzenlauf. Im übrigen laßt ihn nur machen und kümmert Euch gar nichts um ihn. Es kann geschehen, daß Ihr mitten in der Nacht hört einen Menschen schreien, winslen und girmsen, da springet zu, greifet den Dieb und stäupet ihn; dann sprechet zu dem Knecht die Wort:

Zanges, Banges, laß ihn gahn,
Wohl hast du dein Amt getan.

Doch ehe Ihr den Bauern oder Nachtschach laufen laßt, sollt Ihr ihn heißen seine Stiefel oder Schuh abtun, dabei mein Knecht ihm trefflich helfen wird, und diese Pfandstück möget Ihr behalten, auch seinerzeit nach Belieben verschenken. Dafern mein Krebs in seiner Pflicht saumselig würde oder sonst sich unnütz machte, schenkt ihm nur etlich gute Tritt keck auf die Aberschanz; ich hoff, es soll nicht nötig sein. Sonst ist er ganz ein frommes Tier, und zäh, man kann Holz auf ihm spalten; nur allein vor der Küchen sollt Ihr ihn hüten: er steigt gern überall herum und fällt einmal in einen Kessel mit heiß Wasser; das vertragt er nicht. Aber ich komme schon wieder und sehe selbst nach, lieber Herr. Gehabt Euch wohl.'

Der Doktor Veylland stellte jetzt den Stiefelknecht vor seine Stubentür. Da blieb er stehen bis zum Abend unverregt und sah so dumm wie ein ander Stück Holz. Im Zwielichten aber, wie man just an nichts dachte, ging es auf einmal Holterpolter, Holterpolter die Stiege hinab und durchs Gußloch hinaus in den Garten. Da sahen Herr und Diener ihn vom Fenster aus durchs grüne Gras an der Mauer hin schleichen und kratteln, an allen vier Seiten herum und immer so fort, die ganze liebe lange Nacht.

Der alte Diener hatte seine Lagerstatt im untern Stock gegen den Garten; nun streckt er sich in Kleidern auf sein Lotterbett. Eine Stunde verstrich nach der andern, der Alte hörte nichts, als hin und wieder wie durch das Geäst ein reifes Obst herunterrauscht' und plumpste. Doch gegen Morgen, eben da er sich aufs andre Ohr hinlegte und seine Zudeck besser an sich nahm, denn es war frisch, erscholl von fernen her ein Zetermordgeschrei, als wenn es einem Menschen an das Leben geht. Der Diener sprang hinaus und sah auf sechzig Schritt, wie des Hutzelmanns Knecht einen baumstarken Kerl am Fersen hatte und mit Gewalt gegen das Haus herzerrte, also daß beide Teile rückwärts gingen, Dieb und Büttel (wie ja der Krebse Art auch ohnedem so ist), und war ein Zerren, Würgen, Sperren, Drängen und Reißen, dazu viel Keuchens und Schnaufens, Wimmerns und Bittens, daß es erbärmlich war zu hören und sehen.

Der arme Schächer, so ein Bupsinger Weinschröter war, trachtet' im Anfang wohl mitsamt dem Schergen durchzugehn, der aber hatte gut zwo Ochsenstärken und strafte ihn mit Kneipen jedesmal so hart, daß er sich bald gutwillig gab. Auf solche Weise kamen sie bis an das Haus, da hielt der Krebs gerade vor der Tür und stand der Doktor schon daselbst in seinem Schlafrock, lachend; sprach:

‚Zanges, Banges, laß ihn gahn,
Wohl hast du dein Amt getan!'

Dann ließ er den Bauern die Bundschuh austun, und mochte der laufen.

Die andre Nacht gleich wurden ihrer zween nacheinander eingebracht, die dritte wieder einer und alsofort bis auf die dreißig, lauter Bupsinger. Denn weil sich jeder schämte, sagts keiner, die andern zu warnen. Der gute Knecht verfehlte nicht leicht seinen Mann; ein einzigmal kam er mit einem leeren Stiefel angerutscht und hielt denselben bis zum Morgen unverruckt mit großer Kraft in seinen Zangen, bis ihn von ungefähr der Herr vom Haus erblickte. Das Schuhwerk aber nagelte der Diener alles nach der Reih im leeren Pferdstall an der Wand herum. – Es gibt noch ein liebliches Stücklein davon: wie nämlich einst der Graf mit seiner Frauen und zwei Söhnlein auf Besuch bei dem Veylland gewesen. Herr Conrad bauete bei dessen Garten eine Stuterei – daher nachmals die Stadt Stutgarten hieß –, beschied seinen Werkmeister her auf den Platz und zeigte selbst, wie alles werden sollte. Es wollte aber gern der Doktor denen kleinen Junkherrn eine Kurzweil schaffen und bat den Hutzelmann derhalben, um daß er ein unschuldig Zinselwerk bereite; der versprachs. Als nun die Knaben nach der Mahlzeit in dem Garten spielten, da wards lebendig in dem Stall, und kam bald aus der Tür hervor ein ganzer Zug von kleinen zierlichen Rößlein, lauter Rappen mit Sattel und Zeug, und das waren die Stiefel gewesen; sie gingen zwei und zwei und wurden von kleinen Roßbuben geführt, und das waren die Bundschuh. Die Junker hatten ihre Freude mit den ganzen Abend. Auf einmal tat es außen an dem Garten einen Pfiff, der ganze Troß saß wie der Blitz ein jeder in seinem Sattel, die Rößlein aber waren zumal Heupferde geworden, grasgrün, einen Schuh lang, mit Flügeln, die setzten all über die Mauer hinweg und kamen nicht mehr. Doch nachderhand fand man so Stiefel als Schuh wie zuvor an die Stallwand genagelt.

Vor Jahren habe ich zu Stuttgart auf dem Markt ein Spiel gesehen in einem Dockenkasten, so auch von diesem handelte. Hätt ich nur alles noch so recht im Kopf! Da wird gesagt zum Vorbericht in wohlgesetzten Reimen, was ich Euch erst erzählt, und sonst noch was voraus zu wissen nötig ist, von Bernd Jobsten, dem Hofnarrn. Der ward denselben Spätling fortgejagt vom Grafen, weil er nicht wollte seiner bösen Zunge Zaum und Zügel anlegen, absonderlich gegen die fremden Herrschaften und Gäste. Nun klagte er sein Mißgeschick dem Doktor, als welcher ihm schon einmal Gnade beim Herrn derhalben ausgewirkt, jetzt aber sich dessen nicht mehr unterstand; doch steuert' er ihm etwas auf den Weg und hieß ihn auch die Schuh im Stall mitnehmen, wofern er etwa meinte, sich ein Geldlein mit zu machen. ‚Ja', sagte der Narr: ‚das kommt mir schon recht – vergelt es Gott!' – und holte sie gleich ab in einem großmächtigen Kräben, und trug sie auf dem Rücken weg, talabwärts, wußte auch schon, was anfangen damit.

Am Necker unterm Kahlenstein fand er des Grafen Schäfer auf der Weid und stellte seine Bürde ein wenig bei ihm ab, erzählte ihm, wie er den Dienst verscherzt, und was er da trage. Hiermit hebt denn die Handlung an, und spricht sofort der Narr:

Ich bin jetzt alt und gichtbrüchig,
Und meine Sünden beißen mich;
Drum will ich baun ein Klösterlein
Und selber gehn zuerst hinein,
In angenehmer Schauenlichkeit
Verdrönsgen dieses Restlein Zeit.

Spricht der Schäfer:

Klöster bauen kost't halt viel Geld.

Der Narr:

Just darauf ist mein Sinn gestellt.
Hiezu bedarf es ein Heiltum,
Daß alle Leut gleich laufen drum.
Ein Armes bringt sein Scherflein her,
Der Reich schenkt Äcker, Hof, Wald und mehr.

Der Schäfer:

Solch Heiltum kriegen ist nichts Kleins.

Der Narr:

Hat mancher keins, er schnitzet eins.
Ich, Gott sei Dank, bin wohl versehn,
– Diese Schuh, mußt du verstehn,
Der vielberühmt Doktor Veylland
Nächst an der Stadt Jerusalem fand
Unterm Schutt in einer eisen Truh.
Ein gar alt Pergament dazu
Mit Judeng'schrift. Selbes bekennt:

Als Mose nun hätt Israels Heer
Geführet durch das Rote Meer,
Und König Pharao, Reiter und Wagen,
Ersäufet in der Tiefe lagen,
Frohlockt das Volk auf diesen Strauß,
Zog weinend Schuh und Stiefel aus,
Am Stecken sie zu tragen heim,
Ins Land, wo Milch und Honigseim,
In ihren Häusern sie aufzuhenken
Zu solches Wunders Angedenken.
Aus sechshunderttausend ohngefahr
Erlas man diese dreißig Paar
Und brachte sie an sichern Ort,
Als einen künftigen Segenshort;
Daß, wer das Leder küssen mag,
Sei ledig seiner Lebetag
Von Allerweltsart Wassersnot,
Auch Wassersucht und sottem Tod.

Der Schäfer

Hast du das G'schrift auch bei der Hand?

Der Narr:

Das, meint ich, gäb dir dein Verstand.
Es liegt im Kräben unterst drin;
Und hätt ichs nicht, gälts her wie hin.
Die War blieb trocken auf Meeres Grund,
Und ist brottrocken auf diese Stund!

Nun kenn ich einen guten Pfaffen,
Der soll mir helfen mein Ding beschaffen,
Soll es anrühmen dem Provinzial,
Der meldt's gen Rom dem General.
Da wird sehr bald Bescheid ergehn,
Man wöll der Sach nit widerstehn,
Sie solln nur forschen bei diesem Jobst,
Was er lieber wär, Prior oder Propst.

Als denn der Narr zum Pater in seine Zelle kommt und ihm den Antrag stellt, begehrt derselbe allererst das Pergament zu sehen. Ja, sagt der Schelm, vorm Jahr noch hätt ers ihm wohl weisen können, allein, ganz schrumpflich, mürb und brüchig, wie er es überkommen, sei es ihm nach und nach zuschanden gegangen. Dafür zieht er aus seinem Korb hervor ein alt schwer eisen Marschloß, vorgebend, es sei vor der Truchen gelegen. Der Mönch, wie leicht zu denken, hält ihm nichts drauf, verachtet ihm sein ganz Beginnen, verwarnet und bedrohet ihn gar. Der Narr, weil er vermeint, die Sach an ihr selbsten gefiel' ihm schon, sie möchte wahr sein oder nicht, er scheue minder den Betrug als den Genossen, erboset er sich sehr in anzüglichen Reden und spricht mit der Letzt:

Sag, Pfaff, tust du die Bibel lesn?

Der Pater:

War die ganz Wuch'n drüber g'sessn.

Der Narr:

Ich dacht nur, weil sie in Latein.

Der Pater:

Wohl! daß nit jeds Vieh stört hinein.

Der Narr:

Wohlan, so weißt du baß dann ich,
Was dort geweissagt ist auf dich
Und die Frau Mutter der Christenheit,
Wie ihr es nämlich treibt die Zeit.
Zum Exempel Proverbia
Im dreiß'gisten, was steht allda?
Die Eigel hat zwo Töchter schnöd:
Bring her, Bring her, heißen alle beed.
Die ein hat einen Ablaßkram.
Die ander heischet sonder Scham.
– Ei, das hofft ich nur auch zu nutzen.
Pfaff, du tätst mit, hätts mit sein Butzen!

So zieht er ab mit seinem Kräben, unter heftigem Schelten und Drohen des Mönchs. Noch aber läßt er sein Vorhaben nicht, ein Kloster zu erbauen, und sollen ihm die Bundschuh und die Stiefel inallweg dazu helfen. Sobald er wieder auf der Straßen ist, spricht er:

Jetzt, wüßt ich nur 's Pechfisels Haus!
Der macht' mir ein Trupp Münchlein draus;
Die schicket' ich dann in die Welt,
Zu kollektiern ein Gottesgeld.
Vielleicht er macht sie mir gleich beritten
Auf Saumrößlein mit frommen Sitten:
Sie kämen doch viel 'ringer *so* rum,
Als wie per pedes apostolorum.

Nachdem er lang vergebens überall dem kleinen Schuster nachgefragt, so findet er denselben von ungefähr beim Bupsinger Brünnlein sitzen, an dem Berg, darin seine Wohnung und Werkstatt ist und wo er eben einen Becher Wassers schöpfte. Der Narr mit großer Scheinheiligkeit entdeckt ihm sein Anliegen, doch der Pechschwitzer antwortet ihm:

Ich dient Euch gern, mein guter Freund,
Aber was geistlich Sachen seind,
Laßt meine Kunst mit unverworrn;
Es brächt mir eitel Haß und Zorn.
Mein Rat ist darum: geht zur Stund,
Verkauft so gut Ihr könnt den Schund.
Bei die Bupsinger droben, hör' ich, wär
Großer Mangel eine Weil schon her.
So brauchet es kein lang Hausieren.
Doch müßt Ihr nicht Eur Geld verlieren,
Wolln sie mit dem Beutel nit schier heraus,
Droht, es käm ihnen der Werr ins Haus,
Der Presser; das werden sie schon verstehn.

Darauf der Narr:

Ich folg Euch, Meister, und dank Euch schön.

Jetzt kommt das Lustigste, das aber muß man sehen: wie nämlich Bernd Jobst in dem Dorf seinen Korb auf der Gasse ausschüttet, die Bauren aus den Häusern kommen und gleich ein groß Geriß anhebt, da jeder mit Geschrei sein Eigentum aussucht und alle sich untereinander als Diebe verraten. Sie weigern sich der Zahlung gar hartselig, bis sich der Jobst anstellt zu gehen und sich etwas verlauten läßt vom Werr, daß er ihn schicken wolle. Auf dieses ist mit eins ein jeder willig und bereit, ja auch der gröbst Torangel zahlt, was ihn ein neues Paar vom Krämermarkt nicht kostete.

Allmittelst hat der Schäfer bei Gelegenheit dem Grafen erzählt, was Wunderlichs der Jobst vorhabe, der Doktor aber es bestätiget nach dem, was er vom Pechschwitzer vernommen, und ist das Ende von dem Lied, daß Herr Conrad dem Narren für diesmal Vergebung erteilt, weil ihm der Schwank gefallen.«

So erzählte der Seppe. Die Meisterin hörte ihm nur so aus Höflichkeit zu und insgeheim mit Gähnen. »Ja, ja«, sprach sie am Ende, »das sind mir einmal Sachen!« – und nahm das Ränftlein in die Hand, das er von seinem Brot übriggelassen. Nun, muß man wissen, hatte sie am Fenster einen schönen großen Vogel, der saß in seinem Ring frei da. Ihr erster Mann nahm ihn einmal an Zahlungs Statt von einem bösen Kunden an; es war ein weißer Sittich mit einem schwarzen Schnabel und auch dergleichen Füßen. Er sollte, hieß es, alles sprechen, wenn er das rechte Futter bekäme, und ob er zwar die ganze Zeit nicht sprach und sich der Schuster dessenthalb betrogen fand, so ward er doch der Frau Liebling.

Derselbe schaute jetzt der Meisterin, wie sie das Restlein Brot so hielt, mit einem krummen Kopf begierig auf die Finger. Da sagte sie zu ihrem Bräutigam: »soll es der Heinz nicht haben?« – Der Seppe dachte freilich: damit geht manches Hundert schöner Laiblein ungesehn zuschanden; doch gab er ihr zur Antwort: »was mein ist, das ist Euer, und was Euch hin ist, soll auch mir hin sein.« – So schnellte sie den Brocken ihrem Heinz hinauf, der schnappte ihn, zerbiß und schluckt' ihn nieder; kaum aber wars geschehn, so hub der Sittich an zu reden und brachte laut und deutlich diese Worte vor:

»Gut, gut, gut – ist des Hutzelmanns sein Brot.
Wer *einen* hat umbracht und zween, schlägt auch den dritten tot.«

Die Meisterin saß bleich als wie die Wand auf ihrem Stuhl, der Gesell aber, wähnend, sie sei darob verwundert vielmehr denn entsetzt, lachte und rief: »der ist kein Narr! er meint, wenn man es einmal recht verschmeckte, fräß einer leicht auf einen Sitz drei Laib!« – Darauf die Frau zwar gleichermaßen groß Ergötzen an dem Tier bezeugte; doch mochte es ihr wind und weh inwendig sein, und als der Bräutigam, nachdem er lang genug von dem närrischen Vogel gered't und Scherz mit ihm getrieben, jetzo von andern, nötigen Dingen zu handeln begann: wie sie es künftighin im Haus einrichten wollten, wen von den Gesellen behalten, wem kündigen und so mehr, war sie mit den Gedanken unstet immer nebenaus; das wollten sie bei guter Zeit ausmachen, sagte sie, tat schläfrig, besah die Haube noch einmal und setzte sie auf vor dem Spiegel, – »Puh! frierts mich in der Hauben!« rief sie zumal und schüttelte sich ordentlich: »das Silber kältet so.« – Dann sagte sie: »wenn schwarze Band dran wären, mein! es wär recht eine Armesünderhaube für eine fürstliche Person!« – und lachte über diese ihre Rede einen Schochen, daß den Gesellen ein Gräusel ankam. Gleich aber war sie wieder recht und gut, gespräch, liebkoste dem Gespons und machte ihn vergnügt, wie er nur je gewesen. Darnach gaben sie einander küssend Gutenacht und ging er aller guten Dinge voll auf seine Kammer.

Den andern Morgen, es war am Sonntag, sah er den schönen Sittich nicht mehr sitzen in dem Ring, und die Meisterin sagte mit unholder Miene: »das Schnitzbrot hat ihm schlecht getan, ich fand ihn unterm Bank da tot und steif und schafft' ihn mir gleich aus den Augen.«

Das deuchte dem Gesellen doch fast fremde, auch sah er einen Blutfleck am Boden. Am meisten aber wunderte und kränkte ihn, daß ihm die Frau so schnorzig war.

Am Nachmittag, weil seine Braut nicht heimkam von der Kirche aus, spazierte er mit seinen Kameraden um den Wall nach einer neuen Schenke gegen Söflingen. Einer von ihnen schlug ein paarmal bei ihm auf den Busch und stichelte auf seine Liebste; da denn ein anderer, ein loser Hesse, den Scherz aufnahm und sagte: »der Fang wär recht für einen Schwaben, die haben gute Mägen, Schuhnägel zu verdauen.«

Weil nun der Seppe nicht verstand, wie das gemeint sei, blieb er mit seinem Nebenmann, einem ehrlichen Sindelfinger, ein wenig dahinten und frug ihn darum. »Das ist dir eine neue Mär?« sprach der gar trocken: »deine Meisterin, sagt man, hab in Zeit von drei Jahr ihren zween Männern mit Gift vergeben. Vom letzten soll es sicher sein, vom ersten glaubts darum ganz Ulm. Den zweiten hat man erst verwichenes Frühjahr begraben. Die Richter hätten ihr das Urteil gern zum Tod gesprochen, konnten aber nichts machen, denn auf dem Sterbbett sagte ihr Mann, er habe Schuhnägel gefressen. Dergleichen fanden sich nachher auch richtig in dem Leib, allein man glaubt, er habe sie in Schmerzen und Verzweiflungswut, als er das Gift gemerkt, nur kurze Zeit vor seinem End geschluckt.«

Dem Seppe verging das Gesicht. Er schritt und schwankte nur noch so wie auf Wollsäcken bis in die Schenke. Dort stahl er sich hinweg und ließ sein volles Glas dahinten.

Abwegs in einem einsamen Pfad saß er auf einer Gartenstaffel nieder, seine Lebensgeister erst wieder zu sammeln. Alsdann dankte er Gott mit gefalteten Händen, daß er ihn noch so gnädig errettet, überlegte und kam bald zu dem Beschluß, gleich in der nächsten Nacht das Haus der schlimmen Witwe, ja Ulm selbst insgeheim zu verlassen. Er blieb dort sitzen auf dem gleichen Fleck, bis die Sonne hinab und es dunkel war. Dann ging er in die Stadt, strich, wie ein armer Sünder und Meineider, lang in den Straßen hin und her, und suchte zuletzt, von Durst und Hunger angetrieben, eine abgelegene Trinkstube, wo viele Gäste zechten, ihn aber niemand kannte. Dort barg er sich in einem dunklen Sorgeneck bei einem Fenster nach den Gärten und der Donau zu.

Er konnte, wie man spricht, von keinem Berg sein Unglück übersehen. Zu allem Herzleid hin, nicht gar sechs Batzen im Besitz – denn einen Rest Guthabens bei der Frau, wie hätte er ihn fordern mögen? dazu sein gutes Hutzelbrot verheillost, das ihm jetzt auf der Reise für Hungersterben hätte dienen können, und endlich Spott und Schande vor und hinter ihm!

Er ging bei sich zu Rat, ob er in seine Heimat solle oder weiterziehen. Das eine kam ihn schier so sauer wie das andre an. Was werden deine Freunde sagen, wenn du schon wieder kommst, als wie der

Brogel-Wenz vom welschen Krieg? (derselbe nämlich grüßte die Weinsteig schon wieder am siebenten Tag) – so dachte er; allein die Welt, soweit es in der Fremde heißt, kam ihm jetzt giftig, greulich vor, so öd und traurig wie das Ulmer Elend, das er dort unten in den Gärten liegen sah; aus einem Fenster dämmerte der kleine Schein vom Licht des Siechenwärters, dabei vielleicht ein armer Tropf, fern von dem lieben Vaterland, jetzt seinen Geist aufgab. Darum, es koste was es wolle, heim ging sein Weg, nur Stuttgart zu! Von keinem Menschen gedachte er Abschied zu nehmen, am wenigsten von *ihr*, deren Gestalt und Mienen er mit Grauen immer vor sich sah. Deshalb er auch nicht eher aus dem Wirtshaus ging, als bis er sicher war, ihr nicht mehr zu begegnen, und seine Mitgesellen ebenfalls schon schliefen. Es war schon zwölfe, und die Scharwach kam zum zweitenmal, den letzten Gästen abzubieten.

Wie er nun langsam durch die leeren Gassen nach seinem Viertel lenkte, vernahm er oben in dem Giebel eines kleinen Hauses den Gesang von zwo Dirnen, deren eine, eines Kürschners Tochter, Kunigund, er wohl kannte, ein braves und sehr schönes Mädchen, mit welchem er im »Pflug« manchen Schleifer herumgetanzt hatte. Wär er nicht gleich im Anfang so tief in die Witwe verschossen gewesen, die hätte ihm vor allen Ulmer Bürgerskindern wohl gefallen, und er ihr auch.

Die Dirnen plauderten, wie es ihm vorkam, finsterlings im Bett und sangen das Lied von dem traurigen Knaben, dem sein Schatz verstarb, das hatte zum Titel: »Lieb in den Tod« und eine so herrliche Weise als sonst vielleicht kein anderes. Da sie es noch einmal von vorn anfingen, stand er still und horchte hinter einer Beuge Faßholz stille zu.

»Uf$^a$m Kirchhof, am Chor,
Blüeht $^a$ Blo-Holder-Strauß,
Do fleugt $^a$ weiß Täuble,
Vor's tag$^a$ tuet, aus.

Es streicht wohl $^a$ Gäss$^a$le
Nieder und zwu$^a$,
Es fliegt mer ins Fenster,
Es kommt uf mi zu$^a$.

Jetzt kenn' i mein' Schatz
Und sei linneweiß G'wand
Und sei silberes Ringle
Von mir an der Hand.

Es nickt mer en Gru$^e$ß,
Setzt se nieder am Bett,
Frei luegt mer's ins G'sicht,
Aber a$^n$rüehrt me's net.

Drei Woch$^a$ vor Ostr$^a$,
Wann's Nachthüehle schreit,
Do mach$^a$ mer Hochzig,
Mei Schatz hot mer's g'sait.

Mer mach$^a$ kein' Lebtag,
Mer halt$^a$ kein' Tanz.
Wer goht mit zur Kirch$^a$?
Wer flicht mer d$^a$ Kranz?«

In währendem Zuhören dachte der Seppe: die wird sich auch wohl wundern, wenn sie hört, ich sei bei Nacht und Nebel fort als wie ein Dieb! – und dachte ferner: wenn diese Gundel deine Liebste hätte werden sollen und wär dir heut gestorben, ob du jetzt übler dran wärest denn so oder besser? – Er wußte in der Kürze sich selbst keinen Bescheid darauf, stöhnte nur tief aus der Brust und ging weiter.

Beim Haus der Witwe angekommen, drehte er den Schlüssel in der Tür so leis er konnte um, schlich auf den Zehen an ihrer Schlafkammer vorbei, kam in die seinige, von den Gesellen unberufen, und packte seine Sachen ein, nachdem er erst die guten Kleider aus- und andere angezogen, auch mit herzlicher Reue des Hutzelmanns Schuhe, die es so gut mit ihm gemeint, unter dem Stein hervorgenommen und sie nach langer Zeit das erstemal wieder an die Füße getan.

Und also schied er auf zeitlebens aus dem Haus, darin er sich vor wenig Stunden noch als wie in seinem Eigentum vergnüglich umgeschaut hatte. Er kam an das Liebfrauentor und schellte dem Wächter; der ließ ihn hinaus und war der einzige Mensch in ganz Ulm, welcher ihm Glück auf die Reise gewünscht.

Als er so in der Nacht, auf trockener Landstraße und bei gelinder Luft, nicht völlig eine halbe Stunde weit gewandert war, so regte sich sein Linker allbereits mit Jucken, Treten, Hopsen und sonst viel Ungebühr. »So«, rief der Seppe grimmig: »moi$^{n}$st, di$^{a}$ Gugelfu$^{a}$hr gang wieder a$^{n}$? I will d'r beizeit d'rfür tu$^{a}$!« – saß nieder, riß den linken ab und faßte auch den rechten – da fiel ihm ein: Den könntst du anbehalten: mit *einem* Fuß im Glück ist besser denn mit keinem; zog also einen Stiefel an zum andern Schuh, probiert' es eine Strecke, und wahrlich, es tat gut.

In seinem Innern aber, so arg es auch darin noch durcheinander ging, daß ihm das Heulen näher als das Pfeifen lag, so gab er sich doch selbst schon kühnlicheren Zuspruch mit Vernunft, nahm sein versehrtes Herz, drückt' es, gleich wie die Hausfrauen pflegen mit einem zertretenen Hühnlein zu tun, in sanften Händen wieder zurecht, und endlich ging sein Trost und letzter Schluß dahin, wie sein Vetter als sagte: »es hat nur drei gute Weiber gegeben: die eine ist im Bad ersoffen, die ander' ist aus der Welt geloffen, die dritte sucht man noch.«

Unweit Gerhausen kam schon allgemach der Tag; bald sah er auch Blaubeuren liegen, und auf den Dächern rauchte hie und da schon ein Kamin.

Eine Ackerlänge vor dem Tor geschah ihm etwas unverhofft.

Dort zog der Weg sich unter den Felsen linkerhand an einer Steile hin. Der Seppe dachte eben, wenn er jetzt in das Städtlein käme, ein warmes Frühstück täte seinem Magen wohl, und rechnete, wie weit er damit komme, denn sein Beutel mochte nicht viel leiden. Bei dem Bräumeister konnte er aber mit Ehren nicht wieder einsprechen; er meinte, die Leute möchten sagen: »dem hat das Handwerksburschen-Einmaleins im Nonnenhof gefallen und mag ihm ganz eine kommode Rechnung sein!« Dies denkend, schritt er hitziger fürbaß – mit eins aber kam er nicht weiter, und ist er mit dem Schuh wie angenagelt an den Boden, zieht, reißt und schnellt, zockt noch einmal aus Leibeskräften, da fuhr er endlich aus dem Schuh – der aber flog zugleich den Rain hinunter, wohl eines Hauses Höhe, in einen Felsenspalt!

Gern oder ungern mußte ihm der Seppe nach. Als er nun mit Gefahr den Fleck erreicht, wo er ihn hatte fallen sehen, und in dem Steinriß mit der Hand herumsuchte, auch alsbald ihn erwischte, indem so stieß er an ein fremdes Ding, das zog er mit ans Licht: – »Hoho! *davon* kam dir die Witterung!?« rief er und hielt das Bleilot in der Hand, betrachtet' es mit Freuden, schlupft in den Schuh und ist wie der Wind wieder oben. Nachdem er den Fund in den Ranzen gesteckt, der jetzo freilich das Zwiefache wog, ging er nicht wenig getröstet hinein in die Stadt.

Die Leute machten erst die Läden auf und trieben das Vieh an die Tränke. Er kam an einem Bäckerhaus vorbei, da roch gerade so ein guter warmer Dunst heraus, daß es ihn recht bei der Nase hineinzog. Er ließ sich einen Schnaps und keinen kleinen Ranken Brot dazu geben; das hielt dann wieder Leib und Seele auf etliche Stunden zusammen.

Sofort auf seinem Weg probierte er das Lot auf alle Weise, wenn hin und wieder ein Metzger oder sonst ein Mensch bei ihm vorüberkam, und als er nur den Vorteil erst mit rechts und links weghatte, vertrieb er sich die Zeit samt seinem Herzensbrast, auf das anmutigste und beste.

Auf der Höhe der Feldstätter Markung fuhr hinter ihm daher mit einem leeren Wagen und zween starken Ochsen ein Böhringer Bauer. Der Seppe wollte gern ein Stück weit von ihm mitgenommen sein und sprach ihn gar bescheiden und ziemlich darum an; der aber war ein grober Knollfink, tat, als hört' er ihn nicht. Ei, denkt mein Schuster: hörest du mich nicht, so hab mich auch gesehn, und sollst mich dennoch führen! – verschwand wie ein Luftgeist im Rücken des Manns und setzte sich hinten aufs Brett. Da sprach der Bauer mit sich selbst und maulte: »Hätt i viel z'tau$^{n}$, wenn i di$^{a}$ Kerle äll uflad$^{a}$ wött – Hott ane, Scheck! – di$^{a}$ Scheur$^{a}$burzler do! äll Hunds-Od$^{a}$m lauft o$^{a}$r d'rher. Mi$^{a}$r kommt ko$^{a}$r über d'Schwell und uf d$^{a}$ Wag$^{a}$, mi$^{a}$r ett!« – Das hörte der Gesell mit großem Ergötzen und hielt sich immer still, gleichwie der andre auch still ward. Nach einer Weile holt der Böhringer just aus, auf schwäbische Manier die Nas' zu putzen, hielt aber jäh betroffen inn', denn hinter ihm sprach es, als wie aus einem hohlen Faß heraus, die Wort:

»*Zehn Ochsen und ein Bauer sind zwölf Stück Rindvieh.*«

Der Bauer, mit offenem Maul, schaut um, schaut über sich gen die Sperlachen, horcht, ruft Oha dem Gespann, steigt ab dem Wagen, guckt unterhalb zwischen die Räder, und da kein Mensch zu sehen war und auf der Ebene weit und breit kein Baum oder Grube noch sonst des Orts Gelegenheit darnach gewesen wäre, daß sich ein Mensch verbergen mochte: stand ihm das Haar gen Berg, saß eilends auf und trieb die Tiere streng in *einem* Trott, was sie erlaufen mochten, bis vor seinen Ort, denn er vermeinte nicht anders, als der Teufel habe ihm Spitzfündiges aufgegeben, und wenn er den Verstand nicht dazu habe, so gehe es ihm an das Leben.

Der Seppe stieg nicht bälder von dem Wagen, als bis der Bauer in seiner Hofrait hielt, dann wandelte er durchs Dorf, unsichtbarlich, und hatte mit diesem Abenteuer, die schöne Kurzweil ungerechnet, wohl eine halbe Meil Weges Profit.

Er kam ins Tal hinunter und auf Urach, er wußte nicht wie.

Vor dem Gasthaus, demselben, wo er im Herweg übernachtet war, stiegen etliche reisende Herren von Adel samt ihren Knechten gerade zu Roß; er hörte, sie ritten auf Stuttgart. Herrn Eberhards Tochter hatte Hochzeit, als gestern, gehabt mit Graf Rudolf von Hohenberg; auf ebendiese Zeit beging ihr Herr Vater, der Graf, seine silberne Hochzeit. Es dauerten die Lustbarkeiten noch drei Tage lang am Hof und in der Stadt, Turnier und andre Spiele. Das hörte der Geselle gern; er dachte, da hat man deiner nicht viel acht, und mögen deine Freunde glauben, du kamst des Lebtags wegen heim. Ihn lüstete nicht sehr darnach; demungeachtet säumte er sich nicht auf seinem Weg, und als er sich um die drei Groschen und etliche Heller, so er aus allen Taschen elendiglich zusammenzwickte, noch einmal wacker satt gegessen und getrunken, so setzt' er seinen Stab gestärkt und mutig weiter. Stets einem flinken Wässerlein, der Erms, nachgehend, befand er sich gar bald vor Metzingen.

Er dachte trutzig und getrost vor jedermanns Augen den Ort zu passieren, wo er vor einem halben Jahr den Schabernack erlitten, und war auf Schimpf und Glimpf gefaßt, nur wollte er zuvor den zweiten Stiefel noch außen vor dem Ort antun, damit er doch nicht mit Gewalt den Spott der Gaffer auf sich ziehe. Aber wie er sich dazu anschicken will, kommt ihm ein anderes dazwischen, das ließ ihm keine Zeit.

Gleich vor dem Flecken, frei auf einem Gutstück, lag eines Schönfärbers Haus; an dessen einer Seite hingen allerhand Stück Zeug, in

Rot, Blau, Gelb und Grün gefärbt, auf Stangen und im Rahmen aufgezogen, davor ein grüner Grasplatz war. Dort nun, doch näher bei der Straße, sah der Seppe, nur einen Steinwurf weit von ihm, das nasenweise Färberlein stehn, das Gesicht nach dem Flecken gekehrt. Das Bürschlein hatte Gähnaffen feil, weil seine Meistersleute nicht daheim, oder paßte es auf eine hübsche Dirne, sah und hörte deshalb weiter nichts.

»Wohl bei der Heck, du Laff!« sagte der Seppe frohlockend vor sich, indem er risch seitab der Straße sprang: »jetzt will ich dir den Plirum geigen!« – warf seinen Ranzen links herum, lief eilig zu und stand unsichtbar auf dem Wasen, ein Dutzend Schritte hinter dem Färber. Geschwind besann er sich, was er zuerst beginne, trat an das Lattenwerk, zog wie der Blitz einen trockenen Streif des roten Zeugs herab und breitete denselben glatt aufs Gras; alsdann stellte er sich in leibhafter Gestalt, ohne Willkomm und Gruß, nicht in gutem noch bösem, ganz dichte vor den Färber hin. Der, seinen Feind erkennend, macht' ein Gesicht als wie der Esel, wenn er Teig gefressen hat; und plötzlich wollte er auf und davon. Der Schuster aber hatt ihn schon gefaßt – kein Schraubstock zwängt ein Werkholz fester, denn unser Geselle das Büblein hielt bei seinen zween Armstecken. Er hieß ihn stille schweigen, so wolle er ihm aus Barmherzigkeit an seinem Leib nichts tun; nahm ihn sodann gelinde, legt' ihn aufs eine Tuch-End überzwerch, drückt' ihm die Ellenbogen grad am Leib und wergelt' ihn mit Händen geschickt im Tuch hinab, wie man ein Mangholz wälzet, daß er schön glatt gewickelt war bis an das Kinn. Drauf band er ihm ein grünes Band, das er auch von der Latte gezogen, kreuzweis von unten bis hinauf und knüpfts ihm auf der Brust mit einer schönen Schlaufe. Nach allem diesem aber nahm und trug er ihn, nicht anders als ein Pfätschenkind dahingetragen wird, auf seinen Armen weg (in deren einem er den Wanderstock am Riemen hangen hatte). Weil er jedoch bei diesem ganzen Vornehmen das Lot links trug und weil der Krackenzahn mehr nicht kann ungesehen machen, als das zum Mann gehört, so war es wunderbarlich, ja grausig, fremd und lustig gleichermaßen anzusehn, wie auf der breiten Straße, mitten inne, ein gesunder Knab, wie Milch und Blut, mit schwarzem Kräuselhaar, in Wickelkindsgestalt frei in der Luft herschwebete und schrie.

Das Volk lief zu aus allen Gassen, ein jedes lacht' und jammerte in *einem* Atem, die Weiblein schrien Mirakel und: »Hilf Gott! es ist des Färbers Knab, der Vite! Springt ihm denn keiner bei von euch Mannsnamen?« – Doch niemand traute sich hinzu.

Da fing der Seppe an, sangweis mit heller Stimme:

Scher$^{a}$schleifer, wetz, wetz, wetz,
Laß dei' Rädle schnurr$^{a}$!
Stu$^{a}$gart ist $^{a}$ grauße Stadt,
Lauft $^{a}$ Gä$^{n}$sbach dur$^{a}$.

Und als das Kind sich ungebärdig stellte, schwang ers und flaigerts hin und her und sang:

Färbersbü$^{a}$ble, schrei net so,
Mach mer keine Mändl$^{a}$!
D' Bü$^{a}$singer mit zwanzig Johr
Trait mer en de Wendl$^{a}$,
Heisasa! Hopsasa!
Wi$^{a}$ de kleine Kendl$^{a}$.

Die Leute fanden ihrem Staunen, Schrecken, Dattern und Zagen nicht Worte noch Gebärden mehr. Eins schob und stieß und drängte nur das andere dem Abenteuer immer nach oder voraus. Bei dem Gemeindhaus aber schwenkte sich der Seppe seitwärts nach dem Kirchplatz unversehens, daß alles vor ihm schreiend auseinanderfuhr.

Dort, mitten auf dem Platz, sah man den Vite sänftlich an die Erde niederkommen. Da lag denn ein seltsamer Täufling, zornheulend, sonder Hilfe, derweil der Schuster flüchtig durch die Menge wischte. Weit draußen vor dem Ort noch hörte er das Lärmen und Brausen der Leute.

Bei Tolfingen am Necker spürte er anfangen in den Beinen, daß er verwichene Nacht in keinem Bett gewesen, jetzt fünfzehn Stunden Wegs in *einem* Strich gemacht, daneben ihn der letzte Possen auch manchen Tropfen Schweiß gekostet haben mag. Der Abend dämmerte schon stark, und er hatte noch fünf gute Stunden heim. Bei frischen Kräften hätte er Stuttgart nicht füglich vor Mitternacht können erlaufen, so schachmatt aber, wie er war, und mit vier Pfennigen

Zehrgeld im Sack, schien ihm nicht ratsam, es nur zu probieren. Wo aber bleiben über die Nacht und doch kein Scheurenburzler sein? – Halt, dachte er, dient nicht in der Stadt Nürtingen, nur anderthalb Stund von da, der Kilian aus Münster als Mühlknapp? Das ist die beste Haut von der Welt, der läßt dich nicht auf der Gasse liegen und borgt dir leicht ein Weniges auf den Weg – Jetzt ist lang Tag! – Er tat erst einen frischen Trunk in Tolfingen, wo das Wasser nichts kostet, dann kaufte er sich ein Brot für seinen letzten Kreuzer, verzehrt' es ungesäumt und lotterte, indem es finster ward, gemächlich die Straße am Necker hinauf. Mit der Letze erschleppt' er sich fast nicht mehr, doch endlich erschienen die Lichter der Stadt und hörte er das große Wuhr ob der Brücke schon rauschen, hart neben welcher jenseits die vielen Werke klapperten.

Der Müller aß eben zu Nacht mit seinen Leuten und Gesind, darunter nur kein Kilian zu sehen war. Man sagte dem Schuster, der sei vor einem Vierteljahr gewandert. Da stand der arme Schlucker mit seinem gottigen Glücksschuh und seinem Stiefel! wußte nicht, was er jetzt machen sollte. Indes hieß ihn die Müllerin ablegen und mitessen; und nach dem Tischgebet, dieweil der Mann leicht merken mochte, es sei ein ordentlicher Mensch und habe Kummer, bot er ihm an, über Nacht im Wartstüblein, wo die Mahlknechte rasten, auf eine der Pritschen zu liegen. Das ließ er sich nicht zweimal sagen und machte sich alsbald hinunter, ein Jung wies ihm den Weg zwischen sechs Gängen hindurch, die gellten ihm die Ohren im Vorbeigehn nicht schlecht aus. Zwei Stieglein hinunter und eins hinauf, kam er in ein gar wohnliches, vertäfertes Gemach und streckte sich auf so ein schmales Lager hin. Wie grausam müd er aber war, ein Schlaf kam nicht in seine Augen; Fenster und Boden zitterten in einem fort, es schellte bald da, bald dort, die Knechte tappten aus und ein, und die ganze Nacht brannte das Licht.

Um eins, da ihn der Oberknecht noch wachen sah, sprach der zu ihm: wenn er auf Nachtruh halte, hier sei er in die unrechte Herberg geraten, das Schlafen in der Mühle woll' gelernt sein wie das Psalmenbeten in der Hölle; er soll aufstehn, sie wollten sich selbdritt die Zeit vertreiben mit Trischacken: langte die Karten vom Wandbrett herunter und stellte einen vollen Bierkrug auf den Tisch. Der Seppe wollte nicht, bekannte auch, daß er Gelds ohne sei; allein da hieß es: »Schuster! dein Schnappsack hat ein leidlich Gewicht, und Stein' hast du keinswegs darin, wenn aber, so sei uns ein ehrlicher Schuldner.« So gab er endlich nach und nahm sein Spiel vor sich. Wetter! wie paßten gleich die Kerl da auf! Was er nur zog und hinwarf, allemal die besten Stiche! Jetzt wurden seine Sinne hell und wach, zumal er dachte: hei, da springt ein Wandergeld heraus! Das erste Spiel gewonnen, das zweite desgleichen. Beim dritten und vierten zog er heimlich den Schuh aus unter dem Tisch, daß es nicht merklich würde, und verspielt's damit hintereinander, doch brachte er es vier- und sechsfach wieder ein, und pünktlich machte einer jedesmal die Striche auf die Tafel, daß mans nachher zusammenrechnen könne. Es war ihm über einen Gulden gutgeschrieben, und als den andern endlich so die Lust verging, war es ihm eben recht und legte er sich noch ein Stündlein nieder. Da fiel der Schlaf auch bald auf ihn als wie ein Maltersack, doch ohne Letzung. Er war mit seinem Geist in Ulm und träumte nur von Greuel, Gift und peinlichem Gericht. Ein Mahljung, welcher durch das Stüblein lief, vernahm von ungefähr, wie er im Schlaf die Worte redete: »Fürn Galgen hilft kein Goller und fürs Kopfweh kein Kranz!« – ging hin und hinterbracht's den Knechten; die kamen juxeshalber und standen um den Schlafenden, sein bitterlich Gesicht bescherzend. Auch nestelten sie ihm den Ranzen auf, aus Fürwitz, was er Schatzwerts darin habe, zogen das schwere Blei heraus und lachten ob des Knaben Einfalt solchermaßen, daß ihnen gleich das Schiedfell hätte platzen mögen. »Tropf!« sprach der eine, »hast du sonst nichts gestohlen, darum springt dir der Strick nicht nach!« – und packtens ihm wieder säuberlich ein.

Als nun der Seppe endlich am lichten Tag erwacht war, gürtete er sich gleich, nahm Hut und Stock und fand die beiden Spielgesellen in der Mühle am Geschäft. Er hätte gern sein Geld gehabt, wenn es auch nur die Hälfte oder ein Drittel sein sollte. Sie aber lachend, mit Faxen und Zeichen, bedeuteten ihm, sie verstünden nicht über dem Lärm, was er wolle, und hätten unmöglich der Zeit. Nun sah er wohl, er sei betrogen, kehrte den seellosen Schelmen den Rücken und ging hinauf, dem Müller seinen schuldigen Dank abzustatten. Dort in der Küche gab man ihm noch einen glatt geschmälzten Hirsenbrei; damit im Leibe wohl verwarmt, zog er zum Tor hinaus und über die Brücke, dann rechts Ober-Ensingen zu. Gern hätte er zuvor den Herbergvater in der Stadt um eine Wegspend' angegangen, er traute aber nicht, weil er in Ulm sich keinen Abschied in sein Büchlein hatte schreiben lassen.

Auf dem Berg, wo der Wolfschluger Wald anfangt, sah man damals auf einem freien Platz ein paar uralte Lindenbäume, ein offen Bethäuslein dabei, samt etlichen Ruhbänken. Allhie beschaute sich der Seppe noch einmal die ausgestreckte blaue Alb, den Breitenstein, den Teckberg mit der großen Burg der Herzoge, so einer Stadt beinah gleichkam, und Hohen-Neuffen, dessen Fenster er von weitem hell herblinken sah. Er hielt dafür, in allen deutschen Landen möge wohl Herrlicheres nicht viel zu finden sein als dies Gebirg, zur Sommerszeit, und diese weite gesegnete Gegend. Uns hat an dem Gesellen wohl gefallen, daß er bei aller Übelfahrt und Kümmernis noch solcher Augenweide pflegen mochte.

Von ungefähr, als er sich wandte, fand er auf einem von den Ruhebänken ein Verslein mit Kreide geschrieben, das konnte er nicht sonder Müh entziffern, denn sichtlich stand es nicht seit jüngst, und Schnee und Regen waren darüber ergangen. Es hieß:

Ich habe Kreuz und Leiden,
Das schreib ich mit der Kreiden,
Und wer kein Kreuz und Leiden hat,
Der wische meinen Reimen ab.

Der Seppe ruhte lang mit starren Blicken auf der Schrift. Er dachte: Dem, welcher dies geschrieben, war der Mut so weit herunter als wie dir, kann sein noch weiter – tröst ihn Gott! – Nachdenksam kehrte er sich zur Kapelle, legte Ranzen, Hut und Stock, wie sich gebührte, haußen ab und ging, seine Andacht zu halten, hinein; nach deren Verrichtung er sich bei den Namen und Sprüchen verweilte, so von allerhand Volk, von frommen Pilgrimen und müßigen Betern, an den Wänden umher mit Rotstein oder mit dem Messer angeschrieben waren. In einem Eck ganz hinten stund zu lesen dieser Reim:

Bitt, Wandrer, für mich,
So bittst du für dich.
Mit Schmerzen ich büße,

In Tränen ich fließe.
Das *Erbe der Armen*,
Das heißet *Erbarmen*.

Recht wie ein Blitzstrahl zückten die Worte in ihn, und war ihm eben, als flehet' es ihn aus den Zeilen an mit gerungenen Händen um seine Fürbitte, als eine letzte Guttat an der Frau, so ihrer vor allen den lebenden Menschen bedürfe. Seit jener Stunde, wo er sich im stillen von ihr schied, war ihm noch kein Bedenken oder Sorge angekommen um das verderbte und verlorene Weib; nun aber fiel das treue Schwabenherz gleich williglich auf seine Knie, vergab an seinem Teil und wünschte redlich, Gott möge ihren bösen Sinn zur Buße kehren und ihr dereinstens gnädig sein; für sich insonderheit bat er, Gott wolle seiner schonen und ihn kein blutig Ende an ihr erleben lassen. Hierauf erhob er sich, die Augen mit dem Ärmel wischend, und setzte seine Reise fort.

Nach dreien Stunden, um Bernhausen auf den Fildern, hub sein Magen an mit ihm zu hadern und zu brummen. Er hätte sich mit seinem Lot in manches reichen Bauern Haus und Küche leichtlich wie Rolands Knappe helfen können, welcher vermittelst seines Däumerlings dem Sultan sein Leibessen samt der Schüssel frei vor dem Maul wegnahm. Ihm kam jedoch vor Traurigkeit dergleichen gar nicht in den Sinn: auch hatte er sein Leben lang weder gestohlen noch gebettelt. Kein leiderer Weggenoß ist aber denn der Hunger. Er rauft, wenn er einmal recht anfangt, einem Wandersmann schockweis die Kraft aus dem Gebein, nimmt von dem Herzen Trost und Freudigkeit hinweg, schreit allen alten Jammer wach, recht wie bei Nacht ein Hund den andern aufweckt, daß ihrer sieben miteinander heulen. Das dauerte bei dem Gesellen, bis endlich Degerloch da war und er nun um die Mittagszeit seine Vaterstadt im lichten Sonnenschein und Rauch vom Berg aus liegen sah. Da brannten ihm die salzigen Tropfen vor Freuden im Aug und waren seine Füße alsbald wie neugeboren.

Von weitem hörte er Trompetenschall und sah es vor dem Tor und in den Straßen blinken und wimmeln. Die Ritter kamen in Harnisch und Wehr zurück vom großen Stechen; Roß und Mann bis an den Helmbusch voller Staub. Es wogte bunt von Grafen, Edelherrn und Knappen, von Bürgersleuten und vielem Landvolk.

Der Seppe drückte sich, wie er zur Stadt hineinkam, scheu nur an den Häusern hin: denn ob er gleich unsichtbar ging, um seiner schlechten Kleidung willen, auch weil er übel, schwach und schwindlig war vor übergroßer Anstrengung, weshalb er nicht viel Grüßens oder Redens brauchen konnte, so war ihm doch bei jedem Schritt, wie wenn die Blicke aller Leute auf ihn zielten, und wurde rot und blaß, so oft als ein guter Bekannter oder ein Mädchen seiner alten Nachbarschaft bei ihm vorüber lachte. Er strebte einem engen Gäßlein zu im Bohnenviertel, wo eine alte Base von ihm wohnte. Am Eck schob er den Ranzen rechts herum, und schon von ihrem Fenster aus begrüßte ihn das gute Fraulein, seine Dot. Er sprang mit letzten Kräften die Stiege noch hinauf, aber unter der Tür knickt' er in den Knieen zusammen und schwanden ihm zumal die Sinne. Die Frau rief ihren Hausmann, holte Wein und was sonst helfen mochte. In Bälde hatten sie den armen Lungerer so weit zurecht gebracht, daß er auf seinen Füßen stehn, sich hinter den Tisch setzen, essen und trinken konnte.

Dabei erzählte ihm das Mütterlein, was sich alle die Zeit her begeben; vom großen Beilager im Schloß, wie auch, daß morgen noch ein Haupttag sei. Weil nämlich eben Faßnacht in der Nähe war und die erlauchte Braut nichts lieber sah als einen schönen Mummenschanz, so wurde von dem Rat der Stadt beschlossen, daß ein solcher mit ausnehmender Pracht auf dem Markt gehalten werde. Der Graf dagegen wollte zu Mittag die Bürgerschaft in den Straßen bewirten, welches der Jahreszeit halben wohl geschehen mochte, indem der Winter so gelind und kurz ausfiel, daß wahrlich im Stuttgarter Tal fast die Bäume ausschlugen. »Auf diesen Tag nun, siehst du«, sprach die Base, »tut jung und alt sein Bestes, der Arme wie der Reiche; wer keinen Heiden oder Mohren machen kann, der findet einen bunten Lappen zum Zigeuner, und wem die Larve fehlt, der färbt sich im Gesicht. Da hat vorhin die Kiderlen, die Vrone, die du kennst, sich Feierwams und Hosen von ihrem Vetter, meines Hausmanns Buben, abgeholt, und er verbutzet sich mit seiner Ahne ihrem Hochzeitstaat. Seppe, wir müssen uns für dich beizeiten auch nach was umtun. Für jetzo, schätz ich aber, hast du das Bett am nötigsten.« – »Ach, wohl, Frau Dot!« sprach er: »und ich wollt nur, die Nacht hätt ihre achtundvierzig Stund!« – »Nun«, meinte sie, »vier hast du, bis wir essen, da läßt sich schon ein schön Stück Schlafs vorweg herunterspinnen«; – und führte ihn hinauf in eine kleine Kammer, in welcher allezeit ein gutes Gastbett aufgemacht war.

Kaum hatte er sich ausgezogen und sein zerschelltes, brechliches und ganz vermürbtes Knochenrüstwerk behutsam ausgestreckt, da schlief er auch schon wie ein Dachs und so in *einem* fort bis abends spät, wo ihm die Frau eine Suppe mit Fleisch hinaufbrachte und noch ein wenig mit ihm diskurierte. Nun wünschte sie ihm Gutenacht und ging mit ihrem Licht.

Sie war aber die Stiege noch nicht gar hinunter, so ruckt etwas an seinem Stuhl, ein Lämplein macht die Kammer klar, und eine Stimme sagte: »Grüß dich Gott, Seppe! verschrick nit, der Pechschwitzer ist es, der Hutzelmann, der Tröster. So, so, auch wieder hiesig? Sorg nit, ich plag dich lang – du brauchst der Ruh – nur auf ein Wort: sag an, gelt, Bursch, hasts Klötzle?«

»Jo freile, han i's, Meister.«

»Laß sehn! wo steckts? im Bündel? – hab es schon! bei meinem Leisten! ja, da glotzt er raus, der Krackenzahn. Du erzigs Narrenglückskind du! Und hast fein nur mit *einem* Hund gejagt! Du Malefizglücksspitzbub du!« – Mit diesen und vielen andern närrischen Ausrufungen bewies das Männlein seine Freude. Drauf sagte es mit Ernst: »Mein Sohn, du hast dies teuere Stück, wie du zwar schuldig warst, deinem Patron getreulich überliefert, da du es nicht allein im Nonnenhof können vertrumpeln, um einen Pfifferling aus des Wasserweibs Hafen, sondern konntest vor Kaiser und Könige gehen damit, die hätten dir dies schlechte Blei gern sechsmal und mehr mit Gold aufgewogen – nun, Seppe, denk an mich, das sollt du nicht bereuen. Hab Gute Nacht.« – Im Gehen frug er noch: »Wie sichts mit dem Laiblein?«

»Ja Meister, um sell bin i komm$^a$, sell ist –«

»Gfressen?«

»Jo, aber ett vo mir!«

»Ei daß dich! hat das auch müssen verhansleartlet sein! Nu, wenns nur gfressen ist; gibt wieder einmal ein anders vielleicht. B'hüt Gott! Morgen bei rechter Zeit siehst mich wieder.«

Die Sonne ging am andern Morgen glatt und schön herauf am Himmel und hatte die Nebel über der Stadt mit Macht in der Früh schon vertrieben. Man hörte die Gassen aus und ein vielfach Geläufe, Lachen und Gesprang; es war schon um die Achte, in einer halben Stunde ging der Aufzug an. Da hielt es die Base hoch an der Zeit, daß sie ihr Patlein wecke, denn, meinte sie, auf allen Fall muß er die Herrlichkeit mitmachen und soll so gut wie jeder andere Bürgersohn an der Gesellentafel speisen auf des Herrn Grafen Kosten. Mit Mühe hatte sie noch gestern abend einen langen weißen Judenbart samt Mantel und Mütze für ihn bei einer Trödlerin mietweis erlangt. Sie nahm den Plunder auf den Arm, den guten Burschen gleich auf seiner Kammer damit zu erfreuen: da klopfte es und kam ein junger Gesell herein, wenig geringer als ein Edelknabe angezogen, mit einem krachneuen, rotbraunen Wammes von Sammet, schwarzen Pluderhosen, Kniebändern von Seide und gelben Strümpfen. Er hielt sein Barett vors Gesicht gedeckt, und als er es wegnahm, stand da vor seiner lieben Dot der Schuster Seppe mit Blicken, halb beschämt und halb von Freude strahlend. Die Frau schlug in die Hände, rief: »Jemine! was soll das heißen? Bub, sag, wo hast du das geborgt?« – »Ihr sollts schon heut noch hören, Bas': es ist eine weitläufe Sach, und ich muß gleich fort.« – »Nun, seis, woher es wolle; aus einem vornehmen Schrank muß es sein. Nein, aber Seppe, wie gut dirs steht, alles, bis auf den feinen Hemdkragen hinaus! Ich sag dir, es wär Sünd und Schand, wenn du eine Larve umbändest. Mein Jud, so viel ist ausgemacht, darf seinen Spieß jetzt nur wo anders hintragen. Da, schau einmal, was ich dir Schönes hatte!« – Und hiermit lief sie in die Küche, dem Knaben eine gute Eiergerste zum Morgenatz zu bringen.

Derweil er seine Schüssel leerte, zog sich die Base im Alkoven festtägig an. Sie wollte des Getreibes gern auch Zeuge sein, von einem obern Fenster aus bei einem Schneider auf dem Markt. Der Seppe aber eilte ihr voraus, Sankt Leonhards Kapelle und der Wette zu, stracks auf den Platz.

Von keiner Seele unterwegs ward er erkannt noch auch gesehn. Warum? er wird doch nicht das Lot mitschleppen? Nein, aber seine linke Brusttasche barg eine zierliche Kapsel, darinne lag der ausgezogene Krackenzahn, gefaßt in Gold und überdies in ein goldenes

Büchslein geschraubt, samt einer grünen Schnur daran. Der Hutzelmann ließ alles über Nacht von einem Meister in der Stadt, mit welchem er gut Freund war, fertigen und übergab dem Seppe das Kleinod mit der Weisung, dasselbe seinem Landesherrn, dem Grafen, zu Ehren seines Jubeltags nachträglich zu behändigen, sobald er merke, daß der Scherz zu Ende gehe und die Herrschaft am Aufstehen wäre.

Wie der Gesell nunmehr an Ort und Stelle kam, sah er den weiten Markt bereits an dreien Seiten dicht mit Volk besetzt und Kopf an Kopf in allen Fenstern. Er nahm seinen Stand beim Gasthof zum Adler, und zwar zuvörderst unsichtbar, außer den Schranken. Etliche Schritt weit von den Häusern nämlich liefen Planken hin, dahinter mußten sich die Schaulustigen halten, daß innerhalb der ganze Raum frei bleibe für die Faßnachtsspiele sowie auch für die fremden Tänzer und Springer, welche ihr großes Seil ganz in der Mitte querüber vom Rathaus aufgespannt hatten, dergestalt, daß es an beiden Seiten gleich schräg herunterlief und hüben und drüben noch ein breiter Weg für den Maskenzug blieb.

Am Rathaus auf der großen Altane erhub sich ein Gezelt von safranfarbigem Sammet mit golddurchwirkten Quasten, den gräflichen Wappen und prächtigen Bannern geschmückt. Den Eingang schützten sechs Hellebardierer aus der Stadtbürgerschaft. Es hingen aus den Fenstern aller Häuser bunte Teppiche heraus, und an den Schranken standen, gleichweit voneinander, grüne Tännlein aufgerichtet. Von den sechs Straßen am Markt waren viere bewacht: darin sah man die Tische gedeckt für das Volk, Garküchen und Schankbuden, wo nachher Bier und Wein gezapft wurde und fünfzig Keller- und Hof-Bartzefanten die Speisen empfingen.

Gegen dem Rathaus über sodann, am andern Ende des Markts, war der Spielleute Stand. Dieselben machten jetzo einen großen Tusch: denn aus der Gasse hinter ihnen nahete der Hof; nämlich: Graf Eberhard mit dem von Hohenberg, dem Vater, das jüngst vermählte Paar, wie auch des Grafen Sohn, Herr Ulrich, auf weißen, köstlich geschirrten Rossen; die Gemahlin des Grafen und andre hohe Frauen aber in Sänften getragen; zu deren beiden Seiten gingen Pagen und ritten Kavaliere hinterdrein.

Sobald die Herrschaften, vom Schultheiß gebührend empfangen und in das Rathaus geleitet, auf der Altane Platz genommen, einige vornehme Gäste jedoch an den Fenstern, begann sogleich der Mummenschanz.

In guter Ordnung kamen aus der Gasse an dem Rathauseck, beim Brunnen mit dem steinernen Ritter, so einzelne wie ganze Rotten aufgezogen.

Zum Anfang wandelte daher: der Winter als ein alter Mann, den lichten Sommer führend bei der Hand als eine hübsche Frau. Sie hatte einen Rosenkranz auf ihrem ungeflochtenen gelben Haar, ein Knäblein trug den Schlepp ihres Gewands samt einem großen Blumenstrauß, ein anderes trug ihm ein Kohlenbecken nach und einen dürren Dornbusch. Auf seinem Haupt und Pelz war Schnee vom Zuckerbäcken; sie raubte ihm bisweilen einen Bissen mit zierlichem Finger davon, zur Letzung bei der Hitze, das er aus Geiz ihr gern gewehrt hätte.

Nun ritt der hörnene Siegfried ein mit einer großen Schar, auch der schreckliche Hagen und Volker.

Dann gingen zwanzig Schellennarren zumal an einer Leine, die stellten sich sehr weise an, da jeder blindlings mit der Hand rückwärts den Hintermann bei seiner Nase zupfen wollte, der letzte griff gar mühlich immer in der Luft herum, wo niemand mehr kam. Auf einem höllischen Wagen, gezogen von vier schwarzen Rossen, fuhr der Saufteufel, der Spielteufel und ihr Geschwisterkind, Frau Hoffahrt, mit zweien Korabellen, und hatten zum Fuhrmann den knöchernen Tod.

Jetzt segelte ein großes Schiff daher auf einem niederen Gestell; dies war mit wasserblauem Zeug bedeckt, und sah man daran keine Räder noch solche, die es schoben. Auf dem Verdeck stund der Patron, ein Niederländer Kaufherr, welcher sich die fremde Stadt so im Vorüberziehn beschaute.

Dahinter kam ein Kropfiger und Knegler, mit jämmerlichen dünnen Beinen, und führte seinen wundersamen Kropf auf einem Schubkarrn vor sich her mit Seufzen und häufigen Zähren, daß er der Ware keinen Käufer finde, und rief dem Schiffsherrn nach: sein Fahrzeug hänge schief und mangele Ballasts, er wolle ihm den Kropf um ein Billiges lassen. Gar ehrlich beteuerte jener, desselben nicht benötiget zu sein; doch als ein mitleidiger Herr hielt er ein wenig an und gab dem armen Sotterer viel Trost und guten Rat: er möge seines Pfundes sich nicht äußern, vielmehr sein hüten und pflegen, es sollte ihm wohl wuchern, wenn er nach Schwaben führ auf Cannstatt, zum ungeschaffenen Tag; es möge leicht für ihn den Preis dort langen. Da dankte ihm der arm Gansgalli tausendmal und fuhr gleich einen andern Weg; der Kaufmann aber schiffte weiter.

Mit andern Marktweibern, ausländischer Mundart und Tracht, kam auch ein frisches Bauermägdlein, rief: »Besen, liebe Frauen! Besen feil!« – Sogleich erschien auf dem Verdeck des Schiffs ein leichtfertiger Jüngling in abgerissenen Kleidern, eine lange Feder auf dem Hut und eine Laute in der Hand. Sein Falkenauge suchte und fand die Verkäuferin flugs aus dem Haufen der andern heraus, und zum Patron hinspringend, sagte er mit Eifer: in dieser Stadt sei er zu Haus, er habe gerade geschlafen und hätte schier die Zeit verpaßt; er wolle da am Hafendamm aussteigen, wofern der Patron es erlauben und ein wenig anlegen möchte. Der gute Herr rief dem Matrosen, es ward ein Brett vom Schiff ans Land gelegt, der Jüngling küßte dem Kaufmann die Hände mit Dank, daß er ihn mitgenommen, sprang hinüber und auf das Bauermägdlein zu. Nun führten sie ein Lied selbander auf, dazu er seine Saiten schlug. Während desselben hielt der ganze Zug, und alles horchte still.

Grüß dich Gott, herzlieber Schatz,
Dich und deine Besen! –
Grüß dich Gott, du schlimmer Wicht!
Wo bist du gewesen? –

Schatz, wo ich gewesen bin,
Darf ich dir wohl sagen:
War in fremde Lande hin,
Hab gar viel erfahren.

Sah am Ende von der Welt,
Wie die Bretter paßten,
Noch die alten Monden hell
All in einem Kasten:

Sahn wie schlechte Fischtuch aus,
Sonne kam gegangen,
Tupft' ich nur ein wenig drauf,
Brannt' mich wie mit Zangen.

Hätt' ich noch ein' Schritt getan,
Hätt ich nichts mehr funden.
Sage nun, mein Liebchen, an,
Wie du dich befunden. –

In der kalten Wintersnacht
Ließest du mich sitzen:
Ach mein' schwarzbräun' Äugelein
Mußten Wasser schwitzen!

Darum reis in Sommernacht
Nur zur all'r Welt Ende;
Wer sich gar zu lustig macht,
Nimmt ein schlechtes Ende.

Mit diesem Abschiedsgruß ließ sie ihn stehen. Er spielte, der Dirne gelassen nachschauend, seine Weise noch vollends hinaus, stieß sich den Hut aufs linke Ohr und lief hinweg.

Es traten ferner ein fünf Wurstelmaukeler. Das waren von alters her bei der Stuttgarter Faßnacht fünf Metzgerknechte, mit Kreuzerwürsten über und über behangen, daß man sonst nichts von ihnen sah. Sie hatten jeder über das Gesicht eine große Rindsblase gezogen, mit ausgeschnittenen Augen, das Haupt bekränzt mit einem Blunzen-Ring. Wenn es nachher zur Mahlzeit ging, dann durften die Kinder der Stadt, für die kein Platz war an den Tischen, kommen, und durfte sich jedes ein Würstlein abbinden, der Maukeler hielt still und bückte sich, wenn es nötig war; dazu wurden Wecken in Menge verteilt.

Noch gab es viel mutwillige und schöne Stampaneyen, deren ich ungern geschweige.

Nachdem der ganze Mummenschanz an den drei Seiten des Markts langsam herumgekommen und links vom Rathaus abgezogen war, dem »Hirschen« zu, bestiegen die Springer und Tänzer das Seil.

Der Seppe war die ganze Zeit an seinem Platz verharrt; auch hatte er sich lang nicht offenbar gemacht, doch endlich tat er dies, auf schlaue Art, indem er sich geheim zur Erde bückte und sichtbarlich aufstand, dadurch es etwa denen, so zunächst an ihm gestanden, schien, als schlupfet' er unter den Planken hervor. Von wegen seiner edlen Kleidung wiesen ihn die Wärtel auch nicht weg, deren keiner ihn kannte; nur seine alten guten Freunde grüßten ihn von da und dort mit Winken der Verwunderung.

Der Seppe hatte bis daher alles und jedes, die ganze Mummerei, geruhig, obwohl mit unverwandtem Aug und Ohr an ihm vorbeiziehen lassen. Wie aber jetzt die fremden Gaukler, lauter schöne Männer, Frauen und Kinder, in ihrer lüftigen Tracht ihre herrliche Kunst sehen ließen und ihnen jegliche Verrichtung, als Tanzen, Schweben, Sichverwenden, Niederfallen, Knieen, so gar unschwer vonstatten ging, als wär es nur geblasen, kam ihn auf einmal große Unruh an, ja ein unsägliches Verlangen, es ihnen gleichzutun. Er merkte aber bald, daß solche Lust ihm von den Füßen kam, denn alle beede, jetzt zum erstenmal einträchtig, zogen und drängten ihn sanft mit Gewalt nach jenem Fleck hin, wo das Seil an einem starken Pflock am Boden festgemacht war und schief hinauf lief bis an die vordere Gabel. Der Seppe dachte, dieses ist nur wieder so ein Handel wie mit der Dreherei, und fiel ihm auch gleich ein, daß Meister Hutzelmann, auf dessen Geheiß er heut die Glücksschuh' alle zween anlegen müssen, das Lachen habe fast nicht bergen können. Er stieß die Zehen hart wider das Pflaster, strafte sich selbst mit innerlichem Schelten ob solcher törichten, ja gottlosen Versuchung und hielt sich unablässig vor im Geist Schmach, Spott, Gelächter dieser großen Menge Menschen, dazu Schwindel, jähen Sturz und Tod, so lang bis ihm der Siedig auf der Haut ausging und er seine Augen hinwegwenden mußte.

Nun aber zum Beschluß der Gauklerkünste erschien in Bergmannshabit, mit einer halben Larve im Gesicht, ein neuer Springer, ein kleiner stumpiger Knorp; der nahte sich dem Haupt der Tänzer, bescheidentlich anfragend, ob ihm vergönnt sei, auch ein Pröblein abzulegen? Es ward ihm mit spöttischer Miene verwilligt, und alsbald beschritt er das Seil, ohne Stange. Er trug ein leinen Säcklein auf dem Rücken, das er an eines der gekreuzten Schraghölzer hing, dann prüfte er mit einem Fuß die Spannung, lief vor bis in die Mitte und hub jetzt an so wunderwürdige und gewaltige Dinge, daß alles, was zuvor gesehen war, nur Stümperarbeit schien. Kopfunter hing er plötzlich, der kurze Zwagstock, an dem Seil herab und zangelte sich so daran vorwärts auf das behendeste und wiederum zurück, schwang sich empor und stand bolzgrad; fiel auf sein Hinterteil, da schnellte ihn das Seil hinauf mit solcher Macht, daß er dem Rathausgiebel um ein kleines gleichgekommen wär', und dennoch kam er wieder jedesmal schön auf denselben Fleck zu stehen und zu sitzen. Zuletzt schlug er ein Rad von einem End des Seils zum andern, das ging – man sah nicht mehr, was Arm oder Bein an ihm sei! So oft auch schon seit dreien Stunden der Beifallsruf erschollen war, solch ein Gejubel und Getöbe, wie über den trefflichen Bergmann, war noch nicht erhört. Die Gaukler schauten ganz verblüfft darein, fragten und rieten untereinander, wer dieser Satan wäre? indes die andern Leute alle meinten, dies sei nur so ein Scherz, und das Männlein gehöre zu ihnen. Hanswurst insonderheit stand als ein armer ungesalzener Tropf mit seinem Gugel da, sein Possenwerk war alles Läuresblosel neben solchem Meister, ob dieser schon das Maul nicht dabei brauchte.

Nachdem der Bergmann so geendigt und sich mit unterschiedlichen Scharrfüßen allerseits verneigt, sprang er hinab aufs Pflaster. Auf seinen Wink kam der Hanswurst mit Schalksehrfurcht zu ihm gesprungen, fing einen Taler Trinkgeld auf in seinem spitzigen Hut und nahm zugleich, höflich das Ohr herunter zu dem Männlein neigend, einen Auftrag hin, welchen er gleichbald vollzog, indem er rund herum mit lauter Stimme rief: »Wer will von euch noch, liebe Leut, den hänfenen Richtweg versuchen? Es ist ein jeder freundlich und sonder Schimpf und Arges eingeladen, wes Standes und Geschlechts er sei, das Säcklein dort am Schragen für sich herabzuholen! Es sind drei Hutzellaib darin. Er möge aber, rat ich ihm, in der Geschwindigkeit sein Testament noch machen – des Säckleins wegen, mein' ich nur – denn der Geschickteste bricht oftermals den Hals am ersten; es ist mir selbst einmal passiert, in Bamberg auf dem Domplatz – ja lacht nur!«

Jetzt aber, liebe Leser, möget ihr euch selbst einbilden, was für Gemurmel, Staunen und Schrecken unter der Menge entstund, als der Seppe vortrat bei den Schranken und sich zu dem Wagstück anschickte! Mehr denn zehn Stimmen mahnten eifrig ab, ernsthafte Männer, mancher Kamerad, zumal einige Frauen setzten sich dawider: allein der Jüngling, dem der Mut und die Begier wie Feuer aus den Augen witterte, sah fast ergrimmt und achtete gar nicht darauf. Hanswurst sprang lustig herzu mit der Kreide, rieb ihm die Sohlen tüchtig ein und wollt' ihm die Bleistange reichen, doch wies der Gesell sie mit Kopfschütteln weg. Bereits aber wurden die Dienste des Narren am andern Ende des Seils auch nötig. Denn zum größten Verwundern der Zuschauer trat dort auch eins aus den Reihen hervor: man wußte nicht, sei es ein Knabe oder eine Dirne. Es trug ein rosenrotes weißgeschlitztes Wams von Seiden zu dergleichen lichtgrünen Beinkleidern, samt Federhut und hatte eine feine Larve vor.

Die Spielleute, Bläser und Pauker, die Gaffens wegen ihres Amtes gar vergessend saßen, griffen an und machten einen Marsch, nicht zu gemach und nicht zu flink, nur eben recht. Da traten die beiden zugleich auf das Seil, das nicht zu steil anstieg, setzten die Füße, fest und zierlich, einen vor den andern, vorsichtig, doch nicht zaghaft, die freien Arme jetzt weit ausgereckt, jetzt schnelle wieder eingezogen, wie es eben dem Gleichgewicht diente.

Kein Laut noch Odemzug ward unter den tausend und tausend Zuschauern gehört, ein jedes fürchtete wie für sein eigen Leben, es war, als wenn jedermann wüßte, daß sich dies Paar jetzo das erstemal auf solche Bahn verwage.

Die junge Gräfin bedeckte vor Angst das Gesicht mit der Hand; den Grafen selber, ihren Vater, den eisenfesten Mann, litt es nicht mehr auf seinem Sitz, gar leise stand er auf. Auch die Musik ging stiller, wie auf Zehen, ihren Schritt, ja, wer nur acht darauf gegeben hätte, der Rathausbrunnen mit seinen acht Rohren hörte allgemach zu rauschen und zu laufen auf, und der steinerne Ritter krümmte sich merklich. – – – Nur stet! nur still! drei Schritt noch und – juchhe! scholl's himmelhoch: das erste Ziel war gewonnen! Sie faßten beiderseits zumal, jedes an seinem Ort, die Stangen an, verschnauften, gelehnt an die Gabel.

Der unbekannte Knabe wollte sich die Stirne wischen mit der Hand, uneingedenk der Larve: da entfiel ihm dieselbe zusamt dem Hut und – ach! ein Graus für alle Gefreundte, Vettern und Basen, Gespielen,

Bekannte, so Buben als Mädchen – die Vrone ists! »Die Vrone Kiderlen, einer Witwe Tochter von hier!« – so gings von Mund zu Mund. »Ist es denn eine Menschenmöglichkeit?« rief eine Bürstenbindersfrau: »das Vronele, meiner nächsten Nachbarin Kind? Je! Gott sei Dank, bärig vor einer halben Stund ist ihre Mutter heim – es ward ihr übel schon über den vorigen Künsten – und jetzt das eigne Kind – der Schlag hätt sie gerührt, wenn sie das hätte sehen sollen!« – Schon erhoben sich wiederum Stimmen im Kreis, und noch lauter als vorhin beim Seppe, mit Drohen, Bitten und Flehn an die Dirne, nicht weiter zu gehen. Sie aber, ganz verwirrt, flammrot vor Scham, nicht wissend selbst, wie ihr geschehn, wie sies vermocht, stand da wie am Pranger, die Augen schwammen ihr, und ihre Kniee zitterten. Ein Mann lief fort, eine Leiter zu holen.

Derweil war aber schon der flinke Bergmann an der andern Seite zum Seppe auf das Seil gekommen und hatte ihm etwas ins Ohr geraunt, worauf der ungesäumt den linken Schuh abzog und seiner Partnerin mutig die Worte zurief: »komm, Vrone, es hat keine Not! trau auf mein Wort, fass dir ein Herz und tu mit deinem rechten Schuh, wie du mich eben sahst mit meinem linken tun, und wirf ihn mir keck zu!«

Sie folgte dem Geheiß, mit Lächeln halb, und halb mit Weinen, warf – da flog der Schuh dem Burschen wie von selber an seinen ausgestreckten Fuß. Nun warf er ebenfalls, und ihr geschah dasselbe.

»Jetzt, Vrone, mir entgegen! Es ist nur, bis ich dich einmal beim kleinen Finger habe, und wenn du mit der Patschhand einschlägst, dann soll es mir und dir etwas Gutes bedeuten! Frisch dran, ihr Spielleut, macht uns auf, und einen lustigen!«

Das fehlte nicht. Die vier Füße begannen sich gleich nach dem Zeitmaß zu regen, nicht schrittweis wie zuvor und bedächtig, vielmehr im kunstgerechten Tanz, als hätten sie von klein auf mit dem Seil verkehrt, und schien ihr ganzes Tun nur wie ein liebliches Gewebe, das sie mit der Musik zustand zu bringen hätten. Von nun an waren alle Blicke sorglos und wohlgefällig auf das hübsche Paar gerichtet und gingen immer von einem zum andern. Der Mann auf dem Brunnen hatte längst wieder den Atem gefunden, und das Wasser sprang aus den acht Rohren noch einmal so begierig als sonst. Auf jedem Mädchenantlitz, unten auf dem Platz und oben in den Fenstern, war aber recht der Widerschein der Anmut zu erblicken, die man vor Augen hatte. Kein Kriegsmann war so trutzig und kein Graubart von der Ratsherrnbank so ernsthaft und gestreng, daß ihm das Herz dabei nicht lachte, und die Handwerksgesellen der Stadt waren stolz, daß einer von den Ihren vor all den fremden Gästen so herrlichen Ruhm davontrage.

Der Seppe sah im Tanz nicht mehr auf seinen schmalen Pfad noch minder nach den Leuten hin, er schaute allein auf das Mädchen, welches in unverstellter Sittsamkeit nur je und je seine Augen aufhob.

Als beide in der Mitte jetzt zusammenkamen, ergriff er sie bei ihren Händen, sie standen still und blickten sich einander freundlich ins Gesicht; auch sah man ihn ein Wörtlein heimlich mit ihr sprechen. Darnach auf einmal sprang er hinter sie und schritten beide, sich im Tanz den Rücken kehrend, auseinander. Bei der Kreuzstange machte er Halt, schwang seine Mütze und rief gar herzhaft: »Es sollen die gnädigsten Herrschaften leben!« – Da denn der ganze Markt zusammen Vivat rief, dreimal, und einem jeden Teil besonders. Inwährend diesem Schreien und Tumult unter dem Schall der Zinken, Pauken und Trompeten lief der Seppe zur Vrone hinüber, die bei der andern Gabel stand, umfing sie mit den Armen fest und küßte sie vor aller Welt! Das kam so unverhofft und sah so schön und ehrlich, daß manchem vor Freude die Tränen los wurden, ja die liebliche Gräfin erfaßte in jäher Bewegung den Arm ihres Manns und drückt' ihn an sich. Nun wandte sich die Vrone, und unter dem Jauchzen der Leute, dem Klatschen der Ritter und Damen, wie hurtig eilte sie mit glutroten Wangen das Seil hinab! der Seppe gleich hinter ihr drein, das leinene Säcklein mitnehmend.

Kaum daß sie wiederum auf festem Boden waren, kam schon ein Laufer auf sie zu und lud sie ein, auf die Altane zu kommen; das sie auch ohnedem zu tun vorhatten.

Sämtliche hohe Herrschaften empfingen sie im Angesicht des Volks mit Glückswünschen und großen Lobsprüchen, dabei sie sich mit höflicher Bescheidung annoch alles weiteren Fragens enthielten, indem sie zwar nicht zweifelten, daß es mit dem Gesehenen seine besondere

Bewandtnis haben müsse, doch aber solchem nachzuforschen nicht dem Ort und der Zeit gemäß hielten. Der Seppe nahm bald der Gelegenheit wahr, ein wenig rückwärts der Gesellschaft den zwilchenen Sack aufzumachen, nahm die Laiblein heraus und legte sie, höfischer Sitte unkundig, nur frei auf die Brüstung vor die Frau Gräfin-Mutter als eine kleine Verehrung für sie, vergaß auch nicht dabei zu sagen, daß man an diesem Brot sein ganzes Leben haben könne. Sie bedankte sich freundlich der Gabe, obwohl sie, des Gesellen Wort für einen Scherz hinnehmend, den besten Wert derselben erst nachderhand erfuhr. Dann zog er sein Geschenk für den erlauchten Herrn heraus. Wie sehr erstaunte dieser nicht bei Eröffnung der Kapsel! und aber wieviel mehr noch, als er das goldene Büchslein aufschraubte! Denn er erriet urplötzlich, was für ein Zahn das sei, bemeisterte jedoch in Mienen und Gebärden Verwunderung und Freude. Er wollte den Gesellen gleichwohl seines Danks versichern, tat eben den Mund dazu auf, als an der andern Seite drüben der schönen Irmengard ein Freudenruf entfuhr, daß alles auf sie blickte. Die Vrone nämlich hatte ihr ein kleines Lädlein dargebracht, worin die verlorene Perlenschnur lag. (Der kluge Leser denkt schon selbst, wer früh am Morgen heimlich bei der Dirne war.) Nicht aber könnte ich beschreiben das holde Frohlocken der Dame, mit welchem sie den Schmuck ihrem Gemahl und den andern der Reihe nach wies. Er war unverletzt, ohne Makel geblieben, und jedermann beteuerte, so edle große Perlen noch niemals gesehen zu haben. Nunmehr verlangte man zu wissen, was Graf Eberhard bekam. »Seht an«, sprach er: »ein Reliquienstück, mir werter als manch köstliche Medey an einer Kleinodschnur: des Königs Salomo Zahnstocher, so er im täglichen Gebrauch gehabt. Mein guter Freund, der hochwürdige Abt von Kloster Hirschau, sendet ihn mir zum Geschenk. Er soll, wenn man bisweilen das Zahnfleisch etwas damit ritzet, den Weisheitszahn noch vor dem Schwabenalter treiben. Da wir für unsere Person, so Gott will, solcher Fördernis nicht mehr bedürfen, so denken wir dies edle Werkzeug, auf ausdrückentlich Begehren, hie und da in unserer Freundschaft hinzuleihen, es auch gleich heut, da wir etliche Junker zu Gast haben werden, bei Tafel mit dem Nachtrunk herumgehen zu lassen.« – So scherzte der betagte Held, und alles war erfreut, ihn so vergnügt zu sehen.

Jetzt wurde den Bürgern das Zeichen zum Essen gegeben. Für jede Gasse, wo gespeist ward, hatte man etliche Männer bestellt, welche dafür besorgt sein mußten, daß die Geladenen in Ordnung ihre Sitze nahmen. Solang bis dies geschehn war, pflogen die Herren und Damen heiteren Gesprächs mit dem Gesellen und der Vrone. Ein Diener reichte Spanierwein in Stotzengläsern, Hohlippen und Krapfen herum, davon die beiden auch ihr Teil genießen mußten. – »Ihr seid wohl Bräutigam und Braut?« frug die Frau Mutter. – »Ja, Ihro Gnaden«, sprach der Seppe: »dafern des Mädchens Mutter nichts dawider hat, sind wirs, seit einer halben Stunde.« – »Was?« rief der Graf: »Ihr habt euch auf dem Seil versprochen? Nun, bei den Heiligen zusammen, der Streich gefällt mir noch am allerbesten! So etwas mag doch nur im Schwabenland passieren. Glückzu, ihr braven Kinder! Auf einem Becher lieset man den Spruch: ‚Lottospiel und Heiratstag Ohn' groß' Gefahr nie bleiben mag.' Ihr nun, nach solcher Probe, seid quitt mit der Gefahr euer Leben lang.« – Dann sprach er zu seinem Gemahl und den andern: »jetzt laßt uns in die Gassen gehn, unsern wackeren Stuttgarter Bürgern gesegnete Mahlzeit zu wünschen, drauf wollen wir gleichfalls zu Tisch. Das Brautpaar wird dabei sein, hört ihr? Kommt in das Schloß zu uns. Ihr habt Urlaub auf eine Stunde; das mag hinreichen, euch den mütterlichen Segen zu erbitten, wo nicht, so will ich selbst Fürsprecher sein.«

Begehrte nun der Leser noch Weiteres zu wissen, als da ist: wie sich das Brautpaar heimgefunden; ob sie von Freunden und Neugierigen nicht unterwegs erdrückt, zerrissen und gefressen worden? was Mutter Kiderlen und was die Base sagte? wie es denn bei der gräflichen Tafel herging, auch was nachher der Graf mit dem Seppe besonders verhandelt und so mehr – so würde ich bekennen, daß meine Spule abgelaufen sei bis auf das wenige, das hier nachfolgt.

Am Markt, gegen dem »Adler« über, sieht man dermalen noch ein merkwürdiges altes Haus, vornher versehen mit drei Erkern, davon ein paar auf den Ecken gar heiter wie Türmlein stehn, mit Knöpfen und Windfahnen; hüben und drüben unterhalb der Eckvorsprünge zwei Heiligenbilder aus Stein gehauen, je mit einem kleinen Baldachin von durchbrochener Arbeit gedeckt: Maria mit dem Kind samt dem jungen Johannes einerseits und St. Christoph der Riese andererseits, wie er den Knaben Jesus auf seiner Schulter über das Wasser trägt, einen Baumstamm in der Faust zum Stab. Dies Haus – in seinen Grundfesten samt dem Warengewölb vermutlich noch dasselbige – gehörte von Voreltern her dem Grafen eigentümlich und ward von ihm auf jenen Tag unserem Schuster in Erkenntlichkeit für seine kostbare Gabe und zum Beweis besonderer Gnade als freie Schenkung überlassen, nebst einem Teil des inbefindlichen Hausrats, welchem der Graf schalkhaftigerweise noch einen neuen Schleifstein mit Rad beifügte. Die Vrone bekam von den gnädigen Frauen einen künstlich geschnitzten Eichenschrank voll Linnenzeug zu ihrer Aussteuer.

Am Hochzeittag gaben sich beide das Wort, ihre Glücksschuh zwar zum ewigen Gedächtnis dankbar aufzuheben, doch nie mehr an den Fuß zu bringen, indem sie alles hätten, vornehmlich an einander selbst, was sie nur wünschen könnten, auch überdies hofften, mit christlichem Fleiß ihr Zeitliches zu mehren.

Der Seppe, jetzt Meister Joseph geheißen, blieb seinem Gewerbe getreu noch über achtundzwanzig Jahr; dann lebte er als ein wohlhabender Mann und achtbarer Ratsherr, mit Kindern gesegnet, seine Tage in Ruh mit der Vrone.

Unter seinen Hausfreunden war einer, man hieß ihn den Datte, der kam an jedem dritten Samstagabend auf ein Glas Wein und einen guten Käs zu ihm, mit dem Beding, daß niemand sonst dabei sei als die liebwerte Frau und die Kinder (diese hatte er gern, und sie taten und spielten als klein mit ihm, wie wenn er ihresgleichen wäre). Da ward alsdann geschwatzt von Zunftgeschäften und von den alten Zeiten, ingleichem gern von einem und dem andern ein starker Schwank erzählt. Derselbe Hausfreund brachte den werten Eheleuten an ihrem goldenen Jubeltag ein silbernes Handleuchterlein, vergoldet, in Figur eines gebückten Männleins, so einen schweren Stiefel auf dem Haupte trägt und einen Laib unter dem Arm. Rings aber um den Fuß des Leuchters waren eingegraben diese Reime:

Will jemand sehn mein frazzengsicht
ich halt ihm selbs darzu das licht.
mich kränket nur daß noch zur stund

mich geküßt kein frauenmund.
die mir allein gefallen hat
ein cron und schaufalt dieser stadt
hab ich vor funfzig jaren heunt
müeßen lassen meinem freund.
zum datte hant sie mich erkorn
zu schlichten zwilauf hadder zorn.
deß gieng ich müeßig all die jar
mag es auch bleiben immerdar.

Und nun, mein Leser, liebe Leserin, leb wohl! Deucht dir etwa, du habest jetzt genug auf eine Weile an Märchen, wohl, ich verspreche, dergleichen sobald nicht wieder zu Markte zu bringen; gefiel dir aber dieser Scherz, will ich es gleichwohl also halten. Es gelte, wie geschrieben steht zum Schluß des andern Buchs der Makkabäer: allezeit Wein oder Wasser trinken ist nicht lustig; sondern zuweilen Wein, zuweilen Wasser trinken, das ist lustig; also ist es auch lustig, so man mancherlei lieset. Das sei das Ende.

# ANHANG

## WORTERKLÄRUNGEN U. A.

817: *Zochen*, Docht.

818: *Hutzelbrot*, *Schnitzbrot*, ein Backwerk, hauptsächlich aus gedörrten Früchten, Birnen (Hutzeln), Feigen, Nußkern usw. bestehend, in Schwaben gewöhnlich zu Weihnachten beschert.

818: *Unbeschrien*, ohne daß dich jemand darüber anredet.

818: *Eine Ungüte*, unvergleichlich gut; wie man sagt: eine *Unmenge*, ein *Unlärm* usf.

819: *Hepsisau*, ein Dörfchen unweit Kirchheim unter Teck.

819: *Guckigauch*, Guckuck. Dieser Scherz ist auch in E. Meiers schöner Sammlung von Sagen, Sitten und Gebräuchen aus Schwaben S. 448, angeführt.

819: *Urdrutz*, *Urdruß*, Widerwille gegen eine Speise, an welcher man sich übergessen hat.

820: *Letzkopf*, Querkopf; *letz*, verkehrt, schlimm.

821: *ᵃgrauße*, eine große.

821: *Stiefelszorn*, gewaltiger Zorn.

822: *Der Blautopf*. Die dunkle, vollkommen blaue Farbe der Quelle, ihre verborgene Tiefe und die wilde Natur der ganzen Umgebung verleihen ihr ein feierliches, geheimnisvolles Ansehn. Kein Wunder, wenn sie in alten Zeiten als heilig betrachtet wurde und wenn das Volk noch jetzt mit abenteuerlichen Vorstellungen davon sich trägt. – Der Durchmesser des Beckens ist in der einen Richtung vom Wehr an 125', in der andern 130', der Umfang also 408'. Der Prälat Weißensee nahm im Jahre 1718 eine Untersuchung vor und fand die Tiefe zu 63½ Fuß; gegen welchen Erfund, besonders von seiten des Volks, das sich die Unergründlichkeit nicht nehmen lassen wollte, mancherlei Einwendungen gemacht wurden. Das Ergebnis einer spätern Untersuchung, im Sommer 1829, war aber auch nur 71' am Punkt der größten Tiefe. Dieselbe befindet sich ziemlich in der Mitte des Topfs; nach den Seiten nimmt sie überall ab, so daß sich daraus wirklich eine trichterförmige Gestalt des Beckens ergibt. Die Untersuchung widerlegte auch die Meinung, daß Bäume und Baumstämme auf dem Grund versenkt liegen, denn das Senkblei fand nirgends den mindesten Widerstand. Mit Verwunderung vernahmen einzelne die Messung und fragten, ob denn das Senkblei unten nicht geschmolzen sei? denn eine alte Sage sprach von glühender Hitze in den untersten Schichten. – Die schöne Bläue des übrigens krystallhellen Wassers verstärkt sich mit zunehmender Tiefe; nur an dem Rande, wo die Vegetation einwirkt, fällt sie ins Grüne. Bis jetzt ist dieses Blau noch nicht genügend erklärt. Weder in der Umgebung noch in der Farbe des Grundes kann die Ursache liegen, weil das Wasser sein bläuliches Ansehen bis zum Ausfluß in die Donau behält. Ebensowenig hat eine chemische Untersuchung durch Prof. Schübler einen Gehalt an Metallen oder andern Stoffen, wodurch die Erscheinung veranlaßt werden könnte, gezeigt; das Wasser stellte sich nur reiner als die meisten Trinkwasser dar. – Sein Spiegel ist gewöhnlich ganz ruhig, so daß man kein Hervorquellen bemerkt; dennoch ist der Abfluß so stark, daß er nicht nur mittelst des an der Quelle angebrachten Brunnenhauses die ganze Stadt und das Kloster mit Wasser versieht, sondern auch ein ebenfalls daran stehendes Hammerwerk und unmittelbar darauf vier Mühlen treibt. Bei anhaltendem Regen- und Tauwetter trübt sich die Quelle, wird auffallend stärker und so unruhig, daß sie beträchtliche Wellen aufwirft und Überschwemmungen verursacht. Im Jahre 1641 soll die Gefahr so groß gewesen sein, daß ein Bettag gehalten, eine Prozession zum Blautopf veranstaltet und zu Versöhnung der erzürnten Gottheit (allerdings keiner Nymphe) zwei vergoldete Becher hineingeworfen wurden, worauf das Toben nachgelassen habe. Unstreitig steht der Blautopf durch unterirdische Klüfte in Verbindung mit der Albfläche und insbesondere mit den darauf befindlichen Erdtrichtern. – Einige hundert Schritte von dem Topf ist ein zweiter ähnlicher Quell, der Gieselbach, an welchem einst die alte Niklaus-Kapelle und ein Nonnenkloster stand. Nach Memmingers Beschr. d. Ob.-Amts Blaubeuren.

822: *Lau*, von *La*, Wasser, welches in *lo*, *lau*, *b'lau* überging, daher nach Schmid der Name des Flüßchens Blau (und Blautopf) abzuleiten wäre.

823: *Gumpen* (der), gewöhnlich nur eine vertiefte Stelle auf dem Grunde des Wassers, hier das Ganze einer größern Wassersammlung mit bedeutender kesselartiger Vertiefung. Wer etwa, wie einige ohne Not wollen, das Wort *Topf* im Sinne von *Kreisel* nimmt und es damit erklärt, daß das Wasser, besonders bei starkem Regen- und Tauwetter, wo es sich in der Mitte pyramidalisch erhebt, eine kreisende Bewegung macht, der wird unsern Ausdruck doppelt gerechtfertigt finden, da *gumpen*, *gampen* entschieden so viel ist als: hüpfen, tanzen, mutwillig hinausschlagen.

823: *kleine Messer*. Es war eine alte Sitte, die noch nicht ganz abgekommen ist, sich zum Zeichen der Freundschaft mit Messern zu beschenken; vorzüglich herrschte sie in den Klöstern. Der Mystiker Meister Heinrich von Nördlingen, Taulers und Susos

Freund, schickte den Klosterfrauen zu Medingen öfters Messer zum Geschenke. Daher vielleicht die Redensart: Messerlein geben, d. h. nachgeben, Abbitte tun.

823: *glusam*, mäßig erwärmt (auch in moralischer Bedeutung: stillen Charakters).

824: *gänge Pfade*, begangene.

825: *Küllhasen*, Kaninchen.

825: *Schachzagel* (das), Schachspiel.

825: *fernd*, voriges Jahr.

826: *Kappis*, Kohl

827: *Öhrn*, Hausflur.

828: *Habergeis*, von *heben*, wegen der hüpfenden, hoppelnden Bewegung des Kreises–; *Bauren-Schwaiger*, von *geschweigen*, stillen. Die alten Griechen und Römer hatten magische Kreisel, Rollen und Räder meist aus Erz, deren sich Frauen und Mädchen zum Liebeszauber bedienten, indem sie dieselben unter seltsamen Bannsprüchen herumdrehten. So in der zweiten Idylle des Theokrit. Nach einem Epigramm der griechischen Anthologie hatten vornehme Thessalierinnen dergleichen aus Edelstein und Gold, mit Fäden purpurner Wolle umwickelt, welcher besonders eine geheime Kraft inwohnen sollte. Natürlich hat man sich diese Kreisel weit kleiner, überhaupt von andrer Form als den unsern zu denken. In jenem Epigramm wird der Venus ein solches Weihgeschenk gebracht:

> Nikos Kreisel, mit dem sie den Mann fern über das Meer zieht
> Oder dem stillen Gemach sittige Mädchen entlockt,
> Lieget, ein hell Amethystengerät und mit Golde verzieret,
> Kypris, ein lieber Besitz, deinem Altare geweiht,
> Mitten von Wolle des purpurnen Lamms umwunden. Larissas
> Zauberin bracht' ihn dir, Göttin, ein gastlich Geschenk.
> s. Jacobs Leben und Kunst der Alten.

Während der Stoff, woraus das Instrument der Larisserin bestand, zum Zweck selbst nichts beitrug, wird er in unsrem Fall Hauptsache, und die von den Alten dem Amethyst zugeschriebene Wirkung, derenwegen man sonst den Stein in Schmuckform bei sich trug, ist hier an den tönenden Kreisel geknüpft.

828: *das Selige*, *Selig*, berauscht, ist nicht gleichbedeutend mit glückselig, obwohl darauf hinspielend, sondern gleichen Stamms mit *Sal*, Rausch, niedersächsisch; soûl, betrunken, französisch. – »Als verfälschten die Bürger den Landwein auf eine so unleidentliche Weise, daß mehrere Leute das Selige berührt hätte.« Gemeiners Regensb. Chron. zum Jahr 1474.

828: *Söhnerin*, Schwiegertochter.

829: *Susanne Preisnestel*, scherzhafte Bezeichnung aufgeputzter Mädchen. *Preis* heißt der Saum am Hemd; *prisen*, einfassen; mit einer Kette, gewöhnlich von Silber, einschnüren, um den bei der vormaligen oberschwäbischen Frauentracht üblichen Brustvorstecker zu befestigen; der hiezu gebrauchte seidene oder wollene Bändel hieß Preisnestel.

829: *Aschengruttel* (Aschenbrödel), sonst im Schwäbischen auch Aschengrittel und Äschengrusel genannt.

830: *einen roten Rock*, Ein alter Reim, welchen die Wärterinnen hersagen, wenn sie die Kinder auf den Knieen reiten lassen, enthält schon diese Vorstellung:

Hott$^{a}$, Hott$^{a}$, Rößle,
Z'Stu$^{a}$gart steht a Schlößle,
Z'Stu$^{a}$gart steht a Gart$^{a}$haus,
Guck$^{a}$t drei schöne Jungfr$^{a}$ raus:
Die ein' spinnt Seide,
Die ander' spinnt Weide,
Die dritt' die spinnt $^{a}$n rot$^{a}$ Rock
Für unsern li$^{a}$b$^{a}$ Herr$^{a}$gott.

s. E. Meiers Kinderreime, S. 5.

830: *verkommen*, begegnen.

830: *baß*, sehr, gut, besser.

830: *unwirs*, *unwirsch*, ungehalten.

831: *Wetterblicken*; *der Blick*, *Durnblick*, *Wetterblick*, Blitz.

831: *Rusenschloß*, oder Hohen-Gerhausen, vormals eine gewaltige Bergfeste, jetzt äußerst malerische Ruine über dem Dorfe Gerhausen gelegen, in der Nähe vom *Ruck*, einer minder bedeutenden Burg.

831: *Mahd* (das), 1. die zu mähende Wiese, 2. das Gemähte.

831: *Jäst*, *Jast*, Gärung, aufbrausender Zorn.

832: *Zuberclaus*, ein Mensch, der seltsame Einfälle hat; vielleicht, sagt Schmid, eine scherzhafte Verstümmelung des Wortes *superklug*, zugleich anspielend auf den Klaus Narr. Letzterer ist ohne Zweifel in dem Wort enthalten, im übrigen hat diese Erklärung etwas zu Modernes. Ein humoristischer Etymolog nimmt die erste Worthälfte bar und will, ich weiß nicht, wo, gefunden haben, daß sich Klaus Narr eines solchen Geräts bei einem Ulmer Schifferstechen als Fahrzeugs, in Ermangelung eines ordentlichen Nachens, bedient habe.

832: *Lichtkarz*, *Karz*; entweder von *garten*, müßig sein, umherschwärmen, *z'Garten gehen*, Besuch machen oder wahrscheinlicher von *Kerze*: Versammlung von Spinnerinnen, auch *Vorsitz* genannt.

832: *spitzweise*, spitzfindig; »mit spitzwysen Worten« Ulmer Urk.

833: *ein steinernes Haus*. Es ist das der Stiftskirche westlich gegenüberstehende, jetzt Architekt Mäntlersche Haus gemeint, das gegenwärtig noch »zum Schlößlein« heißt. Es soll den Herrn von Kaltenthal gehört haben; Memminger, in seiner Beschreibung der Stadt, macht es aber sehr wahrscheinlich, daß das Gebäude von Anfang gräflich wirtembergisches Besitztum, und zwar einer der Sitze oder eine der Burgen gewesen sei, die nächst dem Stutengarten die Entstehung von Stuttgart veranlaßt haben mögen.

833: *in natürlicher Kunst. natürlich*, naturkundig. »Von den sachen des siechtumbs nach gemainen löffen der natur schreiben die natürlichen maister«: Steinhöwel (Ulmer Arzt). Natürliche Meister sind aber nicht bloß Ärzte, sondern auch Philosophen. In dem »Buch der sterbenden Menschheit« heißt es: »ein mächtiger wolgelerter man in philosophia das ist in natürlicher kunst.«

835: *Imperial*, war ehmals eine Goldmünze; der Name ist nur noch in Rußland üblich.

836: *Spiriguckes*, ein *wunderwitziger*, neugieriger, auf Kuriositäten erpichter Mensch von sonderbarem Wesen.

836: *mir nex - - usgang*[a], sagt man am Schlusse der Erzählung einer Sache, die auf nichts hinausläuft.

836: *bod*[a]*laus*, bodenlos.

837: *zuteuerst*, sogar.

837: *irrsch*, nicht recht bei sich.

838: *s'leit*[a] *Klötzle*, es liegt usw. Diese Zeilen finden sich ebenso in E. Meiers Kinderreimen.

838: *Leirenbendel*, langweiliges Einerlei; zunächst der schwäbische Volksname für einen Vogel, Wendehals.

838: *Gesetzlein*, Sprüchlein, Strophe eines Lieds.

839: *buntüberecks*, verkehrt, durcheinander.

840: *sottige*, *söttige*, *sotte*, solche.

840: *Witzung*, Witzigung, Warnung.

843: *Holdschaft*, Liebschaft, zärtliche Freundschaft.

843: *buksieren*, necken, plagen.

843: *knappen*, hinken.

844: *Ehni*, *Ähne*, Großvater.

844: *Heiratstag*, Verlobungstag.

845: *helle Wiese*, Hölle, Fegfeuer. »Der ward entzuckt vnd gefürt jn die helle wise« (Legende).

846: *morgen nach dem Bad*, Sprichwort: du kommst zu spät.

848: *der wirtembergisch Niemez* (*Niemer*, Niemand), einer der soviel als nichts ist, kein Gewerbe versteht oder treibt.

850: *bocken*, mit den Köpfen aneinanderstoßen, klopfen.

850: *durnieren*, lärmen, lautähnlich mit *durnen*, donnern.

850: *Grättelein*, kleiner Korb.

850: *Wiegentag*, Geburtstag; Marchthalers von Eßlingen »Hauschronik«.

851: *Irmengard*, eine der vier Töchter Eberhards von seiner zweiten Gemahlin, Irmengard von Baden, »die prächtigste der Rosen«, wie ihre Grabschrift sie nennt; starb 1329.

851: *Nuster*, Halsschnur, von Pater noster; daher auch *Patter*.

852: *Alfanz*, Gewinn, Vorteil.

852: *Rauner* (*raunen*, leise reden, murmeln), Beschwörer. »Dye nit will hören die stymen der rauner«. Alte Übersetzung des Psalm 58.

853: *einen ansehnlichen Weiher*. In Wirklichkeit wurde dieser sogenannte mittlere See beim alten Sebastians-, nachmaligen Büchsentor, (welcher seit 1700 ausgetrocknet ist), um das Jahr 1393 angelegt. Die obere Vorstadt entstand eigentlich unter Graf Ulrich dem Vielgeliebten und Eberhard im Bart. Pfaffs Gesch. d. Stadt Stuttgart.

854: *hatte einen Bösen getan*, war unmäßig.

854: *g'rutzelt voll*, sehr voll.

855: *Traubenschuß*, ein Schuß mit vielen Schroten aus kleinem Gewehr, hier angewendet auf grobes Geschütz, dergleichen die *Quartanschlange* war, welche zehnpfündige Kugeln schoß, und der *Tarras*, der übrigens auch als Büchse genannt wird.

855: *die Sach' steht auf Saufedern*, ist mißlich.

855: *Scharsach*, Schermesser. »Als ain geschliffen Scharsach«. Psalm 52.

856: *Fazvögel*, von *fazen*, spotten. Ital. fazio, Possenreißer; lat. facetiae, witzige Scherze.

856: *der Holzschlegel – auf der Bühne*, (auf dem obern Boden unter dem Dach), ohne Aufwand und Mühe gelinge ihnen alles.

857: *selletwegen*, jeneswegen. *beschreien*, berufen (abergläubische Warnung vor allzu großer Sicherheit).

857: *Stuß*, Stoß, Verdruß.

857: *beim Beilichen*, ungefähr; die *Beiliche*, die Nähe.

857: *stiegelfizisch*, naseweis.

858: *Grind*, pöbelhaft für Kopf.

858: *Triet*, (die), ein Magenpulver. Franz. trisenet.

858: *wampel – wimbel*, übel, magenschwach; ähnlich to wamble im Engl.

858: *Allermanns-Harnisch – runde Siegwurz* (Gladiolus communis) ehmals in medinzinischem Gebrauch; wurde als Amulett gegen Verwundungen und verschiedene Krankheiten sowie zu andern abergläubischen Zwecken getragen und wird zuweilen noch vom Volke gebraucht.

858: *Dierlety*, nicht näher bekanntes Ingrediens einer Salbe; in der Mörin des Herm. v. Sachsenheim erwähnt.

858: *Mamortica* (Momordica balsamina), der echte Balsamapfel, wunderheilendes Mittel.

858: *Wurzler*, Apotheker.

858: *G'schwey*, Schwägerin.

859: *Ledder* – statt *Leder*, sprechen alle gereisten Schuster in Schwaben.

859: *Mille – Mil*, Milch; ulmisch.

859: *Lichtbraten*, *Lichtgans*, ein Braten, welchen Handwerker, die im Winter auch des Nachts arbeiten, Schuster, Schneider, Weber u. dgl., ihren Gesellen beim Anfang des Winters zum besten geben. Bis zu Ende des 18. Jahrhunderts bestand in Ulm dieser Gebrauch in einem mit Musik, Trommeln und Pfeifen und bisweilen mit öffentlichen Aufzügen verbundenen Schmause.

860: *fürsche*, vor sich, vorwärts.

861: *Döte*, männlicher –, *Dot*, *Dote*, weiblicher Taufpate.

861: *Wunder-Lecker*, ein Wundersüchtiger (ohne Vorgang).

861: *einzecht*, einzeln.

862: *Wadelbir*, eine Birnenart. »Mit manchen bieren«. Hugo v. Trimberg.

862: *Drudenfuß*, von *Drude*, *Trut*, Unholdin; eine magische Figur aus zwei zu einem Fünfeck verbundenen Triangeln bestehend.

862: *Kandel*, Rinne, Abzugskanal.

862: *Nachtschach*, Räuber, Dieb; von *Schach*, Raub.

862: *Aberschanz*, das Hintere.

863: *Weinschröter*, Weingärtner.

864: *eine Stuterei*, Gabelkhover, in seiner handschriftlichen Chronik vom Jahre 1621, will den Platz noch wissen, wo das alte Stutenhaus gestanden. »Zwanzig Schritt ohngefehrlich«, sagt er, »von der jetzigen Stiftskirche gegen Mitternacht, da Paulus Sautter, Provisor, sitzt.« Dieser Sautter saß aber, einer Hausurkunde zufolge, in dem jetzigen Weinschenk Thumschen Haus, und nach einer bekannten Überlieferung wäre dies Haus das älteste der Stadt.

864: *Zinselwerk*, Gaukelwerk. »Celestinus hat den introitum mit anderm zinselwerk hin dar gesetzt«. Spreter, Bericht von der alt. christl. Meß. – »On vnser verdienst, vergebenlich, nit durch ablas oder eygen zinselwerk«. Spreter., Christl. Instruction.

864: *Dockenkasten*, Puppentheater.

865: *Kräben*, Tragkorb.

865: *Schauenlichkeit*, Kontemplation, beschauliches Leben. »Nit minder vorhalt mich vor disen gesellen, die allein der Schawenlichkeit gleben (geleben) wend«. Spreter, Christl. Instr.

865: *drönsgen*, Intensivform von *trehnsen*, langsam etwas verrichten; entspricht dem franz. trainer, ziehen, dem engl. to train, to drone und to drowse, schlummern, schläfrig sein.

865: *Heiltum*, Reliquie. Der Pfarrer zu Leipheim, im Jahr 1500, bestrich die Leute für ein Opfer mit dem Heiltum St. Veits.

867: *Marschloß – Maderschloß, Malschl.* (Schweizerisch: *Malle,* Tasche; franz. malle), Vorlegschloß.

867: *die Eigel,* der Blutigel; in den ältern Ausgaben der Lutherischen Bibel, Sprüche Sal. 30, 15.

868: *ringer,* mit geringerer Mühe.

868: *schier,* bald.

868: *Werr,* Erdkrebs, ein den Fruchtfeldern schädliches großes Insekt.

869: *hartselig,* hartnäckig. »durch wunderzeichen wil Gott das hartsälig volck ziehen vnd berüffen«. Spreter Instr.

869: *Torangel,* Schimpfname für grobe Bauern.

869: *Sittich, Sitter,* psittacus, Papagei.

870: *wind und weh,* sehr übel, sowohl im körperlichen als geistigen Sinne gebraucht; *wind,* wahrscheinlich von *schwinden,* woher auch *Schwindel* stammt, also schwindlich. »Ir wart so swinde und weh dar nach«. Koloczaer Kodex altdeutscher Ged., herausg. von Mailàth usw., S. 232.

870: *schnorzig,* verdrießlicher Laune, worin man jemand anschnurrt.

870: *Meineider,* Meineidiger. Marchth. Chron.

872: *Brogel-Wenz, sich broglen,* prahlen; alt *brogen,* sich regen, in die Höhe richten, ungestüm sein. Engl. to brag, ital. brogliare. Die Zusammensetzung mit einem Namen, als sprichwörtliche Anspielung, ist willkürlich.

872: *Elend,* ein Garten in Ulm hinter dem Hospital an der Donau, auf dessen Stelle ehemals vermutlich ein Pfleghaus für arme Pilger und Fremdlinge war. Dergleichen Anstalten hießen auch anderwärts *Elendhäuser, elende Herbergen. – Elend, ellend,* aus el, fremd, und lend, bedeutet überhaupt die Irre, Fremde.

872: *Pflug,* Name eines Gasthofs in Ulm.

872: *Ufᵃm,* auf dem.

872: *Blo-Holder-Strauß,* Busch von blauem Holunder, Syringe.

872: *vor's,* bevor es.

873: *Nachthüehle,* Nachthuhn, Käuzlein.

874: *diᵃ Gugelfuᵃhr gang wieder an,* (gehe wieder an). Die Gugelnarren, d.h. die Narren mit den spitzigen Hanswursthüten, ließen sich zur Fastnachtszeit auf Karren herumführen und trieben Unfug; daher Gugelfuhr für große Lustbarkeit und jeden lustig lärmenden Unfug.

875: *Herzensbrast,* Beklemmung, Herzeleid; von Bresten, Gebrechen.

875: *Scheurenburzler,* Landstreicher, Zigeuner, der in Scheunen auf dem Lande das Nachtlager zu nehmen pflegt. – *äll Hundsodᵃm* – alle Augenblicke.

875: *gen die Sperlachen,* (plur.), gegen das Himmelszelt; von *sperren* und *Laken* oder *Lachen,* Tuch, das über einen Wagen zur Bedeckung gespannt ist. »Wann got jnn den sperlachen wonet vnd mit seinen gnaden erleuchtet«. Buch der sterb. Menschh.

876: *Hofraite*, (die), der ganze zu einem Haus gehörige Umfang von Hof, Bäulichkeiten usw.

877: *Gähnaffen (Maulaffen) feilhaben*, müßig dastehen.

877: *den Plirum geigen*, abprügeln.

877: *Wasen*, Rasen, Anger.

878: *trait mer*, trägt man.

878: *dattern*, dottern, zittern. Engl. to totter.

879: *Jetzt ist lang Tag*, Sprichw. es hat keine Not mehr.

879: *Wuhr*, (das), Wehr. »Ich hab gebawen die wasserwure«. Buch der sterb. Menschh.

879: *gottig, gotzig, gotteseinzig*, einzig.

879: *Trischacken*, eine Art Kartenspiel; ital. i tre sciacchi.

880: *Schiedvell*, Zwerchfell, weil es Herz und Lunge von den andern Eingeweiden scheidet; diaphragma.

880: *Faxen*, auffallende, lächerliche Gesten.

880: *seellos*, ruchlos. »Die Trewloßen, Ehrloßen und Seelloßen bauren«. Brief an Schwäb. Hall im Jahre 1525.

881: *Ich habe Kreuz – ab.* Diese Zeilen fand der Verfasser selbst an einem ähnlichen Ort auf freiem Felde von einer ungeübten Hand mit Kreide angeschrieben.

883: *verbutzen*, vermummen. »Am Fastnacht soll sich niemand verbutzen, verkleiden, verwelchen« (von *Wale*, *Walsch*, *Welscher*, Fremder). Ulm. Verordn. v. J. 1612. *Die Butz* heißt Scherz, Betrug, Lüge; *der Butz*, Narr, Possenreißer, Larve.

884: *verhansleartlen*, auf eine einfältige Weise verlieren, versäumen. *Hans Leand*, *Hans Leard*, Johann Leonhard, wird zur Bezeichnung eines einfältigen Menschen gebraucht.

885: *Morgen-Atz*, Frühstück. Marchth. Chronik.

886: *Bartzefant* (der), Diener; franz. poursuivant.

887: *Korabelle*, Buhldirne, wahrscheinlich aus mia cara bella entstanden und auf *Barbara*, in der Volkssprache *Belle*, anspielend; kommt noch in Weitzmanns Gedichten vor.

887: *Knegler*, einer, der stark durch die Nase redet.

888: *Sotterer*, ein siecher Mensch; von *sottern*, kränkeln; mit Sucht verwandt.

888: *ungeschaffen*, ungestaltet. »Da (in Cannstatt) ist alle Jar ain tag haißt der ungeschaffene tag, vonn mannen Jungen gesellen weiber vnd Jungfraw vnnd welcher der vngestaltest ist der gewindt ain Rockh vnnd ander ding darzu vnnd welche die vngeschafnest ist die gewindt ain Gurttl pewtel (Beutel) Handschuh vnnd ander Ding«. Ladisl. Sunthaim, Historiograph des K. Maximil. I. S. Memmingers Cannstatt.

888: *Grüß dich Gott, herzlieber* usw., ein altes Volkslied, aus des Knaben Wunderhorn (II, 300) mit einiger Veränderung entlehnt.

889: *Wurstelmaukeler; maucheln, maukeln, mau*$^{n}$*klen, mockeln, vermockeln,* verstecken, heimlich zu Werke gehen, betrügen *(bemogeln)*; daher *Butzenmaukeler*, die verkleidete Person, welche ehmals an Fastnachten, an Nikolai oder zu Weihnachten, die Kinder zu erschrekken, aufgestellt wurde. Die Verbindung mit *Wurst* in unserem Text ist willkürlich und diese Gestalt dem Pfingstlimmel nachgebildet. Es war dies ein Knabe, welcher zur Pfingstzeit, vom Scheitel bis auf die Füße ganz mit frischem Grün und Feldblumen umflochten, entweder zu Fuß oder auf einem Pferde sitzend und von zwei andern Burschen geführt, in der Stadt oder im Dorf herumzog. Den Kopf bedeckte eine ellenlange, spitze Kappe von Laubwerk, und das Gesicht war zuweilen mit Baumrinde verlarvt. Der Verfasser fand diese Sitte noch auf der Alb, in Ochsenwang. Zu Augsburg, wo man Schilf zu der Verkleidung nahm, hieß ein solcher Knabe der *Wasservogel*.

889: *Blunz* (der), dicke Blutwurst.

889: *Stampaney* (die), Ersonnenes, Erdichtetes, Märchen; von *Stampf*, weil Bilder mit dem Stampf abgedruckt wurden. Josua Mahler (im Jahre 1551) sagt, nachdem er die in der Hauptkirche zu Aachen vorgezeigten Reliquien aufgezählt hat: »Es ist dieß Münster ein rechter Kramladen zu derley Stampaneyen.«

890: *der Siedig*, der Angstschweiß.

891: *Läuresblosel, Leiresbläslein*, soviel als: ein dummes Ding; mag von *Leier* und *Blasen* herkommen, zunächst also: ein schlechtes Geleier.

893: *bärig*, kaum.

895: *Zwilch* (der), grobe Leinwand.

895: *Medey*, ein Kleinod, vielleicht eine *Medaille*, zum Hutschmuck gehörig. »Ob dem stulp (des spanischen Huts) gieng ein Schnur vmbher Nicht anderst alß wenns ein Kron wer; Gar köstlich von schönen Medeyen, Orndlich gesetzet nach der Reyen, Treflich vil schöne Edel Stein Theurer art dran gestanden sein«. Aus: Fürstl. Würt. Pomp und Solennität, durch M. Jo. Ottingerum beschrieben, Stuttg. 1607. »Medeyen oder Rosen an der Kleinodschnur«. Ebendas.

896: *Stotzenglas*, kurzes Kelchglas mit einem Fuße. – *Hohlippen*, hohle Hippen, gerolltes Oblaten-Gebackenes. – *Krapf*, mit Obst, Weinbeeren, Rosinen und dergl. gefülltes Backwerk. Im Altdeutschen bedeutet das Wort einen gekrümmten Haken.

898: *Schaufalt* (der *Falt*, schwäb.), die Falte an Tüchern, die nach außenhin, um besonders gesehen zu werden, gelegt wird; daher das Vorzüglichste seiner Art, womit man prangt, z. B. eine Person in einer Familie. Ähnlich ist *Ausbund:* was im Zusammenbinden auswärts gerichtet wird, und ebenso das vormals gebräuchliche *Überbund.*

898: *Datte*, Vater (Kindersprache). In einigen Orten Wirtembergs war ehemals die Gewohnheit, daß Ehezwistigkeiten, ehe sie zu sehr überhandgenommen, durch einen stattlichen, untadelhaften Mann im Dorfe, den man den Datte nannte, der aber unbekannt blieb, gerügt und bestraft wurden. Er klopfte nämlich, von zwei selbstgewählten Gehülfen begleitet, an dem Hause uneiniger Eheleute an, antwortete auf die Frage: »Wer da?« bloß: »Der Datte kommt« und ging ohne weiteres wieder weg. Hörte der Zwist nicht auf, so erschien er zum zweiten Male und beobachtete dasselbe. Blieb auch dies ohne Erfolg, so kam er zum dritten Male vermummt, drang in das Haus und prügelte den schuldigen Teil tüchtig ab. Der Mißbrauch hob diesen vielleicht altgermanischen Gebrauch auf.

898: *Zwilauf*, Zwist. »Peter Vngelter vf der Stette haissen gen Straßburg verritten von Irer zwilöff wegen dorvnter zu reden«. Aus e. Städterechnung.

# MOZART AUF DER REISE NACH PRAG

Novelle

Im Herbst des Jahres 1787 unternahm Mozart in Begleitung seiner Frau eine Reise nach Prag, um »Don Juan« daselbst zur Aufführung zu bringen.

Am dritten Reisetag, den vierzehnten September, gegen eilf Uhr morgens, fuhr das wohlgelaunte Ehepaar, noch nicht viel über dreißig Stunden Wegs von Wien entfernt, in nordwestlicher Richtung jenseits vom Mannhardsberg und der deutschen Thaya bei Schrems, wo man das schöne Mährische Gebirg bald vollends überstiegen hat.

»Das mit drei Postpferden bespannte Fuhrwerk«, schreibt die Baronesse von T. an ihre Freundin, »eine stattliche, gelbrote Kutsche, war Eigentum einer gewissen alten Frau Generalin Volkstett, die sich auf ihren Umgang mit dem Mozartischen Hause und ihre ihm erwiesenen Gefälligkeiten von jeher scheint etwas zugut getan zu haben.« – Die ungenaue Beschreibung des fraglichen Gefährts wird sich ein Kenner des Geschmacks der achtziger Jahre noch etwa durch einige Züge ergänzen. Der gelbrote Wagen ist hüben und drüben am Schlage mit Blumenbuketts, in ihren natürlichen Farben gemalt, die Ränder mit schmalen Goldleisten verziert, der Anstrich aber noch keineswegs von jenem spiegelglatten Lack der heutigen Wiener Werkstätten glänzend, der Kasten auch nicht völlig ausgebaucht, obwohl nach unten zu kokett mit einer kühnen Schweifung eingezogen; dazu kommt ein hohes Gedeck mit starrenden Ledervorhängen, die gegenwärtig zurückgestreift sind.

Von dem Kostüm der beiden Passagiere sei überdies so viel bemerkt. Mit Schonung für die neuen, im Koffer eingepackten Staatsgewänder war der Anzug des Gemahls bescheidentlich von Frau Constanzen ausgewählt; zu der gestickten Weste von etwas verschossenem Blau sein gewohnter brauner Überrock mit einer Reihe großer und dergestalt façonierter Knöpfe, daß eine Lage rötliches Rauschgold durch ihr sternartiges Gewebe schimmerte, schwarzseidene Beinkleider,

Strümpfe und auf den Schuhen vergoldete Schnallen. Seit einer halben Stunde hat er wegen der für diesen Monat außerordentlichen Hitze sich des Rocks entledigt und sitzt vergnüglich plaudernd, barhaupt, in Hemdärmeln da. Madame Mozart trägt ein bequemes Reisehabit, hellgrün und weiß gestreift; halb aufgebunden fällt der Überfluß ihrer schönen, lichtbraunen Locken auf Schulter und Nacken herunter; sie waren zeit ihres Lebens noch niemals von Puder entstellt, während der starke, in einen Zopf gefaßte Haarwuchs ihres Gemahls für heute nur nachlässiger als gewöhnlich damit versehen ist.

Man war eine sanft ansteigende Höhe zwischen fruchtbaren Feldern, welche hie und da die ausgedehnte Waldung unterbrachen, gemachsam hinauf und jetzt am Waldsaum angekommen.

»Durch soviel Wälder«, sagte Mozart, »sind wir nicht heute, gestern und ehegestern schon passiert! – Ich dachte nichts dabei, geschweige, daß mir eingefallen wäre, den Fuß hineinzusetzen. Wir steigen einmal aus da, Herzenskind, und holen von den blauen Glocken, die dort so hübsch im Schatten stehen. Deine Tiere, Schwager, mögen ein bißchen verschnaufen.«

Indem sie sich beide erhoben, kam ein kleines Unheil an den Tag, welches dem Meister einen Zank zuzog. Durch seine Achtlosigkeit war ein Flacon mit kostbarem Riechwasser aufgegangen und hatte seinen Inhalt unvermerkt in die Kleider und Polster ergossen. »Ich hätt es denken können«, klagte sie, »es duftete schon lang so stark! O weh, ein volles Fläschchen echte Rosée d'Aurore rein ausgeleert! Ich sparte sie wie Gold.« – »Ei, Närrchen«, gab er ihr zum Trost zurück, »begreife doch, auf solche Weise ganz allein war uns dein Götter-Riechschnaps etwas nütze. Erst saß man in einem Backofen, und all dein Gefächel half nichts, bald aber schien der ganze Wagen gleichsam ausgekühlt; du schriebst es den paar Tropfen zu, die ich mir auf den Jabot goß; wir waren neu belebt, und das Gespräch floß munter fort, statt daß wir sonst die Köpfe hätten hängen lassen wie die Hämmel auf des Fleischers Karren; und diese Wohltat wird uns auf dem ganzen Weg begleiten. Jetzt aber laß uns doch einmal zwei wienerische Nos'n recht expreß hier in die grüne Wildnis stecken!«

Sie stiegen Arm in Arm über den Graben an der Straße und sofort tiefer in die Tannendunkelheit hinein, die, sehr bald bis zur Finsternis verdichtet, nur hin und wieder von einem Streifen Sonne auf sammetnem Moosboden grell durchbrochen ward. Die erquickliche Frische, im plötzlichen Wechsel gegen die außerhalb herrschende Glut, hätte dem sorglosen Mann ohne die Vorsicht der Begleiterin gefährlich werden können. Mit Mühe drang sie ihm das in Bereitschaft gehaltene Kleidungsstück auf. – »Gott, welche Herrlichkeit!« rief er, an den hohen Stämmen hinaufblickend, aus: »man ist als wie in einer Kirche! Mir deucht, ich war niemals in einem Wald, und besinne mich jetzt erst, was es doch heißt, ein ganzes Volk von Bäumen beieinander! Keine Menschenhand hat sie gepflanzt, sind alle selbst gekommen und stehen so, nur eben weil es lustig ist beisammen, wohnen und wirtschaften. Siehst du, mit jungen Jahren fuhr ich doch in halb Europa hin und her, habe die Alpen gesehn und das Meer, das Größeste und Schönste, was erschaffen ist: jetzt steht von ungefähr der Gimpel in einem ordinären Tannenwald an der böhmischen Grenze, verwundert und entzückt, daß solches Wesen irgend existiert, nicht etwa nur so una finzione di poeti ist, wie ihre Nymphen, Faune und dergleichen mehr, auch kein Komödienwald, nein aus dem Erdboden herausgewachsen, von Feuchtigkeit und Wärmelicht der Sonne großgezogen! Hier ist zu Haus der Hirsch mit seinem wundersamen zackigen Gestäude auf der Stirn, das possierliche Eichhorn, der Auerhahn, der Häher.« – Er bückte sich, brach einen Pilz und pries die prächtige hochrote Farbe des Schirms, die zarten weißlichen Lamellen an dessen unterer Seite, auch steckte er verschiedene Tannenzapfen ein.

»Man könnte denken«, sagte die Frau, »du habest noch nicht zwanzig Schritte hinein in den Prater gesehen, der solche Raritäten doch auch wohl aufzuweisen hat.«

»Was Prater! Sapperlot, wie du nur das Wort hier nennen magst! Vor lauter Karossen, Staatsdegen, Roben und Fächern, Musik und allem Spektakel der Welt, wer sieht denn da noch sonst etwas? Und selbst die Bäume dort, so breit sie sich auch machen, ich weiß nicht – Bucheckern und Eicheln, am Boden verstreut, sehn halter aus als wie Geschwisterkind mit der Unzahl verbrauchter Korkstöpsel darunter. Zwei Stunden weit riecht das Gehölz nach Kellern und nach Saucen.«

»O unerhört!« rief sie, »so redet nun der Mann, dem gar nichts über das Vergnügen geht, Backhähnl im Prater zu speisen!«

Als beide wieder in dem Wagen saßen und sich die Straße jetzt nach einer kurzen Strecke ebenen Wegs allmählich abwärts senkte, wo eine lachende Gegend sich bis an die entfernteren Berge verlor, fing unser Meister, nachdem er eine Zeitlang still gewesen, wieder an: »Die Erde ist wahrhaftig schön, und keinem zu verdenken, wenn er so lang wie möglich darauf bleiben will. Gott sei's gedankt, ich fühle mich so frisch und wohl wie je und wäre bald zu tausend Dingen aufgelegt, die denn auch alle nacheinander an die Reihe kommen sollen, wie nur mein neues Werk vollendet und aufgeführt sein wird. Wie viel ist draußen in der Welt, und wie viel daheim, Merkwürdiges und Schönes, das ich noch gar nicht kenne, an Wunderwerken der Natur, an Wissenschaften, Künsten und nützlichen Gewerben! Der schwarze Köhlerbube dort bei seinem Meiler weiß dir von manchen Sachen auf ein Haar so viel Bescheid wie ich, da doch ein Sinn und ein Verlangen in mir wäre, auch einen Blick in dies und jen's zu tun, das eben nicht zu meinem nächsten Kram gehört.«

»Mir kam«, versetzte sie, »in diesen Tagen dein alter Sackkalender in die Hände von Anno fünfundachtzig; da hast du hinten angemerkt drei bis vier Notabene. Zum ersten steht: ‚Mitte Oktober gießet man die großen Löwen in kaiserlicher Erzgießerei'; fürs zweite, doppelt angestrichen: ‚Professor Gattner zu besuchen!' Wer ist der?«

»O recht, ich weiß – auf dem Observatorio der gute alte Herr, der mich von Zeit zu Zeit dahin einlädt. Ich wollte längst einmal den Mond und 's Mandl drin mit dir betrachten. Sie haben jetzt ein mächtig großes Fernrohr oben; da soll man auf der ungeheuern Scheibe, hell und deutlich bis zum Greifen, Gebirge, Täler, Klüfte sehen, und von der Seite, wo die Sonne nicht hinfällt, den Schatten, den die Berge werfen. Schon seit zwei Jahren schlag' ich's an, den Gang zu tun, und komme nicht dazu, elender und schändlicher Weise!«

»Nun«, sagte sie, »der Mond entläuft uns nicht. Wir holen manches nach.«

Nach einer Pause fuhr er fort: »Und geht es nicht mit allem so? O pfui, ich darf nicht daran denken, was man verpaßt, verschiebt und hängen läßt! – von Pflichten gegen Gott und Menschen nicht zu reden – ich sage, von purem Genuß, von den kleinen unschuldigen Freuden, die einem jeden täglich vor den Füßen liegen.«

Madame Mozart konnte oder wollte von der Richtung, die sein leicht bewegliches Gefühl hier mehr und mehr nahm, auf keine Weise ablenken, und leider konnte sie ihm nur von ganzem Herzen recht geben, indem er mit steigendem Eifer fortfuhr: »Ward ich denn je nur meiner Kinder ein volles Stündchen froh? Wie halb ist das bei mir, und immer en passant! Die Buben einmal rittlings auf das Knie gesetzt, mich zwei Minuten mit ihnen durchs Zimmer gejagt, und damit basta, wieder abgeschüttelt! Es denkt mir nicht, daß wir uns auf dem Lande zusammen einen schönen Tag gemacht hätten, an Ostern oder Pfingsten, in einem Garten oder Wäldel, auf der Wiese, wir unter uns allein, bei Kinderscherz und Blumenspiel, um selber einmal wieder Kind zu werden. Allmittelst geht und rennt und saust das Leben hin – Herr Gott! bedenkt mans recht, es möcht einem der Angstschweiß ausbrechen!«

Mit der soeben ausgesprochenen Selbstanklage war unerwartet ein sehr ernsthaftes Gespräch in aller Traulichkeit und Güte zwischen beiden eröffnet. Wir teilen dasselbe nicht ausführlich mit und werfen lieber einen allgemeinen Blick auf die Verhältnisse, die teils ausdrücklich und unmittelbar den Stoff, teils auch nur den bewußten Hintergrund der Unterredung ausmachten.

Hier drängt sich uns voraus die schmerzliche Betrachtung auf, daß dieser feurige, für jeden Reiz der Welt und für das Höchste, was dem ahnenden Gemüt erreichbar ist, unglaublich empfängliche Mensch, soviel er auch in seiner kurzen Spanne Zeit erlebt, genossen und aus sich hervorgebracht, ein stetiges und rein befriedigtes Gefühl seiner selbst doch lebenslang entbehrte.

Wer die Ursachen dieser Erscheinung nicht etwa tiefer suchen will, als sie vermutlich liegen, wird sie zunächst einfach in jenen, wie es scheint, unüberwindlich eingewohnten Schwächen finden, die wir so gern, und nicht ganz ohne Grund, mit alle dem, was an Mozart der Gegenstand unsrer Bewunderung ist, in eine Art notwendiger Verbindung bringen.

Des Mannes Bedürfnisse waren sehr vielfach, seine Neigung zumal für gesellige Freuden außerordentlich groß. Von den vornehmsten Häusern der Stadt als unvergleichliches Talent gewürdigt und gesucht, verschmähte er Einladungen zu Festen, Zirkeln und Partien selten oder nie. Dabei tat er der eigenen Gastfreundschaft innerhalb seiner näheren Kreise gleichfalls genug. Einen längst hergebrachten musikalischen Abend am Sonntag bei ihm, ein ungezwungenes Mittagsmahl an seinem wohlbestellten Tisch mit ein paar Freunden und Bekannten, zwei-, dreimal in der Woche, das wollte er nicht missen. Bisweilen brachte er die Gäste, zum Schrecken der Frau, unangekündigt von der Straße weg ins Haus, Leute von sehr ungleichem Wert, Liebhaber, Kunstgenossen, Sänger und Poeten. Der müßige Schmarotzer, dessen ganzes Verdienst in einer immer aufgeweckten Laune, in Witz und Spaß, und zwar vom gröbern Korn bestand, kam so gut wie der geistvolle Kenner und der treffliche Spieler erwünscht. Den größten Teil seiner Erholung indes pflegte Mozart außer dem eigenen Hause zu suchen. Man konnte ihn nach Tisch einen Tag wie den andern am Billard im Kaffeehaus und so auch manchen Abend im Gasthof finden. Er fuhr und ritt sehr gerne in Gesellschaft über Land, besuchte als ein ausgemachter Tänzer Bälle und Redouten und machte sich des Jahrs einige Male einen Hauptspaß an Volksfesten, vor allen am Brigitten-Kirchtag im Freien, wo er als Pierrot maskiert erschien.

Diese Vergnügungen, bald bunt und ausgelassen, bald einer ruhigeren Stimmung zusagend, waren bestimmt, dem lang gespannten Geist nach ungeheurem Kraftaufwand die nötige Rast zu gewähren; auch verfehlten sie nicht, demselben nebenher auf den geheimnisvollen Wegen, auf welchen das Genie sein Spiel bewußtlos treibt, die feinen flüchtigen Eindrücke mitzuteilen, wodurch es sich gelegentlich befruchtet. Doch leider kam in solchen Stunden, weil es dann immer galt, den glücklichen Moment bis auf die Neige auszuschöpfen, eine andere Rücksicht, es sei nun der Klugheit oder der Pflicht, der Selbsterhaltung wie der Häuslichkeit, nicht in Betracht. Genießend oder schaffend, kannte Mozart gleich wenig Maß und Ziel. Ein Teil der Nacht war stets der Komposition gewidmet. Morgens früh, oft lange noch im Bett, ward ausgearbeitet. Dann machte er, von zehn Uhr an, zu Fuß oder im Wagen abgeholt, die Runde seiner Lektionen, die in der Regel noch einige Nachmittagsstunden wegnahmen. »Wir plagen uns wohl auch rechtschaffen«, so schreibt er selber einmal einem Gönner, »und es hält öfter schwer, nicht die Geduld zu verlieren. Da halst man sich als wohl akkreditierter Cembalist und Musiklehrmeister ein

Dutzend Schüler auf, und immer wieder einen neuen, unangesehn, was weiter an ihm ist, wenn er nur seinen Taler per marca bezahlt. Ein jeder ungrische Schnurrbart vom Geniekorps ist willkommen, den der Satan plagt, für nichts und wieder nichts Generalbaß und Kontrapunkt zu studieren; das übermütigste Komteßchen, das mich wie Meister Coquerel, den Haarkräusler, mit einem roten Kopf empfängt, wenn ich einmal nicht auf den Glockenschlag bei ihr anklopfe u. s. w.« Und wenn er nun, durch diese und andere Berufsarbeiten, Akademien, Proben und dergleichen abgemüdet, nach frischem Atem schmachtete, war den erschlafften Nerven häufig nur in neuer Aufregung eine scheinbare Stärkung vergönnt. Seine Gesundheit wurde heimlich angegriffen, ein je und je wiederkehrender Zustand von Schwermut wurde, wo nicht erzeugt, doch sicherlich genährt an eben diesem Punkt und so die Ahnung eines frühzeitigen Todes, die ihn zuletzt auf Schritt und Tritt begleitete, unvermeidlich erfüllt. Gram aller Art und Farbe, das Gefühl der Reue nicht ausgenommen, war er als eine herbe Würze jeder Lust auf seinen Teil gewöhnt. Doch wissen wir, auch diese Schmerzen rannen abgeklärt und rein in jenem tiefen Quell zusammen, der, aus hundert goldenen Röhren springend, im Wechsel seiner Melodien unerschöpflich, alle Qual und alle Seligkeit der Menschenbrust ausströmte.

Am offenbarsten zeigten sich die bösen Wirkungen der Lebensweise Mozarts in seiner häuslichen Verfassung. Der Vorwurf törichter, leichtsinniger Verschwendung lag sehr nahe; er mußte sich sogar an einen seiner schönsten Herzenszüge hängen. Kam einer, in dringender Not ihm eine Summe abzuborgen, sich seine Bürgschaft zu erbitten, so war meist schon darauf gerechnet, daß er sich nicht erst lang nach Pfand und Sicherheit erkundigte; dergleichen hätte ihm auch in der Tat so wenig als einem Kinde angestanden. Am liebsten schenkte er gleich hin, und immer mit lachender Großmut, besonders wenn er meinte, gerade Überfluß zu haben.

Die Mittel, die ein solcher Aufwand neben dem ordentlichen Hausbedarf erheischte, standen allerdings in keinem Verhältnis mit den Einkünften. Was von Theatern und Konzerten, von Verlegern und Schülern einging, zusamt der kaiserlichen Pension, genügte um so weniger, da der Geschmack des Publikums noch weit davon entfernt war, sich entschieden für Mozarts Musik zu erklären. Diese lauterste Schönheit, Fülle und Tiefe befremdete gemeinhin gegenüber der bisher beliebten, leicht faßlichen Kost. Zwar hatten sich die Wiener an »Belmonte und Constanze« – dank den populären Elementen dieses Stücks – seinerzeit kaum ersättigen können, hingegen tat, einige Jahre später, »Figaro«, und sicher nicht allein durch die Intrigen des Direktors, im Wettstreit mit der lieblichen, doch weit geringeren »Cosa rara« einen unerwarteten, kläglichen Fall; derselbe »Figaro«, den gleich darauf die gebildetern oder unbefangenern Prager mit solchem Enthusiasmus aufnahmen, daß der Meister in dankbarer Rührung darüber seine nächste große Oper eigens für sie zu schreiben beschloß. – Trotz der Ungunst der Zeit und dem Einfluß der Feinde hätte Mozart mit etwas mehr Umsicht und Klugheit noch immer einen sehr ansehnlichen Gewinn von seiner Kunst gezogen: so aber kam er selbst bei jenen Unternehmungen zu kurz, wo auch der große Haufen ihm Beifall zujauchzen mußte. Genug, es wirkte eben alles, Schicksal und Naturell und eigene Schuld, zusammen, den einzigen Mann nicht gedeihen zu lassen.

Welch einen schlimmen Stand nun aber eine Hausfrau, sofern sie ihre Aufgabe kannte, unter solchen Umständen gehabt haben müsse, begreifen wir leicht. Obgleich selbst jung und lebensfroh, als Tochter eines Musikers ein ganzes Künstlerblut, von Hause aus übrigens schon an Entbehrung gewöhnt, bewies Constanze allen guten Willen, dem Unheil an der Quelle zu steuern, manches Verkehrte abzuschneiden und den Verlust im Großen durch Sparsamkeit im Kleinen zu ersetzen. Nur eben in letzterer Hinsicht vielleicht ermangelte sie des rechten Geschicks und der frühern Erfahrung. Sie hatte die Kasse und führte das Hausbuch, jede Forderung, jede Schuldmahnung, und was es Verdrießliches gab, ging ausschließlich an sie. Da stieg ihr wohl mitunter das Wasser an die Kehle, zumal wenn oft zu dieser Bedrängnis, zu Mangel, peinlicher Verlegenheit und Furcht vor offenbarer Unehre, noch gar der Trübsinn ihres Mannes kam, worin er tagelang verharrte, untätig, keinem Trost zugänglich, indem er mit Seufzen und Klagen neben der Frau, oder stumm in einem Winkel vor sich hin, den *einen* traurigen Gedanken, zu sterben, wie eine endlose Schraube verfolgte. Ihr guter Mut verließ sie dennoch selten, ihr heller Blick fand meist, wenn auch nur auf einige Zeit, Rat und Hülfe. Im wesentlichen wurde wenig oder nichts gebessert. Gewann sie ihm mit Ernst und Scherz, mit Bitten und Schmeicheln für heute so viel ab, daß er den Tee an ihrer Seite trank, sich seinen Abendbraten daheim bei der Familie schmecken ließ, um nachher nicht mehr auszugehen, was war damit erreicht? Er konnte wohl einmal, durch ein verweintes Auge seiner Frau plötzlich betroffen und bewegt, eine schlimme Gewohnheit aufrichtig verwünschen, das Beste versprechen, mehr als sie verlangte, – umsonst, er fand sich unversehens im alten Fahrgeleise wieder. Man war versucht zu glauben, es habe anders nicht in seiner Macht gestanden, und eine völlig veränderte Ordnung nach unsern Begriffen von dem, was allen Menschen ziemt und frommt, *ihm* irgendwie gewaltsam aufgedrungen, müßte das wunderbare Wesen geradezu selbst aufgehoben haben.

Einen günstigen Umschwung der Dinge hoffte Constanze doch stets insoweit, als derselbe von außen her möglich war: durch eine gründliche Verbesserung ihrer ökonomischen Lage, wie solche bei dem wachsenden Ruf ihres Mannes nicht ausbleiben könne. Wenn erst, so meinte sie, der stete Druck wegfiel, der sich auch ihm, bald näher, bald entfernter, von dieser Seite fühlbar machte, wenn er, anstatt die Hälfte seiner Kraft und Zeit dem bloßen Gelderwerb zu opfern, ungeteilt seiner wahren Bestimmung nachleben dürfe, wenn endlich der Genuß, nach dem er nicht mehr jagen, den er mit ungleich besserem Gewissen haben würde, ihm noch einmal so wohl an Leib und Seele gedeihe, dann sollte bald sein ganzer Zustand leichter, natürlicher, ruhiger werden. Sie dachte gar an einen gelegentlichen Wechsel ihres Wohnorts, da seine unbedingte Vorliebe für Wien, wo nun einmal nach ihrer Überzeugung kein rechter Segen für ihn sei, am Ende doch zu überwinden wäre.

Den nächsten entscheidenden Vorschub aber zu Verwirklichung ihrer Gedanken und Wünsche versprach sich Madame Mozart vom Erfolg der neuen Oper, um die es sich bei dieser Reise handelte.

Die Komposition war weit über die Hälfte vorgeschritten. Vertraute, urteilsfähige Freunde, die, als Zeugen der Entstehung des außerordentlichen Werks, einen hinreichenden Begriff von seiner Art und Wirkungsweise haben mußten, sprachen überall davon in einem

Tone, daß viele selber von den Gegnern darauf gefaßt sein konnten, es werde dieser »Don Juan«, bevor ein halbes Jahr verginge, die gesamte musikalische Welt, von einem Ende Deutschlands bis zum andern, erschüttert, auf den Kopf gestellt, im Sturm erobert haben. Vorsichtiger und bedingter waren die wohlwollenden Stimmen anderer, die, von dem heutigen Standpunkt der Musik ausgehend, einen allgemeinen und raschen Succeß kaum hofften. Der Meister selber teilte im stillen ihre nur zu wohl begründeten Zweifel.

Constanze ihrerseits, wie die Frauen immer, wo ihr Gefühl einmal lebhaft bestimmt und noch dazu vom Eifer eines höchst gerechten Wunsches eingenommen ist, durch spätere Bedenklichkeiten von da und dorther sich viel seltener als die Männer irremachen lassen, hielt fest an ihrem guten Glauben und hatte eben jetzt im Wagen wiederum Veranlassung, denselben zu verfechten. Sie tat's, in ihrer fröhlichen und blühenden Manier, mit doppelter Geflissenheit, da Mozarts Stimmung im Verlauf des vorigen Gesprächs, das weiter zu nichts führen konnte und deshalb äußerst unbefriedigend abbrach, bereits merklich gesunken war. Sie setzte ihrem Gatten sofort mit gleicher Heiterkeit umständlich auseinander, wie sie nach ihrer Heimkehr die mit dem Prager Unternehmer als Kaufpreis für die Partitur akkordierten hundert Dukaten zu Deckung der dringendsten Posten und sonst zu verwenden gedenke, auch wie sie zufolge ihres Etats den kommenden Winter hindurch bis zum Frühjahr gut auszureichen hoffe.

»Dein Herr Bondini wird sein Schäfchen an der Oper scheren, glaub es nur; und ist er halb der Ehrenmann, den du ihn immer rühmst, so läßt er dir nachträglich noch ein artiges Prozentchen von den Summen ab, die ihm die Bühnen nacheinander für die Abschrift zahlen; wo nicht, nun ja, gottlob, so stehen uns noch andere Chancen in Aussicht, und zwar noch tausendmal solidere. Mir ahnet allerlei.«

»Heraus damit!«

»Ich hörte unlängst ein Vögelchen pfeifen, der König von Preußen hab einen Kapellmeister nötig.«

»Oho!«

»Generalmusikdirektor, wollt ich sagen. Laß mich ein wenig phantasieren! Die Schwachheit habe ich von meiner Mutter.«

»Nur zu! je toller, je besser.«

»Nein, alles ganz natürlich. – Vornweg also nimm an: übers Jahr um diese Zeit –«

»Wenn der Papst die Grete freit –«

»Still doch, Hanswurst! Ich sage, aufs Jahr um Sankt Ägidi muß schon längst kein kaiserlicher Kammerkomponist mit Namen Wolf Mozart in Wien mehr weit und breit zu finden sein.«

»Beiß dich der Fuchs dafür!«

»Ich höre schon im Geist, wie unsere alten Freunde von uns plaudern, was sie sich alles zu erzählen wissen.«

»Zum Exempel?«

»Da kommt z.B. eines Morgens früh nach neune schon unsere alte Schwärmerin, die Volkstett, in ihrem feurigsten Besuchssturmschritt quer übern Kohlmarkt hergesegelt. Sie war drei Monat fort, die große Reise zum Schwager in Sachsen, ihr tägliches Gespräch, solang wir sie kennen, kam endlich zustand; seit gestern nacht ist sie zurück, und jetzt mit ihrem übervollen Herzen – es schwattelt ganz von Reiseglück und Freundschaftsungeduld und allerliebsten Neuigkeiten – stracks hin zur Oberstin damit! die Trepp hinauf und angeklopft und das Herein nicht abgewartet; stell dir den Jubel selber vor und das Embrassement beiderseits! – ‚Nun, liebste, beste Oberstin', hebt sie nach einigem Vorgängigen mit frischem Odem an; ‚ich bringe Ihnen ein Schock Grüße mit, ob Sie erraten von wem? Ich komme nicht so gradenwegs von Stendal her, es wurde ein kleiner Abstecher gemacht, linkshin, nach Brandenburg zu.' – ‚Wie? wär es möglich ... Sie kamen nach Berlin? sind bei Mozarts gewesen?' – ‚Zehn himmlische Tage!' – ‚O liebe, süße, einzige Generalin, erzählen Sie, beschreiben Sie! Wie geht es unsern guten Leutchen? Gefallen sie sich immer noch so gut wie anfangs dort? Es ist mir fabelhaft, undenkbar, heute noch, und jetzt nur desto mehr, da Sie von ihm herkommen – Mozart als Berliner! Wie benimmt er sich doch? wie sieht er denn aus?' – ‚O der! Sie sollten ihn nur sehen. Diesen Sommer hat ihn der König ins Karlsbad geschickt. Wann wäre seinem herzgeliebten Kaiser Joseph so etwas eingefallen, he? Sie waren beide kaum erst wieder da, als ich ankam. Er glänzt von Gesundheit und Leben, ist rund und beleibt und vif wie Quecksilber; das Glück sieht ihm und die Behaglichkeit recht aus den Augen.'«

Und nun begann die Sprecherin in ihrer angenommenen Rolle die neue Lage mit den hellsten Farben auszumalen. Von seiner Wohnung Unter den Linden, von seinem Garten und Landhaus an bis zu den glänzenden Schauplätzen seiner öffentlichen Wirksamkeit und den engeren Zirkeln des Hofs, wo er die Königin auf dem Piano zu begleiten hatte, wurde alles durch ihre Schilderung gleichsam zur Wirklichkeit und Gegenwart. Ganze Gespräche, die schönsten Anekdoten schüttelte sie aus dem Ärmel. Sie schien fürwahr mit jener Residenz, mit Potsdam und mit Sanssouci bekannter als im Schlosse zu Schönbrunn und auf der kaiserlichen Burg. Nebenbei war sie schalkhaft genug, die Person unsres Helden mit einer Anzahl völlig neuer hausväterlicher Eigenschaften auszustatten, die sich auf dem soliden Boden der preußischen Existenz entwickelt hatten, und unter welchen die besagte Volkstett als höchstes Phänomen und zum Beweis, wie die Extreme sich manchmal berühren, den Ansatz eines ordentlichen Geizchens wahrgenommen hatte, das ihn unendlich liebenswürdig kleide. »‚Ja, nehmen's nur, er hat seine dreitausend Taler fix, und das wofür? Daß er die Woche einmal ein Kammerkonzert, zweimal die großen Oper dirigiert – Ach, Oberstin, ich habe ihn gesehen, unsern lieben, kleinen goldenen Mann, inmitten seiner trefflichen Kapelle, die er sich zugeschult, die ihn anbetet! saß mit der Mozartin in ihrer Loge, schräg gegen den höchsten Herrschaften über! Und was stand auf dem Zettel, bitte Sie – ich nahm ihn mit für Sie – ein kleines Reis'präsent von mir und Mozart drein gewickelt – hier schauen Sie, hier lesen Sie, da stehts mit ellenlangen Buchstaben gedruckt! – ‚Hilf Himmel! was? »Tarar«!' – ‚Ja, gelten's, Freundin, was man erleben kann! Vor zwei Jahren, wie Mozart den »Don Juan« schrieb und der verwünschte giftige, schwarzgelbe Salieri auch schon im stillen Anstalt machte, den Triumph, den er mit seinem Stück davontrug in Paris, demnächst auf seinem eignen Territorio zu begehen und unserem guten, Schnepfen liebenden, allzeit in »Cosa rara« vergnügten Publikum nun doch auch mal so eine Gattung Falken sehn zu lassen, und er und seine Helfershelfer bereits zusammen munkelten und raffinierten, daß sie den »Don Juan« so schön gerupft wie jenesmal den »Figaro«, nicht tot und nicht lebendig, auf das Theater stellen wollten – wissen's, da tat ich ein Gelübd', wenn das infame Stück gegeben wird, ich geh nicht hin, um keine Welt! Und hielt auch Wort. Als alles lief und rannte – und, Oberstin, Sie mit – blieb ich an meinem Ofen sitzen, nahm meine Katze auf den Schoß und aß meine Kaldausche; und so die folgenden paar Male auch. Jetzt aber, stellen Sie sich vor, »Tarar« auf der Berliner Opernbühne, das Werk seines Todfeinds, von Mozart dirigiert!' – ‚Da müssen Sie schon drein!' rief er gleich in der ersten Viertelstunde, ‚und wärs auch nur, daß Sie den Wienern sagen können, ob ich dem Knaben Absalon ein Härchen krümmen ließ. Ich wünschte, er wär selbst dabei, der Erzneidhammel sollte sehen, daß ich nicht nötig hab', einem andern sein Zeug zu verhunzen, damit ich immerfort der bleiben möge, der ich bin!'«

»Brava! bravissima!« rief Mozart überlaut und nahm sein Weibchen bei den Ohren, verküßte, herzte, kitzelte sie, so daß sich dieses Spiel mit bunten Seifenblasen einer erträumten Zukunft, die leider niemals, auch nicht im bescheidensten Maße, erfüllt werden sollte, zuletzt in hellen Mutwillen, Lärm und Gelächter auflöste.

Sie waren unterdessen längst ins Tal herabgekommen und näherten sich einem Dorf, das ihnen bereits auf der Höhe bemerklich gewesen, und hinter welchem sich unmittelbar ein kleines Schloß von modernem Ansehen, der Wohnsitz eines Grafen von Schinzberg, in der freundlichen Ebene zeigte. Es sollte in dem Ort gefüttert, gerastet und Mittag gehalten werden. Der Gasthof, wo sie hielten, lag vereinzelt am Ende des Dorfs bei der Straße, von welcher seitwärts eine Pappelallee von nicht sechshundert Schritten zum herrschaftlichen Garten führte.

Mozart, nachdem man ausgestiegen, überließ wie gewöhnlich der Frau die Bestellung des Essens. Inzwischen befahl er für sich ein Glas Wein in die untere Stube, während sie nächst einem Trunke frischen Wassers nur irgendeinen stillen Winkel, um ein Stündchen zu schlafen, verlangte. Man führte sie eine Treppe hinauf, der Gatte folgte, ganz munter vor sich hin singend und pfeifend. In einem rein geweißten und schnell gelüfteten Zimmer befand sich unter andern veralteten Möbeln von edlerer Herkunft – sie waren ohne Zweifel aus den gräflichen Gemächern seinerzeit hierher gewandert – ein sauberes, leichtes Bett mit gemaltem Himmel auf dünnen, grün lackierten Säulen, dessen seidene Vorhänge längst durch einen gewöhnlichern Stoff ersetzt waren. Constanze machte sichs bequem, er versprach, sie rechtzeitig zu wecken, sie riegelte die Türe hinter ihm zu, und er suchte nunmehr Unterhaltung für sich in der allgemeinen Schenkstube. Hier war jedoch außer dem Wirt keine Seele, und weil dessen Gespräch dem Gast so wenig wie sein Wein behagte, so bezeugte er Lust, bis der Tisch bereit wäre, noch einen Spaziergang nach dem Schloßgarten zu machen. Der Zutritt, hörte er, sei anständigen Fremden wohl gestattet und die Familie überdies heut ausgefahren.

Er ging und hatte bald den kurzen Weg bis zu dem offenen Gattertor zurückgelegt, dann langsam einen hohen alten Lindengang durchmessen, an dessen Ende linker Hand er in geringer Entfernung das Schloß von seiner Fronte auf einmal vor sich hatte. Es war von italienischer Bauart, hell getüncht, mit weit vorliegender Doppeltreppe; das Schieferdach verzierten einige Statuen in üblicher Manier, Götter und Göttinnen, samt einer Balustrade.

Von der Mitte zweier großen, noch reichlich blühenden Blumenparterre ging unser Meister nach den buschigen Teilen der Anlagen zu, berührte ein paar schöne dunkle Piniengruppen und lenkte seine Schritte auf vielfach gewundenen Pfaden, indem er sich allmählich den lichteren Partien wieder näherte, dem lebhaften Rauschen eines Springbrunnens nach, den er sofort erreichte.

Das ansehnlich weite, ovale Bassin war rings von einer sorgfaltig gehaltenen Orangerie in Kübeln, abwechselnd mit Lorbeeren und Oleandern umstellt; ein weicher Sandweg, gegen den sich eine schmale Gitterlaube öffnete, lief rund umher. Die Laube bot das angenehmste Ruheplätzchen dar; ein kleiner Tisch stand vor der Bank, und Mozart ließ sich vorn am Eingang nieder.

Das Ohr behaglich dem Geplätscher des Wassers hingegeben, das Aug auf einen Pomeranzenbaum von mittlerer Größe geheftet, der außerhalb der Reihe, einzeln, ganz dicht an seiner Seite auf dem Boden stand und voll der schönsten Früchte hing, ward unser Freund durch diese Anschauung des Südens alsbald auf eine liebliche Erinnerung aus seiner Knabenzeit geführt. Nachdenklich lächelnd reicht er hinüber nach der nächsten Frucht, als wie um ihre herrliche Ründe, ihre saftige Kühle in hohler Hand zu fühlen. Ganz im Zusammenhang mit jener Jugendszene aber, die wieder vor ihm aufgetaucht, stand eine längst verwischte musikalische Reminiszenz, auf deren unbestimmter Spur er sich ein Weilchen träumerisch erging. Jetzt glänzen seine Blicke, sie irren da und dort umher, er ist von einem Gedanken ergriffen, den er sogleich eifrig verfolgt. Zerstreut hat er zum zweitenmal die Pomeranze angefaßt, sie geht vom Zweige los und bleibt ihm in der Hand. Er sieht und sieht es nicht; ja so weit geht die künstlerische Geistabwesenheit, daß er, die duftige Frucht beständig unter der Nase hin und her wirbelnd und bald den Anfang, bald die Mitte einer Weise unhörbar zwischen den Lippen bewegend, zuletzt instinktmäßig ein emailliertes Etui aus der Seitentasche des Rocks hervorbringt, ein kleines Messer mit silbernem Heft daraus nimmt und die gelbe kugelige Masse von oben nach unten langsam durchschneidet. Es mochte ihn dabei entfernt ein dunkles Durstgefühl geleitet haben, jedoch begnügten sich die angeregten Sinne mit Einatmung des köstlichen Geruchs. Er starrt minutenlang die beiden innern Flächen an, fügt sie sachte wieder zusammen, ganz sachte, trennt und vereinigt sie wieder.

Da hört er Tritte in der Nähe, er erschrickt, und das Bewußtsein, wo er ist, was er getan, stellt sich urplötzlich bei ihm ein. Schon im Begriff, die Pomeranze zu verbergen, hält er doch gleich damit inne, sei es aus Stolz, seis, weil es zu spät dazu war. Ein großer breitschulteriger Mann in Livree, der Gärtner des Hauses, stand vor ihm. Derselbe hatte wohl die letzte verdächtige Bewegung noch gesehen und schwieg betroffen einige Sekunden. Mozart, gleichfalls sprachlos, auf seinem Sitz wie angenagelt, schaute ihm halb lachend, unter sichtbarem Erröten, doch gewissermaßen keck und groß mit seinen blauen Augen ins Gesicht; dann setzte er – für einen Dritten wäre es höchst komisch anzusehen gewesen – die scheinbar unverletzte Pomeranze mit einer Art von trotzig couragiertem Nachdruck in die Mitte des Tisches.

»Um Vergebung«, fing jetzt der Gärtner, nachdem er den wenig versprechenden Anzug des Fremden gemustert, mit unterdrücktem Unwillen an: »ich weiß nicht, wen ich hier –«

»Kapellmeister Mozart aus Wien.«

»Sind ohne Zweifel bekannt im Schloß?«

»Ich bin hier fremd und auf der Durchreise. Ist der Herr Graf anwesend?«

»Nein.«

»Seine Gemahlin?«

»Sind beschäftigt und schwerlich zu sprechen.«

Mozart stand auf und machte Miene zu gehen.

»Mit Erlaubnis, mein Herr – wie kommen Sie dazu, an diesem Ort auf solche Weise zuzugreifen?«

»Was?« rief Mozart, »zugreifen? Zum Teufel, glaubt Er denn, ich wollte stehlen und das Ding da fressen?«

»Mein Herr, ich glaube, was ich sehe. Diese Früchte sind gezählt, ich bin dafür verantwortlich. Der Baum ist vom Herrn Grafen zu einem Fest bestimmt, soeben soll er weggebracht werden. Ich lasse Sie nicht fort, ehbevor ich die Sache gemeldet und Sie mir selbst bezeugten, wie das da zugegangen ist.«

»Seis drum. Ich werde hier so lange warten. Verlaß Er sich darauf.«

Der Gärtner sah sich zögernd um, und Mozart, in der Meinung, es sei vielleicht nur auf ein Trinkgeld abgesehn, griff in die Tasche, allein er hatte das geringste nicht bei sich.

Zwei Gartenknechte kamen nun wirklich herbei, luden den Baum auf eine Bahre und trugen ihn hinweg. Inzwischen hatte unser Meister seine Brieftasche gezogen, ein weißes Blatt herausgenommen und, während daß der Gärtner nicht von der Stelle wich, mit Bleistift angefangen zu schreiben:

»Gnädigste Frau! Hier sitze ich Unseliger in Ihrem Paradiese, wie weiland Adam, nachdem er den Apfel gekostet. Das Unglück ist geschehen, und ich kann nicht einmal die Schuld auf eine gute Eva schieben, die eben jetzt, von Grazien und Amoretten eines Himmelbetts umgaukelt, im Gasthof sich des unschuldigsten Schlafes erfreut. Befehlen Sie, und ich stehe persönlich Ihro Gnaden Rede über meinen mir selbst unfaßlichen Frevel. Mit aufrichtiger Beschämung

Hochdero

untertänigster Diener

*W. A. Mozart,*

auf dem Wege nach Prag.«

Er übergab das Billett, ziemlich ungeschickt zusammengefaltet, dem peinlich wartenden Diener mit der nötigen Weisung.

Der Unhold hatte sich nicht sobald entfernt, als man an der hinteren Seite des Schlosses ein Gefährt in den Hof rollen hörte. Es war der Graf, der eine Nichte und ihren Bräutigam, einen jungen reichen Baron, vom benachbarten Gut herüberbrachte. Da die Mutter des letztern seit Jahren das Haus nicht mehr verließ, war die Verlobung heute bei ihr gehalten worden; nun sollte dieses Fest in einer fröhlichen Nachfeier mit einigen Verwandten auch hier begangen werden, wo Eugenie gleich einer eigenen Tochter seit ihrer Kindheit eine zweite Heimat fand. Die Gräfin war mit ihrem Sohne Max, dem Leutnant, etwas früher nach Hause gefahren, um noch verschiedene Anordnungen zu treffen. Nun sah man in dem Schlosse alles, auf Gängen und Treppen, in voller Bewegung, und nur mit Mühe gelang es dem Gärtner, im Vorzimmer endlich den Zettel der Frau Gräfin einzuhändigen, die ihn jedoch nicht auf der Stelle öffnete, sondern, ohne genau auf die Worte des Überbringers zu achten, geschäftig weitereilte. Er wartete und wartete, sie kam nicht wieder. Eins um das andere von der Dienerschaft, Aufwärter, Zofe, Kammerdiener, rannte an ihm vorbei; er fragte nach dem Herrn – der kleidete sich um; er suchte nun und fand den Grafen Max auf seinem Zimmer, der aber unterhielt sich angelegentlich mit dem Baron und schnitt ihm, wie in Sorge, er wolle etwas melden oder fragen, wovon noch nichts verlauten sollte, das Wort vom Munde ab: »Ich komme schon – geht nur!« Es stand noch eine gute Weile an, bis endlich Vater und Sohn zugleich herauskamen und die fatale Nachricht empfingen.

»Das wär ja höllenmäßig!« rief der dicke, gutmütige, doch etwas jähe Mann; »das geht ja über alle Begriffe! Ein Wiener Musikus, sagt Ihr? Vermutlich irgend solch ein Lump, der um ein Viaticum läuft und mitnimmt, was er findet?«

»Verzeihen Ew. Gnaden, darnach sieht er gerad nicht aus. Er deucht mir nicht richtig im Kopf; auch ist er sehr hochmütig. Moser nennt er sich. Er wartet unten auf Bescheid; ich hieß den Franz um den Weg bleiben und ein Aug auf ihn haben.«

»Was hilft es hinterdrein, zum Henker? Wenn ich den Narren auch einstecken lasse, der Schaden ist nicht mehr zu reparieren! Ich sagt

Euch tausendmal, das vordere Tor soll allezeit geschlossen bleiben. Der Streich wär aber jedenfalls verhütet worden, hättet Ihr zur rechten Zeit Eure Zurüstungen gemacht.«

Hier trat die Gräfin hastig und mit freudiger Aufregung, das offene Billett in der Hand, aus dem anstoßenden Kabinett. »Wißt Ihr«, rief sie, »wer unten ist? Um Gottes willen, lest den Brief – Mozart aus Wien, der Komponist! Man muß gleich gehen, ihn heraufzubitten – ich fürchte nur, er ist schon fort! was wird er von mir denken! Ihr, Velten, seid ihm doch höflich begegnet? Was ist denn eigentlich geschehen?«

»Geschehn?« versetzte der Gemahl, dem die Aussicht auf den Besuch eines berühmten Mannes unmöglich allen Ärger auf der Stelle niederschlagen konnte: »der tolle Mensch hat von dem Baum, den ich Eugenien bestimmte, eine der neun Orangen abgerissen, hm! das Ungeheuer! Somit ist unserem Spaß geradezu die Spitze abgebrochen, und Max mag sein Gedicht nur gleich kassieren.«

»O nicht doch!« sagte die dringende Dame; »die Lücke läßt sich leicht ausfüllen, überlaßt es nur mir. Geht beide jetzt, erlöst, empfangt den guten Mann, so freundlich und so schmeichelhaft ihr immer könnt. Er soll, wenn wir ihn irgend halten können, heut nicht weiter. Trefft ihr ihn nicht im Garten mehr, sucht ihn im Wirtshaus auf und bringet ihn mit seiner Frau. Ein größeres Geschenk, eine schönere Überraschung für Eugenien hätte der Zufall uns an diesem Tag nicht machen können.«

»Gewiß!« erwiderte Max, »dies war auch mein erster Gedanke. Geschwinde, kommen Sie, Papa! Und« – sagte er, indem sie eilends nach der Treppe liefen – »der Verse wegen seien Sie ganz ruhig. Die neunte Muse soll nicht zu kurz kommen; im Gegenteil, ich werde aus dem Unglück noch besondern Vorteil ziehen.« – »Das ist unmöglich!« – »Ganz gewiß.« – »Nun, wenn das ist – allein ich nehme dich beim Wort – so wollen wir dem Querkopf alle erdenkliche Ehre erzeigen.«

Solange dies im Schloß vorging, hatte sich unser Quasi-Gefangener, ziemlich unbesorgt über den Ausgang der Sache, geraume Zeit schreibend beschäftigt. Weil sich jedoch gar niemand sehen ließ, fing er an, unruhig hin und her zu gehen; darüber kam dringliche Botschaft vom Wirtshaus, der Tisch sei schon lange bereit, er möchte ja gleich kommen, der Postillon pressiere. So suchte er denn seine Sachen zusammen und wollte ohne weiteres aufbrechen, als beide Herrn vor der Laube erschienen.

Der Graf begrüßte ihn, beinah wie einen früheren Bekannten, lebhaft mit seinem kräftig schallenden Organ, ließ ihn zu gar keiner Entschuldigung kommen, sondern erklärte sogleich seinen Wunsch, das Ehepaar zum wenigsten für diesen Mittag und Abend im Kreis seiner Familie zu haben. »Sie sind uns, mein liebster Maestro, so wenig fremd, daß ich wohl sagen kann, der Name Mozart wird schwerlich anderswo mit mehr Begeisterung und häufiger genannt als hier. Meine Nichte singt und spielt, sie bringt fast ihren ganzen Tag am Flügel zu, kennt Ihre Werke auswendig und hat das größte Verlangen, Sie einmal in mehrerer Nähe zu sehen, als es vorigen Winter in einem Ihrer Konzerte anging. Da wir nun demnächst auf einige Wochen nach Wien gehen werden, so war ihr eine Einladung beim Fürsten Gallizin, wo man Sie öfter findet, von den Verwandten versprochen. Jetzt aber reisen Sie nach Prag, werden sobald nicht wiederkehren, und Gott weiß, ob Sie der Rückweg zu uns führt. Machen Sie heute und morgen Rasttag! Das Fuhrwerk schicken wir sogleich nach Hause, und mir erlauben Sie die Sorge für Ihr Weiterkommen.«

Der Komponist, welcher in solchen Fällen der Freundschaft oder dem Vergnügen leicht zehnmal mehr, als hier gefordert war, zum Opfer brachte, besann sich nicht lange; er sagte diesen einen halben Tag mit Freuden zu, dagegen sollte morgen mit dem Frühesten die Reise fortgesetzt werden. Graf Max erbat sich das Vergnügen, Madame Mozart abzuholen und alles Nötige im Wirtshaus abzumachen. Er ging, ein Wagen sollte ihm gleich auf dem Fuße nachfolgen.

Von diesem jungen Mann bemerken wir beiläufig, daß er mit einem von Vater und Mutter angeerbten heitern Sinn Talent und Liebe für schöne Wissenschaften verband und ohne wahre Neigung zum Soldatenstand sich doch als Offizier durch Kenntnisse und gute Sitten hervortat. Er kannte die französische Literatur und erwarb sich, zu einer Zeit, wo deutsche Verse in der höheren Gesellschaft wenig galten, Lob und Gunst durch eine nicht gemeine Leichtigkeit der poetischen Form in der Muttersprache nach guten Mustern, wie er sie in Hagedorn, in Götz und andern fand. Für heute war ihm nun, wie wir bereits vernahmen, ein besonders erfreulicher Anlaß geworden, seine Gabe zu nutzen.

Er traf Madame Mozart, mit der Wirtstochter plaudernd, vor dem gedeckten Tisch, wo sie sich einen Teller Suppe vorausgenommen hatte. Sie war an außerordentliche Zwischenfälle, an kecke Stegreifsprünge ihres Manns zu sehr gewöhnt, als daß sie über die Erscheinung und den Auftrag des jungen Offiziers mehr als billig hätte betreten sein können. Mit unverstellter Heiterkeit, besonnen und gewandt, besprach und ordnete sie ungesäumt alles Erforderliche selbst. Es wurde umgepackt, bezahlt, der Postillon entlassen, sie machte sich, ohne zu große Ängstlichkeit in Herstellung ihrer Toilette, fertig und fuhr mit dem Begleiter wohlgemut dem Schlosse zu, nicht ahnend, auf welche sonderbare Weise ihr Gemahl sich dort eingeführt hatte.

Der befand sich inzwischen bereits sehr behaglich daselbst und auf das beste unterhalten. Nach kurzer Zeit sah er Eugenien mit ihrem Verlobten; ein blühendes, höchst anmutiges, inniges Wesen. Sie war blond, ihre schlanke Gestalt in karmoisinrote, leuchtende Seide mit kostbaren Spitzen festlich gekleidet, um ihre Stirn ein weißes Band mit edlen Perlen. Der Baron, nur wenig älter als sie, von sanftem, offenem Charakter, schien ihrer wert in jeder Rücksicht.

Den ersten Aufwand des Gesprächs bestritt, fast nur zu freigebig, der gute launige Hausherr vermöge seiner etwas lauten, mit Späßen und Historchen sattsam gespickten Unterhaltungsweise. Es wurden Erfrischungen gereicht, die unser Reisender im mindesten nicht schonte.

Eines hatte den Flügel geöffnet, »Figaros Hochzeit« lag aufgeschlagen, und das Fräulein schickte sich an, von dem Baron akkompagniert, die Arie Susannas in jener Gartenszene zu singen, wo wir den Geist der süßen Leidenschaft stromweise, wie die gewürzte sommerliche Abendluft, einatmen. Die feine Röte auf Eugeniens Wangen wich zwei Atemzüge lang der äußersten Blässe; doch mit dem ersten Ton, der klangvoll über ihre Lippen kam, fiel ihr jede beklemmende Fessel vom Busen. Sie hielt sich lächelnd, sicher auf der hohen Woge, und das Gefühl dieses Moments, des einzigen in seiner Art vielleicht für alle Tage ihres Lebens, begeisterte sie billig.

Mozart war offenbar überrascht. Als sie geendigt hatte, trat er zu ihr und fing mit seinem ungezierten Herzensausdruck an: »Was soll man sagen, liebes Kind, hier, wo es ist wie mit der lieben Sonne, die sich am besten selber lobt, indem es gleich jedermann wohl in ihr wird! Bei solchem Gesang ist der Seele zumut wie dem Kindchen im Bad: es lacht und wundert sich und weiß sich in der Welt nichts Besseres. Übrigens glauben Sie mir, unsereinem in Wien begegnet es nicht jeden Tag, daß er so lauter, ungeschminkt und warm, ja so komplett sich selber zu hören bekommt.« – Damit erfaßte er ihre Hand und küßte sie herzlich. Des Mannes hohe Liebenswürdigkeit und Güte nicht minder als das ehrenvolle Zeugnis, wodurch er ihr Talent auszeichnete, ergriff Eugenien mit jener unwiderstehlichen Rührung, die einem leichten Schwindel gleicht, und ihre Augen wollten sich plötzlich mit Tränen anfüllen.

Hier trat Madame Mozart zur Türe herein, und gleich darauf erschienen neue Gäste, die man erwartet hatte: eine dem Haus sehr eng verwandte freiherrliche Familie aus der Nähe, mit einer Tochter, Franziska, die seit den Kinderjahren mit der Braut durch die zärtlichste Freundschaft verbunden und hier wie daheim war.

Man hatte sich allerseits begrüßt, umarmt, beglückwünscht, die beiden Wiener Gäste vorgestellt, und Mozart setzte sich an den Flügel. Er spielte einen Teil eines Konzerts von seiner Komposition, welches Eugenie soeben einstudierte.

Die Wirkung eines solchen Vortrags in einem kleinen Kreis wie der gegenwärtige unterscheidet sich natürlicherweise von jedem ähnlichen an einem öffentlichen Orte durch die unendliche Befriedigung, die in der unmittelbaren Berührung mit der Person des Künstlers und seinem Genius innerhalb der häuslichen bekannten Wände liegt.

Es war eines jener glänzenden Stücke, worin die reine Schönheit sich einmal, wie aus Laune, freiwillig in den Dienst der Eleganz begibt, so aber, daß sie, gleichsam nur verhüllt in diese mehr willkürlich spielenden Formen und hinter eine Menge blendender Lichter versteckt, doch in jeder Bewegung ihren eigensten Adel verrät und ein herrliches Pathos verschwenderisch ausgießt.

Die Gräfin machte für sich die Bemerkung, daß die meisten Zuhörer, vielleicht Eugenie selbst nicht ausgenommen, trotz der gespanntesten Aufmerksamkeit und aller feierlichen Stille während eines bezaubernden Spiels, doch zwischen Auge und Ohr gar sehr geteilt waren. In unwillkürlicher Beobachtung des Komponisten, seiner schlichten, beinahe steifen Körperhaltung, seines gutmütigen Gesichts, der rundlichen Bewegung dieser kleinen Hände war es gewiß auch nicht leicht möglich, dem Zudrang tausendfacher Kreuz- und Quergedanken über den Wundermann zu widerstehen.

Zu Madame Mozart gewendet, sagte der Graf, nachdem der Meister aufgestanden war: »Einem berühmten Künstler gegenüber, wenn es ein Kennerlob zu spitzen gilt, das halt nicht eines jeden Sache ist, wie haben es die Könige und Kaiser gut! Es nimmt sich eben alles einzig und außerordentlich in einem solchen Munde aus. Was dürfen sie sich nicht erlauben, und wie bequem ist es z.B., dicht hinterm Stuhl Ihres Herrn Gemahls, beim Schlußakkord einer brillanten Phantasie dem bescheidenen klassischen Mann auf die Schulter zu klopfen und zu sagen: ‚Sie sind ein Tausendsasa, lieber Mozart!' Kaum ist das Wort heraus, so gehts wie ein Lauffeuer durch den Saal: ‚Was hat er ihm gesagt?' – ‚Er sei ein Tausendsasa, hat er zu ihm gesagt!' Und alles, was da geigt und fistuliert und komponiert, ist außer sich von diesem *einen* Wort; kurzum, es ist der große Stil, der familiäre Kaiserstil, der unnachahmliche, um welchen ich die Josephs und die Friedrichs von je beneidet habe, und das nie mehr als eben jetzt, wo ich ganz in Verzweiflung bin, von anderweitiger geistreicher Münze zufällig keinen Deut in allen meinen Taschen anzutreffen.«

Die Art, wie der Schäker dergleichen vorbrachte, bestach immerhin und rief unausbleiblich ein Lachen hervor.

Nun aber, auf die Einladung der Hausfrau, verfügte die Gesellschaft sich nach dem geschmückten runden Speisesalon, aus welchem den Eintretenden ein festlicher Blumengeruch und eine kühlere, dem Appetit willkommene Luft entgegenwehte.

Man nahm die schicklich ausgeteilten Plätze ein, und zwar der distinguierte Gast den seinigen dem Brautpaar gegenüber. Von einer Seite hatte er eine kleine ältliche Dame, eine unverheiratete Tante Franziskas, von der andern die junge reizende Nichte selbst zur Nebensitzerin, die sich durch Geist und Munterkeit ihm bald besonders zu empfehlen wußte. Frau Constanze kam zwischen den Hauswirt und ihren freundlichen Geleitsmann, den Leutnant; die übrigen reihten sich ein, und so saß man zu elfen nach Möglichkeit bunt an der Tafel, deren unteres Ende leer blieb. Auf ihr erhoben sich mitten zwei mächtig große Porzellanaufsätze mit gemalten Figuren, breite Schalen, gehäuft voll natürlicher Früchte und Blumen, über sich haltend. An den Wänden des Saals hingen reiche Festons. Was sonst da war oder nach und nach folgte, schien einen ausgedehnten Schmaus zu verkünden. Teils auf der Tafel, zwischen Schüsseln und Platten, teils vom Serviertisch herüber im Hintergrund blinkte verschiedenes edle Getränk vom schwärzesten Rot bis hinauf zu dem gelblichen Weiß, dessen lustiger Schaum herkömmlich erst die zweite Hälfte eines Festes krönt.

Bis gegen diesen Zeitpunkt hin bewegte sich die Unterhaltung, von mehreren Seiten gleich lebhaft genährt, in allen Richtungen. Weil aber der Graf gleich anfangs einigemal von weitem und jetzt nur immer näher und mutwilliger auf Mozarts Gartenabenteuer anspielte, so daß die einen heimlich lächelten, die andern sich umsonst den Kopf zerbrachen, was er denn meine, so ging unser Freund mit der Sprache heraus.

»Ich will in Gottes Namen beichten«, fing er an, »auf was Art mir eigentlich die Ehre der Bekanntschaft mit diesem edlen Haus geworden ist. Ich spiele dabei nicht die würdigste Rolle, und um ein Haar, so säß ich jetzt, statt hier vergnügt zu tafeln, in einem abgelegenen Arrestantenwinkel des gräflichen Schlosses und könnte mir mit leerem Magen die Spinneweben an der Wand herum betrachten.«

»Nun ja«, rief Madame Mozart, »da werd ich schöne Dinge hören.«

Ausführlich nun beschrieb er erst, wie er im »Weißen Roß« seine Frau zurückgelassen, die Promenade in den Park, den Unstern in der Laube, den Handel mit der Gartenpolizei, kurz, ungefähr was wir schon wissen, gab er alles mit größter Treuherzigkeit und zum höchsten Ergötzen der Zuhörer preis. Das Lachen wollte fast kein Ende nehmen; selbst die gemäßigte Eugenie enthielt sich nicht, es schüttelte sie ordentlich.

»Nun«, fuhr er fort, »das Sprichwort sagt: hat einer den Nutzen, dem Spott mag er trutzen. Ich hab meinen kleinen Profit von der

Sache, Sie werden schon sehen. Vor allem aber hören Sie, wie's eigentlich geschah, daß sich ein alter Kindskopf so vergessen konnte. Eine Jugenderinnerung war mit im Spiele.

Im Frühling 1770 reiste ich als dreizehnjähriges Bürschchen mit meinem Vater nach Italien. Wir gingen von Rom nach Neapel. Ich hatte zweimal im Konservatorium und sonst zu verschiedenen Malen gespielt. Adel und Geistlichkeit erzeigten uns manches Angenehme, vornehmlich attachierte sich ein Abbate an uns, der sich als Kenner schmeichelte und übrigens am Hofe etwas galt. Den Tag vor unserer Abreise führte er uns in Begleitung einiger anderen Herrn in einen königlichen Garten, die Villa reale, bei der prachtvollen Straße geradhin am Meere gelegen, wo eine Bande sizilianischer commedianti sich produzierte – figlj di Nettuno, wie sie sich neben andern schönen Titeln auch nannten. Mit vielen vornehmen Zuschauern, worunter selbst die junge liebenswürdige Königin Carolina samt zwei Prinzessen, saßen wir auf einer langen Reihe von Bänken im Schatten einer zeltartig bedeckten, niedern Galerie, an deren Mauer unten die Wellen plätscherten. Das Meer mit seiner vielfarbigen Streifung strahlte den blauen Sonnenhimmel herrlich wieder. Gerade vor sich hat man den Vesuv, links schimmert, sanft geschwungen, eine reizende Küste herein.

Die erste Abteilung der Spiele war vorüber; sie wurde auf dem trockenen Bretterboden einer Art von Flöße ausgeführt, die auf dem Wasser stand, und hatte nichts Besonderes: der zweite aber und der schönste Teil bestand aus lauter Schiffer- Schwimm- und Taucherstücken und blieb mir stets mit allen Einzelnheiten frisch im Gedächtnis eingeprägt.

Von entgegengesetzten Seiten her näherten sich einander zwei zierliche, sehr leicht gebaute Barken, beide, wie es schien, auf einer Lustfahrt begriffen. Die eine, etwas größere, war mit einem Halbverdeck versehen und nebst den Ruderbänken mit einem dünnen Mast und einem Segel ausgerüstet, auch prächtig bemalt, der Schnabel vergoldet. Fünf Jünglinge von idealischem Aussehen, kaum bekleidet, Arme, Brust und Beine dem Anschein nach nackt, waren teils an dem Ruder beschäftigt, teils ergötzten sie sich mit einer gleichen Anzahl artiger Mädchen, ihren Geliebten. Eine darunter, welche mitten auf dem Verdecke saß und Blumenkränze wand, zeichnete sich durch Wuchs und Schönheit sowie durch ihren Putz vor allen übrigen aus. Diese dienten ihr willig, spannten gegen die Sonne ein Tuch über sie und reichten ihr die Blumen aus dem Korb. Eine Flötenspielerin saß zu ihren Füßen, die den Gesang der andern mit ihren hellen Tönen unterstützte. Auch jener vorzüglichen Schönen fehlte es nicht an einem eigenen Beschützer; doch verhielten sich beide ziemlich gleichgültig gegeneinander, und der Liebhaber deuchte mir fast etwas roh.

Inzwischen war das andere, einfachere Fahrzeug näher gekommen. Hier sah man bloß männliche Jugend. Wie jene Jünglinge Hochrot trugen, so war die Farbe der letztern Seegrün. Sie stutzten beim Anblick der lieblichen Kinder, winkten Grüße herüber und gaben ihr Verlangen nach näherer Bekanntschaft zu erkennen. Die munterste hierauf nahm eine Rose vom Busen und hielt sie schelmisch in die Höhe, gleichsam fragend, ob solche Gaben bei ihnen wohl angebracht wären, worauf von drüben allerseits mit unzweideutigen Gebärden geantwortet wurde. Die Roten sahen verächtlich und finster darein, konnten aber nichts machen, als mehrere der Mädchen einig wurden, den armen Teufeln wenigstens doch etwas für den Hunger und Durst zuzuwerfen. Es stand ein Korb voll Orangen am Boden; wahrscheinlich waren es nur gelbe Bälle, den Früchten ähnlich nachgemacht. Und jetzt begann ein entzückendes Schauspiel, unter Mitwirkung der Musik, die auf dem Uferdamm aufgestellt war.

Eine der Jungfrauen machte den Anfang und schickte fürs erste ein paar Pomeranzen aus leichter Hand hinüber, die, dort mit gleicher Leichtigkeit aufgefangen, alsbald zurückkehrten; so ging es hin und her, und weil nach und nach immer mehr Mädchen zuhalfen, so flogs mit Pomeranzen bald dem Dutzend nach in immer schnellerem Tempo hin und wider. Die Schöne in der Mitte nahm an dem Kampfe keinen Anteil, als daß sie höchst begierig von ihrem Schemel aus zusah. Wir konnten die Geschicklichkeit auf beiden Seiten nicht genug bewundern. Die Schiffe drehten sich auf etwa dreißig Schritte in langsamer Bewegung umeinander, kehrten sich bald die ganze Flanke zu, bald schief das halbe Vorderteil; es waren gegen vierundzwanzig Bälle unaufhörlich in der Luft, doch glaubte man in der Verwirrung ihrer viel mehr zu sehen. Manchmal entstand ein förmliches

Kreuzfeuer, oft stiegen sie und fielen in einem hohen Bogen; kaum ging einmal einer und der andere fehl, es war, als stürzten sie von selbst durch eine Kraft der Anziehung in die geöffneten Finger.

So angenehm jedoch das Auge beschäftigt wurde, so lieblich gingen fürs Gehör die Melodien nebenher: sizilianische Weisen, Tänze, Saltarelli, Canzoni a ballo, ein ganzes Quodlibet, auf Girlandenart leicht aneinandergehängt. Die jüngere Prinzeß, ein holdes unbefangenes Geschöpf, etwa von meinem Alter, begleitete den Takt gar artig mit Kopfnicken; ihr Lächeln und die langen Wimpern ihrer Augen kann ich noch heute vor mir sehen.

Nun lassen Sie mich kürzlich den Verlauf der Posse noch erzählen, obschon er weiter nichts zu meiner Sache tut. Man kann sich nicht leicht etwas Hübscheres denken. Währenddem das Scharmützel allmählich ausging und nur noch einzelne Würfe gewechselt wurden, die Mädchen ihre goldenen Äpfel sammelten und in den Korb zurückbrachten, hatte drüben ein Knabe, wie spielenderweis, ein breites, grüngestricktes Netz ergriffen und kurze Zeit unter dem Wasser gehalten; er hob es auf, und zum Erstaunen aller fand sich ein großer, blau, grün und gold schimmernder Fisch in demselben. Die Nächsten sprangen eifrig zu, um ihn herauszuholen, da glitt er ihnen aus den Händen, als wär es wirklich ein lebendiger, und fiel in die See. Das war nun eine abgeredte Kriegslist, die Roten zu betören und aus dem Schiff zu locken. Diese, gleichsam bezaubert von dem Wunder, sobald sie merkten, daß das Tier nicht untertauchen wollte, nur immer auf der Oberfläche spielte, besannen sich nicht einen Augenblick, stürzten sich alle ins Meer, die Grünen ebenfalls, und also sah man zwölf gewandte, wohlgestalte Schwimmer, den fliehenden Fisch zu erhaschen bemüht, indem er auf den Wellen gaukelte, minutenlang unter denselben verschwand, bald da, bald dort, dem einen zwischen den Beinen, dem andern zwischen Brust und Kinn herauf wieder zum Vorschein kam. Auf einmal, wie die Roten eben am hitzigsten auf ihren Fang aus waren, ersah die andere Partei ihren Vorteil und erstieg schnell wie der Blitz das fremde, ganz den Mädchen überlassene Schiff unter großem Gekreische der letztern. Der nobelste der Burschen, wie ein Merkur gewachsen, flog mit freudestrahlendem Gesicht auf die schönste zu, umfaßte, küßte sie, die, weit entfernt, in das Geschrei der andern einzustimmen, ihre Arme gleichfalls feurig um den ihr wohlbekannten Jüngling schlang. Die betrogene Schar schwamm zwar eilends herbei, wurde aber mit Rudern und Waffen vom Bord abgetrieben. Ihre unnütze Wut, das Angstgeschrei der Mädchen, der gewaltsame Widerstand einiger von ihnen, ihr Bitten und Flehen, fast erstickt vom übrigen Alarm, des Wassers, der Musik, die plötzlich einen andern Charakter angenommen hatte – es war schön über alle Beschreibung, und die Zuschauer brachen darüber in einen Sturm von Begeisterung aus.

In diesem Moment nun entwickelte sich das bisher locker eingebundene Segel: daraus ging ein rosiger Knabe hervor mit silbernen Schwingen, mit Bogen, Pfeil und Köcher, und in anmutvoller Stellung schwebte er frei auf der Stange. Schon sind die Ruder alle in voller Tätigkeit, das Segel blähte sich auf: allein gewaltiger als beides schien die Gegenwart des Gottes und seine heftig vorwärtseilende Gebärde das Fahrzeug fortzutreiben, dergestalt, daß die fast atemlos nachsetzenden Schwimmer, deren einer den goldenen Fisch hoch mit der Linken über seinem Haupte hielt, die Hoffnung bald aufgaben und bei erschöpften Kräften notgedrungen ihre Zuflucht zu dem verlassenen Schiffe nahmen. Derweil haben die Grünen eine kleine bebuschte Halbinsel erreicht, wo sich unerwartet ein stattliches Boot mit bewaffneten Kameraden im Hinterhalt zeigte. Im Angesicht so drohender Umstände pflanzte das Häufchen eine weiße Flagge auf, zum Zeichen, daß man gütlich unterhandeln wolle. Durch ein gleiches Signal von jenseits ermuntert, fuhren sie auf jenen Haltort zu, und bald sah man daselbst die guten Mädchen alle bis auf die eine, die mit Willen blieb, vergnügt mit ihren Liebhabern das eigene Schiff besteigen. – Hiemit war die Komödie beendigt.«

»Mir deucht«, so flüsterte Eugenie mit leuchtenden Augen dem Baron in einer Pause zu, worin sich jedermann beifällig über das eben Gehörte aussprach, »wir haben hier eine gemalte Symphonie von Anfang bis zu Ende gehabt und ein vollkommenes Gleichnis überdies des Mozartischen Geistes selbst in seiner ganzen Heiterkeit! Hab ich nicht recht? ist nicht die ganze Anmut ‚Figaros' darin?«

Der Bräutigam war im Begriff, ihre Bemerkung dem Komponisten mitzuteilen, als dieser zu reden fortfuhr.

»Es sind nun siebzehn Jahre her, daß ich Italien sah. Wer, der es einmal sah, insonderheit Neapel, denkt nicht sein Leben lang daran, und wär er auch, wie ich, noch halb in Kinderschuhen gesteckt! So lebhaft aber wie heut in Ihrem Garten war mir der letzte schöne Abend am Golf kaum jemals wieder aufgegangen. Wenn ich die Augen schloß – ganz deutlich, klar und hell, den letzten Schleier von sich hauchend, lag die himmlische Gegend vor mir verbreitet! Meer und Gestade, Berg und Stadt, die bunte Menschenmenge an dem Ufer hin, und dann das wundersame Spiel der Bälle durcheinander! Ich glaubte wieder dieselbe Musik in den Ohren zu haben, ein ganzer Rosenkranz von fröhlichen Melodien zog innerlich an mir vorbei, fremdes und eigenes, Krethi und Plethi, eins immer das andre ablösend. Von ungefähr springt ein Tanzliedchen hervor, Sechsachtelstakt, mir völlig neu. – Halt, dacht ich, was gibts hier? Das scheint ein ganz verteufelt niedliches Ding! Ich sehe näher zu – alle Wetter! das ist ja Masetto, das ist ja Zerlina!« – Er lachte gegen Madame Mozart hin, die ihn sogleich erriet.

»Die Sache«, fuhr er fort, »ist einfach diese. In meinem ersten Akt blieb eine kleine leichte Nummer unerledigt, Duett und Chor einer ländlichen Hochzeit. Vor zwei Monaten nämlich, als ich dieses Stück der Ordnung nach vornehmen wollte, da fand sich auf den ersten Wurf das Rechte nicht alsbald. Eine Weise, einfältig und kindlich und sprutzend von Frohlichkeit über und über, ein frischer Busenstrauß mit Flatterband dem Mädel angesteckt, so mußte es sein. Weil man nun im geringsten nichts erzwingen soll, und weil dergleichen Kleinigkeiten sich oft gelegentlich von selber machen, ging ich darüber weg und sah mich im Verfolg der größeren Arbeit kaum wieder danach um. Ganz flüchtig kam mir heut im Wagen, kurz eh wir ins Dorf hereinfuhren, der Text in den Sinn; da spann sich denn weiter nichts an, zum wenigsten nicht daß ichs wüßte. Genug, ein Stündchen später, in der Laube beim Brunnen, erwisch ich ein Motiv, wie ich es glücklicher und besser zu keiner andern Zeit, auf keinem andern Weg erfunden haben würde. Man macht bisweilen in der Kunst besondere Erfahrungen, ein ähnlicher Streich ist mir nie vorgekommen. Denn eine Melodie, dem Vers wie auf den Leib gegossen – doch, um nicht vorzugreifen, so weit sind wir noch nicht, der Vogel hatte nur den Kopf erst aus dem Ei, und auf der Stelle fing ich an, ihn vollends rein herauszuschälen. Dabei schwebte mir lebhaft der Tanz der Zerline vor Augen, und wunderlich spielte zugleich die lachende Landschaft am Golf von Neapel herein. Ich hörte die wechselnden Stimmen des Brautpaars, die Dirnen und Burschen im Chor.«

Hier trällerte Mozart ganz lustig den Anfang des Liedchens:

Giovinette, che fatte all' amore, che fatte all' amore,
Non lasciate, che passi l'età, che passi l'età, che passi l'età!
Se nel seno vi bulica il core, vi bulica il core,
Il remedio vedete lo quà! La la la! La la la!
Che piacer, che piacer che sarà!
Ah la la! Ah la la u.s.f.*

»Mittlerweile hatten meine Hände das große Unheil angerichtet. Die Nemesis lauerte schon an der Hecke und trat jetzt hervor in Gestalt des entsetzlichen Mannes im galonierten blauen Rock. Ein Ausbruch des Vesuvio, wenn er in Wirklichkeit damals an dem göttlichen Abend am Meer Zuschauer und Akteurs, die ganze Herrlichkeit Parthenopes mit einem schwarzen Aschenregen urplötzlich verschüttet und zugedeckt hätte, bei Gott, die Katastrophe wäre mir nicht unerwarteter und schrecklicher gewesen. Der Satan der! so heiß hat mir nicht leicht jemand gemacht. Ein Gesicht wie aus Erz – einigermaßen dem grausamen römischen Kaiser Tiberius ähnlich! Sieht so der Diener aus, dacht ich, nachdem er weggegangen, wie mag erst Seine Gnaden selbst dreinsehen. Jedoch, die Wahrheit zu gestehn, ich rechnete schon ziemlich auf den Schutz der Damen, und das nicht ohne Grund. Denn diese Stanzel da, mein Weibchen, etwas neugierig von Natur, ließ sich im Wirtshaus von der dicken Frau das Wissenswürdigste von denen sämtlichen Persönlichkeiten der gnädigen Herrschaft in meinem Beisein erzählen, ich stand dabei und hörte so –«

* Liebe Schwestern, zur Liebe geboren,
Nützt der Jugend schön blühende Zeit!
Hängt ihr's Köpfchen in Sehnsucht verloren,
Amor ist euch zu helfen bereit.
Tral la la!
Welch Vergnügen erwartet euch da! u. s. w.

Hier konnte Madame Mozart nicht umhin, ihm in das Wort zu fallen und auf das angelegentlichste zu versichern, daß im Gegenteil *er* der Ausfrager gewesen; es kam zu heitern Kontestationen zwischen Mann und Frau, die viel zu lachen gaben. – »Dem sei nun, wie ihm wolle«, sagte er, »kurzum, ich hörte so entfernt etwas von einer lieben Pflegetochter, welche Braut, sehr schön, dazu die Güte selber sei und singe wie ein Engel. Per Dio! fiel mir jetzt ein: das hilft dir aus der Lauge! Du setz'st dich auf der Stelle hin, schreibst 's Liedchen auf, so weit es geht, erklärst die Sottise der Wahrheit gemäß, und es gibt einen trefflichen Spaß. Gedacht, getan. Ich hatte Zeit genug, auch fand sich noch ein sauberes Bögchen grün liniert Papier. – Und hier ist das Produkt! Ich lege es in diese schönen Hände, ein Brautlied aus dem Stegreif, wenn Sie es dafür gelten lassen.«

So reichte er sein reinlichst geschriebenes Notenblatt Eugenien über den Tisch, des Onkels Hand kam aber der ihrigen zuvor, er haschte es hinweg und rief: »Geduld noch einen Augenblick, mein Kind!«

Auf seinen Wink tat sich die Flügeltüre des Salons weit auf, und es erschienen einige Diener, die den verhängnisvollen Pomeranzenbaum anständig, ohne Geräusch in den Saal hereintrugen und an der Tafel unten auf eine Bank niedersetzten; gleichzeitig wurden rechts und links zwei schlanke Myrtenbäumchen aufgestellt. Eine am Stamm des Orangenbaums befestigte Inschrift bezeichnete ihn als Eigentum der Braut; vorn aber, auf dem Moosgrund, stand, mit einer Serviette bedeckt, ein Porzellanteller, der, als man das Tuch hinwegnahm, eine zerschnittene Orange zeigte, neben welche der Oheim mit listigem Blick des Meisters Autographon steckte. Allgemeiner unendlicher Jubel erhob sich darüber.

»Ich glaube gar«, sagte die Gräfin, »Eugenie weiß noch nicht einmal, was eigentlich da vor ihr steht? Sie kennt wahrhaftig ihren alten Liebling in seinem neuen Flor und Früchteschmuck nicht mehr!«

Bestürzt, ungläubig sah das Fräulein bald den Baum, bald ihren Oheim an. »Es ist nicht möglich«, sagte sie. »Ich weiß ja wohl, er war nicht mehr zu retten.«

»Du meinst also«, versetzte jener, »man habe dir nur irgend ungefähr so ein Ersatzstück ausgesucht? Das wär was Rechts! Nein, sieh nur her – ich muß es machen, wie's in der Komödie der Brauch ist, wo sich die totgeglaubten Söhne oder Brüder durch ihre Muttermäler und Narben legitimieren. Schau diesen Auswuchs da! und hier die Schrunde übers Kreuz, du mußt sie hundertmal bemerkt haben. Nun, ist ers, oder ist ers nicht?« – Sie konnte nicht mehr zweifeln; ihr Staunen, ihre Rührung und Freude war unbeschreiblich.

Es knüpfte sich an diesen Baum für die Familie das mehr als hundertjährige Gedächtnis einer ausgezeichneten Frau, welche wohl verdient, daß wir ihrer mit wenigem hier gedenken.

Des Oheims Großvater, durch seine diplomatischen Verdienste im Wiener Kabinett rühmlich bekannt, von zwei Regenten nacheinander mit gleichem Vertrauen beehrt, war innerhalb seines eigenen Hauses nicht minder glücklich im Besitz einer vortrefflichen Gemahlin, Renate Leonore. Ihr wiederholter Aufenthalt in Frankreich brachte sie vielfach mit dem glänzenden Hofe Ludwigs XIV. und mit den bedeutendsten Männern und Frauen dieser merkwürdigen Epoche in Berührung. Bei ihrer unbefangenen Teilnahme an jenem steten Wechsel des geistreichsten Lebensgenusses verleugnete sie auf keinerlei Art in Worten und Werken die angestammte deutsche Ehrenfestigkeit und sittliche Strenge, die sich in den kräftigen Zügen des noch vorhandenen Bildnisses der Gräfin unverkennbar ausprägt. Vermöge eben dieser Denkungsweise übte sie in der gedachten Sozietät eine eigentümliche naive Opposition, und ihre hinterlassene Korrespondenz weist eine Menge Spuren davon auf, mit wie viel Freimut und herzhafter Schlagfertigkeit, es mochte nun von Glaubenssachen, von Literatur und Politik oder von was immer die Rede sein, die originelle Frau ihre gesunden Grundsätze und Ansichten zu verteidigen, die Blößen der Gesellschaft anzugreifen wußte, ohne doch dieser im mindesten sich lästig zu machen. Ihr reges Interesse für sämtliche Personen, die man im Hause einer Ninon, dem eigentlichen Herd der feinsten Geistesbildung, treffen konnte, war demnach so beschaffen und geregelt, daß es sich mit dem höheren Freundschaftsverhältnis zu einer der edelsten Damen jener Zeit, der Frau von Sévigné, vollkommen wohl vertrug. Neben manchen mutwilligen Scherzen Chapelles an sie, vom Dichter eigenhändig auf Blätter mit silberblumigem Rande gekritzelt, fanden sich die liebevollsten Briefe der Marquisin und ihrer

Tochter an die ehrliche Freundin aus Österreich nach ihrem Tod in einem Ebenholzschränkchen der Großmutter vor.

Frau von Sévigné war es denn auch, aus deren Hand sie eines Tages, bei einem Feste zu Trianon, auf der Terasse des Gartens den blühenden Orangenzweig empfing, den sie sofort auf das Geratewohl in einen Topf setzte und glücklich angewurzelt mit nach Deutschland nahm.

Wohl fünfundzwanzig Jahre wuchs das Bäumchen unter ihren Augen allgemach heran und wurde später von Kindern und Enkeln mit äußerster Sorgfalt gepflegt. Es konnte nächst seinem persönlichen Werte zugleich als lebendes Symbol der feingeistigen Reize eines beinahe vergötterten Zeitalters gelten, worin wir heutzutage freilich des wahrhaft Preisenswerten wenig finden können, und das schon eine unheilvolle Zukunft in sich trug, deren welterschütternder Eintritt dem Zeitpunkt unserer harmlosen Erzählung bereits nicht ferne mehr lag.

Die meiste Liebe widmete Eugenie dem Vermachtnis der würdigen Ahnfrau, weshalb der Oheim öfters merken ließ, es dürfte wohl einst eigens in ihre Hände übergehen. Desto schmerzlicher war es dem Fräulein denn auch, als der Baum im Frühling des vorigen Jahres, den sie nicht hier zubrachte, zu trauern begann, die Blätter gelb wurden und viele Zweige abstarben. In Betracht, daß irgendeine besondere Ursache seines Verkommens durchaus nicht zu entdecken war und keinerlei Mittel anschlug, gab ihn der Gärtner bald verloren, obwohl er seiner naturlichen Ordnung nach leicht zwei- und dreimal älter werden konnte. Der Graf hingegen, von einem benachbarten Kenner beraten, ließ ihn nach einer sonderbaren, selbst rätselhaften Vorschrift, wie sie das Landvolk häufig hat, in einem abgesonderten Raume ganz insgeheim behandeln, und seine Hoffnung, die geliebte Nichte eines Tags mit dem zu neuer Kraft und voller Fruchtbarkeit gelangten alten Freund zu überraschen, ward über alles Erwarten erfüllt. Mit Überwindung seiner Ungeduld und nicht ohne Sorge, ob denn wohl auch die Früchte, von denen etliche zuletzt den höchsten Grad der Reife hatten, so lang am Zweig halten würden, verschob er die Freude um mehrere Wochen auf das heutige Fest, und es bedarf nun weiter keines Worts darüber, mit welcher Empfindung der gute Herr ein solches Glück noch im letzten Moment durch einen Unbekannten sich verkümmert sehen mußte.

Der Leutnant hatte schon vor Tisch Gelegenheit und Zeit gefunden, seinen dichterischen Beitrag zu der feierlichen Übergabe ins reine zu bringen und seine vielleicht ohnehin etwas zu ernst gehaltenen Verse durch einen veränderten Schluß den Umständen möglichst anzupassen. Er zog nunmehr sein Blatt hervor, das er, vom Stuhle sich erhebend und an die Cousine gewendet, vorlas. Der Inhalt der Strophen war kurz gefaßt dieser:

Ein Nachkömmling des vielgepriesnen Baums der Hesperiden, der vor alters, auf einer westlichen Insel, im Garten der Juno, als eine Hochzeitgabe für sie von Mutter Erde, hervorgesproßt war, und welchen die drei melodischen Nymphen bewachten, hat eine ähnliche Bestimmung von jeher gewünscht und gehofft, da der Gebrauch, eine herrliche Braut mit seinesgleichen zu beschenken, von den Göttern vorlängst auch unter die Sterblichen kam.

Nach langem vergeblichen Warten scheint endlich die Jungfrau gefunden, auf die er seine Blicke richten darf. Sie erzeigt sich ihm günstig und verweilt oft bei ihm. Doch der musische Lorbeer, sein stolzer Nachbar am Bord der Quelle, hat seine Eifersucht erregt, indem er droht, der kunstbegabten Schönen Herz und Sinn für die Liebe der Männer zu rauben. Die Myrte tröstete ihn umsonst und lehrt ihn Geduld durch ihr eigenes Beispiel; zuletzt jedoch ist es die andauernde Abwesenheit der Liebsten, was seinen Gram vermehrt und ihm nach kurzem Siechtum tödlich wird.

Der Sommer bringt die Entfernte und bringt sie mit glücklich umgewandtem Herzen zurück. Das Dorf, das Schloß, der Garten, alles empfängt sie mit tausend Freuden. Rosen und Lilien, in erhöhtem Schimmer, sehen entzückt und beschämt zu ihr auf, Glück winken ihr Sträucher und Bäume: für *einen*, ach, den edelsten, kommt sie zu spät. Sie findet seine Krone verdorrt, ihre Finger betasten den leblosen Stamm und die klirrenden Spitzen seines Gezweigs. Er kennt und sieht seine Pflegerin nimmer. Wie weint sie, wie strömt ihre zärtliche Klage!

Apollo von weitem vernimmt die Stimme der Tochter. Er kommt, er tritt herzu und schaut mitfühlend ihren Jammer. Alsbald mit seinen allheilenden Händen berührt er den Baum, daß er in sich erbebt, der vertrocknete Saft in der Rinde gewaltsam anschwillt, schon junges

Laub ausbricht, schon weiße Blumen da und dort in ambrosischer Fülle aufgehen. Ja – denn was vermöchten die Himmlischen nicht? – schön runde Früchte setzen an, dreimal drei, nach der Zahl der neun Schwestern; sie wachsen und wachsen, ihr kindliches Grün zusehends mit der Farbe des Goldes vertauschend. Phöbus – so schloß sich das Gedicht –

Phöbus überzählt die Stücke,
Weidet selbsten sich daran,
Ja, es fängt im Augenblicke
Ihm der Mund zu wässern an;

Lächelnd nimmt der Gott der Töne
Von der saftigsten Besitz:
Laß uns teilen, holde Schöne,
Und für Amorn – diesen Schnitz!

Der Dichter erntete rauschenden Beifall, und gern verzieh man die barocke Wendung, durch welche der Eindruck des wirklich gefühlvollen Ganzen so völlig aufgehoben wurde.

Franziska, deren froher Mutterwitz schon zu verschiedenen Malen bald durch den Hauswirt, bald durch Mozart in Bewegung gesetzt worden war, lief jetzt geschwinde, wie von ungefähr an etwas erinnert, hinweg und kam zurück mit einem braunen englischen Kupferstich großten Formats, welcher wenig beachtet in einem ganz entfernten Kabinett unter Glas und Rahmen hing.

»Es muß doch wahr sein, was ich immer hörte«, rief sie aus, indem sie das Bild am Ende der Tafel aufstellte, »daß sich unter der Sonne nichts Neues begibt! Hier eine Szene aus dem goldenen Weltalter – und haben wir sie nicht erst heute erlebt? Ich hoffe doch, Apollo werde sich in dieser Situation erkennen.«

»Vortrefflich!« triumphierte Max, »da hätten wir ihn ja, den schönen Gott, wie er sich just gedankenvoll über den heiligen Quell hinbeugt. Und damit nicht genug – dort, seht nur, einen alten Satyr hinten im Gebüsch, der ihn belauscht! Man möchte darauf schwören, Apoll besinnt sich eben auf ein lange vergessenes arkadisches Tänzchen, das ihn in seiner Kindheit der alte Chiron zu der Zither lehrte.«

»So ists! nicht anders!« applaudierte Franziska, die hinter Mozart stand. »Und«, fuhr sie gegen diesen fort, »bemerken Sie auch wohl den fruchtbeschwerten Ast, der sich zum Gott heruntersenkt?«

»Ganz recht; es ist der ihm geweihte Ölbaum.«

»Keineswegs! die schönsten Apfelsinen sinds! Gleich wird er sich in der Zerstreuung eine herunterholen.«

»Vielmehr«, rief Mozart, »er wird gleich diesen Schelmenmund mit tausend Küssen schließen!« Damit erwischte er sie am Arm und schwur, sie nicht mehr loszulassen, bis sie ihm ihre Lippen reiche, was sie denn auch ohne vieles Sträuben tat.

»Erkläre uns doch, Max«, sagte die Gräfin, »was unter dem Bilde hier steht!«

»Es sind Verse aus einer berühmten Horazischen Ode. Der Dichter Ramler in Berlin hat uns das Stück vor kurzem unübertrefflich deutsch gegeben. Es ist vom höchsten Schwung. Wie prächtig eben diese *eine* Stelle:

– – – hier, der auf der Schulter
Keinen unthätigen Bogen führet!

Der seines Delos grünenden Mutterhain
Und Pataras beschatteten Strand bewohnt,
Der seines Hauptes goldne Locken
In die kastalischen Fluten tauchet.«

»Schön! wirklich schön!« sagte der Graf, »nur hie und da bedarf es der Erläuterung. So z.B. ‚der keinen untätigen Bogen führet' hieße natürlich schlechtweg: der allezeit einer der fleißigsten Geiger gewesen. Doch, was ich sagen wollte: bester Mozart, Sie säen Unkraut zwischen zwei zärtliche Herzen.«

»Ich will nicht hoffen – wieso?«

»Eugenie beneidet ihre Freundin und hat auch allen Grund.«

»Aha, Sie haben mir schon meine schwache Seite abgemerkt. Aber was sagt der Bräutigam dazu?«

»Ein- oder zweimal will ich durch die Finger sehen.«

»Sehr gut; wir werden der Gelegenheit wahr nehmen. Indes fürchten Sie nichts, Herr Baron; es hat keine Gefahr, solang mir nicht der Gott hier sein Gesicht und seine langen gelben Haare borgt. Ich wünsche wohl, er täts! er sollte auf der Stelle Mozarts Zopf mitsamt seinem schönsten Bandl dafür haben.«

»Apollo möge aber dann zusehen«, lachte Franziska, »wie er es anfängt künftig, seinen neuen französischen Haarschmuck mit Anstand in die kastalische Flut zu tauchen.«

Unter diesen und ähnlichen Scherzen stieg Lustigkeit und Mutwillen immer mehr. Die Männer spürten nach und nach den Wein, es wurden eine Menge Gesundheiten getrunken, und Mozart kam in den Zug, nach seiner Gewohnheit in Versen zu sprechen, wobei ihm der Leutnant das Gleichgewicht hielt und auch der Papa nicht zurückbleiben wollte; es glückte ihm ein paarmal zum Verwundern. Doch solche Dinge lassen sich für die Erzählung kaum festhalten, sie wollen eigentlich nicht wiederholt sein, weil eben das, was sie an ihrem Ort unwiderstehlich macht, die allgemein erhöhte Stimmung, der Glanz, die Jovialität des persönlichen Ausdrucks in Wort und Blick fehlt.

Unter andern wurde von dem alten Fräulein zu Ehren des Meisters ein Toast ausgebracht, der ihm noch eine ganze lange Reihe unsterblicher Werke verhieß. – »À la bonne heure! ich bin dabei!« rief Mozart und stieß sein Kelchglas kräftig an. Der Graf begann hierauf mit großer Macht und Sicherheit der Intonation, kraft eigener Eingebung, zu singen:

Mögen ihn die Götter stärken
Zu den angenehmen Werken –

Max (fortfahrend)

Wovon der da Ponte weder
Noch der große Schikaneder –

Mozart

Noch bi Gott der Komponist
's mindest weiß zu dieser Frist!

Graf

Alle, alle soll sie jener
Hauptspitzbub von Italiener
Noch erleben, wünsch' ich sehr,
Unser Signor Bonbonnière!*

* So nannte Mozart unter Freunden seinen Kollegen Salieri, der, wo er ging und stand, Zuckerwerk naschte, zugleich mit Anspielung auf das Zierliche seiner Person.

Max

Gut, ich geb ihm hundert Jahre –

Mozart

Wenn ihn nicht samt seiner Ware –

Alle drei con forza

Noch der Teufel holt vorher,
Unsern Monsieur Bonbonnière.

Durch des Grafen ausnehmende Singlust schweifte das zufällig entstandene Terzett mit Wiederaufnahme der letzten vier Zeilen in einen sogenannten endlichen Kanon aus, und die Fräulein Tante besaß Humor oder Selbstvertrauen genug, ihren verfallenen Soprano mit allerhand Verzierungen zweckdienlich einzumischen. Mozart gab nachher das Versprechen, bei guter Muße diesen Spaß nach den Regeln der Kunst expreß für die Gesellschaft auszuführen, das er auch später von Wien aus erfüllte.

Eugenie hatte sich im stillen längst mit ihrem Kleinod aus der Laube des Tiberius vertraut gemacht; allgemein verlangte man jetzt, das Duett vom Komponisten und ihr gesungen zu hören, und der Oheim war glücklich, im Chor seine Stimme abermals geltend zu machen. Also erhob man sich und eilte zum Klavier ins große Zimmer nebenan.

Ein so reines Entzücken nun auch das köstliche Stück bei allen erregte, so führte doch sein Inhalt selbst, mit einem raschen Übergang, auf den Gipfel geselliger Lust, wo die Musik an und für sich nicht weiter in Betracht mehr kommt, und zwar gab zuerst unser Freund das Signal, indem er vom Klavier aufsprang, auf Franziska zuging und sie, während Max bereitwilligst die Violine ergriff, zu einem Schleifer persuadierte. Der Hauswirt säumte nicht, Madame Mozart aufzufordern. Im Nu waren alle beweglichen Möbel, den Raum zu erweitern, durch geschäftige Diener entfernt. Es mußte nach und nach ein jedes an die Tour, und Fräulein Tante nahm es keineswegs übel, daß der galante Leutnant sie zu einer Menuett abholte, worin sie sich völlig verjüngte. Schließlich, als Mozart mit der Braut den Kehraus tanzte, nahm er sein versichertes Recht auf ihren schönen Mund in bester Form dahin.

Der Abend war herbeigekommen, die Sonne nah am Untergehen, es wurde nun erst angenehm im Freien, daher die Gräfin den Damen vorschlug, sich im Garten noch ein wenig zu erholen. Der Graf dagegen lud die Herrn auf das Billardzimmer, da Mozart bekanntlich dies Spiel sehr liebte. So teilte man sich denn in zwei Partien, und wir unsererseits folgen den Frauen.

Nachdem sie den Hauptweg einigemal gemächlich auf und ab gegangen, erstiegen sie einen runden, von einem hohen Rebengeländer zur Hälfte umgebenen Hügel, von wo man in das offene Feld, auf das Dorf und die Landstraße sah. Die letzten Strahlen der herbstlichen Sonne funkelten rötlich durch das Weinlaub herein.

»Wäre hier nicht vertraulich zu sitzen«, sagte die Gräfin, »wenn Madame Mozart uns etwas von sich und dem Gemahl erzählen wollte?«

Sie war ganz gerne bereit, und alle nahmen höchst behaglich auf den im Kreis herbeigerückten Stühlen Platz.

»Ich will etwas zum besten geben, das Sie auf alle Fälle hätten hören müssen, da sich ein kleiner Scherz darauf bezieht, den ich im Schilde führe. Ich habe mir in den Kopf gesetzt, der Gräfin Braut zur fröhlichen Erinnerung an diesen Tag ein Angebind von sonderlicher Qualität zu verehren. Dasselbe ist so wenig Gegenstand des Luxus und der Mode, daß es lediglich nur durch seine Geschichte einigermaßen interessieren kann.«

»Was mag das sein, Eugenie?« sagte Franziska, »zum wenigsten das Tintenfaß eines berühmten Mannes.«

»Nicht allzuweit gefehlt! Sie sollen es noch diese Stunde sehen; im Reisekoffer liegt der Schatz. Ich fange an und werde mit Ihrer Erlaubnis ein wenig weiter ausholen.

Vorletzten Winter wollte mir Mozarts Gesundheitszustand, durch vermehrte Reizbarkeit und häufige Verstimmung, ein fieberhaftes Wesen, nachgerade bange machen. In Gesellschaft noch zuweilen lustig, oft mehr als recht natürlich, war er zu Haus meist trüb in sich hinein, seufzte und klagte. Der Arzt empfahl ihm Diät, Pyrmonter und Bewegung außerhalb der Stadt. Der Patient gab nicht viel auf den guten Rat; die Kur war unbequem, zeitraubend, seinem Taglauf schnurstracks entgegen. Nun machte ihm der Doktor die Hölle etwas heiß, er mußte eine lange Vorlesung anhören von der Beschaffenheit des menschlichen Geblüts, von den Kügelgens darin, vom Atemholen und vom Phlogiston – halt unerhörte Dinge; auch wie es eigentlich gemeint sei von der Natur mit Essen, Trinken und Verdauen, das eine Sache ist, worüber Mozart bis dahin ganz ebenso unschuldig dachte wie sein Junge von fünf Jahren. Die Lektion, in der Tat, machte merklichen Eindruck. Der Doktor war noch keine halbe Stunde weg, so find ich meinen Mann nachdenklich, aber mit aufgeheitertem Gesicht auf seinem Zimmer über der Betrachtung eines Stocks, den er in einem Schrank mit alten Sachen suchte und auch glücklich fand; ich hätte nicht gemeint, daß er sich dessen nur erinnerte. Er stammte noch von meinem Vater, ein schönes Rohr mit hohem Knopf von Lapislazuli. Nie sah man einen Stock in Mozarts Hand, ich mußte lachen.

‚Du siehst', rief er, ‚ich bin daran, mit meiner Kur mich völlig ins Geschirr zu werfen. Ich will das Wasser trinken, mir alle Tage Motion im Freien machen und mich dabei dieses Stabes bedienen. Da sind mir nun verschiedene Gedanken beigegangen. Es ist doch nicht umsonst, dacht' ich, daß andere Leute, was da gesetzte Männer sind, den Stock nicht missen können. Der Kommerzienrat, unser Nachbar, geht niemals über die Straße, seinen Gevatter zu besuchen, der Stock muß mit. Professionisten und Beamte, Kanzleiherrn, Krämer und Chalanten, wenn sie am Sonntag mit Familie vor die Stadt spazieren, ein jeder führt sein wohlgedientes, rechtschaffenes Rohr mit sich. Vornehmlich hab ich oft bemerkt, wie auf dem Stephansplatz, ein Viertelstündchen vor der Predigt und dem Amt, ehrsame Bürger da und dort truppweis beisammen stehen im Gespräch: hier kann man so recht sehen, wie eine jede ihrer stillen Tugenden, ihr Fleiß und Ordnungsgeist, gelaßner Mut, Zufriedenheit sich auf die wackern Stöcke gleichsam als eine gute Stütze lehnt und stemmt. Mit *einem* Wort, es muß ein Segen und besonderer Trost in der altväterischen und immerhin etwas geschmacklosen Gewohnheit liegen. Du magst es glauben oder nicht, ich kann es kaum erwarten, bis ich mit diesem guten Freund das erstemal im Gesundheitspaß über die Brücke nach dem Rennweg promeniere! Wir kennen uns bereits ein wenig, und ich hoffe, daß unsere Verbindung für alle Zeit geschlossen ist.'

Die Verbindung war von kurzer Dauer: das drittemal, daß beide miteinander aus waren, kam der Begleiter nicht mehr mit zurück. Ein anderer wurde angeschafft, der etwas länger Treue hielt, und jedenfalls schrieb ich der Stockliebhaberei ein gut Teil von der Ausdauer zu, womit Mozart drei Wochen lang der Vorschrift seines Arztes ganz erträglich nachkam. Auch blieben die guten Folgen nicht aus; wir sahen ihn fast nie so frisch, so hell und von so gleichmäßiger Laune. Doch machte er sich leider in kurzem wieder allzu grün, und täglich hatt ich deshalb meine Not mit ihm. Damals geschah es nun, daß er, ermüdet von der Arbeit eines anstrengenden Tages, noch spät, ein paar neugieriger Reisenden wegen zu einer musikalischen Soiree ging – auf eine Stunde bloß, versprach er mir heilig und teuer; doch das sind immer die Gelegenheiten, wo die Leute, wenn er nur erst am Flügel festsitzt und im Feuer ist, seine Gutherzigkeit am mehrsten mißbrauchen; denn da sitzt er alsdann wie das Männchen in einer Montgolfiere, sechs Meilen hoch über dem Erdboden schwebend, wo man die Glocken nicht mehr schlagen hört. Ich schickte den Bedienten zweimal mitten in der Nacht dahin, umsonst, er konnte nicht zu seinem Herrn gelangen. Um drei Uhr früh kam dieser denn endlich nach Haus. Ich nahm mir vor, den ganzen Tag ernstlich mit ihm zu schmollen.«

Hier überging Madame Mozart einige Umstände mit Stillschweigen. Es war, muß man wissen, nicht unwahrscheinlich, daß zu gedachter Abendunterhaltung auch eine junge Sängerin, Signora Malerbi, kommen würde, an welcher Frau Constanze mit allem Recht Ärgernis nahm. Diese Römerin war durch Mozarts Verwendung bei der Oper angestellt worden, und ohne Zweifel hatten ihre koketten Künste nicht geringen Anteil an der Gunst des Meisters. Sogar wollten einige wissen, sie habe ihn mehrere Monate lang eingezogen und heiß genug auf ihrem Rost gehalten. Ob dies nun völlig wahr sei oder sehr übertrieben, gewiß ist, sie benahm sich nachher frech und undankbar und erlaubte sich selbst Spöttereien über ihren Wohltäter. So war es ganz in ihrer Art, daß sie ihn einst gegenüber einem ihrer glücklichern Verehrer kurzweg un piccolo grifo raso (ein kleines rasiertes Schweinsrüsselchen) nannte. Der Einfall, einer Circe würdig, war um so empfindlicher, weil er, wie man gestehen muß, immerhin ein Körnchen Wahrheit enthielt.*

Beim Nachhausegehen von jener Gesellschaft, bei welcher übrigens die Sängerin zufällig nicht erschienen war, beging ein Freund im Übermut des Weins die Indiskretion, dem Meister dies boshafte Wort zu verraten. Er wurde schlecht davon erbaut, denn eigentlich war es für ihn der erste unzweideutige Beweis von der gänzlichen Herzlosigkeit seines Schützlings. Vor lauter Entrüstung darüber empfand er nicht einmal sogleich den frostigen Empfang am Bette seiner Frau. In *einem* Atem teilte er ihr die Beleidigung mit, und diese Ehrlichkeit läßt wohl auf einen mindern Grad von Schuldbewußtsein schließen. Fast machte er ihr Mitleid rege. Doch hielt sie geflissentlich an sich, es sollte ihm nicht so leicht hingehen. Als er von einem schweren Schlaf kurz nach Mittag erwachte, fand er das Weibchen samt den beiden Knaben nicht zu Hause, vielmehr säuberlich den Tisch für ihn allein gedeckt.

Von jeher gab es wenige Dinge, welche Mozart so unglücklich machten, als wenn nicht alles hübsch eben und heiter zwischen ihm und seiner guten Hälfte stand. Und hätte er nun erst gewußt, welche weitere Sorge sie schon seit mehreren Tagen mit sich herumtrug! – eine der schlimmsten in der Tat, mit deren Eröffnung sie ihn nach alter Gewohnheit so lange wie möglich verschonte. Ihre Barschaft war ehestens alle und keine Aussicht auf baldige Einnahme da. Ohne Ahnung von dieser häuslichen Extremität war gleichwohl sein Herz auf eine Art beklommen, die mit jenem verlegenen, hülflosen Zustand eine gewisse Ähnlichkeit hatte. Er mochte nicht essen, er konnte nicht bleiben. Geschwind zog er sich vollends an, um nur aus der Stickluft des Hauses zu kommen. Auf einem offenen Zettel hinterließ er ein paar Zeilen italienisch: »Du hast mirs redlich eingetränkt, und geschieht mir schon recht. Sei aber wieder gut, ich bitte dich, und lache wieder, bis ich heimkomme. Mir ist zumut, als möcht ich ein Kartäuser und Trappiste werden, ein rechter Heulochs, sag ich dir!« – Sofort nahm er den Hut, nicht aber auch den Stock zugleich; der hatte seine Epoche passiert.

* Man hat hier ein älteres kleines Profilbild im Auge, das, gut gezeichnet und gestochen, sich auf dem Titelblatt eines Mozartschen Klavierwerks befindet, unstreitig das ähnlichste von allen, auch neuerdings im Kunsthandel erschienenen Porträts.

Haben wir Frau Constanze bis hieher in der Erzählung abgelöst, so können wir auch wohl noch eine kleine Strecke weiter fortfahren.

Von seiner Wohnung bei der Schranne rechts gegen das Zeughaus einbiegend, schlenderte der teure Mann – es war ein warmer, etwas umwölkter Sommernachmittag – nachdenklich lässig über den sogenannten Hof und weiter an der Pfarre zu unsrer lieben Frau vorbei, dem Schottentor entgegen, wo er seitwärts zur Linken auf die Mölkerbastei stieg und dadurch der Ansprache mehrerer Bekannten, die eben zur Stadt hereinkamen, entging. Nur kurze Zeit genoß er hier, obwohl von einer stumm bei den Kanonen auf und nieder gehenden Schildwache nicht belästigt, der vortrefflichen Aussicht über die grüne Ebene des Glacis und die Vorstädte hin nach dem Kahlenberg und südlich nach den Steierischen Alpen. Die schöne Ruhe der äußern Natur widersprach seinem innern Zustand. Mit einem Seufzer setzte er seinen Gang über die Esplanade und sodann durch die Alser-Vorstadt ohne bestimmten Zielpunkt fort.

Am Ende der Währinger Gasse lag eine Schenke mit Kegelbahn, deren Eigentümer, ein Seilermeister, durch seine gute Ware wie durch die Reinheit seines Getränks den Nachbarn und Landleuten, die ihr Weg vorüberführte, gar wohl bekannt war. Man hörte Kegelschieben, und übrigens ging es bei einer Anzahl von höchstens einem Dutzend Gästen mäßig zu. Ein kaum bewußter Trieb, sich unter anspruchlosen, natürlichen Menschen in etwas zu vergessen, bewog den Musiker zur Einkehr. Er setzte sich an einen der sparsam von Bäumen beschatteten Tische zu einem Wiener Brunnen-Obermeister und zwei andern Spießbürgern, ließ sich ein Schöppchen kommen und nahm an ihrem sehr alltäglichen Diskurs eingehend teil, ging dazwischen umher oder schaute dem Spiel auf der Kegelbahn zu.

Unweit von der letzteren, an der Seite des Hauses, befand sich der offene Laden des Seilers, ein schmaler, mit Fabrikaten vollgepfropfter Raum, weil außer dem, was das Handwerk zunächst lieferte, auch allerlei hölzernes Küchen-, Keller- und landwirtschaftliches Gerät, ingleichem Tran und Wagensalbe, auch weniges von Sämereien, Dill und Kümmel zum Verkauf umherstand oder -hing. Ein Mädchen, das als Kellnerin die Gäste zu bedienen und nebenbei den Laden zu besorgen hatte, war eben mit einem Bauern beschäftigt, welcher, sein

Söhnlein an der Hand, herzugetreten war, um einiges zu kaufen, ein Fruchtmaß, eine Bürste, eine Geißel. Er suchte unter vielen Stücken eines heraus, prüfte es, legte es weg, ergriff ein zweites und drittes und kehrte unschlüssig zum ersten zurück; es war kein Fertigwerden. Das Mädchen entfernte sich mehrmals der Aufwartung wegen, kam wieder und war unermüdlich, ihm seine Wahl zu erleichtern und annehmlich zu machen, ohne daß sie viel darum schwatzte.

Mozart sah und hörte auf einem Bänkchen bei der Kegelbahn diesem allen mit Vergnügen zu. So sehr ihm auch das gute verständige Betragen des Mädchens, die Ruhe und der Ernst in ihren ansprechenden Zügen gefiel, noch mehr interessierte ihn für jetzt der Bauer, welcher ihm, nachdem er ganz befriedigt abgezogen, noch viel zu denken gab. Er hatte sich vollkommen in den Mann hineinversetzt, gefühlt, wie wichtig die geringe Angelegenheit von ihm behandelt, wie ängstlich und gewissenhaft die Preise, bei einem Unterschied von wenig Kreuzern, hin und her erwogen wurden. Und, dachte er, wenn nun der Mann zu seinem Weibe heimkommt, ihr seinen Handel rühmt, die Kinder alle passen, bis der Zwerchsack aufgeht, darin auch was für sie sein mag; sie aber eilt, ihm einen Imbiß und einen frischen Trunk selbstgekelterten Obstmost zu holen, darauf er seinen ganzen Appetit verspart hat!

Wer auch so glücklich wäre, so unabhängig von den Menschen! ganz nur auf die Natur gestellt und ihren Segen, wie sauer auch dieser erworben sein will!

Ist aber mir mit meiner Kunst ein anderes Tagwerk anbefohlen, das ich am Ende doch mit keinem in der Welt vertauschen würde: warum muß ich dabei in Verhältnissen leben, die das gerade Widerspiel von solch unschuldiger, einfacher Existenz ausmachen? Ein Gütchen wenn du hättest, ein kleines Haus bei einem Dorf in schöner Gegend, du solltest wahrlich neu aufleben! Den Morgen über fleißig bei deinen Partituren, die ganze übrige Zeit bei der Familie; Bäume pflanzen, deinen Acker besuchen, im Herbst mit den Buben die Äpfel und die Birn' heruntertun; bisweilen eine Reise in die Stadt zu einer Aufführung und sonst, von Zeit zu Zeit ein Freund und mehrere bei dir – welch eine Seligkeit! Nun ja, wer weiß, was noch geschieht.

Er trat vor den Laden, sprach freundlich mit dem Mädchen und fing an, ihren Kram genauer zu betrachten. Bei der unmittelbaren Verwandtschaft, welche die meisten dieser Dinge zu jenem idyllischen Anfluge hatten, zog ihn die Sauberkeit, das Helle, Glatte, selbst der Geruch der mancherlei Holzarbeiten an. Es fiel ihm plötzlich ein, verschiedenes für seine Frau, was ihr nach seiner Meinung angenehm und nutzbar wäre, auszuwählen. Sein Augenmerk ging zuvörderst auf Gartenwerkzeug. Constanze hatte nämlich vor Jahr und Tag auf seinen Antrieb ein Stückchen Land vor dem Kärnthner Tor gepachtet und etwas Gemüse darauf gebaut; daher ihm jetzt fürs erste ein neuer großer Rechen, ein kleinerer dito samt Spaten ganz zweckmäßig schien. Dann weiteres anlangend, so macht es seinen ökonomischen Begriffen alle Ehre, daß er einem ihn sehr appetitlich anlachenden Butterfaß nach kurzer Überlegung, wiewohl ungern, entsagte; dagegen ihm ein hohes, mit Deckel und schön geschnitztem Henkel versehenes Geschirr zu unmaßgeblichem Gebrauch einleuchtete. Es war aus schmalen Stäben von zweierlei Holz, abwechselnd hell und dunkel, zusammengesetzt, unten weiter als oben und innen trefflich ausgepicht. Entschieden für die Küche empfahl sich eine schöne Auswahl Rührlöffel, Wellhölzer, Schneidbretter und Teller von allen Größen sowie ein Salzbehälter einfachster Konstruktion zum Aufhängen.

Zuletzt besah er sich noch einen derben Stock, dessen Handhabe mit Leder und runden Messingnägeln gehörig beschlagen war. Da der sonderbare Kunde auch hier in einiger Versuchung schien, bemerkte die Verkäuferin mit Lächeln, das sei just kein Tragen für Herrn. »Du hast recht, mein Kind«, versetzte er, »mir deucht, die Metzger auf der Reise haben solche; weg damit, ich will ihn nicht. Das übrige hingegen alles, was wir da ausgelesen haben, bringst du mir heute oder morgen ins Haus.« Dabei nannte er ihr seinen Namen und die Straße. Er ging hierauf, um auszutrinken, an seinen Tisch, wo von den dreien nur noch einer, ein Klempnermeister, saß.

»Die Kellnerin hat heut mal einen guten Tag«, bemerkte der Mann. »Ihr Vetter läßt ihr vom Erlös im Laden am Gulden einen Batzen.«

Mozart freute sich nun seines Einkaufs doppelt; gleich aber sollte seine Teilnahme an der Person noch größer werden. Denn als sie wieder in die Nähe kam, rief ihr derselbe Bürger zu: »Wie stehts, Creszenz? Was macht der Schlosser? Feilt er nicht bald sein eigen Eisen?«

»O was!« erwiderte sie im Weitereilen: »selbiges Eisen, schätz ich, wächst noch im Berg, zuhinterst.«

»Es ist ein guter Tropf«, sagte der Klempner. »Sie hat lang ihrem Stiefvater hausgehalten und ihn in der Krankheit verpflegt, und da er tot war, kams heraus, daß er ihr Eigenes aufgezehrt hatte; zeither dient sie da ihrem Verwandten, ist alles und alles im Geschäft, in der Wirtschaft und bei den Kindern. Sie hat mit einem braven Gesellen Bekanntschaft und würde ihn je eher je lieber heiraten; das aber hat so seine Haken.«

»Was für? Er ist wohl auch ohne Vermögen?«

»Sie ersparten sich beide etwas, doch langt es nicht gar. Jetzt kommt mit nächstem drinnen ein halber Hausteil samt Werkstatt in Gant; dem Seiler wärs ein leichtes, ihnen vorzuschießen, was noch zum Kaufschilling fehlt, allein er läßt die Dirne natürlich nicht gern fahren. Er hat gute Freunde im Rat und bei der Zunft, da findet der Geselle nun allenthalben Schwierigkeiten.«

»Verflucht!« – fuhr Mozart auf, so daß der andere erschrak und sich umsah, ob man nicht horche. »Und da ist niemand, der ein Wort nach dem Recht dareinspräche? den Herrn eine Faust vorhielte? Die Schufte, die! Wart nur, man kriegt euch noch beim Wickel.«

Der Klempner saß wie auf Kohlen. Er suchte das Gesagte auf eine ungeschickte Art zu mildern, beinahe nahm er es völlig zurück. Doch Mozart hörte ihn nicht an. »Schämt Euch, wie Ihr nun schwatzt. So machts ihr Lumpen allemal, sobald es gilt, mit etwas einzustehen!« – Und hiemit kehrte er dem Hasenfuß ohne Abschied den Rücken. Der Kellnerin, die alle Hände voll zu tun hatte mit neuen Gästen, raunte er nur im Vorbeigehen zu: »Komme morgen beizeiten, grüße mir deinen Liebsten; ich hoffe, daß eure Sache gut geht.« Sie stutzte nur und hatte weder Zeit noch Fassung, ihm zu danken.

Geschwinder als gewöhnlich, weil der Auftritt ihm das Blut etwas in Wallung brachte, ging er vorerst denselben Weg, den er gekommen, bis an das Glacis, auf welchem er dann langsamer, mit einem Umweg, im weiten Halbkreis um die Wälle wandelte. Ganz mit der Angelegenheit des armen Liebespaars beschäftigt, durchlief er in Gedanken eine Reihe seiner Bekannten und Gönner, die auf die eine oder andere Weise in diesem Fall etwas vermochten. Da indessen, bevor er sich irgend zu einem Schritt bestimmte, noch nähere Erklärungen von seiten des Mädchens erforderlich waren, beschloß er diese ruhig abzuwarten, und war nunmehr, mit Herz und Sinn den Füßen vorauseilend, bei seiner Frau zu Hause.

Mit innerer Gewißheit zählte er auf einen freundlichen, ja fröhlichen Willkommen, Kuß und Umarmung schon auf der Schwelle, und Sehnsucht verdoppelte seine Schritte beim Eintritt in das Kärnthner Tor. Nicht weit davon ruft ihn der Postträger an, der ihm ein kleines, doch gewichtiges Paket übergibt, worauf er eine ehrliche und akkurate Hand augenblicklich erkennt. Er tritt mit dem Boten, um ihn zu quittieren, in den nächsten Kaufladen; dann, wieder auf der Straße, kann er sich nicht bis in sein Haus gedulden; er reißt die Siegel auf, halb gehend, halb stehend, verschlingt er den Brief.

»Ich saß«, fuhr Madame Mozart hier in der Erzählung bei den Damen fort, »am Nähtisch, hörte meinen Mann die Stiege heraufkommen und den Bedienten nach mir fragen. Sein Tritt und seine Stimme kam mir beherzter, aufgeräumter vor, als ich erwartet und als mir wahrhaftig angenehm war. Erst ging er auf sein Zimmer, kam aber gleich herüber. ‚Guten Abend!' sagt' er; ich, ohne aufzusehen, erwiderte ihm kleinlaut. Nachdem er die Stube ein paarmal stillschweigend gemessen, nahm er unter erzwungenem Gähnen die Fliegenklatsche hinter der Tür, was ihm noch niemals eingefallen war, und murmelte vor sich: ‚Wo nur die Fliegen gleich wieder herkommen!' – fing an zu patschen da und dort, und zwar so stark wie möglich. Dies war ihm stets der unleidlichste Ton, den ich in seiner Gegenwart nie hören lassen durfte. Hm, dacht ich, daß doch, was man selber tut, zumal die Männer, ganz etwas anderes ist! Übrigens hatte ich so viele Fliegen gar nicht wahrgenommen. Sein seltsames Betragen verdroß mich wirklich sehr. – ‚Sechse auf *einen* Schlag!' rief er; ‚willst du sehen?' – Keine Antwort. Da legte er mir etwas aufs Nähkissen hin, daß ich es sehen mußte, ohne ein Auge von meiner Arbeit zu verwenden. Es war nichts Schlechteres als ein Häufchen Gold, so viel man Dukaten zwischen zwei Finger nimmt. Er setzte seine Possen hinter meinem Rücken fort, tat hin und wieder einen Streich und sprach dabei für sich: ‚Das fatale, unnütze, schamlose Gezücht! Zuwas Zweck es nur eigentlich auf der Welt ist – Patsch! – offenbar bloß, daß mans totschlage – Pitsch – darauf verstehe ich mich einigermaßen, darf ich behaupten. – Die Naturgeschichte belehrt uns über die erstaunliche Vermehrung dieser Geschöpfe – Pitsch Patsch –: in meinem Hause wird immer sogleich damit aufgeräumt. Ah maledette! disperate! – Hier wieder ein Stück zwanzig. Magst du sie?' – Er kam und tat wie vorhin. Hatte ich bisher mit Mühe das Lachen unterdrückt, länger war es unmöglich, ich platzte heraus, er fiel mir um den Hals, und beide kicherten und lachten wir um die Wette.

,Woher kommt dir denn aber das Geld?' frag ich, während daß er den Rest aus dem Röllelchen schüttelt. – ,Vom Fürsten Esterhazy! durch den Haydn! Lies nur den Brief.' Ich las:

,Eisenstadt u.s.w. Teuerster Freund! Seine Durchlaucht, mein gnädigster Herr, hat mich zu meinem größesten Vergnügen damit betraut, Ihnen beifolgende sechzig Dukaten zu übermachen. Wir haben letzt Ihre Quartetten wieder ausgeführt, und Seine Durchlaucht waren solchermaßen davon eingenommen und befriediget, als bei dem erstenmal, vor einem Vierteljahre, kaum der Fall gewesen. Der Fürst bemerkte mir (ich muß es wörtlich schreiben): als Mozart Ihnen diese Arbeit dedizierte, hat er geglaubt, nur Sie zu ehren, doch kanns ihm nichts verschlagen, wenn ich zugleich ein Kompliment für mich darin erblicke. Sagen Sie ihm, ich denke von seinem Genie bald so groß wie Sie selbst, und mehr könn er in Ewigkeit nicht verlangen. – Amen! setz ich hinzu. Sind Sie zufrieden?

Postkript. Der lieben Frau ins Ohr: Sorgen Sie gütigst, daß die Danksagung nicht aufgeschoben werde. Am besten geschäh' es persönlich. Wir müssen so guten Wind sein erhalten.'

,Du Engelsmann! o himmlische Seele!' rief Mozart ein übers andere Mal, und es ist schwer zu sagen, was ihn am meisten freute, der Brief oder des Fürsten Beifall oder das Geld. Was mich betrifft, aufrichtig gestanden, mir kam das letztere gerade damals höchst gelegen. Wir feierten noch einen sehr vergnügten Abend.

Von der Affäre in der Vorstadt erfuhr ich jenen Tag noch nichts, die folgenden ebensowenig, die ganze nächste Woche verstrich, keine Creszenz erschien, und mein Mann, in einem Strudel von Geschäften, vergaß die Sache bald. Wir hatten an einem Sonnabend Gesellschaft; Hauptmann Wesselt, Graf Hardegg und andere musizierten. In einer

Pause werde ich hinausgerufen – da war nun die Bescherung! Ich geh hinein und frage: ‚Hast du Bestellung in der Alservorstadt auf allerlei Holzware gemacht?' – ‚Potz Hagel, ja! Ein Mädchen wird da sein? Laß sie nur hereinkommen.' So trat sie denn in größter Freundlichkeit, einen vollen Korb am Arm, mit Rechen und Spaten ins Zimmer, entschuldigte ihr langes Ausbleiben, sie habe den Namen der Gasse nicht mehr gewußt und sich erst heut zurechtgefragt. Mozart nahm ihr die Sachen nacheinander ab, die er sofort mit Selbstzufriedenheit mir überreichte. Ich ließ mir herzlich dankbar alles und jedes wohl gefallen, belobte und pries, nur nahm es mich wunder, wozu er das Gartengeräte gekauft. – ‚Natürlich', sagt' er, ‚für dein Stückchen an der Wien.' – ‚Mein Gott, das haben wir ja aber lange abgegeben! weil uns das Wasser immer so viel Schaden tat und überhaupt gar nichts dabei herauskam. Ich sagte dirs, du hattest nichts dawider.' – ‚Was? Und also die Spargeln, die wir dies Frühjahr speisten' – ‚Waren immer vom Markt.' – ‚Seht', sagt' er, ‚hätt ich das gewußt! Ich lobte sie dir so aus bloßer Artigkeit, weil du mich wirklich dauertest mit deiner Gärtnerei; es waren Dingerl wie die Federspulen.'

Die Herrn belustigte der Spaß überaus; ich mußte einigen sogleich das Überflüssige zum Andenken lassen. Als aber Mozart nun das Mädchen über ihr Heiratsanliegen ausforschte, sie ermunterte, hier nur ganz frei zu sprechen, da das, was man für sie und ihren Liebsten tun würde, in der Stille, glimpflich und ohne jemandes Anklagen solle ausgerichtet werden, so äußerte sie sich gleichwohl mit so viel Bescheidenheit, Vorsicht und Schonung, daß sie alle Anwesenden völlig gewann und man sie endlich mit den besten Versprechungen entließ.

‚Den Leuten muß geholfen werden!' sagte der Hauptmann. ‚Die Innungskniffe sind das wenigste dabei; hier weiß ich einen, der das bald in Ordnung bringen wird. Es handelt sich um einen Beitrag für das Haus, Einrichtungskosten und dergleichen. Wie, wenn wir ein Konzert für Freunde im Trattnerischen Saal mit Entrée ad libitum ankündigten?' – Der Gedanke fand lebhaften Anklang. Einer der Herrn ergriff das Salzfaß und sagte: ‚Es müßte jemand zur Einleitung einen hübschen historischen Vortrag tun, Herrn Mozarts Einkauf schildern, seine menschenfreundliche Absicht erklären, und hier das

Prachtgefäß stellt man auf einem Tisch als Opferbüchse auf, die beiden Rechten als Dekoration rechts und links dahinter gekreuzt.‘

Dies nun geschah zwar nicht, hingegen das Konzert kam zustande; es warf ein Erkleckliches ab, verschiedene Beiträge folgten nach, daß das beglückte Paar noch Überschuß hatte, und auch die andern Hindernisse waren schnell beseitigt. Duscheks in Prag, unsre genausten Freunde dort, bei denen wir logieren, vernahmen die Geschichte, und *sie*, eine gar gemütliche herzige Frau, verlangte von dem Kram aus Kuriosität auch etwas zu haben; so legt' ich denn das Passendste für sie zurück und nahm es bei dieser Gelegenheit mit. Da wir inzwischen unverhofft eine neue liebe Kunstverwandte finden sollten, die nah daran ist, sich den eigenen Herd einzurichten, und ein Stück gemeinen Hausrat, welches Mozart ausgewählt, gewißlich nicht verschmähen wird, will ich mein Mitbringen halbieren, und Sie haben die Wahl zwischen einem schön durchbrochenen Schokoladequirl und mehrgedachter Salzbüchse, an welcher sich der Künstler mit einer geschmackvollen Tulpe verunköstigt hat. Ich würde unbedingt zu diesem Stück raten; das edle Salz, soviel ich weiß, ist ein Symbol der Häuslichkeit und Gastlichkeit, wozu wir alle guten Wünsche für Sie legen wollen.«

So weit Madame Mozart. Wie dankbar und wie heiter alles von den Damen auf- und angenommen wurde, kann man denken. Der Jubel erneuerte sich, als gleich darauf bei den Männern oben die Gegenstände vorgelegt und das Muster patriarchalischer Simplizität nun förmlich übergeben ward, welchem der Oheim in dem Silberschranke seiner nunmehrigen Besitzerin und ihrer spätesten Nachkommen keinen geringern Platz versprach, als jenes berühmte Kunstwerk des florentinischen Meisters in der Ambraser Sammlung einnehme.

Es war schon fast acht Uhr; man nahm den Tee. Bald aber sah sich unser Musiker an sein schon am Mittag gegebenes Wort, die Gesellschaft näher mit dem »Höllenbrand« bekannt zu machen, der unter Schloß und Riegel, doch zum Glück nicht allzutief im Reisekoffer lag, dringend erinnert. Er war ohne Zögern bereit. Die Auseinandersetzung der Fabel des Stücks hielt nicht lange auf, das Textbuch wurde aufgeschlagen, und schon brannten die Lichter am Fortepiano.

Wir wünschten wohl, unsere Leser streifte hier zum wenigsten etwas von jener eigentümlichen Empfindung an, womit oft schon ein einzeln abgerissener, aus einem Fenster beim Vorübergehen an unser Ohr getragener Akkord, der nur von *dorther* kommen kann, uns wie elektrisch trifft und wie gebannt festhält; etwas von jener süßen Bangigkeit, wenn wir in dem Theater, solange das Orchester stimmt, dem Vorhang gegenüber sitzen. Oder ist es nicht so? Wenn auf der Schwelle jedes erhabenen tragischen Kunstwerks, es heiße »Macbeth«, »Ödipus« oder wie sonst, ein Schauer der ewigen Schönheit schwebt, wo träfe dies in höherem, auch nur in gleichem Maße zu, als eben hier? Der Mensch verlangt und scheut zugleich, aus seinem gewöhnlichen Selbst vertrieben zu werden, er fühlt, das Unendliche wird ihn berühren, das seine Brust zusammenzieht, indem es sie ausdehnen und den Geist gewaltsam an sich reißen will. Die Ehrfurcht vor der vollendeten Kunst tritt hinzu; der Gedanke, ein göttliches Wunder genießen, es als ein Verwandtes in sich aufnehmen zu dürfen, zu können, führt eine Art von Rührung, ja von Stolz mit sich, vielleicht den glücklichsten und reinsten, dessen wir fähig sind.

Unsre Gesellschaft aber hatte damit, daß sie ein uns von Jugend auf völlig zu eigen gewordenes Werk jetzt erstmals kennen lernen sollte, einen von unserem Verhältnis unendlich verschiedenen Stand, und, wenn man das beneidenswerte Glück der persönlichen Vermittlung durch den Urheber abrechnet, bei weitem nicht den günstigen wie wir, da eine reine und vollkommene Auffassung eigentlich niemand möglich war, auch in mehr als *einem* Betracht selbst dann nicht möglich gewesen sein würde, wenn das Ganze unverkürzt hätte mitgeteilt werden können.

Von achtzehn fertig ausgearbeiteten Nummern* gab der Komponist vermutlich nicht die Hälfte; (wir finden in dem unserer Darstellung zugrunde liegenden Bericht nur das letzte Stück dieser Reihe, das Sextett, ausdrücklich angeführt) – er gab sie meistens, wie es scheint, in einem freien Auszug, bloß auf dem Klavier und sang stellenweise darein, wie es kam und sich schickte. Von der Frau ist gleichfalls nur

* Bei dieser Zählung ist zu wissen, daß Elviras Arie mit dem Rezitativ und Leporellos »Habs verstanden« nicht ursprünglich in der Oper enthalten gewesen.

bemerkt, daß sie zwei Arien vorgetragen habe. Wir möchten uns, da ihre Stimme so stark als lieblich gewesen sein soll, die erste der Donna Anna (»Du kennst den Verräter«) und eine von den beiden der Zerline dabei denken.

Genau genommen waren, dem Geist, der Einsicht, dem Geschmacke nach, Eugenie und ihr Verlobter die einzigen Zuhörer, wie der Meister sie sich wünschen mußte, und jene war es sicher ungleich mehr als dieser. Sie saßen beide tief im Grunde des Zimmers; das Fräulein regungslos, wie eine Bildsäule, und in die Sache aufgelöst auf einen solchen Grad, daß sie auch in den kurzen Zwischenräumen, wo sich die Teilnahme der übrigen bescheiden äußerte oder die innere Bewegung sich unwillkürlich mit einem Ausruf der Bewunderung Luft machte, die von dem Bräutigam an sie gerichteten Worte immer nur ungenügend zu erwidern vermochte.

Als Mozart mit dem überschwenglich schönen Sextett geschlossen hatte und nach und nach ein Gespräch aufkam, schien er vornehmlich einzelne Bemerkungen des Barons mit Interesse und Wohlgefallen aufzunehmen. Es wurde vom Schlusse der Oper die Rede sowie von der vorläufig auf den Anfang Novembers anberaumten Aufführung, und da jemand meinte, gewisse Teile des Finale möchten noch eine Riesenaufgabe sein, so lächelte der Meister mit einiger Zurückhaltung; Constanze aber sagte zu der Gräfin hin, daß er es hören mußte: »Er hat noch was in petto, womit er geheim tut, auch vor mir.«

»Du fällst«, versetzte er, »aus deiner Rolle, Schatz, daß du das jetzt zur Sprache bringst; wenn ich nun Lust bekäme, von neuem anzufangen? und in der Tat, es juckt mich schon.«

»Leporello!« rief der Graf, lustig aufspringend, und winkte einem Diener: »Wein! Sillery, drei Flaschen!«

»Nicht doch! damit ist es vorbei – mein Junker hat sein Letztes im Glase.«

»Wohl bekomms ihm – und jedem das Seine!«

»Mein Gott, was hab ich da gemacht!« lamentierte Constanze, mit einem Blick auf die Uhr, »gleich ist es elfe, und morgen früh solls fort – wie wird das gehen?«

»Es geht halt gar nicht, Beste! nur schlechterdings gar nicht.«

»Manchmal«, fing Mozart an, »kann sich doch ein Ding sonderbar fügen. Was wird denn meine Stanzl sagen, wenn sie erfährt, daß eben das Stück Arbeit, was sie nun hören soll, um eben diese Stunde in der Nacht, und zwar gleichfalls vor einer angesetzten Reise, zur Welt geboren ist?«

»Wärs möglich? Wann? Gewiß vor drei Wochen, wie du nach Eisenstadt wolltest?«

»Getroffen! Und das begab sich so. Ich kam nach zehne, du schliefst schon fest, von Richters Essen heim und wollte versprochenermaßen auch bälder zu Bett, um morgens beizeiten heraus und in den Wagen zu steigen. Inzwischen hatte Veit, wie gewöhnlich, die Lichter auf dem Schreibtisch angezündet, ich zog mechanisch den Schlafrock an, und fiel mir ein, geschwind mein letztes Pensum noch einmal anzusehen. Allein, o Mißgeschick! verwünschte, ganz unzeitige Geschäftigkeit der Weiber! du hattest aufgeräumt, die Noten eingepackt – die mußten nämlich mit: der Fürst verlangte eine Probe von dem Opus; – ich suchte, brummte, schalt, umsonst! Darüber fällt mein Blick auf ein versiegeltes Kuvert: vom Abbate, den greulichen Haken nach auf der Adresse – ja wahrlich! und schickt mir den umgearbeiteten Rest seines Texts, den ich vor Monatsfrist noch nicht zu sehen hoffte. Sogleich sitz ich begierig hin und lese und bin entzückt, wie gut der Kauz verstand, was ich wollte. Es war alles weit simpler, gedrängter und reicher zugleich. Sowohl die Kirchhofsszene wie das Finale, bis zum Untergang des Helden, hat in jedem Betracht sehr gewonnen. (Du sollst mir aber auch, dacht ich, vortrefflicher Poet, Himmel und Hölle nicht unbedankt zum zweitenmal beschworen haben!) Nun ist es sonst meine Gewohnheit nicht, in der Komposition etwas vorauszunehmen, und wenn es noch so lockend wäre; das bleibt eine Unart, die sich sehr übel bestrafen kann. Doch gibt es Ausnahmen, und kurz, der Auftritt bei der Reiterstatue des Gouverneurs, die Drohung, die vom Grabe des Erschlagenen her urplötzlich das Gelächter des Nachtschwärmers haarsträubend unterbricht, war mir bereits in die Krone gefahren. Ich griff einen Akkord und fühlte, ich hatte an der rechten Pforte angeklopft, dahinter schon die ganze Legion von Schrecken beeinanderliege, die im Finale loszulassen sind. So kam fürs erste ein Adagio heraus: d moll, vier Takte nur, darauf ein zweiter Satz mit fünfen – es wird, bild ich mir ein, auf dem Theater etwas Ungewöhnliches geben, wo die stärksten Blasinstrumente die Stimme begleiten. Einstweilen hören Sie's, so gut es sich hier machen läßt.«

Er löschte ohne weiteres die Kerzen der beiden neben ihm stehenden Armleuchter aus, und jener furchtbare Choral »Dein Lachen endet vor der Morgenröte!« erklang durch die Totenstille des Zimmers. Wie von entlegenen Sternenkreisen fallen die Töne aus silbernen Posaunen, eiskalt, Mark und Seele durchschneidend, herunter durch die blaue Nacht.

»Wer ist hier? Antwort!« hört man Don Juan fragen. Da hebt es wieder an, eintönig wie zuvor, und gebietet dem ruchlosen Jüngling, die Toten in Ruhe zu lassen.

Nachdem diese dröhnenden Klänge bis auf die letzte Schwingung in der Luft verhallt waren, fuhr Mozart fort: »Jetzt gab es für mich begreiflicherweise kein Aufhören mehr. Wenn erst das Eis einmal an *einer* Uferstelle bricht, gleich kracht der ganze See und klingt bis an den entferntesten Winkel hinunter. Ich ergriff unwillkürlich denselben Faden weiter unten bei Don Juans Nachtmahl wieder, wo Donna Elvira sich eben entfernt hat und das Gespenst, der Einladung gemäß, erscheint. – Hören Sie an.«

Es folgte nun der ganze lange, entsetzenvolle Dialog, durch welchen auch der Nüchternste bis an die Grenze menschlichen Vorstellens, ja über sie hinaus gerissen wird, wo wir das Übersinnliche schauen und hören und innerhalb der eigenen Brust von einem Äußersten zum andern willenlos uns hin und her geschleudert fühlen.

Menschlichen Sprachen schon entfremdet, bequemt sich das unsterbliche Organ des Abgeschiedenen, noch einmal zu reden. Bald nach der ersten fürchterlichen Begrüßung, als der Halbverklärte die ihm gebotene irdische Nahrung verschmäht, wie seltsam schauerlich wandelt seine Stimme auf den Sprossen einer luftgewebten Leiter unregelmäßig auf und nieder! Er fordert schleunigen Entschluß zur Buße: kurz ist dem Geist die Zeit gemessen; weit, weit, weit ist der Weg! Und wenn nun Don Juan, im ungeheuren Eigenwillen den ewigen Ordnungen trotzend, unter dem wachsenden Andrang der höllischen Mächte ratlos ringt, sich sträubt und windet, und endlich untergeht, noch mit dem vollen Ausdruck der Erhabenheit in jeder Gebärde – wem zitterten nicht Herz und Nieren vor Lust und Angst zugleich? Es ist ein Gefühl, ähnlich dem, womit man das prächtige Schauspiel einer unbändigen Naturkraft, den Brand eines herrlichen Schiffes anstaunt. Wir nehmen wider Willen gleichsam Partei für diese blinde Größe und teilen knirschend ihren Schmerz im reißenden Verlauf ihrer Selbstvernichtung.

Der Komponist war am Ziele. Eine Zeitlang wagte niemand, das allgemeine Schweigen zuerst zu brechen.

»Geben Sie uns«, fing endlich, mit noch beklemmtem Atem, die Gräfin an, »geben Sie uns, ich bitte Sie, einen Begriff, wie Ihnen war, da Sie in jener Nacht die Feder weglegten!«

Er blickte, wie aus einer stillen Träumerei ermuntert, helle zu ihr auf, besann sich schnell und sagte, halb zu der Dame, halb zu seiner Frau: »Nun ja, mir schwankte wohl zuletzt der Kopf. Ich hatte dies verzweifelte Dibattimento bis zu dem Chor der Geister, in *einer* Hitze fort, beim offenen Fenster, zu Ende geschrieben und stand nach einer kurzen Rast vom Stuhl auf, im Begriff, nach deinem Kabinett zu gehen, damit wir noch ein bißchen plaudern und sich mein Blut ausgleiche. Da machte ein überquerer Gedanke mich mitten im Zimmer still stehen.« (Hier sah er zwei Sekunden lang zu Boden, und sein Ton verriet beim Folgenden eine kaum merkbare Bewegung.) »Ich sagte zu mir selbst: wenn du noch diese Nacht wegstürbest und müßtest deine Partitur an diesem Punkt verlassen: ob dirs auch Ruh im Grabe ließ' – Mein Auge hing am Docht des Lichts in meiner Hand und auf den Bergen von abgetropftem Wachs. Ein Schmerz bei dieser Vorstellung durchzückte mich einen Moment; dann dacht' ich weiter: wenn denn hernach über kurz oder lang ein anderer, vielleicht gar so ein Welscher, die Oper zu vollenden bekäme und fände von der Introduktion bis Numero siebzehn, mit Ausnahme *einer* Piece, alles sauber beisammen, lauter gesunde, reife Früchte ins hohe Gras geschüttelt, daß er sie nur auflesen dürfte; ihm graute aber doch ein wenig hier vor der Mitte des Finale, und er fände alsdann unverhofft den tüchtigen Felsbrocken da insoweit schon beiseite gebracht: er möchte drum nicht übel in das Fäustchen lachen! Vielleicht wär er versucht, mich um die Ehre zu betrügen. Er sollte aber wohl die Finger dran verbrennen; da wär noch immerhin ein Häuflein guter Freunde, die meinen Stempel kennen und mir, was mein ist, redlich sichern würden. – Nun ging ich, dankte Gott mit einem vollen Blick hinauf, und dankte, liebes Weibchen, deinem Genius, der dir so lange seine beiden Hände sanft über die Stirne gehalten, daß du fortschliefst wie eine Ratze und mich kein einzig Mal anrufen konntest. Wie ich dann aber endlich kam und du mich um die Uhr befrugst, log ich dich frischweg ein paar Stunden jünger, als du warst, denn es ging stark auf viere; und nun wirst du begreifen, warum du mich um sechse nicht aus den Federn brachtest, der Kutscher wieder heimgeschickt und auf den andern Tag bestellt werden mußte.«

»Natürlich,« versetzte Constanze, »nur bilde sich der schlaue Mann nicht ein, man sei so dumm gewesen, nichts zu merken! Deswegen brauchtest du mir deinen schönen Vorsprung fürwahr nicht zu verheimlichen!«

»Auch war es nicht deshalb.«

»Weiß schon – du wolltest deinen Schatz vorerst noch unbeschrien haben.«

»Mich freut nur«, rief der gutmütige Wirt, »daß wir morgen nicht nötig haben, ein edles Wiener Kutscherherz zu kränken, wenn Herr Mozart partout nicht aufstehen kann. Die Ordre ‚Hans, spann wieder aus!' tut jederzeit sehr weh.«

Diese indirekte Bitte um längeres Bleiben, mit der sich die übrigen Stimmen im herzlichsten Zuspruch verbanden, gab den Reisenden Anlaß zu Auseinandersetzung sehr triftiger Gründe dagegen; doch verglich man sich gerne dahin, daß nicht zu zeitig aufgebrochen und noch vergnügt zusammen gefrühstückt werden solle.

Man stand und drehte sich noch eine Zeitlang in Gruppen schwatzend umeinander. Mozart sah sich nach jemandem um, augenscheinlich nach der Braut; da sie jedoch gerade nicht zugegen war, so richtete er naiverweise die ihr bestimmte Frage unmittelbar an die ihm nahestehende Franziska: »Was denken Sie denn nun im ganzen von unserm ‚Don Giovanni'? was können Sie ihm Gutes prophezeien?«

»Ich will«, versetzte sie mit Lachen, »im Namen meiner Base so gut antworten, als ich kann: Meine einfältige Meinung ist, daß, wenn ‚Don Giovanni' nicht aller Welt den Kopf verrückt, so schlägt der liebe Gott seinen Musikkasten gar zu, auf unbestimmte Zeit, heißt das, und gibt der Menschheit zu verstehen –« – »Und gibt der Menschheit«, fiel der Onkel verbessernd ein, »den Dudelsack in die Hand und verstocket die Herzen der Leute, daß sie anbeten Baalim.«

»Behüt uns Gott!« lachte Mozart. »Je nun, im Lauf der nächsten sechzig, siebzig Jahre, nachdem ich lang fort bin, wird mancher falsche Prophet aufstehen.«

Eugenie trat mit dem Baron und Max herbei, die Unterhaltung hob sich unversehens auf ein Neues, ward nochmals ernsthaft und bedeutend, so daß der Komponist, eh' die Gesellschaft auseinander ging, sich noch gar mancher schönen, bezeichnenden Äußerung erfreute, die seiner Hoffnung schmeichelte.

Erst lange nach Mitternacht trennte man sich; keines empfand bis jetzt, wie sehr es der Ruhe bedurfte.

Den andern Tag (das Wetter gab dem gestrigen nichts nach) um zehn Uhr sah man einen hübschen Reisewagen, mit den Effekten beider Wiener Gäste bepackt, im Schloßhof stehen. Der Graf stand mit Mozart davor, kurz ehe die Pferde herausgeführt wurden, und fragte, wie er ihm gefalle.

»Sehr gut; er scheint äußerst bequem.«

»Wohlan, so machen Sie mir das Vergnügen und behalten Sie ihn zu meinem Andenken.«

»Wie? ist das Ernst?«

»Was wär es sonst?«

»Heiliger Sixtus und Calixtus – Constanze! du!« rief er zum Fenster hinauf, wo sie mit den andern heraussahn. »Der Wagen soll mein sein! du fährst künftig in deinem eigenen Wagen!«

Er umarmte den schmunzelnden Geber, betrachtete und umging sein neues Besitztum von allen Seiten, öffnete den Schlag, warf sich hinein und rief heraus: »Ich dünke mich so vornehm und so reich wie Ritter Gluck! Was werden sie in Wien für Augen machen!« – »Ich hoffe«, sagte die Gräfin, »Ihr Fuhrwerk wiederzusehn bei der Rückkehr von Prag, mit Kränzen um und um behangen!«

Nicht lang nach diesem letzten fröhlichen Auftritt setzte sich der vielbelobte Wagen mit dem scheidenden Paare wirklich in Bewegung und fuhr im raschen Trab nach der Landstraße zu. Der Graf ließ sie bis Wittingau fahren, wo Postpferde genommen werden sollten.

Wenn gute, vortreffliche Menschen durch ihre Gegenwart vorübergehend unser Haus belebten, durch ihren frischen Geistesodem auch unser Wesen in neuen raschen Schwung versetzten und uns den Segen der Gastfreundschaft in vollem Maße zu empfinden gaben, so läßt ihr Abschied immer eine unbehagliche Stockung, zum mindesten für den Rest des Tags, bei uns zurück, wofern wir wieder ganz nur auf uns selber angewiesen sind.

Bei unsern Schloßbewohnern traf wenigstens das letztere nicht zu. Franziskas Eltern nebst der alten Tante fuhren zwar alsbald auch weg; die Freundin selbst indes, der Bräutigam, Max ohnehin, verblieben noch. Eugenien, von welcher vorzugsweise hier die Rede ist, weil sie das unschätzbare Erlebnis tiefer als alle ergriff, ihr, sollte man denken, konnte nichts fehlen, nichts genommen oder getrübt sein; ihr reines Glück in dem wahrhaft geliebten Mann, das erst soeben seine förmliche Bestätigung erhielt, mußte alles andre verschlingen, vielmehr, das Edelste und Schönste, wovon ihr Herz bewegt sein konnte, mußte sich notwendig mit jener seligen Fülle in *eines* verschmelzen. So wäre es auch wohl gekommen, hätte sie gestern und heute der bloßen Gegenwart, jetzt nur dem reinen Nachgenuß derselben leben können. Allein am Abend schon, bei den Erzählungen der Frau, war sie von leiser Furcht für ihn, an dessen liebenswertem Bild sie sich ergötzte, geheim beschlichen worden; diese Ahnung wirkte nachher, die ganze Zeit als Mozart spielte, hinter allem unsäglichen Reiz, durch alle das geheimnisvolle Grauen der Musik hindurch, im Grund ihres Bewußtseins fort, und endlich überraschte, erschütterte sie das, was er selbst in der nämlichen Richtung gelegentlich von sich erzählte. Es ward ihr so gewiß, so ganz gewiß, daß dieser Mann sich schnell und unaufhaltsam in seiner eigenen Glut verzehre, daß er nur eine flüchtige Erscheinung auf der Erde sein könne, weil sie den Überfluß, den er verströmen würde, in Wahrheit nicht ertrüge.

Dies, neben vielem andern, ging, nachdem sie sich gestern niedergelegt, in ihrem Busen auf und ab, während der Nachhall »Don Juans« verworren noch lange fort ihr inneres Gehör einnahm. Erst gegen Tag schlief sie ermüdet ein.

Die drei Damen hatten sich nunmehr mit ihren Arbeiten in den Garten gesetzt, die Männer leisteten ihnen Gesellschaft, und da das

Gespräch natürlich zunächst nur Mozart betraf, so verschwieg auch Eugenie ihre Befürchtungen nicht. Keins wollte dieselben im mindesten teilen, wiewohl der Baron sie vollkommen begriff. Zur guten Stunde, in recht menschlich reiner, dankbarer Stimmung pflegt man sich jeder Unglücksidee, die einen gerade nicht unmittelbar angeht, aus allen Kräften zu erwehren. Die sprechendsten, lachendsten Gegenbeweise wurden, besonders vom Oheim, vorgebracht, und wie gerne hörte nicht Eugenie alles an! Es fehlte nicht viel, so glaubte sie wirklich, zu schwarz gesehen zu haben.

Einige Augenblicke später, als sie durchs große Zimmer oben ging, das eben gereinigt und wieder in Ordnung gebracht worden war, und dessen vorgezogene, gründamastene Fenstergardinen nur ein sanftes Dämmerlicht zuließen, stand sie wehmütig vor dem Klaviere still. Durchaus war es ihr wie ein Traum, zu denken, wer noch vor wenigen Stunden davor gesessen habe. Lang blickte sie gedankenvoll die Tasten an, die *er* zuletzt berührt, dann drückte sie leise den Deckel zu und zog den Schlüssel ab, in eifersüchtiger Sorge, daß so bald keine andere Hand wieder öffne. Im Weggehn stellte sie beiläufig einige Liederhefte an ihren Ort zurück; es fiel ein älteres Blatt heraus, die Abschrift eines böhmischen Volksliedchens, das Franziska früher, auch wohl sie selbst, manchmal gesungen. Sie nahm es auf, nicht ohne darüber betreten zu sein. In einer Stimmung wie die ihrige wird der natürlichste Zufall leicht zum Orakel. Wie sie es aber auch verstehen wollte, der Inhalt war derart, daß ihr, indem sie die einfachen Verse wieder durchlas, heiße Tränen entfielen.

Ein Tännlein grünet wo,
Wer weiß, im Walde;
Ein Rosenstrauch, wer sagt,
In welchem Garten?
Sie sind erlesen schon,
Denk es, o Seele,
Auf deinem Grab zu wurzeln
Und zu wachsen.

Zwei schwarze Rößlein weiden
Auf der Wiese,

Sie kehren heim zur Stadt
In muntern Sprüngen.
Sie werden schrittweis gehn
Mit deiner Leiche;
Vielleicht, vielleicht noch eh
An ihren Hufen
Das Eisen los wird,
Das ich blitzen sehe!

# GELEGENHEITSSCHRIFTEN

# GESPRÄCH ZWISCHEN MIR (NÄMLICH DEM KANDIDATEN E. MÖRIKE) UND HERRN PROFESSOR SCHWAB

Die Szene ist auf des Kandidaten Zimmer

*Herr Professor* (nachdem er Mantel und Hut abgelegt).

– – Und wie geht es Ihnen?

*Kandidat.* Ich danke sehr. So ziemlich gut – bis auf einen gewissen Punkt. Aber erlauben Sie, daß ich vor allem ein Licht bringe und die Laden schließe.

*Prof.* Ei, lassen Sie es! Es ist noch viel zu hell!

*Kand.* Nun ja! wiewohl es der Feierlichkeit des Gegenstands, den ich Ihnen vorzutragen habe, kuriositätshalber vortrefflich anstehen müßte, wenn wir bei hellem Tag Lichter brennten und alle Türen verriegelten.

*Prof. Wieso?*

*Kand.* Daß ich es Ihnen auf *einen* Streich sage: Der ganze Franckh'sche Handel reut mich, so viel ich Haar auf dem Kopf habe.

*Prof.* Ja – was – ist da zu machen? – Wie kommt es denn?

*Kand.* Ich muß Ihnen gestehen, daß mich gleich von vornherein bei den Einleitungen und als ich hörte, worin mein Geschäft bestehen würde, ein kleiner Frost anwandelte, den ich aber nicht bemerken wollte, weil sich einmal doch eine Auskunft anbot und mir keine bessere Wahl blieb. Ich dachte mit geheimem Widerwillen an das Zeitungsmanufakturwesen, an Buchhändlerabhängigkeit, an das Notleiden meiner eigenen Poesie: aber die 600 f. schwebten mir wie mit goldenen Ziffern vor und der Kirchenrock immer noch wie ein Gespenst. Ich überredete mich, das Zeitungsgeschäft als Nebensache betreiben und meine anderweitigen Arbeiten im Dramatischen, die Hohenstaufen, immer fortsetzen zu können. Zur Not (bildete ich mir ein) müßte eine Erzählung, wie sie heutzutage nach dem Geschmack des Publikums sein soll –, auch noch immer etwas angenehmer für mich zu machen sein, als eine Predigt oder eine Korrektur, also in Gottes Namen die 50 f. monatlich eingesteckt und mich in den Karren gespannt. Der Poet sollte nun zweierlei Röcke haben, nämlich einen mit Flittergoldverbrämung und leichtfertig mit weiten Nadelstichen zusammengenäht, aber desto modischer im Schnitt, und dann ein solideres Gewand, worin ich mich einer ehrwürdigern Dichterzunft zuzugesellen dachte. Auf diese Art glaubte ich meinen Herrn Verleger auch keineswegs zu betrügen, denn jene schnell gefertigte Ware sollte doch immerhin noch zu seiner Zufriedenheit ausfallen und gefiel sie ihm in die Länge nicht, so wollte ich die Verbindlichkeit aufheben. Nun fand sich aber bald, daß ich mich verrechnet hatte. Hören Sie, wie mirs mit dem Erzählungs- und Novellenschreiben erging. In kurzer Zeit waren mehrere Erfindungen im Kopfe skizziert, und zwar fiel die Anlage immer so aus, daß ich mich nicht vor mir selber schämte. Auch war das erste Empfangen des Gegenstands in der Phantasie und die Komposition jedesmal sogar nicht ohne Vergnügen für mich. Allein, so wie es zur Aufführung ging, nahm dasjenige, was ich etwa von Wärme bei mir hatte, bereits ab und gegen die Mitte erstarrte ich völlig; ich fühlte, daß ein Gegenstand, der vorweg nur mittelmäßiges Interesse für mich hatte und kein Moment wahrer Begeisterung in sich trug, mich schlechterdings nicht länger beschäftigen könne. War nun einmal die Lust für die Sache weg und der Magen dafür vergällt, so verkleinerte sich alles unter meiner Hand, es ekelte mich an. Aber wie? werden Sie denken, wenn ich mir vorgesetzt hätte, etwas wirklich Gutes in dieser Gattung zu machen, da doch die Gattung an sich das Gute und sogar das Großartige nicht ausschließt? Hierauf antworte ich Ihnen, daß, wenn ich in diesem Sinne mich daran machen wollte, dies erstens sich mit dem erforderlichen Gang und der Ausgiebigkeit meiner Lieferungen nicht vertragen würde und zweitens würde ich dadurch an Kraft, Stimmung und geistigem Vorrat für denjenigen Teil meiner Produktionen allzuviel verlieren, welcher mir bei weitem mehr am Herzen liegt, als der Ruhm des besten Novellisten, ich meine das *Trauerspiel*. Das letztere ist es auch allein, wozu mich meine ungeteilte Neigung treibt und worin ich mit unerschütterlichem Glauben etwas nicht Gewöhnliches zu leisten hoffe. Nur *diese* Form in Verbindung mit einem mächtigen

Stoff vermag, außer etwa der lyrischen, mich in die nötige Wärme zu setzen und in ihr zu erhalten. Saß ich so am Pult und spitze ein ärmliches Geschichtchen zu und es blies mich ein einziger Gedanke an jene Hohenstaufen an, so stand alles übrige wie abgestandenes Wasser vor mir. Indessen, das Gefühl dieses ganzen Übelstands hätte ich vielleicht noch lange bei mir zurückgedrängt, ohne den Gedanken an eine Auflösung zu wagen, da wollte ein Zufall, daß ich durch jene übertriebene Reise nach N. unwohl wurde und drei Wochen dort liegen bleiben mußte. Während dieser Zeit stellte sich mir die mögliche Unzufriedenheit des Fr. und meines Redakteurs wegen meines Geschäftsretardats, woran ich gleichwohl nicht die mindeste Schuld trug, schon verdrießlich dar und nun knüpfte sich hieran das ganze Gewicht meines übrigen Verdrusses. Ich dachte bereits mit mehr Keckheit, doch noch immer schüchtern genug, an eine Veränderung, und nun seit zwei Tagen ist aber kein Halt mehr bei mir.

*Prof.* Ich bekenne Ihnen, daß, als ich hörte, Sie hätten vorzüglich Erzählungen zu machen, mich das an Ihnen Wunder nahm. Ich kann mir sehr gut vorstellen, inwiefern Sie sich in diesem Genre nicht wohl befinden können. Haben Sie dem Fr. einiges mitgeteilt von der Art?

*Kand.* Mehreres. Er erteilte mir große Lobsprüche, bat mich aufs Äußerste, das Unvollendete doch ja nicht liegen zu lassen. – … Was fertig war, ließ ich ihm.

*Prof.* Hören Sie! Daß es mir leicht wird, mich in Ihre Lage zu versetzen, glauben Sie mir. Besonders kenne ich aus meinen geringen Verbindungen mit Buchhändlern die unerträgliche Plackerei mit ihnen und ihren Forderungen – womit sie einem jede Stunde aufm Hals liegen. Es ist in einer solchen Situation, wo einem die Poesie als der tägliche Leisten vorgeschoben wird, in der Tat auch fast nicht möglich, frei aus der Seele zu schöpfen. Schon das Gefühl: du mußt zu der und der Zeit einhalten, hindert und drückt die freie Regung. Man glaubt sich belauscht, man meint, der Buchhändler stehe immer hinterm Stuhl und passe darauf. Ich spüre das ganz wohl. Aber was nun? Nur zweierlei weiß ich. Entweder Sie schieben den Karren noch eine Weile fort oder Sie gehen aufs Vikariat. Das letztere würd ich, so wahr ich lebe, mit Jubel und Entzücken tun. O die Einsamkeit so einer Vikarstube und die stille Wiese und das Feld hinterm

Dörflein. Das ist der Ort, zu dichten und zu schaffen. Glauben Sie, das waren meine glücklichsten Zeiten. Auf dem Vikariat hab ich Romanzen machen gelernt und sonst in meinem Leben nie wär ich dazu gekommen. Wenn einem der Morast schuhtief vorm Haus liegt und man hinter seine vier Wände gebannt ist, da hat man Zeit, was anzuspinnen. Dann geht das innere Leben an, da kann man die geheimen Schätze, das rechte Gold der Poesie aus der tiefsten Seele mit Muße hervorholen.

*Kand.* Das ist eine schöne Schilderung, aber –

*Prof.* Zwingen Sie einmal ernstlich Ihre Skrupel und ergreifen Sie das Pfarrwesen mit bestem Willen. Das wäre doch der Teufel, wenn Sie sich nicht zwingen könnten. Dann sind Sie ein freier Mann für die Poesie und hängen von keinem Buchhändler ab. Schreiben Sie dort Ihren König Enzius aus, dabei werden Sie als Schriftsteller weiter kommen als auf Ihrer gegenwärtigen Bahn. Und wahrhaftig, was den Pfarrer selber betrifft – er hat ein schönes und begeisterndes Amt. etc.

*Kand.* Sie reden wie aus meiner Seele, und doch sträubt sich etwas in mir.

*Prof.* Nieder damit! Entschließen Sie sich (hiemit schlug er mich freundlich auf die Schulter)! Suchen Sie vom Konsistorium einen Platz zu erhalten, wo man Sie noch in einiger Nähe hat und wo Sie selber noch einige Anregung vom hiesigen Leben haben.

*Kand.* Ich bitte Sie, sagen Sie nur erst, wie mach ich dem Franckh diese unerwartete Entdeckung?

*Prof.* Damit sind wir bald fertig. Nur muß es nicht aussehen, als ob Sie ihm abspenstig gemacht worden wären. Sie sagen kurz und gut: Es sei Ihnen unmöglich, nach der Elle Erzählungen zu machen, aber Sie werden ihm immer von Zeit zu Zeit ungebundene Beiträge liefern. Und das tun Sie auch. Was denken Sie?

(Von hier an spricht der Kandidat, was ihm ein unsichtbarer Agathodämon souffliert.)

*Kand.* Ich denke, Sie haben Recht.

*Prof.* Und wollen Vikar werden?

*Kand.* Ich will.

*Prof.* Von Herzen?

*Kand.* Das wird sich geben.

# ZU MEINER INVESTITUR ALS PFARRER IN CLEVERSULZBACH IM JULI 1834 GESCHRIEBEN

Ich bin am 8. September 1804 zu Ludwigsburg geboren, ein Sohn des im Jahre 1817 als Landvogtei- und Oberamtsarzt verstorbenen Dr. Karl Friedrich Mörike. Von dessen Seite war mein Großvater Gottlieb Mörike, Hofmedikus in der gedachten Stadt. Es schreibt sich die Familie, seitdem sie in Württemberg ist, von Neuenstadt am Kocher her, wohin die ältesten bekannten Vorfahren aus Havelberg in Preußen eingewandert sind. Mein Großvater von mütterlicher Seite war Christian Friedrich Beyer, Pfarrer zu Beuren, Oberamts Nürtingen.

Ich befand mich als Knabe in einem lebhaften Kreis von mehreren Geschwistern, die an Alter teils vor, teils hinter mir standen. Die Verhältnisse meiner Eltern waren für die erste Entwicklung der Kinder günstig genug; allein es konnte der Vater bei einem äußerst geschäftsvollen Amte das ihn den Tag über meist außer dem Hause festhielt, bei der rastlosen Tätigkeit, womit er selbst daheim nur seiner Wissenschaft lebte, an unserer Erziehung nur den allgemeinsten Anteil nehmen. Wenn er auf uns wirkte, so geschah es zufällig durch einzelne Winke oder gewissermaßen stillschweigend durch den so liebevollen als ernsten Eindruck seiner ganzen Persönlichkeit; ausdrücklich belehrend war seine Unterhaltung selten und gegen die Jüngeren, zu denen ich gehörte fast niemals. Dagegen konnte uns im Sittlichen die Mutter auch statt alles andern gelten. Durch ihre Zärtlichkeit, ihr reines Beispiel und durch ein Wort, zur rechten Zeit gesprochen, übte sie ohne studierte Grundsätze und ohne alles Geräusch eine unwiderstehliche sanfte Gewalt über die jungen Herzen aus.

In tieferer gemütlicher Beziehung aber hatte die Eigentümlichkeit eines älteren Bruders den größten Einfluß bald auf mich gewonnen. Was nur ein jugendlicher Sinn irgend Bedeutungsvolles hinter der Oberfläche der äußern Welt, der Natur und menschlicher Verhältnisse zu ahnen vermag, das alles wurde durch die Gespräche dieses Bruders auf einsamen Spaziergängen, wenn ich ihn manchmal auch nur halb verstand, in meinem Innern angeregt, er wußte den gewöhnlichsten Erscheinungen einen höheren und oft geheimnisvollen Reiz zu geben; er war es auch, der meine kindischen Gefühle zuerst mit mehr Nachhaltigkeit auf übersinnliche und göttliche Dinge zu lenken verstand.

Indes besuchte ich die lateinische Schule, man ließ mich einen Anfang in den andern alten Sprachen machen, um seinerzeit, wenn über meine Bestimmung entschieden werden sollte, vollkommene Wahl zu haben. Mein Vater wünschte nicht, daß einer seiner Söhne seinen Beruf ergreife, und man war, besonders auf den Wunsch eines verehrten Oheims, schon ziemlich übereingekommen, mich dem geistlichen Stande zu widmen.

Im Jahre 1815 erkrankte mein Vater auf bedenkliche Art. Infolge übermäßiger Anstrengung bei Gelegenheit einer in der Stadt und Umgegend ausgebrochenen Seuche, wobei er selbst zu Nacht sich wenig Ruhe gönnte, ward er sichtbar geschwächt, und es bereitete dieser Zustand einen Schlaganfall vor, der erstmals bei der besondern Veranlassung eintrat, daß den sonst so kraftvollen Mann der Anblick seiner sterbenden Mutter aufs äußerste ergriff. Mit diesem Tage begann das Glück unseres Hauses in mehr als *einem* Betrachte zu sinken. Noch fürchteten wir nicht das Schlimmste; auf den Gebrauch des Wildbads zeigte mein Vater einige Besserung, er ließ sich nicht abhalten, seine gewöhnlichen Geschäfte wieder zu versehen. Wiederholte Bäder in folgenden Jahren taten die erste Wirkung nicht mehr, er wurde hinfällig und mußte sein Amt übergeben. So war also der unermüdet fleißige Mann, welcher, wie seine unvollendet hinterlassenen Schriften bezeugen, der wissenschaftlichen Welt ebensoviel zu werden gedachte, als er in seinem engern Wirkungskreise der Stadt und dem Lande durch persönliche Hülfeleistung gewesen war, nun auf einmal aus seiner gesegneten Tätigkeit für immerdar herausgerissen und in die äußerste Ohnmacht versetzt. Außer der ganzen linken Seite seines Körpers waren auch die Sprachwerkzeuge beinahe völlig gelähmt, das Gedächtnis auffallend geschwächt, selbst die Denkkraft hatte gelitten. Wenn nun das Vertrauen so mancher, denen er sonst seine Dienste gewidmet und im eigentlichen Sinne des Worts geschenkt hatte, sich auch jetzt nicht wollte abweisen lassen und ihn mit rührender Zudringlichkeit bis in sein Krankenzimmer verfolgte, wenn er, die Feder in der zitternden Hand, den rechten Ausdruck suchte und nicht fand und er zuletzt mit unterdrückter Wehmut die Leute wieder entließ oder, höchst reizbar, wie er war, in einen Zustand ungemessener Heftigkeit geriet, so daß ihm niemand, meine Mutter kaum, sich nähern durfte; wenn oft der jammervoll Dasitzende mich unter Tränen zwischen seinen Knieen hielt und mir ein schwer zu erratendes Wort mit Liebkosungen gleichsam abschmeicheln wollte, um den andern zu sagen, was er verlange – so waren das Augenblicke des herzzerreißenden Elends, die unauslöschlich in meiner Erinnerung stehen. Hier mußte der Knabe den Ernst des Lebens, dem er entgegenwuchs, und die Hinfälligkeit alles Menschlichen mit erschütternder Wahrheit empfinden. In diesen bangen Zeiten war es aber auch, wo sich die unerschöpfliche Liebe meiner Mutter, ihre Umsicht, ihre Geistesstärke, ihre fromme Treue auf eine Weise geoffenbart hat, die nach Verdienst zu rühmen, wenn hier der Ort dazu wäre, mir ihre eigne Gegenwart verböte.

Die Leiden meines Vaters dauerten volle drei Jahre. In einer Nacht, wir Kinder schliefen schon, rief man uns unvermutet an sein Bette, er lag bewußtlos da und man erwartete sein Ende; wir knieten um ihn auf dem Boden, die Mutter betete, und noch höre ich den Ton, womit das Lied von ihr gelesen wurde: »Gott der Tage, Gott der Nächte, meine Seele harret dein!« Hierauf entfernte man die Kinder, da sich die Auflösung noch länger zu verzögern schien. Am andern Morgen, bei unserm Erwachen, sagte man uns das ganz unfaßliche Wort, daß wir jetzt keinen Vater mehr hätten. Dies war der 22. September des Jahres 1817. Beim Leichenbegräbnis trat der Oheim, dessen ich oben gedachte, der würdige, nunmehr auch heimgegangene Präsident Georgii, dessen Namen kein Vaterlandsfreund ohne Hochachtung nennt, mit der Erklärung hervor, er wünsche mich zu sich nach Stuttgart zu nehmen und meine Bildung zu fördern, ein Anerbieten, das meine Mutter mit Dank, ich selbst mit Begierde ergriff.

Noch kann ich nicht umhin, bei diesem Zeitpunkt eines andern innig geliebten Oheims zu gedenken, des Herrn Pfarrers M. Neuffer zu Bernhausen, früher zu Benningen bei Ludwigsburg. Von jeher hatte zwischen ihm und den Meinen ein steter traulicher Verkehr bestanden, in seinem gastfreundlichen Hause war die reinste Anmut eines gesellig heitern Familienlebens zu finden, und so wie er mit seiner lieben Gattin einst in Tagen unsres ungetrübten Glückes als Freund uns unzertrennlich nahe blieb, erwies er sich auch jetzt, da sich so viel und immer mehr veränderte, als sorgsamster Berater einer Witwe und der von ihm in Pflegschaft übernommenen Waisen.

Ich war nunmehr in Stuttgart und besuchte vom Hause jenes Verwandten aus, wo ich gleich einem Sohn gehalten wurde, das Gymnasium. Mit wenig Worten kann ich meinen Wohltäter als einen Mann bezeichnen, welcher durch manchen Zug seines entschiedenen Charakters an die frommkräftigen Gestalten aus dem Altertum, wie sie durch Schilderungen uns überliefert sind, erinnern mußte. Mit einer gründlichen Gelehrsamkeit verband er die strengsten rechtlichen Grundsätze, die feurigste Liebe zum Vaterland, und wenn in dieser Richtung sein Eifer oft an Härte streifte, so war sein Wesen doch im ganzen durch eine große Herzensgüte, vorzüglich aber durch den Geist eines lebendigen Christentums und einer wahrhaft demütigen Gottesfurcht gemildert.

Von meinen Stuttgarter Lehrern erwähne ich mit besonderer Achtung und Anhänglichkeit den damaligen Herrn Professor Roth, jetzigen Rektor in Nürnberg. Seine Behandlung war derart, daß ich zum erstenmal in meinem Leben ohne Zwang etwas zu lernen anfing. – Nun kam der Tag der Konfirmation heran, nachdem ich als Vorbereitung dazu den herzgewinnenden Unterricht des Herrn Prälaten von Flatt, damaligen Stiftspredigers, zu genießen das Glück gehabt hatte. Sein Segensspruch erinnerte mich mit rührenden Worten an meinen vollendeten Vater, und ich fand mich in meinem Innern zu dem stillen Gelübde bewogen, von nun an ernsthafter, frommer, fleißiger zu werden.

Sofort nach bestandener letzter Schulprüfung, dem sogenannten dritten Landexamen, war mein Beruf zum Prediger entschieden ausgesprochen; im Oktober 1818 wurde ich mit mehr als 30 Zöglingen in die neu errichtete Klosterschule zu Urach aufgenommen. Mein Einstand war insofern nicht erfreulich, als mich gleich in der ersten Woche das Scharlachfieber auf die Krankenstube sprach, worin ich über einen Monat zuzubringen hatte. Übrigens fand ich mich bald in das Geleise meiner neuen Studien, die mir nach und nach einen deutlicheren Blick auf den letzten Zweck all dieses Lernens und Übens gewährten. Die prachtvolle Gebirgsgegend, das schöne Tal, worin wir wohnten, das engere Zusammensein mit einer Menge junger, nach Art und Begabung höchst verschiedener Menschen, die Eigentümlichkeit der Lehrer, die Bekanntschaft mit Büchern, die nicht unmittelbar auf meinen Beruf hinwiesen – dies alles gab dem nun zum Jüngling erwachsenden Knaben in einer abgeschlossenen und einförmigen Lage die mannigfaltigste Anregung. Die Begriffe gewannen nun schnell einen größeren Umfang, Gesinnungen und Neigungen bestimmten sich; mit Überraschung sah ich eine reiche Welt des Geistes vor mir aufgetan, deren Widersprüche bereits auf mich zu wirken begannen, so daß ich das, was ich mein eigen nennen konnte, was vom Empfangenen mit meinem innersten Bedürfnisse zusammentraf, nur immer heimlicher und fester an mich zog. In höherem Grad wuchs freilich die Bewegung, als ich im Jahre 1822 auf die Universität in Tübingen gelangte. Wenn ich mich dort in einem kleinen Kreis von gleichgestimmten Freunden zurückgezogen hielt, so wurde ich dadurch vielleicht von *einer* Seite vor manchen Abwegen bewahrt, von der andern aber waren mir solche doch nicht abgeschnitten; denn meine geistigen Bestrebungen, obwohl ich damit auch nur das Beste, was in meiner Natur gelegen schien, auf eigne Hand und Rechnung zu entwickeln, unwiderstehlich angetrieben war, drohten mich von meiner Bestimmung eher ab- als ihr entgegenzuführen. Daß ich aber diesem Studium dennoch niemals entfremdet, vielmehr in der Folge wieder völlig zugewendet wurde, verdanke ich, nächst der Beschränkung meiner äußern Verhältnisse, nächst den wiederholten Mahnungen jenes Stuttgarter Oheims, vorzüglich dem Umgang und der leisen Leitung eines vertrauten Freundes, an welchem späterhin die Kirche einen von Jesu Evangelium innigst durchdrungenen Diener durch seinen frühen Tod verlor.

Von Männern, deren öffentlicher Unterricht in Tübingen mir zugute kam, nenne ich die verehrlichen Herren Professoren Eschenmaier, Tafel, Steudel, Schmied, Haug und zugleich mit Empfindungen persönlicher Dankbarkeit den seligen Herrn Prälaten von Bengel.

Zunächst sei aber jetzt noch zweier traurigen Familienereignisse erwähnt, wovon das eine in die Mitte meines Tübinger Aufenthalts, das andere in meine erste Vikariatszeit fällt. Ein jüngerer Bruder, herrlich blühend an Leib und Seele, mit ungemeinen Gaben ausgestattet, eine ältere Schwester, von der das gleiche gilt, nur mit dem Unterschiede, der sie zugleich vor so vielen ihres Geschlechts und Alters ausgezeichnet – daß bei ihr die geistigen Kräfte bei aller Heiterkeit des Gemüts durch einen großen, ja, ich darf es sagen, himmlischen Ernst verdeckt und gereift, im schönsten Gleichgewichte standen – beide Geschwister wurden uns in einem Zeitraume von drei Jahren nach des Allmächtigen Willen entrissen. Den Bruder tötete die Überfülle der Gesundheit, ohne irgendeinen Vorboten der Gefahr, die Schwester welkte sichtbar längere Zeit dahin. Von ihr darf ich bekennen, daß sie mir in vorzüglichem Sinn angehörte; von wie mancher Torheit, mancher Übereilung hielt sie mich zurück! wie sehr war ihre ruhige Klarheit, ihre liebliche Hoheit geeignet, auch über die jüngern Geschwister eine wohltätige Herrschaft auszuüben und sich in jeder häuslichen Pflicht an die Seite der Mutter zu stellen. Ich sage nichts vom Gram der letzteren und nichts von meinem Schmerz bei diesem doppelten Verlust, wodurch mein ganzes Dasein umgewälzt und für die Zukunft jede Lebensfreude voraus von mir genommen schien.

Im Herbste 1826 wurde mir das Vikariat zu Oberboihingen bei Nürtingen gegeben, das ich jedoch sehr bald mit dem zu Möhringen auf den Fildern vertauschte. Von da kam ich als Pfarrgehilfe nach Köngen, Nürtinger Dekanats. Das herzliche Wohlwollen des dortigen Herrn Pfarrers Renz, eines vielseitig gebildeten feindenkenden Greises, wird mir für immer im dankbarsten Gedächtnis eingeschrieben bleiben. Doch dauerte mein Aufenthalt auch hier nicht lange. Meine ganze innere Verfassung in jener Übergangsperiode, der bisher mühsam unterdrückte Zweifel, ob ich denn auch wirklich zum Geistlichen tauge, dabei ein angegriffener Gesundheitszustand, drängte notwendig zu dem Entschluß, auf einige Zeit dem kirchlichen Dienst zu entsagen. Ein Jahr etwa brachte ich teils bei Verwandten in Oberschwaben, teils in Stuttgart zu, wo ich für mich arbeitete und einigen Anteil an öffentlichen Blättern nahm. Auch fand sich günstige Veranlassung, eine kleine Reise nach Bayern zu machen.

1829 kehrte ich mit neugestärktem Mute zu dem mir immer lieb und teuer gebliebenen Beruf zurück. Ich kam als Pfarramtsverweser nach Pflummern bei Riedlingen an der Donau, hierauf in ebendieser Eigenschaft nach Plattenhardt auf den Fildern, von dort nach Owen bei Kirchheim an der Teck als Gehilfe des seligen Herrn Stadtpfarrers Brotbeck, dessen Haus eine meiner freundlichsten Erinnerungen bleibt. Im Jahre 1831 ward mir die Amtsverweserei zu Eltingen, Dekanats Leonberg, übertragen, sodann auf meine Bitte das unveränderliche Pfarrvikariat zu Ochsenwang bei Kirchheim, welches, obwohl auf einem hohen Vorsprung der Alb gelegen, doch einen wünschenswerten und bis zu meiner anderwärtigen firmlichen Anstellung bleibenden Aufenthalt bot, der sich auch wirklich um so günstiger anließ, da ihn meine Mutter, welche zuletzt ihren Wohnplatz in Nürtingen genommen, mit mir teilen konnte. Ich habe bei dieser Gemeinde, die sich im ganzen durch ein treuherziges und vergleichungsweise mit andern unverdorbenes Wesen vorteilhaft auszeichnete, meine Pflicht als Seelsorger mit besonderer Liebe geübt und während fast zwei Jahren manchen Beweis der Zuneigung und des Vertrauens erfahren. Allein es zeigte sich das dortige Klima je länger je mehr als unvereinbar mit meiner Gesundheit, so daß ich mich im Herbst 1833 von einem mir so wert gewordenen Orte loszureißen genötigt war. Nun wurden mir ganz in der Nachbarschaft und schnelle nacheinander die Diakonatsverweserei in Weilheim, hierauf die gleiche Stellung in dem mir schon bekannten Owen, endlich die Pfarrverweserei zu Öthlingen erteilt, an welchem letztern Orte mich die erste Nachricht von der erledigten Pfarrei Cleversulzbach traf. Nachdem meine augenblickliche Neigung für dieses mir sogar dem Namen [nach] bisher ganz fremd gebliebene Dorf durch freundschaftliche Schilderung der hiesigen Verhältnisse entschieden war, so wagte ich ein untertäniges Gesuch, ohne sonderliche Hoffnung auf einen bessern Erfolg, als früher ähnliche Versuche hatten. Wie sehr war ich daher überrascht und gerührt durch meine wirkliche Ernennung! wie neu und erhebend war mir der Gedanke, daß ich nunmehr gewürdigt sein sollte, von einer Gemeinde vollkommnen Besitz zu nehmen! – – –

## DER SPUK IM PFARRHAUSE ZU CLEVERSULZBACH

»Sie haben, verehrtester Freund, sowohl in der *Seherin von Prevorst* (2. Bandes. Siebente Tatsache), als auch neuerdings in einem Hefte Ihres ‚Magikon' von dem Spuke des hiesigen Pfarrhauses gesprochen, und unter anderem die Art und Weise, wie ich, bald nach meiner Hieherkunft im Sommer 1834, die Entdeckung dieses Umstandes machte, nach meiner mündlichen Erzählung berichtet. Ich will nun, Ihrem Verlangen gemäß, zunächst aus meinem Tagebuche, soweit es überhaupt fortgeführt ist, dasjenige, was ich in dieser Beziehung etwa Bemerkenswertes finde, zu beliebigem Gebrauche hiemit für Sie ausziehen.«

*Vom 19.–30. August* 1834. Ich fange an zu glauben, daß jene »Siebente Tatsache« Grund haben möge. Zweierlei vorzüglich ists, was mir auffällt. Ein Fallen und Rollen, wie von einer kleinen Kugel unter meiner Bettstatt hervor, das ich bei hellem Wachen und völliger Gemütsruhe mehrmals vernahm, und wovon ich bei Tage trotz allem Nachsuchen keine natürliche Ursache finden konnte. Sodann, daß ich einmal mitten in einem harmlosen, unbedeutenden Traum plötzlich mit einem sonderbaren Schrecken erweckt wurde, wobei mein Blick zugleich auf einen hellen, länglichten Schein unweit der Kammertüre fiel, welcher nach einigen Sekunden verschwand. Weder der Mond noch ein anderes Licht kann mich getäuscht haben.

Auch muß ich bemerken, daß ich bereits, eh' Kerners Buch in meinem Hause war, während eines ganz gleichgültigen Traums durch die grauenhafte Empfindung geweckt wurde, als legte sich ein fremder, harter Körper in meine Hüfte auf die bloße Haut. Ich machte damals nichts weiter daraus und war geneigt, es etwa einem Krampfe zuzuschreiben, woran ich freilich sonst nicht litt.

Indes hat mir ein hiesiger Bürger, der ehrliche Balthaser Hermann, etwas ganz Ähnliches erzählt, das ihm vor Jahren im Haus widerfuhr. Herr Pfarrer Hochstetter ließ nämlich, so oft er mit seiner Familie auf mehrere Tage verreiste, diesen Mann, der ebenso unerschrocken als rechtschaffen ist, des Nachts im Hause liegen, damit es etwa gegen

Einbruch usw. geschützt sein möge, und zwar quartierte er den Mann in jenes Zimmer auf der Gartenseite, worin nachher mein Bruder so vielfach beunruhigt wurde. Einst nun, da Hermann ganz allein im wohlverschlossenen Hause lag (die Magd schlief bei Bekannten im Dorfe) und sich nur eben zu Bett gelegt hatte, fühlte er, vollkommen wach wie er noch war, mit einem Male eine gewaltsame Berührung an der linken Seite auf der bloßen Haut, als wäre ihm ein fremder Gegenstand, »so rauh wie Baumrinde«, rasch unter das Hemde gefahren, wie um ihn um den Leib zu packen. Die Empfindung war schmerzhaft, er fuhr auf und spürte nichts mehr. Die Sache widerholte sich nach wenigen Minuten, er stand auf und ging, ich weiß nicht mehr in welcher Absicht, auf kurze Zeit nach Haus, kam wieder und blieb ungestört für diese Nacht.

Inzwischen haben auch die Meinigen mehr oder weniger Auffallendes gehört. Ich kann vorderhand nichts tun, als mir den Kopf frei halten; auch hat es damit keine Not, bei Tage müssen wir uns Gewalt antun, um uns nicht lustig darüber zu machen, bei Nacht gibt sich der Ernst von selbst.

*Vom 2.–6. September.* Die Geister-Indizien dauern fort, und zwar jetzt in verstärktem Grade. Am 2. dieses Monats nach dem Abendessen zwischen 9 und 10 Uhr, als eben die Mutter durch den Hausöhrn ging, vernahm sie ein dumpfes starkes Klopfen an der hintern Haustür, die auf ebenem Boden in den Garten hinausfuhrt. Ihr erster Gedanke war, es verlange noch jemand herein; nur war das Klopfen von einem durchdringenden Seufzer gefolgt, der sogleich eine schauderhafte Idee erweckte. Man riegelte unverzüglich auf und sah im Garten nach, ohne irgendeine menschliche Spur zu entdecken. Auch Karl (mein älterer Bruder), dessen Zimmer zunächst an jener Tür ist, sowie Klärchen (meine Schwester) und die Magd hatten das Klopfen gehört. Meine Mutter, von jeher etwas ungläubig in derlei Dingen und bisher immer bemüht, sie uns auszureden, bekennt sich zum ersten Male offen zu der Überzeugung, daß es nicht geheuer um uns her zugehe.

Am *4. September*, vor 10 Uhr abends, da wir schon alle uns niedergelegt hatten, kam Karl in meine Schlafstube hereingestürzt und sagte, er sei durch einen fürchterlichen Knall, ähnlich dem eines Pistolenschusses, der innerhalb seines Zimmers geschehen, erweckt worden. Wir untersuchten augenblicklich alles, doch ohne den mindesten Erfolg. K. behauptet, ohne alle besorgliche Gedanken sich zu Bette begeben zu haben und will auf keine Weise meine natürlichen Erklärungsgründe gelten lassen, die ich von der eigentümlichen Reizbarkeit des Organismus beim Übergang vom Wachen zum Schlafe hernahm, sowie daher, daß wir übrigen, Wachenden, nichts hörten, ungeachtet K.s Stube nur wenige Schritte von uns liegt.

Anderer kleiner Störungen, die mir gleichwohl ebenso unerklärbar sind, gedenke ich hier nur mit wenigem. So hörte ich in den verflossenen Nächten oft eine ganz unnachahmliche Berührung meiner Fensterscheiben bei geschlossenen Laden, ein sanftes, doch mächtiges Andrängen an die Laden von außen, mit einem gewissen Sausen in der Luft verbunden, während die übrige, äußere Luft vollkommen regungslos war; ferner schon mehrmals dumpfe Schütterungen auf dem obern Boden, als ginge dort jemand, oder als würde ein schwerer Kasten geruckt.

Am *6. September.* Abends gegen 9 Uhr begegnete Carln folgendes. Er war, um zu Bette zu gehn, kaum in sein Schlafzimmer getreten, hatte sein Licht auf den Tisch gesetzt und stand ruhig, da sah er einen runden Schatten von der Größe eines Tellers die weiße Wand entlang auf dem Boden, gleichsam kugelnd, ungefähr vier bis fünf Schritte lang hinschweben und in der Ecke verschwinden. Der Schatten konnte, wie ich mir umständlich dartun ließ, schlechterdings nicht durch die Bewegung eines Lichts und dergleichen entstanden sein. Auch von außen konnte kein fremder Lichtschein kommen, und selbst diese Möglichkeit vorausgesetzt, so hätte dadurch jene Wirkung nicht hervorgebracht werden können.

In der Nacht, vom Sonntag auf den Montag, *14.–15. September*, herrschte eine ungewöhnliche Stille im Hause. Dagegen fingen am Montagabend die Unruhen schon um 9 Uhr an. Als ich mich mit Karl ohne Licht in den Hausgang stellte, um zu lauschen, vernahmen wir bald da, bald dort seltsame Laute und Bewegungen, namentlich einmal ganz dicht neben uns an der Wand ein sehr bestimmtes Klopfen, recht als geschähe es, unsere Neugierde zu necken. Um 4 Uhr des Morgens aber, da es noch ganz dunkel war und ich hell wachend im

Bette lag, geschahen (wie mir vorkam auf dem obern Boden) zwei bis drei dumpfe Stöße. Während ich weiter aufhorchte und im stillen wünschte, daß auch mein Bruder dies gehört haben möchte, kam dieser bereits herbeigelaufen und erzählte mir das gleiche.

Dienstag, *den 16. September*, abends 10 Uhr, ich war kaum eingeschlafen, weckte mich Clärchen mit der Nachricht, daß, während sie noch eben am Bette der Mutter gesessen und ihr vorgelesen, sie beide durch einen dumpfen, starken Schlag auf dem oberen Boden schreckhaft unterbrochen worden seien.

In derselben Nacht erfuhr Carl folgendes, was ich mit seinen eigenen Worten hersetze. Er schrieb das Ereignis auf meine Bitte mit größter Genauigkeit auf.

«Mein Schlafzimmer hat zwei Fenster und jedes Fenster zwei Laden von dickem Holze, ohne andere Öffnungen als solche, welche altershalber durch Ritzen usw. in denselben entstanden, aber unbedeutend sind. Von diesen Laden waren in der Nacht von gestern auf heute drei verschlossen; nur einer, derjenige, welcher meinem Bette am nächsten ist, war offen. Durch dieses halbe Fenster und dessen halbdurchsichtigen Vorhang schien der Vollmond hell in das Zimmer und bildete an der Wand rechts neben meinem Bette, wie natürlich, ein erleuchtetes länglichtes Viereck. Es war etwa um halb 4 Uhr morgens, als ich aufwachte. Nun bemerkte ich außer jenem Viereck auf einer andern Seite und mir ungefähr gegenüber, ganz oben, wo die Wand und die Decke zusammenstoßen, einen hellen runden Schein, im Durchmesser von ungefähr 1/4 Fuß. Es schien ein Licht zu sein wie Mondlicht; ich hielt es auch anfangs dafür, wiewohl es mir etwas sonderbar deuchte, so hoch oben und so isoliert einen Schein zu sehen. Ich schaute nun zu dem offenen Laden hinaus und überzeugte mich, daß dieser Schimmer weder vom Monde noch von einem Kerzenlicht in der Nachbarschaft herrühre. Dann legte ich mich wieder und dachte über diese außerordentliche Erscheinung nach. Aber während ich starr meinen Blick darauf heftete, verschwand sie ziemlich schnell vor meinen Augen. Dies fiel mir noch mehr auf, und ich machte mir noch immer Gedanken darüber, als die Stille, die tiefe Stille, die sonst herrschte, unterbrochen wurde und ich ein leises Geräusch hörte, als wenn sich jemand auf *Socken* von der östlichen Seite des Ganges her der Türe meines Schlafzimmers näherte, und gleich darauf entstand draußen an der Türe ein starkes Gepolter, als stieße ein schwerer Körper heftig gegen dieselbe, sie wurde zugleich mit Gewalt einwärts gedrückt. Es war kein einfacher Schall, denn es schien, als wenn verschiedene Teile dieses Körpers schnell aufeinander an die Türe anprallten. Ich erschrak tief in die Seele hinein und wußte anfangs nicht, ob ich Lärm machen, läuten oder fliehen sollte. Letzteres wollte ich sogleich nicht, weil ich im ersten Schrecken fürchtete, auf die unbekannte Ursache jenes Gepolters zu stoßen, ich entschloß mich nun, ein Licht zu machen. Bevor ich aber dieses tat, geschah noch folgendes. Bald nachdem das Getöse schwieg und wieder die vorige Stille herrschte, erschien der nämliche runde Schein an der nämlichen Stelle wieder, blieb einige Zeit und verschwand dann vor meinen Augen.

Während dieser Zeit blieb der Laden, der Vorhang und der natürliche Mondschein rechts an der Wand unverändert.

Mit dem angezündeten Licht ging ich sofort in den Hausgang, als ich aber in diesem nichts besonderes entdeckte und noch überdies den Hund in den vorderen Zimmern eingesperrt und ruhig fand, überzeugte ich mich, daß hier ein Spukgeist sein Wesen trieb.

Heute nun, über Tag, überzeugte man sich auch durch wiederholte, fast zwei Stunden lang fortgesetzte Versuche mit sämtlichen spiegelnden und glänzenden Gegenständen des Zimmers und mit Berücksichtigung aller möglichen Standpunkte des Mondes, daß der sonderbare Schein an der höchsten Höhe des Zimmers auch nicht durch Spiegelung hervorgebracht werden konnte, sowie auch aus der Stellung der Nachbarhäuser und andern Umständen leicht ersichtlich war, daß von dort kein Strahl eines Kerzenlichts an die gedachte Stelle gelangen konnte.«

So weit die Angabe meines Bruders. Noch ist aber von dieser unruhigen Nacht das auffallendste zu bemerken übrig. Meine Mutter erzählte, sie habe zwischen 10 und 11 Uhr ganz ruhig, wachend im Bette gelegen, als sie an ihrem Kissen auf einmal eine besondere Bewegung verspürt. Das Kissen sei wie von einer untergeschobenen Hand ganz sachte gelüpft worden. Sie selbst habe mit dem Rücken etwas mehr seitwärts gelegen, sonst hätte sie es wohl mit aufgehoben. Dabei sei es ihr selbst verwunderlich, daß sie weder vor, noch während, noch auch nach diesem Begebnis die mindeste Furcht empfunden.

*Vom 9.–15. Oktober* (in welcher Zeit ich den Besuch meines Freundes M. hatte). Seit kurzem regt sich das unheimliche Wesen aufs neue, und zwar stark genug. Eine auffallende Erscheinung wurde auch dem Freunde zuteil. Nicht lange nach Mitternacht, d. h. immerhin mehrere Stunden, bevor an ein Grauen des Tages oder an eine Morgenröte zu denken war, sah er in dem Fenster, das seinem Bette gegenübersteht, eine *purpurrote Helle* sich verbreiten, welche allmählich wieder verschwand, kurz nachher aufs neue entstand und so lange anhielt, daß M. sich vollkommen versichern konnte, es liege hier keine Augentäuschung zugrunde.

Die Geltung dieses Phänomens bestätigte sich in einer der folgenden Nächte durch meine Mutter, die denselben Schein in ihrem Schlafzimmer an der ihrem Bette gegenüberstehenden Wand erblickte. Sogar Clärchen, von der Mutter darauf aufmerksam gemacht, sah ihn noch im Verschwinden.

*16. Oktober.* Heute nacht abermals Unruhen im Haus. Ein starkes Klopfen auf dem obern Boden. Dann war es auch einmal, als würden Ziegelplatten vom Dach in den Hof auf Bretter geworfen. Es ging jedoch kein Wind die ganze Nacht, und morgens konnten wir keine Spur von jenem Wurfe finden.

*25. Oktober.* In einer der letzten Nächte sah Carl gerade über dem Fuße seines Bettes eine feurige Erscheinung, eben als beschriebe eine unsichtbare Hand mit weißglühender Kohle oder mit glühender Fingerspitze einen Zickzack mit langen Horizontalstrichen in der Luft. Der Schein sei ziemlich matt gewesen. Hierauf habe sich ein eigentümliches Schnarren vernehmen lassen.

In der Nacht *vom 7. auf den 8. Oktober* sah meine Mutter einen länglichten, etwa drei Spannen breiten, hellweißen Schein in der Ecke ihres Schlafzimmers, ziemlich hoch überm Boden und bis an die Zimmerdecke reichend, zu einer Zeit, wo der Mond längst nicht mehr am Himmel stand.

*13. November.* In der Nacht, etwa zwischen 1 und 2 Uhr, erwachte meine Schwester, wie sie sagt, ganz wohlgemut, und setzte sich, um eine Traube zu essen, aufrecht im Bette. Vor ihr, auf der Bettdecke, saß ihr kleines, weißes Kätzchen und schnurrte behaglich. Es war durchs Mondlicht hell genug im Zimmer, um alles genau zu erkennen. Clärchen war noch mit ihrer Traube beschäftigt, als sie, mit völligem Gleichmut, ein vierfüßiges Tier von der Gestalt eines Hundes durch die offne Tür des Nebenzimmers herein und hart an ihrem Bette vorüberkommen sah, wobei sie jeden Fußtritt hörte. Sie denkt nicht anders als: es ist Joli, und sieht ihm nach, ob er wohl wieder, seiner Gewohnheit nach, sich unter das gegenüberstehende Bett meiner Mutter legen werde. Sie sah dies aber schon nicht mehr, weil er unter dem zunächst stehenden Sessel ihr aus dem Gesicht kommen mußte. Den andern Morgen ist davon die Rede, ob denn auch der Hund, den mein Bruder abends zuvor beim Heimgehen von dem 1½ Stunden von hier entfernten Eberstadt, ganz in der Nähe dieses Dorfes verloren hatte, nun wohl nach Hause gekommen sei? Clärchen, welche nichts von seinem Abhandenkommen gewußt, stutzt nun auf einmal, fragt und erfährt, daß man im Begriffe sei, den Hund im Pfarrhaus zu Eberstadt abholen zu lassen, wo Carl gestern gewesen und man das Tier vermutlich über Nacht behalten haben werde. So war es auch wirklich; ein Bote brachte es am Strick geführt.

So viel aus dem Diarium, das hie und da von mir ergänzt wurde. Im folgenden Jahr bricht es ab, weil ich schwer und auf lange erkrankte.

Schlimmer als im Jahr 1834 ist auch das Spukwesen nachher und bis auf die jetzige Zeit niemals geworden; vielmehr hat es sich inzwischen seltener, obwohl nicht weniger charakteristisch geäußert. Merkwürdig ist, daß es sich meist gegen den Herbst und im Winter vermehrt, im Frühling und die Sommermonate hindurch auch wohl schon ganz ausblieb. Der Zeitpunkt morgens früh 4 Uhr ist, nach meinen Beobachtungen, vorzugsweise spukhaft. Sehr häufig endigen auch die nächtlichen Störungen um diese Zeit mit merklichem Nachdruck.

Eine Erfahrung aus neuerer Zeit, welche mein gegenwärtiger Amtsgehülfe, Herr Sattler, in dem mehrerwähnten Zimmer auf der Gartenseite machte, soll hier mit seinen eignen Worten stehn.

»Ich war am 29. November 1840 abends um 8½ Uhr zu Bette

gegangen und hatte sogleich das Licht gelöscht. Ich saß nun etwa ½ Stunde noch aufrecht im Bette, indem ich meine Gedanken mit einem mir höchst wichtigen Gegenstande beschäftigte, der meine ganze Aufmerksamkeit so sehr in Anspruch nahm, daß er keiner Nebenempfindung Raum gab. Weder den Tag über, noch besonders solange ich im Bette war, hatte ich auch nur im entferntesten an Geisterspuk gedacht. Plötzlich, wie mit einem Zauberschlage, ergriff mich ein Gefühl der Unheimlichkeit, und wie von unsichtbarer Macht war ich innerlich gezwungen, mich umzudrehen, weil ich etwas an der Wand zu Haupte meines Bettes sehen müsse. Ich sah zurück und erblickte an der Wand (welche massiv von Stein und gegipst ist), in gleicher Höhe mit meinem Kopfe, zwei Flämmchen, ungefähr in der Gestalt einer mittleren Hand, ebenso groß, nur nicht ganz so breit und oben spitz zulaufend. Sie schienen an ihrem unteren Ende aus der Wand herauszubrennen, flackerten an der Wand hin und her, im Umkreis von etwa 2 Schuh. Es waren aber nicht sowohl brennende Flämmchen als vielmehr erleuchtete Dunstwölkchen von rötlichblassem Schimmer. Sowie ich sie erblickte, verschwand alles Gefühl der Bangigkeit, und mit wahrem Wohlbehagen und Freude betrachtete ich die Lichter eine Zeitlang. ‚Ob sie doch wohl brennen?‘ dachte ich, und streckte meine Hand nach ihnen aus. Allein das eine Flämmchen, das ich berührte, verschwand mir unter der Hand und brannte plötzlich daneben; drei-, viermal wiederholte ich den nämlichen Versuch, immer vergeblich. Das berührte Flämmchen erlosch jedesmal nicht allmählich und loderte ebenso wieder nicht allmählich sich vergrößernd am andern Orte auf, sondern in seiner vollen Gestalt verschwand es, und in seiner vollen Gestalt erschien es wieder daneben. Die zwei Flämmchen spielten hie und da ineinander über, so daß sie eine größere Flamme bildeten, gingen aber dann immer bald wieder auseinander. So betrachtete ich die Flämmchen vier bis fünf Minuten lang, ohne eine Abnahme des Lichts an ihnen zu bemerken, wohl aber kleine Biegungen und Veränderungen in der Gestalt.

Ich stand auf, kleidete mich an, ging zur Stube hinaus (wo ich in der Türe noch die Lichter erblickte) und bat den Herrn Pfarrer, der im vorderen Zimmer allein noch auf war, zu mir herüberzukommen und die Erscheinung mit anzusehen. Allein, wie wir kamen, war sie verschwunden, und obgleich wir wohl noch eine halbe Stunde lang mit gespannter Aufmerksamkeit acht gaben, zeigte sich doch nichts mehr. Ich schlug nun ein Licht, allein mit diesem konnte ich so wenig als morgens darauf am hellen Tage auch nur die geringste Spur an der, auch ganz trockenen, Wand wahrnehmen. Die vom Herrn Pfarrer aufgeworfene Frage, ob in den vorhergehenden Tagen oder Wochen nicht etwa ein phosphorisches Schwefelholz an jener Wand möchte gestrichen worden sein, mußte ich mit Bestimmtheit verneinen. Zu allem Überflusse machten wir indes ausführliche Versuche mit Zündhölzchen, davon das Resultat jedoch ein von meiner Beobachtung sehr verschiedenes war.«

Als ziemlich gewöhnliche Wahrnehmungen im Hause, die teilweise eben gegenwärtig wieder an der Reihe sind, muß ich in der Kürze noch anführen: Ein sehr deutliches Atmen und Schnaufen in irgendeinem Winkel des Zimmers, zuweilen dicht am Bette der Personen. Ein Tappen und Schlurfen durchs Haus, verschiedene Metalltöne: als ob man eine nicht sehr straff gespannte Stahlsaite durch ein spitzes Instrument zum Klingen oder Klirren brächte; als ob ein Stückchen Eisen, etwa ein Feuerstahl, etwa unsanft auf den Ofen gelegt würde. Ferner Töne, als führte jemand zwei bis drei heftige Streiche mit einer dünnen Gerte auf den Tisch; auch ein gewisses Schnellen in der Luft, dann Töne, wie wenn ein dünnes Reis zerbrochen oder, besser, ein seidner Faden entzwei gerissen würde. (So unterhielt ich mich eines Abends bei Licht und bei der tiefsten Stille mit einem meiner Hausgenossen allein in jenem Gartenzimmer, als dieser Ton in einer Pause des Gesprächs zwischen unsern beiden Köpfen mit solcher Deutlichkeit sich hören ließ, daß wir zugleich uns lächelnd ansahen.)

Zum erstenmal, wie man hier sagt, wurde der Spuk im Pfarrhaus unter dem Herrn Pfarrer Leyrer (1811 bis 1818) ruchbar. Am lebhaftesten war er unter Herrn Pfarrer Hochstetter (1818–1825), der mir die auffallendsten Dinge erzählt hat; auch nachher, noch zur Zeit des Herrn Pfarrer Rheinwald, war er um vieles stärker als bei mir.

Ich schließe mit der Versicherung, daß ich bei allen diesen Notizen ein jedes meiner Worte auf das gewissenhafteste abwog, um nirgend zu viel noch zu wenig zu sagen, und alle Zweideutigkeit zu vermeiden, besonders auch, daß ich, was die Angaben anderer betrifft, an der Wahrheitsliebe und Urteilsfähigkeit der angeführten Hausgenossen nicht im geringsten zu zweifeln Ursache habe.

*Klefersulzbach [!]*, im Januar 1841.

*Eduard Mörike*, Pfarrer

## ERINNERUNG AN FRIEDRICH HÖLDERLIN

Das gegenwärtige kleine Profilbild des Dichters *Friedrich Hölderlin* wurde ums Jahr 1825 von dem Maler G. Schreiner, welchen ich noch als Tübinger Student bei ihm einführte, skizziert. Es ist in hohem Grade ähnlich ausgefallen, besonders auch ist die Haltung, worin sich das Bemühen zeigt, einem subtilen Gedanken den gehörigen Ausdruck zu geben, sehr gut getroffen.

Ich begleite diese bildliche Mitteilung mit zwei interessanten Gedichten Hölderlins, wovon das erstere: »An eine Verlobte«, offenbar aus seiner besten Zeit herrührt und deshalb in einer künftigen neuen Ausgabe der Schriften nicht fehlen darf. Ich verdanke dasselbe der Güte einer vor etwa fünfzehn Jahren zu Nürtingen verstorbenen Schwester des Dichters. Es ist, ohne Überschrift, von einer klaren weiblichen Hand für irgend jemanden kopiert, augenscheinlich von der Braut selbst; denn bei der schmeichelhaftesten Stelle: »Zwar – bist du schön« steht ein Sternchen mit der Bemerkung unten am Rande: »Dies selbst schreiben zu müssen!« –

Diese Abschrift kam später, vielleicht auf Verlangen des Dichters, dem etwa kein Konzept davon geblieben, an Hölderlin zurück, wie verschiedene Aufzeichnungen von seiner Hand auf demselben Blatte, besonders Verse aus der ersten Periode seiner Geisteskrankheit beweisen. Die Herausgeber der ersten Sammlung der Gedichte legten das Stück als zweifelhaften Ursprungs beiseite, vermutlich durch Verstöße gegen das Versmaß beirrt, die jedoch nur auf Rechnung der Schreiberin kommen. Namentlich hat sie, weniger vertraut mit den antiken Metren, in der dritten Strophe statt eines zweisilbigen Wortes ein viersilbiges gesetzt, um einen ihr persönlich wichtigen Umstand nicht unberührt zu lassen. Sie schrieb statt »an des Jünglings (oder des Liebsten) Blicke«, wie es wohl geheißen haben mag: »an des Neugefundenen«. Möglicherweise hatte sie den ersten Entwurf des Verfassers vor sich, wo etwa der Ausdruck jenes Nebenbegriffs wirklich auf diese Weise versucht und wieder fallen gelassen war, so daß sie ohne Unbescheidenheit nach ihrem Sinne wählen zu können glaubte. Die andern Fehler sind zufällig und der Art, daß in Wörtern wie »Wiedersehen, Wiedersehn« ein Vokal bald zu wenig, bald zu viel steht. Über Person und Verhältnisse der Braut, die ein geistvolles, der Dichtkunst nicht fremdes Mädchen gewesen zu sein scheint, wird sich etwas Näheres schwerlich ermitteln lassen.

*An eine Verlobte*

Des Wiedersehens Tränen, des Wiedersehns
Umfangen, und dein Auge bei seinem Gruß, –
Weissagend möcht ich dies und all der
Zaubrischen Liebe Geschick dir singen.

Zwar jetzt auch, junger Genius! bist du schön,
Auch einsam, und es freuet sich in sich selbst,
Es blüht von eigenem Geist und liebem
Herzensgesange die Musentochter.

Doch anders ists in seliger Gegenwart,
Wenn an des Jünglings Blicke dein Geist sich kennt,
Wenn friedlich du vor seinem Anschaun
Wieder in goldener Wolke wandelst.

Indessen denk, ihm leuchte das Sonnenlicht,
Ihn tröst und mahne, wenn er im Felde schläft,
Der Liebe Stern, und heitre Tage
Spare zum Ende das Herz sich immer.

Und wenn er da ist und die geflügelten,
Die Liebesstunden, schneller und schneller sind,
Dann sich dein Brauttag neigt und trunkner
Schon die beglückenden Sterne leuchten:

Nein! ihr Geliebten! nein, ich beneid euch nicht!
Unschädlich, wie vom Lichte die Blume lebt,
So leben, gern vom schönen Bilde
Träumend und selig und arm, die Dichter.

Das zweite hiemit vorzulegende Stück, ungefähr aus der Zeit jenes Porträts, ist an den wackern Tischler *Zimmer* zu Tübingen gerichtet, in dessen Hause Hölderlin so viele Jahre im Zustande des Irrsinns verbrachte.

Der Dichter suchte diesen Versen, dem Manne zu gefallen, dem sie gewidmet sind, ein möglichst individuelles Gepräge dadurch zu geben, daß einerseits auf dessen landwirtschaftlichen Besitz, die liebevolle Pflege seines Weinbergs, andererseits auf seine Handwerksgeschicklichkeit angespielt wird, und es macht einen komisch-rührenden Eindruck, zu sehen, wie er, der bekanntlich in der altgriechischen Welt lebte und webte, auch diese Aufgabe mit Herbeiziehung des Dädalus, jenes hochberühmten mythischen Künstlers, dem unter anderem die Erfindung der Säge und des Bohrers zugeschrieben wird, in seiner gewöhnten, feierlich idealischen Weise behandelt.

*An Zimmern*

Von einem Menschen sag ich, wenn der ist gut
Und weise, was bedarf er? Ist irgendeins,
Das einer Seele gnüget? ist ein Haben, [ist]
Eine gereifteste Reb' auf Erden

Gewachsen, die ihn nähre? – Der Sinn ist dess'
Also. Ein Freund ist oft die Geliebte, viel
Die Kunst. O Teurer, dir sag ich die Wahrheit:
Dädalus' Geist und des Walds ist deiner.

## AUS DEM GEBIETE DER SEELENKUNDE

### 1

Kurz vor den Christfeiertagen des Jahres 1833 träumte mir, ich befinde mich in einem kleinen, völlig leeren Zimmer; die Wände waren weiß getüncht und kahl; nur sah ich auf einer derselben einen Kalender in Form eines einfachen Folioblatts angebracht. Die Schrift war allenthalben wie in weißen Nebel aufgelöst und nichts zu unterscheiden bis auf eine Stelle, wo zwei aufeinander folgende Tage, der eine schwarz, der andere rot gedruckt, stark hervortraten. Der erstere war deutlich als der 24., ohne weitere Bezeichnung, der zweite weniger bestimmt angegeben, doch zeigte die Farbe offenbar einen Sonn- oder Feiertag an. Ich stand dicht vor dem Blatt und war im Hinsehen auf die schwarze Zahl sogleich von Schmerz ergriffen, denn alsbald wußte ich, daß mir jemand an diesem Tage sterben würde. Irgendeine bestimmte Person schwebte mir nicht entfernt dabei vor. Allein am 26. Dezember erhielt ich ein Schreiben aus Stuttgart mit der Nachricht, daß mein Oheim D. M. daselbst am Vorabend des Christfests, den 24., auf der Straße von einem Hirnschlage getroffen und wenige Minuten darauf in einem fremden Haus gestorben sei.

### 2

Bei meinem mehrjährigen Aufenthalte zu M., den eine jüngere Schwester mit mir teilte, lebten wir mit der Familie S. als zufällige Hausgenossen auf freundschaftlichem Fuße; besonders aber hatte meine Schwester das innigste Verhältnis zu der Tochter. Mir war an dem täglichen Umgang der beiden vorerst nur ein sehr bescheidener Anteil vergönnt, und keines von uns dreien konnte ahnen, daß mir sechs Jahre später in dieser neuen Freundin eine Frau geschenkt sein sollte.

Sie, mit den Ihren, wohnte in dem zweiten, wir Geschwister im ersten Stockwerk. Einst in der Nacht – es mochte elf Uhr sein, ich hatte schon einige Zeit und zwar in vollkommener Ruhe geschlafen – erweckte mich ein plötzliches Gefühl, als wenn mir kalte, schwere Tropfen gewaltsam in das Gesicht gespritzt würden; ich glaubte ihren

Fall zugleich auf dem Deckbett zu hören. Ich fühlte nach der Nässe auf der Haut, auf Kissen und Decke umher: da aber alles durchaus trocken war, beruhigte ich mich mit dem Gedanken, es müsse Einbildung gewesen sein, obwohl ich nie mit so viel Schein der Wirklichkeit geträumt zu haben glaubte.

Den andern Tag erzählte ich die Sache in Gegenwart der Freundin. Sie war sichtlich darüber bestürzt und nachdenklich. Wir drangen vergeblich in sie, ob ihr irgendeine fatale Bedeutung oder sonst eine Erklärung dieses Vorkommens beigehe. Erst späterhin bekannte sie der Schwester folgendes.

Sie hatte jene Nacht bei ihrem Vater, der an einer schmerzhaften Krankheit dem Tod entgegenging, zu wachen, verweilte aber zur gedachten Stunde noch allein auf ihrem Zimmer. In einer ungewöhnlich erhöhten Stimmung, begünstigt durch die Einsamkeit und die tiefe nächtliche Stille, verrichtete sie ihr Gebet, in welches sie nächst ihren Angehörigen auch uns einschloß. Zuletzt griff sie, als Katholikin, nach dem geweihten Wasser und sprengte, was sie sonst nie tat, für jedes einzelne besonders, der Reihe nach und in der Richtung, wo die Lagerstätte eines jeden war, einige Tropfen in die Luft. Hiernach erklärte sich das Rätsel einfach aus einem momentanen Fernsehen der Seele im schlafenden, völlig gesunden Zustand. Die Seele bekam oder gab vielmehr sich selbst ihre Wahrnehmung sinnlich durch einen scheinbar äußeren Eindruck zu fühlen.

# ANHANG

# ZEITGENOSSEN ÜBER MÖRIKE

*David Friedrich Strauß.* Ihm verdanken wir es, daß man keinem von uns jemals wird Rhetorik für Dichtung verkaufen können; daß wir allem Tendenzmäßigen in der Poesie den Rücken kehren; daß wir Gestalten verlangen, nicht über Begriffsgerippe künstlich hergezogen, sondern so, wie sie leibten und lebten, mit einem Blick vom Dichter erschaut und ins Dasein gerufen.

*Derselbe.* Er nimmt eine Handvoll Erde, drückt sie ein wenig – und alsbald fliegt ein Vögelchen davon.

*Hermann Kurz.* Ein Menschenkind mit allen Engeln und Spinnen, die ihm über die Seele kriechen.

*Derselbe.* Der Schluß (des Malers Nolten) wirkt weltgerichtlich, wie ein zweischneidig Schwert, durch Mark und Bein.

*Derselbe.* Laß mich dir nur in Kürze wiederholen, wie lieb und unentbehrlich mir deine Gedichte geworden sind. »Die Äolsharfe« besonders ist ein poetischer Triumph, wie ihn noch wenige errungen haben, und hat eine musikalische Malerei, daß man die ganze Szene Ton für Ton in sich schlürfen kann. Solchen Dingen gegenüber hör ich auf, Dichter zu sein, ich empfinde mich nur noch als den Kritiker, der sich in die leisesten Dinge hineinversteht. Die »Windsbraut« ist mir unter dem Lesen nun auch erst recht aufgegangen; du weißt den Schrecken zu handhaben wie ein Mädchen ihre Kochlöffel. Die Legende hat mich unter dem Vorlesen (das beste Mittel, mir ein Gedicht verständlich zu machen) aufs tiefste gerührt, und die Zugaben zu den Nixenliedern sind äußerst schön. Das ist nun Poesie, die alle Richtungen und Stimmungen dieses wunderlichen animal homo vertritt.

*Theodor Storm.* Man sah durch diese Gedichte wie durch Zaubergläser in das Leben des Dichters selber hinein. Da war Tiefe und

Grazie und deutsche Innigkeit verschmolzen oft mit antiker Plastik, der rhythmisch bewegte Zug des Liedes und doch ein klar umrissenes Bild; die idyllischen, von anmutigstem Humor getragenen Stücke der Sammlung von farbigster Gegenständlichkeit und doch vom Erdboden losgelöst und in die reine Luft der Poesie hinaufgehoben.

*Moritz von Schwind* (als jemand davon sprach, wie wenig Mörike geschrieben habe). Seien S' froh, daß er nicht zuviel macht!

*Derselbe.* Wenn man Ihnen eine Statue setzte, so müßte am Sockel auf einer Seite – um den Umfang Ihrer dichterischen Kraft anzuzeigen – der Sichere Mann angebracht sein, der mit der Kohle in sein scheuertornes Buch schreibt, mit des Teufels Schweif als Merkzeichen, und auf der anderen die schöne Dorothea, mit der Feder des heiligen Michael schreibend, was sie nicht weiß.

*Gottfried Keller.* Er starb, wie ein stiller Berggeist aus einer Gegend wegzieht, ohne daß man es weiß, wie wenn ein schöner Junitag dahin wäre. Wenn sein Tod nun seine Werke nicht unter die Leute bringt, so ist ihnen nicht zu helfen, nämlich den Leuten.

*Friedrich Theodor Vischer* (bei der Beerdigung Mörikes gesprochen). Ja, Liebe, das war es: herzliches Sichversetzen in jeden fremden Zustand, in alles und jedes, was Menschen sind und leben und leiden, und auch in die arme dunkle Seele der sprachlosen Kreatur. Er verstand jede Stimmung, er fand die Gedanken, wenn sie kaum auf die Lippen traten. Dies Versetzen, Eingehen, Teilen, Geben und Wiedergeben und dazu sein Geist und der sprudelnde Scherz, nicht zu feindlicher Spitze geschärft, milde hinlächelnd über menschliche Schwächen, in freier, heiterer Nachbildung gern den Widersinn der Torheit hervorstellend, dies zusammen schuf ein Ganzes, das rings um ihn alle Gemüter in einen Strom des Wechselverkehrs tauchte, der einzig war und aus dem keiner anders als erfrischt, getröstet, verjüngt hinwegging...

*Derselbe* (bei der Einweihung des Mörike-Denkmals in Stuttgart). Das Leben, das wirkliche Leben braucht ja noch andere Kräfte, nüchterne, eiserne... aber darum möchten wir nicht und können wir nicht missen die Geister mit weicher, träumerischer, mit sanfter Bewegung der Schwingen, die Geister, deren Träume aber darum keine hohlen Träume sind, sondern tiefe Träume, die zurückgehen zu den alten Völkerträumen, den uralten Phantasien, womit ahnende Völker sich das Rätsel der Welt zu deuten gesucht. Wir können sie nicht entbehren, damit nicht alles sei der Drang, der Qualm, der Lärm, der Dunst, die Hitze und das Geschrei des Marktes, des Tages, damit noch sei eine Stille, ein Friede, eine Betrachtung, eine Sammlung und eine Einkehr in die eigene Brust.

(Zusammengestellt von Georg Britting)

# NACHWORT

»Eduard Mörike wurde im Jahre 1804 in Ludwigsburg bei Stuttgart als Sohn eines Arztes geboren, in Stuttgart starb er 1875, und zeit seines Lebens hat er Schwaben nicht verlassen mögen, ein paar kleine Reisen nach Bayern, nach Tirol, in die Schweiz ausgenommen. Über 70 Jahre währte dieses sein schwäbisches Dasein, von dem er an die zwanzig als Vikar und Pfarrer in behäbig-stillen Dorfgemeinden hinbrachte, zu Cleversulzbach im Unterland zuletzt, bis ihm Last und Sorge selbst dieses beruhigten Amtes zu drückend wurden, und er, noch kein Vierziger, den Abschied erbat und erhielt, von den jährlich 280 Gulden Ruhestandsbezügen hinfort lebend, um nur noch am Katharinenstift in Stuttgart »Frauenzimmervorlesungen« über Shakespeare, Goethe und die griechischen Tragiker zu geben, eines kleinen Nebenerwerbs wegen. Der dichterische Ertrag dieses langen Lebens, und auch die Honorare waren entsprechend gering, ist ein schmales Werk: ein Roman »Maler Nolten«, eine Vers-Erzählung in sieben Gesängen, die »Idylle vom Bodensee oder Fischer Martin«, das saftstrotzende, wie vom Volksmund selber gesprochene Märchen vom »Stuttgarter Hutzelmännlein«, die kunstreiche, mozartzarte und -nahe Novelle »Mozart auf der Reise nach Prag«, ein paar kleine Märchen und Erzählungen – und ein Gedichtband, 1838 zum erstenmal erschienen, im Lauf der Jahrzehnte vom Dichter in mehreren Nachdrucken immer wieder vorgelegt, jeweils um etliche Stücke gekürzt, um neu Entstandenes sparsam vermehrt. Aber in diesem einen und einzigen Gedichtband Mörikes stehen Gebilde von vollkommener Schönheit, in antikischer Heiterkeit glänzend, von feuriger Kraft und süßer Fülle, in einem innigen Seelenton gesungen, makellose und ewig strahlende Zeugnisse unserer Sprache. 1873 erschien die letzte, die fünfte, Neuauflage der Gedichte, zwei Jahre später starb Mörike.

Er hatte sich noch in seinen letzten Lebensjahren von seiner Frau getrennt, war ruhelos von einer Wohnung in die andere gezogen, kränkelnd, heiter-griesgrämig und ein wenig wunderlich geworden, verspielt-melancholisch, »so arm von außen und so reich von innen«. Den 70. Geburtstag beging er einsam und ohne Trost.

Er war, als er lebte, nicht »verkannt«. Ein nicht einmal geringer Kreis von Lesern (seine Freunde waren darunter, und Dichter wie Heyse, Storm, Geibel, Keller) wußte um seine Bedeutung. Trotzdem: als die Nachricht von seinem Tode sich verbreitete, staunten die Stuttgarter; sie hatten gar nicht mehr gewußt, daß er noch unter ihnen weilte. – Nun ›grünt sein Ruhm und wächst ihm übers Haupt‹.«

So schrieb der Dichter Georg Britting 1946 im Nachwort der von ihm besorgten Mörike-Ausgabe, der ersten, die nach dem Krieg in Deutschland überhaupt erscheinen konnte – im selben Verlag wie die vorliegende. Obwohl Auswahl und Textdarbietung sich – Jahrzehnte später – den strengeren Anforderungen der Editorik entsprechend erheblich geändert haben, mochten Verlag und Herausgeber auf jene nunmehr fast selbst historisch gewordenen Sätze nicht verzichten. Doch seien ihnen, soweit der knappe Raum das erlaubt, noch einige Bemerkungen angefügt.

Mörikes »Ruhm« – sieht man genauer hin – war lange Zeit weder eindeutig noch unangefochten. Nach langer Vernachlässigung oder Verkennung in den Literaturgeschichten bedeutete wohl erst das Jahr des 100. Geburtstags, 1904, eine Art »Durchbruch«. Aber es waren meist einseitige Bilder des Dichters Mörike, die sich ergaben. In den Lyrik-Anthologien etwa wurde er im allgemeinen auf einen engen Kanon von Natur- und »Erlebnis«-Gedichten oder auch aufs Schwäbisch-Volkstümliche hin festgelegt, was zu einem Beiseiteschieben, ja Abwerten eines großen Teils seines Werkes, nicht nur z.B. der »Gelegenheitsgedichte« führte, die er selbst als Äußerungsform durchaus schätzte und kultivierte. Andererseits hat man ihn weitgehend als betulichen Idylliker einzufärben und in der Folge als zeitflüchtigen Biedermeier zu desavouieren versucht. Was jedoch unter »Idylle« zu verstehen sei – für Schiller, in freilich noch anderem geistigen Koordinatensystem, bedeutete sie die höchste der Dichtungsmöglichkeiten –, was sie für Mörike bedeutete, gerade im Unterschied zu den gar nicht idyllischen Teilen seines Werkes, wie unterschiedlich etwa das aus der Retrospektive nach zehn Jahren geschriebene Rollengedicht vom »Alten Turmhahn« zu der »Schönen Buche« und wie diese beiden wiederum zu dem humoristischen Idyllenepos vom Fischer Martin am Bodensee sich verhalten, darüber war nichts zu lesen. Und was die von manchen vermißte »Tendenz« angeht, so hat schon Mörike selbst seinen Zeitgenossen hierzu etwas gesagt, vor allem im »Nolten«-Roman, nach der Aufführung des »nur« poetischen »Orplid«-Spiels, wo er dessen Autor mit einem »schneidend scharfen Gesicht« zu einer Hofdame sagen läßt: »Sie vermissen die Pointe dabei – ja, so ist der Dichter eben ein ruinierter Mann!«, oder in dem kaum weniger »schneidenden« Schluß der fünf Verszeilen »Herr Dr. B. und der Dichter«. In diesem seinem Bereich war er sich ganz sicher über das, was seine Sache war und was nicht; hier herrschte er souverän und ließ sich auch durch kluge, wohlmeinende Freunde, zu denen immerhin Männer wie David Friedrich Strauß und Friedrich Theodor Vischer gehörten, nicht beirren.

Schon in diesen wenigen Hinweisen mag sich auch andeuten, daß Mörikes Dichtung, insbesondere seine Lyrik, sich nicht wie das Werk vieler anderer, auch bedeutender Dichter – mit *einer* Charakteristik begreifen läßt. So unverkennbar wir auch in seinen Gedichten den eigentlichen Möriketon zu vernehmen glauben – seine »Sprache am Rande des Unaussprechlichen« –, es ist doch jedes Gedicht eine ganz eigene Individualität für sich, wie sich das vielleicht nur noch von den Gedichten Goethes sagen läßt, so daß man es fast mit einer Kette von »Ausnahmen« zu tun hätte. Gerade hierzu haben neuere Betrachtungen seines Werkes manches Erhellende, unsere Sicht Erweiternde beigebracht. Erst in der Vielfalt der Themen, der Formen, der »Töne«, in denen er spricht, haben wir den ganzen Mörike. Ihn will unsere Auswahl zeigen. Schon die von ihm selbst veranstaltete Gedichtsammlung, die in ihrer letzten Fassung von 1864 hier vollständig erscheint, enthält Vielfalt genug von dem berühmten, oft bewunderten Einleitungsgedicht an – mit seiner gerade eben Sprache gewordenen ersten und seiner imperialen letzten Zeile – über die großen Erlebnisgedichte, den dunkel-abgründigen »Peregrina«-Zyklus, die Lieder im »Volkston« – Mörikes Volkston –, die antikischen

Verse, zu denen aber auch »Philomele« gehört, bis zu den gesellig-heiteren, den Gelegenheitsgedichten, wie z. B. dem »Petrefaktensammler«. Nicht nur nach der Zahl, auch nach der Reihenfolge stehen sie hier so, wie Mörike sie in seiner Sammlung zuletzt publiziert hat. Darauf folgt, und nun in chronologischer Ordnung, zunächst eine Auswahl aus Gedichten, die Mörike zwar ebenfalls – etwa in Zeitschriften oder Sammelbänden – veröffentlicht, die er aber nicht in seine Gedichtsammlung aufgenommen hat. Die Auswahl der erst aus Mörikes Nachlaß bekanntgewordenen Gedichte, die sich hieran anschließt, greift noch einmal in die frühe Zeit des Dichters zurück, bringt jedoch vor allem aus den späteren Jahren zahlreiche Gelegenheitsgedichte und Hausverse, in denen er Meister war, und bereichert damit die schon von Mörike selbst für seine Sammlung getroffene Auswahl erheblich. Wer sich die zeitliche Reihenfolge dieses Gedichtkorpus insgesamt vergegenwärtigen möchte oder wer etwa wissen möchte, wie alt der Dichter war, als er dieses oder jenes Gedicht schrieb (»Um Mitternacht« z. B. schrieb ein 22-Jähriger!), der findet hierfür in den von Hans-Henrik Krummacher erarbeiteten Datierungen am Schluß des Bandes (S. 1025 ff.) die nötige Hilfe. Nicht in jenes Verzeichnis aufgenommen sind die 1837 geschriebenen, in den »Sommersprossen von Liebmund Maria Wispel« (S. 723 ff.) enthaltenen Gedichte, jene »Nonsens«-Verse also, die zu Mörikes Äußerungsmöglichkeiten, ja -notwendigkeiten gehörten und seine Spannweite erst recht erkennen lassen. Sie stehen in unserem Buch nur deshalb nicht im Anschluß an die »Gedichte«, sondern nach dem Roman »Maler Nolten«, weil »Wispel« ja eine Gestalt dieses Romans ist.

Der frühe Roman – Mörike nannte ihn »Novelle« – »Maler Nolten«, 1832 erschienen, ist in mancher Hinsicht gewiß ein schwer zugängliches Werk. Mörike hat das selbst gewußt, jedenfalls hat er etwa seit Mitte der fünfziger Jahre bis zu seinem Tod – ohne die Substanz des Romans anzugreifen – sich um eine Überarbeitung bemüht, hat sie jedoch nicht beenden können. Bis vor einigen Jahren war unbekannt, was und wieviel Mörike tatsächlich neu- oder umgeformt hat; erst 1968 ist innerhalb der Historisch-kritischen Ausgabe das Manuskript so, wie es Mörike hinterlassen hat, herausgegeben worden. Bis dahin kannte man die »zweite Fassung« des Romans nur in einer von

Julius Klaiber bearbeiteten, 1877 erstmals erschienenen, seitdem aber immer wieder gedruckten Ausgabe. Nunmehr zeigt sich, daß Mörike mit seiner Neubearbeitung gar nicht so sehr weit gediehen ist, es zeigt sich vor allem, daß ein – ohne fremde Eingriffe – publikationsfähiges und im Zusammenhang lesbares Manuskript nicht vorliegt, ja daß Mörikes Intentionen für den Fortgang und den Schluß des Ganzen nicht klar zu erkennen sind. Mithin: was Mörike für die zweite Fassung des »Nolten«-Romans hinterlassen hat, sind zwar wertvolle Materialien, vor allem für wissenschaftliche Untersuchungen, vollständig haben wir nur die ursprüngliche Fassung. Sie ist deshalb hier abgedruckt. Diesem ebenso in der Nachfolge von Goethes »Wilhelm Meister« und »Wahlverwandtschaften« wie auch wohl romantischer Romane stehenden Buch, das Georg Britting »abirrend und schweifend manchmal, aber voll von großäugigen Schönheiten« genannt hat, wird der heutige Leser sich leichter nähern können, wenn er es weniger als Handlungs-, sondern mehr als Roman seelischer Vorgänge liest. Nimmt man das oft willkürlich scheinende Arrangement der Handlung mehr als einen Versuch, die Gestalten dieses Buches den »unermeßlichen Abgrund des Schicksals« – wie es am Schluß des Romans heißt – erkennen zu lassen, und vollzieht man mit, was Menschen tragen und ertragen können und – vor allem – was nicht, dann werden die Wahrheiten wie die Schönheiten dieses Romans vor seinen Gewaltsamkeiten und Zufälligkeiten deutlich hervortreten.

Ragten aus der kleineren Erzählprosa Mörikes nicht das »Hutzelmännlein« und vor allem die Mozart-Novelle – beide übrigens reine Phantasieschöpfungen – gipfelhaft heraus, so würden die anderen Stücke (von denen nur die frühe Novelle »Lucie Gelmeroth« entbehrlich schien) gewiß stärker beachtet werden. Sie sind aber gerade auch in Relation zu jenen beiden der Beachtung wert: »›Der Bauer und sein Sohn‹ war ursprünglich fürs Volk geschrieben«, sagte Mörike, und für den – schon durchaus eigenen – »Schatz« sollte das früh geplante, aber erst später geschriebene »Hutzelmännlein« »ein Seitenstück« sein. Daß Mörike aber, wie sein leicht selbstironisches »Gespräch« mit Gustav Schwab bezeugt, in seiner ersten Berufskrise schon bald nach Antritt des Vikariatsdienstes, als Erzählungenschreiber in eine journalistisch-belletristische Berufsstellung fliehen wollte, ist nach der damaligen publizistischen Situation zwar nicht ganz unverständlich, war aber eine völlige Selbsttäuschung, und so schien nach einigen Versuchen im Vergleich hierzu der Pfarrerberuf doch noch erträglicher. Daß Mörike ihn ernst nahm, zeigen u.a. seine Worte bei seiner »Investitur in Cleversulzbach«, die in der kleinen, unseren Band abschließenden, mehr autobiographischen Gruppe stehen; doch mußte er erfahren, daß ihm selbst dieser begrenzte Dienst trotz mancher Erleichterungen, die ihm zuteil wurden, effektiv unerfüllbar war, und so nahm er lieber das äußerst knappe Dasein mit einem Ruhegehalt von zunächst nur 280 Gulden jährlich auf sich.

Es war also nicht »Idylle«, was er von sich abschüttelte. Ein idyllisches Leben hat Mörike in Wahrheit nie gekannt, von seiner Kindheit an, von der schweren Krankheit und dem frühen Tod seines Vaters an nicht. Sieht man sich seinen äußeren Lebensgang an – die wichtigsten Stationen sind in unserer »Zeittafel« (S. 1009ff.) verzeichnet –, so erscheint Mörike als ein Unbehauster, bald hier, bald da es versuchend, gelegentlich bei Freunden, und die hatte er von Jugend an, unterkriechend, auch in der Stuttgarter Zeit die Wohnung ständig wechselnd – die längste Zeit, die er an *einem* Ort verbracht hat, waren wohl die neun Cleversulzbacher Jahre und die glücklichste Zeit die Uracher Schuljahre. Das gemeinsame Leben mit der Schwester und der Frau, mit der dann der Siebenundvierzigjährige sich verband, war in der Realität alles andere als idyllisch, und es ist wohl richtig, wenn man die vielen Hausverse aus jener Zeit auch als eine Art von »Beschwörungsformeln« hat ansehen wollen. Aber beschwören ließ sich dieses Leben und diese Natur nicht. Lebensuntüchtig also (obwohl, wenn man den Berichten glauben darf, von allen Geschwistern, die Eduard Mörike überlebte, Clara vielleicht ausgenommen, er immer noch der »lebenstüchtigste« war), eine schwache Vitalität, wie man so sagt, von sehr begrenzter Produktivität, anfällig, mehr unglücklich als glücklich, das ist die äußere Existenz, um die sich's hier handelt. So gebrechlich war das Gefäß, aus dem Gebilde erwuchsen, die nicht nur schön und zart, bewegend, heiter und wahr, sondern von zäher Lebenskraft sind, ja, die ihre Dauerhaftigkeit, ihre Lebensfähigkeit und still bezwingende Gewalt in immer fremder und härter werdender Zeit immer deutlicher zeigen – wie etwa an der erstaunlichen und unprovozierten Resonanz zu spüren war, die dieses Werk aus Anlaß von Mörikes 100. Todestag im Jahr 1975 weithin fand.

April 1976 Herbert G. Göpfert

# ZEITTAFEL

1804 Am 8. September wurde Eduard Friedrich Mörike in Ludwigsburg als siebentes Kind (unter dreizehn, von denen sechs im Kindesalter starben) des Arztes Karl Friedrich Mörike und Charlotte, geb. Beyer, geboren. Die väterliche Familie stammt aus der Mark Brandenburg, von wo ein Vorfahre Ende des 17. Jahrhunderts nach Württemberg einwanderte und sich dort verheiratete. Die Mutter stammt aus einem schwäbischen Pfarrhaus. Besonders enges Verhältnis zu den alteren Geschwistern Luise und Karl und dem jüngeren Bruder August.
Besuch der Lateinschule in Ludwigsburg, zusammen mit den späteren Freunden Friedrich Theodor Vischer und David Friedrich Strauß. Jugendfreundschaft mit der Base Clärchen Neuffer.

1817 Tod des Vaters. Übersiedlung der Mutter mit den Kindern zu Mörikes Oheim, dem späteren Obertribunalpräsidenten Georgii in Stuttgart, einem literarisch und künstlerisch interessierten Mann. Besuch des »Gymnasium illustre«.

1818 Obgleich kein »guter Schüler«, Aufnahme in das »Niedere theologische Seminar« in Urach. Freundschaft mit Wilhelm Hartlaub (dem »Urfreund«) und Johannes Mährlen, Bekanntschaft mit dem auf dem Oberamt Urach tätigen Wilhelm Waiblinger, der Mörike Calderon, Shakespeare, Jean Paul, Novalis und vor allem Goethe nahebringt.

1822 Theologiestudent im »Stift« in Tübingen mit den alten Freunden.

1823 Begegnung mit Maria Meyer, der »Peregrina« der Gedichte, der Elisabeth des »Maler Nolten«. »Freundschaftsbund« mit Ludwig Bauer und Waiblinger. Eigentlicher Beginn des dichterischen Schaffens.

1824 Gesundheitliche Krise. Tod des Bruders August.

1825 Die Freunde Strauß und Vischer kommen nach Tübingen.

1826 Theologisches Examen. Im Herbst Beginn der fast achtjährigen Vikariatszeit in Oberboihingen, Möhringen, Köngen, Pflummern, Plattenhardt, Owen, Eltingen, Ochsenwang, Weilheim, Ötlingen.

1827 Im März Tod der Schwester Luise. Bedrückung durch den Zwang des Berufs. Im Herbst Krankheitsurlaub, Unterbrechung der »Vikariatsknechtschaft«.

1828 Mißglückter Versuch, als freier Schriftsteller, Hofmeister oder Redakteur der »Damenzeitung« in Stuttgart zu leben.

1829 Im Februar Rückkehr in den Vikariatsdienst (Pflummern, ab Mai Plattenhardt auf den Fildern). Verlobung mit der 23jährigen Pfarrerstocher Luise Rau.

1830 Abschluß des *Maler Nolten.*

1831 Verurteilung des Bruders Karl zu einem Jahr Festung wegen revolutionärer Umtriebe.

1832 Vikar in Ochsenwang. *Maler Nolten* erscheint.

1833 Im Spätherbst Trennung von Luise Rau.

1834 Im Mai Pfarrer in Cleversulzbach im »Unterland« bei Heilbronn. Übersiedlung der Mutter und der Schwester Clärchen (geb. 1816, gest. 1903) dorthin. Mühe mit den Amtsgeschäften, der Dichter widerstrebt dem Pfarrer. Wie stets lebhafter Briefwechsel mit den alten Freunden, regelmäßiger Verkehr mit den nahe wohnenden, vor allem mit Justinus Kerner in Weinsberg, David Friedrich Strauß in Sontheim, Ernst Friedrich Kauffmann in Heilbronn, dem ersten Komponisten seiner Lieder. *Miß Jenny Harrower* (später »Lucie Gelmeroth«).

1836 *Der Schatz.*

1837 Freundschaft mit Hermann Kurz.

1838 *Erste Ausgabe der »Gedichte«.*

1839 *Iris* (Der Schatz, Die Regenbrüder, Der letzte König von Orplid, Lucie Gelmeroth, Der Bauer und sein Sohn).

1840 Übersetzungen: *Classische Blumenlese.*

1841 Tod der Mutter.

1843 Im September Pensionierung auf eigenen Wunsch. Mit der Schwester Clärchen bei Hartlaub in Wermutshausen.

1844 Übersiedlung nach Schwäbisch-Hall, im Herbst in das mildere Mergentheim. Hausgemeinschaft mit der Familie des pensionierten bayerischen Oberstleutnants von Speeth. Herausgabe der Gedichte von Wilhelm Waiblinger.

1846 *Idylle vom Bodensee.*

1848 *2., vermehrte Auflage der Gedichte.*

1851 Am 25.11. Heirat mit (der Katholikin) Gretchen von Speeth (geb. 1818, gest. 1903). Übersiedlung nach Stuttgart. Wöchentliche Literaturstunden am Katharinenstift.

1852 Dr. phil. h.c. (Tübingen). *Das Stuttgarter Hutzelmännlein*, erschienen 1853.

1853 *Die Hand der Jezerte.*

1854 Freundschaft mit Paul Heyse.

1855 Geburt der Tochter Fanny. Besuch Theodor Storms. *Mozart auf der Reise nach Prag.* Übersetzungen (mit Notter): *Theokritos, Bion und Moschos.*

1856 *3., vermehrte Auflage der Gedichte. Vier Erzählungen* (Der Schatz, Lucie Gelmeroth, Der Bauer und sein Sohn, Die Hand der Jezerte), zum Teil in neuen Fassungen.

1857 Geburt der Tochter Marie.

1863 Freundschaft mit Moritz von Schwind.

1864 Übersetzungen: *Anakreon und die sogenannten Anakreontischen Lieder.*

1865 Besuch Ivan S. Turgenjevs.

1866 Pensionierung als Lehrer am Katharinenstift.

1867 Übersiedlung nach Lorch. *4., vermehrte Auflage der Gedichte.*

1869 Kurze Rückkehr nach Stuttgart.

1870 Übersiedlung nach Nürtingen. Wiederholter Aufenthalt in Bebenhausen bei Tübingen.

1871 Wieder in Stuttgart. Einsam. Mit seiner Frau zerfallen. Zeitweilige Trennung von ihr.

1875 Krankheit. Auf dem Totenbett Versöhnung mit Gretchen. Am 4. Juni starb Mörike, am 6. Juni wurde er auf dem Pragfriedhof bestattet (Grabrede von Friedrich Theodor Vischer).

# ZU DIESER AUSGABE

Textgrundlage ist die vom gleichen Herausgeber besorgte Ausgabe von Mörikes Sämtlichen Werken, München (Hanser) 5. Auflage 1976. Alle von Mörike selbst veröffentlichten Werke sind hier auf Grund der jeweils in den Anmerkungen genannten Originaldrucke wiedergegeben, die Nachlaßschriften, soweit nichts anderes angegeben ist, nach der »kritisch durchgesehenen und erläuterten« Mörike-Ausgabe in 3 Bänden von Harry Maync, 2. Auflage 1914 (Nachdruck 1924). Lautstand und Interpunktion wurden genau gewahrt, die Orthographie nur da, wo es ohne Rückwirkungen auf den Lautstand möglich war, vorsichtig modernisiert (bey: bei, Thür: Tür u. dergl.). Ausführlichere Darlegungen hierzu in der genannten Ausgabe S. 1446ff. Die Anmerkungen zu den einzelnen Werken mußten aus Umfanggründen auf das sachlich Nötigste beschränkt werden.

Aus der großen Zahl neuerer Arbeiten sei zu weiterer Beschäftigung mit Mörike und seinem Werk nur hingewiesen auf:

Storz, Gerhard: Eduard Mörike. Stuttgart 1967,

Holthusen, Hans Egon: Eduard Mörike in Selbstzeugnissen und Bilddokumenten. Reinbek bei Hamburg 1971,

v. Heydebrand, Renate: Eduard Mörikes Gedichtwerk, Stuttgart 1972,

Eduard Mörike. 1804. 1875. 1975. Gedenkausstellung zum 100. Todestag im Schiller-Nationalmuseum, Marbach am Neckar. – Texte und Dokumente. Stuttgart 1975.

Bruch, Herbert: Faszination und Abwehr. Historisch-psychologische Studien zu Eduard Mörikes »Maler Nolten«. Stuttgart 1992.

In diesen Büchern weitere Literaturhinweise. –

Zu der seit 1967 im Erscheinen begriffenen historisch-kritischen Gesamtausgabe siehe Anmerkungen zu »Maler Nolten« (S. 1017f.).

# ANMERKUNGEN

## GEDICHTE

Textgrundlage für die Gedichte bis S. 232 ist die 4. Ausgabe der »Gedichte«, Stuttgart, Cotta 1867, für die verstreut gedruckten und die Nachlaßgedichte Maync I. Aus anderen Quellen stammen folgende Gedichte:

*Zu einer wichtigen Postsendung*, *Epistel an Hartlaub*, *Rührgedicht* aus Rudolf Krauß, »Eduard Mörikes sämtliche Werke«, Leipzig 1905, Band III.

*Auf ein Bildchen mit Gnomen* aus Karl Fischer, »Eduard Mörike, Werke«, Band II, München 1908.

*Ärztlicher Rat*, *Der Beleidigte*, *An Luise Rau* (»Hat jemand ein liebes feines Mädchen«), *Wämmesle*, *Wämmesle* aus Otto Güntter, »Ungedrucktes von Eduard Mörike«, 16. Rechenschaftsbericht des Schwäbischen Schillervereins, Marbach 1912, S. 77 – 104.

*Pastorale* (»Jetzt kein Wort von der Kirche« und weitere vier Epigramme), und *Im Garten* aus Gustav Hahn, »Ungedrucktes von Eduard Mörike«, 17. Rechenschaftsbericht des Schwäbischen Schillervereins, Marbach 1913, S. 139 – 142.

*Sagt, was wäre die Blüte* aus Manfred Koschlig, »Mörike in seiner Welt«, Stuttgart 1954.

Die Ergebnisse der grundlegenden Untersuchungen von Hans-Henrik Krummacher: Zu Mörikes Gedichten, in: Jahrbuch der Deutschen Schillergesellschaft V, 1961 und: Mitteilungen zur Chronologie und Textgeschichte von Mörikes Gedichten, ebd. VI, 1962 wurden berücksichtigt. Die Nachlaßgedichte wurden soweit möglich mit den Handschriften im Schiller-Nationalmuseum verglichen, wobei Renate v. Heydebrand für wertvolle Hilfe gedankt sei.

Auf die Aufnahme von Varianten mußte verzichtet werden.

10: *Erinnerung* – C. N. = Clärchen Neuffer, eine Base des Dichters.

32: *Besuch in Urach* – Urach: Oberamtsstadt im württembergischen Schwarzwaldkreis, Schulstadt Mörikes seit 1818 (vgl. »Zeittafel«).

35: *An eine Äolsharfe* – Tu semper …:
»Du trauerst endlos durch Melodien des Grams

Um Mystes Abschied, weder wenn Hesperus
Aufsteigt, räumt dein Geist die Sehnsucht,
Noch, wenn der Sonne Gewalt er fliehet.«
Horaz, Oden, Buch 2, Nr. 9, Vers 9 ff. (J. H. Voß)

52: *Elfenlied* – Silpelit: vgl. »Der letzte König von Orplid« im »Maler Nolten«, S. 415 ff.

61: *Die Geister am Mummelsee* – alter Sagensee, im badischen Schwarzwald, am Südhang der Hornisgrinde; kommt schon bei Grimmelshausen vor.

62: *Der Schatten* – vgl. die Novelle »Der Schatz«.

78: *An Hermann* – Mörikes Jugendfreund Hermann Hardegg.

82: *Mit einem Anakreonskopf* ... – Aphrogeneia: die Schaumgeborene, Aphrodite.

84: *Datura suaveolens* – Stechapfelart, Strauch mit weißen, köstlich duftenden Blüten, von Humboldt und Bonpland in Mexiko entdeckt.

85: *Inschrift auf eine Uhr* ... - Theokrit, »Idyllen«, 15, Vers 104: »Langsam gehn die Horen vor andern seligen Göttern«.

91: *Akme und Septimius* – überarbeitete Catull-Übersetzung (Nr. 13) aus der von Mörike herausgegebenen »Classischen Blumenlese« (Stuttgart 1840).

103: *Wald-Idylle* – J. M.: Mörikes Freund Johannes Mährlen.

107: *Vicia faba minor* – Kleine Acker- oder Saubohne, deren Blüte seit alters den Toten heilig ist. (Nach Cl. Neuffers Tod geschr.)

107: *Zwiespalt* – s. Anm. zu S. 91; Catull Nr. 9.

108: *An H. Kurtz* – Hermann Kurz (1813 – 73): der mit Mörike befreundete schwäbische Dichter. (Bis zum Jahre 1848 schrieb er sich mit tz: vgl. Maync I S. 428.)

109: *An Karl Mayer* – K. M.: schwäbischer Dichter (1787 – 1870), mit Mörike befreundet.

112: *An einen kritischen Freund* – Friedrich Theodor Vischer.

115: *Eberhard Wächter* – württembergischer Historienmaler (1762 – 1852), von Mörike hoch geschätzt.

117: *Zum neuen Jahr* – »Axur«: Oper von Antonio Salieri (1750 – 1825).

125: *An den Schlaf* – Meibom: Heinrich Meibom (1638 – 1700), Professor der Medizin, der Geschichte und der Dichtkunst in Helmstedt, als angeblicher Verfasser dieser Verse von Lichtenberg zitiert und hierdurch Mörike bekannt.

128: *Die Elemente* – Paulus: »Denn das ängstliche Harren der Kreatur wartet auf die Offenbarung der Kinder Gottes«.

141: *Der alte Turmhahn* – (S. 148) Johann Valentin Andreä (1586 – 1654), Johann Albrecht Bengel (1687 – 1752), Friedrich Christoph Ötinger (1702 – 82), Rieger: württembergische Theologen. – Friedrich Philipp Hiller (1699 – 1769), schwäbischer Pfarrer und Liederdichter.

151: *Ländliche Kurzweil* – Constanze Hartlaub: Gattin von Mörikes Freund H.

154: *Bei der Marien-Bergkirche* – zu Laudenbach zwischen Mergentheim und Wermutshausen. – des Freundes: Hartlaubs.

156: *Zum zehnten Dezember* – zum 25. Geburtstag seiner Schwester.

157: *An O. H. Schönhuth* – Pfarrer in Wachbach bei Mergentheim.

158: *An Pauline* – Pauline Mörike, eine Verwandte des Dichters.

159: *An Marie Mörike* – M. M.: eine musikalische Base des Dichters.

160: *Margareta* – Margarete v. Speeth; ihr gelten auch die folgenden Gedichte.

164: *Göttliche Reminiszenz* – Ev. Joh. I, 3: »Alle Dinge sind durch dasselbige (das Wort) gemacht«.

173: *Dem Herrn Prior ...* – Kartause von Ittingen im Thurgau, die Mörike 1838 besuchte. – Pater elegantiarum: Vater der guten Sitten, hier eher: Meister eleganter Gedichte, von Mörike nach Catull XXI dem Pater Esuritionum: des Fastens und Maßhaltens entgegengestellt.

174: *Besuch in der Kartause* – Präneste, Tibur: antike Sommerfrischen bei Rom; häufig bei Horaz, Catull. – (S. 175) Laberdan: eingesalzner Schellfisch. – (S. 176) Panazee: Tochter Äskulaps; Personifikation für Allheilmittel.

178: *Herr Bibliothekar Adelbert v. Keller* – Germanist, Bibliothekar der Universität Tübingen (1812 – 83).

179: *Herrn Hofrat Dr. Krauß* – Arzt in Mergentheim.

179: *An Eberhard Lempp* – E. L.: entfernter Verwandter Mörikes.

190: *An Gretchen* – G.: die Frau des Dichters.

191: *Hermippus* – Karl Wolff (1803 – 1869) war mit Mörike befreundet. Have: = Ave, Segensgruß der Römer beim Besuch und beim Abschied. – Lykos (griech.), Wolf.
Anmerkung: »Dem Äskulap und der Göttin der Gesundheit L. Clodius Hermippus, welcher 115 Jahre und 5 Tage gelebt hat, infolge seiner steten Berührung mit der weiblichen Jugend, was auch nach seinem Tode die Ärzte nicht wenig bewundern. Wohlan, ihr Nachfahren, so führt euer Leben!«

192: *Bilder aus Bebenhausen* – Carl Friedr. v. Kielmeyer: geb. 1765, v. Goethe u. Humboldt als Chemiker u. Botaniker geschätzt.

196: *»Lang, lang ists her«* – Auguste St.: Tochter von Mörikes Freund M.

197: *Charis und Penia* – Anmut und Armut.

200: *An J. G. Fischer* – Johann Georg F. (1816 – 97): schwäbischer Dichter.

201: *An Fräulein Luise v. Breitschwert* – verh. Walther (1833 – 1917), mit Mörike befreundet, Stieftochter Karl Wolffs, Künstlerin im Scherenschnitt. Zahlreiche Schnitte im Schiller-National-Museum in Marbach (vgl. Koschlig, Mörike in seiner Welt, Stuttgart 1954).

203: *An Fräulein Elise v. Grävenitz* – E. v. G.: eine von Mörikes Schülerinnen am Katharinenstift.

204: *An Lottchen Krehl* – Freundin der Geschwister Mörike.

209: *Der Petrefaktensammler* – Frickenhausen: Dorf bei Nürtingen.

210: *An Philomele* – Ph.: griechische Sagengestalt, in eine Nachtigall verwandelt.

212: *Auf den Arrius* – s. Anm. zu S. 91; Catull Nr 19.

213: *Lammwirts Klagelied* – Parodie auf Goethes Gedicht »Schäfers Klagelied«.

227: *[Scherz]* – Komez Chatuf: hebräisches Schriftzeichen.

227: *Bei Gelegenheit eines Kinderspielzeugs* – (S. 228) Polignac: Fürst Jules Auguste P., dessen reaktionäre Haltung als französischer Ministerpräsident unter Karl X. die Julirevolution 1830 zur Folge hatte.

230: *Auf die Prosa eines Beamten* – stilus infarctus: vollgestopfter Stil. – farcimen: Wurst. – Quintilian: römischer Rhetor, dessen »Institutio oratoria« als Musterlehrbuch römischer Redekunst galt.

236: *[Einer Schönen ...]* – mit einer nicht von Mörike stammenden Zeichnung, die ein Mädchen vor einem Spiegel und Amoretten zeigt.

237: *Rätsel* – Spinnrad.

243: *Im Freien* – Zeile 13: Konjektur »vor's Auge« nach Krummacher V, S. 291, Anm. 42.

245: *Nachklang* – An L.: Mörikes Schwester Luise.

251: *Die sechs oder sieben Weisen ...* – Mitglieder des »Pfarrkranzes«. – Regen: Mörike, der Verfasser des Operntextes »Die Regenbrüder«. – Steudel: Tübinger Dogmatiker. – Zur Textgestalt vgl. Krummacher V, S. 290f.

253: *Impromptu an Joli* – Joli: der Haushund Mörikes.

255: *Marie [von] Hügel* – die spätere Frau von Justinus Kerners Sohn Theobald (Krummacher V, S. 335).

255: *Pastorale* – Distichen, auf die Rückseite von Kupferstichen in einem Kalender für 1839 geschrieben.

257: *In C. Künzels Album* – vgl. S. 260: »An Carl Künzel ...«; mit den Enthusiasten sind hier die Sammler gemeint.

257: *Fanny ... mit einem ... Turmhahn* – Dot, Dote: Pate.

259: *Kinderszene* – der Schriftsteller Georg Scherer, mit Mörike befreundet gab »Georg Scherer's illustriertes deutsches Kinderbuch« heraus. – Docke: Puppe.

260: *An Otto Rothacker und Clara Schmid* – O.R.: Pfarrer (1833-91). – C. Sch.: Nichte von Clara Neuffer. – Das Gedicht ist die Erwiderung auf die Verlobungsanzeige des Paars.

262: *Epistel an Ludwig Mezger* – Götz von Berlichingen ist in Schönthal begraben.

265: *Der Haushund Joli gratuliert* – Elsäßer und Krauß: Hausärzte. – Ilodop: – Philosoph. – Oëte: Poete.

267: *[Jungfernkanaster]* – nach Krummacher V, 297f. Begleitgedicht zu einem Geschenk eines Kindes von Hartlaub, und zwar zu einem Päckchen als Tabak aufgemachten Zuckerwerks; geschrieben auf einem Blatt, das auf dem Mittelfeld das Etikett des Tabaks, mit einer rauchenden Dame, zeigt und daneben den Vermerk trägt: »Von Clara Hartlaub«.

269: *Gespräch ...* – Spatzen: schwäbisches Nationalgericht, eine Mehlspeise.

269: *Zu Claras Namenstage* – Schwesterlicht: Gretchen v. Speeth.

275: *Epistel an Hartlaub* – als Antwort auf ein Mörike von Hartlaub mitgeteiltes Schreiben eines Kollegen, der darin seinen theologischen Standpunkt darlegte. – Ostrea: Auster; hier natürlich Versteinerung; bei Koschlig (vgl. zu S. 201) eine entsprechende Zeichnung Mörikes abgebildet.

276: *Constanze Hartlaub mit Salatsamen* – Seine Majestät: Mörike hatte um Erhöhung seines Ruhegehaltes gebeten.

277: *Im Garten* – Bagnes: Hartlaubs Tochter Agnes.

## IDYLLE VOM BODENSEE

Die 1. Auflage erschien unter dem Titel »Idylle vom Bodensee oder Fischer Martin und die Glockendiebe. In sieben Gesängen. Von Eduard Mörike. Stuttgart. E. Schweizerbart'sche Verlagshandlung und Drukkerei. 1846.« – Die 2. Auflage erschien ebenda 1856; im Titel fehlen die Worte: »und die Glockendiebe«. – Beide Auflagen tragen Widmungen, die der 2. lautet: »Seiner Königlichen Hoheit Carl Friedrich Alexander, Kronprinzen von Württemberg, ehrfurchtsvollst gewidmet.«

Die vorliegende Ausgabe folgt der 2. Auflage.

## MALER NOLTEN

Erschienen 1832 als »Novelle in zwei Teilen« bei E. Schweizerbart, Stuttgart, danach unser Druck.

In der historisch-kritischen Gesamtausgabe: Werke und Briefe. Im Auftrag des Kultusministeriums Baden-Württemberg und in Zusammenarbeit mit dem Schiller-Nationalmuseum Marbach a.N. hg. von Hans-Henrik Krummacher, Herbert Meyer, Bernhard Zeller liegt der »Maler Nolten« in folgenden Bänden vor:

Band 3: Maler Nolten [1832] hg. von Herbert Meyer, Stuttgart 1967,
Band 4: Maler Nolten, Bearbeitung (Die unvollendete Bearbeitung, Fortsetzung der Bearbeitung in [Julius] Klaibers Fassung [von 1877], Paralipomena zur Bearbeitung) hg. v. dems., Stuttgart 1968,
Band 5: Lesarten und Erläuterungen, hg. v. dems., Stuttgart 1971.

386: *den goldenen Buchstaben C.* – Der Sinn dieser Stelle wird nur klar, wenn die alte Schreibung des Namens Constanze – mit C, nicht mit K, wie noch bei Maync – beibehalten wird.

388: *Vestris* – italienischer Tänzer.

465: *Saloppe* – Umhang.

511: *Meine Wahl ...* – war schnell geschehen.

556: *Cupido dirus* – der grausame C. – *Anteros* – Gottheit der Gegenliebe.

601: *ferndig* – im vorigen Jahr.

629: *dem brasilianischen Affen* – Anspielung auf ein Ballett.

645: *Rataplan* – damalige Modeoper.

646: *Worte Cäsars* – »Man braucht es nicht für ein Wunder anzusehen, wenn einem Opfertier das Herz gefehlt hat.« (Sueton, Divus Julius, cap. 77.)

657: *Pantalon* – von Pantaleon Hebenstreit (1718) erfundenes Klavier, das mit Klöppeln gespielt wurde, später auch Bezeichnung für Hammerklavier.

668: *trofen* – Maync vermutet Druckfehler, aber doch wohl Suevismus.

714: Im Original nach Ende des letzten Absatzes Freizeile.

## WISPELIADEN

Wispel, der spitzbübische, aufschneiderische, aufgeblähte Barbier aus dem »Maler Nolten« und dem »Letzten König von Orplid«, ist eine Phantasiegestalt Mörikes, die im Familien- und Freundeskreis eine große Rolle spielte. Der Name bedeutet im Mittelhochdeutschen »das Zischeln« (vgl. Maync II, S. 497). 1837 hat Mörike in dem von ihm erfundenen Wispelstil, einem verballhornten Deutsch, zum eigenen und seines Freundes Ludwig Bauer Vergnügen eine Anzahl Gedichte geschrieben. Maync veröffentlichte sie in den Werken II, mit kurzem Kommentar, aus dem Nachlaß; ihm folgt unser Text.

*Sommersprossen* (S. 723)

730: *Meine BAnsicht* – Osiander hatte in Tübingen von David Friedrich Strauß »Das Leben Jesu« sowie das »Taschenbuch für christliche Leser: Christoterpe« verlegt. – Steudel, Bahnmaier, Eschenmaier: Gegner von Strauß.

731: *Sarkasme* – Bustkuchen: J.F.W. Pustkuchen verunglimpfte Goethe in seinen in den zwanziger Jahren veröffentlichten Fortsetzungen des »Wilhelm Meister«.

*Wispel auf Reisen* (S. 735)

Einige Jahre vor den »Sommersprossen« geschrieben. Von Maync ebenfalls aus dem Nachlaß veröffentlicht. Der Buchdrucker oder »Uchrucker« kommt, wie Wispel, auch im »Letzten König von Orplid« vor.

## NOVELLEN UND MÄRCHEN

*Der Schatz* (S. 741)

1. Veröffentlichung im »Jahrbuch schwäbischer Dichter und Novellisten. Herausgegeben von E. Mörike und W. Zimmermann«, Stuttgart 1836, P. Balz'sche Buchhandlung; 2. in »Iris. Eine Sammlung erzählender und dramatischer Dichtungen von Eduard Mörike«, Stuttgart, E. Schweizerbarts Verlagshandlung 1839; 3. »Vier Erzählungen von Eduard Mörike«, Stuttgart ebd. 1856. (Danach unser Druck.)

Aus dem Vorwort zu »Iris«: »Was fürs erste den *Schatz* anlangt, so hofft der Verfasser, daß dessen Wiederabdruck aus dem Jahrbuch Schwäbischer Dichter (Stuttgart, bei Balz, 1836) nicht ungern werde gelesen werden. Nur fand er sich zu keiner Änderung bewogen, wenn es einigen Freunden dieses Märchens vorkommen sollte, als dürfte die Entwicklung am Ende bestimmter und ausführlicher sein. Bei genauerer Prüfung wird man ohne Zweifel in dieser Behandlung einen wohlbedachten Kunstgriff erblicken, in dem dasjenige, was der Hofrat noch vorzubringen hatte, dem Leser nicht undeutlich unter anderer Form hingeschoben wird, weil jede weiter ausmalende Erzählung und alle Explikation im Munde Arbogasts die Wirkung lähmen müßte. – Als überflüssig in anderm Sinn ist die Romanze am Schluß weggeblieben.«

744: *Bläue* – Blahe, Leinentuch zur Überdeckung eines Leiterwagens.

792: *zu des Hausschneiders* – vgl. unten zu S. 838.

*Der Bauer und sein Sohn* (S. 802)

1. Veröffentlichung: »Iris« 1839, 2. »Vier Erzählungen«, 1856. (Danach unser Druck.)

Aus dem Vorwort zu »Iris«: »*Der Bauer und sein Sohn* war ursprünglich für das Volk geschrieben und wollte dessen ungeachtet hier nicht ausgeschlossen werden.«

*Die Hand der Jezerte* (S. 809)

1. knapper Entwurf 1841 (siehe Maync III, S. 522ff.); 1. Veröffentlichung der neuen, ausgeführten Fassung in: »Kunst- und Unterhal-

tungsblatt für Stadt und Land ...« 2. Jahrgang, Stuttgart 1853, 2. Veröffentlichung in: »Vier Erzählungen«, 1856. (Danach unser Druck.)

*Das Stuttgarter Hutzelmännlein* (S. 817)

1. Veröffentlichung Weihnachten 1852 (E. Schweizerbartsche Verlagshandlung in Stuttgart, 1853), 2. ebenda 1855. (Danach unser Druck.)

Die bei Maync III angegebenen Lesarten sind unzureichend. In der 2. Auflage von 1855 finden sich verschiedene kleinere, aber auch größere Änderungen, meist Glättungen des Textes.

Vorwort [zur 1. Auflage]:

»Die gegenwärtige Erzählung war schon längst, als Seitenstück zu einer ähnlichen*, entworfen und blieb unausgeführt, bis dem Verfasser neuerdings die Skizze wieder in die Hände fiel und ihn zur guten Stunde an eine fast vergessene kleine Schuld erinnerte.

Indem dies Märchen ganz den schwäbischen Charakter tragen und dieser seinen Ausdruck soviel als möglich auch in der Sprache finden sollte, kam dem Verfasser der Umstand zu gute, daß ihm von einem frühern, mehrjährigen Verkehr mit unserm Volke viele Eigentümlichkeiten derselben, einzelne Wörter und Redensarten vollkommen gegenwärtig geblieben waren. Manches floß ihm auf anderm Wege zu, vornehmlich aus einer genauern Bekanntschaft mit Joh. Chr. v. *Schmids* schwäbischem Wörterbuch, einer in Schwaben viel zu wenig verbreiteten, unschätzbaren Arbeit. Die Worterklärungen und was dazu gehört, im Anhang der Erzählung, sind, mit wenigen Ausnahmen, dem eben genannten Werke entnommen.

Stuttgart, im Dezember 1852. Mörike

*›*Der Schatz*‹, in meiner *Iris* wieder abgedruckt aus dem Jahrb. schwäb. Dichter und Novellisten.«

838: *des Seilers* – schwäb. Redeweise: mit den Seilersleuten.
868: *der Presser* – Steuereintreiber.

*Mozart auf der Reise nach Prag* (S. 910)

1. Veröffentlichung im Stuttgarter »Morgenblatt« (Nr. 30 – 33), 2. Veröffentlichung (1. in Buchform) Stuttgart, I.G. Cottascher Verlag 1856, ebenda noch im gleichen Jahr »2. unveränderter Abdruck«. (Danach unser Text.)

Die Ausgabe trägt folgende Widmung:

»Seinen Freunden, den beiden Componisten/Louis Hetsch,/Musikdirector in Mannheim,/und/Friedrich Ernst Kauffmann,/Professor in Stuttgart,/zugeeignet/vom Verfasser.«

Vor die Erstveröffentlichung im »Morgenblatt« hatte Mörike folgendes Zitat aus der Mozart-Biographie Oulibicheffs (Mozarts Leben, 1847) setzen lassen:

»Wenn Mozart, statt stets für seine Freunde offne Tafel und Börse zu haben, sich eine wohlverschlossene Sparbüchse gehalten hätte, wenn er mit seinen Vertrauten im Tone eines Predigers auf der Kanzel gesprochen, wenn er nur Wasser getrunken und keiner Frau außer der seinigen den Hof gemacht hätte, so würde er sich besser befunden haben und die Seinigen ebenfalls. Wer zweifelt daran? Allein von diesem Philister hätte man wohl keinen Don Juan erwarten dürfen, ein so vortrefflicher Familienvater er auch gewesen wäre.«

938: *Parthenope* – alter Name von Neapel nach einer Sirene, deren Grabmal dort war.

## GELEGENHEITSSCHRIFTEN

*Gespräch* (S. 971)

Nach: Adolf Baumeister »Eine ungedruckte Handschrift Eduard Mörikes« in: Schwäbischer Schillerverein, 18. Rechenschaftsbericht, Marbach 1914, S. 99-106.

Mörike war 1826 Vikar geworden, gab 1827 das Vikariat zunächst urlaubsweise auf, nahm 1828 den Auftrag der Verlagsbuchhändler Gebrüder Franckh zu Stuttgart an, der bei ihnen erscheinenden »Damenzeitung« regelmäßig novellistische Beiträge zu liefern. Das von Mörike niedergeschriebene Gespräch mit Gustav Schwab hat etwa im Dezember 1828 in Mörikes Wohnung in Stuttgart, die er für seine neue Arbeit bezogen hatte, stattgefunden. 1829 ging Mörike in den Pfarrdienst zuruck.

973: *liegen zu lassen* – die folgenden anderthalb Zeilen der Handschrift sind unleserlich gemacht worden.

*Zu meiner Investitur als Pfarrer in Cleversulzbach, im Juli 1834 geschrieben* (S. 975)

Autobiographische Skizze, die Mörike 1834 bei seiner Antrittspredigt in Cleversulzbach von der Kanzel verlas. Druck nach Maync II.

975: *älteren Bruders* – Karl.

979: *Oheims* – Georgii.

979: *vertrauten Freundes* – Rudolf Flad (1804–1830).

980: *jüngerer Bruder* – August.

980: *ältere Schwester* – Luise.

*Der Spuk im Pfarrhause zu Cleversulzbach* (S. 982)

An Justinus Kerner. Von diesem veröffentlicht im »Magikon«, Band 2 (1842), S. 7–17. (»Außergewöhnliche Erscheinungen, die an bestimmten Häusern haften.«) – Kerner hatte im »Magikon«, Band 1 (1840), S. 106f.

über seltsame Wahrnehmungen früherer Pfarrer im Pfarrhaus zu Cleversulzbach geschrieben: »[Mörike] wußte von den Wahrnehmungen der vorigen Herren Pfarrer nicht das mindeste. Auch er hörte das gleiche Gehen, Werfen, Töne wie von Wassertropfen (wo keine waren). Selbst ein Schuß geschah einmal im Zimmer, wo sein Vikar schlief, der auch dieser Unheimlichkeiten wegen nicht mehr blieb. Auch eine besondere Lichterscheinung ward ihm einmal im Zimmer. Nicht nur er, sondern wer sonst mit ihm dieses Haus bewohnte, wurde und wird noch durch derlei Phänomenen in ihm beunruhigt. – Nachdem Herr Pfarrer Mörike dies schon alles erfahren hatte, las er die Tatsache in der Geschichte der ‚Seherin von Prevorst'. Er wurde aufmerksam und dachte, ‚so ist das ja ganz in deinem Hause', und als er die Anfangsbuchstaben, mit denen dort die Namen des Orts und der Personen gegeben sind, näher verglich, erkannte er erst, daß hier von seinem Hause und seinen Vorgängern die Rede ist.« (Druck nach Maync II.)

*Erinnerung an Friedrich Hölderlin* (S. 991)

Erster Druck in »Freya. Illustrierte Blätter für die gebildete Welt«, Jg. 3, S. 337/8 (Stuttgart, Krais & Hoffmann, 1863). Unser Text nach Maync II.

*Aus dem Gebiete der Seelenkunde* (S. 994)

Erster Druck ebenda, Jg. I, S. 46, 1861. Unser Text nach Maync II. D.M. = Dr. Mörike; M. = Mergentheim; S. = v. Speeth; Tochter = Gretchen.

# ZUM INHALTSVERZEICHNIS DER GEDICHTE

Das Verzeichnis der Gedichte (S. 1025–1041) bietet eine Zusammenstellung der bisher von der Mörike-Forschung erarbeiteten Angaben zur Chronologie der Entstehung und ersten Veröffentlichung von Mörikes Gedichten. Die hier zusammengefaßten Angaben oder die Anhaltspunkte für sie finden sich – zum Teil mit Verzeichnung der Druckorte der Gedichte und mit genauerer Begründung der Entstehungsdaten durch Hinweise auf Handschriften, auf die übrigen Briefausgaben und einige weitere Spezialarbeiten – verstreut in folgenden Ausgaben und Veröffentlichungen:

Eduard Mörike, Gedichte. Vierte vermehrte Auflage. Stuttgart 1867 – Eduard Mörikes sämtliche Werke in sechs Bänden. Hrsg. v. Rudolf Krauß. Leipzig 1905 – Eduard Mörike, Werke. Hrsg. vom Kunstwart durch Karl Fischer. München 1906–1908 – Mörikes Werke in vier Teilen. Hrsg. v. August Leffson. Berlin, Leipzig, Wien, Stuttgart 1908 – Mörikes Werke. Hrsg. v. Harry Maync. Neue kritisch durchgesehene und erläuterte Ausgabe. Nachdruck Leipzig, Wien 1924 – Luise. Briefe der Liebe, an seine Braut Luise Rau geschrieben von Eduard Mörike. Hrsg. v. Hanns Wolfgang Rath. Ludwigsburg 1921 – Freundeslieb' und Treu'. 250 Briefe Eduard Mörikes an Wilhelm Hartlaub. Hrsg. v. Gotthilf Renz. Leipzig 1938 – Eduard Mörike, Unveröffentlichte Briefe. Hrsg. v. Friedrich Seebaß. ²Stuttgart 1945 – Rudolf Krauß, Eduard Mörike als Gelegenheitsdichter. Stuttgart, Leipzig, Berlin, Wien 1895 – Ders., Studien zu Eduard Mörikes Gedichten, in: Euphorion, Ergänzungsheft 1, 1895, S. 99–121 – Karl Fischer, Eduard Mörikes künstlerisches Schaffen und dichterische Schöpfungen. Berlin 1903 – Otto Güntter, Ungedrucktes von Eduard Mörike, in: Schwäbischer Schillerverein, 16. Rechenschaftsbericht. Marbach 1912, S. 77–104 – Gustav Hahn, Ungedruckte Gedichte von Eduard Mörike, in: Schwäbischer Schillerverein, 17. Rechenschaftsbericht. Marbach 1913, S. 139–142 – Otto Güntter, Ein Liederheft von Eduard Mörike, in: Schwäbischer Schillerverein, 29./30. Rechenschaftsbericht. Stuttgart 1926, S. 63–73 – Manfred Koschlig, Mörike in seiner Welt. Stuttgart 1954 – Hans-Henrik Krummacher, Zu Mörikes Gedichten. Ausgaben und Überlieferung, in: Jahrbuch der Deutschen Schillergesellschaft, Bd. V, 1961, S. 267–344

– Ders., Mitteilungen zur Chronologie und Textgeschichte von Mörikes Gedichten, in: Jahrbuch der Deutschen Schillergesellschaft, Bd. VI, 1962, S. 253–310.

Alle Angaben und deren Begründungen sind soweit, wie das bisher möglich ist, überprüft worden, vor allem auf Grund des Handschriftenmaterials, das für die beiden zuletzt genannten Aufsätze verwendet und dort angeführt worden ist. Abweichungen von manchen widersprüchlichen Angaben und bloßen Vermutungen der früheren Ausgaben und Veröffentlichungen beruhen auf dieser Überprüfung. In Zweifelsfällen sind entsprechend vorsichtige Formulierungen gewählt worden. Wo genauere Anhaltspunkte für die Entstehungszeit bislang völlig fehlen, ist, sofern die Gedichte von Mörike selbst veröffentlicht worden sind, nur der Zeitpunkt des Erstdrucks genannt worden. Bei Gedichten hingegen, für die sonstige Belege vorläufig nicht vorliegen, das Inhaltsverzeichnis der Gedichtausgabe von 1867 jedoch ein Entstehungsjahr nennt, ist diese Datierung übernommen worden, da die eigenen Angaben Mörikes sich zwar in manchen Fällen als unzuverlässig erwiesen haben, in anderen aber durch Handschriften bestätigt worden sind.

Für die Gedichte, die in der mit der Jahreszahl 1848 erschienenen zweiten Gedichtausgabe zuerst veröffentlicht worden sind, ist als Zeitpunkt des Erstdrucks das Jahr 1847 angegeben worden, da diese Ausgabe bereits im November 1847 vorlag. Hinweise auf die Zeit der Umarbeitung einzelner Gedichte konnten aus Raumgründen nur in einigen Sonderfällen gegeben werden.

Alle Angaben des Verzeichnisses werden mit dem Vorbehalt geboten, daß sie durch die historisch-kritische Mörike-Ausgabe, die vorbereitet wird, Änderungen und Ergänzungen erfahren können.

Februar 1964 Hans-Henrik Krummacher

# INHALTSVERZEICHNIS DER GEDICHTE*



* Die Angaben über den Zeitpunkt der Entstehung der Gedichte und ihrer ersten Veröffentlichung durch Mörike wurden zusammengestellt durch Hans-Henrik Krummacher.

Von Mörike verstreut veröffentlichte Gedichte

Aus dem Nachlaß

Aus den Jahren bis 1833



Aus den Jahren in Cleversulzbach

1834–1843

Aus der Zeit nach Cleversulzbach

1843–1875

Gelegenheitsgedichte und Hausverse
für die Familien Mörike und Hartlaub

*An die Schwester Clara*



*An Gretchen*

# ALPHABETISCHES VERZEICHNIS DER ANFÄNGE UND ÜBERSCHRIFTEN DER GEDICHTE